BASTEI LÜBBE

PHILIPP VANDENBERG

DER SPIEGELMACHER

2 ROMANE IN EINEM BAND

DER FLUCH DES KOPERNIKUS

BASTEI LÜBBE

BASTEI LÜBBE TASCHENBUCH
Band 25941

Vollständige Taschenbuchausgabe
der im Gustav Lübbe Verlag erschienenen Hardcoverausgaben

Bastei Lübbe Taschenbücher und Gustav Lübbe Verlag
sind Imprints der Verlagsgruppe Lübbe

Einbandgestaltung: HildenDesign, München
Titelmotiv: Franco Ricci / Foto: Rita Paesani
Satz: Kremerdruck GmbH, Lindlar
Druck und Verarbeitung: Elsnerdruck, Berlin
Printed in Germany
ISBN 3-404-25941-6

PHILIPP VANDENBERG

DER SPIEGELMACHER

ROMAN

BASTEI LÜBBE

Mehr als das Gold
hat das Blei in der Welt verändert.
Und mehr als das Blei in der Flinte
das im Setzkasten.

Georg Christoph Lichtenberg

Inhalt

Zu Anfang das Ende

Es ist dies das Eintausendvierhundertachtundachtzigste Jahr seit der Fleischwerdung des Herrn, und gewiß wird es – so diese Welt das Jahrhundert überdauert – einmal heißen, es sei ein gar unwichtiges, unbedeutendes, unmaßgebliches Jahr gewesen. Was mich nicht juckt. In meinem Alter ist das Bedürfnis nach Wichtigkeiten ohnehin gering. Nein, für einen Greis wie mich gewinnen ganz andere Dinge an Bedeutung.

Wieviel Zeit habe ich verschwendet, irdische Güter anzuhäufen, wieviel Gefühl, um das zu erleben, was gemeinhin als Liebe beschrieben wird! Nun, da mein Bart weiß ist wie das Fell eines Schneehasen und meine Männlichkeit zwischen den Beinen hängt – erspart mir jeden Vergleich –, nun da mein Buckel krumm und mein Augenlicht nur noch nützlich ist, den Tag von der Nacht zu unterscheiden, da ich also unzufrieden, unglücklich, schwermütig und von Gram zerrissen sein müßte, empfinde ich seltsame Zufriedenheit und ein gewisses Glück. Fragt nicht warum, es ist widersinnig genug.

Ich, Michel Melzer, Spiegelmacher von Mainz und Schwarzkünstler dazu, zähle hier im Gewölbe des Erzbischofs meine Tage, und ich wundere mich, wie lange ich schon zähle, und frage mich täglich, wie lange ich noch zählen soll, wo meine Uhr, die das Schicksal einem jeden hinstellt, doch längst abgelaufen sein müßte. Sind es achtundsiebzig Jahre oder weniger – was kümmert's mich? Und Euch schon gar nicht!

Obwohl ich seit Laurenzi Anno ichweißnichtmehr hier sitze und die Schergen mir alles andere als wohlgesinnt sind, obwohl mein Leben auf drei Schritte nach vorn und zwei zur Seite eingeengt ist, erscheint mir dieser Sommer als der glücklichste meines Lebens. Ihr werdet fragen, warum. Ich werde Euch die Antwort geben.

Teilt sich das Leben nicht von Anfang an in Licht und Schatten – in Krieg und Frieden, Arbeit und Muße, Leidenschaft und Gleichmut, Chaos und Harmonie? Wenn dem so ist, so lebe ich hier und jetzt am Ende meiner Tage in Frieden, Muße, Gleichmut und Harmonie. Gibt es ein besseres Leben als dieses?

Nun, da ich mich an diesen Ort gewöhnt habe, fernab von Chaos, Leidenschaft, Arbeit und Krieg; nun, da es mir Glück bedeutet, den Morgenstrahl der Sonne zu erwarten und das Abendgeläute von St. Alban zu vernehmen; nun empfinde ich mehr Zufriedenheit als in meinen sogenannten besten Jahren.

Meine Zelle teile ich mit einem Spinnentier, welches auf Nahrungssuche in der Dämmerung täglich denselben Weg an der Längswand gegenüber meiner Holzpritsche zurücklegt. Anfangs mußte ich mich still halten, damit die Spinne ihren Weg zu dem vergitterten Fenster fortsetzte, doch seit geraumer Zeit haben wir uns so aneinander gewöhnt, daß das Getier in der Mitte der rauhen Wand einhält, sich einmal um die eigene Achse dreht, als wollte es mir einen Gruß zuteil werden lassen, und sich dann geradewegs seinem Ziel nähert, dem Mauervorsprung der Luke, auf dem es seine Nahrung findet.

Ich hätte wirklich nicht geglaubt, daß ich auf meine alten Tage noch zum Arachnologen würde. Doch ich schätze die Spinne. Nicht nur, weil sie mir alles Ungeziefer vom Leibe hält, sondern auch wegen ihrer prophetischen Gabe. Sie vermag durch ihr Verhalten das Wetter vorherzusagen, und dabei irrt sie nie. Bewegt sie sich hastig und schnell, so kündet sie Sturm, Regen und düstere Wolken an. Ist ihr Lauf aber gleichmäßig ruhig, so bedeutet dies einen heiteren Himmel. Dem nicht genug, wies mir die Spinne sogar den rechten Weg, meine Erinnerungen der

Nachwelt weiterzugeben, was mir von höchster Stelle untersagt worden war, weil die hohen Herren nichts mehr fürchten als die Wahrheit. Und Ihr wißt ja, wer die Wahrheit redet, findet selten geneigte Zuhörer.

Ich glaube, sie wollten mich mundtot machen, sogar leibestot, als sie mir Papier und Feder, meinen kostbarsten Besitz, wegnahmen. Doch die Pfeffersäcke in den schwarzen Talaren vergaßen mich zu verbrennen. Sie scheinen noch immer nicht begriffen zu haben, daß die größte Gefahr von den Gedanken ausgeht; und Gedanken nehmen ihren Lauf, solange der Mensch atmet.

Also folgte ich, in Gedanken verloren, dem immer wiederkehrenden Lauf der Spinne bis zu jenem Tag, an welchem sie, Gott weiß warum, einen anderen Weg einschlug, und zwar auf jene Seite, wo mein Lager stand. Sie kam mir zum Greifen nahe, und plötzlich verschwand die Spinne in einer Mauerritze, der ich bisher keine Beachtung geschenkt hatte.

Als sie tags darauf nicht mehr auftauchte, versuchte ich den Spalt in der Mauer zu erkunden. Verwundert stellte ich fest, daß der Ziegel locker in der Wand steckte, und nach heftigem Rütteln löste sich der Stein aus dem Gemäuer. Wie erschrak ich, als in der armdicken Öffnung das bleiche Gesicht eines Mannes erschien. Doch noch mehr als ich erschauerte der andere. Er glaubte wohl, Beelzebub in Person blicke aus der Mauer.

So dauerte es eine Weile, bis wir uns durch das enge Loch ein Bild voneinander gemacht und so viel Zutrauen zueinander gefunden hatten, daß wir uns überwanden, ein Gespräch aufzunehmen. Es endete für uns beide mit der Erkenntnis, daß wir einander nicht zu fürchten hatten; schließlich erduldeten wir das gleiche elende Schicksal. Der andere – ich nenne ihn so, weil er sich weigerte, seinen Namen zu sagen –, dieser andere büßte für den Frevel, eine Nonne der heiligen Hildegard verführt und sie gesegneten Leibes gemacht zu haben, was nach dem Willen der Kirche zwar eine Sünde, aber durchaus absolutabel sei, solange der Samenspender sich heftigst bekreuzige und die Tat ebenso entschieden leugne. Beides aber lehnte er ab. Als die ehrwürdige Mutter gar ein Paar gesunder Zwillinge gebar – was selbst in zölibatären Kreisen als besonderer Segen des Allerhöchsten betrachtet wird – und als der gesegnete Vater sein augustinisches Gewand an den Nagel hängen und die Nonne heiraten wollte, da wurde er von den Oberen des Irrsinns bezichtigt und hierher gebracht. Er meint deshalb, dies sei gar kein Gefängnis, sondern ein Irrenhaus.

All das und noch mehr erfuhr ich durch das Loch in der Mauer in einer einzigen Nacht. Aus Furcht vor Entdeckung schob ich den Stein wieder an seinen Ort. Am folgenden Tag ließ mich der andere wissen, er verfüge über Papier und Tinte und die Möglichkeit, seine Gedanken niederzuschreiben, doch – behauptete er – ihm selbst sei nicht an Worten gelegen.

Am dritten Tag hatten wir bereits Zutrauen zueinander gefaßt, und der andere erbot sich, als er erkannte, wie sehr ich unter dem Schreibverbot litt, wohl mehr aus Langeweile, aufzuzeichnen, was ich zu sagen hätte.

Und bei Gott, ich habe viel zu berichten! Zwar weiß keiner von uns beiden, ob er diese Mauern je lebend verlassen und ob nicht die ganze Arbeit vergeblich sein wird; aber mir geht es darum, meine Ehre zu retten. Und besteht nur ein Funken Hoffnung, daß meine Aufzeichnungen den Kerker überdauern, so will ich nichts unversucht lassen.

Zwar gönne ich den Reichen ihr Gold, den Frommen das ewige Leben und den Erleuchteten die Glückseligkeit ihres Wissens, aber jenem perfiden Gensfleisch gönne ich nicht den Triumph, sich als Weltveränderer zu brüsten, weil es nicht die Wahrheit ist. Jeder Triumph ist das Ergebnis eines himmelschreienden Betruges; und das, was ich zu berichten habe, ist die Geschichte meines lebenslangen Kampfes gegen jenen Rivalen, der, von Kußmäulern und Sausuhlen umgeben, mit dem Satan im Bunde stand oder jenen Zwischenwesen, welche Oriens, Amaymon, Paymon und Egim heißen. Das hat man zwar auch mir nachgesagt, aber ich schwöre bei der Liebe zu Simonetta, dem einzigen Lichtblick in meiner Dunkelheit: Es ist nicht die Wahrheit – auch wenn es den Anschein haben mag, weil ich schon bald mit völliger Blindheit geschlagen sein werde.

Schon immer galten Menschen, die sich mit Dingen beschäftigten, welche anderen fremd und unerklärlich sind, als Magier, Zauberer und Meister der Schwarzen Kunst. Merkwürdig nur, daß noch keiner den Pfaffen diesen Vorwurf machte, wo sie doch jahraus, jahrein nichts anderes tun. Als ich noch Spiegel schliff, mit deren Hilfe fromme Menschen die Strahlen des Heiligen Geistes und tumbe Tore die wundertätige Wirkung der vollgeschissenen Windeln des lieben Jesuleins einzufangen glaubten, da schien mein Werk sogar dem Papst im fernen Rom genehm. Als aber aus meinen Spiegeln lüsterne Weiber hervorlugten und ihre Röcke hoben bis zur Scham und ihre fetten Brüste zeigten ohne Tuch darüber, da nannte mich der Erzbischof in aller Öffentlichkeit einen Hexenmeister und meine Kunst verwerflich, obwohl gerade er wissen müßte, daß die Wahrheit im Auge des Betrachters liegt – zumal er selbst zu meinen besten Kunden zählte.

Als ich vermittels jener Kunst, um die ich mich seit Jahr und Tag mit dieser Ausgeburt des Satans streite, an einem Tag der heiligen Mutter Kirche mehr an Pfründen einbrachte als die Mönche von dreißig Klöstern, da wurde mir neben gutem Lohn sogar ein vollkommener Ablaß zuteil, welcher für alle Zeiten alles verzieh, was ich je an Sünden begangen haben sollte und begehen würde. Ihr seht ja, was so eine Sündenvergebung wert ist: nicht das Papier, auf dem sie gedruckt ist! Dabei habe ich nichts verbrochen, außer daß ich mit eigenen Augen gesehen habe, was ich nie hätte sehen dürfen – und, bei allen Heiligen, mein Augenlicht war damals noch scharf wie das eines Adlers.

Aber ich will nicht klagen, auch wenn es jeden Tag um mich herum dunkler wird. Ich habe genug gesehen, viel mehr, als sich ein einfacher Spiegelmacher aus Mainz hätte träumen lassen. Ich habe in einer Zeit gelebt, die aus den Fugen geraten ist wie noch nie zuvor, in einer Welt, die ihr Aussehen verloren hat, in der das Unterste zuoberst und das Obere ganz unten ist. Sogar ihre Form hat diese Welt verändert und ihre Richtung. Dreitausend Jahre segelte man nach Osten, um nach Indien zu gelangen; nun auf einmal heißt es, mußt du nach Westen fahren und gelangst ebenso nach Indien. Aber was will ein alter Mann wie ich in Indien!

Waren das noch Zeiten, als Kriege mit dem Kopf und, wenn es sich nicht vermeiden ließ, mit Muskelkraft geführt wurden – anständige Kriege und Schlachten Mann gegen Mann. Der Bessere, Stärkere und Schnellste siegte, und er hatte es verdient. Und heute? Heute werden Kriege durch das Schwarzpulver entschieden. Du brauchst kaum noch zu zielen. Je mehr Geschosse du in Richtung des Feindes feuerst, desto größer die Hoffnung auf den Sieg. Welch eine Zeit, in der sich der Feind nicht einmal auf Sichtweite nähert, in welcher Gegner zu Tode kommen, ohne ihren Widersacher je begegnet zu sein! Wenn das so weitergeht, werden noch Feldherren allein gegeneinander ins Feld ziehen, nur die Lunten entzünden und mit einem einzigen Geschoß das gesamte feindliche Heer niedermetzeln.

Welch eine Zeit, in der es mehr Huren gibt beim Konzil als Bischöfe, in der sich Mönche und Nonnen in den Klöstern zerfleischen und die Oberen sich nach dem astrologischen Kalender begatten, um den Übermenschen zu zeugen! Ist es ein Wunder, wenn auf diese Weise menschliche Kreaturen mit drei Augen und einer gespaltenen Lippe geboren werden oder Kühe mit zwei Köpfen zur Welt kommen oder nackte Katzen oder Fische, die ihr Element verlassen und fliegen wie Lerchen?

Die Welt giert nach Außergewöhnlichem, nach Magiern, die mit dem Bauche reden statt mit dem Mund, die Steine in Käse verwandeln und Wasser bergan fließen lassen. Ein Esel, der Harfe spielt, findet mehr Interesse als die Rede eines Philosophen; ein Goldscheißer, der dies vor aller Augen tut, stellt jeden Prediger in den Schatten. Und hätte Hieronymus Bosch, der berühmteste Maler unserer Tage, gemalt wie die anderen großen Künstler vergangener Zeiten, so würde sein Name schon bald der Vergessenheit anheimfallen, wie es den anderen erging. Er aber zerrt die Teufel aus der Hölle, läßt die Geister vom Himmel schweben, gibt Nonnen das Antlitz von Lästerweibern und Bischöfen das von Gespenstern, zeichnet Zwitter und Schimären, und über allem hängt die Verdammnis der Menschheit in grellen Farben.

Welch eine Zeit, der die Fratze mehr bedeutet als ein schönes Antlitz; in der sich Päpste ihre eigenen Magier halten und Könige ihre Kristallkugel-Propheten! Welch eine Zeit, in der Mütter die Flüssigkeit aus der Nabelschnur ihrer Neugeborenen feilbieten, welche, so man nur recht daran glaubt, zur ewigen Jugend verhelfen soll; in der ein abgehackter Wieselschwanz die Zahnpein vertreiben und trinkbares Silber die französische Krankheit heilen soll. Gebildete Mönche, die früher der Kontemplation nachgingen und frommen Gebeten, erschnuppern aus fremdem Urin die bevorstehende Geburt eines Kindes. Von Alchimisten werden immer schlimmere Elixiere erfunden, welche Träume und Trugbilder vermitteln und ein bißchen Glückseligkeit für den Augenblick, aber, kaum sind sie verflogen, die süchtigen Menschen zu Fetzen verfaulen lassen.

Salz und Honig, seit Erschaffung der Welt willkommen als das Gewürz der Erde, haben ausgedient und genügen unserem Geschmack schon lange nicht mehr. Für ein paar Säcke Pfeffer, Zimt, Ingwer und Gewürznelken reisen manche nach Arabien und Indien, und jene, deren Gaumen durch nichts anderes gekitzelt werden kann, wiegen diese mit Gold auf. Dabei ist bekannt, daß Gewürze der triefenden Zunge nur etwas vorgaukeln, was gar nicht vorhanden ist, vergleichbar der bunten Welt eines Märchenerzählers oder der Krume vom Letzten Abendmahl, die jetzt überall herumgezeigt wird. Ist's nicht von Nutzen, so schadet es wenigstens nicht – im Gegensatz zu den Gewürzen des Orients. Die zersetzen die Gedärme, und was der Zunge für kurze Zeit Lust bereitet, bringt den Innereien den Tod.

Wem aber, frage ich, habe *ich* geschadet, ich, der Spiegelmacher Michel Melzer, als ich – lange ist's her – verkündete, in meinen Spiegeln könne jeder sein Glück erkennen, so er nur lange genug hineinstarre und an dieses Wunder glaube. Daß ich dem Glück bisweilen ein wenig nachhelfen mußte, das mögen mir jene, die es traf, verzeihen – betrogen habe ich sie nicht. Nicht einmal jene sechsunddreißig Mönche vom Orden des heiligen Benedikt, denen ich in jener Nacht einen Augenblick Glückseligkeit versprach und sie die Wollust *in personam* sehen ließ. Noch nach Tagen waren sie verzückt wie der heilige Antonius, als hätten sie wirklich einen verbotenen Blick ins Paradies getan. Da wurde mir klar, daß ein Spiegel die Macht hat, Menschen zu verändern, und ich machte reichlich Gebrauch davon.

Das Leben ist vom Kindbett bis zum Totenbett eine Anhäufung von Wünschen. Doch die Erkenntnis, daß die meisten unerfüllbar bleiben, ist den wenigsten zu eigen. Töricht greifen wir zu jedem Mittel, das uns Hoffnung macht. Da wird von einem Spiegel gewiß der geringste Schaden angerichtet.

Doch will ich der Reihe nach erzählen, wie sich die Dinge zugetragen haben. Ich will nichts auslassen und nichts beschönigen und hoffe nur, daß Ihr, mein treuer Zellennachbar, genug Eichengallentinte zur Verfügung habt. Ihr braucht nicht jedes meiner Worte aufzuschreiben und mögt ruhig selbst entscheiden, was Euch wichtig erscheint und was nicht. Doch nehme ich Euch das Versprechen ab, nichts zu verfälschen oder zu verdrehen und, beim heiligen Eid auf Eure geschwängerte Nonne, auch Anstößiges nicht zu verschweigen und meine Geschichte wahrheitsgemäß zu berichten.

In der fünften Woche der Fasten – was mir indes nichts ausmacht, da ein Alter wie ich ohnehin nur noch von Erinnerungen lebt.

Michel Melzer

KAPITEL I

Die Spiegel von Mainz

Bis zu seinem siebten Jahr war Michel Melzer der einfältigste Tropf unter der Sonne, aufgeweckt zwar und neugierig, aber dabei hatte er, wie es schien, kaum Verstand genug, die Bibel zu begreifen. Nur Wunder, von denen es im Buch der Bücher nicht wenige gibt, erregten sein Interesse, und Oswald, wie sein Vater hieß, mußte ihm, so es die Zeit und das spärliche Licht in der Werkstatt erlaubte, vorlesen, wie Moses die Schlange verhext oder das Wasser aus dem Fels gezaubert hatte, und der Junge wünschte nichts mehr, als selbst ein Prophet zu werden wie Moses.

Sein Vater ließ die Frage nach dem hehren Berufsziel zunächst unbeachtet wie die meisten Fragen aus Kindermund. Später, als Michel nicht nachließ in seinen Erkundigungen nach einer prophetischen Ausbildung, sah Oswald Melzer sich genötigt, seinem Jüngsten alle weiteren Fragen zu verbieten. Statt einer Antwort bekam Michel vom Vater einen Spiegel aus eigener Fertigung samt dem Hinweis, er solle sich gefälligst mit diesem beschäftigen, früher oder später müsse ihn der Spiegel ernähren. Vor allem solle er vorsichtig damit umgehen, weil ein aus eigener Schuld zerbrochener Spiegel ewiges Unglück auf seinen Besitzer ziehe. Diese Worte blieben nicht ohne Eindruck.

Obwohl oder weil er diese Rede nicht begriff, beschäftigte

sich der Junge tagein, tagaus mit seinem Spiegel. Seine Mutter, eine gottesfürchtige Frau, fand ihn oft dumpf vor sich hin starrend oder wie gelähmt in den Spiegel blickend unter dem Fenster oder vor der Haustür oder in den Ästen eines nahen Baumes, und wenn sie fragte, was Michel tue, bekam sie von ihm keine Antwort. Nicht selten geschah es sogar, daß sie Michel abends stumm und wie von Sinnen ins Bett bringen mußte, und so erwarteten seine Eltern mit Bangen den Ausbruch einer krankhaften Narrheit.

Um den Knaben von dieser Selbstbespiegelung abzubringen, beschlossen seine Eltern, ihn in die Schule zu schicken. Und da Oswald Melzer den Schulen der Mönche nicht traute, die seinem Sohn nur den Kopf verdrehen und ihn zu einem Pfaffen machen würden, gab er ihn in die Obhut eines Tutors, eines gelehrten Mannes und Freigeistes, der sich Bellafintus nannte und auf dem Großberg eine kleine Schar von Schülern in den Anfangsgründen des Lateinischen und Griechischen unterrichtete, um selbst die Freiheit zu haben, seinen eigenen, verborgenen Studien über die menschliche Natur nachzugehen. Dort erwies sich der kleine Michel als ein aufgeweckter Knabe mit einer besonderen Begabung für fremde Sprachen, auch wenn er lieber den Erzählungen der griechischen Zugehfrau oder den unwahrscheinlichen Berichten des italienischen Gärtners über die Wunder Venedigs lauschte, als die trockenen Klassiker des Altertums oder die Schriften der Kirchenväter zu übersetzen. Doch stets behielt er seinen Spiegel bei sich, den ihm der Vater gegeben hatte, und immer noch fand man ihn mitunter, in einer Ecke seines Zimmers kauernd, in die Betrachtung dessen versunken, was er darin außer seinem eigenen Gesicht noch sehen mochte.

Als der Junge nach Jahren des Lernens, Schweigens und der Betrachtung seines Spiegels – inzwischen war Michel zu seinem Vater in die Lehre gegangen – zu reden begann, entwickelte er die bewunderungswürdigsten Fantasien, welche tausendmal mehr wert schienen als der nüchterne Menschenverstand. Ein Blick in den Spiegel bewirkte die hellsten Ideen; ja, der junge Melzer schien Dinge zu erkennen, welche der Zukunft oder dem verborgenen Wissen der Nigromantie vorbehalten waren.

Es begann damit, daß der Lehrling Melzer Blei, Zinn und Antimon mit einem Zusatz von Wismut zu einer glänzenden Legierung schmolz und in eine leicht gewölbte Form goß wie eine umgedrehte Schale. Dieser Wölbspiegel begann nach tagelanger Bearbeitung mit dem Schleifstein zu glänzen wie der Mond in der Nacht, und wer ihm mit den Augen nahe kam, den gab der Spiegel auf denkwürdige Weise wider, nicht wie nach der Natur zu erwarten, sondern so, als lägen Jahre zwischen dem Einfall des Augenlichts und der Reflexion: Dünne, magere, selbst unterernährte Müßiggänger, Bettelvögte und Seifensieder, denen garstige Arbeit die Wangen geschmälert hatte, als habe der Tod seit Lichtmeß schon mehrmals angeklopft, erkannten sich in den Wölbspiegeln feist und gesund.

Von seiten des Spiegelmacherlehrlings bedurfte es da nur noch geringer Überzeugungskraft, um zu verkünden, ihnen wie den übrigen Menschen stünden bessere Zeiten bevor. Zu seinem Vorteil fügte es sich, daß fünf fruchtbare Sommer aufeinanderfolgten und Winter, die das Wort nicht verdienten, und es so viel zu essen gab, daß sogar Hühner und Schweine sich an Dingen labten, die für gewöhnlich nur der Obrigkeit vorbehalten sind.

Diesen Überfluß, so ging es in Mainz bald von Mund zu Mund, habe der Spiegelmacher Michel Melzer allein vorhergesehen.

Die fünf fetten Jahre waren noch nicht vergangen und Melzer war nun schon Geselle, da goß er einen neuen Spiegel von ganz anderer Art. Er wölbte ihn zur Innenseite und fertigte so einen Hohlspiegel, der die satten, fetten Köpfe der Wohlgenährten eingefallen und mager erscheinen ließ. Und alle, die einen Blick in diesen Spiegel geworfen hatten, verfielen in Demut, und sie begannen, da sie nun große Not befürchteten, die Nahrung zu horten, welche zuvor den Tieren zum Fraß vorgeworfen worden war.

Das Wunder geschah. Bald darauf vernichteten Fröste von September bis Mai jede Ernte. Kein Saatkorn wuchs zum Halm, keine Knolle gedieh, es gab keine Blüten auf den Bäumen, und an Rhein, Main, Mosel und Nahe wurden alle Weinstöcke vernichtet. Doch während andernorts der Hunger Einzug hielt und die Menschen starben, hatten die Bürger von Mainz dank der spiegelnden Prophetie des Michel Melzer so viel an Vorräten gehortet, daß der Hunger nur wenige Opfer forderte, und alten Wein gab es im Überfluß.

Der junge Spiegelmacher aber wurde gefeiert, weil er mit Hilfe seiner Spiegel die Gabe der Prophetie zu besitzen schien, und viele nannten ihn sogar einen Zauberer. Michel Melzer dachte nach, fand jedoch beim besten Willen keine Erklärung für seine angebliche Zauberei außer jene, daß wir doch alle Zauberer sind, weil wir uns alle unsere eigene Welt zurechtzaubern. Ist es nicht so?

Bei allen Heiligen und den Gesetzen der Natur, nichts lag dem Spiegelmacher ferner als Scharlatanerie oder Gaukelspiel! Aber so oft er es auch sagte, man wollte ihm nicht glauben und schrieb ihm und seinen Spiegeln hellseherische Fähigkeiten zu, und sein Handwerk blühte, daß er kaum mit der Arbeit nachkam.

In der Spielmannsgasse hinter dem Dom, wo die Blechschläger, Zinngießer, Gold- und Kupferschmiede zu Hause waren, richtete sich Michel Melzer als Meister eine neue Werkstatt ein und nahm zwei Gesellen für ein Brotgeld von zwei Schillingen. Der eine schrieb sich Gothardt Huppertz und stammte aus Basel, wo sein Vater, ein Nadelmacher, sich zu Tode gesoffen, und seine Mutter aus Gründen der Not einen reichen Brauer geehelicht hatte, daß Gott ihr gnädig sei. Von dem anderen, einem gewissen Johann Gensfleisch, wird noch öfter die Rede sein und nicht nur auf angenehme Weise.

War der eine, vom Schicksal und Jahren der Entbehrung gezeichnet, ein gottesfürchtiger, ehrlicher Geselle, so geriet der andere schon bald mit seinem Meister in Zwiespalt. Vor allem zweifelte Gensfleisch die seherische Wirkung von Melzers Spiegeln an, bezichtigte ihn gar der Scharlatanerie wie die Magier und Astrologen, die aus so unterschiedlichen Stoffen wie den menschlichen Exkrementen oder dem Lauf der Gestirne die Zukunft vorhersagten – noch dazu gegen Geld!

Der Kritik des Gesellen vermochte Melzer kaum etwas entgegenzusetzen als den Hinweis, nicht er habe die fetten und mageren Jahre vorhergesagt, sondern die Menschen selbst seien es gewesen, die ihr Schicksal in den Spiegeln erkannt hätten. Am liebsten hätte Melzer den Rummel um seine Spiegel ungeschehen gemacht, doch diese verschafften ihm inzwischen ein respektables Einkommen, und wer verschnürt schon den Geldsack, wenn andere ihn gerade füllen.

Hinzu kam, daß Melzer die unverhoffte Bekanntschaft der Ursa Schlebusch machte, einer wunderschönen elternlosen Jungfrau, welche aus dem Kölner Büßerinnenkonvent entsprungen war, wo ihr eine christliche Erziehung und die Vorbereitung für ein klösterliches Leben zuteil werden sollte. Ursa jedoch zeigte sich in dem strengen Konvent mehr der Freude des Lebens, dem Singen und Lachen zugetan, und beim stundenlangen Gebet auf den Knien fehlten ihr die nötige Einkehr. Daher hatte sie sich bei der erstbesten Gelegenheit unter den Deckmantel einer Pilgerschar aus Mainz begeben, welche dem Schrein der Heiligen Drei Könige ihre Aufwartung gemacht hatte, und sich ihnen auf der Rückfahrt angeschlossen. Damit Ursa dem leichtfertigen Leben oder der Schande entging, von Rutenschlägern am hellichten Tage aus der Stadt getrieben zu werden, nahm Melzer die Maid bei sich auf.

Das war nicht schicklich und für seinen und des Mädchens Ruf in gleicher Weise schädlich, zumal der Geselle Gensfleisch das Ereignis überall hinausposaunte. Es gab daher nur eine Möglichkeit, den Marktweibern, Großsprechern und Gerüchtemachern die lasterhaften Mäuler zu stopfen: Michel Melzer mußte das schöne Mädchen aus dem Büßerinnenkonvent, dessen Herkunft außer ihm selbst keiner kannte, heiraten. Daß Ursa erst vierzehn Jahre zählte, rief dabei weniger Erstaunen hervor als die Schnelligkeit, mit der Melzer seinen Plan in die Tat umsetzte.

Zwar hielten damit wieder Recht und Ordnung Einzug in der Spielmannsgasse, aber die Zwietracht mit seinem Gesellen steigerte sich zur offenen Rivalität. Gensfleisch machte Ursa schöne Augen, und Melzer setzte, von Eifersucht getrieben, alles daran, seine junge Frau zu schwängern. Mehrmals am Tag und sooft es seine Manneskraft erlaubte, begattete er Ursa mit großer Heftigkeit und besessen von dem Gedanken, einen Sohn zu zeugen. Und seine Brunft ließ erst nach, als Ursas Leib deutliche Anzeichen einer Schwangerschaft zeigte.

Melzer war glücklich, und Gensfleisch stellte seine Nachstellungen ein. Aber das Glück ist launisch wie das Wetter im April, wo sonnige Tage und Unheilsstürme dicht beieinanderliegen. Es war eine schwere Geburt, und Ursa verlor sehr viel Blut dabei. Ihr Blut sei noch zu jung gewesen, um ein Kind zu ernähren, sagte die Hebamme, und daher habe der Körper es abgestoßen. Wie dem auch sein mochte: Ursa erholte sich nie wieder von den Strapazen, sondern siechte bleich und blutleer dahin.

Das kleine Mädchen dagegen, gestärkt durch die Milch einer kräftigen Amme, wurde zu einem rechten Sonnenschein, und Melzer gewann es über alle Maßen lieb. Er taufte es auf den Namen Editha, nach der Märtyrerin, an deren Tag es zur Welt gekommen war, und ließ ihm alles Wohlwollen zuteil werden, das sich ein Kind seines Standes und Geschlechts wünschen konnte. Da wurde Melzer aufs neue vom Leid geprüft.

Die kleine Editha war gerade drei Jahre alt, da starb ihre Mutter nach langem Siechtum. Zwar gab es Stimmen unter dem Gesinde des Spiegelmachers, der Meister habe sich, da ihm ein Sohn versagt geblieben sei, in seiner aufgestauten Brunst auf sein Weib geworfen, und dies sei für ihren geschwächten Leib zuviel gewesen. Doch dies war ein übles Gerücht, und als Melzer ihm nachging, wiesen alle Finger auf seinen Gesellen Gensfleisch, der dies verbreitet habe, was selbiger freilich entschieden bestritt. Nein, Ursa war einfach erloschen, wie eine Flamme erlischt, weil sie nicht genug Kraft zum Leuchten hat.

Doch von Stund an wurde das aufgeweckte, fröhliche Mädchen, zu dem die kleine Editha sich entwickelt hatte, von Schwermut befallen, und dies traf den Vater mehr noch als der Tod seiner geliebten Frau, der ihm als eine gewisse Erlösung erschienen war. Trübe und stumpf starrte die Kleine vor sich hin, und nicht die freundlichsten und liebevollsten Worte und das schönste Spielzeug, mit dem der Spiegelmacher sie überhäufte, konnten ihr auch nur ein Lächeln entlocken. Es war, als wäre mit dem Tod ihrer Mutter auch Edithas Lebensfreude erloschen.

In seiner Not wandte sich Melzer an Bellafintus, den Magister vom Großberg, der behauptete, daß jedes Gebrechen, ob nun eine Krankheit des Geistes oder des Körpers, eine natürliche Ursache habe. Er erbot sich, Editha die Lebensfreude zurückzugeben. In diesem Falle, erklärte er, seien durch die Erregung, welche der Verlust der Mutter bewirkt habe, die vier Körpersäfte – Blut, gelbe Galle, schwarze Galle und Phlegma – in Unordnung geraten, so daß die schwarze Galle überwiege, welche Schwermut hervorrufe, und jene gestörte Ordnung gelte es durch einen gezielten Eingriff wieder ins Lot zu bringen. Für zwei Kühe oder den Gegenwert eines Pferdes, versprach Bellafintus, sei er in der Lage und bereit, das Kind zu heilen.

Ein Spiegelmacher wie Melzer verfügte nicht über zwei Kühe, über ein Pferd schon gar nicht. Dies entsprach dem Verdienst eines Jahres. So nahm das Schicksal seinen Lauf.

Der Geselle Johann Gensfleisch erkannte die Geldnot seines Meisters und entbot sich, ihm zu einem Geschäft zu verhelfen, welches mehr Geld einbringen könne als alle gewölbten und gehöhlten Spiegel zusammen. Doch stelle er zur Bedingung, an jenem einträglichen Handel zur Hälfte beteiligt und darüber hinaus als Teilhaber der Werkstätte aufgenommen zu werden.

Sorgen machen blind; das haben sie mit der Liebe gemeinsam. Doch wenn Sorgen und Liebe sich mit Kummer und Schuld vereinigen, dann setzt der Verstand aus, und Verderben breitet sich aus.

Wenn, so erklärte Gensfleisch seinem Meister, das gemeine Volk bereit sei, die Zukunft in gewölbten und gehöhlten Spiegeln zu erkennen, dann sei es ein Leichtes, eben dieses Volk von einer weiteren geheimen Kraft der Spiegel zu überzeugen.

Melzer sah Gensfleisch fragend an. Er konnte sich beim besten Willen kein Bild machen, was jener im Schilde führte.

Nun, meinte der Junker, er, Melzer, habe konvexe und konkave Spiegel geschliffen, welche den Betrachter in widernatürlichen Bildern größer oder kleiner erscheinen ließen. Ein ebener Spiegel sei zwar schwerer zu fertigen, bringe aber ungeahnte Vorzüge an den Tag, sofern er nur glatt und gerade sei wie die Oberfläche des Wassers.

Melzer verstand noch immer nicht.

Seht, fuhr Gensfleisch fort, nicht nur, daß ein ebener Spiegel den Betrachter ebenmäßig wiedergebe; ein gerade geformter Spiegel habe auch den Vorzug, die Strahlen der Sonne einzufangen und auf große Entfernung zurückzuwerfen. Natürlich kannte Melzer diesen Vorgang, und er wußte um die Möglichkeit, die Strahlen der Sonne in jede gewünschte Richtung umzulenken, ja, sie sogar dorthin zu schicken, woher sie gekommen waren.

Doch, so erkundigte er sich, welchen Nutzen solle ihnen dies Zauberspiel bringen?

Ganz einfach, erwiderte Gensfleisch, man müsse den Leuten nur glaubhaft versichern, daß diese gerade geschliffenen Spiegel in der Lage seien, die heilige Gnade, welche von einer Reliquie ausgeht, einzufangen und mit nach Hause zu nehmen. Man müsse nur einen Ort auswählen, wo in jedem Jahr möglichst viele Pilger zusammenkämen …

Melzer begriff, was sein Geselle meinte. Alljährlich zwischen Ostern und St. Remigius wurden, wie alle Welt wußte, auf der Galerie des Aachener Münsters der Unterrock der Jungfrau Maria und die Windeln des Jesukindes vom Bischof und seinen Prälaten hochgehalten, und Zehntausende, die das Ereignis wegen des damit verbundenen Ablasses anzog, gerieten darob in Verzückung, fielen auf die Knie oder in Ohnmacht oder redeten in Zungen wie die Apostel bei der Ausgießung des Geistes oder genasen, so sie krank und siech gekommen waren, von einem Augenblick auf den anderen. Zehntausende und mehr stürmten an jenen Tagen die Stadt. Und ein ums andere Mal sahen die Türmer sich genötigt, die Stadttore zu schließen, weil der Bischof um sein irdisches Leben fürchtete und um die Mauern seines Heiligtums.

Der Spiegelmacher hegte Mißtrauen gegenüber seinem geschäftstüchtigen Gesellen und stellte ihm die Frage, warum er, wenn er vom Erfolg seines Unternehmens überzeugt sei, dieses nicht ohne sein Zutun anpacke.

Gensfleischs Antwort klang ebenso schmeichelhaft wie überzeugend: Gewiß sei nur ein Meister wie Melzer in der Lage, einen wirklich ebenen Spiegel zu fertigen. Zum anderen kenne er keinen, der so wie Meister Melzer in der Lage sei, den Menschen wundersame Dinge nahezubringen.

Also goß Melzer in tönernen Formen ein Dutzend Platten aus Blei und Zinn so groß wie ein Handteller, schliff sie zwischen Walzen aus Sandstein platt, bis ihre Oberfläche wie Eis schimmerte, und polierte jede einzelne mit nassem Speckstein. Am nächsten Morgen – es war der vierte Sonntag der Fasten, und die Sonne brachte sich nach einem düsteren Winter mit den ersten warmen Strahlen in Erinnerung – betrat Melzer mit dem besten seiner Spiegel den Dom, wo der Erzbischof das Hochamt zelebrierte.

Der Spiegelmacher drängte sich in die Mitte des Bauwerks, wo sich Längs- und Querhaus kreuzten und die einfallenden Sonnenstrahlen bizarre Muster an die Innenwände warfen. Dort, am nördlichen rechten Eckpfeiler, zog er seinen Spiegel hervor und richtete seinen Strahl auf den Altar, just in dem Augenblick, als der Erzbischof den Kelch zur Wandlung in die Höhe hielt. Der dachte ob des gleißenden Lichts, in dem der Kelch plötzlich erstrahlte, an einen Widerschein des Himmels und ein Wunder und sank mit den übrigen Gläubigen im Dom in die Knie. In dieser Haltung stimmte der Eminentissimus das *Te Deum* an, und die Gemeinde fiel in den Gesang ein.

Michel Melzer erschrak zu Tode ob dieser Wirkung seines Spiegels und zog es vor, sich im Schutz der allgemeinen Verwirrung zurückzuziehen. Um die weitere Ausführung des Planes kümmerte sich Johann Gensfleisch. Dieser verkündete, als die Mainzer wundertrunken aus dem Dom torkelten, die Erscheinung sei ein Werk des Meisters Melzer und dazu geeignet, die Gnade eines heiligen Gegenstandes einzufangen.

Allein die Erwähnung von Melzers Namen genügte, um das Mißtrauen zu beseitigen, das Gensfleisch entgegenblickte. Und sofort setzte Nachfrage ein nach dem Preis und den Möglichkeiten des wundersamen Gnadenerwerbs. War der Erzbischof zunächst verärgert, weil er dem Spiegelmacher auf den Leim gegangen war, so belehrten ihn seine Prälaten bald eines Besseren, und sie erinnerten an den Korintherbrief, wonach der Glaube Berge versetzen könne oder die Worte des Kardinals Nikolaus von Kues, der verkündete, er glaube gerade deshalb, weil es widersinnig sei.

Mit dem Segen der Kirche wuchsen die Aufträge für die Heilsspiegel, wie das schimmernde Zierwerk genannt wurde. Und bei dem Reliquienspektakel in Aachen richteten sich im selben Jahr schon Dutzende von Spiegeln auf die gottgefällige Unterwäsche, im nächsten waren es Hunderte. Und noch nie in der jahrhundertealten Wallfahrt zeigten sich die Menschen so verzückt, berauscht und ergriffen von der aufgesogenen Gnade.

In Melzers Werkstatt hinter dem Dom arbeiteten nun bereits fünf Gesellen beinahe Tag und Nacht, um die große Nachfrage zu befriedigen. Und endlich hatte der Spiegelmacher genug verdient, um die Operation des Magisters bezahlen zu können.

Editha zitterte am ganzen Leib, als Melzer sie eines Tages im September zu Bellafintus brachte. Sein auf dem Großberg gelegenes Haus glich einer turmbewehrten Festung und war von einer Mauer und hohen Bäumen umgeben, welche kaum einen Sonnenstrahl ins Innere ließen. Das Gewölbe, in dem der Eingriff stattfinden sollte, war kalt und nur spärlich beleuchtet, und an den Wänden stapelten sich dunkle Schriften, mit Zeichen und Formeln, die dem Uneingeweihten unverständlich blieben. Sie wirkten eher feindselig als vertrauenerweckend; jedenfalls trugen sie nicht dazu bei, Editha die Furcht zu nehmen vor dem, was ihr bevorstand.

Melzer hatte seiner Tochter die Notwendigkeit des Eingriffs mit einfachen Worten erklärt, und obwohl Editha erst viereinhalb Jahre zählte, hatte sie die Unabwendbarkeit des Schicksals verstanden und traurig genickt. Nun aber verließ sie der Mut, und sie weinte heftige Tränen.

Der Magister blieb ungerührt, und nachdem er die vereinbarte Summe ausgezahlt bekommen hatte, band er das Kind mit Riemen auf einen hohen, kantigen Stuhl. Dann verabreichte er ihm mit einem großen Löffel eine Unze Syrup von weißem Mohn. Editha schlief sofort ein. Schließlich schnürte er ihren Kopf an die Lehne und schor sämtliche Haare von dem kleinen Schädel.

Melzer wurde es immer unheimlicher zumute, aber er ließ sich nichts anmerken, kannte er doch den Magister als seinen alten Lehrmeister des Lateinischen und Griechischen, der keinen Widerspruch duldete. Doch als Bellafintus seine Gelehrtenkappe abstreifte, die er bis dahin getragen hatte, und sich die Ärmel seines schwarzen Gewandes aufkrempelte, bekam der Spiegelmacher es mit der Angst zu tun.

Aus einem Kasten holte Bellafintus Hammer, Zange und mehrere fingerlange dünne Nägel. Diese brachte er über einem offenen Feuer zum Glühen. Sie waren kaum abgekühlt, da begann er den ersten Nagel mit kleinen, kurzen Schlägen in die Schädeldecke des Mädchens zu treiben. Melzer wandte sich würgend ab und stürzte aus dem Gewölbe ins Freie.

Als er zurückkehrte, fand der Spiegelmacher sein Kind röchelnd und mit einem blutigen Verband um den Kopf. Editha gab schnarrende Laute von sich, und der Magister meinte, die Operation sei gelungen, er habe die Säfte im Körper wieder geweckt und in die richtigen Meridiane geleitet.

Behutsam trug Melzer seine betäubte Tochter nach Hause, und er wich nicht von ihrer Seite, bis sie nach zwei Tagen erwachte. Schmerz stand dem Kind ins Gesicht geschrieben; aber es gab keinen Laut von sich. Ja, von diesem Tage an redete Editha überhaupt kein Wort mehr, zu keinem Menschen, und wenn sie auch von ihrer trüben Schwermut geheilt schien, so hatte die Heilung doch eine nicht minder schlimme Nebenwirkung mit sich gebracht. Der Eingriff mit den Nägeln in die Schädeldecke hatte dem Mädchen im Wortsinne die Sprache verschlagen.

Da bereute der Spiegelmacher seine Tat, daß er sein Kind solchen Qualen ausgesetzt hatte, nur damit es so sei wie alle anderen Menschen. Aber war nicht jedem Menschen sein Schicksal vorgezeichnet? Und war es nicht sündhaft, sich gegen dieses Schicksal aufzulehnen?

Aus diesen Überlegungen heraus ging der Spiegelmacher nicht erneut zu dem Quacksalber, auf daß dieser Editha die Sprache zurückbrächte, zumal dies Melzers finanzielle Mittel völlig erschöpft hätte. Insgeheim hegte er ohnedies Zweifel an Bellafintus' wahren Fähigkeiten, zumal dessen Eingriff Editha keineswegs die unbeschwerte Fröhlichkeit ihrer jungen Jahre wiedergegeben hatte. Sie wirkte nun, da sie heranwuchs, aufgrund ihrer mangelnden Sprachfähigkeit eher verschlossen und zurückhaltend, und Melzer machte sich Vorwürfe, ob nicht er schuld sei an diesem Zustand. Dabei bereitete es ihm kaum Schwierigkeiten, sich mit seiner Tochter zu verständigen, denn Editha las seine Sprache von den Lippen ab, wohingegen Melzer Edithas Meinung in ihren Augen erkannte.

Was Frauen betraf, so war der Spiegelmacher viel zu jung, um als Witwer durchs Leben zu gehen, und es gab mehr als einen Handwerker aus der Spielmannsgasse, der Melzer seine heiratsfähige Tochter andiente. Doch diesem wollte es einfach nicht gelingen, die Erinnerung an seine Frau Ursa aus dem Gedächtnis zu löschen. Statt sich anderen Frauen zuzuwenden suchte er Zuflucht in der Liebe zu seiner Tochter Editha. Er ließ ihr eine vortreffliche Erziehung angedeihen und achtete darauf, daß es ihr auch sonst an nichts fehlte.

Als das Mädchen gerade zwölf war, verfügte es nicht nur über bewundernswerte Manieren, Editha sah auch allerliebst aus, und in ihrem Verhalten war nun ein gewisser Stolz, fernab von Hochmut, erkennbar, der ihrer Erscheinung sogar noch entgegenkam. In diesem Jahr kam es zu einer Begegnung, die Melzers Leben und das seiner Tochter auf ungeahnte Weise verändern sollte.

Ein reicher, aus Köln gebürtiger Kaufmann mit Sitz in Konstantinopel, der für gewöhnlich mit Seide aus China und kostbaren Stoffen handelte, machte auf dem Weg in die Niederlande in Mainz Station und sah beim Wirt am Markt einen von Melzers Spiegeln. Aber nicht die wundertätige Wirkung, welche angeblich von dem Glitzerwerk ausging, erregte sein Interesse, sondern die gefällige Form des Spiegels und das Material, aus dem er gefertigt war. Gewiß, venezianische Spiegel mochten hellere Leuchtkraft haben, doch sie waren aus Glas gefertigt und so zerbrechlich, daß schon ein heftiger Zugriff sie zum Splittern brachte. Melzers Spiegel hingegen konnten sogar zu Boden fallen, ohne zu zerspringen.

Gero Morienus, so der Name des stattlichen Byzantiners, gab bei Melzer fünfhundert Spiegel in Auftrag. Just als die beiden den Auftrag per Handschlag besiegelten, betrat Editha das Gewölbe der Werkstatt, und von einem Augenblick auf den anderen war der Seidenhändler wie von Sinnen. Mit überschwenglichen Worten schwärmte er von Edithas Schönheit, ihrem ebenmäßigen Wuchs und der Unergründlichkeit ihrer Augen, und mit bebender Stimme stellte er die Frage, ob dieses bezaubernde Geschöpf bereits einem Mann versprochen sei.

Obwohl dergleichen für ein Mädchen in ihrem Alter nicht ungewöhnlich war, überraschte Melzer der Antrag, und er beeilte sich zu sagen, daß Editha zwar wohlerzogen und schreibkundig, aber aufgrund eines Unglücksfalls seit sieben Jahren stumm sei und nur mit den Augen reden könne. Damit hoffte er insgeheim den Byzantiner von seinem Gedanken abzubringen.

Editha verstand nicht, worüber die beiden Männer redeten; aber als sie der Fremde mit den Augen verschlang, drehte sie sich um und verschwand. Erst ein Jahr später erfuhr das Mädchen von ihrem Vater, daß er sie in dieser Nacht dem Byzantiner versprochen hatte, und als es die Botschaft vernahm, begriff es die Tragweite dieser Entscheidung in keiner Weise.

Zu dieser Zeit häuften sich die Zwistigkeiten zwischen Melzer und seinem Teilhaber Gensfleisch. Der nahm sich immer größere Freiheiten gegenüber seinem Meister heraus, die ihm nicht zustanden, und machte sich über Editha und deren Sprachlosigkeit lustig, indem er ihr anmutiges Gebärdenspiel nachäffte. Wenn es um seine Tochter ging, kannte der Spiegelmacher keine Nachsicht, und so kam es, daß Melzer seinem Teilhaber eines Tages vor allen Gesellen mit der Hand ins Gesicht schlug, und es hätte nicht viel gefehlt und zwischen den beiden wäre es zu einem Kampf gekommen. Die Auseinandersetzung endete damit, daß Gensfleisch ohne ein Wort verschwand und nie mehr in das Gewölbe hinter dem Dom zurückkehrte.

Seit dem Streit waren noch keine zwei Wochen vergangen, als Editha gegen Mitternacht in die Schlafstube ihres Vaters stürzte und die Arme zum Himmel reckte, als sei höchste Gefahr im Verzug. Und noch ehe er sich versah, stieg beißender Brandgeruch in seine Nase.

»Feuer!« rief der Spiegelmacher. »Es brennt!« Er faßte seine Tochter am Arm und hastete ins Treppenhaus, wo ihnen bereits Flammen entgegenschlugen. An ein Durchkommen war nicht zu denken. Also drängte Melzer Editha zurück, riß ein Fenster auf und brüllte aus Leibeskräften: »Feurio, Feurio, zu Hilfe!« in die Nacht.

Sein Schreckensruf hallte durch die Spielmannsgasse, und sofort kamen Männer mit Ledereimern und Reisigbesen, um die Flammen zu bekämpfen. Über eine rasch herbeigeschaffte Leiter konnten sich der Spiegelmacher und seine Tochter ins Freie retten. Das Haus aber brannte beinahe völlig aus.

Für den Spiegelmacher war es keine Frage, daß Johann Gensfleisch das Feuer aus Rache gelegt hatte. Zwei Bettelleute aus Worms behaupteten, sie hätten kurz vor Mitternacht einen hochgewachsenen, bärtigen Mann mit einer Laterne unter dem Umhang in Richtung Spielmannsgasse laufen sehen. Aber wer glaubte schon fremden Bettlern? Die Saufkumpane des abtrünnigen Gesellen schworen hoch und heilig, sie hätten zum fragwürdigen Zeitpunkt mit Gensfleisch im *Goldenen Adler* gehockt, und selbst der Wirt war bereit, dies zu bezeugen.

Seit dem Brand schlug dem Spiegelmacher viel Feindseligkeit entgegen. Es ging das Gerücht, Michel Melzer habe sein Haus selbst angezündet, um zu vertuschen, daß es mit seiner Werkstatt bergab ginge. Liefen ihm nicht bereits die Gesellen davon? Daß Gensfleisch den Brand gelegt haben könnte, daran glaubte niemand, zumal dieser durch Erbschaft eines feinen Hauses zu plötzlichem Reichtum gekommen war. Dort richtete er sich schon bald darauf eine eigene Werkstätte ein, stellte drei von Melzers ehemaligen Gesellen ein und fertigte mehr Heilspiegel, als sein Meister je gegossen hatte.

Michel Melzers ganzes weltliches Gut war mit dem Haus verbrannt, und auch von den Barren aus Blei, Zinn und Antimon, die im Gewölbe der Werkstatt gelagert hatten, war kaum noch etwas zu finden, als hätte sich alles im Feuer in Nichts aufgelöst. Zauberei oder Diebstahl? Melzer hatte den Verdacht, daß es bei dem plötzlichen Reichtum seines ehemaligen Gesellen nicht mit rechten Dingen zugegangen war, aber er konnte nichts beweisen. Ihm fehlte das Geld, um sein Haus wiederaufbauen zu können. Und weil ihm sonst nichts anderes übrig blieb, verkaufte er die

Ruine um hundert Gulden an den einzigen, der sich dafür interessierte – seinen ehemaligen Gesellen Johann Gensfleisch.

Es war eine Schmach, gewiß, aber was sollte er tun?

Mit ihren vierzehn Jahren war Editha inzwischen zu einem wunderschönen Mädchen herangewachsen, und der Spiegelmacher faßte den Entschluß, den Staub von Mainz von seinen Stiefeln zu schütteln und seine Tochter nach Konstantinopel zu geleiten, wo Gero Morienus auf sie wartete. Er selbst gedachte sich irgendwo, vielleicht in Venedig, wo die Spiegelmacher zu Hause waren, niederzulassen und ein neues Leben zu beginnen.

KONSTANTINOPEL

Ecclia sancte sophie

Von den Venezianern erobert und von den Türken bedroht,
ist Konstantinopel eine sterbende Stadt. Mit 700 000
Einwohnern zählte es einst zu den größten und
aufregendsten Städten der Welt, doch Mitte
des 15. Jahrhunderts lebt hier noch ein
Bruchteil davon, in der Hauptsache
Italiener und Griechen. Die Tage
des einst mächtigen Kaisers
des oströmischen Reiches
neigen sich dem
Ende zu.

KAPITEL 11

Das Geheimnis des Würfels

Am 26. Tag ihrer Reise hallte vom Fockmast der Karracke *Utrecht* die Stimme des Obermaats: »Land, Land! Konstantinopel!«

Vom Unterdeck, wo die Reisenden zwischen Kisten und Säcken, Wollballen und Salzrädern die Tage verdöst und sich ein um das andere Mal ihr Leben erzählt hatten, lief die Aufregung zum Ankerdeck. Dort stand Michel Melzer an der Reling. Er hielt die flache Hand über die Augen, und obwohl er nichts weiter wahrnahm als einen dunklen Strich am Horizont, der schon im nächsten Augenblick wieder verschwand, als wäre es nur ein Trugbild gewesen, sagte er, an seine Tochter Editha gewandt: »Konstantinopel! Das ist der Tag, den Gott gemacht hat.«

Editha, das schweigsame Mädchen mit dem üppigen Blondhaar und den dunklen traurigen Augen, schienen die Worte wenig zu beeindrucken. Sie blickte gen Himmel, als wollte sie sagen: Was geht es mich an? Ja, es schien, als sei sie ganz woanders mit ihren Gedanken. Dabei wußte Editha ganz genau, daß ihr Vater die weite Reise ihretwegen auf sich genommen hatte. Zumindest hatte dieser nicht versäumt, sie während der vergangenen fünfundzwanzig Tage immer wieder darauf hinzuweisen.

Ja, Vater, das ist der Tag, erwiderte das schöne Mädchen mit den Augen. Es tat dies, weil es seinen Vater liebte. Dieser kindlichen Unbefangenheit stand freilich schon das Bewußtsein herausfordernder Weiblichkeit entgegen, eine Mischung aus Wasser und Feuer, welche geeignet ist, selbst gestandene Männer aus der Fassung zu bringen.

»Kind!« sagte Melzer und schloß Editha in die Arme. »Auch mir fällt diese Reise nicht leicht; dabei will ich nur dein Bestes!«

Ich weiß, nickte Editha und wandte den Kopf zur Seite. Ihr Vater sollte die Tränen nicht sehen, die ihre Augen füllten.

Die harschen Winde der vergangenen Wochen waren von der lauen Frühlingsluft der Ägäis verdrängt worden, und die gereizte Stimmung der Passagiere – es mochten etwa sechzig sein – war verflogen. Vergessen waren der Streit um den besten Schlafplatz unter Deck, die Auseinandersetzungen mit dem Koch über das schlechte Essen und der Ärger über die ungehobelte Mannschaft. Nun, da das ersehnte Ziel vor Augen lag, schlugen sich jene, die sich lange Tage nur scheele Blicke zugeworfen hatten, erlöst auf die Schultern, streckten die Arme zum nördlichen Horizont und riefen: »Konstantinopel!«

»Man sagt, die Stadt wäre wundervoll!« bemerkte Melzer, während er verlegen an seiner Tochter vorbeisah. Ihre Tränen waren ihm nicht verborgen geblieben. »Sie habe, sagt man, tausend Türme und mehr Paläste als alle Städte Italiens zusammen. Ich bin sicher, Konstantinopel wird dir gefallen.« Als Editha keine Regung zeigte, nahm er das Mädchen in die Arme, strich ihm das Haar aus dem Gesicht und redete eindringlich auf es ein: »Du wirst in einem Palast wohnen wie eine Prinzessin und Kleider aus chinesischer Seide tragen, und eine Dienerin wird dir jede Arbeit abnehmen. Du solltest glücklich sein!«

Editha wich dem Blick des Vaters aus; den Kopf zur Seite gewandt, begann sie wild zu gestikulieren. Melzer verfolgte jede ihrer Bewegungen. Er verstand, was sie meinte: Wie kann der

Mann behaupten, mich zu lieben? Als er mich sah, war ich noch ein Kind!

»Morienus?«

Das Mädchen nickte.

»Gewiß«, erwiderte Melzer, »du warst erst zwölf, als er dir begegnete, aber auch einem zwölfjährigen Mädchen sieht man an, ob es einmal eine schöne Frau wird. Und vergiß nicht, Morienus ist ein erfahrener Mann. Er versteht etwas von Frauen!«

Auf dem Vorderdeck begannen die Passagiere sich an den Händen zu fassen und übermütig zu tanzen. Es waren in der Hauptsache Kaufleute, Kunsthandwerker und Sendboten, außerdem eine Abordnung würdiger Professoren aus Gent und eine Handvoll Abenteurer, die durch nachlässige, schmutzige Kleidung auffielen. Insgesamt befanden sich nur sieben Frauen an Bord: zwei ehrbare in Begleitung ihrer Ehemänner; zwei weitere von zweifelhaftem Ruf unter der Obhut einer Kupplerin, eines häßlichen, buckeligen Weibes; eine Sprachkünstlerin aus Köln, welche angeblich in fünf Sprachen reden konnte und die ihr rotes Haar unter einem dichten Netz verborgen hielt; und Editha.

Melzer hatte gut daran getan, das schöne Mädchen in Männerkleider zu stecken; denn trotz dieser Kostümierung war Editha mehrfach von Männer bedrängt worden. Vor allem ein dicker, stets schwarz gekleideter Medicus namens Chrestien Meytens hatte ihr heftig nachgestellt. Zwar war es Frauenspersonen für gewöhnlich untersagt, Männerkleider zu tragen, aber auf See gelten eigene Gesetze.

»Es wird Zeit, daß du dich wieder in eine Frau zurückverwandelst«, meinte Melzer, als schon die Silhouette der Stadt sichtbar wurde. Editha löste sich aus seiner Umarmung. Sie nickte, zupfte ihr derbes Lederwams zurecht und verschwand unter Deck.

Meytens hatte die Szene aus der Nähe beobachtet, nun trat er an Melzer heran und fragte: »Warum weint Eure Tochter? Ein trauriger Anblick bei einem so schönen Mädchen.«

Der Spiegelmacher hielt den Blick schweigend nach Norden gerichtet, wo die Stadt wie ein stolzes Schiff aus dem Wasser ragte. Er hatte bisher keinem Mitreisenden vom Zweck seiner Reise erzählt. Nun aber, da sich die Fahrt ihrem Ende näherte, sah er keinen Grund mehr für sein Schweigen.

»Wißt Ihr«, begann Melzer umständlich, und der dicke Medicus hielt eine Hand an sein Ohr, damit er die Worte verstand, »ich bringe meine Tochter Editha zu ihrem künftigen Gemahl.«

»Ich hätte es mir denken können«, rief Meytens und klatschte einmal in die Hände.

»Wie soll ich dies verstehen?«

»Nun ja, es wäre doch ein Wunder, wenn ein so schönes Mädchen nicht längst einem Mann versprochen wäre. Laßt mich raten: Er ist alt, reich und häßlich, und Eure Tochter liebt ihren Zukünftigen nicht.«

»Keineswegs!« tat Melzer entrüstet. »Edithas Zukünftiger ist zwar reich, aber weder zu alt noch unansehnlich. Er hat Haare auf dem Kopf wie ein Faun und überragt mich um einen ganzen Kopf an Körpergröße, wirklich eine stattliche Erscheinung.«

»Aber warum weint dann das Kind?«

Melzer ließ sich mit der Antwort Zeit, ja, es schien, als wollte er die Frage überhaupt nicht beantworten; aber weil der Medicus ihn lange ansah, begann er: »Edithas Mutter starb bald nach ihrer Geburt, und seit jenem Tag ist das Mädchen mein ein und alles. Ich habe meiner Tochter Erziehung und Bildung angedeihen lassen, entgegen dem Geist der Zeit, der Mädchen lieber hinter Klostermauern sieht als in einer Bildungsanstalt. Und ich habe gelobt, sie einem Manne zuzuführen, welcher ihr ein besseres Leben bieten kann. Es schien, als hätte der Himmel meinen feierlichen Eid vernommen, als eines Tages Gero Morienus, ein junger, reicher Kaufmann aus Konstantinopel, nach Mainz kam. Er handelte mit kostbaren Tuchen und Seide aus China, und als er vernahm, daß meine Spiegel besser und schöner waren als jene der Venezianer, suchte er mich auf, und wir kamen ins Geschäft. Dabei sah er Editha, und er war wie verzaubert von ihrer Anmut. Ohne Umstände zog er einen Beutel aus seinem Wams und warf ihn vor mir auf den Tisch. Als ich ihn fragte, was das zu bedeuten habe, meinte er, er verzichte auf jede Mitgift; er wolle das Mädchen zur Frau nehmen und dies sei das Lösegeld: Hundert Gulden!«

»Eine Menge Geld!« bemerkte der dicke Medicus. »Was habt Ihr getan?«

»Zuerst habe ich nein gesagt und den Fremden darauf hingewiesen, daß Editha stumm war.«

»Nein. Ihr wart von Sinnen, Melzer!«

»Aber sie war damals noch ein Kind, versteht Ihr, und sie *ist* stumm! Schließlich haben wir einen Vertrag ausgehandelt. Sobald Editha fünfzehn sei, würde ich mit ihr nach Konstantinopel reisen. Dann könne sie seine Frau werden. Das Lösegeld ließ Morienus zurück und einen Batzen für die Reise obendrein.«

»Und Eure Tochter?«

»Wie ich schon sagte, sie war damals viel zu jung und bekam von alledem nichts mit. Als ich ihr später die Wahrheit eingestand, da konnte sie sich an den fremden Mann nicht einmal erinnern. Nun befürchtet sie, ich hätte sie mit einem buckeligen Alten oder einem griesgrämigen Scheusal verlobt.«

»Oder mit einem dicken, fetten Medicus!« lachte Meytens.

»Oder das!« Melzer grinste.

Der Übermut der Passagiere, welche, das nahe Ziel vor Augen, lärmten und tanzten, und die Nachlässigkeit der Mannschaft hatten bewirkt, daß niemand an Bord die drei schnellen Segler bemerkt hatte, welche sich von Osten näherten. Erst als eine Salve über das Meer hallte und kurz darauf eine zweite, schrien die Reisenden wild durcheinander. Der Obermaat, der inzwischen seinen Ausguck verlassen hatte, sprang auf eines der Fässer an Deck, hielt beide Hände an den Mund und rief: »Alle Mann unter Deck!«

»Diese gottverdammten Türken!« zischte Meytens, der diesen Meeresteil nicht zum erstenmal befuhr, und schob Melzer vor sich her in Richtung der vorderen Luke, die unter Deck führte. Aber noch ehe sie sich in Sicherheit gebracht hatten, wurde das Schiff von einem furchtbaren Schlag erschüttert. Ein Feuerball zerfetzte das Focksegel, und in Sekunden standen die herabhängenden Fetzen in Flammen. Verzweifelt versuchte der Obermaat ein Tau zu lösen, um das brennende Focksegel einzuholen. Es konnte jeden Augenblick das Großsegel in Brand setzen. Aber noch ehe er sich am Ziel sah, brach die Rahe in der Mitte entzwei, und die brennenden Fetzen des Segels begruben den Obermaat unter sich.

Die alte Kupplerin, die während der ganzen Reise kaum ein Wort gesprochen hatte und die ihrem Gewerbe nur mit einem vielversprechenden Grinsen und unzüchtigen Handbewegungen nachgegangen war, erhob beim Anblick des Geschehens ihre Stimme und kreischte in hohen Tönen: »Jesus, Maria und Josef, Uriel und Sabaok, Luzifer und Beelzebub, steht mir bei!« Aber ihr seltsamer Fluch ging in dem lärmenden Durcheinander unter.

»Alle Männer bilden eine Kette nach achtern!« schallte von irgendwoher die Stimme des Kapitäns.

Vom Achterdeck ließen Matrosen Ledereimer zu Wasser. Von Hand zu Hand gereicht gelang es auf diese Weise, das Feuer zu löschen, bevor es das Schiff in Brand setzen konnte. So blieb der Obermaat das einzige Opfer. Seine Leiche war bis zur Unkenntlichkeit verkohlt.

Unterdessen kamen die drei türkischen Schnellsegler immer

näher; doch den Kapitän schien die Lage wenig zu beunruhigen. Er baute sich, die Fäuste in die Seiten gestemmt, inmitten des Achterkastells auf und kommandierte: »Großsegel hart an den Wind, Besan und Blinde aussetzen! Hart an den Wind!«

Seine Befehle waren kaum ausgeführt, da legte sich die *Utrecht* ächzend wie ein gequältes Tier zur Seite, und dabei nahm sie Fahrt auf, mehr als man bei dem lauen Wind erwarten durfte.

»Hart an den Wind!« tönte die rauhe Stimme des Kapitäns erneut.

Die Verfolger hatten dieses Manöver wohl nicht erwartet. Sie schossen noch eine Salve ab, dann fielen sie deutlich zurück. Schließlich drehten sie ab in die Richtung, aus der sie gekommen waren.

»Das probieren die Hurensöhne jedesmal!« brüllte der Kapitän vom Achterkastell auf die Passagiere herab. Diese beklatschten ihn und ließen ihn hochleben. »Es ist das gefährlichste Wasser im ganzen Mittelmeer. Konstantinopel ist von allen Seiten von türkischen Eroberern umgeben. Sogar das Marmara-Meer ist in ihrer Hand. Sie pressen jedem Segler die Hälfte der Ladung ab. Gottverdammte Türkenhunde!«

Ängstlich kam Editha an Deck zurück. Sie war kaum wiederzuerkennen in ihrem grünschimmernden Reisekostüm, dessen langer Rock bis zum Boden reichte. Ein weißer, hoher, gewellter Kragen ragte bis unter das Kinn, und die weiten, an den Schultern aufgesetzten Ärmel waren von Längsschlitzen durchbrochen, aus denen gelbes Futter leuchtete. Ihr Haar trug Editha unter einer sackartigen, nach hinten abfallenden Kappe verborgen.

Das Mädchen zitterte am ganzen Körper.

»Keine Angst!« versuchte Melzer seine Tochter zu beruhigen. »Es ist noch einmal gutgegangen.« Und im Wortlaut des Kapitäns fügte er hinzu: »Gottverdammte Türken!«

Betroffen verfolgten die Passagiere an Deck, wie zwei Matrosen die verkohlte Leiche des Obermaates in einen derben Sack wuchteten, diesen zubanden und, nachdem der Kapitän eine Art Gebet gesprochen hatte, von dem keiner ein Wort verstand, steuerbord ins Wasser stießen. Das ging so schnell und ohne Pathos vonstatten, daß nicht die geringste Trauer aufkam.

Zunächst blähte sich der Sack wie der Hals einer Kröte, doch schon nach wenigen Augenblicken tauchte er im Sog des Kielwassers unter. Und der Kapitän, der die Szene vom Achterdeck verfolgt hatte, brummte zu seiner Rechtfertigung: »Nur keine Leiche an Bord! Aus Angst vor Seuchen schicken die Hafenwächter von Konstantinopel jedes Schiff zurück, das einen Toten an Bord hat.«

»Wie schade«, meinte der dicke Medicus, an Editha gewandt, ohne auf das dramatische Geschehen einzugehen, »daß Ihr schon vergeben seid, schöne Jungfrau, ich würde Euch mein Herz zu Füßen legen.« Bei diesen Worten hielt er seine breite Hand auf die Wölbung seines Bauches und verneigte sich, als wollte er seine guten Manieren zeigen.

Melzer fand die Szene peinlich und fuhr dazwischen: »Ihr solltet eher daran denken, daß Ihr ein frommes Weib zu Hause habt, edler Herr, anstatt einer züchtigen Jungfrau unschickliche Anträge zu machen!«

Meytens schwieg einen Augenblick, dann entgegnete er ungehalten: »Wäre es, wie Ihr behauptet, so wüßte ich wohl, was ich zu tun hätte. So aber leide ich nicht weniger als Ihr; denn wie Ihr habe ich meine Frau in jungen Jahren verloren.« Und traurig fügte er hinzu: »Und obendrein mein Kind.«

»Verzeiht, das konnte ich nicht ahnen«, bat Melzer um Vergebung. Und während er Editha bei der Hand nahm, meinte er lächelnd: »Aber dann werdet Ihr verstehen, wie sehr ich mich um mein Kind sorge. Ich will noch gar nicht daran denken, daß ich einem anderen die Verantwortung für sie überlassen soll.«

Auf dem Unterdeck herrschte große Aufregung. Passagiere suchten nach ihrem Gepäck, das in große Stoffballen geschnürt oder in Holzkisten verstaut war. Dazwischen mühten sich ein paar Matrosen, die Spuren des Feuers zu beseitigen. Schließlich holten sie Besan- und Toppsegel ein und hievten das Großsegel quer in den Wind, so daß die *Utrecht* nun sanft wie ein Schwan dahinglitt.

Der Hafen, im Süden der Stadt gelegen, glich einem Wald mit kahlen Bäumen, ja, es schien, als hätten sich die Masten und Takelagen unzähliger Schiffe unentwirrbar ineinander verhakt. Hinter diesem Wald aus Masten erhob sich die Stadt wie ein gewaltiges Bollwerk: Terrassen und Mauern, Pavillons und Paläste, Säulenhallen und Türme, Kasernen und Kirchen, so weit das Auge reichte. Von Dächern und Zinnen, Säulen, Obelisken und monumentalen Statuen ging ein Flimmern und Glitzern aus, als wäre alles aus purem Gold. Dazwischen ragten Palmen und Plantanen aus dem Häusermeer, das von bewachsenen Arkadenhöfen durchsetzt war und von kunstvoll gestalteten Parkanlagen unterbrochen wurde. Welch eine Stadt!

Am Hafenkai wurde der fremde Segler von aufgeregten, schreienden Menschen begrüßt. Lastenträger, Fuhrleute, Fremdenführer, Händler und Geschäftemacher balgten sich um einen Platz in der vordersten Reihe. Lärmend und in allen Sprachen boten sie ihre Dienste an, noch bevor das Schiff überhaupt angelegt hatte.

Editha schmiegte sich an ihren Vater. Die Vorstellung, sich einen Weg durch dieses Menschengewirr bahnen zu müssen, machte ihr angst. Sieh nur die schwarzen Menschen mit den breiten Lippen und jene mit den geschlitzten Augen! Editha deutete aufgeregt nach unten. Und, bei der Heiligen Jungfrau, jene schwarzhaarigen Teufel tragen Haare und Bärte so lang, daß sie ohne Kleider herumlaufen könnten, und niemand würde es bemerken!

Melzer gab sich weltgewandt und lachte: »Die Schwarzen kommen aus den fernen Ländern Afrikas, aus Syrien, Mauretanien und Ägypten, und jene mit dem Turban auf dem Kopf sind Araber. Die Schlitzäugigen sind in China zu Hause und die schwarzhaarigen Teufel sind Bewohner der asiatischen Steppen. Man nennt sie Sarmaten, Chasaren, Saken und Petschenegen.«

Das Mädchen schüttelte den Kopf und formulierte mit den Händen eine Frage: Aber warum treffen sie sich alle hier an diesem Ort?

Melzer hob die Schultern. »Konstantinopel ist die größte Stadt der Welt, gewiß zweihundertmal so groß wie Mainz. Man sagt, wer hier sein Glück nicht macht, macht es nirgendwo.«

Editha verstand die Andeutung ihres Vaters und schlug die Augen nieder.

Die Schiffsglocke gab das Zeichen, daß die *Utrecht* fest vertäut war und die Passagiere von Bord gehen durften. Treffsicher warfen einige ihr Gepäck über die Reling auf die Kaimauer, wo sich sogleich mehrere Träger darum stritten, es auf Karren verladen oder auf ihre Schultern wuchten zu dürfen.

Vom Achterdeck herab winkte Melzer einen Träger herbei und rief ihm zu, er solle ihre beiden Gepäckballen in Empfang nehmen; doch kaum hatte der Mann die Gepäckstücke gepackt, verschwand er blitzschnell im Menschengewühl.

Was nun? Editha sah ihren Vater an, während sie von Bord gingen.

Der blickte sich ratlos um. Dann schlug er sich schmunzelnd auf die Brust, als wollte er sagen: Nur gut, daß ich all unser Geld am Leibe trage!

Ein junger Mann von olivfarbener Haut mit einer Narbe an der Stirn machte sich an die beiden heran und fragte in allen möglichen Sprachen, ob er ihnen dienlich sein könne.

Michel Melzer war wütend und stieß ihn beiseite: »Bring mir

lieber unser Gepäck zurück, du Hundesohn!« Er glaubte selbst nicht an die Wirkung seiner Worte und war verwundert, als der Junge mit den Augen rollte und entgegnete: »Alles ist möglich, Herr!« Dabei hielt er lächelnd die Hand auf. »Ich heiße Kamal Abdel Zulfakar, der Ägypter, aber alle nennen mich Ali Kamal.«

»Du steckst mit dem Dieb unter einer Decke!« schimpfte Melzer und packte die ausgestreckte Hand des Jungen: »Ich werde dir zeigen …«

»Bei meinem Gott, nein!« tat Ali Kamal entrüstet. »Stehlen ist nicht meine Sache, fremder Herr. Aber ich kenne viele Leute in dieser großen Stadt, und viele Leute wissen viel; Ihr versteht, was ich meine.«

Melzer sah seine Tochter an, und die zuckte mit den Schultern.

»Nun gut«, meinte Melzer an den Jungen gewandt, »du sollst deinen Lohn haben, wenn du uns unser Gepäck wiederbeschaffst; aber erst, wenn du erfolgreich warst.«

Ali Kamal murrte zunächst, doch dann zeigte er sich einverstanden und meinte: »Folgt mir!«

Immer drei Schritte voran bahnte sich der Junge einen Weg durch die belebte Mesê, die Hauptstraße, welche vom Hafen nach Westen ins Stadtzentrum führte. Der Spiegelmacher und seine Tochter hatten Mühe, den Jungen nicht aus den Augen zu verlieren. Ihnen blieb kaum Zeit, einen Blick auf die prächtigen Hallen, Galerien, Paläste und Gartenanlagen zu werfen.

Nach wenigen hundert Metern weitete sich die Hauptstraße zu einem langgestreckten Platz, der von Händlern, Handwerkern und Fuhrleuten bevölkert und von Käufern belagert war. Fleisch, Fisch und Käse, Farben, Gewürze und Parfum vermischten sich zu einem unerträglichen Gestank. Eingekeilt zwischen drängenden, schiebenden, lärmenden Menschen, hielten sich die Fremden ihre Nase zu.

Melzer drückte Edithas Hand, als wollte er dem Kind Mut machen; in Wahrheit hegte er Bedenken, ob der Ägypter sie nicht in eine Falle lockte. Sein Eindruck verstärkte sich noch, als Ali Kamal den Weg durch einen Torturm einschlug, in dessen Schatten sich gewiß drei Dutzend Geldwechsler drängten, bärtige alte Männer in weiten roten Gewändern, die ihre Silberlinge in verschnürten Säcken zum Klingen brachten.

Hinter dem Tor wand sich eine schmale Gasse bergan, mit mehrgeschossigen Mietshäusern auf beiden Seiten. Die Eingänge wirkten nicht gerade vertrauenerweckend.

»Wohin führst du uns, Ägypter?« rief Melzer und hielt inne.

Ali Kamal wandte sich um und lachte. »Konstantinopel ist eine schreckliche Stadt, ich weiß. Die wenigsten Straßen haben überhaupt einen Namen. Manche Anschrift mußt du tagelang suchen.«

»Ich will wissen, wohin du uns führst!« fuhr Melzer unwillig dazwischen.

Der Ägypter hob den Arm und zeigte zum Ende der Gasse, wo eine Art Lagerhalle stand, aus Holz gebaut wie die meisten Häuser in dieser Straße und ebenso verkommen.

Der Anblick machte Melzer nur noch mißtrauischer. Er trat an den Jungen heran und sagte mit drohender Stimme: »Hör zu, mein Sohn, wenn du glaubst, du könntest uns in eine Falle locken, dann hast du dich getäuscht!« und dabei hielt er dem Ägypter die geballte Rechte vors Gesicht.

Dieser wirkte unbeeindruckt, rollte mit den Augen und grinste über das ganze Gesicht. »Vertraut mir, fremder Herr, bei meinem Gott. Der Blitz soll mich treffen, wenn ich's nicht ehrlich mit Euch meine.«

Die Worte klangen in Melzers Ohren zwar nicht recht überzeugend, aber welche Wahl blieb ihm? Also folgten er und Editha ihrem Führer bis zu dem Lagerhaus.

Das Innere des Gebäudes war an den Seiten durch Holzbalken in Stockwerke untergliedert, auf denen Fässer, Kisten, Ballen und Säcke lagerten. Seilzüge und Flaschenzüge hingen wie ein riesiges Spinnennetz von der Decke, durch die nur spärliches Tageslicht fiel, und zwischen den einzelnen Galerien turnten halbnackte, dunkelhäutige Knechte herum, verknoteten die Seile der Hebevorrichtungen, rollten Fässer von einem Ort zum andern und warfen Wollballen scheinbar planlos von den oberen Etagen in die Tiefe. Man konnte kaum atmen, so dicht hing der Staub in der Luft.

Auf einer Empore, die wie eine Kirchenkanzel in den Innenraum hineinragte, dirigierte ein kleiner dicker Mann mit einem Gesicht wie eine pralle Schweinsblase das Geschehen in dem Lagerhaus. Er trug eine vornehme Kappe und einen weiten Umhang, aus dem seine viel zu kurzen Arme herausragten. Mit diesen Ärmchen vollführte er heftige Bewegungen, und bisweilen bekräftigte er seine Anweisungen mit einem schrillen Pfiff.

Als hätte er die Ankömmlinge erwartet, bedeutete er Ali Kamal, sich mit den Fremden in den rückwärtigen Teil der Halle zu begeben, er selbst wolle folgen.

Das Rückgebäude sah aus wie ein riesiger Basar. Boden und Wände waren mit Teppichen belegt und verkleidet; blinkendes Geschirr und kostbare Gläser standen bis zur Decke aufgereiht in offenen Regalen; Kästen quollen über von glitzerndem Schmuck; es gab Kleider aus Samt und Seide und Schuhwerk aus feinem Leder. Und zwischen all den kostbaren Dingen standen Reisetruhen, Holzkisten und Taschen, nicht weniger als eine Schiffsladung.

Sein Lebtag hatte Melzer nicht so viele Kostbarkeiten auf einen Fleck gesehen. Die Vielfalt der Waren und die eigenartige Anhäufung ließ bei ihm den Verdacht aufkommen, es könne sich hier nur um ein Lager von Diebesgut handeln. Seine Vermutung wurde bestätigt, als der Dicke freundlich winkend den Raum betrat und ohne Umschweife in Melzers Sprache die Frage stellte: »Seid Ihr bestohlen worden?«

Als Melzer bejahte, tat jener entrüstet, schmatzte mit der Zunge und erwiderte kopfschüttelnd: »O wie schlecht ist diese Welt!« Dann erkundigte er sich nach den näheren Umständen des Diebstahls und dem Aussehen der Gepäckstücke.

Kaum hatte Melzer geantwortet, da trat Ali Kamal, dessen Abwesenheit sie gar nicht bemerkt hatten, mit ihrem Gepäck in den Raum, und noch ehe Melzer etwas sagen konnte, begann der Dicke: »Ihr mögt Euch vielleicht wundern, fremder Herr, wie ich in den Besitz Eurer Habe komme, also will ich es Euch erklären. Seht, die Welt ist, wie ich schon sagte, schlecht, sehr schlecht. Überall wimmelt es von Dieben und Betrügern, und nicht einmal die Strafe des Händeabhackens schützt uns vor den Taten dieser Verbrecher. Es sind vor allem die Fremden, welche diesen Taugenichtsen zum Opfer fallen, ehrenwerte Leute wie Ihr. O wie schäme ich mich für dieses Gesindel! Ihr glaubt mir doch?«

Melzer und Editha nickten sprachlos.

»Ich bin ein ehrlicher Mensch wie Ihr«, fuhr der Dicke fort, »das wissen auch die Diebe. Sie bringen mir ihr Diebesgut, und ich kaufe es ihnen wieder ab. Alle Diebe wissen das, und alle Bestohlenen. Für Euer Gepäck mußte ich sieben Scudi entrichten.«

»Sieben Scudi? Das sind zweieinhalb Gulden!«

»Mag sein. Das Leben ist teuer und bisweilen unverschämt, und Konstantinopel ist die teuerste und unverschämteste Stadt der Welt!«

Editha, die das falsche Spiel ebenso durchschaute wie ihr Vater, drängte mit heftigen Kopfbewegungen: So gib ihm schon das Geld. Und dann nichts wie fort von hier.

Melzer zog seinen Beutel aus dem Wams und trat einen Schritt auf den Dicken zu. Dabei spürte er unter der Sohle seines linken Fußes ein kantiges Etwas.

Er bückte sich und hob einen kleinen tönernen Würfel auf mit einem kunstvoll geformten A auf der Vorderseite, kaum größer als ein Fingernagel. Melzer reichte den Fund dem Kaufmann, doch der schüttelte den Kopf und meinte abwehrend: »Sieben Scudi, fremder Herr! Den Würfel könnt Ihr behalten. Er soll Euch Glück bringen!«

Wütend zählte der Spiegelmacher dem Dicken sieben Silbermünzen in die schwammige Hand. Viel hätte nicht gefehlt, und er hätte vor dem Kerl auf den Boden gespuckt, so wütend war er.

Zu guter Letzt pochte auch noch der kleine Ägypter auf den versprochenen Lohn. Dafür erbat er sich, sie samt ihrem Gepäck zur nächsten Fremdenunterkunft zu bringen.

Die Herberge hieß *Toro Nero*, »Der schwarze Stier«, erkennbar an einem Schild, welches das Bild eines stilisierten Hornviehs trug. Melzer wunderte sich zunächst über den italienischen Namen, aber dergleichen war, wie er erfuhr, an einem Ort wie Konstantinopel mit seinem Völkergemisch nichts Ungewöhnliches. Das Gasthaus lag oberhalb des Hippodroms und war laut, aber unerwartet komfortabel.

Das Haus selbst war rot bemalt und aus Holz gebaut. In Höhe des ersten Stockwerks lief eine mit Erkern und einem spitzbogigen Geländer versehene Altane um das langgestreckte Gebäude. Nur die beiden mittleren Fenster auf jeder Seite wurden von glitzernden Butzenscheiben geziert, vor den übrigen gab es nur hölzerne Jalousien. Sie waren mit Sternen und Rankenwerk kunstvoll durchbrochen, so daß stets eine leichte Brise durch die Räume streichen konnte.

Weder der Wirt noch Ali Kamal konnten Auskunft über den Seidenhändler Gero Morienus geben. Sie sollten sich erst einmal von der langen Reise ausruhen, meinte der junge Ägypter und versprach, den Gesuchten ausfindig zu machen. Sobald er ihn gefunden habe, werde er sich melden.

»Zwei freundliche Zimmer?« kam der Wirt Melzers Frage zuvor und musterte den Fremden vom Scheitel bis zur Sohle, und als er die Reisekleidung als seinem Hause angemessen beurteilt hatte, warf er Editha einen bewundernden Blick zu. »Ei, gewiß, hoher Herr aus der Fremde«, entgegnete er endlich, »freundliche Zimmer fehlen nicht in meinem Haus. Ich hebe immer zwei davon auf für Menschen, die genug Verstand haben, sie nach ihrem Wert zu bezahlen.« Dabei blickte er dem Fragesteller unverschämt grinsend ins Gesicht.

»Wieviel?« fragte Melzer, bei dem sich allmählich eine gewisse Erschöpfung breitmachte.

Der Wirt blickte zur Decke des Raumes, an der goldschimmernde quadratische Kassetten symmetrisch aneinandergereiht ein Schachbrettmuster ergaben, und bewegte die Lippen, als müßte er den Preis für die Zimmer erst berechnen.

»Pro Woche eineinhalb Scudi«, meinte er endlich und betrachtete den Gast, als erwarte er heftigen Widerspruch.

»Ihr seid verrückt, Italiener«, erklärte Melzer. »Ich gebe Euch einen Scudo für die Woche, und sollte ich länger bleiben, einen weiteren. Schlagt ein, oder ich sehe mich nach einer anderen Herberge um!« Dabei hielt der Spiegelmacher dem Wirt die ausgestreckte Hand entgegen.

Der Wirt seufzte. »Ihr Deutschen seid harte Geschäftsleute. Engländer und Franzosen zahlen lamentierend jeden geforderten Preis, oder sie stehlen sich heimlich davon. Also, sei's drum, Fremder.« Er ergriff die dargebotene Hand so eifrig, daß Melzer insgeheim fluchte; vermutlich hätte er das Zimmer auch für einen halben Scudo bekommen.

Der Wirt klatschte in die Hände, und von allen Seiten eilten rotgekleidete Diener herbei, die sich um das Gepäck der Gäste kümmerten.

Im oberen Stockwerk waren vier große Räume, welche den Blick nach Süden auf das Marmarameer freigaben, während vier kleinere, rückwärtige zum Konstantinsforum hin zeigten. Melzer bestand darauf, zwei von den größeren Zimmern zugewiesen zu bekommen, was sich als Fehler erweisen sollte, da die Hitze tagsüber durch die Mauern drang. Die Räume waren kahl bis auf ein Bett, eine Truhe und einen tönernen Wasserkrug. Ansonsten war die Herberge, wie Editha und er später feststellen sollten, geradezu luxuriös eingerichtet. Neben einer Schenke gab es im Erdgeschoß sogar marmorne Brunnen als Waschgelegenheit und ein steinernes Boudoir zur Verrichtung der Notdurft.

Editha fand kaum Schlaf in dieser Nacht. Die Vorstellung in der fremdartigen Stadt heimisch zu werden, werden zu müssen, erschien ihr unerträglich. Ihr Vater hingegen sah sich, zumindest was seine Tochter betraf, am Ziel seiner Wünsche. Gewiß würde der Seidenhändler von dem Ägypter in den nächsten Tagen ausfindig gemacht werden. Mit diesem Gedanken schlief er auf einer niedrigen Lagerstätte ein, ohne sich seiner Kleider zu entledigen, und er hätte wohl noch länger geschlafen, wäre er nicht auf ungestüme Weise wachgerüttelt worden.

»Fremder Herr, hört, was ich Euch zu berichten habe!« Die Stimme gehörte Ali Kamal.

Mißmutig stieß Melzer den Jungen beiseite. Er wollte sich noch einmal umdrehen, als er von dem Ägypter vernahm: »Ich habe mich bei allen Botenläufern Konstantinopels nach dem Seidenhändler Gero Morienus erkundigt. Ich habe ihn ausfindig gemacht. Er lebt auf der gegenüberliegenden Seite der Stadt am Bosporus.«

Der Spiegelmacher erhob sich, und während er sich den Schlaf aus den Augen rieb, meinte er anerkennend: »Junge, du bist ein

Prachtkerl. Und wenn du mich auch noch zu ihm bringst, soll es dein Schaden nicht sein.«

»Ich werde eine Pferdekutsche besorgen«, antwortete Ali Kamal. »Der Weg ist weit.«

Das Haus am Marmara-Meer lag zwischen dunkelgrünen Pinien verborgen. Weiße Marmorstatuen aus alter Zeit säumten die Auffahrt zum Hauseingang. Das mit Eisenplatten beschlagene Tor wurde von wuchtigen Säulen flankiert, eine Trutzburg inmitten eines südländischen Parks.

Was ihr Begehren sei, fragte ein herausgeputzter Mohr. Dabei öffnete er die schwere Tür nur einen Spalt.

»Melde deinem Herrn Morienus, Meister Melzer aus dem fernen Mainz sei da und habe ihm seinen Augenstern mitgebracht.«

Der Lakai warf einen flüchtigen Blick auf Editha, dann öffnete er die Tür, bat die fremden Besucher in einen abgedunkelten Vorraum und forderte sie auf zu warten.

Durch ein hohes, rundes, mit roten und blauen Butzenscheiben verglastes Seitenfenster fielen grelle Lichtpunkte auf den steinernen Boden. Von der Decke hing eine filigrane Lichtampel aus blitzendem Messing. Es roch nach Weihrauch und fremdartigen Düften. Edithas Herz schlug bis zum Hals. Sie hatte genug Zeit gehabt, sich diesen Augenblick vorzustellen, aber nun, da der Zeitpunkt gekommen war, hatte sie Angst. Melzer bemerkte die Aufregung seiner Tochter und nickte Editha aufmunternd zu.

Da kam eine junge Frau in einem langen gelben Kleid über die Treppe herab. Sie trat auf die Fremden zu und fragte mit höflichen Lächeln: »Ihr kommt aus Deutschland, hörte ich, und wollt Herrn Morienus sprechen?«

»Ja«, antwortete der Spiegelmacher. »Ich heiße Michel Melzer, bin Spiegelmacher, und dies ist meine Tochter Editha, welche auf Euren Herrn so großen Eindruck gemacht hat.«

Die junge Frau neigte den Kopf zur Seite und lächelte, als wollte sie sagen: Das kann ich verstehen. Doch dann verhärtete sich ihre freundliche Miene plötzlich, und sie entgegnete: »Nennt Morienus nicht meinen Herrn. Ich bin nicht seine Dienerin, ich bin seine Frau!«

Melzer glaubte sich verhört zu haben, deshalb erkundigte er sich ungläubig: »Was sagtet Ihr, was seid Ihr?«

»Seine Frau, gewiß; seit nunmehr sieben Monaten.«

Editha sah ihrem Vater ins Gesicht. Hatte sie die Worte richtig verstanden?

»Ich begreife nicht«, sagte der Spiegelmacher verwirrt.

Da lachte die junge Frau: »Bei allen Göttern des Ostens, was gibt es da zu begreifen? Ich bin Morienus' Gemahlin!«

»Aber, aber«, stotterte Melzer, »Morienus wollte doch …«

»Ja?«

»Ach, nichts«, meinte Melzer resigniert. Es schien, als wäre er in dieser unerwarteten Situation verzweifelter als seine Tochter.

»Morienus wird morgen zurück sein«, erklärte die Frau. »Er wird sich gewiß freuen, Euch zu sehen. Wo kann er Euch finden?«

»Im *Toro Nero*«, murmelte der Spiegelmacher geistesabwesend. Er wollte sagen, daß er Morienus eigentlich nicht mehr sehen wollte, aber in seiner Entgeisterung brachte er keinen Ton hervor. Er faßte Editha an der Hand, wandte sich um und verließ das Haus ohne Gruß.

Als er mit Editha ins Freie trat, schien es ihm, als erwachte er aus einem bösen Traum, als habe das Leben eine Wendung genommen, die ihn unerbittlich ins Verderben zog. Gleichzeitig regte sich sein Gewissen, und er fragte sich, ob dies nicht die Strafe Gottes sei für die Gaunereien, die er angewendet hatte, um seine Spiegel zu verkaufen. Gewiß hatte der Teufel seine Pratzen im Spiel. Wie sollte er dieser düsteren Macht begegnen? So befiel den Spiegelmacher tiefe Schwermut.

Wenn ich, rückblickend, an diesem schwülwarmen Tag im April irgend etwas gelernt habe, so ist es dies, nie aufzugeben; denn so düster und aussichtslos das Leben auch sein mag, es sind gerade diese Ereignisse, welche einem Menschen ungeahnte Stärke verleihen und ihn über sich selbst hinauswachsen lassen. Denn je tiefer man sinkt, desto reicher wird das Leben. Hätte ich damals im April geahnt, daß ich mich noch viel tiefer in mein Schicksal verstricken würde, ich hätte vielleicht nicht den Mut aufgebracht weiterzuleben. Fernab von meiner Heimatstadt, hart an der Grenze zur Armut, gab es damals niemanden, der bereit gewesen wäre, mir und meiner sprachlosen Tochter Editha zu helfen. Ja, ich hatte auf einmal den Boden unter den Füßen verloren.

Heute schäme ich mich für diese trüben Gedanken, weil sie nicht meinen wahren Charakter widerspiegeln, sondern nur den törichten Vergleich mit dem ungetrübten Schicksal anderer. Dabei ist es der größte Fehler in Zeiten der Kümmernis, auf die Hilfe anderer zu hoffen. Denn es gibt nur einen Menschen auf der Welt, der dich aus einem Tief herausholt, und dieser Mensch bist du selbst. Spät – Gott sei's gedankt, nicht zu spät – wurde mir klar, daß es auf jeden Fall drei Möglichkeiten gibt, das Leben zu meistern: Betteln, Stehlen oder etwas Leisten.

Heute kann ich es ja sagen: Damals auf dem Rückweg zu unserer Herberge hatte ich den Plan gefaßt, mich und meine unglückliche Tochter vom höchsten Turm der Stadt zu stürzen. Ein kleiner Schritt, der ein bißchen Mut erfordert, und alles wäre zu Ende gewesen. Ja, so weit war ich. Aber dann geschah etwas Unerwartetes, ganz und gar Nebensächliches, und doch nahm es für mich und mein Leben entscheidende Bedeutung an.

Während ich mit Editha durch eine der namenlosen Straßen ging, in der die reichen Tuchhändler ihre Stoffe feilboten, näherte sich uns von hinten ein kleines Mädchen. Es war kaum vier Jahre alt und barfuß, und sein zotteliges schwarzes Haar hing ihm in langen Strähnen herab. Sein zerschlissenes Kleidchen wies zahlreiche Flecken auf. Aber ungeachtet ihrer Armut lachte die Kleine herzerfrischend, und zaghaft griff sie nach meiner Hand. Es hätte nicht viel gefehlt, und ich hätte sie weggestoßen und mit bösen Worten verscheucht wie die unzähligen Bettlerkinder, deren sich jeder Fremde in dieser Stadt erwehren muß. Doch bevor es dazu kam, blickte ich in die lachenden, pechschwarzen Augen des Mädchens, das ein paar unverständliche Worte plapperte.

Obwohl ich meinen Weg fortsetzte, ohne innezuhalten, ließ das kleine Mädchen meine Hand nicht los; ja, es begleitete uns ein gutes Stück Weges, bis mir Bedenken kamen, ob es jemals allein nach Hause fände. Editha rührte die Begegnung nicht weniger als mich, und sie bedeutete mir, ich solle dem Mädchen eine Münze in sein Händchen drücken, dann werde es aus freien Stücken umkehren. Also kramte ich in meinem Beutel, aber noch ehe ich eine Münze hervorgefingert hatte, drehte sich die Kleine um und lief, so schnell sie nur konnte, in die Richtung zurück, aus der sie gekommen war.

Noch heute, nach über vierzig Jahren, habe ich das Lachen dieses Kindes vor Augen, als wäre es mir gestern begegnet. Und heute wie damals befällt mich ein seltsames Glücksgefühl über dieses Treffen. Ich empfand es als einen Fingerzeig des Schicksals, daß Glück und Unglück nur von einem selbst ausgehen.

Gewiß, es ist nicht leicht, das zu begreifen, und zunächst tat ich mich auch schwer, meine Wut um das Leid zu zügeln. Irgend etwas in der Tiefe meines Herzens verursachte einen stechenden Schmerz wie ein Dolch, der sich in dein Fleisch bohrt. Es war die Trauer darüber, daß ich Editha nicht den erhofften Wohlstand bieten konnte. Und weil Morienus obendrein meinen Stolz verletzt hatte, hatte ich Schwierigkeiten, meiner Gefühle Herr zu werden. Ja, ich schäme mich nicht einzugestehen, ich habe

geweint an diesem Abend, während Editha dem Geschehen weit weniger Bedeutung beimaß. Jedenfalls hatte ich zunächst den Eindruck.

Entgegen seiner Gewohnheit gab sich Michel Melzer an diesem Abend dem Wein hin. Editha hatte ihrem Vater mit heftigen Bewegungen zu erkennen gegeben, daß ihr die Angelegenheit nicht einmal leid tat, und sich früh auf ihr Zimmer zurückgezogen.

In der Wirtstube der Herberge, die mit Fremden aus aller Welt überfüllt war, herrschte ein Sprachengewirr wie beim Turmbau zu Babel. Reisende aus dem Orient, aus Afrika und Europa, in der Hauptsache aber Italiener und Griechen, von denen Konstantinopel übervölkert war, trafen sich hier zu zwangloser Plauderei oder besiegelten den Abschluß ihrer Geschäfte. Man saß an langen, schmalen Tischen und konnte froh sein, überhaupt einen freien Platz zu finden.

Melzer trank schweren roten Samoswein, der geeignet ist, einen Mann, der vergessen will, umzustimmen, so daß er schon nach kurzer Zeit sein Leben in freundlicherem Licht sieht. Es dauerte nicht lange, als ihm jemand von hinten auf die Schulter schlug und eine Stimme, die er kannte, rief: »He, Meister Melzer, Ihr hier?«

Der Spiegelmacher drehte sich um und erkannte Chrestien Meytens, den Medicus vom Schiff. Er bot ihm einen Platz an.

»Euch hätte ich hier zu allerletzt erwartet«, meinte Meytens lachend. »Ich dachte, Ihr würdet beim Zukünftigen Eurer Tochter logieren.«

Melzer machte eine abweisende Handbewegung, und der Medicus ahnte sofort, daß etwas vorgefallen sein mußte. »Was ist geschehen?« fragte er. »Wo habt Ihr Eure Tochter gelassen?«

»Sie ist auf ihrer Kammer«, erwiderte der Spiegelmacher und

deutete mit dem Finger nach oben. »Wahrscheinlich weint sie sich die Augen aus.« Dann nahm er einen tiefen Schluck.

»Was ist geschehen?« wiederholte Meytens.

Obwohl Melzer sich fest vorgenommen hatte, niemandem auch nur ein Wort über den Vorfall zu berichten, brach es mit einem Mal aus ihm heraus, und er erzählte dem Medicus, was sich am Vormittag ereignet hatte: daß der erwählte Gemahl seiner Tochter vor sieben Monaten eine andere geehelicht hatte.

Kaum hatte der Spiegelmacher geendet, als ein stattlicher Herr in vornehmer bunter Kleidung in den Schankraum trat. Melzer erkannte ihn sofort. Es war Gero Morienus. Der Wein und die unverhoffte Beichte vor dem Medicus hatten seine Wut auf Morienus nur noch gesteigert. Er sprang auf, trat auf Morienus zu, faßte ihn an seinem Umhang, schüttelte ihn und schrie ihm ins Gesicht: »Ihr wagt es noch, hier aufzutauchen, Ihr … Ihr Verbrecher!«

Gero Morienus war größer und kräftiger als sein Gegner, vor allem aber nüchtern. Er drückte Melzer auf seinen Stuhl und nahm gegenüber Platz.

»Ihr seid betrunken, Meister Melzer«, sagte er zurückhaltend vornehm, aber bestimmt.

Melzer fuhr hoch: »Ist's ein Wunder, wenn ein Vater erfahren muß, daß der künftige Gemahl seiner Tochter gerade eine andere geheiratet hat? Aber vermutlich hat der feine Herr sein Gelöbnis vergessen!«

»Keineswegs!« erwiderte Morienus entrüstet. »Unsere Vereinbarung gilt nach wie vor!«

Der Spiegelmacher lachte. »Und was gedenkt Ihr zu tun? Wollt Ihr die andere verlassen?«

»Seht«, meinte Morienus beschwichtigend, »Ihr seid hier nicht in Mainz. Ihr seid in Konstantinopel, der Hauptstadt des Ostens, zwanzig bis dreißig Tagesreisen von Eurer Heimat entfernt. Hier ist alles anders, das Leben, die Religion, sogar die Zeit. Ein Mann von Stand lebt, so es seine Verhältnisse erlauben, mit mehreren Frauen; keine hat unter der anderen zu leiden, und niemand nimmt daran Anstoß.«

»Schöne Sitten und Gebräuche sind das«, schimpfte Melzer aufgebracht, und an Meytens gewandt, der die Auseinandersetzung schweigend verfolgte, meinte er: »Habt Ihr von diesen Sitten gewußt?«

Der hob verlegen die Schultern. »Ich habe mich nicht dafür interessiert. Aber wenn der Byzantiner das sagt ...«

Melzer fiel ihm ins Wort: »Wie dem auch sei, bei unserem Verlöbnis war nie von Vielweiberei die Rede.«

»Nein«, bekräftigte Morienus, »weil es hierzulande eine Selbstverständlichkeit ist und keiner besonderen Erwähnung bedarf.«

»Aber ich hätte Euch nie meine Tochter versprochen, wenn ich von dieser Hurerei Kenntnis gehabt hätte.«

Da schlug Morienus mit der Faust auf den Tisch. »Schluß mit dem dummen Geschwätz!« Seine Augen funkelten zornig. »Ich bin nicht bereit, unsere Sitten und Gebräuche gegenüber einem Handwerker aus Mainz zu rechtfertigen. Wo steckt Eure Tochter? Mein Anspruch gilt. Ich habe hundert Gulden Lösegeld für sie bezahlt, und Ihr wart einverstanden.«

»Ihr habt mich und mein Kind getäuscht. Ich werde Euch Editha niemals zur Frau geben!«

Morienus sprang auf. »Dann legt die hundert Gulden Lösegeld, die ich gezahlt habe, sofort auf den Tisch.«

»Das kann ich nicht ... nicht sofort«, erwiderte der Spiegelmacher mit schwerer Zunge. »Aber Ihr sollt das Lösegeld zurückhaben, sobald es mir möglich ist.«

»Das Lösegeld oder Eure Tochter!« beharrte Morienus.

Melzer fühlte sich in die Enge getrieben. Er wollte den Byzantiner loswerden, seine Tochter Editha aus dieser fatalen Situation befreien. Aber seine gesamte Barschaft betrug nicht einmal mehr hundert Gulden – die Summe, die er von Gensfleisch für den Verkauf des Hauses bekommen hatte, abzüglich der Kosten für Überfahrt und Verpflegung –, und dieses Geld hatte er nötig für einen Neubeginn. Nun, im halbtrunkenen Zustand, befiel ihn auf einmal tiefe Niedergeschlagenheit, und verzweifelt, so als wollte er sich vor der Welt verstecken, schlug er die Hände vors Gesicht.

Wie im Traum vernahm er das Geräusch, das entsteht, wenn Geldmünzen auf eine Tischplatte gezählt werden. Und als der Spiegelmacher aufsah, lagen zehn einzelne Zehn-Gulden-Münzen in der Mitte des Tisches, und Meytens sagte, an Morienus gewandt: »Hier, nehmt, was Euch gehört, und verschwindet!«

Morienus schien die unerwartete Wendung nicht weniger zu überraschen als Melzer. Der wollte das Angebot des Medicus zurückweisen, aber noch ehe er auch nur ein Wort hervorbringen konnte, hatte Morienus das Geld genommen, ließ es in die Tasche gleiten, drehte sich um und bahnte sich einen Weg durch das überfüllte Lokal.

»Das hättet Ihr nicht tun dürfen«, meinte der Spiegelmacher, während er, den Kopf in beide Fäuste gestützt, ins Leere starrte.

Meytens hob die Schultern, als wollte er sagen: Ich hab's nun mal getan. Dann aber sagte er: »Ein so schönes Mädchen darf nicht in die Fänge eines solchen Wüstlings geraten. Niemals!«

Obwohl sich die Situation von einem Augenblick auf den anderen gewendet hatte, war es Melzer unbehaglich zumute. Er erinnerte sich sehr wohl der Anträge, mit denen der Medicus Editha auf dem Schiff überhäuft hatte. Deshalb sagte er: »Ich zahle Euch das Geld zurück, sobald ich kann, mit Zins und Zinseszins!«

Meytens machte eine abwehrende Handbewegung: »Schon

gut. Und glaubt nicht etwa, daß ich irgendwelche Bedingungen an das Darlehen knüpfe. Das Mädchen soll selbst entscheiden, wem es seine Zuneigung schenken will.«

Melzer war erstaunt. Eine solche Entgegnung hatte er nicht erwartet. Gab es doch noch gute Menschen auf dieser Welt?

Wie dem auch sei, er hatte zuviel getrunken, um über Fragen der Moral zu philosophieren. Seine Hand glitt in die Tasche, um nach ein paar Kupfermünzen zu suchen, seine Zeche zu bezahlen. Doch statt dessen fanden seine tastenden Finger etwas anderes: jenen tönernen Würfel, den er in dem Lagerhaus gefunden hatte. Er zog ihn hervor und schnippte ihn wie ein Spielzeug über den Tisch. Der Medicus schob ihn zurück, und so ging das eine Weile hin und her, bis der Würfel über die Tischkante kullerte und auf dem Boden zersprang.

Dieses Ereignis verdiente keine besondere Erwähnung, wäre es nicht die Ursache gewesen, welche das Leben Michel Melzers von einem Augenblick auf den anderen verändern sollte. Während das Zerspringen des Würfels von den meisten Gästen im Schankraum unbeachtet blieb, richteten sich nämlich auf einmal vier Augenpaare auf den Spiegelmacher und verfolgten jede seiner Bewegungen.

»Ihr seid ein guter Mensch«, brummelte Melzer, an Meytens gewandt, und nur um etwas zu sagen, fügte er hinzu: »Der Herr wird's Euch lohnen!«

Der Medicus hob abwehrend die Hände: »Laßt den Herrn und seinen Lohn aus dem Spiel. Er zahlt nur selten angemessen.«

Da fand auch der Spiegelmacher sein Lachen wieder, und er erhob seinen Becher und prostete dem Medicus zu.

Die Stimmung im *Toro Nero* wurde allmählich überschwenglich. Man hörte Lieder in allen Sprachen. Griechen versuchten Italiener in der Lautstärke zu überbieten, Russen und Kirgisen grölten mit verschränkten Armen, und zwei Araber krähten mit hohen kehligen Lauten wie Hähne im Angesicht des Kochtopfes. An eine Unterhaltung war nicht mehr zu denken.

Schließlich trat der Wirt auf Melzer zu und versuchte ihm wild gestikulierend klarzumachen, daß er am Eingang von einem Mann erwartet würde.

»Ich?« fragte der Spiegelmacher.

»Ja, Ihr!« erwiderte der Wirt.

Melzer erhob sich schwerfällig und strebte der Tür zu. In der blendenden Düsternis, die ihn umfing, als er aus dem hell erleuchteten Schankraum auf die Gasse hinaustrat, sah er sich vier Männern gegenüber, finster blickenden Asiaten. Sie packten ihn und drängten ihn nach draußen, und als Melzer versuchte, sich zu wehren, erhielt er von hinten einen Schlag ins Genick, daß ihm schwarz vor Augen wurde.

Als er zu sich kam, befand er sich in einem Pferdewagen, der über ein buckeliges Pflaster preschte, als sei der Teufel hinter ihm her. Er lag auf einer hölzernen Sitzbank, und soweit er in der Dunkelheit erkennen konnte, saßen ihm gegenüber zwei Männer, die seltsame Laute in einer Sprache von sich gaben, welche der Mainzer noch nie gehört hatte.

Sein erster Gedanke war: Flucht! Du mußt versuchen, aus dem Wagen zu springen! Doch dann erschien ihm dies zu gefährlich, und er entschloß sich, weiter Bewußtlosigkeit vorzutäuschen. Er hatte Angst. Soweit er hören konnte, ging die unheimliche Fahrt bergan und durch enge Gassen, in denen das Klappern der Hufe widerhallte. Endlich kam der Wagen zum Stehen, und von außen wurden die Türen aufgerissen. Melzer hielt noch immer die Augen geschlossen und wagte kaum zu atmen. Was hatte das alles zu bedeuten?

Rüde zerrten ihn die beiden Männer, die mit ihm im Abteil gesessen hatten, an Beinen und Schultern aus dem Wagen. Sie schleppten ihn über eine Treppe in einen Raum, der leer zu sein schien, und legten ihn auf den Boden. Er hielt die Augen geschlossen, bis ihn ein Schwall Wasser ins Gesicht traf. Prustend blickte der Spiegelmacher auf und erkannte über sich die hellen Gesichter von vier Chinesen.

In der Hand des einen, der besonders martialisch aussah, weil aus dem Scheitel seines kahlgeschorenen Schädels ein langer schwarzer Zopf ragte, blitzte ein scharfes Messer. Dieses Messer setzte er an Melzers Hals, während die anderen ihn an Armen und Beinen festhielten.

»Was habe ich Euch getan?« schrie der Spiegelmacher in Todesangst. »Was wollt Ihr von mir?«

Der Chinese mit dem Messer redete in einem kaum verständlichem Singsang, und Melzer brauchte eine Weile, bis er erkannte, daß es Griechisch war. In seiner Todesangst verstand er nur die Worte »... Reisegepäck« und »... gestohlen«.

»Ich habe Euch nicht bestohlen! Wie kommt Ihr darauf?« rief Melzer in derselben Sprache, während der Chinese die Spitze des Messers fester gegen seinen Hals drückte.

Mein Gott, schoß es Melzer durch den Kopf, das ist das Ende! Er hatte sich schon oft Gedanken gemacht, wie das sein würde, wenn er sterben müßte. Er hatte sich eine große, hell erleuchtete Bühne vorgestellt, auf der sich langsam der Vorhang schließen und das Licht verlöschen würde. Nun aber, mit dem Unausweichlichen konfrontiert, erkannte er, daß diese Vorstellung viel zu romantisch war und der Tod viel grausamer.

»Wo Reisegepäck?« brüllte der Messermann, und Melzer spürte, wie die Klinge tiefer in sein Fleisch drang. Wie im Traum sah er auf einmal den tönernen Würfel in der Hand des einen Chinesen. Der hielt ihn mit spitzen Fingern vor seine Augen. Und wie ein Blitz in der Dunkelheit kam ihm mit einem Mal der Gedanke, weshalb er in diese Situation geraten sein könnte.

»Ihr glaubt, ich hätte Euch bestohlen, weil ich einen ebensolchen Würfel hatte? Laßt Euch erklären, wie ich dazu kam. Ich fand den Würfel in einem Lagerhaus im Osten der Stadt, wo ich mein Reisegepäck auslösen mußte, das mir am Hafen gestohlen worden war. Ich bin ein einfacher Handwerksmeister. Es ist die Wahrheit, ich schwöre es bei meinem Leben.«

Die anderen Chinesen sahen den Messermann an. Er verstand offenbar als einziger Melzers Sprache und sagte etwas in unverständlichen Lauten. Dann wandte er sich wieder dem Spiegelmacher zu und rief: »Du lügen, Europäer!«

»Nein!« erwiderte Melzer heftig. »Der Besitzer des Lagerhauses hält sich Diebesbanden, die für ihn stehlen gehen, und Agenten, welche den Bestohlenen anbieten, das Gepäck wiederzubeschaffen – gegen Geld natürlich. Ich selbst mußte zweieinhalb Gulden zahlen, um meine Habe zurückzubekommen.«

Die Chinesen sahen einander an; aber Melzer konnte ihre Blicke nicht deuten. Schließlich meinte der eine: »Bring uns zu dem Lagerhaus. Wenn du uns belogen, dann ...« Dabei zog er die flache Hand an seinem Hals vorbei.

Diese Aufforderung rief bei Melzer neuerliche Angstschauer hervor. Wie sollte er den Männern klarmachen, daß er nicht wußte, wo sich das Lagerhaus befand? Da kam ihm der rettende Gedanke, und er sagte: »Das Lagerhaus liegt versteckt irgendwo in der Stadt. Ich würde es niemals finden. Es gibt nur einen, der Euch dorthin bringen kann, ein junger Ägypter namens Ali Kamal. Er trägt an der Stirn eine Narbe, und Ihr findet ihn am Hafen, wo die Schiffe anlegen.«

Melzers Erklärung klang anscheinend glaubhaft. Jedenfalls ließen die Chinesen von ihm ab, und unter Drohungen zogen sie sich zurück.

Erst jetzt fand der Spiegelmacher Gelegenheit, sich in dem düsteren Raum umzusehen. Er setzte sich auf und lehnte sich an die Wand. Von der hohen Decke hing eine große gläserne Kugel, in der ein gelbes Licht flackerte. Die Wände waren bis in halber Höhe mit blauen und roten Kacheln gefliest, die ein Rautenmuster ergaben. Drei Fenster an der gegenüberliegenden Wand waren schmal und hoch und mit Rundbogen versehen. Davor standen eine niedrige hölzerne Bank und zwei kleine runde Tischchen. Die rechte Seite nahm ein hoher brauner Schrank mit spitzbogigen Türen ein. Auf der linken befand sich der Eingang.

Mit offenem Mund lauschte Melzer in das Dämmerlicht. Er versuchte irgendein Geräusch auszumachen, das ihm einen Hinweis auf sein Versteck und das Vorhaben der Chinesen geben konnte. Aber so sehr er sich auch anstrengte, es war nichts zu hören.

Wie seine Tochter wohl reagieren würde, wenn sie am Morgen sein Verschwinden bemerkte? Meytens würde ihr gewiß zur Seite stehen; Melzer konnte sich nicht vorstellen, daß der Medicus etwas Böses im Schilde führte – oder gar mit den Chinesen unter einer Decke steckte. Ja, er wußte nicht einmal, ob Meytens überhaupt wahrgenommen hatte, daß er von Chinesen entführt worden war.

Ein Gedanke jagte den anderen. Endlich, hinter den hohen Fenstern graute bereits der Morgen, fiel der Spiegelmacher sitzend in tiefen Schlaf.

Geweckt wurde er von schrillem Vogelgezwitscher, das durch die Fenster in den kahlen Raum drang. Auch im Gebäude wurde es lebendig. Von irgendwoher waren Stimmen zu hören, zu schwach und verzerrt, um etwas verstehen zu können, und das Klirren von Geschirr. Melzer versuchte sich seine Lage zu vergegenwärtigen. Die Todesangst in der Nacht war neuer Hoffnung gewichen, daß sich alles als Irrtum aufklären würde. Deshalb verwarf er auch schon bald seine Fluchtgedanken, obwohl er, wie es den Anschein hatte, nicht einmal bewacht wurde.

Durch das mittlere Fenster, das den Blick auf einen blühenden Park freigab, beobachtete der Spiegelmacher wenig später, wie der kahlköpfige Chinese und seine Begleiter das Haus verließen und einen Pferdewagen bestiegen, offenbar denselben, in dem man ihn hierhergebracht hatte.

»Fremder Herr!«

Melzer erschrak zu Tode, als er hinter sich eine helle Stimme vernahm. Er wandte sich um und erblickte eine chinesische Frau in einem langen, leuchtendblauen Gewand. Ihr schwarzes Haar trug sie zu einem Turban gewunden. In der Hand hielt sie eine Kanne Tee und eine Schüssel mit seltsam geformtem Gebäck. »Morgenmahl für fremden Herrn!« sagte sie und verneigte sich, während sie das Frühstück auf einem der kleinen Tische abstellte.

Der Spiegelmacher verbeugte sich ebenfalls. Aber noch ehe die Chinesin wieder verschwand, stellte ihr Melzer die Frage: »Sagt mir, wo bin ich hier eigentlich?«

Die junge Frau blickte verlegen zu Boden, als habe der Fremde eine ganz und gar unpassende Bemerkung gemacht; schließlich erwiderte sie: »Tse-hi darf nicht mit fremdem Herrn sprechen.« Dabei legte sie den Finger auf die Lippen.

»Tse-hi ist also dein Name«, sagte der Spiegelmacher freundlich.

Die Chinesin nickte, ohne ihn anzusehen.

»Schon gut«, meinte Melzer, »ich verstehe ja, wenn du nicht mit mir reden darfst. Ich wollte doch nur wissen, ob ich mich hier in einem Gefängnis befinde …«

»Gefängnis?« tat die Chinesin entrüstet. »Fremder Herr, dies ist Gesandtschaft seiner Majestät des Kaisers Tscheng-Tsu!«

»Des Kaisers Tscheng-Tsu?« fragte Melzer verblüfft.

Tse-hi nickte.

»Aber warum behandelt man mich hier wie einen Gefangenen?«

»Fremder Herr«, mahnte die Chinesin im Flüsterton, »mäßigt Eure Stimme. Man kann jedes Wort, das Ihr sprecht, hören. Wände haben Ohren.« Und mit einem Lächeln entschwand sie wie eine fremdartige Erscheinung.

Der Hinweis, die Wände hätten Ohren, machte Melzer neugierig, und er begann, mehr um sich die Zeit zu vertreiben, die Kacheln an der Wand näher zu untersuchen. Dabei entdeckten seine tastenden Finger eine raffinierte Täuschung, die dem Auge bei oberflächlicher Betrachtung verborgen blieb: Zwei von den blauen Kacheln hatten einen Griff und konnten aus der Wand genommen werden. Von der Öffnung führte ein Rohrwerk in andere Räume gleich einem Gehörgang. Kam man mit dem Ohr den Öffnungen nahe, so konnte man jeden Laut aus den anderen Räumen vernehmen.

Zuerst konnte er überhaupt nichts verstehen. Die beiden Personen, die er hörte, redeten in einer Sprache, die offenbar nicht ihre eigene war, der eine hastig, der anderen in dem seltsamen Singsang der Chinesen. Dann vernahm Melzer ein, zwei Worte, die er schon kannte: »Reisegepäck« und »Lagerhaus«, und er erkannte, daß es Griechisch war.

Auf diese Weise wurde der Spiegelmacher Zeuge einer Unterhaltung, die gewiß nicht für seine Ohren bestimmt war, weil es um geheimnisvolle Dinge ging wie die ewige Glückseligkeit und den rechten Weg, der dorthin führte. Soweit Melzer der Auseinandersetzung folgen konnte, ging es um die Lieferung von zehnmal zehntausend Ablaßbriefen in lateinischer Sprache, welche der eine, offenkundig ein Italiener namens Alberto oder Albertus, von dem anderen, einem Chinesen namens Lien Tao, einmahnte; schließlich habe er, als päpstlicher Legat, eine Anzahlung von tausend Gulden geleistet, was bei Gott und allen Heiligen keine Kleinigkeit sei. Worauf Meister Lien Tao erwiderte, es sei erst recht keine Kleinigkeit zehnmal zehntausend

Ablaßbriefe zu fertigen und überhaupt nur mit Hilfe eines geheimen Verfahrens möglich, welche allein den Chinesen bekannt sei. Gauner, Schieber und Scharlatane hätten sie jedoch im Hafen ihrer Hilfsmittel beraubt, und ohne dieses Rüstzeug sei es unmöglich.

Obwohl Melzer den größten Teil des Gesagten mitbekam, konnte er sich keinen Reim auf das Erlauschte machen. Aber wenn Papst Eugen seine Ablaßbriefe auf geheimnisvolle Weise von chinesischer Hand erstellen ließ, konnte das nur ein Teufelswerk sein. Und während der Spiegelmacher die Ohren spitzte, um zu erfahren, was sich hinter dem seltsamen Handel verbarg, fiel ihm der Würfel ein, der ihn in diese bedrohliche Situation gebracht hatte. Er trug ein erhabenes A auf der einen Seite, welches, mit Farbe oder Schwärze versehen, geeignet war, einen Abdruck zu liefern und ihn beliebig oft zu wiederholen. Mehrere verschiedene Würfel aneinandergereiht könnten ein Wort ergeben, mehrere Wörter eine Zeile, mehrere Zeilen eine Seite. Voraussetzung, ein Würfel war genauso groß wie der andere. War dies das Geheimnis, von dem der Chinese gesprochen hatte?

Nein, sagte er sich, da mußte noch mehr dahinterstecken. Wenn es sich wirklich um ein technisches Verfahren handelte, das die Chinesen entwickelt hatten, dann konnte es nicht so einfach sein; sonst hätten es gewiß die Gelehrten der Christenheit schon vor Jahrhunderten entdeckt.

Bald darauf endete die Auseinandersetzung zwischen dem päpstlichen Legaten und dem Chinesen mit versöhnlichen Worten und der Zusicherung des letzteren, das anstehende Problem innerhalb einer Woche zu lösen.

Kaum hatte der Legat, dessen hagere Gestalt in vornehmer samtgrüner Kleidung Melzer von seinem Fenster aus sehen konnte, die Gesandtschaft verlassen, fuhr der Wagen mit den drei Chinesen vor dem Eingang des Hauses vor. Die fremden

Männer wirkten aufgeregt, und unter aufmunternden Rufen wuchteten sie drei große Holzkisten aus dem Wagen und trugen sie ins Haus.

Es dauerte nicht lange, und der kahlköpfige Chinese mit dem schwarzen Zopf erschien bei Melzer. Aber anders als in der vergangenen Nacht machte er ein freundliches Gesicht; ja, er kreuzte beide Arme über der Brust, verneigte sich und sagte in jenem Singsang, der ihm schon beinahe vertraut war: »Ich bin Meister Lien Tao und bitte um Vergebung. Wir haben Euch Unrecht getan.«

»Ihr seid ...«

»Lien Tao«, wiederholte der Chinese mit übertriebener Höflichkeit und fuhr fort: »Ihr habt, was ich nicht für möglich gehalten, die Wahrheit gesprochen. Wir haben unser Gepäck wiedergefunden – wie Ihr gesagt habt.«

»Das freut mich für Euch«, entgegnete der Spiegelmacher erleichtert. »Dann darf ich wohl hoffen, daß Ihr mich laufen laßt. Mein Name ist übrigens Michel Melzer, Spiegelmacher aus Mainz.«

Lien Tao nickte heftig: »Wir sind glücklich, Gepäck wiederzuhaben. Sein Inhalt ist für uns von großem Wert. Wie können wir wiedergutmachen, was wir Euch angetan?«

Da gab der Spiegelmacher eine Antwort, die bei ihm selbst Verwunderung hervorrief und über die er noch nach vielen Jahren Stolz empfinden sollte. Melzer sagte: »Laßt mich teilhaben an Eurem Geheimnis, und ich will vergessen, was mir widerfahren ist.«

»Ich verstehe nicht, was Ihr meint«, erwiderte der Chinese, und seine Miene nahm wieder jenen finsteren Ausdruck an wie in der vergangenen Nacht. »Von welchem Geheimnis sprecht Ihr?«

»Von jener Erfindung, deren Nutzen Ihr dem Papst zur Vervielfältigung seiner Ablaßbriefe verkaufen wollt, Meister Lien Tao.«

Lien Tao trat einen Schritt auf Melzer zu, doch dann blieb er wie angewurzelt stehen. Er starrte den Spiegelmacher an, als habe dieser soeben den Beweis seiner Allwissenheit erbracht.

Der zeigte lächelnd auf die Wand mit dem Rautenmuster und sagte: »Die Wände, Meister Lien Tao, haben Ohren. Im übrigen hatte ich genug Zeit, mir Gedanken zu machen, warum ein unscheinbarer Würfel aus Ton für Euch von so großer Wichtigkeit sein mochte. Diese Gedanken und Eure Auseinandersetzung mit dem päpstlichen Legaten machten mir klar, daß es um nichts anderes ging als um die künstliche Schrift.«

»Ihr seid ein kluger Kopf, Meister Melzer aus Mainz!«

»Klug, ach ja. Viel lieber wäre ich gescheit – so gescheit, daß es mir möglich gewesen wäre, selbst die künstliche Schrift zu erfinden.«

»Und wenn wir nein sagen?«

»Was meint Ihr?«

»Wenn wir Euch nicht teilhaben lassen an unserem Geheimnis der Buchstabenwürfel?«

Melzer hob die Schultern. »Dann leeren wir gemeinsam einen Humpen und vergessen, was in der vergangenen Nacht geschehen ist.«

Der Chinese lächelte verwirrt. Die Großzügigkeit Melzers erschien ihm nicht geheuer.

»Dabei könnte ich Euch von Nutzen sein«, fuhr dieser fort. »Seht, ich bin zwar ein einfacher Spiegelmacher, aber mir ist der Umgang mit Blei, Zinn und Antimon geläufig wie dem Medicus der Gebrauch des Klistiers. Würdet Ihr Eure Buchstaben nicht in Ton formen, sondern in Blei und Zinn gießen, so wären diese viel haltbarer. Und was den Handel mit dem Papst betrifft, so solltet Ihr Euer Geheimnis nicht gleich dem ersten Besten verkaufen.«

Der Chinese sah Melzer staunend an.

»Sagt, Fremder«, meinte er schließlich, »ist Euch die lateinische Schrift geläufig?«

»Die Schrift ebenso wie die Sprache«, erwiderte der Spiegelmacher, nicht ohne Stolz. »Wenn es darum geht, einen lateinischen Text abzuschreiben, so bereitet es mir keine Schwierigkeiten. Ich habe bei Magister Bellafintus, dem großen Alchimisten, Lateinisch und Griechisch gelernt. In meiner Heimatstadt Mainz verstehen sich sogar die Söhne von Handwerkern auf die Schriften der alten Dichter, während andernorts selbst die Pfaffen Schwierigkeiten haben, das *Credo* in der Sprache des Papstes herunterzubeten.«

»Und Ihr könnt es?«

»Was?«

»Das *Credo*.«

»Aber gewiß, und auch das *Ave* und das *Pater noster*. Wollt Ihr es hören?«

»Nein, ich verstehe es ohnehin nicht, und ich glaube Euch. Ihr müßt wissen, wir suchen dringend jemanden, der das Lateinische beherrscht – und obendrein schweigen kann.«

»Dann findet Ihr keinen Besseren als mich!«

Meister Lien Tao stieß einen Ausruf in seiner Sprache hervor. Und wenn Melzer die seltsamen Laute auch nicht verstehen konnte, so blieb ihm ihre Bedeutung doch nicht verborgen. »Ihr seid ein kluger Mann, Spiegelmacher aus Mainz, Ihr seid schlau, listig … mir fehlen die Worte. Beinahe wollte ich sagen, Ihr seid ein Chinese.«

Der Spiegelmacher lachte laut, und in seinem Lachen lag etwas Befreiendes. Es war die Erleichterung darüber, daß der Alptraum der vergangenen Nacht vorüber war.

»Das einzige, was Euch von Chinesen unterscheidet«, fügte Lien Tao hinzu, »ist Euer Lachen. Chinesen lachen nicht, sie lächeln.«

»Wie schade. Wenn Ihr wüßtet, was Euch da entgeht!«

Der Chinese wiegte den Kopf hin und her und erwiderte: »Dafür ist uns auch nicht gegeben zu weinen. Ein Chinese weint nicht, er ist betrübt. Versteht Ihr?«

Melzer runzelte die Stirn: »Für einen Europäer ist das schwer zu verstehen, nicht lachen und nicht weinen zu können. Das ist so, als dürfte man nicht lieben und nicht hassen!«

»O nein«, widersprach Lien Tao. »Chinesen können lieben und hassen, doch macht sich dies nur in ihren Herzen bemerkbar, nicht in den Gesichtern. Das ist auch der Grund, warum uns der Umgang mit Spiegeln fremd ist. Ein Spiegel zeigt nur eine Maske.«

»Dazu«, meinte Melzer, »wüßte ich vieles zu sagen, aber ich bin sicher, es würde keinen Zugang zu Eurer Seele finden.«

Ohne eine Regung zu zeigen, ging der Chinese in dem kahlen Raum auf und ab. Schließlich sagte er: »Ihr habt recht. Vielleicht sollten wir wirklich gemeinsame Sache machen. Wir sollten beide darüber nachdenken!«

Geleitet von einem weiteren Chinesen, einem kräftigen Mann, der sich Sin-shin nannte, kehrte der Spiegelmacher in demselben Wagen, in welchem er am Vorabend entführt worden war, zum *Toro Nero* zurück. Editha war in größter Sorge, nachdem der Wirt erklärt hatte, er selbst habe ihren Vater in der Nacht vor die Tür geschickt, wo eine Ansammlung von Chinesen ihn erwartet habe.

Obwohl Konstantinopel von Bewohnern fremder Länder überlaufen war wie keine andere Stadt auf der Welt, nahmen die Chinesen eine Sonderstellung ein: Man begegnete ihnen mit Mißtrauen, weil sie sich abschotteten, ein eigenes Stadtviertel bewohnten, vor allem aber, weil sie fremde Riten und Gebräuche zelebrierten, für die niemand eine Erklärung fand. Es hieß, sie zählten die Jahre sogar nach einem eigenen Kalender und benannten sie immer wiederkehrend nach niederen oder schmutzigen Tieren wie Schlange, Schwein oder Ratte – von ihrer seltsamen Religion ganz zu schweigen.

Als Melzer seiner Tochter berichtete, was sich in der vergangenen Nacht zugetragen hatte, schüttelte Editha nur den Kopf. Sie glaubte ihrem Vater nicht. Sie stand noch immer unter dem Eindruck der Begegnung mit Morienus' Frau.

Der Spiegelmacher kannte seine Tochter, und er wußte, was ihr durch den Kopf ging. Schließlich trat er an Editha heran und sagte leise: »Morienus war gestern hier.« Das Mädchen schlug die Hände vors Gesicht, und Melzer erkannte ihren Schmerz. »Keine Angst«, meinte er beschwichtigend, »es hat sich alles geregelt.«

Was wollte er? Editha sah ihren Vater fragend an.

»Was Morienus wollte? Du kannst es dir denken. Er forderte das Lösegeld zurück.«

Editha nickte traurig. *Und?*

»Er hat es bekommen. Nein, nicht von mir. Der Medicus, Mijnheer Meytens, hat es bezahlt. Es geschah gegen meinen Willen.«

Editha fuhr zurück, als habe sie ein Schlag ins Gesicht getroffen. Einen Augenblick verharrte das Mädchen regungslos, dann wandte es sich um und rannte, als sei der Teufel hinter ihm her, die Treppe hinab ins Freie.

»Das hat nichts zu bedeuten, glaube mir!« rief der Spiegelmacher seiner Tochter hinterher.

Editha hörte es nicht.

KAPITEL III

Die Hand im Spiel des Teufels

Allein mit sich und ihren Gedanken saß Editha auf der alten, verfallenen Ziegelmauer, die steil zum Hafen abfiel. Hier, wo sie sich unbeobachtet fühlte, ließ sie ihren Tränen freien Lauf, Tränen der Verzweiflung, weil sie befürchten mußte, daß nun der dicke Medicus Anspruch auf sie erheben würde.

Auf der Straße, die in engen Windungen zum Hafen führte, herrschte ein verwirrendes Durcheinander von Gepäckträgern, hochrädrigen Handkarren, Maultiergespannen und Reisenden, die zu den Schiffen drängten. Der schneidende Geruch von faulendem Fisch und Seetang wehte von der Mole herauf. Dazwischen mischte sich der beißende Qualm der Garküchen, von denen es am Hafen alle paar Schritte eine gab, und der Gestank von Tran und ranzigem Fett.

Während Editha blicklos vor sich hin starrte, spürte sie plötzlich eine Hand auf ihrer Schulter. Es war die Hand Ali Kamals, der in dieser Stadt allgegenwärtig zu sein schien.

Der Ägypter lachte dem Mädchen ins Gesicht und fragte: »Warum weinst du, Tochter des Spiegelmachers?« Und als Editha nicht antwortete, fuhr er fort: »Laßt mich raten. Ist es Heimweh? Ja, gewiß ist es Heimweh!«

Das Mädchen schüttelte den Kopf und wischte sich mit dem

Ärmel die Tränen aus dem Gesicht. Dann sah es Ali Kamal an und legte beide Hände auf ihr Herz.

»Ah, ich verstehe«, erwiderte der Ägypter. »Liebeskummer. Auch nicht besser als Heimweh.«

Mit großer Mühe und vielen Fragen von seiten des Ägypters gelang es Editha schließlich, dem Jungen ihre Situation klarzumachen.

»Und du liebst den Mann nicht, dem dich dein Vater versprochen hat.«

Editha schüttelte zustimmend den Kopf.

»Und was gedenkst du zu tun?«

Das Mädchen heftete einen langen, durchdringenden Blick auf Ali Kamal, als erflehte es seine Hilfe.

»Was kann ich nur tun?« fragte der Junge ratlos. »Ich bringe dich zur Herberge deines Vaters zurück.«

Das aber lehnte Editha mit heftigen Bewegungen ab.

»Hier jedenfalls kannst du auch nicht bleiben, wenn es Nacht wird«, meinte der Ägypter bestimmt. »Besser, ich bringe dich zu meiner Mutter. Ich habe vier Schwestern. Die älteste ist so alt wie du. Es ist nicht fein bei uns, aber fürs erste bist du dort sicher. Komm!«

Edithas Verzweiflung war so groß, daß sie Ali Kamal überallhin gefolgt wäre.

Sie kannte die Gasse nicht, die von dem Platz am Hafen zur großen Mauer führte. Nicht weit hinter einem Torturm zweigte linker Hand eine Straße nach Westen ab, in der sich ein- und mehrstöckige Häuser abwechselten wie die Zinnen einer Festung.

Das Haus, in dem Ali Kamal lebte, hatte nur ein Stockwerk. Der Junge wohnte mit seiner Familie weder im Erdgeschoß noch im ersten Stock; die Treppe, die er einschlug, führte in den Keller, aus welchem schwülwarme Luft entgegenschlug. Es hätte nicht viel gefehlt, und Editha wäre ohnmächtig geworden oder aus Ekel wieder umgekehrt. Aber dann besann sie sich ihrer aussichtslosen Lage und folgte dem Ägypter nach unten.

Dort tat sich ein düsteres Gewölbe auf mit einem langen Gang und Räumen zu beiden Seiten, welche das Ausmaß des Hauses bei weitem übertrafen. Ganz Konstantinopel war anscheinend untergraben von solchen weitverzweigten Labyrinthen, und kaum jemand machte sich Gedanken, welchem Zweck sie ursprünglich gedient hatten.

Ali Kamal hauste mit seiner Mutter und den vier Schwestern in drei nebeneinander liegenden Gewölben, die durch Öffnungen in der Decke beleuchtet wurden. Alis Mutter Rhea war schwarz, aber keineswegs ärmlich gekleidet. Mit ein paar raschen, für Editha unverständlichen Worten erklärte Ali Kamal ihr, wer seine Begleiterin sei und warum Editha ihrem Vater den Rücken gekehrt habe. Rhea folgte den Worten ihres Sohnes zunächst mit erkennbarem Mißtrauen, aber als Ali auf Edithas Stummheit zu sprechen kam, da trat sie auf das Mädchen zu und schloß es in die Arme, als wäre es ihre eigene Tochter.

In den folgenden Tagen, in denen sie ihr Versteck nicht verließ, faßte Editha mehr und mehr Zutrauen zu Rhea. Obwohl sie nicht ein Wort wechseln konnten, verstanden sie sich ungewöhnlich gut. Die Töchter, von denen die jüngste gerade neun war, gingen jeden Morgen zur Arbeit in eine Teppichweberei, und Ali Kamal verließ das Gewölbe ebenso pünktlich. Längst hatte er Editha gebeichtet, daß er, wie Melzer vermutet hatte, in Diensten des Lagerhausbesitzers stand, der eine Diebesbande für sich arbeiten ließ.

Eines Abends kam Ali Kamal ganz aufgeregt nach Hause. Am Hafen ginge ein Gerücht von Mund zu Mund, der türkische Sultan Murat plane einen neuerlichen Angriff auf die Stadt. Kaiserliche Spione wollten Truppenbewegungen westlich der Mauern ausgemacht haben, und vor den Dardanellen lauere eine unbeflaggte Flotte von dreißig Schiffen.

Konstantinopel war die letzte christliche Bastion im Osten, eine goldene Insel im Reich der Gottlosen, und der schwächliche Kaiser Johannes Palaiologos ahnte schon lange, daß die Tage seines Reiches gezählt waren. Händeringend hatte er Hilfe beim Papst in Rom gesucht, war seinem eigenen Glauben untreu geworden und zum Katholizismus übergetreten, ja, er hatte sogar der Wiedervereinigung von byzantinischer und römischer Kirche zugestimmt in der Hoffnung, der Papst würde ihm seine Heere zu Hilfe senden. Doch der übte sich in Zurückhaltung.

Auf den Straßen erzählten die Byzantiner Schauerliches über die Wildheit der Türken. Sie raubten und brandschatzten, hieß es, vergewaltigten Frauen und schlachteten Kinder. Plätze auf einem Segler nach Venedig oder Genua wurden mit Gold aufgewogen. Stadthäuser und vornehme Villen standen zu Spottpreisen zum Verkauf, während die Preise für Brot und Fleisch ins Unermeßliche stiegen.

Rhea, Alis Mutter, war außer sich, als ihr Sohn die Nachricht von den anrückenden Türken überbrachte. Zwar war die Familie muslimischen Glaubens, aber in den Augen der Türken galten sie alle als gottlose Verräter. Ali Kamal versuchte seine Mutter zu beruhigen. Er habe alle erdenklichen Möglichkeiten in Erwägung gezogen und Vorkehrungen getroffen, sie und seine Schwestern mit einem venezianischen Segler außer Landes zu bringen. Und was Editha betreffe, so solle sie besser zu ihrem Vater zurückkehren.

Niemals! bedeutete das Mädchen. Eher wolle sie sich selbst den Tod geben.

Ali Kamal schwieg, weil er die Ernsthaftigkeit von Edithas Absicht erkannte. Aber insgeheim faßte er einen Plan.

Als Michel Melzer nach drei Tagen vergeblichen Suchens keine Spur von Editha fand, obwohl er die Stadt vom Goldenen Horn bis zum Marmarameer und vom Hippodrom im Osten bis zur großen Landmauer im Westen durchkämmt hatte – auch Ali Kamal, dem er im Hafen begegnete, wollte das Mädchen nicht gesehen haben –, da kehrte er niedergeschlagen und mit sich und der Welt hadernd in seine Herberge zurück und begab sich auf seine Kammer.

Der Wirt, der um die Gesundheit seines zahlungskräftigen Gastes fürchtete, klopfte höflich an die Zimmertür, um zu fragen, ob dieser nicht dem Konzert zweier Virtuosen beiwohnen wolle, Bruder und Schwester, zweier Venezianer, welche einen gar kunstvollen Gesang zum Besten gäben. Melzer winkte ab. Der Gedanke an Musik und Gesellschaft erschien ihm zuwider.

Die beiden, beharrte der Wirt, spielten aber die Laute zum größten Entzücken.

Die Laute! Mit Gefühl zu Gehör dargebracht, dachte Melzer, könnte die Laute noch am ehesten mit meiner Stimmung zusammentreffen, und umgehend widerrief er seinen Entschluß und folgte seinem Gastgeber in das überfüllte Gewölbe. Geschickt nötigte ihn der Wirt auf einen kantigen Armstuhl, der so gestellt war, daß Melzers Gesicht auf derselben Höhe mit dem der Lautenspielerin war und kaum drei Armlängen von ihr entfernt.

Ihr bleiches Antlitz hatte etwas von der maskenhaften, weltfremden Anmut, für welche die Venezianerinnen berühmt waren. Sie trug ihr seidiges schwarzes Haar in der Mitte gescheitelt – welch ein Kontrast zu dem weißgeschminkten Gesicht. Und während sie von Liebe und Sehnsucht sang, hob und senkte sich ihr Busen wie das Meer bei Ebbe und Flut. Dabei sah sie ihn so durchdringend an, daß der Spiegelmacher kaum zu atmen wagte. Er hatte noch nie eine so schöne Frau gesehen.

Verflogen waren die Zerrissenheit und der Kummer, der seit der Ankunft in Konstantinopel an ihm nagte. Im Anblick der aufregenden Venezianerin ertappte sich Melzer sogar bei Gedanken, die in seinem Leben seit vielen Jahren keine Rolle mehr gespielt hatten, und ein heißes Verlangen ergriff von ihm Besitz, diese schöne Lautenspielerin in seinen Armen zu halten und ihren roten Mund mit Küssen zu bedecken.

Während Melzer dem Gesang lauschte, während er die Sängerin mit den Augen verschlang, war ihm, als begännen seine Knie zu zittern; sein Körper, ja, der ganze Saal schien zu wanken. Unter den Zuhörern machte sich Unruhe breit. Da zerriß eine Explosion die andächtige Stille, die Mauern erbebten, und von der Decke senkte sich eine beißende Staubwolke. Das Instrument der Lautenspielerin fiel zu Boden, und ehe Melzer sich versah, stürzte die Venezianerin auf ihn zu und verbarg ihr Gesicht in seinem Schoß.

Zunächst glaubte er zu träumen, so unwirklich und grotesk erschien ihm die Situation, und einen Augenblick genoß er das unerwartete Gefühl auf seinen Schenkeln. Erst als die Tür aufgerissen wurde und eine gellende Stimme: »Feuer! Die Türken kommen!« rief, wurde sich Melzer der ernsten Lage bewußt, und er packte die Venezianerin an den Schultern und drängte sie vor sich her ins Freie.

Eine Kanonenkugel hatte das Haus gegenüber getroffen und den Dachstuhl in Brand gesetzt. Flammen schlugen aus den oberen Fenstern und tauchten die Straße in rotes Licht. Eine Frau zerrte zwei Kinder aus dem Haus und rief verzweifelt den Namen eines dritten. Nachbarn erstürmten den Brandherd mit Feuerklatschen, um den Flammen Einhalt zu gebieten. Zum Löschen fehlte Wasser.

Von allen Seiten drängten die Gaffer aus der Dunkelheit herbei, um das brennende Haus zu sehen. Fäuste wurden geballt und

Rufe laut: »Verfluchte Türkenhunde!« – »Gottloses Gesindel!« – »Der Herr wird sie strafen!«

Melzer hielt noch immer die Lautenspielerin fest umklammert, die wie gebannt in die Flammen starrte. »Sie werden uns noch alle um unser Leben bringen!« stammelte sie, ohne den Blick von dem Brandherd zu wenden.

Der Spiegelmacher hörte zwar ihre Stimme, aber die Worte verstand er nicht. Deshalb wirkte seine Antwort auch eher befremdend im Anblick des brennenden Hauses: »Ich möchte Euch noch einmal zur Laute singen hören, schöne Venezianerin.« Während er das sagte, fühlte er, als stünde er auf den Planken eines schwankenden Schiffes.

Mit einer heftigen Bewegung wand sich die Lautenspielerin aus Melzers Umklammerung.

Der ließ erschrocken von ihr ab.

»Warum habt Ihr mich so angestarrt, als wäre ich ein Weltwunder?«

»Verzeiht, wenn Euch meine Blicke verletzt haben«, antwortete Melzer, »aber meine Augen haben noch nie soviel Anmut gesehen. Gewiß sind Euch derartige Komplimente nicht fremd.«

»Welche Frau hörte nicht gerne Komplimente, Fremder?«

»Nennt mich nicht Fremder, schöne Venezianerin, ich bin Michel Melzer, Spiegelmacher aus Mainz. Und wie ist Euer Name?«

Noch ehe die Lautenspielerin antworten konnte, trat ihr Bruder dazwischen: »Scher dich nach Hause!« rief er unwirsch. »Steh nicht mit fremden Männern herum!« Dabei faßte er seine Schwester am Arm und zog sie mit sich fort.

Schon im Gehen wandte sich die Venezianerin um und rief Melzer zu: »Ich heiße Simonetta!« Dann entschwand sie seinen Augen.

Melzer blickte ihr hinterher wie einer überirdischen Erscheinung.

Die Flammen des brennenden Hauses drohten inzwischen auch auf das Erdgeschoß überzugreifen. Und während die Helfer mit ihren Feuerklatschen bemüht waren, eine Ausdehnung des Feuers auf andere Gebäude zu verhindern, drängten immer mehr Schaulustige aus den umliegenden Schenken und den schmalen Seitengassen vor das brennende Haus. Eine wilde, johlende, tobende, durcheinanderwogende Menge schob und stieß sich durch die Straße, und unter das Gaffervolk mischten sich zwielichtige Gestalten, von denen es in Konstantinopel mehr gab als in jeder anderen Stadt der Welt. Sie alle gingen in dem Menschenauflauf ihrem Gewerbe nach. Mit geschärften Klingen und bewundernswerter Kaltblütigkeit ritzten die Diebe vornehme Gewänder, um an den Inhalt von Beuteln und Taschen zu gelangen. Hübschlerinnen und Badefrauen drängten ihre hochgeschnürten Mieder an alleinstehende Mannspersonen. Und Agenten der verschiedenen Parteien, die das Leben am Goldenen Horn bestimmten: Kaiserliche, Venezianer, Genuesen – ja, es ging das Gerücht, daß sogar die Türken bereits Spitzel in den Mauern der Stadt hatten –, sie alle verfolgten das Getümmel mit unverhohlener Begeisterung.

Melzer war überzeugt, er würde unter all den vielen Menschen seine Tochter Editha entdecken, und deshalb drängte er sich durch die Menge und richtete seinen Blick auf alle jungen Frauen. Doch seine Bemühungen blieben vergeblich.

Mit gewaltigem Krachen und einer Feuersäule gleich einem Vulkan brach das Dachgebälk in sich zusammen, und die Glut drohte nun auch die Nachbarhäuser anzustecken. Und während die Gaffer klatschten und anfeuernde Rufe ausstießen, damit das grandiose Feuerwerk endlich zum Ende käme, geschah etwas Unerwartetes – unerwartet jedenfalls für Melzer. Die johlende Menge schien jedoch darauf gewartet zu haben.

Die Rundbogenfenster, welche zu ebener Erde mit wuchtigen hölzernen Läden verschlossen waren – und die Melzer, wenn er es recht bedachte, noch nie geöffnet gesehen hatte –, flogen auf, als hätte eine Explosion das Innere des Hauses erschüttert, und in dem Sog aus heißer Luft und beißendem Qualm flogen Blätter aus Papier ins Freie und wirbelten wie Herbstlaub über die Köpfe. Männer und Frauen hüpften lachend in die Höhe, um eines der wirbelnden Blätter zu erhaschen.

Auch der Spiegelmacher gelangte auf diese Weise in den Besitz eines Blattes, welches, wie er feststellte, in kalligraphischer Schrift beschrieben, aber verkohlt und kaum zu lesen war. Noch mehr freilich verblüffte Melzer, als aus dem Toreingang des Hauses ein halbes Dutzend Chinesen stürzte und geheimnisvolle Räder, Kisten und Kästen aus Holz und Stöße von Pergament in Sicherheit brachte. Auch wenn Chinesen für einen Europäer alle gleich aussahen, war Melzer überzeugt, daß zwei von ihnen an seiner irrtümlichen Entführung beteiligt gewesen waren.

Obwohl die Rettung der Einrichtung größtes Interesse fand, rührte keiner von den Gaffern eine Hand. Gebannt verfolgten sie den flinken Lauf der Chinesen, welche ihre Habe vor der gegenüberliegenden Herberge zu einem Haufen türmten.

Daß es sich bei dem nächtlichen Spektakel um einen bedrohlichen türkischen Angriff handelte, hatten die meisten bereits vergessen, als erneut ein Blitzschlag die Nacht zerriß und eine weitere Kanonenkugel in geringer Entfernung einschlug. Es folgte eine zweite Detonation und nach kurzer Zeit eine dritte. Darauf begannen die Glocken aller Kirchen zu läuten. Der Himmel färbte sich blutrot. Nun begriffen auch die letzten den Ernst ihrer Lage.

Wie von Sinnen hasteten Menschen durch die Straßen. Im Nu war der kurvenreiche Fahrweg zum Hafen Eleutherios verstopft. Kutscher schlugen wahllos auf Menschen und Zugtiere ein. Und in allen Sprachen hallte der Ruf durch die Nacht: »Die Türken kommen. Rette sich, wer kann!«

Während sich die Straße vor dem brennenden Haus allmählich leerte, stürzte das Obergeschoß des Gebäudes in sich zusammen, und das schwere Deckenwerk erstickte die Flammen unter sich. Nach einer Stunde war von dem geheimnisvollen Haus nur noch ein qualmender Trümmerhaufen übrig.

Nun schallten schaurige »Feuer!«-Rufe aus allen Himmelsrichtungen, und der Spiegelmacher zog es vor, sich auf sein Zimmer in der Herberge zurückzuziehen. Dabei lief ihm – Zufall oder nicht – der dicke Medicus in die Arme. Chrestien Meytens wirkte äußerst erregt und wischte sich mit einem weißen Tuch den Schweiß von der geröteten Stirn.

»Nichts wie weg hier!« hüstelte er und fuchtelte dabei wild in der Luft herum, als versuchte er den beißenden Qualm zu vertreiben. »Kommt Ihr nicht mit?«

Melzer wehrte ab: »Ich werde Konstantinopel nicht eher verlassen, bis ich meine Tochter gefunden habe.«

»Ach was!« entgegnete Meytens ungehalten. »Wer weiß, ob sich Eure Tochter überhaupt noch hier aufhält. Und wenn Ihr hier in den Flammen umkommt oder von den Türken niedergemetzelt werdet, ist dem Kind auch nicht geholfen.«

Insgeheim mußte Melzer dem Medicus recht geben, dennoch beharrte er auf seiner Absicht, die Stadt nicht zu verlassen, und sagte: »Ich weiß, ich bin tief in Eurer Schuld, aber im Augenblick ist es mir unmöglich, meine Verbindlichkeiten zu begleichen. Schreibt einen Schuldschein, und ich werde ihn unterzeichnen.«

Meytens schüttelte den Kopf: »Davon kann keine Rede sein. Ich habe es gerne getan, um das schöne Mädchen aus seiner mißlichen Lage zu befreien.« Bei diesen Worten schlug er mit der flachen Hand auf sein dickes Wams, daß es zu klimpern begann wie ein voller Geldsack, und lachend rief er: »Gold, hört Ihr, Spiegelmacher, hundert Dukaten pures Gold!«

Ohne ihn danach gefragt zu haben, berichtete Chrestien Meytens, er habe dem Leibarzt des unglückseligen Kaisers Johannes Palaiologos, welcher dünn wie eine Ruderstange und von ständigen Schwindelanfällen und Ameisenkribbeln im Gehirn geplagt sei, drei Flaschen eines geheimen Tränkleins verkauft, für das er, der Medicus, in ganz Europa berühmt sei. Und siehe, die Lösung, welche unter anderem aus dem Morgenurin einer trächtigen Stute gequirlt sei – weitere Ingredienzien wolle er aus verständlichen Gründen nicht nennen –, habe dem Herrscher schon am folgenden Tag Linderung gebracht. Zur Freude des Hofmedicus und des gesamten Hofstaates habe der Kaiser nach Wochen geistiger Schwäche für alle vernehmbar die Frage gestellt, ob sein Erzfeind Sultan Murat in Indien zu Hause sei oder in China. Diesen Wissensdrang habe man einzig seiner wundertätigen Medizin zugeschrieben, und so etwas, meinte Meytens grinsend, bringe Geld. Dabei brachte er erneut sein dickes Wams zum Klingen und rief: »Letzte Gelegenheit, Melzer. Kommt Ihr, oder kommt Ihr nicht?«

»Ich bleibe«, entgegnete der Spiegelmacher.

Eng aneinandergeschmiegt verbrachten Editha und Alis Schwestern die Nacht vor einem flackernden Licht, während Rhea das Notwendigste in ein Bündel schnürte. An Schlaf war nicht zu denken, denn über die hohe Mauer heulten die Kanonenkugeln der Türken. Ali Kamal, der in der Familie die Vaterstelle einnahm, hatte erzählt, die Türken verfügten über die größten Kanonen der Welt, groß genug, jedes Ziel auf der Erde zu treffen, und so gewaltig, daß sie die Pyramiden zum Einsturz bringen könnten. Sie dürften das Gewölbe keinesfalls verlassen, bis er zurückgekehrt sei.

Ali Kamal mußte für seine Mutter, die vier Schwestern und Editha eine Schiffspassage ergattern, egal wohin, nur fort aus dieser Stadt. Daß Konstantinopel früher oder später in die Hände der Türken fallen würde, daran zweifelte niemand. Nur der Zeitpunkt, wann dies geschehen würde, darüber gingen die Meinungen seit vielen Jahren auseinander, aber jeder feindliche Beschuß konnte das Ende einläuten.

Der junge Ägypter hatte ein beachtliches Vermögen angespart, welches ihm bei Verhandlungen mit verschiedenen Schiffseignern von großem Nutzen war. Dennoch erschien ihm der direkte Weg, im Hafen Eleutherios ein Schiff zu besteigen und nach Süden zu segeln, viel zu gefährlich. Bei seinen Erkundungszügen hatte Ali Kamal von einem kaiserlichen Deserteur namens Panajotis erfahren, der seit zwei Jahren außerhalb der Mauern lebte und mit den türkischen Besatzern in gutem Einvernehmen stand, weil er ihnen Einzelheiten der byzantinischen Verteidigung verraten hatte. Panajotis bestritt seinen Lebensunterhalt – und wie zu erfahren war, lebte er nicht schlecht – als Schleuser. Dabei schien er mühelos durch meterdicke Mauern und geschlossene Tore zu gelangen; denn Panajotis tauchte bald diesseits, bald jenseits der großen Stadtmauer auf, obwohl deren Tore seit vielen Jahren nicht mehr geöffnet worden waren. Das hatte ihm den Ruf eingebracht, er stehe mit dem Teufel im Bunde.

Für einen Parteigänger des Teufels war Panajotis viel zu gewissenhaft; aber an derlei Schabernack glaubte Ali Kamal ohnehin nicht. Und weil er die Menschen kannte – vor allem jene, denen nicht zu trauen war –, hatte er dem Griechen zwei Gulden im voraus bezahlt für das Versprechen, seine Mutter, die vier Schwestern und Editha auf ein Schiff nach Venedig zu bringen, das außerhalb des Hafens ankerte.

Eine Schmiede nahe der Kirche St. Katharina, dicht an der

Großen Mauer gelegen, war der Treffpunkt für die abenteuerliche Flucht. Ali händigte seiner Mutter Rhea genügend Geld aus, um in Venedig Fuß fassen zu können. Er selbst, sagte er, wolle nachkommen, sobald es seine Geschäfte erlaubten.

Der Abschied ging nicht ohne Tränen vonstatten, und als das schwere Eisentor der Schmiede hinter ihnen ins Schloß fiel, zuckte Editha zusammen, als hätte sie ein Peitschenhieb getroffen. Mit einer Handbewegung versuchte Rhea sie zu beruhigen.

Panajotis war ein Mann im mittleren Alter, von stolzem Wuchs, aber so schroffem Gebaren, daß man ihn gewiß nicht als ansehnlich bezeichnen konnte. Von seinen Zügen ging Kälte aus. Sein kantiges Kinn und die nach unten gezogenen Mundwinkel verrieten Entschlossenheit. Mit scharfer Stimme forderte Panajotis, jeder seiner Anweisungen entschieden Folge zu leisten.

Hinter einem Mauervorsprung im Innern der Schmiede war im Boden eine Falltür eingelassen. Von hier führte eine steile Holztreppe in unbekannte Tiefe. Die Neunjährige begann zu weinen, sie hatte Angst. Rhea nahm das Mädchen in die Arme, um es zu beruhigen. Auch Editha war es unheimlich zumute.

Panajotis verteilte Laternen, dann stieg er voraus in die Tiefe. Ein in den Fels geschlagener Gang, der nur in gebückter Haltung betreten werden konnte, führte schräg nach unten bis zu einer Höhle, welche durch einen engen Kamin von oben belüftet wurde. Durch die Öffnung drang das ferne Donnergrollen türkischer Kanonen. Hier teilte sich der Weg nach links und rechts. Panajotis schlug die Richtung nach links ein.

Editha hatte den Eindruck, daß sie sich unter der Erde entlang der Großen Mauer bewegten. Der Eindruck trog nicht; denn nachdem sie über eine beschwerliche steinerne Treppe nach oben gestiegen waren, krochen sie durch eine niedrige, kaum wahrnehmbare Maueröffnung ins Freie. Sie befanden sich außerhalb der Mauern von Konstantinopel.

Ihr Führer, der seit dem Beginn ihrer Flucht kein einziges Wort gesprochen hatte, löschte die Laternen; dann pfiff er durch die Finger, und sogleich kam von irgendwoher Antwort. Im fahlen Licht des Mondes näherte sich ein Maultiergespann. Aufsteigen! bedeutete der Grieche. Rhea, die Kinder und Editha erklommen den Wagen. Sie hatten kaum auf den Planken Platz genommen, da verschwand Panajotis ohne ein Wort in der Maueröffnung, durch die sie gekommen waren.

Rhea faßte Edithas Hand, als wollte sie sagen: Es wird alles gut. Sie vertraute ihrem Sohn Ali voll und ganz.

Zunächst schwankte der Wagen abseits befestigter Wege, ohne laute Geräusche zu verursachen, über trockene Weiden, zwischen knorrigen Bäumen hindurch leicht bergan. Schließlich bog der Maultierkutscher auf einen Feldweg ein, welcher abschüssig zum Meer hinabführte. Der überladene Karren gewann gefährlich an Fahrt, zumal es der Kutscher, um Lärm zu vermeiden, unterließ, den Bremsschuh einzulegen. So preschte das Fahrzeug zu Tal, bis es schließlich auf einem flachen Wegstück zu stehen kam, das den Blick auf das offene Meer freigab. Dort, keine halbe Meile entfernt, ankerte ein Segler in der Dunkelheit.

Der Himmel über der Stadt leuchtete dunkelrot und violett; bisweilen zuckte ein Blitz über den Himmel, gefolgt von Donnergrollen. Ein Ruderboot setzte die Flüchtlinge bei ruhiger See zu dem ankernden Segelschiff über. Der Segler, eine alte Kogge, lag tief im Wasser. Soweit Editha in der Dunkelheit erkennen konnte, drängten sich gut zweihundert Menschen an Deck.

Kaum hatte das Ruderboot angelegt, da reckten sich den Ankommenden zahlreiche Hände entgegen. Editha ergriff eine wulstige Männerhand und blickte nach oben. Sie erschrak. Sie wollte schreien, aber sie brachte keinen Ton hervor. Der Mann, der sie aus dem Boot zog, war der Medicus Chrestien Meytens.

Nach dreitägiger Beschießung verpuffte der türkische Angriff wie alle siebenundzwanzig vorangegangenen Angriffe auf Konstantinopel, wenngleich die Treffer und Brandschäden diesmal verheerender waren als je zuvor. Der abgemagerte Kaiser wertete das Ende des Angriffs als Sieg seiner Truppen und als strategische Meisterleistung seines afrikanischen Reitergenerals Hamid Hamudi, und er erteilte wie bei allen vorangegangenen »Türkensiegen« eine Generalamnestie für alle Gefangenen. Zum Glück wußte der Kaiser nicht, daß sich die Leistung seiner Truppen auf das Ausgießen von sieben Eimern Pech über die nördliche Mauer und die seines Reitergenerals auf die Evakuierung von sechzig Pferden aus ihren Ställen beschränkte. Weder das eine noch das andere diente im übrigen der byzantinischen Verteidigung; vielmehr entsorgten die Soldaten das Pech in der Annahme, es handele sich um verdorbenen Honig, und die Pferde mußten ihren Stall nur deshalb wechseln, weil wenige Tage zuvor zur Versorgung der Stadt sechzig Milchkühe von der Insel Euböa auf dem Seeweg eingetroffen waren.

Der Krieg, der den Byzantinern bereits zur Gewohnheit und Abwechslung im Alltag geworden war – Hauptsache, man wurde nicht selbst von einer türkischen Kanonenkugel getroffen –, hatte Michel Melzer zu Tode erschreckt. Der Spiegelmacher hatte weniger um sein eigenes Leben gebangt als um das seiner Tochter Editha. Die Ungewißheit und Sorge um ihr Schicksal war nicht spurlos an ihm vorübergegangen. Seine Hautfarbe war fahl, die Wangen eingefallen und selbst seine Augen, die für gewöhnlich listig blinzelten, wirkten so schwermütig und freudlos, daß er erschrak, als er in einen seiner Spiegel blickte, die er im Gepäck mit sich führte.

Zum Glück hatte Melzer auch einen jener gewölbten Spiegel mitgebracht, welche den Betrachter wohlgenährt und gesund erscheinen ließen, geradeso wie nach sieben fetten Jahren – eine Illusion, gewiß, aber in schlechten Zeiten lebt der Mensch von Illusionen. So betrachtete sich der Spiegelmacher eine Weile selbst in seinem Spiegel, bevor er das Licht löschte und einschlief.

In dieser Nacht, der fünften nach dem türkischen Angriff, fand Melzer endlich wieder gesunden Schlaf, und selbst der Traum, der ihm begegnete, war nicht von jener Art, welche Schweißausbrüche hervorruft, sondern stimmte ihn guten Mutes und machte ihm neue Hoffnung. Melzer träumte, Johannes Palaiologos, der Kaiser von Konstantinopel, von dem erzählt wurde, er verzehre sich selbst wegen des drohenden Schicksals der Stadt, habe in seinem Palast alle Spiegel verboten, weil er den eigenen Anblick nicht ertragen könne. Er sei dürr wie eine Ruderstange und trage dreifache Kleider übereinander, um überhaupt wahrgenommen zu werden. Dieser Kaiser rief, so Melzers Traum, den Spiegelmacher aus Mainz in den Palast und bat ihn, einen Blick in den gewölbten Spiegel werfen zu dürfen.

Als Melzer am nächsten Morgen frohen Mutes erwachte, tat er zuerst einen langen, tiefen Blick in den gewölbten Spiegel. Dann zog er sein bestes Gewand an und machte sich mit eben diesem Spiegel auf den Weg zum kaiserlichen Palast.

Der Palast lag weit entfernt von den dicht bevölkerten Stadtvierteln, wo Handel und Wandel ihre Diener um sich scharten, auf einem hohen Plateau. Die einzelnen Gebäude, aus denen der Palast wie zufällig zusammengewürfelt war, unterschieden sich von den Palästen der Reichen, die das übrige Stadtbild prägten, vor allem dadurch, daß sie keine gewöhnlichen Dächer trugen, sondern Kuppeln und aussahen wie dicht aneinandergedrängte Pilze. Der Luxus dieses Palastes war sprichwörtlich, und weder der Papst in Rom noch der Doge in Venedig konnte sich mit diesem Wunderwerk der Architektur messen.

Die oströmischen Kaiser, deren launenhafter, auserlesener Geschmack nichts mit der spießbürgerlichen Beschränktheit der deutschen Baukunst gemein hatte, welche alle Gebäude, ob Palast, Domkirche oder Hühnerhof, nach dem gleichen Schema errichtete, hatten mit sichtbarem Vergnügen die Eigenheiten fremder Länder übernommen, sie dann aber mit Vorliebe umgekehrt. So zierten Holzplanken nicht den Fußboden, sondern die Decke. Auch Teppiche lagen nicht auf dem Boden, sie hingen vielmehr an den Wänden. Säulen, welche andernorts Gewölbe trugen, endeten oftmals in halber Höhe und dienten keinem erkennbaren Zweck, wogegen Marmortreppen, die im Westen stets breit und flach sind, im Osten eher steil und schmal in die Höhe stiegen.

Jeder Byzantiner hatte das Recht, seinen Kaiser jeden Morgen aufzusuchen, so er Griechisch sprach, byzantinische Manieren an den Tag legte, sich zur orthodoxen Kirche bekannte und in der Lage war, sein Anliegen innerhalb jener Zeit vorzubringen, in der sich ein Drei-Minuten-Glas leerte. Obwohl Michel Melzer keine dieser Bedingungen erfüllte und der Haushofmeister Alexios, der zugleich für das Protokoll zuständig war, ihm mit Mißtrauen begegnete, ließ sich der Spiegelmacher nicht abweisen. Als er gar erklärte, er wolle dem Kaiser einen wundertätigen Spiegel andienen, erntete Melzer Gelächter und Hohn, Johannes Palaiologos scheue den Anblick jedweden Spiegels wie der Teufel das Weihwasser.

Das sei ihm bekannt, antwortete Melzer, aber der Spiegel, welchen er für den Kaiser ausersehen habe, sei ja auch kein gewöhnlicher Spiegel, sondern ein Zauberding und geeignet, diesem zu neuem Lebensmut zu verhelfen. Darüber gerieten der Haushofmeister und der uneinsichtige Besucher so heftig in Streit, daß ihre Worte bis in den kahlen Raum vordrangen, in dem der Kaiser, auf einem Thron aus Marmor sitzend, die Füße an einer alten getigerten Katze wärmend, Bittsteller empfing.

Johannes Palaiologos erkundigte sich nach der Ursache für den Lärm, und er erhielt die Antwort, ein Lateiner oder Franke,

Gott weiß woher er komme, wolle ihn mit Hilfe eines Spiegels zu neuem Leben erwecken. Der Kaiser war nicht mehr so gut bei Ohr und überhörte, womit dies vonstatten gehen sollte, doch fand bei ihm ein jedes Mittel Interesse, das Wunder bewirkte. Also befahl er, den Fremden hereinzuführen.

Der Mann aus Mainz war nie einem Kaiser begegnet, schon gar nicht einem orientalischen, welcher den Anblick von Spiegeln scheute. Deshalb hielt er das Zauberding mit beiden Händen auf dem verlängerten Rücken und deutete mit gesenktem Kopf ziemlich ungeschickt mehrere Bücklinge an, während er sich dem Marmorthron näherte.

Haushofmeister Alexios übernahm es, zwischen dem Bittsteller und dem Kaiser zu vermitteln.

Er komme, erklärte der Spiegelmacher, aus Mainz, wo er beachtliche Erfolge mit seinen Zauberspiegeln errungen habe.

Spiegel, fragte der Kaiser zurück, ob er tatsächlich Spiegel gesagt habe und ob ihm nicht bekannt sei, daß …

Aber gewiß, ließ Melzer den Kaiser unterbrechen, bevor dieser in einen nicht zu bremsenden Redefluß geriet, jeder Byzantiner von Glauben und guten Manieren wisse von der Abneigung seiner Majestät, doch wolle er dem Kaiser keinen gewöhnlichen Spiegel andienen, welcher die schnöde Wirklichkeit wiedergebe. Sein Wunderwerk der Schleifkunst bewirke Erstaunliches, indem es Kranke heile und jenen, denen eben noch Siechtum und Qualen ins Gesicht geschrieben waren, kraftstrotzendes Aussehen verleihe wie einem griechischen Faustkämpfer. Schließlich hielt er dem Kaiser den gewölbten Spiegel entgegen.

Angewidert drehte Johannes Palaiologos den Kopf zur Seite. Wie eine eitle Frau, die der Wahrheit nicht ins Gesicht zu sehen wagt, schielte er an dem Spiegel vorbei. Aber langsam, ganz allmählich zog die glänzende Oberfläche sein Auge magisch an, und er versenkte den Blick in den Spiegel, aus dem ihn ein volles, gesundes Gesicht anblickte. Der Kaiser betatschte seine knochigen Wangen mit den Fingern, als wollte er nicht glauben, was sich da widerspiegelte. Dann stieß er einen Freudenschrei aus. Ein ähnlicher Laut war letztmals vor siebzehn Jahren vernommen worden, als türkische Überläufer den Tod Sultan Murats verkündeten – was sich später leider als Falschmeldung herausgestellt hatte.

Als Michel Melzer die Begeisterung des Kaisers sah, der glücklich lächelnd auf seinen dünnen hohen Beinen stand wie ein Storch, machte er das einzig Richtige, das er in dieser Situation tun konnte: Er machte Johannes Palaiologos den wundertätigen Spiegel zum Geschenk. Der entlohnte den Spiegelmacher fürstlich und lud ihn zur Siegesfeier am folgenden Tag in den Palast. Er stellte nur eine Bedingung: Melzer dürfe für niemanden, nicht einmal für sich selbst, einen gleichwertigen Spiegel schaffen.

So wäre der Spiegelmacher von einem Tag auf den anderen in der Lage gewesen, den Medicus Meytens auszubezahlen. Doch der war ebenso verschwunden wie Editha.

Den Tränen nahe ob dieser unglücklichen Verkettung der Umstände kehrte der Spiegelmacher zum *Toro Nero* zurück. Er warf sich auf sein Bett und ließ seinem Schmerz und der Trauer freien Lauf.

Melzer erschrak zu Tode, als er die Augen öffnete und über seinem Gesicht das des Chinesen Lien Tao erkannte.

»Ich wollte Euch nicht erschrecken!« Der Gesandte lächelte und fuhr in seinem unnachahmlichen Singsang fort: »Wollt Ihr mir einen Augenblick Euer Ohr leihen, Meister Melzer aus Mainz?«

Melzer antwortete verstört: »Wenn's beliebt. Aber was wollt Ihr von mir?«

Lien Tao zog sich einen Schemel heran, glättete seinen glänzenden Umhang und begann umständlich: »Wißt Ihr, Meister

Melzer aus Mainz, das Schicksal geht seltene Wege – so sagt Ihr wohl im Westen. Mal ist es Euch hold, dann schüttet es alle Widrigkeiten des Lebens auf einmal aus. In einem Falle wie diesem bedarf es jedenfalls der Hilfe tatkräftiger Menschen.«

Der Spiegelmacher richtete sich auf. Ihn wunderte, wie flüssig Lien Tao, der bei ihrer ersten Begegnung nur radebrecht hatte, auf einmal das Griechische beherrschte. Anscheinend hatte der Chinese sich bei ihrer ersten Begegnung nur verstellt. Was führte er im Schilde?

Meister Lien Tao kam seiner Frage zuvor und fuhr fort: »Seht, das Haus gegenüber, welches von einer türkischen Kanonenkugel getroffen wurde, war kein gewöhnliches Haus, obwohl auch Menschen darin wohnten …«

»Man erzählte sich wundersame Dinge«, warf Melzer ein, »von Zauberei, Magie und Hexenwerk, und die Leute meinen, der feindliche Treffer sei eine Strafe Gottes. Ich selbst habe nie daran geglaubt. Als ich gar sah, welche Dinge vor den Flammen gerettet wurden, da wurde mir klar, daß hinter den geschlossenen Läden mit der künstlichen Schrift experimentiert worden war. Habe ich recht?«

Der Chinese breitete die Arme aus, als wollte er sagen: Ihr wißt doch ohnehin schon alles! Schließlich erwiderte er: »Was muß ich Euch noch erklären, Meister Melzer? Ihr seid viel zu schlau, als daß es einer langwierigen Vorrede bedürfte. Deshalb will ich zur Sache kommen: Bei dem Feuer wurde die gesamte Werkstatt zerstört; aber noch mehr als der Verlust der Werkstatt schmerzt uns die Zerstörung der tönernen Lettern. Sie zerfielen in der Hitze des Feuers zu Staub.«

»Ihr meint die Würfel, welche je einen Buchstaben auf der Vorderseite trugen?«

Der Chinese nickte, und Michel Melzer begann zu begreifen, warum Lien Tao ihn aufsuchte.

»Ihr erinnert Euch an unser Gespräch in der Gesandtschaft«, fragte Meister Lien Tao mit gespielter Liebenswürdigkeit.

»Ich werde es nie vergessen«, rief der Spiegelmacher erregt. »Sagte ich damals nicht, Würfel aus Blei und Zinn würden viel mehr aushalten als Eure tönernen Klötze? Habe ich es nicht gesagt?«

»Gewiß, das habt Ihr, Meister Melzer. Allerdings wären auch Blei und Zinn von den Flammen zerstört worden. Was mich und meine Freunde beschäftigt, ist die Frage: Wie kommen wir in den Besitz von neuen Lettern? Es dauerte drei Jahre, bis unsere Steinschneider aus Schanghai alle sechsundzwanzig Buchstaben Eures Alphabets geformt, geschnitten, geprägt und in ausreichender Menge in Ton gepreßt hatten. Und ein weiteres Jahr verging, bis alle Korrekturen, welche ein reisender Mönch aus Italien anbrachte, ausgeführt waren. Denn die meisten Lettern ähnelten eher der chinesischen Schrift als der lateinischen. Glaubt mir, für einen Chinesen sind Eure Schriftzeichen ebenso schwer nachzuempfinden wie die chinesischen Zeichen für Euch.«

Melzer verließ sein Bett, verschränkte die Hände auf dem Rücken und ging in dem düsteren Zimmer auf und ab. »Wenn ich Euch recht verstehe, Meister Lien Tao, dann wollt Ihr mich überreden, neue Lettern für Euch zu fertigen. Aber das ist – vorausgesetzt, ich würde zustimmen – eine langwierige Aufgabe, welche gewiß nicht drei oder vier Jahre, aber doch ein halbes Jahr in Anspruch nehmen würde.«

Da griff der chinesische Gesandte in die linke Tasche seines Umhangs, zog einen Beutel hervor und leerte seinen Inhalt auf das zerknüllte Bett. Es waren gewiß hundert Golddukaten, die dort zu liegen kamen wie ein glitzernder Schatz.

Melzer erschrak. Er erschrak vor allem deshalb, weil er erst vor wenigen Stunden etwa die gleiche Summe von Kaiser Johannes Palaiologos erhalten hatte und weil er sich fragte, ob er wache oder träume und warum es Zeiten gibt, in denen man vom Glück geradezu verfolgt wird.

Lien Taos singende Stimme holte den Spiegelmacher in die Wirklichkeit zurück: »Nicht ein halbes Jahr, Meister Melzer. Sieben Tage, eine Woche!« Und noch ehe Michel Melzer widersprechen konnte, er sei von allen guten Geistern verlassen, so etwas von ihm zu fordern, griff der Chinese in die andere Tasche seines Umhangs, zog einen zweiten Beutel hervor und begann vorsichtig drei, vier Dutzend Lettern auf den Tisch zu reihen, als handelte es sich um kostbare Edelsteine. Dabei erschien ein seliges Grinsen auf seinem Gesicht.

»Ein einziger Satz Lettern blieb verschont«, bemerkte Lien Tao, ohne den Spiegelmacher anzusehen. »Ich bewahrte ihn in der Gesandtschaft auf, als hätte ich eine Ahnung gehabt.«

»Das scheint so, Meister Lien Tao. Jedenfalls ändert das die Lage. Die Lettern abzuformen und in Blei und Zinn zu gießen erfordert keinen allzu hohen Aufwand, vorausgesetzt, wir finden eine Werkstätte mit Schmelzofen. Aber das alles in sieben Tagen zu schaffen, das erscheint mir unmöglich. Warum diese Eile?«

Da erhob sich der Chinese und trat vor Michel Melzer hin, als wolle er ihm ein großes Geheimnis anvertrauen: »Morgen in zehn Tagen verläßt ein Schiff den Hafen in Richtung Venedig. Seine Ladung wird an den Papst in Rom adressiert sein und aus Papier bestehen, aus nichts als Papier, aber sie wird so kostbar sein wie Gold. Sie wird aus zehnmal zehntausend Ablaßbriefen bestehen, die der Papst in Auftrag gegeben hat. Zehnmal zehntausend! Wißt Ihr, was das bedeutet?«

»Ich kann es mir denken, Meister Lien Tao. Wenn der Pontifex nur zehn Gulden für jeden fordert – und manchen ist der Nachlaß ihrer Sünden noch viel mehr wert – dann erlöst Seine Heiligkeit daraus … mein Gott, dafür gibt es gar keine Zahl!«

»Versteht Ihr nun unsere Eile?«

»O ja«, antwortete Melzer, »vor allem, wenn ich an den Lohn für die Arbeit denke. Bei nur einem Gulden pro Ablaßbrief wären das zehnmal zehntausend Gulden für Euch ...«

»... und für Euch der zehnte Teil davon, wenn Ihr es schafft, neue Lettern zu gießen.«

Melzer sah den Chinesen ungläubig an; dann hob er beide Hände und spreizte die Finger. »Zehntausend Gulden, Meister Lien Tao?«

»Stimmt!« meinte dieser ungerührt. »Zehntausend. Und das« – dabei zeigte er auf das Häuflein Golddukaten auf dem Bett – »ist nur eine Anzahlung.«

Verwirrt schüttelte der Spiegelmacher den Kopf. Zahlen hatten schon immer seine Sinne verwirrt, vor allem, wenn es um Geld ging. Geld empfand Melzer als Erfindung des Teufels. Fehlte es, so war man gezwungen, es auf mühevolle Weise zu beschaffen. War es aber vorhanden – und der Spiegelmacher hatte beide Situationen erlebt –, so mußte man sich darum sorgen, daß es nicht zwischen den Fingern zerrann, was sich als nicht weniger beschwerlich herausstellte als die Beschaffung.

»Ich würde«, begann Michel Melzer nachdenklich, »Euch gewiß gerne zu Diensten sein, Meister Lien Tao, doch erfordert Euer Vorhaben hohen Aufwand.«

»Das soll nicht Eure Sorge sein«, erwiderte der chinesische Gesandte beinahe ärgerlich. »Sagt, ob Ihr mit dem versprochenen Lohn einverstanden und bereit seid, die Aufgabe zu übernehmen.«

»Aber ja doch«, rief Melzer, »wenn Ihr mir die Voraussetzungen schafft. Ich benötige einen Schmelzofen, Holz von der Esche oder Buche, Blei, Zinn und Antimon und Ton von der feinsten Sorte, nicht zu wenig. Dazu Holzrahmen und Pressen, Trockenroste und Kästen, soviel Ihr auftreiben könnt. Und das alles bis morgen!«

»Gut«, entgegnete Lien Tao gelassen. »Bis morgen.«

Der Spiegelmacher sah den Chinesen verwundert an, ob der ihn nicht auf den Arm nehmen wollte. »Ich sagte ›bis morgen‹«, wiederholte Melzer.

»So habe ich es verstanden. Bringt Euer Geld in Sicherheit und folgt mir!«

Melzer kam der Aufforderung nach und begleitete den Gesandten zu einer halbverfallenen Kirche nördlich des Augusteions, wo die Kesselschmiede, Glasbläser und Zinngießer zu Hause waren. Das vordere Portal des Gebäudes war mit schweren Balken verschlossen wie eine uneinnehmbare Festung. Doch unter einem Vordach zur Rechten führte eine niedrige Tür in das Innere.

Es dauerte eine Weile, bis Melzers Augen sich an die Düsternis in der Kirche gewöhnt hatten. Die Überraschung hätte nicht größer sein können: Anstelle eines Altars erhob sich an der vorderen Seite ein hoher Schmelzofen mit einem bauchigen Kesselgewölbe und einem Rauchabzug so hoch wie der Stützpfeiler eines Domes. Holzstämme und Barren von Blei, Kupfer und Zinn lagen aufgestapelt bereit. Im Querschiff waren zwei Papiermühlen aufgestellt, größer als die größte, welche Melzer je gesehen hatte, und wie es schien, hatten sie bereits gute Arbeit geleistet, denn in den Seitenschiffen rechts und links lagerten hohe Stöße ungeschnittenen Papiers. Wohl ein Dutzend Pressen mit Spindeln, so dick wie ein junger Baum, reihte sich im Hauptschiff aneinander. Und im Westen, wo in früherer Zeit der Eingang zur Kirche gewesen war, standen Tische mit hölzernen Rahmen bereit sowie Kästen mit Schubladen – gewiß hundert an der Zahl – und ein Dutzend Fässer mit Ton.

»Was hat das alles zu bedeuten, Meister Lien Tao?« fragte Melzer ratlos, und seine Stimme hallte von den kahlen Wänden. »Mir scheint, Ihr steht mit dem Teufel im Bunde!« Melzer drehte sich um. Lien Tao war verschwunden.

»Wo steckt Ihr, Meister Lien Tao?« rief Melzer, dem die Situation unheimlich vorkam.

Da hallte von der kleinen Empore über dem Eingang die dünne Stimme des Gesandten, und als der Spiegelmacher aufblickte, sah er Lien Tao mit ausgebreiteten Armen über die steinerne Brüstung gebeugt. »Das«, rief er heftig erregt, »ist kein Wunderwerk des Teufels, sondern das Laboratorium des Meisters Lien Tao, und es wird mir mehr Macht verleihen als den Türken mit ihren Kanonen und den Genuesen mit ihren Schiffen. Ja, selbst der Papst mit seinen frommen Versprechungen wird sich dieser Macht beugen müssen. Diese Macht ist die künstliche Schrift. Versteht Ihr, was ich meine?«

»Ja – das heißt, nein«, erwiderte Melzer verwirrt. »Was ich sehe, sind Material und Gerätschaften, wie ich sie noch nie erblickt habe. Großer Gott, Ihr hättet hundert Leute nötig, um alles in Bewegung zu setzen!«

»Hundert?« Lien Taos Versuch zu lachen verunglückte zu einem heftigen Husten. »Wenn die Arbeit beginnt, werden hier vierhundert Arbeiter schuften, zweihundert abwechselnd, Tag und Nacht. Die Leute stehen bereit und warten auf ihren Einsatz. Was fehlt, sind nur noch die Lettern.«

»Jetzt begreife ich«, sagte Melzer.

Lien Tao stieg von der Empore herab und trat vor den Spiegelmacher hin: »Ich weiß nicht, ob Ihr mich recht versteht, Meister Melzer, aber Ihr werdet dieses Laboratorium nicht eher verlassen, bis Ihr die notwendigen Lettern gegossen habt. Ich meine es ernst.«

So begann der Spiegelmacher aus Mainz noch in derselben Nacht mit der Abformung der vorhandenen Lettern aus Ton, eine Arbeit, die weit weniger Aufwand erforderte, als er erwartet hatte. Für den Guß wählte er dieselbe Legierung, die er für seine

Spiegel angewandt hatte: 82 Teile Blei, 9 Teile Zinn, 6 Teile Antimon und 3 Teile Kupfer. Aber dies blieb sein Geheimnis.

Nach zwei Tagen und Nächten am Schmelzofen, wobei er sich gerade drei Stunden Schlaf gönnte, hatte Melzer so viele Lettern gegossen, daß er damit beginnen konnte, den lateinischen Text des Ablaßbriefes spiegelverkehrt in ein flaches Kästchen zu setzen: annähernd neunhundert Buchstabenwürfel, in Holz gerahmt, wider die Lust des Fleisches und jedwede andere Sündhaftigkeit gerichtet.

Kaum war das erste Schriftbild vollendet, setzte Melzer ein zweites, ein drittes und viertes zusammen. Dann begannen die Chinesen, denen diese Kunst vertraut war, mit dem Druck, der nicht anders vonstatten ging, als er es bei den Holzschneidern in Mainz gesehen hatte, welche Heiligenbilder mit frommen Sprüchen, in Holz geschnitten, mit fettigem Ruß einschmierten und mehrfach auf weichem Papier abdruckten. Der Spiegelmacher goß immer neue Lettern und reihte sie im Wortlaut des Ablaßbriefes aneinander, bis endlich zwölf Druckstöcke zur Verfügung standen.

Lien Tao zeigte sich erstaunt über die Ausdauer und Verbissenheit, mit welcher der Spiegelmacher seiner Arbeit nachkam, und meinte: »Meister Melzer, Ihr mögt vom Aussehen ein Europäer sein, aber in Eurem Inneren verbirgt sich eine chinesische Seele.«

Melzer verstand nicht, was der Chinese meinte. Er lachte. »Wollt Ihr damit sagen, ich hätte chinesische Ahnen?«

»Nein, das meine ich nicht. Mir scheint vielmehr, daß Euer Charakter dem chinesischen verwandt ist. Europäer sind Gott ergeben, aber sie trotzen dem Schicksal. Chinesen hingegen sind dem Schicksal ergeben, aber sie trotzen Gott.«

»Das verstehe ich nicht.«

»Nun, ich will damit sagen, wir Chinesen fügen uns zwar dem

Lauf des Lebens, aber wenn es gilt, Unmögliches möglich zu machen, lassen wir uns von keiner Macht der Welt davon abbringen. Ich hätte nicht geglaubt, daß Ihr in der Lage sein würdet, die gestellte Aufgabe in der kurzen Zeit zu bewältigen.«

Melzer hob die Schultern, als wollte er sagen: Da habt Ihr mich eben unterschätzt, Meister Lien Tao.

Im selben Augenblick übertönte lautes Geschrei das dumpfe Geräusch des Schmelzofens und Knarren der Druckerpressen, und ein stattlicher Mann in einem langen schwarzen Mantel und einer an den Seiten in das Gesicht gezogenen Kappe trat, gefolgt von einem wütend protestierenden Chinesen, auf Lien Tao zu. Der war verblüfft über das unerwartete Erscheinen des Fremden – schließlich wurde der kleine seitliche Eingang streng bewacht – und rief empört: »Wie kommt Ihr hier herein, Fremder, und was habt Ihr hier zu schaffen?«

Der Fremde raffte seinen Mantel, stellte den linken Fuß elegant quer zu seinem rechten, verbeugte sich und schleuderte seinen Umhang mit einer raffinierten Bewegung zur Seite, daß seine am Knie gebundenen Beinkleider und ein goldglitzerndes Wams sichtbar wurden. Dabei sagte er mit tiefer Stimme: »Verzeiht, Meister Lien Tao, wenn ich mir unerlaubt Einlaß verschafft habe, aber der Hund von einem Wächter erklärte sich nicht bereit, mich Euch zu melden!« Dabei streckte er den linken Arm aus und zeigte auf seinen Verfolger, und man konnte unschwer erkennen, daß dieser Arm nicht aus Fleisch und Blut, sondern aus Holz war. Dann fügte er hinzu: »Mein Name ist Enrico Cozzani, Gesandter der Republik Genua.«

Lien Tao fuhr zurück, irritiert durch das auffällige Gehabe des Eindringlings. Zum andern war ihm die Anwesenheit eines Genuesen in diesem Laboratorium offensichtlich alles andere als recht, und so sagte er abweisend: »Ich kann mich nicht erinnern, Euch gerufen zu haben, Genuese!«

»Nein, ganz gewiß nicht, Meister Lien Tao.«

»Woher kennt Ihr meinen Namen?«

»Herr«, erwiderte Cozzani unwillig, »ich bin Gesandter der ›Superba‹ – wie die Republik Genua genannt wird –, und ›La Superba‹ heißt ›die Erhabene‹, ›die Großartige‹, ›die Mächtige‹. Das heißt, uns Genuesen entgeht nichts, was auf dieser Welt geschieht. Ihr versteht mich?« Dabei zwinkerte der Gesandte mit einem Auge.

»Kein Wort«, entgegnete Meister Lien Tao. »Ich fürchte, Genuese, Ihr müßt Euch etwas klarer ausdrücken.«

Cozzani lachte und ließ seinen Blick über die Arbeiter und Gerätschaften schweifen, aus denen in regelmäßigen Abständen Ablaßbriefe zum Vorschein kamen. »Nun«, meinte er, »den Spähern der Republik Genua ist nicht entgangen, daß im fernen China eine Erfindung gemacht wurde, welche geeignet ist, die Welt zu verändern: die Möglichkeit, schneller zu schreiben als tausend Mönche und dabei mit jener exakten Gleichheit, welche nur der Schreiber selbst beherrscht.«

Lien Tao ließ sich nicht aus der Ruhe bringen. Er schob die Hände in die Ärmel seines Umhangs, und während seine Augen listig blinzelten, sagte er in seinem typischen Singsang: »Ja, ja, Europäer glauben die Kultur erfunden zu haben; aber die chinesische Kultur ist nicht nur älter, sie übertrifft die Eure auch hinsichtlich der Erfindungsgabe.«

Der genuesische Gesandte holte Luft. »Meister Lien Tao, es ist mir gleichgültig, ob die Chinesen schlauer sind als die Europäer oder die Europäer schlauer als die Chinesen. Die ›Superba‹ hat mich nach Konstantinopel geschickt, damit ich dieses Geheimnis nach Genua bringe. Seht, wir Genuesen sind reich und mächtig, und unsere Schiffe kreuzen auf allen Meeren der Erde. Unser Vorzug ist der Handel, und Handel bedeutet Reden, da bleibt zum Denken wenig Zeit. Ihr Chinesen, sagen unsere Späher, seid dagegen arm, und Eure Macht hält sich in Grenzen; dafür habt Ihr kluge Köpfe und viel Zeit zum Nachdenken. Was soll ich lange herumreden: Laßt uns an Eurer Erfindung teilhaben, so werden wir Euch fürstlich entlohnen. Nennt mir Eure Bedingungen!«

Der Spiegelmacher hatte der Unterredung schweigend beigewohnt. Doch nun fürchtete er, Meister Lien Tao könnte dem erstbesten Angebot zustimmen; vor allem aber befürchtete er, die Weitergabe des Geheimnisses könnte ihn selbst aus dem Geschäft drängen.

Deshalb trat er vor den genuesischen Gesandten hin, nannte seinen Namen und sagte: »Hochehrenwerter Messer Cozzani, bei diesem Geschäft, so es denn zustande käme, hätte ich ein Wörtchen mitzureden; denn selbst wenn Ihr das Geheimnis kenntet, so würdet Ihr die Herstellung der Lettern noch lange nicht beherrschen.«

Cozzani blickte den Chinesen fragend an.

Lien Tao nickte.

Da erwiderte der Genueser Gesandte, an den Spiegelmacher gewandt: »Nun gut, dann nennt *Ihr* mir Eure Bedingungen!«

Melzer, in geschäftlichen Dingen unsicher, schüttelte den Kopf. »Vorläufig denken wir nicht daran, das Geheimnis der künstlichen Schrift zu verkaufen. Es gibt im übrigen bereits einen Interessenten, dessen Angebot sogar das der steinreichen Genuesen übertreffen dürfte.«

»Laßt mich raten«, unterbrach ihn Cozzani. »Der Papst in Rom. Vergeßt ihn. Mit einem siechen Schwächling macht man keine Geschäfte.«

Melzer lachte, wenngleich ihm der Hochmut des Gesandten mißfiel. »Die Genuesen meinen es nicht gut mit den Päpsten, Messer Cozzani?«

»Der Pontifex verdient eher Mitleid. Er ist ein Opfer des

übermächtigen Adels in seiner Umgebung. Als in Ferrara die Pest ausbrach, verlegte er das Konzil nach Florenz statt nach Rom, weil er Angst hatte, in den Vatikan zurückzukehren. Doch jetzt soll er den Wunsch geäußert haben sich wieder nach Rom zu begeben; denn seine Kassen sind leer.«

»Das ist bekannt. Ihr braucht Euch jedoch um den Papst nicht zu sorgen, Messer Cozzani. Der Glaube ist immer ein einträgliches Geschäft.«

Lien Tao verfolgte die Unterhaltung Melzers mit dem weltgewandten Genuesen mißtrauisch. Verlegen tänzelte er um die beiden herum, bis ihm endlich der rettende Gedanke kam, den genuesischen Gesandten auf den folgenden Tag zu vertrösten. Bis dahin wolle er sich die Sache überlegen. Auf diese Weise komplimentierte er Cozzani umgehend aus dem Laboratorium.

Der Druck der Ablaßbriefe machte inzwischen solche Fortschritte, daß Meister Lien Tao sicher sein konnte, den vom päpstlichen Legaten geforderten Termin einhalten zu können. Gut die Hälfte der gewünschten Druckwerke lag, zu Packen gebündelt, bereit. Deshalb ließ Melzer zur Vorsicht schon einmal alle verräterischen Werkzeuge und Gerätschaften beseitigen, damit niemand unberechtigt Verdacht schöpfen konnte. Auch von den Lettern, die er gegossen hatte, schaffte er jeweils ein Muster beiseite, zur Sicherheit; aber davon sagte er nicht einmal den Chinesen etwas.

Der folgende Tag bleibt tief in meiner Erinnerung, und ich merke, wie meine Hände zittern und meine Lippen beben beim ersten Gedanken an jenen Morgen.

Es war ein heißer Sommer, und die Sonne warf geradeso wie heute schräge Lichtbündel in den Raum, unser Laboratorium, wo es nach Fett,

Rauch und Ruß roch. Zu meiner Verwunderung hatte mich Meister Lien Tao nicht in Kenntnis gesetzt, wie er mit dem Genuesen verhandeln wollte; denn daß er ihm ein Geschäft anbieten wollte, durfte man allein daraus schließen, daß er den Gesandten der »Superba« ein weiteres Mal herbestellte.

Wie staunte ich aber, als tags darauf nicht nur der Gesandte Enrico Cozzani aus Genua erschien. Ihm folgte eine hagere Gestalt in vornehmer samtgrüner Kleidung, die ich bereits im Haus der Chinesen durchs Fenster gesehen hatte, nachdem ich Zeuge jenes seltsamen Gesprächs geworden war. Der Name wollte mir nicht mehr einfallen, aber der Fremde stellte sich vor als Albertus di Cremona, Legat Seiner Heiligkeit des Papstes.

Wir waren noch bei der Begrüßung, als sich erneut die Tür öffnete und ein Dritter die Halle betrat – ein Mann, den ich nicht kannte, dessen erstes Erscheinen mir jedoch fest im Gedächtnis geblieben ist, als sei es gestern gewesen.

Mochte man schon den genuesischen Gesandten einer gewissen Eitelkeit bezichtigen, so war dieser Neuankömmling die Selbstgefälligkeit in Person: ein wohlbeleibter Narziß auf dünnen Beinen, welche vor allem dadurch zur Geltung kamen, daß sie bis über das Knie in hauchzarten grünen Seidenstrümpfen steckten, während seine Beinkleider erst dort anfingen, wo die Strümpfe endeten. Um seine Eleganz zu unterstreichen, trug er einen grünen und einen roten Schuh von solcher Schmalheit, daß er wohl seine Füße schnüren mußte, um in das Gehwerkzeug hineinzukommen. Von seinem Gürtel, der so breit war, daß er einer vornehmen Dame als Mieder hätte dienen können, baumelte ein buschiger Wieselschwanz, wie ihn auch Bellafintus, der Magister vom Großberg in Mainz, getragen hatte. Sein Oberkleid zeichnete sich durch weiches, rauhes Leder und aufgeplusterte Ärmel aus, doch reichte es ihm nur knapp bis zum Bauchansatz. Bis zu jenem Tag hatte ich keinen so außergewöhnlich gekleideten Mann gesehen.

Felipe López Meléndez, so hieß der Unbekannte, den Lien Tao zu der Zusammenkunft gebeten hatte, kam aus Saragossa, war Medicus und Hofastrologe des Königs von Aragonien und dessen Schwippschwager dazu. Doch das erfuhr ich alles erst später. Don Felipe kam, wie er betonte, im Auftrag seines Königs Alfons des Großmütigen, Sohn Ferdinands, des Eroberers von Neapel und treuesten Bundesgenossen der Byzantiner im Kampf gegen die Türken.

Waren es drei Gesandte und Legaten, welche uns an jenem Morgen sichtbar gegenüberstanden, Männer von höchst unterschiedlicher Herkunft, aber demselben Interesse, so weiß ich heute, im Abstand von vielen Jahren, daß sich unsichtbar noch ein Vierter zu uns gesellte, einer, an dessen Existenz ich bis dahin nicht geglaubt hatte – der Teufel.

Ihr mögt meine Worte belächeln und sie abtun als das Geschwätz eines verrückten Alten, aber das trifft mich nicht. Laßt mich erst von dem berichten, was weiter geschah und Ihr werdet mir zustimmen, daß von diesem Tag an der Teufel die Hand im Spiel hatte. Rückblickend gibt es dafür viele Gründe, doch mag der Hauptgrund gewesen sein, daß der Teufel – und dumm ist er ja nicht – früher als andere erkannte, welche Möglichkeiten in dieser Erfindung steckten, so daß er die künstliche Schrift zu seinem Eigentum machte.

Fragt, wen ihr wollt, warum diese Kunst ausgerechnet die schwarze genannt wird, und keiner wird Euch eine Antwort wissen. Die Rußschwärze, mit der man druckt, kann es ja wohl nicht sein; denn die Holzschneider, welche dasselbe Fett seit langer Zeit gebrauchten, würden sich schön bedanken, wenn Ihr sie der »Schwarzen Kunst« bezichtigtet. Nein, es war der Teufel selbst, der diesen Namen prägte, als er uns an jenem Morgen das Heft aus der Hand nahm, ja, der Teufel.

Denn kaum hatten sich die erlauchten Männer in unserem Laboratorium eingefunden – Öfen und Pressen standen mit Absicht still – da polterte der päpstliche Legat bereits los. Er bezichtigte Meister Lien Tao der Unredlichkeit, weil er mich, einen Fremden und einen Deutschen obendrein, in das Unternehmen eingeweiht hatte, wo er, Albertus di Cremona, sich ausdrücklich größte Verschwiegenheit ausbedungen habe.

Ich brauchte mich gar nicht selbst zu verteidigen. Das übernahm Meister Lien Tao zu meiner größten Zufriedenheit und mit scharfzüngigen Worten. Er schalt den hageren Pfaffen der Unwissenheit über die künstliche Schrift, welche, zur Vollendung gebracht, die Kunstfertigkeit und das Wissen eines erfahrenen Handwerkers erfordere, und wenn ihm das nicht recht sei, solle er doch alle verfügbaren Mönche zum Einsatz bringen, um seinen Auftrag auszuführen, dann werde er ja sehen, von wem mehr Verschwiegenheit zu erwarten sei.

Als Albertus di Cremona gar die Namen der beiden anderen Besucher erfuhr und daß ihr Interesse ebenfalls der künstlichen Schrift galt, da kam es zu einem erbitterten Wortwechsel, an dem ich selbst mich zunächst nicht beteiligen wollte – zum einen, weil meine Eloquenz der jener Männer weit unterlegen war; zum anderen wollte ich nicht die gleichen ungesitteten Wörter gebrauchen, deren sich die edlen Würdenträger in der Anrede des Gegners bedienten.

Am lautstärksten tat sich Don Felipe Meléndez zu meiner Linken hervor, der unumwunden verkündete, er und sein König hätten die Macht und die Mittel, jedwede Kunst der Welt zu kaufen oder, wenn es sein müßte, auch zu erobern. Neben Meléndez und mir schräg gegenüber fuchtelte Seine Exzellenz, der Legat des Papstes, aufgeregt in der Luft herum, als wollte er den Aragonier exorzieren. Zu meiner Rechten bediente sich Messer Cozzani, der Gesandte der Republik Genua, unflätiger Ausdrücke gegen Meléndez und der Drohung, es seien schon wegen geringerer Dinge Kriege vom Zaun gebrochen worden. Ihm zur Rechten und mir gegenüber schien Meister Lien Tao die Ruhe selbst; ja, er zeigte sich sogar amüsiert über die Aufgeregtheit der fremden Besucher. Wir standen uns also in einem Kreis gegenüber, und ich habe es deshalb so genau geschildert, weil Ihr Euch selbst ein Bild machen sollt von dem, was nun geschah:

Während nämlich Meister Lien Tao das Wort ergriff und zur Besonnenheit mahnte, vernahm ich – und ich glaube, auch den anderen ist das seltsame Geräusch nicht entgangen – einen hell tönenden Schlag, das heißt, eigentlich hörte es sich an wie ein kräftiges Zischen. Unwillkürlich und weil er, mit dem Rücken zur Empore gewandt, mir gegenüberstand, starrte ich Albertus di Cremona an. Der verdrehte die Augen gen Himmel wie ein Brückenheiliger, öffnete langsam den Mund, und hervor quoll ein Schwall hellen Blutes. Die hagere Gestalt des päpstlichen Legaten begann zu wanken, und weil er vornüber zu fallen drohte, trat ich hinzu, um ihn aufzufangen. Ich packte ihn von vorne an den Schultern, als der neben ihm stehende Meléndez einen Schrei ausstieß: Im Rücken Seiner Exzellenz steckte ein Messer.

Verstört ließ ich den leblosen Körper des Mannes zu Boden gleiten, und während ich das tat, sah ich aus dem Augenwinkel, wie auf der Empore ein Schatten verschwand. Auch Lien Tao, Meléndez und Cozzani blickten in die Richtung, aus der das Messer geflogen kam; erst dann wandten sie sich dem vor uns liegenden Legaten zu.

Auf dem staubigen steinernen Boden bildete sich eine Lache, eine Pfütze aus Blut, welche die Form eines Omega annahm, als hätte der Teufel die Umrisse mit dem Finger gezeichnet.

Ihr glaubt mir nicht? Der Teufel ist doch schon jedem von uns begegnet und meist in einer Verkleidung, hinter der man ihn nicht vermutet hätte.

Während jeder von uns die anderen ansah, als könnte er in ihren Augen den Urheber des Mordes erkennen – wobei sich, ich gestehe es offen, mein erster Verdacht gegen Meléndez richtete –, bückte sich Meister Lien Tao, um das Messer aus dem Rücken des toten Legaten zu ziehen. Der Umstand, wie er dabei vorging, mag nur die Wucht verdeutlichen, mit der das Wurfgeschoß den päpstlichen Legaten getroffen hatte. Lien Tao kniete sich beidbeinig auf den Rücken des Toten und zerrte mit beiden Händen an dem Messer, bis es endlich nachgab.

Dem Aragonier Meléndez und Cozzani, dem Gesandten der Republik Genua, war das offensichtlich zuviel. Die beiden Unterhändler, die sich kurz zuvor angefeindet hatten wie Gladiatoren vor dem Kampf, machten wie auf ein geheimes Zeichen kehrt und stürzten zum Ausgang der gegenüberliegenden Seite.

Schon damals wunderte ich mich über die Gelassenheit, mit der Meister Lien Tao der Situation begegnete. Ihm selbst mit dem Mord in Verbindung zu bringen erschien mir absurd. Wer köpft schon das Huhn, das ihm goldene Eier legt?

Aber nachdem Lien Tao keine Anstalten machte, auf der Empore nach dem Rechten zu sehen, stieg ich selbst die schmale Steintreppe empor. Natürlich hatte ich Angst; natürlich machte ich mir Gedanken, wie ich dem Attentäter begegnen würde – doch ehrlich gesagt, hatte ich eine Ahnung, und diese sollte sich bewahrheiten: Der Attentäter war längst fort. Er hatte sich durch das einzige Fenster der Empore, eine schmale Öffnung mit zwei gedrehten Säulen in der Mitte, abgeseilt.

Der Mord an dem päpstlichen Legaten Albertus di Cremona schuf mehr Verwirrung als jeder andere Mord in den letzten zehn Jahren. Dabei war Konstantinopel so mordlustig wie kaum eine andere Stadt. Der Grund für die allgemeine Betroffenheit lag nicht in der Tat an sich; auch nicht darin, daß von dem Mörder jede Spur fehlte und daß das Opfer ein Würdenträger der Kirche war. Nein, was die Gemüter erregte, war die Tatsache, daß eben dieser Mord in Konstantinopel geschehen war.

Papst Eugen hatte gerade zugestimmt, die römische Kirche mit der griechisch-orthodoxen zu einen; zudem hatte er dem oströmischen Kaiser Johannes Palaiologos Unterstützung im Kampf gegen die Türken versprochen. Das eine wie das andere hatte im Westen erbitterten Widerstand hervorgerufen. Jetzt fühlten sich unter den Kritikern alle diejenigen bestätigt, die schon immer gepredigt hatten, den Byzantinern sei nicht zu trauen.

Für den Papst ging es aber um noch mehr. Eugen mußte fürchten, daß die Suche nach dem Mörder seines Legaten den geheimen Auftrag bekanntmachte, mit dem Albertus di Cremona nach Konstantinopel gereist war. Ablaßbriefe in künstlicher Schrift, noch dazu in unvorstellbarer Anzahl? Ließ das nicht Gedanken aufkommen, der Papst stehe mit dem Teufel im Bunde?

Umgehend ernannte der Papst seinen Neffen Cesare da Mosto zum neuen Legaten für Konstantinopel, mit der Maßgabe, das einmal begonnene Unternehmen schnell und ohne Aufsehen zu Ende zu bringen – im Namen des Vaters, des Sohnes und des Heiligen Geistes.

Der Segen des Papstes kümmerte Cesare da Mosto wenig. Der junge, kleinwüchsige Mann, dessen unglückselige Nase das einzig Auffällige war an seiner Erscheinung, weil sie eher einer Knolle glich als dem gewöhnlichen Riechorgan, galt als hinterhältig und gefährlich. Er war gefürchtet wegen seiner losen Zunge. Allein die Tatsache, daß er zweimal in der Woche mit dem Papst speiste, reihte ihn in die oberste Gesellschaftsklasse Roms ein.

Cesare da Mosto liebte drei Dinge über alles: das Spiel, das Geld und das schöne Geschlecht. Bisweilen genügte eine einzige dieser Eigenheiten, um einen Menschen ins Verderben zu stürzen; doch der Neffe des Papstes huldigte allen dreien, und das läßt wohl vermuten, daß er für die gestellte Aufgabe weniger geeignet war als jeder andere.

Dennoch, am Tag, nachdem Papst Eugen ihm das geheime Legat erteilt hatte, schiffte sich Cesare da Mosto mit sieben Begleitern in Richtung Konstantinopel ein. Von Süden her blies der heiße Schirokko gelbe Wolken über das Meer – kein gutes Omen.

KAPITEL IV

Das Fest am Hofe des Kaisers

In kurzer Zeit war der Spiegelmacher in Konstantinopel zu Ansehen und Wohlstand gelangt. Er bewohnte ein Haus im Viertel Pera, wo auch die reichen Genuesen ihre Villen hatten. Mit dem Lohn des Kaisers und dem Vorschuß für seine Arbeit als Schriftgießer ließ es sich vortrefflich leben. Nur Edithas Verschwinden lastete schwer auf seiner Seele, und nachts, wenn er keinen Schlaf fand, stellte er sich ein ums andere Mal die Frage: Wo mochte sie sein? Irrte sie noch immer durch die Straßen von Konstantinopel? Oder hatte sie vielleicht längst ein namenloses Grab gefunden?

Seit dem Attentat auf den päpstlichen Legaten war einige Zeit vergangen, als Melzer des Nachts Rufe vor seiner Tür vernahm. Er kannte die Stimme, es war Tse-hi, die Dienerin Lien Taos. Melzer entzündete ein Licht und ging zur Tür.

Tse-hi war atemlos. »Herr«, keuchte sie, »Herr, sie haben Meister Lien Tao abgeholt. Sie haben ihn gefesselt und mitgenommen. Helft, Herr! Sie werden ihn töten!«

Der Spiegelmacher zog sie ins Haus und versuchte die Chinesin zu beruhigen, doch Tse-hi riß sich los und rief: »Sie glauben, er hat Mord in Auftrag gegeben. Sie werden ihn töten!«

»Und Ihr, Tse-hi, was glaubt Ihr?«

»Meister Lien Tao ist kein Mörder, Herr. Meister Lien Tao

hat mich geschlagen, ja, Meister Lien Tao hat auch andere geschlagen, ja, Meister darf schlagen, wen er will. Aber töten darf er nicht, Herr. Meister Lien Tao hat nicht getötet!«

»Nein«, erwiderte Melzer, »warum sollte er den Legaten des Papstes umgebracht haben? Ich glaube Euch ja, Tse-hi. Nur – was kann ich tun?«

Die Chinesin blickte zu Boden. »Als sie Meister Lien Tao wegführten, rief er, ich solle Meister Melzer benachrichtigen. Ihr kennt den Kaiser. Helft Meister Lien Tao!«

Der Spiegelmacher versprach es. Die Gelegenheit war günstig; denn der Kaiser hatte ihn für den folgenden Abend zum Seerosenfest geladen. Dieses Fest aus Anlaß der ersten Blüte der gelben Seerosen und in früherer Zeit Höhepunkt des festlichen Sommers, war seit vielen Jahren, seit Kaiser Johannes in Verdrossenheit und Trübsinn verfallen war, nicht mehr gefeiert worden. Nun aber, da er neuen Lebensmut gefaßt hatte, bestand er völlig unerwartet auf der Ausübung dieses Vergnügens.

Dauerten die Vorbereitungen für dieses Fest früher Wochen, so standen diesmal nur wenige Tage zur Verfügung, und so kam es, daß die Ausstattung in diesem Jahr nicht so prächtig war wie in den früheren. Dafür zeigte sich die Stimmung um so ausgelassener. Es schien, als wollten die Byzantiner in *einer* Nacht nachholen, was sie in den vergangenen Jahren entbehrt hatten.

Wagen, Kutschen und Karossen drängten sich vor dem Eingangsportal in endloser Reihe, und Alexios, der Haushofmeister, ganz in Rot gekleidet, nahm die geladenen Gäste im Fackelschein in Empfang. Sagte man den Byzantinern schon in normalen Zeiten nach, sie kleideten sich auffällig und buntschillernd wie Gockel oder radschlagende Pfauen, so schien es, als suchte an diesem Abend ein jeder diesen Ruf zu übertreffen.

Man sah spanische Kragen so hoch wie Wagenräder, chinesische Schuhe aus Holz mit Sohlen, die ihren Träger eine Elle über dem Boden schweben zu lassen schienen, Frisuren, mit Wachs und Fett hochgetürmt und enggeschnürte Damen wie die Säulenheiligen in der Hagia Sophia. Andere Frauen – und durchaus solche anständigen Standes – ließen ihre Brüste aus weiten Kleiderausschnitten hervorquellen, als stünden selbige auf dem Markt zum Verkauf wie die Kuheuter der Innereienhändler am Hafen. Die neue Mode stammte aus Florenz, wo, wie Reisende berichteten, alle Frauen von Stand und Ansehen so herumliefen, ohne schlechte Gedanken zu erzeugen. So sie im Alter fortgeschritten waren, huldigten andere vornehme Damen der Verrücktheit, sich weiße Zwerge zu halten oder einen schwarzen Riesen wie einen Hund mit einem Lederband um den Hals.

Der Spiegelmacher beobachtete den circensischen Aufmarsch von einer Sitzbank, welche eine Fensternische der Eingangshalle ausfüllte. Im Umgang mit so illustren Gästen war Melzer befangen. Wie hatte er in Mainz die Ratsherren bewundert, denen als einzigen Bürgern erlaubt war, samtene Wämser zu tragen. Ein Gast im einfachen Samtwams an diesem Ort, dachte er, würde Aufsehen erregen wegen seiner Schlichtheit, und insgeheim hoffte er auf einen der hinteren Plätze, damit sein schlichtes Gewand verborgen blieb.

Lange saß Melzer nicht allein, denn aus der Menge trat ein in hellblaue Seide gekleideter Mann auf ihn zu, für den der Vergleich mit einem radschlagenden Pfau mehr zutraf als auf alle anderen. Daß der Spiegelmacher ihn nicht gleich erkannte, lag vor allem an seiner märchenhaften Begleiterin, welche, in eine Wolke aus golddurchwirkter Seide gehüllt und mit Spitzen wie Farnblätter geziert, alle Blicke auf sich zog.

»Ihr hier?« sagte der Blaugekleidete erstaunt. Er sprach Deutsch, und jetzt erkannte der Spiegelmacher ihn. Es war Gero Morienus.

Melzer musterte die Frau an Morienus' Seite. Nein, seine Ehefrau war das nicht, jedenfalls nicht die, welche der Kaufmann vor wenigen Monaten geheiratet hatte. In Melzer kochte die alte Wut hoch, und er antwortete kühl: »Hätte ich geahnt, Euch hier zu begegnen, so wäre ich nicht gekommen.«

»Aber, aber!« erwiderte Morienus. »Habt Ihr mir die alte Geschichte noch immer nicht verziehen?«

»Da gibt es nichts zu verzeihen!« zischte der Spiegelmacher, und er erhob sich, um wegzugehen. »Einen schlechten Charakter hat man, oder man hat ihn nicht.«

Da trat ihm Morienus, als hätte er den Tadel nicht gehört, in den Weg und stellte umständlich die Frage: »Verzeiht, wenn ich mich so direkt an Euch wende, aber es interessiert mich wirklich: Wo ist Eure schöne stumme Tochter?«

Die Worte des Kaufmanns trafen Melzer wie ein Schlag ins Gesicht. Er wollte nicht antworten, aber der stämmige Morienus hatte sich vor ihm aufgebaut wie ein Bollwerk und musterte ihn mit festem Blick.

Also blieb dem Spiegelmacher gar nichts anderes übrig, und er sagte, ohne den Fragesteller anzusehen: »Sie ist fort, geflohen. Ich weiß nicht, wo sie sich versteckt hält, ich weiß nur, daß Ihr daran schuld seid.«

»Ich? Schuld?« Morienus' lautes Gelächter zog viele Blicke auf sie, und Melzer ließ sich genierlich auf seine Sitzbank nieder. »Wäre es nach mir gegangen, hätte ich das Mädchen zur Frau genommen. Ihr wart es, Meister Melzer, Ihr habt sie mir verweigert, obwohl ich das Lösegeld zwei Jahre im voraus bezahlt hatte.«

Melzers Zorn wuchs, und seine Stimme wurde immer heftiger: »Ich wußte nicht, daß Ihr ein Anhänger der Vielweiberei seid wie die Stiere, die unter den Kühen reihum gehen.«

Der Anwurf traf, aber Morienus versuchte ihn zu übergehen und meinte eher beiläufig: »Hättet Ihr mich danach gefragt, hätte ich Euch darüber aufgeklärt, aber Ihr habt mich nicht gefragt. Was beschuldigen wir uns gegenseitig? Ich habe das Lösegeld zurückerhalten. Wir sind quitt.«

»Quitt?« rief der Spiegelmacher. »Daß ich nicht lache!«

Es hatte den Anschein, als zeigte sich Morienus von Edithas Verschwinden wenig beeindruckt, denn er erwiderte: »Ihr solltet mir dankbar sein, Meister Melzer, immerhin hat Euch die Reise nach Konstantinopel beim Kaiser bekannt gemacht. Wie man hört, hat ihm Euer Spiegel neuen Lebensmut gegeben. Ich wollte, *ich* hätte Kaiser Johannes diesen Spiegel verkauft.«

Melzer zog es vor zu schweigen. Er ließ seinen Blick an Morienus und seiner herausgeputzten Frau vorbei über die exotischen Gäste schweifen, die sich wie in einem Reigen mit höflichen Verbeugungen begrüßten. Es schien, als kennte ein jeder jeden, und sobald sich ein neues Gesicht zeigte, begann ein Tuscheln und Tratschen, und man zerriß sich die Mäuler, weil sich dieser oder jener mit jener oder dieser zeigte. Morienus machte da keine Ausnahme, im Gegenteil. Weil er wußte, daß Melzer in dieser Stadt fremd war, raunte er ihm unaufgefordert Namen und Eigenheiten jener Gäste zu, die an ihnen vorüberzogen.

Darunter waren respektable Erscheinungen, würdige Männer mit langen Bärten, denen man ein geistliches Amt zugetraut hätte, die sich jedoch als Waffenhändler und Schieber entpuppten. Umgekehrt trugen geweihte Männer, Präfekten und Prälaten, das wilde Aussehen von Taugenichtsen zur Schau. Ganz zu schweigen von den Damen, welche, wie Morienus sich ausdrückte, diese Bezeichnung nur zu geringem Teil verdienten, weil sie für einen Abend gekauft oder stadtbekannte Konkubinen waren.

Mit verzücktem Blick, der jenem des heiligen Franz bei der Stigmatisierung in keiner Weise nachstand, segnete der Patriarch Nikephoros Kerularios, ein Mann mit buschigen schwarzen

Brauen und einem breiten weißen Bart, in welchem ein Vogelpaar zum Nisten Platz gefunden hätte, die zur Schau getragenen Brüste frommer Konkubinen ohne Ansehen des Standes. Ein Seiltänzer aus Perugia, der im Ruf stand, jeden Turm der Welt auf einem schrägen Seil zu erklettern, so dieses nur lang und fest genug sei, und der auf Wanderschaft in den Orient für vier Wochen in Konstantinopel Station machte, um den Galataturm zu besteigen, trat in einem enganliegenden Kostüm aus lindgrüner Seide auf, das ihn von Kopf bis Fuß einhüllte, ohne eine Naht oder einen Knopf zu zeigen, so daß die Vermutung geäußert wurde, Seidenraupen hätten ihm das Gewand auf den Körper gesponnen. Und obwohl weit und breit kein Seil zu sehen war, das ihm für seine Zwecke hätte dienlich sein können, tänzelte der Seiltänzer kokett vor sich hin, indem er bedacht einen Fuß exakt vor den anderen setzte.

Wie Fürsten erschienen die reichen Reeder, allesamt Genuesen. Zwar mangelte es ihnen an Manieren, aber der Kaiser konnte es sich nicht erlauben, sie nicht zum Seerosenfest zu laden, denn ihre Macht und ihr Reichtum waren grenzenlos. So schritt einer wie der andere unter einem Baldachin mit seinem Wappen einher, begleitet von Dienern in den Farben der Schiffe, während die Herren selbst golddurchwirkte Gewänder bevorzugten. Der Auffälligste von allen, Ricardo Rubini, ein Hüne von einem Mann, wurde von nicht weniger als zwölf Dienern geleitet. Hätte ihn nicht seine Frau Antonia, ein feenhaftes Wesen von seltener Schönheit, in gemessenem Abstand begleitet, man hätte den Reeder für den römischen Papst halten können.

Für die geladenen Kaufleute hatte Morienus nur verächtliche Bemerkungen übrig. Die meisten, ließ er wissen, lebten über ihre Verhältnisse und ihr zur Schau getragener Reichtum übersteige ihre Möglichkeiten bei weitem. Sie hätten sich ihre Einladungen erschlichen, in der Hoffnung auf einträgliche Geschäfte – schließlich sei es kein Geheimnis, daß Alexios, der Haushofmeister des Kaisers, käuflich sei wie ein deutscher Landsknecht.

»Oder glaubt Ihr«, bemerkte Morienus, »der Kaiser habe die beiden geladen?« Dabei zeigte er mit dem Finger auf ein seltsames Paar, welches im Vergleich zu den anderen einen ziemlich heruntergekommenen Eindruck machte, aber nicht nur deshalb den Blick auf sich zog:

Die weibliche Hälfte, ein Mädchen, mochte kaum älter als dreizehn Jahre sein. Auch wenn das Mädchen besser gekleidet und sauber gewaschen gewesen wäre, so hätte es seinen Stand kaum verleugnen können. Es war ausnehmend blaß, und nicht einmal die rote Schminke auf seinen Wangen konnte sein kränkelndes Aussehen verbergen. Dabei entdeckte man darunter sogar einen Hauch von Schönheit; doch diese war noch vor dem Erblühen durch allerlei seelische Wunden gebrandmarkt worden. Der Blick der jungen Schönen war ohne Scham und ihre heftige Stimme rauh wie ein Lederbeutel. Das lange Kleid aus Samt hatte schon bessere Tage gesehen. Sie hieß Theodora und zählte zu den gefragtesten Huren der Stadt.

Ihr schwarzgekleideter Begleiter, ein Mann um die Fünfzig, wäre auch ohne das Mädchen an seiner Seite aufgefallen; denn sein Äußeres war dazu angetan, daß jeder, der ihm zum erstenmal begegnete, nicht zu sagen wußte, ob seine Gestalt eher furchteinflößend oder lächerlich wirkte. Der Mann maß vom Scheitel bis zur Sohle sechseinhalb Fuß; das heißt, er überragte alle Menschen um Kopfeslänge – was, wie man scherzhaft erzählte, ihn den Sternen näherbrachte. Denn dieser Byzas, so sein Name, war ein berühmter Sterndeuter und Astrologe und machte durch gewagte Prophezeiungen von sich reden, die bisher alle eingetroffen waren. Er behauptete sogar, Jahr und Tag der Eroberung Konstantinopels durch die Türken zu kennen, und er habe dies Geheimnis in einer Kupferbüchse verwahrt, welche, mit Zinn verlötet, im Geheimen Archiv des Vatikan aufbewahrt werde. Sollte er sich irren, so hatte er angekündigt, würde er sich vor aller Augen vom höchsten Turm der Stadt stürzen.

Nach außen wurde Byzas gemieden, als gälte es als unfein, seine Dienste in Anspruch zu nehmen; insgeheim suchten ihn jedoch die vornehmsten Bürger von Konstantinopel auf, und es war ein offenes Geheimnis, daß die reichen Reeder von Pera ihre Schiffe nach Indien und China zu bestimmten Tagen auf die Reise schickten, die von dem Sterndeuter als günstig vorhergesagt wurden.

Im Gegensatz zu den meisten anderen Gästen, die dem schwarzgekleideten Magier und seiner zierlichen Begleiterin aus dem Wege gingen, scheute sich Morienus nicht, Byzas zu begrüßen und nach dem Lauf der Gestirne zu fragen.

Da schlug der Sterndeuter beide Hände über dem Kopf zusammen und fiel in Klagen und Lamentieren: »Für manche, Herr, wäre es besser, sie hätten der Einladung zum Seerosenfest nicht Folge geleistet. Die Sterne, Herr, künden gar furchtbare Dinge. Ich sehe Blut und Tod. Herr, wenn Ihr wüßtet!«

Morienus, der von Byzas' Fähigkeiten überzeugt war, seit dieser ihm nach drei Töchtern von zwei Frauen wahrheitsgemäß die Geburt eines Sohnes vorhergesagt hatte, blickte um sich, als vermutete er in dem Nächstbesten einen Häscher, und fragte ängstlich: »Wer sollte mir Böses wollen, Sterndeuter?«

Byzas machte eine abwehrende Handbewegung: »Herr, ich habe nicht gesagt, daß meine Ahnung Euch betrifft. Habe ich das?«

»Nein, nein«, erwiderte Morienus und faßte seine Begleiterin an der Hand, »aber sage mir, Sterndeuter, wen trifft es dann?«

Eher amüsiert hatte der Spiegelmacher die Unterhaltung mit dem seltsamen Astrologen verfolgt. Nun fühlte er auf einmal

Byzas' stechendes Auge auf sich gerichtet, und er erwiderte den Blick auf ebensolche Weise.

Morienus, dem das Kräftemessen nicht entgangen war, sagte, an den Sterndeuter gewandt: »Das ist Meister Michel Melzer, ein Spiegelmacher –«

»Ich weiß«, unterbrach ihn Byzas, »geboren zu Mainz am 4. Hornung Anno Domini eintausendvierhundertzehn.«

Melzer erschrak. Er war verwirrt. Wie konnte der Sterndeuter den Tag seiner Geburt wissen? Selbst Morienus kannte ihn nicht.

»Er weiß alles«, meinte Morienus erklärend. »Er sagt, alles stünde in den Sternen.«

»Mag sein«, antwortete der Spiegelmacher. »Ich bin der Sternenkunde nicht abhold; aber soweit mir bekannt ist, erkennt ein Sterndeuter aus dem Stand der Gestirne zwar das Schicksal eines Menschen, aber, bei allen Heiligen, doch nicht den Tag seiner Geburt!«

Melzers Worte riefen bei Byzas ein mitleidiges Lächeln hervor, als wollte er sagen: Was verstehst du schon vom Lauf der Gestirne? Aber der Sterndeuter schwieg und sah Melzer nur durchdringend an.

Morienus fand als erster die Erklärung für jenes merkwürdige Verhalten. Je länger Byzas den Mann aus Mainz anstarrte, desto sicherer wurde sich der Händler, daß es Melzer war, dem der Magier ein blutiges Ende prophezeite!

Ehe Melzer selbst einen klaren Gedanken fassen konnte, wurde er durch ein anderes Ereignis abgelenkt. Im Hintergrund erklangen einschmeichelnde Lautentöne, und er hörte eine zarte Stimme, erst kaum vernehmbar im Trubel der Gäste, dann immer deutlicher. Melzer vergaß, was der Schwarzgekleidete ihm soeben angedeutet hatte, und ging dem Lautenklang und der betörenden Stimme nach. Er hatte sich nicht getäuscht:

Simonetta und ihre Bruder Jacopo musizierten auf dem Fest des Kaisers.

Seit er die schöne Lautenspielerin in der Herberge *Toro Nero* das erste Mal gesehen hatte, waren zwei Wochen vergangen. Melzer hatte geglaubt, das Feuer, welches sie in ihm so unerwartet entfacht hatte, würde allmählich verlöschen; doch er sah sich getäuscht. Er hatte die Tage seitdem als Folter und Qual empfunden, weil ihn seine Arbeit bei den Chinesen daran hinderte, nach Simonetta Ausschau zu halten.

Es war wie beim erstenmal, als er ihr gegenübertrat. Sein Herz begann heftig zu schlagen, und ein Gefühl durchzog seinen Körper, als erhitzte sich das Blut in seinen Adern. Melzer wußte, er hatte sich vom ersten Augenblick an in Simonetta verliebt, und er war überzeugt, nie einer schöneren Frau als der Lautenspielerin begegnet zu sein. Wie damals in der Herberge trug sie ein langes, enganliegendes Kleid mit einem rechteckigen, beinahe quadratischen Ausschnitt über dem Busen, und ein breites Mäanderband umspannte ihre Taille. Die an den Schultern eng angesetzten Ärmel weiteten sich vom Ellenbogen bis zu den Handgelenken auf mehr als eine Elle. So kamen ihre schmalen weißen Hände noch besser zur Geltung, wenn sie wild und aufgeregt über die Saiten der Laute glitten. Ihr schwarzes Haar trug Simonetta hochgesteckt, wie zu einer Schneckenmuschel geformt. In anderer Umgebung als dieser hätte man ihre Haarpracht für frivol gehalten oder gar unanständig, aber auf dem Seerosenfest des Kaisers galten andere Gesetze.

Getrieben von der Leidenschaft, die Simonettas Anblick in ihm weckte, drängte sich Melzer in die erste Reihe der Bewunderer, die sich im Halbkreis um das Sängerpaar aufgestellt hatten. Während Jacopo in sein Instrument vertieft war, blickte Simonetta über die Köpfe hinweg in das goldschimmernde Gewölbe, wo Mosaiken die Taten der byzantinischen Kaiser verherrlichten.

Und während Melzer dem Klang ihrer hellen Stimme lauschte und mit den Augen jede ihrer Bewegungen verschlang, kam ihm auf schmerzhafte Weise zu Bewußtsein, daß er nicht der einzige war, dessen Gefühle die schöne Venezianerin entflammte. Verstohlen blickte er in die Runde und bedrückt stellte er fest: Gott, er hatte viele Rivalen.

Vor nicht allzu langer Zeit hätte der Spiegelmacher sich damit abgefunden, die schöne Frau aus der Ferne zu lieben, sie heimlich anzubeten und ihr in seinen Träumen zu begegnen. Doch seine jüngsten Erfolge hatten sein Selbstbewußtsein gestärkt. Er mußte versuchen, auf irgendeine Weise Simonettas Aufmerksamkeit zu erregen.

Während er noch darüber nachdachte, wie er dies bewerkstelligen könnte, traf ihn unerwartet der Blick der Lautenspielerin. Kein Zweifel, sie hatte sich ihm zugewandt! Melzer versuchte eine höfliche Verneigung, aber noch während er zugange war, wurde ihm bewußt, wie linkisch er sich verhielt, und deshalb winkte er zurück, wie es eher seine Art war.

Simonetta und Jacopo sangen drei Lieder in lateinischer Sprache und von zweideutig-schlüpfrigem Inhalt, welche bei jenen, die der Sprache mächtig waren, großen Beifall fanden. Bedacht mit allerlei Komplimenten und von zahlreichen Bewunderern umringt, mußte die Lautenspielerin sich erst aus dem Kreis der Zuhörer lösen, ehe sie auf Melzer zutrat. »Ihr seid doch der Spiegelmacher«, rief sie auf italienisch, »der mich vor den türkischen Kanonenkugeln beschützt hat?«

Melzer mußte lachen: »Wenn Ihr es so seht, schöne Lautenspielerin«, entgegnete er in der gleichen Sprache, »so will ich diese Tat gerne für mich in Anspruch nehmen.«

Simonetta nickte. »Ich hatte schreckliche Angst vor den türkischen Geschossen. Wie schön, Euch hier zu treffen.«

»Die größere Freude ist auf meiner Seite, glaubt mir. Ihr seid mir nicht aus dem Sinn gegangen, und ich wünschte nichts sehnlicher, als Euch noch einmal zu begegnen.«

»Wenn es so ist«, bemerkte Simonetta augenzwinkernd, »dann treffen sich unser beider Empfindungen.«

Während sie sich so ihre gegenseitige Zuneigung versicherten, trat Jacopo hinzu und nahm seiner Schwester die Laute aus der Hand. An den Spiegelmacher gewandt, meinte er: »Oder wollt Ihr von nun an Simonetta begleiten? Dann müßt *Ihr* die Laute an Euch nehmen, Fremder!«

»Wie gerne würde ich Euch folgen«, antwortete Melzer ebenso zweideutig, »doch leider liegt meine Begabung eher im Umgang mit Zinn und Blei, und mein Schmelz hat gewiß andere Bedeutung als Eurer. Also lassen wir's dabei.«

Simonetta und der Spiegelmacher tauschten ein Lächeln, und Jacopo entfernte sich mit den Instrumenten.

»Ihr müßt meinen Bruder verstehen«, sagte die Lautenspielerin, während sie Jacopo hinterhersah, der in der Menge verschwand. »Er ist eifersüchtig wie ein Mohr; aber er meint es nicht so, glaubt mir. Wir sind seit frühester Kindheit aneinander gebunden, seit unser Vater von einer Indienfahrt nicht mehr heimkehrte. Eine Seuche, hieß es, habe ihn dahingerafft. Aus Sorge und Gram starb unsere Mutter kurz darauf, und der Bruder meiner Mutter nahm uns widerwillig bei sich auf. Es gab wenig zu essen und viel Schläge. Da beschlossen wir zu fliehen. Ich war fünfzehn, mein Bruder gerade zwei Jahre älter. Mit einem Schiff gelangten wir nach Konstantinopel. Seither leben wir von unserem Spiel und Gesang, und es geht uns besser als je zuvor. Ein Indienreisender hat uns berichtet, unser Vater lebe in Madras mit einer Inderin … Aber warum erzähle ich Euch das alles?«

Melzer hörte mit Hingabe zu, ohne dem Sinn des Gesagten überhaupt Beachtung zu schenken. Simonetta verband ihre unbefangenen Worte mit einem so reizenden Mienenspiel, daß er nicht anders konnte, als sie immer nur mit den Augen zu bewundern, so wie am ersten Abend.

»Ihr habt gewiß viele Verehrer«, meinte er, sich vorsichtig herantastend.

Da lachte Simonetta und schob ihren Arm unter den seinen. »Kommt«, sagte sie, »wir werden von allen Seiten beobachtet. Und damit habe ich Eure Frage wohl schon beantwortet.«

Arm in Arm mit Simonetta unter all den vornehm gekleideten Menschen schritt Melzer wie auf Wolken. Es war, als lächelte die ganze Welt ihn an. Er war erfüllt von einem unbeschreiblichen, überwältigenden Glücksgefühl.

Während sie durch die feine Gesellschaft schlenderten und während Melzer die Blicke genoß, die auf sie fielen, redete die schöne Lautenspielerin munter weiter: »Sprechen wir nicht von mir. Viel mehr interessiert mich Eure geheimnisvolle Kunst.«

»Geheimnisvolle Kunst?« Melzer erschrak.

»Man sagt, es sei Euch mit Hilfe eines Spiegels gelungen, dem siechen Kaiser neuen Lebensmut zu geben. Seid Ihr ein Magier oder gar ein Hexer?«

Melzer hielt inne und sah dem Mädchen ins Gesicht: »Hätte ich solche Fähigkeiten, dann wüßte ich gewiß, was ich täte. Nein, die meisten Wunder finden eine ganz natürliche Erklärung.«

»Aber wenn ihr ein Magier wäret«, drängte Simonetta unnachgiebig, »was würdet ihr dann tun? Sagt es mir!«

»Ich würde«, begann der Spiegelmacher zögernd und legte beide Hände auf ihre Schultern, »ich würde Euch verzaubern, daß Ihr nur noch Augen für mich hättet.«

Simonetta erwiderte Melzers Blick und entgegnete: »Ich glaube, Ihr *seid* ein Magier und Ihr habt mich schon verzaubert.« Dabei näherte sich ihr Mund dem seinen.

Wie im Traum fühlte der Spiegelmacher den Kuß ihrer sanften, weichen Lippen, spürte ihren schlanken Körper, der sich ihm mit der geschmeidigen Kraft einer Katze entgegendrängte. Er war zutiefst verwirrt, kam sich linkisch und ungeschickt vor. Wie gern hätte er ihr hier an Ort und Stelle seine Liebe gestanden, doch er bezwang seine Leidenschaft, aus Angst, etwas Falsches zu sagen. Es hätte ihn nicht die geringste Überwindung gekostet, vor dem schönen Mädchen niederzuknien; aber ihr zu sagen, daß er sie liebte, dazu fehlte ihm der Mut. Denn nichts fürchtete Melzer mehr, als seine Gefühle preiszugeben und vielleicht verlacht zu werden.

»Wie schön Ihr seid, Simonetta«, sagte er statt dessen, und: »Ich habe Euch von Anfang an bewundert.«

Jedes dieser Komplimente hatte die Lautenspielerin gewiß schon hundertmal gehört, doch dies wurde Melzer erst bewußt, als es ausgesprochen war. Und wie sollte er wissen, ob Simonetta nicht zu jener Sorte Frauen gehörte, welche, begehrt und wohlgelitten, sich heute an diesen, morgen an jenen verschwendeten?

Als habe sie seine Gedanken gelesen, zog die Lautenspielerin ihre Brauen hoch und sagte: »Was grübelt Ihr über ferne Dinge nach, wenn die Gegenwart ihr Recht fordert?« Bei diesen Worten drängte sich ihr Körper noch näher an den seinen. Er fühlte ihre Schenkel und die Spitzen ihrer Brüste, und er holte tief Luft.

Doch bevor er sich in seiner Unbeholfenheit endgültig zum Narren gemacht hätte, traten zwei livrierte Diener mit einem Korb an sie heran. Sie verteilten Masken und phantasievolle Kopfbedeckungen an die Gäste.

Simonetta suchte sich eine gelbgrün gefleckte Vogellarve aus mit einem kleinen spitzen Schnabel über der Nase, Melzer bekam einen phantasievollen Hut mit auffallend schwarz und weiß gefärbten Federn. Ein Oktett in golddurchwirkten Kostümen und roten Strümpfen intonierte einen maurischen Schreittanz, bei dem sich die Männer um die Frauen drehten und nach jeder

Umrundung der Dame einen Satz vollführten, der wohl als Freudensprung gedacht war, aber eher der Bewegung glich, mit der man über eine Pfütze sprang.

»Schönes Vögelchen«, meinte Melzer, an Simonetta gewandt, »ich würde Euch gerne zum Tanze führen, aber die Tanzkunst an sich ist mir fremd wie das Land, wo der Pfeffer wächst. Ich glaube, ich würde ein ziemlich lächerliches Bild abgeben.«

Simonetta nahm Melzers Arm und zog ihn in einen anderen Saal, aus dem der aufregende Klang einer Flöte, begleitet von dumpfem Trommelschlag zu vernehmen war. In einem Kreis standen dichtgedrängt Zuschauer und klatschten im Rhythmus des Trommelschlages, und in ihrer Mitte zeigte ein üppiges Frauenzimmer, eine Ägypterin oder Libanesin, einen aufreizenden Tanz. Die Tänzerin trug um die breiten Hüften einen Schleier und am Oberkörper eine armdicke Schlange, die sich mehrmals um ihren Leib wickelte, und als sie das züngelnde Reptil gar so nah vor ihr Gesicht hielt, daß man gefaßt sein mußte, die Schlange würde jeden Augenblick zubeißen, da stieß Simonetta einen Schrei aus und zog den Spiegelmacher mit sich fort zu einer weißen Marmortreppe.

Die Treppe führte zu einer Galerie mit vielen Türen. Die erste öffnete sich in einen Raum, in dem Gaukler aus Frankreich ihr Unwesen trieben. Buntgekleidete Spaßmacher versuchten zum Vergnügen der Zuschauer, schwarze und weiße Hasen einzufangen, was jedoch immer wieder mißlang und mit einem Sturz auf den Boden endete. Hinter der zweiten Tür lieferten sich kastilische Fechter spannende Duelle, bei denen die Zuschauer applaudierten, sobald ein Gegner getroffen wurde und Blut floß. Johlen und Kreischen drang aus dem dritten Raum, in welchem ein Wasserbecken aufgebaut war. Darin tummelten sich Nixen und Nereiden, nur mit einem Schleier bekleidet, und Lüstlinge versuchten, die Fabelwesen mit Hilfe von Angeln völlig zu entkleiden. Eine vierte Tür führte zu einem Raum, in dem Zwergenringkämpfe stattfanden. Und hinter der folgenden, fünften Tür gaben sich ausgelassene Paare der Wirkung exotischer Pulver und Tränke hin, welche von Seefahrern aus Indien und den fernen Ländern Asiens eingeführt wurden und die Sinne verwirrten und die Glut der Begierde schürten.

Was hinter der sechsten, letzten Tür vor sich ging, blieb den beiden verborgen, weil ihnen der Haushofmeister Alexios entgegentrat und verkündete, der Kaiser wünsche den Spiegelmacher zu sprechen.

»Wo ist der Kaiser?« fragte Michel Melzer erstaunt. »Man hat ihn noch nicht zu Gesicht bekommen.«

Der Haushofmeister schien ungehalten zu sein über die dumme Frage. »Der Trismegistos pflegt sich nicht in Gesellschaft seiner Untertanen zu vergnügen.«

»Ach«, sagte Melzer verständnislos, »dabei wäre doch gerade muntere Gesellschaft seinem Weltschmerz abträglich.«

Alexios gab mit einer Kopfbewegung das Zeichen, ihm zu folgen.

Simonetta wollte zurückbleiben, doch Melzer faßte sie an der Hand, so daß sie keine andere Wahl hatte, als ihn zu begleiten.

»Wollt Ihr dem Kaiser etwa vorschreiben, wie er sich zu amüsieren hat?« fragte der Haushofmeister im Gehen.

»Keineswegs«, erwiderte Melzer. »Ich habe nur den Eindruck, daß sich bei dem Seerosenfest alle prächtig amüsieren, nur einer nicht, der Kaiser.«

»Er möge schweigen!« sagte Alexios höflich, aber bestimmt.

Schnellen Schrittes durchquerte der Haushofmeister eine belebte Halle, an deren Ende eine breite, halbmondförmig nach außen gewölbte Treppe zum oberen Stockwerk führte. Ein Portal mit aufgesetzten Säulen an jeder Seite wurde von Fackelträgern und livrierten Dienern mit Hellebarden bewacht. Als sie den Haushofmeister erblickten, öffneten sie das schwere, mit goldenen Ornamenten verzierte Tor und gaben den Weg frei.

An Alexios' ungehaltenem Blick war abzulesen, daß ihm die Begleitung der schönen Lautenspielerin nicht paßte, aber Melzer ließ sich nicht beirren und hielt Simonetta fest an der Hand. So betraten sie den Audienzsaal des einsamen Kaisers Johannes Palaiologos.

In schummrigem Kerzenlicht saß der Kaiser am hinteren Ende des leeren Saales auf einem Podest. Zu seinen Füßen hockten drei weibische, in Frauenkleider gehüllte junge Männer, von denen die beiden jüngeren, noch halbe Kinder, ihren Leierinstrumenten klagende Töne entlockten, während der ältere seinen Körper im Tanz wiegte wie ein dürrer Baum im Herbst.

Als Melzer und Simonetta eintraten, hob die Gestalt auf dem Thron die Hand. Die Instrumente verstummten.

»Spiegelmacher!« rief der einsame Kaiser dem eintretenden Melzer entgegen. »Du hast mir die Fröhlichkeit wiedergegeben.« Dann betrachtete er Melzers Federhut und die Vogelmaske der Lautenspielerin, und er gab sich Mühe zu lachen: »Und wer ist dieses reizende Vögelchen?«

»Sie heißt Simonetta«, antwortete Melzer direkt, diesmal ohne Vermittlung des Haushofmeisters, »kommt aus Venedig, versteht es vortrefflich die Laute zu spielen und singt reiner als jede Nachtigall.«

»Reizend«, bemerkte der Kaiser mit einer wohlwollenden Handbewegung. »Ist sie Eure Geliebte, Spiegelmacher?«

Melzer warf Simonetta einen schüchternen Blick zu. »Ich wünschte, es wäre so, erhabener Kaiser, aber eine so schöne Frau gehört nie einem allein.«

Johannes Palaiologos legte die Stirn in Falten und wandte sich

Simonetta zu: »Nehmt Eure Maske ab, schönes Vögelchen, damit ich Euer Gesicht sehen kann!«

Die Lautenspielerin kam der Aufforderung des Kaisers nach, und Johannes Palaiologos staunte: »Fürwahr, ein Engelsgesicht. Warum nimmst du ihn nicht, Venezianerin?«

Simonetta hielt ihre Vogelmaske in der Hand. Sie wurde verlegen. Schließlich antwortete sie errötend: »Er hat sich mir noch nicht erklärt, Herr Kaiser.«

»Herr Kaiser!« Johannes Palaiologos lachte gekünstelt. »Nennt mich nicht so gewöhnlich! Ich weiß, in Venedig legt man keinen Wert auf althergebrachte Titel; aber in meinen Adern fließt noch das Blut Cäsars, Marcus Aurelius' und Constantinus'. Nennt mich also so, wie es mir zukommt, nennt mich Trismegistos. Das heißt in Eurer Sprache übrigens der Dreimalgrößte – verstehst du, schöne Venezianerin?«

»Jawohl, Trismegistos.«

Melzer kam es etwas seltsam vor, daß der christliche Kaiser von Byzanz sich mit einem Titel anreden ließ, der einmal dem heidnischen Gott Hermes gebührt hatte. Aber er kam nicht dazu, sich darüber länger Gedanken zu machen, denn Johannes Palaiologos winkte Simonetta näher zu sich heran und raunte dem Mädchen zu: »Du solltest ihn nehmen, bevor es eine andere tut, Venezianerin. Ich glaube, er wird noch viel von sich reden machen.«

Melzer tat, als hörte er nicht was der Kaiser sagte, dabei verstand er jedes Wort, und das Geschwätz des Kaisers machte ihn stolz.

»Warum ich dich kommen ließ«, begann dieser schließlich an den Spiegelmacher gewandt: »Ich möchte, daß du mir ein Spiegelkabinett errichtest, ein Badezimmer mit lauter gewölbten Spiegeln an den Wänden, in welchen ich wohlbeleibt erscheine wie der türkische Sultan und mich meiner Leibesfülle und der meiner Frauen erfreuen kann.« Dabei schweifte sein Blick verträumt über die drei Jünglinge zu seinen Füßen.

»Herr«, erwiderte Melzer und holte tief Luft, »Euer Auftrag ehrt mich, doch ich fürchte, er übersteigt meine Möglichkeiten. Zum einen verfüge ich weder über eine so große Werkstatt noch über die nötigen Helfer. Zum anderen, Trismegistos, wäre für die Ausführung Eures Wunsches so viel Blei und Zinn erforderlich, daß Ihr damit Eure gesamte Armee mit Munition ausrüsten könntet.«

Die Einwände des Spiegelmachers versetzten Johannes Palaiologos in Aufregung. Er sprang auf, rief nach seinem Haushofmeister und forderte, der Spanier möge kommen.

Kurz darauf erschien dienernd ein Mann, dem Melzer schon einmal begegnet war: Felipe López Meléndez, der Mann aus Aragonien.

»Don Felipe«, begann der Kaiser, »wieviel Zinn und Blei könntet Ihr liefern?«

»Soviel Ihr benötigt«, antwortete Meléndez.

Darauf der Kaiser: »Wieviel brauchst du, Spiegelmacher?«

Melzer verzog sein Gesicht. »Ein halbes Tausend Scheffel von jedem. Weniger gewiß nicht!«

Meléndez, an den Kaiser gewandt: »Das läßt sich machen, Trismegistos.«

Der Spiegelmacher war verblüfft. Er hatte geglaubt, der Kaiser würde vor dem geforderten Aufwand zurückschrecken. Nun aber schien es, als hätte Johannes Palaiologos bereits alles in die Wege geleitet. »Aber wo, Herr, sollen die Spiegel geschmolzen werden?«

Da versuchte der Kaiser ein gequältes Grinsen – es war das erste Mal, daß Melzer ein derartiges Mienenspiel bei ihm sah –, und er erwiderte: »Hast du nicht in der alten Kirche für die Chinesen Blei geschmolzen?«

Melzer blickte verwundert.

»Ich weiß alles, was in meinem Reich vor sich geht«, nahm der Kaiser seine Rede wieder auf. »Ich kenne alle Magier, Quacksalber und Scharlatane in Konstantinopel. Warum sollten mir die Schwarzkünstler aus dem fernen China verborgen geblieben sein?«

»Damit wißt Ihr also auch um die Erfindung der Chinesen?«

»Ja, gewiß. Nur messe ich ihr weniger Bedeutung bei als der Papst in Rom oder König Alfons von Aragonien.« Bei diesen Worten warf er Meléndez einen vielsagenden Blick zu. »Ich glaube nicht, daß die künstliche Schrift in der Lage ist, die Welt zu verändern. Gelänge es ihr, so wären alle Mönche und Schreiber arbeitslos, und deren Federn sind noch immer viel schneller als das zu Buchstaben geformte Blei.«

»Das mag ja sein«, entgegnete Michel Melzer, »aber nur solange es sich um ein einzelnes Schreiben handelt. Übersteigt der Bedarf aber die hundert oder tausend oder gar zehntausend Schriftstücke, so ist die künstliche Schrift hundert-, ja tausendmal schneller als alle Schreiber und Mönche der Welt zusammen.«

»Du hast den Verstand verloren, Spiegelmacher. Es gibt auf der Welt nicht zehnmal zehntausend Menschen, die ein solches Schriftstück überhaupt lesen könnten! Wozu sollte das also dienen?«

Melzer hob verlegen die Schultern. Von den Ablaßbriefen für den Papst wollte er lieber doch nicht erzählen.

Da griff Meléndez ein und sagte: »Mein Schwippschwager, König Alfons der Großmütige, erklärte sich bereit, genug Blei und Zinn für Euer Kabinett zu liefern, wenn Ihr ihn dafür an dem Geheimnis teilhaben ließet.«

Johannes Palaiologos zeigte auf den Spiegelmacher. »Die Schwarzkunst liegt nicht in meinen Händen, Aragonier. Da müßt Ihr mit ihm verhandeln!«

Melzer hob abwehrend beide Hände: »Ich handle nur im Auftrag von Meister Lien Tao, und der hat das Geheimnis aus China mitgebracht.«

»Gewiß, ja«, fuhr Meléndez dazwischen, »aber soweit mir bekannt ist, seid Ihr der einzige, der den Umgang mit den geheimnisvollen Buchstaben beherrscht.«

»Außerdem ist dieser Lien Tao ein Mörder«, fügte der Kaiser hinzu. »Er sitzt im tiefsten Turmverlies und wartet auf seine Hinrichtung.«

Der Spiegelmacher trat zwei Schritte auf den Kaiser zu und rief mit lauter Stimme: »Dazu darf es nicht kommen, Trismegistos! Meister Lien Tao ist kein Mörder!«

»Er hat den päpstlichen Legaten Albertus di Cremona umgebracht. Der Tod durch das Schwert ist die einzige gerechte Strafe.«

»Herr«, redete Melzer eindringlich, »Trismegistos! Lien Tao stand neben mir, als der Mord geschah …«

»Er war der Auftraggeber!«

»Aber warum sollte er den päpstlichen Legaten ermorden lassen? Albertus di Cremona hat Lien Tao viel Geld für einen Auftrag versprochen. Warum sollte er sich um sein eigenes Vermögen bringen? Trismegistos, erweist mir die Gunst: Laßt Meister Lien Tao frei, oder gebt ihm wenigstens die Möglichkeit, seine Unschuld zu beweisen. Dann will ich darangehen und für Euch ein Spiegelkabinett ersinnen, das Euch Freude schenkt für den Rest Eures Lebens.«

Der Kaiser tat überrascht. »Das Recht muß seinen Lauf nehmen! Und was wäre, wenn ich mich deinem Wunsch widersetzte? Würdest du dich in diesem Falle weigern, mir zu Diensten zu sein?«

Melzer schwieg. Er neigte den Kopf zur Seite, und sein Blick begegnete dem der Lautenspielerin. Es war kein zufälliger gemeinsamer Augenaufschlag; nein, Simonetta verfolgte genau, was geschah, und welchem Mann bliebe der bewundernde Blick einer Frau verborgen?

Unvermittelt sagte Meléndez: »Und wenn das Messer im Flug den Falschen getroffen hätte? Ich meine, wäre es nicht denkbar, daß Lien Tao gar nicht den Tod des päpstlichen Legaten im Auge hatte?«

Der Spiegelmacher sah Meléndez ins Gesicht, das von einem süffisanten Lächeln gezeichnet war. »Wessen Tod denn dann?« fragte er.

»Euren.«

Der Spiegelmacher fühlte aller Augen auf sich gerichtet. Schließlich murmelte er, ohne auf eine Antwort zu hoffen: »Wieso sollte er das tun? Warum?«

»Warum?« fragte der Spanier zurück. »Ich kenne Eure Abmachungen nicht, aber ich nehme an, Meister Lien Tao hat Euch einen fetten Batzen aus dem zu erwartenden Gewinn versprochen. Ein ganzer Braten ist besser als ein halber …«

Melzer dachte an seine Entführung, bei der die Chinesen nicht gerade zimperlich mit ihm umgegangen waren. Sollte er sich in Lien Tao getäuscht haben? Hatten ihn die Chinesen vielleicht nur für ihre Zwecke mißbraucht? Auf einmal war sich Melzer gar nicht mehr so sicher, ob er sich für Lien Taos Freilassung einsetzen sollte.

Im nächsten Augenblick ertönte eine Explosion wie ein Kanonenschuß, gefolgt von einer zweiten, dritten; schließlich feuerte es aus allen Rohren.

»Helf Gott, die Türken kommen!« rief der Gesandte aus Aragonien, drehte sich um und stürzte zum Ausgang.

Simonetta warf sich Melzer in die Arme, und dieser blickte hilfesuchend den Kaiser an.

Johannes Palaiologos aber wirkte glücklich wie ein Kind; er

klatschte in die Hände und rief immer wieder: »Feuerkunst, Feuerkunst!«

Jetzt begriff auch Melzer, daß die feurigen Blitze, die durch die Fenster leuchteten, das Fauchen und Krachen und die vielfachen Donnerschläge zu einer künstlichen Feuerwerkerei gehörten, welche der Kaiser für seine Gäste hatte in Szene setzen lassen.

Das war leichtsinnig gedacht; denn so wie der Spanier glaubten viele Gäste an einen erneuten Türkenangriff, und nicht wenige verließen das Fest und suchten auf schnellstem Wege ihre Häuser auf. Die übrigen begaben sich hinaus in den Park, um das wundersame Feuerspiel zu erleben.

Fontänen von Funken in gelber, roter und grüner Farbe schossen zischend in den Himmel. Hoch über den Köpfen der Gäste platzten Feuerbälle und fielen als Sternenregen zur Erde zurück. Das war ein Rauschen, Fauchen und Jaulen am Himmel, und die Zuschauer riefen begeistert Ooh und Aaah und klatschten in die Hände, wenn sich unscheinbare Lichterkugeln mit einem Mal in riesige Strahlenschirme verwandelten.

War das Schauspiel am Himmel schon aufregend genug, so trugen die Feuerblitze allein dadurch zur Unterhaltung bei, daß sie die maskierten Zuschauer für Sekunden erscheinen und wieder in der Dunkelheit verschwinden ließen wie ein Wunderwerk des Teufels. Grelle Fratzen und geheimnisvolle Gesichter, Kopfbedeckungen und Maskeraden tauchten auf und verschwanden.

Melzer legte seinen Arm um Simonetta, und die Lautenspielerin schmiegte sich an ihn, als suchte sie Schutz vor dem Lärm und dem Feuer.

Die Nacht war warm, obwohl Mitternacht längst vorüber war. Wie viele andere Gäste zogen es die beiden vor, nach dem Ende des Feuerwerks durch den Park zu schlendern, wo nach alter Tradition und Sitte in dem großen runden Teich, der die Mitte der Anlage bildete, Lichter auf dem Wasser schwammen. Auf einer steinernen Bank, die von Büschen mit schweren, dicken Blättern überwuchert wurde, so daß sie eine lebende Grotte bildeten, ließen sich Melzer und seine Begleiterin nieder.

Vor meinen halb erblindeten Augen sehe ich es, als wäre es gestern gewesen: die Lichter, die auf dem Wasser treiben, die schwarzen Schatten der Bäume und Sträucher vor dem gestirnten Himmel. Ich höre das Turteln und verzückte Geflüster ringsum. Aber wie schnell vergeht der Glanz der Jugend! *Vanitas vanitatum!* Alles ist eitel, wie der Prediger sagt. Was nützt die kurze, heftige Aufwallung des Fleisches, wenn mit jedem Sandkorn im großen Stundenglas der Zeit die Ewigkeit näherrückt?

Warum sollte ich also davon berichten, was damals geschah, zumal es mir heute noch unwirklich erscheint wie ein Traum, der mit der Nacht vergeht. Ihr wollt es wissen? Nun gut. Es ist die Wahrheit! Plötzlich spürte ich Simonettas Hand zwischen meinen Schenkeln; ja, ich bemerkte – sehen konnte ich nichts, weil es zu dunkel war –, wie Simonetta nach meiner Männlichkeit forschte, die sich aus meinen Beinkleidern wölbte. In meiner Phantasie sah ich ihre schlanken, weißen Finger, die über die Laute glitten, die Saiten zupften, und mit jeder Schwingung steigerte sich meine Erregung. Es kam mir vor, als würde meine Männlichkeit von ihren Fingern in ebensolche Schwingungen versetzt. Mich schwindelte, als Simonetta auf irgendeine Weise, über die ich nicht nachdenken wollte, den Weg zu meinem aufgerichteten Stab gefunden hatte und damit begann, ihn zu reiben, zu drücken und zu liebkosen. Während Simonetta keinen Laut von sich gab, begann ich leise zu stöhnen. Noch nie im Leben hatte ich solche Wogen der Lust empfunden.

Mein linkischer Versuch, in der Dunkelheit ihre Brüste vom Stoff zu befreien, mißlang; aber Simonetta kam mir zu Hilfe, und ehe ich mich versah, war ihr Gewand herabgeglitten, und ich fühlte nichts als ihre nackte Haut.

Ich hatte diesen erregenden Moment noch nicht ausgekostet, da überfiel mich Simonetta mit solcher Wildheit, daß ich nach Luft rang. Mit einem Mal saß sie rittlings wie eine Amazone auf mir, und ich spürte, wie mein Stab ganz langsam in sie eindrang. Ich schlang meine Arme um ihren Hals und zog ihren Kopf zu mir herab, bis sich unsere Lippen trafen.

Gott im Himmel! Welche Wollust von dieser Frau ausging, welche Gier sie in mir entfachte! »Simonetta«, flüsterte ich, während sie ihre nackten, festen Brüste an meinem Wams rieb und langsam an ihm auf- und niederglitt, »Simonetta«. Mehr brachte ich nicht hervor.

»Was – hast – du – mir – zu – sagen?« fragte Simonetta im Rhythmus ihrer Bewegungen.

Ich rang nach Luft.

»Wolltest du mir vielleicht sagen, daß du mich liebst?«

»Jaaa...«

»Dann sag es, sag es! Ich will es hören, sag es, verdammt!« Mit einem Mal hielt das Mädchen mit seinen Bewegungen inne und blieb mit gespreizten Beinen über mir stehen.

Ich war versucht, sie anzuflehen, sie möge nicht aufhören, aber dann stieß ich mit gepreßter Stimme die Worte hervor, die mir so schwer über die Lippen kamen: »Ich liebe dich! Ich liebe dich, Simonetta!«

Mit der Geschmeidigkeit einer Katze sank Simonetta erneut auf mich nieder. Und diesmal antwortete mein Körper dem ihren, zwang ihr meinen eigenen Rhythmus auf, als ich wieder und wieder in sie eindrang. Es war finstere Nacht und kaum ein Schatten zu erkennen, aber in meinem Kopf leuchteten Blitze in immer kürzeren Abständen und ließen ihren Körper vor meinen Augen erscheinen, daß mir nichts von seiner Schönheit verborgen blieb.

Derart von Sinnen und getrieben vom Glück und der Leidenschaft,

stemmte ich mich dem betörenden Frauenkörper entgegen, bis mich die Lust endlich erlöste und ich mit einem Schrei in mich zusammensank.

Der Spiegelmacher erschrak, als er zögernd die Augen öffnete. Die dunkle Nacht hatte dem Morgengrauen bereits Platz gemacht, und die Gäste des Kaisers flanierten übermütig scherzend durch den Park. Sie warteten auf ein Schauspiel besonderer Art, das bei den Byzantinern großen Zuspruch fand, die Falkenjagd. Arabische Falkner zogen mit dressierten Raubvögeln durch die Welt, und wo immer sie auftraten, strömte das Publikum herbei, um mit eigenen Augen zu sehen, wie die abgerichteten Falken, als wären sie von unsichtbarer Hand gelenkt, vorhergesagte Figuren am Himmel flogen und plötzlich wie ein Pfeil auf die Erde niederschossen, um einen Hasen oder ein Zicklein mit einem einzigen Schnabelhieb zu erlegen.

Rasch ordneten Michel und Simonetta ihre Kleider. Als sie, angetan mit ihren Masken, aus der Laube heraustraten, kam ihnen Jacopo, Simonettas Bruder, entgegen. Er überhäufte seine Schwester mit Vorwürfen; er habe die halbe Nacht nach ihr gesucht.

Simonetta liebte ihren Bruder, aber Melzer konnte ihrer Haltung entnehmen, daß sie ihn auch fürchtete. Deshalb nahm er ihr die Antwort ab und erwiderte, Simonetta sei gewiß alt genug, um sich eine Nacht allein zu amüsieren.

Einen derart forschen Ton hatte Jacopo nicht erwartet, aber beinahe noch mehr verwirrte ihn das Verhalten seiner Schwester, die ihren Arm um Melzer gelegt hatte und nickte. Da trat Jacopo wütend auf sie zu, faßte Simonetta an der Hand und versuchte, sie mit sich fortzuziehen.

Simonetta wehrte sich. Melzer ging dazwischen und drängte

den Bruder zur Seite. Es gab ein kurzes Handgemenge. Auf beiden Seiten fielen unfreundliche Worte; schließlich schlug Jacopo dem Spiegelmacher den Federhut vom Kopf. Er hob ihn auf, drehte sich um und lief mit der Kopfbedeckung davon.

»Es wird schwer für ihn werden, sich an dich zu gewöhnen«, meinte Simonetta, als sie ihren Bruder hinter dem Buschwerk im Park verschwinden sah.

Melzer hob die Schultern: »Er wird sich daran gewöhnen müssen, daß seine Schwester nicht ein Leben lang ihm allein gehört.«

Simonetta hielt sich an Melzer fest. »Der Gedanke, es mir mit meinem Bruder zu verderben, macht mich bange. Wir waren stets ein Herz und eine Seele.«

»Aber du kannst nicht dein ganzes Leben mit deinem Bruder verbringen. Auch dein Bruder wird eines Tages Zuneigung zum anderen Geschlecht finden, und dann wirst du vor der gleichen Situation stehen wie er jetzt.«

Simonetta blickte verschämt zur Seite. »Mein Bruder macht sich nichts aus Frauen; jedenfalls fand er bisher nur Gefallen an schönen Knaben. Ich glaube, er braucht mich mehr als ich ihn. Zwar ist er der Ältere, aber ich war für ihn immer auch eine Art Mutter – wenn du das verstehen kannst.«

»Das verstehe ich sehr wohl«, erwiderte Melzer, »und es wird für Jacopo nicht leicht sein, sich mit dem Gedanken abzufinden, daß seine Schwester einem anderen gehört. Du gehörst doch mir, oder?«

Simonetta lachte: »Wenn du es willst, dann will ich dir gehören. Doch mußt du Jacopo Zeit geben. Für ihn kam das alles einfach zu schnell. Gib ihm Zeit, und alles wird sich zum Guten wenden.«

Das Herz voller Zärtlichkeit, reichte Melzer seiner Gespielin den Arm, und sie mischten sich unter die anderen Gäste. Sie liebt mich wirklich, dachte Melzer. Und was ihren Bruder betrifft, so wird es mir gewiß noch gelingen, seine Zuneigung zu erringen. Liebe findet immer einen Weg.

Im kaiserlichen Park fielen die ersten schrägen Sonnenstrahlen ein, und eine üppig gedeckte endlose Tafel, die dem Mäandermuster der Parkwege folgte, verbreitete köstliche Gerüche von Gebratenem und Gebackenem. Dazu gab es ein namenloses schwarzes Getränk, welches bitter schmeckte wie Galle und heiß getrunken wurde. Es sei, hieß es, türkischer Herkunft.

»Genauso schmeckt es auch«, meinte der Spiegelmacher und spuckte den Schluck, den er aus einem kupfernen Becher genommen hatte, in hohem Bogen aus. »Wir werden noch Zeit genug haben, uns mit den türkischen Sitten vertraut zu machen«, raunte er der Geliebten ins Ohr. Es empfahl sich vorsichtig zu sein, denn derlei Bemerkungen wurden, so sie öffentlich bekannt wurden, als Hochverrat bestraft.

Während sie in der Morgensonne die Tafel entlangschlenderten, trafen sie im Gedränge unbemerkt auf Morienus und seine schöne Nebenfrau. Auch sie trugen Vogelmasken über Augen und Nasen, und wären nicht ihre vornehmen Kleider gewesen, Melzer hätte sie nicht erkannt. So aber wurde er Zeuge eines Gesprächs zwischen Morienus und einem Unbekannten. Der hochgewachsene Mann in kunstvoller Maskerade und knielangen Beinkleidern aus gelber Seide forderte von Morienus ungeniert eine Lieferung Sklaven, von denen die Hälfte weiblichen Geschlechts und in jeder Hinsicht willig sein solle – so pflegte er sich auszudrücken. Morienus versprach seinerseits der Forderung des Unbekannten innerhalb von drei Tagen nachzukommen.

Bei dem Gedanken an Sklavinnen kam dem Spiegelmacher sogleich seine Tochter in den Sinn; die Sorge um sie war ihm immer noch ein steter Dorn im Fleische, auch wenn er mit anderen Dingen beschäftigt war. War Editha einem Sklavenhändler in die Hände gefallen? Hatte der undurchsichtige Kaufmann doch etwas mit ihrem Verschwinden zu tun? Melzer drängte Simonetta zur Seite, um eine neuerliche Begegnung mit Morienus zu vermeiden; denn er hätte dem Mann nicht ins Gesicht sehen können, ohne seine wahren Gefühle zu verraten.

»Du haßt diesen Morienus?« fragte Simonetta.

»Ich hasse ihn nicht«, entgegnete Melzer, »ich kann ihn nur nicht ausstehen. Er ist falsch, aalglatt und doppelzüngig, und er versucht aus jeder Situation ein Geschäft zu machen.« Was ihm sonst noch durch den Kopf ging, verschwieg er.

Von der Treppe, die in den Park führte, verkündeten Fanfarenbläser den Beginn der Falkendressur, und zu dumpfen Trommelschlägen schritten die Wanderfalkner mit ihren stolzen Vögeln auf dem Arm die Stufen herab. Sie trugen lange weiße Gewänder und je einen Handschuh aus dickem Leder, auf dem die verkappten Falken saßen, und weil alle ein Tuch um den Kopf geschlungen und den Bart in gleicher Weise wie eine Sichel nach unten gedreht hatten, ähnelten sie einander wie Brüder.

Auf dem Platz vor der Treppe bildeten die Gäste in ihren prunkvollen Gewändern und Masken einen Kreis. Innerhalb des Kreises nahmen die Falkner mit ihren Tieren Aufstellung, und wie auf ein geheimes Zeichen haubte der erste Falkner seinen Vogel ab und warf ihn von der Faust.

Der große Falke hob sich mit einem heftigen Schlag seiner langen Schwingen in die Lüfte. Als er genug Höhe erreicht hatte, zog der stolze Vogel einen weiten Kreis, und der Falkner trat in die Mitte. Er trug ein Federspiel mit sich und ließ es an einer Schnur über dem Kopf kreisen.

Die rotierende, flatternde Bewegung des Federspiels versetzte den kreisenden Falken in Erregung. Man konnte deutlich sehen, wie sein Gleiten in unruhigen Flügelschlag überging, und mit einem Mal, als hätte der König der Lüfte gerade die rechte Gelegenheit erspäht, schoß er senkrecht zu Boden wie ein Speer, der nach hohem Flug die Spitze zur Erde wendend herniedersaust.

Der Falkner streckte seinen behandschuhten Arm aus, und die Gäste des Kaisers erwarteten, der Falke würde sich im nächsten Augenblick auf dem dargebotenen Ziel niederlassen. Da geschah das Unfaßbare: Der Riesenvogel, der eben noch das kreisende Federspiel fixiert hatte, wich plötzlich von seiner Bahn ab und stürzte sich mit voller Wucht auf einen der Zuschauer im weiten Rund, der mit einem Federhut verkleidet war.

Simonetta, die mit dem Spiegelmacher in vorderster Reihe stand, stieß einen gellenden Schrei aus: »Jacopo!«

Der hielt, als er das niederfahrende Unheil erkannte, den rechten Arm schützend vors Gesicht. Zu spät. Wie ein schnaubendes, tobendes Ungeheuer stieß der Falke auf sein Opfer nieder und schlug und hackte mit seinem spitzen Schnabel auf den Unglücklichen ein. Blut spritzte. Federn wirbelten durch die Luft. Die Zuschauer stoben schreiend auseinander.

Der Kampf mit dem Falken und das laute Geschrei versetzte die übrigen Vögel in solche Erregung, daß sie sprangen und mit den Flügeln schlugen, so daß die Falkner alle Mühe hatten, sie zu bändigen.

»Jacopo!« rief Simonetta und wollte dem Bruder zu Hilfe eilen. Aber Melzer hielt sie zurück. Er wußte, daß sich ein Falke im Blutrausch von nichts auf der Welt abbringen läßt. Auch der Falkner selbst näherte sich seinem Tier nur mit großer Vorsicht und ging nicht dazwischen.

Hilflos mußten Simonetta und der Spiegelmacher mit ansehen, wie der Falke Jacopo die Halsschlagader zerfleischte.

»Jacopo!« rief Simonetta wieder. »Jacopo!« Dann verbarg sie ihr Gesicht an Melzers Brust.

»Es war dieser gottverdammte Federhut!« stammelte der Spiegelmacher. »Es war kein Zufall.«

Simonetta schluchzte. Über ihr Gesicht rannen Tränen, als sie Melzer ansah. »Wie meinst du das?« fragte sie.

»Es war *mein* Federhut«, erklärte er. »Irgend jemand hat ihn mir gestern abend gegeben. Der Anschlag galt mir. Und auf seltsame Weise hat sich die Ahnung des Sterndeuters erfüllt.«

Da verließ Simonetta das Bewußtsein, und ihr Körper glitt lautlos auf den steinigen Boden.

KAPITEL V

Die dunkle Seite des Lebens

Editha hatte die Flucht aus Konstantinopel mit Eifer betrieben, aber nun, an Bord des alten, überladenen Schiffes, das den Namen *Poseidon* trug, blickte sie in eine ungewisse Zukunft. Auf sich gestellt und ohne Sprache, wie sollte sie das Leben meistern? Sie erinnerte sich der Fürsorge, mit der ihr Vater sie stets bedacht hatte, und daß sie ihm vielleicht nie mehr begegnen würde, stimmte sie nachdenklich. Doch der Haß dafür, daß er sie an einen ekelhaften Byzantiner hatte verkaufen wollen, wurde dadurch nicht geringer. Allein mit ihren Gedanken verbrachte Editha den ersten Tag der Reise in einem Winkel des Oberdecks und starrte aufs Meer hinaus.

Dem dicken Medicus Chrestien Meytens blieben Edithas Selbstzweifel nicht verborgen, und er nützte jede Gelegenheit, sich bei dem bekümmerten Mädchen einzuschmeicheln, ihm seine Hilfe anzubieten und es mit Komplimenten zu überhäufen, wie schön und allerliebst es anzusehen sei.

Vorbei an der Marmarainsel, nahm die *Poseidon* hart am Wind Kurs auf die Dardanellen. Der Kapitän, ein junger, ungehobelter Kerl mit dem Aussehen eines Piraten und dem Mundwerk eines Fastenpredigers, scheuchte die Passagiere unter Deck, damit, wie er meinte, die Türken keinen Grund sähen, das Schiff zu entern.

An der Meerenge der Dardanellen kommen sich Asien und Europa jedoch so nahe, daß einem Späher nicht einmal ein Eselskarren entgehen würde, und natürlich blieb den Türken auf beiden Seiten des Meeres der auffällige Tiefgang des Schiffes nicht verborgen.

Kurz vor Sonnenuntergang näherte sich von Süden ein türkischer Segler. Er nahm geradewegs Kurs auf die *Poseidon* und feuerte, keine Meile entfernt, einen Warnschuß ab. Unter Deck begannen die Passagiere laut zu beten. Der Kapitän fluchte und ließ unter den verängstigten Passagieren einen Korb reihum gehen, in den ein jeder den fünften Teil seiner Barschaft legen mußte. Nur so, sagte er, könnten sie einer Plünderung entgehen. Wenig später drehte ein Boot mit schwer bewaffneten Muselmanen bei. Freundlich lächelnd nahmen sie den Korb mit Lösegeld in Empfang und verschwanden in der Dämmerung.

An den folgenden Tagen brannte die Sonne wie ein Feuerball vom Himmel, und die meisten Passagiere zogen es vor, unter Deck zu bleiben. Sie hatten die Insel Lemnos gerade hinter sich gelassen, als der Wind ganz einschlief und die *Poseidon* ihre Fahrt verlangsamte und schließlich liegenblieb.

Drei Tage hing das Großsegel schlaff von der Rahe. Unter den Passagieren wuchs die Gereiztheit, weil das Trinkwasser zur Neige ging. Pro Tag erhielt jeder nur einen Becher. Jene, welche versuchten, ihren Durst mit Meerwasser zu löschen, litten unter Durchfall und Erbrechen.

Während sie also unter Deck ihrem Schicksal ausgeliefert vor sich hin dösten, machte Editha eine Beobachtung, die sie aufs äußerste verstörte: Der dicke Medicus Meytens und Alis Mutter Rhea tauschten heimliche Blicke. Meytens, der bislang die Tochter des Spiegelmachers mit aufdringlicher Höflichkeit verfolgt hatte, schien mit einem Mal nur noch Augen für Rhea zu haben; jedenfalls ließ er Editha völlig außer acht.

Rhea war eine Frau von herber Schönheit; sie hatte dunkle Augen und schwarzes Haar. Die Blicke und anzüglichen Aufmerksamkeiten, mit denen ihr der Medicus begegnete, schienen ihr keineswegs peinlich zu sein. Im Gegenteil, Rhea, die sich wegen der Hitze, die in dem Schiffsbauch herrschte, mehr als schicklich entkleidet hatte und ihre großen Brüste sehen ließ wie eine Hafenhure, erwiderte seine Blicke erst verschämt lächelnd, dann mit herausfordernder Offenheit.

Es hatte den Anschein, als blieben ihren Töchtern die gegenseitigen Anzüglichkeiten verborgen. Editha hingegen kannte die schmeichlerischen Nachstellungen des Medicus aus eigener Erfahrung; deshalb verfolgte sie das Wechselspiel mit Mißtrauen und nicht ohne eine gewisse Eifersucht. War nicht *sie* eben noch das Ziel von Meytens' Schmeicheleien gewesen? Warum zog er nun auf einmal die Ältere vor?

Als am vierten Tag endlich Wind aufkam und die Segel des Schiffes blähte, gingen die Passagiere wieder an Deck und suchten im lauen Fahrtwind Abkühlung. Editha verfolgte den Medicus und Rhea mit neidischer Aufmerksamkeit. Und obwohl Rhea sich in den letzten Tagen mit der gleichen Hingabe um sie gekümmert hatte, die sie ihren Töchtern entgegenbrachte, betrachtete Editha Alis Mutter fortan als Verräterin. Dabei war es zwischen Rhea und ihrem Verehrer zu nicht mehr als dem Austausch von Liebkosungen gekommen, die im Trubel auf oder unter Deck nicht einmal auffielen.

Editha fühlte sich dennoch irgendwie betrogen. Sie mied Meytens, und sie mied Rhea und verbrachte von nun an die meiste Zeit auf dem hohen Achterdeck, wo die Stimmung weit weniger schwermütig war als unter Deck. Den Grund lieferte ein halbes Dutzend Fässer Wein, welche sich offenbar in Besitz eines Passagiers befanden und denen einige venezianische Kaufleute mangels ausreichendem Trinkwasser munter zusprachen.

Unter den Venezianern befand sich ein vornehm gekleideter Mann mit seiner verwirrten Ehefrau, ein reicher Reeder, der das melodiöse Venezianisch mit hartem Akzent, aber mit großem Selbstbewußtsein sprach. Er hieß, wie Editha in Erfahrung brachte, Daniel Doerbeck. Seine Frau trug den Namen Ingunda, und Ingunda war es auch, die das schweigsame Mädchen lange Zeit musterte, bevor sie mit einem Becher an sie herantrat: »Hier trink, es ist Wein, nicht der beste, aber besser als ein leerer Becher.«

Edithas Zunge klebte am Gaumen, deshalb griff sie gierig nach dem Becher und trank ihn in einem Zug leer.

»Du bist allein hier an Bord?« fragte die Frau, die sich, das fiel auf, von ihrem Mann stets abwandte.

Als Editha heftig den Kopf schüttelte, zeigte sich Ingunda verunsichert, weil sie nicht wußte, ob das Kopfschütteln die Antwort auf ihre Frage bedeutete oder ob das Mädchen ihre Sprache nicht verstand. »Bist du stumm?« fragte die Reedersfrau vorwurfsvoll.

Editha nickte.

»Du bist stumm, aber du kannst mich verstehen? Woher kommst du, daß du meine Sprache verstehst?«

Editha zeigte mit dem Finger auf sich selbst und deutete dann mehrmals nach Norden.

»Aus Deutschland?«

Das Mädchen lächelte und nickte. »Und welche Umstände haben dich auf dieses Schiff gebracht?«

Editha beschrieb mit den Fingern die Flucht und bedeutete, daß sie jemanden in Konstantinopel zurückgelassen habe.

»Und dein Ziel? Wo willst du hin?«

Da blickte Editha zu Boden. Dann hob sie die Schultern als Antwort, sie wisse es nicht.

»Nach Venedig?« fragte Ingunda.

Editha nickte: Fort, nur fort von Konstantinopel!

Die Reedersfrau nahm Editha den leeren Becher aus der Hand und verschwand.

Wie ein stolzes Schiff glitt am westlichen Horizont die Insel Skyros vorbei. Das Meer lag ruhig und glänzte hellblau wie ein Spiegel, aber wenn man nach Süden gegen die Sonne blickte, nahm es schwarze Farbe an. Editha genoß das erhebende Schauspiel, als Ingunda erneut neben ihr auftauchte und ihr den gefüllten Becher reichte. Der Wein hatte ihre Glieder schon schwer gemacht, deshalb nahm Editha nur einen kleinen Schluck und gab den Becher zurück.

»Wie ist dein Name?« erkundigte sich die Frau gedankenlos.

Editha bückte sich und malte ihren Namen mit dem Finger auf die Planken.

»›Editha‹? Du kannst lesen und schreiben?«

Gewiß, bekräftigte das Mädchen.

Die Reedersfrau schien verblüfft. »Und dir kommt kein einziges Wort über die Zunge?«

Nein, bedeutete Editha, kein Wort.

Ingunda überlegte einen Augenblick. Dann trat sie ganz dicht an Editha heran, daß diese ihr direkt ins Gesicht sah; ihre Augen waren, wie Editha feststellte, gerötet wie von vielem Weinen. Die Reedersfrau sprach langsam, damit das Mädchen jedes Wort von ihren Lippen ablesen konnte: »Du gefällst mir, Editha. Du bist klug und gebildet, und deine Sprachlosigkeit ist kein Nachteil, bewahrt sie dich doch vor jener Geschwätzigkeit, welche vielen Mädchen in deinem Alter zu eigen, jeder Herrschaft aber zuwider ist. Kurz, solltest du auf der Suche nach einer Beschäftigung sein, die dich ernährt, so würde ich dich gerne als Dienerin und Zofe nehmen. Alle jungen Venezianerinnen, die ich bisher mit dieser Aufgabe betraute, entpuppten sich entweder als ungehobelt oder flatterhaft.«

Editha hatte jedes Wort verstanden. Sie sah die Reedersfrau ungläubig an. Ingundas freundliche Miene verriet, daß sie es ernst meinte.

»Über den gerechten Lohn werden wir uns sicher einig«, bekräftigte Ingunda ihr Angebot. »Du kannst es dir überlegen. Die *Poseidon* wird gegen Abend in Kymi auf Euböa anlegen, um Wasser zu fassen. Dort erwartet uns eines unserer eigenen Schiffe, das uns nach Venedig bringen wird. Haben wir erst einmal die Kykladen hinter uns gelassen, droht uns kaum noch Gefahr von den Türken.«

Das stumme Mädchen war unschlüssig. Durfte es sich erlauben, sich einer vollkommen fremden Frau anzuvertrauen? Andererseits konnte sie Rhea ohnehin nur eine begrenzte Zeit auf der Tasche liegen. War es der Wein, der seine Wirkung nicht verfehlte und ihr Mut machte, oder war es die verzweifelte Einsicht, daß sie ansonsten Rhea und vielleicht sogar dem dicken Medicus ausgeliefert wäre? Editha streckte Ingunda entschlossen die Hand entgegen und nickte freundlich, als wollte sie sagen: Einverstanden. Ich komme mit!

Es war nicht einfach, Rhea die neue Situation verständlich zu machen; ja, es schien, als wollte sie nicht begreifen. Schließlich übernahm Chrestien Meytens die Aufgabe, nachdem er selbst mit Ingunda und ihrem Mann Daniel Doerbeck Rücksprache gehalten hatte. Zu Edithas Verblüffung fand der Medicus keinen Einwand, er überzeugte Rhea sogar, daß es für alle das Beste sei, wenn Editha sich dem Reederpaar anschließe. Ein solches Angebot begegne einem nicht alle Tage.

Die Sonne stand tief, und die hohen Berge der Insel Euböa warfen lange, tiefblaue Schatten, als die *Poseidon* in die Bucht von Kymi einlief. Ausgedörrt und mit trockenen Kehlen drängten die Passagiere von Bord und riefen nach Wasser.

Editha fand kaum Gelegenheit, sich von Rhea und ihren

Töchtern zu verabschieden. Meytens hatte das Schiff als einer der ersten verlassen.

In Sichtweite ankerte eine schnittige Karavelle. Sie trug den Namen *Ingunda* und war eines von sieben Schiffen des Reeders Doerbeck. Die Reedersfrau wollte nicht glauben, daß Editha die Reise ohne einen Ballen Gepäck angetreten hatte, und weil sie sich von Größe und Statur nur gering unterschieden, stattete sie das Mädchen fürs erste mit Kleidung aus ihrer eigenen Truhe aus. Kein Zweifel, die Frau meinte es gut mit ihr.

Auf dem Schiff des Reeders mangelte es an nichts. Das Achterdeck der *Ingunda*, welches breit wie die Straßenfront eines Hauses aus dem Wasser ragte und von den Laderäumen durch eine hohe Wand abgetrennt war, beherbergte einen kleinen Palast. Über zwei Stockwerke fügten sich kleine, mit kostbaren Hölzern getäfelte Räume wie Bienenwaben aneinander. Die Fenster waren verglast und gaben die Sicht frei auf das schäumende Kielwasser, das die Karavelle hinter sich ließ, wenn sie stolz wie ein Schwan das Meer durchpflügte.

Für Editha, der die Reedersfrau eine eigene kleine Kabine zugewiesen hatte, verging die weitere Fahrt nach Venedig wie im Fluge. Zwar würdigte Daniel Doerbeck sie keines Blickes, aber Ingunda begegnete ihr dafür mit um so größerer Zuneigung. In kurzen Gesprächen – die Verständigung der beiden klappte erstaunlich gut – erfuhr Editha, daß die Doerbecks sich vor acht Jahren in Venedig niedergelassen hatten. Mit einem Flußkahn war der Schiffer auf dem Rhein zu bescheidenem Reichtum gelangt. Heute kreuzten seine Schiffe zwischen Venedig, Genua, Lissabon, Amsterdam, Alexandria und Konstantinopel – dort freilich nur noch selten, seit die Türken die Stadt von allen Seiten eingeschlossen hatten.

In Venedig bewohnten Daniel und Ingunda Doerbeck ein eigenes Haus, den Palazzo Agnese, ein großes, gedrungenes Gebäude mit kleinen, rundbogigen Fenstern zum Wasser hin. Es lag direkt am Canale Grande, schräg gegenüber der Cà d'Oro, einem Palazzo, der wegen seiner filigranen Säulenpracht als Wunderwerk galt. Vom Fischmarkt am nahen Ponte di Rialto wehte, vor allem zur Mittagszeit, wenn das Markttreiben zu Ende ging und die Händler Fischköpfe und Innereien in den Kanal warfen, penetranter Gestank.

Der zweihundert Jahre alte Palazzo war ein düsteres Bauwerk. Die schmalen, paarweise aufgereihten Fenster zum Kanal hin zeigten nach Osten und ließen nur am Morgen Sonnenlicht ein. Die Fenster an den Seitenwänden waren zwar breiter, dafür aber mit armdicken Eisengittern versehen wie in einem Gefängnis. Das einzig Freundliche an dem alten Gebäude waren vier hohe Kamine, welche, einer Mode der Zeit entsprechend, gelb und rot bemalt waren und wie offene Lilien in den Himmel ragten.

Das Innere des Hauses wirkte geheimnisvoll und beklemmend, und es dauerte eine Weile, bis Editha, die unter dem Dach ein eigenes niedriges Zimmer mit runden, vergitterten Fenstern zugewiesen bekam, sich zurechtfand. Über vier Stockwerke verteilt und über ein vorderes und ein rückwärtiges Treppenhaus erreichbar, gab es hier so viele Türen und Räume – von denen, wie Ingunda Doerbeck ausdrücklich betonte, nur jene betreten werden durften, deren Türen mit Klinken ausgestattet waren.

Daß hinter den anderen, verbotenen Türen ein geheimes Leben ablief, bemerkte Editha einige Tage nach ihrer Ankunft, als sie einen Diener, dem sie bis dahin noch nicht begegnet war, in einer der verbotenen Türen im rückwärtigen Untergeschoß verschwinden sah.

An Personal litt der Palazzo des Reeders keinen Mangel. Allein in der Küche im Untergeschoß waren fünf Köche beschäftigt, ein halbes Dutzend Mägde sorgte für Sauberkeit, und der Reeder und seine Frau waren jeder von ebenso vielen Dienern umgeben, denen jedoch jeder Kontakt zueinander und jede Arbeit für den anderen untersagt war. Editha durfte also nicht für den Reeder tätig werden, und dessen Dienern war es verboten, sich der Frau des Hauses zu nähern.

Editha wußte nicht einmal, hinter welcher Tür sich die Räume des Reeders verbargen. Andererseits hatte sie als einzige Zutritt zu Ingundas Schlafzimmer. Ihre Hauptaufgabe bestand darin, die Kleider der Reedersfrau in Ordnung zu halten, ihre Wäsche in Auftrag zu geben und sie bisweilen zum Einkauf zu begleiten – nicht auf den Gemüse- oder Fischmarkt – mit dieser Aufgabe waren andere betraut –, sondern zu den Händlern auf der großen Piazza, wo kostbare Stoffe feilgeboten wurden: Utrechter Samt, Seide aus China oder der schimmernde Seidenbrokat, für den Venedig berühmt war.

Was ihre persönlichen Bedürfnisse, ihre Kleidung und den üblichen weiblichen Luxus betraf, lebte Ingunda Doerbeck aufwendig und verschwenderisch, und sie ließ Editha an all dem Übermaß teilhaben. Wie ihre Herrin trug Editha Kleider, um die sie gewiß manche Frau eines Mainzer Ratsherrn beneidet hätte. So kam es, daß das schmucke Mädchen, von dessen Stummheit kaum jemand wußte, weil man ihr Schweigen für vornehme Zurückhaltung hielt, der Frau des Reeders bald zur Zierde gereichte. Wenn Ingunda Doerbeck an schönen Tagen mit ihrer Zofe über den Markusplatz in Richtung Dogenpalast flanierte, erntete sie bewundernde Blicke von den Passanten, und man hätte meinen können, ihr Glück sei vollkommen.

Editha glaubte jedoch, daß irgend etwas in dem Palazzo nicht stimmte. Ihre Herrin gab sich, als würde sie auf geheimnisvolle Weise vom Unglück verfolgt. Die reiche Ingunda Doerbeck war eine beklagenswert einsame Frau. Mit ihrem Mann pflegte sie kaum Umgang. Während dieser die meiste Zeit aushäusig verbrachte, lebte Ingunda zurückgezogen wie eine Eremitin. Sie hatte keine Freundinnen; gesellschaftlichen Verpflichtungen kam ihr Mann stets allein nach; ja, es hatte den Anschein, als wäre das stumme Mädchen ihre einzige Ansprache.

Nach außen jedoch, wenn sie mit Editha in Erscheinung trat, war Ingunda Doerbeck bemüht, eine zufriedene, glückliche Ehefrau darzustellen. Editha begriff, daß sie in ihrer Sprachlosigkeit besser als jede andere geeignet war, Ingundas Geheimnis zu bewahren. Nur hätte Editha allzu gerne gewußt, welche Tragödie sich hinter dem seltsamen Verhalten ihrer Herrin verbarg.

Venedig war eine laute Stadt, was zum einen seine Ursache in der Lebensfreude der Venezianer hatte, die zu allen möglichen Gelegenheiten ihre Stimmen erhoben. Zum anderen war Venedig eine geschäftige Stadt, in der sich Kunst, Handwerk und Handel auf engstem Raum drängten, und wenn es auch keine Pferdegespanne gab, von denen andernorts die meisten Umtriebe ausgehen, und Schiffe weit weniger Lärm machen als Fuhrwerke, so zählten Ruderknechte zum lautesten Berufsstand der Welt, und ihre Flüche ebenso wie ihre Lieder hallten sogar nachts durch Kanäle und Gassen.

In einer dieser schwülen Sommernächte, die so laut waren, daß an Schlaf nicht zu denken war, verließ Editha ihre Kammer, um aus der Küche einen Krug Wasser zu holen. Während sie die rückwärtige Treppe hinabstieg, vernahm sie Schreie. Zuerst meinte sie, betrunkene Gondolieri seien die Urheber der nächtlichen Störung, aber dann wurde ihr klar, daß der Lärm aus dem Erdgeschoß, aus einem der verbotenen Räume kam. Das Geschrei hallte schaurig von den Wänden des Treppenhauses; es klang, als würden Tiere gequält.

Editha hielt erschreckt inne und wollte sich zurück in ihre Kammer begeben, als Ingunda aus ihrem Schlafzimmer trat, in der Hand eine Ölfunzel, und den langen Gang entlanghuschte, der vom Vorderhaus zum hinteren Treppenhaus führte. Editha, die im Schatten stand, blieb unbemerkt. Neugierig verfolgte sie den Weg ihrer Herrin ins Erdgeschoß, wo diese hinter einer der geheimnisvollen Türen verschwand. Das Mädchen ging ihr nach und lauschte, sorgsam bedacht, daß niemand sie entdeckte.

Aus dem Inneren drangen seltsame, unmenschliche Laute. Dazwischen war Ingundas herrische Stimme zu hören. Sie klang befehlend, dann wieder besänftigend; es klang, als gelte ihre Zuwendung einer Meute dressierter Tiere. Was ging hinter dieser Tür vor? Auf das merkwürdige Geschehen konnte sich Editha keinen Reim machen.

Das nächtliche Erlebnis ging dem stummen Mädchen nicht aus dem Sinn. Am folgenden Tag wandte es sich an Giuseppe, der eigentlich Josephus hieß und aus Augsburg stammte, den ältesten Diener des Hauses, der mit allen Ereignissen im und um den Palazzo Agnese vertraut war. Giuseppe zählte zu jenen Menschen, deren stets mürrisches Gesicht einen gutartigen Charakter verbarg. Zu ihm hatte Editha schon nach wenigen Tagen Zutrauen gefaßt, und der stets schwarz gekleidete Giuseppe war der einzige, dem sie ihre Neugierde anzuvertrauen wagte.

Kaum hatte das Mädchen unter heftigen Bewegungen und Fingerzeigen auf die verbotene Tür seine Frage formuliert, da verzogen sich die Mundwinkel des alten Dieners nach unten. Er schloß die Augen, als wollte er sagen, diese Frage hätte er lieber nicht vernommen.

Giuseppe überlegte lange, ob und wie er die Zofe darin einweihen sollte, was hinter der verbotenen Tür vor sich ging. Schließlich sagte er, Editha solle, wenn von San Cassiano der elfte Glockenschlag ertöne, vor seiner Tür sein. Um diese Zeit schlafe die Herrin für gewöhnlich.

Inzwischen rätselte Editha, warum ihr der alte Diener nicht einfach erzählt hatte, was hier vor sich ging.

Wie vereinbart, erschien Editha beim elften Glockenschlag

vor Giuseppes Kammer. Sie war sehr erregt, und ihre Unruhe wuchs, als Giuseppe sie in seine Kammer zog und vor ihren Augen zu reden begann.

Es gebe Dinge, sagte Giuseppe, da versagten Worte, sie zu beschreiben. Es sei ein großes Unglück für Doerbeck, vor allem für seine Gemahlin, aber Gott habe es so gewollt. Und er, Giuseppe, glaube nicht, daß die beiden jemals ihren Frieden finden würden.

Vorsichtig schlichen sie im Schein einer Laterne über das rückwärtige Treppenhaus nach unten. Giuseppe zog einen vierkantigen Schlüssel aus der Tasche und öffnete die Tür. Sie traten in einen kahlen, beinahe leeren Raum, in welchem sich nur ein Tisch und zwei derbe Stühle befanden. Erst jetzt bemerkte Editha die schweren Eisengitter, die den großen Raum links und rechts abtrennten. Giuseppe wandte sich nach rechts und leuchtete hinter das Gitter.

Editha erschrak zu Tode: Auf einer Holzpritsche saß aufrecht ein halbwüchsiger Junge, ein Monster mit einem Wasserkopf und hervorquellenden Augen. Seine Lippen waren nach außen gewölbt, und Speichel triefte aus seinem Mund. Er lachte gequält und gab schnarrende Laute von sich.

Editha drehte sich um. Und während es Giuseppe ihr gleichtat, fiel das Licht seiner Laterne auf das gegenüberliegende Gitter, an dem sich ein Mädchen festklammerte. Seine Augen waren geschlitzt wie die einer Chinesin, der Kopf feuerrot und das Haar hing in zottigen Strähnen herab.

»Die Herrin«, sagte Giuseppe, während er Editha ins Gesicht sah, »hat beide im Abstand von zwei Jahren zur Welt gebracht. Bruder und Schwester, beide stumpfsinnig, wie du siehst.«

Das stumme Mädchen preßte die Hand vor den Mund und bedeutete dem Diener, daß sie möglichst schnell von diesem Ort fort wolle.

»Seither«, sagte der alte Giuseppe, »ergehen sich der Herr und seine Gemahlin in gegenseitigen Vorwürfen. Jeder gibt dem anderen die Schuld an dem Unglück. Er sagt, sie habe mit dem Teufel geschlafen, und sie behauptet, sein Samen sei von einer besessenen Nonne verhext.«

Editha fühlte sich elend, als führe ein Reisigbesen durch ihre Gedärme. Sie stürzte zur Tür und verschwand schluchzend im finsteren Treppenhaus.

Zu der Zeit, als dies geschah, traf Cesare da Mosto, der neue Legat und Neffe des Papstes, in Konstantinopel ein. Der Kaiser hatte den Auftrag gegeben, zum Empfang alle Glocken der Stadt zu läuten. Das aber war dem Italiener überhaupt nicht recht, und er schickte einen Boten aus seiner Begleitung zu Johannes Palaiologos, er, Cesare da Mosto, werde seinen Fuß nicht eher an Land setzen, bis die letzte Glocke verklungen sei. Er bitte um Diskretion, denn er wolle nicht dasselbe Schicksal erleiden wie sein Vorgänger. Vielmehr solle man verbreiten lassen, das Schiff mit der Gesandtschaft des Papstes sei gesunken.

Bis der Wunsch des Legaten sich über die ganze Stadt verbreitet hatte, neigte sich der Tag, so daß Cesare da Mosto eine weitere Nacht auf dem Schiff verbrachte. Als die Nachricht vom Untergang des päpstlichen Schiffes alle Türme erreicht hatte, begannen die Glocken erneut zu läuten.

Alexios, der Haushofmeister des Königs, und sein Gefolge verbrachten auf diese Weise einen Tag und eine Nacht und einen Morgen im Hafen, in banger Erwartung des Augenblicks, in welchem der Abgesandte des Papstes endlich byzantinischen Boden betreten würde.

In Sorge um die Gunst des Papstes, von dem Johannes Palaiologos sich Beistand gegen die Türken erhoffte, hatte der Kaiser seinem Haushofmeister den Befehl erteilt, dem päpstlichen Legaten jeden Wunsch von den Augen abzulesen. Deshalb hatte er eine kleine Empfangsgesellschaft bereitgestellt, bestehend aus zwei griechischen Badefrauen, drei stadtbekannten Kartenspielern und einem gutmütigen Beichtvater, welche dem Legaten bei Tag und Nacht zur Verfügung stehen sollten.

Nachdem das Totengeläute endlich verklungen war, ging Cesare da Mosto von Bord. Statt der kaiserlichen Equipage ließ Alexios einen ganz gewöhnlichen Pferdewagen vorfahren, der den päpstlichen Legaten zur Villa Cipriana bringen sollte, dem Gästehaus des Kaisers. Das ehedem prachtvoll ausgestattete Haus lag auf der Rückseite des kaiserlichen Palastes und hatte einst bessere Zeiten gesehen. Aber das hätte Cesare da Mosto kaum gestört, denn der Neffe des Papstes hatte, mangels einer eigenen Bleibe, das halbe Leben in Absteigen und zwielichtigen Herbergen zugebracht und pflegte zu sagen: Ein gutes Spiel, ein williges Weib und ein Dach über dem Kopf gegen die Kälte – mehr braucht ein Mann nicht im Leben.

Nun fügte es sich, daß der Verwalter der Villa Cipriana – sei es, weil er den unbeliebten Haushofmeister haßte, sei es, weil er dem Gerücht wirklich Glauben schenkte – den kleinwüchsigen Italiener nicht einließ und erklärte, der hochwohlgeborene Cesare da Mosto, Legat Seiner Heiligkeit Papst Eugens IV., sei beim Untergang seines Schiffes ums Leben gekommen, und Haushofmeister Alexios sei einem jener heruntergekommenen Schwindler und Betrüger aufgesessen, welche die Gassen am Goldenen Horn zu Tausenden bevölkerten. Wenn dieser abscheuliche Gnom hier der Legat des Papstes sei, dann sei er Sultan Suleiman der Schreckliche.

Und ehe da Mosto sich versah, rief der mißtrauische Verwalter nach den Wachen. Alexios und der päpstliche Legat mochten noch so heftig protestieren – Cesare da Mosto landete im Verlies.

Das alles ging so schnell vonstatten, daß der Haushofmeister sich außerstande sah, helfend einzugreifen.

Alexios rannte händeringend zum Kaiser, berichtete von dem unglückseligen Vorfall und flehte um sein Leben. Ihn treffe keine Schuld.

Zuerst hörte der Trismegistos ungerührt zu, und Alexios schwante nichts Gutes. Dann brach der Kaiser in lautes Gelächter aus – ein so ungewöhnliches Geräusch in diesen heiligen Hallen, daß die Hofschranzen zusammenliefen und die Jünglinge zu seinen Füßen aus dem Saal stürzten und ausriefen: »Gott sei mit uns, der Kaiser ist verrückt geworden.«

Als Alexios endlich die Situation durchschaute und zaghaft in das Gelächter einstimmte, trat der Kaiser auf ihn zu und verabreichte seinem Haushofmeister eine klatschende Ohrfeige. Dann rief er nach den Wachen, sie sollten den päpstlichen Legaten aus dem Gefängnis holen.

Cesare da Mosto hatte in seinem Leben schon manches Gefängnis von innen gesehen, und die kurze byzantinische Gefangenschaft schreckte ihn weniger, als der Kaiser, vor allem aber der Haushofmeister erwartet hatte. Wieder auf freiem Fuß, hatte er es keineswegs eilig, Johannes Palaiologos seine Aufwartung zu machen. Statt dessen suchte der Legat des Papstes den Spiegelmacher in seinem Laboratorium auf, um zu sehen, wie weit die Arbeit an den Ablaßbriefen gediehen sei.

Da Mosto kam mit zweien seiner Begleiter, die sich jedoch auf ein Handzeichen alsbald entfernten und vor der Tür der alten Kirche Aufstellung nahmen.

»Ihr habt gewiß vernommen, was geschehen ist«, begann Melzer, nachdem er sich vorgestellt hatte. »Meister Lien Tao wird des Mordes an Eurem hochwürdigen Vorgänger, Albertus di Cremona, beschuldigt. Man hat ihn verhaftet; ihm droht die Hinrichtung. Aber ich glaube nicht an seine Schuld.«

»Wo ist es passiert?« fragte der Abgesandte scheinbar ungerührt.

Melzer deutete auf einen dunklen Fleck auf dem steinernen Boden. Und mit einem Fingerzeig auf die Empore sagte er: »Das Messer kam von dort oben, zielsicher wie ein Geschoß.«

Cesare da Mosto nickte. Dann sah er sich um. Er schien überrascht zu sein von dem Aufwand, von den Schmelzöfen, Papiermühlen und Gießereiwerkzeugen.

»Seit Lien Taos Abwesenheit ruht der Betrieb«, gab Melzer zu verstehen, »und das ist auch der Grund, warum Euer Auftrag erst zur Hälfte gediehen ist. Folgt mir!«

Vorbei an rohgezimmerten Tischen und Regalen, Fässern mit Ton und Barren von Zinn und Blei ging der Spiegelmacher in das gegenüberliegende Seitenschiff des Gebäudes, wo meterhohe Stapel von Papier lagerten. Er nahm einen Bogen und reichte ihn dem päpstlichen Legaten.

Der prüfte ihn von beiden Seiten, spuckte darauf und versuchte den Text zu verwischen. »Alle Achtung«, meinte da Mosto, »wirklich alle Achtung! Wie viele Ablaßbriefe sind das?«

»Ich schätze die Hälfte der von Euch gewünschten Zahl, also fünfmal zehntausend.«

Cesare da Mosto zischte irgend etwas wie »geldgieriges Ungeheuer«, aber vielleicht, dachte Melzer, hatte er den Legaten auch nur falsch verstanden.

Der strich ein ums andere Mal über das Blatt; schließlich schüttelte er den Kopf und fragte: »Und das alles ist Euch mit der künstlichen Schrift gelungen.«

»Gewiß, Herr.«

»Ihr könntet mir ruhig sagen, wenn Ihr mit dem Teufel im Bunde stündet, Meister Melzer! Mich würde das nicht stören.« Er lachte, und sein hohes Gelächter hallte von den Wänden.

»Ich weiß«, begann Melzer aufs neue, »Ihr seid gekommen,

um die Ablaßbriefe nach Rom zu bringen. Aber was soll ich tun? Lien Tao ist der Kopf des Unternehmens. Er bezahlt die Arbeiter. Ohne ihn geht hier nichts voran.«

Der päpstliche Legat rief nach einem Begleiter, welcher, als hätte er darauf gewartet, ein Kästchen aus Holz hereintrug und vor Cesare da Mosto niederstellte. Dann entfernte er sich wieder. Der Neffe des Papstes ließ sich auf einer der zahlreichen Kisten nieder und bat, Melzer möge neben ihm Platz nehmen. Dann öffnete er das Kästchen.

Gold! Das Kästchen war angefüllt mit Goldmünzen. So viele hatte Melzer noch nie auf einem Haufen gesehen.

»Warum macht Ihr das Geschäft nicht allein?« fragte da Mosto und sah den Spiegelmacher schräg von unten an. »Nehmt das Geld! Es ist ebensoviel, wie Albertus di Cremona mit Meister Lien Tao vereinbart hat. Im übrigen hat es mit den Ablaßbriefen keine Eile.«

»Verstehe ich Euch recht?«

Cesare da Mosto nickte und fragte ganz unvermittelt: »Beherrscht Ihr übrigens ein Kartenspiel?«

»Kartenspiel? Mein Gott! In Mainz sagt man, das Kartenspiel sei das Gebetbuch des Teufels!«

»Eben, eben«, lachte da Mosto. »Gerade das macht es doch so reizvoll, wenn Ihr versteht, was ich meine.«

»Nein«, erwiderte Melzer trocken.

Und der päpstliche Legat meinte geistesabwesend: »Auch gut. Nein, mit den Ablaßbriefen hat es keine Eile, nicht mit *diesen* Briefen! Ihr müßt wissen, der Papst, mein Onkel, befindet sich in einem Zustand … ich meine, Onkel Eugen bleibt nicht mehr viel Zeit. Seine Uhr ist abgelaufen.« Dabei deutete er auf die Namenszeile des Ablaßbriefes: *Eugenius Quartus, Pontifex Maximus.* »Der Name muß weg. Der Text kann so bleiben.«

Melzer betrachtete zuerst den Ablaßbrief, dann den päpstlichen Legaten; schließlich sagte er mit unverhohlener Ratlosigkeit in der Stimme: »Exzellenz, dies ist ein Auftrag des Papstes, und Euer Onkel hat viel Geld bezahlt, damit er in kurzer Zeit in den Besitz von zehnmal zehntausend solcher Ablaßbriefe gelangt. So jedenfalls lautete der Auftrag von Albertus di Cremona.«

Da sprang da Mosto hoch, sein häßliches Gesicht verfärbte sich dunkelrot, sein Hals blähte sich, als müßte er platzen, und er geiferte: »Albertus ist tot, tot, tot, und der alte Eugen hat auch nicht mehr lange zu leben! Aber Cesare da Mosto lebt, und er wird ein besserer Papst! Und er wird den Namen ›Julius Secundus‹ tragen.«

Er ist verrückt geworden, schoß es dem Spiegelmacher durch den Kopf. Anders konnte er seine Worte nicht deuten.

Doch der musterte ihn mit schiefem Blick, als erwarte er eine Erklärung. Als der Spiegelmacher jedoch schwieg, weil er nicht wußte, wie er der Situation begegnen sollte, da kniff der Legat die Augen zusammen, und ein Grinsen überzog sein Gesicht: »Ich weiß, was Ihr jetzt denkt. Ihr denkt, dieser da Mosto hat den Verstand verloren. Nein, alles, wovon ich rede, ist das Ergebnis langer Planung. Mein Onkel Eugen hat nur noch kurze Zeit zu leben. Nach seinem Tod werden die Kardinäle der römischen Kirche zu einem Konklave zusammentreten und mich, Cesare da Mosto, zum Papst wählen. Woher ich das weiß? Von den Kardinälen, die einen Schwächling suchen, den sie zum Papst machen können: einen Papst, den sie nicht zu fürchten brauchen; einen, der ihre eigene Macht nicht schmälert. Unter den Kardinälen ist das Mißtrauen groß; ein jeder glaubt, der andere würde, so er zum Papst gewählt wird, ihm selbst schaden. Deshalb sind sich die Rotröcke einig – aber das ist auch ihre einzige Gemeinsamkeit –, aus ihren eigenen Reihen soll keiner Nachfolger auf dem Stuhle Petri werden.«

»Aber Ihr seid kein Kardinal, nicht einmal ein Bischof, Messer da Mosto!«

Da Mosto lachte: »Nicht einmal ein Diakon! Ihr müßt wissen, jeder, der getauft ist, kann Papst werden. Er muß nur die Mehrheit der Kardinäle für sich gewinnen.«

»Und warum habt gerade Ihr die Zuneigung der Kardinäle erlangt? Ich meine, Ihr …«

»… Ihr seid ein gottverdammter Spieler und leidet unter chronischem Geldmangel. Sagt es ruhig. Es ist die reine Wahrheit.«

»O nein, Exzellenz, so habe ich das wirklich nicht gemeint.«

»Ihr müßt Euch nicht zurückhalten, Meister Melzer. Gerade das ist der Grund, warum die Kardinäle mich ausersehen haben für das einträgliche Amt. Ich brauche Geld, viel Geld! Die Taschen eines Spielers sind immer leer. Und leere Taschen sind eine gute Anlage für das päpstliche Amt. Ihr versteht?«

Der Spiegelmacher sah den kleinen Mann staunend an. »Wenn ich mir die Bemerkung erlauben darf – von Frömmigkeit zeugen Eure Gedanken nicht gerade?«

»Ideale Voraussetzungen, um Papst zu werden! Frömmigkeit ist ohnehin nur eine Frage des Standpunkts. Das gottesfürchtigste Volk der Geschichte, die alten Ägypter, wird von der römischen Kirche heidnisch genannt, nur weil ihre Götter anders aussehen als unser Gottvater, Sohn oder der Heilige Geist, der irgendwo herumschwirren soll. Hättet Ihr Papst Gregor XII. gefragt, was er von Papst Benedikt XIII. hielte, so hätte er geantwortet, in ihm steckt der Teufel. Umgekehrt hättet Ihr von Benedikt die gleiche Antwort über Gregor bekommen. Aber jeder von beiden glaubte, der rechtmäßige Papst zu sein, der eine in Rom, der andere in Avignon. Und jeder behauptete, unsagbar fromm zu sein.«

Melzer hob beide Hände: »Von Theologie verstehe ich nichts; mein Geschäft beschränkt sich auf Zinn und Blei.«

»Und das ist gut so; denn mit Hilfe Eurer Kunst wird es mir gelingen, die Rotröcke abzuschütteln wie lästige Kletten.«

Michel Melzer protestierte heftig: »Exzellenz, ich bin ein einfacher Spiegelmacher aus Mainz. Es liegt mir fern, mich in Angelegenheiten der römischen Kirche zu mischen.«

Da Mosto schüttelte den Kopf, er griff mit der Rechten in das Kästchen und ließ die Goldmünzen durch die Finger gleiten. »Dem Gold sieht keiner an, woher es kommt«, sagte er, während seine kleinen dunklen Augen funkelten. »Aber seid versichert, es ist gewiß kein sündiges Gold, nicht gestohlen und nicht gepreßt, sondern es stammt von Leuten, die daran interessiert sind, daß ich meinen Onkel Papst Eugen beerbe.«

»Und welche Rolle soll ich dabei übernehmen, Messer da Mosto? Ich glaube, Ihr überschätzt meine Fähigkeiten.«

»Keineswegs«, rief da Mosto, »keineswegs. Ich möchte nur, daß Ihr dieselbe Anzahl Ablaßbriefe für mich schreibt, die Papst Eugen für sich bestellt hat. Allerdings mit meinem künftigen Papstnamen.«

Das Mißtrauen, welches den Spiegelmacher zunächst befallen hatte, wich allmählich neugierigem Interesse. Was sich seit dem Umzug der römischen Päpste in den Vatikan abspielte, war geeignet, einem frommen Christenmenschen die Schamröte ins Gesicht zu treiben. Das, was Cesare da Mosto – oder besser, die Partei, die ihn unterstützte – hier inszenierte, erschien beinahe menschlich im Vergleich zu manch anderer Tat, die im Namen des Allerhöchsten begangen wurde.

Cesare da Mosto deutete Melzers Zögern als Bedenken. »Werdet Ihr meinem Wunsch nachkommen?« hakte er nach. Und als Melzer immer noch nicht antwortete, fügte er hinzu: »Es soll Euer Schaden nicht sein.«

»Und wenn ich mich weigerte?«

Da trat der Legat ganz nahe an ihn heran, blickte an ihm

hoch und sagte mit gepreßter Stimme: »Das würde ich Euch nicht raten, Meister Melzer. Hinter mir stehen mächtige Männer. Sie wollen ihre Ausgaben schließlich wieder hereinbekommen. Oder wollt Ihr enden wie der unglückliche Albertus?« Dabei zeigte er auf den dunklen Fleck auf dem Boden.

Es war stickig und heiß in der alten Kirche; aber bei diesen Worten überkam den Spiegelmacher ein Frösteln. Er schwieg.

»Zu keinem ein Wort!« zischte Cesare da Mosto. Und mit einem Fingerzeig auf das Geld fügte er hinzu: »Nehmt es in sichere Verwahrung. Es gehört Euch!«

Und unerwartet, wie er erschienen war, verschwand der päpstliche Legat durch die niedrige Seitentür.

KAPITEL VI

Das Schicksal in der Kugel

Von jenem Tag an wurde der Spiegelmacher den Gedanken nicht mehr los, Parteigänger Cesare da Mostos könnten das Attentat auf den päpstlichen Legaten in Auftrag gegeben haben. Aber da weder der Neffe des Papstes noch einer seiner Begleiter sich zu der Zeit, als der Mord geschah, in Konstantinopel aufgehalten hatte, mußten die Leute um da Mosto über Anhänger hier in der Stadt verfügen. Es galt daher, vorsichtig gegenüber allen und jedem zu sein.

Das Gold, welches ihn mit einem Schlag zu einem reichen Mann machte, versteckte Melzer unter der Feuerstelle seines Hauses. Und was seinen Auftrag betraf, so begann er die gedruckten Ablaßbriefe mit dem Namen des Papstes Eugen in den Papiermühlen zu neuem Bütten zu verarbeiten. Unter die alten Druckstöcke setzte er nun den Namen Julius Secundus.

Simonetta gegenüber verschwieg Melzer die Begegnung mit dem Neffen des Papstes. Ohnedies hatte der grausame Tod ihres Bruders die junge Venezianerin in tiefe Melancholie gestürzt. Sie weinte oft still vor sich hin, und nicht einmal ein Amulett, das er ihr schenkte, vermochte ihr ein Lächeln zu entlocken.

Die beiden lebten nun wie Mann und Frau, was andernorts

als schändlich empfunden worden wäre; in Konstantinopel, dieser Riesenstadt zwischen Okzident und Orient, nahm niemand daran Anstoß. Melzer liebte die Lautenspielerin, und für ihn gab es keinen Zweifel, daß Simonetta seine Liebe erwiderte.

Was den Grund für den Anschlag auf ihren Bruder Jacopo betraf, so glaubte Melzer nicht an einen Zufall. Vielmehr sah er sich selbst als Ziel der blutigen Beizjagd. Der Vorfall selbst war von den Gaffern im Park des Kaisers eher als Belustigung denn als großes Unglück betrachtet worden. Die Wanderfalkner hatten am folgenden Tag Konstantinopel ungehindert in Richtung Orient verlassen.

Der einzige, der vielleicht Licht in jenes Dunkel bringen konnte, das den mysteriösen Tod Jacopos umgab, war der Mann, der das Unglück gewissermaßen vorhergesehen hatte: der Sterndeuter und Wahrsager Byzas.

Byzas lebte in einem halb verfallenen Haus auf dem dicht besiedelten Bergrücken, der nach Nordosten zum Goldenen Horn abfiel – keine sehr vornehme Gegend. Mit einem Golddukaten in der Tasche, jener Summe, welche Byzas für gewöhnlich zum Sprechen brachte, suchte Melzer in Begleitung Simonettas den Astrologen auf.

In dem kleinen Haus erschien der hochgewachsene Mann noch größer. Sein Kopf reichte in den niedrigen Räumen beinahe bis zur Decke, und das Licht warf seinen Schatten riesig und gespenstisch auf die Wand.

Byzas erkannte die fremden Besucher sofort, und er erkundigte sich mürrisch nach ihrem Ansinnen.

Noch ehe er zu reden begann, zog Melzer den Golddukaten hervor und legte ihn auf den schmalen Tisch inmitten des Raumes. Dann sagte er: »Ihr erinnert Euch an unsere Begegnung beim Seerosenfest des Kaisers?«

»Dunkel, dunkel«, entgegnete der Wahrsager. Doch beim

Anblick des Goldstücks erhellte sich seine finstere Miene mit einem Mal.

»Immerhin habt Ihr mir Blut und Tod prophezeit«, sagte Melzer. »So war's doch?«

»Wenn Ihr es sagt«, meinte Byzas. »Jedenfalls ist es mir nicht im Gedächtnis geblieben. Ihr müßt wissen, ich habe viele Visionen, wenn ich Menschen begegne.«

»Ich hörte wohl von dieser Gabe, aber, beim Beelzebub, wer nannte Euch den Tag meiner Geburt?«

Der Sterndeuter hob die Schultern. »Ist das der Grund, warum Ihr hier seid?«

»O nein!« rief Melzer. »Ich möchte wissen, warum das Schicksal, das Ihr mir vorhergesagt habt, einen anderen traf.«

Der Riese musterte den Spiegelmacher mit finsterem Blick, dann wandte er sich Simonetta zu und fragte: »Und was will die hier?«

»Ich hätte geglaubt, Ihr kennt sie«, antwortete Melzer angriffslustig. »Ihr Bruder war das Opfer des mörderischen Vogels!«

Als Melzer das sagte, schien es ihm, als zuckte der Wahrsager kurz zusammen. Aber schon im nächsten Augenblick hatte Byzas sich wieder in der Gewalt, und er knurrte: »Ein schönes Frauenzimmer – keine Frage. Ich hoffe Ihr wißt, worauf Ihr Euch da einlaßt!«

»Es ist die Frau, die ich liebe«, gab Melzer zurück. »Und ich verstehe nicht …«

»Nun ja«, meinte Byzas mit eisiger Stimme, »eine Frau so schön wie diese ist ein Paradies für die Augen, jedoch ein Fegefeuer für den Beutel; für die Seele aber ist sie die Hölle.«

Simonetta warf Melzer einen hilflosen Blick zu; aber der ließ sich durch die Worte des Astrologen nicht schrecken und stellte die Frage: »Sagt Ihr das aus eigener Erfahrung, oder hattet Ihr gerade wieder so eine Vision?«

Die forsche Rede des Spiegelmachers war Byzas nicht geheuer. Er antwortete nicht, sondern hob nur unwillig die Schultern.

»He«, sagte Melzer aufgebracht, »ich habe Euch einen Golddukaten auf den Tisch gelegt, um zu erfahren, wer hinter dem Anschlag auf den Lautenspieler steckt, und das einzige, was ich von Euch höre, ist dummes Geschwätz über die Vor- und Nachteile einer schönen Frau.« Dabei machte er Anstalten, die Münze wieder einzustecken.

Doch noch bevor er dazu kam, legte der Wahrsager seine Hand auf das Goldstück und nahm an dem Tisch Platz. Aus einer Lade unter dem Tisch zog er einen geheimnisvollen Plan mit aufgemalten Kreisen und seltsamen Zeichen hervor und eine gläserne Halbkugel so groß wie ein Granatapfel. Die setzte er in die Mitte der abgegriffenen Karte und begann damit, sie in kreisenden Bewegungen über das Pergament zu führen.

Simonetta suchte Melzers Hand. Sie hatte Angst, die Wahrheit zu erfahren und verfolgte jede Bewegung des Sterndeuters mit Argwohn.

Der hielt plötzlich inne, ging mit den Augen ganz nahe an die gläserne Kugel heran und verharrte so minutenlang wie versteinert. Nur sein Atem ging schwer und heftig wie der eines träumenden Schläfers.

Als er endlich aus seiner Starre erwachte, geschah das mit solcher Heftigkeit, daß Simonetta unwillkürlich zurückschreckte und bei Melzer Schutz suchte. Der Wahrsager jedoch stützte seinen Kopf in beide Hände und blickte starr ins Leere.

»Und?« fragte der Spiegelmacher aufgeregt.

Byzas schüttelte den Kopf. »Nichts. Ich sehe nicht einmal einen Schatten von dem Lautenspieler. Es ist, als gäbe es ihn gar nicht. Wenn ich in die Kugel blicke, dann sehe ich nur Euch, umgeben von unzähligen Feinden. Sie jagen Euch und bekämpfen sich gegenseitig – ein schreckliches Bild.«

»Und der Anschlag? Galt er mir?«

»Das ist Vergangenheit. Die Kugel beleuchtet nur die Zukunft.« Byzas wandte sich erneut der Glaskugel zu. Nach einer Weile des Schweigens sagte er unwirsch: »Ihr solltet die Angelegenheit vergessen. Mehr kann ich Euch nicht sagen. Nehmt Euer Geld und verschwindet!«

Melzer wurde wütend. Er hatte den Eindruck, daß dieser zwielichtige Wahrsager mehr wußte, als er sagen wollte. Plötzlich kam dem Spiegelmacher der Gedanke an seine Tochter Editha. Er hatte nichts unversucht gelassen, um ihr Schicksal aufzuklären. Vielleicht konnte die Glaskugel des Magiers einen Hinweis geben.

Er griff nach der Goldmünze auf dem Tisch und hielt sie Byzas vors Gesicht: »Ihr sollt Sie haben, wenn Ihr mir Aufschluß über meine Tochter Editha geben könnt. Sie ist seit Wochen verschwunden. Ich habe überall nach ihr gesucht. Ich weiß nicht einmal ob sie noch am Leben ist. Fragt Eure Kugel!«

Byzas hob abwehrend die Hände: »Das ist kein Fall für die Kugel. Nennt mir den Tag der Geburt Eurer Tochter, und ich werde ihr Schicksal aus dem Lauf der Gestirne deuten. Wißt Ihr ihn aber nicht, so ist alle Mühe vergebens!« Er sah Melzer erwartungsvoll an.

In jener Zeit war es nicht üblich, daß Eltern die Geburtstage ihrer Kinder im Kopf hatten. Doch Editha war Melzers einziges Kind, und er liebte sie über alles. Und natürlich war ihm ihr Geburtstag im Gedächtnis geblieben. »Sie kam am Tag der heiligen Editha im Jahre des Herrn Eintausendvierhunderteinunddreißig zur Welt.«

Aus einem Kasten neben der Tür holte der Sterndeuter eine Karte hervor, auf welcher die Bahnen der Gestirne verzeichnet waren, und einen hölzernen Zirkel von einem Fuß Länge mit einer Kreide am unteren Ende. Dann rollte er die Karte auf dem

Tisch aus und begann mit dem Zirkel magische Bewegungen zu vollführen und Kreise zu zeichnen. Dabei flüsterte er unverständliche Worte. Schließlich hielt er inne und nickte: »Eure Tochter lebt, dessen könnt Ihr gewiß sein.«

»Sie lebt?« rief Melzer. Die gute Nachricht war geeignet, das Mißtrauen, das er dem Sterndeuter soeben noch entgegengebracht hatte, zu zerstreuen, und er fragte überglücklich: »Steht in den Sternen auch geschrieben, wo ich sie wiederfinde?«

Byzas hantierte erneut mit dem Zirkel, dann drehte er die Karte, besah sie von allen Seiten und antwortete, ohne den Blick von dem Pergament zu wenden: »Eure Tochter ist über das Meer gefahren.«

»Wohin?« bestürmte Melzer den Magier. »Ich bitte Euch, sagt mir, wohin.«

»In eine große, reiche Stadt mit Zinnen und Türmen.«

»Der Name der Stadt! Sagt mir den Namen!«

Byzas hob die Schultern. »Ich weiß es nicht. Ich kann nur sagen, daß Eure Tochter lebt.«

»Werde ich sie wiedersehen?«

Byzas zögerte. Über seine Karte gebeugt, blickte er zu Melzer auf und erwiderte: »Ja, Ihr werdet sie wiedersehen. Aber die Begegnung wird Euch nicht zur Freude gereichen. Wollt Ihr meinen Rat hören, Spiegelmacher?«

»Sprecht!«

»Sucht nicht nach ihr. Laßt sie *ihr* Leben leben, und lebt Ihr das Eure.«

Da wurde Melzer zornig. Er trat auf den Sterndeuter zu und sagte: »Wißt Ihr überhaupt, was Ihr da sagt, Byzas? Meine einzige Tochter ist verschwunden, und Ihr gebt mir den Rat, nicht nach ihr zu suchen?«

»Es ist ein wohlgemeinter Rat, den Euch die Sterne geben.«

Melzer lachte verbittert: »Dann will ich gern auf den Rat der

Gestirne verzichten.« Und an Simonetta gewandt: »Komm, laß uns gehen!«

Den ganzen Tag und den folgenden Abend sprach Simonetta kein Wort. Melzer wußte, daß ihre Sprachlosigkeit nicht ihm galt, sondern der zerstörten Hoffnung, etwas über den Tod ihres Bruders zu erfahren, der damit für sie gewissermaßen ein zweites Mal gestorben war. So ließ er sie gewähren und versuchte erst gar nicht, sie mit Worten umzustimmen.

Tags darauf aber begann Simonetta zu reden; ja, es sprudelte aus ihr nur so heraus. Sie war wütend, und ihr Zorn richtete sich auf den Sterndeuter und Magier, der, wie sie sagte, mit Lug und Trug verheiratet sei, ein Scharlatan und böser Mensch. »Hast du seine Augen gesehen?«

»Nein, was ist mit seinen Augen?«

»Sie sind böse. Sie wissen mehr, als Byzas zu sagen bereit ist. Ich werde das Gefühl nicht los, daß der Sterndeuter sehr wohl die Hintergründe des Mordanschlags kennt und daß er einen Grund hat zu schweigen. Vielleicht steckt er sogar mit den Mördern unter einer Decke.«

»Mir ging das gleiche durch den Kopf«, erwiderte Melzer und zog Simonetta in seine Arme. »Auch ich kann mir keinen anderen Grund für sein Schweigen denken. Byzas weiß genau, daß der Anschlag mir galt. Es war falsch, ihn aufzusuchen. Ich halte sogar seine Aussage über Editha für wenig vertrauenswürdig.«

»Aber was will er damit bezwecken?«

»Vielleicht eine erneute Falle! Wer weiß, womöglich stecken sogar dieselben Leute dahinter, die auch Albertus di Cremona umbringen ließen.«

Melzer hatte Simonetta noch immer nicht von dem Ansinnen Cesare da Mostos erzählt, aber dennoch kam sie zu dem richtigen Schluß: »Du glaubst, das alles hängt mit dem Geheimnis der Chinesen zusammen?«

Melzer legte die Hände auf Simonettas Schultern. »Welchen Grund gäbe es sonst? Was war ich denn, bevor ich hierherkam, ein einfacher Spiegelmacher, für den sich niemand interessierte. Aber seit ich mich mit der künstlichen Schrift befasse, werde ich gejagt wie ein Hase, und ich muß um mein Leben fürchten.«

Simonetta preßte ihre Stirn gegen Melzers Brust. »Laß uns fliehen«, sagte sie leise, »weit weg von hier. In meiner Heimat Venedig sind wir vor allen Feinden sicher.«

»Nicht, bevor ich Editha gefunden habe!« Der Spiegelmacher nahm Simonettas Kopf in beide Hände. »Das verstehst du doch. Wenn ich von hier fortgehe, habe ich meine Tochter für immer verloren. Ich glaube nicht an den Hokuspokus des Sterndeuters. Wüßte er, wo sie sich aufhält, dann hätte er nicht in Rätseln gesprochen. Eine große, reiche Stadt mit Zinnen und Türmen! Jede große und reiche Stadt hat Zinnen und Türme. Das trifft auch auf Konstantinopel zu.«

»Oder auf Venedig.«

»Mag sein. Auch meiner Heimatstadt Mainz mangelt es nicht an Zinnen und Türmen. Nein, ich hoffe und glaube, daß Editha sich noch immer in Konstantinopel aufhält. Und ich werde nicht eher ruhen, bis ich ihr Schicksal aufgeklärt habe.«

Da begriff die Lautenspielerin, daß es sinnlos war zu versuchen, ihn von diesem Vorhaben abzubringen.

Anfang Oktober verurteilte ein Halsgericht in Konstantinopel den chinesischen Gesandten Lien Tao zum Tod durch das Schwert. Das Urteil stand auf tönernen Füßen; denn Lien Tao hatte die Tat geleugnet und immer wieder beteuert, er habe kein Motiv für den Mord. Albertus di Cremona, das Mordopfer, habe ihm viel Geld geboten für einen Auftrag, den er nicht nennen dürfe. Diese Erklärung erschien den Richtern in den schwarzen Talaren erst recht verdächtig. Bei einer Durchsuchung des Hauses der chinesischen Gesandtschaft hatten Schergen ein Messer entdeckt, das aufs Haar jenem glich, mit welchem der Legat des Papstes getötet worden war. Tse-hi, Lien Taos Dienerin, hatte jedoch vor dem Richter einen heiligen Eid geschworen, das Messer nie in ihrem Leben gesehen zu haben; ja, sie hatte den Verdacht geäußert, daß es von den Schergen in ihr Haus geschmuggelt worden war, um ihren Herrn zu belasten.

Ungehört blieb ein erneuter Versuch Melzers, gegen das Urteil beim Kaiser zu protestieren. Johannes Palaiologos ließ sich nicht einmal durch die Drohung des Spiegelmachers, Konstantinopel für immer zu verlassen, von der Bestätigung des Todesurteils abbringen. In Zeiten wie diesen, meinte er im Hinblick auf die Türken vor den Toren der Stadt, müsse dem Recht Genüge getan werden. Der Mord an dem päpstlichen Legaten sei ohnehin zum denkbar ungünstigsten Zeitpunkt geschehen. Das einzige, was er für den heidnischen Chinesen tun könne, sei beten, und da Melzer das für sinnlos hielt, rang er dem Kaiser wenigstens die Erlaubnis ab, Lien Tao vor seiner Hinrichtung in der Zelle besuchen zu dürfen.

Das Gefängnis am Platz der Dreifaltigkeit, unweit des kaiserlichen Palastes auf einer kleinen Anhöhe gelegen, glich einer uneinnehmbaren Festung, und Melzer mußte, ausgestattet mit einem kaiserlichen Schreiben, vier schwere Eisentore passieren, bevor er in den Zellentrakt gelangte, der einen winzigen quadratischen Innenhof einrahmte. Drei Stockwerke hoch türmten sich hier die Zellen, eine jede anstelle eines Fensters nur mit einem Luftloch versehen, welches kaum größer war als die Öffnung eines Taubenschlags und so ausgerichtet, daß nie ein Sonnenstrahl in das Innere fiel.

Melzer erschrak, als ein Aufseher die Tür zu Lien Taos Zelle öffnete: Der Chinese stand aufrecht mit dem Gesicht zur Wand und rührte sich nicht. Erst als ihm der Spiegelmacher seinen Gruß entbot, wandte Lien Tao sich um und nickte mit dem Kopf. Sein Gesicht war blutunterlaufen. Er blieb stumm. Auch als Melzer Grüße Tse-his überbrachte und die Mitteilung, daß sie ihn über den Tod hinaus ehren werde, begnügte sich der Chinese nur mit einem Kopfnicken. Dann starrte er erneut gegen die Wand.

»Meister Lien Tao«, begann Michel Melzer erneut, »sagt, kann ich Euch noch einen letzten Wunsch erfüllen? Ich will tun, was in meiner Macht steht.«

Der Chinese gab keine Antwort. So standen sie eine Weile stumm beieinander, bis Lien Tao schließlich, ohne den Kopf zu heben, leise sagte: »Er heißt Panajotis.«

»Panajotis? Wer soll das sein?«

»Der Mörder des päpstlichen Legaten«, erwiderte Lien Tao.

»Ihr kennt ihn, diesen Panajotis?«

»Ja, flüchtig.«

»Aber Meister, warum nennt Ihr erst jetzt seinen Namen?«

Da drehte sich Lien Tao um, und Melzer glaubte in dem düsteren Raum ein Lächeln auf seinem Gesicht zu erkennen.

»Ich habe nachgedacht«, erwiderte der Chinese, »ich habe mir das Gehirn zermartert auf der Suche nach dem Namen des Mannes, der eines Tages in der alten Kirche erschien und mir ein merkwürdiges Geschäft anbot. Er hatte von unserer Erfindung gehört und forderte von mir zehntausend fliegende Blätter in künstlicher Schrift. Er bot eine respektable Summe Geld dafür.«

»Genau wie der päpstliche Legat Albertus di Cremona, Gott sei seiner armen Seele gnädig. Was in aller Welt wollte Panajotis mit den fliegenden Blättern verbreiten?«

»Eine schmutzige List der Türken.«

»Panajotis war ein Türke?«

»Nein, er war ein Byzantiner oder besser: ein Renegat, ein byzantinischer Überläufer. Aber das erfuhr ich erst später. Das Flugblatt enthielt den Aufruf an alle Byzantiner, sich an einem bestimmten Tag zu ergeben und die Tore der Stadt zu öffnen. Unterzeichnet: Kaiser Johannes Palaiologos.«

»Mein Gott, welch eine List der Türkenhunde! Und was habt Ihr getan, Meister Lien Tao?«

»Zunächst habe ich versucht, Panajotis hinzuhalten, und ihn für den folgenden Tag bestellt. Ich wollte Gewißheit, ob er in kaiserlichem Auftrag handelte. Eine Anfrage bei Hofe bestätigte meinen Verdacht: Panajotis arbeitete für die Türken.«

»Und was geschah am folgenden Tag?«

»Panajotis erschien nicht zum verabredeten Zeitpunkt. Er oder einer der türkischen Spione, die überall in Konstantinopel herumlungern, muß meine Nachforschungen bemerkt haben. Ich habe den Renegaten nie mehr gesehen. Ich vergaß die Angelegenheit und seinen Namen. Erst jetzt, bei meinen Überlegungen, wer Albertus di Cremona ermordet haben könnte, kam mir die Sache wieder in den Sinn. Ich erinnerte mich, daß Panajotis sich für alle Einzelheiten in der alten Kirche interessiert hatte. Vor allem aber fiel mir ein auffallendes Messer ein, das er am Gürtel trug. Ich glaube, der Mordanschlag galt nicht dem päpstlichen Legaten – *ich* war die Zielscheibe des Halunken. Er wollte sich an mir rächen – oder zumindest sicherstellen, daß ich auf ewig schweigen würde. Das Ziel hat er erreicht.«

»Meister Lien Tao«, rief der Spiegelmacher aufgeregt, »wir müssen diesen Panajotis finden. Noch bleiben uns zwei Tage Zeit!«

»Zwei Tage?« Der Chinese lächelte. »Dem einen sind zwei Tage eine Ewigkeit. Für mich sind zwei Tage nur ein Augenblick, nicht mehr.«

Melzer sah Lien Tao verständnislos an. Er konnte dessen Gelassenheit und Ergebenheit in sein Schicksal nicht verstehen. Er war aufgeregt, aufgeregter als der Chinese, auf den der Henker wartete.

In höchster Eile verließ Michel Melzer den Kerker. Sein Weg führte zum Hafen Eleutherios, wo er in einer Meute von Tagedieben und Hehlern den Ägypter Ali Kamal entdeckte.

Als Ali den Spiegelmacher erkannte, versuchte er zu entkommen, aber Melzer war schneller. Er bekam den Jungen zu fassen, zerrte ihn aus der Menge vor eine Mauer und rief: »Warum läufst du vor mir weg? Ich suche einen gewissen Panajotis, einen byzantinischen Renegaten!« Dabei hielt er den Jungen am Kragen fest.

Ali Kamal bekam es mit der Angst zu tun. Verschreckt begann er zu lamentieren: »Es ist nicht meine Schuld, wenn Editha geflohen ist, Meister Melzer. Auch nicht die Schuld von Panajotis. Er tat mir einen Gefallen, und ich habe ihn dafür bezahlt!«

Der Spiegelmacher hielt inne: »Was redest du da? Was weißt du von Editha? Hast du mir nicht gesagt, du hättest keine Ahnung, wo sie sich aufhalte?«

»Das war gelogen, Meister Melzer. *Ich* habe ihr zur Flucht nach Venedig verholfen, zusammen mit meiner Mutter und meinen Geschwistern. Ihr müßt Euch keine Sorgen machen.«

Melzer sah Ali fassungslos an. Editha allein in Venedig?

Nicht weniger erstaunt schien der junge Ägypter: »Ich dachte, Ihr wüßtet von der Flucht Eurer Tochter, weil Ihr den Namen Panajotis genannt habt.«

»Was hat Editha mit diesem Panajotis zu tun?« fragte Melzer aufgeregt.

Da wurde Ali Kamal verlegen, und er meinte: »Gewiß, sein Ruf ist nicht der beste, aber kein anderer hätte Eure Tochter und meine Familie durch die große Mauer geschleust.«

»Du hast sie den Türken ausgeliefert, du Hund!« schrie Melzer und begann auf den Jungen einzuschlagen.

Ali wich den Schlägen geschickt aus und rief: »Nein, Herr, glaubt Ihr, ich würde meine eigene Familie den Türken ausliefern? Panajotis und seine Leute haben alle zusammen in der Nacht zu einem Schiff gebracht, das außerhalb von Konstantinopel ankerte. Sie befinden sich längst in Sicherheit, während wir hier jeden Tag einen neuen Angriff der Türken fürchten müssen. Bei meinem Gott, es ist die Wahrheit!«

Die Worte des jungen Ägypters verwirrten den Spiegelmacher. Jener hatte ihn schon einmal belogen. Aber wenn Ali die Wahrheit sagte, dann gab es immerhin eine Spur von Editha. Und dies war eine Erklärung dafür, warum seine Tochter in Konstantinopel unauffindbar blieb.

Einen Augenblick lang zögerte Melzer, ob er nicht umgehend Edithas Spur aufnehmen und das nächste Schiff nach Venedig besteigen sollte. Aber dann kam ihm der beklagenswerte Lien Tao in den Sinn, auf den der Tod wartete, und er herrschte Ali Kamal an: »Wo, zum Teufel, finde ich diesen Panajotis?«

»Panajotis?« fragte Ali verwundert zurück. »Panajotis hat keine feste Bleibe. Er haust diesseits und jenseits der großen Mauer, hier und nirgendwo.«

Da trat Melzer drohend vor den Ägypter hin und sagte: »Hör endlich auf, mich zu belügen! Wo ich Panajotis finde, will ich wissen, oder –«

»Aber Ihr verratet mich nicht!« flehte Ali kleinlaut. »Sonst bin ich des Todes.«

Melzer zeigte keine Regung.

»Ihr kennt die alte Schmiede unweit der Kirche zu den zwölf Aposteln. Sie grenzt an die große Mauer. Dort werdet Ihr ihn finden.«

Melzer wußte, daß es töricht war, Panajotis aufzusuchen und von ihm ein Geständnis zu erwarten. Obendrein raubte ihm der Gedanke an Edithas Flucht beinahe den Verstand. Was sollte er tun? Fest stand nur: Was immer er tun würde, es mußte schnell geschehen.

Die gewundene Straße vom Hafen zur Stadt legte der Spiegelmacher wie im Traum zurück, und wie im Traum nahm er den Weg vom Platz der Weisheit am Hippodrom entlang zur chinesischen Gesandtschaft.

Seit dem Todesurteil über Lien Tao hatte Tse-hi das klotzige Gebäude nicht mehr verlassen. Sie hatte die Hoffnung aufgegeben, ihren Meister noch einmal lebend zu sehen, und nicht einmal Melzers Nachricht, er sei dem wahren Mörder auf der Spur, vermochte ihre Trauer zu verdrängen.

Deshalb wandte sich der Spiegelmacher an Sin-shin, den zweiten Sekretär der Gesandtschaft, welchen er einst als seinen Entführer kennengelernt hatte, mit dem er inzwischen jedoch ein freundliches Verhältnis pflegte. Melzer schilderte Sin-shin in kurzen Worten die Lage. Es gebe, meinte Melzer, für Lien Tao nur dann noch einen Funken Hoffnung, wenn der Halunke Panajotis noch heute gefunden und zu einem Geständnis gezwungen werde.

Sin-shin, ein Chinese mit breiten Schultern und einem Nacken wie ein Stier, nickte freundlich und fragte: »Und wie, Meister Melzer, wollt Ihr diesen Panajotis dazu bringen, den Mord zu gestehen?«

Melzer machte eine Faust und hielt sie dem Chinesen vors Gesicht: »Gewalt, Sin-shin, ist die einzige Sprache, welche dieser Mann versteht. Stellt mir ein halbes Dutzend Eurer kräftigsten Männer zur Verfügung, sagt ihnen, daß es darum geht, Meister Lien Tao in letzter Minute vor dem Tod durch das Schwert zu bewahren, und kommt mit mir!«

Der Chinese preßte die Lippen zusammen, und nach einem Augenblick des Nachdenkens erwiderte er: »Gut, Meister Melzer, zur vollen Stunde stehe ich für Euch mit sechs bewaffneten Männern bereit.«

Die Schmiede lag versteckt im Schatten der Kirche zu den

zwölf Aposteln und fügte sich in die große Mauer, als wäre sie ein Teil davon. Ein Haufen Unrat vor dem schweren hölzernen Tor verriet, daß hier schon lange kein Schmied ein Pferd beschlagen oder eine Wagenachse geschmiedet hatte. Der Eingang daneben war so schmal, daß sich selbst ein schlanker Mann hindurchzwängen mußte. Die Tür war verschlossen.

Um ihr gemeinsames Vorgehen zu beratschlagen, zog sich Melzer mit den Chinesen hinter eine Stützwand der Kirche zurück. Sin-shin, mit Unternehmungen wie dieser vertraut, schlug vor, die Tür aufzubrechen und Panajotis zu überraschen oder, falls er nicht anwesend war, sich zu verstecken und auf seine Rückkehr zu warten. Er meinte, daß es besser wäre, die Dämmerung abzuwarten und im Schutz der Dunkelheit vorzugehen, doch Melzer mahnte zur Eile: für Lien Tao könne jede Stunde wichtig sein. Aber wie sollten sie die Eingangstür aufbrechen?

Auf ein Kommando Sin-shins entledigten sich die Chinesen ihrer weiten Umhänge, und erst jetzt bemerkte Melzer, daß sie schwere Waffen am Leibe trugen: Messer, Schwerter, Morgensterne, Hacken, Beile und Eisenstangen. Mit einem Wink dirigierte der Chinese seine Leute zu der verschlossenen Tür. Je einer setzte oben, unten und in der Mitte des Türspalts eine Eisenstange an. Es dauerte nur einen Augenblick, und das Schloß gab nach. Die Tür sprang auf.

Staub und Ruß bedeckten das Innere der Schmiede, und die stickige Luft raubte den Eindringlingen den Atem. Von dem Gesuchten keine Spur. Nur ein Becher aus Zinn und Reste eines Fladenbrotes auf einem Steinsockel ließen darauf schließen, daß sich noch vor kurzer Zeit ein Mensch hier aufgehalten hatte.

Sin-shin sah Melzer ratlos an. Der hob ebenso ratlos die Schultern. Was tun? Wo sollten sie Panajotis suchen? Vielleicht war er dem jungen Ägypter auf den Leim gegangen, vielleicht hatte Ali Kamal ihn belogen, und die Geschichte mit Panajotis stimmte gar nicht. Melzer zögerte, überlegte, ob sie sich unverrichteter Dinge zurückziehen sollten, doch dann wurde ihm bewußt, daß es für Lien Tao nur eine einzige Chance gab – diese.

Also beschlossen sie zu warten. Sie ließen sich auf dem Boden nieder und dösten vor sich hin. Keiner sprach ein Wort. Und je länger sie herumsaßen und vor sich auf den Boden starrten, desto verzweifelter wurde Melzer. Wenn die Geschichte mit Panajotis nicht stimmte, dann war auch Edithas angebliche Flucht nach Venedig gelogen.

Schon senkte sich die Dämmerung über die große Stadt. Die Männer in der Schmiede konnten kaum noch ihre Gesichter erkennen, als ein dumpfes Geräusch sie hochschrecken ließ. Die Chinesen griffen zu ihren Waffen. Es hörte sich an, als schlurfe ein Unsichtbarer mitten durch den Raum. Melzer blickte nach oben in das Dachgebälk, dann wieder auf den steinernen Boden, und plötzlich öffnete sich da wie von Geisterhand eine Klappe, welche – sei es wegen der Dunkelheit oder des Staubes, der alles bedeckte – keiner bemerkt hatte.

Aus der Tiefe kam ein Arm mit einer flackernden Ölfunzel zum Vorschein, dann der Oberkörper eines Mannes in einem dunklen Wams. Noch hatte der unerwartete Besucher aus der Unterwelt die Anwesenheit der Eindringlinge nicht bemerkt. Die wagten kaum zu atmen.

Nachdem der finstere Geselle aus dem Erdloch gestiegen war, kniete er sich auf den Boden und leuchtete mit seiner Lampe in die Tiefe.

»Nur noch zehn Stufen nach oben!« rief er leise und mit gepreßter Stimme. »Dann habt Ihr es geschafft.« Kurz darauf erschien eine zweite Gestalt in der Öffnung. Und während Melzer noch überlegte, wie den finsteren Gesellen beizukommen sei, warfen sich die Chinesen auf die beiden und überwältigten sie nach kurzem Handgemenge.

Mit der Ölfunzel leuchtete der Spiegelmacher dem einen ins Gesicht: »Bist du Panajotis?«

»Und wenn ich's wäre?« fragte der frech zurück, während ihm zwei Chinesen die Arme auf den Rücken hielten.

Als Melzer sich dem anderen näherte, ließ dieser den Kopf sinken, damit man sein Gesicht nicht sehen konnte. »Und du?« rief Melzer. »Wer bist du? Nenne deinen Namen!« Der Unbekannte blieb verstockt. Da packte ihn der Spiegelmacher an den Haaren und riß seinen Kopf hoch. Er erschrak: »Ihr seid doch … Ihr seid Alexios, der Haushofmeister des Kaisers!«

Der Ertappte nickte.

»Ihr macht mit einem Renegaten gemeinsame Sache? Schande über Euch!«

Während die Chinesen die beiden Übeltäter mit Ketten, die an den Wänden verankert waren, an Armen und Beinen fesselten, stieg Melzer, gefolgt von Sin-shin, die heimliche Treppe nach unten, um zu erkunden, was sich dort verberge. Aber als sie den langen Gang sahen, der geradewegs unter der Großen Mauer hindurchzuführen schien, kehrten sie um. Melzer war wie benommen.

Alexios begann zu lamentieren und Panajotis zu beschuldigen, dieser habe ihn zum Verrat verleitet und die geheimsten Angelegenheiten des Kaisers aus ihm herausgepreßt, ohne das vereinbarte Gold zu bezahlen. »Daß mir der Herr nur gnädig sei!« rief er ein ums andere Mal mit weinerlicher Stimme.

So sehr ihn der Verrat des kaiserlichen Haushofmeisters auch entsetzte, so galt Melzers vordringliche Sorge Lien Tao. Er trat nahe an Panajotis heran und schleuderte ihm die Worte ins Gesicht: »Du warst es, du hast den päpstlichen Gesandten umgebracht! Wer sind deine Hintermänner?«

Panajotis grinste hämisch. Anstatt zu antworten, spuckte er verächtlich auf den Boden. Dann drehte er sich zur Seite, als wollte er sagen: Aus mir wirst du kein Sterbenswörtchen herauskriegen!

Sin-shin, im Umgang mit starrköpfigen Gefangenen erfahrener als Melzer, begann, während dieser sich vergeblich mühte, aus Panajotis irgendeine Antwort herauszubekommen, im Hintergrund die Esse zu schüren. Und weil er keine anderen Gerätschaften vorfand, brachte er eine armlange Zange an der Spitze zum Glühen. Die hielt er schließlich Panajotis vors Gesicht und sagte leise drohend: »Gestehe, oder dieses glühende Eisen wird dein Augenlicht für immer auslöschen! Hast du den Legaten des Papstes getötet?«

Panajotis war ein harter Kerl und an allerlei Folter und Grausamkeit gewöhnt. Das glühende Eisen vor seiner Nase schien ihn wenig zu beeindrucken. Er wandte den Kopf zur Seite und verweigerte die Antwort. Vielleicht traute er, der Grausamkeiten als etwas ganz Alltägliches betrachtete, dem Chinesen eine solche Greueltat einfach nicht zu.

Doch Sin-shin zerstörte umgehend alle Zweifel. Er wiederholte seine Frage: »Hast du den Legaten des Papstes getötet?« und rammte Panajotis die glühende Zange ins Gesicht.

Der Gefesselte brüllte, daß das niedrige Gewölbe widerhallte; dann sank er zu Boden. Sin-shin hatte ihn mit dem glühenden Eisen an der rechten Augenbraue getroffen, die nun wie ein verbrannter schwarzer Lappen herabhing. Blut rann über das Auge und bahnte sich einen Weg zum rechten Mundwinkel.

»Hast du meine Frage nicht verstanden?« rief Sin-shin, und Melzer beobachtete mit aufgerissenen Augen, wie der Chinese die glühende Zange drohend vor das andere Auge des Renegaten hielt.

Alexios, der die Tortur aus nächster Nähe mit ansehen mußte, zitterte am ganzen Leib. Aus Angst, ihm könnte das gleiche Schicksal widerfahren, schrie er den Gequälten an: »Idiot! Du bist ein Idiot, Panajotis! Sie werden dich umbringen, wenn du dein Maul hältst, und mich dazu!«

Ohne zu zögern, stieß Sin-shin ein zweites Mal zu. Panajotis versuchte, soweit es seine Fesseln erlaubten, der glühenden Zange auszuweichen, doch sie traf ihn am linken Ohr und hinterließ eine stinkende Brandwunde.

Erneut tat Panajotis einen Schmerzensschrei, dann jammerte er verzweifelt: »Hört auf! Ich gestehe. Ich habe den Legaten umgebracht!«

Melzer fühlte sich hundeelend. Es stank nach verbranntem Fleisch und versengten Haaren, und er war nahe daran, sich zu übergeben; aber er durfte jetzt nicht schwach werden. »Wer sind deine Hintermänner?« herrschte er den Griechen an. »Wer hat den Mord in Auftrag gegeben?«

Als Panajotis nicht antwortete, ging Sin-shin erneut zur Esse und legte die Zange ins Feuer. Panajotis verfolgte mit einem Auge jede seiner Bewegungen. Als der Chinese sich umwandte und mit der glühenden Zange auf ihn zutrat, begann er mit zitternder Stimme: »Und wenn Ihr mich tötet – ich kenne seinen Namen nicht. Eines Tages erschien hier ein Mönch im schwarzen Talar. Er sprach italienisch wie ein Florentiner oder Venezianer und sagte, in Konstantinopel halte sich ein Legat des römischen Papstes auf und dieser müsse beseitigt werden. Ob ich bereit sei, den Fall zu übernehmen.«

Der Spiegelmacher schüttelte den Kopf. »Und natürlich warst du bereit.«

»Der schwarze Mönch hat mich fürstlich entlohnt. Ein Mann wie ich lebt von derlei Gefälligkeiten.« Panajotis wischte sich mit dem Ärmel über das Gesicht. Wie er so dasaß, blutverschmiert und mit schmerzverzerrtem Gesicht, konnte man beinahe Mitleid für ihn empfinden. Aber Panajotis war ein Mörder, und gewiß war dies nicht sein erster Mord. Für Geld tat dieser Mann alles.

Während sich Sin-shin den Haushofmeister des Kaisers vornahm, und ihm die glühende Zange vor die Nase hielt, kniete sich Melzer vor Panajotis auf den Boden und sagte leise, daß es die anderen kaum hören konnten: »Hast du die Mutter des Ägypters durch diesen Gang auf türkisches Gebiet gebracht?«

Der Gefangene nickte. Angesichts seiner furchtbaren Verletzungen erschien ihm die Frage belanglos.

»Und?« bohrte Melzer weiter.

»Was und? Man bot mir einen Golddukaten für jede Person, und ich habe den Auftrag erfüllt.«

»Wie viele Personen hast du durch den Geheimgang nach draußen gebracht?«

Panajotis ließ den Kopf nach unten hängen. Es schien, als verließe ihn das Bewußtsein.

»He!« rief der Spiegelmacher und packte Panajotis an der Schulter. »Wie viele waren es?«

»Nur Weiber!« knurrte dieser. »Die Mutter des Ägypters und ihre vier Töchter – nein –« Panajotis machte eine Pause. »Im letzten Augenblick kam noch eine Fremde hinzu. Insgesamt waren es sechs.«

Kaum hatte Panajotis das ausgesprochen, da kippte er zur Seite und blieb bewegungslos auf dem Boden liegen. Als Sin-shin das sah, wurde er unruhig. Mit den Händen schöpfte er Wasser aus einem Bottich neben der Esse und schüttete es dem Griechen ins Gesicht. »Wir brauchen ihn lebend!« meinte er besorgt. »Sonst war das alles umsonst.«

Alexios hatte bisher nur vor sich hin gejammert, aber nun schrie er auf einmal wie am Spieß: »Er ist tot! Ihr habt ihn umgebracht!«

Panajotis lag in der Tat wie leblos am Boden.

»Er simuliert!« rief Sin-shin aufgeregt und lief zu dem Trog, um nochmals Wasser zu schöpfen. Mit einer heftigen Bewegung klatschte er Panajotis schließlich das Wasser ins Gesicht, daß dieser aus seiner Ohnmacht erwachte.

Zuerst kam Leben in seine Arme, und mit ihrer Hilfe versuchte er sich aufzurichten. Aber das Vorhaben mißlang, und Panajotis glitt zurück auf den Boden.

Melzer, dem das Schauspiel allmählich unerträglich wurde, herrschte den Chinesen an: »Nehmt ihm die Ketten ab. Er ist viel zu schwach, um zu fliehen. Außerdem brauchen wir einen Wagen, um ihn vor das Halsgericht zu transportieren. Ich hoffe nur, daß es nicht schon zu spät ist!«

»Wie sollen wir hier am Rande der Stadt, noch dazu in dieser ärmlichen Gegend, einen Wagen bekommen?« fragte Sin-shin.

Da zog der Spiegelmacher eine Goldmünze aus seinem Wams und gab sie einem der Chinesen, der gerade an der Tür stand: »Aber eile dich!«

Der warf Sin-shin einen fragenden Blick zu. Sin-shin nickte, und der Chinese verschwand.

Nachdem sie Panajotis von seinen Ketten befreit hatten, lehnten Melzer und Sin-shin den Entkräfteten an die Wand. Der Renegat hatte Mühe, das heil gebliebene Auge offenzuhalten.

Alexios, der noch immer gefesselt auf dem Boden hockte, wandte sich plötzlich an Melzer und sprach: »Spiegelmacher, Ihr seid doch ein kluger Mann. Hört meinen Vorschlag: Was habt Ihr davon, wenn Ihr mich dem Kaiser ausliefert. Man wird mich wegen Hochverrats anklagen, zum Tode verurteilen und mein Vermögen einziehen, das beträchtlich ist. Laßt Ihr mich aber laufen, dann verschwinde ich durch diesen Gang, und Ihr würdet nie mehr etwas von mir hören. Allerdings würde ich Sorge tragen, daß mein zurückgelassenes Vermögen Euch zugute kommt.«

Melzer verschränkte die Arme vor der Brust und schüttelte

den Kopf: »Alexios, du bist ein mieser, abscheulicher Verräter. Glaubst du, weil *du* käuflich bist, müßten alle Menschen so korrupt sein wie du? Nein, Alexios, du wirst für den Verrat büßen.«

Noch vor dem ersten Tageslicht betrat der Scharfrichter in roter Kleidung Lien Taos Kerker. In der Linken trug er eine blank geputzte Laterne, in der Rechten einen großen Würfel.

Obwohl Lien Tao in dieser Nacht, die seine letzte sein sollte, kein Auge zugetan und die opulente Henkersmahlzeit, bei der auch Wein nicht fehlte, unberührt gelassen hatte, wirkte er nun ruhiger als der Scharfrichter, der, als er das auf Pergament festgehaltene Urteil aus dem Umhang zog, die Rolle zu Boden fallen ließ und sich mehrmals verhaspelte, als er den Spruch des Halsgerichts verlas.

Lien Tao hörte nicht hin, er hielt den Blick zu Boden gerichtet und lächelte; ja, er lächelte, eine Regung, die jeden Scharfrichter der Welt zur Verzweiflung treiben konnte.

Als der Scharfrichter geendet hatte, reichte er dem Chinesen den großen hölzernen Würfel und erklärte sachlich, es würden an diesem Morgen drei Delinquenten, unter ihnen eine Kindsmörderin, mit dem Schwert vom Leben zum Tode befördert, und die gewürfelte Zahl entscheide über die Reihenfolge.

Als hätte ihm der Scharfrichter gerade ein einfältiges Spiel erklärt, nickte Lien Tao und warf den Würfel in Richtung der Kertür. Dieser polterte laut über den steinernen Boden und blieb mit der Zahl sechs nach oben liegen.

»Glück gehabt«, meinte der Scharfrichter verlegen. »Damit bist du zuletzt an der Reihe.«

Lien Tao nickte erneut.

»Hast du noch einen letzten Wunsch?« fragte der Henker und leuchtete dem Chinesen, der stumm auf seiner Pritsche Platz genommen hatte, ins Gesicht. Es schien, als wollte er sich vergewissern, ob dieser noch immer lächelte.

Da hob Lien Tao den Kopf und erwiderte laut: »Gerechtigkeit, mehr nicht.«

Der Scharfrichter überhörte die Antwort und sagte: »Der Pope hat es abgelehnt, dir die Absolution zu erteilen. Er meinte, Chinesen seien Ungläubige, weil der Gott, den *sie* anbeteten, Schlitzaugen habe und einen dicken Bauch und obendrein immer lächle, wo doch der wahre Allmächtige schlank sei wie ein Kirchenpfeiler und ernst wie ein Fastenprediger – und Schlitzaugen habe er schon gar nicht!«

»Gerechtigkeit, mehr nicht«, wiederholte Lien Tao, als habe er die Worte des Scharfrichters nicht verstanden, und wandte sich ab.

Dann fiel die schwere Tür ins Schloß.

Im Osten graute der Tag, als Melzer und Sin-shin die Verräter Panajotis und Alexios aneinandergekettet zum kaiserlichen Palast brachten. Die Palastwachen erkannten den gefesselten Haushofmeister, und es entstand große Unruhe. Der höchste Beamte des Kaisers in Fesseln?

Melzer verlangte, umgehend den Kaiser zu sprechen. Es gehe um Leben und Tod: Der chinesische Gesandte Lien Tao, der jeden Augenblick hingerichtet werden könne, sei unschuldig. Der wahre Mörder habe seine Tat gestanden.

Es dauerte endlos lange, bis Johannes Palaiologos in einem langen Mantel aus blau-goldenem Brokat, geleitet von zwei verschlafenen Kammerdienern, in der Eingangshalle erschien.

»Melzer«, rief er mürrisch, »nichts auf der Welt ist von so großer Bedeutung, daß es die Störung des kaiserlichen Schlafes rechtfertigte. Was wollt Ihr?« Dabei fiel sein müder Blick auf die beiden aneinandergeketteten Gestalten, die ihn jedoch weniger zu interessieren schienen als der Chinese Sin-shin, und er knurrte: »Gehört dieser auch zur Mörderclique?«

»Mein Gott!« rief Melzer aufgebracht. »Oh, begreift doch, hochwürdigster Kaiser, wir bringen Euch hier den wahren Mörder des päpstlichen Legaten di Cremona. Meister Lien Tao ist unschuldig!«

Widerwillig musterte Johannes Palaiologos den Chinesen Sin-shin.

Da geriet der Spiegelmacher aus der Fassung, und er herrschte den verschlafenen Kaiser an: »Großmächtiger Kaiser, das ist Sin-shin, der zweite Sekretär der chinesischen Gesandtschaft. Mit seiner Hilfe haben wir den wahren Mörder des päpstlichen Legaten Albertus di Cremona gefaßt. Er hat die Tat gestanden, und er ist Euch kein Unbekannter. Es ist der Verräter Panajotis!«

Kaum hatte Johannes Palaiologos den Namen vernommen, verfinsterte sich seine Miene. Er trat auf die Gefangenen zu, die mit hängenden Köpfen vor ihm standen. »Das ist …«

»Alexios, Euer Haushofmeister! Und dies hier ist jener Panajotis, der den Türken die byzantinischen Verteidigungspläne verraten hat. Die beiden haben gemeinsame Sache gemacht. Aber Panajotis ist der Mörder!«

»Und der Chinese im Kerker?«

»Ist unschuldig. Das Halsgericht hat den Falschen verurteilt. Sprecht ein Machtwort, Herr, bevor man Lien Tao hinrichtet.«

Mehr als die Unschuld des chinesischen Gesandten schien den Kaiser jedoch der Verrat seines Haushofmeisters zu interessieren. Er packte Alexios an den Haaren, riß seinen Kopf hoch und schrie ihm ins Gesicht: »Bist du ein Verräter oder nicht? Ich will es aus deinem Munde hören!«

Alexios warf dem Kaiser einen verächtlichen Blick zu, als wollte er sagen: Ich hasse dich! Aber er schwieg.

»Herr«, drängte Melzer, »Meister Lien Tao wartet auf seine

Hinrichtung, und hier steht der wahre Mörder! Ihr müßt handeln!«

Darauf wandte sich der Kaiser an Panajotis: »Du elende Kröte hast dein Vaterland verraten. Dafür wirst du sterben. Gestehst du, den päpstlichen Legaten ermordet zu haben?«

Panajotis hob den Kopf. In seinem aufgequollenem Gesicht klebte Blut. Sein rechtes Auge war kaum zu erkennen, aber aus dem linken blitzte abgrundtiefer Haß.

»Gestehst du?« wiederholte Johannes Palaiologos.

Panajotis spuckte auf den Boden. »Nein, ich gestehe nichts!«

»Er hat den Mord bereits gestanden«, rief der Spiegelmacher erregt. »Sin-shin kann es bezeugen.«

»Die Schweine haben mich gefoltert!« fauchte Panajotis. »Sie haben mir glühendes Eisen vors Gesicht gehalten. Da gestehst du alles!«

»Nun gut«, entgegnete der Kaiser, »dann werden wir noch härtere Folter anwenden, um dir das Geständnis zu entlocken.«

Melzer hob flehend beide Hände: »Großmächtiger Kaiser, dann ist es für Meister Lien Tao zu spät!«

Jetzt endlich bequemte sich der Kaiser zu handeln. Er ließ einen Boten kommen und gab ihm den Auftrag, zur Richtstätte zu eilen und die Hinrichtung Lien Taos auszusetzen.

»Ich werde dich begleiten!« rief Melzer aufgeregt. »Laßt uns keine Zeit verlieren.«

Ich mußte ein alter Mann werden, um zu erkennen, daß das Schicksal eines jeden Menschen vorgezeichnet ist wie der Umriß eines Landes auf der Karte. Und wie es dir nicht möglich ist, über deinen eigenen Schatten zu springen, so kannst du auch deinen Schicksalsweg nicht verlassen und einen anderen gehen. Nein, du mußt dich in dein Schicksal fügen,

mußt mit Freude und Trauer, mit Glück und mit Furcht leben und dich nicht auflehnen gegen Niederschläge, die das Schicksal für dich bereit hält, nicht einmal gegen den Tod.

So oder ähnlich mag Lien Tao gedacht haben, als er, dem Tode näher als dem Leben, dem Scharfrichter ohne jede Furcht begegnete. Im Abstand der Jahre bin ich jedoch zu der Überzeugung gelangt, daß an jenem Oktobermorgen meine Angst größer war als die Lien Taos. *Ich* zitterte nämlich um sein Leben, während *er*, wie mir scheint, wußte, was auf ihn zukam.

Denn als ich mit dem Boten des Kaisers auf dem Richtplatz eintraf, herrschte großes Durcheinander, und im Augenblick konnte niemand erklären, was eigentlich geschehen war. Auf dem Schaugerüst lagen in ihrem Blut drei Köpfe vom Körper getrennt: jener des ersten Delinquenten, der aus Habgier den Patriarchen Nikephoros Kerularios erdolcht hatte; jener der Ehebrecherin, die Mann und Kinder vergiftet hatte; und – jener des Henkers. Dicht neben seinem kahlgeschorenen Schädel erkannte ich die rote Kapuze, die alle Scharfrichter bei ihrer Arbeit zu tragen pflegten. Am Fuße des Gerüsts lagen die leblosen Körper zweier Schergen. Von Lien Tao keine Spur.

Die Zuschauer, es mögen zweitausend gewesen sein, stoben laut schreiend auseinander. Einige suchten Schutz hinter den Marktkarren und Buden der Händler, andere knieten auf dem Pflaster und beteten laut. Eine Schar junger Männer tanzte grölend um das Schaugerüst.

Keiner, den ich nach der Ursache des Aufruhrs und dem Verbleib des dritten Delinquenten fragte, vermochte mir eine erklärende Antwort zu geben, und der Bote des Kaisers, den das Geschehen nicht weniger verwirrte als mich, machte kehrt und schlug denselben Weg ein, den wir gekommen waren.

Erst allmählich und mit bohrenden Fragen brachte ich in Erfahrung, was sich auf dem Schaugerüst zugetragen hatte: Das Beil des Scharfrichters war gerade zum zweitenmal gefallen, da zerrten die Schergen Lien Tao zur Richtstätte. In dem Augenblick, als sie den Delinquenten die hölzerne Treppe hochstießen, brach aus dem Publikum eine Handvoll Chinesen hervor. Zwei warfen sich auf die Henkersknechte und erdolchten sie, zwei andere erstürmten das Schaugerüst und schlugen den Scharfrichter zu Boden, und ehe man sich versah, rollte sein Kopf vom Beil getroffen zur Seite. Zwei weitere Chinesen packten den gefesselten Lien Tao und zogen ihn mit sich fort. Das alles ging, wie mir versichert wurde, so schnell und mit solcher Präzision vonstatten, daß alles vorbei war, ehe auch nur jemand auf den Gedanken kam einzugreifen.

Ich war zunächst so einfältig zu glauben, die Chinesen hätten mit Lien Tao in ihrer Gesandtschaft Schutz gesucht. Aber ich fand das Gebäude verlassen. Umgestürzte Stühle und offene Kästen vermittelten den Eindruck einer übereilten Flucht. Mein nächster Gedanke war das Laboratorium in der alten Kirche. Schon von weitem sah ich den Eingang offen. Als ich den düsteren Raum betrat, stiegen Wut und Verzweiflung in mir auf. Ich fühlte eine große Leere: Sie hatten mich meiner Kenntnisse beraubt und mich um mein Wissen betrogen. Alle meine wohlvertrauten Gerätschaften, meine Setzkästen mit den Buchstabenwürfeln, sogar Papier- und Pergamentbögen waren verschwunden. Einzig der gemauerte Schmelzofen und die schweren hölzernen Pressen waren zurückgeblieben.

Ich schäme mich nicht zu bekennen, daß mir die Art, wie ich von den Chinesen hintergangen worden war, Tränen des Zorns in die Augen trieb. Oh, hätte ich nur geahnt, was damals wirklich um mich vor sich ging, mein Leben wäre gewiß anders verlaufen. So aber suchte ich Klarheit in die Umstände zu bringen, die zu dem hinterhältigen Verhalten der Chinesen führten, und damit nahm das Verhängnis seinen Lauf.

Im Hafen suchte ich nach dem Ägypter Ali Kamal. Ich war mir sicher, daß er mehr über den chinesischen Handstreich wußte, und ich mußte Lien Tao finden. Wie ich erwartet hatte, ging der Ägypter im Hafen seinem hinterhältigen Gewerbe nach, und als er mich erkannte, versuchte er zu fliehen. Aber ich hielt ihn fest und ließ ihn nicht eher laufen, bis er mir alles gesagt hatte.

Seit Tagen hatte Ali Kamal von den chinesischen Fluchtvorbereitungen gewußt, die man für den Fall getroffen hatte, daß Lien Taos Unschuld nicht bewiesen werden konnte. Die Chinesen hatten Wachen bestochen, damit sie stillhielten, und einem venezianischen Reeder ein Vermögen geboten, wenn er sie nach Alexandria brächte, von wo sie die Heimreise nach China antreten wollten. Die Nachricht von dem Anschlag hatte sich noch nicht in Konstantinopel verbreitet, da sei das venezianische Schiff mit Namen *Serenissima* in See gestochen. An Bord, berichtete Ali, seien gewiß achtzig Chinesen gewesen – das sei die Wahrheit.

Als ich Simonetta von dem unerwarteten Geschehen in Kenntnis setzte, tröstete sie mich mit dem Hinweis, ich hätte schon ausweglosere Situationen gemeistert und sei nur stärker daraus hervorgegangen. Ungestüm redete sie auf mich ein, diese unheilvolle Stadt Konstantinopel zu verlassen und mit ihr nach Venedig zu reisen. Ich wußte, wie sehr Simonetta an ihrer Heimatstadt hing, und seit mir Edithas Flucht bekannt war, wollte ich ohnehin nur noch Cesare da Mostos Auftrag erfüllen und Konstantinopel auf schnellstem Wege verlassen.

Wie aber sollte ich dem Auftrag des päpstlichen Gesandten nachkommen, wo ich meines Handwerkzeugs und der wichtigsten Gerätschaften beraubt war? Simonetta bestärkte mich in meinem Vorhaben, da Mosto aufzusuchen und ihm den Lohn zurückzugeben, den er für meine Arbeit im voraus bezahlt hatte. Da Mosto weigerte sich jedoch, das Gold anzunehmen und bestand auf der Erfüllung unserer Abmachung. Meinem Einwand, es könnten Wochen, vielleicht sogar Monate vergehen, bis ich die notwendigen Gerätschaften gefertigt hätte – ich verschwieg, daß ich mir einen Satz Lettern beiseite geräumt hatte –, begegnete der Legat mit dem Hinweis, danach gehe die Arbeit an den Ablaßbriefen dafür um so schneller vonstatten, vor allem aber mit mehr Verschwiegenheit, als man von tausend schreibenden Mönchen erwarten könne.

Was blieb mir anderes übrig: Ich mußte, wollte ich mit dem Legaten nicht in Konflikt geraten, damit beginnen, mir neue Gerätschaften, Werkzeuge und Mobiliar zu beschaffen. Vor allem aber mußte ich, ausgehend von dem einen Letternsatz, den ich zusammen mit dem Gold des Römers unter der Feuerstelle versteckt hatte, neue Buchstabenwürfel gießen. Was die Chinesen an Zinn und Blei zurückgelassen hatten, genügte für meine Zwecke, und gewiß hätte ich da Mostos Auftrag zu seiner Zufriedenheit erfüllt, wäre nicht Simonetta dem auf unerwartete Weise entgegengetreten.

Der einmal ausgesprochene Gedanke, in ihrer venezianischen Heimat ein neues Leben zu beginnen, ließ sie nicht mehr los. Ihr Drängen wurde zur Drohung, und schließlich stellte sie mich vor die Wahl, ihrem Willen zu folgen, andernfalls wolle sie allein die Reise nach Venedig antreten.

Ich muß bekennen, meine Leidenschaft zu Simonetta war so groß, daß ich mir ein Leben ohne sie nicht mehr vorstellen konnte. Der Drang, sie zu lieben, hatte, seit wir uns im Park des kaiserlichen Palastes nahe gekommen waren, keineswegs abgenommen; im Gegenteil, wir liebten und kosten uns ganze Nächte hindurch und fieberten der folgenden Nacht entgegen, welche die Lust der vorangegangenen noch übertraf.

Auf Knien – was einen Mann meines Alters der Lächerlichkeit preisgab – flehte ich Simonetta an, zu bleiben, bis ich den Legaten zufriedengestellt hätte. Doch meine Bitten stießen auf taube Ohren. Was sollte ich tun? Blieb ich in Konstantinopel zurück, um meinen Auftrag zu erfüllen, so lief ich Gefahr, Simonetta ganz zu verlieren. Reiste ich mit ihr aber nach Venedig, so sähe Cesare da Mosto sich betrogen, und zweifellos würden er und seine Leute mich im letzten Winkel der Erde aufspüren und zur Rechenschaft ziehen.

Während ich also vor der Wahl zwischen Skylla und Charybdis stand – den mörderischen Meeresschlünden, von welchen der eine so verhängnisvoll war wie der andere –, landete im Hafen Eleutherios eine venezianische Galeere, ein langes, schlankes Schiff mit drei Masten und fünfundzwanzig Riemen auf jeder Seite, die von Sklaven bedient wurden. Das stolze, rot und blau bemalte und mit goldenen Schnitzereien versehene Schiff trug den Namen des Dogen Francesco Foscari und verkehrte unregelmäßig im diplomatischen Dienst zwischen den befreundeten Städten. Die *Francesco Foscari* war mit einem Rammsporn bewaffnet sowie mit Wurfmaschinen und zwei Geschützen im Heck und sah so furchterregend aus, daß es noch kein türkisches Schiff gewagt hatte, sich ihr auf mehr als eine halbe Meile zu nähern.

Die Mannschaft des venezianischen Schiffes trug Kleider in den gleichen rot-blau-goldenen Farben, die auch die stolze Galeere zierten, enggeschnittene Röcke, samtene Kniehosen und goldene Strümpfe sowie spitzes ledernes Schuhwerk. Ihr Anführer, dessen Name Domenico Lazzarini mir unvergessen bleibt, war in einen halblangen, ärmellosen, roten Mantel gehüllt, und eine topfartige Haube verlieh ihm eine gewisse Würde, der jedoch ein ziemlich jugendliches Gesicht entgegenstand.

Simonetta hatte mir nie von ihrer Familie erzählt; ich wußte nur, daß ihr Vater Lorenzo dem Lautenbauerhandwerk nachging. Nun überraschte sie mich mit der Mitteilung, Domenico Lazzarini sei der Sohn der Schwester ihres Vaters, also ihr Vetter, und bereit, sie und mich mit nach Venedig zu nehmen. Die *Francesco Foscari* werde am folgenden Tag in See stechen.

Noch einmal und mit aller Inbrunst bat ich Simonetta zu bleiben, bis ich meinen Auftrag erledigt hätte; doch die schöne Venezianerin, die ich bisher als weich und einfühlsam kennengelernt hatte, blieb unnachgiebig. Schließlich überzeugte sie mich mit dem ernsten Hinweis, unsere Liebe würde diese Trennung gewiß überdauern, und ginge sie verloren, so sei es ohnehin nicht schade.

Wir lagen uns in dieser Nacht endlos in den Armen, und ich liebte sie mit solcher Heftigkeit, daß ich bisweilen die Besinnung zu verlieren glaubte. Am Morgen, es war noch dunkel, gab ich ihr zu ihrem Gepäck eine Kassette mit dem Gold, das ich von Cesare da Mosto erhalten hatte, und ich versprach, ihr nach Venedig zu folgen, sobald ich meiner Pflichten ledig sei.

In all den Tagen war mir das Schicksal meiner Tochter Editha nicht aus dem Kopf gegangen. Es war seltsam, aber eine innere Stimme sagte mir, daß sich der Medicus Chrestien Meytens um sie kümmerte; denn ich hatte gehört, daß der Niederländer am selben Tag wie Editha aus Konstantinopel verschwunden sei. Obwohl Editha schwach und unerfahren war, hatte ich keine Zweifel, daß sie sich in der fremden Stadt zurechtfand.

Doch dann kam es zur Begegnung mit Domenico Lazzarini, dem Schiffskommandanten, und ich änderte meine Meinung von einem Augenblick auf den anderen. Frühmorgens hatte ich Simonetta samt ihrem Gepäck zum Hafen gebracht, und wir hatten uns gerade unter Tränen und innigen Umarmungen voneinander verabschiedet, als auf dem Achterdeck die hochgewachsene Gestalt Lazzarinis auftauchte. Lazzarini beobachtete uns eine Weile, und da unser Abschiednehmen nicht enden wollte, rief er uns zu, wir sollten uns beeilen, das Schiff sei zum Auslaufen bereit.

Ich erinnere mich nicht mehr des genauen Wortlauts seiner Mahnung, aber der Hohn in seiner Stimme ist mir durchaus noch gegenwärtig. Gerade als Simonetta das Schiff bestieg, trat ihr Lazzarini, geleitet von zwei vornehm gekleideten Kadetten, entgegen und meinte so, daß ich es hören mußte, ob sie sich die Reise auch gründlich überlegt habe. Auch wenn Konstantinopel von den Türken umzingelt sei, so herrsche doch Recht und Frieden in der Stadt; das Leben in Venedig hingegen berge für eine alleinstehende Frau weit größere Gefahren, seit der Rat der Zehn das Gesetz erlassen habe, ungebundene Weibspersonen auf öffentlichen Straßen und Plätzen aufzugreifen und der Prostitution anzuklagen. Die meisten würden auf dem Scheiterhaufen verbrannt. Nur so glaube man in Venedig der Unzucht Herr zu werden; denn in der Lagunenstadt gebe es mehr Straßenmädchen und Kokotten als anständige Frauen.

Simonetta maß Lazzarinis Worten weniger Bedeutung bei als ich. Mich traf seine Warnung wie ein Schlag. Angst fuhr in meine Glieder, Angst um Simonetta, aber noch mehr Angst um meine Tochter Editha. Wie in aller Welt sollte sie sich sprachlos vor einem Femegericht verteidigen? Blieb ich bei meinem Vorhaben und in Konstantinopel zurück, so würde ich – das wurde mir augenblicklich klar – keine ruhige Minute mehr haben. In meiner Verzweiflung schlug ich die Hände vors Gesicht, und dabei kam mir der Gedanke – nein, es war mehr als nur ein Gedanke, es war die Weisung meines Herzens –, Konstantinopel unvermittelt den Rücken zu kehren und zusammen mit Simonetta nach Venedig zu reisen.

Ich stürmte aufs Schiff und drängte Lazzarini, die Abfahrt um ein Stundenglas zu verschieben, damit ich mein Nötigstes holen könne. Natürlich lehnte er ab. Auch als ich ihm ein Goldstück anbot, blieb er hart. Beim dritten schließlich wurde er duldsam und mahnte grinsend zur Eile: In genau einer Stunde werde die *Francesco Foscari* ablegen. Dabei warf er Simonetta einen vorwurfsvollen Blick zu.

Die verstand nicht, was in mir plötzlich vorgegangen war, und bevor sie noch eine Frage an mich richten konnte, befand ich mich auf dem Weg zu meinem Haus im Stadtteil Pera. Die Straßen, die Häuser und Paläste flogen an mir vorbei. Ich nahm sie kaum wahr. In meinem Gehirn überschlugen sich die Gedanken – Zweifel, ob mein Vorhaben richtig war; ob ich mich, gedrängt von diesem Venezianer, nicht in etwas verrannte. Konnte ich überhaupt mit Sicherheit sagen, ob Editha sich in Venedig aufhielt? Unter Umständen bedeutete meine Flucht aus Konstantinopel, daß ich sie ganz aus den Augen verlor. So wußte *sie* immerhin, wo sie *mich* finden konnte. Außerdem, dachte ich, während ich den Platz der Dreifaltigkeit überquerte, war ich gerade wieder einmal dabei, alles aufzugeben, was ich mir unter Mühen erarbeitet hatte. Das Gold da Mostos! Sollte ich es zurücklassen, damit es Dieben zur Beute würde?

Zum erstenmal kamen mir an diesem Punkt auch Zweifel, ob ich mich nicht zu sehr in Simonetta verliebt hatte; ob ich ihr nicht regelrecht verfallen war. Sollte ich bleiben, sollte ich ziehen? Eine innere Stimme sagte mir: *Sei nicht dumm! Du hast schon deine Tochter verloren. Willst du nun auch noch die Geliebte verlieren? Nicht Konstantinopel, Venedig ist die Stadt, in der du beide finden wirst!*

So, in einem Wirbelsturm von Gefühlen befangen, raffte ich, zu Hause angekommen, alles, was mir wichtig erschien, in einen Reisesack: ein paar Kleider und mein vornehmes Schuhwerk, das ich in Konstantinopel erstanden hatte; mein Geld und das restliche Gold da Mostos; vor allem aber ein Kästchen aus Holz mit einem ganzen Satz Lettern der Chinesen.

Als ich endlich den Hafen erreichte, kam es mir vor, als erwachte ich aus einem bösen Traum: Die *Francesco Foscari* war ausgelaufen. An ihrem Liegeplatz machte gerade eine spanische Não fest. Eine Weile stand ich wie angewurzelt, unfähig einen klaren Gedanken zu fassen. Ratlos ließ ich meinen Reisesack von der Schulter auf das Pflaster gleiten. Dabei stieß ich einen Fluch aus, den ich hier nicht mehr wiedergeben möchte.

Was war geschehen? Wochenlang hatte mich Simonetta gedrängt, mit ihr Konstantinopel zu verlassen, und nun, da ich ihrem Drängen nachgab, ließ sie mich allein zurück. Sollte ich mich in der Venezianerin so getäuscht haben?

Verzweifelt ließ ich mich auf meinem Reisesack nieder. Ich stützte meinen Kopf in beide Hände und starrte auf das Pflaster. Wollte Simonetta mich zum Narren halten? Hatte sie es nur auf mein Geld abgesehen? Und welche Rolle spielte Lazzarini in diesem perfiden Spiel? Fragen, auf die ich keine Antwort fand.

Ich weiß nicht mehr, wie lange ich mich an diesem Morgen, fernab der Wirklichkeit, in Vorstellungen und Mutmaßungen erging, ich erinnere mich nur, daß ich plötzlich aufsprang mit dem festen Vorsatz, das nächste Schiff zu besteigen, das nach Venedig fuhr.

VENEDIG

Auf hundert kleinen Inseln erbaut und von 190 000 Menschen
bewohnt, beherrscht die Stadt das gesamte Mittelmeer.
Regiert wird die Republik vom Dogen, hinter dem
jedoch der einflußreiche Rat der Zehn steht, die
oberste Justizbehörde. Nach dreißigjähriger
Bauzeit gerade fertiggestellt: der Dogen-
palast, das vielbewunderte
Machtzentrum der
›Serenissima‹.

KAPITEL VII

Die Schatten des Verbrechens

Im Palazzo Agnese am Großen Kanal, welcher sich wie ein flatterndes Seidenband durch die Lagunenstadt schlängelt, war die stumme Tochter des Spiegelmachers wohlgelitten. Vor allem Ingunda Doerbeck, die Reedersfrau, hatte zu Editha soviel Vertrauen gefaßt wie zu keinem anderen Menschen in dem großen, unheimlichen Haus. Nicht einmal Giuseppe, der Majordomus, bekam soviel Einblick in das Privatleben seiner Herrin. Trotz Edithas Sprachlosigkeit verständigten sich die beiden aufs vortrefflichste, und bisweilen genügte ein Blick oder ein Augenaufschlag der einen, um der anderen etwas kundzutun.

Bei Ingunda fühlte sich Editha sicher – sicher vor Meytens, mit dessen Auftauchen sie noch immer rechnete, und sicher vor ihrem Vater, von dem sie immer noch glaubte, er würde sie nun, da sich die angestrebte Verbindung mit Morienus zerschlagen hatte, mit dem Nächstbesten verkuppeln wollen. Ob ihr Vater sich um sie sorgte, darüber machte sie sich keine Gedanken. Die vergangenen Wochen, in denen sie zum erstenmal in ihrem Leben selbst Entscheidungen traf, hatten ihr Selbstbewußtsein gestärkt und ihr ein nie gekanntes Lebensgefühl verliehen.

Dies und die abenteuerliche Flucht aus Konstantinopel hatten auch ihr Äußeres verändert. Aus dem jungen, hübschen Mädchen war eine Frau geworden. Editha ging nun, auf Wunsch ihrer Herrin, nach venezianischer Mode gekleidet in grellen Farben und mit engem Mieder. Ihr Haar trug sie nicht mehr offen, sondern streng gescheitelt und im Nacken gebunden. Sie gefiel sich selbst, wenn sie sich in dem großen Spiegel betrachtete, der eine Wand im Schlafzimmer Ingundas zierte.

Niemand außer Editha durfte das Schlafzimmer der Herrin betreten, dessen spitzbogige Fenster zum Kanal hin zeigten. Während die eine Wand sich zu einer Kleiderkammer öffnete, in dem mehr Gewänder und Kostüme hingen, als Ingunda Doerbeck in einem Monat tragen konnte, befand sich an der gegenüberliegenden Seite ein Bett, welches vier Schläfern Platz geboten hätte. Von der Decke hingen ein golddurchwirkter blauer Baldachin und Vorhänge derselben Art, die über dem Kopfteil in Wolken gerafft waren.

Da es Editha oblag, das Schlafgemach ihrer Herrin in Ordnung zu halten, konnte sie nicht umhin zu bemerken, daß Ingunda und Daniel Doerbeck zwar das Haus, aber nicht das Lager teilten. Der Reeder und seine Frau lebten in einem ungewöhnlichen, stummen Verhältnis, das sich darauf beschränkte, Botschaften, die der eine dem anderen zukommen lassen wollte, über Dritte auszutauschen. Denn obwohl sie in der Öffentlichkeit und bei besonderen Anlässen manchmal gemeinsam auftraten, wechselten sie untereinander kein einziges Wort. Und je länger Editha die beiden beobachtete, desto mehr wurde ihr klar, wie sehr sich Ingunda und Daniel haßten.

Die Vermutung lag nahe, daß die beiden Mißgeburten, die sie im Untergeschoß des Palazzo Agnese versteckt hielten, dazu beigetragen hatten, den gegenseitigen Haß zu schüren, doch das wahre Geheimnis dieses Hasses blieb Editha verborgen. Daniel Doerbeck ging in steter Regelmäßigkeit seinen Geschäften nach, die ihn zum Hafen und den Lagerhäusern am Canale di San

Marco führten. Im übrigen lebte er eher zurückgezogen in seinen Räumen im zweiten Stock des Palazzo, die zu betreten Editha ebenso wie den anderen weiblichen Dienstboten untersagt war. Diese wollten gerüchteweise erfahren haben, daß Doerbeck sich hinter verschlossenen Türen andere Frauen hielt.

Was Editha betraf, so kümmerte sie der Lebenswandel ihres Herrn wenig. Umgekehrt wurde sie zwangsläufig Zeuge des Umgangs der stolzen Reedersfrau, welcher sich keineswegs auf den Besuch der Märkte am Rialto und der Kirchen von San Giacomo oder San Cassiano beschränkte. Weil sie mit ihrer Verschwiegenheit rechnen konnte, nahm sie Editha auch mit zum nahen Campo San Cassiano, einer Gegend, die keine Frau von Sitte und Anstand aus freien Stücken aufsuchte. Auf dem Platz konnte man zu jeder Tages- und Nachtzeit zahllose Hübschlerinnen antreffen: schwarzgelockte Neapolitanerinnen, ebenholzfarbige Afrikanerinnen mit Goldreifen an Armen und Beinen, kindhafte Chinesinnen und stolze Venezianerinnen in aufreizender Spitzenkleidung, die ihre Dienste keineswegs der Not, sondern dem eigenen Trieb gehorchend anboten. Dort stolzierten sie auf ihren *cioppini* einher, hölzernem Schuhwerk, bisweilen eine halbe Elle hoch, welches sie größer und schlanker erscheinen ließ. Je höher diese Schuhe waren, desto vornehmer dünkte sich die Trägerin, und gar manche nahm die Hilfe einer Dienerin in Anspruch, welche sie unter den Armen stützte, damit sie nicht hinfiel.

Zu ihnen gehörte auch Ingunda Doerbeck; jedenfalls kam Editha schnell dahinter, was es bedeutete, wenn sie von ihrer Herrin, nach kurzem Wortwechsel mit einem Mann, nach Hause geschickt wurde. Diese unerwartete freie Zeit nützte Editha, um sich gestenreich mit dem alten Diener Giuseppe zu unterhalten, wobei sie sich vor allem für das Schicksal der im Untergeschoß eingeschlossenen Doerbeck-Kinder interessierte. Auf diese Weise konnte sie in Erfahrung bringen, daß die Kinder sechzehn und achtzehn Jahre alt und von Geburt an mißgestaltet und blöde waren. Ihre Eltern hatten ihre Geburt verheimlicht, und weil sie nicht getauft waren, trugen sie nicht einmal einen Namen. Es gab sie überhaupt nicht.

Nach anfänglichem Mißtrauen gestattete Giuseppe Editha, die mißgeborenen Kinder im Untergeschoß regelmäßig zu besuchen. Dabei gewann sie vor allem das Zutrauen des Jungen, der ihr anfangs wie ein Hund bellend begegnet war, aber eines Tages unerwartet seine zur Grimasse verzerrten Gesichtszüge zu einem rührenden Lächeln formte. Natürlich durften weder Doerbeck noch seine Frau von diesen heimlichen Zusammenkünften wissen.

Nach drei Wochen ihrer regelmäßigen Besuche hatte Editha mit dem Jungen Freundschaft geschlossen. Sie streichelte seine klobigen Hände und seine aufgequollenen Wangen, und dieser dankte es ihr mit einem gequälten Lächeln. So sehr sie sich auch Mühe gab, zu dem Mädchen fand Editha keinen Zugang. An ihr prallte jede Ansprache ab wie ein Stein an einer Mauer.

Editha empfand es als Beweis seines Vertrauens, daß der alte Giuseppe ihr einen Schlüssel zu den verbotenen Räumen überließ, so daß sie den Jungen, wenn sie sicher war, daß niemand ihr folgte, auch in den Abendstunden aufsuchen konnte. Wie gerne hätte sie mit ihm geredet, ihm von der Welt außerhalb seines Gefängnisses erzählt. Aber alles, was Editha dem Jungen vermitteln konnte, war ein bißchen Liebe, ein wenig Zärtlichkeit.

Die Zuneigung, die der Junge zum erstenmal in seinem beklagenswerten Leben erfuhr, machte ihn fromm wie ein Lamm. Von Statur ein Hüne, tapste er gutmütig in seiner Zelle herum, und Editha hatte es sich zur Gewohnheit gemacht, ihn aus dem vergitterten Verlies in den weiten Vorraum zu lassen, bevor sie ihn wieder einschloß.

An einem dieser Abende, welche für Editha von ebensogroßer Bedeutung waren wie für den vom Schicksal geschlagenen

Jungen, weil sie in ihrem Leben immer nur Hilfe empfunden, aber nie gegeben hatte, kam es im Untergeschoß des Palazzo Agnese zu einer unverhofften Begegnung.

Editha hatte gerade die verbotenen Räume betreten und das Gitter, das den Jungen gefangen hielt, geöffnet, als sie hinter sich ein Geräusch vernahm. Sie war sich ziemlich sicher, daß es nur Giuseppe sein konnte, der sich zu später Stunde hier einfand. Aber als sie sich umdrehte, erkannte sie im Schein einer Laterne Daniel Doerbeck.

Editha erschrak. Sie hob beide Hände, als wollte sie um Entschuldigung bitten, und sie erwartete im nächsten Augenblick ein gewaltiges Donnerwetter; doch der Reeder betrachtete sie stumm vom Scheitel bis zur Sohle. Er stellte seine Laterne auf den Boden, und mit dem Zeigefinger seiner Rechten winkte er Editha, näher zu treten.

Doerbeck war ihr Herr, und darum kam sie der Aufforderung nach, ohne sich etwas dabei zu denken. Erst als sie ganz nahe vor ihm stand, bemerkte sie das Böse in seinen Augen, und noch ehe sie sich versah, noch ehe sie Anstalten machen konnte zu fliehen, trat Doerbeck auf sie zu, riß ihr das Kleid über dem Busen auf und griff nach ihren kleinen festen Brüsten.

Editha ahnte, was ihr bevorstand; aber sie war unfähig zu reagieren, sich zu wehren oder zu fliehen. Sie stand starr und wehrte sich nicht, als Doerbeck ihr Kleid vollends zerriß, die Fetzen zur Seite warf und, als sie nackt bis auf die ledernen Schuhe vor ihm stand, zwischen ihre Schenkel griff. Nicht einmal als der Herr sie zu Boden drückte und sich mit ungestümen Bewegungen auf sie warf, war Editha imstande, Widerstand zu leisten.

Ekel überkam sie, als Doerbeck in sie einzudringen versuchte. Es schmerzte. Aber noch ehe der Herr an sein Ziel kam, vernahm Editha mit geschlossenen Augen einen krachenden Schlag. Sie öffnete die Augen und erblickte über sich den kantigen Schädel ihres Herrn. Auf der rechten Stirn klaffte eine blutige Wunde. Als wollte er schreien, riß Doerbeck den Mund auf. Da schoß ein armdicker Strahl Blut aus seinem Schlund. Und während sie dies erkannte, während sie den Kopf zur Seite warf, stieß Editha einen lauten Schrei aus – den ersten Laut seit dreizehn Jahren. »Nein, nein, nein!«

Blutend rollte Doerbeck von ihrem Körper auf den Boden, wo er noch ein paar Zuckungen von sich gab. Dann blieb er regungslos liegen, so als wäre er tot.

Erst jetzt erkannte Editha im Schein der Laterne den Jungen über sich. Er hielt den einzigen Stuhl im Raum, der ihm als Waffe gedient hatte, wie eine Trophäe mit den Händen hoch.

»Mein Gott!« rief Editha. »Was hast du getan?«

Der Junge lächelte stolz.

»Was ... was hast du getan?« wiederholte Editha. Aber ihre Frage galt weniger dem Jungen als ihr selbst. Sie vernahm ihre eigene Stimme. »Was ... hast ... du ... getan?« sagte sie ein drittes Mal. Sie konnte sprechen! Ihr Mund formte Wörter.

Als sie schließlich die Tragweite des Geschehens erkannte, als sie den zertrümmerten Schädel Doerbecks sah, raffte Editha die Fetzen ihrer Kleider zusammen und zog sie sich über den blutverschmierten Leib. Jetzt gab es weder einen Grund noch eine Möglichkeit, das Versteck der mißgebildeten Kinder geheimzuhalten. Laut schreiend stürmte sie ins Treppenhaus. Von oben kam ihr Giuseppe entgegen. Es dauerte lange, bis der Alte den Grund für Edithas Aufregung begriff.

»Giuseppe!« hallte Edithas hohe Stimme durch das Treppenhaus. »Giuseppe, der Junge hat seinen Vater erschlagen!«

Der alte Diener stand da wie erstarrt. Für ihn war es wie ein Wunder, daß die Stumme ihre Sprache wiedergefunden hatte.

Giuseppe schüttelte den Kopf. Er konnte sich nicht erinnern, daß Doerbeck jemals die verbotenen Räume betreten hatte.

Doch dann betrachtete er Edithas halbnackten, blutbesudelten Körper. Er faßte ihren Arm und schob sie neben sich her durch die Tür, hinter der die verbotenen Räume lagen.

Die Tür stand einen Spaltbreit offen, und durch diesen Spalt fiel der matte Lichtschein der Laterne. Die Laterne tauchte Doerbecks Leiche in ein gelbliches Licht. Der Reeder lag auf dem Rücken. Neben seinem Kopf, der zur Seite hing, hatte sich eine dunkle Lache gebildet, so groß wie ein Wagenrad. Während der rechte Arm unsichtbar im Schatten lag, hielt die linke Hand sein freiliegendes Geschlechtsteil umklammert. Die Beine waren ausgestreckt, als wären sie gefesselt. Es roch nach Blut.

Der Junge hatte sich hinter das Gitterwerk seines Käfigs zurückgezogen. Er kauerte mit angezogenen Knien auf seiner Pritsche und gab grunzende Laute von sich, als bereite ihm seine Tat besondere Lust. Wie es schien, hatte das Mädchen im gegenüberliegenden Käfig überhaupt nicht mitbekommen, was da vorging; es hatte Angst und winselte leise vor sich hin.

Eine Spannweite von Doerbecks Kopf entfernt lag der zertrümmerte Stuhl auf dem Boden. Das linke vordere Stuhlbein war in halber Höhe eingeknickt. Giuseppe sah Editha ungläubig an.

Editha durchschaute Giuseppes Gedanken. Sie zeigte auf den Jungen im Käfig: »Er wollte mich retten! Doerbeck hat …!« Ihr fehlten die Worte. »Du glaubst mir doch, Giuseppe?«

Noch ehe der alte Diener antworten konnte, erschien Ingundas Gestalt in der Tür. Sie trug einen weißen Umhang, und die Haare hingen ihr wirr ins Gesicht; sie glich einem Gespenst. Ohne Zweifel hatte Ingunda die Leiche ihres Mannes auf dem Boden erblickt, aber daß Editha sprechen konnte, bewegte sie scheinbar viel mehr: »Ich habe«, zischte sie abfällig, »dich von Anfang an für eine falsche Schlange gehalten, du bist eine Hure, eine Verbrecherin. Dabei habe ich dich aus Mitleid bei mir aufgenommen, aus Mitleid, pah!« Sie spuckte unsichtbar auf den Boden. »Hätte ich geahnt, daß du deine Stummheit nur vortäuschtest, um dir Vorteile zu verschaffen!«

»Herrin!« rief Editha aufgeregt. »Ihr tut Unrecht. Ich war vier Jahre, als ich meine Stimme verlor. Seitdem war ich stumm. Ich schwöre es, bei allen Heiligen!«

»Laß bloß die Heiligen aus dem Spiel, verdammte Schlampe!« Bei diesen Worten streifte ihr Blick die Leiche Doerbecks auf dem Boden. Erst schien sie angewidert, aber auf einmal änderte sich ihr Gesichtsausdruck, und sie stürzte sich schreiend auf den leblosen Körper ihres Gemahls.

»Was hast du getan, niederträchtige Metze! Erst hast du meinen Mann verführt und dann hast du ihn erschlagen!«

»Nein, nein!« flehte Editha und fiel auf die Knie. »Der Herr wollte … mir Gewalt antun. Ich hätte stillgehalten. Ich bin eine Dienerin. Euer Sohn kam zu Hilfe. Er erschlug seinen Vater.«

Ingunda hielt inne, und sie blickte zu Giuseppe auf: »Was redet dieses hergelaufene Frauenzimmer für unsinniges Zeug?«

Giuseppe preßte die Hände vor den Mund, er schüttelte den Kopf, dann wandte er sich ab, unfähig zu antworten.

»Willst du mir endlich erklären, wie diese Hure dazu kommt, solche Behauptungen in die Welt zu setzen?« wiederholte Ingunda ihre Frage. Die Kinder hinter den Gittern würdigte sie keines Blickes.

Zitternd trat der alte Diener in den Lichtschein der Laterne. Er streckte Ingunda seine Hand entgegen, damit sie sich erhebe, und dabei sprach er mit bebender Stimme: »Herrin, gestattet mir die Bemerkung, ich diene Euch ein halbes Leben, und ich glaube, es ist nun an der Zeit, die Wahrheit zu bekennen …«

Ingunda faßte Giuseppes Hand und erhob sich; aber noch ehe der alte Diener weitersprechen konnte, begann die Herrin zu toben: »Bin ich denn nur von Tölpeln und Narren umgeben, die irre reden? Was soll ich bekennen? Daß ich mich in dir, Giuseppe, und in ihr« – dabei zeigte sie mit dem Kopf auf das immer noch auf dem Boden kniende Mädchen – »getäuscht habe? Daß ihr mein Vertrauen mißbraucht habt? Daß ihr alle zusammen elende Kreaturen seid?«

Angelockt durch den Lärm, hatten sich vor dem Zugang zu den geheimen Räumen die übrigen Bediensteten eingefunden; doch keiner wagte es, einen Schritt über die Schwelle zu setzen. Als Ingunda das verstörte Volk bemerkte, stürzte sie mit erhobenen Fäusten zur Tür, schlug auf die Gaffer ein und geiferte: »Neugieriges Lumpenpack, verschwindet in eure Kammern!« Und an Giuseppe gewandt, sagte sie: »Und dieses Flittchen sperre ebenfalls in seine Kammer. Danach habe ich mit dir zu reden.«

Von Norden wehte ein schneidender Wind und kündigte den Herbst an, als am nächsten Morgen vier in lange blaue Gewänder gehüllte Ufficiali, Beamte der Stadt Venedig, im Palazzo Agnese erschienen, von denen einer zum Zeichen seines hohen Ranges ein rotes Barett auf dem Kopf trug, während sich der Kopfputz der anderen auf schlichte Samtkappen beschränkte. Sie wurden erwartet, und Ingunda führte sie in das obere Stockwerk zur Kammer Edithas.

Editha saß bleich auf ihrem Bett und weinte. Das Geschehen der vergangenen Nacht hatte sie derart erschüttert, daß sie die ganze Zeit am offenen Fenster zugebracht und den Glockenschlägen der umliegenden Kirchen gelauscht hatte. Dazwischen hatte sie immer wieder die Worte wiederholt: *Ich kann sprechen. Ich habe meine Stimme wiedergefunden.* Die Umstände von Doerbecks Tod, hoffte sie, würden sich gewiß aufklären, sobald das Geheimnis um die schwachsinnigen Kinder gelüftet sei.

Der Wortführer der Ufficiali, ein schwarzbärtiger Mann von

hohem Wuchs, trat vor das Mädchen hin und sprach: »Im Namen der Republik! Bekennst du dich schuldig, deinen Herrn Daniel Doerbeck erschlagen zu haben? Um der Gerechtigkeit willen, sprich die Wahrheit!«

Editha wischte sich mit einem Tuch die Tränen aus dem Gesicht und erhob sich. »Hoher Herr!« antwortete sie fest. »Ich weiß, der Schein spricht gegen mich. Aber ich würde nie einen Menschen töten.«

»Sie lügt!« geiferte Ingunda Doerbeck aus dem Hintergrund. »Seht sie doch an. Die Falschheit spricht aus ihren Augen!«

Der Ufficiale hob abwehrend die Hand. Er hielt den Blick auf das Mädchen gerichtet. »Deine Herrin behauptet, du habest ihr wochenlang Stummheit vorgetäuscht, obwohl du der Sprache mächtig bist wie jeder andere.«

Da platzte es aus Editha heraus: »Das ist nicht wahr, hoher Herr! Bis gestern, als das Unglück geschah, verstand ich jedes Wort, aber ich war nicht in der Lage zu sprechen. Ich habe die Sprache als Kind verloren. Ich muß Gott danken für seine Gnade. Doch unter diesen Umständen wünschte ich, es wäre nie geschehen.«

In den Worten des Mädchens lag so viel Aufrichtigkeit, daß der Wortführer der Ufficiali durchaus geneigt war, ihm Glauben zu schenken. Er erwiderte: »Zeugen! Wer kann deine Aussage bezeugen?«

»Mein Vater Michel Melzer, hoher Herr!«

»Dann schafft ihn herbei.«

»Mein Vater ist in Konstantinopel.«

Als der Beamte das hörte, verfinsterte sich seine Miene, und er sagte: »Dein Vater lebt also in Konstantinopel und du in Venedig. Ich hoffe, du hast eine Erklärung für diese seltsamen Umstände.«

Editha ließ den Kopf sinken. »Gewiß.« Sie machte eine lange

Pause, als zögerte sie, die Wahrheit einzugestehen. Schließlich antwortete sie: »Ich bin vor meinem Vater geflohen. Er wollte mich mit einem Mann verheiraten, den ich nicht mochte. Der Mann verfolgte mich bis nach Venedig.«

»Alles gelogen!« ereiferte sich Ingunda. »Weiß Gott, was sie wirklich bewegte, aus Konstantinopel zu fliehen. Vielleicht hat sie schon einen Mord begangen? Sie ist eine Hexe und steht mit dem Teufel im Bunde. Sie hat mir den Mann geraubt. Er war mein ein und alles! O wie habe ich ihn geliebt!«

Bei diesen Worten wurde Editha feuerrot, und ohnmächtige Wut stieg in ihr auf. Die jämmerliche Vorstellung von Trauer, die Ingunda mit verzerrtem Gesicht spielte, erzürnte das Mädchen so sehr, daß es wütend auf die Herrin zutrat und mit sich überschlagender Stimme ausrief: »Geliebt? Ihr habt Doerbeck geliebt? Ihr habt diesen Mann gehaßt, und ihr habt ihn betrogen. Ihr habt Euch auf dem Campo San Cassiano als Hure angeboten. Und Doerbeck hat sich Frauen ins Haus geholt, mit denen er seine Nächte verbrachte. Und dann fiel er über mich her!«

»Ja, ja, hört ihre bösen Worte!« kreischte Ingunda, an den Beamten gewandt. »Jetzt zeigt der Teufel in ihr sein wahres Gesicht. O hätte ich mich nie ihrer erbarmt und sie bei mir aufgenommen! Jedes Wort von ihren Lippen ist eine Lüge.« Sie hatte kaum ausgeredet, da schlug sie Editha mit der Hand ins Gesicht.

Erst jetzt trat der Ufficiale zwischen die beiden und trennte sie wie ein Ringrichter in einem Faustkampf.

»Ich weiß«, sagte Editha, »ich bin nur eine Dienerin, und sie ist meine Herrin. Aber das bedeutet nicht, daß sie die Wahrheit spricht. Fragt den alten Giuseppe. Er wußte von den schwachsinnigen Kindern der Herrschaft. Sie wurden im unteren Geschoß wie Tiere gehalten. Ich habe den Jungen oft heimlich besucht. Als mich sein Vater dabei überraschte und über mich herfiel, da wollte mich der Junge beschützen und schlug ihm einen Stuhl über den Schädel. Ich bin sicher, er wußte nicht, daß der Mann sein Vater war!«

Ingunda lachte schrill: »Diese Geschichte hat ihr der Teufel ins Ohr geflüstert!«

Der Ufficiale sah sie mit ernster Miene an. »Ihr leugnet den Hergang der Tat und daß sie sich so zugetragen haben könnte?«

»Wie ich schon sagte«, erwiderte Ingunda barsch, »das hat ihr der Teufel selbst eingeflüstert. Ich habe keine schwachsinnigen Kinder.«

»Hoher Herr«, wandte Editha sich an den Wortführer der Ufficiali, »prüft nach, ob ich die Wahrheit gesprochen habe, und folgt mir in das Untergeschoß …«

»… dann werdet Ihr sehen, daß sie gelogen hat«, fiel ihr Ingunda ins Wort.

Vor dem Zugang zu den geheimen Räumen angekommen, wunderte sich Editha, daß die Tür entgegen sonstiger Gewohnheit nicht versperrt war. Als sie den Vorraum, in dem die Bluttat geschah, betraten, fühlte sie aller Augen auf sich gerichtet, und ihr Herz begann wie wild zu schlagen. Auf dem steinernen Boden waren noch immer Blutspuren zu erkennen und in diesem Augenblick lief noch einmal das Geschehen der vergangenen Nacht vor ihr ab.

Die hämische Stimme ihrer Herrin holte Editha in die Wirklichkeit zurück: »Ihr seht, der Teufel hat dieser Frau den Verstand geraubt! Hier gibt es keine schwachsinnigen Kinder. Das sind Ausgeburten ihrer kranken Geistes.«

Editha starrte zuerst auf den einen, dann auf den anderen Gitterkäfig, und einen Augenblick glaubte sie, wirklich den Verstand verloren zu haben; denn hinter den Gittern der beiden Käfige turnten zwei Affen, wie sie von den afrikanischen Händlern am Riva degli Schiavoni zum Kauf feilgeboten wurden. Und wie auf ein geheimes Zeichen erschien der alte Diener Giuseppe in der Tür. Ingunda warf ihm einen verstohlenen Blick zu und sagte: »Diese Frauensperson hier behauptet, in den Käfigen seien schwachsinnige Kinder gefangengehalten worden. Kannst du als ältester Diener des Hauses dies bestätigen?«

Giuseppe hörte die Frage mit gesenktem Blick. Nun hob er den Kopf und sah Editha traurig an. Schließlich antwortete er: »Nein, Herrin, hinter diesen Gittern wurden stets nur Affen gefangengehalten.«

Editha wollte antworten, den Diener bestürmen, die Wahrheit zu sprechen; aber noch ehe es dazu kam, gab der Ufficiale seinen Begleitern mit dem Kopf ein Zeichen. Sie traten zu Editha hin, fesselten ihre Arme auf den Rücken, und der Wortführer erhob seine Stimme und sprach: »Aus der Furcht Gottes, zum Besten der Christenheit, im Namen der Republik: Du bist angeklagt, deinen Herrn, Messer Daniel Doerbeck, auf hinterhältige Weise vom Leben zum Tode gebracht zu haben.«

Daraufhin packten die blaugekleideten Männer das Mädchen und stießen es vor sich her zur Tür hinaus.

»Sie ist des Teufels!« hallte Ingundas Stimme im Treppenhaus. »Gott wird sie strafen.«

In Venedig herrschte damals der greise Doge Francesco Foscari, ein Mann mit vielen Vorzügen, aber ebensovielen Nachteilen und demgemäß vielen Freunden und Feinden. Im Laufe seines langen Lebens hatte Foscari dem Erzfeind Mailand die Städte Brescia, Bergamo und vor allem Cremona abgejagt und Ravenna und Ancona auf seine Seite gezogen, eine Bilanz, die sich sehen lassen konnte, die bei vielen aber auch großes Mißtrauen hervorrief – sogar in der eigenen Familie.

Der Beginn seiner Regierung lag so lange zurück, daß es nur noch wenige gab, die sich daran erinnerten. Ohne Schaden hatte Foscari vier Pestepidemien überlebt, welche die Stadt beinahe regelmäßig alle acht Jahre heimsuchten. Die letzte vor sechs Jahren brachte sich bei ihm jedoch wie bei vielen Venezianern durch heftiges Ohrenklingen in Erinnerung, welches seither bisweilen zu einem gewaltigen Rauschen anschwoll wie das stürmische Meer im Herbst.

An solchen Tagen sah man Francesco Foscari, der für seine prunkvollen Gewänder bekannt war, auf der Loggia des Dogenpalastes, die Hände gegen beide Ohren gepreßt, den Blick auf die Lagune gerichtet, als trotze er Sturm und Wellen. Manchmal gab es Augenblicke, da wurde das Tosen und Toben in seinem Kopf so stark, daß der Doge in der geschilderten Haltung durch die Gänge und Korridore seines Palastes hetzte und laut die Namen seiner Feinde rief, um so das furchtbare Geräusch zu übertönen, und die Gardisten, welche jeden seiner Schritte begleiteten, glaubten mehr als einmal, der Doge habe den Verstand verloren.

Einem Mann wie Foscari, der von Standes wegen mit dem Meer verheiratet war – was in einer alljährlich wiederkehrenden Zeremonie bestätigt wurde –, in Wahrheit aber nur die Macht liebte, einem solchen Mann erschien jedes Mittel recht, seine Gesundheit zu erhalten. Der Doge befand sich in ständiger Obhut zweier Leibärzte. Als er jedoch vernahm, daß der Medicus Chrestien Meytens, welcher den todkranken Kaiser von Konstantinopel geheilt habe, in der Stadt weile, da schickte er nach ihm, ob er nicht ein Mittel wüßte gegen das Rauschen in seinen Ohren.

Meytens hatte sich nach der Ankunft in Venedig von Rhea und ihren Töchtern getrennt. Rhea fand in der kleinen Kolonie ägyptischer Handwerker Aufnahme, welche nahe bei den Arsenalen lag. Meytens hingegen logierte in der vornehmen Herberge *Santa Croce* am Campo San Zaccaria, einer ehemaligen Unterkunft für wohlhabende Jerusalem-Pilger, welche in der Hauptsache Adelige und Kaufleute aus Deutschland und Flandern zu ihren Gästen zählte.

Der Medicus begegnete dem Wunsch des Dogen mit Wohlwollen, nötigte er ihn doch zu einem längeren Aufenthalt in der Stadt, an dem ihm aus manchen Gründen gelegen war. Zudem fühlte er sich geschmeichelt. Also suchte Meytens Foscari auf und versprach nach Untersuchung der hoheitsvollen Ohren ein sicheres Mittel zur Linderung. Allerdings, meinte der Medicus, forderten ungewöhnliche Leiden ungewöhnlicher Menschen auch ungewöhnliche Maßnahmen, und der durchlauchtigste Herr dürfe nicht erschrecken und schon gar nicht Ekel empfinden, wenn er ihm die Ingredienzien nenne, welche er für die heilsame Mixtur benötige.

Der alte Doge, von vielerlei Krankheiten heimgesucht und an die galligsten Elixiere des Orients gewöhnt, vernahm ohne Anzeichen sichtbarer Erregung, was Meytens für den folgenden Tag benötigte: einen Krug Urin einer Eselin, die zum erstenmal geboren hatte, eine Schöpfkelle Urin von einem männlichen Hasen und ebensoviel von einer weißen Ziege.

Am folgenden Tag stand die Pisse bereit, und der Medicus mischte alles zusammen, brachte einen Löffelvoll über der Flamme zum Sieden und fügte zwei Tropfen Kümmelöl und einen Schuß Viperngalle hinzu. Dann träufelte er das Gebräu in die Ohren des Dogen, mit dem Hinweis, Seiner Eminenz, dem Bischof von Speyer, welcher von dem gleichen Leiden befallen sei, habe der Sud mehr Linderung gebracht als eine vierwöchige Pilgerreise nach Rom.

Und weil nichts so heilsam ist wie der Glaube an Heilung und weil der Doge dem Bischof von Speyer nicht nachstehen wollte, was seine wundersame Genesung betraf, verstummte das Rauschen in den Ohren Foscaris von einem Tag auf den anderen. Der Doge entlohnte den Medicus fürstlich und bot ihm Wohnung in seinem Palast und den ersten Rang unter seinen Leibärzten. Chrestien Meytens nahm das Geld. Das Wohnrecht und den durchaus einträglichen Posten schlug er aus – fürs erste, wie er sagte; er wolle sich die Sache überlegen.

In Venedig war der Mord an dem reichen Reeder Doerbeck Tagesgespräch, nicht weil Morde selten gewesen wären in dieser Stadt, aber daß ein Herr von seiner stummen Dienerin erschlagen worden sein sollte, entbehrte nicht einer gewissen Pikanterie. Und weil das freizügige Leben Ingunda Doerbecks ein offenes Geheimnis war, kamen erste Mutmaßungen auf, ob nicht die eigene Frau dabei die Finger mit im Spiel gehabt habe.

Das Gerücht machte auch nicht vor der Herberge *Santa Croce* halt, in der Meytens sich aufhielt, und als dieser erfuhr, daß die vermeintliche Mörderin aus Mainz stamme und eine Stummheit vorgetäuscht habe, obwohl sie der Sprache mächtig sei, da begab er sich geradewegs zum Palazzo Agnese, um Näheres zu erfahren.

Vom Palazzo am Großen Kanal hing ein riesiges Tuch aus schwarzer Seide. Es reichte vom dritten bis zum ersten Geschoß. Die Venezianer verkündeten so ihre Trauer, noch mehr allerdings demonstrierten sie auf diese Weise für jeden sichtbar den Reichtum des Verblichenen; denn Seidentücher dieser Größe kosteten ein Vermögen, und jenes am Palazzo Agnese hatte Ausmaße, wie sie zuletzt beim Tode des Dogen Tommaso Mocenigo gesichtet wurden, und das war beinahe dreißig Jahre her.

Ingunda Doerbeck empfing den Medicus in einem langen schwarze Trauergewand. Spitz meinte sie, sie befinde sich wohl und sehe keinen Grund, seine Dienste in Anspruch zu nehmen. Ihr Argwohn wuchs, als Meytens erklärte, er kenne ihre Dienerin Editha allzu gut und halte sie für unfähig, einen Mord zu begehen. Und was die Stummheit des Mädchens betreffe, so könne er diese bezeugen, und es sei durchaus möglich, daß ein tiefgreifendes Ereignis einem Menschen die verlorene Sprache wiederbringe.

»Ah, ein Mirakel also!« rief Ingunda zynisch. »Oder war es vielleicht Hexerei? Das würde mich nicht wundern!« Die Reederswitwe wandte sich von dem Besucher ab, verschränkte die Arme und blickte durch ein Fenster nach draußen. Die Zuckungen in ihren Augenwinkeln blieben Meytens nicht verborgen.

»Was wollt Ihr eigentlich von mir?« fragte Ingunda, ohne den Medicus anzusehen.

»Nichts, was Euch kränken könnte«, entgegnete dieser. »Ich wollte nur Gewißheit über Editha Melzer und die näheren Umstände erfahren, die zu dem Verbrechen führten. Wie ich schon sagte, ich kann mir einfach nicht vorstellen, daß Editha Euren Mann erschlagen hat. Sie ist eine schwächliche Person. Woher sollte sie die Kraft nehmen, einen ausgewachsenen Mann zu töten?«

Ingunda wandte sich um. Ihre Augen verkündeten heftige Erregung. »Sie hat ihn verhext!« rief sie. »Er war wehrlos.« Sprach's und blickte wieder zum Fenster hinaus.

Dies, dachte Meytens, ist nicht die Haltung, die man einem Gast angedeihen läßt. Außerdem war ihr Gebaren keineswegs von Trauer geprägt. Der Medicus hatte den Eindruck, als erwarte die Witwe eher einen anderen Besucher; denn nach einer kurzen Pause, die Meytens mehr aus Höflichkeit in die Unterhaltung einstreute, fragte Ingunda barsch: »War's das?«

Derart brüskiert, war Meytens im Begriff, sich umzuwenden und das ungastliche Haus zu verlassen, als in der Tür des Salons der alte Diener Giuseppe erschien. Seine Kleidung war durchnäßt, und die langen weißen Haare hingen ihm wie Schlingpflanzen ins Gesicht. Ohne auf Meytens zu achten, eilte die schwarzgekleidete Frau dem Alten entgegen und zog ihn beiseite, und dieser raunte seiner Herrin etwas zu, das der Medicus nicht verstand; doch die Witwe wirkte nach seiner Nachricht erleichtert. Meytens entfernte sich grußlos.

Auf dem Weg zum Campo San Zaccaria, wo sich seine Herberge befand, überquerte Meytens den Großen Kanal über die Rialtobrücke, ein hoch aufragendes Gerüst aus Pfählen und Balken wie eine gotische Kathedrale. Um von einer Seite des Kanals zur anderen zu gelangen, mußte man einen hölzernen Berg besteigen, so hoch war der Durchlaß für die Schiffe. In der Mitte des Bauwerks boten Handwerker und Händler ihre Waren feil, kostbares Lederwerk und Früchte aus fremden Ländern, doch der Medicus nahm sie nicht wahr; ihm ging die Tat durch den Kopf, welche Editha zur Last gelegt wurde. Wochen waren vergangen, seit er das Mädchen zuletzt gesehen hatte, aber je länger dies zurücklag, desto heftiger wurden seine Gefühle. Sollte er tatenlos zusehen, wie Editha für eine Tat zur Rechenschaft gezogen wurde, die sie nie im Leben begangen haben konnte? Andererseits erschien ihm das Verhalten der Reederswitwe so rätselhaft, daß er beschloß, Nachforschungen anzustellen.

Daniel Doerbeck war ein bekannter Mann in Venedig gewesen, und sein Reichtum hatte ihm viele Neider eingebracht, vor allem unter den übrigen Reedern. Von Pietro di Cadore, der mit seinen Schiffen den Handel an der dalmatinischen Küste beherrschte, erfuhr Meytens merkwürdige Dinge, welche ihn in seiner Vermutung bestätigten, daß mit dem deutschen Reeder und seiner Frau irgend etwas nicht stimmte. Sie hätten, berichtete di Cadore, zurückgezogen gelebt, und der Palazzo Agnese werde von vielen Venezianern als unheimlicher Ort angesehen. Gerüchteweise wußte auch Pietro di Cadore von den Ausschweifungen, denen sich beide mit dem anderen Geschlecht hingegeben haben sollen. Dienstboten Doerbecks hätten sogar berichtet, daß die beiden kein Wort miteinander wechselten und sich mit Haß und Verachtung begegneten. Vor kurzem habe Ingunda sogar ihren Mann verlassen, um nach Konstantinopel zu fliehen, aber Doerbeck habe sie mit dem schnellsten seiner Schiffe eingeholt und zurückgebracht.

Meytens zeigte sich verwirrt. In seinen Augen traf der Verdacht, Daniel Doerbeck ermordet zu haben, eher dessen Frau Ingunda als die Dienerin Editha. Deshalb beschloß der Medicus am folgenden Tag, einen Advokaten hinzuzuziehen und die *Quarantia Criminal* aufzusuchen, jenen Rat, der über Mörder und Schwerverbrecher zu richten hatte.

Der bekannteste unter den Avogadori Venedigs war Cesare Pedrocchi, den sie *»il drago«* nannten, den Drachen, weniger wegen seiner abstoßenden Häßlichkeit, für die er berühmt war, sondern wegen seiner Fähigkeit zu denken, als hätte er fünf Köpfe zugleich. Gegen Vorauszahlung von zehn Scudi erklärte sich Pedrocchi bereit, sich der Sache anzunehmen. Weitere zehn forderte er für den Fall, daß es ihm gelänge, Editha aus dem Gefängnis freizubekommen. Der Medicus willigte ein.

Der Rat der Zehn sprach seine gefürchteten Urteile im rückwärtigen Teil des Dogenpalastes, und dort, im dritten Stockwerk, residierte auch der Vorsitzende der Zehn, ein würdevoller Venezianer namens Allegri mit grauem Bart und langen schwarzen Haaren. Sein friedfertiges Gesicht verfinsterte sich augenblicklich, als er Pedrocchi erkannte und Meytens den Grund ihres Kommens nannte.

Allegri machte eine abwehrende Handbewegung und erklärte, der Fall sei klar: die junge Dienerin habe ihren Herrn erschlagen, und der Rat der Zehn werde zu keinem anderen Urteil kommen als zum Tod durch das Schwert; was sie überhaupt wollten?

Da baute sich Cesare Pedrocchi in all seiner Häßlichkeit, von der nur sein schielender Blick und ein dunkelroter Höcker auf der Stirn erwähnt seien, vor dem Richter auf und hob mit weinerlichem Tonfall an zu sprechen: »Messer Allegri, würde ich Euch nicht so gut kennen, ich müßte Euch für einen Dummkopf halten, einen Tor, der sich durch dummes Weibergeschwätz verwirren läßt, so aber kenne ich Euch und Eure Weisheit, vor allem aber Eure Menschenkenntnis seit vielen Jahren, und ich muß mich wundern, daß Ihr ausgerechnet einem so durchtriebenen Frauenzimmer wie der Reederin Ingunda Doerbeck auf den Leim gegangen seid. Die ganze Stadt redet davon, wie sehr sie ihren Mann haßte, und ich kenne keinen, der ihr nicht den Mord an ihrem Mann zutrauen würde. Das Mädchen hingegen, das Ihr der Tat bezichtigt, ist jung und viel zu schwach, um einen erwachsenen Mann wie Doerbeck mit einem Stuhl zu erschlagen.«

Allegri erhob sich hinter seinem breiten Tisch, zeigte auf den Avogadore und rief: »Donna Ingunda hat die Tat beschworen. So war es und nicht anders. Das Mädchen lügt. Kein Mensch weiß, wo es überhaupt herkommt. Es gab sich stumm, obwohl es schöner sprechen kann als ein Schauspieler, und wie es scheint, ist es närrisch. Es faselt von einem Sohn seiner Herrin, der die Tat begangen haben soll; dabei hat die Signora gar keinen Sohn.«

Der Medicus schüttelte den Kopf und stützte sich mit beiden Händen auf den Tisch: »Wenn ich Euch so zuhöre, Messer Allegri, dann kommen mir Zweifel, ob wir von ein und derselben Person sprechen. Jenes Mädchen mit Namen Editha Melzer stammt aus Mainz und hat in jungen Jahren die Sprache verloren. Das kann ich, der Medicus Chrestien Meytens, bezeugen.«

Eine Weile standen sich Meytens und der Capo dei Dieci schweigend gegenüber. Dann schlug Allegri mit einem Eisenstab gegen eine Glocke, die auf seinem Schreibtisch stand. Ein rotgekleideter Lakai erschien, und Allegri gab ihm den Auftrag, die Mörderin, wie er sagte, aus den Pozzi hierherzuschaffen.

Die Pozzi, die Kellerlöcher, waren fensterlose, modrige Zellen im Untergeschoß des Gebäudes. Im Vergleich zu den Piombi, den Bleikammern unter dem Dach, in denen Diebe, Gotteslästerer und Ehebrecherinnen gefangengehalten wurden, blieben die gefürchteten Pozzi Kapitalverbrechern, Mördern, Brandstiftern und Spionen vorbehalten, welche dort auf ihr Todesurteil warteten.

»Habt Ihr nicht das Ohrenklingen des Dogen zum Verstummen gebracht?« fragte Allegri, an Meytens gewandt, während sie auf das Erscheinen Edithas warteten.

»Mit Gottes Hilfe und einem geheimen Elixier«, entgegnete der Medicus. Er glaubte, die Heilung Foscaris würde ihm nützlich sein in dieser Situation; doch er sah sich getäuscht.

Allegri zog die Stirn in Falten, und mit gequältem Gesichtsausdruck bemerkte er: »Es wäre besser gewesen, Ihr hättet es nicht getan. Foscari ist alt und gebrechlich und kaum noch Herr seiner Sinne. Er ist ein Unglück für die Republik.«

Die deutlichen Worte riefen bei Meytens Verwunderung hervor, während dem Avogadore die Haltung Allegris bekannt zu sein schien. »Ich bin Arzt«, erwiderte Meytens, »und helfe jedem, der mich um Hilfe angeht – und dafür bezahlt.«

Während er das sagte, wurde die Tür aufgestoßen, und zwei Wärter in schwarzer Lederkleidung führten Editha herein. Kein Zweifel, es war Editha; aber wie hatte sie sich verändert, seit er sie zuletzt auf dem Schiff gesehen hatte! Sie trug eine graue Kutte, die um die Taille von einem Strick zusammengehalten wurde. Ihre Füße steckten in geschnürten Lumpen. Das lange, einst so volle Haar war kurz geschoren. Aber ihre Haltung war aufrecht, ihr Blick fest auf die drei Männer gerichtet.

Der Medicus trat Editha entgegen und suchte ihre Hand, aber das Mädchen zog sie zurück. »Du brauchst keine Furcht zu haben«, sagte Meytens auf deutsch, »ich habe den besten Advokaten für deine Verteidigung bemüht. Es wird alles gut. Vertraue mir.«

Editha musterte ihn mit großen Augen. Sie schwieg, als hätte sie Hemmungen zu sprechen. Endlich, nach einer langen Pause, tat das Mädchen den Mund auf und sagte mit fester Stimme: »Warum laßt Ihr mich nicht in Ruhe? Wollt Ihr mich denn bis in mein Grab verfolgen?«

Die Worte trafen Meytens tief. Allein die Tatsache, daß Editha sprechen konnte, war für ihn aufregend genug, aber der Klang ihrer Stimme schlug ihn vollends in ihren Bann. Er lauschte dem Tonfall hinterher, obwohl er längst verstummt war.

Im selben Augenblick wurde ihm jedoch der Inhalt ihrer Worte bewußt. Der Medicus holte Luft. Gewiß, er hatte freundlichere Worte, eine gewisse Anerkennung erwartet, weil er sich um sie kümmerte; aber hatte Editha ihm nicht bisher nur Enttäuschungen bereitet, und hatten diese Enttäuschungen nicht seine Zuneigung zu ihr nur verstärkt?

»Ich freue mich, daß du die Sprache wiedergefunden hast«, meinte der Medicus zurückhaltend. »Alles andere wird sich zum Guten fügen. Sei zuversichtlich. Messer Pedrocchi wird dir vor dem Rat der Zehn zur Seite stehen.«

Der Avogadore versuchte ein aufmunterndes Lächeln, als sein Name fiel, aber Editha blickte zur Seite.

Ungeduldig geworden, wandte sich nun Allegri an den Medicus und stellte ihm, indem er auf Editha zeigte, die Frage: »Ist das das Mädchen, von dem Ihr behauptet, es hätte seine Stimme verloren?«

»Das kann ich beschwören, Messer Allegri. Die römische Kirche kennt viele solcher Wunder, die, nach Ansicht der Heilkunst, gar keine sind.«

»Sondern?«

»Innere Vorgänge, welche eine ganz natürliche Erklärung finden. Denn wie eine Erschütterung der Seele Sprachlosigkeit bewirken kann, so kann sie einem Menschen auch die Sprache zurückgeben.«

»Was die Seele betrifft, ist Sache der Theologen«, erwiderte Allegri abweisend.

Pedrocchi fuhr lautstark dazwischen: »Dann holt einen Theologen herbei! Sie laufen zu Tausenden hier herum!«

Allegri schlug mit der flachen Hand auf den Tisch und rief: »Das hier ist nicht die Gerichtsverhandlung, Messer Pedrocchi!« Dann musterte er das Mädchen mit finsterem Blick und sagte: »Du könntest dir und uns viele Umstände ersparen, wenn du ein Geständnis ablegtest, Metze.«

»Es gibt nichts zu gestehen«, entgegnete Editha mit fester Stimme. »Was zu sagen ist, habe ich gesagt. Mein Herr wollte mir Gewalt antun, da hat ihn sein eigener Sohn erschlagen.«

»Und wer außer dir hat den Sohn des Reeders gesehen?« warf Pedrocchi ein.

»Der alte Diener Giuseppe. Er hat mir zu den verbotenen Räumen Zugang verschafft. Aber ich bin sicher, daß auch andere den Jungen kannten.«

Allegri blickte nachdenklich drein. »Der Diener behauptet, in den Räumen, welche du als verboten bezeichnest, seien immer nur zwei Affen gefangengehalten worden.«

»Er lügt. Giuseppe fürchtet um seine Stellung!« rief Editha, und ihr Gesicht färbte sich rot.

Meytens, der die Aufgeregtheit des Mädchens erkannte, versuchte Editha zu beruhigen: »Wir werden den alten Diener befragen und ihn zwingen, die Wahrheit zu sagen.«

Der Avogadore trat hinzu und fragte: »Wie sah er aus, dieser Sohn des Reeders, den keiner gesehen haben will?«

Editha blickte zu Boden. »Er war schwachsinnig, eine Mißgeburt, wie sie in gewissen Häusern gehalten werden. Sein Körper hatte furchterregende Ausmaße, und sein Kopf war beinahe doppelt so groß wie der eines gewöhnlichen Menschen. In dem anderen Käfig hielten sie ihre Tochter gefangen. Sie war von ähnlich furchtbarem Aussehen …«

»Schluß damit!« unterbrach Allegri Edithas Rede. Und an die Lakaien gewandt: »Bringt sie in ihre Zelle zurück!«

Das Mädchen nahm den Befehl mit Gleichmut auf. Es wandte sich um und ging.

»Leb wohl!« rief Meytens Editha hinterher; aber es schien, als wollte sie seinen Gruß nicht hören.

KAPITEL VIII

Freiheit und Versuchung

Die Aufregung über den Mord an dem Reeder Doerbeck hielt an, ja, vergrößerte sich eher; denn der Avogadore Cesare Pedrocchi verstand es auf geschickte Weise, Gerüchte in Umlauf zu setzen, um Ingunda in Verruf zu bringen. Hinter vorgehaltener Hand flüsterten die Fischweiber am Campo della Pescheria und die Händler am Rialto, die Reedersfrau sei liebestoll und dem eigenen wie dem anderen Geschlecht zugetan, und als Folge ihrer Sündhaftigkeit habe sie mißgestaltete Kinder geboren und diese ermordet oder in Käfigen gehalten und verkauft. Mehr noch, im Streit über ihren verwerflichen Lebenswandel habe sie den eigenen Mann erschlagen und ihre Dienerin der Tat bezichtigt. So sehr Pedrocchi sich jedoch mühte, einen der zahllosen Liebhaber Ingundas als Zeugen zu gewinnen, alle Anstrengungen blieben erfolglos, weil keiner es wagte, sich in der Öffentlichkeit dazu zu bekennen.

Früher als gewöhnlich hatten in diesem Herbst die Stürme eingesetzt, die das Meerwasser in die Lagune peitschten, und bisweilen schlugen die Wogen so hoch, daß ihre Ausläufer bis vor die Türen von San Marco rollten, wo das Wasser knöcheltief stehenblieb. Eines Morgens bot sich den Fischern, welche die Mole San Marco nach stürmischer Nacht von totem Meeresgetier,

Seetang und stinkendem Unrat säuberten, ein grauenvolles Bild. Die Wogen hatten zwei aneinandergebundene, aufgedunsene nackte Leichen an Land gespült. Um ihren Hals waren Stricke geschlungen und ihre Köpfe erschienen im Vergleich zu ihren Körpern riesenhaft. Soweit man ihre Gesichter erkennen konnte, trugen diese deutliche Zeichen von geistiger Beschränktheit.

In kurzer Zeit bildete sich eine Menschenansammlung um den schauerlichen Fund. Eine alte, schwarzgekleidete Frau, die von der Frühmesse in San Marco kam, schlug schreiend die Hände vor ihr Gesicht und rief: »Gott steh' mir bei. Wenn das nicht die schwachsinnigen Kinder der Reederin Doerbeck sind!« Die Gaffer sahen sich fragend an. Einige bückten sich, um die unförmigen Köpfe aus nächster Nähe zu betrachten. Schließlich gaben sie der Alten recht: Es handelte sich um beklagenswerte Mißgeburten.

Kein Botenläufer war in Venedig so schnell wie ein Gerücht. Das hatte nicht allein darin seine Ursache, daß die Venezianer sich mit Vorliebe von Haus zu Haus unterhielten, es lag zu allererst in der Tatsache begründet, daß in dieser Stadt beinahe zweihunderttausend Menschen auf engstem Raum zusammenlebten und daß es für sie nichts Aufregenderes gab als Geschwätz. Klatsch und Nachrede gehörten zum alltäglichen Leben der Venezianer wie Essen und Trinken. Und weil Cesare Pedrocchi nicht unerheblich an Gerüchten verdiente, war er auch einer der ersten, der von den Wasserleichen erfuhr. Nun sah der Avogadore seine Stunde gekommen.

So schnell, wie es sein verkürztes linkes Bein erlaubte, eilte Pedrocchi vom Campo Santi Filippo e Giacomo, wo er ein schmalbrüstiges Stadthaus bewohnte, zur Piazetta, um die angeschwemmten Leichen zu begutachten. Die Vermutung der alten Frau, es könnte sich um die Kinder Ingunda Doerbecks handeln, hatte unter den Gaffern längst Gewißheit erlangt, und von der

Menschenansammlung war die Frau des Reeders bereits in Abwesenheit als Hexe verurteilt.

Pedrocchi gebot den Fischern Einhalt, die sich gerade anschickten, die angeschwemmten Kadaver fortzuschaffen. Erst müsse Messer Allegri vom Rat der Zehn einen Blick auf die Toten geworfen haben. Umgehend suchte er Allegri auf, berichtete, was geschehen war, und forderte, der Richter solle sich selbst ein Bild von den mißgestalteten Kreaturen machen.

Verstört von der unerhörten Neuigkeit, gab Allegri zu bedenken, die Tatsache, daß zwei Mißgeburten an Land gespült worden seien, beweise noch nicht, daß es sich um Kinder der Reederswitwe handele, und schon gar nicht, daß sie von ihr ertränkt worden seien.

Dem widersprach der listige Advokat nicht, aber, so meinte Pedrocchi, durch den ungewöhnlichen Leichenfund könnte immerhin die Aussage der Dienerin bestätigt und jene von Donna Ingunda als Lüge entlarvt werden. Schließlich einigten sich Allegri und der Avogadore, Ingunda Doerbeck und die gefangene Dienerin zum Fundort der Leichen bringen zu lassen.

Auf der Mole San Marco drängte sich inzwischen eine unüberschaubare Menschenmenge. Ein jeder versuchte wenigstens einen kurzen Blick auf die zusammengebundenen Leichen zu werfen.

Die Unruhe wuchs, und unter den Gaffern kam es zu Ausschreitungen, weil jeder dem Geschehen am nächsten sein wollte, als rotgekleidete Schergen für Richter Allegri und Avogadore Pedrocchi, gefolgt von der gefesselten Editha Melzer und der schwarzgekleideten Ingunda Doerbeck, eine Gasse bahnten.

Die Menge beschimpfte Ingunda: »Hure! – Hexe! – Kindsmörderin!« während Editha Mitleid erntete.

Angewidert betrachtete Allegri die Wasserleichen von allen Seiten. Dann forderte er Editha auf, vorzutreten, und mit lauter

Stimme, daß es alle hören konnten, sagte er, an das gefesselte Mädchen gewandt: »Sind dies die Kinder, welche, wie du behauptest, im Palazzo Agnese gefangengehalten wurden?«

Auf dem Platz wurde es totenstill. Ein paar Möven krächzten am morgendlichen Himmel. Editha trat vor, musterte die Leichen und erwiderte, ohne den Blick von den toten Kindern zu wenden: »Ja, das sind sie. Ich habe keinen Zweifel. Gott schütze ihre armen Seelen.«

Aus der Menge hörte man vielstimmiges Murmeln.

Schließlich richtete Allegri an Ingunda die Aufforderung vorzutreten; aber Ingunda weigerte sich. Da gab Allegri den Schergen einen Wink, die verschleierte Frau vorzuführen.

Ingunda wehrte sich. Sie riß sich den schwarzen Schleier vom Kopf und schlug auf die Schergen ein, die sie bedrängten. Dabei schrie sie mit kreischender Stimme: »Laßt mich! Ich will sie nicht sehen! Laßt mich!«

Aber die Schergen blieben unnachgiebig und zerrten Ingunda Doerbeck vor die Wasserleichen. Ingunda hielt den Kopf starr gen Himmel gerichtet, damit ihr der furchtbare Anblick erspart bliebe.

Allegri, den der Zorn packte, weil die Frau seiner Aufforderung nicht nachkam, trat hinzu, faßte Ingunda im Nacken und drückte ihren Kopf nach unten. Ihr Versuch, sich aus der Umklammerung des Richters zu lösen, mißlang. Ingunda strauchelte und stürzte vornüber auf die aneinandergefesselten Leichen. Die Berührung der kalten toten Körper versetzte ihr einen Schock. Steif wie eine Puppe blieb sie über den Leichen liegen.

»Hebt sie auf!« befahl Allegri den Schergen, und als die Männer Ingunda an den Armen packten, um sie aufzurichten, da begann sie erneut um sich zu schlagen, und mit einer Stimme, die man nur von Teufelsaustreibungen kannte, kreischte sie: »Der Teufel hat mich geschwängert, seht her!« Dabei hob sie ihre

Röcke, daß man ihre unbekleidete Scham sehen konnte. Und mit einem Blick auf die Wasserleichen rief sie: »Sie sind Teufelswerk! Seht sie doch an! Sehen sie nicht aus wie der Satan persönlich?« Dann begann sie zu schluchzen.

Auf dem Platz vor dem Dogenpalast standen die Menschen wie angewurzelt. Und so hörte ein jeder die Worte des Avogadore Cesare Pedrocchi an den obersten Richter: »Der Fall, Messer Allegri, dürfte damit wohl geklärt sein. Vor Euch steht die Falsche in Fesseln.«

Allegri nickte, aber er sagte kein Wort; so sehr hatte ihn die unerwartete Wendung des Falles erschüttert. Der Richter hielt den Blick auf Editha gerichtet, die ruhig und mit gesenktem Kopf dastand.

»Ihr solltet das Mädchen von seinen Fesseln befreien!« drängte Pedrocchi. »Kein Mensch, nicht einmal ein Dienstbote, hat es verdient, im Namen der Republik Unrecht zu erleiden.«

Da gab der Richter seinen Schergen einen Wink, und während die einen damit begannen, Edithas Fesseln zu lösen, banden die anderen Ingundas Handgelenke auf den Rücken. Ingunda ließ es geschehen. Sie warf Editha einen Blick zu, und es schien, als lächelte sie hämisch.

Nun begannen die Venezianer, die dem Geschehen bisher stumm gefolgt waren, zu grölen. Ingunda wurde mit Schmähungen überhäuft. Sogar der oberste Richter blieb von Spott und Boshaftigkeiten nicht verschont.

Auf dem Weg zum Dogen Foscari, den erneut das Ohrenklingen plagte, hatte Chrestien Meytens von der unerwarteten Schicksalswende erfahren. Aufgeregt drängte er sich zum Ort des Geschehens, wo ihm Cesare Pedrocchi, der ihn schon kommen sah, über die Köpfe hinweg zurief: »Meytens, Ihr schuldet mir weitere zehn Scudi. So war es ausgemacht!«

Der Medicus nickte unwillig. Ein flüchtiger, mißbilligender Blick galt dem Richter Allegri. Vor den entstellten Wasserleichen schüttelte er nur den Kopf. Dann fragte er, an den Avogadore gewandt: »Wo ist sie? Wo ist Editha?«

Pedrocchi wandte sich um. Die Schergen entfernten sich mit Ingunda Doerbeck. »Eben war sie noch hier!«

Der gewichtige Medicus, von dem man sich kaum vorstellen konnte, daß er jemals aus der Fassung geriet, drehte sich einmal suchend um die eigene Achse. Dann sprang er wie ein aufs Blut gereizter Löwe auf Pedrocchi zu, packte ihn mit beiden Händen an der Gurgel, schüttelte ihn, daß dem Avogadore Hören und Sehen verging, und rief, den Tränen nahe: »Du dreckiger Winkeladvokat, anstatt dich um das Mädchen zu kümmern, ist dir nichts wichtiger als das Geld. Wo ist das Mädchen?«

Es hätte nicht viel gefehlt, und Meytens hätte Cesare Pedrocchi mit bloßen Händen erwürgt; aber drei beherzte Männer griffen ein und befreiten den Avogadore aus dem Würgegriff des aufgebrachten Medicus.

Von den Gaffern wollte einer gesehen haben, daß Editha sich in Richtung der Riva degli Schiavoni entfernt hatte. Zwei andere widersprachen und behaupteten felsenfest, das Mädchen sei im südlichen Seiteneingang der Basilika San Marco verschwunden. »Alles Lüge!« schimpften zwei alte Frauen, ein Mädchen mit kurzgeschorenen Haaren habe eine Barke bestiegen und diese habe Kurs auf die Insel Giudecca genommen.

In Wahrheit hatte sich Editha, befreit von ihren Fesseln, unbemerkt durch die Reihen der Gaffer gestohlen und den Weg in westlicher Richtung zum Campo Santo Stefano eingeschlagen, wo zahllose Gäßchen zu einem Labyrinth zusammenliefen, in dem sich zurechtzufinden nur jene Venezianer verstanden, die von Geburt an hier lebten. Editha kannte die Kirche Santo Stefano, deren Glockenturm sich schon bald nach seiner Erbauung zur Seite geneigt hatte, weil sie mit ihrer Herrin oft über den weiten Platz gegangen war.

Es begann zu regnen, als sie den Campo betrat. Entlang der Häuserwände schlichen zerlumpte Gestalten. Nur ab und zu sah man Leben hinter den hohen Fenstern. Nichts stimmt so traurig wie ein venezianischer Campo im Regen; aber die zerlumpten Menschen, die zur Kirche Santo Stefano strebten, verstärkten diesen Eindruck noch. Editha war nie am Vormittag hier gewesen, und so hatte sie nie beobachten können, wie die Armen der Gegend zur Speisung kamen. Tonscherben, die sie aus dem Abfall der Reichen geklaubt hatten, wurden von einem barfüßigen Padre und einer Nonne auf den Kirchenstufen mit Suppe gefüllt. Dazu gab es ein paar Brocken Brot, wofür ein jeder ein Kreuzzeichen schlagen und den Anfang eines Gebetes sprechen mußte.

Editha verspürte Hunger, und deshalb bereitete es ihr keine Hemmungen, sich in die lange Reihe vor der Kirche einzuordnen. Ein kleiner, alter, bärtiger Mann, der vor ihr in der Reihe unverständlich vor sich hinnörgelte, drehte sich plötzlich um, musterte das Mädchen und brummte: »Dich habe ich hier auch noch nicht gesehen. Woher kommst du?«

»Nein«, entgegnete Editha, die nur halb verstanden hatte, was der Mann in seinem Dialekt sagte.

»Du hast Hunger, Mädchen!« bemerkte der alte Mann und seine Stimme wurde freundlicher. »Das riecht man.«

Editha sah ihn verständnislos an. Mochte ja sein, daß der Modergeruch der Pozzi an ihr klebte. Sie wandte sich um.

»Ist doch keine Schande!« wurde der Alte laut. »Nur Fressen ist eine Schande. Glaub mir, Kind, ich habe mich in meinem Leben oft mehr als satt gegessen!« Dabei hielt er beide Hände über den Bauch. »Ich meine, so satt, daß ich kotzen mußte. Ich kenne aber auch den Hunger und den Geruch, der von ihm ausgeht. Satte riechen anders. Ich will nicht gerade sagen, besser.

Satte stinken nach Fett. Aus ihren Poren quillt Fett wie Eiter aus einer Wunde, pfui Teufel! Verstehst du, was ich meine?«

»Ja, ja«, erwiderte Editha in der Hoffnung, der Alte würde sich zufrieden geben; denn die laute Unterhaltung erregte bereits Aufmerksamkeit.

»Hör zu«, begann der Alte aufs neue – diesmal jedoch in leiserem Tonfall. »Wenn du willst, nehme ich dich mit zu den Nonnen von Santa Margherita. Dort ist die Armenspeisung eine halbe Stunde später. Ich habe noch eine Münze für die Überfahrt über den Großen Kanal. Aber …« Dabei legte er seinen rechten Zeigefinger auf den Mund. »Es muß ja nicht jeder wissen. Übrigens, ich heiße Niccolò, aber alle nennen mich *›il capitano‹*.«

Vor dem barfüßigen Mönch, der mit einer hölzernen Kelle aus einem Holzfaß Suppe schöpfte und der von den Armen Padre Tullio gerufen wurde, machte der Alte drei große Kreuzzeichen hintereinander, indem er in gekonnter Haltung Zeige- und Mittelfinger seiner Rechten gegen Stirn, Brust und beide Achseln schlug, und gleichzeitig begann er das *Ave Maria* in lateinischer Sprache und mit atemraubender Schnelligkeit herunterzubeten, was, nach den Erfahrungen eines langjährigen Armenkostgängers, die Portion auf das Doppelte vergrößerte.

Als Editha an die Reihe kam, hielt der Mönch irritiert inne: »Wo hast du dein Geschirr, meine Tochter?«

Das Mädchen hob die Schultern und sagte: »Gebt mir nur etwas Brot, ehrwürdiger Vater, das wird meinen größten Hunger stillen.«

Die Nonne, welche Zeugin des Gesprächs geworden war, reichte Editha ein besonders großes Stück Brot, und das Mädchen aß gierig.

»Und?« meinte Padre Tullio vorwurfsvoll. »Bist du etwa eine Heidin, und sind dir die christlichen Bräuche fremd?«

Da schlug Editha hastig ein Kreuzzeichen und ebenso hastig

murmelte sie: »Im Namen des Vaters, des Sohnes und des Heiligen Geistes …«

Der alte Bettler hatte inzwischen seine Suppe geschlürft, er reichte ein zweites Mal dem Mönch seine Schale und meinte entschuldigend: »Für das Mädchen; sie hat es nötig.«

»He«, rief Padre Tullio Editha nach, die schon im Begriff war, sich zu entfernen. »Hier hast du deine Suppe!«

Das dampfende Gebräu schmeckte nach Rüben und stinkendem Fett, welches Fischreste hergeben, die man lange genug kocht; nicht sehr einladend also. Aber es tat gut und trieb die Kälte aus den Gliedern. Und während die anderen, kaum hatten sie ihre Armenspeisung hinuntergeschlungen, sich nach allen Seiten entfernten wie Ratten, die den Schutz ihrer Löcher dem freien Feld vorzogen, lehnte sich Editha unter dem Bogen, der den Eingang der Kirche überspannte, an das hölzerne Tor, verschränkte die Arme über der Brust und blickte über den weiten Platz, der nun wie leergefegt erschien. Und von einem Augenblick auf den anderen wurde sie sich ihres beklagenswerten Schicksals bewußt. Ihre Augen füllten sich mit Tränen, und der Platz und die Häuser vor ihr nahmen bizarre Formen an. Wie sollte es weitergehen?

»Bei der heiligen Jungfrau Maria«, vernahm Editha plötzlich die Stimme des Mönchs neben sich, »warum haben sie dir die Haare abgeschnitten?«

Erschreckt fuhr sich das Mädchen mit der Hand durch die Haarstoppeln. Editha hatte ganz vergessen, daß sie durch diesen Makel gezeichnet war. Sie schwieg, denn sie fürchtete, Aufregung könnte ihr wieder die Sprache rauben.

Der Padre faltete die Hände über seinem Bauch und hielt den Blick fest auf das Mädchen gerichtet, und weil Editha auf seine Frage nicht einging, antwortete er selbst: »Für gewöhnlich müssen Weibsbilder nur im Gefängnis ihre Haare lassen. Ist es nicht so?«

Editha fühlte sich ertappt, und mit einem beherzten Sprung zur Seite versuchte sie an dem Mönch vorbeizukommen; doch der Padre war schneller. Er hielt Editha am Arm fest, drängte sie zur Tür zurück und sagte mit der aufgesetzten Freundlichkeit, die allen Geistlichen zu eigen ist: »Weshalb hast du auf einmal solche Eile, mein Kind? Die Schäflein, welche hierherkommen, haben viel Zeit. Zeit ist sogar das einzige, woran es ihnen nicht mangelt. Was treibt dich also fort? Du kannst mir alles anvertrauen, was du auf dem Herzen hast. In mir wirst du keinen Richter finden. Aber wenn du meinen Rat suchst, so werde ich ihn nicht verweigern.«

Und weil Editha noch immer schwieg, fuhr Padre Tullio fort: »Du mußt nicht glauben, daß ein Mann meines Standes, der sein Leben Gott verschrieben hat, ein Fremder ist in dieser Welt. Würde ich mich sonst um die Ärmsten der Armen kümmern?« Und nach einer Pause fügte er hinzu: »Du bist auf der Flucht, habe ich recht?«

»Nein, ich schwöre es!« rief Editha hastig. »Man hat mich freigelassen.«

Der Mönch in der braunen Kutte nickte, als wollte er sagen: Schon gut, ich glaube dir ja! Schließlich meinte er: »Du bist nicht von hier. Man hört es an deiner Sprache, du kommst aus dem Norden. Wie heißt du?«

»Editha«, antwortete das Mädchen kleinlaut und raffte ihr rauhes Kleid über der Brust zusammen.

»Du frierst«, meinte der Padre. »Komm mit ins Warme.« Und ohne auf das Mädchen zu achten, ging Tullio voraus. Er war sicher, Editha würde ihm folgen, und er täuschte sich nicht.

Durch eine Seitentür mit kunstvoll bearbeiteten Eisenbändern betraten sie die Kirche, deren Decke hoch und mit Holz eingedeckt und mit Sparren versehen war, als blickte man in ein kieloben liegendes Schiff. Es roch feucht und nach abgestandenem Rauch.

Vor einem Beichtstuhl, der in das Mauerwerk des niedrigen Seitenschiffs eingelassen war und mit seinen Türen jenen Kleiderkästen ähnelte, die Editha im Palazzo Agnese gesehen hatte, machte der Mönch halt, öffnete eine Tür und schob das Mädchen hinein. Er selbst betrat den Verschlag in der Mitte.

Editha fühlte sich so zermürbt und hilflos, daß sie nicht wagte, sich dem Padre zu widersetzen. Und da im Innern des Beichtstuhls nur ein Knieschemel und keine Sitzgelegenheit vorhanden war, kniete sie nieder und faltete die Hände.

Hinter einem Gitterwerk aus Holz erschien das Gesicht des Mönchs in fahlem Licht, und Editha nahm die Gelegenheit wahr, es näher zu betrachten. Ein dunkler, kurzgeschorener Bart umrahmte das Kinn und verdeckte jugendliche Züge. Die scharfkantige Nase mit einem Höcker dicht unterhalb der Nasenwurzel ließ an der venezianischen Herkunft des Mannes keinen Zweifel aufkommen. Auch wenn sie seine Augen nicht sehen konnte, so verriet das Gesicht Padre Tullios eher Trauer als Hoffnung auf ewige Glückseligkeit.

Den Blick von dem Mädchen abgewandt, sagte der Padre mit ruhiger Stimme: »Du kannst mir alles anvertrauen, was dich bedrückt, meine Tochter, und wenn ich dir die Beichte abnehmen soll, so beginne im Namen des Vaters, des Sohnes und des Heiligen Geistes …« Er machte ein Kreuzzeichen und legte sein Ohr an das Gitterwerk; doch Editha schwieg beharrlich.

»Nun gut«, wandte sich der Padre Editha zu, »sicher hast du einen Grund für dein Schweigen, aber wenn du die Vergebung deiner Sünden erlangen willst, mußt du sie hersagen. So will es die Lehre der Kirche.«

»Da gibt es nichts zu vergeben«, entgegnete Editha mit leiser Stimme. »Ich bin mir keiner Schuld bewußt.«

Der Mönch auf der anderen Seite hob die Augenbrauen: »Wir alle haben Schuld auf uns geladen – du, ich, jedermann.«

Editha wollte antworten, aber Padre Tullio kam ihr zuvor: »Du wunderst dich vielleicht, warum ein Ordensmann wie ich fernab seines Klosters die Aufgabe übernommen hat, die Armen zu speisen …«

»Wundern? Warum sollte ich mich wundern? Ihr seid ein guter Mensch, Padre, und Ihr erwartet dafür gerechten Lohn im Himmel.«

»O nein!« ereiferte sich da der Mönch. »Ich bin im Gegenteil ein schlechter Mensch, ein Sünder, und das ist der Grund, warum man mich aus meinem Kloster verbannt hat. Nun kümmere ich mich um die Armenspeisung in Santo Stefano.«

Für einen Augenblick vergaß Editha ihr eigenes Schicksal. Die Worte des Padre erregten ihr Interesse, und sie erkundigte sich vorsichtig: »Dann tut Ihr also Eure Arbeit nicht gerne?«

Der Mönch hinter dem Holzgitter zögerte, dann meinte er beschwichtigend: »Natürlich ist es eine wunderbare Aufgabe, von den reichen Venezianern Geld für die Armen zu sammeln. Aber für einen Mönch, der Traktate über Metaphysik und die alten Philosophen geschrieben hat, ist es nicht gerade erhebend.«

»Ich verstehe«, antwortete Editha leise. »Ihr habt Euch in Euren Schriften gegen die Lehre der Kirche gewandt!«

»Wo denkst du hin, mein Kind, ich würde mich nie gegen die Lehre der heiligen Mutter Kirche wenden. Nein, mein Problem liegt nicht in meinem Kopf, sondern …«

»Sondern?«

»Ach, das ist eine verwirrende Geschichte, und du bist viel zu jung, um sie zu begreifen.«

»Täuscht Euch nicht in meiner Jugend, Padre. Ich bin zwar jung an Jahren, aber alt an Erfahrung, was die Schläge des Schicksals betrifft. Was also ist Euer Kummer?«

Der Mönch atmete schwer. Dann begann er, als sei er der Bußfertige und das junge Mädchen, das ihm auf der anderen

Seite des Gitters lauschte, der Beichtvater, dem er seine Sünden gestand:

»Ich habe noch niemandem davon erzählt, denn es ist eine Schande, für den Orden und für meine Familie. Hast du Geschwister?«

»Nein.«

»Dann kannst du dich glücklich schätzen. Ich war der jüngste von drei Söhnen einer reichen Familie. Mein Vater beschäftigte hundert Glasmacher in Murano. Aber wie das so ist bei den Venezianern – der Älteste erbt alles, der Jüngste kann froh sein, wenn er Lesen und Schreiben lernen darf. Als ich sechs war, schickte mich mein Vater zu den Mönchen von San Cassiano. Gewiß, ich lernte alles, was ein Kind in diesem Alter begreifen kann, man kümmerte sich um meine Kleidung, und ich bekam zu essen – aber Liebe, Mutterliebe, bekam ich nicht. Dabei sehnte ich mich nach nichts so sehr wie einer liebevollen Hand. Mit sechzehn trat ich als Novize in den Orden der Karmeliter ein. Das geschah aus freien Stücken. Niemand zwang mich dazu; aber was hätte ich schon anderes tun sollen?«

»Fortlaufen und ein eigenes Leben beginnen!« wandte Editha trotzig ein.

»Das ist leichter gesagt als getan. Mir fehlte die Kraft dazu und das Selbstvertrauen. Nein, ich blieb und wurde ein barfüßiger Karmeliter. Schon während meiner Studien verspürte ich jenen irritierenden Drang zum eigenen Geschlecht. Kein Wunder, wenn du jahrelang nur Mitbrüder zu Gesicht bekommst. Du mußt wissen, gleichgeschlechtliche Liebe ist keine Seltenheit hinter Klostermauern. Und gewiß hätte ich bei den Mönchen von San Cassiano meine Tage beschlossen, wäre da nicht der Prior gewesen, welcher ein Auge auf mich geworfen hatte, ein alter, vertrockneter, eigensüchtiger Lüstling mit dürren Beinen wie ein Storch und einem aufgequollenen Bauch wie ein Frosch.

Erst betapste er mich von oben bis unten und prüfte mein Fleisch unter der Kutte, als er jedoch mein Hinterteil forderte, stieß ich ihn zurück, daß er auf den Boden des Dormitoriums strauchelte und sich beide Beine brach. Ich muß gestehen, es tat mir nicht einmal leid. Der Prior bezichtigte mich des Ungehorsams und nahm das zum Anlaß, mich aus dem Kloster zu weisen. Jetzt kennst du meine Geschichte, das Schicksal eines Barfüßlers.«

Obwohl sich Editha selbst in einer mißlichen Lage befand – der schlimmsten, die man sich für ein alleinstehendes Mädchen überhaupt vorstellen konnte –, erntete der Karmelitermönch ihr Mitleid, und aus diesem Gefühl heraus sagte sie durch das Fenster: »Armer Padre, ich wünschte, ich könnte Euch helfen und Euch aus dieser betrüblichen Lage befreien.«

In seinem ganzen Leben war dem Padre nie etwas wie Anteilnahme, Mitleid oder Wärme entgegengebracht worden. Und da kam ein Mädchen, das eigentlich *seiner* Hilfe bedurfte, und ihm schüttete er sein Herz aus. Warum hatte er so freimütig über sich und sein Schicksal gesprochen? Bei der heiligen Jungfrau Maria, warum hatte er das getan?

Verwirrt sprang der Padre auf und verließ den Beichtstuhl. In der Mitte der Kirche machte er eine hastige Kniebeuge, dann verschwand er in einer kleinen Seitentür neben dem Altar.

Editha wußte nicht, wie ihr geschah. Sie verließ Santo Stefano durch die Tür, durch die sie gekommen war. Obwohl es auf Mittag zuging, lag der regennasse Platz vor der Kirche ruhig da. Nicht einmal Kinderlärm, der alle Plätze der Stadt beherrschte, war zu vernehmen. Fröstelnd schlug Editha die östliche Richtung ein.

In den düsteren Gassen, die an diesem Tag noch düsterer waren als gewöhnlich, roch es bald nach Duftwässern, bald nach tierischen Innereien. Der Gestank von frisch gegerbtem Leder mischte sich an der nächsten Ecke mit dem Duft feiner Spezereien. Und über allem lag der morbide Geruch, den Kanäle und feuchtes Mauerwerk verbreiteten.

Am Rialto überquerte sie den großen Kanal. Aber an diesem elenden Tag zeigte sie kein Interesse für die bunten Tücher, Halsbinden, Handschuhe, Hemden und prachtvollen Gewänder, die auf der Brücke und zu beiden Seiten des Kanals feilgeboten wurden. Zielstrebig suchte Editha den Weg zum Palazzo Agnese. Sie wußte nicht, was sie dort erwarten würde, aber es war naß und kalt, und sie brauchte ihre warmen Kleider.

In der Hoffnung, unbemerkt in das Haus zu gelangen, nahm Editha den rückwärtigen Eingang. Sie erreichte sogar unbemerkt ihr Zimmer unter dem Dach und stopfte hastig ein paar Kleidungsstücke und ledernes Schuhwerk in einen Sack, als sie hinter sich eine Gestalt wahrnahm. In der Tür stand der alte Diener Giuseppe.

Die Hände des Alten zitterten, und auf seiner Stirn trat eine bläuliche, senkrechte Ader hervor. Er schien durch das Geschehen der letzten Tage um ein ganzes Jahrzehnt gealtert. Giuseppe war nicht fähig zu sprechen. Unsicheren Schrittes trat er auf das Mädchen zu, und als er ihm ganz nahe war, da riß er Editha in seine Arme, und seine Stimme erstickte in Tränen: »Ich habe das alles nicht gewollt, glaube mir. Ich bin ein gottverdammter Feigling, ein Jammerlappen. Gott wird mich strafen.« Der alte Mann umklammerte Editha und schluchzte.

So ehrlich die Umarmung auch sein mochte, Edithas Groll war stärker. Schließlich hatte Giuseppe sie verleugnet, und er hätte sogar ihre Hinrichtung in Kauf genommen. Während sie vergeblich versuchte, sich aus seiner Umklammerung zu lösen und mit den Armen um sich schlug, rief sie: »Deine Reue kommt zu spät, Giuseppe! Ich könnte tot sein.« Schließlich gelang es ihr sich zu befreien. Giuseppe glitt zu Boden, und wie ein getretener

Hund kroch der alte Mann heulend und auf allen vieren zu dem Kasten, in dem Editha ihre Kleidung aufbewahrte.

Dort blieb er auf dem Boden hocken, und von Weinkrämpfen unterbrochen, stammelte er: »Es war alles meine Schuld. *Ich* habe die toten Kinder aneinandergefesselt und in der Lagune versenkt. Ich tat alles, was Donna Ingunda von mir verlangte.«

»Die toten Kinder? Sie haben beide noch gelebt, als ich sie zuletzt in ihren Käfigen sah!«

Giuseppe nickte und blickte verlegen zur Seite. »Ja, sie haben gelebt; aber welch ein Leben! War das überhaupt ein Leben? Ich habe dieses Dahinvegetieren der beiden von Geburt an erlebt; denn ich war von Anfang an der einzige Mitwisser. *Ich* war es, der Donna Ingunda überredete, dem armseligen Leben der Kinder ein Ende zu bereiten. *Ich* habe den Gifttrunk besorgt, den sie den Kindern einflößte.«

»Mein Gott!« sagte Editha leise und ließ sich auf der Pritsche nieder. »Sag, daß das alles nicht wahr ist! Sag, ich habe das alles nur geträumt!« Sie stützte ihren Kopf in beide Hände und starrte vor sich hin ins Leere.

»Hast du dir jemals über das Verhältnis zwischen Doerbeck und seiner Frau Gedanken gemacht?«

Editha blickte auf. »Sie haßten sich. Das ist mir nicht entgangen.«

»Sie haßten sich nicht nur gegenseitig. Sie haßten vor allem sich selbst, weil sie beide einsahen, daß sie großes Unrecht und eine schwere Sünde begangen hatten.«

Von Anfang an hatte Editha geahnt, daß sich hinter dem Verhalten der Doerbecks ein Geheimnis verbarg, von dem niemand Kenntnis haben durfte. Sie hatte Giuseppe schon einmal darauf angesprochen, aber war mit ihrem Ansinnen auf Schweigen gestoßen und den Hinweis, sie hätte die Frage besser nicht gestellt.

Der alte Diener hatte seine Fassung wiedergefunden. Er

sprach nun mit sicherer Stimme: »Daniel und Ingunda Doerbeck waren Bruder und Schwester. Sie verliebten sich, als Ingunda zwanzig war. Ein Jahr konnten sie ihr Verhältnis verbergen. Als Ingunda ein Kind erwartete, bat Daniel seinen Vater um sein Erbe und ging nach Venedig. Hier lebten sie unerkannt wie Mann und Frau, und ihr Glück schien vollkommen, bis das Kind zur Welt kam, ein mißgebildetes Etwas mit einem Wasserkopf und Froschaugen. Gott läßt die nicht ungestraft, die gegen seine heiligen Gesetze verstoßen. Doch Daniel und Ingunda Doerbeck hielten es für ein einmaliges Unglück. Aus Furcht, das mißgebildete Wesen würde ihre Inzucht verraten, hielten sie die Geburt geheim. Als zwei Jahre später der Junge zur Welt kam und die gleichen Abnormitäten zeigte, machten beide sich gegenseitig dafür verantwortlich. In kurzer Zeit schlug ihre Liebe in Haß um, und aus ihrem Haß wurde Verachtung. Jetzt weißt du alles.«

Editha schüttelte den Kopf, als weigerte sie sich, Giuseppes Worten Glauben zu schenken. Welche Tragik verbarg sich in den Mauern dieses Palazzo!

»Und was wirst du jetzt tun?« fragte Editha nach langem Schweigen.

Giuseppe ließ den Kopf sinken, als schämte er sich vor dem Mädchen. »Ich werde mich dem Rat der Zehn stellen. Ich werde ein Geständnis ablegen und mich selbst dabei nicht schonen. Ich bin alt. Ich brauche den Tod nicht zu fürchten.«

Wie betäubt verschnürte Editha ihren Kleidersack, ohne zu wissen, was sie eigentlich tat. Sie tat es, um sich selbst zu beruhigen. Ihr Herz schlug bis zum Hals.

»Und du?« erkundigte sich Giuseppe, während er sich mühsam vom Boden erhob, »was willst *du* tun?«

»Ich?« erwiderte das Mädchen, als erwachte es aus einem bösen Traum. »Zu essen bekomme ich bei den Armen von Santo Stefano, und zum Schlafen wird sich schon eine Kirchenbank finden. Um mich brauchst du dich nicht zu sorgen.« Editha blickte an sich herab und sah, daß sie noch immer die Gefangenenkleidung trug. Eilends schnürte sie den Sack auf, zog eines ihrer Gewänder hervor, die sie beim Spaziergang mit ihrer Herrin getragen hatte, und wechselte vor den Augen des Alten die Kleidung. Über den Kopf legte sie ein breites Tuch, damit man ihr Haar nicht sehen konnte. Dann schulterte sie den Sack und ging an Giuseppe vorbei zur Tür.

»Verzeih mir!« rief ihr der alte Diener hinterher, und leise, aber doch so, daß Editha es hören konnte, fügte er hinzu: »Mut war nie meine Stärke. Leb wohl.«

Editha antwortete nicht. Sie hastete das düstere Treppenhaus hinab, vorbei an den verbotenen Räumen, und war froh, als sie durch den Hinterausgang ins Freie trat.

Es regnete noch immer, aber nun empfand sie den Regen nicht mehr als bedrückend wie zuvor. Editha hielt ihr Gesicht in den Regen, und sie hatte den Eindruck, als spülten die Tropfen die Vergangenheit aus ihrem Gedächtnis.

Naß bis auf die Haut erreichte sie Santo Stefano, wo sie sich auf den Stufen niederließ. Sie fühlte sich elend und müde, und nach kurzer Zeit begann sie zu frieren. Bald zitterte sie am ganzen Leib. Mit ihrem Kleidersack betrat sie die Kirche, in der Hoffnung, etwas Wärme zu finden. Aber in der Kirche war es kalt und klamm. Da erinnerte sich das Mädchen an die Seitentür neben dem Altar, hinter der Padre Tullio verschwunden war.

Die Tür stand einen Spalt weit offen. Editha machte sich durch ein Räuspern bemerkbar, aber nichts geschah. Da betrat sie die enge, steinerne Wendeltreppe, die steil nach oben führte, und nachdem sie sich zweimal um die eigene Achse gedreht hatte, erreichte sie einen Absatz mit einem Mauervorsprung. Dahinter tat sich ein quadratischer Raum auf, kaum mehr als fünf Schritte nach jeder Seite. Durch zwei kleine Rundbogenfenster fiel gerade so viel Licht, daß man bei Tage ohne Kerze auskam. Ein Tisch, ein unförmiger, kantiger Stuhl, ein Betschemel und ein länglicher Kasten mit Stroh – das war die ganze Einrichtung. Die Decke aus derben, wuchtigen Holzbalken war niedrig, aber dafür strahlte sie eine gewisse Wärme und Behaglichkeit aus. Hier hauste der Karmelitermönch.

Nach kurzer Zeit erschien Padre Tullio mit einem Korb auf dem Rücken, einen zweiten trug er in der Hand. Die Anwesenheit des Mädchens schien ihn nicht einmal zu wundern; denn noch bevor Editha sich entschuldigen konnte, weil sie unangemeldet in seine Kammer eingedrungen war, sagte der Karmeliter: »Sieh her, was ich von den Reichen erbettelt habe: Brot für zwei Tage, Gemüse, sogar etwas getrocknetes Fleisch. Der Herr wird es ihnen lohnen.« Dabei machte er ein frohes Gesicht.

»Ihr geht jeden Tag zum Betteln?« erkundigte sich Editha.

»Jeden Tag, den Gott werden läßt, findest du mich in einem anderen Teil der Stadt. Ich bin heute in Santa Croce, morgen am Ponte di Rialto und übermorgen in San Marco, und nirgends gehe ich leer aus.« Erst jetzt betrachtete er das Mädchen, und verwundert meinte er: »Woher hast du das schöne Kleid? Bei allen Heiligen, du siehst aus wie eine vornehme Dame!«

Das Mädchen erzählte, es habe die Kleidung von seiner Herrschaft geholt, wo es nach einem Streit mit der Herrin entlassen und ohne den gerechten Lohn auf die Straße gesetzt worden sei …

»Du brauchst keine Lügenmärchen zu erfinden«, unterbrach der Mönch Edithas Redefluß. »In ganz Venedig ist von nichts anderem die Rede als von den Machenschaften der Reedersfrau Ingunda Doerbeck, die ihre Dienerin des Mordes bezichtigte, nur um sich selbst zu schonen und ihr frevelhaftes Leben zu verheimlichen.«

Editha sprang auf. Sie schämte sich für ihr Verhalten.

»Mein Gott, du bist ja völlig duchnäßt«, sagte Padre Tullio. »Du wirst dir den Tod holen.«

»Verzeiht, Padre, daß ich nicht den Mut hatte, Euch die Wahrheit zu sagen …«

Der Mönch tat, als hätte er die Entschuldigung nicht gehört. »Du mußt dir etwas Trockenes überziehen.« Sprach's und schulterte seinen Korb. Bereits auf der Treppe, rief er: »Ich bringe das Essen in den Vorratsraum im Turm. Die Ratten sollen nicht leer ausgehen!« Von unten erschallte sein übermütiges Lachen.

Beim Öffnen des Kleidersackes mußte Editha erkennen, daß alle ihre Gewänder klamm und feucht waren. Deshalb legte sie sie über dem Bettkasten zum Trocknen aus. Schließlich entledigte sie sich des Kleides, das sie am Körper trug, und schlüpfte in eine braune Karmeliterkutte, die an einem Nagel hing. Kurz darauf erschien Padre Tullio mit einer brennenden Kerze.

»Ich hoffe, Euer Ordensgewand wird dadurch nicht entweiht«, bemerkte Editha freundlich lächelnd.

Der Mönch setzte sich rücklings auf seinen Betschemel und bot dem Mädchen den einzigen Stuhl an. Dann entgegnete er: »Der Orden der Karmeliter ist zwar nur Männern vorbehalten, aber wer weiß, vielleicht wird es eines Tages auch Karmelitessen oder Karmeliterinnen oder wie auch immer sie heißen mögen geben. Dann gebührt dir der Ruhm, die erste gewesen zu sein.«

Der Saum der Kutte und die Ärmel waren viel zu lang, so daß Editha sich wie ein Spaßmacher im Karneval vorkam; aber das rauhe Kleidungsstück wärmte vortrefflich. Verlegen ließ das Mädchen die Arme hängen.

»Padre?« meinte es schließlich.

»Ja?«

»Darf ich bei Euch über Nacht bleiben?«

Der Mönch starrte vor sich hin auf den steinernen Boden und schwieg.

»Ihr müßt wissen«, holte Editha weiter aus, »ich habe noch nie allein im Freien geschlafen. Es wäre heute das erste Mal. Ich habe Angst. Im Gefängnis des Dogen war es zwar feucht und kalt, aber ich fühlte mich wenigstens sicher. Ich werde Euch auch nicht länger zur Last fallen. Nur heute, das eine Mal!«

In den Worten des Mädchens lag so viel Unschuld, daß Padre Tullio gar nicht anders konnte. Er antwortete: »Wenn es schon der Wille des Herrn war, daß wir uns hier begegnen, dann wird er auch nichts dagegen haben, wenn wir diese eine Nacht gemeinsam in diesem Raum verbringen. Das entspricht zwar nicht gerade der Ordensregel der Karmeliter; aber man hat mich ohnehin aus dem Kloster verwiesen. Du kannst hier bleiben.«

Allein die überlange Kutte hinderte das Mädchen daran, dem Mönch um den Hals zu fallen. »Ich danke Euch von Herzen«, rief es freudig. Zum erstenmal seit sieben Tagen fühlte Editha ein kleines Glück.

»Wie heißt du eigentlich, mein Kind?« fragte Padre Tullio.

»Editha, Padre.«

Der Mönch nickte. »Meinen Namen kennst du ja.«

»Ja, Padre.«

Editha wunderte sich. Wenn der Mönch schon von ihrem Schicksal erfahren hatte, warum stellte er ihr keine Fragen? Plagte ihn überhaupt keine Neugierde?

»Padre«, begann das Mädchen vorsichtig, »was reden die Venezianer über mich?«

Der Mönch machte eine unwillige Handbewegung. »Laß sie doch reden. Ein jeder weiß etwas anderes. Das muß dich nicht kümmern!«

»Und Ihr, Padre, wollt Ihr nicht wissen, wie es mir ergangen ist?«

»Ach, wenn du es mir erzählen willst, werde ich dich nicht daran hindern. Fragen werde ich dich nicht.«

Die Haltung des Karmeliters verblüffte Editha und machte sie gesprächig. Sie hatte einfach das Bedürfnis, dem Mönch ihr Leben zu erzählen, ihre Stummheit und wie sie ihr Vater an einen Fremden verkaufte, die seltsamen Vorgänge in Konstantinopel, ihre abenteuerliche Flucht und das furchtbare Geschehen im Palazzo des Reeders Doerbeck.

Vom Turm von Santo Stefano schlug es elf, und die Kerze war bis auf eine Handbreit niedergebrannt. Editha hängte ihre Kleider an den einzigen Nagel im Raum. Ohne zu klagen, legte sich der Padre auf den Boden. Das Mädchen suchte sein Lager auf dem Strohsack.

Aber Editha konnte keinen Schlaf finden. Die rauhe Karmeliterkutte kniff, kratzte und zwickte. Von der anderen Seite des Zimmers hörte das Mädchen die schweren, regelmäßigen Atemzüge des Mönchs. Leise erhob sich Editha und zog die Kutte aus.

»Wie schön du bist«, hörte das Mädchen die Stimme des Karmeliters. »Du bist schön wie die Madonna.«

Editha erschrak. Schamhaft kreuzte sie die Arme vor der Brust. Das Kerzenlicht warf einen weichen gelben Lichtschein auf ihren Körper. »Verzeiht, Padre. Ich dachte, Ihr schliefet schon.«

»O nein«, erwiderte der Mönch leise. »Dann wäre mir dieser Anblick verborgen geblieben. Ich habe nie etwas Schöneres gesehen. Um ehrlich zu sein, ich habe noch nie eine nackte Frau gesehen. Ich kannte nur die Gemälde von Giotto und Bellini, und beide sind große Künstler. Aber im Vergleich zur Natur sind beide nur Stümper. Du bist so wunderschön wie Eva im Paradies.«

Editha zögerte, aber die Worte Tullios erschienen ihr so ehrlich, daß sie sich geschmeichelt fühlte. Anders als bei Meytens, dessen schöne Worte eher niederträchtig klangen, bereiteten ihr die Schmeicheleien des Karmeliters kein Unbehagen.

»Padre«, meinte sie verlegen, »sagtet Ihr nicht, Eure Zuneigung gelte dem eigenen Geschlecht?«

Der Karmeliter lächelte, aber in seinem Lächeln lag ein Anflug von Bitternis. »Das dachte ich wohl, mein Kind, aber wie konnte ich über etwas urteilen, das ich nicht kannte? Ich habe nie die wahre Schönheit einer Frau gesehen. Ich glaube, die Verhüllung des anderen Geschlechts ist die schwerste Strafe, die Gott einem Mann auferlegt.«

Mit solchen Worten umgarnt, war Editha nahe daran, den Verstand zu verlieren. Wie selbstverständlich öffnete sie ihre gekreuzten Arme und verschränkte sie hinter dem Kopf, daß Padre Tullio ihre festen Brüste sehen konnte, dann drehte sie sich langsam nach beiden Seiten.

Immer noch auf dem Boden liegend, sog Padre Tullio den Anblick des nackten Mädchens in sich auf wie Johannes die Offenbarung. Ja, er verschlang Editha mit den Augen, schamlos und ohne Bedenken. Sein Blick glitt über jede Stelle ihres wohlgeformten Körpers, der sich so sehr von den Statuen der seelenlosen Heiligen unterschied, die er oft genug betrachtet hatte: Sankt Barbara, Ursula und die makellose Mutter Maria. Ein um das andere Mal wanderten seine Augen an den wohlgeformten Beinen des Mädchens auf und ab, zwängten sich zwischen ihre Schenkel und liebkosten ihre Scham.

Noch nie hatte Editha sich einem Mann in dieser Weise gezeigt, nackt und herausfordernd. Oft hatte sie sich ausgemalt, wie das sein würde, und ein jedes Mal hatte sie große Angst erfaßt und die Hoffnung, es möge ihr erspart bleiben. Doch nun ertappte sie sich dabei, daß sie Lust empfand, eine Lust, die vor allem darin begründet lag, daß der Mann zu ihren Füßen einen heiligen Eid auf seine Keuschheit geschworen hatte. Von ihm hatte sie nichts zu befürchten.

Wie im Wahn warf sich der Karmeliter plötzlich auf die Knie, faltete die Hände und flehte wie ein armer Sünder: »Editha, ich bete dich an. Du bist meine Göttin. Ich wünschte, dieser Augenblick möge nie zu Ende gehen!«

Aufgestachelt von diesen inbrünstigen Worten, trat Editha einen Schritt auf den Padre zu, spreizte die Beine und klemmte seine gefalteten Hände zwischen ihre Schenkel. Mit beiden Händen ergriff sie seinen Kopf und preßte ihn gegen ihre Scham. Der Mönch stieß einen schmerzvollen Schrei aus, als habe ihn eine Lanzenspitze durchbohrt. Dann hob er den Kopf, blickte Editha in die Augen und flüsterte inbrünstig: »Editha, meine Göttin, meine Madonna, liebe mich.«

Editha erschrak. Aber es war kein Schrecken, der sie in Furcht versetzt hätte; sie erschrak vielmehr, weil sie in diesem Augenblick dasselbe wünschte. Dennoch erwiderte sie zaghaft: »Padre, du bist ein Mönch und hast ein Gelübde abgelegt. Wir dürfen es nicht tun, niemals! Du würdest es schon morgen, wenn der Tag graut, bereuen.«

»Morgen, morgen!« winselte der Karmeliter. »Was kümmert uns das Morgen?« Seine Augen füllten sich mit Tränen. Editha spürte, wie ihre Schenkel feucht wurden.

War es Mitleid oder wurde sie doch mehr von der eigenen Leidenschaft getrieben, daß Editha begann, den Kragen an der Kutte des Mönchs zu öffnen? Und nach wenigen Augenblicken kniete Tullio nackt vor ihr, hilflos und gierig wie ein hungriges Kind. Schließlich sank auch das nackte Mädchen auf die Knie, und dabei begegneten sich ihre Blicke.

»Komm!« sagte Tullio leise. Er wußte, daß sie es tun würde.

Sie liebten sich nicht nur einmal in dieser Nacht; sie liebten sich auf dem steinernen Boden und auf dem Strohsack seines Bettkastens, sie liebten sich auf dem einzigen Stuhl, den es gab, und irgendwann sanken beide halbtot und entkräftet auf das Stroh.

Editha war zu keinem klaren Gedanken mehr fähig. Nur irgendwann, inmitten der gierigen Unbeherrschtheit, war ihr der Gedanke gekommen: Jetzt hast du deine Unschuld verloren. Und dabei hatte sie ihre Lippen zusammengepreßt aus Angst, sie könnte erneut die Sprache verlieren.

Durch die schmalen Fenster des Gewölbes fiel zaghaft das erste Morgenlicht, als Editha erwachte. Vom Turm von Santo Stefano schallte die große Glocke, als gelte es das Osterfest einzuläuten, laut und grell. Das ungewöhnliche Läuten der großen Glocke zu so früher Stunde lockte nicht nur Frühaufsteher auf den Campo Santo Stefano. Aus allen Himmelsrichtungen strömten Menschen herbei, um nach dem Grund für das große Geläute zu fragen. Sie spähten über die Dächer, ob sich irgendwo eine Rauchsäule zeigte. Ein paar alte Weiber kreischten: »Gott schütze uns, die Türken kommen!« Ein Läufer mit fremdländischen Akzent wollte erfahren haben, daß Papst Eugen heimlich in Venedig weile.

Als das Geläute nicht enden wollte, im Gegenteil immer heftiger wurde und als Editha auf mehrmaliges Rufen keine Antwort erhielt, überfiel sie eine furchtbare Ahnung. Sie zog sich ein Kleid über, hetzte über die steinerne Treppe nach unten und gelangte durch eine Seitentür der Kirche nach draußen. Auf dem weiten Platz stieß sie auf den alten Bettler, der ihr am Tag zuvor zur Armenspeisung verholfen hatte. Er wartete auf das Morgenmahl, das der Karmeliter um sieben verteilte.

»Wohin so eilig?« rief er Editha von weitem entgegen.

Doch die hörte seine Frage nicht und rief: »Hast du Padre Tullio gesehen, Alter?«

Der Alte lachte: »Gewiß. Vor kurzem lief er über den Platz, als wäre der Teufel hinter ihm her! Zu so früher Stunde! Für gewöhnlich holt sich der Teufel seine Beute um Mitternacht!«

»Und wo ist er hin?«

»Zurück in die Kirche!« antwortete der Alte kopfschüttelnd.

Editha machte kehrt, betrat die Kirche durch den Seiteneingang und strebte einer kleinen Tür zu, die jener, welche zu seinem Unterschlupf führte, genau gegenüber lag. Als sie die Tür aufstieß, schlug ihr das bronzene Dröhnen der großen Glocke entgegen. Im Mauerwerk war ein Grollen und Rumpeln zu vernehmen, und der Glockenstuhl ächzte wie ein überladener Wagen. Editha rannte die hölzerne Treppe hinauf, die sich an den Innenwänden des quadratischen Turmes nach oben wand, so daß man in der Mitte nach oben blicken konnte. Die Glockenschläge schmerzten in ihren Ohren, weil sich der Schall im Inneren des Turmes verfing.

Als sie den zweiten Absatz erreicht hatte, beugte Editha sich über das Geländer, um mit einem Blick nach oben zu erkunden, wie weit sie von der Glockenstube, wo die Glockenseile gezogen wurden, entfernt sei. Dabei rief sie aus Leibeskräften: »Tullio!«

Im selben Augenblick sauste an ihr ein unheimliches Etwas vorbei wie ein von einem Pfeil getroffener riesiger Vogel. Editha schreckte zurück. Aber noch ehe sie ihren Blick nach unten wandte, flog der Riesenvogel in umgekehrter Richtung an ihr vorbei nach oben, und einen Augenblick später wieder nach unten, und erst jetzt begriff sie das furchtbare Geschehen.

Vor ihren Augen hing Padre Tullio am Glockenseil. Er hatte eine Schlinge um den Hals geknotet, und der Schwung der großen Glocke schleuderte ihn im Takt der Glockenschläge auf und ab, auf und ab. Sein Körper hing tot am Seil, aber er drehte sich um die eigene Achse, und seine Arme vollführten seltsame Bewegungen, als tanzte er in höchster Verzückung einen makabren Tanz.

Starr vor Schreck und zu keiner Regung fähig, klammerte sich das Mädchen an das morsche Treppengeländer. Da drehte sich im Vorbeifliegen die Leiche des Karmeliters so, daß Editha für einen Augenblick das Gesicht und die hervorquellenden

Augen des Padre sehen konnte, und ihr schien es, als lächelte Tullio ihr zu.

Editha schlug beide Hände vors Gesicht, und sie hörte Tullios Stimme: *Was kümmert uns das Morgen …*

KAPITEL IX

Der Fluch der Schwarzkunst

Das Schiff, mit dem Michel Melzer am folgenden Tage in Venedig ankam, mußte in der Nacht vor der Lagune ankern; denn es war fremdländischen Schiffen verboten und obendrein viel zu gefährlich, nachts anzulanden.

Der Spiegelmacher hatte den Seeweg von Konstantinopel auf einer flandrischen Kogge zurückgelegt. Die hochbordigen Segler galten zwar nicht gerade als schnell, dafür waren sie komfortabel, weil sich in ihren dicken Bäuchen mehrere Stockwerke übereinander türmten, die bei Bedarf dem Warentransport oder zahlenden Passagieren vorbehalten blieben.

Der Spiegelmacher reiste in Begleitung des Ägypters Ali Kamal, der Melzer seinerzeit zu der Reise verleitet hatte, als er ihn über Edithas Flucht nach Venedig in Kenntnis setzte. Zwar verging kaum ein Tag, an dem ihm nicht die schöne Lautenspielerin Simonetta in den Sinn kam, aber wenn er daran dachte, wie das Mädchen ihn an der Nase herumgeführt hatte, dann mochte Melzer sich die Haare raufen, und er schwor einen heiligen Eid, nie wieder die demütigende Rolle eines schmachtenden Liebhabers zu spielen.

In Konstantinopel hatten die gewaltsame Befreiung des chinesischen Gesandten und die unbemerkte Flucht der Asiaten

Empörung und Wut hervorgerufen, und alle Ausländer, so sie nicht italienischer oder griechischer Herkunft waren, sahen sich Mißtrauen und Verfolgungen ausgesetzt. War das Verschwinden der Chinesen nur allzuleicht erklärlich, so konnte sich der Spiegelmacher keinen Reim darauf machen, warum der päpstliche Legat Cesare da Mosto und seine Begleitung die Stadt so überstürzt verlassen hatten, ohne den Auftrag einzuklagen oder das bezahlte Geld zurückzufordern.

Als die Kogge endlich bei Tagesanbruch im östlichen Hafen festmachte, gerieten die Passagiere, die meisten von ihnen flandrische Kaufleute, in große Aufregung. Ein jeder wollte der erste sein an Land, wo sie von Schleppern der verschiedenen Brokatwebereien, Glasmanufakturen oder Waffenschmieden erwartet wurden. Je nach Temperament oder Geschäftsgebaren riefen diese ihre Angebote laut heraus oder offerierten sie hinter vorgehaltener Hand, als gelte es ein Geheimnis zu wahren. Der Spiegelmacher beobachtete dies mit Vergnügen, sah er sich doch zu keiner Eile veranlaßt.

Melzer war geblendet vom ersten Anblick Venedigs, aber nicht von den glänzenden Türmen, den Palästen und herausgeputzten Plätzen – in dieser Hinsicht stand Konstantinopel keiner anderen Stadt nach –, seine Bewunderung galt vielmehr den Arsenalen, die man vom Schiff aus sehen konnte, einem weitverzweigten Gelände aus Kanälen, Warenhäusern, Fabriken, Handwerksbetrieben und Docks, die von vielen tausend Arbeitern bevölkert wurden. Von Feinden Venedigs gefürchtet, von Freunden bewundert, galten die Arsenale als das Herz des venezianischen Schiffbaus, und den Arsenalotti, welche ihr Gewerbe innerhalb der streng bewachten Mauern ausübten, ging der Ruf voraus, sie stünden mit Gott oder dem Teufel im Bunde, weil sie in der Lage seien, innerhalb zweier Sonnenaufgänge eine Galeere auf Kiel zu legen und das fertige Schiff zu Wasser zu lassen.

Ein mitreisender Kaufmann aus Rijssel hatte Melzer die Herberge *Santa Croce* am Campo San Zaccaria empfohlen. Die beschwerliche Reise – vor Korfu waren sie in einen Herbststurm geraten, und seither hatte keiner der Passagiere auch nur ein Auge zugetan – hatte den Spiegelmacher so erschöpft, daß er sich in dem üppigen Zimmer, das keinen Wunsch aufkommen ließ, sofort zur Ruhe legte und einschlief. Sein Geld, das er in einem ledernen Säckchen bei sich trug, und das hölzerne Kästchen, in dem er den einzigen verbleibenden Satz Lettern gerettet hatte, versteckte er unter seiner Matratze. Ebenso eine Zinnbüchse mit Druckerschwärze.

Die Sonne stand schon tief, als Melzer erwachte. In einem Saal zu ebener Erde nahm er eine Mahlzeit ein. Sie bestand aus vorzüglichen Teiggerichten, welche, mit unterschiedlichen Gewürzen gekocht und mit Muscheln und anderen Früchten des Meeres vermengt, Zunge und Gaumen höchstes Entzücken bereiteten. Einzig der Wein, den man dem Spiegelmacher kredenzte, enttäuschte wegen seiner Säuernis, und weil der Wirt obendrein darauf bestand, den Rebensaft nach Sitte des Landes mit Wasser zu mischen – alles andere, gab der Wirt zu verstehen, sei unschicklich.

Melzer hatte keine Vorstellung, wie er die Spur seiner Tochter aufnehmen sollte. In gewisser Weise fürchtete er sich sogar vor der Begegnung; schließlich hatte sie ihn im Zorn verlassen. In seiner Ratlosigkeit warf er sich einen samtenen Mantel mit weiten Ärmeln über, welcher ihm das Gefühl gab, vornehm zu erscheinen; denn die Venezianer kleideten sich – das war ihm aufgefallen – besser als alle anderen Stadtbewohner der Erde. Ein jeder gerierte sich prunkvoll wie ein kleiner Fürst, und die Etikette, welche andernorts nur den Adel betraf, machte sich hier sogar in den Gassen der einfachen Leute bemerkbar.

Vor allem die vornehmen Damen, eine jede eine *dogaressa*, welche in Begleitung einer oder mehrerer Zofen auf den Plätzen flanierten, fanden bei Melzer Bewunderung, und er ertappte sich dabei, wie er die eine oder andere ungehörig lange musterte, weil sie eine gewisse Ähnlichkeit mit Simonetta zeigte.

Allzugerne hätte Melzer den Palast des Dogen Foscari gesehen, den zu bewundern die Menschen von weither gereist kamen, um in aller Welt zu verkünden, welch filigranes Meisterwerk den Venezianern gelungen sei, aber der Tag neigte sich ungewöhnlich schnell. Zwar tauchten Fackeln an den Hauswänden Gassen und Kanäle in helles Licht, und der Andrang der Bewohner wuchs beinahe mit jeder Stunde des Abends, aber der Spiegelmacher war ein vorsichtiger Mann und zog es vor, zum Campo San Zaccaria zurückzukehren.

Auch in der Herberge *Santa Croce* erwachte nun das Leben, und erst jetzt, im Licht zahlloser Kerzen, Leuchter und Lampen, wurde der Spiegelmacher gewahr, in welchem Luxus die Herberge erstrahlte. Herberge war bei Gott eine einfältige Bezeichnung für ein Domizil, welches andernorts wohl Palast genannt worden wäre; doch die Venezianer waren derlei Aufwand gewöhnt. Schon der Boden der Eingangshalle war ein Wunderwerk der Fliesenlegerkunst, weil die listigen Handwerker ihre rechteckigen und quadratischen Kacheln *prospettico* verlegt hatten, also perspektivisch, das heißt, vorne die größten und die kleineren hinten, was zur Folge hatte, daß der Eintretende sich in einem langgestreckten Saal wähnte, obwohl der Raum nur klein und quadratisch war. Sie hatten diese Taschenspielerkunst den zahlreichen Malern abgeschaut, welche aus aller Welt nach Venedig strömten und neuerdings darin wetteiferten, in ihren Gemälden eine Tiefe vorzugaukeln, die es gar nicht gab.

Der Saal, in dem Melzer zuvor gespeist hatte und in dem sich nun Italiener und Griechen, vor allem aber Deutsche und Flamen zum Mahl trafen, glänzte in warmen Farben. Der Boden war aus rotem Marmor und die Tapeten aus goldenem und rotem Leder, unterbrochen von Rautenmustern auf feinstem Brokat. Die Tische und Stühle konnte man nicht mit denen vergleichen, die Melzer vom Rhein gewöhnt war. Aus schwarzen und roten Hölzern gefertigt, mit Tierköpfen verziert und eingelegt mit Elfenbein, Silber und anderen kontrastierenden Hölzern, glich keiner dem anderen, und ein jeder war ein Kunstwerk für sich.

Entbehrte das Stimmengewirr im Saale auch nicht einer gewissen Heftigkeit, so war es doch weit entfernt von jener Heißblütigkeit, mit der die Unterhaltung in byzantinischen Herbergen gepflegt wurde. In der Hauptsache lag das wohl daran, daß die meisten Besucher von jenseits der Alpen kamen, wo man sich hütete, das Herz auf der Zunge zu tragen. Im übrigen ging es meist um Geld und Geschäfte, die in Verschwiegenheit besser gediehen.

Um so mehr Beachtung fand ein Bote des Dogen in einem roten Kurzmantel aus Samt und grünen Seidenstrümpfen, der aufgeregt in den Saal stürmte und nach Messer Meytens rief, »*Sua Altezza*«, der Doge Foscari, sei von neuerlichem Ohrenrauschen befallen, und der Medicus möge auf schnellstem Wege mit seiner Tinktur in den Palast eilen.

Melzer trat dem Boten entgegen. »Nanntet Ihr Messer Meytens, den Medicus, beim Namen?«

»Wo ist der Medicus? Er soll sich hier aufhalten. Ihr kennt ihn?«

»Und ob ich ihn kenne! Aber ich wußte nicht einmal, daß er hier ist. Ich bin selbst gerade erst angekommen.«

Aus dem Hintergrund trat der Wirt hinzu, ein hagerer Mann in einem ärmellosen Mantel und mit einer runden, bauschigen Mütze auf dem Kopf. Der Medicus, erklärte er dem Boten, müsse jeden Augenblick zurücksein, denn sein Tageslauf sei immer der gleiche, er verlasse gegen Mittag das Haus und kehre bei Einbruch der Dämmerung zurück.

Noch während er redete, betrat Chrestien Meytens den Saal.

»Ihr hier, Meytens?« rief ihm Melzer entgegen. »Wie klein ist doch die Welt!« Und im selben Atemzug fügte er hinzu: »Wißt Ihr etwas von Editha?«

Der Medicus nahm Melzer beiseite und sagte, nachdem sie sich umarmt hatten wie alte Freunde: »Es gibt viel zu berichten. Folgt mir!«

Da trat der vornehme Bote dazwischen, und in hoheitsvollem Tonfall, der dadurch entstand, daß er nach jedem Wort eine kleine Pause machte, erklärte er: »*Sua Altezza*, der Doge Francesco Foscari, befiehlt, der Medicus Meytens möge sich umgehend zum Palazzo Ducale begeben samt seinem geheimen Wässerchen. Das Ohrenklingen des Dogen ist heute stärker als je zuvor.«

Melzer warf dem Medicus einen verstohlenen Blick zu und grinste: »Kein schlechter Patient, Meytens!«

»Aber ein schwieriger!« gab dieser zurück. Und an den vornehmen Boten gewandt: »Sagt dem Dogen, ich komme!«

Weit mehr als das Ohrensausen des Dogen interessierte den Spiegelmacher das Schicksal seiner Tochter, und er hielt den Medicus am Ärmel fest und wiederholte seine Frage: »Sprecht, was wißt Ihr über Editha? Wo ist sie? Wie ist es ihr ergangen?«

»Ich weiß nicht, wo sie sich zur Zeit aufhält«, antwortete Meytens. »Editha ist seit drei Tagen wie vom Erdboden verschluckt. Seit drei Tagen durchkämme ich alle Gassen und Plätze der Stadt, um sie zu suchen. Bisher vergebens.«

»Mein Gott!« flüsterte Melzer.

»Wir werden sie finden!« versuchte Meytens den Spiegelmacher zu beruhigen. »Viel wichtiger ist: Editha hat die Sprache wiedergefunden!«

Melzer sah den Medicus an, als habe er ihn nicht verstanden.

»Sie kann sprechen!« rief Meytens; dabei schüttelte er Melzer an beiden Armen, als wollte er ihn wachrütteln.

»Sie kann sprechen?« stammelte dieser. »Wie ist das möglich? Editha kann sprechen?« Er lachte, er lachte laut und gekünstelt wie ein Mensch, der fürchtet, die freudige Botschaft könnte nicht wahr sein. »Editha kann sprechen!« Tränen rannen über sein Gesicht, während er lachte. Plötzlich hielt er inne, und mit ernster Miene sagte er: »Ich kann es nicht glauben. Sagt mir die Wahrheit, was ist mit Editha geschehen. Warum soll sie auf einmal wieder sprechen können?«

Da machte Meytens ein ernstes Gesicht. »Das ist eine lange Geschichte. Begleitet mich zum Palast des Dogen. Auf dem Weg will ich Euch alles erzählen. Kommt!«

Chrestien Meytens wählte den Weg am Bacino entlang und drängte sich schnellen Schrittes durch die Menschen, die in Gruppen herumstanden, die Neuigkeiten des Tages beredeten, sich und ihre Garderobe zur Schau stellten oder – die liebste Beschäftigung der Venezianer – Intrigen spannen. In kurzen Worten berichtete er Melzer die Vorkommnisse der letzten Tage: die Umstände, welche dazu geführt hatten, daß Editha die Sprache wiederfand; die Intrige der Reedersfrau; Edithas Gefangennahme und den bei aller Tragik glücklichen Ausgang.

Melzer, der Mühe hatte, dem Medicus zu folgen, schluchzte im Gehen wie ein Kind und wischte sich die Tränen aus dem Gesicht. »Es ist alles meine Schuld«, wiederholte er ein ums andere Mal. »Ich hätte mich mehr um sie kümmern müssen.«

Über den Ponte della Paglia, unter dem festlich beleuchtete Gondeln hindurchzogen, erreichten sie den Palazzo Ducale. Hunderte leuchtender Glaskugeln tauchten das Gebäude in ein märchenhaftes Licht, das den Venezianern Abend für Abend Anlaß zum Staunen gab. Doch Melzer hatte kein Auge für all die Pracht. Er folgte dem Medicus bis zur Porta della Carta.

»Drüben, auf der anderen Seites des Platzes, ist eine vorzügliche Weinschenke«, meinte Chrestien Meytens. »Nehmt einen Schluck auf das Wohl Eurer Tochter und wartet, bis ich zurück bin. Es wird nicht lange dauern!«

Wie im Traum überquerte Melzer den dicht bevölkerten Platz, ohne nach links oder rechts zu blicken. Er hatte nur den einen Gedanken: Editha. In die Freude darüber, daß seine Tochter wieder sprechen konnte, mischte sich die Angst um ihren Verbleib. Wo sollte er sie suchen? Gewiß, Venedig zählte nicht einmal halb so viele Bewohner wie Konstantinopel, aber in den verwinkelten Gassen oder zu Schiff auf den Kanälen nach Editha zu suchen war kaum weniger aussichtslos als die Suche nach der Nadel im Heuhaufen. Meytens blieb seine einzige Hoffnung.

Aus der Schenke drang Lachen und leise Musik, und Melzer suchte nach einem Platz in der Ecke, von dem er die frohgestimmten Gäste überschauen konnte. In Sichtweite des Dogen verkehrten hier vor allem reiche Venezianer, und ein langer Tisch mit Stühlen, deren Lehnen sogar einen behüteten Gast überragten, war nur Mitgliedern des Großen Rates vorbehalten.

Während Melzer den einzigen freien Platz im Hintergrund ansteuerte, drang Lautenklang an sein Ohr, und unwillkürlich kam dem Spiegelmacher der Gedanke an Simonetta, die ihn so schmachvoll im Stich gelassen hatte. Zufrieden ließ er sich auf den Stuhl nieder und winkte eine der frivol gekleideten Bedienerinnen herbei – die venezianischen Schneider genossen den Ruhm, Kleider zu entwerfen, die mehr enthüllten als sie verbargen – da fiel sein Blick auf die zwei Musikantinnen, welche auf einem Podest gegenüber zur Gambe und Laute sangen.

Bei Gott! Verfolgte ihn die Erinnerung an Simonetta so sehr oder war sie es wirklich? Es gab gewiß viele Lautenspielerinnen in Venedig und ohne Frage eine Anzahl mit üppigem, schwarzem

Haar; aber gab es eine zweite von solcher Schönheit, von solcher Anmut der Bewegungen?

Melzer ertappte sich dabei, daß er dieser Frau noch immer nachhing. Da hob die Lautenspielerin an zu singen: *La dichiarazione d'amore e una bugia* … »Die Liebeserklärung ist eine Lüge.« Kein Zweifel, es war Simonetta!

Melzer sprang auf und strebte dem Ausgang zu. Doch Simonetta hatte ihn längst entdeckt. Sie beendete ihren *canzone* abrupt und folgte dem flüchtenden Gast nach draußen. Als sei der Teufel hinter ihm her überquerte Melzer die Piazza, stieß ein paar Männer, die ihm im Wege standen, beiseite und fand ein schmales, unbeleuchtetes Gäßchen, das ihm Schutz bot. An einen Hauseingang gelehnt, lauschte er, ob er verfolgt würde. Vom Glockenturm von San Marco schallte die *Marangona*, eine der fünf Glocken, welche Anfang und Ende des Tages einläutete.

Da er sich sicher glaubte, seine Verfolgerin abgeschüttelt zu haben, nahm der Spiegelmacher den Weg, den er gekommen war. Als er auf den Markusplatz einbog, ertönte plötzlich neben ihm eine vertraute Stimme: »Warum läufst du vor mir fort, Spiegelmacher?«

Melzer würdigte die Lautenspielerin, die neben ihm herlief, keines Blickes und schwieg trotzig, während er dem Dogenpalast zustrebte.

»Wir haben uns doch geliebt!« begann Simonetta leidvoll. »Du mußt mich anhören, dann wirst du mich verstehen.«

Melzer lachte verbittert. »Was gibt es da zu verstehen? Du bist eine Hure wie tausend andere Huren und läßt dich mit jedem ein, der dir nur schöne Augen macht.«

Simonetta hatte Mühe mit dem Spiegelmacher Schritt zu halten, aber sie ließ sich nicht abschütteln. »Ich verstehe ja, wenn du mich abweisend behandelst. Aber ich bitte dich, höre mir einen Augenblick zu.«

Da blieb der Spiegelmacher stehen und sah Simonetta von der Seite an. Er sträubte sich, ihre köstlichen Lippen zu betrachten, dieses seidige, leicht gewölbte Kinn und die feurigen Augen, welche die schönsten Versprechungen machten. Nein, Melzer konnte keinen Haß gegen sie empfinden, aber in seinem tiefsten Innern war er verletzt.

»Also?« sagte er forsch, den Blick über die Menschenmenge gerichtet, die den nächtlichen Platz bevölkerte.

Die Lautenspielerin rang nach Worten. »Es ist«, stammelte sie heftig, »ganz anders, als du denkst. Allein Lazzarini ist schuld an der ganzen Sache. Du mußt wissen, er ist ein glühender Anhänger des alten Dogen Francesco Foscari, einer der wenigen, die ihm noch die Treue halten. Der Doge wiederum ist dem römischen Papst Eugen zugetan, einem Mann, ebenso alt wie er und von ebensovielen Feinden umgeben. Für beide, den Dogen wie den Papst in Rom, gilt: Die Zahl ihrer Feinde ist größer als jene ihrer Anhänger. Sogar der Rat der Zehn, der eigentlich die Sache des Dogen vertreten müßte, steht meist mit Foscari auf Kriegsfuß.«

Was, wollte Melzer fragen, hat das alles mit uns zu tun? Aber er schwieg und ließ Simonetta weiterreden.

»Als die Kunde von der Ermordung des päpstlichen Legaten Albertus di Cremona bekannt wurde, sah der Papst keine andere Möglichkeit und bat den Dogen um Hilfe. Er überzeugte Foscari, daß die künstliche Schrift, warum auch immer, von allergrößter Bedeutung für den Fortbestand des Papsttums sei. Da gab der Doge Lazzarini den Auftrag, die Chinesen, welche diese neue Kunst beherrschten, nach Venedig zu holen. Aber an die Chinesen war aus den bekannten Gründen nicht heranzukommen; doch, so meldeten seine Späher, ein Spiegelmacher aus Deutschland beherrsche die Kunst ebenso. Zuerst wollten sie dich entführen. Dann kam Lazzarini die teuflische Idee, eine Frau sollte dich nach Venedig locken. Die Wahl fiel auf mich.«

»Ich habe es geahnt!« rief Melzer aufbrausend. »Wo hatte ich nur meinen Verstand!« Wutentbrannt setzte er seinen Weg fort in Richtung der Porta della Carta. »War es wenigstens ein einträgliches Geschäft?«

Simonetta weinte, während sie neben ihm herlief. »Lazzarini gab mir fünfzig Scudi, und weitere fünfzig stellte er nach Erledigung des Auftrages meinem Bruder Jacopo in Aussicht.«

»Hast du sie erhalten?«

»Nein. Ich will das Geld nicht.«

»Warum dieser plötzliche Edelmut?«

Simonetta trat Melzer in den Weg und sah ihn mit Tränen in den Augen an. »Es lief anders als geplant. Jacopo wurde durch unglückliche Umstände getötet, und ich verliebte mich in dich. Ja, ich habe mich wirklich in dich verliebt!«

»Wo Geld im Spiel ist, ist kein Platz für die Liebe.«

»Ich schwöre es bei den Gebeinen des heiligen Markus, es ist die Wahrheit!«

»Und warum dann die Flucht mit Lazzarini?«

»Lazzarini hatte, seit die Wahl auf mich gefallen war, ein Auge auf mich geworfen. Er ließ sich durch seine Späher ständig Bericht erstatten. Ich glaube, sie bewachten jeden unserer gemeinsamen Schritte. Irgendwann meldeten unsere Bewacher wohl nach Venedig, die Lautenspielerin und der Spiegelmacher würden anscheinend gemeinsame Sache machen. Da verlor Lazzarini den Kopf. Er segelte nach Konstantinopel und stellte mich vor die Wahl, sofort nach Venedig zurückzukehren; andernfalls, drohte er, würde er dich beseitigen lassen. Ein Mörder, ließ er wissen, koste in Konstantinopel gerade zwei Scudi.«

»Mich umbringen? Er muß verrückt sein. Dann hätte er seinen Auftrag nie mehr erfüllen können.«

Simonetta nickte. »Ein Mann in Liebesnot ist ohne Verstand.«

Melzer blickte betroffen zu Boden. Er war hin- und hergerissen von Simonettas Worten. Sagte sie die Wahrheit? Schließlich hatte sie ihn schon einmal hinters Licht geführt.

Während er, um eine Antwort verlegen, stumm in sich hineinhorchte, sich fragte, wem er mehr trauen sollte, seinem Gefühl oder seinem Verstand, versuchte Simonetta ihn zu umarmen. Da riß der Spiegelmacher sich los, als bereite ihm die zärtliche Berührung Unbehagen, und mit den Worten: »Bitte nicht! Laß mir Zeit!« rannte er fort und ließ Simonetta ratlos zurück.

Vor der Porta della Carta patrouillierten die Torwächter in ihren weiten, über dem Knie geknüpften Hosen und den blau-rot gestreiften Oberteilen. Doch statt vier, wie gewöhnlich, hielten zwölf Soldaten Wache, und jeder, der Zutritt zum Palazzo Ducale suchte, mußte Namen und den Grund seines Kommens nennen, bevor die Wächter die gekreuzten Hellebarden hoben und ihn einließen.

Nach kurzer Zeit erschien Meytens. Er nahm Melzer beiseite, und während er sich vergewisserte, daß niemand zuhörte, raunte er ihm zu: »Der Doge ist Opfer eines Anschlags geworden. Man hat versucht, ihn zu vergiften. Mir scheint, hier herrschen rauhe Sitten. Kommt!«

Die beiden Männer nahmen den Weg um San Marco herum, überquerten eine Brücke über den Rio del Palazzo und näherten sich dem Campo San Zaccaria von der Rückseite. »Ich kam«, berichtete Meytens, »gerade zur rechten Zeit, um ihm einen Krug Salzwasser einzuflößen, so daß der Doge sich übergab und alles ausspuckte, was er in den letzten zwei Tagen zu sich genommen hatte. Jetzt befindet er sich in der Obhut seiner beiden Leibärzte, für die ich allerdings meine Hand nicht ins Feuer legen möchte. Man sagt, der Doge hat viele Feinde. Hört Ihr mir überhaupt zu?«

»Gewiß, ja«, antwortete Melzer geistesabwesend. Der faulige

Gestank, der vom Rio del Vin heraufstieg und sich unnachgiebig durch die umliegenden Gassen fraß, mischte sich mit der klammen Herbstluft und war geeignet, einem die Sinne zu rauben. Seit er venezianischen Boden betreten hatte, kämpfte der Spiegelmacher gegen den unerträglichen Gestank in dieser Stadt. Angewidert steckte er seine Nase in die rechte Armbeuge.

Meytens, dem der Vorgang nicht entging, lachte derb und meinte: »Nach einem oder zwei Tagen hat sich Eure Nase an den venezianischen Kloakenduft gewöhnt. Es ist mit den Städten nicht anders als mit den Weibern: Die schönsten stinken am meisten.«

Der Spiegelmacher rang sich ein Schmunzeln ab.

»Euch geht das Schicksal Eurer Tochter nicht aus dem Kopf«, begann der Medicus von neuem, während sie fröstelnd nebeneinander hergingen. »Wir werden sie finden. Venedig ist eine Inselstadt. Da entkommt man nicht so leicht.«

In der Herberge *Santa Croce* herrschte Aufregung unter den Gästen. Eine Abordnung der Ufficiali, sieben bewaffnete Männer, hätten jeden einzelnen der ausländischen Gäste kontrolliert, seine Papiere, sein Gepäck, sogar seine Kleidung. Auf den Dogen sei ein Giftanschlag verübt worden, und man vermute eine fremde Verschwörung. Meytens und Melzer warfen sich einen vielsagenden Blick zu.

Vor allem der Wirt, der um den Ruf seiner exklusiven Herberge fürchtete, wirkte äußerst beunruhigt. Er eröffnete dem Spiegelmacher unter tausend Entschuldigungen und dem Hinweis, so etwas habe es in seinem Hause noch nie gegeben, daß die Ufficiali sein Zimmer durchsucht und eine Zinndose mit schwarzer Salbe beschlagnahmt hätten; und er, Melzer, sei aufgefordert, sich morgen bei der *Quarantia Criminal* im Palazzo Ducale zu melden.

»Eine schwarze Salbe?« Meytens, der Zeuge des Gesprächs

wurde, sah Melzer fragend an. »Wollt Ihr mir Konkurrenz machen, Spiegelmacher?«

Michel Melzer lachte bitter. »Unsinn. Das ist keine Salbe, das ist Schwärze zum Drucken!«

Das Zimmer des Spiegelmachers bot einen trostlosen Anblick. Kästen, Schubladen, sogar die Polster des Bettes waren durchwühlt. Aber außer der Schwärze fehlte nichts, keine einzige Münze aus seinem Geldsack. Aus dem Beutel nahm Melzer hundert Gulden und gab sie dem Medicus: »Ich stehe noch in Eurer Schuld.«

Höflich aber bestimmt wurde Melzer am folgenden Morgen von zwei Ufficiali geweckt, die ihn zur *Quarantia* im Palast des Dogen brachten. Treppen, Gänge und Gewölbe dieses Palastes waren geeignet, einen Fremden in den Glauben zu versetzen, von hier aus werde die Welt regiert. Hatte sich der Spiegelmacher beim Betreten des Palazzo Ducale noch selbstsicher und keiner Schuld bewußt gefühlt, so schwand seine Sicherheit, je länger der verschlungene Weg wurde, den die Ufficiali einschlugen. Er endete schließlich in einem Saal, von dem Melzer nur ein hohes Deckengemälde und mit rotem Damast bespannte Wände in Erinnerung blieben.

Hinter einem wuchtigen schwarzen Holztisch saß ein kleiner, rot gekleideter Mann, den die Ufficiali ehrfurchtsvoll »Capitano« anredeten. Capitano Pigafetta – so sein Name – musterte Melzer mit gespielter Freundlichkeit, erkundigte sich nach Namen, Gewerbe und Herkunft und klatschte schließlich zweimal in die Hände. Darauf öffnete sich wie von Geisterhand eine rahmenlose Tür in der Wand, und herein traten zwei uniformierte Lakaien. Der erste trug Melzers Zinngefäß mit der Druckerschwärze, der zweite hatte eine struppige, graue Katze auf dem Arm, ein fauchendes Tier, wie sie zu Tausenden Gassen und Plätze Venedigs bevölkerten.

Capitano Pigafetta gehörte zu jener gar nicht seltenen Sorte Menschen, deren Charakter zwischen harmloser Nichtigkeit und listiger Gefährlichkeit schwankt und die dabei bemüht sind, diese Eigenschaft hinter ständigem Lächeln zu verbergen. Der Capitano grinste, als er das Zinngefäß mit der Schwärze öffnete, doch als er an dem dunklen Inhalt schnupperte, verzog er für einen Augenblick das Gesicht.

»Sagtet Ihr nicht, daß Ihr dem Gewerbe eines Spiegelmachers nachgeht, Fremder?«

»Ja, das sagte ich, Capitano.«

Pigafetta lächelte zufrieden. »Und zum Spiegelmachen braucht man derlei stinkende Salben?«

»Aber nein, Capitano. Dies ist keine Salbe, sondern ein Mittel zur Ausübung der Schwarzkunst.«

»Also seid Ihr ein Magier oder Quacksalber oder gar ein Teufelsaustreiber.«

»Nichts von alledem, Capitano. Die Schwärze ist nichts anderes als eine Art Tinte für die künstliche Schrift.«

»Also seid Ihr ein Zauberer. Einer von denen, die auf den Märkten herumlungern und ehrbaren Bürgern das Geld aus der Tasche ziehen. Wie dem auch sei, Zauberer, anständig ist das Gewerbe, dem Ihr nachgeht, auf keinen Fall.«

Melzer mußte an sich halten.

Plötzlich wechselte der Capitano das Thema und fragte: »Welchem Papst huldigt Ihr eigentlich, Zauberer, dem in Rom oder jenem Amadeus von Savoyen, der sich Papst Felix V. nennt?« Er grinste listig.

Der Spiegelmacher hatte diese Frage nicht erwartet, und sie stürzte ihn in Verwirrung. »Ich – ich weiß nicht worauf Ihr hinaus wollt, Capitano«, stotterte Melzer. »Es gibt nur einen Stellvertreter Gottes auf Erden. Oder wie seht Ihr das?«

Die Antwort verunsicherte wiederum den Capitano, und er

wandte sich erneut dem Zinngefäß mit der Schwärze zu. »Riecht nicht gerade übel«, meinte er, während er mit der Nase in der Schwärze schnüffelte, »aber das haben beinahe alle tödlichen Gifte gemein.«

»Capitano!« rief Melzer entrüstet. »Meine Schwärze ist kein Gift. Sie ist eine Mischung aus Fett, Ruß und anderen Mitteln und dient zu nichts anderem als zum Sichtbarmachen der künstlichen Schrift!«

Pigafetta grinste hinterhältig. »Nun gut, Schwarzkünstler, wenn es ist, wie Ihr sagt, dann wird Eure Schwärze niemandem schaden.«

»Nein, gewiß nicht, Capitano.«

»Auch ihr nicht?« Pigafetta deutete auf die Katze, die einer der Ufficiali im Arm hielt. Der setzte die Katze vor dem Capitano auf den Tisch. Und weil dem ausgemergelten Tier der Geruch des Fettes in die Nase stach und weil es ausgehungert war, stürzte es sich gierig auf das Gefäß. Die Katze fraß so gierig, daß die Schwärze spritzte und auf dem Tisch des Capitano schmutzige Spuren hinterließ.

Melzer war der Anblick der fressenden, schleckenden, schlingenden Katze zuwider. Ihr Kopf war bis zu den Augen schwarz von Farbe, und sie schien noch immer nicht genug zu haben.

»Capitano«, drängte der Spiegelmacher, »die Schwärze ist nicht als Nahrung für Katzen gedacht, schon gar nicht für eine ausgehungerte wie diese!«

Pigafetta, dem der Anblick der im Heißhunger fressenden Katze teuflisches Vergnügen bereitete, faltete die Hände vor der Brust und rief, während er von einem Bein auf das andere tanzte: »Wenn es kein Gift ist, wie Ihr sagt, wird sie's überleben …«

»Und wenn nicht?«

Der Capitano blickte zu Melzer auf. »Dann möchte ich nicht in Eurer Haut stecken, Spiegelmacher.«

Während er noch redete, beendete die Katze das Fressen abrupt. Pigafetta zog die Augenbrauen hoch.

Die von der Schwärze verschmierte Katze bot einen jämmerlichen Anblick. Man sah, daß es ihr nicht gut ging, denn entgegen der Gewohnheit aller Katzen sich im Sitzen jede Unreinlichkeit von der Schnauze zu wischen, blieb das angefressene Tier, schmutzig, wie es war, auf dem Tisch stehen und bewegte heftig den Kopf auf und nieder, als versuchte es, den fetten Fraß herauszuwürgen. Das grauenhafte Schauspiel dauerte nicht lange, da sank das Tier nieder. Seine Hinterläufe vollführten zuckende Bewegungen.

Angewidert wandte sich Melzer ab.

»Schafft sie weg!« geiferte der Capitano, »und den Schwarzkünstler in die Zelle!«

Melzer fühlte einen Augenblick die Erde unter seinen Füßen wanken. Für einen Augenblick glaubte er, die ganze Welt habe sich gegen ihn verschworen, doch nach kurzer Zeit kehrten seine Kraft und sein Willen zurück. Er warf Pigafetta einen wütenden Blick zu und rief: »Wer gibt Euch das Recht, mich so zu behandeln? Schickt mir den besten Avogadore in die Zelle, den es in dieser Stadt gibt!«

Der Capitano verzog sein Gesicht und drehte die Handflächen nach außen: »Ich handle im Namen der Republik. Ihr steht im Verdacht, Mitglied einer Verschwörung zu sein. Und was den Avogadore betrifft, so sollt Ihr den besten haben, den Ihr bezahlen könnt.«

Melzer konnte sich des Eindrucks nicht erwehren, daß dies eine versteckte Anspielung auf das Geld war, welches die Uffiziali in seinem Zimmer gefunden, aber geflissentlich übersehen hatten. Einen Augenblick überlegte er, ob es sinnvoll sein könnte, den Capitano zu bestechen. Doch irgendwie war er nicht wirklich beunruhigt. War es eine Ahnung, die den Menschen bisweilen befällt, wenn ihn das Schicksal mit unerwarteter Härte trifft? Zumindest bewegte Melzer seine Gefangennahme weit weniger als all das, was er am Vortag über Editha und von Simonetta erfahren hatte.

So ließ sich der Spiegelmacher ohne Widerstand abführen. Dieselben Uffiziali, welche ihn am Vormittag in die Zelle gebracht hatten, brachten ihn nun in den dritten Stock des Palastes, wo die *Tre Capi* residierten, die drei Vorsitzenden des Rates der Zehn. Dort kam es zu einer unerwarteten Begegnung.

Vor einem der Fenster, die beinahe vom Boden bis zur Decke reichten und durch die man in den Innenhof des Dogenpalastes blicken konnte, stand ein hochgewachsener, schwarzgekleideter Mann. Als er sich umdrehte, erkannte der Spiegelmacher Domenico Lazzarini.

»Euch hätte ich hier zu allerletzt erwartet!« entfuhr es Melzer, den Wut und Eifersucht zu diesen Worten trieben, und süffisant fügte er hinzu: »Ich ahne nichts Gutes!«

Mit gespielter Freundlichkeit trat Lazzarini auf den Spiegelmacher zu und sagte: »Ich bitte Euch, Messer Melzer, warum seid Ihr so mißtrauisch?«

»Ist's ein Wunder«, fiel ihm Melzer ins Wort, »wenn ich an unser letztes Zusammentreffen in Konstantinopel denke und nun an meine Verhaftung. Glaubt Ihr ernsthaft, ich wollte Euren Dogen mit Druckerschwärze vergiften?«

»Ein fataler Irrtum, Spiegelmacher, der Übereifer eines Wichtigmachers! Ich muß mich im Namen der Republik bei Euch entschuldigen.«

»Wofür?« fragte Melzer scheinheilig.

»Für Eure Gefangennahme, Spiegelmacher. Sie entbehrt jeder Grundlage. Ihr seid frei. Aber wenn ich Euch einen Rat geben darf, gebt Euch nicht mit Ausländern ab. In Venedig wimmelt es von Spionen. Und hinter jedem Spion steht der Henker.«

Melzer blies die Luft durch die Lippen. »Und wenn ich Euch einen Rat geben darf, dann hört auf, Simonetta nachzustellen. Sie liebt Euch nämlich nicht. Sie haßt Euch, auch wenn Ihr noch so hohe Ämter bekleidet.«

Lazzarini ging vor den Fenstern unruhig auf und ab und fingerte nervös an den Knöpfen seines Mantels. Schließlich hielt er inne und sagte: »Wollen wir uns wegen eines Frauenzimmers streiten? Das ist keine Frau wert, glaubt mir. Die Republik hat wichtigere Probleme zu lösen.«

»Ach«, erwiderte Melzer ironisch, »warum habt Ihr dann Simonetta aus Konstantinopel entführt, Messer Lazzarini?«

»Eine momentane Wallung der Gefühle, nichts weiter. Ihr seid selbst ein Mann und wißt, wie das ist. Machen wir uns nichts vor: Kaum etwas kommt der Tollheit näher als die Leidenschaft. Ich habe das Mädchen längst vergessen.«

»Da weiß Simonetta anderes zu berichten.«

»Ihr habt mit ihr gesprochen?«

»Ja gewiß. Gibt es einen Grund, warum ich das nicht hätte tun dürfen?«

»Keineswegs. Wenn Euch die Frau gefällt, dann sollt Ihr sie haben.«

»Zu großzügig, Messer Lazzarini. Aber ich weiß gar nicht, ob ich sie noch will.«

Da entstand eine lange Pause, eine Pause, während der ein jeder über den anderen nachdachte.

Schließlich begann der Capo: »Dann wißt Ihr also von Simonettas Auftrag, Euch nach Venedig zu locken?«

Der Spiegelmacher schwieg. Durch das Fenster blickte er in den Innenhof auf das farbenprächtige Schauspiel der Wachablösung. »Ja, ich habe davon erfahren«, sagte er schließlich.

»Es war meine Idee – eine schlechte Idee, ich gestehe es. Hätte ich gewußt, daß Ihr ein so verständiger Mann seid, so wäre ich nie darauf verfallen. Ihr müßt wissen, als die Nachricht nach Venedig gelangte, die Chinesen hätten die künstliche Schrift erfunden, mit welcher man Botschaften hundert-, ja tausendmal schneller verbreiten könne als mit noch so vielen Federkielen, da beauftragte der Rat der Zehn die *Tre Capi*, diese Erfindung um jeden Preis nach Venedig zu bringen. Der erste Capo faßte den Plan, gegen China in den Krieg zu ziehen und die Schrift zu rauben; der zweite schlug vor, den Chinesen im Tausch gegen die Schrift eine Flotte zu bauen; ich selbst riet zunächst dazu, den Chinesen eine unserer nutzlosen Städte wie Padua oder Verona anzubieten. Aber keiner dieser Vorschläge fand die Zustimmung der *Inquisitori dello Stato*. Vor einem Krieg, sagten sie, habe schon Marco Polo gewarnt, der behauptete, China sei vielleicht zu bekriegen, aber nie zu erobern. Mit einer Flotte, meinten die anderen, lieferten wir den Chinesen gar die beste Waffe, um eines Tages damit uns selbst zu erobern. Und mein eigener Vorschlag erntete sogar Gelächter, weil die Inquisitori meinten, was sollten die Chinesen mit Padua oder Verona anfangen. Da konnte ich schwer widersprechen. Aber während wir uns noch die Köpfe zerbrachen, wie wir die Chinesen dazu bringen könnten, uns ihre Erfindung zu überlassen, meldeten unsere Kundschafter aus Konstantinopel, Genuesen, Aragonier, sogar Papst Eugen in Rom stünden mit den Chinesen in Verhandlung. Doch es fiel auch Euer Name, Spiegelmacher. Es hieß, Ihr hättet die künstliche Schrift sogar noch verbessert. Da kam mir die Idee, die Chinesen Chinesen sein zu lassen und Euch mit Hilfe einer Frau nach Venedig zu locken. So war es.«

»Und wie kamt Ihr gerade auf Simonetta?«

»Das war die Entscheidung aller zehn *Inquisitori dello Stato*. Sie hielten sie nicht nur für eine der besten Lautenspielerinnen, sondern auch für eine der begehrenswertesten Frauen der Stadt. Sie hatte schon einer Reihe ehrbarer Venezianer den Kopf verdreht, ohne sie je zu erhören.«

Lazzarinis Rede war geeignet, Melzer noch mehr durcheinanderzubringen, was seine Gefühle zu Simonetta betraf. Er hatte geglaubt, sie vergessen zu können, doch nun war er von diesem Vorsatz weiter entfernt als je zuvor.

»Glaubt mir«, fügte Lazzarini hinzu, als würde er Melzers Gedanken erraten, »ich werde keinen Blick mehr auf die Dirne werfen.«

Da drehte sich der Spiegelmacher um und sagte: »Und was bedeutet das jetzt für mich?«

»Ihr seid frei, Messer Melzer.«

»Ruft Eure Wachen, damit sie mich hinausgeleiten.« Er machte Anstalten zu gehen.

Aber der Capo trat ihm in den Weg. »Einen Augenblick, ich bitte Euch, Messer Melzer. Ihr seid noch nicht lange in der Stadt, und die verschiedenen Parteien sind Euch nicht geläufig. Das ist eine große Gefahr für einen Mann mit Euren Fähigkeiten. Ich will sagen: Wendet Euch nicht den Falschen zu. Böse Zungen behaupten, in Venedig gebe es so viele Gruppierungen wie Inseln. Tatsache ist, daß nicht jene die Macht ausüben, welche Ämter bekleiden. Es ist wie beim Schattenspieltheater: Jene, die alle Figuren in Bewegung halten, bleiben im Hintergrund verborgen.«

Melzer zog seine Stirn in Falten. »Warum sagt Ihr mir das?«

Domenico Lazzarini hob die Schultern. »Ich will Euch warnen, mehr nicht. Die Serenissima ist ein gefährliches Pflaster. Es vergeht kaum ein Tag, an dem nicht ein Mord geschieht. Und es sind stets Männer von Einfluß und Bedeutung, welche auf ruchlose Weise den Tod finden, Parteigänger des einen oder anderen, auf jeden Fall Anhänger der falschen Verbindung. Es ist kein Geheimnis, daß sogar die zehn *Inquisitori dello Stato* verschiedenen Bündnissen angehören, ebenso die drei *Capi*, und ein jeder verfolgt unterschiedliche Interessen.«

»Und Ihr, Messer Lazzarini, wessen Anhänger seid Ihr?«

Lazzarini schüttelte sich, als hätte er eine Fliege verschluckt. Schließlich meinte er verstimmt: »Es ist ungehörig, eine solche Frage zu stellen, Spiegelmacher, aber da sie nun schon einmal im Raum steht, will ich mich um die Antwort nicht herumdrücken – zumal sie ein offenes Geheimnis ist. Mein Herz schlägt für den Dogen Francesco Foscari. Er ist der gewählte *Ducatus Venetiorum*. Wer ihm diesen Rang streitig machen will, stellt sich gegen die Republik. Ihr wißt, was das bedeutet!« Dabei legte er die flache Hand an den Hals. »Ihr seid doch auch ein Anhänger des Dogen?«

Der Spiegelmacher überlegte. Was sollte er antworten? Nahm er für den Dogen Partei, dann machte er sich seine Gegner zum Feind. Entschied er sich für die Gegner, welche früher oder später die Oberhand gewinnen würden, dann machte er sich die Partei des Dogen zum Feind und war der Verfolgung durch Späher und Spione ausgesetzt, von denen es hier mehr gab als in jeder anderen Stadt der Erde. Also antwortete er: »Messer Lazzarini, ich bin ein einfacher Handwerker aus deutschen Landen und zu kurz in Eurer Stadt, um für den einen oder anderen Partei zu ergreifen. Vorläufig kümmert mich weder der eine noch der andere, und ich traue keinem.«

Der Capo lachte verschlagen: »Himmel! Ich wollte, *ich* wäre so bedacht in meinen Reden. Aber ich versichere Euch, früher oder später werdet Ihr nur für den Dogen sprechen, für keinen anderen. Und es wird Euch nicht zum Schaden gereichen. Ich habe gute Gründe, dies zu behaupten.«

»Ihr macht mich neugierig, Messer Lazzarini!«

Obwohl sich niemand in dem Saal befand, drehte sich der Capo nach beiden Seiten, als wollte er sichergehen, daß es keine Ohrenzeugen gab. Dann sagte er mit vorgehaltener Hand: »Hört, was ich Euch zu sagen habe. Der Doge möchte, daß Ihr

Venedig zum Zentrum der künstlichen Schrift macht. Denn, sagt der Doge, die künstliche Schrift wird die Kanzel verdrängen und mehr Menschen erreichen als alle Prediger zusammen. Vor allem politische Gedanken könnten sich auf diese Weise schnell und unverfälscht verbreiten. Gebt Ihr mir recht?«

Melzer lächelte selbstsicher: »Ich teile durchaus die Ansicht des Dogen, Messer Lazzarini; seine Meinung, er könne die Schwarzkunst für sich allein behalten, teile ich jedoch nicht.«

»Aber Ihr seid, von den Chinesen abgesehen, der einzige, der diese Kunst beherrscht!«

»Noch, Messer Lazzarini, noch!«

Die Gelassenheit, mit der Michel Melzer dem Capo begegnete, machte Lazzarini immer unruhiger. Er wurde heftig: »So nennt endlich Eure Bedingungen! Ich bin sicher, der Doge wird sie erfüllen. Braucht Ihr Geld, so nennt die Summe. An Werkstätten und Material soll es nicht mangeln. Und wenn Ihr in einem Palazzo leben wollt, so wird der Doge auch diesen Wunsch erfüllen.«

Melzer nickte zufrieden. »Das ist sehr großzügig, Messer Lazzarini. Ich will es mir überlegen.«

Er neigte den Kopf und verließ den Saal.

Geleitet von zwei Ufficiali gelangte der Spiegelmacher wieder ans Tageslicht in die Freiheit.

Auf dem Weg zur Herberge kam Melzer zu Bewußtsein, daß er sich in einer höchst gefährlichen Situation befand; denn wie immer er sich entscheiden würde, er würde sich Feinde schaffen. Todfeinde sogar. Hätte ihn nicht das ungeklärte Schicksal seiner Tochter Editha zurückgehalten, Melzer hätte Venedig noch am selben Tage verlassen. Aber da war auch Simonetta, die noch immer eine magische Anziehung auf ihn ausübte; ja, es schien, je heftiger er sich dagegen sträubte, desto mächtiger wurde diese Anziehung.

Wäre dies nicht schon Grund genug gewesen, seine Flucht zu verhindern, so machte eine unerwartete Begegnung alle Gedanken in dieser Hinsicht zunichte. Denn als er in der Herberge eintraf, erwartete ihn dort ein Mann, klein und gedrungen und mit einer runden Knollennase im Gesicht: Cesare da Mosto.

Der Spiegelmacher war so verstört, daß er keinen Ton herausbrachte. Da Mosto hingegen lachte; er hielt sich den Bauch vor Lachen, und sein freches Gelächter erregte Aufsehen in der Eingangshalle.

»Habt Ihr gedacht«, der Legat schnappte nach Luft, »habt Ihr ernsthaft gedacht, Ihr würdet mir entkommen und könntet Euch so meines Auftrages entledigen?«

»Ich grüße Euch!« meinte Melzer verlegen und leise fügte er hinzu: »Wo denkt Ihr hin, nein. Es sind ganz persönliche Gründe, die mich nach Venedig verschlagen haben. Ich werde Euren Auftrag erfüllen. Laßt mir Zeit.«

Noch ehe er sich versah, traten zwei bullige Kerle von beiden Seiten auf ihn zu. Mit einer heftigen Bewegung drehte der eine seinen rechten Arm auf den Rücken, während der andere ein spitzes Messer hervorzog und gegen seine Gurgel drückte. Melzer fühlte kalten Schweiß im Nacken. Seine Hände zitterten wie Farnkraut. Er wagte kaum zu atmen. Ohne ein Wort drängten ihn die Männer in eine Nische im hinteren Teil der Eingangshalle.

Melzer hatte das Gefühl, als würde er an die Wand genagelt, während sich die Messerspitze bedrohlich tief in seinen Hals bohrte. Unfähig, um Gnade zu bitten oder gar sich zu wehren, starrte Melzer den Angreifer an. Das breite, derbe Gesicht des Mannes zeigte keine Regung. Der einzige Gedanke, der dem Spiegelmacher durch sein Gehirn schoß, war: Wenn du schreist, wird er dich töten.

Da ertönte aus dem Hintergrund da Mostos Stimme: »Laßt

ihn in Ruhe, ihr Tölpel. Der Mann ist auf unserer Seite!« Die Angreifer verschwanden, und der Legat trat vor Melzer hin: »So ist es doch, oder etwa nicht?«

Melzer nickte heftig. Er war erleichtert, ja er fühlte gegenüber dem Legaten sogar Dankbarkeit. »Ich werde Euren Auftrag erfüllen«, murmelte er und rang nach Luft, »sobald ich eine passende Werkstätte gefunden habe und Handwerker, welche mir die nötigen Gerätschaften bauen, Setzkästen, Pressen und vor allem einen Schmelzofen, um neue Lettern zu gießen. Ich will nicht verschweigen, das kann Wochen dauern, vielleicht Monate.«

Cesare da Mosto blickte zu Melzer auf. Er grinste, wie es seine Art war, aber in seinem Blick lag jene Verschlagenheit, die einem Furcht einflößte. »Ich will, daß du schon morgen mit deiner Arbeit beginnst«, sagte er mit gepreßter Stimme.

Melzer schüttelte den Kopf. »Messer da Mosto, wie soll das gehen ohne die nötigen Gerätschaften?«

Da faßte der Legat den Spiegelmacher am Arm und sagte: »Komm. Am Rio del Vin wartet ein Boot. Es wird uns nach Murano bringen, wo die Spiegelmacher Venedigs zu Hause sind.«

Anders als Venedig, das von Hunderten kleinen Kanälen durchzogen ist, gab es in Murano nur fünf große Kanäle. Das übrige Gebiet war von Straßen und Gassen erschlossen. Wegen der Feuersgefahr, die von den Schmelzöfen ausging und dem Rauch, der sich besonders zur Winterszeit über die Stadt legte, hatten die Venezianer ihre Glasmacher vor über hundert Jahren aus der Stadt nach Murano verbannt. Jetzt drängten sich auf der Insel über dreißigtausend Menschen, die allesamt vom Glas lebten, Handwerker, Künstler, Händler und adelige Besitzer der großen Manufakturen. Doch war es kein Geheimnis, daß die dichtbevölkerte, wohlhabende Insel, die sogar ihr eigenes Geld herausgab, mit Vorliebe Spionen und Strauchdieben als Unterschlupf diente.

Gegenüber der Kirche Santi Maria e Donato, wo sich die Arkadenwand des Chores im Canale di San Donato spiegelte, gingen da Mosto und Melzer an Land. Ein uraltes Gebäude am Ende einer Sackgasse, deren Häuser zu ebener Erde mit mächtigen Gewölben ausgestattet waren, vermittelte den Eindruck, als sei es von seinen Bewohnern schon vor längerer Zeit verlassen worden. Ein schweres Eisenschloß versperrte die Tür, und die Fenster zum Gewölbe hin lagen hinter Holzläden verborgen.

Cesare da Mosto zog einen Schlüssel aus dem Mantel und öffnete die Tür. Dahinter tat sich ein weiträumiges Gewölbe auf. Als da Mosto die rückwärtigen, zum Canale Ondello hin gelegenen Fenster öffnete, verschlug es dem Spiegelmacher die Sprache. In dem Gewölbe befand sich eine vollständig eingerichtete Druckerwerkstatt: zur Linken ein Schmelzofen, daneben gestapelte Barren von Blei und Zinn, Setzkästen, Pressen, sogar Pergament und Papier waren vorhanden.

»Erkennt Ihr die Gerätschaften wieder?« Cesare da Mosto setzte sein verschlagenes Grinsen auf.

Melzer betrachtete die Pressen. »Das sind …«

»Gewiß!« unterbrach ihn da Mosto. »Euer Werkzeug aus Konstantinopel. Es war herrenlos, deshalb ließ ich es hierherbringen. Der Schmelzofen allerdings diente venezianischen Glasmachern. Ich bin sicher, er wird auch Euch gute Dienste leisten.«

Der Spiegelmacher kam aus dem Staunen nicht heraus. Er schüttelte den Kopf und sagte: »Ihr habt die gesamte Einrichtung des Laboratoriums hierhergebracht?«

»Nun ja«, erwiderte der Legat, »einfach war es nicht. Aber daran mögt Ihr erkennen, wie wichtig uns Eure Kunst ist. Ich erwarte, daß Ihr schon morgen mit der Arbeit an den Ablaßbriefen beginnt!«

Melzer stieß einen leisen Fluch aus. Wenn Lazzarini davon erfährt, dachte er, sind meine Tage gezählt.

Während der Spiegelmacher noch überlegte, wie er es dem einen wie dem anderen rechtmachen könnte, wobei er von einer Lösung so weit entfernt war wie Venedig von Konstantinopel, trat Cesare da Mosto näher und erklärte: »Natürlich muß das alles unter höchster Geheimhaltung vonstatten gehen. Murano ist nicht der Ort, wo die Papsttreuen ein solches Laboratorium vermuten, von Eurer Anwesenheit ganz zu schweigen. Deshalb erscheint es auch angebracht, daß Ihr die Insel nicht verlaßt, bis Ihr unseren Auftrag erfüllt habt.«

»Aber Messer da Mosto ...« Die Stimme des Spiegelmachers verlor sich.

»Ihr habt doch nicht etwa bereits andere Pflichten übernommen?«

»Wo denkt Ihr hin, Messer da Mosto.«

»Dann soll es Euer Schaden nicht sein. Einen Steinwurf von hier wartet eine Villa auf Euch, und Euer Gepäck aus der Herberge ist bereits auf dem Wege hierher.«

Der Spiegelmacher schnappte nach Luft. Er sah ein, jeder Widerstand hätte seine Lage nur verschlimmert. Dennoch gab er zu bedenken: »Mein gesamtes Vermögen und ein Kästchen mit den Lettern liegt unter meinem Bettsack versteckt!«

»Keine Sorge, Spiegelmacher, es soll an nichts fehlen. Ihr werdet alles hier vorfinden. Sagt, wie viele Bedienstete Ihr für Eure Arbeit braucht, Ihr werdet sie erhalten. Aber –«, da Mosto legte einen Zeigefinger auf die Lippen, »Stillschweigen ist Euer oberstes Gebot.«

Das für den Spiegelmacher vorgesehene Haus hatte zwei Stockwerke und ein Portal mit Säulen. Auf der Rückseite reichte ein Garten mit einem Laubengang bis zum Canale Ondello, von wo der Blick über die Lagune schweifte. Es gab einen Diener und zwei Mägde, und Melzer hätte durchaus zufrieden sein können. Dennoch fühlte er sich gefangen und unzufrieden. Er hatte Angst, Angst vor dem unheimlichen Auftrag, und er verfluchte die Schwarzkunst, jeden einzelnen Buchstaben, und den Tag, an dem er der künstlichen Schrift begegnet war.

KAPITEL X

Die zwei Gesichter eines Lebens

Zur selben Zeit und ohne Wissen ihres Vaters nahm das Leben Edithas eine unerwartete Wendung, die niemand vorausgesehen hätte, sie selbst am allerwenigsten. Der Freitod des Karmeliters hatte in Venedig kaum Aufsehen erregt; schließlich handelte es sich um einen verstoßenen Ordensbruder. Editha hingegen trug schwer an ihrer Schuld, und sie irrte vier Tage und vier Nächte verstört durch San Paolo und Santa Croce, die Stadtviertel, in denen sie sich am besten auskannte, und nächtigte frierend in verlassenen Hauseingängen, unsinnige Worte murmelnd, damit sie ihre eigene Stimme hörte. Am fünften Tag trieb sie der Hunger zu den Nonnen von Santa Margherita. Editha wäre lieber verhungert, bevor sie sich noch einmal zur Armenspeisung am Campo Santo Stefano begeben hätte.

Vor der Kirche Santa Margherita drängte sich eine Menge hungriger Mäuler, in der Hauptsache Frauen mit kleinen Kindern, die nach etwas zu essen anstanden und laut beteten, daß es über den Platz hallte. Während Editha sich unter das Bettelvolk mischte und nach vorne drängte, zupfte sie jemand am Kleid: »He da!«

Editha riß sich los und versuchte zu entkommen, da erkannte sie den Bettlerkönig Niccolò, den sie *»il capitano«* nannten.

»Was machst *du* hier?« erkundigte sich Niccolò.

Das Mädchen lachte verbittert. »Vermutlich peinigt mich der gleiche Hunger, der auch dich hierher treibt.«

Niccolò betrachtete Editha mit prüfendem Blick.

Editha legte beide Hände auf den Bauch. »Ich habe seit vier Tagen nichts gegessen. Du kennst doch das Gefühl, wie das ist.«

»Es ist mir nicht fremd«, erwiderte der ›Capitano‹. »Ich frage mich nur, warum du hier bist.«

»Warum! Warum!« rief Editha verärgert.

Ihre Unterhaltung wurde unterbrochen, weil sie inzwischen vor den zwei alten Nonnen angelangt waren, welche Brot, Wasser und Holzteller mit einem gelblichen Brei aus Hirse und Korn verteilten, der in der kalten Herbstluft dampfte.

Der Bettlerkönig und Editha ließen sich auf den Stufen des Seitenportals von Santa Margherita nieder. Das Mädchen aß gierig, und Niccolò zeigte sich verwundert: »Sollte dir dein Glück entgangen sein?«

»Glück nennst du das?« rief Editha entrüstet und stellte den leergegessenen Teller neben sich auf die Stufe. »Ich habe schon besser gegessen und in angenehmerer Umgebung genächtigt.«

Da erhob sich der Bettlerkönig, faßte Editha an den Schultern und schüttelte sie, als wollte er sie wachrütteln: »He!« rief er außer sich. »An dir scheinen die Ereignisse der letzten Tage unbemerkt vorübergegangen zu sein. Dabei betreffen sie dich am allermeisten.«

Editha begriff nicht, worauf der Alte hinauswollte, und stieß ihn weg. »Du bist ja betrunken! Laß mich in Ruhe mit deinen wirren Geschichten. Ich bin an einem Punkt angelangt, wo mir nicht mehr zum Spaßen ist.«

Niccolòs Miene verfinsterte sich, und er redete mit ernster Stimme: »Deine Herrin Ingunda Doerbeck und ihr Diener wurden vom Rat der Zehn zum Tode verurteilt. Gestern hat man die beiden hingerichtet. Als der Scharfrichter Donna Ingunda nach ihrem Letzten Willen fragte, bat sie um einen Avogadore und verfügte, daß das gesamte Doerbeck-Erbe auf dich übergehe.«

Das Mädchen sah den Bettlerkönig fassungslos an. Plötzlich sprang es auf, warf sich auf Niccolò und trommelte mit den Fäusten gegen seine Brust. »Du gottverdammter Lügenbold treibst mit meinem Unglück auch noch Scherze.« Zornestränen rannen über ihr Gesicht. »Such dir doch ein anderes Opfer für deine Späße!«

Niccolò faßte ihre Handgelenke und versuchte Editha zu beruhigen. »Hör zu, es ist die Wahrheit, bei den Gebeinen des heiligen Markus!«

»Zum Teufel mit seinen Gebeinen! Solche Späße sind ungehörig.«

Editha versuchte fortzulaufen, aber der Bettler hielt sie fest: »Es ist die Wahrheit, du mußt mir glauben. Avogadore Pedrocchi hat Ingunda Doerbecks Letzten Willen aufgezeichnet. Ganz Venedig spricht von nichts anderem. Es kommt nicht alle Tage vor, daß ein junges Mädchen wie du Alleinerbin einer ganzen Flotte wird.«

Da hielt Editha inne, und mit ausdruckslosem Gesicht fragte sie: »Warum sollte sie das tun, ›Capitano‹?«

»Warum?« Niccolò hob die Schultern und rollte mit den Augen. »Vielleicht aus später Reue. Vielleicht erkannte sie kurz vor ihrem Ende, daß sie mit ihrer Anklage gegen dich beinahe einen dritten Mord auf sich genommen hätte.« Und als das Mädchen noch immer keine Regung zeigte, rief der Bettlerkönig: »So begreife doch endlich: Du bist reich, eine der reichsten Frauen in Venedig.«

»Ich bin reich …«, wiederholte Editha wie geistesabwesend während sie an Niccolò vorbeisah und das Bettelvolk betrachtete, das sich lärmend um die Nonnen mit dem Essen drängte. Natürlich kannte sie den Unterschied zwischen Armut und Reichtum, aber da sie selbst je weder richtig arm noch richtig reich gewesen war, vermochte sie sich auch nicht vorzustellen, was die Ankündigung für sie bedeutete.

Eigentlich wollte sie gar nicht reich sein. Als Kind war ihr eingeschärft worden, Reichtum verderbe den Charakter, Reichtum sei das größte Vergnügen des Teufels, und wenn sie das Schicksal der Doerbecks betrachtete, dann schienen all diese Reden nicht verkehrt. Editha war nicht im Reichtum geboren, sie war gewohnt, in Bescheidenheit zu leben, und seit der gescheiterten Verbindung mit Morienus rechnete sie damit, auch in Armut zu sterben. An überflüssigen Dingen hatte sie keinen Bedarf. War sie nicht erst jüngst vom Schicksal mit dem größten Reichtum gesegnet worden? Oder wie anders sollte man es nennen, wenn eine Sprachlose die Sprache wiederfindet? Die Angst vor Stummheit verfolgte sie noch immer, vor allem in Augenblicken wie diesem, wenn das Schicksal sie überforderte und sie weder ein noch aus wußte.

Der Bettlerkönig erkannte ihre Verwirrtheit und daß Editha geneigt war, den unverhofften Reichtum auszuschlagen – eine Verrücktheit für einen Mann wie Niccolò, der sich nicht immer nur mit Betteln und kleinen Gaunereien durchgeschlagen hatte und keinen anderen Traum kannte als den vom unverhofften Reichtum. Der ›Capitano‹ veränderte den Tonfall seiner Stimme und redete inbrünstig wie ein Prediger auf das Mädchen ein: »Hör zu: Armut ist zwar keine Schande, aber eine Ehre ist sie auch nicht. Entgegen weitverbreiteter Ansicht schafft Armut nicht einmal die Voraussetzung für das ewige Leben; denn wenn dem so wäre, dann würden sich der Papst, die Kardinäle, Bischöfe und Landpfaffen zuallererst von ihren Besitztümern und Kostbarkeiten trennen. Aber sie tun es nicht, obwohl sie von den Kanzeln die Armut predigen, weil Reichtum angenehmer zu ertragen ist als Armut. Ich jedenfalls schlafe lieber in einem warmen Bett als unter einem zugigen Portal, und eine gebratene Sau schmeckt mir hundertmal besser als die tranige Suppe von Santo Stefano. Willst du dein ganzes Leben Armensuppe essen und in Hauseingängen übernachten?«

Editha schüttelte den Kopf, ohne zu antworten. Sie zog sich das Tuch, das ihre kurzgeschorenen Haare verbarg, über den Kopf, schulterte ihren Gepäcksack und machte sich auf in Richtung San Polo.

An der Stelle, wo der Rio di San Polo in den großen Kanal mündet, bemerkte Editha, daß der ›Capitano‹ ihr folgte.

»Was spionierst du hinter mir her?« fauchte das Mädchen.

»Nenne es, wie du willst«, erwiderte der Bettlerkönig, »aber ich werde dich nicht aus den Augen lassen. Denn ich habe den Eindruck, daß du zur Zeit nicht ganz Herr deiner Sinne bist. Das sind Augenblicke größter Gefahr, weil sie den Menschen zu Torheiten hinreißen, die man bei klarem Verstand nie begehen würde.«

Das Mädchen tat, als schenkte es den Worten Niccolòs kein Gehör, dabei gab es ihm insgeheim recht.

Ziellos irrte Editha durch die Stadt, uneins mit sich und ihren Gedanken. Am Rialto, wo vor Einbruch der Dämmerung die Händler ihre Verkaufsstände abbauten und wo deshalb der größte Trubel des Tages herrschte, gelang es ihr, den lästigen Verfolger abzuschütteln. Sie wechselte auf die andere Seite des Kanals und begab sich in Richtung des Campo dei Santi Apostoli, wo sich zur Abendstunde Hunderte junger Leute herumtrieben, die hier ihr gemeinsames Vergnügen suchten. Aus Furcht, sie könnte erkannt werden, drückte sie sich an der Häuserreihe entlang und gelangte so zur Ca' d'Oro, dem schönsten Palazzo Venedigs. Den Namen »Goldenes Haus« trug er, weil Marino Contarini, ein schwerreicher Kaufmann, die Fassade, ein Kunstwerk aus drei übereinander aufgereihten Säulenbalustraden, Balkonen und Gesimsen, mit purem Gold hatte verzieren lassen. Von einer Seitengasse, die zum großen Kanal führte, hatte man einen Blick zu dem schräg gegenüber gelegenen Palazzo Agnese der Doerbecks.

Müde vom Laufen ließ Editha sich auf ihrem Reisesack nieder, stützte den Kopf in beide Hände und starrte auf das mächtige Gebäude jenseits des Kanals. In den Abendstunden, wenn die Dämmerung sich über die Dächer senkte, erschien der Palazzo Agnese mit seinen tiefen Fensterhöhlen noch bedrohlicher als bei Tage. Man sah kein Licht oder ein anderes Lebenszeichen, und die Gondel mit dem vergoldeten Baldachin, welche Daniel Doerbeck als Fahrzeug gedient hatte, dümpelte vor dem Haupteingang, von dem drei Stufen zum Wasser führten, traurig vor sich hin.

Das alles soll dir gehören, dachte Editha, und sie schüttelte den Kopf. Sie hatte nie mehr besessen als ein paar Kleider und die Leibwäsche, welche Melzer ihr als Heiratsgut gegeben hatte. Als Tochter eines Spiegelmachers hatte sie nie andere Wünsche gehabt als solche, von denen sie wußte, daß sie, ihrem Stand entsprechend, erfüllt werden konnten. War nicht das Mißgeschick mit dem reichen Morienus Beispiel genug, daß es nur Unglück bringt, nach Reichtum zu streben?

Vom Canale Grande stiegen die Nebel hoch. Editha fröstelte. Ruderknechte, die ihre beleuchteten Boote kanalaufwärts und -abwärts lenkten, stießen unverständliche Laute aus wie »*Oe!*«, »*Premi!*« oder »*Stai!*«, die von den Fassaden der Palazzi widerhallten. Bootslaternen verbreiteten gelbes, diffuses Licht.

Auf der Suche nach einem Platz zum Schlafen begab sich Editha zurück zur Kirche der Zwölf Apostel. Kirchen, insbesondere deren Eingangshallen, Portale und die Arkaden an den Außenwänden, eigneten sich – das hatte sie bereits nach wenigen

Tagen Obdachlosigkeit erfahren – in besonderer Weise zum Übernachten. Doch der Platz um die Kirche erschien ihr zu belebt und zu gefährlich, und so ging Editha ein paar Straßenzüge weiter, bis sie am Ende einer unbeleuchteten Sackgasse einen überdachten Anbau fand, der zu einem Krämerladen gehörte. Sie schlüpfte unter einen Holztisch, auf welchem tagsüber Waren feilgeboten wurden, und machte es sich, so gut es ging, bequem. Nach kurzer Zeit schlief sie ein.

Editha hatte noch nicht lange geschlafen, als lautes Geschrei und Flüche sie aufschrecken ließen. Der Krämer und sein erwachsener Sohn kehrten von einer Sauftour nach Hause zurück. Der Ältere trug eine Laterne, und beide hatten Mühe, sich auf den Beinen zu halten.

Als die beiden Betrunkenen Editha unter dem Tisch vor dem Haus entdeckten, beschimpften sie sie mit unflätigen Worten, nannten sie Hure und Gesindel und versetzten ihr Fußtritte. Der Jüngere zog dem Mädchen das Kopftuch weg, und als sie Edithas kurzgeschorenes Haar erblickten, begannen sie zu grölen: »Sieh nur, ein aus dem Kerker entsprungenes Flittchen!« – »Oder ist es gar ein entsprungenes Nönnchen?« – »Oder kommt sie geradewegs vom Pranger?« Dabei zupften sie an ihrem Kleid und betasteten sie am ganzen Körper.

Die Gasse war schmal; es gab nur eine Fluchtrichtung, und Editha sah keine Möglichkeit zu entkommen. Den Demütigungen der betrunkenen Männer ausgesetzt, versuchte sie sich zu wehren, soweit es ihre Kräfte erlaubten. Und während der Junge immer dreister wurde und sie gegen die Eingangstür drängte, schloß der Alte die Tür auf, und mit roher Gewalt stießen sie das Mädchen in den dunklen Hausflur.

Rechter Hand führte eine Treppe zum oberen Stockwerk. Auf diese Treppe drückten sie Editha mit vereinten Kräften. Der Alte hielt sie fest, und der Jüngere entledigte sich seiner Beinkleider.

»Nein, nein, nein!« rief Editha und schlug um sich. In einer ähnlichen Situation hatte sie ihre Sprache wiedergefunden; nun quälte sie die tödliche Angst, sie könnte wieder in Sprachlosigkeit verfallen. Editha kratzte, spuckte und schlug um sich, und dabei traf sie den Alten mit dem Knie zwischen den Beinen, daß er einen Schrei ausstieß und wie ein Sack zu Boden sank.

Betrunken und so heftig mit seiner Entkleidung beschäftigt nahm der Jüngere den Vorgang gar nicht wahr, und diesen Augenblick nützte Editha. Sie sprang auf, rannte zur Tür hinaus und hetzte die schmale Gasse entlang in Richtung des Campo dei Santi Apostoli.

Im Schutze eines Stützpfeilers der Kirche blieb Editha stehen. Die feuchte, kalte Nachtluft schmerzte in ihren Lungen. Hundegebell hallte über den leeren Platz. Erst jetzt bemerkte das Mädchen, daß es seinen Reisesack zurückgelassen hatte. Auch das Kopftuch, unter dem es sein kurzgeschorenes Haar verborgen hatte, war zurückgeblieben.

Editha blickte an sich herab. Ihr Kleid war über dem Busen zerrissen, der Saum zerfetzt. Sie fuhr sich über das Gesicht und entdeckte, daß Blut aus ihrer Nase rann. Da begann das Mädchen zu schluchzen. Es wimmerte leise vor sich hin, immer bemüht, seine Stimme zu hören.

Über den Platz stapften heftige Schritte. Editha zuckte zusammen, sie spürte Todesangst und preßte ihren Leib gegen den Mauervorsprung. Ein Hund folgte den Schritten. Das Mädchen wagte nicht zu atmen. Doch schnell, wie sie gekommen waren, verschwanden die Geräusche wieder.

Da brach es aus Editha heraus. Sie weinte, wie sie noch nie in ihrem Leben geweint hatte. Sie beweinte ihr armseliges Schicksal, ihre Armut und Hilflosigkeit, ihre Schwäche – und von einem Augenblick auf den anderen wurde ihr klar, daß sich dies kaum jemals ändern würde, wenn es ihr nicht gelänge, sich aus dem Teufelskreis dieses Schicksals zu befreien. Wollte sie bis an ihr Lebensende in schmutzigen Hauseingängen schlafen, Wind und Wetter und der Willkür übelgesinnter Menschen ausgeliefert? Wollte sie wirklich zerlumpt durch die Stadt streunen wie eine herrenlose Katze, schimmeliges Brot und tranige Suppe essen bei den Nonnen von Santa Margherita? Wozu hatte sie ihre Stimme wiedergefunden, wenn sie sie nur zum Betteln gebrauchte?

In ihr Selbstmitleid mischte sich Wut. Editha spürte, wie sich Wut ihres ganzen Körpers bemächtigte, Wut auf die Reichen, Wut auf die Männer und Wut auf ihren Vater, der sie in diese Situation gebracht hatte. Während sie schluchzend, frierend, mit sich und ihrem Schicksal hadernd an der Kirchenmauer lehnte, während sie den Tag verfluchte, an dem sie auf Drängen ihres Vaters Mainz verlassen hatte, kam ihr die Frage in den Sinn: Warum weigerst du dich, das Doerbeck-Erbe anzunehmen? Ist es Stolz, Trauer, Verschämtheit, Ängstlichkeit oder die fatale Lust zu leiden? Und war nicht jeder der genannten Gründe eine Torheit?

Es begann zu regnen. Vom Dach des Seitenschiffes klatschten dicke Tropfen und bespritzten ihr zerlumptes Kleid. Vor ihr lag der menschenleere Platz wie ein dunkler Spiegel, schimmernd und geheimnisvoll. Ratten huschten über die Steine und balgten sich quiekend um Fischreste, welche die wilden Katzen liegengelassen hatten. Angewidert drehte sich Editha zur Seite. Wie lange war es her, daß sie in einem trockenen Bett geschlafen, an einem Tisch gegessen, sich in einem Bottich gewaschen hatte?

Als der Regen stärker wurde, sprang Editha mit langen Schritten zum Hauptportal von Santi Apostoli, wo bereits drei andere Bettelleute schliefen. Es war gefährlich, fremden Bettlern den Schlafplatz streitig zu machen; denn die Schlafplätze der einzelnen Stadtteile wurden von den Bettlerkönigen zugeteilt, jedenfalls die besseren. Dazu zählten vor allem die Sakristeien der umliegenden Kirchen, für welche die Bettlerkönige über Nachschlüssel verfügten, und die Aufbauten der Schiffe, die in den schmalen Seitenkanälen festgezurrt lagen.

Um jedem Streit aus dem Wege zu gehen, zog Editha es vor, den Rest der Nacht mit der Schmerzhaften Jungfrau zu teilen, die linker Hand eine breite Mauernische für sich beanspruchte. Hinter dem Standbild aus Marmor war gerade genug Platz für ein Nachtlager.

Bis in die frühen Morgenstunden döste Editha schlaflos vor sich hin, und noch ehe auf dem Campo dei Santi Apostoli das Leben erwachte, faßte sie einen Entschluß. Im ersten Licht des Tages machte sie sich auf den Weg zu Cesare Pedrocchi, dem Avogadore, um ihn zu ersuchen, für sie alle Formalitäten im Zusammenhang mit dem Doerbeck-Erbe zu erledigen.

Pedrocchi, der sie, noch halb verschlafen, im Morgenmantel empfing, zeigte sich trotz der frühen Stunde überglücklich über Edithas Erscheinen und forderte sogleich ein Honorar von zehn Prozent des geerbten Vermögens oder vier ihrer Schiffe, dann wolle er tätig werden. Der Avogadore, dessen Häßlichkeit nur noch von seiner Geldgier übertroffen wurde, hatte geglaubt, in Editha trete ihm ein Dummchen gegenüber, und bis vor kurzem hätte er damit vielleicht sogar recht gehabt. Aber die vergangene Nacht hatte aus dem bescheidenen, arglosen Mädchen eine andere gemacht, einen Menschen, den sie selbst nicht kannte, unbeugsam, selbstbewußt und entschlossen.

»Hört zu, Avogadore«, entgegnete Editha. »Mag sein, daß Euch mein Erscheinungsbild zu der Annahme verleitet, Ihr könntet mich über den Tisch ziehen. Aber Kleider machen keine Leute. Ich biete Euch nicht mehr als ein Prozent, und wenn Ihr zaudert, wird meine Geschäfte ein anderer aus Eurer Zunft erledigen. Es gibt genug Avogadori in Venedig.«

Die Entschlossenheit, mit der ihm das zerlumpte Mädchen gegenübertrat, verwirrte Pedrocchi. Sein dunkelroter Höcker auf der Stirn lief blau an. Er schnappte nach Luft. Schließlich willigte er ein und erwiderte: »Ihr wißt, Donna Editha, daß Ihr eine steinreiche Frau seid! Euch gehört außer dem Palazzo Agnese und drei Lagerhäusern bei den Arsenalen die drittgrößte Handelsflotte der Venezianer. Dazu ein Barvermögen von über dreitausend Golddukaten. Man kann Euch nur gratulieren.«

»Spart Euch Eure Glückwünsche!« hielt Editha dagegen. »Mir ist mehr an einer genauen Aufstellung meines Vermögens gelegen und an dem Erbzins, den die Republik von mir fordert.«

Cesare Pedrocchi versprach es für den folgenden Tag.

Edithas unerwartete Erbschaft und wie sie damit umging, erregte zwischen Castello und Dorsoduro, San Marco und Canaregio großes Aufsehen. Als erstes ersetzte sie das gesamte Personal bis auf Giovanelli, den Schiffsmeister. Ebenso das Mobiliar im Palazzo Agnese. Bei dem Schneider von San Marco, der schon Ingunda Doerbeck zu Diensten gewesen war, bestellte sie kostbare Kleider aus Brokat und Damast. Der Bartschneider vom Rialto knüpfte für sie eine rothaarige Perücke aus dem langen Haar einer Zigeunerin, das diese ihr für zwei Scudi verkauft hatte. Damit verhüllte sie den einzigen Makel, der sie noch an ihre unrühmliche Vergangenheit erinnerte.

Wer reich ist, braucht sich um Freunde nicht zu sorgen. Die angesehensten und wohlhabendsten Männer buhlten nun um Edithas Freundschaft, darunter Messer Allegri vom Rat der Zehn, der Schiffskommandant und Capo Domenico Lazzarini, der steinreiche Reeder Pietro di Cadore und der Avogadore Cesare Pedrocchi, der Editha über das finanzielle Interesse hinaus sein Augenmerk schenkte.

Mit dem Instinkt, den für gewöhnlich nur eine erfahrene

Frau an den Tag legt, bat Editha alle vier auf einmal zu sich, um sich ihre Wünsche anzuhören, nicht wissend, wohl aber ahnend, daß einer des anderen Feind war. Sieht man einmal davon ab, daß Donna Editha eine schöne junge Frau in heiratsfähigem Alter war, so fanden Lazzarini und di Cadore vor allem an den sieben Schiffen der reichen Erbin Gefallen, während dem Baumeister Allegri und dem Anwalt Pedrocchi der Grundbesitz und das Geld Edithas ins Auge stach.

Editha empfing die vier Männer in ihrem neu eingerichteten Salon im ersten Stock des Palazzo Agnese. Die mit gelber Seide bespannten Wände und das in maurischem Stil und in Weiß und Türkis gehaltene Mobiliar verliehen dem ehemals tristen Empfangssaal eine gewisse Heiterkeit. Alle vier hatten geglaubt, allein zum Besuch geladen zu sein, aber als sie die List bemerkten, machte ein jeder gute Miene zum bösen Spiel, und sie überhäuften die reiche Erbin mit Schmeicheleien und Galanterien wie die Komödianten im Theater, ohne daß einer den anderen eines Blickes würdigte.

Nachdem Allegri seinen Lobgesang beendet hatte, richtete Editha das Wort an ihn, ohne daß aus ihrer lächelnden Miene auch nur das geringste abzulesen gewesen wäre: »Messer Allegri, ich erkenne Euch nicht wieder. Bei unserer letzten Begegnung nanntet Ihr mich ›Metze‹. Obwohl sich weder in meinem Charakter noch in meinem übrigen Verhalten etwas geändert hat, findet Ihr nur noch schöne Worte.«

Die drei anderen senkten die Köpfe und schmunzelten vor sich hin.

Allegri versuchte sich zu verteidigen: »Donna Editha, ich weiß, es war unverzeihlich, und ich wollte, ich könnte das peinliche Verhör ungeschehen machen. Aber der Schein sprach gegen Euch, das wißt Ihr, und auch alle Aussagen der Zeugen.«

»Der Schein, der Schein!« polterte Lazzarini los. »Der Richter aus dem Rat der Zehn sollte sich nicht vom Schein leiten lassen, sondern von Fakten, sonst bringt er Schande über den *Consiglio.*«

Sofort pflichtete ihm der Avogadore bei: »Habe ich Euch nicht gewarnt, Messer Allegri?« sagte er, an diesen gewandt. »Habe ich Euch nicht von Anfang an darauf hingewiesen, daß die Frau des Reeders lügt? Statt dessen habt Ihr versucht, Donna Editha ein Geständnis abzuringen, ein Geständnis für ein Verbrechen, das sie nicht begangen hat. Ich wage nicht daran zu denken, was geschehen wäre, hätte der Herbststurm nicht die Leichen der Mißgeborenen an Land gespült.«

Nach diesen Worten entstand ein langes, peinliches Schweigen. Schließlich erhob sich Allegri und sagte, an Editha gewandt: »Ich hoffe, Ihr könnt mir verzeihen.«

Editha gab keine Antwort.

Cesare Pedrocchi nahm das zum Anlaß, nun seinerseits die Gastgeberin mit Schmeicheleien zu überhäufen: »Ich habe Euch von Anfang an geglaubt, Donna Editha, auch wenn, wie Messer Allegri sagte, der Schein zunächst gegen Euch sprach. Als ich Euch sah, da wußte ich sofort, daß eine junge Frau wie Ihr nicht in der Lage ist, einen Mord zu begehen. Das ist einfach eine Sache der Menschenkenntnis.«

Editha warf dem schielenden Anwalt einen spöttischen Blick zu: »Soweit mir bekannt ist, hat Euch der Medicus Meytens zehn Scudi bezahlt, damit Ihr Euch diese Ansicht zu eigen macht. So war es doch?«

Noch bevor Pedrocchi antworten konnte, ergriff der Reeder Pietro di Cadore das Wort und sagte: »Donna Editha, ich war mir von Anfang an sicher, daß all die Gerüchte und Spekulationen um Eure Täterschaft erlogen waren; denn ich wußte, daß sich hinter dem rätselhaften Verhalten der Doerbecks ein Geheimnis verbarg, dessen wahre Umstände keiner von uns ahnte.

Ich war also immer auf Eurer Seite, auch wenn ich Euch gar nicht kannte.«

Die süßlichen Worte des Reeders versetzten wiederum Domenico Lazzarini in Wut, und er giftete seinen Nebenbuhler an: »Messer di Cadore, glaubt Ihr wirklich, Donna Editha bemerkte nicht Eure Listigkeit? Donna Editha ist trotz ihrer Jugend sehr schlau und weiß genau, daß es Euch nur darum geht, in den Besitz der sieben Schiffe zu gelangen, welche nun ihr gehören.« Und an Editha gewandt fuhr er fort: »Laßt Euch nicht von diesem Raffzahn hinters Licht führen. Di Cadore will Euch die Schiffe abluchsen, um seinen größten Konkurrenten auszuschalten. Das ist sein einziges Ziel. Ihr solltet Abstand von ihm halten. Ich will nichts gesagt haben, Donna Editha, aber sein Lebenswandel ist nicht gerade der beste …«

Es hätte nicht viel gefehlt und Pietro di Cadore wäre auf Lazzarini losgegangen. Sein Mund wurde schmal, und auf seiner Stirn traten zwei senkrechte Falten hervor. »Elender Speichellecker des Dogen«, zischte er und wischte sich mit dem Ärmel seines samtenen Gewandes über die Stirn, »ich kenne Eure Ränke und Intrigen zur Genüge, und es hätte mich gewundert, wenn Ihr nicht auch an Donna Editha Interesse zeigen würdet. Ein Weiberheld wie Ihr! Das könnte Euch so passen.« Er hielt die Hand vor den Mund, als sei das folgende nicht für die Allgemeinheit bestimmt: »Vor ihm ist kein Weiberrock in Venedig sicher, vor allem keiner aus Seide und Brokat. Ihr versteht, was ich meine.«

Die beiden anderen lachten hämisch. Lazzarini aber entgegnete mit Blick auf Editha: »Das sagt ausgerechnet er, von dem doch bekannt ist, daß er mit zwei Frauen unter einem Dach lebt wie ein lüsterner Byzantiner.«

»Er redet Unsinn! Glaubt mir, Donna Editha, ich habe bisher nicht geheiratet, weil sich die Richtige nicht fand. Mehr als ein

Venezianer hat mir schon seine heiratsfähige Tochter angedient wie ein Fischhändler am Ponte di Rialto, immer mein Vermögen im Auge, aber nie das Glück seines Kindes.«

Das kenne ich, wollte Editha sagen, aber sie hielt sich zurück.

»Und warum schleicht Ihr dann hier herum wie ein Kater um das Mäuschen?« fragte Allegri keck und lachte dem Reeder ins Gesicht.

»Warum wohl?« ereiferte sich der Avogadore. »Eine Frau, die reich, jung und schön ist, findet man nicht alle Tage.«

»Seht Ihr«, wandte sich Allegri an Editha, »jetzt zeigt der Rechtsverdreher sein wahres Gesicht!«

Editha lachte: »Ich glaube, Ihr edlen Herren habt Euch heute alle selbst entlarvt!« Sie klatschte in die Hände, und durch eine seitliche Tür trat der schwarzgekleidete Medicus Chrestien Meytens ein.

Cesare Pedrocchi, der sich auf Betreiben des Medicus für Editha eingesetzt hatte, streckte Meytens die Hand entgegen, ließ sie aber sofort wieder sinken, als er Editha reden hörte: »Damit Ihr Euch keine falschen Hoffnungen macht, meine Herren, möchte ich die Gelegenheit wahrnehmen und Euch meinen zukünftigen Gemahl vorstellen.«

Allegri, Lazzarini, Pedrocchi und di Cadore standen wie angewurzelt. Sie sahen, wie der Medicus Edithas rechte Hand ergriff und sich verbeugte. Allegri fand als erster die Sprache wieder und meinte gottergeben: »Das war's dann wohl, Signori!« Dabei zog er die Augenbrauen in die Höhe und blickte schmunzelnd in die Runde.

Di Cadore erfaßte die neue Lage am schnellsten. »Was mich betrifft, Donna Editha, so ändert sich nichts an meinem Verhalten. Ich verehre Euch nach wie vor, doch mich trieb in erster Linie geschäftliches Interesse hierher. Solltet Ihr meiner Hilfe bedürfen, so könnt Ihr auf mich zählen.«

Der Reeder verneigte sich und verschwand. Allegri und Lazzarini folgten ihm auf dem Fuße. Der Avogadore humpelte nachdenklich zur Tür, drehte sich noch einmal um und sagte: »Denkt daran, Donna Editha, Pedrocchi ist immer für Euch da.« Dann entfernte sich auch er.

Meytens, der noch immer ihre Hand hielt, sah Editha an und grinste. Da zog sie plötzlich ihre Hand zurück und sagte kühl: »Ihr habt Eure Rolle gut gespielt, Medicus!«

Meytens nickte: »Ich wünschte, es wäre kein Theater, sondern Wahrheit gewesen!«

Editha wurde heftig: »Mijnheer Meytens, wir haben eine Vereinbarung getroffen ...«

»Schon gut, schon gut«, unterbrach der Medicus. »Es kam mir nur so über die Lippen, verzeiht. Vor diesen vieren werdet Ihr jedenfalls erst einmal Eure Ruhe haben.« Meytens verbeugte sich ebenfalls und verließ den Raum.

Erleichtert trat Editha ans Fenster und blickte auf den Canale Grande, der grau und trübe zu ihren Füßen lag. Sie sah den Ruderknechten zu, die ihre langen, schmalen Barken sicher durch den dichten Schiffsverkehr lenkten. Belustigt schlug sie die Hände vors Gesicht. Für Männer hatte sie nur noch ein Lächeln übrig. Man muß das Leben verachten, um es zu begreifen, sagte sie zu sich.

Für Allegri, Lazzarini, Pedrocchi und di Cadore hatte sie nur Verachtung übrig, während ihr der Medicus Meytens zum erstenmal beinahe leid tat. Die Rolle, die sie ihm zugedacht hatte, mußte ihn zutiefst demütigen, und dennoch hatte er seinen Part wie verabredet gespielt.

Seit dem peinlichen Zusammentreffen im Palazzo Agnese waren drei Tage vergangen, da meldete der Diener einen Besucher, den Editha schon lange erwartet hatte: den Bettlerkönig Niccolò.

Niccolò hatte saubere, beinahe vornehme Kleidung angelegt, die seinem Namen *»il capitano«* alle Ehre machte und zeigte sich von ausnehmender Höflichkeit.

»Ich kann mir denken, warum du kommst!« unterbrach Editha die artige Begrüßung Niccolòs. »Du willst mir erklären, daß ich dir Dank schulde. Schließlich warst du es, der mich überredet hat, die Erbschaft anzunehmen. Es soll auch dein Schaden nicht sein!«

»Donna Editha!« rief der ›Capitano‹ empört aus. »Ich bin zwar nach wie vor nur ein armer Bettler, aber auch ein Bettler hat seinen Stolz – vielleicht sogar mehr als manch einer der Reichen. Als ich Euch zur Annahme dieser Erbschaft riet, da wart Ihr eine von uns. Und von einer von uns nimmt man keine Almosen.«

Editha war überrascht: »Aber um mir das zu sagen, bist du sicher nicht gekommen. Und nenne mich nicht Donna Editha, wenn ich schon eine von euch bin!«

»Nein, nein, Ihr *wart* eine von uns! Und was mein Kommen betrifft, so will ich Euch nur warnen vor falschen Freunden, denen Ihr Euer Vertrauen schenkt. Giovanelli, Euer Schiffsmeister …«

»Er ist der einzige, dem ich vertraue, ›Capitano‹, und es wird dir nicht gelingen, ihn schlechtzumachen. Ich bin froh, daß ich ihn habe.«

Niccolò blickte betreten drein wie ein gemaßregelter Bösewicht. Schließlich sagte er: »Dann entschuldigt meinen Übereifer. War nur gut gemeint.« Und er machte Anstalten zu gehen.

In diesem Moment kamen Editha Zweifel, und sie ertappte sich bei dem Gedanken, daß sich das Böse nicht selten unter dem Mantel der Anständigkeit versteckt. Also trat sie dem Bettlerkönig in den Weg und forderte ihn auf zu bleiben, wo er nun schon einmal da sei. Editha hoffte, der ›Capitano‹ würde nun von sich aus berichten, was es mit dem Schiffsmeister Giovanelli auf sich habe; aber Niccolò ließ seinen Blick über das kostbare Mobiliar schweifen und schwieg. Er genoß sein theatralisches Schweigen und die Neugierde, mit der Editha ihn anstarrte.

»Es war nicht so gemeint, ›Capitano‹, wirklich nicht«, entschuldigte sich Editha. »Also, was ist mit Giovanelli?«

Der Bettlerkönig verdrehte den Hals, als koste ihn das, was er jetzt sagen wollte, große Überwindung. »Kennt Ihr die Schenke *Tre Rose* in Dorsoduro, nicht weit vom Campo Santa Margherita?«

Editha schüttelte unwillig den Kopf: »Nein, wieso?«

»Kein besonders feines Lokal. Ich kann mir auch nicht vorstellen, daß Ihr die Schenke jemals betreten würdet. Jedoch was mich betrifft, ich habe von der Wirtin, einer frommen Witwe, schon manches Mahl erhalten, für ein flüchtiges Vaterunser und ein Ave. Gestern nun hing mir die Suppe der Nonnen von Santa Margherita wieder einmal zum Hals heraus. Also suchte ich bei Einbruch der Dämmerung die fromme Witwe auf, murmelte in ihrem Beisein schnell ein Vaterunser und das Ave voller Inbrunst, und dabei kreisten meine Augen gierig um die Töpfe mit den Gaumenfreuden. Während ich hinter der Theke Hühnerklein und schwarze Bohnen löffelte, welche vom Vortag übrig waren, wurde ich ohne mein Zutun Zeuge eines Gesprächs zweier Männer. Vom Aussehen waren beide in der Schenke fehl am Platz, jedenfalls trugen sie erlesene Kleidung und samtene Kappen auf dem Kopf, und als ich ihnen einen verstohlenen Blick zuwarf, erkannte ich den Reeder Pietro di Cadore und Euren Schiffsmeister Giovanelli.«

»Mein Schiffsmeister Giovanelli und di Cadore?« Editha ließ sich auf einem Stuhl nieder und sah den Bettlerkönig ungeduldig an.

Der ›Capitano‹ nickte und fuhr fort: »Als während des Gesprächs Euer Name fiel, wurde ich hellhörig. Obwohl meine

Schüssel längst leer war, löffelte ich munter fort, immer mit einem Ohr am Tisch der beiden Männer.«

»Komm endlich zur Sache! Worum ging es?«

»Um Geld, um viel Geld sogar. Di Cadore bot dem Schiffsmeister hundert Golddukaten. Dafür sollte er Euch überzeugen, daß die geerbten Schiffe alt und nicht mehr seetüchtig seien. Es bestünde – sollte er Euch klarmachen – kaum die Möglichkeit, einen Käufer für so alte Schiffe zu finden.«

»Du lügst, ›Capitano‹!«

»Ich lüge nicht, Donna Editha! Warum sollte ich das tun?«

So entstand eine lange Pause, in der Editha nachdachte, welchen Vorteil der Bettlerkönig aus einer Lüge ziehen könnte. Konnte sie diesem Mann vertrauen? Gewiß, er hatte ihr in der Not geholfen, aber was wußte sie über seinen wahren Charakter? Der Reichtum, stellte sie fest, macht es schwer, zwischen wahren Freunden und Feinden zu unterscheiden. »Wieso erzählst du mir das alles?« fragte sie schließlich.

Niccolò blies die Luft durch die Nase wie ein unwilliger Gaul und erwiderte: »Ach, würdet Ihr nur Eurem Schiffsmeister gegenüber so viel Mißtrauen aufbringen, Editha! Wieso? Warum? Schließlich habt Ihr einmal zu uns gehört, wenn auch nur für kurze Zeit. Und ich will auch nicht verhehlen, daß ich – sollte sich meine Beobachtung als wahr erweisen – eine kleine Anerkennung nicht ausschlagen würde.«

Die Aufrichtigkeit des Bettlerkönigs gefiel Editha. »Es wird dein Schaden nicht sein.«

Niccolò nickte verlegen. »Ihr wißt ja, wie das ist. Der Winter steht vor der Tür, da braucht man warme Kleidung und kräftiges Essen und wenn möglich ein Dach über dem Kopf. Aber ich will nicht klagen. Ich leide keine Not.«

Das klang einigermaßen paradox aus dem Munde eines Bettlers, aber irgendwie paßte es zu Niccolò. Editha kannte den

›Capitano‹ gut genug, um die Ernsthaftigkeit seiner Worte zu beurteilen. Sie konnte sich nicht erinnern, in den Tagen ihrer Gemeinsamkeit von ihm eine Klage vernommen zu haben; im Gegenteil, der Bettlerkönig hatte für jeden ein freundliches Wort gehabt, sie selbst nicht ausgenommen.

»Was ist es, das dich so zufrieden macht?« erkundigte sich Editha schließlich. »Andere deines Alters pflanzen ihren Kohl, füttern ihre Hühner, lassen ihren Bart wachsen und genießen die Verdienste ihres Lebens. Du lebst von einem Tag auf den anderen, und dein Zuhause sind die Gassen und Plätze dieser Stadt, und dennoch bist du zufriedenener als die meisten.«

»Stimmt!« antwortete Niccolò mit einem Schmunzeln, aber schon im nächsten Augenblick verfinsterten sich seine Züge, und er fuhr fort: »Man muß nur tief genug fallen, um zu begreifen, daß jeder neue Tag ein Geschenk ist.«

»Du hast noch nie von deiner Vergangenheit erzählt!« sagte Editha plötzlich. »Du bist doch nicht als Bettler geboren, ›Capitano‹.«

Niccolò machte eine abwehrende Handbewegung, als wollte er nicht darüber sprechen, aber Editha ließ nicht locker, und so erfuhr sie, daß der ›Capitano‹ viele Jahre in den Arsenalen gearbeitet hatte, bis genügend Geld für ein eigenes Schiff beisammen war, eine schmucke Karavelle. Das Schiff trug den Namen *Fiona* wie seine Frau, die ihn auf allen Reisen begleitete und für das Essen der Mannschaft sorgte, sogar noch, als sie ein Kind zur Welt brachte. Das Geschäft ging gut. Im Auftrag der Republik unternahm Niccolò weite Reisen nach Flandern, Spanien und Ägypten, und er dachte daran, ein zweites, sogar ein drittes Schiff zu kaufen, da traf ihn das Schicksal mit gnadenloser Härte. Auf der Fahrt nach Palermo nahm die *Fiona* Wasser auf, das durch ein Leck achtern eindrang. Alle Versuche, das Leck zu stopfen, mißlangen, und mit einem Mal legte sich die Karavelle zur Seite.

Die Ladung, dreihundert Sack Halleiner Salz, verrutschte, das Schiff schlug um, trieb kurze Zeit kieloben auf dem Meer und versank.

Es war das erste Mal, daß Editha den Bettlerkönig, der sonst soviel Ruhe und Überlegenheit ausstrahlte, betroffen sah. Seine Bewegungen wirkten fahrig, und um die Mundwinkel machte sich ein unregelmäßiges Zucken bemerkbar, als kämpfte er mit den Tränen. Aber Niccolò weinte nicht, er sagte mit ausdruckslosem Gesicht: »Ich habe als einziger überlebt. Meine Frau, mein Kind, die gesamte Mannschaft fanden den Tod. Ich bekam einen Balken zu fassen und klammerte mich daran fest. Als das Schiff kieloben im Meer versank, sah ich das Leck, das uns den Untergang bereitet hatte. Es war in die Planken geschlagen worden und so angelegt, daß es nach dem ersten Wassereinbruch immer größer wurde.«

»Und hast du jemals herausgefunden, wer hinter dem Anschlag steckte?«

Der Bettlerkönig hob die Schultern. »Es kommt nur einer von den großen Reedern in Frage – Doerbeck, di Cadore und wie sie alle heißen –, denen meine Konkurrenz ein Dorn im Auge war.«

»Und du hast nie den Versuch unternommen, die Hintermänner ausfindig zu machen?«

Der ›Capitano‹ lachte bitter. »Die venezianischen Reeder sind eine verschworene Gemeinschaft. Sie machen alle großen Geschäfte unter sich aus und diktieren die Preise nach ihrem Belieben. In Venedig ein einziges Schiff zu besitzen ist beinahe wie ein Todesurteil.«

»Und sieben Schiffe?«

»Ist auf jeden Fall besser als eines. Aber wenn Euch Euer Leben lieb ist, solltet Ihr vielleicht doch daran denken, Euch von den Schiffen zu trennen – zu einem angemessenen Preis, versteht sich.«

»Welchen Preis hieltest du für angemessen, ›Capitano‹.«

Niccolò überlegte. »Dreihundert Golddukaten. Pro Schiff, versteht sich. Das macht über zweitausend Dukaten für die gesamte Flotte. Da kommen nicht viele Käufer in Frage ...«

Editha mußte nicht lange warten, bis sich die Beobachtung des Bettlers bestätigte. Am folgenden Tag erschien der Schiffsmeister Giovanelli mit sorgenvoller Miene und klagte, die Doerbecksche Flotte, einst ein gewinnbringendes Unternehmen, sei kein Geschäft mehr. Die Schiffe seien alt und nicht ausgelastet und verursachten mehr Kosten, als sie einbrächten. Zum Beweis seiner Behauptung legte er Papiere vor mit der Auflistung aller Ausgaben und Einnahmen, und diese schienen sein Urteil zu bestätigen.

Zum Schein ging Editha auf Giovanellis Klage ein und stellte die Frage: »Ihr wißt, Schiffsmeister, ich vertraue Euch. Wie würdet Ihr an meiner Stelle handeln?«

Giovanelli tat, als dächte er nach, doch sein Gesichtsausdruck verriet große Erregung. Endlich erwiderte er: »Donna Editha, die Zeiten sind schlecht für die christliche Seefahrt. Im Osten lauern die Türken, im Westen die Spanier, das erfordert schnelle und wendige Schiffe, die auch mal einen Kanonenschlag aushalten können. Die Doerbeckschen Schiffe sind langsam, träge und von zahllosen Stürmen zerzaust. Mir scheint fraglich, ob sie noch eine Winterfahrt nach Konstantinopel überstehen. Ich an Eurer Stelle würde die gesamte Flotte verkaufen – vorausgesetzt, es fände sich ein Käufer.«

Editha gab sich den Anschein großer Besorgnis: »Wer soll schon alte, morsche Schiffe kaufen, die zu nichts gut sind? Bleibt nur, sie zu verbrennen. Ja, wir sollten die Handelsschiffahrt aufgeben und die Segler verbrennen.«

Diese Wendung verblüffte Giovanelli so sehr, daß er vor Editha hintrat, die Hände faltete wie zum Gebet und flehte:

»Das dürft Ihr nicht tun, Donna Editha, schließlich sind Eure Segler noch immer für die Küstenschiffahrt tauglich. Wir müssen eben einen Käufer finden. Vielleicht einen Reeder, der die Küstenschiffahrt nach Dalmatien betreibt!«

»Zum Beispiel Pietro di Cadore?«

»Man müßte es bei ihm versuchen.«

»Und was, glaubt Ihr, würde di Cadore für ein Schiff bezahlen?«

»Ich weiß es nicht, Donna Editha. Vielleicht fünfzig Golddukaten, vielleicht hundert. Mehr gewiß nicht.«

Editha sah den Schiffsmeister mit zornig funkelnden Augen an: »Und wieviel bliebe Euch bei diesem Geschäft, Giovanelli?«

»Mir? Ich verstehe nicht, was Ihr meint. Ihr könnt mir doch vertrauen, Donna Editha!«

»Das dachte ich zunächst auch, Schiffsmeister. Zu Unrecht, wie ich erfahren mußte. Ihr seid ein hinterhältiger Intrigant, ein heimtückischer Ohrenbläser. Pfui Teufel, ich verachte Euch!«

Giovanelli lief rot an, er schnappte nach Luft und rief mit hoher Stimme: »Donna Editha, das habe ich nicht verdient. Ihr werdet Eure Anschuldigungen beweisen müssen!«

»Daß ich nicht lache«, erwiderte Editha nun ihrerseits aufgebracht. »Vielleicht genügt es, wenn ich Euch sage, daß Ihr Euch mit di Cadore in der Schenke *Tre Rose* nahe dem Campo Santa Margherita getroffen und ausgehandelt habt, wie mir die Schiffe am besten abzujagen seien. Vielleicht genügt es, wenn ich Euch sage, daß di Cadore Euch hundert Golddukaten geboten hat, wenn es Euch gelänge, mich zum Verkauf der Flotte zu bewegen. Wollt Ihr noch mehr wissen?«

Da fiel der Schiffsmeister vor Editha auf die Knie und flehte seine Herrin an: »Donna Editha, verzeiht meine Treulosigkeit! Gott, der Herr, möge mich strafen. Aber der mächtige Reeder Pietro di Cadore hat mich erpreßt und mir gedroht, meine nächste Seereise würde die letzte sein, falls ich seinen Forderungen nicht nachkäme. Jeder Mann in Venedig weiß, daß di Cadore zu allem fähig ist.«

Editha trat zwei Schritte zurück und sprach mit fester Stimme: »Wie hoch ist dein Lohn für einen Monat, Schiffsmeister?«

»Zweihundert Scudi, Donna Editha.«

»Der Verwalter soll dir zweihundert Scudi aushändigen, und dann verschwinde und trete mir nie mehr unter die Augen!«

Giovanelli sah seiner Herrin ins Gesicht, und er erkannte, daß jede weitere Rede sinnlos war. Deshalb erhob er sich, neigte den Kopf und verschwand.

Editha trat ans Fenster und blickte hinaus. Welch eine Welt, dachte sie, während sie den Barken nachsah.

Der Schiffsmeister verließ den Palazzo Agnese durch den Seiteneingang und wandte sich dem Campo San Cassiano zu, jenseits des gleichnamigen Kanals gelegen und über zwei nahe beieinander liegende Brücken erreichbar. Im Schutz des Mauerwerks der langgestreckten Kirche drückten sich Huren herum, Bade- und Bettlerfrauen, die für kleine Münze die Röcke hoben, obwohl das Gesetz es verbot. Um San Cassiano herrschte immer reges Treiben, und das war auch der Grund, warum Giovanelli den Platz als heimlichen Treffpunkt gewählt hatte.

An der Stelle, wo der Calle del Campanile in den Platz mündet, kam dem Schiffsmeister der Bettlerkönig Niccolò entgegen. Giovanelli zog ihn zur Seite: »Man darf uns keinesfalls gemeinsam sehen, ›Capitano‹.«

Niccolò wirkte aufgeregt. »Wie ist es gelaufen, sprich!«

Giovanelli hob beruhigend die Hand: »Sei unbesorgt. Es verläuft alles nach Plan.«

KAPITEL XI

Wahre Liebe und falsche Gefühle

Zu der Zeit, als ich noch mein volles Haar und alle Zähne, ungetrübte Augen und ein stattliches Aussehen hatte, das dem eines vornehmen Venezianers in keiner Weise nachstand, verlieh mir das Schicksal mehr Kraft und Willen, als einem einfachen Spiegelmacher zukommt. Mein verworrenes, unüberschaubares Leben, das beinahe täglich ein neues Abenteuer für mich bereit hielt, hatte mir das Gefühl der Unschlagbarkeit und meinem Charakter eine nie gekannte Unternehmungslust, ja Dreistigkeit verliehen, die mich immer dann in eine wahre Ekstase versetzte, wenn Schwierigkeiten, Gefahren und schier unlösbare Probleme meinen Weg kreuzten. Die Hetzjagd und Verbissenheit, mit der bedeutende Männer mich und die schwarze Kunst verfolgten, nahm allmählich ein Ausmaß an, das mich das Fürchten lehrte, und ich verfluchte den Tag, an dem ich den Chinesen ihr Geheimnis abgeschaut und selbst das gefährliche Handwerk ergriffen hatte, eine Erfindung, an deren Nutzen ich immer mehr zweifelte, je dunkler die Machenschaften der verschiedenen Nutznießer wurden.

Zwar war ich nun auch in Venedig ein vielgefragter Mann, aber gleichzeitig und im selben Maße wuchs auch mein Widerwillen gegen diesen Stand und gegen meine eingeschlagene Laufbahn, und je länger diese anhielt, desto mehr schlich sich die Angst in mein Leben. Ich lebte auf Murano unbehelligt in einem Haus mit zwei Stockwerken, einem

Garten und Laubengang. Ein Diener besorgte das Hauswesen, und zwei Mägde, von denen eine, Francesca mit Namen, die schönsten Backen hatte – die dem Gesicht abgewandten meine ich –, lasen mir jeden Wunsch von den Augen ab. Oft schreckte ich des Nachts hoch, wenn ich im Haus ein Geräusch vernahm oder hastige Ruderschläge vom Canale Ondello. Ich fragte mich, wie lange Cesare da Mosto und seine Anhänger meine Arbeit auf der Insel Murano geheimhalten konnten; denn wie ich auf Umwegen und von verschiedenen Leuten erfuhr, was in Venedig vor sich ging, so konnte ich mir vorstellen, daß auch die Nachricht von meiner Anwesenheit in Venedig die Runde machte.

Francesca – die mit den herrlichen Hinterbacken – war es, welche von einer schier unglaublichen Begebenheit berichtete, ohne zu ahnen, daß die Hauptperson niemand anderes als meine Tochter Editha war. Ein stummes Mädchen aus dem Norden, so erzählten die Leute, sei von einer vornehmen Venezianerin des Mordes an ihrem Gatten beschuldigt worden, obwohl diese gewußt habe, daß es nicht der Wahrheit entspreche. Daraufhin habe sie ihre eigenen Kinder umgebracht und sei im Hof des Palazzo Ducale enthauptet worden.

Bis dahin kannte ich die Geschichte in groben Zügen. Der Medicus Meytens hatte sie mir erzählt. Neu war für mich allerdings, daß die reiche Reedersfrau vor ihrem Tode Reue gezeigt und das gesamte Erbe Editha überschrieben haben sollte. Angeblich lebte sie im Palazzo des Reeders, und vor Freude darüber habe sie ihre Sprache wiedergefunden.

Ihr wißt, Gerüchte wachsen mit der Zahl der Münder, und manche Wahrheit wird so in kurzer Zeit zum Märchen. Jedenfalls hielt es mich nicht auf meiner Insel, und obwohl da Mosto mir mit Nachdruck verboten hatte, Murano zu verlassen, bevor sein Auftrag erledigt war – und davon war ich weit entfernt –, paßte ich die günstige Gelegenheit ab und verschwand. Einem Glasmacher, der am Calle San Giacomo seinem Gewerbe nachging, bot ich zwei Scudi, eine respektable Summe für einen Mann seines Standes, wenn er mich mit seiner Barke nach Camargio übersetzte, von wo es ein Leichtes war, nach Santa Croce zu gelangen, wo der Palazzo Agnese lag.

Unerkannt durch Venedig zu streifen erfordert keine große Anstrengung, wenn man die großen Plätze meidet, und so gelangte ich unbehelligt am Canale di Misericordia entlang zum Canale Grande, an dem mich ein Fährmann übersetzte, direkt vor das Eingangsportal des Palazzo Agnese.

Bei allen Heiligen, nein, es kann nicht sein, dachte ich, als ich die wuchtige Eingangshalle betrat. Dies soll der Besitz meiner Tochter sein? Säulen aus grauem Marmor zu beiden Seiten und darüber ein Tonnengewölbe mit Grotesken und Blütenranken ließen den Eintretenden klein erscheinen. Seit ich Editha zuletzt gesehen hatte, waren Monate vergangen, und nun ertappte ich mich dabei, daß ich Angst hatte, ihr zu begegnen. Nicht die Begegnung an sich war es, die mir Furcht einflößte; vielmehr bereitete mir der Gedanke Unbehagen, mit ihr so sprechen zu müssen, wie es gemeinhin zwischen Vater und Tochter üblich ist.

Ich weiß, das mag merkwürdig klingen, vielleicht sogar ziemlich verrückt, aber bedenkt, ich hatte bis zu diesem Zeitpunkt mit meinem Kind kein ernsthaftes Wort gesprochen. Denn Editha verlor ihre Sprache, als sie vier Jahre alt war, und seither hatten wir uns mit Gesten und Lauten verständigt, denen es zwar nicht an Innigkeit fehlte, doch gibt es Gedanken und Gefühle, die zu erklären gesprochene Worte nötig sind.

Nach allem, was vorgefallen war, konnte ich nicht erwarten, daß Editha mir mit offenen Armen gegenübertreten würde. Vielmehr hoffte ich auf ein klärendes Gespräch, zumindest auf ihre Verständigungsbereitschaft. Aber es kam anders.

Editha kam mir auf der breiten Steintreppe entgegen, die von der Halle zum Obergeschoß führte, angetan mit einem dunkelgrünen Samtkleid und mit hochgetürmten Haaren wie eine Zigeunerin, was ihrem Wesen völlig fremd war und mich seltsam anmutete. Als ich beide Arme nach ihr ausstreckte, um sie zu begrüßen, wandte sie mir die linke Schulter zu, und noch bevor wir ein einziges Wort wechselten, wurde mir bewußt, daß meine Tochter eine andere geworden war.

Ich weinte, Tränen rannen über mein Gesicht, als ich ihre Stimme hörte. In meiner Erinnerung vernahm ich ihre kindliche, unbeholfene Stimme, die so plötzlich verstummt war, und ich verglich sie unwillkürlich mit dem Tonfall, den ich jetzt vernahm. Er war von Selbstbewußtsein und Härte, beinahe hätte ich gesagt von Kälte, geprägt. Erst Augenblicke später kam mir der Inhalt ihrer Worte zu Bewußtsein, und der traf mich so sehr, daß ich zunächst kein Wort hervorbrachte und sie ratlos anstarrte. Editha sagte – und ich werde diese Worte nie vergessen: »Was willst du? Ich hätte mir denken können, daß du hier auftauchst.«

Das Wiedersehen mit meinem kleinen Mädchen hatte ich mir anders vorgestellt. Ich hatte gebangt und gehofft; ich war ihr von Konstantinopel nach Venedig gefolgt, weil ich glaubte, sie bedürfte meiner Hilfe; ich hatte meine eigenen Bedürfnisse, mein eigenes Schicksal, hintangestellt, nur um ihr nahe zu sein, und Editha empfing mich mit den Worten: Was willst du? Schlimmer noch: Sie fügte, als ich nicht antwortete, zwei bittere Fragen hinzu: »Willst du mich wieder verkuppeln, oder brauchst du Geld?«

Ich war wie von Sinnen, denn in die Freude, daß meine Tochter die Sprache wiedergefunden hatte, mischte sich die Enttäuschung über ihre Wandlung; ja, ich ertappte mich bei einem furchtbaren Gedanken: Ich wünschte, Editha wäre stumm geblieben, dann wäre sie nicht in der Lage gewesen, mir mit solcher Herzlosigkeit zu begegnen.

Mein Mädchen, fragte ich mit bebender Stimme, was ist nur aus dir geworden? Was blieb von meiner rechtschaffenen Erziehung, was von meiner Liebe? Aber Editha hatte nur Hohn für mich übrig. Ich wollte es nicht begreifen: je mehr ich mich ihr mit sanften Worten zu nähern suchte, desto abweisender und kälter wurde ihre Rede – erspart mir, sie noch einmal wiederzugeben. Schließlich sagte sie, dies sei nun einmal *ihr* Leben, und ich solle das meine leben. Da fragte ich mich zum erstenmal: War Editha noch meine Tochter?

Unter Tränen, wie sie nur Wut und Trauer hervorbringen können – und bei mir trafen beide zusammen –, verabschiedete ich mich von Editha; nicht ohne den Wunsch, sie möge nie im Leben in eine ähnliche Situation geraten, von einem Augenblick auf den anderen ihr Kind zu verlieren.

Merkwürdig, dachte ich beim Verlassen des Palazzo Agnese, als meiner Tochter die Sprache fehlte, habe ich sie immer verstanden. Nun, da ihr die Sprache wiedergegeben ist, verstehe ich sie nicht mehr.

Doch mir blieb nicht viel Zeit, Editha nachzutrauern, denn als ich in Murano ankam, wartete Cesare da Mosto auf mich. In seiner Begleitung befand sich Simonetta.

Da Mosto machte mir klar, daß er jeden meiner Schritte beobachten ließ und daß ich kaum die Möglichkeit haben würde, noch einmal Murano zu verlassen, bevor mein Auftrag erfüllt war. Ohne Umschweife machte mir der Neffe des Papstes klar, daß er auch von meinem Zusammentreffen mit Simonetta Kenntnis hatte. Ja, es schien, als wüßte er sogar von unserer Auseinandersetzung; denn er trug mir Simonettas Liebe an und meinte, die Zuneigung einer Frau auszuschlagen, die von tausend Männern begehrt werde, sei eine Sünde wider die Hoffahrt. Solche Worte aus dem Munde eines Mannes, dem Frauen nichts bedeuteten, weil er sie nur zu verschiedensten Zwecken benützte, stimmten mich nachdenklich, fast möchte ich sagen versöhnlich. Heute weiß ich natürlich, daß dem Neffen des Papstes nicht im geringsten an meinem Liebesleben, sondern nur an seinem Auftrag gelegen war.

Da Mosto setzte mir eine Frist von drei Wochen, in welcher die begehrten Ablaßbriefe gedruckt sein mußten und versprach mir, wenn nötig, weitere Hilfskräfte für mein Laboratorium. Um seiner Forderung Nachdruck zu verleihen, ließ er, bevor er sich mit betonter Höflichkeit verabschiedete, ein kleines Andenken zurück, dessen Aussehen mir nicht fremd war. Ich entdeckte es auf dem Stuhl, auf dem der Legat gesessen hatte. Es war ein Messer, eines von ungewöhnlicher Form. Mit einem Messer des gleichen Typs war Albertus di Cremona in Konstantinopel getötet worden. Den Wink verstand ich wohl, und von diesem Augenblick an wußte ich, mit da Mosto und seiner Partei war nicht zu spaßen.

Simonetta hatte die Unterredung schweigend verfolgt. Nun standen wir uns allein gegenüber, und jeder erwartete ein Wort des anderen. Im stillen hoffte ich, Simonetta würde mich noch einmal um Verzeihung bitten, wie sie es schon einmal getan hatte; denn ehrlich gesagt, ich hatte ihr längst verziehen. Mir war klar geworden, daß meine Liebe zu ihr weit größer war als mein Stolz. Wie aber sollte ich beginnen?

Unerwartet erlöste mich Simonetta aus der Qual meiner Gedanken, indem sie sagte: »Du kannst mich fortschicken, wenn ich dir lästig falle.« Sie sagte das mit so viel Traurigkeit in der Stimme, daß sie mich beinahe zu Tränen rührte, und ich zog sie in meine Arme. Nun, da ich seit langer Zeit zum erstenmal wieder ihren warmen Körper spürte, empfand ich ein unvorstellbares Glücksgefühl, und ich bin sicher, Simonetta erging es nicht anders. Ich bedeckte ihr Gesicht mit Küssen, bis mir die Sinne schwanden, und ich kam erst wieder zu mir, als wir uns in wilder Umarmung auf dem Boden wälzten. Wir entkleideten uns gegenseitig, was in Anbetracht unserer vornehmen Gewänder große Anstrengungen erforderte, doch war uns die Leidenschaft behilflich und die vielverspottete Brüchigkeit venezianischen Zwirns, der die Nähte zusammenhielt. Jedenfalls gelang es uns in kurzer Zeit, unsere nackten Leiber zu vereinigen. So liebten wir uns mit ungestümer Heftigkeit und im Bewußtsein, daß wir für einander geschaffen waren.

»Er hat mich gezwungen, mit ihm zu kommen«, meinte Simonetta, nachdem wir atemlos voneinander abgelassen hatten. »Er wußte alles über unser Verhältnis. Ich glaube, er hat überall seine Spione.«

Ich nickte stumm, und obwohl ich da Mosto haßte, obwohl ich seine Drohungen fürchtete, empfand ich ihm gegenüber eine gewisse Dankbarkeit, weil er mir unverhofft die Geliebte zurückgebracht hatte. Nach der Enttäuschung mit Editha war ich froh, Simonetta in meinen Armen zu halten, und mir wurde bewußt, daß es Zeit war, wieder an mein eigenes Leben zu denken.

Zunächst mußte ich mich auf die mir vom Neffen des Papstes gestellte Aufgabe konzentrieren. Der Ablaßbrief mit dem Namenszug des künftigen Papstes erforderte hohen technischen Aufwand. So benötigte ich für den achtzehnzeiligen Text zweiunddreißigmal den Buchstaben E, dreizehn I und zwölf O, wohingegen ich mit nur fünf A auskam.

Schon am nächsten Tag ging ich daran neue Lettern zu gießen, nicht komplette Alphabete, wie ich es in Konstantinopel getan hatte, sondern ich fertigte Lettern nach der Häufigkeit ihres Bedarfs. Schließlich weiß jeder Klosterschüler, daß ein Y oder Z im Lateinischen so selten vorkommt wie Schnee zu Ostern, und darum wäre es unsinnig, sie ebenso häufig zu gießen wie die Vokale. Nach einer Woche hatte ich mehr Lettern in meinen Kästen, als mir in Konstantinopel zur Verfügung gestanden hatten, und ich konnte mit meiner eigentlichen Arbeit beginnen.

Dabei war mir Simonetta eine große Hilfe – nicht als Arbeitskraft, denn Helfer hatte mir da Mosto zur Genüge überlassen, sondern weil sie mir die Kraft und den Willen gab, den der ungewöhnliche Auftrag erforderte. Vor allem nahm sie mir viel von meiner inneren Zerrissenheit und der Unsicherheit gegenüber meinen Auftraggebern, indem sie sagte: »Du verrichtest ein Handwerk wie jedes andere, und es muß dich nicht kümmern, wozu andere deine Arbeit gebrauchen.« Ein Waffenschmied, meinte Simonetta, habe auch keine Gewissensbisse, weil eine von ihm gefertigte Lanze im Krieg gegen den Feind gerichtet werde.

Damals begann ich Simonetta aufs neue zu lieben, aber auf eine ganz andere Art und Weise. Meine Liebe wuchs über die Leidenschaft hinaus bis zu jenem Grad von Zuneigung, die dem anderen alles verzeiht und Selbstliebe und eigene Eitelkeit, welche bis dahin eine nicht geringe Rolle gespielt haben mögen, vergessen läßt.

Dies, so weiß ich heute, nachdem ich alle Höhen und Tiefen durchmessen habe, die das Leben einem Menschen bereit hält, ist das wahre Glück. Dem Unglück bin ich mehr als einmal begegnet, und nicht selten war dabei mein Leben in Gefahr, und dennoch bereitet mir all das heute keinen Schmerz. Unglück schmerzt im Alter weniger; das Glück hingegen, dem man einmal begegnet ist, bleibt einem erhalten wie ein Brandmal auf der Haut. Doch zurück nach Murano.

Für mein erstes Druckwerk benötigte ich nicht weniger als 580 Lettern, und es fällt mir schwer zu sagen, was mehr Aufwand erforderte, der Guß der Lettern aus Zinn und Blei oder die Aneinanderreihung der Buchstaben wie in einem Spiegel, kopfstehend und von rechts nach links. Ich arbeitete Tag und Nacht und forderte von meinen Helfern das Äußerste.

Ich verfügte über fünf Druckpressen, umgebaute Weinpressen aus dem nahen Veneto. Mein Bedarf an zehnmal tausend Pergamenten wurde durch eine Lieferung aus der Seerepublik Amalfi befriedigt, deren Pergamentmacher und Papiermühlen in hervorragendem Ruf standen. Schwierigkeiten bereitete mir die Herstellung der Schwärze, welche bei den ersten Druckversuchen blaß erschien wie eine alte, vergilbte Handschrift. Da ich mich nie mit den technischen Einzelheiten des Drucks beschäftigt hatte und die Druckerschwärze, die ich in einer Büchse von Konstantinopel mitgebracht hatte, in den Händen der Uffiziali – und im Bauch der Katze – verblieben war, mußte ich selbst erst einige Versuche machen, um die richtige Mischung herauszufinden. Mit Hilfe von Sepia und Fischtran, die ich dem Ruß beimengte, gelang es mir schließlich eine Schwärze zu mischen, die, was den Farbton betraf, keine Wünsche offen ließ.

Ihr könnt Euch nicht vorstellen, was es für mich bedeutete, als ich mein erstes Druckwerk in Händen hielt. Ein Mönch konnte es nicht schöner geschrieben haben. Erforderten die ersten Pergamente noch hohen Zeitaufwand, so arbeiteten meine Helfer nun immer schneller, und, was keiner geglaubt hatte – ich selbst am allerwenigsten –, zwei Tage vor Ablauf des Ultimatums war die Arbeit beendet: zehnmal tausend Ablaßbriefe mit dem Namen des Papstes Pius Secundus.

Die folgenden Tage und Wochen bescherten mir große Aufregung, weil meine Arbeit unerwartete Früchte trug. Ich meine nicht die respektable Summe Geldes, welche da Mosto mir ohne Aufsehen zukommen ließ, sondern die Folgen, die ich in diesem Ausmaß nicht bedacht hatte. Ich wunderte mich, daß ich Cesare da Mosto nicht mehr zu Gesicht bekam; dafür waren die Ablaßbriefe, welche in meinem Laboratorium lagerten, plötzlich über Nacht verschwunden, und da dies unter Zurücklassung der vereinbarten Summe – es war sogar noch mehr – geschah, durfte ich wohl annehmen, daß da Mosto sich in den Besitz der Ablaßbriefe gebracht hatte. Ich kannte ja seine Pläne, und seine verschlungenen Machenschaften fielen in keinem Ort auf so fruchtbaren Boden wie in Venedig, wo es zu jener Zeit mehr Parteien und Verschwörungen gab als Bettelvolk.

Simonetta kannte Venedig und das Intrigenspiel seiner Bewohner besser als ich, und sie gab zu bedenken, ob es nicht besser sei, die Stadt zu verlassen. Sie ahnte wohl eher als ich, daß die künstliche Schrift mehr als jede andere Erfindung geeignet war, zum Zankapfel der Parteien zu werden. Deshalb versprach sie, mit mir in jedes Land der Erde zu gehen, so es nur weit entfernt von der ›Serenissima‹ läge. Das Handwerk des Spiegelmachers, meinte sie, sei überall auf der Welt gefragt; denn wo Menschen lebten, herrsche auch Eitelkeit.

Wie recht Simonetta hatte. Doch ich kam ihrer Aufforderung, sei es aus Starrköpfigkeit oder weil mich die Schwarzkunst gefangenhielt, nicht nach. Ich leugne nicht, nun reizte mich die Begierde, welche die künstliche Schrift bei den unterschiedlichsten Menschen auslöste. Parteigänger des Papstes wie der Doge, seine Feinde wie da Mosto, Byzantiner, Genuesen und Aragonier, sie alle versuchten die künstliche Schrift für sich zu gewinnen. Und ich, Michel Melzer, Spiegelmacher aus Mainz, nannte die Schwarzkunst mein eigen. Ich hatte eine Werkstätte mit den nötigen Gerätschaften und war in der Lage, jeden Text schneller unter das Volk zu bringen als tausend Mönche.

In Windeseile verbreitete sich die Nachricht, Papst Eugen IV., der zweihundertvierte Stellvertreter auf dem Stuhle Petri, habe das Zeitliche gesegnet und ein Mann heiligen Standes namens Pius II. habe die Nachfolge angetreten. Es gab keinen Grund, an dieser Nachricht zu zweifeln, weil der neue Papst – ein, wie es hieß, tatkräftiger Jüngling – bereits Ablaßbriefe in lateinischer Sprache verkaufte, welche dem frommen Erwerber den Nachlaß der Sünden und die ewige Glückseligkeit verhießen und reißenden Absatz fanden. Jedenfalls hatten zehntausend Ablaßbriefe den Weg zu reuigen Sündern gefunden, noch bevor Gelasius von Bologna, einer der Kardinäle, die allein berechtigt waren, einen neuen Papst zu wählen, Protest einlegte, weil man ihn offensichtlich bei der Einladung zum Konklave übergangen hatte.

Am nämlichen Tag, als der Bologneser Protest im Vatikan eintraf, wurde während des Angelus auf Papst Eugen – dem die Gerüchte um sein Ableben bis dahin verborgen geblieben waren – ein Attentat verübt. Zwei als Gardisten getarnte Meuchelmörder versuchten den betenden Papst zu erdolchen, doch das Unternehmen scheiterte am päpstlichen Unterhemd, welches, aus fingerdickem Filz gefertigt, Seiner Heiligkeit zur Selbstkasteiung diente. Die beiden Attentäter wurden überwältigt und noch in der Nacht enthauptet. Und weil sie bis zuletzt beharrlich schwiegen, blieb die Urheberschaft des Komplotts geheim.

Wenn es Cesare da Mosto somit auch nicht gelungen war, Papst zu werden, so hatten ihn die Ablaßbriefe reich gemacht, und sein Reichtum hätte sein Leben überdauert, wäre da nicht die verfluchte Spielleidenschaft gewesen.

Jene Frommen aber, die sich für viel Geld die Hoffnung auf das ewige Leben erkauft hatten, weigerten sich zur Kenntnis zu nehmen, daß Papst Eugen noch lebte. Schließlich hatten sie es schriftlich und in lateinischer Sprache, einer Sprache, in der bekanntermaßen nur heilige und absolut wahre Dinge verbreitet werden. Für sie hieß der Papst Pius II.

Pikanterweise gab es zu jener Zeit noch einen dritten Papst. Er hieß Felix V. und war immerhin vom Baseler Konzil zum Papst gewählt und sogar gekrönt worden. Er residierte in Savoyen, wo er bis zu seiner Abdankung als Herzog regiert hatte. Und natürlich trugen all diese Kapriolen nicht gerade zur Stärkung des Papsttums bei. Da halfen weder Acht und Bann noch siebentägige Gebete, die Papst Eugen gegen seine Widersacher anordnete. Cesare da Mosto hielt es nach dem gescheiterten Attentat für angebracht unterzutauchen.

Die Werkstätte aber, die er dem Spiegelmacher eingerichtet hatte, blieb in Melzers Besitz. Seit er den Auftrag da Mostos erfüllt hatte, fühlte er sich wie befreit, und es befiel ihn ein wahres Fieber, neue Möglichkeiten der Schwarzkunst zu erfinden. Er verfügte noch über genügend Blei und Zinn, um neue Lettern zu gießen. Die Minuskeln, welche Melzer bisher in Gebrauch hatte, waren noch viel zu groß, um mit der Handschrift der Mönche konkurrieren zu können. Gewiß, die künstliche Schrift übertraf jede Handschrift an Schnelligkeit, doch sie nahm auch mehr Raum ein. Also machte sich Melzer daran, Lettern zu schneiden, welche nur halb so groß waren wie seine bisherigen. Damit, glaubte er, würde er eines Tages sogar den Handschriften in den Bibliotheken Konkurrenz machen und sie zehnmal, nach Bedarf auch hundertmal drucken und noch dazu in kürzester Zeit. Und vielleicht, so malte er sich in seinen kühnsten Träumen aus, würde einmal die Zeit kommen, in der Feder und Tinte ausgedient hätten.

Die Insel Murano mit ihren zahllosen Werkstätten und Manufakturen eignete sich vortrefflich, um kein Aufsehen zu erregen, und so lebten der Spiegelmacher und seine Geliebte einige Wochen in jener Ruhe, die dem Glück eines jungen Paares zuträglich ist. Sie mieden die großen gesellschaftlichen Ereignisse in den Tanzhäusern und Theatern Venedigs, wo die Ablaßbriefe in aller Munde waren. Es hieß, der Teufel selbst habe das Schriftwerk mit eigener Hand gefertigt, denn kein Mönch könne die Buchstaben so schön und gleichmäßig schreiben wie auf dem Pergament der Ablaßbriefe.

Melzer bekam davon nichts mit. Er experimentierte allein in seiner Werkstätte an immer neuen Schriften, immer kleineren Lettern. Besessen von der Schwarzkunst, goß er immer mehr Buchstaben und schuf sich so einen Vorrat, der es ermöglichte, gewiß zwei Dutzend Pergamente auf einmal mit künstlicher Schrift zu versehen; ja, es schien, als sei der Spiegelmacher von einem geheimnisvollen Auftrag getrieben. Simonetta, die sich bei Melzer nach dem Grund seines Eifers erkundigte, erhielt keine Antwort, nur den Hinweis, ein Schwarzkünstler brauche, so er sein Handwerk ernsthaft betreiben wolle, einen Vorrat an Lettern, welcher gar nicht groß genug sein könne.

Während Simonetta das Leben auf der Insel Murano eher als Verbannung betrachtete, deren Ende sie herbeisehnte, schien sich Melzer wohlzufühlen wie lange nicht. Er liebte Simonetta, und er war überzeugt davon, daß sie ihn ebenso liebte – bis zu jenem Tag, an dem es heftig gegen die Tür seiner Werkstätte klopfte.

Melzer erkannte den Mann im diffusen Licht des Abendnebels nicht sofort; erst als jener seine Stimme zum Gruß erhob, erschrak er: »Ihr, Lazzarini?«

Domenico Lazzarini legte den Kopf zur Seite und grinste. Schließlich knurrte er in der ihm eigenen überheblichen Art: »Habt mich wohl nicht erwartet, Spiegelmacher?«

»Ehrlich gesagt, nein«, entgegnete Melzer. Er war sichtlich verärgert, sogar ein wenig verängstigt, weil er ahnte, warum der Capo ihn aufsuchte. Woher kannte er seinen Aufenthaltsort?

Lazzarini befürchtete, Melzer, der ihm wahrlich nicht wohlgesonnen war, könnte ihm die Tür vor der Nase zuschlagen; deshalb stellte er einen Fuß in die Tür, und während er den Kopf schüttelte, sagte er: »Ich verstehe Euch nicht, Melzer. Nun kennen wir uns schon geraume Zeit, vielleicht länger, als uns beiden lieb ist, und Ihr haltet mich immer noch für einen Dummkopf. Was mich betrifft, so habe ich Euch nie für einfältig gehalten, obwohl mir Euer Verhalten genug Anlaß gegeben hätte.«

»Sagt, was Ihr wollt, und verschwindet!« erwiderte der Spiegelmacher und blickte zornig auf den Fuß, den Lazzarini in die Tür hielt.

Dessen Frage traf ihn nicht unerwartet: »Wo ist Cesare da Mosto?«

»Was fragt Ihr mich?«

»Weil Ihr sein Parteigänger seid. Oder glaubt Ihr, ich wüßte nicht, wer die Ablaßbriefe gedruckt hat?«

»Ich bin kein Parteigänger da Mostos; ich bin niemandes Parteigänger.«

»Wer nicht für den Papst ist, ist gegen ihn, und wer gegen den Papst ist, der ist auch gegen den Dogen.«

»Hört mich an, Messer Lazzarini, ich habe für da Mosto einen Auftrag erfüllt ohne Ansehen der Person oder der Partei. Ich habe es für Geld getan und nicht für oder gegen meine Überzeugung – einzig und allein für Geld, versteht Ihr? Ein Schuster fragt auch nicht nach der Parteizugehörigkeit eines Kunden, bevor er das Leder über den Leisten zieht. Und ein Leinenweber verkauft seinen Stoff jedem, der dafür bezahlt. Oder habt Ihr gefragt, ob der Leinweber, der den Stoff für Euer Wams geliefert hat, ein Parteigänger des Dogen ist oder des Papstes oder der Jungfrau Maria?«

»Da habt Ihr wohl recht, Spiegelmacher, doch Ihr vergeßt eines: Die künstliche Schrift hat die Macht, Menschen zu verändern. Und das unterscheidet Euer Handwerk von allen anderen Zünften.«

Wie recht er hatte, dieser Lazzarini, dachte der Spiegelmacher. Nein, ein Dummkopf war er nicht, eher ein hinterhältiger Hitzkopf. Als einer der *Tre Capi* verfügte er in Venedig über einen nicht zu unterschätzenden Einfluß.

Deshalb schlug Melzer einen gelinderen Ton an und sagte – gegen seine Überzeugung, weshalb auch die gespielte Freundlichkeit mißlang: »Messer Lazzarini, glaubt mir, die Schwarzkunst ist gegen niemanden gerichtet. Und wenn ich, wie Ihr behauptet, die künstliche Schrift gegen die Interessen des Papstes in Rom eingesetzt hätte, so hindert mich niemand daran, beim nächstenmal *für* den Papst zu arbeiten – falls er mit harter Münze zahlt und nicht mit dem bloßen Versprechen ewiger Glückseligkeit.«

Melzers Dreistigkeit ärgerte den Capo, und er wiederholte seine Frage mit drohender Stimm: »Wo ist Cesare da Mosto?«

»Und wenn Ihr mir zehnmal die Frage stellt«, antwortete Melzer wahrheitsgemäß, »ich weiß es nicht. Ich weiß es nicht, weil ich mit dem Neffen Seiner Heiligkeit nichts zu tun habe.«

Lazzarini lachte höhnisch: »Die Republik wird Euch den Prozeß machen, Spiegelmacher, wegen feindlicher Umtriebe gegen den Dogen. Man wird Euch mit auf den Rücken gedrehten Armen aufhängen, sie werden Euren Kopf in Schraubzwingen stecken und Euren Körper an Armen und Beinen auseinanderziehen. Dann wird Euch schon einfallen, wo Cesare da Mosto geblieben ist.« Seine Stimme wurde heftiger: »Drei Tage habt Ihr Zeit, um Euch zu erinnern. Und versucht nicht zu fliehen, der Rat der Zehn hat mich ermächtigt, Ufficiali abzustellen, die jeden Eurer Schritte überwachen.«

Der Capo wandte sich um, um zu gehen, da trat Simonetta durch die offene Tür. Offenbar hatte sie die Auseinandersetzung zwischen Lazzarini und Melzer belauscht. Sie wich Melzer aus, der ihr entgegenging, um sie zu beruhigen, und trat vor Lazzarini hin und sagte: »Du Scheusal, willst du uns nie mehr in Ruhe lassen?«

Lazzarini wich zurück. Das plötzliche Erscheinen Simonettas machte ihn verlegen. »Ich bin nicht deinetwegen gekommen«, meinte er schließlich, »aber der Mann, dem du dich an den Hals geworfen hast, ist ein Feind des Dogen, und die ›Serenissima‹ wird ihn zur Verantwortung ziehen.«

»Melzer ein Feind des Dogen Foscari?« Simonetta lachte. »Warum sollte er gegen Foscari sein? Foscari ist ihm so gleichgültig wie ein Gondoliere aus Castello. Das schwöre ich bei den Gebeinen des heiligen Markus!«

»Keinen Meineid, Donna Simonetta! Du glaubst, diesen Mann zu kennen. In Wahrheit ist er dir fremd wie das Land, aus dem er kommt. Er ist ein Verschwörer, und sein Ziel und das seiner Gesinnungsgenossen ist es, den Dogen Francesco Foscari zu stürzen.«

»Wer? Melzer?«

»Eben dieser!« Er zeigte mit dem Finger auf den Spiegelmacher.

Der vernahm fassungslos, was Lazzarini da vorbrachte. In seiner Wut stürzte sich Melzer auf den unliebsamen Besucher und begann auf ihn einzudreschen, und nur dem Eingreifen Simonettas, die sich zwischen die Streithähne warf, war es zu verdanken, daß der Spiegelmacher von Lazzarini abließ.

»Da siehst du, nun zeigt er sein wahres Gesicht!« rief der Capo und brachte schnaubend sein Gewand in Ordnung. »Aber er wird dafür büßen, so wahr ich Domenico Lazzarini heiße!« Mit diesen Worten verschwand er aus der Werkstätte.

Simonetta, die sich eben noch so mutig gezeigt hatte, fiel Melzer um den Hals. Sie weinte, und schluchzend sagte sie: »Ich verstehe deinen Zorn, aber du hättest das nicht tun dürfen. Lazzarini ist ein Hagestolz. Er wird es nie verwinden, in Anwesenheit einer Frau geschlagen worden zu sein.«

»Ich weiß, daß ich einen Fehler gemacht habe«, nickte Melzer, immer noch atemlos, »aber ich konnte nicht anders. Ich hasse diesen Mann wie die Pest. Er ist falsch und selbstsüchtig und hat die Hoffnung auf dich noch immer nicht aufgegeben.«

»Du meinst …?«

Der Spiegelmacher löste sich aus der Umarmung und hielt Simonetta mit ausgestreckten Armen fest, so daß er ihr direkt ins Gesicht sah. »Du weißt selbst, daß an der Verschwörung kein wahres Wort ist«, sagte er eindringlich, »und daß Cesare da Mosto mir nicht nur gleichgültig, sondern in höchstem Maße zuwider ist. Nein, Lazzarini geht es nur darum, mich, seinen Nebenbuhler und größten Widersacher, aus dem Feld zu schlagen. Und dazu ist ihm jedes Mittel recht.«

Die folgende Nacht verbrachten Melzer und Simonetta in Sorge, der wütende Venezianer könnte eine Schlägertruppe, welche vor den Arsenalen für ein paar Scudi zu mieten waren, nach Murano schicken. In seiner Hilflosigkeit dachte der Spiegelmacher sogar an Flucht. Aber, gab Simonetta zu bedenken, sollten sie alles zurücklassen, das Haus und die Werkstätte, und wäre nicht jeder Fluchtversuch ein Schuldeingeständnis? So wachten sie schweigend und eng aneinandergeschmiegt die ganze Nacht, bis endlich über dem Canale Ondello der Morgen graute.

In dieser Nacht hatte jeder ohne Wissen des anderen einen Entschluß gefaßt. Während Melzer wie schon alle Tage zuvor seine Werkstätte aufsuchte, verließ Simonetta unbemerkt das Haus, um sich zur Anlegestelle bei den Fondamenta Giustiniani zu begeben, von wo die Barken nach Cannaregio und San Marco verkehrten.

Doch bevor Melzer dazu kam, seine eigenen Pläne in die Tat

umzusetzen, wies ihn einer seiner Gehilfen auf eine verdächtige Gestalt hin, die am Ende der engen Gasse vor der Werkstätte herumlungerte. Melzer erkannte sofort Ali Kamal, den Ägypter. Seit ihrer gemeinsamen Ankunft in Venedig hatten sich die beiden nicht gesehen, und Melzer hatte Ali beinahe aus dem Gedächtnis verloren.

»Wie hast du mich gefunden?« fragte der Spiegelmacher erstaunt.

Ali blickte zu Boden, und ohne Melzer anzusehen, antwortete er: »Man erfährt viel, wenn man seine Tage an der Riva degli Schiavoni verbringt, wo die großen Schiffe anlegen.«

Melzer mußte lachen. »Du willst doch nicht etwa sagen, daß du in Venedig demselben Gewerbe nachgehst wie in Konstantinopel, oder?«

»Nicht ganz, Meister Melzer«, erwiderte Ali, »nicht ganz. In Konstantinopel klaute ich für den dicken Lagerhausbesitzer. Hier arbeite ich für die eigene Tasche.«

»So, arbeiten nennst du das!«

»Nun ja, ich habe nahe bei den Arsenalen einen Schuppen gemietet, und eine Handvoll Straßenjungen ist mir behilflich. So finde ich mein Auskommen. Ihr wißt, Meister Melzer, ich habe eine große Familie zu ernähren.«

»Und wie hast du mich gefunden?«

»Das war nicht schwer, wenn man am Hafen zu Hause ist. Dort hörte ich auch von den Ablaßbriefen. Die einen behaupten, sie seien vom Teufel persönlich geschrieben, andere wußten von einem Schwarzkünstler aus Deutschland zu erzählen, der die Kunst beherrsche, so schnell wie der Teufel zu schreiben. Da wußte ich, das konntet nur Ihr sein, Meister Melzer.«

»Und das reden die Leute auf der Riva degli Schiavoni? Ich meine, in aller Öffentlichkeit?«

»Was heißt, in aller Öffentlichkeit? Man erzählt es heimlich hinter vorgehaltener Hand. Mein Vorteil ist dabei, daß mich alle für einen dummen Ägypter halten, gerade gut genug, um ihre Reisesäcke zu schleppen, und unfähig, ihre Sprache zu verstehen. Dabei beherrschte ich das Venezianische schon, als ich noch in Konstantinopel meiner Arbeit nachging.«

»Aber du bist nicht gekommen, um mir das zu sagen!«

»Bei meinem Gott, nein. Ich belauschte das Gespräch zweier vornehm gekleideter Männer. Mir war weder der eine noch der andere bekannt, aber beide taten so wichtig, als gehörten sie dem Rat der Zehn an. In dem Gespräch fiel der Name Melzer und daß ein Mann dieses Namens sich auf der Insel Murano versteckt halte und mit seiner Schwarzkunst die Serenissima in Gefahr bringe. Das sei Hochverrat, und man werde ihm vor dem *Consiglio* den Prozeß machen.«

Der Spiegelmacher sah Ali Kamal lange schweigend an, dann sagte er: »Du hast mich einmal betrogen und ein andermal warst du mir in einer schwierigen Situation hilfreich. Nun wüßte ich allzugerne, welchen Zweck du diesmal verfolgst.«

Da hob der Ägypter die Hand zum Schwur und rief: »Beim Leben meiner Mutter, Ihr könnt mir glauben, daß ich nur Euer Bestes will, Meister Melzer. Es ist wahr, was ich Euch berichte.« Und zögernd fügte er hinzu: »Sollte Euch meine Nachricht etwas wert sein, so wäre ich durchaus empfänglich für eine angemessene Entlohnung.«

So ernst sich die Situation für den Spiegelmacher darstellte, er kam nicht umhin zu schmunzeln. Jedenfalls schien ihm Alis Absicht, mit seiner Nachricht Geld zu verdienen, eher ein Beweis für dessen Aufrichtigkeit. Also zog Melzer eine Goldmünze aus der Tasche und reichte sie dem Ägypter.

Der tat entrüstet. »Das ist beileibe nicht alles, was ich Euch zu sagen habe. Hört mich an. Beim ersten Morgengrauen verläßt morgen eine Galeere mit Glaswaren die Anlegestelle bei den

Fondamenta Giustiniani. Sie nimmt Kurs auf Triest, und der Kapitän wird Euch keine Fragen stellen, wenn Ihr meinen Namen nennt.«

»Und Simonetta?«

»Er wird auch ihr keine Fragen stellen. In Triest, eine Tagesreise von hier, seid Ihr fürs erste sicher.«

Ali hielt die Hand auf, und Melzer griff ein weiteres Mal in die Tasche und holte ein zweites Goldstück hervor.

»Du bist wahrlich ein Teufelskerl, Ägypter!« meinte er, während er Ali Kamal die Münze reichte.

Das Angebot des Ägypters kam seinem eigenen Entschluß entgegen, den er in der Nacht gefaßt hatte, nämlich die Werkstätte im Stich zu lassen und zu fliehen. Nun, da ihm Ali Kamal den Weg bereitet hatte, erkannte Melzer dies als die beste Lösung, und er war von einem Augenblick auf den anderen bereit, diese Absicht in die Tat umzusetzen.

»Sieh her, Ägypter, das ist mein kostbarster Besitz!« Melzer zeigte auf eine Reihe flacher Holzkästen, die vor dem Fenster aufgereiht war. Jeder Kasten war in eine unüberschaubare Anzahl von Fächern unterschiedlicher Größe unterteilt, und darin lagerten ohne erkennbares System Buchstabenwürfel verschiedener Größe. Melzer strahlte beim Anblick der Lettern wie ein Maler nach der Fertigstellung eines Kunstwerks, und er sagte, ohne den Blick von den magischen Kästen zu wenden: »Wenn es dir gelingt, die Lettern unbemerkt von den Ufficiali aus der Werkstätte zu schmuggeln und sie an geheimem Ort aufzubewahren, dann will ich dich fürstlich entlohnen!«

Ali nahm ein paar Lettern in die Hand und stellte fest: »Die sind verdammt schwer, Meister Melzer!«

Der Spiegelmacher legte beide Hände auf die Brust. »Ich weiß, daß es keine einfache Aufgabe ist. Dafür wird dein Lohn nicht gering sein. Ich gebe dir einen Schlüssel zur Werkstatt. Die rückwärtige Tür führt zum Canale Ondello. Über das Wasser kannst du leichter entkommen.«

So wurde sich der Spiegelmacher mit dem Ägypter einig. Und nachdem Ali Kamal sich verabschiedet hatte, begann Melzer die Werkstätte aufzuräumen. Er stellte alle Gerätschaften an ihren Ort und legte jedes Werkzeug bereit, als wollte er im nächsten Augenblick mit einer neuen Arbeit beginnen. Ja, er liebte die Schwarzkunst inzwischen nicht minder, als er einmal das Handwerk des Spiegelmachers geliebt hatte. In Triest würde er sich entscheiden, ob er mit Simonetta nach Mainz zurückkehren wollte, um ein neues Leben als Schwarzkünstler zu beginnen.

Aber dann kam alles ganz anders.

Als Michel Melzer in sein Haus zurückkehrte, war Simonetta verschwunden. Melzer hatte ein ungutes Gefühl, weil er wußte, wie sehr Simonetta unter den Drohungen Lazzarinis litt. Er hatte jedoch keinen Zweifel, daß sie, zurückgekehrt, seine Fluchtpläne billigen und mit ihm ziehen würde.

Früh brach die Dunkelheit ein und machte die Nacht endlos. Wie in den Tagen zuvor hatte eisiger Nebel Murano mit einem dichten Mantel eingehüllt. In jenem Reisesack, der ihm schon von Konstantinopel nach Venedig treue Dienste geleistet hatte, verstaute er Kleidung und ein paar Dinge, die ihm wichtig und teuer erschienen; einen zweiten legte er für Simonetta bereit.

Melzers Unruhe wuchs, je länger Simonettas Abwesenheit dauerte. Durch seinen Kopf schossen tausend Gedanken. Sie brachten furchtbare Ahnungen hervor. Die Dienerschaft war längst zu Bett gegangen. Im Kamin flackerte ein Feuer. Melzer saß starr auf einem kantigen Lehnstuhl und starrte in die Flammen. Er war müde und kämpfte mit dem Schlaf, und es bereitete ihm große Anstrengung, wach zu bleiben. Er mußte Simonetta, sobald sie zurückkehrte, von seinen Plänen in Kenntnis setzen, daß er zusamen mit ihr bei Tagesanbruch fliehen wollte.

So hockte er Stunde um Stunde vor dem Feuer, lauschte jedem Geräusch von draußen und war der Verzweiflung nahe. Für ihn gab es jetzt kaum noch Zweifel: Simonetta war entführt worden, und dahinter steckten Lazzarini und seine Leute. Gegen Mitternacht, als kaum noch Hoffnung auf ihre Rückkehr bestand – keine anständige Frau hielt sich nach Einbruch der Dunkelheit im Freien auf –, wurden Melzer die Augen schwer, und er schlief ein.

Beim ersten Glockenschlag von Santi Maria e Donato auf der anderen Seite des Kanals schreckte der Spiegelmacher hoch. Aufgewühlt und noch leicht umnebelt, rief er nach Simonetta und stürzte die Treppe hinauf zu ihrem Schlafzimmer. Das Bett war leer. In seiner Verzweiflung ließ er sich vornüber auf die Polster fallen und schluchzte in die Kissen. Er machte sich Vorwürfe, weil er Simonetta allein gelassen hatte. Er hätte sich denken können, daß Lazzarini jede Gelegenheit wahrnehmen und sich an Simonetta vergreifen würde.

Melzers Schluchzen weckte die Magd Francesca, die in einer Kammer unter dem Dach schlief. Francesca konnte sich das seltsame Geräusch nicht erklären. Also weckte sie den Diener, und gemeinsam schlichen sie die Treppe hinab zum Schlafzimmer der Herrschaft. Als die Magd durch die offene Tür Melzer erspähte, der in Kleidern und mit dem Gesicht nach unten auf dem Bett lag, stieß sie einen Schrei aus.

Melzer fuhr hoch und wandte sich um. »Sie ist fort«, klagte er. »Sie haben Simonetta entführt.«

Francesca und der Diener blickten betroffen. Die Magd wollte etwas sagen, aber der Diener legte seine Hand auf ihren Arm und hielt sie zurück. Schließlich sah Melzer sie fragend an, und Francesca erklärte: »Donna Simonetta ist nicht entführt worden, sie hat um die dritte Stunde das Haus verlassen, allein, und sie hat jede Begleitung abgelehnt.«

»Allein, sagst du?« Melzer erhob sich, er trat ans Fenster und blickte hinaus auf den Canale Ondello. Von Osten her schimmerte milchig weiß das erste Licht des Tages. Da wurde ihm bewußt, daß seine Flucht gescheitert war, noch ehe sie begonnen hatte. War es der Gedanke daran oder die Kälte, die durch das Fenster kroch, die ihn zittern machte? Sein ganzer Körper wurde von heftigen Beben erschüttert.

»Und Donna Simonetta hat nicht gesagt, wohin sie wollte?« fragte Melzer.

»Nein, Messer Michele«, antwortete Francesca, und verlegen fügte sie hinzu: »Ihr seid krank, Messer Michele, Ihr solltet einen Medicus kommen lassen.«

Da schrie der Spiegelmacher zornig: »Ich bin nicht krank, hörst du, ich bin verzweifelt! Messer Michele ist verzweifelt!«

Die Magd und der Diener standen wie versteinert. Keiner wagte ein Wort zu sagen. Und in diese lange, beunruhigende Stille drang auf einmal ein Geräusch: das Knarren der Haustür.

Melzer stieß den Diener beiseite, hetzte über die Treppe nach unten. Bangen, Hoffnung und Zorn mischten sich zu einem furchtbaren Gefühl. In seiner Kopflosigkeit strauchelte er und bekam gerade noch das Geländer zu fassen. Als er aufblickte, stand Simonetta vor ihm. Ihr schwarzes Haar hing wirr auf ihre Schultern. Sie war in ein rotes Tuch gehüllt, das Melzer noch nie an ihr gesehen hatte. Aber am meisten verstörte ihn der traurige Blick in ihren Augen.

Melzer war so überrascht, daß er kein Wort hervorbrachte, und während er Simonetta musterte, begann diese zu sprechen: »Es ist alles in Ordnung. Wir brauchen keine Furcht mehr zu haben.«

»Nein«, sagte der Spiegelmacher verlegen, weil er die Geliebte nicht verletzen wollte; den Sinn ihrer Worte verstand er jedoch nicht.

Als Simonetta das merkte, fiel sie ihm schluchzend in die Arme. Ihre Körper rieben sich aneinander, als suche jeder beim anderen Schutz.

»Ich habe mir furchtbare Sorgen gemacht«, flüsterte Melzer. »Ich habe die ganze Nacht gebangt; ich glaubte, Lazzarini hätte dich entführt.«

Simonetta schüttelte wortlos den Kopf.

»Ali, der Ägypter, du kennst ihn, wollte uns zur Flucht verhelfen«, begann der Spiegelmacher erneut. »Im Morgengrauen fuhr ein Schiff nach Triest. Jetzt ist es zu spät. Aber die Hauptsache ist, du bist wieder hier.«

Behutsam löste sich Simonetta aus der Umarmung, dann trat sie einen Schritt zurück und sah Melzer fest in die Augen. »Wir brauchen nicht mehr zu fliehen, hörst du. Es hat alles seine Ordnung. Lazzarini wird dich nie mehr verfolgen.«

»Nie mehr verfolgen? Was heißt das? Wo warst du in der vergangenen Nacht?«

»Ich war bei Lazzarini.« Simonetta senkte den Kopf.

»Du bei Lazzarini? Sag, daß das nicht wahr ist! Sag es!«

»Es ist wahr«, antwortete Simonetta leise.

Melzer stand da, wie vom Donner gerührt. Fassungslos starrte er das Mädchen an. Schließlich wiederholte er leise: »Du warst bei Lazzarini.«

»Ich habe es für uns getan«, erwiderte Simonetta scheu. »Ich wollte ihn bitten, die Anklage zurückzunehmen, aber Lazzarini blieb hart. Sein Herz ist aus Stein. Ich flehte ihn an und sagte, wenn seine Liebe zu mir echt sei, dann dürfe er es nicht tun, denn mit deinem Leben zerstöre er auch das meine. Aber die Worte rührten ihn nicht. Im Gegenteil, er begann Forderungen zu stellen und drohte, auch ich würde in die Affäre hineingezogen.«

»Der Teufel soll ihn holen mitsamt dem alten Dogen Foscari! Wie konntest du dich so erniedrigen?«

Simonetta wagte nicht, Melzer in die Augen zu sehen. Um ihre Mundwinkel wurde ein Zucken erkennbar, dann fuhr sie fort: »Schließlich stellte ich dem Capo die Frage, ob er wirklich um keinen Preis der Welt bereit sei, von seinem Vorhaben abzulassen. Doch, sagte er, wenn ich bereit wäre …«

Melzer nickte stumm. Er wandte den Kopf zur Decke, um seine ohnmächtige Wut zu verbergen. Dann stieß er hervor: »Und du hast es getan. Du hast dich diesem Ungeheuer hingegeben. Du bist eine gottverdammte Hure!«

Das Wort traf Simonetta wie ein Peitschenhieb. Sie atmete heftig und rang nach Worten. »Du nennst mich Hure«, schrie sie dem Spiegelmacher ins Gesicht, »ausgerechnet du, für den ich das alles getan habe?«

»Ja, Hure. Allzu schwer scheint es dir nicht gefallen zu sein. Vielleicht hat es dir sogar Vergnügen bereitet, den Schwanz des Teufels zu lutschen. Du hast es für mich getan? Ha, daß ich nicht lache. Ich hätte dir von Anfang an aus dem Weg gehen sollen. Hure bleibt Hure!«

Simonetta hörte die Vorwürfe fassungslos an. Beherrscht preßte sie zunächst die Lippen aufeinander, dann trat sie auf Melzer zu. Der erkannte das zornige Funkeln in ihren Augen; er sah, wie sie ausholte und ihm mit dem Handrücken ins Gesicht schlug.

Schweigend sahen sich beide an. Dann hob Melzer die Hand und deutete zur Tür. Er sagte nur ein einziges Wort:

»Geh!«

Verzweifelt, niedergeschlagen, enttäuscht und wütend zugleich schleppte sich Melzer die Treppe hinauf. Er ließ sich auf sein Bett nieder, stützte den Kopf in beide Hände und starrte vor sich hin auf den Boden. Das schwarz-weiße Schachbrettmuster der Fliesen zerrann in seinen Augen zu einem undurchsichtigen Gewirr von Hell und Dunkel, und er wünschte sich, tot zu sein. Er fühlte sich verraten und gedemütigt, jedenfalls glaubte er den Worten Simonettas nicht, sie habe es nur für ihn getan. Ihm kam in den Sinn, daß der Konflikt zwischen Simonetta und Lazzarini nur gespielt, daß der Capo von Anfang an darauf aus gewesen war, ihn zu demütigen. Nun fühlte er sich wie ein betrogener Ehemann. Wie viele Narren weiden auf der Wiese der Liebe!

Ja, er hatte Simonetta geliebt, und seit dem Verlust seiner Tochter noch mehr als je zuvor. Aber nun, nach dieser neuerlichen Enttäuschung, haßte er sie, und er wollte sie nie wiedersehen. Lazzarinis Anklage, der Vorwurf, er habe mit Cesare da Mosto gemeinsame Sache gemacht und betreibe den Sturz des Dogen, trat in den Hintergrund. Früher oder später würde er sich an Lazzarini rächen. Doch fürs erste galt es, seine Wut zu kühlen und das Erlittene zu vergessen.

Francescas Klopfen holte den Spiegelmacher in die Wirklichkeit zurück. »Herr!« rief sie mit weinerlicher Stimme durch die geschlossene Tür. »Donna Simonetta hat uns verlassen. Sie sagte, sie werde nie mehr zurückkommen!«

»Ich weiß«, erwiderte Melzer mit gespielter Gleichgültigkeit. »Donna Simonetta wird wirklich nicht mehr zurückkommen.« Dann trat er vor seinen Kleiderkasten, ein dunkles, holzgeschnitztes Ungetüm, bekleidete sich mit seinem feinsten Gewand, ordnete sein Haar mit einem Rechen, ein Vorgang, dem er für gewöhnlich nur einmal pro Woche nachging, und begab sich zur Anlegestelle am Ponte San Donato.

Der Nebel hatte sich gelichtet, und durch die grauen, tief dahintreibenden Wolken lugte ab und an ein müder Sonnenstrahl. Es stank nach Fisch und modrigem Unrat. Melzer bestieg eine Barke in Richtung San Marco. Er blickte um sich, ob er nicht einen von den Ufficiali ausmachen konnte, die Lazzarini angeblich zu seiner Bewachung abgestellt hatte, aber er sah niemanden, der in irgendeiner Weise verdächtig erschien.

Am Molo San Marco verließ der Spiegelmacher die schmale Barke und entlohnte den Ruderer; dann ging er über die Piazzetta in Richtung des Campanile. Die *Mezza terza*, eine der großen Glocken, rief gerade die Senatoren in den Dogenpalast. Um jeder unerwünschten Begegnung aus dem Wege zu gehen, drückte sich Melzer linker Hand in ein Gewölbe und beobachtete den Andrang der Ratsmitglieder. Er bemerkte nicht, daß unter den Bögen des Dogenpalastes ein Mann jede seiner Bewegungen verfolgte.

Als es ruhiger wurde und die Glocke verstummt war, überquerte er schnellen Schrittes den Platz, um sich in einer der zahllosen Schenken niederzulassen, welche die Seitengassen säumten. Er war der einzige Gast. Melzer bestellte sich einen Krug weißen Soaveweins, aus der gleichnamigen Stadt zwischen Venedig und Verona, der für seine fruchtige Herbheit berühmt war. Die Wirtin, eine dunkelhaarige Venezianerin mit glutvollen Augen, ließ ihm feurige Blicke und ein huldvolles Lächeln zukommen; aber von den Weibern hatte Melzer fürs erste genug, und so gab er sich lieber dem Suff hin.

Bald darauf fand sich ein zweiter Gast in der Schenke ein. Er trug feine Reisekleidung, darüber hinaus verriet sein hartes Venezianisch, mit dem er Wein bestellte, den Fremdling. Allein mit sich und seinen Gedanken starrte der Spiegelmacher ins Leere. Der herbe Soavewein, den er in regelmäßigen Zügen in sich hineinschüttete, ließ das furchtbare Unwetter abflauen, das noch vor kurzem sein Herz und den Verstand aufgewühlt hatte.

Der Fremde, welcher in der gegenüberliegenden Ecke des Schankraumes Platz genommen hatte und ebenfalls, wenn auch mit weit größerer Zurückhaltung als der Spiegelmacher, dem Wein zusprach, musterte sein Gegenüber mit Interesse. Schließlich erhob er sich und ließ sich am anderen Ende von Melzers Tisch nieder.

»Kummer?«

Der Spiegelmacher nickte mit dem Kopf, ohne den Fragensteller anzusehen. Erst jetzt wurde ihm bewußt, daß der Fremde in seiner Sprache redete, doch er schwieg beharrlich weiter.

»Der Wein wird Euren Kummer nicht vertreiben – erlaubt mir die Bemerkung –, er trübt nur vorübergehend das Auge, und wenn er sich verflüchtigt, sind die Sorgen größer als zuvor.«

Melzer machte eine abweisende Handbewegung, als sei ihm die wohlgemeinte Mahnung lästig, dann stützte er den Kopf in beide Hände und verzog sein Gesicht zu einer Grimasse.

Der andere ließ nicht locker: »Laßt mich raten! Weibergeschichten?«

Melzer hob die Augen. Der Mann am anderen Ende des Tisches hatte ein offenes, bartloses Gesicht und glatte, nach vorne gebürstete Haare von eisgrauer Farbe. Wäre er nicht so vornehm und nach der Mode gekleidet gewesen, man hätte ihn für einen reisenden Mönch halten können. So aber sah er eher aus wie ein Mann von Adel; jedenfalls nicht gerade wie einer, dem das Schicksal die Armut in die Wiege gelegt hatte. Und weil er ehrlich dreinschaute und weil dem Spiegelmacher nichts Besseres einfiel, fragte er aus reiner Höflichkeit: »Wer seid Ihr, Fremder, und was führt Euch zu dieser Jahreszeit nach Venedig?«

»Wer ich bin? Ihr meint, wie ich heiße?« Es schien, als belustigte ihn die Frage. »Ich bin nichts weiter als ein Rufer in der Wüste. Nennt mich Rufer, und ich werde antworten.«

»So, so«, erwiderte Melzer, obwohl er das Rätsel des Fremdlings nicht verstand. »Rufer. Und wo kommt Ihr her, Rufer?«

»Mein Weg führte mich von Augsburg über die Alpen direkt nach Venedig. Beheimatet bin ich in Ellerbach, einem Weiler in der Eifel. Und Ihr?«

»Aus Mainz. Melzer ist mein Name, Spiegelmacher von Beruf; aber seit geraumer Zeit verdiene ich mein Geld als Schwarzkünstler, wenn Ihr wißt, was das ist.«

»Schwarzkünstler? Nun, dünkt mich, ein Magier oder Zauberer oder Alchemist oder gar einer von denen, die das Pulver erfunden haben, mit dem heute Kriege geführt werden?«

Melzer merkte nicht, daß ihn der Fremde auf den Arm nahm und sich nur dumm stellte, um ihn zum Reden zu bringen. Im Bewußtsein, dem Fragesteller eine bedeutsame Erklärung zukommen zu lassen, richtete sich der Spiegelmacher auf und antwortete stolz: »Nichts von alledem, Rufer. Ich habe, müßt Ihr wissen, die künstliche Schrift erfunden, eine Kunst, die keiner beherrscht außer mir. Ich kann schneller schreiben als tausend Mönche, wenn es darum geht, einen Text zu vervielfältigen.«

»Also seid Ihr doch ein Zauberer, Meister Melzer!«

»In der Tat, das glaubt manch einer, der von der Schwarzkunst nichts versteht.«

»Ihr seid es also nicht?«

»Ein Zauberer? Nein, wo denkt Ihr hin! Die künstliche Schrift ist eine kluge Erfindung wie das Wasserrad oder die Armbrust. Richtig angewandt, wird sie den Menschen vielleicht einmal von großem Vorteil sein.« Melzer nahm einen tiefen Schluck. »Ihr vertragt wohl nichts, he? Oder ist Euch der Soavewein zu sauer?«

»Keineswegs. Ich glaube, ich vertrage nur nicht soviel wie Ihr.«

Melzer entging die feine Ironie in diesen Worten, da der Wein ihn benebelte. Er zog ein gefaltetes Pergament aus dem Wams und breitete es auf dem Tisch aus: »Seht Ihr«, brüstete er sich, »das ist mein Werk, die künstliche Schrift. Davon habe ich zehntausend gleiche Pergamente gedruckt, eines so schön wie das andere. Kein Mönch vermag die Feder so klar und gleichmäßig zu führen.«

Der Fremde zeigte sichtliches Interesse. Seine Augen überflogen den Text. »Ich habe in Augsburg von dem Ablaßbrief des neuen Papstes gehört. Die Leute sind verrückt danach. Dabei soll der alte Papst noch gar nicht tot sein.«

Melzer verzog die Mundwinkel, als wollte er sagen: Was kümmert's mich.

»Ob Eugen oder Pius, Nikolaus oder Johannes«, fuhr der Mann, der sich ›Rufer‹ nannte, fort, »glaubt mir, von denen ist einer wie der andere. Die Herren in Rom haben nur ihren Vorteil und den ihrer Familien im Kopf, und es gibt Schafe genug, die ihren aufwendigen Lebenswandel finanzieren. Sie regieren mit eiserner Hand wie Tyrannen und berufen sich auf die Heilige Schrift, die bei genauem Hinsehen so heilig nicht ist, wie sie vorgibt. Ich hoffe, ich habe Eure religiösen Gefühle nicht verletzt.«

»Ihr sprecht mir aus der Seele, Fremder«, erklärte Melzer, aus dem immer noch der Wein sprach, und er beugte sich über den Tisch, um verschwörerisch, aber in kaum geringerer Lautstärke fortzufahren, »wenngleich man hier in Venedig vorsichtig sein muß mit derlei Äußerungen. Man merkt, daß Ihr von jenseits der Alpen kommt; dort ist man kritischer gegenüber den Papisten. Hütet Eure Zunge! Ihr wäret nicht der erste, der wegen ketzerischer Äußerungen auf dem Scheiterhaufen endet!«

»Ich vertraue Euch, Schwarzkünstler.«

Melzer nickte und streckte dem Rufer die Hand entgegen: »Ich denke wie Ihr.«

Mit einem Blick auf das Pergament meinte der Fremde: »Nichts gegen die Schwarzkunst, aber findet Ihr es nicht schändlich, daß Menschen ihr letztes Geld zusammenkratzen, sogar Hunger leiden, um sich ein solches Pergament kaufen zu können, das ihnen Nachlaß ihrer Sünden verspricht?«

»Schändlich! Aber glaubt mir, ich habe es nicht freiwillig gedruckt, ich wollte sogar das Geld zurückgeben, das man mir im voraus bezahlt hatte; aber sie nahmen es nicht. Ich wünschte, ich wäre diesem da Mosto nie begegnet.«

»Ihr habt Cesare da Mosto getroffen? Wo?«

»Hier in Venedig. Aber als ich meinen Auftrag erfüllt und er die Ablaßbriefe in Besitz hatte, da verschwand er. Ich weiß nicht, wo er sich aufhält.«

Der Rufer wurde unruhig, er nippte mehrmals hintereinander an seinem Becher, wischte sich mit der Hand über den Mund und sagte schließlich: »Es ist vielleicht nicht der richtige Augenblick, diese Frage zu stellen, aber wäre es nicht möglich, ein ganzes Buch in künstlicher Schrift zu schreiben wie die Bibel – und das viele tausend Male?«

Die Frage verwirrte Melzer. Zum einen fühlte er sich geschmeichelt, weil ein Mann von Stand soviel Vertauen in die Schwarzkunst setzte, zu glauben, man könne ein ganzes Buch wie die Bibel in künstlicher Schrift erstellen; zum anderen vermutete er hinter der Frage des Rufers einen neuen hinterlistigen Versuch, Kapital aus der Sache zu schlagen. Er kannte den Mann kaum und wußte nicht einmal seinen richtigen Namen, aber kränken wollte er ihn auch nicht. Also vertröstete er ihn mit dem Hinweis auf die Anfänge, in denen die Schwarzkunst noch stecke, auf später.

Da betrat ein heruntergekommener Mann in einem weiten, schwarzen Umhang gegen die Kälte, brummelnd die Schenke.

»Meytens, Ihr?« Der Spiegelmacher blickte ungläubig, weniger weil der Medicus so unerwartet hier auftauchte, vielmehr wunderte sich Melzer über das Aussehen seines Freundes. Meytens' Haare waren zottelig, die Wangen eingefallen, die Kleidung nachlässig – eine beklagenswerte Erscheinung.

Ohne dem Fremden in irgendeiner Weise Beachtung zu schenken, setzte sich Meytens zu Melzer an den Tisch, nahm dessen Becher und leerte ihn in einem Zug, wobei er grunzende

Laute von sich gab wie ein Schwein vor dem Trog. So hatte Melzer den Medicus noch nie erlebt.

»Ihr seid betrunken!« rief der Spiegelmacher erstaunt. Er war selbst nicht mehr nüchtern, aber trotzdem hatte er sich genügend in der Hand, um Meytens' Verhalten zu mißbilligen.

»Ist's ein Wunder?« gab der Medicus unwillig zurück. »Seit Tagen irre ich durch die Gassen der Stadt, um Euch zu suchen, Spiegelmacher. Von Lazzarini erfuhr ich schließlich, daß Ihr Euch auf die Insel Murano zurückgezogen habt. Und bei Lazzarini machte ich eine bedauerliche Entdeckung: Ich traf Simonetta in den Armen dieses Weiberhelden. So, jetzt wißt Ihr's!«

Melzer schnaubte unwillig. »Ist es das, was Ihr mir sagen wolltet? Das ist keine Neuigkeit für mich. Ich habe das Weib fortgeschickt. Sie ist es nicht wert, ihr auch nur eine Träne nachzuweinen. Glaubt mir, kein Frauenzimmer ist es wert, von uns geliebt zu werden!«

»Wie wahr, wie wahr!« lamentierte der Medicus und bestellte einen Krug Falerner. »Aber wer kommt schon gegen seine Gefühle an. Gefühle sind stärker als der Verstand. Euren Verstand könnt Ihr mißachten, sogar verleugnen; aber Eure Gefühle nie! Herr Gott, ich liebe dieses Mädchen – Eure Tochter Editha, meine ich –, ich würde alles für sie tun, was in meiner Macht steht; aber sie spielt nur mit mir, als wäre ich eine seelenlose Figur im Schattentheater. Sagt, Spiegelmacher, bin ich eine so häßliche Erscheinung? Bin ich von so unausstehlichem Charakter? Was ist mit mir, daß Editha nur Verachtung für mich übrig hat? Steht nicht in der Bibel, das Weib sei dem Manne untertan? Was ist das für eine Zeit, in der die Weiber uns Männer der Lächerlichkeit preisgeben!«

Da hob Melzer den Finger und bedeutete dem Medicus, daß seine Antwort von großer Wichtigkeit, nämlich die Erklärung für ihrer beider Misere sei, und er sagte: »Ich bin derselben Meinung wie Ihr, Medicus; ich habe darüber nachgedacht und glaube die Ursache der Unbotmäßigkeit der Weiber zu kennen. Ich sage Euch, der Grund ist allein darin zu suchen, daß der Schöpfer, Gott oder wie Ihr diese oberste Instanz nennen wollt, eine Unachtsamkeit begangen hat. Alle Propheten und geheimen Schriften haben das Ende dieser Erde zur Jahrtausendwende vorhergesagt. Sogar die Geheime Offenbarung des Johannes. Aber irgendwie muß der Schöpfer diesen Termin übersehen haben, und seither ist die Hölle los: Das Unterste liegt zuoberst, es gibt mehr Verbrechen als Tugend, die Weiber führen die Geschäfte der Männer, und die Zeit ist nicht mehr ferne, in der die Weiber Hosen tragen und Männer Röcke!«

Melzer hatte kaum geendet, als ihm das Schweigen ringsum bewußt wurde, und da erst ging es ihm auf, in welche Gefahr er sich begab, solche ketzerischen Worte herauszuposaunen. Er blickte um sich, ob niemand ihr Gespräch belauschte, doch alle anderen Gäste schienen nichts gehört zu haben oder taten zumindest so. Zugleich stellte er fest, daß der Rufer verschwunden war.

»Nanu«, meinte er verdutzt, »er war doch eben noch da.«

»Wer?«

»Dieser Rufer in der Wüste! Seinen wahren Namen kenne ich nicht.«

Meytens schüttelte den Kopf. Er nahm den Weinkrug des Spiegelmachers und stellte ihn auf die gegenüberliegende Seite des Tisches. »Es genügt«, brummelte er, »Ihr habt schon Hirngespinste. Wenn ich nur wüßte, wie ich Editha für mich gewinnen kann. Ich verbringe frierend ganze Tage am Canale Grande gegenüber dem Palazzo Agnese, nur um einen Blick von ihr zu erhaschen. Aber wenn sie sich einmal am Fenster zeigt, und ich ihr eine Kußhand zuwerfe und mich ehrerbietig verneige, dann sieht sie durch mich hindurch, als wäre ich Luft.«

Der Medicus tat Melzer leid. Er kannte aus eigener Erfahrung das Gefühl verschmähter Liebe. Er wußte, wie es ist, wenn man liebt und wenn diese Liebe mit Füßen getreten wird. »Vergeßt Editha«, sagte er. »Editha ist eine andere geworden. Es fällt schwer, ihr Liebe entgegenzubringen.«

»Das Mädchen macht mir Sorgen, Spiegelmacher. Im Palazzo Agnese gehen Männer von zweifelhaftem Ruf ein und aus, Geldverleiher und stadtbekannte Betrüger, ja, sogar Niccolò, der Bettlerkönig, von dem bekannt ist, daß er die Bleikammern im Dogenpalast mehr als einmal von innen gesehen hat. Der plötzliche Reichtum hat Editha kopflos gemacht. Sie kann mit Geld nicht umgehen, und sie ist den Gaunern, Scharlatanen, Hehlern und Betrügern nicht gewachsen. Hört Ihr mir überhaupt zu?«

»Aber gewiß doch!« beeilte sich Melzer zu antworten. Dann erhob er sich und ging schweigend vor die Tür. Als er zurückkam, sagte er mehr zu sich selber: »Er war ein feiner Mensch, dieser Rufer, saubere Kleidung und eine offene Meinung. Ich weiß nicht wo er geblieben ist.«

Eine Weile redeten sie wechselseitig vor sich hin in dem Bemühen, den anderen mit ihrem eigenen Schicksal zu trösten, und als auch das ihre Niedergeschlagenheit nicht beseitigte, mahnte der Spiegelmacher zum Aufbruch.

Es war um die zwölfte Stunde, als die beiden Männer die Schenke in schwermütiger Stimmung verließen. Von der Lagune her wälzten sich Nebelschwaden über den Markusplatz und trugen Wortfetzen mit sich. Dunkle Gestalten drückten sich an den Arkaden oder an den Häuserwänden entlang. Wer um diese Zeit unterwegs war, hatte kein Interesse, gesehen zu werden.

Forschen Schrittes begaben sich Melzer und Meytens in Richtung San Marco, als sie sich von hinten drei lebhaft diskutierenden Gestalten näherten. Melzer hielt den Medicus zurück. Er kannte die Stimme eines der drei Männer und flüsterte

Meytens zu: »Wenn mich nicht alles täuscht, ist das Domenico Lazzarini!«

Die Auseinandersetzung der drei wurde heftiger, und der Medicus sagte zu Melzer: »Die beiden anderen sollten Euch ebenfalls nicht unbekannt sein. Sie verkehren mit Eurer Tochter: der Bettlerkönig Niccolò, den man den ›Capitano‹ nennt, und der Schiffsmeister Giovanelli.«

»Lumpenpack!«

»Einer schlimmer als der andere.«

Während die drei stehenblieben und sich in einen handfesten Streit verstrickten, suchten Meytens und Melzer hinter einem Pfeiler Deckung.

Giovanelli wetterte gegen Lazzarini, er wolle ihn mit einer lächerlichen Summe abfinden, obwohl er für ihren Plan sein Amt als Schiffsmeister bei Donna Editha geopfert habe.

»Aber jetzt bin *ich* Schiffsmeister bei diesem Flittchen!« fauchte der Bettlerkönig Niccolò, und seine Stimme klang höhnisch. »Mir vertraut Donna Editha jedenfalls mehr als dir!«

»Kein Wunder«, wandte Giovanelli ein, »nachdem du sie mit der Nase darauf gestoßen hast, was für ein übler Bursche ich sei. Aber ich habe Bedenken, ob die Metze wirklich so dumm ist, wie ihr glaubt. Jeder Gondoliere weiß, daß die Doerbeckschen Schiffe die besten und schnellsten im ganzen Mittelmeer sind.«

Niccolòs Stimme tönte: »Deshalb will ich ihr ja einreden, daß ein jedes dreihundert Golddukaten wert ist. Wir alle wissen, daß der wahre Wert das Doppelte übersteigt.«

»Aus diesem Grund will ich das Doppelte der versprochenen Summe!« wetterte Giovanelli. »Schließlich muß ich einen neuen Anfang machen.«

»Nicht so laut!« versuchte Lazzarini den aufgebrachten Schiffsmeister zu mäßigen. »Wenn unser Plan bekannt wird, gehen wir alle drei leer aus.«

»Das Doppelte!« schrie Giovanelli wütend. Seine Stimme hallte über den leeren Platz. »Das Doppelte, oder …«

»Oder?« Lazzarinis Stimme klang drohend. »Oder?« wiederholte er.

»Oder ich verrate Eure Pläne. Das ist mein Ernst, Capo!«

Es entstand eine Pause, während der sich Melzer und Meytens fragend ansahen. Der Medicus hob die Schultern.

Plötzlich gellte ein Schrei durch die Nacht, ein zweiter, ein dritter. Dann hörte man Schritte, die sich hastig in Richtung der Piazetta dei Leoncini, nördlich von San Marco, entfernten.

Die Beobachter traten hinter dem Pfeiler hervor. Auf dem weiten Platz herrschte Stille, und Meytens und Melzer wagten sich nur noch im Flüsterton zu unterhalten.

»Habt Ihr verstanden, worum es diesen Leuten ging?« fragte Melzer.

»Ich glaube, ich weiß, was die drei vorhaben. Der Bettlerkönig Niccolò hat den Schiffsmeister Giovanelli bei Editha angeschwärzt, er wolle ihr die Doerbecksche Flotte für ein Spottgeld abschwatzen – angeblich, weil sie marode und nichts mehr wert sei. Darauf entließ Editha Giovanelli und setzte Niccolò als Schiffsmeister ein. Der genießt nun ihr Vertrauen und wird nun seinerseits vorschlagen, die Flotte zu verkaufen, zwar für eine höhere Summe als Giovanelli, aber immer noch zu einem äußerst günstigen Preis. Wer dahintersteckt, ist klar.«

»Lazzarini?«

»Lazzarini. Dieser Mann ist in der Tat ein – ein …« Der Medicus hielt inne und zupfte Melzer am Ärmel. »Seht nur!«

Jetzt erkannte auch der Spiegelmacher den leblosen Körper vor ihren Füßen. Mit dem Gesicht nach unten lag ein Mann in seinem Blut. Das Blut um seinen Kopf beschrieb einen ebenmäßigen Kreis wie bei den Heiligen in den Mosaiken von San Marco. Mit einem Mal war Melzer wieder nüchtern.

»Ist er tot?« fragte der Spiegelmacher ängstlich.

Meytens faßte den Mann an der Schulter, drehte ihn auf den Rücken, preßte ein Ohr gegen seine blutbefleckte Brust und erwiderte: *»Exitus.«* Dazu schlug er ein Kreuzzeichen. »Ich glaube, es ist Giovanelli, und wir wurden gerade Zeugen eines Mordes. Er wurde erdolcht.«

»Kommt, laßt uns verschwinden!« zischte der Spiegelmacher, und er blickte sich um.

»Seid Ihr verrückt, Meister Melzer. Wir können den Mann doch nicht einfach liegenlassen. Das ist gegen meine Ethik als Medicus.«

Melzer schluckte. »Nichts gegen Eure Ethik, Medicus Meytens, aber habt Ihr Euch überlegt, was Ihr den Ufficiali sagen wollt? Etwa, wir sind bei Nacht und Nebel über den Markusplatz gegangen, und da lag plötzlich eine Leiche.«

»Wenn es die Wahrheit ist!«

»Wahrheit hin, Wahrheit her. Niemand wird uns glauben. Vergeßt nicht, wir sind Fremde in dieser Stadt!«

Der Medicus dachte nach. Sein Begleiter hatte nicht unrecht. Aber den Toten in seinem Blut liegenzulassen und sich davonzustehlen, das erschien Meytens undenkbar. Zwar hatte auch ihn der unerwartete Vorfall ernüchtert, trotzdem spürte er den schweren Wein in seinen Gliedern.

»Hört zu«, meinte er schließlich, »wir tragen den Toten hinüber zum Eingangsportal von San Marco und legen ihn auf die Stufen.«

Melzer seufzte. »Also gut. Aber dann hauen wir ab.«

Die beiden Männer vergewisserten sich nach allen Seiten, daß es keine Zeugen gab für ihr geheimes Tun. Schließlich packte der Medicus den Toten an den Armen, Melzer ergriff seine Beine, und so schleppten sie die Leiche über den verlassenen Platz. Auf halbem Weg blieben sie stehen, lauschten mit offenen Mündern in den immer dichter werdenden Nebel, und als sie kein verdächtiges Geräusch vernahmen, setzten sie ihren Weg fort. Dabei wurden sie, getrieben von der Angst, entdeckt zu werden, immer schneller, bis sie endlich im Laufschritt den Haupteingang erreichten. Dort wollte Melzer den Toten zu Boden sinken lassen. Aber der Medicus wies mit einer Kopfbewegung auf den oberen Treppenabsatz, und so trugen sie die Leiche über die Stufen und legten sie ab. Meytens ordnete Arme und Beine zu einer im Tode angemessenen Haltung; darauf verschränkte er seine Hände vor dem Bauch, als wollte er ein Gebet sprechen, aber Melzer zog ihn fort.

Nun hatten es die beiden Männer eilig. Hastig schlichen sie, einer hinter dem anderen, an der nördlichen Außenmauer von San Marco entlang, überquerten den Rio del Palazzo und gelangten zum Campo Santi Filippo e Giacomo, wo ihnen Nebel und Dunkelheit jede Sicht nahmen, so daß Meytens, der den Weg besser kannte, sich an der Häuserreihe entlangtastete, um den Ausgang zur Salizzada San Provolo zu finden. Ihr Ziel war die Herberge *Santa Croce*, wo der Medicus noch immer wohnte. Dort verbrachten sie, auf Stühlen vor sich hin dösend, den Rest der Nacht.

Gegen Morgen – es schien, als wollte sich der Nebel überhaupt nicht mehr lichten – einigten sich die beiden, Editha über ihre Beobachtungen der vergangenen Nacht in Kenntnis zu setzen.

Ein Gondoliere brachte sie zum Palazzo Agnese.

»Meldet Donna Editha, ihr Vater und der Medicus Meytens wünschten sie zu sprechen!« sagte Melzer zu einem blasierten Diener vor dem Portal zum Canale Grande.

Der Bedienstete in feiner Kleidung musterte die beiden Männer, zog die Augenbrauen hoch und schlug die Tür zu. Kurz darauf kehrte er zurück und beschied die beiden hochnäsig: »Donna

Editha wünscht weder den einen noch den anderen Signore zu sehen.« Doch bevor er erneut die Tür zuschlagen konnte, schob Melzer den Diener beiseite und verschaffte sich und Meytens Zugang.

Unter Protestrufen des Lakaien eilten Melzer und Meytens durch mehrere Räume des Hauses, bis sie Editha aufrecht sitzend im Bett ihres Schlafzimmers fanden. Das Bett mit einem hohen gelben Baldachin und goldenen Quasten und Bordüren an den Außenseiten glich einem Prunkzelt. An den Wänden zur Rechten und Linken vermittelten kunstvoll gerahmte Spiegel den Eindruck von unendlicher Tiefe, weil ein Spiegel das Bild des anderen zurückwarf.

Zum Staunen blieb Melzer wenig Zeit, denn Editha herrschte ihren Vater an: »Hat man dir nicht ausgerichtet, daß ich dich nicht sehen will? Er kann meinetwegen bleiben!« Sie zeigte auf den Medicus, der verlegen lächelnd hinter Melzer stehenblieb.

Der Tonfall Edithas machte den Spiegelmacher wütend, und zum erstenmal in seinem Leben schrie er seine Tochter an: »Vielleicht wäre es angebracht, uns erst einmal zuzuhören! Im übrigen entspricht dein Verhalten nicht den Manieren, die ich dir in fünfzehn Jahren beigebracht habe.«

»Manieren! Manieren!« Edithas Augen funkelten zornig, sie schlug mit den Händen auf die seidene Bettdecke und warf den Kopf in den Nacken. »Was Manieren sind, bestimme in diesem Haus nur ich. Also, was wollt ihr?«

Melzer trat näher an seine Tochter heran und sagte mit gedämpfter Stimme: »Wir wollen dich warnen, Editha. Du setzt auf die falschen Freunde. Du vertraust diesem ›Capitano‹, diesem Bettlerkönig. Dabei kennt er nur *ein* Ziel, dich um dein Vermögen zu bringen.«

»Niccolò? Daß ich nicht lache! Niccolò hat mich im Gegenteil vor dem Betrüger Giovanelli gewarnt, und ich habe ihn hinausgeworfen.«

»Das war nichts weiter als ein abgekartetes Spiel. Giovanelli steckte mit Niccolò und Lazzarini unter einer Decke. In der vergangenen Nacht kam es zum Streit zwischen den dreien. Dabei wurde Giovanelli von Lazzarini erdolcht. Durch Zufall wurden wir Zeugen des Mordes.«

»Durch Zufall?« Editha sah ihren Vater lange an. Schließlich wandte sie sich an den Medicus: »Warum versteckt Ihr Euch, Meytens? Klebt an Eurem Gewand ebenfalls Blut?«

Melzer blickte an sich herab, ebenso Meytens, und sie sahen, daß ihre Ärmel noch die Spuren getrockneten Blutes zeigten.

»Verzeiht«, sagte Meytens. »Wir haben die Leiche zum Eingangsportal von San Marco getragen und hatten noch keine Zeit, uns umzukleiden. Was jedoch die Warnung Eures Vaters betrifft, er spricht die Wahrheit. Melzer und ich wollen nichts weiter als Euch vor einer Dummheit bewahren. Der ›Capitano‹ und Lazzarini sind raffinierte Gauner.«

»Für Niccolò lege ich meine Hand ins Feuer. Für Euch beide würde ich das nicht tun.«

Den Spiegelmacher traf die Bemerkung hart. Er schluckte. Dann sah er Meytens an und gab ihm mit den Augen ein Zeichen. Die beiden Männer drehten sich um, und sie verließen wortlos das Schlafzimmer. Während sie das kalte, steinerne Treppenhaus hinabstiegen, sagte der Spiegelmacher zu Meytens: »Nehmt mich beim Wort, Medicus: Ich habe keine Tochter mehr.«

»Sagt so etwas nicht«, versuchte Meytens ihn zu beruhigen, »es könnte Euch noch einmal leid tun.«

»Nein«, entgegnete Melzer, »ich schwöre bei den Gebeinen des heiligen Markus, von heute an habe ich keine Tochter mehr.«

Vor dem Eingangsportal wartete der Gondoliere. Meytens blieb stehen und sagte: »Ich hoffe, Ihr nehmt mir nicht übel, was ich jetzt sage, Meister Melzer, aber ich liebe Editha noch immer. Ich liebe sie mehr als je zuvor und würde alles für sie tun, wenn ich dafür ihre Zuneigung gewinnen könnte.«

Melzer blickte in das trübe Wasser des Kanals und wiederholte nur noch einmal: »Ich habe keine Tochter mehr …«

KAPITEL XII

Das seltsame Rauschen im Ohr des Dogen

Von nun an erschienen Melzer die Tage so trübe und grau wie der Winternebel über der Lagune, der sich auch tagsüber kaum noch lichtete und Gassen und Kanäle, Häuser und Paläste in tiefe Traurigkeit hüllte. Nur zum Schlafen kehrte der Spiegelmacher nach Murano zurück, die übrige Zeit soff er sich durch die Schenken Venedigs, wobei er niemanden auf der Welt mehr bemitleidete als sich selbst. Noch nie in seinem Leben hatte Melzer sich so unglücklich und einsam gefühlt.

Die Arbeit mit der künstlichen Schrift, seine Versuche und Experimente, die er nach dem Drucken der Ablaßbriefe durchgeführt hatte, beschäftigte ihn wochenlang. Ja, er trug sich schon mit dem Gedanken, den Beruf des Spiegelmachers zugunsten der Schwarzkunst an den Nagel zu hängen. Aufträge fände er sicher genug. Aber nun war sein Kopf voll wilder Gedanken, und er überlegte, ob er nicht nach Mainz zurückkehren und einen neuen Anfang wagen sollte.

Von einem Saufkumpan, einem Strumpfwirker aus Straßburg, erfuhr er, daß in den großen Städten am Rhein die Pest wüte, als Folge des feuchtheißen Sommers, und daß die meisten Städte ihre Tore für jeden Fremden geschlossen hielten.

Also entschied er sich zu bleiben, nicht ohne den Hintergedanken, daß er seine Meinung noch ändern könnte, sobald die Lage es erlaubte.

Es schien, als habe sich in diesen lichtlosen Januartagen das Unheil an seine Fersen geheftet, als habe es immer neue Spielarten bereit, ihn zu demütigen und zu quälen. Seit dem Mord an Giovanelli waren erst wenige Tage vergangen. Der Suff, dem Melzer sich seither mit Selbstverachtung hingab, hatte das Seine dazu beigetragen, daß er die Sache nicht weiterverfolgte. Er hatte den Namen Lazzarinis aus seinem Gedächtnis gestrichen, oder er machte zumindest den Versuch. Bis er eines Tages zur Mittagszeit auf dem Markt beim Rialto, wo die besten Garküchen der Stadt zu finden waren, auf Meytens stieß, der aufgeregt zu berichten wußte, sie beide würden von den Schergen der Polizei in Verbindung mit dem Mord an Giovanelli gesucht.

Melzer, angetrunken wie in den Tagen zuvor, wies Meytens' Worten zunächst keine Bedeutung bei, glaubte er doch, sie sollten als Zeugen vor dem Rat der Zehn auftreten, um Lazzarini als Mörder zu überführen. In Wirklichkeit verhielt es sich anders. Jedenfalls hatte die Angelegenheit eine Wendung genommen, welche geeignet war, Meytens und Melzer in größte Bedrängnis zu bringen, und das kam so.

Im Palazzo Ducale und an anderen Orten der Stadt gab es sogenannte »Bocce di Leone«, steinerne Briefkästen mit einem Löwenmaul, durch welches *denontie secrete*, anonyme Botschaften, an den Rat der Zehn eingeworfen werden konnten. Ursprünglich war diesen Briefkästen die Aufgabe zugekommen, die ›Serenissima‹ vor Staatsfeinden und Spionen zu bewahren, doch waren sie bald zur Spielwiese ruchloser Erpresser, Schwindler und Defraudanten geworden.

In einem dieser Briefkästen fand sich eines Tages ein gefaltetes Pergament mit der in holprige Worte gefaßten Aufforderung, im Falle des erdolchten Schiffsmeisters Giovanelli sollten der flämische Medicus Meytens und der deutsche Spiegelmacher Melzer verhört werden. Zeugen hätten sie nach der Mordnacht in blutverschmierten Kleidern gesehen.

Es war nicht der Mord an sich, der die Venezianer verstörte – schließlich hatte Giovanelli kein öffentliches Amt bekleidet, auch hatte niemand ein großes Erbe zu erwarten –, vielmehr gab der Fundort der Leiche auf den Stufen von San Marco Rätsel auf. Dieser veranlaßte den Patriarchen zu der Vermutung, der Schiffsmeister, welcher nie die Messe besucht oder für die heilige Mutter Kirche gespendet habe, könnte einer jüdischen oder ägyptischen Sekte angehört haben, denen Menschenopfer nicht fremd sind zur Erlösung von schwerer Sünde. Ein Heer von Gottlosen im Schatten von San Marco?

Melzer beschäftigte zuallererst die Frage, wer sie denunziert haben könnte. Es kamen eine ganze Reihe Leute in Frage: der Türsteher im Palazzo Agnese, den sie beiseite geschoben hatten; der Gondoliere, der sie zum Palazzo gebracht hatte, aber auch der Wirt der Herberge *Santa Croce* oder Melzers eigenes Hauspersonal. Ja, er konnte sich sogar vorstellen, daß Editha sie verraten hatte.

Meytens hingegen erkannte den Ernst ihrer Situation und machte sich, seit er von der Denunziation erfahren hatte, Gedanken, wie sie beweisen könnten, daß Lazzarini der Mörder war. Angesichts der Ausgangslage – schließlich gehörte Lazzarini dem Rat der Zehn an – erschien das beinahe unmöglich, und so erörterte der Medicus mit Melzer den Gedanken zu fliehen.

Melzer war strikt dagegen. Er glaubte einfach nicht, daß ein anonymer Brief genügte, einen Unschuldigen des Mordes zu bezichtigen. Und so traten sie am folgenden Tag in der Salla della Bussola vor den *Consiglio dei Dieci*, den Rat der Zehn, und sagten aus, sie seien auf dem Rückweg von einer Zechtour Zeugen der Ermordung Giovanellis geworden, und dabei hätten sie den

Mörder zweifelsfrei erkannt: einen Mann aus ihren eigenen Reihen, Domenico Lazzarini.

Als Lazzarini, der bei der Befragung die schärfsten Töne angeschlagen und Melzer als gewohnheitsmäßigen Trinker bezeichnet hatte, dessen Worten kein Glauben zu schenken sei, die Anschuldigung vernahm, sprang er auf, stieß seinen Stuhl zu Boden und wollte dem Spiegelmacher an die Gurgel. Nur mit Mühe gelang es Messer Allegri, der den Vorsitz führte, und zwei stämmigen Saaldienern, Lazzarini zurückzuhalten. Es war nicht das erste Mal, aber gewiß zwanzig Jahre her, daß ein Mitglied des hohen Rates in Ausübung der Gerichtsbarkeit selbst eines Mordes bezichtigt wurde.

Meytens und Melzer beteuerten: »Lazzarini befand sich in Begleitung des Bettlerkönigs Niccolò.« Aber Lazzarini leugnete, diesen Mann überhaupt zu kennen und behauptete, daß die angeblichen Mordzeugen in Wahrheit die Mörder seien.

Allegri ließ den Bettlerkönig holen, der sich nun Schiffsmeister nannte, und befragte ihn: »Bist du in jener Nacht mit Domenico Lazzarini vom Rat der Zehn zusammengewesen?«

Niccolò antwortete. »Ich kenne diesen Lazzarini nicht!« Und dieser bekräftigte dessen Antwort: »Der hohe Rat möge mir glauben: Ich pflege keinen Umgang mit Bettlervolk und Pöbel und mit einem wie diesem schon gar nicht!«

Doch das war zuviel für den ›Capitano‹, und er geiferte zurück: »Was nennt Ihr mich, Pöbel? Aber als Helfershelfer für Eure hinterhältigen Pläne war ich gut genug!«

Messer Allegri schlug auf den Tisch: »Also ist Domenico Lazzarini für dich doch kein Unbekannter?«

Niccolò erschrak. Er warf Allegri einen unsicheren Blick zu, dann sah er Lazzarini an, der keine Regung zeigte.

»Deine Antwort?« fuhr Allegri dazwischen. »Kennst du Domenico Lazzarini?«

»Nun ja.« Niccolò fuhr mit der Hand durch seine langen Haare. »Es ist, wie ich schon sagte, Lazzarini brauchte mich für seine dubiosen Geschäfte. Er versuchte durch mich an die Doerbecksche Flotte heranzukommen, die jetzt Donna Editha gehört. Dafür wollte er mich an dem Geschäft beteiligen.«

Lazzarini, der sich schon beinahe beruhigt hatte, geriet nun völlig außer sich. Er rang nach Luft und riß sich den Kragen vom Hals. Dann zeigte er mit dem Finger auf Niccolò und schrie Allegri an, der an dem langen Tisch neben ihm saß: »Ihr wollt doch nicht etwa diesem Taugenichts Glauben schenken, einem hergelaufenen Bettler, der sich nicht zum erstenmal vor diesem hohen Rat verteidigen muß.« Lazzarinis Stimme überschlug sich: »Er war es! Er hat Giovanelli erdolcht. Ich kann es bezeugen!«

»Teufel!« rief Niccolò. »Er hat den Teufel im Leib. Beim gekreuzigten Herrn Jesus, er lügt, lügt, lügt!«

Die Mitglieder des *Consiglio* sahen sich ratlos an. Keiner der schwarzgekleideten Männer wagte das Wort zu ergreifen. Zu unerwartet hatte sie die Aussage des Bettlerkönigs getroffen.

Allegri kam die überraschende Wendung des Falles nicht ungelegen. Es war kein Geheimnis, daß Lazzarini und Allegri verschiedenen Parteien angehörten. Darüber hinaus haßten sie sich wie Kain und Abel. Allegri wäre es eine Wonne gewesen, Lazzarini als Mörder zu verurteilen; aber noch fehlte der Beweis, noch lastete ein Verdacht auf Meytens und Melzer, die immerhin gestanden hatten, die Leiche auf den Stufen von San Marco abgelegt zu haben.

Wer weiß, welchen Schuldspruch das *Consiglio* gefällt hätte – über schuldig und unschuldig entschied die Mehrheit der Stimmen –, wäre nicht einer der roten Ufficiali in den Saal gestürmt und hätte gerufen, vor der Salla della Bussola warte eine verschleierte Frau mit einem blutigem Gewand, und sie bitte im Fall Giovanelli angehört zu werden.

Unter den Ratsmitgliedern entstand Unruhe, und Allegri ließ die unbekannte Zeugin eintreten. Melzer erkannte sie sofort.

Die Unbekannte hatte zum Schutz gegen die Kälte ein breites Tuch um den Kopf geschlungen. In ihren Händen trug sie ein mit Blut verschmiertes Bündel. Das legte sie wortlos vor den Zehn auf den Tisch. Dann machte sie sich daran, ihren Kopf von dem Tuch zu befreien.

Sie war damit noch nicht zu Ende, als Lazzarini aufsprang, die Frau beiseite stieß, daß ihr das Kopftuch zu Boden flatterte, und quer durch den Saal zum Ausgang rannte und verschwand.

Keiner der hohen Räte fand zunächst eine Erklärung für Lazzarinis Verhalten.

»Seid Ihr nicht die Lautenspielerin Simonetta?« fragte Allegri, als er erkannte, wer vor ihm stand.

»Ja, die bin ich«, erwiderte das Mädchen.

»Und was habt Ihr uns zu berichten? Was hat es mit diesem Bündel auf sich?«

»Hoher Rat«, begann Simonetta mit fester Stimme, »der Mörder des Schiffsmeisters Giovanelli heißt Domenico Lazzarini. Hier ist der Mantel, den er in der fraglichen Nacht trug. Er gab ihn mir am nächsten Morgen, um ihn zu waschen. Aber als ich das Blut sah, mit dem er getränkt war, ahnte ich, daß er Beweisstück für ein Verbrechen sein könnte.«

Die schwarzgekleideten Männer erhoben sich und reckten die Köpfe in Richtung des befleckten Umhangs.

»Und es ist zweifelfrei der Mantel Lazzarinis?« fragte einer der Räte.

»Ja, ganz gewiß«, antwortete Simonetta. »Seht die Knöpfe mit dem verschlungenen *L*. Kein anderer Venezianer trägt ein Gewand mit solchen Knöpfen.«

Melzer und der Medicus waren Simonettas Erklärungen mit höchster Spannung gefolgt. Nun fiel eine Last von ihnen ab. Die

Beweise gegen Lazzarini waren erdrückend, selbst für jene Männer aus dem *Consiglio*, die als seine Gefolgsleute galten. Ihnen entging nicht das versteckte Lächeln Allegris, der damit, wie es schien, seinen größten Widersacher aus dem Weg geräumt hatte.

Aber schon im nächsten Augenblick verfinsterte sich Allegris Miene, und er wandte sich an Simonetta: »Seit wann kennt Ihr den Capo Domenico Lazzarini, und in welchem Verhältnis steht Ihr zu ihm?«

Simonetta blickte verschämt zu Boden. Sie zog ein weißes Tüchlein hervor und preßte es vor den Mund.

In vertraulichem Ton fragte Allegri: »Ihr wollt Euch nicht erklären?«

»Ich will«, sagte Simonetta leise hinter ihrem Taschentuch. »Es fällt mir nur schwer, vor dem hohen Rat darüber zu sprechen. Lazzarini, müßt Ihr wissen, ist ein Schandfleck in meinem Leben. Und wenn Ihr glaubt, ich wolle mich an ihm rächen, so irrt Ihr Euch nicht. Es ist die Rache einer gedemütigten Frau – aber es ist die Wahrheit! Lazzarini bedrängte mich seit langem mit Nachstellungen und schamlosen Anträgen, er verfolgte mich eifersüchtig bis nach Konstantinopel und erpreßte mich mit widerwärtigen Drohungen. Schließlich gelang es ihm sogar, die Liebe meines Lebens zu zerstören.« Bei diesen Worten warf sie Melzer einen traurigen Blick zu.

Der wich dem Blick Simonettas aus; er glaubte ihr nicht und versuchte sie mit Mißachtung zu strafen, ein Vorgang, der keinem im Saal auffiel außer Meytens. Der Medicus stand neben Melzer und gab ihm mit den Augen ein Zeichen, er solle sich Simonetta zuwenden. Aber Melzer blickte beharrlich aus dem Fenster.

»Sie meint es ernst«, raunte Meytens dem Spiegelmacher zu; doch der gab sich verstockt und würdigte das Mädchen keines Blickes.

Von Domenico Lazzarini fehlte jede Spur, und das obwohl Capitano Pigafetta die Stadtteile San Marco und Castello mit mehreren Hundertschaften durchkämmte. So nährte bald ein Gerücht das andere. Lazzarini, hieß es, habe sich, um der Schmach eines Todesurteils zu entgehen, ertränkt; andere wollten ihn als Zinngießer in den Arsenalen gesehen haben; wieder andere glaubten, er würde vom Dogen im Palazzo Ducale versteckt gehalten.

Dieser Verdacht war nicht grundlos. Als Baumeister kannte Lazzarini die weitverzweigten Räumlichkeiten des neuerbauten Palastes wie kein Zweiter. Zudem redete man hinter vorgehaltener Hand, der Doge Francesco Foscari habe aus Angst vor dem Volk und zu seiner eigenen Sicherheit geheime Fluchtwege bauen lassen, welche unter der Wasseroberfläche endeten, aber niemand könne die Stelle bezeichnen. Und es hieß, in weiser Voraussicht habe der Doge sogar geheime Wohnräume ersonnen, ohne Fenster, aber mit genügend Trockenvorräten, ein Versteck, das es ermöglichen sollte, mehrere Monate unentdeckt zu überleben. Der Zugang zu dem Labyrinth läge hinter einem der zahllosen Gemälde verborgen oder sogar mitten darin, weil eine vermeintlich gemalte Tür oder ein Fenster gar nicht gemalt, sondern echt sei. Als Beweis für diese Behauptung wurde ein mysteriöser Unfall kurz vor Beendigung der Bauarbeiten des Palazzo Ducale angeführt, bei dem zwei unbekannte, am Bau beteiligte Künstler und zwei Arbeiter von einem Gerüst auf die Piazetta gestürzt und getötet worden waren. Diese Männer, so wurde gemunkelt, hätten die geheimen Gemächer des Dogen errichtet.

Wie dem auch sei, der Mord an dem Schiffsmeister Giovanelli schwächte den Stand des Dogen empfindlich, weil jeder in Venedig wußte, daß Lazzarini zu den engsten Vertrauten Foscaris zählte. Damit wuchs der Einfluß einer anderen venezianischen Familie, der Loredani, die ein paar Häuser vom Ponte di Rialto entfernt einen wuchtigen Palazzo bewohnten und nun im *Consiglio dei Dieci* über mehr Einfluß verfügten als der Doge Foscari.

Der war obendrein alt und verbraucht und vom Meeresrauschen verfolgt, so daß selbst jene, die ihm noch die Treue hielten, glaubten, seine Tage seien gezählt. Meytens, der das Vertrauen des Dogen besaß, mußte immer neue Elixiere und Wundermittel ersinnen, um Foscari am Leben zu erhalten – übrigens zum Leidwesen von Foscaris venezianischen Leibärzten, die jede neue Therapie des Wunderdoktors aus Flandern mit Argwohn verfolgten, weil sie glaubten, er sei von den Gegnern des Dogen angesetzt, um diesen zu vergiften.

In kaum einer Stadt herrschte zu jener Zeit soviel Argwohn wie in Venedig, und auch der Karneval, welcher die ›Serenissima‹ in ein Tollhaus verwandelte, vermochte das Mißtrauen zwischen den einzelnen Parteien nicht zu beseitigen. In den Palazzi am Großen Kanal wurden übermütige Feste gefeiert, bei denen die geladenen Gäste, die in kunstvollen Masken und kostbaren Kostümen erschienen, bis Mitternacht unerkannt blieben.

Masken und Kostüme boten auf hervorragende Weise Gelegenheit, die Namen der Gäste zu verheimlichen, die sich zu einem Karnevalsfest einfanden, und manche Venezianer behaupteten ernsthaft, Mummenschanz und Maskentreiben seien nur deshalb erfunden worden, um zu verbergen, wer beim wem aus und ein ging.

Seit Menschengedenken hatte im Palazzo Agnese kein Karnevalsvergnügen mehr stattgefunden. Um so mehr Interesse fand daher die Maskerade, zu der Donna Editha, die neue Herrin des Palazzo, einlud. Und weil sie im heiratsfähigen Alter, schön, reich und – soweit man wußte – keiner der zahllosen Parteien zugehörig war, gab es Werber genug, die um die Gunst Edithas buhlten wie der Teufel um die arme Seele. Und nachdem sich herumgesprochen hatte, daß Donna Editha den Medicus Meytens, mit dem sie angeblich verlobt war, aus dem Haus gewiesen hatte, galt sie als Freiwild für alle, die auf eine guten Partie aus waren.

An einem der ersten Februartage drängten sich vor dem Palazzo Agnese auf dem nebelverhangenen Kanal festlich beleuchtete Gondeln und Barken mit kostümierten und maskierten Gästen. Manche waren so eingenäht in ihre Kostüme, daß sie die Anfahrt nur stehend bewältigen konnten. Andere wurden samt ihren Thronsesseln, auf denen sie Platz genommen hatten, aus den Gondeln gehoben. Gold, Schwarz und Rot waren die vorherrschenden Farben unter den anlandenden Gästen. Im Schein der Fackeln, die den Palazzo in rötliches Licht tauchten, als glühten die Mauern, sah man phantastische Vogeltiere, fremdländische Uniformträger, feuerrote Kardinäle und Kurtisanen, in Gold gehüllt vom Kopf bis zu den Füßen.

Unter den vornehmen Mummenschanz mischten sich aber auch Gaukler und fahrendes Volk, Radschläger und Stelzengeher und lockere Jungfrauen, welche, verschleiert wie die Sirenen des Meeres, ihre sündigen Körper fröstelnd zur Schau stellten.

Die kunstvollen Masken aus Holz, welche vorwiegend weiß und mit seidigem Glanz versehen waren, dienten in erster Linie dem Versteckspiel ihrer Träger. Darüber hinaus hielten sie jede Regung verborgen, die ein lebendiges Antlitz auszeichnet. So konnten sich Freund und Feind begegnen, ohne ihre gegenseitige Verachtung zu zeigen; aber auch Geilheit und Lüsternheit, Bewunderung und Schmeichelei blieben hinter den starren Masken verborgen.

Das größte Rätsel freilich gab die Gastgeberin selbst ihren Gästen auf, die sich unter den übrigen vornehmen Damen, den Vogelfrauen mit blanken Brüsten, Seiltänzerinnen in langen weißen Strümpfen und kurzen Röckchen, den mit Ernst und

Würde einherschreitenden Nonnen – wobei ihre weit ausgeschnittenen Krägen der *Ordo* widersprachen wie das Fleisch dem Karneval – oder den buntgekleideten Zigeunerinnen und venetischen Landfrauen nicht zu erkennen gab. Der einzige Anhaltspunkt, der geeignet schien, sie zu verraten, ihre Jugend nämlich, blieb selbst bei längerer Beobachtung unergiebig, weil die Venezianerinnen, was Kleidung und Schönheitspflege betraf, genügend Mittel kannten, ihr wahres Alter zu verbergen.

Seit kurzem fanden Masken besonderen Anklang, welche Zeitgenossen zum Vorbild hatten wie die Mitglieder des *Consiglio dei Dieci*, den Inquisitor oder Scharfrichter, deren Gesichter jeder kannte. Besonders beliebt war in dieser Saison der verschwundene Capo Domenico Lazzarini, der in seiner eitlen Kleidung vortrefflich nachzuahmen und darüber hinaus herzlich verhaßt war. Auf manchem Karnevalsfest konnte man drei oder vier maskierte Lazzarinis um das beste Ebenbild wetteifern sehen.

Um so bemerkenswerter erschien es den Gästen Donna Edithas, daß sich kein einziger Lazzarini zeigen wollte. Dafür erntete ein Doge Francesco Foscari im pechschwarzen Gewand große Aufmerksamkeit. Er trug eine rote Zogia auf dem Kopf, mit Ohrenklappen gegen das Meeresrauschen so groß wie die Ruderblätter eines Gondoliere. Was seinen Gegnern gefiel, erntete bei Foscaris Anhängern Mißbilligung; doch die einen wie die anderen vermieden es, ihren Unmut zu zeigen.

Maskierungen und Verkleidungen fanden in Venedig größere Beachtung als anderswo, waren sie doch oft die einzige Möglichkeit, Zugehörigkeit oder Gegnerschaft zu einer Partei zu ergründen. Denn wer eine Maske der Lächerlichkeit preisgab, konnte kaum Anhänger des Betreffenden sein.

In dem Salon, den zu betreten Daniel Doerbeck einst verboten hatte, intonierte ein Quartett aus Flöte, Leier, Gambe und Schlagwerk einen übermütigen Schreittanz für Paare, der seine

Tollheit aus der Schrittfolge erzielte, welche nach drei kurzen Schritten geradeaus mit einem Hüpfsprung endete. Dies rief großes Gelächter hervor, wenn die Üppigkeit mancher Donna aus dem Ausschnitt sprang.

Ein Mann wie der Avogadore Cesare Pedrocchi, der in der Maske eines Drachen und mit Schuppen aus grüngefärbtem Leder bekleidet erschien, konnte sein wahres Ich nicht verbergen; denn er humpelte auch als Drache. Der als Gaukler maskierte Reeder Pietro di Cadore hingegen, von dem man wußte, daß er Musik haßte, sobald sie mehr als drei Töne umfaßte, verriet sich, weil der Schreittanz fünf Töne gebrauchte – was ihn veranlaßte, inmitten des Übermutes innezuhalten und seine Dame, eine lockere Nonne, aus der Reihe der schreitenden Paare zu einem Sofa zu drängen, von wo die Tollheit im Sitzen verfolgt werden konnte. Im übrigen konnte man nur ahnen oder Vermutungen anstellen, wer sich hinter der Verkleidung eines Mamelucken, Freudenmädchens oder Possenreißers verbarg.

Von der Decke des Raumes hing ein Kandelaber aus Glas mit hundert Kerzen und mehr, und die funkelnden Lichter tauchten die Gesellschaft in märchenhaftes Licht. Spiegel an den Wänden taten das Ihre, das goldene Funkeln und Gleißen zu vervielfachen. Auf langen Tischen standen üppige Speisen zur Auswahl: Geflügel, Rebhühner und Fasane, welche die Jagd in den Ebenen Venetiens um diese Zeit hergab; gebratene Fische und Meeresfrüchte, Gebackenes, für das die Köche der ›Serenissima‹ berühmt waren; eingelegtes Gemüse in irdenen Töpfen und frische Früchte aus Afrika und dem Orient. Donna Editha zeigte sich wahrhaft großzügig.

Nur in den vornehmsten Häusern wurde Wein aus gläsernen Pokalen getrunken und auch nur zu besonderen Anlässen. Die Gastgeberin protzte mit den kostbarsten Pokalen aus Murano, und der Wein, den sie ihren Gästen kredenzte, stammte keineswegs nur aus dem Veneto und den umliegenden Anbaugebieten; es gab schweren, schwarzen Samos, süffigen Kreterwein und den edlen Weißen von den Südhängen der Seerepublik Amalfi.

Trotz aller Ausgelassenheit, die sich beim Trinken, Essen, Schwärmen und Tanzen ergab, wurde, um sich nicht zu verraten, wenig gesprochen. Die Masken machten sich vielmehr mit Flüstern und Gesten verständlich, was bisweilen großes Gelächter hervorrief. Und während man noch rätselte, wer sich unter welcher Verkleidung verbarg, erschien im Saal eine Cesare-da-Mosto-Maske. Ihr Träger kümmerte sich in auffallender Weise um eine liederliche Kokotte. Die in gelbe Seide gehüllte Lebedame schien dem Werben der knollennasigen Maske nicht abgeneigt; jedenfalls beobachteten mehrere Gäste, wie sich die Schöne ihrem Träger hinter einem aus Holz geschnitzten Wandschirm auf einem Stuhl breitbeinig hingab.

Wein, Tanz und Übermut trugen dazu bei, daß sich immer mehr Gäste ihrer Masken entledigten, was zum Teil Enttäuschung hervorrief, aber auch anerkennende Rufe der Begeisterung, etwa als sich die barbrüstige Vogelfrau als Donna Allegri zu erkennen gab. Andere wiederum nahmen die Anwesenheit ihres Erzfeindes zum Anlaß, das Fest auf schnellstem Wege zu verlassen.

Gegen Mitternacht waren nur noch zwei Masken übriggeblieben, die es auf vortreffliche Weise verstanden hatten, ihr Geheimnis zu wahren: die gelbe Kokotte und der knollennasige da Mosto. Als das frivole Mädchen seine Maske vom Gesicht nahm, gab es großes Erstaunen, denn dahinter kam Donna Editha zum Vorschein. Die größte Überraschung hielt jedoch die Da-Mosto-Maske bereit, denn hinter ihr hatte sich kein anderer verborgen als – da Mosto.

Einen Augenblick standen sich Editha Melzer und Cesare da Mosto stumm gegenüber. Da Mosto grinste hinterhältig, als hätte er das Spiel von Anfang an durchschaut, während Editha ihre Verwirrung nicht verbergen konnte. Gierig lauschten die Umstehenden dem folgenden Gespräch.

»Seid Ihr überrascht? Mein Name ist Cesare da Mosto.«

»Da Mosto? Der Neffe des Papstes? Aber das war doch Eure Maske!«

»In der Tat. Warum sollte ich mich nicht als mein Ebenbild maskieren? Warum sollte ich als ein anderer erscheinen?«

»Aber es ist üblich, im Karneval eine andere Rolle zu spielen!«

»Die Wahrheit ist manchmal die beste Tarnung; denn wer glaubt schon an die Wahrheit.«

Editha gefielen die Schläue und Gewandtheit, mit der ihr der Neffe des Papstes begegnete, und sie erwiderte: »Aber ich habe nicht Euch, sondern Eure Maske geliebt!«

»Wo ist der Unterschied, verehrungswürdige Donna Editha? Die Maske war das Original, und das Original war die Maske. Wie immer Ihr es betrachtet, Ihr konntet nichts falsch machen.«

Da lachte Editha, und sie erwiderte: »Wäret Ihr nicht so von Euch eingenommen, Messer da Mosto, man könnte sich beinahe in Euch verlieben.«

»Ach, ich dachte, das wäre längst geschehen, Donna Editha, schließlich habt Ihr mich mit allen Künsten einer venezianischen Kokotte verführt, was hohes Können erfordert bei einem Mann, der Papst werden soll.«

»Ihr scherzt, Messer da Mosto!«

»Nicht in diesem Punkt, Donna Editha. Also habt Ihr Euch nun in mich verliebt oder nicht? Schließlich habt Ihr Euch mir hingegeben.«

»Ich mich Euch hingegeben? Daß ich nicht lache!«

»So lacht, Donna Editha! Euer Lachen gefällt mir.«

»Ihr habt mich genommen wie ein Lüstling.«

»Nennt es, wie Ihr wollt; aber sagt nicht, daß es Euch unangenehm war.« Darauf trat er Editha entgegen, zog sie in seine Arme und küßte sie leidenschaftlich.

Editha ließ es über sich ergehen; es schien, als habe sie sogar darauf gewartet.

Die Gäste, die Zeugen der leidenschaftlichen Begegnung wurden, klatschten in die Hände. Es gab aber auch Neider und solche, die in der unerwarteten Liebschaft eine Intrige gegen den Dogen sahen.

Ein unscheinbarer, beleibter Mann, der die Szene aus der Entfernung verfolgte, stülpte die Froschmaske über, die er den ganzen Abend getragen hatte, und entfernte sich unbemerkt. Es war der Medicus Chrestien Meytens.

Für den Spiegelmacher waren die folgenden Tage Tage der Besinnung. Und je mehr er über sich und sein Schicksal nachdachte, desto mehr mußte er eingestehen, daß ihm der Aufenthalt in Venedig bisher kein Glück gebracht hatte. Das Verhör vor dem *Consiglio dei Dieci*, bei dem er unerwartet vom Zeugen zum Angeklagten geworden war, hatte ihm gehörigen Schrecken eingejagt.

Zum wiederholten Mal ging ihm der Gedanke durch den Kopf, die ›Serenissima‹ zu verlassen und nach Mainz zurückzukehren.

Das Haus in Murano, das ihm Cesare da Mosto verschafft hatte, bot ihm zwar alle denkbare Bequemlichkeit; aber das Personal erfüllte ihn mit Mißtrauen, die Zukunft mit Sorge, weil er wußte, daß sein Vermögen nicht ewig reichen würde, und Aufträge in künstlicher Schrift waren auch nicht in Sicht – wobei er zugeben mußte, daß er sich auch nicht sonderlich darum bemüht hatte.

So kam der Besucher gar nicht ungelegen, der eines Morgens an die Tür klopfte und um Einlaß bat. Es war der Fremde, den er in jener Nacht vor dem Mord an Giovanelli in der Schenke kennengelernt und der sich ihm als »der Rufer« vorgestellt hatte.

»Welchen Grund hattet Ihr, mir nichts, dir nichts zu verschwinden?« erkundigte sich der Spiegelmacher bei dem unerwarteten Gast.

Der Rufer machte ein freundliches Gesicht und antwortete: »Wißt Ihr, wenn sich zwei Freunde etwas zu erzählen haben, ist kein Platz für fremde Ohren.«

»Ich habe keine Geheimnisse. Jedes meiner Worte konnten auch andere hören.«

»Mag sein, Meister Melzer. Aber was *wir* zu besprechen haben, ist durchaus nicht für andere Ohren bestimmt.«

Die Worte des Rufers machten den Spiegelmacher neugierig. »Ich zöge es vor, wenn Ihr mit mir nicht in Rätseln reden würdet. Was ist Euer Geheimnis, und was habe ich damit zu schaffen?« Melzer bot dem Fremden einen Stuhl an und schloß die Tür, weil er sah, wie der Rufer mißtrauisch um sich blickte.

»Mit den falschen Ablaßbriefen, ich meine, jenen des falschen Papstes ...«, begann der Rufer umständlich.

»Das war nicht meine Schuld«, fiel ihm Melzer ins Wort. »Ich drucke, wofür man mich bezahlt. Ihr könnt einen Schreiber auch nicht für den Inhalt der Briefe verantwortlich machen, die man ihm diktiert.«

Der Rufer hob abwehrend beide Hände: »Versteht mich recht, ich bin weit davon entfernt, Euch in dieser Angelegenheit irgendeine Schuld zu geben. Im Gegenteil, ich fand die Geschichte eher erheiternd, weil sie den Wahnwitz entlarvt, mit dem der Papst in Rom Geschäfte macht.«

»Ihr seid kein Anhänger des Papstes?«

»Und Ihr?« fragte der Rufer zurück.

Melzer schüttelte den Kopf. »Kein Mensch von klarem Verstand kann in dieser Zeit den Weisungen des Papstes Folge leisten. Ich glaube, nicht einmal unser Herr Jesus würde das tun. Der Stellvertreter und die hohen Herren im Vatikan haben immer nur den eigenen Vorteil im Auge. Sie verkaufen Hoffnung und Gnade wie Marktweiber ihren stinkenden Fisch.«

»Ihr seid ein mutiger Mann, Meister Melzer, Worte wie diese sind ein Fressen für den Inquisitor.«

»Ach was, ich kenne Euch zwar nicht, aber Ihr werdet mich schon nicht verraten.«

»Seid unbesorgt, Meister Melzer, ich denke nicht anders als Ihr.«

»Aber um mir das zu sagen, seid Ihr nicht hergekommen.«

»Nein, gewiß nicht.«

»Also?«

»Nun, es wäre mir lieb, wenn Ihr fortan keine Fragen mehr stellen würdet. Ich will Euch alles sagen, wozu ich befugt bin.«

Der Spiegelmacher wurde ungeduldig: »Also redet!«

»Ihr kennt das Neue Testament?«

»Was soll die Frage! Kein Christenmensch wuchs ohne die Heilige Schrift auf, und vielen ist sie Trost in schwerer Zeit.«

»Dann kennt Ihr auch den Umfang dieses Buches.«

»Freilich, ja. Zwanzig fleißige Mönche schreiben an einem einzigen Exemplar gewiß drei Monate.«

»Das kommt der Wahrheit nahe, Meister Melzer. Könntet Ihr Euch vorstellen, das Neue Testament in künstlicher Schrift zu vervielfältigen?«

Melzer erschrak. Er hatte noch nie ernsthaft darüber nachgedacht, einen Text, der mehr als ein Blatt umfaßte, in künstlicher Schrift zu drucken. Und nun gleich ein ganzes Buch? »Natürlich kann ich mir das vorstellen«, antwortete er rasch. »Doch, mit Verlaub, die Vorstellung erscheint mir ziemlich unsinnig; denn zum einen ist das Neue Testament in Handschriften so verbreitet, daß kaum Bedarf an so vielen Exemplaren besteht, und andererseits würden viele Mönche arbeitslos, die in den Schreibstuben der Klöster zu deren Lebensunterhalt beitragen.«

»Es handelt sich nicht um jenes Neue Testament, welches Euch geläufig ist!«

»Sondern?«

»Um eines, für das kein frommer Mönch die Feder spitzen würde, weil es anders ist als jenes, das die Kirche verkündet.«

»Eine Ketzerschrift also?«

»Ihr werdet sie gewiß nicht so bezeichnen! Im übrigen sagte ich Euch doch: Keine Fragen! Ich habe Euch schon genug gesagt. Bis auf die Tatsache, Venedig wäre kaum der richtige Ort für diese Arbeit. Ihr müßtet wohl nach Deutschland zurückkehren, nach Köln, Straßburg oder Mainz, um meinem Auftrag nachzukommen.«

»Wie stellt Ihr Euch das vor? Ich bin Schwarzkünstler und kein Magier, ich kann nicht zaubern und brauche eine Werkstätte und teure Gerätschaften!«

»Es soll Euch an nichts fehlen, Meister Melzer, an gar nichts. Und was den Lohn für Eure Arbeit betrifft, so wird er höher sein als jede andere Bezahlung, die Ihr bisher erhalten habt – genug jedenfalls, um Euch ein sorgenfreies Leben bis an Euer Ende zu sichern.«

Melzer bedachte den Fremden mit einem prüfenden Blick. Er wußte nicht, ob er den Worten des Rufers Glauben schenken konnte. Die Erlebnisse der letzten Tage hatten ihn in der Absicht bestärkt, Venedig zu verlasssen und irgendwo ein neues Leben zu beginnen. Das Angebot des Fremden kam ihm also nicht einmal ungelegen; dennoch war es eine schwere Entscheidung.

Als ahnte er, was in Melzers Kopf vorging, erhob sich der Rufer und machte Anstalten zu gehen. »Ich erwarte keine unbedachte Entscheidung, Meister Melzer. Laßt Euch Zeit mit Eurem Entschluß. Ich komme wieder.«

Der Rufer verneigte sich höflich und verließ das Haus.

Verwirrt rief Melzer ihm hinterher: »Aber ich kenne doch nicht einmal Euren Namen!«

Im Gehen drehte sich der Fremde um, winkte dem Spiegelmacher zu und erwiderte: »Was bedeuten schon Namen! Wie ich schon sagte, ich bin der Rufer in der Wüste.« Damit verschwand er in Richtung des Ponte San Donato.

Von nun an lebte der Spiegelmacher in heftigem Zwiespalt mit sich selbst. Er war unschlüssig, ob er dem Angebot des Rufers nachkommen sollte. Sollte er einen neuen Anfang wagen? Konnte er die Vergangenheit so einfach hinter sich lassen? Vergangenheit, das war für Melzer die Liebe zu Simonetta, die glücklichste Zeit seines Lebens, aber auch seine größte Enttäuschung. Wenn er Venedig den Rücken kehrte, dann bedeutete dies die Aufgabe der wichtigsten Menschen in seinem Leben, seiner Tochter und seiner Geliebten; ja, Melzer ertappte sich dabei, daß er Simonetta in Gedanken noch immer als seine Geliebte betrachtete.

Dem trüben, kalten Februar folgte ein leuchtender März und erfüllte die zerrissene Seele des Spiegelmachers mit Zuversicht. An einem der ersten Märztage wurde Michel Melzer von zwei rotgekleideten Lakaien aufgesucht, welche sich durch unübersehbare Höflichkeit, aber auch durch eine gewisse Arroganz auszeichneten. Sie trugen kleine, runde Kappen auf dem Kopf und Röcke, die ihre prallen Oberschenkel sehen ließen, dazu Schuhwerk mit hohem Absatz und gaben sich als Boten des Dogen Francesco Foscari zu erkennen.

Der Spiegelmacher ahnte nichts Gutes, als ihn die beiden mit höflicher Bestimmtheit aufforderten, sie zu begleiten. Der Doge wünsche ihn zu sprechen.

Der Palazzo Ducale rief bei Melzer unangenehme Erinnerungen wach. Er hatte sich geschworen, das verwirrende Bauwerk, dessen Mauern von Machtbesessenheit und Obrigkeitswahn kündeten, nie mehr zu betreten; aber als er fragte, was geschehe, wenn er sich der Aufforderung widersetzte, machten ihm die roten Boten verständlich, daß sie Gewalt anwenden würden.

Bei den Fondamenta Giustiniani wartete eine mit einem Baldachin und Vorhängen versehene Barke. Vier Ruderknechte in rot-blau gestreifter Kleidung hielten die Riemen zu beiden Seiten senkrecht wie Fahnenstangen und tauchten sie, kaum hatte Melzer das Schiff bestiegen, lautlos ins Wasser, daß der goldene Hippocampus am Bug mit heftigen Bewegungen auf und nieder tanzte. Zielgerecht steuerten sie den Rio di Santa Giustina an, wo das Boot seine Fahrt verlangsamte, um den Stadtteil Castello mit seinen verwinkelten Häuserzeilen und Kanälen zu durchqueren. Nach kaum einer halben Stunde legte die Barke am Molo San Marco an.

Die Boten wählten den bewachten Seiteneingang im Osten nahe dem Ponte della Paglia und geleiteten Melzer über ein steinernes Treppenhaus in den ersten Stock des Palastes, dessen Fenster sich hinter einer endlos scheinenden Säulengalerie verbargen. Nachdem sie mehrere prachtvoll ausgemalte Räume hinter sich gelassen hatten, die weder Mobiliar noch Sitzgelegenheiten aufwiesen, öffneten sich vor ihnen wie von Geisterhand die Flügel eines spitzbogigen Portals. Einer der Rotröcke schob den Spiegelmacher durch die Tür. Melzer blickte erwartungsvoll in einen langgestreckten Saal.

Durch die Rundbogenfenster zur Linken fiel grelles Licht und zeichnete verwirrende Schattenmuster auf die bemalte Wand gegenüber. Vom anderen Ende des Saales kamen zwei livrierte Diener und geleiteten ihn zu einem Podest, das die Stirnseite in ganzer Breite einnahm. Kurz darauf öffnete sich die rechte von zwei schmalen Türen, und heraus trat der Doge Francesco Foscari, gefolgt von einem vornehm gekleideten Würdenträger.

Melzer erkannte den Dogen an seiner tief ins Gesicht gezogenen Zogia aus rot-braunem Brokat, die mit dreieckigen Ohrenklappen versehen und mit Bändern unter dem Kinn geknotet war. Seine feinen Gesichtszüge, wobei die kleinen, listigen Augen besonders auffielen, und die blasse Haut verliehen dem Dogen etwas Weibisches, das durch seine schmächtige Gestalt und die kurzen Schritte, mit denen er sich fortbewegte, unterstrichen wurde.

Der Mann, der hinter Foscari den Saal betrat, war nicht viel größer als der Doge, doch versuchte er sich durch eine hohe, zylinderförmige Haube, die sich von der Stirn nach oben weitete und in einer Rundung gleich den Kuppeln von San Marco endete, Geltung zu verschaffen. Er trug ein langes rotes Gewand, unter dem Schuhe in derselben Farbe hervorlugten und einen pelzbesetzten Umhang aus hellem Samt, dessen Schleppe über den Boden schleifte. Auf seiner Brust glitzerte ein goldenes Kreuz mit Rubinen und Smaragden.

»Ihr seid also dieser Schwarzkünstler aus Mainz?« begann der Doge, nachdem er und der Würdenträger auf den einzigen Stühlen, mit denen der große Saal ausgestattet war, Platz genommen hatte.

»Michel Melzer ist mein Name, und gelernt habe ich den Beruf des Spiegelmachers. Zur Schwarzkunst kam ich eher durch Zufall.«

»Und nun lebt Ihr hier in der ›Serenissima‹?«

»Seit dem vergangenen Herbst, *Vostra Altezza*.«

»Als Schwarzkünstler.«

Melzer hob verlegen die Schultern.

Der Doge und der Würdenträger tauschten vielsagende Blicke. Schließlich erhob sich der Würdenträger und ging ein paar Schritte auf Melzer zu, der am Fuße des Podestes stand, und streckte ihm seine Rechte mit dem Handrücken nach oben entgegen.

Auch nach längerer Betrachtung wußte der Spiegelmacher mit der dargereichten Hand nichts anzufangen, so daß der Doge, der die Szene beobachtete, von hinten rief: »Ihr sollt den Ring küssen, Schwarzkünstler. *Eccellenza* ist der neue Legat des Papstes, Leonardo Pazzi!«

Melzer fuhr unwillkürlich zusammen, als er hörte, wer vor ihm stand. Vor Schreck ergriff er die Rechte des hohen Herrn, dessen Kleidung jedoch wenig mit der eines Bischofs zu tun hatte, und führte sie an die Lippen.

Befriedigt blickte *Eccellenza* auf Melzer herab. Dank seiner Haube und den Podest, auf dem Leonardo Pazzi stand, überragte der Melzer um zwei Kopfeslängen. Von oben sprach er: »Ihr seid also der Schwarzkünstler, der die falschen Ablaßbriefe für den Neffen seiner Heiligkeit des Papstes in der künstlichen Schrift gefertigt hat?«

»*Eccellenza*«, erwiderte Melzer zaghaft aufblickend, »konnte ich ahnen, daß der Neffe des Papstes sein größter Feind ist? Ich bin nur ein Schwarzkünstler und pflege keinen Umgang mit so hohen Würdenträgern der Kirche. Ich drucke, was man mir aufträgt.«

Aus dem Hintergrund meldete sich die dünne Stimme des Dogen: »Da hat er recht, *Eccellenza*. Man kann den Schwarzkünstler nicht für Inhalt und Auswirkungen seiner Arbeit verantwortlich machen.«

Der Legat hob ein Bein und schleuderte mit dem Absatz die Schleppe seines langen Mantels zur Seite; dann drehte er sich um und meinte in Richtung des Dogen: »*Quod non est, non legitur*« – was in lateinischer Sprache soviel bedeutet wie: »Was es nicht gibt, kann auch nicht gelesen werden.« Und in trockenem Venezianisch fügte er hinzu: »Seine Heiligkeit Papst Eugenio hält die künstliche Schrift für so gefährlich, daß Seine Heiligkeit die Forderung aufstellt, daß jedes Pergament, das nicht von Hand geschrieben wird, mit einem ›Imprimatur‹ des Papstes versehen werden müsse, andernfalls jene, die dafür verantwortlich sind, der Verfolgung durch die Inquisition ausgeliefert werden. Er hat uns verstanden?«

Der Doge nickte unwillig und erwiderte: »*Eccellenza*, der Schwarzkünstler aus Mainz ist der einzige in der ›Serenissima‹, der diese Kunst beherrscht, und er hat sie gerade ein einziges Mal zur Anwendung gebracht. Ich glaube, Ihr meßt dieser Erfindung zu große Bedeutung bei.«

»Der Schaden«, kläffte Leonardo Pazzi, während seine Augen zwischen Melzer und dem Dogen hin- und hergingen, »den dieses eine Pergament in seiner Vielzahl angerichtet hat, ist groß genug, *Vostra Altezza*! Er hat den Neffen reich und Seine Heiligkeit lächerlich gemacht. Im übrigen will ich es dem Allerhöchsten und der Geschichte überlassen, die Bedeutung dieser Erfindung zu beurteilen.«

Da meldete sich Melzer zu Wort: »Wenn ich mir die Bemerkung erlauben darf, *Eccellenza*, Ihr seid nicht der einzige, dem die künstliche Schrift etwas bedeutet. Wie Ihr vielleicht wißt, komme ich aus Konstantinopel, wo neben dem päpstlichen Legaten Albertus di Cremona auch Aragonier und Genuesen hinter dieser Erfindung her waren.«

»Dann wart Ihr Zeuge der Ermordung di Cremonas?« Pazzi schlug mit drei Fingern ein Kreuzzeichen.

»Ja, *Eccellenza*, der Herr möge seiner Seele gnädig sein. Ich habe den Dolch in seinem Rücken gesehen.«

»Somit kennt Ihr di Cremonas Mörder?«

Melzer schüttelte den Kopf und blickte zu Boden. »Ich floh aus Konstantinopel.«

»Warum?«

»Um den Nachstellungen Cesare da Mostos zu entgehen. Er gab sich als der Legat des Papstes zu erkennen, aber ich habe ihm schon damals nicht getraut. Und da war auch noch dieser

Domenico Lazzarini, der mich im Auftrag der ›Serenissima‹ nach Venedig bringen sollte …«

Als Melzer den Namen Lazzarini nannte, wurde der Doge unruhig, steckte den kleinen Finger in sein linkes Ohr und klagte: »Das Meer, das Meer, hört Ihr auch das Rauschen des Meeres?«

Leonardo Pazzi überging den plötzlichen Rückfall des Dogen und ließ sich in seinen Fragen nicht beirren: »Und da Mosto verfolgte Euch bis hierher nach Venedig?«

»Eines Tages erschien er und forderte seinen Auftrag ein. Ich wollte ihm das Geld zurückgeben, das er mir im voraus gezahlt hatte, er aber bedrohte mich mit dem Hinweis auf Albertus di Cremona und legte vor mir das Mordwerkzeug auf den Tisch. Da war mir klar, was er meinte, und ich kam seinem Auftrag nach – zumal er alle Verbindungen einsetzte und mir auf Murano ein Laboratorium für meine Schwarzkunst einrichtete, wie es aufwendiger nicht sein konnte.«

Der Legat des Papstes wandte sich um und fragte den Dogen Foscari: »Also hält sich Cesare da Mosto noch heute in dieser Stadt auf?«

Foscari bohrte noch immer in seinem linken Ohr, so daß sich Pazzi genötigt sah, seine Frage zu wiederholen; schließlich antwortete der Doge: »Da Mosto in Venedig? Wie soll *ich* das wissen! Es gibt zu viele Fremde in der ›Serenissima‹.«

Pazzi blickte mürrisch drein und strich ungehalten über den Pelzsaum seines Mantels: »Ich bin hier, um Euch den Besuch Seiner Heiligkeit zum Fest der Erhöhung des heiligen Kreuzes anzukündigen, das die Christenheit in der Mitte des Monats September begeht. Seine Heiligkeit wird mit großem Gefolge reisen, um alle Zweifler von seinem irdischen Dasein zu überzeugen, und über seinen Neffen Cesare da Mosto den Kirchenbann aussprechen.«

Der Doge erhob sich, verneigte sich mehrmals in Richtung des päpstlichen Legaten und sprach: »Die ›Serenissima‹ wird Seiner Heiligkeit einen triumphalen Empfang bereiten, über den die ganze Welt reden wird, *Eccellenza*!«

»Nichts anderes wird von Euch erwartet«, erwiderte der Legat. »Doch wisset, die Kassen Seiner Heiligkeit sind leer. Also kommt es auf Euch zu, die Kosten der Reise zu tragen und Seiner Heiligkeit mit einem angemessenen Betrag, welcher der ›Serenissima‹ würdig ist, zu danken. Seine Heiligkeit denkt da an eine einträgliche Insel oder den Ertrag einer der venezianischen Besitzungen *in aeternum*.«

»*In aeternum?*« wiederholte Foscari, und überrascht und mit gesenktem Blick gab er zu bedenken: »Ihr wißt, *Eccellenza*, ich bin ein glühender Anhänger des römischen Papstes, aber die ›Serenissima‹ kennt, Gott sei's geklagt, nicht nur Anhänger Seiner Heiligkeit. Um die Wahrheit zu sagen, zwischen Dorsoduro und Castello gibt es nicht wenige erbitterte Gegner des Papstes, und ein pompöser Empfang könnte das irdische Leben Seiner Heiligkeit in arge Gefahr bringen.«

Leonardo Pazzi zeigte sich von dem Hinweis nicht überrascht und antwortete bestimmt: »An Euch, *Vostra Altezza*, wird es liegen, dies zu verhindern. Ich nehme Euch das Versprechen ab, das irdische Leben Seiner Heiligkeit zu schützen wie Euer eigenes. Und was Euch betrifft, Schwarzkünstler« – der Legat musterte Melzer mit festem Blick –, »so werdet Ihr Eure Verfehlung wiedergutmachen und zehnmal zehntausend neue Ablaßbriefe drucken, in denen Seine Heiligkeit jedem die vollkommene Vergebung seiner Sündenstrafen verspricht, der ein solches Pergament im festen Glauben erwirbt.«

»Hunderttausend Ablaßbriefe? *Eccellenza*, das sind mehr, als Sterne am Himmel stehen! Wie soll ich diese Arbeit je zu Ende bringen?«

»Ihr prahlt doch mit Eurer Kunst und behauptet, Ihr könntet schneller schreiben als hundert Mönche in hundert Klöstern an hundert Tagen. Nun seht, wie Ihr damit fertig werdet.« Pazzi zog aus der Innentasche seines Mantels ein Pergament, faltete es auf und reichte es Michel Melzer.

Der las widerwillig mit zusammengekniffenen Augen und meinte: »*Eccellenza*, Gott soll mich strafen, aber dieser Text erfordert in der gewünschten Anzahl Unmengen Schwärze und Pergament, von Blei und Zinn ganz zu schweigen. Das Werk wäre einzig in seiner Art, und seine Ausführung würde mehr Geld kosten als ein Kreuzzug ins Heilige Land.«

Der Bote des Papstes setzte ein teuflisches Lächeln auf und sprach zu Melzer, während er Foscari von der Seite ansah: »Der Doge ist ein Mann des Papstes. Er wird Euch die erforderliche Summe vorstrecken. Es soll Euch an nichts fehlen, Schwarzkünstler!«

Melzer musterte zuerst den Legaten, dann versuchte er im faltigen Gesicht Foscaris Gedanken zu lesen, und weil er dabei den Eindruck gewann, daß kaum Aussicht bestand, je einen Golddukaten für seine Arbeit zu erhalten, fragte er beherzt: »Und wenn ich mich außerstande sehe, Euren Auftrag anzunehmen, *Eccellenza*? Seht her, ich bin nur ein Spiegelmacher und einer Aufgabe wie dieser gewiß nicht gewachsen. Wenn Seine Heiligkeit Papst Eugen an einem Spiegelkabinett Gefallen fände, in dem sich der Widerschein Seiner Heiligkeit hundertmal spiegelte und mehr, dann wäre ich gewiß der Richtige, aber …«

»Schweigt!« unterbrach der Legat Melzers Redefluß. Zornesröte verfärbte sein glänzendes Gesicht. »Verstehe ich recht, Ihr wollt Euch dem Ansinnen des Papstes widersetzen?«

Melzer hob die Schultern und blickte zu Boden.

»Seid Ihr des Teufels? Ihr habt für Cesare da Mosto, den Neffen des Papstes, gearbeitet, der, wie jeder fromme Christenmensch weiß, ein Todfeind Seiner Heiligkeit ist! Ihr habt den Papst um das Ablaßgeld von zehntausend Sündenvergebungen gebracht! Ihr habt Seine Heiligkeit dem Spott seiner Feinde preisgegeben und Papst Eugen für tot erklärt! Euch scheint die Einsicht zu fehlen, Schwarzkünstler, daß jeder einzelne Vorwurf ausreicht, den Inquisitor zu rufen.«

»*Eccellenza!*« rief Melzer entrüstet. »Nicht einmal der Kaiser von Konstantinopel hatte Kenntnis davon, daß Cesare da Mosto mit Seiner Heiligkeit verfeindet ist. Wie sollte ich, ein einfacher Handwerker aus deutschen Landen, ahnen, daß sein Auftrag gegen Seine Heiligkeit gerichtet war? Ich glaubte, dem römischen Papst zu dienen.«

»Dummes Gerede!«

»Es ist die Wahrheit, *Eccellenza*.«

Dem Dogen, der ohnehin kaum noch Freunde hatte, lag daran, sich nicht mit dem Papst zu verfeinden; deshalb versuchte er zwischen Melzer und Pazzi zu vermitteln. Das fiel ihm nicht leicht, weil er wußte, daß er die Kosten für den Druckauftrag zu tragen hatte, während Papst Eugen den Erlös in die eigene Tasche stecken würde. Letztlich rang er jedoch Melzer das Versprechen ab, dem Auftrag des Papstes nachzukommen, und dem päpstlichen Legaten sicherte er zu, die Kosten der Arbeit zu übernehmen. Allerdings – gab er zu bedenken – der Auftrag solle unter strenger Geheimhaltung vonstatten gehen, und deshalb solle Melzer an anderer, unbekannter Stelle der Stadt ein neues Laboratorium einrichten.

Dem Spiegelmacher kam der Wunsch des Dogen genehm. Auf der Insel Murano hatte er sich, seit Simonetta ihn verlassen hatte, nie mehr richtig wohlgefühlt.

Melzers neues Domizil lag in der Nähe des Campo San Lorenzo im Stadtteil Castello, nicht weit von den Arsenalen entfernt. Das Haus aus dem vorigen Jahrhundert fügte sich harmonisch in eine Reihe gleichgebauter Häuser mit zwei Stockwerken und verfügte im Erdgeschoß über genügend Räume, um eine Werkstatt aufzunehmen.

Der Umzug ging ohne Aufsehen vonstatten, und schon eine Woche später hätte Melzer mit der Arbeit beginnen können, aber das Wichtigste fehlte – die Lettern.

Er hatte sie dem Ägypter Ali Kamal zur Aufbewahrung gegeben, als er mit Simonetta nach Triest fliehen wollte. Seine Pläne waren jedoch von Lazzarini durchkreuzt worden, und Melzer hatte seine Fluchtgedanken aufgegeben. Seit dieser Zeit fehlte von Ali Kamal jede Spur. Alle Nachforschungen am Hafen, an der Riva degli Schiavoni, verliefen ergebnislos. Keiner von den Gepäckträgern und Tagelöhnern, meist halbwüchsige Jungen, wollte überhaupt den Namen Ali Kamal gehört haben.

Das machte den Spiegelmacher nachdenklich, und er sann auf eine List. Am frühen Morgen, wenn die vor der Lagune ankernden Schiffe in den Hafen einliefen und an der Mole reges Treiben herrschte, mischte sich Melzer unter die Reisenden und rief: »Mein Reisesack! Man hat mir meinen Reisesack gestohlen!«

Es dauerte nicht lange, und ein Halbwüchsiger in zerlumpter Kleidung trat an Melzer heran und bot in mehreren Sprachen seine Hilfe an. Venedig, sagte er, sei ein gefährliches Pflaster; überall lauerten Diebe und Räuber, aber er könne dem Fremden behilflich sein.

Die Worte kamen dem Spiegelmacher irgendwie bekannt vor, und er willigte ein, den Jungen zu einem »Fundhaus« zu begleiten, gleich hinter den Arsenalen. Dort würden herrenlose Gepäckstücke aufbewahrt.

Das »Fundhaus« lag unmittelbar am Rio di San Francesco und hatte nur einen einzigen Zugang vom Kanal her. Auf lautes Rufen hin stakte ein Schiffer seine Barke über den Kanal und setzt Melzer und den Jungen über.

In dem halb verfallenen Haus, durch dessen durchlöcherten Dachstuhl spärliches Licht einfiel, roch es nach Moder und faulendem Holz. Früher mußte das Gebäude über mehrere Stockwerke verfügt haben, doch diese waren längst zusammengebrochen, so daß sich alle Gepäckstücke zu ebener Erde stapelten.

Hinter einem dieser Stapel von Reisesäcken, Holzkisten und Gepäckballen trat – Melzer hatte es nicht anders erwartet – Ali Kamal hervor. Ihm traf die Begegnung unvermittelt, und er stammelte ein paar freundliche Worte. Im übrigen zeigte er sich verwundert, daß Melzer ihn gefunden habe. Er werde den Verräter – Ali zeigte auf seinen Begleiter – strafen.

Der Spiegelmacher überging die Ausflüchte des Ägypters und sagte nur: »Ich bin hier, um meine Lettern abzuholen, die ich dir zur Aufbewahrung übergeben habe.«

Ali heuchelte Mitgefühl, weil die Flucht mit Simonetta mißlungen sei. Aber das Geld sei leider weg; der Kapitän des Schiffes habe seine Bezahlung im voraus verlangt.

»Schon gut«, entgegnete Melzer, »ich will das Geld nicht zurückhaben, ich will meine Lettern!«

Ali rollte mit den Augen: »Oh, ich habe Eure Buchstaben gehütet wie meinen Augapfel, Meister Melzer, weil ich weiß, wie wichtig sie für Euch sind.«

»Dafür habe ich dich auch fürstlich bezahlt, Ägypter!«

»Gewiß, Meister Melzer, Ihr wart immer großzügig zu mir. Nun bitte ich nur um eines: Ihr verratet doch niemandem, welchen Geschäften ich hier nachgehe? Ihr wißt, ich habe eine kranke Mutter und vier Schwestern zu versorgen.«

Der Spiegelmacher lächelte und beteuerte, er habe kein Interesse, ihm zu schaden; schließlich seien sie alte Verbündete.

Da gab sich Ali Kamal zufrieden, und er wuchtete hinter einer Wand aus Säcken und Reisegepäck die Holzkiste mit den

Lettern hervor, die ihm Melzer vor sieben Wochen zur Aufbewahrung übergeben hatte. »Aber ich kann mich auf Euch verlassen, Meister Melzer? Ihr macht mich und mein Gewerbe niemandem bekannt!«

»Ich will es mir überlegen«, antwortete Melzer und ließ die Antwort offen.

KAPITEL XIII

Die Träume des Leonardo Pazzi

Messer Melzer, *Sua Altezza*, der Doge Francesco Foscari, hat mich, den Ersten aller Ufficiali, beauftragt, für Euch zu sorgen, damit Ihr dem hohen Auftrag der ›Serenissima‹ nachkommt. Mein Name ist Benedetto.«

Der Mann in der Tür des neuen Hauses trug eine Uniform aus blaugoldenem Brokat, wie sie der Spiegelmacher schon des öfteren gesehen hatte, und eine hohe runde Kappe, die an die Zogia des Dogen erinnerte. Wie stets hatte er seine Armbrust bei sich; denn Benedetto galt als der beste Schütze in Venedig und pflegte bisweilen zum eigenen Vergnügen Tauben im Flug zu erlegen. Und noch bevor Melzer antworten konnte, fuhr Benedetto fort: »Am Rio di San Lorenzo wartet eine Barke mit Mobiliar von den feinsten Kistlern der Stadt, welches *Sua Altezza* für Euch ausgesucht hat. Es stehen genug Träger bereit. Dürfen wir mit dem Ausladen beginnen?«

Melzer nickte ungläubig. Darauf gab der Ufficiale ein Zeichen, und kräftige Männer schleppten kostbares Mobiliar herbei: Truhen aus hellem Pinienholz, Tische und Armstühle aus dem dunklen Holz der Afrikaner und die Einzelteile eines Bettes, das mit seinem goldverzierten Baldachin und schweren Vorhängen zu beiden Seiten an die kleine Bühne des Schattenspieltheaters nahe dem Campo Santa Margherita erinnerte.

Ohne daß auch nur einer der Träger mit Melzer Rücksprache gehalten hätte, fand jedes Möbelstück im Haus seinen Platz, als sei es dafür gefertigt worden. Der Spiegelmacher staunte. Aber das Leben hatte ihn gelehrt, daß nichts auf der Welt umsonst ist und daß die scheinbar großzügigsten Geschenke meist einen Pferdefuß haben.

Als Benedetto das Mißtrauen erkannte, mit dem Melzer die Einrichtung seines neues Hauses verfolgte, meinte er geflissentlich: »*Sua Altezza*, der Doge, vertritt die Ansicht, nur wer sich wohlfühlt, könne gute Arbeit leisten.«

»Ein kluges Wort des Dogen«, machte sich Melzer lustig, »nur wie verträgt es sich mit der allgemeinen Ansicht der Venezianer, daß der Doge geizig ist wie der reiche Prasser?«

»Zur rechten Zeit, Meister Melzer, hat Geiz noch niemandem geschadet«, erwiderte der Ufficiale.

Der Spiegelmacher nickte: »Zumindest dem Geizhals nicht!«

Die beiden lachten, und die Träger entfernten sich.

»Wenn Ihr noch irgendeinen Wunsch habt ...«, sagte Benedetto und sah den Spiegelmacher fragend an. »Ich bin befugt, Euch jedes Begehren zu erfüllen, Messer Melzer.«

»Meiner Treu«, rief Melzer, »fehlt nur noch, daß Ihr mir Weiber ins Haus bringt, um mich bei Laune zu halten!«

»Ist das ein Wunsch oder eine Entrüstung?«

Melzer hob beide Hände: »Hört mir auf! Von den Frauen habe ich fürs erste die Nase voll, und ich weiß genau, wovon ich rede.«

Der Ufficiale nickte verständnisvoll und sagte. »Wenn es denn sein sollte, müßt Ihr es mir sagen. Es gibt in Venedig genügend Frauen, die schön *und* verschwiegen sind. Versteht mich recht, Euer Auftrag soll absolut geheim bleiben. Das ist der Wunsch Seiner Exzellenz, des päpstlichen Legaten. Niemand ist nämlich mehr geeignet, ein Geheimnis auszuplaudern als eine enttäuschte oder verstoßene Geliebte. Deshalb erlaube ich mir, Euch zu bitten, sollte es Euch gelüsten – und wer von uns begegnete nicht der Versuchung –, so wendet Euch vertrauensvoll an mich. Ich kann Euch die schönsten Frauen der ›Serenissima‹ schicken, wenn Ihr es wollt.«

»Kein Bedarf«, beendete Melzer das Gespräch abrupt, und er komplimentierte den Ufficiale zur Tür hinaus.

Allein in dem neu eingerichteten Haus nahe dem Campo San Lorenzo, das an Ausstattung und Bequemlichkeit keine Wünsche offenließ, gingen Melzers Gedanken immer wieder zurück zu Simonetta. Ihre gemeinsamen Nächte erschienen vor seinen Augen wie Traumbilder; aber die Gefühle, die sie in ihm wachriefen, schwankten zwischen Haß und Begierde. Er haßte Simonetta, weil sie ihn ausgerechnet mit Lazzarini, diesem eitlen Gecken, betrogen hatte. Doch im selben Maße, wie er sie haßte, begehrte er sie auch. Er träumte von der Anschmiegsamkeit und Weichheit ihres biegsamen Körpers, von ihrem üppigen schwarzen Haar und den schneeweißen Fingern, die an den Saiten der Laute zupften und die süßesten Töne hervorzauberten. Er schämte sich vor sich selbst, wenn er wie ein läufiger Straßenköter um die Schenke an der Piazza San Marco schlich, in der Simonetta einst gespielt hatte. Jetzt sang dort ein fahrender Sänger aus Neapel schmachtende Lieder.

Melzer verbrachte Wochen mit der Einrichtung des neuen Laboratoriums. Er verpflichtete seine alte Mannschaft, die ihm in Murano gute Dienste geleistet hatte. Bei allem ging ihm Benedetto mit Eifer zur Hand; er nahm Bestellungen auf und lieferte in kurzer Zeit mehr Material, als für den Auftrag Seiner Heiligkeit erforderlich war. Holz und Lehm, Zinn und Blei, Pergament und Bütten stapelten sich in den hinteren Räumen der Werkstatt bis zur Decke. Gerade als Melzer daranging, den Text des Ablaßbriefes mit gegossenen Buchstaben in einen Kasten zu setzen, bekam er unerwarteten Besuch.

Leonardo Pazzi, der sich noch immer in Venedig aufhielt, um die Vorbereitungen für den Besuch Eugens IV. zu überwachen, mußte wohl von Benedetto erfahren haben, daß Melzer mit seiner Arbeit begonnen hatte. Jedenfalls erschien Pazzi eines Abends, als vom Campo San Lorenzo noch schrilles Vogelgezwitscher hallte, in Melzers Laboratorium, um, wie er sagte, nach dem Rechten zu sehen. Anders als bei ihrem ersten Zusammentreffen im Palazzo Ducale war der Legat unauffällig gekleidet wie ein reisender Scholar; dafür befand er sich in Begleitung von zwei baumstarken Beschützern, die vor der Tür Posten bezogen.

Pazzi erkundigte sich, ob der Doge seinen Verpflichtungen nachgekommen sei und der Schwarzkünstler den gesetzten Termin einhalten könne; da brach vor dem Haus lautes Geschrei aus, als fände ein Kampf statt. Der Legat, dessen anmaßendes Auftreten Melzer an Albertus di Cremona erinnerte, wurde blaß. »Versperrt die Tür, Meister Melzer, bei meinem Leben; ich darf hier nicht gesehen werden!«

Melzer fand keine Erklärung für das, was vor dem Haus geschah, und wollte der Aufforderung des Legaten nachkommen; doch noch ehe er den Eingang erreicht hatte, wurde die Tür aufgestoßen, und vor ihm stand ein Mann in der Dämmerung, den er an seiner gedrungenen Gestalt sofort erkannte: Cesare da Mosto.

Da Mosto sagte kein Wort, er drehte sich um und gab seinen Begleitern, die über Pazzis Leibwächter hergefallen waren und sie gefesselt hatten, ein Zeichen, sie sollten von ihnen ablassen. Dann schritt er an Melzer vorbei geradewegs in das Laboratorium, wo sich der Legat hinter einem Pfeiler in Deckung gebracht hatte.

Melzer, der da Mosto folgte, sah, daß Pazzis Lippen zitterten. Der dünkelhafte Legat des Papstes erschien auf einmal kleinmütig und furchtsam. Die Stille im Raum und da Mostos

Sprachlosigkeit wirkten unheimlich. Durch Melzers Gehirn schossen wirre Gedanken, was wohl im nächsten Augenblick geschehen würde. Er sah da Mostos Dolch in der Scheide, und er kannte die Unberechenbarkeit, Gewalttätigkeit und Streitsucht des Mannes. Für Melzer gab es kaum Zweifel, daß Leonardo Pazzi im nächsten Augenblick tot zu Boden sinken würde. Melzer wollte schreien, weglaufen, aber eine unerklärbare Kraft hielt ihn zurück.

In die atemlose Stille ertönte mit einem Mal die Stimme da Mostos: »Lange her, seit wir uns zuletzt begegnet sind, Pazzi. War es nicht beim zehnjährigen Jubelfest Seiner Heiligkeit, meines Onkels?«

Leonardo Pazzi wurde von den freundlichen Worten da Mostos nicht weniger überrascht als Melzer; aber wer da Mosto kannte, mußte gewahr sein, daß seine Freundlichkeit schon im nächsten Augenblick in giftigen Haß umschlagen konnte. Jedenfalls antwortete Pazzi nach kurzem Zögern ebenso freundlich: »Ja, Messer da Mosto, ich erinnere mich wohl an unsere Begegnung in Rom.«

Während Pazzi sich noch immer unsicher an dem Pfeiler festhielt, stand da Mosto breitbeinig, strotzend vor Selbstvertrauen vor ihm und grinste. »Auch ich erinnere mich gut«, sagte er und verschränkte die Arme vor der Brust. »Ihr hofftet damals, Seine Heiligkeit würde Euch in den Kardinalsstand erheben. Und? Hat Seine Heiligkeit Wort gehalten?«

Der Legat zeigte sich erstaunt über da Mostos Gedächtnis. Papst Eugen hatte Pazzi schon vor vielen Jahren ein Kardinalsamt versprochen, aber einmal war Pazzis Unkenntnis der lateinischen Sprache als Hinderungsgrund genannt worden, ein andermal seine Ehe mit seiner inzwischen an Schwindsucht gestorbenen Base, wieder ein anderes Mal der Andrang geistlicher Würdenträger auf die begehrte Auszeichnung. Dabei hatte

Eugen IV. in der Zwischenzeit eine ganze Reihe von Kardinälen ernannt, die nur eine einzige Voraussetzung für die Kardinalswürde mitbrachten: Geld, viel Geld.

»Nein, Messer da Mosto«, antwortete Pazzi. In seinen Worten schwang Bitternis. »Aber Seine Heiligkeit hat sicher gute Gründe gehabt, mir den Purpur bisher zu verweigern.«

»Aber gewiß!« rief da Mosto ironisch und klatschte in die Hände. »Seine Heiligkeit findet immer einen Grund für eine Ablehnung; im schlimmsten Fall ist es eben der Wille Gottes. Was habt Ihr meinem Onkel geboten?«

»Geboten?«

»Ja, geboten! Ihr wollt mir doch nicht weismachen, daß Ihr die Kardinalswürde anstrebt ohne klingende Münze! Mit leerem Beutel wird man kein Kardinal.«

Pazzi bekreuzigte sich, und da Mosto fügte hinzu: »Und mit Frömmigkeit schon gar nicht!«

Aus dem Hintergrund verfolgte Melzer die Szene. Da Mostos Worte gegenüber dem päpstlichen Legaten waren mehr als deutlich, aber Melzer fand keine Erklärung für dieses Verhalten. Wie er da Mosto kannte, tat dieser alles mit Berechnung, und wenn es auch schien, als habe er die Anwesenheit des stummen Zeugen vergessen, so verfolgte er gewiß auch damit einen bestimmten Zweck.

»Ihr haßt Euren Onkel?« meinte Leonardo Pazzi fragend. »Deshalb auch die Sache mit den gefälschten Ablaßbriefen.«

»O nein«, ereiferte sich Cesare da Mosto, »meinen Onkel hasse ich nicht. Ich hasse nur Papst Eugen IV., weil er ein schlechter Papst ist, ein Schwächling wie seine Vorgänger Martin, Gregor, Innozenz, Bonifatius und Urban, unter denen sich in Avignon und Pisa Gegenpäpste erhoben, welche sie um einen großen Teil ihrer Einnahmen brachten. Und noch heute läßt sich dieser Amadeus von Savoyen als Papst Felix feiern, und das einzige, was Onkel Eugen dazu einfällt, ist, diesen Herrn mit dem Bann zu belegen. Ich habe Zweifel, ob Onkel Eugen wirklich vom Heiligen Geist erfüllt ist; ich glaube, daß bei seiner Wahl eher der Teufel die Hand im Spiel hatte. Aber glaubt mir, Pazzi, seine Tage sind gezählt, und Ihr steht auf der falschen Seite.«

»Ich bin nur ein Legat des Papstes, Messer da Mosto, ich erfülle meinen Auftrag. Das bedeutet nicht, daß ich mit allem, was man mir aufträgt, einverstanden bin.«

»Ein mutiges Wort aus Eurem Munde!«

»Ich wage nur deshalb so zu sprechen, weil auch Ihr eine offene Rede führt, Messer da Mosto. Was meintet Ihr, als Ihr sagtet, ich stünde auf der falschen Seite? Welche wäre denn die richtige?«

Cesare da Mosto hielt nach Melzer Ausschau, und als er ihn hinter dem Tisch mit übereinandergestapelten Kästen voller Lettern ausgemacht hatte, rief er ihm zu: »Habt Ihr keinen Wein, Meister Melzer? Schwere Worte kommen leichter von den Lippen, wenn Wein fließt.«

Der Spiegelmacher entfernte sich erleichtert, um Wein zu holen. Als er zurückkehrte, war eine angeregte Unterhaltung im Gange, in deren Verlauf Cesare da Mosto den päpstlichen Legaten zu überzeugen versuchte, daß die Mehrheit des Kirchenvolks, ja sogar die Mehrheit der Kardinäle gegen Eugen IV. eingestellt war.

Leonardo Pazzi folgte da Mostos Erklärungen mit Staunen, als sei dies etwas völlig Neues für ihn. »Das habe ich in der Tat nicht gewußt«, stammelte er und zupfte an seiner Kleidung, obwohl sich diese in tadellosem Zustand befand. Schließlich stellte er die Frage: »Und Ihr wollt immer noch Papst werden, Messer da Mosto? Kein leichtes Unterfangen, wo Ihr doch exkommuniziert seid!«

Da lachte da Mosto laut und verächtlich, und er ereiferte sich, daß seine Knollennase in dem runden Gesicht feuerrot anlief: »Diese Frage, Pazzi, ist doch wohl nicht Euer Ernst! Gab es nicht genügend Päpste, von denen einer den anderen zum *vitandus* erklärte, den ein jeder Christenmensch zu meiden habe, und dennoch wurde der andere Nachfolger des einen? Päpste fürchten ihre Rivalen auf Erden mehr als das Höllenfeuer, und stets ist ihre einzige Waffe das stumpfe Schwert des Kirchenbanns, als würde dieser alle Probleme lösen. Das, Pazzi, wäre kein Hinderungsgrund. Nein, es gibt Überlegungen, das Pontifikat einem anderen anzutragen.«

Melzer hatte den Disput der beiden atemlos verfolgt, er trat hinter seinen Kästen hervor und richtete an da Mosto die Frage: »Mit Verlaub, habt Ihr Eure Pläne, Papst zu werden, aufgegeben?«

»Um die Wahrheit zu sagen – ja.«

»Dann war meine Arbeit von zehntausend Ablaßbriefen also umsonst?«

»Vergeblich, Meister Melzer, was das Amt betraf. Dennoch war es ein einträgliches Geschäft. Zum Leidwesen meines Onkels, der nun alle Anstrengungen unternimmt, sein Haushaltsgeld aufzubessern.«

Pazzi erschrak. »Ihr wißt, warum ich hier bin?«

Da Mosto setzte erneut sein verächtliches Grinsen auf und erwiderte: »Ich sagte doch, daß die Zahl der Gegner des Papstes die seiner Anhänger bei weitem übertrifft. Alle wissen das, nur er nicht. Glaubt mir, Pazzi, Ihr habt auf das falsche Pferd gesetzt! Wer hält dem altersschwachen Pontifex schon noch die Treue – der senile Doge von Venedig und ein paar bemooste Kardinäle, die, muß man befürchten, den kommenden Winter kaum überleben. Vielleicht noch Johannes Palaiologos, der Kaiser von Konstantinopel, aber der ändert seine Meinung so schnell wie der Wind seine Richtung.«

»Mein Gott!« sagte Leonardo Pazzi, von da Mostos Worten sichtlich erschüttert. »Was soll ich nur tun?«

»Macht, was Ihr für richtig haltet.«

»Und das sagt ausgerechnet Ihr?«

»Ich halte mich auch nur an das, was mir die Vernunft eingibt. Hielte ich Onkel Eugen für den richtigen Papst, so wäre ich *sein* Parteigänger. So aber betrachte ich ihn als ein Unglück für die Christenheit; also setze ich alles daran, sein Pontifikat zu beenden, und ich weiß eine große Anhängerschaft hinter mir.«

In der Tür erschien der Kopf eines Bewachers aus da Mostos Truppe und fragte: »Messer da Mosto, was soll mit den beiden geschehen?«

Pazzi warf da Mosto einen fragenden Blick zu, und der erwiderte: »Löst ihre Fesseln und sperrt sie in einen Raum, den Meister Melzer Euch zeigen wird.«

Der Spiegelmacher kam der Aufforderung nach und wies den Leibwächtern eine kleine Kammer im rückwärtigen Teil des Hauses zu, die für die Aufbewahrung von Vorräten vorgesehen war, aber vorläufig noch leer stand.

In der Zwischenzeit gab der Legat des Papstes zu erkennen, daß auch er Bedenken hege, was die Amtsführung Eugens IV. betreffe. Auch seine Aufgabe, hunderttausend Ablaßbriefe zu beschaffen und damit eine wundersame Geldvermehrung herbeizuführen, erschien ihm auf einmal fragwürdig.

Melzer gewann den Eindruck, daß Pazzis Furcht vor den Gegnern des Papstes weit größer war als die Furcht vor Eugen IV., dessen Anhängerschaft, das wußte er aus eigener Erfahrung, von Tag zu Tag dahinschwand. Mit Staunen, in das sich Mißtrauen mischte, vernahm der Spiegelmacher jedoch die folgenden Worte des päpstlichen Legaten.

Leonardo Pazzi wand sich wie eine Schlange und formulierte umständlich: »Ich weiß nicht, Messer da Mosto, was Ihr von mir halten würdet, wenn ich Euch gestehe, daß ich im Innersten mehr den Gegnern Seiner Heiligkeit zugetan bin als dem bescheidenen Häuflein seiner Anhänger. Glaubt mir, es ist die Wahrheit.«

Melzer runzelte die Stirn, er sah da Mosto an und versuchte aus seiner Miene eine Antwort herauszulesen. Doch da Mosto war viel zu verschlagen, um auch nur die geringste Regung preiszugeben. Pazzis Eröffnung schien ihn nicht sonderlich zu überraschen, andererseits verriet sein langes, beunruhigendes Schweigen, welche Bedeutung er diesen Worten beimaß.

Das Schweigen da Mostos, der für gewöhnlich nie um eine Antwort verlegen war, versetzte Pazzi in Unruhe. Er richtete seinen Blick zur Decke, als erwarte er eine Antwort des Himmels, und verharrte starr in dieser Haltung, bis Cesare da Mosto sich endlich, scheinbar quälend, zu einer Erwiderung durchrang und sagte: »Das werdet Ihr unter Beweis stellen müssen, Pazzi. Ihr werdet verstehen, wenn ich Euch diese Kehrtwendung nicht so einfach abnehme. Ein Hase bleibt ein Hase, auch wenn er im Lauf die Richtung wechselt.«

Leonardo Pazzi nickte einsichtig. »Und wie soll ein solcher Beweis aussehen? Nennt Eure Bedingungen, Messer da Mosto! Ich denke, ich könnte Euch nützlich sein.«

»Aber gewiß könntet Ihr uns nützlich sein!« beteuerte da Mosto. »Sogar mehr, als Ihr glaubt. Dennoch sollten wir diese Sache nicht übers Knie brechen.«

»Nein, nein!« Pazzi blieb hartnäckig. »Ich stand, müßt Ihr wissen, immer nur mit halbem Herzen auf der Seite des Papstes. Ihr dürft nicht glauben, ich wäre so dumm, daß ich das Intrigenspiel der Ämtervergabe nicht bemerkt hätte. Es war vielleicht nur der Mangel an Gelegenheit, der mich davon abhielt, mich Eurer Partei anzuschließen.«

Da Mosto sah den Legaten lange und durchdringend an.

Dann trat er ganz nahe an Pazzi heran und flüsterte mit gepreßter Stimme: »Messer Pazzi, soweit ich informiert bin, gehört es zu Euren Aufgaben, den Besuch Seiner Heiligkeit, meines Onkels, in Venedig zu organisieren. Welche Aufgabe kommt Euch dabei im besonderen zu?«

Pazzi bemerkte sehr wohl die plötzliche Höflichkeit in da Mostos Rede, und er antwortete ebenso höflich: »Messer da Mosto, bei mir laufen alle Fäden zusammen. Ich bestimme – selbstverständlich nach Rücksprache mit Seiner Heiligkeit – jeden Weg des Papstes von seiner Ankunft an der Mole San Marco bis zu seinem Abschied. Ich bestimme die Räume im Palazzo Ducale, die Seiner Heiligkeit bei seinem Aufenthalt als Wohnung dienen, ich wähle die Speisen aus und entscheide über Namen und Anzahl der geladenen Gäste.«

»Und wie weit ist das Programm gediehen, Messer Pazzi?«

»Es steht in seinen Grundzügen fest – wenn man einmal von den Speisen und den Gästelisten absieht.«

Da Mosto wiegte den Kopf hin und her, als trüge er schwer an seinen Gedanken. Er hielt die Hände auf dem Rücken verschränkt und ging unruhig im Zimmer auf und ab. Mit Spannung verfolgte der Spiegelmacher jede Bewegung, und als da Mosto plötzlich stehenblieb und ihn ansah, meinte er verlegen: »Trinkt einen Schluck, Messer da Mosto, das bringt Euch auf neue Gedanken!«

Da Mosto hob seinen Becher und leerte ihn in einem Zug. Dann sagte er, an Pazzi gewandt: »Nun gut, Ihr könnt Eure Haltung unter Beweis stellen. Treffen wir uns übermorgen zur gleichen Zeit am selben Ort, dann sollt Ihr mir Einsicht in Eure Vorbereitungen für den Papstbesuch geben. Aber kommt allein, ohne Wächter. Ich werde ebenso verfahren. Erkenne ich die Ernsthaftigkeit Eures Vorhabens, Euch von Papst Eugen abzuwenden, so werde ich Euch in die Pläne seiner Gegner einweihen. Ihr werdet verwundert sein, welche Namen Euch dabei begegnen.«

Leonardo Pazzi stimmte begeistert zu. Insgeheim hoffte er wohl, seine Kehrtwendung würde ihn dem Kardinalsamt einen Schritt näher bringen, und allein das war für ihn Grund genug, sich auf da Mostos Seite zu schlagen.

Was Melzer betraf, so hatte er kein gutes Gefühl. Die Tatsache, daß sich die Verschwörer ausgerechnet in seinem Hause trafen, machte ihm Unbehagen. Vor allem aber sorgte er sich um seinen Auftrag, den Druck von hunderttausend Ablaßbriefen für Papst Eugen. Gewiß, er hegte nach wie vor Zweifel, ob er vom Dogen je einen Lohn für seine Arbeit sehen würde; aber wenn der Papst das Zeitliche segnete, dann konnte er weder Ruhm noch Geld gewinnen. Andererseits waren Melzers Erfahrungen mit Cesare da Mosto auch nicht gerade die besten. Unschlüssig ließ er die Arbeit über zwei Tage ruhen, in banger Erwartung, wie sich die Sache entwickeln würde.

Zum vereinbarten Termin erschienen Pazzi und da Mosto bei Melzer. Der Spiegelmacher hatte das Hauspersonal fortgeschickt, damit es keine unliebsamen Zeugen gab, und genug Soavewein bereitgestellt, der geeignet war, die Zungen zu lösen und gegenseitiges Mißtrauen zu beseitigen.

Anders als bei der ersten Zusammenkunft trug der Legat des Papstes ein unauffälliges venezianisches Gewand, bestehend aus blauen, samtenen Kniehosen und einem braunen, weiten Mantel, der bis zu den Knien reichte, so daß seine dünnen, rotbestrumpften Beine sichtbar wurden. Da Mosto hingegen erschien nicht anders gekleidet als zwei Tage zuvor, eher stutzerhaft als vornehm, in einen kurzen, vielfaltigen, schwarzen Umhang gehüllt, aus dem der breite Kragen seines roten Wamses hervorragte. Er gab ihm etwas Klerikales und Teuflisches zugleich.

Melzer bat die beiden in das obere Stockwerk, wo Pazzi und

da Mosto an den Stirnseiten eines langen, dunklen Holztisches Platz nahmen, so daß sie sich im Abstand von zwei Armspannen gegenübersaßen. Da Mosto musterte sein Gegenüber einen Augenblick und sagte: »Nun, Messer Pazzi, habt Ihr Euch die Sache noch einmal gut überlegt?«

Pazzi wich dem herausfordernden Blick des anderen keineswegs aus; er behielt den Neffen des Papstes fest im Auge, während er, anstatt zu antworten, drei Pergamentrollen aus seinem Umhang hervorzog und auf den Tisch warf, als wollte er sagen: Hier habt Ihr meine Antwort!

Der Spiegelmacher hatte sich hinter eine Balustrade zurückgezogen, die den Raum in zwei Hälften teilte. Mit weiten Augen beobachtete er, wie da Mosto ein Pergament nach dem anderen entrollte, las und zufrieden mit dem Kopf nickte.

Während da Mosto gierig die Aufzeichnungen verschlang, stützte sich Pazzi mit ausgestreckten Armen auf den Tisch und wartete in dieser Haltung auf eine anerkennende Bemerkung seines Gegenübers.

Endlich begann da Mosto zu reden. Und was er sagte, war mehr als geeignet, Pazzi aus seiner triumphalen Pose aufzuschrecken. Es wäre geeignet gewesen, jeden um den Verstand zu bringen.

»Messer Pazzi! Könntet Ihr Euch mit dem Gedanken vertraut machen, Papst zu werden?«

»Ich? Wollt Ihr Euch über mich lustig machen?« Leonardo Pazzi nestelte nervös am obersten Knopf seines Mantels.

»Ganz und gar nicht, Messer Pazzi. Ihr müßt nämlich wissen, mein Onkel, Papst Eugen, wird die Visitation der ›Serenissima‹ nicht überleben. Attentate scheitern für gewöhnlich nur einmal. Ihr könnt Euch denken, warum wir an Euren Planungen so interessiert sind.«

Pazzi nickte abwesend; dann stammelte er atemlos: »Ihr wollt mir ernsthaft die Papstwürde antragen? Es war doch *Euer* Ziel, Papst zu werden. Ihr hattet doch sogar schon den passenden Namen ausgewählt. Ich will nicht glauben, daß Ihr Eure Pläne von heute auf morgen aufgegeben habt.«

Cesare da Mosto lehnte sich über den Tisch und erwiderte mit leiser Stimme: »Leicht ist es mir gewiß nicht gefallen, Messer Pazzi; das könnt Ihr mir glauben. Aber nach Rücksprache mit meinen Freunden halte ich es für besser, wenn einer dieses Amt übernimmt, der in jeder Hinsicht unbelastet ist. Seht, die Ablaßbriefe haben unter dem Christenvolk viel böses Blut erzeugt. Sie zahlten in gutem Glauben und mußten dann feststellen, daß die Papiere ohne Wirkung blieben, weil sie von einem falschen Papst ausgegeben worden waren. Wäre das Attentat geglückt, so wäre ich heute Papst Pius II., und Ihr müßtet meinen Ring, meine Füße und weiß Gott noch was küssen. So aber bin ich in den Augen vieler ein Betrüger und damit nicht mehr *papabilis*.«

»Und da fällt Eure Wahl ausgerechnet auf mich? Wie soll ich jemals die Stimmen aller Kardinäle auf mich vereinen?«

»Messer Pazzi, Ihr seid, mit Verlaub, ein unbeschriebenes Blatt. Ihr hattet bisher weder Feinde noch Freunde und – Ihr seid kein Kardinal! Ihr werdet im Kardinalskollegium also weder Neid noch Mißgunst hervorrufen. Im übrigen gab es seit Petrus noch keinen Papst, der alle Stimmen auf sich vereinen konnte. Und was die erforderliche Mehrheit betrifft, so laßt das ruhig meine Sorge sein.«

Da erhob sich Pazzi von seinem Stuhl, trat neben da Mosto hin, ergriff seine Rechte und küßte sie wie eine Reliquie des heiligen Markus. Da Mosto ließ es ohne Widerspruch geschehen; ja, er genoß die Huldigung des Legaten. »Über eines«, fuhr er fort, »solltet Ihr Euch von vornherein im klaren sein, Messer Pazzi: Wenn Ihr Papst seid, so bedeutet das nicht, daß Ihr auch die

Macht innehabt, die einem Papst kraft seines Amtes gegeben ist. Die Macht über die Christenheit werden andere ausüben.«

Verwirrt zog der Legat seine Hand zurück. »Wie meint Ihr das, Messer da Mosto? Ein Papst ohne Macht?«

Da Mosto lachte. »Glaubt Ihr ernsthaft, daß Papst Eugen, mein Onkel, Herr seiner Entscheidungen ist? Über den Papst wacht eine mächtige *Cancelleria*, welche wiederum in Abhängigkeit der reichen Kardinäle steht. Oberstes Ziel dieser Kirchenfürsten ist die Mehrung ihrer einträglichen Benefizien. Und das bedeutet, jede Entscheidung in Rom wird von jenen, die die eigentliche Macht ausüben, auf Mehrung des eigenen Nutzens überprüft. Oder glaubt Ihr, hinter den päpstlichen Entscheidungen stünde die Erleuchtung des Heiligen Geistes?«

Pazzi schwieg betroffen. Von San Lorenzo klang das gellende Abendgeläute. Melzer stellte zwei Lampen auf, eine auf den Tisch, an dem die Unterhaltung stattfand, die andere auf die hölzerne Balustrade. Er gab sich bewußt unbeteiligt, obwohl ihn die Worte da Mostos, auch wenn sie in keiner Weise gegen ihn gerichtet waren, in helle Aufregung versetzten. Die Kaltschnäuzigkeit, die der Neffe des Papstes an den Tag legte, ließ ihn erschauern, wenngleich er von der Zielstrebigkeit, mit der da Mosto ans Werk ging, nicht unbeeindruckt blieb.

»Mir scheint, Ihr seid enttäuscht«, nahm Cesare da Mosto seine Rede wieder auf. »Nun sagt nur nicht, Ihr als päpstlicher Legat hättet nichts über die Machtverteilung im Vatikan gewußt!«

»Doch, gewiß«, erwiderte Pazzi verunsichert. »Es wurde mir nur noch nie so deutlich vor Augen geführt. Im übrigen war ich immer nur Befehlsempfänger, und den Knecht kümmert wenig, wie sein Herr heißt – er hat zu gehorchen.«

Als suchte er nach tröstenden Worten für den Legaten, erklärte der Neffe des Papstes: »Ich hielt es für angebracht, Euch die Augen zu öffnen, damit Ihr später nicht enttäuscht seid. Natürlich werdet Ihr im päpstlichen Palast wohnen und über so viel Gefolgschaft verfügen, daß Ihr nicht einmal jeden Zehnten mit Namen kennen werdet. Ihr werdet goldene Gewänder tragen und auf dem Kopf die Tiara. Allerdings warne ich Euch, das kostbare Stück zu verkaufen, wie Papst Benedikt das getan hat. Ihr wißt, daß er später seine Dummheit einsah, und alles daran setzte, sie wieder zurückzuerwerben. Denn ein Papst ohne Tiara ist wie ein Doge ohne Zogia, eine lächerliche Figur. Oder könnt Ihr Euch Foscari ohne seine Mütze vorstellen? Ein Bild des Jammers! Wenn Ihr Geld braucht, gibt es andere Möglichkeiten, Messer Pazzi. Seit Erfindung der künstlichen Schrift gibt es für einen Papst kein einträglicheres Geschäft als Ablaßbriefe. Da hat sogar der Verkauf von kirchlichen Ämtern das Nachsehen; denn jedes Amt macht nur einmal Kasse. Ablaßbriefe hingegen sind ein Wunder des Himmels; sie vermehren sich wie von selbst.«

Pazzi hatte Mühe, in da Mostos Worten zwischen Ernst und Zynismus zu unterscheiden. Deshalb ging er nicht näher auf dessen Rede ein und fragte mit einem Fingerzeig auf die Pergamentrollen: »Werden Euch meine Unterlagen von Nutzen sein?«

»Was für eine Frage!« antwortete da Mosto. »Die Pläne sind für uns Gold wert. Über Einzelheiten laßt uns ein andermal reden.« Er hob seinen Becher und prostete Pazzi zu: »Auf Euer Pontifikat, das zweihundertfünfte nach römischer Zählung!«

Die Rechte Pazzis mit dem Becher zitterte. »Allein die Vorstellung«, sagte er leise, »jagt mir Schauer über den Rücken. Und Ihr meint es wirklich ernst, Messer da Mosto?«

»Die Lage der Gegner Papst Eugens ist viel zu angespannt, als daß Zeit für Späße bliebe. Jeder Tag, den Eugen auf dem Stuhle Petri sitzt, ist ein verlorener Tag.«

Aus dem Hintergrund trat Melzer hervor; er schien beunruhigt und wandte sich an da Mosto: »Messer da Mosto, was soll mit dem Auftrag des Legaten geschehen, wenn der Papst, wie Ihr behauptet, nicht mehr lange zu leben hat?«

Da Mosto warf zuerst Pazzi einen strengen Blick zu, dann dem Spiegelmacher, schließlich äußerte er sich: »Ihr bereitet den Text vor, den Euch Messer Pazzi aufgetragen hat. Bis auf den Namen des Papstes am Ende. Den wird Euch Messer Pazzi in den nächsten Tagen bekanntgeben.«

Melzer nickte unwillig und schwieg.

Da faßte Cesare da Mosto den Spiegelmacher am Arm und fragte mit zusammengekniffenen Augen: »Und wie steht es mit Euch, Meister Melzer, ich hoffe Ihr zählt auch zu den Gegnern von Papst Eugen?«

Auf die Frage hatte Melzer gewartet; er war sicher, daß da Mosto ihn danach fragen würde, und er erwiderte gelassen: »Bei uns in Mainz, Messer da Mosto, kennt man ein Sprichwort, das lautet: ›Wes Brot ich ess', des Lied ich sing'!‹ Das bedeutet, ich drucke das, wofür ich bezahlt werde. Muß ich mir deshalb den Inhalt zur Lebensregel machen?«

Über da Mostos Gesicht huschte ein anerkennendes Lächeln. Er sah Pazzi an und sagte: »Ist er nicht ein schlauer Fuchs, unser Schwarzkünstler? Er will sich's mit keinem verderben!« Und an Melzer gewandt: »Glaubt mir, Meister Melzer, man kann nicht auf zwei Hochzeiten tanzen. Vielleicht solltet Ihr Euch die Sache noch einmal überlegen.«

Melzer wollte antworten, erklären, daß ihm nicht der Sinn danach stand, sich für oder gegen den Papst, für oder gegen den Dogen zu entscheiden. Aber da Mosto beendete das Gespräch abrupt, indem er Pazzi und Melzer erklärte: »Ich nenne Euch jetzt das Schlüsselwort, an welchem Ihr alle Mitglieder der Verschwörung erkennt; ich nenne es unter der Bedingung, daß Ihr es an niemanden weitergebt und es nur dazu gebraucht, um Freund

und Feind zu erkennen. Das Schlüsselwort lautet: *Giudizio di Frari.*«

»*Giudizio di Frari*«, wiederholten Pazzi und Melzer wie aus einem Munde.

Da Mosto fuhr fort: »Sollte einer von uns jemals gefangen oder angeklagt werden, so hat diese Unterredung nie stattgefunden, und wir kennen uns nicht.«

An den folgenden Tagen zog es den Spiegelmacher erneut beinahe jeden Abend zur Piazza San Marco, wo er gegenüber der Schenke, in der Simonetta musiziert hatte, Aufstellung nahm. Irgendwann, dachte er, mußte sie doch auftauchen; dabei wußte er überhaupt nicht, wie er sich in diesem Fall verhalten würde. Ein einziger Blick aus der Ferne hätte genügt, ihn glücklich zu machen.

Der neapolitanische Sänger, der Simonettas Stelle eingenommen hatte, sang allabendlich vor denselben Leuten dieselben Lieder, und eines Abends faßte sich Melzer ein Herz und fragte den Wirt nach dem Verbleib der schönen Lautenspielerin.

Der Wirt gab sich ungehalten, ob ihm der Gesang des Neapolitaners etwa nicht gefalle, und als Melzer beteuerte, der Jüngling musiziere gewiß genauso schön wie das Mädchen, doch es gehe ihm nicht um den Gesang, sondern um die Frau mit den betörenden Lautenklängen, da meinte der Wirt augenzwinkernd, er verstehe die Nöte des Fragestellers, aber es sei besser, das Mädchen zu vergessen. Sie habe Venedig mit unbekanntem Ziel verlassen. Im übrigen sei Melzer nicht der erste, der sich nach Simonettas Verbleib erkundige.

Wütend zog sich Melzer zurück. Er haderte mit sich und seinem Schicksal. Er verfluchte seinen Stolz, weil er Simonettas Bitten mißachtet hatte, und trauerte wie ein Witwer, tröstete sich mit Suff und stürzte sich, sobald er wieder bei klarem Verstand war, in die Arbeit.

Sieben Männer, welche schon beim Druck der Ablaßbriefe da Mostos vortreffliche Arbeit geleistet hatten, bewährten sich auch diesmal in gekonnter Weise, so daß Melzer sich ausschließlich der Herstellung neuer Drucklettern widmen konnte. Den Vorgang beherrschte er mittlerweile wie im Schlaf, indem er von jedem Buchstaben zuerst eine Patrize schnitt. Aus einem rechteckigen Klötzchen Zinn schlug er mit Hammer und Stichel die Gestalt des Buchstabens heraus, drückte es in Tonerde und brannte die so gewonnene Matrize im Ofen. In dieser Matrize konnte Melzer beliebig viele Lettern gießen – wenigstens in der Theorie; denn, wie die Wirklichkeit zeigte, löste sich beinahe jeder zweite Guß nicht mehr aus der Form und Melzer mußte sie mit dem Hammer zerschlagen.

Nächtelang saß Melzer bei Kerzenschein in seinem Laboratorium auf der Suche nach einer Lösung dieses Problems. Aus purer Verzweiflung hielt er eine tönerne Matrize über die vor ihm flackernde Kerze, daß der Hohlraum schwarz wurde von Ruß, und, o Wunder, ausgerechnet dieser erbärmliche Handgriff erwies sich als die Lösung der Aufgabe. Aus verrußten Matrizen waren die Lettern viel leichter zu entfernen.

Im Vergleich mit den alten Lettern, mit denen er da Mostos Ablaßbriefe gedruckt hatte, zeigten die neuen Buchstaben ein klares, feineres Schriftbild und erinnerten eher an eine mönchische Handschrift als sein erster Versuch mit der künstlichen Schrift. Bei einem dieser Schriftvergleiche bemerkte Melzer, daß einige von den alten Lettern fehlten. Er wußte genau, daß er für da Mostos Text fünf A, zwölf O, dreizehn I und zweiunddreißig E verwendet hatte; doch es gab nur noch vier A, elf O, zwölf I und einunddreißig E.

Ali Kamal, diese Kröte! schoß es Melzer durch den Kopf. Am folgenden Tag begab er sich zum Fondaco des Ägypters, nicht weit entfernt von den Arsenalen.

Die Geschäfte Ali Kamals schienen gut zu gehen, wie man an seinem ansehnlichen Gewand feststellen konnte. Dennoch schien ihm in seiner Haut nicht wohl zu sein, als der Spiegelmacher bei ihm auftauchte; sein schlechtes Gewissen versetzte ihn in sichtbare Unruhe. Dabei setzte er sein freundlichstes Gesicht auf und sagte: »Bei meinem Gott, es wird Euch doch nicht schon wieder etwas abhanden gekommen sein, Meister Melzer?«

»Ich will nicht lange herumreden«, antwortete Melzer, während er Ali in das Innere des Fondaco drängte. Im Vergleich zu seinem letzten Besuch füllten noch viel mehr Gepäckstücke das Lagerhaus. »Du hast mich bestohlen, Ägypter. Du bist ein hinterhältiger Dieb, und ich werde deine Tat Capitano Pigafetta melden.«

»Ich Euch bestohlen? Ich glaube, Ihr habt schlecht geschlafen, Meister Melzer«, sagte Ali Kamal spitz. »Ihr wißt doch, daß ich Euch stets ein Freund war. Habt Ihr nicht schon mehrfach meine Hilfe in Anspruch genommen?«

»Gewiß«, erwiderte Melzer, »und du hast mich schon mehrfach belogen und betrogen.« Und unvermittelt fügte er hinzu: »Wo sind meine Lettern, Ägypter?«

»Lettern?« Ali spielte den Ahnungslosen. »Ich weiß nicht, wovon Ihr redet, Meister Melzer. Ich habe Euch Eure Lettern zurückgegeben.«

Melzer mißfiel die ungewohnte Hochnäsigkeit, mit der ihm der Ägypter begegnete. Der Spiegelmacher ließ sich nicht beirren und erwiderte: »Du hast mir drei Dutzend von den Lettern entwendet, die ich dir zur Aufbewahrung gegeben habe. Wo sind sie?«

»Meister Melzer«, begann Ali Kamal selbstbewußt, »Ihr wißt doch, daß ich nicht einmal Eure Schrift beherrsche, was sollte ich, Ali Kamal aus Boulak, mit Euren lateinischen Buchstaben anfangen?«

»Du nicht, Ägypter; aber es gibt genug Leute in Venedig, die dir dafür eine respektable Summe zahlen würden. Also keine Ausflüchte. Wo sind die Lettern? Oder hast du sie schon verkauft?«

Ali Kamal hob die Schultern, er schlug sich mit den Händen auf die Oberschenkel und wiederholte immer wieder: »Meister Melzer, glaubt mir, ich habe wirklich keine Ahnung …«

Melzer kochte vor Wut. Die Unbedarftheit, mit der ihm der Ägypter begegnete, trieb ihn zur Raserei, und in dieser Gereiztheit griff der Spiegelmacher zu einer brennenden Öllampe, die an einem Balken hing und hielt sie drohend an einen Stapel Stoffballen.

»Ihr seid verrückt!« schrie Ali aus Leibeskräften. »Ihr zündet mir das Haus über dem Kopf an!«

Die Flamme konnte jeden Augenblick auf einen der Ballen überspringen; aber Melzer sagte mit gespielter Ruhe: »Ich werde deiner Vergeßlichkeit nachhelfen!« Und weil Ali sich noch immer zu keiner Antwort durchringen konnte, hielt er die Flamme an den Ballen, und sofort verbreitete sich beißender Qualm in dem stickigen Raum.

Ali tat einen Satz, stürzte sich auf den rauchenden Ballen und schlug mit bloßen Händen auf die schwelende Glut ein. Dabei kreischte er: »Ihr seid verrückt! Ja, ich habe die Lettern gestohlen. Bei meinem Gott, man hat mir viel Geld dafür geboten, und ich dachte, Ihr würdet es nicht bemerken.«

»Sieh da!« erwiderte der Spiegelmacher verächtlich und hängte die Lampe zurück an den Balken. Dann trat er vor den auf den Boden knieenden Ägypter hin und fragte: »Wer war es? Wer hat dir Geld dafür gegeben?«

»Ich kann es nicht sagen!« rief Ali aus und neigte den Kopf beinahe bis auf den Boden. »Meister Melzer, nicht jetzt, ich bitte Euch …«

»Wer?« Melzer brüllte, daß seine Stimme durch den Fondaco hallte. »Wer, will ich wissen!«

»*Ich!*«

Aus dem Hintergrund des Lagerraums drang eine schneidende Stimme, die Melzer bekannt vorkam. Als er sich in die Richtung wandte, sah er im Dämmerlicht Domenico Lazzarini vor sich.

Lazzarini trat näher, und im Näherkommen entdeckte Melzer einen blitzenden Dolch in seiner Rechten. Lazzarini hielt den Kopf gesenkt; sein Mund war schmal wie ein Strich, sein Blick haßerfüllt. Den Dolch nach oben gerichtet, blieb er eine knappe Manneslänge vor Melzer stehen und wiederholte: »Ich war's. Ich habe den Ägypter bestochen.«

Obwohl der Spiegelmacher spürte, wie die Angst an ihm hochkroch, wich er keinen Schritt zurück. Der Kerl hat nichts zu verlieren, dachte er, er hat Giovanelli umgebracht und ist zu allem fähig. Nur keine falsche Bewegung, kein falsches Wort; nur keine Furcht zeigen!

Während er noch überlegte, wie er auf Lazzarinis unerwartetes Erscheinen reagieren sollte, trat Ali Kamal zwischen die beiden Todfeinde, ruderte mit den Armen und rief: »Messer Lazzarini, das dürft Ihr nicht tun! Bei meinem Gott, es ist verboten, einen anderen zu töten!«

Lazzarini versetzte dem Ägypter einen Stoß, ohne Melzer aus den Augen zu lassen. Dabei traf er Ali mit dem Dolch am Oberarm, daß das Blut spritzte. Ali schrie und stürzte zu Boden. Melzer wollte dem Jungen zu Hilfe eilen, aber Lazzarini hielt ihm den Dolch entgegen und zischte: »Bleib wo du bist, Spiegelmacher, sonst steche ich zu!«

»Ihr seid verrückt!« erwiderte Melzer. »Wir können den Jungen doch nicht verbluten lassen.«

»Was kümmert's Euch?«

Da trat Melzer einen Schritt auf Lazzarini zu. Der hatte soviel Forschheit bei seinem Widersacher nicht erwartet und wich, während er erregt mit seinem Dolch herumfuchtelte, zurück und rief: »Stehenbleiben, sonst steche ich zu!«

Dieser eine Schritt machte Melzer mutig. Gewiß, die Angst saß ihm noch immer im Nacken, aber er überwand sich und kniete sich, ungeachtet der Drohungen Lazzarinis, vor Ali auf den Boden, um die blutende Wunde zu versorgen.

»Ein Tuch, einen Stoffetzen!« rief Melzer. »Man muß ihn verbinden!«

Ali zeigte auf ein Hemd, das über einem Stuhl hing. Ohne auf die drohende Haltung Lazzarinis zu achten, nahm Melzer den Kittel, riß ihn in Streifen und begann einen Verband um Alis Arm zu legen.

Domenico Lazzarini verfolgte den Vorgang mit Staunen, weil seine Drohung auf den Spiegelmacher keinen Eindruck zu machen schien. Ungehalten steckte er seinen Dolch in die Scheide, dann ging er um Melzer herum, um ihm so den Weg zur Tür abzuschneiden.

Breitbeinig und mit verschränkten Armen baute Lazzarini sich vor dem Spiegelmacher auf. »Eine fatale Situation, nicht wahr?« sprach er und setzte ein verschlagenes Grinsen auf. »Ich kann Euch doch nicht laufen lassen, damit Ihr mich noch einmal verratet.«

Melzer nickte: »In der Tat, eine elende Begegnung! Wie es scheint, bringt uns jedes Treffen in eine beklagenswerte Situation.«

»Das ist nicht meine Schuld, Spiegelmacher!«

»Aber nein«, spottete Melzer. »Ihr seid wie immer schuldlos. Euch trifft keine Schuld am Mord Giovanellis, und Ihr seid auch schuldlos an meinem Unglück. Wie konnte ich so vermessen sein und Euch mein eigenes Leid zur Last legen. Wie konnte ich mich so vergessen und behaupten, Ihr hättet meine Geliebte entführt und auf hinterhältige Weise ihren Beischlaf erschlichen.«

»Das, Spiegelmacher, ist in der Tat eine niederträchtige Behauptung. Denn als ich sie umwarb, erteilte mir Simonetta eine Abfuhr nach der anderen; dann aber, als ich schon jede Hoffnung aufgegeben hatte, kam sie und gab sich mir aus freien Stücken hin.«

Melzer machte eine unwillige Handbewegung. »Hört auf! Wir beide kennen den Sachverhalt zur Genüge. Ihr wißt, was ich von Euch halte!«

Lazzarini lachte. »Ich kann es mir denken, und es wird Euch nicht wundern, wenn ich Euch sage, daß mir das ziemlich gleichgültig ist.«

Mit seinem Gesichtsausdruck und seiner Haltung gab der Spiegelmacher deutlich zu erkennen, wie wenig ihn Lazzarinis Meinung scherte. Doch eines wollte er noch in Erfahrung bringen: »Wo haltet Ihr Simonetta verborgen?« fragte er und machte einen Schritt auf Lazzarini zu. »Ich will es wissen!«

Lazzarini duckte sich unwillkürlich und umklammerte seinen Dolch. Erst als er erkannte, daß Melzer nicht vorhatte, auf ihn loszugehen, erwiderte er: »Was geht mich die Lautenspielerin an? Meinen Spaß habe ich gehabt. Warum sollte ich sie verstecken?«

Melzer mißtraute den Worten seines Widersachers. Er ließ seinen Blick durch das Lagerhaus schweifen, und ohne sich um Lazzarini zu kümmern, begann er, den Fondaco näher zu inspizieren.

Es dauerte eine Weile, bis Ali Kamal begriff, daß er nach Simonetta suchte. »Meister Melzer«, rief er schließlich, »Ihr glaubt doch nicht etwa, daß Simonetta sich hier versteckt hält?«

»Nicht freiwillig!« erwiderte Melzer aus dem Hintergrund.

»Bei meinem Gott, Ihr müßt mir glauben, sie ist nicht hier. Sie hat bereits vor Tagen die Stadt verlassen!«

»Die Stadt verlassen?« Von der einen Seite trat Lazzarini auf Ali Kamal zu, von der anderen Melzer.

»Warum hast du mir das nicht gesagt?« fragte Lazzarini.

»Ihr habt mich nicht danach gefragt, Messer Lazzarini!«

Und Melzer erkundigte sich: »Weißt du wohin?«

Der Ägypter schüttelte den Kopf: »Vielleicht nach Neapel, nach Genua, Alexandria oder Konstantinopel. Ich sah Donna Simonetta an der Riva degli Schiavoni. Sie war vornehm gekleidet wie eine *dogaressa* und in Begleitung eines Mannes, der ihr Gepäck trug. Am augenfälligsten war aber die Laute, die Donna Simonetta bei sich trug. Allein deshalb blieb sie mir im Gedächtnis.«

»Hol sie der Teufel!« fauchte Lazzarini und sah Melzer ins Gesicht, als wollte er sagen: Wenn ich sie nicht haben kann, sollst du sie auch nicht haben!

Der aber stand regungslos; er schien durch seinen Gegner hindurchzublicken. In Wahrheit beobachtete Melzer einen Vorgang, für den er zunächst keine Erklärung fand; er wußte nicht einmal, ob das, was hinter Lazzarinis Rücken ablief, gegen diesen oder gegen ihn selbst gerichtet war.

Lautlos waren vier bewaffnete Männer in den Fondaco eingedrungen. Im Näherkommen erkannte Melzer den Polizeihauptmann Pigafetta. Auch Ali Kamal hatte die Eindringlinge inzwischen entdeckt und machte Anstalten, den Männern etwas zuzurufen. Doch der Capitano legte seinen Zeigefinger auf den Mund. Ali wie auch Melzer verstanden, daß der Einsatz nicht ihnen galt.

Jetzt bemerkte Lazzarini, daß irgend etwas nicht stimmte, und er rief: »Was glotzt Ihr mich so an, Ihr Maulaffen!« Er wandte den Kopf, aber noch bevor er gewahr wurde, was hinter ihm vorging, stürzten sich die vier Männer auf ihn, warfen ihn zu Boden und fesselten seine Handgelenke auf den Rücken.

Lazzarini schrie: »Ich bin Domenico Lazzarini, *Capo di Consiglio dei Dieci*. Löst sofort meine Fesseln!«

Da trat der Capitano vor Lazzarini hin und sprach: »Im Namen der ›Serenissima‹, Ihr seid verhaftet. Die *Quarantia Criminal* beschuldigt Euch, den Schiffsmeister Giovanelli ermordet zu haben.«

Lazzarini schnitt eine unerklärliche Grimasse. Bevor ihn die Schergen zur Tür hinausstießen, drehte er sich noch einmal um und warf Melzer einen verächtlichen Blick zu. Dann spuckte er vor ihm auf den Boden. Melzer hörte ihn noch sagen: »Ich dachte nicht, daß der Kerl so schlau ist.«

»Was meinte er?« fragte der Spiegelmacher den Capitano, nachdem die Schergen Lazzarini abgeführt hatten.

»Er glaubt sicher, daß Ihr hinter seiner Verhaftung steckt«, antwortete Pigafetta.

Melzer sah den Capitano verständnislos an. »Wie habt Ihr mich überhaupt gefunden? Und woher wußtet Ihr von meiner Bedrängnis?«

Der Capitano schmunzelte. »Ihr seid für gewisse Leute ein wichtiger Mann. Deshalb werdet Ihr vortrefflich bewacht – und, wie sich gezeigt hat, nicht ohne Grund.«

»Ich verstehe nicht!« heuchelte Melzer.

Pigafetta nahm Melzer beiseite und flüsterte: »*Giudizio di Frari.* Ihr wißt, was das bedeutet.«

KAPITEL XIV

Der Zorn des Himmels und der Hölle

Ich hatte einen Traum. Ich überquerte ein Gebirge auf einsamen Pfaden. Felsentürme, von Wolken umhüllt, und zu Eis gefrorene Flüsse säumten den beschwerlichen Weg. Hitze und Kälte, Tag und Nacht, Sonne und dunkle Wolken wechselten, als verginge die Zeit in rasender Eile. Was in aller Welt trieb mich in diese gottverlassene Gegend? Was zog mich an wie ein Magnetstein?

Mir schien es, als durchwanderte ich mein ganzes Leben; denn wo mir die Wolken Durchsicht gewährten oder Sturmwind den Nebel zerriß, entdeckte ich tief unter mir Orte, in denen ich gelebt, und Szenen, die ich erlebt hatte. Ich erkannte das rheinische Mainz und die Spielmannsgasse hinter dem Dom, wo die Spiegelmacherwerkstatt lag. In einer der engen Häuserzeilen kam mir Ursa Schlebusch entgegen, Edithas Mutter, aber noch ehe ich ihr freundliches Kopfnicken erwidert hatte, verschwand sie hinter dichten Nebelschwaden, und mich zog es weiter bergan. Ich rieb mir die Augen, weil ich nicht glauben wollte, was unter mir zwischen Eis und Schnee aus den Wolken ragte: Tausendmal tausend Dächer, Kuppeln und Türme von roter Farbe und goldenem Glanz: Konstantinopel. Ich sah den trübsinnigen Kaiser und sein übermütiges Gefolge im Park bei festlicher Beleuchtung, und dann sah ich sie, sanft und schön wie ein Engel mit wallendem Haar, Simonetta. Über ihrem Bruder Jacopo kreiste ein todbringender Vogel. Er kam näher und näher, aber meine Glieder waren zu schwer, um das Tier zu verscheuchen, und ehe ich mich versah, schloß sich der Wolkenvorhang vor meinen Augen.

Lange, unendlich lange war ich schon unterwegs, und ich glaubte, ich hätte die Berge bereits überwunden, da wich der Nebel noch einmal zurück, und ich sah aus der Höhe Venedig wie Spielzeug inmitten des Meeres und den großen Kanal, der sich durch das Häusermeer wand wie eine Schlange mit glitzerndem Leib. Gleich einer Schüssel, in der sich unzählige Fliegen tummeln, erschien mir der Platz vor San Marco, und im Näherkommen wurde ich gewahr, wie Freund und Feind sich bekriegten. Mit heftigen Bewegungen redete einer auf den anderen ein, und nicht wenige gebrauchten die Fäuste, um sich Geltung zu verschaffen. Wie ein kranker Gaul wurde der Doge Foscari von seinen Gefolgsleuten über den Platz gezerrt, und seine Gegner bewarfen ihn mit Taubendreck und faulen Früchten, bis er in der Porta della Carta verschwand.

Der Doge hatte meine ganze Aufmerksamkeit erregt, daß ich erst jetzt das Geschehen auf der anderen Seite des Platzes wahrnahm, wo eine Frau mit wehenden Haaren von hundert Männern verfolgt wurde. Das Herz blieb mir stehen, als ich bei näherem Hinsehen Simonetta erkannte, der ich soeben noch in Konstantinopel begegnet war. Sie schrie; jedenfalls verrieten das ihr weit aufgerissener Mund und das angstverzerrte Gesicht, denn obwohl mir meine Augen ein getreues Abbild der Wirklichkeit vermittelten, vernahm ich während der ganzen Zeit keinen einzigen Laut.

Da hielt es mich nicht mehr auf meinem eisigen Pfad. Ich machte einen großen Satz in die Richtung, in der ich das Trugbild sah. Doch im selben Augenblick, in dem ich mich von der Stelle bewegte, schwand das Bild vor meinen Augen, und ich glitt im Sog eines eisigen Luftzuges in unergründliche Tiefen. Vornüber drehte ich mich um die eigene Achse, stürzte, glitt und fiel wie ein vom Pfeil getroffener Vogel; da erwachte ich schweißgebadet und mit zitternden Gliedern.

Tagelang dachte ich nach über die seltsamen Erscheinungen dieser

Nacht. Traumdeuter, welche von Ort zu Ort ziehen, behaupten, daß sich das Schicksal des Menschen in seinen Träumen widerspiegele; aber mir fehlte die Vorstellungskraft, vielleicht auch der Wille, in den seltsamen Bildern einen Wink des Schicksals zu erkennen. Dennoch fühlte ich Unbehagen seit jenem Traum, und mir kamen Bedenken, weil ich, ohne es zu wollen, mit den Verschwörern gemeinsame Sache machte. Worauf hatte ich mich eingelassen? Ich pflegte Umgang mit Mördern und ruchlosen Gesellen und mußte gewahr sein, erneut zwischen die Fronten zu geraten. Ich gestehe freimütig, ich hatte Angst.

Dennoch kam ich meiner Aufgabe nach. Mir blieb gar nichts anderes übrig, denn ich merkte bald, daß ich unter ständiger Beobachtung stand. Cesare da Mosto, ein Teufel in Menschengestalt, hatte alles bis ins kleinste geplant; er war sich bewußt, daß ein abermaliges Scheitern auch sein Ende bedeutete.

Während Leonardo Pazzi in süßer Erwartung schwelgte, als Calixtus III. – so lautete der Papstname, den er sich auserwählt hatte – den Stuhl Petri zu besteigen, überwachte er voll Unruhe die Vorbereitungen für den Besuch Seiner Heiligkeit, und er scheute sich nicht, tagtäglich in San Marco eine Messe lesen zu lassen und glühende Gebete zum Himmel zu schicken, das Komplott möge mit Hilfe des Allerhöchsten gelingen.

Der Doge Foscari bot alles auf, was in seiner Macht stand, um Papst Eugen einen würdigen Empfang zu bereiten, fand er doch eine vortreffliche Gelegenheit, sich selbst ins rechte Licht zu rücken und zu zeigen, über welchen Einfluß er noch immer vefügte. Obwohl die ›Serenissima‹ keinen Mangel an prachtvollen Bauten litt, ließ der Doge auf allen Plätzen Triumphbögen errichten und Kuppelbauten mit übereinander getürmten Säulen und Fahnenmasten mit den Wappen und Bildern seiner selbst und Seiner Heiligkeit. Pazzi notierte jeden Schritt, den der Papst in Venedig tun sollte von seiner Ankunft am Tag »Erhöhung des Heiligen Kreuzes« bis zu seiner Abreise nach sieben Tagen und reichte eine Abschrift all seiner Notizen an da Mosto weiter.

Ich war gewiß nie ein Anhänger des Papsttums, weil ich schon früh erkannt hatte, wieviel Schindluder mit dem Versprechen ewiger Glückseligkeit getrieben wurde; aber nun, da man die Tage Papst Eugens zählen konnte und da mir sein Tod beinahe täglich vor Augen stand, bekam ich Gewissensbisse, und ich schämte mich, weil ich nicht die Kraft aufbrachte, die Verschwörer preiszugeben.

Statt dessen druckte ich erneut Ablaßbriefe, diesmal mit dem Namen Calixtus Tertius, welche den Menschen gegen klingende Münze die Vergebung ihrer Sünden versprachen und Erlösung von drohenden Höllenqualen. Tag und Nacht waren meine Gesellen im Einsatz, wochen- und monatelang knarrten die Druckerpressen und wuchsen die Stöße in künstlicher Schrift, und mein Auftrag näherte sich der Vollendung, als unerwartet mein alter Freund Chrestien Meytens erschien und mir eine Nachricht überbrachte, die mich zutiefst erschütterte.

Editha, so wußte der Medicus zu berichten, mein kleines Mädchen, mein ein und alles, sei von Cesare da Mosto geschwängert worden; sie trage einen dicken Bauch vor sich her und verkünde jedem den Namen des werdenden Vaters.

Ich war wie von Sinnen, und mehrere Tage kreisten all meine Gedanken nur darum, wie ich mich an da Mosto rächen könnte. In meiner blinden Wut ging ich sogar so weit, daß ich da Mosto töten wollte, auch wenn ich selbst dabei mein Leben verlöre.

Ein gnädiges Schicksal hinderte Cesare da Mosto in den folgenden Tagen, seine Schritte zum Campo San Lorenzo zu lenken. In der Zwischenzeit kam ich zur Besinnung, und ich nahm mir vor, gegen da Mosto mit der gleichen Hinterhältigkeit vorzugehen, die er selbst an den Tag legte. Ich beschloß, seine Pläne zu durchkreuzen. Nach außen gab ich mich weiterhin als Gefolgsmann der Verschwörer; insgeheim jedoch suchte ich nach einem Bundesgenossen im Kampf gegen da Mosto und seine Anhänger.

Dabei leistete mir das Schlüsselwort, das den Verschwörern zum gegenseitigen Erkennen diente, große Hilfe. Ich hatte mir Benedetto, den ersten der Ufficiali des Dogen, ausgespäht, war jedoch im Zweifel, ob nicht auch er zu den Parteigängern da Mostos gehörte. Kurzentschlossen stellte ich ihm die Frage, welche Bedeutung er dem *Giudizio di Frari* beimesse. Benedetto sah mich ratlos an und wollte nun seinerseits von mir wissen, was es mit jenem *Giudizio* auf sich habe. Da wußte ich, daß der Ufficiale mit da Mostos Leuten nichts gemein hatte.

Ich forderte höchste Geheimhaltung und setzte Benedetto von der Verschwörung in Kenntnis, welche in erster Linie Papst Eugen zum Ziel habe, indirekt aber auch gegen den Dogen Foscari gerichtet und von Cesare da Mosto angezettelt sei. Der Ufficiale des Dogen wurde blaß wie ein Leichentuch; er brachte keinen Laut hervor und wollte meinen Worten nicht glauben. Da führte ich ihn in die Kammer hinter meinem Laboratorium, in der bereits zehnmal tausend fertige Ablaßbriefe lagerten. Ich zog einen hervor und zeigte ihn dem Ufficiale. Erst auf den zweiten Blick erkannte Benedetto den falschen Papstnamen Calixtus, den die Verschwörer für die Nachfolge des zu ermordenden Papstes vorgesehen hatten.

Eine Weile blickten wir uns schweigend in die Augen, und wir dachten wohl beide das gleiche: War dem anderen zu trauen? Oder stellte er mir eine Falle? Die ›Serenissima‹ wurde beherrscht von Feindschaften und Intrigen. Schließlich reichten wir einander die Hände, und damit begann ein Kampf auf Leben und Tod.

Auf seinem Weg nach Venedig mied Papst Eugen die großen Städte Florenz und Bologna. Nicht einmal das benachbarte Padua, eine Stadt von bemerkenswerter Frömmigkeit, kam in den Genuß eines päpstlichen Abstechers, weil der Doge Foscari, der sich die Reise Seiner Heiligkeit nicht wenig kosten ließ, auf dem Alleinrecht seines Besuches bestand. Deshalb die Freundschaft des Dogen aufs Spiel zu setzen konnte sich der Papst keinesfalls leisten. Und so kam es, daß Seine Heiligkeit nach einer beschwerlichen Reise über die Berge des Apennin, welche er zum Teil in einem von acht katholischen Lakaien gestemmten Tragesessel, bergabwärts aber auf seiner auf einem Prunkwagen festgezurrten *Sedia gestatoria* zurücklegte, im Podelta haltmachte.

Der Grund für den Aufenthalt in dieser unwirtlichen, einem Stellvertreter des Allerhöchsten ganz und gar nicht angemessenen Gegend lag in der Planung des heimtückischen Legaten Leonardo Pazzi, der, allerdings auf Wunsch des Dogen Foscari, Seiner Heiligkeit im Prunkschiff *Bucintoro* entgegenfuhr, um den Papst auf dem Seeweg nach Venedig zu geleiten. Dabei haßte der gestrenge Eugen den Transport zur See wie die Hölle, weil er eine heidnische Erfindung und überdies geeignet sei, durch die Sanftheit der Wellenbewegungen unzüchtige Gedanken aufkommen zu lassen. Auch unser Herr Jesus habe das Wasser gemieden oder sich bestenfalls über seine Eigenschaften hinweggesetzt, indem er es wie festes Erdreich behandelte, über das man schreiten konnte.

Sechzig Ruderknechte auf jeder Seite des *Bucintoro*, des größten und schönsten Schiffs der ›Serenissima‹, schlugen mächtig das Meer und ruderten die segellose Galeere in weniger als einem Tag von der Flußmündung bis in die Lagune, wo Francesco Foscari zur Huldigung Seiner Heiligkeit und zur Mehrung des eigenen Ansehens allen erdenklichen Pomp aufgeboten hatte. Seit Tommaso Mocenigo, seinem Vorgänger, der für die Üppigkeit seiner Schaustellungen berühmt gewesen war, hatte es in Venedig eine derartige Prachtentfaltung nicht mehr gegeben. Dies kam dem Gast wie dem Gastgeber gelegen. Papst Eugen wollte der Welt beweisen, daß er das Attentat überlebt hatte, und der Doge Foscari legte Wert darauf, seine Freundschaft mit dem römischen Papst zu zeigen.

Noch an Bord des *Bucintoro* hatte Eugen IV. seine schlichte weiße Reisekleidung gegen das festliche Rot und Gold seiner päpstlichen Zeremonialgewänder vertauscht, einem langen roten Rock und einen weiten, mit Edelsteinen verzierten, über der Brust von einem goldenen Kreuz zusammengehaltenen Mantel, dessen lange Schleppe über den Boden schleifte. Sein kleiner Kopf wurde von der gewichtigen Tiara beinahe erdrückt, und sein goldener Bischofsstab reichte ihm bis über die Ohren.

Ihm trat am Molo San Marco ein Doge gegenüber, der dem Papst in der Wahl seiner Kleider in nichts nachstand. Francesco Foscari verbarg sein spärliches, schlohweißes Haar unter einer Zogia aus goldenem Brokat. Ein weiter Mantel aus braunem Samt, mit Perlengirlanden bestickt, verhüllte seine greisenhafte, gebückte Gestalt. Darüber trug der Doge eine weiße Pelerine von Hermelinen.

Die Umarmung der beiden Greise fiel eher frostig aus. An Kniefall und Ringkuß gewöhnt, hielt Papst Eugen dem Dogen ziemlich lange die Hand hin, bis Foscari wiederwillig sein gichtiges Knie beugte und den päpstlichen Ring mit spitzen Lippen berührte, als fürchtete er, sich zu verbrennen.

Jetzt schlug die Stunde des Leonardo Pazzi. Der Legat des Papstes erklomm einen aus Holz gefertigten und mit herbstlichen Blumen verkleideten Triumphbogen, der auf der Piazetta, halbwegs zwischen den Säulen von San Marco und San Teodoro und dem Campanile, errichtet war. Von einer Art Kanzel auf der obersten Krone des Bogens dirigierte Pazzi den feierlichen Zug, der sich von der Mole in Bewegung setzte, den Markusplatz nach Westen umrundend, um schließlich geradlinig zum Haupteingang der Basilika San Marco zu finden.

Auf der Galerie im Obergeschoß des Palazzo Ducale standen Bläser mit langen Fanfaren und Posaunen, und ihr lauter Klang, dessen Echo mehrfach über den Platz schallte, brachte die Mauern zum Beben. Wie ein Wandermusikus, der den künstlerischen Wert seiner Darbietungen mit heftigen Bewegungen hervorhebt, dirigierte der Legat des Papstes die verschiedenen Abteilungen des Festzuges, teils mit energischem Winken, teils mit goldglänzenden Sonnenscheiben, auf welche die Zahlen von 1 bis 70, entsprechend den einzelnen Gruppierungen, gemalt waren.

Angeführt wurde der Zug, an dem wegen der bekannten Abneigung der Venezianer gegen das Reiten keine Pferde teilnahmen, von hundert Jungfrauen in der Kleidung päpstlicher Knappen. Sie trugen enge rote Beinkleider und halblange Umhänge aus Samt. Ihr langes, lockiges Haar ragte engelsgleich unter grünen samtenen Kappen hervor. Gemessen schritten sie, zu zehnt in einer Reihe, wobei die äußeren zu beiden Seiten hohe weiße Kerzen trugen, welche ihre eigene Körpergröße überragten. Die Knappenmädchen in ihrer Mitte führten Spruchbänder mit sich, auf denen man Sätze lesen konnte wie »Venedig beherrscht die Welt« oder »Friede sei mit dir, Markus« oder »Heil Seiner Heiligkeit« oder »Die *Serenissima* heißt den *Pontifex maximus* willkommen«.

Dahinter schritt die *Milizia da Mar* mit ihrem Capitano. Schmucke Männer in blau-weißen Uniformen trugen umkränzte Gemälde »Venedig und Neptun« oder »Die Freuden der Serenissima«, auf welchen meist leicht bekleidete Frauen dargestellt waren. Für gewöhnlich fanden die Bilder ihren Platz im Palazzo Ducale, und der Doge Francesco Foscari legte allen Ehrgeiz darein, die ›Serenissima‹ als lebensfrohe und allen fremden Einflüssen offenstehende Stadt zu zeigen.

In kurzem Abstand folgten die *Avogadori di Comune*, würdige Männer in weiten roten Roben, von denen einer ein silbernes, ein weiterer ein goldenes Buch vor der Brust trug, ein Hinweis auf ihre verantwortungsvolle Aufgabe, Staatsbürgerschaft und Familienstand aller Venezianer zu notieren. Wurden in dem silbernen Buch die Namen der bürgerlichen Familien niedergeschrieben, so blieb das goldene Buch den Adelsfamilien vorbehalten.

Unter einem großen, runden Sonnenschirm mit langen Quasten, getragen von einem schwarzhäutigen Afrikaner, tänzelte der *Bollador* einher, grazil, dünn und barhäuptig und mit einem spitzgeschnittenem Bart nach spanischem Vorbild. Der Bollador war ein geachteter, ja gefürchteter Mann, weil er alle Akten der ›Serenissima‹ mit einem Stempel *»nulla obstat«* beglaubigen mußte; daneben führte er aber auch die Listen der Gnadenerlasse des Großen Rates.

Während der Bollador wie ein Pfau stolzierte und Kußhände nach allen Seiten warf, als gelte *ihm* der ganze Aufwand, blickten die drei folgenden Männer mürrisch zu Boden. Sie trugen lange, schlanke Schwerter mit der Spitze nach oben zum Zeichen ihrer Macht. Es waren die *Presidenti sopra Ufficii*, die obersten Herren der Zivilverwaltung der Republik, schwarz gekleidet und mit roten topfartigen Hüten auf den Köpfen, ein jeder die Würde in Person. Ihnen folgte, kaum weniger würdevoll, das *Pien Collegio*, zwei Dutzend selbstbewußter Männer, Leute von großem Einfluß wie die drei Vorsteher der *Quarantia*, die drei *Zonte*, die Großen Weisen, die Weisen des Festlandes und die Weisen der Orden.

Zehn Paare von Paukenschlägern in langen blauen Mänteln, ihre Schiffchenmützen tief in die Stirn gedrückt, führten den *Consiglio dei Dieci*, den Rat der Zehn, an, jene geheimnisumwitterten Männer, welche, alljährlich neu gewählt, über Hochverrat und Spionage, Morde und Duelle, aber auch die guten Sitten innerhalb der ›Serenissima‹ urteilten. Und kaum einem Venezianer entging, daß von den Zehn einer fehlte: der Capo Domenico Lazzarini.

Eine Schar Lanzenträger mit Stichwaffen, die bis in die Obergeschosse der Häuser reichten, trennte die hohen Herren von der nachfolgenden *Quarantia*, dem Rat der Vierzig, meist wohlhabenden, wohlbeleibten Männern, welche in weniger bedeutsamen Straftaten und Kriminalfällen Recht sprachen; die *Quarantia* galt aber auch als höchstes Berufungsgericht gegen Entscheidungen des Dogen.

Der alte Doge wurde eingerahmt von seinen sechs Räten, die wiederum von sechzig *Scudieri* umgeben waren, leichtbewaffneten Adjutanten und Wachsoldaten. Dem Dogen bereitete der lange Weg deutliche Mühe, er schlurfte mit gesenktem Blick über das Pflaster und trat dem vor ihm gehenden *Cappellano del Doge*, seinem Hauskaplan, einem bäuerisch aussehenden Jüngling in rotem Talar mit weiten Trompetenärmeln und weißen Rüschen um die Handgelenke, mehrmals auf sein Gewand, daß dieser sich entsetzt umwandte und kopfschüttelnd mit der Zunge schnalzte wie eine alte Jungfer. In den Händen trug der Cappellano einen Leuchter aus Messing mit einer hohen Kerze von gut vierzehn Pfund Gewicht.

Francesco Foscari wirkte besorgt. Sein Blick schweifte unruhig über die Menge, was jene, die ihn kannten, zu der Vermutung veranlaßte, der kränkelnde Doge sei einmal mehr vom Meeresrauschen befallen und halte Ausschau nach dem flämischen Wunderheiler. Während sich seine behandschuhten Hände um ein feuervergoldetes Kurzschwert klammerten, das ihm weniger als Waffe denn als Ablenkung für seine nervösen Hände diente, suchte er mit den Augen die Fassade des Palazzo Ducale ab, die Bogengänge und breiten Fenster im Obergeschoß, an denen die Zuschauer in Dreierreihen übereinander hingen, um den Einzug des Papstes zu bestaunen.

Foscari hatte es abgelehnt, seinen Tragesessel zu benutzen, in dem er für gewöhnlich längere Wege zurücklegte, denn er meinte, seine Feinde würden diese Entscheidung als Altersschwäche auslegen. Auch das Angebot zweier Riesen aus Dalmatien, die ihm von seinen Anhängern bereitgestellt worden waren, um ihn mit angewinkelten Ellenbogen und gefalteten Händen über die *Pia-*

zza San Marco zu tragen, hatte er abgelehnt. Die beiden galten als Meister ihres Fachs und es hieß, sie hätten sich schon einmal bei Sultan Murat verdingt. Sie verrichteten, so hatte man dem Dogen versichert, ihr Werk in Livree und mit so viel Geschick und Leichtigkeit, daß niemand überhaupt wahrnehmen werde, auf welche Weise *Sua Altezza* über den Platz schwebe.

Die Zogia drückte auf seiner Stirn, der samtene Mantel lag schwer auf seinen Schultern, der Doge blickte nach links und musterte die weit ausholende Schleife des Zuges, die sich wie eine Schlange um den Markusplatz wand. Er wagte nicht nach hinten zu blicken. Das schickte sich nicht für einen Dogen. Also schritt er taumelnd voran, in der Hoffnung, seine Kräfte würden ihn nicht verlassen und ihn bis zu seinem sicheren Thron in der Kirche San Marco tragen.

Aufgrund eines Planungsfehlers des päpstlichen Legaten Leonardo Pazzi – oder war es bösartige Absicht? – hatte sich der Chor von San Marco hinter dem Dogen in den Festzug gedrängt, weißgekleidete junge Männer in langen Gewändern und mit weißen Kappen und Kerzen in den Händen. Ihre hohen Kastratenstimmen intonierten feierliche Choräle, die in den Ohren Foscaris, der Gesang haßte, schmerzten wie glühende Nägel.

Abordnungen der erfolgreichen venezianischen Truppen folgten dem Chorgesang. Sie hielten ihre Hieb-, Stich- und Feuerwaffen gesenkt zum Zeichen ihrer friedfertigen Absicht und trugen in zufälliger Reihenfolge umkränzte Schilder mit sich, auf denen ihre größten Ruhmestaten verzeichnet waren: »Die Eroberung Paduas« zum Beispiel war gerade vierzig Jahre her. Damals hatte die Republik die Carraresi, Paduas unumschränkte Herren, niedergerungen. Oder der »Seesieg der Venezianer über die Pisaner vor Rhodos«, ein Sieg, der 350 Jahre zurücklag. Oder »Die Eroberung von Jaffa«, dem wichtigen Hafen am Schwarzen Meer. Oder »Der Sieg bei Cap Matapon« über Roger II. Oder

der »Sieg über König Pippin« in den frühen Tagen der ›Serenissima‹, als die Venezianer Pippin mit seinen schweren, ungelenken Schiffen in seichte Gewässer lockten und so die Schlacht für sich entschieden. Auch die Ruderknechte Venedigs, deren Zahl in die Tausende ging, hatten eine Abordnung kräftiger Männer entsandt. Sie trugen weiße Kittel zu schwarzen Kniehosen und hielten ihre langen Ruderstangen in der ausgestreckten Rechten.

Die Botschafter der befreundeten Republiken, Länder und Städte wetteiferten untereinander in der Wahl und im Aufwand ihrer Kleidung, allen voran der Abgesandte von Konstantinopel. Er trug einen breiten goldgelben Hut, der von Edelsteinen glitzerte, und einen langen grünen Mantel, unter dem goldenes Schuhwerk hervorspitzte – der byzantinische Kaiser konnte nicht prachtvoller gekleidet sein.

Der Gesandte König Alfons' von Aragonien erregte allein durch seine Größe Aufsehen, die er durch einen hohen Hut mit schmaler Krempe und Schuhe mit hohen Absätzen noch unterstrich. Anders der Botschafter aus Griechenland: Er zeigte sich in einem weiten schwarzen Umhang und einem breiten Schlapphut mit lustigen Quasten an den Rändern und schleppte ein Zepter, dessen Bedeutung er allein kannte. Beinahe bis zum Boden reichte der weiße Bart des Gesandten, der die Alexandriner vertrat. Von dem stets schwarz gekleideten Alten erzählten sich die Venezianer merkwürdige Dinge. Er verfüge, hieß es, über großes Wissen und geheimnisvolle Kräfte, und zwei ehrenwerte *Pregadi*, Mitglieder des Senats, behaupteten, sie hätten mit eigenen Augen gesehen, wie der Bart der *Eccellenza* beim Gebet in San Marco der Schwerkraft getrotzt und senkrecht in die Höhe geragt habe.

Ein blaugoldener Umhang, den der Botschafter der Seerepublik Amalfi trug, war so schwer, daß sein Träger, ein untersetzter Mann mit kurzen Beinen, sich nicht in der Lage sah, das kostbare Stück mit eigener Kraft über den Platz zu befördern. Er führte zwei Knappen mit sich, welche links und rechts neben ihm hergingen und den schweren Mantel an Bändern hochhielten.

Vor den nun folgenden Bruderschaften und Orden streuten Kinder in bunter Kleidung Blumen. Weil an dieser Stelle im Festzug der Chor von San Marco vorgesehen war, der sich aus welchen Gründen auch immer hinter den Dogen gedrängt hatte, trat plötzlich eine unerwartete Stille ein. Deshalb stimmten die Männer der Bruderschaft der Calegheri, allesamt fromm und gottesfürchtig und in lange schwarze Chorröcke gekleidet, das große *Te Deum* an; doch der fromme, voll Inbrunst vorgetragene Choral endete im Chaos, weil die nachfolgenden weißen Kartäusermönche stimmlich weit besser geschult waren und mit ihrem Choral *Tu es Petrus* so lautstark voranschritten, daß die Calegheri einer nach dem anderen das Singen aufgaben.

Schweigsam setzen die braunen Karmeliter einen Fuß vor den anderen. Sie hatten weiße Festmäntel übergeworfen, und ein jeder der sechzig Mönche trug ein braunes Kruzifix im Arm. Kerzenleuchter von der zweifachen Höhe eines Christenmenschen führten die Zisterzienser mit sich. Von ihrer weißen Tracht setzten sich die schwarzen Skapuliere deutlich ab, so daß sie aus der Ferne wie Pilze mit hellem Stiel und dunkler Kappe aussahen. Als letzte Ordensbrüder schritten die Franziskaner im Festzug, barfüßig und eng gegürtet.

Zwei Dutzend Trommelschläger und Glöckchenschwinger verursachten im Wechsel einen emphatischen, unheimlichen Rhythmus. Die Wirkung war beabsichtigt, denn hinter ihnen folgten, einer hinter dem anderen, die Mitglieder der Heiligen Inquisition. Sie trugen schwarze spitze Hauben auf dem Kopf und waren bis zu den Füßen in schwarze Umhänge gehüllt. Ihre Hände hatten sie in die Ärmel geschoben, und nur ihre Augen, die aus runden Sehlöchern blickten, verrieten entfernt etwas

Menschliches. Als letzter schritt der Inquisitor in der schauerlichen Reihe. Er unterschied sich von seinen Helfershelfern durch die feuerrote Farbe seiner Tracht und dadurch, daß er sich mit dem flatternden Saum seiner Spitzhaube Luft zufächelte.

Umgeben von sechs Bischöfen in goldenen Rauchmänteln schritt der bärtige Patriarch von Venedig einher. Sein prunkvoller Mantel in rotgoldenem Brokat war mit kostbaren Steinen besetzt und wog kaum weniger als er selbst. In den Händen trug der Patriarch eine aus Silber getriebene Büste des heiligen Markus mit einem Fenster aus Glas in der Brust, hinter dem sich eine Reliquie des Evangelisten verbarg.

Wo der Patriarch an ihnen vorbeischritt, beugten die Venezianer zu beiden Seiten des Zuges die Knie, um sich schnell wieder zu erheben; denn mehr als der Patriarch mit dem Evangelistengebein interessierte das neugierige Volk der römische Papst. Er war in Venedig geboren, und galt als überaus sittenstreng, was ihm von vielen als Weltfremdheit ausgelegt wurde.

Eingerahmt von Kurienkardinälen, Gardisten, Laternen- und Wedelträgern, Weihrauchschwingern und päpstlichen Kammerherren wurde der Papst von zwölf Rotröcken auf der *Sedia gestatoria* getragen. Eugen IV. blickte mürrisch und hob bisweilen die behandschuhte Rechte zu einer fahrigen Bewegung, mit der er den Venezianern seinen Segen erteilte. Obwohl sich die Träger nur in kurzen, schnellen Schritten vorwärts bewegten, schwankte Seine Heiligkeit wie ein Schilfrohr im Wind, und die Tiara auf seinem Kopf geriet mehrmals in bedrohliche Schräglage.

Von der Atmosphäre und den vielen tausend Menschen auf dem Markusplatz aufgepeitscht, schwangen die Weihrauchschwinger ihre Thuriferien so heftig, daß der Papst bisweilen in einer Wolke aus weißem Qualm verschwand, um kurz darauf hüstelnd und mit geröteten Augen wie eine Erscheinung des Himmels wieder aufzutauchen. Das war nicht gerade geeignet, die Laune Seiner Heiligkeit zu verbessern; jedenfalls rätselten die Venezianer, vor allem jene Mehrheit, die ihm nicht gerade mit Bewunderung begegnete, ob die Ursache seiner Lippenbewegungen in stillem Gebet oder in verschämten Flüchen lag.

Nur wenige fielen, wenn der Papst an ihnen vorbeizog, auf die Knie oder schlugen Kreuzzeichen als Antwort seines päpstlichen Segens. Seine Heiligkeit begegnete dem Verhalten zunächst mit Verwunderung, alsbald aber mit Unruhe. Er gab einem der violett gekleideten Kammerherren ein Zeichen, und der reichte ihm ein Schweißtuch, mit dem sich der Papst den frommen Schweiß von der Stirn tupfte. Dann schloß er für Sekunden die Augen und öffnete sie erst, als an der Stelle, an welcher der Festzug den Campanile umrundete, Jubelgeschrei ausbrach: »Hoch lebe der Papst! Hoch lebe der Doge! Gott schütze die ›Serenissima‹!«

Doch das Grüppchen der Jubler verstummte schnell, als keiner unter den dichtgedrängten Menschen einstimmte; danach machte sich wieder jene beinahe unheimliche Teilnahmslosigkeit breit. Man spürte, daß irgend etwas in der Luft lag, aber niemand vermochte zu sagen, was wirklich auf dem Markusplatz ablief.

Auch der Spiegelmacher nicht, der vor dem Uhrenturm, gegenüber dem Haupteingang von San Marco Aufstellung genommen hatte. Benedetto hatte ihm das Versprechen abgerungen, keinesfalls selbst in das Geschehen einzugreifen. Es gelte vielmehr, die Verschwörer zu überführen. Doch auf welche Weise? Nachdem das erste Attentat der Papstgegner gescheitert war, durfte man sicher sein, daß dieses Mal bessere Vorbereitungen getroffen worden waren. Was aber würde nun geschehen, da er, Melzer, die Attentatspläne verraten hatte?

Die Sonne stand tief. Der Spiegelmacher hielt die Hand über die Augen und ließ den Blick über die Piazza schweifen, wo sich der Zug wie ein Wurm durch die Menge wand. Melzer suchte im Festzug nach dem päpstlichen Legaten Leonardo Pazzi. Die

Vorstellung, Pazzi könnte der nächste Papst werden, hatte ihn von Anfang an mit Zweifel, zuletzt sogar mit einer Art Mitleid erfüllt, weil er wußte, wie sehr Pazzi an seine Berufung glaubte und daß er dafür sogar seine Überzeugung zu Markte getragen hatte.

Wo steckte Pazzi? Er hatte längst seine Kanzel auf dem Triumphbogen verlassen. Man hätte ihn in der Nähe des Papstes vermuten können, doch dies schien in Erwartung eines neuerlichen Attentats weniger angebracht. Daß da Mosto sich an einem Tag wie diesem nicht blicken ließ, war einleuchtend, aber wo blieb Pazzi?

Laßt mich berichten, was weiter geschah. In mir kroch die Angst hoch; mir war, als legten sich unsichtbare Hände um meinen Hals. Ich wußte, daß irgend etwas geschehen mußte, und die unheimliche Zurückhaltung der Venezianer, die sonst keinem Fest abgeneigt waren, gleichgültig ob es Freund oder Feind veranstaltete, bestärkte meine Vermutung, daß die Pläne der Verschwörer vielen Menschen bekannt sein mußten. In meiner Verwirrung vermochte ich nicht mehr zu unterscheiden, wer welcher Partei angehörte, ich wußte nur, ich wollte Cesare da Mosto bestrafen. Nur der Haß auf ihn, den Verführer und Schwängerer meiner Tochter, hielt mich aufrecht.

Der mit berauschenden Kräutern versetzte Weihrauch, dessen Schwaden über den Platz zogen, verfehlte seine Wirkung nicht. Ich fühlte mich benommen. Hinzu kamen der nicht enden wollende Trommelschlag und die durchdringenden Fanfarenstöße vom Palazzo Ducale. Zum gewiß zehnten Mal stimmten die Kartäuser ihren Choral *Tu es Petrus* an. Ich lockerte meinen Kragen und rang nach Luft. Gleichzeitig stellte ich mir die unsinnige Frage, ob sich vielleicht nicht sogar *beide* Parteien gegen mich verschworen hätten, wo ich doch beide verraten hatte. Mich überkam das ungewisse Gefühl, ich könnte selbst Ziel eines Attentats werden.

Voll banger Ahnungen suchte ich nach einem Weg, um den Platz ohne Aufsehen zu verlassen. Aber die Menschen standen so dicht gedrängt, daß ich keine Möglichkeit fand mich davonzustehlen. Während ich das eigentliche Geschehen, den Festzug, ohne Anteilnahme verfolgt hatte, näherte sich von rechts der Papst auf seinem Thron und, ich muß gestehen, er nahm meinen Blick gefangen. Seine Gestalt schien zu schweben und ragte noch eine Armspanne über die Köpfe in der ersten Reihe.

Kurz vor meinem Standort geriet der Festzug ins Stocken. Der Papst, der bis dahin apathisch auf seiner *Sedia gestatoria* gehangen hatte, richtete sich auf und wandte seinen Blick in die Menge, und dabei betrachtete er mich, als wollte er zu mir sprechen. Ja, ich vernahm deutlich seine Stimme, deren Klang ich nie gehört hatte; ich blickte betroffen zu Boden, als der Pontifex an mich die Worte richtete: *Michel Melzer, du Abtrünniger der Kirche, du Verräter des Papstes, du hast mich den Verschwörern ausgeliefert. Ich werde in wenigen Augenblicken das Zeitliche segnen. Mein Blut wird an deinen Fingern kleben, Verräter. Du bist ein Judas, der abtrünnige Jünger des Herrn. Für ein paar Golddukaten hast du mich meinen Feinden ausgeliefert. Feigling! Warum kannst du mir nicht in die Augen blicken?*

Da hob ich beschämt den Kopf. Ich wollte rufen: Heiligster Papst, wißt Ihr gar nicht, daß ich, Michel Melzer, die Verschwörer gegen Euch verraten habe, daß ich Euch eher Freund als Feind bin? Da traf mein Blick ins Leere. Der Papst hatte seinen Weg längst fortgesetzt, und ich bemerkte den Wahn, dem ich für kurze Zeit verfallen war.

Während sich das Gefolge des Papstes bereits dem Portal von San Marco näherte, begannen auf dem Campanile die Glocken zu läuten, so heftig, daß der Boden unter den Füßen erbebte. Wer genau hinhörte, erkannte jedoch einen dissonanten Fünfklang, und dies, obwohl für das Festgeläute nur vier Glocken vorgesehen waren: die *Marangona*, welche

Anfang und Ende eines jeden Tages kündete; die *Nona*, die zu Mittag erklang; die *Mezza Terza*, welche die Senatoren zum Dogenpalast rief; und die *Trottiera*, welche die Sitzungen des großen Rates verkündete. Diese vier verbreiteten einen Wohlklang, der seines gleichen suchte. Doch in den Wohlklang mischte sich an diesem Tag die fünfte Glocke von San Marco, die *Malefico*, welche nur bei Hinrichtungen geläutet wurde. Jedes Kind in Venedig kannte diesen Ton.

Im selben Augenblick fühlte ich eine Hand auf meiner Schulter. Ich wagte nicht mich umzublicken. Da vernahm ich eine vertraute Stimme: »Ich bin es, Melzer, der Rufer in der Wüste.«

Ich wandte mich um, und mich überkam ein Gefühl der Erleichterung, als ich das offene, bartlose Gesicht des Rufers erblickte. Ich weiß nicht mehr, mit welchen Worten ich dem Rufer begegnete, ich war viel zu verwirrt, aber an seine Worte erinnere ich mich wohl.

Er sprach – und dabei machte die Ruhe in seiner Stimme auf mich den größten Eindruck: »Das, Meister Melzer, ist die Stunde der Abrechnung.«

»Ich verstehe Euch nicht«, antwortete ich und gab mir Mühe, meine Aufregung zu verbergen.

»Nun«, meinte der Rufer mit einem hinterhältigen Lächeln, »Ihr werdet gleich sehen.«

»Was werde ich sehen?«

Mit einer Kopfbewegung wies der Rufer zum Glockenstuhl des Campanile. In einem der Rundbogenfenster, hinter dem die Glocken schwangen, stand ein Armbrustschütze postiert. Man mußte zweimal hinsehen, um seine Absicht zu erkennen. Er hielt seine Waffe im Anschlag.

Ich kniff die Augen zusammen. Kein Zweifel, es war Cesare da Mosto. Mein Gott, dachte ich, das habe ich nicht gewollt! Die Schußlinie von da Mostos Armbrust war geradewegs auf den Papst gerichtet. Ich wollte schreien, den Papst warnen. Aber ich stand stumm und wie angewurzelt, unfähig zu handeln.

Statt dessen starrte ich hinauf zum Glockenturm, da geschah etwas für mich Unfaßbares. Cesare da Mosto warf plötzlich seine Armbrust von sich. Sie flog in weitem Bogen auf die Piazza, traf einen Zuschauer. Im selben Augenblick kippte da Mosto vornüber und stürzte, sich mehrmals überschlagend, in die Tiefe. Im Glockengeläut und Trommelschlag ging das furchtbare Geräusch unter, mit dem sein Körper auf dem Pflaster aufschlug. Schreiend stoben die Menschen auseinander.

Mich packte kaltes Entsetzen. Ich sah den Rufer fragend an. Doch der hielt den Blick auf die Loggia von San Marco gerichtet. Während alle, Festzugsteilnehmer wie Zuschauer, zum Fuße des Campanile drängten, blickte der zu den vier Bronzepferden empor. Ich tat es ihm gleich, und da entdeckte ich zwischen den Vorderläufen der glitzernden Pferde den Ufficiale Benedetto, der seine eigene Armbrust senkte.

»Benedetto!« kam es über meine Lippen.

Der Rufer nickte. »Benedetto.«

Es dauerte eine Weile, bis Michel Melzer die Zusammenhänge begriff und die unerwartete Situation, in der er sich plötzlich befand. Da Mosto war tot. Leonardo Pazzi würde nicht Papst werden. Für ihn und seine Verschwörer bedeutete dies das Ende ihrer Träume. In wenigen Tagen, vielleicht nur in Stunden, würde die Verschwörung bekannt werden, und der Papst würde seinen Auftrag, zehnmal tausend Ablaßbriefe, einfordern. Sie lagerten fertig in seinem Laboratorium hinter dem Campo San Lorenzo, waren ein Vermögen wert, aber mit einem unauslöschlichen Makel behaftet: dem Namen des Papstes Calixtus Tertius – eines Papstes, den es nicht gab und den es vielleicht nie geben würde.

Erst jetzt, nach dem gescheiterten Attentat, wurde Melzer klar, in welches Abenteuer er sich eingelassen hatte. Ein zweites Mal würde ihm weder der Papst noch der Doge Glauben schenken, daß er ahnungslos und in gutem Glauben gchandelt habe. Der Inquisitor würde ihn anklagen, oder man würde ihn mit den übrigen Verschwörern dem Rat der Zehn ausliefern. So reifte in Melzer innerhalb weniger Augenblicke ein Plan.

Als hätte er die Gedanken des Spiegelmachers auf seiner Stirn gelesen, sagte der Rufer plötzlich: »Wenn Euch Euer Leben lieb ist, solltet Ihr Venedig auf schnellstem Wege verlassen.«

Melzer erschrak. Er fühlte sich ertappt. Dennoch wollte er einfach nicht glauben, daß der andere alle Zusammenhänge kannte, und er fragte heuchlerisch: »Warum sollte ich Venedig verlassen, wo ich mir keiner Schuld bewußt bin?«

»Schuld?« Der Rufer wiegte den Kopf hin und her. »Schuld ist keine Frage von Recht und Unrecht, sondern der Druck des Stärkeren auf Eurer Seele. Ihr versteht, was ich meine?«

Der Spiegelmacher nickte geistesabwesend.

»Wenn Ihr wollt, könnt Ihr mit mir kommen«, sagte der Rufer. »An der Riva degli Schiavoni liegt ein Schiff bereit, das uns ans Festland bringen wird. Vergeßt nicht, wir befinden uns auf einer Insel!«

»Das ist mir wohlbekannt, verehrter Rufer. Und wie soll die Reise weitergehen?«

»Verlaßt Euch auf mich! Ich habe viele Freunde. Am Meilenstein der Straße nach Padua wartet ein Gespann. Der Weg führt über Verona. Von dort sind es drei Tage über die Alpen, dann haben wir nichts mehr zu befürchten.«

Melzer entging nicht, daß der Rufer ›wir‹ gesagt hatte. Was hatte *er* zu befürchten? Machte der Rufer mit da Mostos Leuten gemeinsame Sache?

Während sich die Menschen um den toten da Mosto sammelten, dessen Leib beim Aufprall wie ein fauler Apfel zerschmettert worden war, und die Leibgardisten des Dogen noch rätselten, welche Bedeutung der Armbrust zukam, die nicht weit entfernt lag, brauste im Innern von San Marco erneut der Choral *Tu es Petrus* auf, doch diesmal unter Begleitung von schrillen Flöten und dunklen Paukenschlägen, als nahte das Ende der Welt.

»Warum sorgt Ihr Euch so sehr um mich?« fragte der Spiegelmacher. Er musterte den Rufer, als wollte er ihm die Antwort von den Augen ablesen.

Zum erstenmal wirkte dieser verlegen; er kniff die Augen zusammen, richtete den Blick auf die Loggia von San Marco und antwortete, ohne Melzer anzusehen: »Seid Ihr Lazzarini, da Mosto, Pazzi und wie sie alle heißen mit dem gleichen Mißtrauen begegnet? Ich habe Euch doch gesagt, daß wir an Eurer Arbeit interessiert sind. Druckt uns ein Buch in künstlicher Schrift, und es wird Euer Schaden nicht sein. Aber entscheidet Euch schnell, bevor der Inquisitor Klage gegen Euch erhebt. Dann, Meister Melzer, wird es zu spät sein.«

Die Erwähnung des Inquisitors ließ Melzer zusammenzucken. Was hielt ihn eigentlich in dieser Stadt? Simonetta war fort, Editha wollte mit ihm nichts mehr zu tun haben – bei allen Heiligen, warum ging er nicht auf das Angebot des Rufers ein?

»Aber mein Laboratorium, meine Lettern und Gerätschaften!« gab Melzer zu bedenken.

»Ich sagte Euch doch, ein Schiff liegt bereit, keine Barke, und auf dem Festland wartet ein Pferdegespann, kein Handkarren! Nehmt mit, was Ihr könnt. Aber laßt Euch nicht zu lange Zeit mit Eurer Entscheidung. Während der Papst in Venedig weilt, ist die Unruhe groß, und niemand wird bemerken, wenn Ihr der Stadt der Rücken kehrt.«

Melzer dachte nach. Die Argumente des Fremden erschienen überzeugend. Was abschreckend auf ihn wirkte, war dessen geheimnisvolle Selbstsicherheit. Es schien, als wüßte der Rufer von Anfang an, daß er, Melzer mit ihm gehen würde.

Aber noch während er darüber nachdachte, drängte der Rufer: »Also, wie habt Ihr Euch entschieden?«

»Ihr meint, wir sollten noch heute …«

»Morgen ist es zu spät.«

Der Spiegelmacher streckte dem Rufer die Hand entgegen: »Dann soll es sein! Aber was ist Euer Lohn, verehrter Rufer?«

Der Rufer hob abwehrend beide Hände als wollte er sagen: Von Lohn wollen wir überhaupt nicht reden!

»Nein, nein!« hakte Melzer nach. »Nur wenige Menschen verausgaben sich für Gottes Lohn.«

»Ihr sprecht aus Erfahrung?«

»In der Tat. Gute Menschen sind mir ein Greuel, müßt Ihr wissen. Hinter ihrer Güte verbirg sich meist Falschheit und Bigotterie.«

»Wenn Ihr mir dennoch Euer Vertrauen schenkt, so laßt uns aufbrechen, Meister Melzer, noch heute!«

Vor dem Eingang von San Marco drängten sich Hunderte von Venezianern, die im Innern der Basilika keinen Platz mehr fanden. Melzer und der Rufer suchten den Weg über die Piazetta dei Leoncini, um sich zu Melzers Haus nahe dem Campo San Lorenzo zu begeben. Die Gassen waren wie leergefegt, doch auf der Brücke über den Rio del Vin kam ihnen schnellen Schrittes ein Mann in Begleitung zweier bewaffneter Lakaien entgegen. Der Spiegelmacher erkannte ihn sofort, auch wenn er sein Aussehen durch eine höchst eigenartige Verkleidung verändert hatte. Er trug seinen Mantel mit dem Futter nach außen und auf dem Kopf eine Kappe, die ihm einer seiner Begleiter überlassen hatte. Es war Leonardo Pazzi.

Melzer versperrte dem verblüfften Pazzi den Weg und meinte: »Solltet Ihr nicht in San Marco sein, bei da Mosto und all den anderen?«

Pazzi versuchte auszuweichen, aber unglücklicherweise hinderte ihn auf der einen Seite das Brückengeländer, auf der anderen Seite stand der Rufer. Die Begleiter zogen ihre Schwerter. Als Pazzi das sah, gab er den beiden ein Zeichen und schüttelte den Kopf.

»Da Mosto ist tot«, sagte der Spiegelmacher einlenkend. »Was soll nun werden?«

Leonardo Pazzi hob die Schultern und schob Melzer beiseite.

»Was wird aus den Ablaßbriefen?« rief der Spiegelmacher Pazzi hinterher. Der eilte, ohne zu antworten, in Richtung des Campo Santi Filippo e Giacomo davon, dicht gefolgt von seinen Leibwächtern.

Schweigend setzten Melzer und der Rufer ihren Weg fort. Die Stille in den Gassen, die nur hier und da von Hundegebell unterbrochen wurde, wirkte auf einmal unheimlich. Als der klotzige Turm von San Lorenzo in Sicht kam, blieb der Spiegelmacher plötzlich stehen. Der Rufer sah ihn fragend an.

»Ihr wißt, wer das war?« sagte Melzer.

Der Rufer nickte: »Der Legat Leonardo Pazzi, der Papst werden wollte.«

Melzer wunderte sich, wieso der Rufer über alles Bescheid wußte. Aber noch mehr beschäftigte ihn eine andere Frage, und die richtete er an den Rufer: »Was, in aller Welt, suchte Pazzi in einem Augenblick wie diesem hier in Castello?«

»Ich will nicht aussprechen, was mir durch den Kopf geht«, erwiderte der Rufer.

»Ich glaube, wir haben beide denselben Verdacht.«

Da begannen sie zu laufen und überquerten hastig den Campo San Lorenzo. Als sie in die Gasse einbogen, die zu Melzers Haus führte, vernahmen sie aus der Ferne lautes Geschrei. Auf halbem Weg kam ihnen Francesca entgegen. Sie rief schon von weitem: »Herr, kommt schnell, das Haus brennt!«

Als Melzer eintraf, stand der rückwärtige Teil des Hauses bereits in Flammen. Seine beiden Diener und ein paar alte Männer aus der Nachbarschaft waren dabei, das Mobiliar auf die Straße zu schaffen. Melzer rief ihnen zu, sie sollten sich lieber um die Werkstatteinrichtung kümmern.

Während sich dunkler, beißender Qualm verbreitete, näherten sich immer mehr Schaulustige von allen Seiten, um sich an dem aufregenden Schauspiel zu weiden. In Venedig war es nicht Brauch, ein brennendes Haus zu löschen. Man ließ es niederbrennen bis auf die Grundmauern. Löscharbeiten beschränkten sich allein darauf, ein weiteres Ausbreiten der Flammen zu verhindern; aber da das Haus frei stand, kümmerte sich niemand darum, dem Brand Einhalt zu gebieten.

»Dieser gottverdammte Pazzi!« fluchte Melzer, dann holte er tief Luft und stürmte durch die Tür, aus der dicke Rauchschwaden quollen, in das Innere. Er kannte jeden Winkel seines Laboratoriums, so daß er zielsicher nach den Setzkästen griff, obwohl der Rauch jede Sicht verhinderte.

Hinter seinem Rücken vernahm Melzer die Stimme des Rufers. »Die Lettern!« brüllte Melzer hustend und spuckend. »Helft mir, die Lettern in Sicherheit zu bringen, sonst ist alles verloren.«

Der Rufer begriff sofort. Er packte die schweren Kästen, die ihm der Spiegelmacher reichte, und schleppte einen nach dem anderen ins Freie, vierundzwanzig an der Zahl. Er glaubte, Melzer würde sich nun zufriedengeben und das brennende Haus verlassen, aber als Melzer nicht erschien, wagte er sich noch ein letztes Mal in das Haus.

»Ihr seid verrückt, Melzer«, rief er in den dichten Rauch hinein. Als er keine Antwort bekam, tastete er sich blind durch das Laboratorium, bis er einen Zipfel von Melzers Gewand zu fassen bekam. »Ihr spielt mit Eurem Leben!«

Melzer, den der Rufer nur in Umrissen und wie ein Gespenst

wahrnahm, wirkte benommen. Er gab nur ein paar hüstelnde Laute von sich und wiederholte ein um das andere Mal:

»Meine Pressen! Ich brauche die Pressen!«

Da faßte der Rufer Melzer am Wams und schlug ihm mehrmals von beiden Seiten ins Gesicht. Schließlich stieß er ihn vor sich her ins Freie, wo der Spiegelmacher ohnmächtig zusammenbrach.

Mit stinkendem Kanalwasser aus einem Ledersack, das er ihm über den Kopf kippte, holte der Rufer Melzer ins Leben zurück. Er lag nun in sicherer Entfernung auf dem Pflaster der Gasse, die zu seinem Haus führte. Während er sich das Wasser aus dem Gesicht wischte, fiel sein Blick auf die Setzkästen, die aufgestapelt neben ihm standen, und dahinter entdeckte er drei seiner besten Pressen.

»Rufer«, sagte Melzer noch etwas benommen, »Ihr seid ein Teufelskerl und immer zur Stelle, wenn es darauf ankommt.«

Da zog der Rufer die Stirn in Falten und meinte: »Teufelskerl – nun gut, wenn das eine Artigkeit sein soll, dann sei es!«

Noch am selben Tag verluden Melzer und der Rufer die geretteten Lettern und Gerätschaften auf ein Schiff. Während der Papst und der Doge in San Marco dem einstudierten Jubel lauschten, erreichten sie mit der gesamten Ausrüstung das Festland. Beim genannten Meilenstein wartete, wie angekündigt, ein Pferdefuhrwerk.

Am darauffolgenden Tag trafen die beiden Männer in Verona ein, wo sie an der Piazza Erbe, dem alten Marktplatz, gegenüber dem großen Brunnen, eine Herberge bezogen.

Es bewegt mich noch immer, wenn ich daran denke, wie ich Verona, eine Stadt, die vielen zur Freude gereicht wie die Städte Padua und Florenz,

hassen lernte. Ihr kennt das vielleicht: Man bereist im Laufe eines Lebens viele bedeutende Orte, Städte mit Burgen, Palästen und Kathedralen in ihren Mauern, oder solche, denen ein gewisser Ruf vorausgeht, weil sie für Kunst oder Musik oder ein geschäftiges Leben berühmt sind, und doch ist dies alles kaum von Bedeutung, weil es besondere Erlebnisse sind, welche Zuneigung und Feindseligkeit gegenüber einer fremden Stadt heraufbeschwören.

Der namenlose Rufer war kein Mann vieler Worte, und so war auch die Fahrt nach Verona ziemlich schweigsam verlaufen, was mir keinesfalls Kummer bereitete, denn ich schätze Menschen nicht, welche Worte in der Hauptsache des Redens wegen gebrauchen und nicht wegen ihres Inhalts. So blieb dem Auge mehr Muße und ebenso den Gedanken, die um eine ungewisse Zukunft kreisten.

Einem Mann zu vertrauen, der mir weder seinen Namen noch das Ziel seiner Reise nannte, war mehr als ein Abenteuer, jedenfalls in meiner Situation; denn ich mußte gewahr sein, daß die eine wie die andere Partei des venezianischen Klüngels hinter mir her war. Es war offensichtlich, daß Pazzi mein Haus angezündet hatte, um die durch das gescheiterte Attentat nutzlosen und verräterischen Ablaßbriefe zu vernichten. Auf diese Weise, dessen war ich mir sicher, würde er jede Beteiligung an dem gescheiterten Unternehmen leugnen können und vielleicht sogar vom Papst eine Auszeichnung empfangen für die vortreffliche Vorbereitung seiner Reise.

Als der Rufer mir nach einem schweigsamen Nachtmahl in der Herberge eröffnete, der Aufenthalt in Verona werde sich nicht, wie vorgesehen, auf einen einzigen Tag beschränken, sondern wir müßten warten, bis ein Gespann zur Verfügung stehe, das die schweren Lettern und Gerätschaften aufnehmen könne, da wurde meine Seele von großer Unruhe erfaßt. Ich muß gestehen, auch wenn sich bisher alles wie verabredet gefügt hatte, so war mein Mißtrauen gegenüber dem Rufer längst nicht beseitigt.

Die Lettern, meinen kostbarsten Schatz, gab ich dem Wirt der Herberge zur Aufbewahrung. Gegen eine Münze stellte mir Paolo Lamberti – so der Name des liebenswerten Trunkenbolds – einen sicheren Raum zur Verfügung, seinen Weinkeller, dessen Schlüssel an seinem Bund baumelte. Seine neugierige Frage nach dem geheimnisvollen Inhalt der Setzkästen beantwortete ich mit dem Hinweis auf ein neuartiges Würfelspiel, eine eigene Erfindung, für die ich bisher keinen Käufer gefunden hätte. So glaubte ich mich sicher vor Dieben, von denen es in dieser Stadt gewiß nicht weniger gab als anderswo.

Für einen, der aus Venedig kommt, wo noch die engsten Gassen an den Glanz der ›Serenissima‹ erinnern, ist Verona eine rechte Enttäuschung, jedenfalls bis man den inneren Stadtkern erreicht hat. Denn der Weg dorthin führt durch enge, krumme, kotige Gassen mit Häusern ohne Ansehen, weit entfernt vom weltstädtischen Klima Venedigs. Das Innerste jedoch, das sich im Bogen des Flusses Etsch drängt, ist mit seinen Plätzen und Palästen, die vornehmlich im Rosso di Verona, dem rötlichen Kalkstein der Gegend, gebaut sind, von ehrfurchtgebietender Schönheit – bis auf die Ruine des römischen Amphitheaters, das für die Bauten vieler Paläste als Steinbruch gebraucht wird.

Während der Rufer seinen eigenen geheimnisvollen Geschäften nachging, begab ich mich von der Herberge zur nahen Piazza dei Signori, wo sich zwei Paläste, der Palazzo del Capitano, der Sitz des Stadtkommandanten, und der Palazzo della Ragione, der Justizpalast, bedrohlich gegenüberstehen.

Dort traf ich inmitten von Wichtigtuern, Geschäftemachern und Reisenden einen Bettelmönch, der mir die offene Hand hinhielt und um eine milde Gabe bat, die ich ihm nicht abschlug. Das Bemerkenswerte an diesem frommen Mann war sein offenes Gesicht und sein Lächeln, das den meisten heiligen Männern fremd ist, obwohl doch gerade sie – müßte man meinen – der Glückseligkeit näher sind als andere. Meine Frage nach seiner Fröhlichkeit beantwortete der Bettelmönch mit einer Gegenfrage: Warum sollte er nicht fröhlich sein und lachen, wo selbst die Sonne lache an diesem Herbsttag.

Auf diese Weise kamen wir inmitten des Platzes ins Gespräch, und weil er mich nicht kannte und weil ich von ihm nichts zu befürchten hatte, stellte ich ihm eine Frage, die mich seit geraumer Zeit, seit ich dem Rufer zum erstenmal begegnet war, beschäftigte.

»Ihr kennt gewiß das Neue Testament und alle Evangelien«, fragte ich, »was hat es mit dem Rufer in der Wüste für eine Bewandtnis?«

Der Bettelmönch fühlte sich geschmeichelt von meinem Interesse und begann Matthäus herzusagen, wo es im dritten Kapitel heißt: »In jenen Tagen trat Johannes der Täufer auf und predigte in der Wüste von Judäa, indem er sprach: Bekehret Euch, denn das Himmelreich hat sich genaht. Dieser nämlich ist es, von dem durch den Propheten Isaias gesagt worden ist: Stimme eines Rufers in der Wüste. Bereitet den Weg des Herrn; machet gerade seine Pfade.«

»Und was ist die Bedeutung dieser Worte?« wollte ich wissen.

»Die Stelle der Schrift«, meinte der Mönch mit erhobenem Finger, »nimmt Bezug auf die babylonische Gefangenschaft des Volkes Israel, und die Stimme des Rufers in der Wüste symbolisiert die hoffnungsfrohe Botschaft in einer ausweglosen Situation. Aus dem Nichts wird ein neuer Anfang entstehen.«

»Aha«, antwortete ich, ohne die Erklärung zu verstehen.

Ich weiß nicht warum, vielleicht war es sein offenes Wesen oder ein Wink des Himmels – manchmal fühlt sich sogar ein Zweifler dem Allerhöchsten zu Dank verpflichtet – jedenfalls begann ich dem freundlichen Bettelmönch unaufgefordert von meiner Flucht aus Venedig zu erzählen, wobei ich jedoch die wahre Ursache geheimhielt. Nicht verbergen konnte ich meine Trauer über die verlorene Tochter, die sich in weniger als einem Jahr in eine andere verwandelt hatte. Als ich Simonetta erwähnte und meine unstillbare Liebe zu ihr, die das Opfer widriger Umstände geworden war, da legte mir der Mönch die rechte Hand auf die Schulter und tröstete mich mit den Worten, Menschen, die füreinander bestimmt seien, begegneten sich immer wieder im Leben, bis ihre Liebe in Erfüllung gehe.

Ich nickte ungläubig und fuhr fort, Simonettas einnehmendes Wesen sowie die Kunst ihres Lautenspiels zu beschreiben und daß mir die Vorstellung unerträglich sei, sie irgendwo in der Fremde vor lüsternen Gaffern spielen zu sehen.

Ein ebensolches Mädchen, meinte darauf der Bettelmönch, habe er jüngst in verschiedenen Schenken Veronas gesehen, wo es zur Laute gesungen und an einem Abend mehr Münzen erhalten habe als er zwischen Aegidius und Hieronymus, den dreißig Tagen des Monats September.

Diese Worte versetzten mich in heftige Unruhe, und ich bedrängte den Bettelmönch, mich zu der Schenke zu führen, in der er die Lautenspielerin zuletzt gesehen hatte. Ich schilderte ihm das Äußere Simonettas in allen Einzelheiten und fragte, ob jene, die er beobachtet hatte, mit meiner Beschreibung übereinstimme. Da faltete der fromme Mann die Hände, blickte zum Himmel und sprach, er habe als Mönch der Lust der Augen abgeschworen und sein Gelübde verbiete es, ein Mädchen so anzusehen, wie ich die Jungfrau beschrieben hätte. Eine Lautenspielerin betrachte er in erster Linie als ein Geschöpf Gottes, und dabei spielten die Haut, das Haar und die einzelnen Teile ihres Körpers eine mindere Rolle.

Ich war geneigt, den Mönch zu bemitleiden, weil er wie ein Blinder durchs Leben gehen mußte; aber dann sagte ich mir, er war doch aus freien Stücken erblindet, warum sollte ich ihn trösten? Statt dessen suchte ich mit ihm die Schenke auf, in welcher die Lautenspielerin musiziert hatte; aber der Wirt kannte nicht einmal ihren Namen und erklärte, das Mädchen sei noch in derselben Nacht weitergezogen. Wohin, wisse er nicht.

Ich fand kaum Schlaf in dieser Nacht, was auch an jenem hölzernem Ungetüm lag, das der Wirt Bett nannte, einem riesigen Kasten mit schweren Flügeltüren und einem Dach darüber, das einem Ziegenstall zur Ehre gereichte. In der Hauptsache lag meine Schlaflosigkeit aber in den wilden Gedanken begründet, die mir der Hinweis des Mönchs verursacht hatte. Der Gedanke, Simonetta in derselben Stadt zu wissen, machte mich rasend, und ich erkannte, wie sehr ich sie noch immer liebte.

Tags darauf stand ein Wagen mit neuen Pferden bereit, um den Rufer und mich über die Alpen zu bringen. Es war höchste Zeit; der Herbst kündigte sich an. Konnte es mir anfangs nicht schnell genug gehen, den Herrschaftsbereich der Venezianer zu verlassen – ich vergaß zu erwähnen, daß Verona seit vier Jahrzehnten der ›Serenissima‹ untergeben war – so nötigte ich nun dem Rufer einen weiteren Tag ab, um in den Schenken der Stadt nach der schönen Lautenspielerin zu fragen. Doch wo immer ich fragte, erntete ich Kopfschütteln, hämisches Grinsen und einmal sogar den Hinweis, es gebe so viele schöne Veroneserinnen, warum es denn ausgerechnet eine lautenspielende Venezianerin sein müsse.

Bei meinen Nachforschungen gelangte ich bis zu den westlichen Mauern der Stadt zur Piazza San Zeno, wo sich eine klotzige Kirche erhob, die, so erzählte man, das Grab des heiligen Zeno barg, des ersten Bischofs von Verona. Das Portal war uralt und aus Bronze. Die Zeit hatte es schwarz gefärbt, was den plastischen Bildern, die das Tor wie ein Netzwerk bedeckten, ein furchteinflößendes Aussehen verlieh.

Vor dem Tor standen viele Menschen, Fremde wie Veroneser, denen die seltsamen Darstellungen Rätsel und Zeitvertreib waren; denn bisher war es niemandem gelungen, die Bedeutung aller Bilder zu entschlüsseln. Da sah man biblische Szenen und Begebenheiten aus dem Leben des heiligen Zeno, aber auch Schreckensbilder, Menschen mit aufgerissenen Mündern, Teufel und riesige Glotzaugen und eine Frau, die zwei Krokodile an ihren Brüsten säugte, was mich ebenso wie die anderen Gaffer befremdete. Sogar die Engel, welche andernorts Güte und Lieblichkeit verbreiten, erschienen am Tor von San Zeno wie Ungeheuer mit vier Flügeln, daß Mütter im Angesicht der Bilder die Köpfe ihrer Kinder in ihren Röcken verbargen.

Ich hatte die Suche nach Simonetta aufgegeben und beteiligte mich zur Belustigung an dem Rätselspiel der Veroneser, wobei ich den Grüblern um mich herum die Frage stellte, ob nicht jenes Bild, auf dem man einen Zwerg, umschwirrt von Vielflüglern, halb Mensch, halb Insekt, erkennen konnte, die Himmelfahrt unseres Herrn Jesus darstellte.

Kaum hatte ich ausgeredet, da schrie ein Weib zu meiner Linken laut auf und nannte mich einen gottlosen Ketzer, für den es nur einen angemessenen Ort gebe, die Hölle. Zu meiner Rechten hingegen legte ein Mann mit dem Aussehen eines Propheten den Kopf schräg, und nach kurzer Betrachtung meinte er freundlich: »Ihr habt ein gutes Auge, fürwahr. Ich könnte mich Eurer Meinung anschließen.« Und hinter vorgehaltener Hand fügte er hinzu: »Ihr müßt Euch die Worte des Weibes nicht zu Herzen nehmen. Die Veroneserinnen sind bekannt für ihre übertriebene Frömmigkeit.«

Auf diese Weise kamen wir ins Gespräch, und ich erfuhr von dem bärtigen Alten, daß er ein Lautenmacher war und aus Cremona stammte und nun an der Via Sant' Anastasia ein Geschäft für Streich- und Zupfinstrumente betrieb. Wir redeten über Gott und die Welt, und ich war dabei, mich zu verabschieden, als ich ihn – Gott weiß, was mich dazu bewog – fragte, ob er nicht in den letzten Tagen einer venezianischen Lautenspielerin begegnet sei.

Seine Antwort traf mich wie ein Blitz des Himmels: »Ob es nun gerade eine Venezianerin war«, meinte der Alte, »will ich nicht behaupten; aber eine schwarzgelockte Lautenspielerin suchte mich in der Via Sant' Anastasia auf und fragte nach dem Preis einer cremonischen Laute. Als ich ihn nannte, klagte sie, daß sie nicht soviel besitze, daß sie jedoch dringend eines Instrumentes bedürfe, weil man das ihre gestohlen habe. Um sich das Geld für ein neues Instrument zu verdienen, brauche sie aber eine Laute – eine verzwickte Situation ...«

»Und Ihr habt sie fortgeschickt?« wollte ich wissen.

»Nein«, antwortete der Lautenmacher, »ich gab ihr eine Laute, und sie überließ mir ein Amulett aus Gold als Pfand. Ich versprach, ihr dieses wieder auszuhändigen, sobald sie das Instrument bezahlt habe.«

Ich fühlte, wie das Blut in meinen Schläfen pochte. Die Bilder der Kirchentür vor meinen Augen verschwammen. Ich war unschlüssig, ob ich reden sollte oder nicht. Ich nahm Anlauf – Ihr kennt das, wenn man etwas sagen will, aber den Mut nicht aufbringt. Ich wußte, daß die Frage und Antwort, die nun folgten, mich jauchzen oder trauern ließen. Schließlich überwand ich mich und sagte zu dem Lautenmacher: »Das Amulett, welches Euch zum Pfand übergeben wurde, trägt es zwei ineinander verschlungene Buchstaben, ein *M* und ein *S* und darüber das Blattwerk eines Rosenstrauchs?«

»Ihr kennt das Amulett?« fragte der Lautenmacher. »Es ist genau, wie Ihr es beschrieben habt.«

Da brach ein Jubelschrei aus meinem Herzen. Ich umarmte den Alten und drückte ihn vor Glück. »Und ob ich das Amulett kenne!« rief ich in freudiger Erregung. »Ich habe es ihr geschenkt, und sie ist es, die ich suche.«

Der bärtige Mann musterte mich mit ernstem Gesicht. Ich glaube, er zweifelte in diesem Augenblick an meinen Worten, und meine heftige Umarmung war ihm lästig. Ich aber konnte mein Glück nicht fassen und wollte am liebsten ganz Verona umarmen. Mir kamen die Worte des Bettelmönchs in den Sinn, der mir die Begegnung mit Simonetta verheißen hatte, wenn wir wirklich füreinander bestimmt seien. Gab es daran noch einen Zweifel?

»Wieviel schuldet Euch das Mädchen?« fragte ich den Lautenmacher.

»Zwölf Scudi«, antwortete er.

Ich gab dem verblüfften Alten die Summe und sagte: »Jetzt schuldet das Mädchen Euch nichts mehr, und Ihr gebt ihm das Amulett zurück, sobald es bei Euch erscheint.«

Der bärtige Mann nickte verständnislos. Ich schärfte ihm ein, der Lautenspielerin, so sie bei ihm auftauchte, zu berichten, der, von dem sie das Amulett erhalten habe, befinde sich in der Herberge an der Piazza Erbe.

Mir war wohl wie lange nicht. Obwohl ich mir nicht sicher sein konnte, wie Simonetta reagieren würde – schließlich waren wir im Zorn auseinandergegangen – wuchs meine Zuversicht, sie zurückzugewinnen.

Der Rufer wurde ungehalten, als ich ihm eröffnete, wir müßten unseren Aufenthalt in Verona um ein paar Tage verlängern. Schließlich rang ich ihm unter dem Versprechen, seinem Druckauftrag mit Wohlwollen zu begegnen, drei weitere Tage ab. Bis dahin würde ich Simonetta gewiß gefunden haben.

Ich begab mich früh zu Bett, also in jenes hölzernes Ungeheuer, von dem ich schon berichtet habe, mit dem Vorsatz, am folgenden Tag alle Schenken im Süden und Osten der Stadt zu durchkämmen, um nach Simonetta zu suchen. In Gedanken malte ich die schönsten Bilder, der Schlaf machte mir die Lider schwer, und ich schlief glücklich ein. Am frühen Morgen vernahm ich an meiner Kammertür ein zaghaftes Klopfen und die Stimme des Lautenmachers. Ich sprang aus dem Bett und ließ ihn ein.

»Fremder Herr«, begann der bärtige Alte verlegen, »ich bringe Euch Eure zwölf Scudi zurück.«

»Was hat das zu bedeuten?« fragte ich.

»Als ich gestern zurückkehrte, berichtete mir mein Weib, daß die Lautenspielerin das Amulett ausgelöst habe. Sie war in Begleitung eines Mannes und hatte es furchtbar eilig. Vor der Tür wartete ein Reisewagen.«

»Wo sind sie hin?« rief ich entsetzt.

Der Lautenmacher hob die Schultern und drehte die Handflächen nach außen.

Es gab in meinem Leben nicht viele Situationen, die mich zu einer Torheit hinreißen konnten; aber dies war so eine Begebenheit.

Wie toll fuhr ich dem Lautenmacher an den Kragen, schalt ihn einen Dummbart – dies war noch das freundlichste Wort, das ich gebrauchte –, und ich hätte den Alten erwürgt, wäre nicht der Rufer, angelockt durch lautes Geschrei, plötzlich in die Kammer getreten und hätte mich von meinem Opfer getrennt. Rückblickend bin ich dem Rufer allein deshalb zu Dank verpflichtet, denn an diesem Tag wäre ich zum Mörder geworden und ich hätte wohl auf der Piazza dei Signori unter dem Schwert des Henkers geendet.

Der Rufer war es auch, der mich nach diesem Vorfall ins Gespräch zog und mir erklärte, meine Leidenschaft sei eine Krankheit und geeignet, mich selbst zu zerstören, und dann stellte er mich vor die Wahl, entweder in Verona zurückzubleiben oder mit ihm zusammen am folgenden Tag in dem bereit stehenden Wagen in Richtung Norden zu reisen.

»Ich bleibe!« sagte ich trotzig und irrte einen weiteren Tag plan- und ziellos durch Verona, und dabei lernte ich die Stadt zu hassen. Ja, ich haßte das Pflaster und die Plätze unter meinen Füßen. Die klotzigen Paläste und Kirchenfassaden wurden mir ein Greuel. Ich spuckte wütend auf den Boden und haderte mit mir und der Welt.

Am nächsten Morgen bestieg ich mit dem Rufer den Wagen, der uns nach Norden bringen sollte, im Gepäck mein kostbarster Besitz, die Lettern und meine Gerätschaften. Und während der Wagen vorbei an San Zeno durch das westliche Stadttor holperte, schwor ich, diese Stadt nie mehr zu betreten.

MAINZ

Trotz seiner kaum 6000 Einwohner ist Mainz eine
der bedeutendsten rheinischen Städte. Es wird
regiert von einem übermächtigen Erzbischof,
der seine Residenz im nahen Eltville hat,
zeitweise aber auch in seinem Palais
in Mainz selbst residiert. Die
Bewohner der Stadt
leben mit ihm in
ständiger
Fehde.

KAPITEL XV

Die Frau mit den dunklen Augen

Mainz, seine Geburtsstadt, erschien Michel Melzer fremd, beinahe unbekannt. Die einst so vertrauten Häuser und Straßen hatten sich auf unerklärliche Weise verändert, sie sahen ärmlich, klein und schmutzig aus, und selbst der Dom, von dem er einmal geglaubt hatte, er sei das stolzeste Bauwerk der Welt, kam ihm schmucklos und glatt vor im Vergleich zu den Kathedralen, die ihn in Venedig oder Konstantinopel in ihren Bann geschlagen hatten. Es schien, als würde die Welt kleiner, je mehr man von ihr sah.

Früher, wenn er vom jenseitigen Ufer des Rheins auf die Stadt geschaut, die spitzen Kirchtürme, die hohen Giebel der Häuser, die uneinnehmbaren Tore in den wuchtigen Stadtmauern bewundert hatte, da waren ihm Zweifel gekommen, ob es überhaupt einen Ort geben könne, welcher schöner und mächtiger gewesen wäre als Mainz. Nun wagte er keinen Vergleich mehr; er wußte, daß Venedig vierzigmal größer war als Mainz, und selbst Städte auf seinem Reiseweg wie Augsburg und Ulm zählten das Vier- und Fünffache der Einwohnerschaft seiner Heimatstadt.

Melzer kehrte als wohlhabender Mann nach Mainz zurück. In Anbetracht der beklagenswerten Verhältnisse in der Stadt war er sogar reich und somit in der Lage, im Frauengäßchen, das geradewegs zum Liebfrauenplatz führte, ein stattliches Haus zu erwerben, ein Bauwerk mit sieben Fenstern nach vorne und einem ausladenden Erker, für den die raffgierigen Rechenmeister der Stadt eigenen Zins forderten. Das Haus im Frauengäßchen blickte auf eine traurige Vergangenheit zurück, weil die Pest, welche fünfundzwanzig Wochen in Mainz gewütet hatte, alle seine Bewohner dahingerafft hatte, so daß es dem Magistrat zum Erbe gefallen war. Der war froh einen Käufer zu finden; denn in der Stadt herrschten Hunger und Armut. Der Pest war ein dürrer Sommer gefolgt, und die Schulden der Stadt betrugen beinahe vierhunderttausend Gulden, eine Zahl, die den meisten so unvorstellbar erschien wie der Weg zu den Sternen.

Dringend suchten der neugewählte Rat der Stadt und seine vier Rechenmeister daher nach neuen Einnahmequellen. Darüber hinaus betrieben sie den Abbau von Privilegien, und dabei verfeindeten sie sich mit dem Erzbischof und seinen Pfaffen, welche allzu viele Vorzüge genossen, darunter das Recht, Wein auszuschenken, ohne auch nur einen Gulden Steuern zu entrichten. Schamlos verkündeten Dompröbste und -kapitulare von der Kanzel Ausschankzeiten und Schoppenpreise, und der Rat nahm dies zum Anlaß, das Privileg zu verbieten.

Dies aber rief den Erzbischof auf den Plan. Er pochte auf seine weltliche Macht über die Stadt und auf die verbriefte Pfaffenachtung, und er erließ ein Interdikt. Dem nicht genug, strafte der Papst in Rom das »abtrünnige« Mainz mit dem Bannfluch. Neugeborene durften nicht getauft, die Toten nicht kirchlich beerdigt werden. Es gab keine Hochzeiten. Sogar die Glocken schwiegen im Namen des Allerhöchsten.

In Erwartung des rätselhaften Auftrags, den ihm der Rufer angekündigt hatte, ging der Spiegelmacher daran, in seinem Haus am Frauengäßchen eine Werkstatt einzurichten, die geeignet sein würde, ein ganzes Buch in künstlicher Schrift zu drucken – ein Vorhaben, das gewiß Jahre in Anspruch nehmen würde und, so kalkulierte er, der Unterstützung von mindestens sechs gewandten Gesellen bedurfte.

Melzers Vorbereitungen für die Schwarzkunst gingen heimlich vonstatten. Er ließ niemanden in seine Werkstatt. Nicht einmal die Zunftbrüder der Spiegelmacher und Goldschmiede, bei denen er erneut Aufnahme fand, wußten, was in dem Haus am Frauengäßchen vor sich ging. Aber je mehr er sich und seine Arbeit vor den anderen verbarg, desto größer wurde die Neugierde, und es dauerte nicht lange, bis Melzer der Ruf eines Sonderlings vorausging.

Wenn seine Zeit es erlaubte, begab sich der Spiegelmacher zu den Plätzen seiner Erinnerung, zum Haus auf dem Großberg, wo er Schreiben, Lesen und Sprachen gelernt hatte – und das jetzt verwaist dalag, denn auch seine Alchimistenkünste hatten Magister Bellafintus nicht gegen die Pest feien können –, oder in die Spielmannsgasse hinter dem Dom, wo er in seiner Werkstätte Spiegel mit wundersamer Wirkung gefertigt hatte. Anstelle des abgebrannten Gebäudes war von einem Zinngießer ein neues Fachwerkhaus errichtet worden, drei Stockwerke hoch, mit einem einladenden Gewölbe zu ebener Erde.

Der Anblick stimmte ihn traurig, und in seine Trauer mengte sich Wut. Melzer hegte noch immer den Verdacht, daß Gensfleisch, sein Widersacher, den Brand gelegt hatte. Von ehemaligen Nachbarn in der Spielmannsgasse erfuhr er, daß sein ehemaliger Geselle, kurz nachdem er, Melzer, mit Editha nach Konstantinopel gereist war, das Haus verkauft und sich nach Straßburg begeben habe, um einem anderen Gewerbe nachzugehen, welches, wie man hörte, überaus einträglich sei.

Melzers Abwesenheit in der Fremde hatte ihn auch äußerlich verändert. Sein ehemals weiches, glattes Gesicht war kantiger geworden, und zweifellos hatten die Erlebnisse des vergangenen Jahres dazu beigetragen, Furchen in sein Gesicht zu zeichnen.

Am Kinn sproß ein Bart, dessen silberne Farbe sich von seinem dunklen Haupthaar abhob. Was seinen Charakter betraf, so hatte das Schicksal die gleichen harten Züge in seine Seele geschrieben. Macht und Intrigen, denen er ausgesetzt war, hatten dazu beigetragen, daß er sich eine gewisse Härte, aber auch Gelassenheit angeeignet hatte. Jene gewisse Zaghaftigkeit, die ihm früher zu eigen gewesen war, war dem Spiegelmacher fremd geworden und einem neuen Selbstvertrauen gewichen.

Nur gegenüber Frauen legte Melzer nach seiner Rückkehr Zurückhaltung an den Tag, obwohl es an Angeboten nicht mangelte. Die Erfahrungen seiner Reise hatten ihn auch in dieser Hinsicht geprägt. Zu deutlich stand ihm noch das Bild Simonettas vor Augen; ja, man kann sagen, seine enttäuschte Liebe zu der schönen Lautenspielerin steigerte sich in seinen Träumen bis zur Anbetung.

Eines Tages führte Melzer der Weg zum Kirchhof von St. Stephan, wo seine Frau Ursa begraben lag. Ein eisiger Wind wirbelte gelbe Herbstblätter über den Rasen. So hielt er für einen Augenblick kurzer Zwiesprache inne, als er hinter sich auf dem steinigen Boden Schritte vernahm. Zuerst kümmerte er sich nicht darum, nach kurzer Zeit aber fühlte er sich beobachtet, und er drehte sich um.

Keinen Steinwurf entfernt stand eine stattliche Frau vor einem Grab; ihr Blick war zur Seite gerichtet, als gelte ihr Interesse ihm.

Melzer nickte freundlich, und die Frau gab seinen Gruß mit gleicher Artigkeit zurück. Eine Weile musterten sich beide aus der Entfernung, bis Melzer auf sie zutrat, jedoch ohne ein Wort an sie zu richten.

Beider Blick war auf den Grabstein gerichtet, als die Frau mit warmer Stimme zu reden begann: »Man hat Euch noch nie hier gesehen, Fremder …«

Der Spiegelmacher blickte geradeaus, und ohne die Unbekannte anzusehen, erwiderte er: »Ein Fremder in meiner Heimat, das bin ich fürwahr. Ich war lange auf Wanderschaft, Konstantinopel, Venedig … Ich wollte das Grab meiner Frau besuchen; aber die Zeit ist darüber hinweggegangen. Vielleicht ist es gut so. Die Traurigkeit welkt wie die Blätter im Herbst.«

»Die Pest, die Geißel Gottes. Unserer Ehe war nur ein einziges Jahr vergönnt«, sagte die Frau ohne Zusammenhang und ohne ihren Blick von dem Grabstein zu lösen.

Melzer blickte auf die Inschrift: »Seid Ihr die Witwe des Lukas Wallhausen?«

Die Frau wandte sich Melzer zu. Aus der Nähe betrachtet, erschien sie jünger, als er zunächst angenommen hatte. Sie hatte rätselhafte dunkle Augen, und ihr langes dunkles Haar war zu einer Krone geflochten.

»Ihr kanntet meinen Gatten?« fragte sie.

Melzer nickte: »Wir waren Brüder derselben Zunft. Er war Goldschmied, ich Spiegelmacher.«

»Verzeiht, wenn ich Euch Fremder nannte.«

»Ich bin der Spiegelmacher Michel Melzer.«

»Mein Name ist Adele Wallhausen. Warum seid Ihr zurückgekehrt?«

Der Spiegelmacher hob die Schultern. »Das ist eine lange Geschichte, und es bedürfte viel Zeit sie zu erzählen …«

Sie gingen schweigend dem Ausgang zu, und während sie die Steinstufen hinunterstiegen, welche geradewegs zum Kirchplatz führten, meinte Adele: »Ich würde Euch nur allzu gerne zuhören. Es ist die Zeit der langen Abende, und ich lausche gerne Geschichten von fremden Ländern und unbekannten Menschen. Ich habe noch nie einen Fuß vor die Mauern unserer Stadt gesetzt.«

Adeles Worte rührten den Spiegelmacher, und er versprach,

der Frau mit den rätselhaften dunklen Augen bei nächster Gelegenheit vom fernen Konstantinopel und der fremdländischen Stadt Venedig zu berichten.

Kaum hatte Melzer sich in der neuen alten Heimat eingelebt, als ein Bote an die Tür klopfte und die Nachricht überbrachte, Erzbischof Friedrich wünsche den Spiegelmacher noch vor dem Angelusläuten zu sprechen. Melzer versprach zu kommen.

Er hatte ein ungutes Gefühl; denn soweit er sich erinnerte, hatten ihn alle Zusammenkünfte mit Pfaffen, vom Mönch bis zum päpstlichen Legaten, nur Ärger eingebracht. Erzbischof Friedrich war ein gestrenger Mann; er regierte mit eiserner Faust, und Melzer durfte es sich nicht mit ihm verderben. So erschien er, vornehm gekleidet, wie es seinem Stand entsprach, aber ohne ein Fleckchen Samt an seinen Gewändern, was als hoffärtig galt, im erzbischöflichen Palais hinter dem Dom.

Das gewaltige Gebäude war geeignet, jedem Fremdling, der es zum erstenmal betrat, Angst einzuflößen. Ein kaltes, abweisendes Treppenhaus, in das kaum ein Lichtstrahl fiel, führte zum Obergeschoß.

In Begleitung eines sprachlosen Dieners gelangte Melzer durch mehrere hintereinander gereihte Räume, in denen sich rot- und violettgekleidete Pröbste und Prälaten hinter Stößen von Akten verbargen und den Besucher mißtrauisch und abschätzend musterten, zum Audienzraum des Erzbischofs, dessen Ausmaße kleiner waren als erwartet.

Dem Spiegelmacher wurde der letzte Platz in einer Reihe von Bittstellern, Wanderpredigern, Boten und Geschäftemachern zugewiesen, welche allesamt in kurzer Zeit, bisweilen mit einem einzigen ablehnenden Satz, beschieden wurden. Als Melzer an die Reihe kam, nannte er ehrerbietig seinen Namen und hoffte auf einen ebenso kurzen Bescheid; doch nun schien es, als habe es der Erzbischof gar nicht mehr so eilig.

Mißlaunig musterte er Melzer von Kopf bis Fuß. Schließlich sagte er mit tiefer Stimme: »Ihr seid also der Schwarzkünstler Melzer, von dem man wundersame Dinge berichtet.«

»Wundersame Dinge?« Melzer lächelte verlegen. »Was die Schwarzkunst betrifft, Eminenz, so findet sie eine ganz natürliche Erklärung. Mit Wundern und Magie hat das alles wenig zu tun.«

»Aber Ihr könnt, hat man mir berichtet, schneller schreiben als hundert Mönche, und das soll keine Hexerei sein?«

Melzer lief ein Schauer über den Rücken, als der Erzbischof das Wort »Hexerei« gebrauchte. Er wußte um die fatale Bedeutung dieses Wortes und versuchte sich zu erklären: »Eminenz, hoher Herr Erzbischof«, sagte er, »würde ich schreiben und wäre ich dabei schneller als hundert Mönche, so käme das in der Tat Zauberei gleich, aber ich schreibe nicht, ich drucke, wie es von den Holzschneidern bekannt ist, welche die Passion unseres Herrn und die Bilder der Heiligen vervielfältigen.«

»Wie immer Ihr das nennt«, antwortete der Erzbischof unwillig, »es ist eine Erfindung des Teufels und sie hat bisher nur Böses hervorgebracht.« Dabei hielt er die Hand zur Seite, und ein Kaplan im weißen Chorrock reichte ihm eine Pergamentrolle. Melzer erkannte sofort, daß es sich um einen Ablaßbrief aus dem Auftrag da Mostos handelte. Wortlos warf ihm der Erzbischof die Rolle vor die Füße.

»Ich weiß«, erwiderte Melzer und hob die Rolle auf. »Ich erfüllte den Auftrag des Neffen Seiner Heiligkeit des Papstes. Konnte ich ahnen, daß er mit seinem Onkel verfeindet war und ihm Böses wollte? Die Schwarzkunst ist nicht böse, weil man Böses damit anrichten kann. Sie taugt auch zum Guten. Nehmt die Bibel, die nur in Klöstern und bei ein paar hohen Herren zu finden ist. Als Druckwerk könnte die Heilige Schrift weit größere Verbreitung finden als bisher.«

Erzbischof Friedrich riß Melzer das Pergament aus der Hand und strich mit den Fingern über die Seite. »Damit jeder Schulmeister sie lesen kann?« sagte er verächtlich. »Das wäre wohl kaum im Sinne der heiligen Mutter Kirche.«

So hatte Melzer das noch nie bedacht. Er schwieg. Dann meinte er: »Aber es wäre ein einträgliches Geschäft.«

Der Erzbischof überlegte. »Wie viele Ablaßbriefe habt Ihr in künstlicher Schrift erstellt, Schwarzkünstler?« fragte er dann.

»Mein Auftrag lautete auf zehnmal zehntausend Exemplare.«

»Heiliger Bonifatius!« Der Erzbischof begann zu rechnen, wobei er die Finger zur Hilfe nahm. »Das sind bei fünf Gulden für den vollkommenen Ablaß fünfzigmal zehntausend Gulden!«

Melzer hob die Schultern. »Wenn Ihr es so seht, Exzellenz …«

»Bei zehn Gulden …«, dem Erzbischof lief das Wasser im Mund zusammen, »bei zehn Gulden pro Brief wären das hundertmal zehntausend Gulden. Heilige Dreifaltigkeit!«

So entließ ein sehr nachdenklicher Erzbischof den Schwarzkünstler nicht ohne Bewunderung und den Segen der Kirche. Er werde, meinte Seine Exzellenz hoheitsvoll, zu gegebener Zeit auf ihn zurückkommen.

Auch wenn kaum ein Tag verging, an dem Michel Melzer nicht an Simonetta dachte, mischte sich allmählich in seine Wehmut die Überzeugung, daß er sich auch geistig von ihr lösen mußte. Für kurze Zeit hatten sich ihre Wege unter glücklichen Umständen gekreuzt, doch nun sah er ein, es war vorbei. Er mußte die schöne Lautenspielerin aus seinem Gedächtnis verbannen.

Bei seinem Bemühen, Simonetta zu vergessen, kam ihm Adele Wallhausen, deren Wärme Melzer von Anfang an für sie eingenommen hatte, unerwartet zu Hilfe. Denn obwohl sie, allein wegen ihres Vermögens und ihrer stattlichen Erscheinung, von vielen Männern bedrängt und mit Anträgen überhäuft wurde, gab sie allein dem Spiegelmacher ihre Zuneigung zu erkennen.

Vielleicht lag dies gerade daran, daß Melzer bei ihren ersten Begegnungen nicht die geringsten Anstrengungen unternommen hatte, sich ihr zu nähern. Statt dessen schilderte er der Wittfrau mit dem einnehmenden Wesen die Vorzüge jener berühmten Städte in farbigen Worten, und er fand in ihr eine dankbare Zuhörerin.

Bei einer dieser vertrauten Begegnungen, die abwechselnd in Melzers Haus am Frauengäßchen und bei Adele, die ein großes Fachwerkhaus am Graben ihr eigen nannte, stattfanden, fragte diese, während sie den Blick in das offene Feuer gerichtet hielt, unvermittelt, aber mit fester Stimme: »Michel Melzer, wollt Ihr mit mir schlafen?«

Der Spiegelmacher hatte gerade von dem Fest am Hofe des Kaisers von Konstantinopel geschwärmt, von den illustren Gästen und schönen Frauen, und er glaubte sich verhört zu haben; jedenfalls gab er keine Antwort und setzte seine Rede vor dem Feuer fort.

Da wandte sich Adele dem Spiegelmacher zu, sie sah ihm fest in die Augen und wiederholte, diesmal lauter als zuvor, ihre Frage: »Michel Melzer, willst du mit mir schlafen?«

Melzer starrte in Adeles dunkle Augen; aber sein Gehirn, das aufgefordert war, die Frage zu beantworten, versagte ihm den Dienst. Keiner Frau von Stand und Ehre kam ein solches Ansinnen über die Lippen. Nur Badefrauen und Huren pflegten eine so direkte Sprache. Um so mehr verwirrten ihn die Worte aus Adeles Mund.

Die Wittfrau ließ ihn nicht aus den Augen. Sie hielt ihn mit ihren Augen gefangen wie eine Spinne, die ihr Opfer mit einem Biß lähmt. Melzer wand sich unter diesem Blick. Und dennoch ließ sie ihn gewähren, ließ ihm Zeit, zu einer eigenen Entscheidung zu kommen.

Melzer überwand sich und stotterte: »Ihr wollt mit mir ...«

»Ja«, sagte Adele, als wäre es die selbstverständlichste Sache der Welt. »Oder gefalle ich dir nicht? Bin ich dir zu alt? Oder zu vorlaut?«

»Ich bin nur verblüfft«, antwortete Melzer. »Noch nie hat mich eine Frau mit dieser Frage überrascht.«

»Und du findest mich schamlos? Du meinst, nur einem Mann sei diese Frage erlaubt?«

Melzer gab keine Antwort.

Da sagte Adele: »Du hättest mich gewiß nicht danach gefragt. Nicht heute.«

»Stimmt«, gab Melzer zu. »Nicht daß ich es nicht gewollt hätte, aber es hätte einer gewissen Ermutigung bedurft. Seht, Ihr seid eine ehrbare Frau ...«

»Du bist ein Tolpatsch, Michel. Seit Tagen hänge ich an deinen Lippen, ich verschlinge die Bewegungen deiner Hände mit den Augen, aber ich wagte nicht, dich zu berühren. Doch wenn es einer Ermutigung bedarf ...« Adele ergriff Melzers Hände und preßte sie gegen ihre Brüste.

Die prallen Erhebungen unter dem Tuch ihres faltigen Mieders versetzten den Spiegelmacher in Erregung. Als sich ihr Mund langsam dem seinen näherte, da zog er Adele an sich, er küßte sie mit Leidenschaft und preßte sein Knie zwischen ihre Beine. Adele stöhnte leise.

»Nimm mich!« hauchte sie, als Melzer ihren Mund für einen Augenblick freigab, und der Spiegelmacher kam ihrer Aufforderung nach.

In den folgenden Tagen nach Erscheinung des Herrn – das alte Jahr hatte einem neuen Platz gemacht – glaubte Melzer zu schweben. Adeles Leidenschaft, ihre von Selbstbewußtsein getragene Liebesglut, erregte ihn auf ungewöhnliche Weise, und sie war geeignet, Simonetta vergessen zu lassen. Ihre gegenseitige Vertrautheit wuchs mit jedem Zusammensein, und wie von selbst drängte sich der Gedanke auf, ihre Verbindung durch eine Heirat zu besiegeln. Vor dem Feuer in Adeles Haus, wo sie die meisten Abende verbrachten, sponnen sie die schönsten Träume, und es dauerte nicht lange, und ihre Verbindung wurde zum Tagesgespräch der Marktweiber – was aber keinen von beiden sonderlich störte.

Mitten in dieses Hochgefühl hinein platzte der Rufer, den Melzer schon beinahe vergessen hatte. Er kam in Begleitung eines jungen Mannes, dessen Namen er zunächst ebenso verschwieg, wie er den seinen stets verschwiegen hatte, und interessierte sich sofort für die neue Werkstätte. Nachdem er alles sorgfältig inspiziert hatte, erkundigte er sich, ob alle Gerätschaften bereit seien, um mit der Arbeit beginnen zu können.

Ja, gewiß, antwortete Melzer, wenn es sich nicht gerade wieder um fragwürdige Ablaßbriefe handle; von derlei Druckwerk wolle er künftig Abstand nehmen – und wenn Papst Eugen persönlich vorspräche.

Der Rufer und sein Begleiter lachten, und der Jüngere zog eine Handschrift aus seiner Reisetasche und reichte sie dem Rufer. Der glättete das Pergament vor Melzer auf den Tisch und begann: »Ich glaube, Meister Melzer, es ist jetzt an der Zeit, Euch in unser Vorhaben einzuweihen, damit Ihr nicht allzu erstaunt seid über unseren Auftrag.«

Was soll mich noch in Erstaunen versetzen, wollte Melzer sagen, ich habe Ablaßbriefe von Päpsten gedruckt, die es gar nicht gab; ich habe mit päpstlichen Legaten verhandelt, die nur das eine Ziel kannten, den Papst zu beseitigen; ich mußte mehr als einmal um mein Leben bangen, weil man mich fälschlich eines

Verbrechens beschuldigte – was soll mich jetzt noch schrecken? Aber er schwieg und machte ein erwartungsvolles Gesicht.

»Sicher«, begann der Rufer, »wißt Ihr um das Leid der Kreuzzüge, die mehr Mißgeschick als Glück über die Menschheit gebracht haben bei dem Versuch, das Heilige Grab von den Ungläubigen zu befreien. Die Anfänge liegen beinahe vierhundert Jahre zurück, und die meisten endeten in einer Katastrophe. Doch die Päpste fürchteten um ihren Einfluß und forderten immer neue Heerfahrten. Mit den Worten ›Gott will es!‹ trieben sie sogar Kinder in den Tod, die von Wanderpredigern angestachelt wurden.«

»Ich kenne die Abgründe unserer Vergangenheit«, meinte Melzer. »Was hat das mit Eurem Auftrag zu tun?«

Der Rufer ließ sich nicht beirren und fuhr fort: »Von einem dieser Kreuzzüge, es war der fünfte und er fand unter Führung Kaiser Friedrichs statt, brachte ein Häuflein gelehrter Männer, die sich im Troß ihrer Adelsherren befanden, uralte Handschriften mit nach Hause, welche Teile des Alten Testaments zum Inhalt hatten. Eines der Pergamente – sie stammten allesamt aus der verlassenen Klause eines Eremiten am Toten Meer – hatte einen merkwürdigen Inhalt. Es stammte aus römischer Zeit und berichtete von einer Gruppe von Männern um einen gewissen Jeschua. Sie lebten wie einst Diogenes und seine Schüler in bescheidenen Verhältnissen, enthielten sich der Arbeit und gaben sich edlen Gedanken über Mensch und Welt hin. Je mehr sich die Kreuzfahrer in die Handschrift vertieften, desto offensichtlicher wurde es, daß es sich bei diesem Jeschua nur um Jesus von Nazareth und bei geschilderten Ereignissen nur um das Geschehen des Neuen Testaments handeln konnte – ein Augenzeugenbericht, von ihm selbst verfaßt.

Das Aufregende daran war jedoch, in der Handschrift stellten sich die Ereignisse, die wir aus den vier Evangelien der

Apostel kennen, ganz anders dar: Jeschua bezeichnet sich keineswegs als ›Sohn Gottes‹, sondern als Weisheitslehrer. Doch habe, berichtet Jeschua, in jenen Tagen ein wahres Erlösungsfieber geherrscht, und ein jeder, der nur seine Stimme erhob, sei als der erwartete Messias angesehen worden. Daher seien auch ihm die Menschen scharenweise nachgelaufen und hätten von ihm Wunder verlangt.

Schließlich hätten er und seine Jünger nicht mehr anders gekonnt: Auf Drängen des Volkes hätten sie Wunder inszeniert, nur um zu zeigen, daß es keine gibt; doch das Volk hätte ihnen nicht geglaubt, sondern immer nur noch mehr Wunder gefordert. Um dem Ganzen ein Ende zu bereiten, hätten sie schließlich sogar den Tod des Jeschua durch die römische Besatzungsmacht in Szene gesetzt, ohne jedoch ihrem Anführer ein Haar zu krümmen – der starb erst vierzig Jahre später bei der Eroberung von Masada.

Bei dieser Unternehmung hätten sie ihren Leitspruch zurückgelassen: *Insignia Naturae Ratio Illustrat* – was soviel bedeutet wie, nur mit Verstand könne man begreifen, was um einen vorgeht.«

Melzer lauschte den Worten des Rufers beinahe andachtsvoll. »Mein Gott«, sagte er, »warum hat nie jemand diese Schrift bekanntgemacht?«

Der Rufer nickte mit dem Kopf. »Das will ich Euch verraten, Meister Melzer. Nach ihrer Rückkehr aus dem Heiligen Land sahen sich die Gelehrten genötigt, Papst Gregor von der Schrift in Kenntnis zu setzen. In weiser Voraussicht stellten sie eine Abschrift her und ließen sie an einem geheimen Ort zurück, dann machten sie sich auf den Weg nach Rom.«

»Ich kann mir denken, was im Lateran geschah!« unterbrach Melzer den Erzähler. »Die Schrift wurde noch am Tage ihrer Ankunft verbrannt!«

»Es geschah in der Tat so, wie Ihr sagt. Seine Heiligkeit tobte, nannte die Gelehrten vom Niederrhein Ketzer und verbrannte die Schrift vor ihren Augen auf dem Marmorboden seines Palastes. Beinahe hätte sich Gregor, ungewohnt im Umgang mit irdischem Feuer, dabei selbst angezündet, weil der Spitzensaum seiner Albe Feuer fing, aber sein beherzter Privatsekretär, im Fußfall nicht ungeübt, erstickte den päpstlichen Brand mit dem eigenen Leib und wurde dafür zum Titularerzbischof von Ravello ernannt. Die Gelehrten aber, welche guten Glaubens nach Rom gekommen waren, fürchteten um ihr Leben und flüchteten vor den Nachstellungen der Inquisition in ein Kloster nördlich der Alpen …«

Auf einmal erkannte Melzer Zusammenhänge, und auch der Rufer und sein geheimnisvoller Auftrag wurde plötzlich für ihn durchschaubar. Er sagte: »Laßt mich raten, das Kloster liegt in der Eifel und heißt Ellerbach, und Euch geht es darum, den Inhalt der mißliebigen Schrift zu verbreiten!«

Da verfinsterte sich die Miene des Rufers, und er sprach in ernstem Ton: »Meister Melzer, alles, was ich Euch bisher berichtet habe, mag als wilde Fabel erscheinen, solange es keinen greifbaren Beweis dafür gibt. Dieses Wissen, so Ihr es nicht hinausposaunt, ist ungefährlich. Doch das, was ich Euch jetzt sage, ist nur den Eingeweihten bekannt. Alle, die unbefugt davon erfahren, müssen sterben. Ihr aber sollt es wissen, ich glaube, Ihr müßt es sogar wissen, damit Ihr Eurer Arbeit mit dem nötigen Ernst nachkommt.«

Der Spiegelmacher spürte, wie ein steifes, kaltes Unbehagen an ihm hochkroch. Er wollte gar nicht zu irgendwelchen Eingeweihten gehören; dennoch fühlte er sich außerstande, dem Rufer zu widersprechen, zu sagen, behaltet Eure Geheimnisse für euch. »Sprecht!« meinte Melzer.

Also sprach der Rufer: »Verfolgt von den Schergen der Inquisition, kehrten die gelehrten Männer in den Norden zurück. Als sie den Kreuzfahrern von dem unangebrachten Verhalten des Papstes berichteten, da wuchs der Zorn gegen Gregor, und sie, die für den römischen Papst ihr Leben aufs Spiel gesetzt hatten und nach Jerusalem gezogen waren, beschlossen, das Papsttum zu beseitigen. Mehr noch, Papst und Kirche wurden zu Feinden erklärt, und jeder, der sich der Gemeinschaft anschloß, leistete einen heiligen Eid, den Pfaffen den Garaus zu machen, zum Nutzen aller *Boni homines*, der Menschen, die guten Willens sind; denn so nannten sie sich fortan. Seither haben sich die klügsten Köpfe, die einflußreichsten Männer der Bewegung angeschlossen. Mitglieder der *Boni homines* sitzen in den Bibliotheken der Erzbischöfe, auf Fürstenthronen, sogar im Vatikan. Sprecht den Satz ›*Insignia Naturae Ratio Illustrat*‹, und Ihr werdet ein freundliches Kopfnicken ernten. Dann werdet Ihr wissen, daß er ein Anhänger unserer Lehre ist, die mit der christlichen Lehre nichts gemein hat.«

»Ihr macht mich neugierig«, unterbrach Melzer. »Erzählt mir von Eurer Lehre!«

»Nun«, nahm der Rufer seine Rede auf, »unsere Lehre ergibt sich aus den irdischen Gegebenheiten: Es gibt weder Gott noch Teufel, sondern nur Gut und Böse. Alles Irdische ist böse, auch die Seele des Menschen. Wer gut werden will, muß sich selbst überwinden.«

»Selbst überwinden? Was meint Ihr damit?«

Der Rufer blickte starr vor sich hin, und auch sein Begleiter schien, als sähe er ein Bild vor sich. »Denkt darüber nach!« antwortete er schließlich. »Es ist die Mühe wert.« Nach einer Pause redete er weiter: »Bis vor einem halben Jahrhundert waren die *Boni homines* ständig auf der Flucht. Seit einem Menschenalter sind sie in der Eifel seßhaft geworden, zumindest ihre Führung. Aber auch das darf niemand wissen. Der Papst und die Kirche sollen sich in Sicherheit wiegen, bis wir den Kampf aufnehmen und uns der Welt offenbaren. Bis dahin brauchen wir unsere eigene Bibel – eine Schrift, die unsere Lehre verkündet. Und damit unsere Lehre den letzten Zipfel Europas erreicht, brauchen wir nicht zehn, nicht hundert, wir brauchen tausend Bücher mit unserer Lehre.« Bei diesen Worten glänzten seine Augen wie Kerzenlicht.

Melzer zog die Stirn in Falten. »Herr Rufer, wißt Ihr, was Ihr da von mir verlangt? Tausend Bücher! Bücher sind keine Ablaßbriefe. Selbst mit einer guten Mannschaft kann es Jahre dauern, bis alle Seiten gesetzt sind, vom Druck ganz zu schweigen, und das Pergament, das dafür nötig ist, würde ganze Wagenladungen einnehmen.«

Der Rufer blieb unbeeindruckt und erwiderte: »Meister Melzer, wir haben nie geglaubt, daß Ihr das Werk in einem Jahr vollenden könntet! Die römische Kirche verbreitet ihre Irrlehre seit mehr als vierzehn Jahrhunderten, da kommt es auf ein paar Jahre nicht an. Sucht Euch die besten Leute, zahlt ihnen den doppelten Lohn, und verpflichtet sie zur Verschwiegenheit. An Geld soll es nicht mangeln.«

Auf einen Wink griff der Begleiter des Rufers in seine Reisetasche und zog einen Beutel hervor. Den reichte er Melzer. Der Beutel enthielt gewiß zweihundert Gulden. Dafür konnte man das schönste Haus im Herzen von Mainz erwerben.

»Alles Geld ist vom Bösen«, bemerkte der Rufer herablassend. »Man muß es für gute Zwecke mißbrauchen.«

»Was aber, wenn die Lehre Eurer Bibel bekannt wird, noch bevor das Druckwerk vollendet ist? Was, wenn einer von meinen Gesellen zu reden beginnt und den Inquisitor verständigt?«

»Das kann nicht geschehen, weil keiner den Inhalt seiner Arbeit begreifen wird; denn Ihr werdet unsere Bibel nicht von Anfang bis Ende drucken, sondern in Teilen.« Er reichte Melzer das Pergament. »Deshalb habe ich Euch auch nur ein einzelnes Kapitel mitgebracht – nicht das erste und nicht das letzte.«

»Ihr habt in der Tat an alles gedacht«, meinte Melzer anerkennend.

Der Rufer lachte. »Ich sagte Euch doch, daß wir kluge Köpfe in unseren Reihen haben. Sogar ein Konvent ehemaliger Ordensbrüder aus den Skriptorien der Dominikaner, Augustiner und Karmeliter hat den Weg zu uns gefunden. Sie sind geübt im Umgang mit Büchern und werden die Seiten, die Ihr uns nach und nach liefert, zu einem sinnvollen Ganzen zusammenfügen. Wann könnt Ihr beginnen?«

»Sobald ich eine ausreichende Zahl von Gesellen angeworben und sie in die Schwarzkunst eingewiesen habe. Es wird sicher Frühling werden, bis es soweit ist.«

»So soll es sein«, erwiderte der Rufer. »Zum Ende der Fastenzeit werdet Ihr die erste Wagenladung Pergament erhalten. Mich werdet Ihr vor Ostern nicht mehr zu Gesicht bekommen.«

Der Rufer und sein stummer Begleiter verabschiedeten sich. *»Insignia Naturae Ratio Illustrat«*, sagte der Rufer, und dann fügte er hinzu: »Ihr seid jetzt einer von uns, Schwarzkünstler, deshalb sollt Ihr auch meinen Namen erfahren. Ich bin Fulcher von Straben, vom Papst exkommunizierter und mit dem Bann belegter Erzabt von Hohenheim, und dies ist mein Knappe Meinhard! Gehabt Euch wohl.«

Nachdem sich die beiden Männer entfernt hatten, ließ sich der Spiegelmacher auf einem Schemel nieder und betrachtete die schmucklos, aber in feiner Schrift geschriebenen Pergamente. Er begann zu lesen. In der Tat, wer die Zusammenhänge nicht kannte, fand kaum einen Reim auf das Geschriebene. Er schüttelte den Kopf. Was sein Besucher soeben erzählt hatte, erschien ihm wie ein Hirngespinst, eine Sinnestäuschung. Aber wenn er sich an die Begegnungen mit dem Rufer seit jenem merkwürdigen Zusammentreffen in der venezianischen Schenke erinnerte, so schien ihm auf einmal vieles erklärlich. Die Bewegung der *Boni homines* mußte auch in Venedig über zahlreiche Mitglieder verfügen, sowohl unter den vermeintlichen Papstanhängern wie unter den Gegnern. Nur so war es zu erklären, daß der Rufer immer in bedrohlichen Situationen auftauchte.

Auf der Suche nach vertrauenswürdigen Gesellen stieß Melzer auf große Schwierigkeiten. Zwar waren die Zeiten schlecht, und es gab genügend Leute, die um eine gut bezahlte Arbeit bettelten. Aber für den Beruf des Schwarzkünstlers kamen nur Zinngießer und Spiegelmacher in Frage, und in dieser Zunft begegnete man Melzer mit Mißtrauen. In Mainz war noch gut in Erinnerung, wie er mit seinen Wunderspiegeln zu Geld gekommen war; aber während der Pest hatten diese keinem der Opfer helfen können. Als er gar doppelten Lohn bot, da machte in Mainz alsbald das Gerücht die Runde, der Spiegelmacher habe einen Pakt mit dem Teufel geschlossen.

Seine feinen Gewänder, der offensichtliche Reichtum, und daß er mit Adele Wallhausen im *Goldenen Adler* speiste, während viele nicht wußten, wie sie ihre Kinder sattbekamen, das alles schien Beweis genug und wäre geeignet gewesen, den Aufstieg des Spiegelmachers zu bremsen. Da geschah etwas Unerwartetes, das die schlechte Meinung des Volkes mit einem Mal ins Gegenteil verkehrte.

Es begann damit, daß Franziskus Henlein, seines Zeichens Domherr und Secretarius des Erzbischofs Friedrich, Melzer in seiner Werkstatt im Frauengäßchen aufsuchte und den Besuch Seiner Eminenz für den folgenden Palmsonntag ankündigte. Erzbischof Friedrich wolle sich an Ort und Stelle über die Möglichkeiten in Kenntnis setzen, welche die künstliche Schrift für die Kirche bereithalte.

Melzer erschrak zu Tode und dachte an Flucht, weil er glaubte, der Auftrag der *Boni homines* sei verraten worden; aber Adele, mit der er sich deshalb besprach, behielt einen klaren Kopf und meinte, wenn der Erzbischof wirklich von dem Geheimbund erfahren hätte, würde er nicht selbst kommen, sondern umgehend seine Schergen schicken oder den Inquisitor. Andererseits verleihe ein Besuch des Erzbischofs im eigenen Hause jedem, dem diese Ehre zuteil werde, eine Art Heiligenschein und mache ihn unangreifbar für jede Kritik.

Nach einem trocken-kalten Winter, in dem manche Mainzer mangels Brennholz ihr karges Mobiliar verheizt und die Fenster mit Fellen verhängt hatten, kündigte sich am Palmsonntag der Frühling an. Rheinabwärts wehte ein lauer Wind und brachte die ersten Baumknospen zum Sprießen. Die Palmsonntagsprozession, die in anderen Jahren dreimal den Domplatz umrundete und zu den Höhepunkten im Kirchenjahr zählte, fiel aus, weil noch immer das Interdikt des Papstes über der Stadt lag. Statt dessen machte sich Erzbischof Friedrich im lila Ornat und in Begleitung seines Secretarius auf den Weg zum nahen Frauengäßchen.

Der Fußgang fand große Beachtung, weil der Erzbischof seit langem nicht mehr gesehen worden und das Gerücht aufgekommen war, er weile gar nicht mehr in der Stadt. Als gar das Ziel seines Sonntagsspaziergangs ruchbar wurde, da war die Verwirrung groß, und ein Rätselraten begann, warum sich Seine Eminenz ausgerechnet zum Spiegelmacher Melzer begeben habe. Auch wenn die Mainzer aufgrund der geschilderten Begebenheiten mit ihrem Erzbischof in Fehde lagen, so trug das Ereignis dazu bei, Melzers Ruf zu verbessern, erbrachte es doch den Beweis, daß der Spiegelmacher ein treuer Anhänger der Kirche war.

Erzbischof Friedrich, dessen Wohlbeleibtheit unter der andauernden Hungersnot in keiner Weise gelitten hatte und der für Haar und Backenbart einen eigenen Bader beschäftigte, ließ sich von Melzer in die Geheimnisse der Schwarzkunst einweihen. Mit Bewunderung verfolgte er das Setzen der Lettern, welche, auf dem Kopf stehend und von rechts nach links laufend wie die Schrift der Juden, sich zu Sätzen zusammenfügten und immer und immer wieder gedruckt werden konnten.

Nachdem er sich mit dem Wunder der Schwarzkunst vertraut gemacht hatte, erkundigte sich der Erzbischof, ob Melzer seine Kunst bereits in Deutschland angewendet habe. Melzer verneinte. Da fragte der Erzbischof, ob er geneigt sei, in seinem Auftrag die Bibel in künstlicher Schrift zu drucken, dreihundertmal, für zwei Gulden das Exemplar samt Einband.

Melzer zuckte unmerklich zusammen. Wie sollte er diese Arbeit bewerkstelligen, wo ihm der Auftrag des Rufers genügend Kopfzerbrechen bereitete?

Der Erzbischof deutete das Zögern des Spiegelmachers, als sei dieser mit den gebotenen zwei Gulden pro Exemplar unzufrieden und erhöhte sein Angebot auf drei Gulden und, als Melzer noch immer nicht antwortete, auf vier.

Schließlich erklärte Melzer, nicht die Kosten seien das Problem, sondern die Arbeitskräfte, die er für diese Aufgabe benötige. Die Heilige Schrift, also Altes und Neues Testament, erforderten gewiß tausend verschiedene Seiten und fünf Jahre Arbeit.

Den Erzbischof schreckten weder die Kosten noch die Zeit, und Melzer ließ sich das Versprechen abringen, sobald er über das nötige Personal verfüge, seinem Auftrag nachzukommen.

Es fügte sich, daß wenige Tage später Johannes Gensfleisch, Melzers ehemaliger Geselle, nach Mainz zurückkehrte und im Hof zum Gutenberg, am Ende der Schustergasse, Wohnung nahm. Das weit ausladende Haus mit zwei Stockwerken und kleinen, bleiverglasten Fenstern hatte bis vor hundertfünfzig Jahren den erzbischöflichen Kämmerern Gutenberg gehört und war von den Vorfahren Gensfleischs erworben worden. Es war das Haus, das Gensfleisch kurz vor Melzers Weggang aus Mainz geerbt hatte.

Gensfleisch reiste in Begleitung eines Dieners und eines Gesellen und tat sehr vornehm, obwohl er, wie sich bald herausstellte, über keinen Heller verfügte. Er gab vor, aus Furcht vor den Armagnaken aus Straßburg, wo er eine Spiegelmacher- und Goldschmiedewerkstätte betrieben habe, geflohen zu sein. Die Armagnaken, zuchtlose Söldnerhaufen der ehemaligen Grafen von Armagnac, zogen raubend durch Frankreich und das Elsaß und waren sogar schon vor Mainz aufgetaucht. Gerüchteweise vernahm man in Mainz, nicht diese Horden seien der Grund für Gensfleischs Flucht aus Straßburg gewesen, sondern die Schulden, die ihm über den Kopf gewachsen seien, und das leichtsinnige Eheversprechen an eine Straßburger Bürgerstochter, welche sich ihrem Bräutigam bewahrt und nun das Kranzgeld eingeklagt habe.

An Johannis suchte Gensfleisch bei der Zunft der Spiegelmacher und Goldschmiede um Aufnahme nach, und dabei kam es zur Begegnung mit seinem ehemaligen Lehrmeister Michel Melzer.

Gensfleisch fand anerkennende Worte für den Aufstieg Melzers und meinte im Kreis der Zunftbrüder schmeichelnd: »Eure Kunst, Meister Melzer, steht in hohem Ruf. Man erzählt sich wundersame Dinge über Eure Arbeit. Sagt, was ist dran an diesen Gerüchten?«

»Ich weiß nicht wovon du redest, Gensfleisch!« Melzer wollte erst gar kein Gespräch mit seinem ehemaligen Gesellen aufkommen lassen.

Doch der ließ nicht locker und bohrte zur Freude der umstehenden Zunftmeister weiter: »Die Leute erzählen, Erzbischof

Friedrich habe bei Euch eine Bibel in Auftrag gegeben und daß Ihr schneller schreiben könntet als hundert Mönche eines Skriptoriums!«

»Wenn's die Leute sagen, wird es wohl stimmen!«

»Manche behaupten sogar, Ihr stündet mit dem Teufel im Bunde.«

Melzer scherzte lachend: »Wie recht sie haben! Jüngst hat mir der Erzbischof einen Besuch abgestattet, nur um den Teufelsschwanz zu sehen, der bei mir hinten herunterhängt. Soll ich ihn dir zeigen, Gensfleisch?« Der Spiegelmacher dreht sich um und zeigte Gensfleisch sein Hinterteil.

Da lachten die Zunftmeister, daß es von den Wänden hallte, und Henne Wulfgram, der Älteste, rief: »Gensfleisch, Gensfleisch, in Melzer habt Ihr Euren wahren Meister gefunden!«

Von jenem Tag an gab sich Johannes Gensfleisch bescheiden, und als er von der Gesellennot Melzers hörte, die ihn hinderte, seiner Arbeit nachzukommen, während er, Gensfleisch, noch keinen einzigen Auftrag erhalten hatte, da suchte er seinen ehemaligen Lehrherrn in der Werkstätte im Frauengäßchen auf und bat untertänigst um Arbeit.

Mit den Worten, er habe ihm seine Taten längst nicht verziehen, wies Melzer Gensfleisch die Tür. Doch der gab nicht auf, bat um Vergebung und führte seine jugendliche Hitzköpfigkeit an, von der er sich habe hinreißen lassen. Und er beteuerte felsenfest, schuldlos zu sein an dem furchtbaren Feuer, das Melzers Haus vernichtet hatte. Doch der Spiegelmacher blieb hart.

Am folgenden Tag erschien Gensfleisch wieder und brachte erneut seinen Wunsch vor. Melzer schalt ihn einen Tölpel und wies ihn aus seinem Haus. Als Gensfleisch am dritten Tag abermals vorsprach und ehrlich um Arbeit bat, ließ sich der Spiegelmacher erweichen und stellte ihn ein, samt seinem Gesellen, den er aus Straßburg mitgebracht hatte.

Was seine Arbeit betraf, war Johannes Gensfleisch keine schlechte Wahl. Im Gebrauch von Blei und Zinn erfahren, zeigte er sich bald als Schriftgießer geeignet und war so dem Spiegelmacher eine große Hilfe. Denn bevor Melzer mit der eigentlichen Arbeit, dem Setzen der Buchstaben, beginnen konnte, brauchte er Lettern in großer Zahl, mehr als ihm bisher zur Verfügung standen.

In der gemeinsamen Arbeit fanden Melzer und Gensfleisch allmählich ein gewisses Vertrauen zueinander, aber dennoch war die frühere Feindschaft der beiden nicht vergessen. Bei den Gehilfen, deren Zahl Melzer inzwischen auf zwölf erhöht hatte, war Gensfleisch bald beliebt, und es schien, als hätten die Wanderjahre seinen Charakter gefestigt und als hätte er nichts mehr mit dem durchtriebenen Gesellen von einst gemein.

Melzers Werkstätte am Frauengäßchen war längst zu klein geworden, und als der Domscholaster Volbrecht von Ders mit einer Bibel-Handschrift bei Melzer erschien, die als Vorlage für die künstliche Schrift dienen sollte, und ihn im Namen des Erzbischofs drängte, er möge doch endlich mit seiner Arbeit beginnen, da kam der Spiegelmacher mit Gensfleisch überein, in dessen Hof zum Gutenberg eine zweite Werkstätte einzurichten, in welcher dieser in der Hauptsache dem Druck der Bibel nachkommen sollte. In seine eigene Aufgabe, den Druck der Bibel für die *Boni homines*, hatte Melzer Gensfleisch nur zögernd eingeweiht. Gensfleisch wußte nicht mehr, als daß Melzer eine geheime Schrift für eine Bruderschaft drucken sollte, und von solchen Vereinigungen gab es nicht wenige in diesen wirren Zeiten.

Johannes Gensfleisch zeigte sich äußerst gelehrig gegenüber der Schwarzkunst und saß oft bis Mitternacht in Melzers Werkstätte am Frauengäßchen, um dem Meister bei der Arbeit über die Schulter zu schauen. Melzer weihte ihn in alle Geheimnisse und Handgriffe ein, so wie sie ihm einst von den Chinesen verraten worden waren. Bedenken, das eine oder andere Geheimnis für sich zu behalten, kannte er nicht; denn für Melzer stand außer Frage, daß sich die Schwarzkunst früher oder später ohnehin über alle Länder verbreiten würde.

In einer der kurzen Nächte um das Fest der heiligen Maria Magdalena, als Melzer und Gensfleisch noch bei der Arbeit waren, klopfte es ans Fenster der Werkstätte am Frauengäßchen. In der Annahme, es handle sich um Bettelvolk, welches mehrmals am Tag um Almosen oder um etwas zu essen bat, trug Melzer seinem Gehilfen auf, den späten Besucher fortzuschicken.

Gensfleisch kehrte zurück und sagte, es sei kein Bettler, der mitten in der Nacht Einlaß begehre, sondern ein Fremder, der Melzer eine wichtige Mitteilung machen wolle. Da trat der Spiegelmacher ans Fenster, um den Mann mit dem ungewöhnlichen Ansinnen in Augenschein zu nehmen.

»Was wollt Ihr zu so später Stunde?« erkundigte sich Melzer unwillig. »Hat Eure Botschaft nicht bis morgen Zeit?«

Der Mann trug einen schwarzen Umhang und eine runde Kappe, wie sie den Wandergesellen zu Gesicht stand; aber für einen Wandergesellen war der Fremde zu alt und wohl auch zu schwächlich, denn die Arme, die aus seinem dünnen Mantel ragten, waren abgemagert und von blasser Hautfarbe, als hätten sie nie die Sonne gesehen. »Ich habe Euch nicht eher gefunden«, erwiderte der Unbekannte, »denn ich kenne nicht einmal Euren Namen. Ihr seid doch der Schwarzkünstler, oder?«

»Ja gewiß, Fremder. Aber was ist das für eine seltsame Nachricht, wenn Ihr nicht einmal den Namen des Empfängers kennt?«

Unbeeindruckt fragte der Fremde zurück: »Ihr wißt, für wen Ihr Eure Schwarzkunst zur Anwendung bringt?«

»Für den Erzbischof, gewiß; aber darüber bin ich Euch keine Rechenschaft schuldig.«

»Den meine ich nicht. Ich meine die Bruderschaft der *Boni homines*.«

Melzer erschrak. Er blickte sich um, ob Gensfleisch das Gespräch belauschte; aber der war im rückwärtigen Teil des Gewölbes beschäftigt. »Woher wißt Ihr von den *Boni homines*«, fragte Melzer mit unterdrückter Stimme, »und wie kam Euch mein Auftrag zur Kenntnis?«

Der Fremde hielt Melzer abwehrend die Hand entgegen, als wollte er sagen: Hört auf zu fragen! Dann meinte er: »Ich will Euch warnen. Dabei will ich nicht verheimlichen, daß ich, sollte Euch meine Nachricht bedeutsam erscheinen, für ein Almosen dankbar wäre. Es geht mir wirklich schlecht in diesen Tagen des Hungerleidens. Brot kostet siebenmal mehr als in guten Zeiten, von anderen Dingen ganz zu schweigen. Es ist beinahe ein Jahr her, seit ich das Gelbe von einem Ei gesehen habe.«

Was wußte der Unbekannte? Melzer war verwirrt. Immerhin kannte er den Namen der Bruderschaft. Dieser Umstand machte den Spiegelmacher neugierig, und er zog eine Münze aus der Tasche: »Also, was könnt Ihr mir von der Bruderschaft der *Boni homines* berichten?«

»Schreckliche Dinge, Schwarzkünstler!« Er rieb die Münze zwischen den Fingern. »Die *Boni homines* sind längst nicht so gut, wie ihr frommer Name vermuten ließe. Glaubt mir, sie stehen mit dem Teufel im Bunde. Ihre Bruderschaft hat die reichsten Männer des Landes in ihren Reihen, aber auch die gelehrtesten. Ihr Ziel ist es die Welt zu beherrschen. Und dazu ist ihnen jedes Mittel recht.«

Der Spiegelmacher blickte ungläubig und fragte: »Woher wollt Ihr das wissen?«

Verlegen betrachtete der Fremde die Münze in seiner Hand. Melzer verstand die Geste und legte eine zweite Münze dazu. »Ihr habt Euch in ein gefährliches Unternehmen eingelassen«, fuhr der Mann fort, ohne auf Melzers Frage einzugehen. »Gebt den Auftrag zurück oder flieht, solange das noch möglich ist!«

Melzer steckte den Kopf durch das Fenster und sprach leise und eindringlich: »Warum sollte ich das tun? Wißt Ihr überhaupt, worum es bei dem Auftrag geht? Ich drucke die Bibel der *Boni homines* in künstlicher Schrift!«

»Bibel ist ein hehres Wort für dieses Pamphlet.«

»Ihr kennt den Inhalt, Fremder?«

Der nickte. »Ich war mit derselben Aufgabe beschäftigt wie Ihr; allerdings schrieb *ich* mit Feder und Tinte. Ich bin ein Wanderschreiber und stand mit dreißig anderen bei den *Boni homines* in Brot und Arbeit, um ihre Bibel – wie Ihr sagt – zu vervielfältigen. Leider ist mir vieles, was damals geschah, entfallen. Wir schrieben Tag und Nacht und bei karger Kost, und zunächst merkten wir nicht, daß wir eingesperrt waren. Als einer nach fünf Wochen Arbeit den Wunsch äußerte, weiterzuziehen, da banden sie ihn auf die Streckbank, später schnallten sie ihn aufs Rad und führten ihn halbtot den übrigen Schreibknechten vor mit der Warnung, jedem anderen würde es ebenso ergehen, der sich mit dem Gedanken trage, das Skriptorium zu verlassen. Der hagere Kerl tat mir leid, und sobald er wieder auf beiden Beinen stehen konnte, kundschaftete ich eine Möglichkeit aus, um zu fliehen. Die einzige Gelegenheit bot sich beim Erledigen der Notdurft, was zweimal am Tag und zu festgelegten Zeiten geschehen mußte. Dabei sprangen wir aus dem Fenster in den Wipfel einer Linde und kletterten in die Freiheit.«

»Und wo geschah das, Fremder?«

»Vergeßt Eure Frage und alle Gedanken an den Ort der Qualen. Das Wissen würde Euch nur Unglück bringen. Wie ich schon sagte, die *Boni homines* stehen wirklich mit dem Teufel im Bunde. Sie mengen dem Trinkwasser gallige Tinkturen bei, die das Gedächtnis auslöschen. Ich selbst finde für vieles keine Erinnerung mehr. Fragt mich daher nicht, wie ich heiße. Ich weiß es nicht. Der Freund, mit dem mir die Flucht gelang, verlor den Verstand. Kaum in Freiheit, hielt er mich für einen Anhänger der Bruderschaft und lief davon –«

»Mein Gott«, flüsterte der Spiegelmacher. »Es fällt schwer, Euren Worten Glauben zu schenken.«

Der Fremde nickte: »Ich wollte Euch nur warnen. Jetzt habt Ihr ein Bild davon, was Euch erwartet.«

Melzer war fassungslos. Er starrte den Unbekannten lange und schweigsam an. Schließlich fragte er: »Habt Ihr schon ein Lager für die Nacht, Fremder?«

»Was kümmert's Euch?« erwiderte dieser.

»So kommt doch herein! Ein festes Dach über dem Kopf ist alleweil besser als ein Ruhekissen unter bloßem Himmel.« Melzer schloß das Fenster und begab sich zur Tür.

Als er vor das Haus trat, war der Unbekannte verschwunden. Das Frauengäßchen lag still im Mondlicht. An der Stelle, wo die Gasse in den Liebfrauenplatz einmündet, huschte eine Katze über das Pflaster.

Ungläubig lauschte der Spiegelmacher in die Nacht. Er wußte nicht, ob er das alles nur geträumt hatte. Da fühlte er plötzlich eine Hand auf seiner Schulter, und er vernahm Gensfleischs Stimme: »Meister Melzer, morgen ist auch noch ein Tag.«

KAPITEL XVI

Die Weisheit in den Wäldern

Ich war wie benommen von dem Gespräch mit dem nächtlichen Besucher und nahm, nachdem Gensfleisch gegangen war, ein weiteres Mal das Manuskript zur Hand, das Fulcher von Straben zurückgelassen hatte. In der Hoffnung, die dürren Zeilen würden mir einen Beweis liefern für irgendeine Behauptung des Fremden, versuchte ich den lateinischen Text zu verstehen; aber je öfter ich ihn las, um so verwirrter wurde ich.

War es ein Glück, in lateinischer Sprache zu schreiben, weil unsere deutsche Sprache so bäurisch ist wie der Mist auf den Feldern, so war es ein Problem, dieselbe Sprache zu lesen, weil jede Wissenschaft für sich andere Worte gebraucht und der Medicus den Rechtsverdreher und der Kanonikus den Baumeister nicht versteht mit seinem Latein.

Was sollte ich anfangen mit geheimnisvollen Andeutungen über die *ars transmutationis*, das *lumen animae* oder die *materia prima*, welche, wie ich dem Text zu entnehmen glaubte, auch *massa confusa* genannt wurde und der Ausgangsstoff zur Herstellung des Steins der Weisen sein sollte? Daran haben sich schon viele versucht, sogar fromme Mönche, ohne mit der Religion in Konflikt oder gar in den Verdacht zu geraten, die Weltherrschaft anzustreben.

Viel mehr erregte mich ein Absatz über *Ponderatio*, ein Wort, das ich noch nie gehört hatte, und, wenn ich es recht verstand, soviel bedeutete wie eine Methode zur wundersamen Heilung von Krankheiten, aber auch zur Verhexung gefallener Mädchen. Hätte ich die Beschreibung vollends begriffen, würde ich sie heute mit Lust verraten, aber ich brachte nicht mehr in Erfahrung, als daß im ersten Fall ein Kranker auf eine Waagschale gelegt und mit einer Salbe aus dem Extrakt von Fünffingerkraut, Tollkirsche, Aconitum, Sium latifolium, Öl und Fledermausblut bestrichen wurde. In der anderen Waagschale fanden allerlei Opfergaben Platz, welche mit dem Kranken in Gleichgewicht gebracht wurden. Dann trat der Wunderheiler auf, sprach einen magischen Satz, und die Waage neigte sich nach der einen oder anderen Seite. Senkte sich der Kranke nach unten, so war er vom Agathodaimon erfüllt und wurde gesund. Senkten sich aber die Opfergaben, so mußte er sterben.

So weit, so gut. Ich weiß nicht, ob es gelehrter Männer bedarf, solchen Firlefanz zu erfinden. Jedenfalls ist es nicht strafbar, sonst müßte wohl die halbe Welt hinter Gefängnismauern schmachten.

Ich fragte mich nur, was das alles mit der Geschichte von Jeschua oder Jesus zu tun hatte, die der Rufer mir erzählt hatte.

Dennoch ließ mich das, was der nächtliche Besucher berichtet hatte, nicht los. Ich wußte nicht, wem ich mehr Glauben schenken sollte, dem Fremden in der Nacht oder dem Rufer Fulcher von Straben.

Verwirrt wie eine levitierende Nonne suchte ich nach einer Antwort auf diese Frage, und natürlich blieb Adele meine Betroffenheit nicht verborgen. Adele war eine erfahrene Frau, für mich beinahe zu erfahren; jedenfalls vermied sie es, Fragen zu stellen, um meine Gedankenflucht zu ergründen, so daß *ich* es war, der ihr schließlich die Frage stellte, ob ihr denn an meinem Verhalten nichts auffalle.

»Aber gewiß doch«, antwortete Adele. »Wenn es dich bewegt, wirst du mir schon davon berichten.«

Warum, fragte ich mich, macht sie es mir so schwer? Warum steht sie mir in dieser verhängnisvollen Situation nicht zur Seite?

Zögernd, aber von einem inneren Zwang getrieben, setzte ich sie von den Erzählungen des nächtlichen Besuchers in Kenntnis und meinem Zwiespalt, wem ich Glauben schenken sollte.

»Warum«, fragte Adele, nachdem sie mir staunend zugehört hatte, »ist der nächtliche Besucher so plötzlich verschwunden, wenn er die Wahrheit sprach? Er hatte von dir doch nichts zu befürchten!«

»Das ist auch mein Gedanke«, antwortete ich. »Andererseits wußte er so viele Einzelheiten, von denen nur einer Kenntnis haben konnte, der hinter den Mauern der Bruderschaft gelebt hat. Und sollten seine Behauptungen richtig sein, dann ...«

»Dann?« Adele machte ein ernstes Gesicht. Wenn ich ihren Blick richtig deutete, hatte sie Angst. Ich nahm sie in die Arme und drückte sie, als wollte ich ihr meine Stärke zeigen. In Wahrheit war ich nicht weniger angsterfüllt, doch ich spielte den starken Mann, der in allen Lebenslagen erfahren und jeder Situation gewachsen ist. Dabei gingen mir tausend Dinge durch den Kopf, wie ich mich verhalten sollte.

Bislang hatte ich mit dem Druck noch nicht begonnen, da die Fertigung der Lettern und die sonstigen Vorbereitungen, die ein so umfangreicher Text erforderte, verbunden mit meinen übrigen Verpflichtungen zuviel Zeit in Anspruch nahmen.

Zwar hatte ich um Ostern eine erste Ladung Pergament erhalten, aber der Rufer hatte sich aus unerfindlichen Gründen nicht mehr gemeldet. Noch hätte ich den Auftrag der *Boni homines* ablehnen können, doch das erschien wenig ratsam; denn vorausgesetzt der nächtliche Besucher hatte die Wahrheit gesagt, kam das einem Todesurteil gleich. Ich wußte einfach zuviel. Andererseits mußte ich aber auch darauf gefaßt sein, daß mich die Bruderschaft der erlauchten Geister meucheln würde, sobald ich meinen Auftrag erfüllt hätte. Vielleicht machte ich mir aus der Erfahrung meiner Abenteuer in Venedig und Konstantinopel aber auch zu viele Sorgen – Sorgen, die unbegründet waren und die ihre Ursache nur in meiner Unwissenheit hatten.

Dennoch nagte die Ungewißheit an mir. Ich wollte Licht in das Dunkel bringen und Klarheit über meinen Auftraggeber erlangen. So reifte in mir der Entschluß, den geheimnisumwitterten Ort in der Eifel zu suchen, wo sich der geistige Mittelpunkt der Bruderschaft befand.

Adele jedoch, die aus Koblenz stammte, konnte sich an einen Ort namens Ellerbach überhaupt nicht erinnern, und auch ein kluger Scholasticus der Mönche von St. Christoph, der eine Weltchronik verfaßt und mit einem Kompendium aller Orte, Burgen und Klöster versehen hatte, fand Ellerbach nicht in seiner Aufzählung.

Inzwischen hatte sich jedoch mein Plan so sehr gefestigt, daß ich mich am Tag des Erzengels Michael, zwei Monate nach jener nächtlichen Begegnung, auf den Weg machte.

Die ersten Herbstnebel lagen über dem Land, als ich in der Morgenfrühe Mainz mit meinem Wagen samt Kutscher in Richtung Trier verließ. Aber mehr als das trübe Herbstlicht blieben mir Adeles Tränen in Erinnerung. Adele weinte um mich und küßte mich zum Abschied, als hätte sie Angst, ich würde nie mehr wiederkehren.

Die Blätter färbten sich gelb, als wir den Soonwald durchquerten; im Idarwald wurden sie rot; und als wir die Bergrücken des Hunsrücks erreichten, hatten sie bereits braune Farbe angenommen. In einem Marktflecken namens Birkenfeld bezogen wir Quartier für die Nacht, nachdem ich den Wirt mit heftigen Worten hatte überzeugen können, daß uns nur ein Lager interessierte und daß wir genug Proviant bei uns hatten. In diesen schlechten Zeiten war nämlich kein Wirt bereit, einen Fremden zu verköstigen; denn er mußte froh sein, wenn es für ihn und seine Familie langte.

In Trier angelangt, das an einem der schönsten Ströme liegt, die ich kenne, verabschiedete ich mich von meinem Kutscher und von den Segnungen der Zivilisation. Ich schulterte meinen Reisesack und machte mich zu Fuß auf in Richtung Norden.

Ich konnte mir nicht vorstellen, ausgerechnet hier, in dieser lieblichen Landschaft, die einen Dichter zum Schwärmen brachte, das Kloster zu finden, in dem das Böse zu Hause war. Die Wälder und Höhen gehörten zum Erzstift Trier, und die Bauern, denen man in verstreuten Dörfern begegnete, waren fromme Leute. Für ein Vaterunser und Ave fand ich allemal für die Nacht eine Bleibe, aber eine Antwort auf meine Frage nach dem Flecken Ellerbach bekam ich nie.

Am Fuße der Meckler Höhe, von wo der Blick über das Weißland schweift, begegnete ich einem abgemagerten Wandergesellen. Er beklagte die christliche Nächstenliebe und den Geiz des Landvolks, das für einen wie ihn nichts übrig habe und das verdorbene Brot eher den Schweinen als einem Wandersmann überlasse. Ein Kanten Brot aus meinem Vorrat machte ihn gesprächig, und ich stellte ihm die Frage, ob er auf seinen Wanderungen durch die Eifel von einer Ortschaft namens Ellerbach gehört habe.

Da wurde der gesprächige Wandersmann auf einmal schweigsam und wollte fort. Ich hielt ihn fest und wiederholte meine Frage.

Der Wandergeselle zeigte nach Westen, wo sich ein Flüßchen mit Namen Nims zur Mosel schlängelte. Dies sollte ich überqueren und mich westwärts halten bis ich auf einen anderen Flußlauf stieße, welcher den Namen Prüm trägt; dann sollte ich zwei Tage flußaufwärts gehen.

Ich tat, wie mir geheißen und irrte – anders kann man meinen Weg nicht beschreiben – durch die Wälder der Eifel, und dabei diente mir der Fluß Prüm als einzige Orientierung. Der Fluß, der bisweilen zum Rinnsal wird, das man durchwaten kann, und sich dann wieder tief in die Landschaft schneidet, verwirrte mich, weil er ständig die Richtung ändert und in alle vier Himmelsrichtungen fließt.

Ich begegnete immer weniger Menschen, und die, welche ich nach dem Flecken Ellerbach fragte, gaben vor, nie von einem Ort dieses Namens gehört zu haben. Dabei gewann ich den Eindruck, als stünden sie unter einem geheimen Zwang, ihr Wissen nicht preiszugeben. Aber gerade dies bestärkte mich in der Überzeugung, auf der richtigen Fährte zu sein. Jedenfalls gab ich nicht auf, und ich suchte aufs Geradewohl den Weg östlich des Flusses in die Wälder.

Nur wenige Wege durchkreuzten das Gebiet, und mancherorts hatten Wagenräder im lehmigen Boden Spuren hinterlassen. Einen ganzen Tag wanderte ich vom Morgen bis zum Einbruch der Dämmerung, ohne einer Menschenseele zu begegnen.

Am nächsten Tag gegen Mittag – ich hatte es mir unter dem Dickicht einer Fichtenschonung bequem gemacht – nahm ich auf dem Waldboden Schritte wahr. Zuerst glaubte ich einer Sinnestäuschung zu unterliegen, denn ich sah niemanden, ich erblickte auch kein äsendes Wild, welches die Geräusche hätte verursachen können; schließlich döste ich mutlos vor mich hin.

Plötzlich schreckte ich hoch: Vor mir stand ein riesiger Mensch in Lumpenkleidung. Er trug einen Bart und betrachtete mich in gebückter Haltung. Ich konnte sein Gesicht nicht erkennen; gegen den Himmel erschien es schwarz wie das eines Teufels.

Ich wollte schreien, aber ich mußte fürchten, daß er sich dann auf mich werfen würde, und ich war ihm körperlich weit unterlegen. Also stammelte ich: »Was wollt Ihr von mir?« In Gedanken kramte ich mein Geld aus der Tasche, um es ihm zu geben. Aber der Riese stand wie versteinert; er gab keinen Laut von sich und gaffte nur auf mich herab.

In dieser unangenehmen Haltung verharrte ich länger, als mir lieb sein konnte, und unfähig, einen klaren Gedanken zu fassen. Ich weiß nicht, wie lange wir uns gegenseitig beäugten; jedenfalls geschah plötzlich etwas ganz und gar Unerwartetes: Der schweigsame Mensch richtete sich auf, drehte sich um und lief davon, geradewegs durch das Dickicht, aus dem er gekommen sein mußte.

Dieses Verhalten verwirrte mich nicht weniger als das unerwartete Erscheinen des Mannes. Aber da er der einzige Mensch war, der mir in den vergangenen zwei Tagen begegnet war, und vermutlich der einzige, der mir weiterhelfen konnte, heftete ich mich an seine Fersen.

Es ist nicht schwer, einen Flüchtenden im dichten Wald zu verfolgen, wenn man seinen Ohren vertraut statt den Augen. Das Krachen der Äste hinterläßt eine hörbare Spur, und so dauerte es nicht lange, und ich hatte den tolpatschigen Riesen eingeholt. Ich trat ihm in den Weg und fragte, warum er vor mir davonlaufe.

Während ich auf eine Antwort wartete, erkannte ich ein unruhiges Zucken in seinen Augen. Es schien, als sei seine Furcht größer als die meine.

»Warum lauft Ihr vor mir davon?« wiederholte ich meine Frage. Und als er wieder die Antwort verweigerte, sagte ich: »Ihr kommt gewiß aus Ellerbach! Von mir habt Ihr nichts zu befürchten, glaubt mir.« Um meine Worte zu unterstreichen, trat ich einen Schritt zurück und ich vermied es, ihm ins Gesicht zu sehen. Mir entging jedoch nicht, daß er mich voll Unruhe musterte.

Auf einmal hörte ich ihn sagen: »Ich bin keiner von denen. Alle sind Teufel, alle!«

»Ihr seid auf der Flucht?« erkundigte ich mich vorsichtig.

»Auf der Flucht?« kam die Frage zurück, als verstünde er nicht die Bedeutung der Worte.

»Ihr wart im Skriptorium der *Boni homines*, und es gelang Euch zu entkommen.«

»Ja«, erwiderte der Riese mit klarer Stimme. »Es sind Teufel in Menschengestalt. Sie beten zu Ormus, Baphomet und Asmodi. Und ihr Gebet verleiht ihnen übersinnliche Kräfte.«

»Übersinnliche Kräfte?«

»Kräfte, die keinem normalen Menschen eigen sind. Sie bringen mit der Kraft ihres Geistes Pflanzen zum Sprießen und Bäume zum Blühen, sie lassen abgeschlagene Köpfe, die über den Boden rollen, sprechen und anderen Menschen löschen sie die Erinnerung aus wie eine Kerzenflamme. All das habe ich mit eigenen Augen gesehen.«

»Haben sie auch Eure Erinnerung ausgelöscht?« wollte ich wissen.

Der Waldmensch versuchte zu lächeln. »Ich weiß es nicht.«

»Wie ist Euer Name?«

»Ich weiß es nicht.«

»Aber was Ihr an jenem Ort erlitten habt, ist in Eurem Gedächtnis geblieben?«

»Ich weiß es nicht. Ich weiß nur, daß ich dreißig Tage und dreißig

Nächte in einem düsteren Skriptorium zugebracht und unverständliche Texte furchtbaren Inhaltes geschrieben habe, bis mir der Schädel auf den Tisch fiel wie ein Krautkopf und daß ich nach einer Gelegenheit suchte zu fliehen. Wie ich hierher kam, weiß ich nicht.«

»Wie lange«, fragte ich, »ist dies nun schon her?«

Da zuckte der Riese mit den Schultern. »Vielleicht Wochen oder Monate oder noch länger.«

»Aber wo der geheimnisvolle Ort liegt«, fragte ich aufgeregt, »das wißt Ihr doch noch?«

»Bei Gott!« rief der Waldmensch. »Diesen Ort werde ich nie vergessen. Er liegt jenseits des Flusses in westlicher Richtung, und nur ein einziger Weg führt dorthin, ein Wunder der Natur, welches der Teufel Baphomet gewirkt haben soll; denn links des Weges wachsen meilenweit nur Eichen, während sich rechter Hand Fichte an Fichte reiht. Aber ich rate Euch, den Weg nicht zu benutzen, weil er Fallgruben verbirgt mit gefährlichen Spießen und Schlangenbrut auf dem Grund.«

Die Worte des fremden Mannes ließen mich erschauern. Mich verwirrte die Klarheit, mit der er redete, während ihm andererseits die Erinnerung an gewisse Dinge fehlte. Ja, ich fragte mich, ob der Waldmensch nicht nur eine Rolle spielte, oder die Aufgabe hatte, entweder unliebsame neugierige Besucher wie mich vom Leibe zu halten oder sie in die Fänge der geheimnisumwitterten Bruderschaft zu treiben.

Verstärkt wurde meine Ahnung, als ich mir die Begegnung des nächtlichen Besuchers in meiner Werkstatt ins Gedächtnis rief. Konnten seine Warnungen nicht auch eine Falle gewesen sein oder eine Prüfung meiner Zuverlässigkeit?

Außerdem steigerte sich der Waldmensch allmählich in einen Redefluß und berichtete von immer seltsameren Begebenheiten, von Mutproben der Novizen, die barfüßig über glühende Kohlen laufen und nackend in Distelhaufen springen mußten, und nur wer beide Prozeduren ohne Verletzungen überstehe, werde in die unterste Stufe der Bruderschaft aufgenommen. In den Verliesen der Abtei hielten sie Untermenschen – so nannten sie ihre Gefangenen – und mißbrauchten sie für Experimente der Alchimie. Sie gäben ihnen giftige Dämpfe zum Trinken, daß sich ihre Bäuche blähten wie Schweinsblasen und sie mit einem Male anfingen zu schweben wie die Engel des Himmels. Frauen von besonderer Schönheit, welche sie von ihren Beutezügen mitbrächten, dienten ihnen zur Fortpflanzung ihrer Rasse, und wenn die Mütter ihre Gebärfähigkeiten verloren hätten, würden sie unter Zurücklassung einer Notration für drei Tage bei lebendigem Leibe eingemauert.

Gewiß hätte der Waldmensch noch mehr Abartigkeiten menschlicher Niedertracht aufgezählt, doch ich brachte ihn mit einem lauten Zwischenruf zum Schweigen. Mein Schrei, dessen Echo mehrfach erschallte, schien ihn zu beunruhigen. Von einem Augenblick auf den anderen fiel er in seine alte Schweigsamkeit zurück, und auch durch gutes Zureden gelang es mir nicht, ihm ein weiteres Wort zu entlocken.

Trotz seiner Warnungen wandte ich mich westwärts; ich *mußte* die Festung der Bruderschaft finden. Der Gedanke an das geheimnisvolle Hexentreiben zog mich magisch an. Ein unerklärlicher Drang trieb mich zurück zum Prüm-Fluß, und ich überquerte das träge Gewässer ohne Gefahr. Wo aber lag der Weg verborgen, von dem der Waldmensch gesprochen hatte?

Planlos wanderte ich am jenseitigen Ufer zwei Meilen nach Süden, ohne auf einen Weg oder eine menschliche Siedlung zu treffen. Ich beschloß daher umzukehren, und dabei wurde ich von der Dämmerung überrascht. Am Waldsaum legte ich mich unter einer jungen Fichte mit breiten dichten Ästen zur Ruhe. Das Astwerk hielt leidlich Kälte und Nässe ab, die um diese Jahreszeit des Nachts herniedersinken.

Ich schlief unruhig, was seinen Grund in der kalten, feuchten Nachtluft haben mochte, aber kaum weniger in den Gedanken, welche um das Kloster der *Boni homines* kreisten. Als der Tag graute, schreckte ich hoch. Vom Fluß her drang ein seltsames Geräusch, das ich mir nicht erklären konnte. Eilends raffte ich meine Sachen zusammen und begab mich zum Flußufer.

Hinter einem knorrigen Weidenstock verborgen, sah ich, wie sich inmitten des Flusses ein Pferdegespann den Weg flußaufwärts suchte. Der Kutscher war vermummt und in einen langen dunklen Mantel gehüllt. Seine Ladung bestand aus Säcken und zwei großen Gepäckballen, und er benutzte den niedrigen Flußlauf als Fahrweg. Die Pferde hatten Schwierigkeiten, auf dem Grund des Flusses voranzukommen. Da schlug der Kutscher mit der Peitsche auf sie ein, daß die Tiere unwillig sprangen und wiehernd die Köpfe reckten.

Zuerst wollte ich dem Wagenlenker etwas zurufen, doch im selben Augenblick kamen mir Bedenken. Wenn das geheimnisvolle Kloster wirklich in der Nähe lag, mochte der Kutscher gar im Auftrag der Bruderschaft unterwegs sein. Vielleicht würde er mich direkt dorthin führen. Also verhielt ich mich still und folgte dem Gespann in einem Abstand, der verhinderte, daß er mich entdecken konnte.

Eine Meile flußaufwärts verließ der Pferdewagen das Flußbett in westlicher Richtung und strebte, nun mit größerer Geschwindigkeit, dem Waldsaum zu. Obwohl ich aus der Ferne keinen Weg oder eine Lichtung erkennen konnte, preschte der Kutscher auf die dunkle Wand der Bäume zu, daß ich glaubte, das Gefährt würde im nächsten Augenblick zerschellen; aber ehe ich mich versah, war es in der Dunkelheit des Waldes verschwunden.

Eilends folgte ich der Spur, welche die Räder des Wagens in dem Wiesengrund hinterlassen hatten. Im Wald entdeckte ich einen Durchlaß aus beschnittenem Astwerk gleich dem Gewölbe eines Kreuzgangs. Ich folgte ihm eine halbe Meile und hatte den Anschluß an den Wagen längst verloren, da stieß ich plötzlich auf einen Fahrweg mit Eichen zur Linken und Fichten zur Rechten, wie ihn mir der Waldmensch beschrieben hatte.

Eingedenk der Warnungen mied ich die Straße und lief linker Hand durch den Eichenwald. Der Wagen vor mir schien zu fliegen, denn ich vernahm keinen Laut, und auf dem befestigten Weg war keine Spur zu erkennen. Der aus der Festung entsprungene Riese hatte mir so schreckliche Dinge erzählt, daß mir die knorrigen, grün bemoosten Eichen mit ihren verschlungenen, weit ausgreifenden Wurzeln wie Ungeheuer erschienen, wie Gnome oder ekelhafte Drachen. Andere standen wankend wie Wachsoldaten. Ich zuckte zusammen, als hätte mich eine eiskalte Hand berührt, dabei war es ein feuchtes, welkes Eichenblatt, das mir, vom schweren Tau gebrochen, ins Gesicht schlug.

Endlos schien mir der Weg, und der tiefe, feuchte Waldboden forderte große Anstrengung. Ich keuchte, mein Atem dampfte, und in kurzen Abständen hielt ich inne und lauschte mit offenem Mund in die unheimliche Stille des Waldes; aber ich vernahm nur das Rauschen der Blätter und das klatschende Geräusch, mit dem der Morgentau auf das Moos fiel.

Eine gute Stunde mochte ich abseits des Weges gegangen sein, als sich vom Fahrweg her heller Lichtschein verbreitete. Es schien, als mündete der Weg in eine von Sonnenschein überflutete Lichtung. Ich verlangsamte meinen Gang und schlich wie ein Strauchdieb auf Zehenspitzen. Um nicht entdeckt zu werden, entfernte ich mich weiter von der Straße; da lichteten sich auf einmal die Bäume, Sonne drang bis ins Unterholz, und nach ein paar Schritten bot sich ein unerwarteter Anblick.

Als wäre es aus dem Wald herausgeschnitten, tat sich ein weites Rund auf. Darin erhob sich, umgeben von einer mit Zinnen bewehrten, halb verfallenen Mauer, überragt von Türmen und hohen Gebäuden, eine Burg, ein Dorf – was sage ich: eine Stadt, in der es von Menschen wimmelte; jedenfalls schloß ich dies aus den Geräuschen, die über die Mauer drangen. Das Stadttor, welches dreimal so hoch wie breit und mit wuchtigen Querbalken bewehrt war, wurde von zwei schmalen quadratischen Türmen zu beiden Seiten eingerahmt. Es war verschlossen und, nach seiner Bauweise zu urteilen, gewiß uneinnehmbar.

Ich zählte weitere vier Türme in der Stadt, von denen drei spitze Helme hatten; der vierte und höchste unterschied sich von den anderen nicht nur durch seine Größe, sondern auch weil er sich in verkommenem Zustand befand. Aus den winzigen Fenstern, die sich sieben Stockwerke übereinander türmten, bröckelte das Gestein, breite Risse durchzogen das Mauerwerk, und vom Dachhelm konnte man nur noch das nackte Gebälk erkennen.

Am Horizont hinter der Festung stieg der Wald an, und ich malte mir aus, daß man von dieser Stelle einen Blick in das Innere werfen konnte. Also beschloß ich die Stadt im Schutz des Waldes zu umrunden und den gegenüberliegenden Hügel zu erklimmen.

Der Weg dorthin nahm beinahe den ganzen Tag in Anspruch, und nun erkannte ich die wahre Ausdehnung der Festung, welche noch größer war, als ich zunächst angenommen hatte. Außerdem war das Unterholz mit Dornengestrüpp durchwachsen und forderte große Umwege, um ans Ziel zu gelangen. Schließlich stieg ich den Hügel, der steinig und weniger dicht bewachsen war als das übrige Waldgebiet, bergan. Ich hatte Eile, denn ich mußte, um einen Blick in die Festung zu erhaschen, vor Einbruch der Dämmerung auf die Kuppe des Hügels gelangen.

Als ich mit keuchenden Lungen mein Ziel erreicht hatte und mich hinter einer Baumgruppe hervorwagte, von wo der Blick nach unten schweifen konnte, traf mich aus heiterem Himmel ein kurzer, heftiger Schlag ins Genick, der mir die Sinne raubte. In jenem Bruchteil eines Augenblicks, der zwischen dem rätselhaften Schlag und dem nachfolgenden Schmerz lag, schoß es durch mein Gehirn, ich sei von einem Blitz getroffen worden. Dann wurde es schwarz vor meinen Augen.

Das erste, was ich wahrnahm, als mein Bewußtsein zurückkehrte, war Stille; dann vernahm ich das Prasseln einer Fackel. Angst überfiel mich, ich glaubte mich auf einem Scheiterhaufen. Ich wollte mich aufrichten, fliehen, aber mir war, als füllte Blei meine Adern statt Blut. Meine Glieder waren unbeweglich und steif, und eine unerklärliche Schwere drückte mich auf mein Lager.

Unter Aufbietung aller Kräfte gelang es mir, meine Augen zu öffnen. Da löste sich aus dem Dunkel ein vertrautes Gesicht. Es war Fulcher von Straben, der Mann, den ich als den Rufer kannte.

Ich hatte den Rufer als einfühlsamen, beinahe gütigen Menschen kennengelernt, doch nun hing sein Gesicht drohend über mir. Seine Augen leuchteten rot und es schien, als sprühten sie Feuer. Ich versuchte, seinem Blick auszuweichen, aber dieselben Augen, die zu öffnen ich eben noch Mühe hatte, konnte ich nun nicht mehr schließen. So starrte ich eine endlos scheinende Weile in die furchtbaren Augen des Rufers, und dabei gewann ich den Eindruck, als hielte mich dieser allein mit seinem durchdringenden Blick gefangen. Ich wollte schreien, mich wehren, um mich schlagen, aber sein Blick tötete jeden meiner Gedanken.

Endlich beendete Fulcher sein grausames Spiel und er begann in einem Tonfall, den ich an ihm nicht kannte, zu sprechen. Er sagte: »Meister Melzer, Ihr habt mein Vertrauen mißbraucht! Neugierde ist der Todfeind des Vertrauens. Warum habt Ihr das getan?«

Ich wollte antworten, wollte sagen, daß ich, was die künstliche Schrift betraf, zu viele Enttäuschungen, Überraschungen und Fehlschläge erlebt hatte und daß ich mich vergewissern wollte, was die *Boni homines* im Schilde führten. Aber auf seltsame Weise blieb mein Mund verschlossen. Ich konnte nicht antworten, so sehr ich mich mühte.

Der Rufer schien meine Gedanken zu lesen; denn er fuhr in seiner Rede fort: »Ich habe Euch die Wahrheit über unsere Bruderschaft gesagt, jedenfalls soviel, wie Euch zukommt. Jedes Wort, das darüber hinausgeht, jedes weitere Wissen würde Euch nur ins Unglück stürzen. Oder wißt Ihr etwa mehr, als ich Euch anvertraut habe, Meister Melzer?«

Ich schüttelte heftig den Kopf, daß mir der Nacken schmerzte, denn ich fürchtete weitere Drohungen des Rufers. Ich fühlte mich auf seltsame Weise hilflos und hatte Angst. Angst war das einzige Gefühl, das mich in dieser Situation bewegte.

»Warum«, fuhr der Rufer fort, »habt Ihr mit unserem Auftrag noch nicht begonnen? Statt dessen spioniert Ihr mir nach wie ein Strauchdieb. Habt Ihr geglaubt, unsere Festung wäre nicht bewacht und ein jeder, der sich im Wald verirrte, könnte hier eindringen? Habt Ihr die Fratzen der Bäume nicht gesehen und die Baumstämme, die aussehen, als wären es

Landsknechte? Es waren keine Bäume, Meister Melzer, es waren unsere Wächter, und ihre Zahl ist größer als die der Wächter im Vatikan. An diesem Ort ist nichts wie anderswo in der Welt, das Unterste ist zuoberst, das Teuflische ist heilig; wir erachten für dumm, was andernorts als weise betrachtet wird, und die stärksten Gifte finden hier als Heilmittel Verwendung. Ihr selbst wurdet von einem solchen Gift betäubt, damit Ihr unsere Wahrheit begreift. Ich weiß, daß Ihr meine Worte versteht, aber nicht in der Lage seid, dagegenzuhalten. Laßt eine Weile verstreichen, und Ihr werdet wieder Herr Eurer Sinne sein und alle meine Fragen beantworten.«

Mit einem teuflischen Lächeln wandte sich Fulcher von Straben einer niedrigen, rundbogigen Tür zu und verschwand aus meinem Gesichtsfeld. Ich sah nur einen Kreis, als blickte ich durch eine Röhre, und deshalb war es schwierig, etwas von dem Raum zu erkennen, in dem ich mich befand. Wuchtige, vom Ruß schwarz gefärbte Balken stützten die Decke über mir, und an der Wand neben der Tür prasselte eine Fackel. Linker Hand erkannte ich eine Lichtöffnung, die sich von der Innen- zur Außenwand verjüngte und mit einer Handspanne Breite ins Freie mündete. Soweit ich mit meinen Fingern und unter großer Anstrengung ertasten konnte, lag ich auf einer hölzernen Pritsche; aber noch ehe mich weitere Gedanken beschäftigten, überwältigte mich erneut der Schlaf.

Als ich erwachte, war die Fackel niedergebrannt, und draußen schien die Sonne; jedenfalls sah ich ihr helles Licht durch die schmale Fensteröffnung zur Linken. Aus meinen Gliedern hatte sich die Schwere verflüchtigt, und so erhob ich mich, um durch den Lichtschlitz zu spähen. Ich wähnte mich in einem Kellerverlies oder zu ebener Erde, deshalb erschrak ich, als ich die Welt tief unter mir entdeckte. Offensichtlich hatte man mich in den baufälligen Turm gebracht.

Die Tür zu öffnen wagte ich nicht, denn ich hatte noch immer Fulchers drohende Worte im Gedächtnis. Also setzte ich mich auf die Holzpritsche nieder und beschäftigte mich mit der bangen Frage, was nun werden solle.

Die Bruderschaft mit ihren seltsamen Lehren, hehren Zielen und unlauteren Mitteln gab mir immer neue Rätsel auf. Anscheinend wollte Fulcher, daß ich ihre Bibel fertigstellte. Aber würde er mich jetzt noch zu Ende drucken lassen, wo ich zuviel wußte?

Wenn aber der Auftrag so dringlich war, was steckte hinter seinem monatelangen Schweigen? Ich hatte den Eindruck, daß er nicht nur gegen Feinde von außen kämpfte, sondern auch gegen solche in den eigenen Reihen. Wollte er diese mit der Veröffentlichung seiner Lehre mundtot machen?

Mir schwirrte der Kopf. Ich wußte nicht, seit wann ich nichts mehr gegessen hatte, und mein Bauch quälte mich vor Hunger. Da hörte ich Schritte.

Ich hatte Fulcher von Straben erwartet, aber im Türbogen erschien eine Frau. Sie trug ein bäuerliches Gewand wie eine Magd und ein Tuch über dem Kopf. In ihrer Rechten hielt sie eine Fackel; die steckte sie an die Stelle der alten abgebrannten. Sie hatte einen Korb bei sich mit Wasser und Brot und stellte ihn wortlos vor mich auf den Boden.

Als sie sich aufrichtete, sah ich ihr Gesicht. Unsere Blicke trafen sich, und mir war, als führe ein Messer in mein Herz. Aus dem Mund der Frau kam ein Laut des Erstaunens. Dann hielten wir beide wie erstarrt inne.

»Simonetta!« sagte ich ungläubig.

Und sie sagte: »Ich kenne diesen Namen nicht.«

Ich sagte: »Simonetta, ich bin's, Michel Melzer!«

Und sie sagte: »Ihr gefallt mir, Michel Melzer.«

Ich sagte: »Simonetta, erkennst du mich nicht?«

Und sie sagte: »O ja, Ihr seid Michel Melzer.«

Ich sah Simonetta an. Ihr Blick wirkte abwesend. Ich faßte sie an den Armen, drückte sie an mich, spürte ihren Körper. Sie ließ es geschehen, ohne Widerstand, aber auch ohne spürbares Verlangen. Da schossen Tränen in meine Augen. Ich hielt das Mädchen in meinen Armen und schluchzte.

»Simonetta!« wiederholte ich immer wieder, und ich bedeckte ihr Gesicht mit Küssen. Sie lächelte, aber sonst zeigte sie nicht die geringste Regung.

Ich dachte zuerst, Simonetta spielte eine Rolle, um mich zu strafen. Dann aber besann ich mich auf die Begegnung mit dem Waldmenschen, der vieles zu berichten wußte, ohne sich an seinen Namen zu erinnern, und an seine Erklärung für dieses Verhalten.

Also begann ich behutsam: »Simonetta, erinnerst du dich an Venedig, an unsere gemeinsame Zeit, unsere Liebe?«

Da leuchteten Simonettas Augen und sie rief begeistert: »O ja, ich erinnere mich an Venedig, wo ich zur Laute spielte, und ich erinnere mich an meinen Geliebten ...«

»Wie war sein Name?«

»Ich weiß es nicht. Ich kenne keine Namen.«

In meiner Hilflosigkeit, in die sich Wut mischte, führte ich Simonetta zu der Holzpritsche und ließ sie niedersitzen. Ich kniete mich vor sie hin, preßte ihre Hände zwischen die meinen und sprach mit tränenerstickter Stimme: »Wie sah dein Geliebter aus, Simonetta? Sieh mich an! Sah er aus wie ich?«

Simonetta betrachtete mein Gesicht in allen Einzelheiten. Sie ließ sich Zeit. Schließlich antwortete sie: »Ja, er sah genauso aus wie Ihr. Ich glaube, Ihr seid es.«

Eigentlich hätte ich in Jubel ausbrechen müssen; aber die Teilnahmslosigkeit, mit der Simonetta antwortete, erschütterte mich. Um meine Tränen zu verbergen, preßte ich mein Gesicht in ihren Schoß. Ein Gefühl des Glücks strömte durch meinen Körper, als ich unerwartet ihre Hand auf meinem Haar spürte. Sie streichelte mich, als wollte sie mich trösten. So verharrten wir lange und ohne ein Wort zu sagen.

Mir erschien alles wie ein böser Traum. Ich begann an mir selbst zu zweifeln, ob das, was ich gerade erlebte, Realität war oder ein teuflisches Trugbild, ausgelöst durch die Ereignisse der letzten Tage. Und während ich nach einer Antwort auf diese Frage suchte, während mein Kopf auf

Simonettas Schenkeln lag und ich die wohlige Wärme spürte, die von ihnen ausging, war mir, als hätte jemand unbemerkt den Raum betreten. Ich schreckte hoch. Hinter mir stand Fulcher von Straben.

Ohne zu überlegen, stürzte ich mich auf ihn. Der Rufer war mir zwar körperlich überlegen, aber das kümmerte mich in diesem Augenblick wenig. »Was habt Ihr mit ihr gemacht?« rief ich zornentbrannt. »Was hat Euch das Mädchen getan? Warum habt Ihr Simonetta hierhergebracht?«

Fulcher stieß mich zurück und drückte mich neben Simonetta auf die Pritsche. »Ihr seid ein Hitzkopf, Melzer. Euer Handeln ist oft schneller als Euer Denken. Das ist einem Mann Euren Standes unzuträglich.«

»Was habt Ihr mit Simonetta gemacht?« wiederholte ich meine Frage.

»Nichts von Bedeutung«, erwiderte Fulcher. »Sie hat vom Trank des Vergessens getrunken. Nun ist ihr die Vergangenheit nur noch in Bruchstücken gegenwärtig.«

»Sie hat das Gedächtnis verloren!« schrie ich dem Rufer ins Gesicht.

»Keineswegs«, antwortete dieser gelassen. »Dinge, die ihr heute nicht mehr einfallen, sind schon morgen wieder in ihrer Erinnerung. Dafür werden andere wieder aus ihrem Gedächtnis verschwunden sein. Und was Eure Frage nach dem Grund ihrer Anwesenheit an diesem Ort betrifft, so gebt Ihr selbst die Antwort. Ich habe Euch als einen eigenwilligen, mißtrauischen Zweifler kennengelernt, der den Dingen auf den Grund geht. Ich wollte nicht riskieren, Euch in die Geheimnisse unserer Bruderschaft einzuweihen, ohne Gewißheit zu haben, ob Ihr Euch gegen uns wenden würdet. Ich ahnte, Ihr würdet Euch nicht mit dem zufrieden geben, was ich Euch anvertraut habe. Dabei ist das mehr, als sonst ein Außenstehender über uns weiß. Da traf es sich gut, daß Ihr in Verona auf die Spur des Mädchens kamt. Meine Leute waren jedoch schneller. Wie ich schon sagte, wir haben überall unsere Jünger. Sie brachten das Mädchen hierher, gleichsam als Faustpfand. Erledigt Euren Auftrag zu unserer Zufriedenheit, und Ihr sollt es haben. Und glaubt nie mehr, Ihr wäret klüger als der Rufer!«

Ich ergriff Simonettas Hand und versuchte meine Gedanken zu ordnen. Das fiel nicht gerade leicht angesichts der unerwarteten Wendung des Schicksals. Mir wurde klar: Ob ich wollte oder nicht, ich mußte die teuflische Bibel der *Boni homines* drucken, und ich mußte es schnell tun, wollte ich Simonetta wieder für mich gewinnen.

Die Fackel flackerte im Luftzug, die Flamme züngelte aufgeregt. Fulcher gab Simonetta ein Zeichen, sich zu entfernen, und sie erhob sich, ohne zu zögern.

Bevor sie aus der Tür trat, nahm ich sie noch einmal in meine Arme, drückte und herzte sie und sagte unter Tränen: »Vertrau mir, es wird alles gut!« Dabei gewann ich den Eindruck, als spürte auch sie etwas von unserer alten Zuneigung.

Als Simonetta den Raum verlassen hatte, trat Fulcher von Straben auf mich zu. »Also?« meinte er fragend.

Ich nickte. »Schickt nur genügend Pergament nach Mainz«, sagte ich, »und liefert mir rechtzeitig neue Druckvorlagen. Ihr sollt Eure Bibel haben!«

»Wußte ich's doch!« rief Fulcher lachend und schlug mir auf die Schulter. Dann verschwand er ohne Gruß.

Ich hörte, wie sich seine Tritte nach unten entfernten, und dabei vernahm ich sein teuflisches Lachen. Hungrig verschlang ich das Brot, das Simonetta gebracht hatte. Obwohl ich großen Durst verspürte, nahm ich den Krug mit Wasser und kippte den Inhalt aus der Fensterluke. Dann legte ich mich auf meine Pritsche und wartete, was nun geschehen würde.

Daß ich ausgerechnet hier, in der Einsamkeit der Eifelwälder, Simonetta gefunden hatte, erschien mir widersinnig und unfaßbar. Ich begann laut Simonettas Namen zu rufen, um mich zu vergewissern, daß ich nicht träumte. Schließlich erhob ich mich und wanderte in dem engen

Raum auf und ab. Ich trug mich sogar mit dem Gedanken, Simonetta zu befreien und mit ihr zu fliehen. Aber dann wurde mir bewußt, daß ich damit uns beide ins Unglück stürzen würde. Nein, ich mußte drucken, und wäre es das Testament des Teufels.

Bei Einbruch der Dunkelheit stürzten zwei bärtige rauhe Gesellen in derben, weiten Mänteln und mit breitkrempigen Hüten auf dem Kopf in meine Zelle. Sie verständigten sich in unartikulierten Lauten und trieben mich über die steinerne Wendeltreppe nach unten. Ich war benommen, als ich nach endlosen Umdrehungen um die eigene Achse endlich zu ebener Erde ankam. Ehe ich mich versah, stülpten mir die Männer einen Sack über den Kopf und stießen mich auf einen bereitstehenden Wagen. Dann preschte das Fahrzeug davon.

Ich fürchtete um mein Leben, denn ich konnte mir nicht vorstellen, wie ein Pferdewagen bei Dunkelheit mit solcher Geschwindigkeit durch den Wald fliegen konnte – ja, fliegen war das richtige Wort für eine Beförderungsart, die kaum ein Geräusch verursachte. Mir fehlt die Erinnerung, wie lange ich in mißlicher Lage, eingeschnürt in jenen stinkenden Sack auf dem wankenden Boden des Wagens verbrachte; doch mit einem Mal, als ich schon nicht mehr daran dachte und im Halbschlaf vor mich hin döste, vernahm ich ein lautes »Brrrr!« des Kutschers. Ich schreckte hoch, und im nächsten Augenblick wurde ich an Armen und Beinen gepackt und vom Wagen geworfen wie ein erlegtes Wild. Meine Knochen krachten, ich schrie vor Schmerz und blieb wie tot liegen.

Eilends entfernte sich der Wagen. Und um mich herum herrschte Totenstille.

KAPITEL XVII

Schmerz im Schatten der Liebe

Niemand, nicht einmal Adele, sollte von den furchtbaren Begebenheiten seiner Reise erfahren. Als der Spiegelmacher nach einer Woche in eisiger Kälte nach Hause zurückkehrte, schloß er sich ein, um sich über die neue Lage klarzuwerden, in der er sich befand. Aber je mehr er nachdachte, desto mehr wurde ihm bewußt, daß es keinen anderen Weg gab: Er mußte die Bibel der *Boni homines* drucken.

Schnell und entschieden hatte er den Gedanken der Flucht verworfen. Es gab keinen Ort, an dem er sich vor der Bruderschaft hätte sicher fühlen können. Das hatte er am eigenen Leibe erfahren. Vor allem hätte seine Flucht für Simonetta fatale Folgen gehabt, und Simonetta spielte bei all seinen Überlegungen die wichtigste Rolle.

Zu Adele, deren Schönheit ihn nach wie vor gefangenhielt, hatte Melzer inzwischen ein leidenschaftliches Verhältnis entwickelt, er fühlte sich zu ihr hingezogen; aber die unerwartete Begegnung mit Simonetta hüllte, so kam es ihm jedenfalls vor, ihre ehrliche Beziehung in einen dichten Schleier. Die Leidenschaft zu Adele wurde von der tiefen Zuneigung zu Simonetta überlagert. Gegen die Liebe feiert die Leidenschaft zwar Triumphe, aber nie einen Sieg.

Adele spürte sofort, daß etwas vorgefallen sein mußte, aber sie führte Melzers Verschlossenheit zunächst auf die Erlebnisse seiner Reise zurück. Sie wußte, unter welch schicksalhaftem Zwang er stand, und stellte keine Fragen. Melzer brachte seinerseits nicht den Mut auf, Adele von der Begegnung mit Simonetta und der Wandlung seiner Gefühle zu berichten.

So lebten sie eine Weile wie Philemon und Baucis, nachsichtig und ohne den anderen zu bedrängen, bis eines Tages – seit Melzers Reise waren Monate vergangen und am Rhein hatte der Frühling Einzug gehalten – Adele vor Melzer hintrat und fragte: »Was ist nur mit dir, Michel? Seit du aus der Eifel zurück bist, bist du ein anderer geworden. Du kennst nur noch deine Werkstätte, und es scheint, als hättest du mich völlig vergessen.«

»Das bildest du dir ein«, entgegnete der Spiegelmacher abwesend. Er war so in seine Arbeit vertieft, daß er, während Adele redete, nicht einmal von seinem Setzkasten aufblickte.

Adele näherte sich Melzer von hinten, schlang ihre Arme um seinen Leib und schmiegte sich an ihn. Der Spiegelmacher spürte die festen Spitzen ihrer Brüste, und ein wohliger Schauer lief durch seinen Körper.

Zärtlich rieb sie ihre Wange an seinem Nacken. »Was verbirgst du vor mir?« fragte sie leise. »Da steht doch etwas zwischen uns.«

Melzer wollte ihr nicht weh tun. Ihm fehlte der Mut, ihr die Wahrheit zu sagen. Er kannte Adeles Stolz und wußte, daß sie sich zurückziehen würde sobald sie von der Begegnung mit Simonetta erfahren würde. Also schwieg er.

Aber Adele gab nicht auf. Sie hatte eine gewisse Ahnung und begann vorsichtig zu sprechen: »Du sagtest einmal, du seiest in Konstantinopel – oder war es in Venedig – der Liebe deines Lebens begegnet. Hängt dein Verhalten mit dieser Frau zusammen?«

Der Spiegelmacher schreckte hoch, er wand sich aus der Umarmung Adeles und kramte fahrig in seinem Setzkasten.

»Warum sagst du mir nicht die Wahrheit?« fragte Adele nach.

Da drehte sich Melzer um; er sah Adele lange schweigend an, und Adele erkannte, wie schwer es ihm fiel zu sprechen. In seinem Blick lag Unsicherheit und Trauer.

»Warum?« wiederholte Adele.

Melzer nickte. Dann brach es aus ihm heraus: »Es ist, wie du vermutet hast, Adele. Ich bin Simonetta begegnet, einer Frau, der meine ganze Liebe gehört. Frage nicht nach den Umständen. Sie sind unerfreulich genug. Simonetta wird von den *Boni homines* gefangengehalten, als Pfand für meine Arbeit. Aber was immer geschehen mag, ich liebe sie. Ich wagte nur nicht, es dir zu sagen. Ich schäme mich dafür.«

Über Adeles Gesicht huschte ein bitteres Lächeln. Sie gab sich Mühe, ihre Enttäuschung zu verbergen, aber es gelang ihr nicht. Ihre Stimme zitterte, als sie ihre Arme auf seine Schultern legte und sagte: »Was bist du doch für ein Hasenfuß; fürchtest dich, die Wahrheit zu sagen. Als ob man die Wahrheit fürchten müßte! Fürchten muß man nur die Lüge. Du liebst dieses Mädchen mehr als mich – es soll sein. Ich wünsche dir alles Glück dieser Erde.«

Dem Spiegelmacher entging nicht, daß Adele mit den Tränen kämpfte. Nun, da er sein Geständnis abgelegt hatte, fühlte er sich besser. Er wollte Adele an sich ziehen, sie umarmen; aber noch ehe es ihm gelang, wandte die Wittfrau sich um und machte ein paar schnelle Schritte zur Tür. Bevor sie verschwand, drehte sie sich noch einmal kurz um und wiederholte: »Ich wünsche dir Glück.«

»Adele!« rief Melzer, um sie aufzuhalten – vergeblich. Er starrte zur Tür und fühlte sich, als sei sein Brustkorb in eine

Druckerpresse geraten. Ihn schmerzte das Leid, das er Adele zugefügt hatte, und dieses Mitleid brachte für einen Augenblick seine innersten Gefühle durcheinander. War seine Liebe zu Simonetta wirklich größer als die zu Adele?

Traurig, ja verzweifelt ließ Melzer sich auf seinen hochbeinigen Schemel nieder. Über einen Setzkasten gebeugt griff er – ohne hinzusehen und scheinbar wahllos – nach irgendwelchen Lettern und setzte sie in dem Kasten vor sich zu einem Satz nebeneinander. Der Satz, von rechts nach links und auf den Kopf stehend, lautete: *Die Liebe kriecht, wo sie nicht gehen kann.*

Michel Melzer stürzte sich in seine Arbeit. Er setzte die Vorlagen, die ihm der Rufer gebracht hatte, in künstliche Schrift, zwei Satzkolumnen auf jede Seite, zwei Seiten auf jeden Bogen. Aber anders als bei den Ablaßbriefen bedruckte er jeden einzelnen Pergamentbogen auf der Vorder- und auf der Rückseite, so daß ein Bogen für vier Seiten reichte.

Zur selben Zeit machte sich Johannes Gensfleisch im Gutenberghof daran, das Alte Testament in Satz zu bringen. Die Vorlage des Erzbischofs war, wie alle Texte jener Zeit, in lateinischer Sprache gehalten. Dabei stellte sich heraus, daß Gensfleisch, weil ihm die Erfahrung Melzers fehlte, für gewisse Schriftzeichen zu wenig Lettern gegossen hatte, und so schickte er bisweilen Boten vom Gutenberghof zum Frauengäßchen mit der Bitte um ein paar I, O, U und vor allem C, Buchstaben, die im Lateinischen besonders häufig vorkamen.

Auf beiden Seiten ging die Arbeit gut voran, und wo Not am Mann war, kamen sich Melzer und Gensfleisch gegenseitig zu Hilfe. Fulcher von Straben sandte eine weitere Wagenladung Pergament, zweihundert Gulden und eine weitere Textvorlage, und Melzer war guter Hoffnung, seinen Auftrag in absehbarer Zeit beenden zu können.

Des Nachts ging in Melzers Werkstätte am Frauengäßchen

nur für wenige Stunden das Licht aus. Selten verließ er das Haus, und wenn, sah man ihn geistesabwesend durch die Straßen von Mainz irren, während er Unverständliches vor sich hin murmelte. Wenn er mit wirren Haaren und in gebückter Haltung, die Hände auf dem Rücken verschränkt wie ein Scholar, über den Domplatz eilte, dann schüttelten die Mainzer die Köpfe. Zu den Zusammenkünften der Zunftbrüder, die einmal pro Woche im *Goldenen Adler* stattfanden, erschien er schon lange nicht mehr, und denen, die ihn in seiner Werkstätte aufsuchen wollten, verwehrte er den Einlaß.

Der üppige Lohn, den Melzer zahlte, machte seine Gesellen verschwiegen gegenüber Neugierigen, doch trug diese Schweigsamkeit nur noch mehr zu absonderlichen Gerüchten bei. Die Hafenarbeiter an der Flußlände vor den Mauern der Stadt erzählten, Erzbischof Friedrich habe den Spiegelmacher persönlich exorziert, und dabei sei ihm der Teufel vom Herzen ins Hirn gefahren. Von den Marktweibern hingegen war zu erfahren, Melzer verzehre sich in Liebe zu einer geheimnisvollen Frau, der er in den Wäldern begegnet sei.

Zwei Tage vor Peter und Paul, als der Sommer mit aller Pracht durchs Rheintal zog und nach zwei Hungerjahren endlich eine satte Ernte versprach, traf, zu Schiff von Straßburg kommend, ein seltsamer Venezianer in Mainz ein. Sein Äußeres war nicht gerade vorteilhaft, obwohl er, in feinstes grünes Tuch gekleidet und mit einer aufgebauschten Reisekappe auf dem Kopf, seine Vornehmheit betonte. Er hinkte, schielte und trug einen feuerroten Höcker auf der Stirn. Es war Cesare Pedrocchi, den man in Venedig den ›Drachen‹ nannte.

Zielstrebig fragte sich der venezianische Avogadore zum Spiegelmacher Michel Melzer durch, und die Kinderschar, die lachend und lärmend hinter ihm herlief, schien den Mann mit der gedrungenen Figur wenig zu stören. Die Weiber in den

Haustüren reckten die Hälse, als der Fremde den Weg zum Frauengäßchen nahm und seine Schritte zu dem ins Gerede gekommenen Haus Melzers lenkte. Er war kaum hinter der Tür verschwunden, da liefen sie, Geschäftigkeit vortäuschend, das Frauengäßchen hinauf und hinunter und versuchten einen verstohlenen Blick durch die Fenster zu werfen.

Der Besuch des Avogadore war so ziemlich das Letzte, womit Melzer gerechnet hätte. Er ahnte nichts Gutes und fragte, noch bevor Pedrocchi zu Wort kam: »Kommt Ihr wegen meiner Tochter? Was ist mit ihr? Sprecht, Messer Pedrocchi!«

Der Avogadore machte ein kummervolles Gesicht.

»Ihr braucht mich nicht zu schonen!« ermunterte Melzer den Venezianer, und er fügte hinzu: »Es würde mich nicht wundern, wenn Ihr mir die Nachricht brächtet, Editha sei in den Piombi gefangen und Ihr wolltet sie – gegen satte Vorauszahlung – da herausholen.«

»Editha ist tot«, sagte Pedrocchi ruhig. »Es tut mir leid.«

»Tot?« Melzer hielt erschreckt inne.

»Sie starb bei der Geburt des Kindes, und das Kind ebenso. Sein Kopf war zu groß für den Leib der Mutter. Editha lag einen ganzen Tag und eine Nacht in den Wehen. Erst starb das Kind, dann ereilte auch die Mutter der Tod. Ich weiß nicht, ob es Euch ein Trost ist, aber glaubt mir, Edithas Tod hat ganz Venedig erschüttert.«

Der Spiegelmacher trat ans Fenster und blickte ins Leere. Er sah nicht die neugierigen Gesichter, die von den Vorgängen im Inneren des Hauses etwas mitzubekommen versuchten. Hilflos faltete er die Hände, dann schrie er, daß seine sich überschlagende Stimme durch das Haus hallte: »Ist es ein Wunder? Das Mädchen hatte den Teufel im Leib. Es war das Kind dieses Teufels da Mosto!«

Cesare Pedrocchi wagte nicht zu antworten. Er beobachtete

den Spiegelmacher mit ehrlichem Mitgefühl. Erst nach einer Weile sagte er: »Man hat Editha unter den Zypressen von San Cassiano begraben.«

Als Melzer schwieg, fühlte Cesare Pedrocchi sich ermutigt fortzufahren: »Ich komme«, begann er umständlich, »im Auftrag des *Consiglio dei Dieci* …«

»Ich hätte sie nicht allein lassen dürfen!« Melzer schien überhaupt nicht zugehört zu haben. Er preßte den Kopf gegen die Butzenscheiben des Fensters und wiederholte: »Es war meine Schuld; ich hätte sie nicht allein lassen dürfen. Sie war jung und dumm, zu jung und zu dumm, und das viele Geld ist ihr zu Kopf gestiegen. Gewiß, sie hat mich gehaßt und mir immer wieder zum Vorwurf gemacht, ich hätte sie an diesen byzantinischen Tuchhändler verkauft. Dabei wollte ich nur ihr Bestes. Konnte ich ahnen, daß er schon eine Frau hatte?«

Nach einer langen Pause nahm der Avogadore einen neuen Anlauf: »Messer Allegri vom *Consiglio dei Dieci* hat mich beauftragt, Euch über die Frage des Erbes in Kenntnis zu setzen. Ihr wißt, Editha war eine der reichsten Frauen in Venedig, und selbst da Mosto ist es trotz seiner Spielleidenschaft nicht gelungen, ihr Vermögen merklich zu mindern. Wäret Ihr ein Venezianer, so fiele Euch das gesamte Vermögen zu: die Flotte, der Palazzo und die ganze Barschaft. Das Erbrecht der ›Serenissima‹ sieht jedoch für die Erbfolge nur Venezianer vor, es sei denn, der Erblasser hat eine besondere Verfügung zugunsten eines Ausländers getroffen. Auf dem Sterbebett hat Eure Tochter verfügt, daß Euch – es tut mir wirklich leid, Messer Melzer – hundert Gulden ausgehändigt werden sollen, nicht mehr und nicht weniger. Ihr wüßtet schon, wofür.« Dabei zog er einen Beutel hervor und legte ihn vor Melzer auf den Tisch.

Melzer schüttelte den Kopf, als wollte er die Nachricht nicht glauben. Er hätte nie gedacht, daß Edithas Haß und Verachtung gegen ihn so tief saß, daß sie ihm selbst im Tode noch nicht verziehen hatte.

»Ich will dieses Geld nicht!« sagte Melzer schließlich und schob den Beutel über den Tisch zurück. »Gebt es den Armen von Venedig. Auf dem Vermögen der Doerbecks liegt ohnehin ein Fluch. Glaubt mir, ich hätte nie mehr einen Fuß in den Palazzo Agnese gesetzt. Aber was bedeutet schon Geld, wenn man sein Kind verliert?«

»Ich habe von Euch kein anderes Verhalten erwartet.«

Melzer machte eine abwehrende Handbewegung. Dann sah er den Avogadore prüfend an, schließlich stellte er die Frage: »Messer Pedrocchi, woher wußtet Ihr eigentlich, daß ich nach Mainz zurückgekehrt bin? Wie habt Ihr mich gefunden?«

Cesare Pedrocchi rieb sich verlegen über die Hände und antwortete: »Messer Melzer, das war nicht schwer zu erraten; aber wenn Euch an der wahrheitsgemäßen Klärung des Geschehens liegt, so sage ich nur: *Insignia Naturae Ratio Illustrat.*«

Der Spiegelmacher war verblüfft, ja bestürzt, und es dauerte eine Weile, bis er alle Zusammenhänge begriffen hatte; aber da hatte der Avogadore bereits Mainz mit unbekanntem Ziel verlassen.

Die Nachricht vom Tod seiner Tochter Editha und der damit verbundene Kummer bewirkte bei Melzer noch größeren Arbeitseifer. Er kannte jetzt nur noch ein Ziel: Er wollte mit dem Auftrag, die Bibel der *Boni homines* zu drucken, so schnell wie möglich fertig werden. Dies war der einzige Weg, Simonetta eher zurückzubekommen. Liebe macht erfinderisch, und so begann Melzer Ligaturen zu gießen, Buchstabenverbindungen wie *ph*, *ff* oder *st*, die in der lateinischen Sprache häufig vorkamen, was den Vorgang des Setzens merklich abkürzte. Melzer verfügte jetzt über 47 Groß- und über 200 verschiedene Kleinbuchstaben. Der Inhalt seiner Texte, die von der Verpflanzung menschlicher

Krankheiten auf lebende Tiere – durch Abreiben des Körpers mit Brot, das dann einem Calecutischen Hahn vorgeworfen wurde – handelte oder von der Deutung der Träume im Hinblick auf die Zukunft des Menschen, all das kümmerte ihn wenig. Er sah nur das Ziel seiner Arbeit vor Augen: Simonetta.

So nahm die dämonische Bibel der Bruderschaft allmählich Gestalt an; jedenfalls machte sich Melzer diese Vorstellung, denn kaum hatte er von einem Bogen tausend Exemplare gedruckt, fuhr, wie von unsichtbarer Hand herbeigewunken, ein Pferdewagen vor, um neues Pergament abzuladen und die gedruckten Bogen fortzuschaffen. In unregelmäßigen Abständen erschien Fulcher von Straben mit reichlich Geld und neuen Textvorlagen und der Versicherung, es würde nun nicht mehr lange dauern, und er könne seine Angebetete erwarten.

Nach der achtzehnten Lieferung, als Michel Melzer 144 Seiten gedruckt hatte, wagte er zum erstenmal die Frage, welchen Umfang die gesamte Bibel der *Boni homines* habe.

Zunächst gab sich Fulcher verschlossen, aber als Melzer nicht nachgab und ihn drängte, die Wahrheit zu sagen, da antwortete dieser, die Bibel der Bruderschaft könne der Bibel des römischen Papstes auch vom Umfang her nicht nachstehen.

Nun gab Melzer zu bedenken, die Handschrift des Alten und Neuen Testaments, welche ihm Erzbischof Friedrich als Vorlage gegeben habe, umfasse mehr als tausend Seiten, und er habe für die Arbeit mit sechs Gesellen fünf bis acht Jahre veranschlagt.

Fulcher von Straben hob die Schultern und meinte, die *Boni homines* hätten zwei Jahrhunderte ohne Lehrbuch auskommen müssen, da komme es auf ein paar Jahre mehr oder weniger nicht mehr an.

Fassungslos, als hätte der Rufer ihm soeben sein Todesurteil verkündet, starrte Melzer sein Gegenüber an. Ohne den Blick von ihm abzuwenden, ging er langsam auf Fulcher zu, und als er nahe vor ihm stand, tat Melcher einen Satz und fuhr ihm mit beiden Händen an den Kragen, daß dieser einen gurgelnden Schrei ausstieß und unter heftiger Gegenwehr versuchte, den Angreifer abzuschütteln.

»Ich bringe dich um!« keuchte der Spiegelmacher. »Warum hast du mir den Umfang des Auftrags verschwiegen?«

Nur unter großer Kraftanstrengung gelang es Fulcher, sich aus der Umklammerung zu befreien. Er schleuderte Melzer beiseite, daß dieser zu Boden stürzte und auf den Knien zu Fall kam. In dieser Haltung begann Melzer leise und ohne Fulcher anzusehen: »Warum quält Ihr mich so? Erst drängt Ihr mich, dann haltet Ihr mich hin – und jetzt das! Ich dachte, als ich daran ging, Eure Bibel zu drucken, Ihr würdet Simonetta in einem Jahr freilassen. Und jetzt sind es fünf, vielleicht sogar acht Jahre …«

Der Rufer drehte den Kopf nach beiden Seiten, um die Funktion seiner Wirbel zu prüfen, dann erwiderte er barsch: »Von einem Jahr war nie die Rede, Schwarzkünstler. Und wenn Euch an der Venezianerin gelegen ist, müßt Ihr eben schneller setzen oder drucken. Im übrigen laßt Euch geraten sein: Hebt nie mehr eine Hand gegen mich, nie mehr!«

Ohne es zu wollen, waren Melzers Gesellen Zeugen der Auseinandersetzung geworden. Albrecht Lenhard, der Älteste, dem Melzer großes Vertrauen entgegenbrachte und der als einziger erkannt hatte, worum es bei dem Druckwerk überhaupt ging, trat, nachdem Fulcher verschwunden war, auf den noch immer auf dem Boden knieenden Meister zu und richtete ihn auf. Er kämpfte selbst mit den Tränen, als er die Tränen ohnmächtiger Wut in Melzers Augen sah. Auch wenn er die Einzelheiten nicht ganz begriff – Melzer hatte Simonettas Namen Albrecht gegenüber nie erwähnt –, so ahnte er, daß es um eine Frau ging, die der Meister über alle Maßen liebte.

»Meister Melzer«, sagte Albrecht vorsichtig, nachdem er die

übrigen Gesellen zur Arbeit ermahnt hatte, »laßt mich wissen, falls Ihr meiner Hilfe bedürft. Ich bin zwar nur Euer Geselle und jünger an Jahren, aber wenn Ihr einen braucht, der Euch zur Seite steht – auf mich könnt Ihr zählen.«

Melzer blickte auf. Die Worte des Gesellen taten ihm gut. Schließlich antwortete er: »Du bist ein guter Kerl, Albrecht. Aber Schmerz kann man, im Gegensatz zum Glück, nicht teilen. Und Liebeskummer ist die einsamste Sache der Welt.«

Albrecht nickte verständnisvoll, und Melzer setzte sich auf seinen Schemel. Eine Weile starrte er vor sich hin, dann verbarg er sein Gesicht in den verschränkten Armen auf dem Setzkasten. Die Gesellen zogen sich zurück; denn es war Abend geworden.

Am nächsten Morgen erschienen die Gesellen pünktlich zur Arbeit, aber Melzer zahlte ihnen den Wochenlohn aus und schickte sie nach Hause. Fortan traf man ihn jeden Abend im *Goldenen Adler*, wo er, abseits seiner Zunftbrüder, in einer engen Nische Platz fand und traurig vor sich hin trank. Bisweilen begann er laut über Gott und die Welt und über gute und schlechte Menschen zu fluchen, und manchmal gebrauchte er dazu sogar die lateinische Sprache.

Die Leute fragten sich, was die Wandlung im Charakter des Spiegelmachers bewirkt haben könnte, und allmählich sprach sich herum, daß er seine Tochter Editha, die vielen in Mainz noch im Gedächtnis war, durch Tod verloren hatte. Daneben ging aber auch das Gerücht, Editha habe geerbt und dieses Erbe sei nun dem Spiegelmacher zugefallen, ein Erbe, das dem Vermögen des Erzbischofs nicht nachstehe und eine Schiffsflotte im Mittelmeer einschließe.

War es zunächst nur ein Gerücht, so wurde das Gerede den meisten bald zur Gewißheit. Der Spiegelmacher, hieß es, sei mit unvorstellbarem Reichtum gesegnet; er sei so wohlhabend, daß er aus Furcht vor den eigenen Glücksgütern zu trinken begonnen habe. Und wenn er spät in der Nacht, vom *Goldenen Adler* kommend, fluchend und schimpfend den Frauenplatz überquerte, so nahmen die Mainzer zwar Anstoß daran, aber niemand, nicht einmal der gestrenge Walpode, der Polizeimeister, wagte es, den Spiegelmacher zurechtzuweisen.

Melzer wußte nicht einmal, warum man ihn mit so großer Nachsicht behandelte; es war ihm auch gleichgültig. Als gar der stolze Rat der Stadt, der sich aus den Mitgliedern aller Zünfte zusammensetzte, eine Abordnung zum Frauengäßchen sandte mit der Botschaft, dem Rat würde es zur Ehre gereichen, falls er, der Spiegelmacher Michel Melzer, wohlgelittener Bürger dieser Stadt, sich ihnen beigeselle und einen der drei Posten als Bürgermeister übernehme, da warf Melzer die gesamte Abordnung hinaus und rief hinterher, sie sollten sich zum Teufel scheren und ihn in Ruhe lassen.

In seinem Schmerz ersann Melzer immer neue Unternehmungen. Um Simonetta zu vergessen, scheute er auch nicht den Tod; ja, es schien, als suchte er ihn sogar. Es begann damit, daß er am Montag nach Trinitatis durch die Mühlpforte zum Rheinufer ging, wo die Schiffsmühlen verankert lagen, und gewiß eine Stunde auf das Wasser starrte, als erwarte er das Auftauchen eines Ungeheuers. Schließlich stieg er die schmalen Steinstufen zum Fluß hinab und setzte erst den einen Fuß auf das Wasser, wenig später den anderen, aber als er erkannte, daß beide im Rhein zu versinken drohten, sprang er mit beiden Beinen zugleich in den Fluß.

Zum Glück hatte ein Sackkärrner den Spiegelmacher bei seinem seltsamen Tun beobachtet, er kam hinzu und zog Melzer mit einem Holzhaken heraus, und dabei erfuhr er, daß Melzer keineswegs sein Leben beenden, sondern nur über das Wasser gehen wollte wie unser Herr Jesus.

Zwei Tag später holte ihn der Küster des Liebfrauenstifts von der obersten Brüstung des Turmes, wo Melzer ein riesiges Leinentuch in den Wind hielt, an dessen vier Ecken er Stricke geknüpft hatte. Die Seilenden waren an einen Korb geknüpft, der Melzer zum Sitzen genug Raum bot. Vor dem Walpoden schwor der Küster des Stifts bei der heiligen Jungfrau, der Spiegelmacher vom Frauengäßchen habe ihm erklärt, er wollte mit seinem Luftgefährt, wie er es nannte, vom Liebfrauenstift in die Tiefe segeln, und er habe sich nur mit Gewalt von diesem Unternehmen abhalten lassen, welches gewiß seinen Tod bedeutet hätte.

So kam Michel Melzer immer mehr ins Gerede, und dieses Gerede machte auch vor Adele Wallhausen nicht halt.

Adele war eine stolze Frau. Ihr Stolz war jedoch nicht von jener Art, die sich über andere erhebt, sondern eher von einer ihr eigenen Würde getragen. Dazu gehörte, daß sie niemals einen gefaßten Vorsatz verwarf. Eine solche Übereinkunft mit sich selbst lautete, daß sie nie wieder das Haus des Spiegelmachers zu betreten gedachte. Nicht daß sie Melzer haßte, aber in ihrem Innersten war Adele zutiefst verletzt.

Doch nun fühlte Adele, daß Melzer sie brauchte. Sie ahnte, worauf sein merkwürdiges Verhalten zurückzuführen war, und wußte, daß Melzer ihrer Hilfe bedurfte. So ging sie den vertrauten Weg zum Frauengäßchen, den sie geschworen hatte, nie mehr zurückzulegen.

War es ungewöhnlich genug, Melzer überhaupt anzutreffen, so verlief die Begegnung zunächst unerwartet. Adele hatte befürchtet, einen angetrunkenen, verwirrten Menschen anzutreffen, der nicht mehr Herr seiner Sinne war. Aber Melzer gab sich, als die Besucherin eintrat, ausgeglichen und freundlich, so wie sie ihn kannte: »Daß du dich meiner erinnerst?« sagte er lächelnd und fügte hinzu: »Du hast mir also verziehen?«

»Verziehen?« Adele schüttelte den Kopf. »Da gibt es nichts zu verzeihen, Spiegelmacher. Es bedarf keiner Vergebung, wenn dein Herz einer anderen gehört. Aber das ändert nichts an meiner Kümmernis.«

Melzer nahm Adeles Hand und küßte sie. »Du kennst den Spruch des griechischen Sängers: So viele Muscheln am Strand, so viele Schmerzen schafft die Liebe! Dabei liebe ich dich noch immer.« Er preßte ihre Hand gegen seine Brust und versuchte Adele auf den Mund zu küssen.

Adele wandte schnell den Kopf zur Seite, daß sein Versuch ins Leere ging.

»Du solltest mit dem schlichten Wort ›Liebe‹ behutsamer umgehen«, meinte sie und lächelte. »Was dir so leicht über die Lippen geht, kann andere Menschen ins Unglück stürzen.«

»Das würde mir leid tun«, entgegnete Melzer. »Sei versichert, mein Gefühl für dich hat sich nicht gewandelt. Meine Liebe zu dir ist nur …«

»Eben«, unterbrach ihn Adele. »Deine Liebe zu mir ist nur nicht so stark wie jene zu der Lautenspielerin. Und das ist nicht die Liebe, welche ich von einem Mann erwarte. Lieber verlasse *ich* einen Mann unter Schmerzen, als daß ein Mann *mich* verläßt.«

»Ich habe dich nie verlassen, Adele!«

»Nein. Ich bin dir zuvorgekommen! Nun herrschen klare Verhältnisse. Aber das ändert nichts an meiner Haltung.«

Melzer versuchte erneut, Adele an sich zu ziehen; doch Adele sträubte sich, und dabei schien es ihm, als bereite ihr der Widerstand eine besondere Lust. Aber je heftiger er versuchte, sich Adele zu nähern, desto abweisender und kühler wurde ihr Verhalten, bis sie sich mit einem Mal umdrehte, ihm den Rücken zukehrte und die Arme über der Brust verschränkte.

Mehr als mit Worten gab Adele durch diese Geste zu erkennen, daß sie ihre alte Beziehung nicht wiederaufleben lassen wollte. Und so sagte sie, von Melzer abgewandt: »Ich bin nur gekommen, weil in Mainz beängstigende Gerüchte über dich in Umlauf sind, du hättest den Verstand verloren.«

Melzer lachte verbittert: »Ja, wenn es die Marktweiber hinter vorgehaltener Hand erzählen, wird es wohl stimmen. Ja, ich bin verrückt, verrückt, verrückt!«

Adele wandte sich um: »Versteh mich recht, Michel, ich dachte, ich könnte dir vielleicht helfen. Schließlich hat jeder von uns beiden dem anderen gegenüber sein Innerstes preisgegeben. Du brauchst vor mir also keine Hemmungen zu haben.«

»Hemmungen?« sagte Melzer zynisch. »Warum sollte ich Hemmungen haben? Was mir widerfahren ist, geschieht beinahe täglich und immer wieder – nichts Besonderes, kaum der Rede wert, schon vergessen. Ich bin dazu geschaffen, Hohn und Verachtung und alles Leid dieser Welt zu ertragen!«

Melzer blickte zu Boden, aber Adele hatte längst bemerkt, daß er bemüht war, seine Tränen zurückzuhalten.

»Armer Michel«, sagte sie und legte eine Hand auf seine Schulter. »Die meisten Schicksalsschläge entspringen dem Glauben an das Gute. Vielleicht warst du einfach zu anständig.«

»Oder zu einfältig – anständig, einfältig, wo ist der Unterschied?«

»So darfst du nicht sprechen!« erwiderte Adele. »Du bist verbittert. Es werden auch wieder bessere Zeiten kommen. Das Glück ist launisch wie eine alte Jungfer und zeigt dir nur allzuschnell den Rücken. Ich weiß durchaus, wovon ich rede.«

Da erkannte der Spiegelmacher seine Ichsucht und daß es Unrecht war, mit dem Schicksal zu hadern, nur weil es nicht den Lauf nahm, den er sich wünschte, und er schämte sich für sein Verhalten.

»Du hast recht«, sagte er, »und ich war ein Narr. In Zukunft werde ich versuchen, mein Schicksal wieder selber in die Hand zu nehmen.«

Schließlich verabschiedeten sich beide in inniger Vertrautheit, jedoch ohne die Leidenschaft, mit der sie einander früher begegnet waren.

In seiner Verzweiflung und den darin begründeten Verrücktheiten war dem Spiegelmacher entgangen, daß ihn Johannes Gensfleisch heimlich beobachtete. Melzer bemerkte nicht, daß die Besuche Gensfleischs in der Werkstätte im Frauengäßchen häufiger wurden und keineswegs nur dazu dienten, sich Lettern auszuleihen. Gensfleisch blickte dem Meister über die Schulter, weniger, um sich in der Technik des Schriftsetzens fortzubilden, als vielmehr, um den Inhalt seiner geheimnisvollen Druckwerke in Erfahrung zu bringen.

Gensfleisch wußte genau, daß die gedruckten Pergamente in einer Kammer im rückwärtigen Teil des Hauses lagerten und daß nur Melzer über einen Schlüssel zu dieser Kammer verfügte. Da Melzer von Fulcher eingeschworen war, niemandem zu erlauben, auch nur eine Seite aus seiner Bibel zu lesen, achtete er streng darauf, daß die gedruckten Seiten umgehend in dieser Kammer verschwanden.

Die Geheimnistuerei, mit der Melzer seine Arbeit umgab, machte Gensfleisch erst recht neugierig. Gensfleisch glaubte sich von Melzer betrogen. Der Meister druckte seiner Meinung nach etwas nie Dagewesenes; denn gewöhnliche Ketzerschriften, die zu drucken Melzer vorgab, waren zuhauf in Umlauf, und ihre Zahl war beinahe größer als jene der Schriften der römischen Kirche. Zum Beispiel hatte das Konzil von Basel – welches, wie man hörte, noch immer tagte – noch immer keine ernsthafte Schrift hervorgebracht, während die Schmähschriften gegen das dortige Treiben der hochwürdigen Kardinäle bereits ganze Regale füllten. Was also druckte Melzer unter so strenger Geheimhaltung?

Seine mehrfache direkte Frage beschied der Spiegelmacher mit dem Hinweis, es stünde ihm nicht an, die Hintergründe zu erfahren und sei obendrein gefährlich, weil seine Auftraggeber jeden Unbefugten mit dem Tode bedrohten, der in ihre Geheimnisse eindringe. Gensfleisch fand dieses Verhalten merkwürdig und stellte die Frage, warum seine Auftraggeber diese Schrift drucken ließen, wenn niemand davon erfahren dürfe.

Da wurde der Spiegelmacher zornig und herrschte Gensfleisch an, er solle sich um das gottverdammte Alte Testament kümmern und ihm den Erzbischof vom Leibe halten. Damit wußte Gensfleisch immerhin, daß Melzers Machwerk gegen den Erzbischof und die römische Kirche gerichtet war und somit Gelegenheit bot, Michel Melzer der Ketzerei zu beschuldigen. Aber noch fehlte ihm der Beweis.

Sein Versuch, Melzers Gehilfen Albrecht Lenhard zu bestechen, um in den Besitz einer von ihm bedruckten Seite zu gelangen, schlug fehl, weil sich der treue Geselle dem Meister anvertraute. Der Spiegelmacher tobte, drohte den niederträchtigen Gensfleisch zu entlassen, und gewiß wäre es dazu gekommen, hätte nicht Gensfleisch seinerseits dem Spiegelmacher gedroht, den Erzbischof von dem geheimen Auftrag in Kenntnis zu setzen. So festigte sich aufs neue die alte Feindschaft zwischen den beiden.

Aus Furcht vor Gensfleischs Neugierde und aus Kummer über das Schicksal mied Melzer den Schlaf im weichen Bett und nächtigte auf einer Holzbank zwischen seinen Setzkästen. In einer jener kurzen Nächte auf blankem Holz schreckte er hoch. Im zittrigen Licht, das eine Laterne verbreitete, erkannte Melzer einen Schatten, der durch die Werkstatt huschte. Er sprang auf und rief: »Gensfleisch, ich habe dich erwartet!« Mit einer bereitliegenden Keule stürzte er dem Eindringling entgegen; doch der war schneller und suchte das Weite, die Laterne zurücklassend.

Melzer hielt die Funzel in die Höhe und sah, daß die Tür offenstand. Auf dem Boden lag eine Kappe. Er hob sie auf und betrachtete sie von allen Seiten. Es war keine Kappe der Spiegelmacher, wie er erwartet hatte, aber irgendwo hatte er die Kopfbedeckung schon einmal gesehen.

Melzer schloß die Tür und hängte die Kappe an den Haken. Dann legte er sich auf seine Holzbank nieder, den Blick auf die Tür gerichtet. Durch seinen Kopf gingen tausend Gedanken, aber keiner beantwortete seine Fragen nach dem nächtlichen Eindringling.

Seit zehn Tagen schon ruhte die Arbeit in der Werkstätte am Frauengäßchen, und Melzer wartete auf das Erscheinen Fulchers, der bisher in regelmäßigen Abständen aufgetaucht war, um den Fortschritt des Werkes zu überwachen. Melzer hatte den Entschluß gefaßt, sich nicht länger mit Simonettas Gefangenschaft abzufinden; er wollte den Rufer vor die Wahl stellen: Entweder würde Simonetta freigelassen, oder er würde seine Arbeit niederlegen. Bei nüchterner Betrachtung war dies gewiß kein kluger Schachzug, sondern eher ein Akt der Unvernunft und geeignet, sein eigenes Leben und das Simonettas zu zerstören. Aber Melzer hatte sich geschworen, den Kampf aufzunehmen – einen Kampf, bei dem er sich fürs erste zu hilfloser Untätigkeit verurteilt sah.

Ich befand mich damals in so verzweifelter Lage, daß mein Gefühl den Verstand mit Füßen trat; ja, ich gestehe freimütig, ich rechnete nicht einmal mit einem Zugeständnis von Seiten der *Boni homines*. Lieber wollte ich tot sein, als fünf, sechs oder noch mehr Jahre ohne Simonetta zu leben. Da nahm das Schicksal eine neuerliche Wendung.

Fulcher mußte wohl gemerkt haben, daß sein Plan, mir Simonetta

vorzuenthalten, mich zur Untätigkeit verurteilte und das Gegenteil bewirkte, was er erreichen wollte. Denn zwei Wochen nach seinem letzten Besuch im Frauengäßchen erschien er wieder; doch dieses Mal – mir stockte der Atem und ich glaubte, meine Sinne spielten mir einen Streich – in Begleitung Simonettas.

Unsere Begegnung hatte ich mir anders vorgestellt; jedenfalls hätte mich Fulchers Anwesenheit in keiner Weise gestört, wenn Simonetta mir um den Hals gefallen wäre, wenn sie mich gedrückt und geküßt hätte. Als sie nicht bei mir war, hatte mich dies fast in den Wahnsinn getrieben. Nun, als sie mir freundlich lächelnd und wie von einer zarten Sanftmut beseelt entgegentrat, war es nur schwer vorstellbar, welche Glut einmal unsere Liebe geschürt hatte.

Da packte mich der alte Zorn gegen Fulcher, der dies angerichtet hatte, und in Gedanken suchte ich nach einer Möglichkeit, wie ich dem Rufer und seiner Bruderschaft schaden, ja, sie vernichten könnte.

Die scheinfrommen Worte des Rufers, er bringe Simonetta nach Mainz, damit sie meine Arbeit beflügle, wirkten zynisch angesichts des Zustands, in dem Simonetta sich befand. Fulcher von Straben händigte mir einen weiteren Teil einer Handschrift aus. Schon im Gehen, ermahnte er mich erneut zu absoluter Geheimhaltung; da fiel sein Blick auf die Filzkappe auf dem Türhaken, die der nächtliche Einbrecher zurückgelassen hatte, und er hielt inne.

»Wie kommt Ihr an diese Kopfbedeckung?« fragte er ungehalten und ließ die Kappe durch die Hände gleiten.

Mir schien es, als hätte die Kopfbedeckung für Fulcher eine gewisse Bedeutung. Deshalb vermied ich es, die Wahrheit zu sagen, und weil mir nichts Besseres einfiel, antwortete ich: »Die Kappe fand ich auf dem Rückweg von Eurer Festung im Wald. Vielleicht gehört sie einem von Euren Fuhrknechten, dem sie ein Ast vom Kopf schlug.«

Seltsamerweise gab Fulcher sich mit der aus der Luft gegriffenen Antwort zufrieden. Er nahm die Kappe an sich und sprach: »Es ist eine Kappe der *Boni homines*, müßt Ihr wissen. Nur sie tragen diese Kopfbedeckung. Sie dient gleichsam als Erkennungszeichen. Ihr habt doch nichts dagegen, wenn ich sie mitnehme?«

»Nein, gewiß nicht!« beteuerte ich in der Hoffnung, den Rufer so schnell wie möglich loszuwerden.

Und tatsächlich verschwand der Rufer schnell und ohne Aufsehen, wie er gekommen war.

Schweigsam, beinahe verlegen wie zwei Kinder saßen wir uns gegenüber. Simonettas Lächeln verriet ein bescheidenes Glück, gleichzeitig aber auch, daß ihr unsere gemeinsame Vergangenheit nicht gegenwärtig war. Ich nahm mir vor, Simonetta nicht zu bedrängen. Früher oder später, hoffte ich, würde sich bei ihr die Erinnerung wieder einstellen.

Während ich behutsam ihre Hände an mich zog und sie streichelte, ging mir die verlorene Kappe durch den Kopf, und auf einmal wußte ich, woher ich die Kopfbedeckung kannte: Der Fremde, der mich zu mitternächtlicher Stunde aufgesucht und vor den *Boni homines* und ihrem hinterhältigen Treiben gewarnt hatte, trug eben diese Kappe. Ich war ganz sicher. Unsicher war ich jedoch, welchen Zweck der Unbekannte mit seinem Einbruch verfolgt hatte. Suchte er nach Pergamenten aus Fulchers Bibel? Brauchte er ein Beweisstück? Arbeitete er gar für den Erzbischof? Oder hatte er seine Kappe als Warnung zurückgelassen?

Simonetta sah mich prüfend an, und ich schämte mich meiner Gedanken. Wie lange hatte ich um sie gebangt, wie sehr auf ihre Rückkehr gehofft, und nun, da sie mir gegenübersaß, beschäftigte ich mich mit anderen Dingen.

»Verzeih meine Zerstreutheit, geliebte Simonetta«, entschuldigte ich mich, »aber Fulcher von Straben macht mir das Leben zur Hölle. Ich wünschte, ich wäre Spiegelmacher geblieben, und die Schwarzkunst wäre mir nie begegnet.« Kaum hatte ich diese Worte gesprochen, erschrak ich, denn mir kam in den Sinn, daß es die Schwarzkunst war, die mir Simonetta zugeführt hatte.

Da begann Simonetta zu sprechen, und als wären ihr meine Worte entgangen, fragte sie: »Michel Melzer, wo ist mein Bruder Jacopo?«

Fassungslos sah ich das Mädchen an. Was sollte ich antworten? Durfte ich ihr die Wahrheit sagen? Oder gebot es die Situation zu schweigen?

»Simonetta«, sagte ich liebevoll, »erinnerst du dich nicht an das Fest des Kaisers in Konstantinopel, an die vielen fremden Menschen, an die bunten Gaukler und die Falkner mit ihren großen Vögeln?«

Simonetta zuckte zusammen. Dann nickte sie und sprach: »Jacopo ist tot. Ein großer Vogel hat ihn getötet.«

Wenn mich die Antwort auch traurig stimmte, so war ich erfreut über Simonettas Erinnerungsvermögen. Nun wußte ich, ich konnte ihr das Gedächtnis zurückgeben, indem ich ihr behutsam unser gemeinsames Leben vor Augen führte.

So vergingen die folgenden Tage in Erinnerungen, und dabei stellte sich heraus, Simonettas Gedächtnis erwies sich als trefflicher, je weiter die Ereignisse zurücklagen. Die jüngste Vergangenheit aber, ihre Gefangenschaft bei den *Boni homines*, schien wie ausgelöscht oder bedurfte vielfältiger Hinweise, um sie in Erinnerung zu bringen. Bei unseren Ausflügen in die gemeinsame Vergangenheit vermied ich es, Lazzarinis Namen zu erwähnen, denn ich wollte bei Simonetta keine neuen Schuldgefühle erwecken.

Mit der Erinnerung wuchs allmählich auch das Zutrauen, und die alte Vertraulichkeit kehrte zurück. In Simonettas Gepäck befand sich die Laute, die sie in Verona gekauft hatte, und eines Tages bat ich sie, für mich zu spielen. Meine Furcht war groß, Fulchers teuflische Tränke könnten Simonetta die Fähigkeit des Lautenspiels geraubt haben; aber ich sah mich getäuscht. Simonetta spielte die vertrauten Lieder mit derselben Leidenschaft und Schönheit wie einst, daß mir die Tränen in die Augen traten.

Der Zauber der Musik zeigte unerwartete Wirkung. Es schien, als fügte jeder einzelne Ton, den ihre Finger den Saiten entlockten, einen Stein in das Mosaik ihrer Erinnerungen, und als sie geendet hatte, sah sie mich an, als sei sie soeben aus einem Traum erwacht.

Dies war nicht der verträumte, verschämte Blick der vergangenen Tage. Simonetta sah mich an, als wäre sie aufs neue zu mir in Liebe entbrannt. Ihre halb geöffneten Lippen formten ein einziges Wort, doch dieses war von berauschender Gewalt: »Geliebter!«

Ich kann das Glück nicht beschreiben, das dies eine Wort in meinem Herzen hervorrief. Es klang wie ein vielstimmiger Posaunenchor, durchdringend und erregend, und stürzte mich in einen Rausch, der mich alles um mich herum vergessen ließ. In dieser Zeit unserer wiedergeborenen Liebe muß dann auch geschehen sein, was mir zum Verhängnis werden sollte.

Simonettas Liebe hatte mir neue Kraft gegeben. Ich ließ meine Gesellen rufen und begann aufs neue mit meiner Arbeit für Fulcher von Straben.

Was setzte ich für verwirrende, niederträchtige und gotteslästerliche Gedanken in Blei, Sätze, die geeignet waren, einen gewöhnlichen Christenmenschen das Fürchten zu lehren, Worte wie zündende Blitze, teuflische Worte, von teuflischen Menschen erdacht. Glaubt mir, seitdem hasse ich alle Menschen, die eine Botschaft verbreiten, seien es Heiden oder Christen; denn ich weiß aus eigener Erfahrung, nicht der Inhalt zählt, sondern die Häufigkeit ihrer Verbreitung. Fulcher predigte, es gebe keinen Gott. Ich kann mir nicht vorstellen, in einer Welt ohne Gott zu leben; allerdings kann ich mir auch nicht vorstellen, wie dieser Gott aussehen soll. Denn vor dem Gott, den die römische Kirche anpreist, würde ich ebenso die Flucht ergreifen wie vor der Gottlosigkeit der *Boni homines.*

In einer dieser unvergessenen Nächte mit Simonetta, in denen wir alles nachholten, was uns ein unnachsichtiges Schicksal so lange vorenthalten hatte, fanden finstere Gesellen Zugang zur Werkstätte. Sie erbrachen das Schloß der Kammer, in der ich die gedruckten Seiten von Fulchers Bibel aufbewahrte. Unglücklicherweise lagen gerade jene Pergamentseiten auf, welche den Kern ihrer Lehre bildeten, nämlich die Erkenntnis, daß der Wanderprediger Jeschua, den man Jesus nannte, seinen

Tod inszeniert hatte, um Ruhe zu haben vor seinen fanatischen Anhängern. Und diese Pergamentseiten wurden mein Schicksal.

Hinter dem Einbruch stand kein anderer als Johannes Gensfleisch, der nun seine Stunde gekommen sah. Unter dem Vorwand, Michel Melzer, der Schwarzkünstler, schicke ihn, um Seiner Eminenz die ersten Seiten des Alten Testaments in künstlicher Schrift vorzulegen, ließ Erzbischof Friedrich sogar den Konvent im Stich, der sich wider den Aberglauben und die Spottgedichte gegen die Kirche wandte, die allenthalben in Umlauf waren.

Dem Erzbischof schwoll eine dunkle Zornesader auf der Stirn, als er die Pergamentseiten, die Gensfleisch ihm vorlegte, in Augenschein nahm, und er herrschte ihn an: »Tölpel, kann er nicht lesen, daß das nicht das Alte Testament ist, welches Gott uns gesandt hat, sondern ein Wirrwarr schmutziger Gedanken?«

»Gewiß doch, Eminenz, hochwürdigster Herr Erzbischof«, antwortete Gensfleisch dienernd, »es ist ein Wirrwarr schmutziger Gedanken, und das ist auch der Grund meines Kommens.«

»Ich habe dem Schwarzkünstler den Auftrag erteilt, mir das Alte und Neue Testament in künstlicher Schrift aufzuzeichnen!« fuhr der Erzbischof dazwischen. »Was soll dieser Unsinn?«

Gensfleisch grinste verschlagen: »Ihr seht ja, was dabei herauskommt. Eine Bibel des Teufels!«

Erzbischof Friedrich ließ sich mit seinem ganzen Gewicht auf einen Stuhl fallen, daß das Holz krachte, und vertiefte sich in das Pergament. In kurzen Abständen schüttelte er den Kopf, er gab Laute der Abscheu von sich und begann schließlich zu schreien, als würde er von Folterknechten gerädert. Dabei schlug er ein Kreuzzeichen nach dem anderen wie ein Teufelsaustreiber beim

Exorzismus, und als sei er selbst vom Teufel besessen, begann er am ganzen Leib zu zittern.

Gensfleisch bekam große Augen und bangte um das Leben des Erzbischofs, weil dieser wild an seinem Kragen zerrte, mit dem Mund ein großes O formte und wie ein an Land geworfener Fisch nach Luft schnappte. Mit der Linken bekam er neben sich auf dem Tisch ein Glöckchen zu fassen. Das schüttelte er heftig und so lange, bis der schrille Ton den Secretarius Franziskus Henlein mit einem Krug geheimnisvollen Inhaltes herbeirief. Jedenfalls fand der Erzbischof nach einem kräftigen Schluck die Fassung wieder und schickte Henlein, der sich für die Pergamente als Urheber solch bedrohlicher Krankheit zu interessieren begann, aus dem Saal.

»Ihr habt das alles gelesen?« fragte der Erzbischof Gensfleisch.

»Es blieb mir nicht verborgen.«

»Und das alles kommt aus dem Kopf dieses Schwarzkünstlers Melzer?«

Gensfleisch hob die Schultern. »Wer sollte sonst solche Teufeleien erfinden? Meister Melzer ist kein Dummerjan, er kennt die Welt. Gott allein weiß, wo man ihm diese Lehre eingetrichtert hat. Vielleicht in Konstantinopel, wo die Gottlosen zu Hause sind.«

»Heiliger Bonifatius!« rief der Erzbischof, während er erneut in dem Pergament zu lesen begann. »Seht her, welche Erklärung er für die Inschrift des Kreuzes unseres Herrn Jesus bereithält. Man könnte selbst ins Zweifeln kommen: *Insignia Naturae Ratio Illustrat* – die Anfangsbuchstaben INRI. Dieser Melzer wird doch nicht mehr wissen, als einem gewöhnlichen Christenmenschen zukommt?«

Gensfleisch verzog sein Gesicht zu einer Grimasse, als schmerzte ihn, was da gedruckt stand. »Ich sagte doch, Meister

Melzer ist nicht dumm. Dabei handelt es sich hier nur um ein paar Seiten aus seiner Ketzerbibel. Nicht auszudenken, was ihm sonst noch alles einfällt.«

Nachdem der Erzbischof das Pergament bis zur letzten Zeile gelesen hatte, richtete er sich auf, blickte zum Himmel und rief: »Verflucht seist du, Machwerk des Teufels!« Dann nahm er das Pergament und begann es in kleinste Teilchen zu zerreißen, und selbst die kleinsten zerriß er zwischen spitzen Fingern ein weiteres Mal, bis die Blättchen wie Schneeflocken zu Boden taumelten.

»Hochwürdigster Herr Erzbischof«, wandte Gensfleisch ein, »Ihr könnt die Pergamente zerreißen oder ins Feuer werfen, damit habt Ihr sie nicht aus der Welt geschafft. Es zählt zu den Vorzügen der künstlichen Schrift, daß sie sich gleichsam selbst erneuert, so es der Schwarzkünstler will. Meister Melzer ist in der Lage, jenes Pergament, das Ihr soeben in tausend Teile zerrissen habt, in kürzester Zeit neu hervorzuzaubern, in Punkt und Komma gleich dem, das Ihr vernichtet habt.«

»Ich habe von Anfang an gewußt, daß die künstliche Schrift eine Erfindung des Teufels ist!« ereiferte sich der Erzbischof aufs neue. »Ich werde sie verbieten. Seit der Erschaffung der Erde ist die Menschheit ohne künstliche Schrift ausgekommen, indem sie Pinsel und Feder gebrauchte, um einen Buchstaben an den anderen zu reihen. Wozu bedarf es des Bleis? Ihr seht ja, was dabei herauskommt!«

»Erlaubt mir, Euch zu widersprechen«, begann Johannes Gensfleisch. »Ich glaube nicht, daß ein Verbot von Nutzen wäre. Denn verbötet Ihr die Schwarzkunst in Mainz, so druckten andere in Köln, in Straßburg oder Nürnberg, und Ihr hättet das Nachsehen. Auch könnt Ihr die künstliche Schrift an sich nicht für den Inhalt eines Buches verantwortlich machen. Böse ist nicht die Kunst, sondern das, was man mit ihr anstellt. Laßt mich die Bibel drucken, Eminenz – hundert-, dreihundertmal; sooft Ihr wollt – und die Schwarzkunst wird Euch zum Ruhm und der römischen Kirche zum Vorteil gereichen.«

»Und Ihr beherrscht diese Kunst geradeso wie dieser Meister Melzer?«

Gensfleisch zog ein Pergament aus seinem Gewand und entrollte es vor den Augen des Erzbischofs, zweimal zweiundvierzig Zeilen in zwei Spalten mit einer farbigen Initiale am Beginn. Der Erzbischof begann zu lesen: *In principio creavit Deus caelum et terram. Terra autem erat inanis et vacua …*

»Das ist der Text, den ich Meister Melzer als Vorlage gegeben habe! rief der Erzbischof begeistert. »Heiliger Bonifatius, ich habe nie eine schönere Schrift gesehen. Hat Euch ein Engel die Feder geführt?«

»Ein Engel?« Gensfleisch lachte. »Es ist die Schwarzkunst, welche dieses Wunder vollbrachte, und ich kann es beliebig oft wiederholen.«

Der Erzbischof prüfte das Druckwerk mit zusammengekniffenen Augen und gerümpfter Nase, als ginge von ihm der Schwefelgeruch des Teufels aus. Er hielt das Pergament gegen das Licht, ob nicht ein magischer Widerschein von ihm ausginge, dann legte er es vor sich auf den Tisch, glättete es mit dem Handrücken und segnete es mit schneller Hand, damit es keinen Schaden anrichten konnte. Schließlich wandte er sich an Gensfleisch: »Und Ihr könntet Altes und Neues Testament in derselben Klarheit und Schönheit drucken?«

»Wenn Ihr mir genug Zeit laßt, Eminenz, drucke ich Euch eine Bibel, als wäre sie von Engelshand geschrieben, und diese nicht einmal, sondern hundertmal und mehr!«

»So sei es denn, Gensfleisch!« sprach der Erzbischof hochtrabend.

»Nennt mich nicht Gensfleisch«, sagte dieser. »Nennt mich

Gutenberg, nach meinem ererbten Besitz. Meister Gutenberg. Und ein Meister ist gewiß seines Lohnes wert.«

»Ihr sollt den Lohn bekommen, wie ich ihn diesem Melzer versprochen habe.«

»Und was wird aus ihm? Ich meine, Ihr habt doch ihm den Auftrag erteilt!«

»Das«, entgegnete Erzbischof Friedrich, »laßt ruhig meine Sorge sein.«

Ich hatte von all dem keine Ahnung; ich schwebte mit Simonetta im siebenten Himmel. Wir liebten uns wie am ersten Tag, aber unserem Wunsch, eine Ehe einzugehen, stand das Interdikt des Erzbischofs entgegen, das in Mainz jede Trauung verbot. Aber bedarf das Glück zweier Liebenden überhaupt des kirchlichen Segens?

Wonnetrunken vergaßen wir alles, was um uns vorging. Heute, im Abstand der Jahre, ist mir bewußt, daß dies in Anbetracht meiner mißlichen Lage leichtsinnig, vielleicht sogar dumm war. Dennoch bereue ich nichts.

Ich machte mich aufs neue an die Arbeit an der verhängnisvollen Bibel und hätte gewiß weniger als fünf Jahre gebraucht, wäre nicht das Unerwartete eingetreten, etwas, womit ich von Anfang an hätte rechnen müssen. Zwar war ich gewarnt, aber in meinem Glück schlug ich leichtsinnig alle Warnungen in den Wind.

Eines Nachts um Laurenzi saß ich allein in meinem Gewölbe und fügte Letter an Letter, als erneut der unbekannte Warner erschien, den ich in Verdacht hatte, auch den ersten Einbruch begangen zu haben. Er weigerte sich einzutreten, und so redeten wir zwischen Tür und Angel. Ich sagte ihm auf den Kopf zu, daß ich ihn bei dem nächtlichen Einbruch an seiner Kappe erkannt hätte.

Der Fremde stritt seine Tat gar nicht ab. Er entschuldigte sein Eindringen mit dem Hinweis, er habe nur den einen Zweck verfolgt, mich vor einer nicht wieder gut zu machenden Dummheit zu bewahren. Das sei auch der Grund seines neuerlichen Besuches. Im Flüsterton, aber mit großem Nachdruck sagte er: »Meister Melzer, laßt alles im Stich und flieht, ehe es zu spät ist.«

Ich schenkte seinen Worten keine Beachtung. Und als er sich umwandte und fortlief, rief ich ihm nach, daß es durch das Frauengäßchen hallte: »Laßt Euch beim nächstenmal etwas anderes einfallen! Und grüßt mir Gensfleisch, diesen Halunken!«

Heute weiß ich, daß seine Warnung ernst gemeint war und daß der Fremde mit Gensfleisch nichts zu schaffen hatte. Heute weiß ich manches, was mir damals verborgen blieb: So auch, daß Gensfleisch von Anfang an nichts anderes im Sinn hatte, als mich zu besiegen.

Am frühen Morgen des folgenden Tages klopften zwei rotgekleidete Boten des Erzbischofs an die Tür und forderten mich auf, ihnen zu folgen. Ich sah keine Bedenken, ihrer Aufforderung nachzukommen.

Erst als ich in das langgestreckte Gebäude geleitet wurde, in dem die erzbischöfliche Verwaltung untergebracht ist, überkam mich ein ungutes Gefühl. Man führte mich in einen großen, kalten Saal, an dessen Ende ein Tisch mit einem Kreuz und zwei Kerzen stand. Dahinter saß der Camerarius des Erzbischofs.

Er fragte, ohne aufzusehen: »Ihr seid Michel Melzer, Schwarzkünstler und Spiegelmacher aus Mainz?«

»Ja«, sagte ich, »der bin ich. Was wollt Ihr von mir zu so früher Stunde?«

Ohne auf mich einzugehen, erhob sich der Camerarius von seinem Platz, nahm ein Pergament und begann zu lesen – ich werde den Text mein Lebtag nicht vergessen: »Wir, Friedrich, von Gottes Gnaden des Heiligen Stuhls von Mainz Erzbischof, des Heiligen Römischen Reichs in deutschen Landen Erzkanzler, beschließen und tun kund, daß wir, angesichts der Irrungen und Wirrungen, welche der Schwarzkünstler und Spiegelmacher Michel Melzer, Bürger von Mainz, mit seiner Kunst verbreitet, den Beschluß fassen, denselben Bürger in geschlossenem Gemeinwesen zu verwahren, auf daß er dem Heiligen Stuhl und seinen Untertanen keinen Schaden an ihren Seelen zufüge. Gegeben zu Mainz, am Tage nach Laurentius, Friedrich, Erzbischof.«

Der Camerarius hatte kaum geendet, da traten zwei Schergen in den Saal und legten mir Fesseln an. Ich wehrte mich und rief: »Was hat das zu bedeuten? Ich will mit Seiner Eminenz, dem Erzbischof, sprechen!«

Da nickte der Camerarius verständnisvoll und gab den Schergen ein Zeichen, mich fortzubringen. Und so landete ich in dieser Zelle, die mir inzwischen zur Heimat geworden ist.

Das alles ist nun schon über vierzig Jahre her, und ich hatte viel Zeit nachzudenken. Simonetta, die mich einmal im Monat besucht, ist meine große Liebe geblieben. Sie ist meine einzige Verbindung zur Außenwelt, und ihrer Zuneigung verdanke ich, daß ich noch nicht das geworden bin, wofür ich seit vierzig Jahren schmachte – verrückt.

Am Anfang wunderte ich mich, warum man mich nicht der Inquisition zugeführt und auf dem Scheiterhaufen verbrannt hat. Die ersten Seiten der Ketzerbibel hätten gewiß ausgereicht, mich vom Leben zum Tode zu befördern. Aber dann wurde mir klar, daß dies zuviel Aufsehen erregt und den Inquisitor gezwungen hätte, den Grund meiner Verurteilung bekanntzumachen.

Die Ketzerbibel der *Boni homines* wurde nie vollendet. Nicht, weil sich niemand gefunden hätte, der meine Aufgabe übernommen hätte – inzwischen gibt es allerorten Jünger der Schwarzkunst –, sondern weil sich die unselige Bruderschaft, wie ich hörte, zerstritten und aufgelöst hat.

Sie hatten die Weltherrschaft angestrebt, wie mir der geheimnisvolle Mahner gesagt hatte, aber es gelang ihnen nicht einmal, in ihren eigenen Reihen Frieden zu halten. Von Fulcher von Straben hat man nie wieder etwas gehört. Ellerbach, die Festung in der Eifel, soll in Flammen aufgegangen sein, wobei die meisten Bewohner den Tod fanden.

Was Johannes Gensfleisch betrifft, der sich fortan Gutenberg nannte, so neide ich ihm seinen Ruhm noch heute. Es gelang ihm, in fünf Jahren die gesamte Bibel zu drucken, 1282 Seiten, die ihn weltberühmt gemacht haben. Er starb vor ein paar Jahren, versoffen und hochverschuldet. Mir scheint es, als sei die Schwarzkunst wirklich vom Teufel verfolgt.

Ich hingegen sitze in meiner Zelle und warte. Worauf eigentlich? Warum hat mich der Gott, mit dem ich ein Leben lang Kämpfe ausgetragen habe, noch nicht zu sich geholt? Bin ich ihm zu schlecht oder zu gerissen oder habe ich es mir mit ihm auf eine andere Weise verdorben?

Oder haben die Ketzer doch recht gehabt, und es gibt ihn gar nicht?

Die Fakten

Im Jahre 1455 vollendete Johann Gutenberg das erste gedruckte Buch der Welt, eine Bibel in lateinischer Sprache. Die Auflage betrug weniger als 200 Stück. Davon sind 47 Exemplare, zum Teil unvollständig, bis heute erhalten. Bis zur Jahrhundertwende wandten sich etwa tausend Schwarzkünstler der Druckkunst zu. Sie fertigten 30000 Bücher in einer Gesamtauflage von zehn Millionen Exemplaren. 1496 wurde in Mainz eine Buchzensur eingeführt, aus Furcht vor Verbreitung unmoralischer und ketzerischer Schriften.

Die Personen

Michel Melzer	Spiegelmacher
Ursa Schlebusch	frühverstorbene Frau des Spiegelmachers
Editha	Tochter des Spiegelmachers und seiner Frau Ursa
Johannes Gensfleisch	nannte sich später Johannes Gutenberg, Melzers Geselle und lebenslanger Widersacher
Gero Morienus	byzantinischer Tuchhändler deutscher Herkunft, der auf Editha ein Auge geworfen hat, als sie noch ein Kind war
Magister Bellafintus	Lehrer und Alchimist aus Mainz
Chrestien Meytens	Wandermedicus aus Flandern
Ali Kamal	ein junger Ägypter, der sich mit fragwürdigen Geschäften durchs Leben schlägt
Rhea	Alis Mutter
Meister Lien Tao	erster Sekretär der chinesischen Gesandtschaft in Konstantinopel
Tse-hi	seine mädchenhafte Dienerin

Sin-shin	zweiter Sekretär der chinesischen Gesandtschaft
Albertus di Cremona	päpstlicher Legat in samtgrüner Kleidung, leider blauäugig
Simonetta	venezianische Lautenspielerin, die große Liebe des Spiegelmachers
Jacopo	ihr Bruder, Opfer einer Verwechslung
Johannes Palaiologos	der Kaiser von Konstantinopel, ein Herrscher mit Allüren, die verständlich machen, warum das Byzantinische Reich unterging
Panajotis	byzantinischer Renegat, der durch Mauern geht
Hamid Hamudi	Reitergeneral des Kaisers
Alexios	Haushofmeister des Kaisers
Enrico Cozzani	holzarmiger Gesandter des Dogen der Republik Genua
Felipe López Meléndez	Quacksalber, Hofastrologe und Schwippschwager König Alfons' von Aragonien
Cesare da Mosto	Neffe Papst Eugens IV., liebt das Spiel, die Frauen und das Amt seines Onkels
Nikephoros Kerularios	Patriarch von Konstantinopel
Ricardo Rubini	der reichste und mächtigste Reeder in Konstantinopel
Theodora	dreizehnjährige byzantinische Hure, ebenso blaß wie beliebt

Byzas	zwielichtiger Sterndeuter und Astrologe
Murat	türkischer Sultan, den man nur vom Hörensagen kennt
Daniel Doerbeck	venezianischer Reeder deutscher Abstammung
Ingunda	seine seltsame Frau und eine pfeilschnelle Karavelle gleichen Namens
Giuseppe	Diener der Doerbecks, der eigentlich Josephus heißt und aus Augsburg stammt
Domenico Lazzarini	Schiffskommandant, ebenso eitel wie verschlagen
Pietro di Cadore	venezianischer Reeder
Cesare Pedrocchi	geldgieriger Anwalt, von den Venezianern mit dem Namen *»il drago«*, der Drache, bedacht
Messer Allegri	Baumeister und Vorsitzender des Rates der Zehn
Padre Tullio	Bettelmönch, der einen Blick ins Himmelreich werfen darf
Niccolò	genannt *»il capitano«*, Bettlerkönig mit tragischer Vergangenheit
Capitano Pigafetta	Polizeihauptmann von Venedig
Francesco Foscari	Doge von Venedig, vom Rauschen des Meeres verfolgt und umgeben von Feinden
Benedetto	Erster der Ufficiali des Dogen
Giovanelli	Schiffsmeister

Leonardo Pazzi	Legat des Papstes, gerät in Versuchung
Der Rufer	verschweigt zunächst seinen Namen Fulcher von Straben – aus gutem Grund
Meinhard	Knappe des Fulcher von Strabens
Friedrich	Erzbischof von Mainz, kirchlicher und weltlicher Herr
Franziskus Henlein	Secretarius des Mainzer Erzbischofs
Adele Wallhausen	eine Wittfrau aus Mainz von geheimnisvoller Schönheit

PHILIPP VANDENBERG

DER FLUCH DES KOPERNIKUS

ROMAN

BASTEI LÜBBE

Vorbemerkung

Im Jahre 1582
wurde der alte Julianische Kalender
durch eine neue, christliche Zeitrechnung ersetzt,
die bis heute Gültigkeit hat.
Grundlage dieses Kalenders,
dem Papst Gregor XIII. seinen Namen gab,
waren Forschungen und Berechnungen
des italienischen Astronomen Luigi Lilio
und des deutschen Jesuiten
Christoph Clavius.
Bei der Kalenderreform kam es zu einer
merkwürdigen Erscheinung:
Auf den 4. Oktober folgte der 15. Oktober 1582.
Zehn Tage wurden also aus dem
Gedächtnis der Menschheit gestrichen.
Dieser Roman beschreibt,
wie es zur Streichung dieser zehn Tage
gekommen sein könnte.
Die Handlung hat also einen wahren Hintergrund,
und das Wechselspiel
zwischen frei erfunden und
historischen Charakteren ist durchaus
beabsichtigt.

Inhalt

Kapitel I

Verlockung und Sünde

Anno Domini 1554, im 1484. Jahre seit der Zerstörung Jerusalems, dem 224. nach Erfindung des Pulvers, dem 110. seit Einführung der Buchdruckerkunst, dem 62. seit der Entdeckung der Neuen Welt und dem 37. nach der Reformation des unseligen Doktors der Theologie aus Wittenberg, in diesem ganz und gar unbedeutsamen Jahre verschied an Lichtmeß der ebenso unbedeutsame Totengräber Adam Friedrich Hamann unerwartet und in Verrichtung seiner Arbeit, die Schaufel umklammernd wie einen kostbaren Besitz.

Als hätte er geahnt, daß ihm vom Schicksal das geschaufelte Grab als eigene Ruhestätte bestimmt war, hatte Hamann aus unerklärlichen Gründen eine schmale, aber ungewöhnlich lange Grube ausgehoben, welche der ursprünglich zugedachten Gerberswitwe in keiner Weise angemessen gewesen wäre. Hamann hingegen verfügte über eine Körpergröße, stattlich wie ein Pferderücken, so daß er zeit seines Lebens die meisten Menschen um mehr als einen Kopf überragte. Dies war um so augenfälliger in Erscheinung getreten, weil Hamann seit jungen Jahren, als ihm ein Aussatz alle Haare raubte, eine rote Kappe trug, welche diesen Makel jedoch eher hervorhob als kaschierte.

Der Schlag, hieß es, habe ihn gerührt; aber die Wäscherinnen am Fluß wußten es wie immer besser und behaupteten, der

»kahle Adam« – so wurde Hamann allgemein genannt – sei an gebrochenem Herzen gestorben, weil er am Tag nach Mariä Empfängnis Auguste, seiner eigenen Frau, die an den Blattern erkrankt und nach wenigen Tagen verschieden war, die Grube hatte schaufeln müssen.

Kaum war Auguste, die fromme Frau, unter der Erde, da hatte der kahle Adam sein Testament geschrieben, weniger wegen der Aufteilung seines bescheidenen Vermögens unter seine beiden Kinder, als aufgrund besonderer Umstände, die er im Falle des eigenen Hinscheidens herbeiwünschte. Sein Beruf und die damit verbundenen Grabungen in geweihter Erde hatten ihn in der Überzeugung bestärkt, daß viele Menschen scheintot beigesetzt würden. Hamann hatte Reste dieser armen Seelen gefunden, mit in die Sargdeckel eingekrallten Fingernägeln; andere lagen auf der Seite anstatt auf dem Rücken.

Aus Angst, ihm könnte ein ähnliches Schicksal widerfahren, hatte der kahle Adam testamentarisch verfügt, man möge auf seinem Sarg ein neun Ellen langes Eisenrohr anbringen, damit er, falls er je scheintot begraben würde, sich rufend bemerkbar machen könnte.

Das eigenwillige Begehren des kahlen Adam fand bei der niederen Geistlichkeit von St. Michael, in dessen Kirchhof er zahllose Überreste armer Seelen vergraben hatte, wenig Verständnis und wurde glattweg abgelehnt. Vermutlich hätte so der entseelte Leib des Adam Friedrich Hamann im genannten Jahre die gleiche ausweglose Bestattung erfahren wie Tausende vor ihm, wäre der redliche Wunsch des allzeit frommen Bestatters nicht dem Koadjutor seiner Eminenz auf dem Domberg zu Ohren gekommen, der im Ruf angehender Heiligkeit stand: zum einen, weil er alljährlich von Aschermittwoch bis Ostersonntag fastete und nur Wasser zu sich nahm wie einst der Herr in der Wüste; zum anderen, weil er den gesamten Pentateuch und alle vier Evangelisten auswendig hersagen konnte; eine Fähigkeit, dank derer er selbst beim Hochamt im Dom auf das Missale verzichtete. Ein Wort aus seinem Mund hatte Gewicht wie ein käuflicher Ablaß auf den Stufen von St. Peter in Rom.

Dieser weise und heilige Mann meinte mit der Ernsthaftigkeit eines Bußpredigers, weder ein Gesetz Gottes noch eines der Kirche schreibe vor, wie die sterblichen Überreste eines Christenmenschen der geweihten Erde zu übergeben seien, nicht senkrecht und nicht waagrecht; ja, nicht einmal eine Kleidervorschrift habe in die christliche Lehre Eingang gefunden. Deshalb könne dem letzten Wunsch Hamanns, der in Glauben und Rechtschaffenheit gelebt und mit seiner Schaufel christliche Nächstenliebe gezeigt habe, auch stattgegeben werden; ja, er und alle christkatholischen Seelen des Abendlandes müßten sich fragen, ob diese Art von Bestattung nicht sogar die angemessenere sei. Denn, so fragte der heilige Mann, welchen Wege finde die Seele im Falle des Scheintodes? Zu Gott könne sie nicht gegangen sein, denn dann wäre der Mensch wirklich tot. Im Körper könne sie jedoch auch nicht verweilen, denn in diesem Fall könne der Körper nicht ganz ohne Leben sein. O welche Seelenpein!

Über diesem theologischen Zwiespalt wurde Adam Friedrich Hamann beerdigt samt einem Rohr, das aus dem Sarg über den Grabhügel herausragte wie der Rauchfang der Fischerhütten am Fluß. Er bot Leberecht und Sophie, den beiden Kindern Hamanns, Gelegenheit, jeden Morgen den steilen Kirchhof aufzusuchen und kniend an dem Rohr zu lauschen oder, den Mund an die enge Röhre gepreßt, heimliche Worte zu flüstern.

Leberecht, der hochaufgeschossene Junge, war gerade 14 Jahre alt und ein getreues Abbild seines Vaters, bis auf das Haar, das ihm in langen Locken auf die Schultern fiel. Sophie, seine um zwei Jahre ältere Schwester, wies weder mit der Mutter noch mit dem Vater irgendeine Ähnlichkeit auf, was der Schönheit des Mädchens jedoch nur dienlich sein konnte.

Nach zwei Wochen beschlossen Leberecht und Sophie, ihre täglichen Besuche auf dem Friedhof von St. Michael einzustellen, nicht ohne zuvor ihrem Vater am Grabe ein letztes Lebewohl gesagt zu haben. Bei der Rückkehr erwartete sie vor dem Wohnhaus am Kranen ein hochmütiger, eitler Mensch. Er saß, bunt gekleidet wie ein fahrender Handelsmann und mit einer üppigen samtenen Haube auf dem Kopf, auf der Holzbank neben dem Eingang und blinzelte in die matte Wintersonne.

Sophie, die ältere, erkannte ihn sofort und ahnte nichts Gutes. Der eitle Geck war Jakob Heinrich Schlüssel, der Wirt vom Sand, von dem die Mutter erzählt hatte, sie sei mit dem Schurken über fünf Ecken verwandt – mehr hatte sie nie angedeutet.

Besorgt, beinahe ängstlich faßte Sophie ihren Bruder an der Hand, da trat ihnen der Alte in den Weg: »Ich habe es mir nicht ausgesucht; bei allen Heiligen, ich wüßte mir Besseres. Aber der Magistrat hat entschieden. Ich bin euer Vormund.«

Sophie, genannt »Veilchen« wegen ihrer auffallend blassen Haut, ließ Leberechts Hand los und begann an ihrem langen Gewand herumzuzupfen, so als wollte sie ihre Ordentlichkeit demonstrieren; dann blickte sie Schlüssel an und sagte schüchtern: »Bei der Heiligen Jungfrau Maria, wenn es denn so gewollt ist!« Und an Leberecht gewandt, der starr stand wie eine Salzsäule in der Wüste: »Sag schon, daß es uns eine Ehre ist. Das ist es doch, oder?«

Leberecht nickte geistesabwesend. Es fiel ihm schwer, mit der Situation fertigzuwerden. Vormund? Wozu brauchten sie einen Vormund? Er und Sophie waren alt genug, um sich selbst zu helfen.

Schließlich entgegnete er: »Es ist uns eine Ehre, Herr Vormund.«

Aber wie er das sagte, wie Leberecht dabei die Augen zusammenkniff und die Stimme verstellte, das blieb dem Wirt vom Sand, der die Menschen kannte, nicht verborgen. Schlüssel wischte sich mit dem Ärmel seines Gewandes die Nase, räusperte sich lautstark und spuckte, was nur einem Mann von hohem Ansehen erlaubt war, in weitem Bogen auf die Straße.

»Damit«, meinte er, und es klang etwas verlegen, »ist alles gesagt. Ich erwarte euch am Nachmittag bei mir, um das Weitere zu besprechen. Und zieht euch saubere Kleidung an! Verstanden?«

»Ja, Herr Vormund, wir haben verstanden«, antwortete Sophie, um der peinlichen Situation die Schärfe zu nehmen. »Ja, Herr Vormund.«

Der feine Herr Schlüssel erhob sich von der Bank und nahm den Weg zum Rathaus auf der Brücke inmitten des Flusses. Leberecht betrachtete die Ärmel seines Wamses. Gewiß, man sah ihm an, daß schon sein Vater das Gewand getragen hatte. Die Ärmelränder waren zerschlissen, die Nähte spröde und kaum zum Nachbessern geeignet; aber ging er nicht sauber gekleidet, viel sauberer, als es seinem Stand zukam?

Sophie, die ihres Bruders Gedanken lesen konnte, zog Leberecht ins Haus und schob ihn die enge Holztreppe empor in das erste Stockwerk. Zwei Kammern mit je einem Fenster zur Straße und ein verrußter Verschlag, dessen eine Hälfte ein gemauerter Ofen einnahm, waren das Zuhause ihrer Kindheit gewesen. Der Lärm vom Kranen, wo die langen Flußkähne entladen wurden, wo die Marktfrauen schon frühmorgens ihre Waren ausriefen, daß es in den engen Gassen hallte, der ölige Geruch von gebratenem Fisch, der sich mit dem warmen Gestank feilgebotener Eingeweide mischte, der beißende Qualm aus der Schmiede im Erdgeschoß, der das ganze Haus mit einer fahlen Rußschicht überzog, das Kindergeschrei an den Nachmittagen – Erinnerungen an eine unbeschwerte Kindheit: All das sollte nun auf einmal zu Ende sein?

Durch die kleinen Fenster fiel ein zaghafter Sonnenstrahl, gerade ausreichend, den länglichen Tisch und die hölzernen Sitzbänke auf beiden Schmalseiten zu erhellen. Leberecht ließ sich auf seine angestammte Bank fallen, die ihm ans Herz gewachsen war wie ein kostbarer Besitz, schob die angewinkelten Arme auf den Tisch und verbarg seinen Kopf in den Ärmeln seines Gewandes. Er schluchzte. Erst jetzt wurde ihm so richtig bewußt, was der frühe Tod der Eltern für sein künftiges Leben bedeutete. Mehr als die Mutter hatte Leberecht seinen Vater geliebt. Er hatte ihn bewundert und verehrt, weil er auf alle Fragen des Lebens eine Antwort wußte und, obwohl er nie eine Lateinschule besucht hatte, von hervorragender Bildung, ja Gelehrsamkeit gewesen war, die einem Totengräber in keiner Weise zukam.

Adam Friedrich Hamann, der Totengräber vom Michelsberg, hatte sich all sein Wissen selbst angeeignet; er war häufiger Gast in der Bibliothek des Klosters gewesen, häufiger als die hohen Herren Fratres, die sich weiße Stulpen über die schwarzen Kutten ihrer Ärmel zogen, wenn sie die Worte des Herrn oder jene der Weisheit und Wissenschaft studierten und dabei einschliefen. Ein Totengräber, des Lesens und Schreibens kundig und erfahren in den Gesetzen der Geometrie, wie sie Pythagoras und Euklid gelehrt haben, war äußerst ungewöhnlich und suspekt und gab Nahrung für vielerlei Gerüchte und Spekulationen, von denen das niederträchtigste Hamann als abtrünnigen Jesuiten verleumdete, welcher aus Leidenschaft zu einer Frau der heiligen Mutter Kirche den Rücken gekehrt habe.

Der Hauptgrund für diese Verleumdung lag darin begründet, daß Hamann die Evangelien in lateinischer Sprache las, wie das vor Luthers Zeiten jeder fromme Christenmensch tun mußte, wollte er Gottes Wort auf eigene Weise erfahren. Weil er nicht über das Geld verfügt hatte, das erforderlich war, seine Kinder in die Schule zu schicken, und weil er eine natürliche Neigung zu allem, was mit Wissenschaft und Gelehrsamkeit in Zusammenhang stand, an den Tag legte, hatte der Vater seine Kinder gleichsam spielend und ohne Zwang im Lesen und Schreiben, sogar in lateinischer Sprache, und im Christentum unterrichtet.

Daneben – oder richtiger: in der Hauptsache – hatte Leberecht beim Steinmetz Carvacchi eine Lehre begonnen. Das entsprach seiner Neigung, denn nichts beeindruckte den Jungen mehr als das Säulen- und Skulpturenwerk aus feinkörnigem Sandstein, das dem hohen Dom die kunstvolle Weihe gab. Dreihundert Jahre alt, zeigte das weiche Gestein, das von der Härte des Marmors so weit entfernt war wie die kleine Stadt am Fluß vom päpstlichen Rom, erste Verfallserscheinungen, und Carvacchi stand jener Bauhütte vor, welche mit zwei Dutzend Gesellen und einer wechselnden Zahl von Tagelöhnern die Ausbesserungsarbeiten besorgte.

Carvacchi, den sie wegen seines unaussprechlichen Namens, aber auch, weil es – anatomisch gesehen – den Tatsachen entsprach, »Schwellkopf« nannten, gehörte zu jenen gar nicht seltenen Menschen, denen Verachtung und Bewunderung in gleichem Maße zuteil werden. Der Schwellkopf, von florentinischer Herkunft, obwohl er besser fränkisch sprach als die arroganten Domherren, war ein Genie, wenn es darum ging, die zerstörte Hand einer Statue, eine gelockte Haarsträhne oder den gesplitterten Saum eines steinernen Gewandes zu ersetzen. Mühelos gelang es Carvacchi, die Technik des Originals nachzuempfinden, so daß, obwohl kaum zwei Kunstwerke des Domes aus der Hand desselben Künstlers stammten, seine Renovierungskunst nicht die geringsten Spuren hinterließ. Daneben aber neigte er zum Trinken, zu losen Weibern, verschwenderischer Lebensweise, zum Schuldenmachen und zur Händelsucht. Zänkisch wie die Waschfrauen an der Regnitz, ging er keinem Streit aus dem Weg, ja, er fühlte sich von Streitereien magisch angezogen wie der Teufel von der Sünde, vor allem im Umgang mit den Pfaffen, bei denen er in Brot und Arbeit stand.

Bei Leberecht Hamann hinterließ der Mut des Lehrmeisters tiefen Eindruck. Er hatte mit eigenen Augen gesehen, wie der Schwellkopf auf dem Weg zum Domberg vor dem Prediger Dr. Athanasius Semler, der stets purpurfarben gegürtet auftrat, ausspuckte und seines Weges ging. Und das vor einem heiligen Mann, dem die Herren des Magistrats, wenn sie ihm begegneten, unter Kniefall den Ring küßten, während ihre Frauen drei Kreuze über die Schnürbrust schlugen!

Leberecht spürte Sophies Hand auf seinem Haar und er hörte ihre Stimme: »Es wird alles gut werden. Schlüssel ist ein guter Mensch, glaube mir!«

Der Junge wischte sich mit der Hand übers Gesicht. Er nickte, obwohl er gerade davon in keiner Weise überzeugt war.

»Was ist ein Vormund?« fragte Leberecht und sah zu Sophie auf.

Die hob die Schultern, malte mit dem Finger ein Kreuz auf die Tischplatte und erwiderte unsicher: »So eine Art Ersatzvater, der auf uns aufpaßt, dein Lehrgeld bezahlt und über meine Unschuld wacht.«

Leberecht blickte aus dem Fenster und fragte: »Aber warum gerade Schlüssel, der Wirt vom Sand?«

»Der Wirt vom Sand ist ein wohlhabender Mann, er ist rechtschaffen und angesehen, und obwohl er sich mehr Kinder leisten könnte als jeder andere in der Stadt, blieb ihm nur ein einziger Sohn. Wir sollten Schlüssel dankbar sein, hörst du!«

Während sie das sagte, begann Sophie Leibwäsche aus einem Schrank zu nehmen, der in die Innenwand eingelassen und mit einem breiten Holzrahmen verblendet war. Sie stapelte die einzelnen Stücke in einem hohen Weidenkorb, wie ihn die Marktfrauen auf dem Rücken tragen, und mahnte ihren Bruder, indem sie ihm einen Leinensack zuwarf: »Du solltest ebenfalls deine Kleider einsammeln.«

Die dunkle Zukunft, von der Leberecht sich mit einem Mal bedroht sah wie von einem gefährlichen Ungeheuer, ließ sein Gesicht erstarren. Leberecht hatte Angst, eine Angst, die sogar die Trauer über den Verlust des Vaters übertraf. Er fühlte sich allein gelassen, einsam und hilflos wie noch nie in seinem Leben. Wie im Traum suchte er seine Kleidung zusammen, stopfte sie in den Sack und ergriff das Lederband des Holzkästchens, das sein Steinmetzwerkzeug enthielt, seinen ganzen Stolz und einzigen Besitz. Ohne einen letzten Blick auf die glückliche Umgebung seiner Kindheit zu werfen verließ er die finstere Stube, polterte die abgetretene Stiege hinab und trat ins Freie. Sophie folgte verstört mit dem Weidenkorb auf dem Rücken.

Während sie ein Stück flußaufwärts gingen zu der oberen Brücke, die vom ärmlichen und arbeitsamen Viertel über den Fluß zum Sand führte, und während Leberecht, den Blick zu Boden gesenkt wie ein Kanoniker beim Miserere, vor sich hin stapfte, kam Sophie eine Aufmunterung in den Sinn, die ihr Vater oft gebraucht hatte, wenn widrige Umstände es erforderten. Sophie sagte: »Kopf hoch, mein Junge, wo bleibt dein Stolz?«

Da mußte Leberecht lachen, wenngleich seine Augen feucht glänzten wie dunkle Beeren im Morgentau. Ohne diese Aufmunterung hätte Leberecht Mühe gehabt, den Mantel abzustreifen, der seine Gedanken einhüllte und ihm die Armseligkeit seiner Existenz vergegenwärtigte. Leberecht rang sich ein Lächeln ab, nickte seiner Schwester zu und warf demonstrativ den Kopf in den Nacken.

So trafen sie lachend und scherzend beim Wirt im Sand ein, einem breitbrüstigen Fachwerkhaus aus rotbemalten Balken und weißem Mauerwerk. Zu beiden Seiten des spitzbogigen Eingangs, dessen zweiflügeliges Tor mit eisernen Rauten beschlagen war wie der Schild eines Kreuzfahrers, reihten sich vergitterte Fenster mit Butzenscheiben.

Drei oder vier steinerne Stufen führten zu einem großen, gewölbten, mit rohen Ziegeln gepflasterten Raum hinauf, von dem links und rechts und an der Stirnseite spitzbogige Türen abgingen. Dazwischen standen an den Wänden lange schwarze Bänke und ausgediente Weinfässer als Tische.

Obwohl es noch hell war, war die Wirtsstube bereits erfüllt von dem lauten Geschrei eines Trinkgelages.

Leberecht hatte noch nie eine Gaststube betreten, erst recht nicht Sophie; aber ein dicklicher Junge, der an einer gedörrten Pferdewurst kaute und die Pelle genüßlich auf den Boden spuckte, erlöste Leberecht und Sophie aus ihrer Verlegenheit.

»Die Hamann-Waisen!« rief er süffisant, wie es einem Jungen seines Alters überhaupt nicht zukam. »Gott schütze uns vor Lumpenpack und Gesindel!«, und dabei schlug er mit der Pferdewurst in der Hand ein flüchtiges Kreuzzeichen.

Leberecht ließ seinen Kleidersack zu Boden fallen, und er holte gerade mit seinem Holzkasten aus, um den unverschämten Fettwanst damit niederzuschlagen, da erschien in der Tür zur Linken die massige Gestalt des alten Schlüssel, und seine gewaltige Stimme schallte durch das Gewölbe: »Christoph! *Silentium! Abitus!**«

Der dickliche Junge senkte den Kopf, drehte sich um und verschwand wie ein dressierter Köter.

Grinsend, aber mit finsteren Brauen baute sich der Wirt vom Sand vor ihnen auf. Er trug ein dunkelrotes vornehmes Wams mit aufgepluderten Ärmeln. Seine Hände hielt er im Rücken, die fetten Beine geschlossen. In kurzen Abständen hob er die Fersen, als wollte er dadurch noch größer erscheinen. Sein Blick verriet nicht die geringste Anteilnahme; er war eher drohend.

* Ruhe! Verschwinde!

»Martha!« rief Schlüssel mit lauter Stimme, und über die seitliche Treppe kam eine schöne rothaarige Frau herabgeschritten. Ihr stolzes Aussehen war ebenso berühmt in der Stadt wie ihre Tugendhaftigkeit und Güte. Zweimal im Jahr an den Festen der Erscheinung des Herrn und der heiligen Martha, speiste sie die Armen und zog so die Dankbarkeit aller auf sich und den Verdacht, eine Heilige zu sein wie jene fromme Elisabeth von Thüringen, die während einer Hungersnot täglich 900 Menschen versorgt und nach dem Tod ihres Mannes bei ihrem Oheim, einem leibhaftigen Bischof, Schutz gefunden hatte. Zweifellos verkörperten Jakob Heinrich Schlüssel und seine Frau Martha jene Gegensätze, die so verschieden sind wie Wasser und Feuer, Himmel und Hölle, Gut und Böse. Denn was Martha Schlüssel an Güte verströmte, das strahlte der Wirt vom Sand an Boshaftigkeit aus.

Man konnte nur spekulieren, welche Fügung des Himmels oder der Erde diese beiden Menschen zueinandergeführt hatte; aber vermutlich verbarg sich dahinter jenes Gesetz der physikalischen Wissenschaft, nach welchem Gegensätze die größte Anziehung bewirken, während Eintracht und Harmonie sich abstoßen wie die gleichgerichteten Enden zweier Magnetsteine. Hielten sie Martha für eine schöne Heilige, so nannten sie den Wirt vom Sand einen hochmütigen, eitlen, nichtswürdigen Schurken, für den seine Wirtschaft nur ein angenehmer Zeitvertreib war. Für gewöhnlich fuhr er im Lande umher und suchte vielerlei Geschäfte, getreu dem Motto, daß nur mit Geld Geld zu verdienen sei. Daher liebte er das Spiel, die Tafelfreuden und das schöne Geschlecht, und die Leute tuschelten, er halte sich die schöne und edle Martha nur, um sich selbst zu schmücken wie mit einem Kleinod. Jedenfalls kühlte er seine Leidenschaften – das war kein Geheimnis – mit einer liederlichen Edeldame namens Ludowika, die auch dem Fürstbischof zur Hand ging – vermutlich aus diesem Grunde.

Schlüssel versuchte, vor seiner Frau freundlich zu sein, was jedoch gründlich mißlang, als er sagte: »Das sind sie, die Waisen vom Kranen!«

In seinen Worten lag soviel Überheblichkeit, daß Leberecht am liebsten auf der Stelle kehrtgemacht hätte und fortgelaufen wäre. Jedenfalls wußte er von diesem Augenblick an, daß er hier nicht bleiben würde. Er war jung und kräftig und nicht auf den Kopf gefallen; er brauchte den alten Schlüssel nicht zum Überleben.

Zur Begrüßung faßte die Frau Leberecht und Sophie an den Händen und drückte sie. Leberecht genoß die Wärme, die von Martha ausging.

»Mutter«, meinte die Wirtin, »kann ich euch nicht sein; aber ich will für euch sorgen, als wäre ich euch eine Schwester.«

»Recht so!« drängte der Wirt sich dazwischen. »Oben unter dem Dach ist eine Kammer gerichtet. Martha wird sie euch zeigen.«

Sie stiegen fünf steile Treppen nach oben. Neben dem Taubenschlag, wo auch das Gesinde seine Schlafstellen fand, gab es eine kleine Kammer mit einem knorrigen Bett aus rohem Holz und einem winzigen Fenster zum Domberg hin. Der breite Kamin, der mitten durch das karge Zimmer ging, verbreitete wohlige Wärme.

Leberecht und Sophie sahen sich an. Eine Kammer für sie beide allein! Nicht einmal bei ihren Eltern hatten sie eine eigene Kammer gehabt. Vater, Mutter und beide Kinder hatten in einem Bett geschlafen, einem quadratischen Kasten mit einem Holzdach darüber zum Schutz vor der Kälte, die von oben kam, und vor dem Ungeziefer, das sich nachts von der Decke fallen ließ.

»Es wird schon alles gut werden«, meinte Sophie, nachdem die Wirtin gegangen war.

Leberecht wiegte den Kopf hin und her, als glaubte er Sophies

Worten nicht so recht. Dann sagte er zu seiner Schwester: »Ich glaube nicht an die Güte des alten Schlüssel. Es muß doch einen Grund geben, warum er so bereitwillig unser Vormund wurde. Der Wirt vom Sand tut nichts ohne eigenen Nutzen!«

»Aber vielleicht sein Weib. Die Wirtin ist eine herzensgute Frau. Das weiß doch jedes Kind. Danken wir Gott, daß uns der Wirt vom Sand das Waisenhaus erspart hat.«

Leberechts größte Sorge galt der Fortsetzung seiner Lehrzeit. Wie sollte er die zwölf Gulden Lehrgeld aufbringen, die Carvacchi im Jahr verlangte?

Am Abend bei der gemeinsamen Suppe verkündete der Wirt vom Sand in Anwesenheit seiner Frau Martha und des Sohnes Christoph, wie er sich die Zukunft der Ziehkinder vorstellte. Sophie sollte die Stelle einer Hausmagd einnehmen, ohne Lohn, aber gegen freies Essen und ein neues Gewand im Jahr. Für Leberecht wollte Schlüssel zwei Jahre lang das Lehrgeld übernehmen, finanziert aus dem Erlös des Nachlasses des verblichenen Adam Friedrich Hamann, den der Wirt vom Sand, nach Abzug aller Kosten, auf etwa 25 Gulden schätzte.

Während sich Jakob Heinrich Schlüssel auf keine weitere Erklärung einließ, was die Vormundschaft betraf, rührte Martha verlegen in ihrer Suppe. »Ihr werdet euch natürlich die Frage gestellt haben«, platzte sie endlich heraus, »warum gerade der Wirt vom Sand die Vormundschaft für euch übernommen hat ...«

»Jeder Mensch kennt Eure Güte«, fiel Sophie der Wirtin ins Wort.

Die schlug die Augen nieder und fuhr fort: »Gott, der Allmächtige hat uns nur einen Sohn geschenkt. Es war sein Wille, uns für unsere Sünden zu strafen und uns keine weiteren Nachkommen zuteil werden zu lassen. Für jedermann erkennbar schwebte der Makel der Sünde, des einzigen Kindes, über unserem Haus. Wenn wir euch an Kindes Statt aufnehmen, so ist es unser Wunsch, diesen Makel zu tilgen. Ihr gehört von nun an zur Familie.«

Martha schien erleichtert, nachdem sie sich erklärt hatte. Nur der Wirt vom Sand und sein Sohn sahen sich ziemlich ratlos an. Mutters Erklärung war ihnen sichtbar peinlich.

Schließlich fuhr Schlüssel seinem dicken Sohn durchs Haar und verkündete stolz: »Dafür macht uns dieser eine viel Freude. Christoph besucht das Jesuitenkolleg. Er studiert Latein und Mathematik und Euklids Lehre von den Elementen.« Und an seinen Sohn gewandt: »Sag etwas auf lateinisch, damit sie sehen, wie klug du bist! Sag was!«

Verlegen begann Christoph Schlüssel: »*Gallia omnis est divisa in tria partes* …«

»*Partes tres!*« unterbrach Leberecht. »*Gallia est omnis divisa in partes tres!** So jedenfalls hat es Gaius Julius Caesar niedergeschrieben.«

Der Wirt lachte. »Ein Steinmetzgeselle will einen Schüler des Jesuitenkollegs korrigieren!«

»Warum nicht!« meinte Leberecht vorlaut. »Wenn er das Lateinische besser hersagen kann?«

»Du? Du?« lachte der alte Schlüssel nun noch lauter. »Du willst Latein können? Wer hat dir das beigebracht?«

»Mein Vater«, erwiderte Leberecht knapp, und Sophie nickte stolz.

»Der Totengräber?«

»Ja, der Totengräber!«

Schlüssel schüttelte sich vor Lachen. »Und wer, mit Verlaub, hat ihm das beigebracht, dem Totengräber?«

»Die Mönche vom Michelsberg, mit Verlaub.«

* Gallien als Ganzes gliedert sich in drei Teile …
(aus Caesars *De Bello Gallico*)

Der Wirt hielt verwundert inne. Der dicke Junge blickte erst verwirrt, dann zornig, dann meinte er weinerlich: »Die Mönche vom Michelsberg unterhalten keine Lateinschule!«

»Nein«, antwortete Leberecht, »aber sie haben eine große Bibliothek mit vielen lateinischen Büchern. Ich habe sie selbst gesehen.«

Die Stimme des Jungen wurde heftig: »Es ist nicht erlaubt, daß Ungebildete Bücher lesen!«

Leberecht zog seine Stirn in Falten: »Wer sagt das?«

»Die heilige Mutter Kirche. Sie gestattet nur Bücher zu lesen, die im christlichen Glauben geschrieben sind. Und um zu erkennen, daß ein Buch die christliche Lehre verbreitet, muß man gebildet sein.«

»So wie du.«

»Ja.«

»Aber Gaius Julius Caesar war ein Heide!«

»Ganz recht!«

»Trotzdem hast du seine Schrift gelesen.«

»Ich habe sie in dem Bewußtsein gelesen, daß seine Schriften heidnische Schriften sind. Ein Ungebildeter liest sie ohne Kritik. Das ist schädlich für den Glauben.«

Leberecht zog die Augenbrauen hoch; aber er schwieg. Doch von Stund an hatte er für diesen vollgefressenen Dickwanst nur noch Verachtung übrig, und er wußte, daß es früher oder später zu einer Auseinandersetzung kommen würde.

Am folgenden Morgen, es war der fünfte Fastensonntag, ging Martha Schlüssel mit Christoph, ihrem leiblichen, und Leberecht, ihrem Ziehsohn, zur Messe im Dom. Sophie hatte Küchenarbeiten zu verrichten.

Die hochherzige Entscheidung des Wirtes vom Sand, die Waisen bei sich aufzunehmen, hatte sich in Windeseile herumgesprochen, und der unerwartete Schritt fand große Anerkennung. Martha, die ihre Schönheit ebenso bereitwillig zur Schau trug wie ihren frommen Glauben, hatte zum Schutz vor der Märzkälte einen schwarzen Umhang um die Schultern geschlungen. Darunter trug sie ein grünes wollenes Kleid mit breiten senkrechten Samtstreifen, ein Gewand, das ihr die Bewunderung von Frauen und Männern im gleichen Maße einbrachte.

Vorbei am Georgentor betraten sie den Dom durch die der Stadt zugewandte Gnadenpforte. Die Messe wurde vom Dompropst gelesen. Der Bischof selbst verfolgte das Geschehen eher teilnahmslos von einem roten Thronsessel im schwarzverhangenen Peterschor.

Nach Verkündung des Evangeliums zum fünften Fastensonntag bestieg der Domprediger Athanasius Semler die steinerne Kanzel. Unruhe kam auf, dann starrten die Kirchenbesucher wie gebannt auf die kleine dürre Gestalt über ihren Köpfen. Semler genoß die fromme Erwartung und ließ den Blick unendlich langsam über das Volk der Gläubigen schweifen, als suchte er einen Sünder.

Endlich erhob er seine hohe Stimme und begann leise: »Gott sei euch armen Sündern gnädig, euch elenden Kreaturen der Sünde, euch Werkzeug des Teufels und der bösen Mächte, die ihr« – seine Stimme wurde lauter und lauter – »Schindluder treibt mit den Gaben Gottes tagaus, tagein. Aber Gott der Allmächtige wird euch strafen mit dem ewigen Höllenbrand. Satans Knechte werden euch rösten auf glühenden Eisen und vierteilen mit schartigen Schwertern, und euer Wehgeschrei wird lauter sein als die Posaunen von Jericho und es wird den Donner des Himmels übertönen ...«

Im Dom wurde es totenstill. Die Menschen standen mit gesenkten Köpfen. Martha hatte ihren schwarzen Umhang über den Kopf gezogen und preßte ihn krampfhaft unter dem Kinn zusammen. Leberecht, auf den die geifernden Worte des Predigers wenig Eindruck machten, sah, daß Martha beschämt die

Augen niederschlug. Zu seiner Verwunderung trug sogar Christoph ein reumütiges Gesicht zur Schau.

»Die Qual«, fuhr Semler fort und zeigte mit ausgestrecktem Arm in die Menge, »die Qual der Hölle wird unvorstellbar sein, unvorstellbar größer als Kreuz und Trübsal, Pein und Schmerz, mit denen dieses Jammertal überhäuft ist. Aber wie groß und vielfältig diese Qualen auch sein mögen, so sind sie doch geteilt und gemäßigt, und niemals werden alle zusammen und zur selben Zeit denselben Menschen anfallen und peinigen. Wer arm ist, ist deshalb nicht krank am Leib. Wer krank ist, wird deshalb nicht verspottet. Wer betrübt ist, muß deshalb nicht Durst und Hunger leiden. Wer von einem Menschen gehaßt und gequält wird, erleidet deshalb nicht von allen Menschen Verfolgung. Augenpein macht keine Schmerzen in den Händen. Lahmheit verursacht keine Zahnpein. Leidet der Leib, so ist der Geist nicht verstört. Stets bleibt dem Menschen noch etwas übrig, das frei ist von Qual. Und wenn ein Kranker sich zuweilen einbildet, alles tue ihm allenthalben wehe, so ist doch gewiß, daß derselbe Schmerz, der ein einzelnes Glied heimsucht, nicht zugleich in allen Gliedern sein kann. Denn wo er von Hitze gepeinigt wird, da kann er keine Kälte leiden. Wo ihm vor Speisen ekelt, da kann er nicht von Hunger gequält werden. Und das Leid, das einer gestern aushielt, kann er heute nicht mehr fühlen. Ich aber sage euch Sündern vor Gott dem Allerhöchsten: Über euch werden alle Höllenqualen auf einmal kommen, über eure Leiber alle Schmerzen und Peinen im höchsten Grade und zur selben Zeit.

Geht mit euren Gedanken in die Spitäler und Siechenhäuser, die mit Pesthaften und Verwundeten angefüllt sind. Hört, wie das arme Volk ächzt und jammert, greint und schreit. Der eine wegen unerträglicher Schmerzen im Gehirn, jener wegen Pein an den Zähnen, ein anderer vom Schneiden in den Därmen. Arme und Beine sind jenem gebrochen wie dürre Äste, der Kopf zerschlagen ist diesem, dem dritten ist der Leib durchstochen, der kalte Brand hat dem vierten Mund und Nase abgefressen. Wundärzte mit glühenden Eisen brennen hier und schneiden dort mit scharfen Messern in das lebendige Fleisch. Hier sägen sie einem die Hand, dort einem andern den Fuß vom zuckenden Leib. Allenthalben ist Jammer und Elend und kaum einer kann, ohne ohnmächtig zu werden, dem furchtbaren Spektakel zuschauen. Stellt euch in euerem Gehirn alle Torturen vor, die von grausamen Tyrannen jemals erfunden, und entweder aus Rache an ihren Feinden oder aus Haß an Märtyrern und Blutzeugen Christi in teuflischer Tobsucht ausgeübt wurden. Seht nur die Folterbänke, auf welchen sie ausgestreckt wurden wie zuckendes Schlachtvieh, Galgen und Räder, mit denen sie lebendig zergliedert, die Geißeln und Skorpione, mit denen sie zerfleischt wurden bis aufs bloße Gebein und mit Salz bestreut. Riecht ihr den Geruch der glühenden Pfannen, in denen sie zerkocht und gebraten wurden, das siedende Blei, das ihnen in den Mund gegossen, das Pech, mit dem ihre Leiber beschmiert und angezündet wurden? Erdenkt alles, was ihr an Torturen und Pein ersinnen könnt, denkt euch alle Wunden und Krankheiten zusammen und stellt euch vor, ihr müßtet alles auf einmal erleiden! Dann hättet ihr für einen kurzen Augenblick eine Vorstellung von der Hölle, jene Pein, die euch elende Sünder erwartet!«

Unterhalb der Kanzel begann eine Frau laut zu schluchzen, eine andere fiel in Ohnmacht, ein kleines Mädchen erbrach sich in die Hände seiner Mutter. Martha atmete schwer. Leberecht beobachtete, wie sie am ganzen Leib zitterte. Sie wagte nicht, zu dem Prediger aufzublicken.

Der zeigte sich von der Angst und dem Ekel seiner Zuhörer unbeeindruckt und fuhr in seiner Bußpredigt fort. Semler geißelte die Fleischeslust, hervorgerufen durch die Sichtgier der Augen. Semlers Stimme überschlug sich mehrfach, als er auf die »Pforten des Satans« oder das »teuflische Geschlecht« zu sprechen kam, wie er Frauenspersonen mit Vorliebe nannte. Nur sie trügen die Schuld an der Unzucht und Schamlosigkeit allerorten. *»Ejicientur in tenebras exteriores; ibi erit fletus et stridor dentium!«* geiferte der Prediger überschäumend – »Sie werden hinausgeworfen werden in die äußerste Finsternis; dort wird Weinen und Zähneklappern sein.«

Durch den hohen Dom schallten unflätige Laute: »Huren!« – »Hexen!« – »Bräute des Satans!«

Mit einer heftigen Handbewegung, wobei er unwillig die Finger spreizte, gebot Semler zu schweigen. Er duldete, wenn er predigte, keine andere Stimme als die seine. »Wie oft«, fuhr er fort, »habt ihr euch versündigt mit geilen Anblicken des anderen Geschlechts? Wie oft habt ihr euch unreinen Gedanken hingegeben in Betrachtung eurer eigenen Gestalt vor dem Spiegel? O welche Pein werdet ihr in der Hölle erleiden, wo euch nur die abscheulichsten Mißgestalten begegnen, Weiber mit dicken Bäuchen und krummen dünnen Beinen, Weiber mit hängenden Lappen statt Brüsten und ohne ein Haar auf dem Kopf. Dann werdet ihr bereuen, daß ihr zu Lebzeiten Sklaven der nackten Schönheit gewesen seid, der Abbilder der Sünde, die unter dem Deckmantel der Kunst ihr Unwesen treibt!«

Bei diesen Worten hielt der Domprediger inne. Er stand starr wie eine Statue. Sein ausgestreckter Arm zeigte in Richtung der steinernen Pfeilerfiguren, welche rätselhafte Namen trugen wie »Ekklesia«, »Synagoge«, oder »Zukunft« und leichtgewandete Frauenspersonen darstellten mit deutlichen Formen wollüstiger Weiblichkeit. Obwohl der Neubau des Domes nach einem verheerenden Brand eines älteren Bauwerkes gerade erst 300 Jahre zurücklag, wußte niemand um Herkunft und Bedeutung dieser Statuen weiblichen, äußerst weiblichen Geschlechts, mit spitzen Brüsten und einem sündhaften Lächeln im Gesicht.

Das allegorische Abbild der Zukunft erregte Athanasius

Semler in besonderem Maße, weil die Weibsperson, die sie versinnbildlichte, eine andere Skulptur im Dom, Abbild der Gottesmutter Maria, an Schönheit und Weiblichkeit in den Schatten stellte. Wie die Statue mit schmaler Hand und spitzem Finger in die Zukunft wies und in gebogener Haltung ihren schlanken Körper zur Geltung brachte, das konnte einen frommen Christenmenschen durchaus in Erregung versetzen und schürte Zweifel, ob dieses Kunstwerk überhaupt je für den Dom geschaffen wurde. Seit Beginn seiner Lehre hatte Leberecht viele Stunden vor der Statue verbracht. Carvacchi hatte ihm im Anblick der »Zukunft« jene Grundbegriffe der Kunst erklärt, die von den großen italienischen Meistern zum Gesetz erhoben wurden: daß die Harmonie am größten ist, wenn die Länge des Körpers acht und zwei Drittel Gesichtslängen betrage; daß das Gesicht eines Menschen stets die Fläche seiner Hand einnimmt; Nase und Ohren immer in gleicher Höhe sitzen, sowie den Unterschied zwischen Stand- und Spielbein, Wand- und Gewandfigur. Und weil die »Zukunft« so zart bekleidet war, als verhüllte sie nur ein Nebel im Herbst, hatte Leberecht an der edlen Skulptur die weibliche Anatomie studiert, wie sie eine reife Frau nur selten zur Schau trägt. Seither maß er die Erscheinung jedes weiblichen Wesens an dieser einen Statue.

Natürlich war ihm, dem jungen Steinmetz, sofort aufgefallen, daß Martha, die Wirtin vom Sand, die ihm nun Ziehmutter sein sollte, in ihrem Ebenmaß viel mit der »Zukunft« gemein hatte: das schmale Gesicht und in Zusammenhang damit die schmalen Hände, vor allem aber ihre geschwungene Haltung, hervorgerufen dadurch, daß sie nie auf beiden Beinen zugleich stand, sondern stets Stand- und Spielbein wechselte wie die alten Statuen der Griechen. Um so mehr trafen Leberecht die geißelnden Worte des Dompredigers, der in der »Zukunft« die Stein gewordene Sünde erblickte.

Semler hatte kaum geendet, da warfen sich Frauen auf die Knie, alte Männer stießen ihre Köpfe gegen die Pfeiler der Kirche, um sich Schmerz zuzufügen. Vom Georgenchor hallte der Ruf »*peccavi* – ich habe gesündigt!« und im selben Augenblick brach ein hundertfaches Klagegeschrei aus, wie es die armen Seelen im Fegefeuer nicht trefflicher verrichten konnten.

Bei Leberecht rief das entwürdigende Schauspiel nur Abscheu hervor. Er wußte aus Erzählungen seines Lehrmeisters Carvacchi, daß andernorts die Zeit der Finsternis längst vorbei war, daß die Reformation des Mönchs aus Wittenberg eine neue Zeit eingeläutet, neuen Gedanken Raum gegeben hatte. Nur hier, am Zusammenfluß von Main und Regnitz, schien die Zeit stehengeblieben zu sein, wurden neue Gedanken als Sünde gegeißelt. Dabei stand die Reformation vor den Toren, und der Fürstbischof verlor nach und nach die Hälfte seiner Besitzungen.

Semlers Bußpredigt blieb nicht ohne Wirkung. Schweigend gingen Martha und die beiden Jungen nach Hause. Obwohl es bis Ostern nicht mehr als zwei Wochen hin waren, hatte sich der Winter noch immer nicht verabschiedet. Der Atem der Kirchgänger hinterließ dicke Dunstwolken in der kalten Luft.

Auf den Steintreppen hinab zum Sand steckten Frauen die Köpfe zusammen, und als Martha mit den Jungen die Menschenansammlung passierte, rief eine der Frauen mit gellender Stimme: »Gott sei mit uns, der Hamann-Sohn, der Hamann-Sohn!«

Die Frauen stoben auseinander wie eine Schar Hühner, in die der Fuchs gefahren ist. Nur zwei würdige Matronen blieben zurück.

»Was ist geschehen?« fragte Martha Schlüssel, an eine der beiden gewandt.

Die zeigte ein verlegenes Gesicht und betrachtete abwechselnd die Fragestellerin und den jungen Hamann. Endlich faßte sich die eine ein Herz und antwortete mit einer Kopfbewegung auf Leberecht: »Sein Vater, der Totengräber vom Michelsberg, ist der Leinweberin Hussmann erschienen.«

Martha legte ihren Arm um Leberecht, als wollte sie ihn schützen. Der sah seine Ziehmutter mit unsicherem Blick an. Er brachte kein Wort hervor.

»Die Leinweberin redet Unsinn«, entgegnete Martha. »Die Alte sieht Gespenster.«

»Das mag schon sein!« ereiferte sich die andere, »aber fest steht, daß die Leinweberin dem kahlen Adam auf dem Kirchhof vom Michelsberg begegnet ist, als sie das Grab des Leinwebers besuchte. Sie hat Hamann genau erkannt, er trug eine rote Kappe und hielt die Schaufel in der Hand, und als sie auf ihn zutrat, verschwand er, als hätte ihn der Erdboden verschluckt.«

Als Leberecht das hörte, riß er sich von Martha los, rannte die steinerne Treppe abwärts zum Sand, hastete wie von Furien gejagt die Straße entlang zur Oberen Brücke, überquerte den Fluß und schlug keuchend den Weg zum Kranen ein. Vor dem Haus seiner Kindheit angelangt, schob er den Riegel beiseite, der die Türen neben der Schmiede versperrte. Er nahm zwei, drei Stufen der Holzstiege auf einmal und gelangte atemlos zu der niedrigen Eingangstür, hinter der sich die meisten Erinnerungen seiner Kindheit verbargen.

Vaters Schaufel, das wußte er, lehnte hinter der Tür. Mit ihr hatte er Hunderten die letzte Ruhestätte geschaufelt. Und wenn er sich recht entsann, so lag die rote Kappe noch immer in dem schwarzen Kasten hinter dem Tisch.

Der Raum war durchwühlt. Bei den Gebeinen des heiligen Otto: Räuber hatten die ärmliche Behausung heimgesucht! Schubladen lagen auf dem Boden, die Türen des ärmlichen Kastens standen offen, die Bänke waren umgestoßen, nicht einmal den gemauerten Herd hatten die Einbrecher verschont und unter dem Aschenrost nach versteckten Schätzen gesucht. Als ob Adam Friedrich Hamann ein reicher Mann gewesen wäre!

Weder die Schaufel noch die rote Kappe waren an ihrem Platz. Welchen Reim sollte er sich darauf machen?

Während Leberecht seinen Gedanken nachhing, fiel sein Blick auf die eine der beiden Holzbänke, seine Lieblingsbank, die umgekehrt auf dem Boden lag, und als er daran ging, sie aufzurichten, erkannte er auf der Rückseite der Sitzfläche eine in das Holz geritzte Inschrift:

FILIO MEO L. ✳ TERTIA ARCA.

Für einen, der Gaius Julius Caesar lesen konnte, war die Übersetzung der lateinischen Inschrift ebenso einfach wie rätselhaft: »Meinem Sohn L. – der dritte Kasten.« Adam Friedrich Hamann, der seinen Sohn im Lateinischen unterrichtet hatte, hatte derlei Rätselsprüche geschätzt, aber wie so oft wußte der Junge auch diesmal nichts damit anzufangen.

Noch am selben Tag suchte Leberecht das Grab seines Vaters auf dem Kirchhof am Michelsberg auf, aus dem das Eisenrohr ragte. Er verrichtete ein stummes Gebet und gewiß hätte er die Angelegenheit mit der angeblichen Erscheinung, als eine der vielen Bosheiten abgetan, die in einer kleinen Stadt zum täglichen Umgang gehörten, hätte ihn Sophie nicht bei der Rückkehr mit der Nachricht überrascht, Ortlieb, der Fuhrknecht des Wirtes vom Sand, sei am Abend zuvor in der Teuerstadt dem kahlen Adam begegnet!

»Glaubst du etwa an dieses Geschwätz?« erkundigte sich Leberecht bei seiner Schwester, nachdem er sich von dem Schock erholt hatte.

Sophie antwortete nicht. Sie hatte feuchte Augen. Auch Leberecht kämpfte jetzt mit den Tränen. Aber nicht etwa aus Furcht vor den Erscheinungen, sondern aus Wut. Die Gier der Menschen nach wundersamen Erscheinungen war grenzenlos.

Während andernorts, nicht einmal weit vor den Toren der Stadt, mit der Lehre Martin Luthers eine neue Zeit Einzug hielt, in der Bußpredigten, Ablässe und Folter im Namen Jesu Christi der Vergangenheit angehörten, hielt hier der Fürstbischof seine segnende Hand über die finstere Endzeit, welche seiner Ansicht nach angebrochen war. Zwar hatte sich die Weissagung der Propheten, das Jüngste Gericht würde eineinhalb Jahrtausende *»post passionem«**, also im Jahre des Herrn 1533, eintreffen, nicht erfüllt, aber im Glauben der weisen Frömmler konnte der Fehler – und als solcher wurde das Ausbleiben des Weltuntergangs seitdem bezeichnet – keinesfalls bei den Propheten liegen, sondern nur bei den Jüngern Euklids, die sich, Gott sei's geklagt, bei ihren Berechnungen heidnischer arabischer Schriftzeichen bedienten.

Das furchtbare Jahr, für das die Weisen das Ende prophezeit hatten, an dem die Berge Feuer speien, die Flüsse über die Ufer treten und die Toten aus ihren Gräbern auferstehen sollten, lag nun 21 Jahre zurück; aber das Verhalten der Menschen von damals war noch allgegenwärtig, und nirgends konnte die heilige Inquisition mit soviel Zuspruch, so vielen Spitzeln und Zeugen rechnen wie hier.

Von seinem Vater, der sich in der Abtei Michelsberg eine Menge Wissen angelesen hatte, hatte Leberecht denkwürdige Dinge erfahren. Zum Beispiel, wie ehrsame Bürger, einfache Häcker oder steinreiche Brauer sich von der Unreinheit ihrer Seele säuberten oder das ewige Heil zu erkaufen suchten. Seither wurde sein frommer Glaube, der einem Jüngling in dieser Zeit an diesem Ort bereits in die Wiege gelegt worden war, von immer heftigeren Zweifeln geplagt. Jedenfalls glaubte Leberecht nicht daran, daß das Geißeln der eigenen Glieder, der Kauf von Gebe-

* nach der Passion (dem Leiden und Sterben Christi)

ten und das unaufhörliche Sündenbekenntnis der rechte Weg sei, um ins Paradies zu gelangen.

Fieberkrank von den selbstauferlegten Martern und Torturen, begegneten viele der Heiligen Jungfrau Maria; ja, sogar Otto, der heilige Bischof, und Kaiserin Kunigunde, von der jeder wußte, daß sie im Dom neben Heinrich, dem Kaiser, begraben lag, trieben bisweilen ihr Unwesen. Das wurde von durchaus ehrsamen Bürgern behauptet, denen die armen Seelen in irdischer Gestalt an verschiedenen Orten leibhaftig begegnet sein sollten.

»Die Leute sagen, unser Vater sei ein Hexer gewesen, einer, der mit dem Teufel im Bunde stand!«

Die Worte Sophies holten Leberecht in die Gegenwart zurück. »Vater ein Hexer, mein Gott!« Leberecht schüttelte den Kopf. »Vater war kein Hexer. Dafür war er viel zu klug.«

Sophie lachte bitter. »Der Satan macht vor den Klugen nicht halt. Denk nur an Nikolaus von Kues. Hat Vater nicht seinen Scharfsinn gerühmt, wenn er von seinen Büchern erzählte? Und doch predigte der Cusaner die *docta ignorantia*, die belehrte Unwissenheit, als höchstes Ziel. Nein, der Fehler, den unser Vater beging, war ein ganz anderer. Er paßte nicht in das Bild vom frommen Christenmenschen. Ein Totengräber, der das Lateinische besser hersagen kann als der Fürstbischof und der seine Kinder die heidnischen Schriftsteller der Antike lehrt, gerät allzuleicht in Verdacht, ein Ketzer zu sein.«

»Vielleicht ...« Leberecht wurde nachdenklich. »Vielleicht sind die Erscheinungen unseres Vaters gar keine Erscheinungen, sondern ein von der Kurie der Domstiftskanoniker erdachtes Theater.«

»So darfst du nicht denken!« entrüstete sich Sophie. »Welchen Grund sollte die Geistlichkeit haben, so etwas zu tun?«

Schweigend stiegen beide die steilen Treppen hinauf zu ihrer Kammer.

»Warum sollten die so etwas tun?« nahm Sophie ihre Frage wieder auf und ließ sich auf dem Bettkasten nieder.

Leberecht lehnte sich unschlüssig an den wärmenden Kamin, schließlich tat er drei Schritte zu der winzigen Dachluke, die mit Stoffetzen abgedichtet war. Ihn fröstelte. Aber mehr als die Kälte machte ihm der Gedanke zu schaffen, welche Intrige gegen ihren toten Vater gesponnen würde.

»Da kann ich dir gleich mehrere Gründe nennen«, begann Leberecht, ohne seine Schwester anzusehen. »Vater wußte zuviel über die dunklen Machenschaften der Domstiftskanoniker; vor allem aber hielt er sich mit seinem Wissen nicht hinterm Berg. Außerdem stand er bei den Mönchen der Klosterimmunität Michelsberg in Sold, ja, er genoß – wie ich aus eigener Anschauung weiß – bei den Mönchen sogar hohe Achtung, war also gleichsam einer der ihren. Wie jeder weiß, sind aber die Mönche vom Michelsberg und die Domstiftskanoniker verfeindet wie Hund und Katze. Es hätte mich doch gewundert, wenn der Domprediger Athanasius Semler das eiserne Rohr auf dem Grab unseres Vaters nicht als einen Gedanken des Teufels verdammt hätte. Er wettert doch gegen alles, was nicht wortwörtlich in der Bibel steht.«

Sophie fühlte plötzlich, wie ihr das Blut in den Kopf schoß und wie sich ein heißes Feuer ihres ganzen Körpers bemächtigte. Es war, als nehme der Teufel persönlich von ihr Besitz, als lähmte eine unbekannte Macht ihre Gedanken. Ängstlich sah sie zu ihrem Bruder auf: »In welcher Sünde leben wir, daß Gott uns das antut?«

Leberecht lachte: »Jetzt läßt du dich auch schon anstecken von dem dummen Gerede! Vielleicht beruhigt es dich, wenn ich dir sage, daß unsere Wohnung durchwühlt worden ist. Nach Reichtümern hat man dabei wohl nicht gesucht. Aber eigenartigerweise sind Vaters Schaufel und seine rote Kappe verschwunden.«

»Und? Was willst du damit sagen?«

»Nichts. Nur soviel: Vielleicht hat sich irgend jemand aus irgendeinem Grund mit dem Andenken des Totengräbers vom Michelsberg einen üblen Scherz erlaubt.«

»An eine Erscheinung glaubst du also nicht?«

»Nein!« antwortete Leberecht mit klarer Stimme. »Ich habe heute Vaters Grab besucht. Es ist unversehrt. Oder hältst du es für möglich, daß seine arme Seele durch das Eisenrohr entwichen ist?«

Leberecht und Sophie hatten erwartet, daß der Wirt vom Sand, seine Frau Martha oder der Sohn des Hauses sie auf die denkwürdigen Vorfälle ansprechen würden. Doch es schien, als ginge ihnen die Familie, ja sogar das Personal aus dem Wege. Den ganzen Tag fand sich niemand, der mit ihnen über die rätselhaften Erscheinungen gesprochen hätte.

Als endlich im Wirtshaus Ruhe einkehrte und die Lichter gelöscht waren, legten sich Leberecht und Sophie zu Bett. Die Nacht war ungewöhnlich kalt für die Jahreszeit. Vom Fluß her stiegen feuchte Nebelschwaden auf, klamme Nachtluft drang durch Fenster- und Mauerritzen. Die beiden hatten ihre Kleider anbehalten und lagen zum Schutz vor der Kälte eng aneinandergekuschelt. Eine aus Flicken und Fetzen zusammengenähte Decke hielt die Kälte, die von der schrägen Decke herunterdrang, kaum ab.

War es die Kälte, oder hinderten ihn die trüben Gedanken am Schlaf? Irgendwann löste sich Leberecht aus der Umarmung seiner Schwester und schlich aus der Kammer. Er wußte selbst nicht, was ihn dazu veranlaßte, mitten in der Nacht das Innere des Hauses zu erkunden. Ihn drängte Neugier. Vorsichtig und bemüht, das Knarren der Holztreppe zu vermeiden, tastete sich Leberecht vom Dach, wo das Gesinde seine Kammern hatte, in das darunter liegende Stockwerk.

Matter Lichtschein drang durch ein kleines verhangenes Fenster, eine winzige Luke, die von einer Kammer her dem Treppenhaus Licht spendete. Vier Türen führten auf dem quadratischen Treppenabsatz in vier verschiedene Räume. Es war still. Nur aus dem erleuchteten Fenster drang leises Wimmern, dann ein unerklärliches Stöhnen.

Leberecht erkannte Marthas Stimme. Er mußte sich nicht einmal besonders strecken, um einen Blick in die Kammer zu erhaschen. Ein schmaler Spalt in der Mitte des Vorhangs ermöglichte die Sicht auf das, was im Innern vor sich ging.

Martha kniete mit dem Rücken zu der Luke auf dem Boden. Sie trug einen langen rauhen Rock, in der Taille gegürtet; ihr Oberkörper war entblößt, und die offenen Haare fielen wie rote Flammen auf ihren Rücken. Während sie sich tief verneigte – vermutlich vor einem Kreuz, welches Leberecht nicht sehen konnte –, murmelte sie eine fromme Litanei. Ihre Worte waren nicht zu verstehen. Kaum hatte sie geendet, da schleuderte Martha einen beinahe armdicken Stock mit kurzen Lederriemen rückwärts über den Kopf, daß die Riemen, welche mit künstlichen Knoten versehen waren, auf ihren nackten Rücken klatschten wie die Peitsche eines Fuhrknechts auf die Hinterbacken seines Pferdes. Dabei bäumte Martha sich auf und gab einen dünnen Laut von sich wie eine getretene Katze.

Heilige Jungfrau! Leberecht erschrak zu Tode. Es dauerte eine Weile, bis der heimliche Beobachter begriff, daß Martha sich diesen Schmerz mit voller Absicht zufügte. Aber als er die ganze Tragweite dieses Vorganges begriffen hatte und als Martha dieses grausame Spiel mit der Geißel ein zweites und drittes Mal wiederholte, da fühlte Leberecht auf einmal, daß es ihm Lust bereitete. Er ergötzte sich an den Peitschenhieben, an dem Klatschen der Riemen auf ihrer Haut, an ihrem leisen Stöhnen und an der Röte, welche das Folterinstrument auf ihrem Rücken verursachte.

Noch nie hatte sich Leberecht von einer Frau so angezogen gefühlt wie von Martha bei diesem heimlichen Schauspiel. Nicht in seinen schmutzigsten Träumen, in denen meist strenge Mönche und levitierende Nonnen eine Rolle spielten, hatte er soviel Wollust empfunden, wie durch diesen schmalen Spalt im Vorhang. So mußte König David im Anblick von Bathseba empfunden haben, Assuerus im Anblick von Ester und Samson, als er Dalila begegnete.

Um sich im Zaume zu halten, biß sich Leberecht auf den gekrümmten Daumen, er hielt die Luft an, solange er konnte, aber die selbstgesuchte Kasteiung zeigte keine Wirkung, und sein Drang und der Wunsch, Martha möge immer nur fortfahren mit dieser Selbstzüchtigung, wurde nur noch stärker. O welche Lust wäre es gewesen, selbst die Geißel zu schwingen gegen den weißen Körper der schönen Frau! Welch eine Verlockung ...

Was Frauen betraf, so kannte Leberecht nur den Körper Sophies bis in alle Einzelheiten. Er kannte ihn so, wie Sophie ihm seit Kindertagen begegnet war: züchtig, rein und ohne Verlockung und Leidenschaft. Leberecht hatte nie verstanden, wenn der Domprediger von der Kanzel das weibliche Geschlecht als teuflisch und alle Frauen als Pforten des Satans bezeichnete. Nun aber begriff er auf einmal, was Athanasius Semler meinte. Der Leib eines Weibes war durchaus geeignet, einen Mann um den Verstand zu bringen, ihm alle Gedanken an das Edle im Menschen zu rauben, ihn zum Frauenschänder, Verführer, Ehebrecher und Lüstling zu machen, zu einem Werkzeug der Willkür und der Genußsucht.

Im Anblick der geißelnden, klagenden Frau hätte Leberecht alles gegeben, damit das berauschende Schauspiel weiter ging bis zum Jüngsten Tag. Nur mit Mühe unterdrückte er ein Stöhnen, und versuchte, seine Gedanken zu sammeln, doch nur wilde Phantasien kamen ihm in den Sinn. Er war bereit abzuschwören der Heiligen Jungfrau und allen heiligen Weibern – Appolonia, Irmhild, Barbara, Katharina, Agnes, Hedwig, Roswitha, Hildegunde, Elisabeth, Thekla, Ermelindis und Martha. Nur dieser Martha nicht.

Leberecht wußte nicht, wie lange er gaffend vor der Fensterluke verbracht hatte; doch als Martha nach einem kraftvollen »Amen« und drei Kreuzzeichen über Stirn und Brüste ihre Zeremonie beendete, da erschrak er wie ein Kind, das aus dem Schlaf gerissen wird. Martha indessen erhob sich und verschwand aus seinem Blickwinkel. Auf dem Boden blieb ein Häuflein Erbsen zurück, auf denen die Frau gekniet hatte, um ihren Gliedern noch größeren Schmerz zuzufügen. Dann verlosch das Licht.

Enttäuscht und befriedigt zugleich schlich Leberecht die Treppen hinauf zum Dachgeschoß. Er fror. Sophie schien seine Abwesenheit nicht bemerkt zu haben. Sie erwachte nicht einmal, als der Bruder zu ihr ins Bett stieg und sich zitternd an sie schmiegte. Sophie ließ es auch geschehen, als Leberecht mit den Händen ihren Leib abtastete. Das hatte er schon oft und in aller Unschuld getan, und seine Schwester hatte ihn gewähren lassen. Aber diesmal war alles anders.

Am nächsten Morgen war Leberecht bemüht, seiner Ziehmutter aus dem Wege zu gehen. Das Morgenmahl – Brotbrocken in Milch getaucht – wurde ohnehin nie gemeinsam eingenommen. Vielmehr suchte jeder eine Ecke zur ungestörten Nahrungsaufnahme.

Zur Winterszeit begann die Arbeit der Steinmetze erst spät am Morgen, zum einen wegen der Kälte, welche die Finger lähmte, zum anderen aber auch wegen des fehlenden Tageslichts. Leberecht machte einen leicht verstörten Eindruck, als er Carvacchi an jenem Morgen vor die Augen trat.

Der Dombaumeister war ihm ein zweiter Vater und Vorbild in vieler Hinsicht, und gewiß hätte dieser die flammende Unruhe im Gesicht seines Lehrjungen bemerkt und sich nach der Ursache erkundigt, wäre er nicht an diesem Tage selbst verwirrt gewesen wie der Apostel Thomas im Angesicht des Herrn.

Carvacchi stieß unverständliche Schimpflaute aus in einem Kauderwelsch aus Deutsch, Lateinisch und Italienisch. Das entsprach seiner Art und verhieß nichts Gutes. »Diese jämmerlichen Kreaturen, diese Pfaffenlecker, diese Kirchbankfurzer!« geiferte er schließlich, umringt von einer Handvoll Lehrlingen und Gesellen, die sich ratlos ansahen, wem wohl das Donnerwetter gelte.

»Kommt mit!« bellte Carvacchi und wies mit einer Kopfbewegung hinüber zum Dom.

Sie betraten den Dom über die Stufen der nördlich gelegenen Veitstüre. Carvacchi stampfte zornig voran und durchquerte das Kirchenschiff in Richtung der Adamspforte. Hinter dem vierten Pfeiler, der das Gewölbe trug, machte er halt. Auf dem Boden lagen Teile einer Statue verstreut.

Erschrocken blickte Leberecht nach oben: Der Sockel, der die Skulptur der »Zukunft« getragen hatte, war leer.

Wie aus weiter Ferne hörte Leberecht die Stimme des Predigers Athanasius Semler, der die »Zukunft« als sündhaft verurteilt hatte; er sah das schmale Gesicht der Statue und jenes von Martha, seiner Ziehmutter, die soviel mit dieser Statue gemein hatte, und durch seinen Kopf schoß der absurde Gedanke, daß dies die Strafe für seine nächtliche Sünde sei. Er hatte die »Zukunft« geliebt wie die Jungfrau Maria – soweit man eine Statue überhaupt lieben kann –; jedenfalls hatte Leberecht in der Anmut des aus Stein geschaffenen Körpers jene himmlische Schönheit entdeckt, welche fromme Menschen anbetungswürdig nennen.

Eines Tages war er Carvacchi aufgefallen, wie er in Gedanken versunken am Pfeiler emporblickte und die von unbekannter

Menschenhand geformten Reize entzückt in sich aufsog. Seit jenem Tag behandelte der Meister Leberecht wie seinen Sohn, weil er wußte, daß der Junge ebenso fühlte wie er. Auf Carvacchis Frage, was er im Anblick der steinernen Statue empfinde, hatte Leberecht nur hilflos herumgestottert, bis der Meister selbst die Antwort gab: den Drang, diese Frau leibhaftig zu besitzen. Genau das hatte Leberecht angesichts des Kunstwerks gefühlt. Und Carvacchi hatte hinzugefügt, von nun an werde er nur noch nach dem Abbild der »Zukunft« unter den Frauen suchen, und er werde alle Frauen an dieser Statue messen, weil sie für ihn das Urbild des Weiblichen darstelle. Damals hatte er die Worte seines Lehrmeisters nicht richtig verstanden, aber seit der vergangenen Nacht war ihm klar, daß Carvacchi recht hatte.

»Was glaubt ihr wohl«, begann Carvacchi nach endlosem Schweigen vor den Trümmern am Boden, »wer ist der Tugendhaftere unter den Menschen – der, welcher die Statue geschaffen hat oder jener, der für ihren Sturz verantwortlich ist?«

Keiner von den Lehrlingen und Gesellen wagte den Meister anzusehen oder gar zu erwidern. Denn jeder wußte, daß Carvacchi seine Fragen immer selbst beantwortete, ja, es hätte ihn irritiert, wenn ein anderer diese Aufgabe übernommen hätte. Und so begann er weit ausholend:

»Der Name dessen, der die ›Zukunft‹ geschaffen hat, ist uns nicht bekannt, da das Werk in einer Zeit entstand, in der jede Art von künstlerischem Schaffen nur zur höheren Ehre Gottes geschah. Ein Künstler war nur ein Sandkorn auf dem weiten Feld der Frömmigkeit. Aber jener Mann, unter dessen Händen die ›Zukunft‹ entstand, formte das Kunstwerk mit der Reinheit seiner Gedanken. Er bejahte das Leben und schuf eine Allegorie auf das Kommende in Gestalt einer schönen, in die Ferne weisenden Frau, einer Göttin, wie sie Phidias nicht anmutiger hätte schaffen können im Anblick seiner Geliebten Phryne. Dreihundert

Jahre schmückte die Statue diesen Dom; dann kam dieser menschenverachtende Prediger Athanasius Semler, der für sich in Anspruch nimmt, fromm und rechtschaffener zu sein als unser Herr Jesus und reiner als die Jungfrau Maria. Dabei hat er einen so verdorbenen Charakter, daß er sogar im Anblick einer Statue aus Stein auf schlechte Gedanken kommt. Einer wie er, der seine Leidenschaft nie stillen durfte, trägt nur Sünden im Kopf. Sogar am Sandstein reibt sich seine Phantasie. Sein Geist ist vom Teufel umnachtet. Er fühlt sich als Großinquisitor und das ist sein Werk! Pfui Teufel!«

Teufel, Teufel! hallte es durch den leeren Dom, und es schien, als verstärkte die Kälte das mehrfache Echo. Carvacchi hielt noch einen Augenblick inne, dann ging er in der Richtung davon, aus der sie gekommen waren.

Wortlos begannen die Steinmetze, die Steinbrocken in ihre Lederschürzen aufzusammeln. Leberecht griff nach der rechten Hand, die in die Ferne gewiesen hatte. Das Bruchstück reichte von der Handwurzel bis zum gestreckten Zeigefinger und war unversehrt geblieben. Handrücken und Zeigefinger bildeten eine gerade Linie, während der Daumen auf der Innenseite des angewinkelten Mittelfingers zu liegen kam. Es war die Hand eines vornehmen Fräuleins; jedenfalls stellte er sich so die Hand einer Dame vor.

Bei dem Sturz aus großer Höhe war die »Zukunft« in viele kleine Teile zersprungen. An eine Restaurierung war nicht zu denken. Einen Tag und eine Nacht lagerten die Steinbrocken vor der Holzhütte, in der Carvacchi seiner Arbeit nachging. Dann beauftragte der Meister Leberecht, neben der Hütte ein Loch zu graben, soweit es der gefrorene Boden erlaubte, und die Bruchstücke darin zu versenken.

Leberecht kam dem Auftrag nach, obwohl er ihm ziemlich seltsam vorkam, aber er hätte nie gewagt, Carvacchi zu widersprechen. Vor allem hatte er so die Möglichkeit, die faszinierende Hand der »Zukunft« für sich zu behalten, und niemand bemerkte es.

Seit jener Nacht, als Leberecht seine Ziehmutter heimlich beobachtet hatte, verlangte irgend etwas in ihm nach noch mehr von dieser sündigen Nacktheit. Der Drang, Martha bei ihren Kasteiungen zuzusehen, trieb ihn jede Nacht um dieselbe Stunde aus dem Bett. Er mußte fürchten, von Sophie oder irgend jemand anderem bei seinen nächtlichen Streifzügen entdeckt zu werden, doch der unheimliche Trieb war stärker. Für zufällige Begegnungen im Treppenhaus hatte Leberecht sich allerlei fadenscheinige Erklärungen zurechtgelegt, die von Verrichtung der Notdurft reichten – was unwahrscheinlich genug war angesichts eines Nachtgeschirrs, das in jeder Kammer bereitstand – bis zum quälenden Durst – was kaum glaubhafter erscheinen durfte, da es in jeder Kammer eine Kanne Wasser gab.

Die zweite Nacht endete für Leberecht insofern enttäuschend, als er zwar das Fenster zum Treppenhaus erleuchtet fand, doch diesmal ließ der grobe Vorhang nicht den kleinsten Spalt frei, durch den seine lüsternen Augen hätten spähen können. Was blieb ihm also anderes übrig, als das vereitelte Abenteuer der Augen seinen Ohren zu überlassen und zu lauschen, wie Martha sich dem frommen Schmerz hingab.

Schon beim erstenmal hatte Leberecht sich gefragt, welchen Grund Martha für ihre Torturen haben könnte. Sie galt als fromm und edelmütig, kümmerte sich um die Armen, und die Großmut ihres Gemahls gegenüber den Klöstern der Stadt sei – so erzählten die Leute – weniger ein Akt der Frömmigkeit Jakob Heinrich Schlüssels als seiner Frau Martha.

Hatte er zuerst noch den Verdacht gehegt, Martha könnte die Geißel aus purer Lust gebrauchen – die Gesellen der Dombauhütte redeten manchmal von derlei unverständlichen Praktiken –, so mußte Leberecht dieses Mal alle derartigen Gedanken verdrängen. Das Wehklagen, das durch das Fenster drang, war ohne Frage Ausdruck von Schmerz. Vor allem versäumte es Martha nicht, zwischen den einzelnen Peitschenschlägen inbrünstige Gebete zu flüstern, deren Wortlaut er jedoch nicht verstand, von einem einzigen Mal abgesehen, als ihre Stimme eindringlicher als je zuvor den Satz sprach: »*Jesu Domine nostrum.* Erlöse mich vom Laster des Fleisches ...«

O nein, Herr Jesus, erlöse sie in keinem Fall vom Laster des Fleisches! wollte Leberecht rufen, denn dieses Laster war es doch, das ihm die allerhöchste Lust bereitete, auch wenn es diesmal seinen Augen verborgen geblieben war.

Tags darauf, als er Martha außer Haus wußte, schlich sich Leberecht in einem unbemerkten Augenblick in die Kammer seiner Ziehmutter. Er zerrte an dem hinderlichen Vorhang, und dadurch entstand an jener Stelle, wo er an der Wand befestigt war, ein kleiner, kaum wahrnehmbarer Riß, gerade groß genug, daß der Vorhang nicht mehr senkrecht, sondern verdreht herabhing und auf diese Weise immer einen kleinen Spalt freiließ, der für den Jungen das Fenster zum Himmel darstellte.

War er in der folgenden Nacht zufrieden, so hatte er nicht weniger Ursache es auch in der nächsten Nacht und in den darauffolgenden zu sein. Ohne ein einziges Mal gestört zu werden, gelang es ihm, Marthas sündigen Leib zu erkunden. Am vierten Tag sah Leberecht ihre Brüste, Brüste, wie er sie noch nie in dieser Pracht gesehen hatte, und dreizehn Tage später – Ostern war schon vorbei – ließ Martha ihren in der Taille gebundenen Rock zu Boden gleiten und zeigte ihm ihre Scham, daß dem heimlichen Beobachter das Blut in Kopf und Glieder schoß wie ein Feuerstrahl.

An diesem Tag stolperte Leberecht mehrere Male über seine

eigenen Füße. Das war nicht ohne Gefahr auf dem Gerüst über der Adamspforte des Domes, wo Meister Carvacchi daranging, einen gesprungenen Stein aus dem Zahnband zu heben, welches das Bauwerk in luftiger Höhe umgab. Ein andermal glitt ihm ein schweres Hebeeisen aus der Hand und krachte unter ohrenbetäubendem Lärm zu Boden. Als er schließlich noch die Leiter am Gerüst falsch anlegte, nämlich mit dem breiten Ende nach oben, da schrie ihn Carvacchi an – zum erstenmal übrigens, seit er bei ihm in die Lehre ging: »Du gottverlassener Taugenichts! Wo bist du nur mit deinen Gedanken?« Und er holte aus und klatschte ihm seine breite Rechte ins Gesicht, daß es staubte.

Die Ohrfeige tat nicht weh; im Gegenteil, Leberecht fühlte, er hatte sie verdient. Doch war sie wenig geeignet, ihn aus seinen Gedanken zu reißen. Zu sehr hingen ihm seine nächtlichen Erlebnisse vor Augen.

Das schlimmste an dieser erregenden Situation war, daß er mit niemandem darüber sprechen konnte. Nicht mit Sophie, der er bisher alle Sorgen anvertraut hatte, aber auch mit Carvacchi nicht, den Leberecht wie seinen Vater verehrte, und schon gar nicht mit Martha, seiner Ziehmutter, deren Körper er des Nachts wie den einer griechischen Göttin anbetete.

Indes wurde seine schamlose Verehrung so sehr zur Gewohnheit – um nicht das Wort Sucht zu gebrauchen –, daß Leberecht begann, die Rolle eines heimlichen Liebhabers zu spielen, der seiner Angebeteten deutliche Zeichen der Zuneigung entgegenbringt. Im täglichen familiären Umgang suchte er, mehr als es schicklich war, ihre Berührung, und wenn es darum ging, ihr einen Weg oder eine Arbeit abzunehmen, dann zeigte Leberecht eifriges Entgegenkommen, und Martha dankte dieses mit einem sanften warmen Blick oder einer zärtlichen Berührung. Doch hatte sie gewiß, sagte sich Leberecht, eine Menagerie von Verehrern, in der er nur der jüngste und wohl am wenigsten ernst zu nehmen war.

Natürlich blieb den anderen das Verhalten der beiden nicht verborgen. Dem Wirt vom Sand war es gleichgültig. Ihn kümmerte mehr der Umsatz seiner Schenke, der Erlös aus den Wäldern um Burg Lesau und der Gewinn aus den sächsischen Silberminen, an denen er seit kurzem beteiligt war. Im übrigen besuchte er zur Befriedigung niederer Bedürfnisse die Edeldame Ludowika. Christoph, sein Sohn, hingegen zeigte deutliche Anzeichen von Eifersucht, die das ohnehin gespannte Verhältnis der beiden Knaben noch mehr belastete.

Der Wirtssohn war ein griesgrämiger, verdrossener und aus unerklärten Gründen verbitterter Jüngling, dessen Blick sich trotz oder gerade wegen seiner Erziehung bei den Jesuiten immer mehr verengte und dessen Gemüt dem eines Greises näherstand als dem eines jungen Mannes. Sein größtes Interesse galt neben dem Lateinischen, das er eher schlecht als recht lernte, vor allem den Zahlen, deren Quadratur und Multiplikation mit sich selbst er unaufgefordert herunterbetete wie die vier Evangelien. Beides geschah jedoch keineswegs aus Liebe zur Wissenschaft, sondern aus dem Wunsch, sich über die Ungebildeten zu erheben.

Sophie, ein Mädchen von frommer Denkungsart, wäre nie auf den Gedanken gekommen, ihr jüngerer Bruder könnte in der schönen Wirtsfrau etwas anderes sehen als seine Ziehmutter. Sie betrachtete Leberechts Zuneigung als selbstverständlich; insgeheim freute sie sich sogar, weil der Bruder den Tod der Eltern überwunden zu haben schien.

An Philipp und Jakobus desselben Jahres – der Frühling war mit lauen Winden eingezogen, und am Fluß blühten die gelben Sumpfdotterblumen – ereilte Sophie ein furchtbares Unglück, an dem auch Leberecht Schuld trug, in der Hauptsache jedoch dieser gottverdammte Jesuitenschüler Christoph Schlüssel, und dieses Unglück sollte ihr Leben verändern.

Leberecht und Christoph waren heftig aneinandergeraten,

weil der Jesuit – wie er ihn nur noch nannte, seit er sich das Haar wie zu einer Tonsur geschoren hatte – dummes Zeug wiederkäute, das er selbst nicht verstand. Der Sonnenschein, so predigte er vom Geländer im Treppenhaus, sei die größte Freude für den Körper, die Klarheit der mathematischen Wahrheit aber die größte Freude für den Geist. Und das sei der Grund, warum die Wissenschaft von der Geometrie allen anderen Forschungen und Erkenntnissen vorzuziehen sei.

Darauf nannte Leberecht den Jesuiten einen blinden Bauernschädel, der noch nie ein burgundisches Kunstwerk betrachtet habe. So gab ein Wort das andere, und bald lagen sich beide in den Haaren und rangen wie Straßenköter und prügelten sich, daß das Blut spritzte.

Angelockt von dem lauten Geschrei, warf Sophie sich zwischen die beiden, um dem Kampf Einhalt zu gebieten. Leberecht rief, sie solle sich aus der Auseinandersetzung heraushalten, er schlage den Tölpel tot. Aber Christoph, dem anderen an Stärke ebenbürtig, packte das zarte Mädchen und schleuderte es mit beiden Armen beiseite. Leberecht behauptete später, der Jesuit habe Sophie gezielt in Richtung der Treppe geschleudert. Jedenfalls verlor Sophie das Gleichgewicht, stürzte kopfüber die steile Treppe hinab, überschlug sich mehrmals, wobei sie einen hellen spitzen Schrei ausstieß wie die jungen Schweine beim Abstechen, und blieb mit unter den Röcken angewinkelten Beinen, beide Arme ausgestreckt wie unser Herr Jesus am Kreuze, auf dem Pflaster der Eingangshalle liegen.

Leberecht hatte die Szene mit weit aufgerissenen Augen verfolgt und jede einzelne Bewegung der Schwester bei ihrem Sturz beobachtet. Jetzt stand er wie angewurzelt, unfähig, Sophie zu Hilfe zu eilen, die dalag, als wäre sie tot.

KAPITEL II

Inquisition und Leidenschaft

Obwohl der Wundarzt sie bereits aufgegeben hatte, konnte Sophie zur Verwunderung aller im folgenden Jahr zum erstenmal wieder ihre Beine gebrauchen. Sie hatte den Sturz über die Treppe wie durch ein Wunder überlebt und war nach zweitägiger Ohnmacht erwacht. Doch mehr als ein halbes Jahr hatte es gedauert, bis sieben verschiedene Brüche geheilt waren und Sophie die Kraft hatte, sich aus eigenem Antrieb fortzubewegen.

Dies ging nicht ohne Schwierigkeiten vonstatten, weil bei Sophie, ausgelöst durch den verheerenden Sturz, der kaum äußere Verletzungen erkennen ließ, während der Genesung eine seltsame Erscheinung zutage trat, von der Andreas Vesalius, Leibarzt des Kaisers Karl, in seinem Werk *De humani corporis fabrica* behauptet, sie treffe nur einen unter fünf Millionen Menschen, eine Krankheit – so man sie überhaupt so nennen will – ohne Namen. Andries van Wesel, so sein richtiger Name, der während seiner Zeit als Wundarzt in Padua die Leiche eines Gehenkten entführte, um sein Skelett zu präparieren – was jedoch nicht zur Unterhaltung anderer geschah, wie in Italien üblich, sondern zur Erkenntnis der Anatomie –, dieser flämische Arzt behauptete mit großen lateinischen Worten, im menschlichen Gehirn stehe eine eigene Drüse bereit, um das Wachstum zu steuern. Ein

Sturz oder eine äußere Verletzung könne durchaus die Ursache dafür sein, daß ein mit normalen Proportionen geborener Mensch sich mit einem Male zum Zwerg oder – in der anderen Richtung – zum Riesen verwandle.

So kam es, daß Sophie, allen Gebeten zur kleinwüchsigen Jungfrau Maria zum Trotz, auf einmal wieder zu wachsen begann, obwohl sie die Jugend, der das gemeinhin vorbehalten bleibt, längst hinter sich gelassen hatte, daß sie sich dehnte und streckte und in der Breite und Höhe zunahm, eine bösartige Laune der Natur. Aus dem zarten Mädchen Sophie, das einmal den Namen »Veilchen« trug und das zu Leberecht aufgeschaut hatte, wuchs ein Riesenfrauenzimmer, größer als der größte Mann in der Stadt und bestaunt wie das Grabmal von Kaiser Heinrich und seiner Frau Kunigunde im Dom.

Selbst Leberecht, dem seine Schwester lieb war wie das eigene Leben, erschrak vor dem unerklärlichen Auswuchs. Anders als vor dem Treppensturz, zeigte er sich nur ungern in ihrer Begleitung, und er war sogar froh, als Martha Sophie eine eigene Kammer zuwies, im Hinterhaus bei den Knechten mit einem eigens für sie gezimmerten Kasten als Liegestatt. Ohne zu murren, erledigte sie dort Arbeiten, die ihr früher ein Greuel waren, und sie lebte zurückgezogen wie eine Nonne.

Nur den sonntäglichen Kirchgang, der Leberecht seit jener Bußpredigt des Athanasius Semler zuwider war, erledigten sie noch gemeinsam. Er kam ein um das andere Mal einem Spießrutenlaufen gleich. Hinter ihrem Rücken wurde getuschelt, Kinder verhöhnten sie, und Leberecht verteilte Ohrfeigen, wenn sie das Riesenfrauenzimmer als Weltwunder oder Braut des Leibhaftigen verspotteten und Bocksprünge machten, um ihren Schmährufen Nachdruck zu verleihen.

Im Hause verrichtete Sophie die Arbeit eines Knechts und einer Magd zugleich; sie tat es ohne Murren und scheute sich nicht vor niedrigsten Tätigkeiten. Dazu gehörte das Ratzenvertreiben aus Kammern und Kellern; Ratzen, die sich bis zur Größe einer Katze auswuchsen und diese mit tödlichen Bissen bekämpften. Verursacht durch die Nähe des Flusses, gab es Tausende dieser Nager in den Häusern im Sand, und Sophie hatte den Auftrag, möglichst viele bei lebendigem Leibe zu fangen, an einem Bein festzubinden und sie auf diese Weise durch eine Pfanne mit einem Gemisch aus Fischtran und flüssiger Wagenschmiere zu ziehen, bis ihr Fell eher der Haut eines Fisches als der eines Nagetieres glich. Freigelassen rannten sich so behandelte Ratzen zu Tode, so unerträglich war ihnen der Geruch ihres Fells. Doch geschah dies nicht ohne einen willkommenen Nebeneffekt, denn alle Löcher und Gänge, durch die ein getrantes Tier gelaufen war, wurden für lange Zeit von allen anderen Ratzen gemieden.

Der schlimmste von allen niederen Diensten, die Sophie zu verrichten hatte, war die Pflege der Gicht des alten Schlüssel, die dem Wirt vom Sand von der Wunderheilerin Nüßlein empfohlen und unter dem Siegel der Verschwiegenheit für einen Goldgulden verkauft worden war. Ein Heilbrief, den Leberecht mit eigenen Augen gesehen hatte, enthielt neben der genauen Anweisung auch einen Fluch gegen jene, die das Geheimnis ohne Erlaubnis weitergaben. Und mochte das Mittel noch so fragwürdig erscheinen, so brachte es dem Wirt vom Sand zwar keine Erlösung, aber doch Linderung seiner Schmerzen. Angewidert holte Sophie einmal pro Woche eine junge Taube aus dem Schlag unter dem Dach, rieb dieselbe heftig am zuvor gereinigten Hinterleib des Kranken, und zwar so, daß der After der Taube genau auf den von Schlüssel zu passen kam. Während die Taube in starke gichterische Bewegungen verfiel, ließ Sophie erst ab, wenn der Vogel kein Zeichen von Leben mehr von sich gab. Dazu murmelte sie die Worte: »Geist der Taube, Geist der Taube. Nimm hinweg die Schmerzenspein!«

Weder Schlüssels Ehefrau Martha noch eine der Mägde erklärte sich bereit, diese obskure Prozedur freiwillig auszuführen. Dadurch geriet Jakob Heinrich Schlüssel in eine gewisse Abhängigkeit von Sophie, und es kümmerte ihn nicht, wenn die Leute spotteten, der Wirt vom Sand halte sich eine Satansbraut unter seinem Dach oder sogar ein Zwitterwesen, Mann und Frau zugleich in Gestalt eines riesigen Dämons. Selbst als der Domprediger Athanasius Semler von der Kanzel wetterte, man müsse die Braut Satans – so nannte er Sophie, ohne mit ihr ein Wort gewechselt zu haben – exorzieren, hielt der einflußreiche Schlüssel seine Hand über das großgewachsene Mädchen und beschimpfte Semler in aller Öffentlichkeit als Volksverhetzer.

Von diesem Ereignis wurde die fromme Stadt in zwei Lager gespalten, wobei das eine nicht frommer war als das andere; denn im Grunde waren die einen so käuflich und korrupt, hinterhältig und böse und der Magie zugetan wie die anderen. Wunder sind der Frommen liebste Kinder, und es gab auch in dieser Stadt keinen Christenmenschen, der dem Unerklärlichen nicht insgeheim verfallen war wie Herodes Antipas der tanzenden Salome.

Sophies Wachstum jedenfalls trug in hohem Maße dazu bei, die verteufelten Gerüchte um ihren toten Vater zu schüren, und als schließlich eine Nonne vom nahen Frauenkloster verkündete, im Kreuzgang sei ihr der Leibhaftige in Gestalt eines kahlköpfigen Mannes mit einer Schaufel in der Hand begegnet, da wurden die ersten Rufe nach der heiligen Inquisition laut.

Seit Verkündung der Bulle *Summis desiderantis affectibus* durch Innozenz VIII. vor über siebzig Jahren, wetteiferte die Stadt um den zweifelhaften Ruf, die erste zu sein im Hexenbrand; jedenfalls versuchte sie den sächsischen Fürstentümern, dem Herzogtum Westfalen, Würzburg und Eichstätt, den Rang abzulaufen. Der Dominikaner Bartolomeo, der die Stelle des Inquisitors einnahm, hatte eines Tages die Stadt heimgesucht, ein Schreiben der Kurie vorgewiesen und sich in einem Nebengebäude der alten Hofhaltung niedergelassen. Bartolomeo, der seine gefürchteten Prozesse mit einem dreifachen Kreuzzeichen auf alle erreichbaren Körperteile begann und dazu die Worte flüsterte: »Ich bekenne und glaube, daß die heilige römische Kirche die wahre Gemeinschaft der Gläubigen ist, ohne die es kein Seelenheil gibt«, war Kläger und Richter zugleich, und aus demselben Grunde waren seine Nachforschungen gefürchtet. Diese bezogen sich auf weise Männer ebenso wie auf weise Frauen, und sie machten auch nicht vor den gedruckten Büchern des seligen Albrecht Pfister halt und jenen des Johann Sensenschmid, welche jenseits des Flusses weitgerühmte Druckwerkstätten unterhielten und neben Missalen und Bibeln angeblich auch Schriften druckten wie das Buch *Belial*, was, wie Paulus sagt, ein heimlicher Name des Teufels sei.

So wie Jakob Heinrich Schlüssel die Geweihe des von ihm erlegten Wildes an den Wänden seiner Wirtsstube ausstellte, hatte der Inquisitor Bartolomeo, wohl zur Abschreckung, neben dem Eingang zum Gebäude der Inqisition eine hölzerne Tafel angebracht, auf der er mit Rötel die Blutspur seines Wirkens festhielt. Wenngleich die meisten des Lesens unkundig waren, so genügte der regelmäßige Vortrag durch Schriftkundige zur Furchteinflößung und Ansporn zum frommen Glauben im Sinne der heiligen Mutter Kirche. Wer lesen konnte, las:

Verzeichnis der Hexen-Leut
so mit dem Schwert gerichtet und verbrannt

Im ersten Brand fünf Personen
Die schielende Anne
Die Hübschlerin vom Kranen
Die alte Bürstenbinderin
Zwei reisende Männer der Magie Satans

Im zweiten Brand zwei Personen
Der Schiffsmeister Gabriel, dem Glauben abgeschworen
Die Vogtin des Hw. Herrn Domprobst

Im dritten Brand vier Personen
Der Vogt des Hw. Herrn Domprobst
Ein besessener Knabe von sechs Jahren
Das Apothekermägdelein
Der Kolber, ein gar reicher Mann, welcher behauptet, die Hostie sei eine Nahrung, die man in den Mund steckt und beim Arsch wieder herauskommt

Im vierten Brand vier Personen
Zwei unbekannte hübsche Weiber, welche das Jesulein verkauften
Ein Edelknabe von Burg Lesau
Die Metzgerin Roth, welche sich zuvor selbst erdolcht
Franziskus Baumgartner, Vicarius im Domstift, nachdem er einen Alumnus geschwängert und gesagt, daß er ihn mehr liebe als Gott, den Herrn

Im fünften Brand drei Personen
Eine Wäscherin von St. Stephan
Der Spitalmeister, nachdem er schon ein halb Jahr begraben
Der Chor-Herr Krautwurst, welcher heimlich und zur gleichen Zeit zwei Frauen hatte, von denen eine Luthern anhing

Im sechsten Brand vier Personen
Die schöne Nonne Beatrix
Die alte Nonne Laetitia
Die dicke Nonne Etelfrieda

Die Nonne Genoveva – welche allesamt vom Teufel besessen und mit ihm verkehrt

Schon Wochen vorher lamentierten die Weiber vom siebten Brand auf dem großen Platz vor dem Dom, ohne zu wissen, wen aus ihren Reihen es treffen würde. Als der Herbst die Trauerweiden am Fluß, deren Äste das träge fließende Wasser berührten, gelb färbte und der auf Mariä Namen festgesetzte Termin immer näher rückte, da wurden erste Gerüchte laut, es seien deren drei Delinquenten, von denen zwei bereits der Tod ereilt hätte.

Leberecht, der die Neuigkeit von seinem Lehrherrn Carvacchi erfuhr, ahnte wie dieser nichts Gutes und hastete, so schnell er konnte, zum Friedhof auf dem Michelsberg, wo sich seine Befürchtungen bewahrheiteten: Das Grab seines Vaters Adam war geöffnet, der Sarg an einen geheimen Ort gebracht worden.

Am Tag vor der Verhandlung errichtete man auf dem Domplatz ein langgestrecktes Balkengerüst wie die Holzstege im Fluß, an denen die Kähne vertäut wurden. Weil der Platz schräg abfiel, maßen die Balken an der Seite zur Hofhaltung hin nur einen Fuß, am Ende des fünf Wagen langen Holzsteges erreichten sie die Höhe zweier ausgewachsener Männer. An dieser für alle gut sichtbaren Stelle standen ein Richtblock und ein senkrechter Balken mit Ketten. Am Fuße der Richtstätte hatten die Schergen der Inquisition einen Scheiterhaufen aus knorrigen Holzkloben geschichtet. Die ganze Nacht vor dem Prozeß brannte vor der Tribüne ein Feuer. Zwei Männer in langen schwarzen Gewändern mit spitzen Kapuzen auf dem Kopf hielten Wache.

Obwohl es nicht verboten war, wagte sich in dieser Nacht kein Mensch auf den Domplatz. Als sei der Platz vom Teufel in Besitz genommen, machten alle um ihn einen großen Bogen. Von hilfloser Wut getrieben, suchte Leberecht zwischen Abend und

Morgen zweimal den Weg über die Stufen zum Domberg, hielt sich dann aber rechts und ging jeweils den schmalen Steig zum Michelsberg, wo er von einer Terrasse unterhalb des Friedhofs Sicht auf den Domplatz hatte, auf dem das Wachfeuer loderte. Er wußte selbst nicht, was er dort suchte und warum er stundenlang auf den gespenstisch beleuchteten Platz starrte. Zurückgekehrt und ohne Aussicht auf Schlaf und weil er in seiner Kammer kaum Luft zum Atmen fand, stahl er sich ein zweites Mal davon, nahm denselben Weg und ließ sich auf einem Mauervorsprung nieder.

Leberecht fröstelte. Die vier Türme des Domes vor dem nächtlichen Himmel, die ihm sonst wie Finger erschienen, welche zum Himmel wiesen, zeigten mit einem Mal das Aussehen von gefährlichen spitzen Dolchen. Er ließ seinen Blick über die Dächer der schlafenden Stadt schweifen. Sie lag in einen löchrigen Nebelschleier gehüllt und wirkte kalt und abweisend wie Marmor. Denn so wie die Häuser in dieser Stadt nach allen Seiten mit schiefen Fenstern und Schießscharten versehen waren, so waren auch ihre Bewohner. Mißtrauen blickte aus ihren Augen, und die Sucht nach Verleumdung machte ihre Klatschmäuler zu feuerspeienden Rachen.

Der kommende Tag, das wußte Leberecht, würde der schwärzeste Tag in seinem Leben sein. Noch nie hatte der Inquisitor Bartolomeo ein Verfahren eingestellt. Und wenn er nicht davor zurückschreckte, einen lebenden Menschen beim geringsten Verdacht zu verurteilen, warum sollte er bei einem Toten seine Haltung ändern? Und er, Leberecht, selbst würde in dieser Stadt zeit seines Lebens als Sohn eines Hexers gebrandmarkt sein. Er würde ein Feuermal auf der Stirn tragen, und man würde ihm begegnen wie einem Aussätzigen im Leprosenspital.

Über solch trüben Gedanken graute der Morgen über der Inselstadt. Zaghaft erwachte das Leben. Aus dem Schornstein des

Bäckers beim Markt stiegen Rauchwolken. Von der Straße am Fluß hallten die Rufe der Fuhrleute herauf. Am Kranen begann das geschäftige Treiben der Schiffsleute, die ihre Frachtkähne beluden – ein Tag, dazu angetan, Gott den Herrn zu lobpreisen. Doch auf dem Domplatz zeigte zur selben Zeit die Wirklichkeit ihre häßliche Fratze.

Von allen Seiten strömten die rechtschaffenen Bewohner herbei, die Frömmler, Neugierigen, Sensationslüsternen, die Faulenzer und Langweiler, für die das Inquisitionsgericht nichts weiter bedeutete als Zeitvertreib. »Brennt sie!« – »Köpft sie!« – »Werft sie in das Feuer!« hallte es über den weiten Platz.

Die ersten Zuschauer, die so früh gekommen waren, um sich einen Platz in der ersten Reihe zu sichern, steigerten sich in einen Rausch. Sie interessierten sich nicht für den Prozeß, sondern für das Urteil, das ohnehin feststand: »Brennt sie!«

Leberecht verließ seinen Platz unterhalb der Abtei und näherte sich dem Domplatz von der Rückseite, damit er nach Möglichkeit niemandem über den Weg lief. Er wollte Zeuge sein, wenn der Inquisitor seinen toten Vater schuldig sprach, wollte das Gesicht des Mannes sehen, der für sich in Anspruch nahm, im Namen des Allerhöchsten über Gut und Böse, Leben und Tod zu entscheiden.

Vor dem Eingang zur Inquisition, einem alleinstehenden Gebäude hinter der Hofhaltung und von den Gemächern des alten Fürstbischofs gut einsehbar, drängten sich die Menschen. Ein Diener der Inquisition in langer Kutte verwehrte ihnen den Zugang. Erst als die Domuhr sieben dumpfe Schläge tat, ließ er das sensationsgierige Volk ein.

Unbeachtet von den Gaffern gelang es Leberecht, sich in den gespenstisch finsteren Saal zu drängen, wo er auf der hintersten Holzbank Platz fand. An der Stirnseite des weißgekalkten Raumes stand, erhöht auf einem Podium, ein langer Tisch, dahinter drei Stühle mit hohen Lehnen. In der Mitte des Tisches zwei brennende Kerzen und ein Kruzifix, davor ein schwarzes Buch mit der Aufschrift *Malleus Maleficarum* – der »Hexenhammer«, das Gesetzbuch aller Inquisitoren.

Aufgeregtes Geschrei verkündete die Ankunft der ersten Delinquentin, der Wunderheilerin Afra Nüßlein. Die Menschen im Saal – es mochten zweihundert sein – sprangen auf, reckten die Hälse, um einen Blick auf das geschundene Frauenzimmer zu erhaschen. Man wußte, daß man der Frau, um sie für ihre Aussage vor der hohen Inquisition gefügig zu machen, die Instrumente der peinlichen Befragung gezeigt hatte. Nicht wenige fanden unter diesen Folterwerkzeugen den Tod.

»Brennt sie! Brennt sie!« geiferte eine Alte, die ihr Gesicht unter einem gefalteten Kopftuch verbarg. Andere stimmten ein. Zwei Schergen stießen die Angeklagte vor sich her. Afra Nüßlein trug ein grobes Büßergewand, in der Taille mit einem Strick gegürtet. Ihre dunklen Haare waren kurz geschoren, die Augen trugen tiefe dunkle Ränder. Sie machte einen gebrochenen Eindruck.

Mit gesenktem Kopf blieb Afra, eingerahmt von den Schergen, vor dem Richtertisch stehen. Da öffnete sich eine schmale Tür an der Stirnseite, und heraus trat der Inquisitor Bartolomeo, gefolgt von zwei Dominikanermönchen in roten Kutten. Von draußen hörte man das gellende Läuten der Sterbeglocke. Im Saal herrschte Grabesstille.

Da erhob Bartolomeo die Stimme: »*Laudetur Jesus Christus!*«*

Die sensationsgierigen Zuhörer schlugen drei flüchtige Kreuzzeichen.

Teilnahmslos wie ein Beichtvater bei der Absolution begann der Inquisitor die Anklageschrift herunterzuleiern: »Afra Nüßlein, Wunderheilerin und Hebamme von eigenen Gnaden, wird

* Gelobt sei Jesus Christus!

von der heiligen Inquisition, vertreten durch den Inquisitor, Frater Bartolomeo, und zwei Beisitzer seines Ordens, der verschiedenen Angelegenheiten gegen die heilige Mutter Kirche beschuldigt, welche allesamt zugegeben und unter dem Zeichen des Kreuzes abgeschworen, als da sind in der Hauptsache die Hilfe bei der Geburt der Leinweberin Hussmann durch das Steckseil im Stehen anstatt durch den Gebährstuhl, wie überkommen seit Generationen in allen katholischen Landen, dem Laster der Hexerei gefrönt zu haben durch das Abbeten von wundersamen Erscheinungen wie Sonne und Nebel, nicht Gott, den Allerhöchsten, sondern Luzifer angebetet, Kranke gesund und Gesunde krank gemacht zu haben, Heilbriefe gegen Gold verkauft und mit dem Erlös der Sünde der Hoffart gehuldigt und die Empfängnis der Weiber durch Fischblasen und giftige Salben verhindert zu haben, so daß es zur reinen Lust geschah.«

Der Inquisitor blickte auf. Das Publikum im Saal hatte der Anklage des Dominikaners mit offenen Mündern gelauscht. Nun waren alle Blicke auf die Angeklagte gerichtet, die den Kopf hängen ließ, und auch als Frater Bartolomeo höhnte, ob sie sich und ihre verwerflichen Taten in den einzelnen Anklagepunkten wiedererkenne, wagte Afra nicht aufzublicken und sie sagte leise: »Ja, Herr Inquisitor.«

Murmeln und Tuscheln im Publikum.

Dann zog der Inquisitor das dicke Buch zu sich heran und begann in rascher Folge Fragen abzulesen, daß die Angeklagte kaum Zeit fand zu antworten.

Wie oft der Teufel zu ihr gekommen sei?

»Viele Male.«

Wie sie ihn erkannt und ob er gesessen oder gestanden habe?

Schweigen.

Ob er mit ihr Unzucht getrieben und wie sie ihn empfunden habe?

»Nein!«

Ob er still oder laut geredet habe?

»Still.«

Ob sie anderen den Teufel ausgetrieben habe und wie oft er ausgefahren sei?

»Nie!«

Ob sie auf dem Friedhof ein Kind ausgegraben, gesotten oder gebraten und heimlich verzehrt habe?

»Nein!«

Wieviel Wetter sie gemacht und wer ihr dabei geholfen habe?

Schweigen.

Welche Namen sie unserem lieben Herrn, der Heiligen Jungfrau Maria und den anderen Heiligen gegeben habe?

»Keine anderen als jeder Christenmensch.«

Ob sie der heiligen Hostie Unehre angetan und diese mit sündiger Hand aus dem Mund genommen habe?

»Ja. Einmal, aber ...«

Wie viele an Menschen und Vieh sie mit ihren Salben, Pulvern und Kräutern umgebracht habe?

Schweigen.

Ob sie schreiben oder lesen könne und ob sie sich dem Teufel verschrieben habe?

»Nein.«

Seit wann sie all ihre Übeltaten und Laster, die gegen die heilige Mutter Kirche gerichtet seien, kenne?

Die Angeklagte fand keine Antwort. Sie schlug die Hände vors Gesicht und schluchzte laut.

Ein alter Mann mit blinden Augen und einem Stock in beiden Händen rief: »Brennt sie! Brennt sie, daß der Teufel aus ihr fahre.«

Frater Bartolomeo mahnte zur Ruhe und an Afra gewandt fragte er: »Bekennst du dich schuldig?«

Die Angeklagte wurde von Weinkrämpfen geschüttelt. Sie war nicht in der Lage zu antworten.

»Bekennst du dich schuldig, Afra Nüßlein?« wiederholte der Inquisitor mit drohendem Ton in der Stimme.

Die verstörte Frau holte Luft und antwortete leise: »Ja. In Gottes Namen.«

In die unheimliche Stille tönte ein gellender Schrei. Afra zitterte am ganzen Körper, als der Inquisitor plötzlich aufstand und seinen Stuhl zurückschob. Die beiden anderen Mönche folgten ihm. Mit eisernem Gesicht und kantigen Bewegungen bekreuzigte sich Frater Bartolomeo. Dabei sprach er die Worte: »Im Namen des Vaters, des Sohnes und des Heiligen Geistes, zündet an!«

»Zündet an!« – »Brennt sie!« schallte es durch den Saal.

Afra Nüßlein verlor die Besinnung. Die Schergen fingen sie auf, noch bevor sie zu Boden stürzen konnte. Mit einem Eimer schüttete eine alte Frau der Verurteilten Wasser ins Gesicht. So kam Afra wieder zu sich.

Leberecht, der die Verhandlung mit Schrecken verfolgt hatte, sah das Gesicht der verurteilten Delinquentin, als sie hinausgeführt wurde: Ihr Blick zeigte nun keinerlei Angst mehr, eher wilde Entschlossenheit. Dabei wußte Afra Nüßlein, was ihr bevorstand.

Kaum hatte die Hexe, gestützt von den Schergen, den Saal verlassen, da trugen andere einen kotigen Sarg herein. Verwesungsgestank machte sich breit. Einen Augenblick glaubte Leberecht, das Herz müsse ihm stillstehen. Er rang nach Luft. Für ihn gab es keinen Zweifel: Das war die exhumierte Leiche seines Vaters.

Auch unter den Zuschauern, von denen der größte Teil mit der Hexe den Saal verlassen hatte, breitete sich Unbehagen aus. Ein paar Frauen stürzten aus dem Raum, nachdem die Träger den Sarg vor den Tisch des Inquisitors abgestellt hatten. Für Bartolomeo schien es jedoch die selbstverständlichste Sache der Welt; denn er begann mit der gleichen Zeremonie wie bei der verurteilten Afra Nüßlein und mit der gleichen Teilnahmslosigkeit: »Adam Friedrich Hamann, zu Lebzeiten Totengräber der Abtei Michelsberg und als solcher verstorben an Lichtmeß im Jahre des Heils 1554 wird von der heiligen Inquisition, vertreten durch Frater Bartolomeo und zwei Beisitzer seines Ordens, postum der Ketzerei angeklagt und beschuldigt, mit dem Teufel im Bunde zu stehen bis zum heutigen Tage und dreimal leibhaftig erschienen zu sein. Wenn«, der Inquisitor erhob sich und hielt über den Tisch hinweg das Kruzifix über den Sarg, »wenn du dem widersprichst, so tue es sogleich oder schweige für immer!«

In den hinteren Reihen sprangen die Zuschauer auf, so daß Leberecht die Sicht auf das Geschehen verwehrt war. Es hatte den Anschein, als erwarteten sie, daß aus dem Innern des Sarges, wo das Loch im Sargdeckel noch von Adams Letztem Willen zeugte, die dumpfe Stimme des kahlen Adam dem Inquisitor antwortete. Aber Frater Bartolomeo verharrte vergebens in seiner beschwörenden Haltung. Schließlich stellte er das Kreuz an seinen Platz zurück und sprach mit eindringlicher Stimme: »Im Namen des Vaters, des Sohnes und des Heiligen Geistes wird der gestorbene Leib des Adam Friedrich Hamann zum Brand verurteilt, damit sich seine Gebeine, in die der Teufel gefahren, in Luft verflüchtigen, wie es einer armen Seele zukommt und nicht wider die Natur den Lebenden begegnen. Zündet an!«

Die Zuhörer johlten, drängten sich näher an den Sarg heran, einige Weiber traten mit den Füßen dagegen, bis die schwarzgekleideten Schergen mit ihren spitzen Kapuzen herantraten, den Sarg auf ihre Schultern nahmen und sich schweigend den Weg nach draußen bahnten.

Für den Prozeß der dritten Person, einer Nonne, die im Kollegiatsstift St. Jakob mit den Mönchen Unzucht getrieben und sich aus Scham über ihre Fleischeslust aus dem Fenster gestürzt haben sollte, schien sich kaum noch jemand zu interessieren, obwohl, wie es hieß, sie dreimal gestorben und unter Ausrufung satanischer Flüche wieder zum Leben erwacht sein sollte.

Leberecht kauerte in der hintersten Ecke des Saales. Er glaubte zu ersticken. Von draußen drang ein Schrei aus tausend Kehlen in den Saal. Der Scharfrichter hatte sein Werk vollendet, die Wunderheilerin Afra Nüßlein enthauptet. Nun wartete der Scheiterhaufen auf ihren leblosen Leib.

Den Holzkasten, der von den Schergen hereingetragen wurde, nahm Leberecht überhaupt nicht wahr. Sein Blick ging ins Leere. So entging ihm auch der dritte Prozeß, obwohl er unmittelbar vor seinen Augen ablief. Leberecht hatte Angst, den Saal zu verlassen. Er fürchtete, erkannt zu werden; vor allem aber schreckte er vor dem Anblick zurück, der sich ihm dort draußen bieten würde. Sollte er zusehen, wie sie seinen toten Vater auf dem Scheiterhaufen verbrannten?

In seiner Verzweiflung wollte Leberecht seinen Schmerz, seine Wut herausschreien. Aber es gibt Situationen im Leben, da versagen Tränen und Stimme, da spielen die Organe verrückt und verkehren ihre Wirkung ins Gegenteil. Während Leberecht also keine einzige Träne hervorbrachte, begann er auf einmal zu lachen, heimlich zuerst, indem er beide Hände vor den Mund preßte, doch dann wurde er von Lachkrämpfen geschüttelt, daß sich die verbliebenen Zuhörer umdrehten und zischelten und den Jungen zur Ruhe mahnten.

Wer weiß, welch unvorhersehbares Ende Leberechts Gefühlsausbruch gefunden hätte, hätte er nicht plötzlich eine Hand auf seiner Schulter gespürt. Als er aufblickte, erkannte er Martha, seine Ziehmutter. Martha sah ihn mit traurigen Augen an, ihr

Blick verriet Mitleid, aber auch Hilflosigkeit. Was konnte sie in diesem Augenblick für ihn tun? Allein, ihre sanfte Berührung holte den Jungen in die Wirklichkeit zurück.

Schließlich streckte Martha ihm ihre Rechte entgegen, und Leberecht griff danach wie ein Ertrinkender nach dem rettenden Balken. Willenlos ließ er es geschehen, als Martha ihn an sich zog, ihn mit beiden Armen umfing und an sich drückte. In einem Gefühl wohliger Geborgenheit vergrub er sein Gesicht auf ihrer Schulter und versuchte behutsam, seinen Atem mit dem ihren in Einklang zu bringen.

Nicht weit entfernt stand nahe dem Eingang Marthas Sohn Christoph und beobachtete die Szene mit versteinerter Miene. Das Inquisitionsgericht schien ihn nicht weiter zu interessieren; jedenfalls schenkte er der Verhandlung nicht die geringste Aufmerksamkeit. Er konnte sich nicht erinnern, daß seine Mutter ihn jemals so lange und mit solcher Heftigkeit umarmt hatte, und je mehr Zeit diese Umarmung in Anspruch nahm, desto mehr wuchs Christophs Zorn auf seine Mutter. Daß er seinen Ziehbruder haßte, war kein Geheimnis. Warum tat seine Mutter ihm das an? Vor allen Leuten!

Als Martha die Umklammerung löste und ihr Blick sich zum Eingang wandte, da war Christoph verschwunden. Sie kümmerte sich nicht weiter darum, weil sie glaubte, ihr Sohn habe das Weite gesucht, um Zeuge der Verbrennungen auf dem Scheiterhaufen zu werden; vor allem aber lag ihr in diesem Augenblick Leberechts Zustand mehr am Herzen. Sie wußte, sie durfte den Jungen jetzt nicht allein lassen.

Frater Bartolomeo hatte kaum sein drittes Urteil gesprochen, das, wie nicht anders zu erwarten, mit einem Schuldspruch und der Aufforderung »Zündet an!« endete, da drängten die sensationsgierigen Gaffer bereits ins Freie. Der Platz vor dem Dom war in beißenden Qualm gehüllt. Statt in den Himmel zu steigen, quollen die weißen Rauchwolken zu Boden, daß die Zuschauer husteten und nach Luft schnappten. Es schien, als verweigerte der Herr die Annahme des Opfers, so wie er einst das Opfer Kains ausgeschlagen hatte.

Für Leberecht, der von Martha aus dem Saal der Inquisition geführt wurde, war diese Naturerscheinung eine unerwartete Gnade, denn auf diese Weise mußte er nicht mit eigenen Augen ansehen, wie der Sarg mit seinem toten Vater in den Flammen loderte. Der penetrante Gestank, der in der Luft lag, war schwer genug zu ertragen. Leberecht hielt sich mit der einen Hand die Nase zu, die andere preßte er vor den Mund; er wagte nicht aufzublicken. So führte ihn Martha über den Domplatz.

Auf dem Platz war das Husten und Rotzen der Gaffer zu hören, die Mühe hatten, sich in den dichten Rauchschwaden zu orientieren. Alte Frauen stießen Klagelaute aus. Kinder weinten, und Nonnen, die in großer Zahl aus den umliegenden Klöstern gekommen waren, beteten laute Litaneien und Beschwörungen gegen den Satan.

Wie ein Geist erschien aus dem beißenden Qualm der rotgekleidete Inquisitor. Er schwang einen Weihwasserwedel in Richtung des Feuers und rief dabei fromme Sprüche: *»Erubescat homo esse superbus, propter quem humilis factus est deus.«* Was soviel bedeutet wie: »Es schäme sich der verächtliche Mensch, hoffärtig zu sein, indem der große Gott sich für ihn so tief gedemütigt hat.« Oder: *»Aufer a me spiritum superbiae, et da mihi thesaurum tuae humilitatis.«* Das heißt in unserer Sprache: »Nimm von mir den Geist der Hoffart, und lasse mir den Schatz deiner Demut angedeihen.«

Als sie die vordere Domterrasse, auf der sich der Georgenchor erhob, erreicht hatten, zog Martha Leberecht die breite Steintreppe hinab, die zur Stadt führte. Sie hatten bisher kein einziges Wort gewechselt, und es wäre wohl auch ohne Nutzen gewesen. Nun aber, als sie sich den ersten Häusern im Sand näherten und die Luft das freie Atmen ermöglichte, drückte die schöne Frau den großen Jungen noch fester an sich, und im Gehen und ohne Leberecht anzusehen sagte sie etwas, was dieser zunächst nicht verstand. »Wehe der Zeit! Wehe den Menschen!«

»Was meint Ihr?« fragte Leberecht zurück.

Martha blieb stehen: »Es kann nicht im Sinn des Allerhöchsten sein, was die heilige Inquisition anzettelt.«

Leberecht war erstaunt. Er blickte seiner Ziehmutter ins Gesicht und sah Tränen in ihren Augen. »Wollt Ihr damit sagen«, erkundigte er sich vorsichtig, »daß Ihr das Urteil des Inquisitors anzweifelt?«

Martha gab keine Antwort, und während sie in Richtung auf das Wirtshaus im Sand weitergingen, ergänzte der Junge: »Verzeiht mir die Frage. Ihr müßt nicht antworten. Kein Mensch in dieser Stadt würde die Frage mit ja beantworten, weil er sich damit selbst dem Gericht auslieferte ...«

So gingen sie eine Weile stumm nebeneinanderher, als Martha völlig unvermittelt sagte: »Ja. Ja, ich glaube, daß Frater Bartolomeo im Unrecht ist. Ein paar hysterische Weiber, die behaupten, sie seien deinem Vater begegnet – das sind keine Beweise. Es ist ein großes Unrecht.«

Leberecht traute seinen Ohren nicht. Marthas Worte waren geeignet, sie selbst auf den Scheiterhaufen zu bringen. Wenn sie ihm gegenüber so offen redete, war dies ein außerordentlicher Vertrauensbeweis, mehr noch, sie lieferte sich ihm mit ihrem Bekenntnis aus. Und das kam für Leberecht so überraschend, daß er ungestüm ihre Hand ergriff, sie an seinen Mund führte und ebenso unbeholfen wie leidenschaftlich küßte. Schnell und mit einer heftigen Bewegung entzog Martha dem Jungen ihre Hand; denn sie mußten befürchten, beobachtet zu werden, und eine Szene wie diese war geeignet, üble Gerüchte in Gang zu setzen.

»Verzeiht!« sagte Leberecht im Gehen. »Es überkam mich einfach, obwohl es in unserer Situation alles andere als schicklich ist. Aber nehmt es als Zeichen meiner Dankbarkeit.«

Martha lächelte. Sie lächelte mit jenem Ausdruck von Überlegenheit, die ihr in dieser Situation zweifellos zukam.

Leberecht störte das nicht; er empfand im Gegenteil Stolz, daß er in aller Öffentlichkeit so gehandelt hatte, und er fügte hinzu: »Jetzt weiß ich, ich kann Euch vertrauen!«

»In der Tat, das kannst du«, wiederholte Martha und sah Leberecht lange an. Der hielt ihrem festen Blick nicht stand und schaute verlegen zu Boden.

»Mein Vater war ein guter Mensch«, sagte er, ohne aufzublicken. »Sein einziges Verbrechen bestand darin, daß er zu gescheit war für seinen Stand, daß er zuviel wußte und daß er seine Bildung auch kundtat. Andernorts, in Ansbach, Nürnberg oder Bayreuth, hätten sie einen Totengräber, der in der Sprache und Philosophie der Griechen und Römer zu Hause ist, bewundert, hier haben sie ihn verbrannt. Wäre Hamann wirklich vom Teufel besessen gewesen, so wäre ich es auch. Dann müßte Bartolomeo mich auch auf dem Scheiterhaufen verbrennen.«

»Pssst! Schweig! Mit solchen Worten ist nicht zu spaßen. Du weißt, wie süchtig die Menschen nach dem Bösen sind. Sie sehen und hören in allem und jedem ein Werk des Teufels. Als den Bischof in seiner Residenz der Schlag streifte, erzählten die Waschweiber am Fluß, seine Eminenz sei durch eine Erscheinung erschreckt worden, über die er jedoch mit niemandem sprechen könne. Als der Mälzer Bernhard starb und sich das eine Auge des Toten nicht schließen wollte, da wurde erzählt, er sei mit dem Teufel im Bunde und habe allen Grund, nur ein Auge im Tode zu schließen, weil er mit dem anderen die Treulosigkeit seiner Frau Gunda beobachten müsse. Und der Dompropst behauptet, er habe gesehen, daß die Augenlider der Madonna am

Altar des Veit Stoß an einem gewissen Tag gezittert hätten wie Pappelblätter im Wind. Und das sei gerade an jenem Tag gewesen, an welchem Luther die Nonne Katharina heiratete. Niemand außer dem Dompropst hat diese Erscheinung gesehen ...«

»... und trotzdem wurde er nicht von der Inquisition verbrannt.«

Martha nickte.

»Nein«, fuhr Leberecht fort, »ich glaube nicht, daß die Erscheinungen meines Vaters etwas Übernatürliches an sich hatten. Es war ein übler Schabernack – oder mit voller Absicht inszeniert. Und ich werde ihn rächen!«

»Schscht«, machte Martha. »Du weißt nicht, was du sagst.«

Er wandte den Blick ab und sagte nichts mehr.

Als sie im Wirtshaus am Sand angelangt waren, fragte sie: »Du mußt heute nicht zur Arbeit?«

»Ich kann nicht«, erwiderte der Junge. »Mir zittern die Hände, daß ich nicht einmal einen Schlegel halten könnte geschweige denn ein Stemmeisen. Carvacchi wird das verstehen.«

»Du magst Meister Carvacchi?«

Leberecht nickte: »Ich mag ihn sehr. Er ist für mich beinahe wie ein Vater.« Kaum hatte er das ausgesprochen, da wurde ihm bewußt, wie unpassend die Bemerkung im Beisein der Ziehmutter war.

»Du brauchst dir keine Gedanken zu machen«, entgegnete Martha, der die Verlegenheit ihres Ziehsohnes nicht verborgen blieb, »ich verstehe dich besser, als du vielleicht glaubst.«

In der Wirtsstube, die um diese Zeit leer war wie eine Kirche zum Engel des Herrn, schenkte Martha dem Jungen Weingeist ein und sich einen dazu, als Christoph unerwartet in den düsteren Raum trat. In provozierender Haltung setzte er sich auf die Bank, von der drei Seiten der Wirtsstube mit hölzerner Gemütlichkeit eingerahmt wurden, kaute nervös auf einem Lindenstöckchen und spuckte die Rinde in kurzen Abständen auf den steinernen Boden. Dabei blickte er abwechselnd seine Mutter und Leberecht an, bis er umständlich und mit einem verlegenen Lächeln in den Mundwinkeln zu reden begann:

»*Ecce sto responsum exspectans.** Warum in aller Welt muß ich mein Dach mit der Brut eines Mannes teilen, den die heilige Inquisition als Hexer verbrannt hat? Warum?« Dabei lief der Kopf des dicken Jungen dunkelrot an, und auf seiner Stirn erschien eine blaßblaue Ader wie ein Kainsmal.

Leberecht hatte keine freundlichere Bemerkung erwartet, deshalb blieb er gelassen. Martha hingegen sprang auf, machte ein paar wütende Schritte auf den Jungen zu und drohte, ihm ins Gesicht zu schlagen.

Doch Leberecht kam ihr zuvor und hielt ihren Arm fest. »Seid besonnen, versündigt Euch nicht! Euer Sohn spricht die Wahrheit. Adam Friedrich Hamann wurde von der heiligen Inquisition postum verurteilt, und ich bekenne freimütig, sein leibhaftiger Sohn zu sein, Leberecht Hamann. Als Euer Gemahl meine Schwester und mich als Ziehkinder aufnahm, konnte er nicht wissen, daß unser gestorbener Vater auf dem Scheiterhaufen enden würde.«

Leberechts Worte erstaunten Martha. Verwirrt hingegen zeigte sich Christoph, der eine andere Reaktion erwartet hatte. Er wußte nicht, welches Spiel Leberecht spielte, ihm wurde nur klar, daß ihm dieser Kerl in beinahe jeder Hinsicht überlegen war. Kaum hatte er sich von dem Schreck erholt, da begann er mit neuen Bösartigkeiten.

»Ich habe von den Leuten, die um den Scheiterhaufen herumstanden, gehört, daß der Teufel schon lange bevor der Körper verbrannt ist, die Flucht ergreift. Er flieht, sobald das Blut kocht.

* Hier stehe ich und warte auf Antwort.

Ist aber ein vom Teufel Besessener schon tot, wenn er auf den Scheiterhaufen kommt, so sitzt er in den ausgetrockneten Adern, bis diese zu Asche zerfallen und sich im Rauch des Scheiterhaufens verflüchtigen. Sagen die Leute auf dem Domplatz.«

Bis zu diesem Augenblick hatte Leberecht die Fassung bewahrt. Doch nun hielt es ihn nicht mehr. Er sprang auf, kippte den halbvollen Becher Weingeist in sich hinein und verließ die Wirtsstube, wobei er die mit Eisenbändern bewehrte Tür hinter sich zuschlug.

Im Freien holte Leberecht tief Luft. Zwischen den alten Häusern im Sand hing der beißende Geruch des Scheiterhaufens. Der Junge begann zu rennen, zuerst flußabwärts in nördlicher Richtung, dann besann er sich, Gott weiß warum, anders und hastete in entgegengesetzter Richtung zurück. Es dämmerte bereits, und die Gaffer vom Domplatz zerstreuten sich über die ganze Stadt, die einen unter andächtigem Gemurmel, andere indem sie unflätige Verwünschungen ausstießen und schießlich die »Greiner«, lamentierende alte Männer. Dazwischen hallte immer wieder der Ruf: »Brennt sie, brennt sie!«

Die Rufe schmerzten in seinen Ohren wie glühende Nägel. Leberecht preßte die Hände gegen die Ohren, und in dieser Haltung überquerte er die Obere Brücke. Da trat ihm plötzlich jemand in den Weg. Als der Junge aufblickte, erkannte er Carvacchi.

Wie immer um diese Zeit hatte Carvacchi getrunken, und wie immer in diesem Zustand verbreitete er Fröhlichkeit. Er schlug Leberecht auf die Schulter und rief einen Spottreim: »Alte Weiber und Pfaffen, des Teufels beste Laffen.« Dann zog er Leberecht mit sich fort in Richtung der Inselstadt. Der ließ es geschehen.

Wie Schatten schwebten »Greiner« in der Dämmerung an ihnen vorbei, sie jaulten und flennten, und Carvacchi sah eine willkommene Gelegenheit, ihr Geheul nachzuahmen. Vor dem Eingang zum »Krug«, an einer Gasse, die zum Markt führte, hielt er inne und raunte Leberecht zu: »Ich weiß, was dir fehlt. Komm!«

Die abgelegene Kaschemme war für ihr rauchiges Bier berühmt, aber auch für die Badefrauen und Hübschlerinnen, die hier ein und aus gingen. Im Innern ging es eng zu wie in einem Heringsfaß. Es roch nach aufgekochtem Gemüse, und die Kienspäne an den Wänden verbreiteten beißenden Qualm und flackerndes Licht. In der hinteren Ecke zupfte ein Lautenspieler an den verstimmten Saiten seines Instrumentes.

Ihre Ankunft schien außer dem Wirt, der eine schwarze Kappe mit Quaste auf dem Kopf trug, niemanden zu interessieren. Wie selbstverständlich und ohne ihre Unterhaltung zu unterbrechen, rückten die Männer an einem langen Holztisch näher zusammen, um den Ankömmlingen Platz zu bieten, und der Wirt stellte, kaum hatten sie sich niedergelassen, zwei hohe Krüge auf den Tisch.

»Morgen ist ein anderer Tag!« meinte Carvacchi und hob seinen Krug. Auch Leberecht griff zu. Er nahm einen kräftigen Schluck von dem schwarzen Bier und sah, wie sein Meister den Krug in einem Zug bis zur Hälfte leerte. »Ein Steinmetz muß trinken, trinken, trinken! Merk dir das mein Junge. Sonst zerstört der Staub deine Lungen. In diesem Sinne!« Er hob den Krug erneut.

Leberecht wußte, daß Carvacchi ungeheuere Mengen vertragen konnte und daß das schwarze Bier seine Gedanken beflügelte wie eine Ode des Horaz. An einem anderen Tag hätte Leberecht vielleicht an seinem Krug genippt und ihn dann stehenlassen, aber an diesem Tag sah er allen Grund, es seinem Meister gleichzutun. Und so trank er Schluck um Schluck von dem schwarzen Bier, und noch ehe er seinen Krug bis zur Hälfte geleert hatte, spürte er eine seltsame Wirkung. Ihm schien es, als würde das Bier nicht in seinen Magen rinnen und dort zur weiteren Verwendung durch die Organe haltmachen, nein, es rann – jedenfalls hatte es den Anschein – direkt in seine Waden und machte sie schwer wie Blei. Sein Verstand blieb dennoch klar und hell, und er verstand jedes Wort, als Carvacchi – wie stets in drei Sprachen – zu dozieren begann.

»Der Mensch«, meinte er und nickte mit dem Kopf, »ist der König aller Bestien: *re delle bestie* – verstehst du! Er ist grausamer als der Wolf, blutgieriger als der Löwe, sogar erbarmungsloser als ein raubgieriger Adler, denn keines dieser Tiere vergreift sich an der eigenen Art. Nur der Mensch – *bestia bestiarum* – tötet seinen Mitmenschen. Und er hält das sogar für rechtmäßig! Entweder geschieht das im Namen des Gesetzes oder im Namen der heiligen Mutter Kirche. Pfui Teufel!«

Leberecht blickte sich ängstlich um, ob jemand Zeuge ihres Gesprächs sei. Carvacchi bemerkte es, legte dem Jungen die Hand auf den Arm und sagte lachend: »Keine Bange! Wer hier verkehrt, hat nichts mit den Kirchenbankfurzern gemein, den Adamiten und Apokalyptikern, die sich beim Wirt im Sand einfinden. Hier kann jeder seine Meinung sagen, sogar ein Protestant.«

Leberecht mußte lachen. Er hatte schon gemerkt, daß die Gäste beim Wirt im Sand allerhand Unsinn redeten und lauthals von ihrer Stimme Gebrauch machten; aber wenn einer versehentlich auf den Glauben zu sprechen kam, dann schien es ihm, als verstummten sie wie Mönche im Refektorium.

So war es in diesen Zeiten: Jeder mißtraute dem anderen, obwohl, nach der Lehre des Heils, doch jeder der Bruder des anderen sein sollte.

Carvacchi las die Gedanken seines Lehrlings. Er leerte den Krug und ließ ihn auf die Tischplatte krachen wie den hölzernen Schlegel, mit dem er seine Eisen in den Sandstein trieb, und dabei grölte er: »Zum Teufel mit dem Glauben! Es gibt keinen wahren Glauben. Nur Aberglauben. Verstehst du das, mein Junge?«

»Ja, Meister«, erklärte Leberecht. Er wußte um die Unmöglichkeit, Carvacchi zu widersprechen, wenn dieser getrunken hatte. Er wußte aber auch, daß sein Meister selbst dann noch seine Gedanken beherrschte, wenn seine Zunge lahmte. Carvacchi behauptete sogar, die besten Gedanken lägen auf dem Grund eines Bierkruges verborgen.

»Es ist nämlich so«, holte Carvacchi umständlich aus, »Glaube und Aberglaube sind eigentlich zwei gegenteilige Dinge. Aber dank der heiligen Mutter Kirche, der Domprediger und Eminenzen, Pröpste und Kardinäle und des Heiligen Offiziums ist es gelungen, Glauben und Aberglauben zu vereinigen wie zwei Hälften einer Muschel, und nur wenige verstehen heute noch zu unterscheiden, was Glaube ist und was Aberglaube. Rattenfänger wie dieser Athanasius Semler nutzen die Willfährigkeit ihrer Schäflein; sie malen Höllenqualen an die Wand wie ein Menetekel. Folglich leben die Menschen in ständiger Angst: Hinter jedem Kreuzweg verbergen sich Gespenster. Aus dem Ruf einer Unke hören sie das Wehklagen einer armen Seele. Hase und Elster jagen ihnen Furcht ein, ebenso ein quergelegter Besenstiel. Jeder Komet bringt Unglück, ebenso jede schwarze Katze. Ein fauler Stock, der im Dunkel der Nacht aus der Ferne leuchtet, ein Fläumchen im Moos, das aus gärenden Dünsten entsteht, ein tanzendes Glühwürmchen oder eine ungewöhnliche Gestalt, die ihnen, matt vom Mondlicht erhellt, entgegentritt, bringt sie mit der Vernunft in Widerspruch und gibt ihnen Veranlassung zu Seelenpein und bereitwilliger Buße. Nein, diese heilige Mutter Kirche lebt schon lange nicht mehr vom Glauben ihrer Kinder, sie lebt nur noch von der Angst. Und aus dieser Angst heraus verbrennen sie Menschen bei lebendigem Leib – und«, fügte er leise hinzu, »manchmal sogar Tote.«

War es Carvacchis Stimme oder das schwarze Bier, die Rede des Meisters tat Leberecht wohl. Allein die Erklärung des Abscheulichen nimmt diesem den Stachel. Ermuntert durch das Vorbild seines Lehrmeisters griff Leberecht zum Krug und trank von dem bitteren Bier mehr, als er je in seinem Leben getrunken hatte. Die lauten, fröhlichen Menschen um ihn herum ließen ihn bald seine mißliche Lage vergessen. Von der Treppe, die dem Eingang gegenüber – und geradewegs in Leberechts Blickfeld lag, kam gemessenen Schrittes ein Mädchen herab; das heißt, daß es sich um ein junges Mädchen handelte, merkte Leberecht erst, als es in der Schankstube angelangt war, denn es trug die frivole Kleidung eines Junkers. Frivol erschien seine Kleidung deshalb, weil sie in dieser Art nur Männer zu tragen pflegten: enge Beinkleider, das linke rot, das rechte grün, darüber ein enggefaltetes Wams mit weiten Ärmeln, das nicht einmal die Knie bedeckte.

Die Trinker in der Wirtsstube, unter ihnen entgegen aller Sitte auch ein paar wohlgekleidete Frauen, klatschten in die Hände und riefen begeistert: »Ein Lied, Friederike, sing uns ein Lied!«

Friederike, die ihr dunkles Haar unter einer samtenen Junkerkappe verbarg, trat an den Lautenspieler heran, flüsterte ihm etwas ins Ohr, und dieser begann eine von rhythmischen Schlägen begleitete Melodie. Dazu sang Friederike mit einer feinen, knabenhaften Stimme:

»Der Ehrgeiz hat dem Luzifer
Durchlöchert das Gewissen,
So daß an Gott meineidig er
Das Band der Treu' zerrissen.
Indem er sich an Gaben reich
Dem Allerhöchsten schätzend gleich
Der Demut nicht beflissen.

Der Hochmut macht gewissenlos
Oft die das Urteil sprechen,
So daß sie, wenn die Schenkung groß,
Das Recht meineidig brechen
Und also in dem fremden Gut
So auch ein Heid nicht leicht sich tut
Wie Raben diebisch zechen.

Der Ehrgeiz unbarmherzig macht,
Pflegt niemand zu verschonen,
So daß man trachtet Tag und Nacht
Oft auch nach fremden Kronen.
Und lassen solche Wüterich
Im Frieden niemand neben sich
Unangefochten wohnen.

Wo allzuviel erworben Gut
Sich häuft bei einem Christen,
Wird bald des Glaubens Wankelmut
Den Schaben gleich einnisten.
Durch welches angezweifelt dann
Auch ein zuvor gerechter Mann
Bald wird zum Atheisten.«

Kaum hatte das Mädchen geendet, da klatschten die Zuhörer begeistert Beifall. Sie riefen Friederikes Namen und streckten die Arme nach ihr aus. Das Mädchen trug ein schelmisches Lächeln zur Schau, aber seine Augen wirkten bedrückt. Ein bärtiger Mann mit roten Augen zog Friederike neben sich auf die Bank und ermunterte sie, aus seinem Krug zu trinken. Leberecht konnte den Blick nicht von ihr wenden. Obwohl das Mädchen kaum älter war als er, schien es das schwarze Bier besser zu vertragen.

Ein Mann mit kurzgeschorenen Haaren und blassem Gesicht, der bisher am entgegengesetzten Ende des Tisches gesessen und Leberecht mit wachem Blick beobachtet hatte, trat, während Carvacchi und die übrigen Gäste nur Augen für das schöne Mädchen hatten, an ihn heran und setzte sich. Er trug ein schwarzes Faltenwams mit kleinem runden Kragen, das wie sein Träger gewiß schon bessere Zeiten gesehen hatte und ihm ein Alter verlieh, das er noch lange nicht erreicht haben würde.

»Du bist doch der junge Hamann?« fragte er, ohne ihm ins Gesicht zu sehen.

»Leberecht, gewiß.«

Der Fremde sah noch immer geradeaus. »Obwohl es sich gehörte, dir meinen Namen zu nennen, will ich diesen verschweigen. Betrachte mich deshalb nicht als Feind.«

»Warum sollte ich Euch als Feind ansehen?« erwiderte der Junge. »Ich bin viel zu unbedeutend, als daß ich irgend jemandes Feind sein könnte.« So sagte er, aber vor seinen Augen stieg der Schatten des Inquisitors auf, und hinter den Kienspänen an den Wänden loderte der große Scheiterhaufen.

»Ich kann verstehen, wenn du heute mit niemandem reden willst«, meinte der schwarzgekleidete Mann und sah ihn zum erstenmal von der Seite an.

Leberecht, gestärkt von der Wirkung des schwarzen Bieres, schüttelte den Kopf und erwiderte den Blick. Der Fremde hatte eine dunkle Zahnlücke. Er mochte dreißig Jahre alt sein, ein Künstler oder Scholar auf Wanderschaft, wie sie nicht selten in dieser Stadt auftauchten und bald darauf wieder verschwanden.

»Nein, nein«, beteuerte Leberecht heftig, »ich bin gerade heute froh, unter Leuten zu sein und mit ihnen zu plaudern. Allein würde ich heute verrückt werden.«

Als er das sagte, kam ihm seine Schwester Sophie in den Sinn, mit der er den ganzen Tag nicht geredet hatte, und er schämte sich.

Da begann der schwarzgekleidete Mann rätselhaft, aber deutlich auf die Geschehnisse des heutigen Tages gemünzt zu sprechen: »Ein Tor ist, wer sich einbildet, daß Strafprediger und Inquisitoren die Wahrheit des christlichen Glaubens bestätigen. Bedarf ein starkes Licht des schwachen Lichtes? Das Jüngste Gericht des Vorurteils eines Inquisitors? O Mensch, wer bist du, daß du richten willst mit Gott?«

»Paulus an die Römer«, bemerkte Leberecht trocken.

»Gelehrt, gelehrt«, erwiderte der Fremde und ohne zu fragen, woher er seine Kenntnis nehme. Das kränkte Leberecht ein wenig, denn er war stolz auf die Bildung, die er von seinem Vater erfahren hatte.

»Ich weiß nicht, worauf Ihr hinauswollt mit Eurer Rede. Seid Ihr ein Protestant oder ein Spion des Kurfürsten?«

»Bei der Heiligen Jungfrau Maria, nein!« Der schwarzgekleidete Mann hielt die Hand vor den Mund zum Zeichen, daß er vorsichtig sein solle mit seinen Worten. Dann fuhr er fort: »Ich will dich nur trösten an einem Tage wie diesem und dir sagen, daß der kahle Adam kein Ketzer war, ein Hexer schon gar nicht. Er war nur gescheit, viel zu klug für einen Mann seines Standes, und er hielt sich mit seiner Klugheit nie hinter dem Berg. Man weiß ja: Klug zu reden ist schwer, klug zu schweigen noch mehr.«

»Ihr kanntet meinen Vater? Gewiß, Ihr müßt ihn gekannt haben. Wie könntet Ihr sonst so von ihm reden? Wer seid Ihr, Fremder?«

Der schwarzgekleidete Mann schmunzelte vor sich hin. »*Nomina sunt odiosa*, sagt Cicero, Namen sind verpönt. Also wollen wir uns daran halten.«

Leberecht nahm, während er heimlich das schöne Mädchen am Tisch gegenüber beobachtete, einen tiefen Schluck und entgegnete: »Gott im Himmel, Ihr redet beinahe wie mein Vater Adam!«

»Hier reden alle so wie dein Vater«, wiegelte der Fremde ab. »Das ist der Grund, warum wir hier sind und du vermutlich auch. Allesamt Verfechter fremden Geistes, Schüler des Aristoteles, Alchimisten und Sterndeuter, Büchermenschen und Künstler, die in der Kunst ihren Gott sehen und vielleicht sogar ein paar aufmüpfige Protestanten und reiche Atheisten.«

Jetzt begriff Leberecht die Anspielung in dem Lied, das Friederike gesungen hatte. Leberecht, der den Blick immer noch auf sie geheftet hielt, mühte sich vergeblich, ein Lächeln zu erhaschen, während eine Traube Männer um sie herum, unter ihnen Carvacchi, mit Schmeicheleien auf sie einredeten.

»Ich bin ein Schüler meines Meisters Carvacchi«, versuchte Leberecht seine Anwesenheit zu erklären. Diese Anwesenheit bekam nun, da er wußte, in welch illustre Gesellschaft er geraten war, ein ganz anderes Gewicht. Wenn er die Gesichter der Zecher betrachtete, so war er, von seinem Lehrherrn abgesehen, noch keinem begegnet. Das Publikum, welches beim Wirt im Sand verkehrte, war ein anderes, derber und weit weniger redselig, dafür um so streitsüchtiger.

»Nicht leicht, mit ihm auszukommen«, meinte der Schwarzgekleidete im Hinblick auf Carvacchi. »Aber er ist viel in der Welt herumgekommen und hat sich seine eigene Religion gebildet. Er glaubt nur an das Schöne und Gute; alles andere, meint er, kommt vom Teufel.«

»Wie recht er hat«, rutschte es Leberecht heraus; aber nach den Äußerungen des Mannes mußte er nichts befürchten. Immerhin kannte der Fremde seinen Meister sehr genau. »Die Zerstörung der Statue im Dom hat ihn krank gemacht«, meinte Leberecht. »Der Anblick der Trümmer, die auf dem Boden herumlagen, bereitete ihm Pein, und er hat mir befohlen, die

Bruchstücke zu bestatten, als handelte es sich um die Gebeine eines Menschen. Das ist nicht leicht zu verstehen für einen frommen Christen.«

Der Unbekannte zeigte sich über Leberechts Äußerung verwundert: »Den frommen Christen nehme ich dir nicht ganz ab, und ich kann's dir nicht einmal verdenken.«

Leberecht starrte auf die hölzerne Tischplatte und sagte leise: »Ja, seit heute ist alles anders. Erst seit heute verstehe ich meinen Meister Carvacchi recht, der versucht, in der Schönheit die göttliche Natur zu entdecken. Dort oben auf dem Domberg ist Gott weiter von den Menschen entfernt als in dieser Wirtsstube.«

Seine Augen füllten sich mit Tränen, und plötzlich wurde er von einer ungewissen Angst befallen. Hatte er dem Fremden zu sehr vertraut? Vielleicht war er einer von den unzähligen Spitzeln der Inquisition, die im Alltag der Menschen herumschnüffelten und, in der Hoffnung auf Gottes Lohn, ihre kritischen Worte an den Dominikaner Bartolomeo verrieten.

Von dieser Furcht getrieben, erhob sich Leberecht und trat zu Carvacchi hinüber. Nachdem der Fremde soviel über seinen Lehrmeister wußte, mußte dieser ihn doch kennen! Doch als Leberecht sich umdrehte, um mit dem Finger auf den schwarzgekleideten Mann zu zeigen, da war der Platz, wo er gesessen hatte, leer.

Als hätte Carvacchi seine Absicht erraten, lachte der Meister breit und rief: »Du mußt dich vor dem nicht fürchten, was immer du mit ihm geredet hast. Er wird froh sein, wenn du seine Anwesenheit geheimhältst.«

»Wer ist dieser Mann?« fragte Leberecht verwundert, aber deutlich erleichtert.

Carvacchi hielt die Hand vor den Mund. Dabei sollte diese Geste eher zur Belustigung beitragen als dazu, daß er nicht gehört wurde, denn die anderen kannten den Fremden, wie ihr wissendes Schmunzeln verriet, anscheinend sehr wohl.

»Der Mann heißt Luitger«, antwortete der Meister verschmitzt. »Das heißt, so nennt er sich jetzt. Geboren wurde er als Jakob Bazko in der Nähe von Krakau. Heute lebt er als Benediktiner in der Abtei Michelsberg. Er ist einer der klügsten Köpfe des ganzen Klosters, und manchmal werden ihm die Mauern seiner Abtei einfach zu eng.«

Frater Luitger! Leberecht fiel es wie Schuppen von den Augen. Sein Vater hatte den Namen seines heimlichen Lehrmeisters häufig erwähnt. Wie oft hatte er sich voll Bewunderung über den hochgebildeten Mönch ausgelassen, dem die Philosophie als Zuflucht vor der Borniertheit der bigotten Pfaffen diente. Tagelang, manchmal auch Wochen, hatte Leberechts Vater über Luitgers Reden nachgedacht, sie mit ihm, seinem Sohn, erörtert, so daß die Bildung, die er, Leberecht, von seinem Vater erfahren hatte, eigentlich von diesem Mann herstammte.

»Bei allen Heiligen!« entfuhr es Leberecht. »Jetzt, wo Ihr es sagt! Ich hätte ihn an seiner Rede erkennen müssen. Es klang wie aus dem Munde meines Vaters.«

Carvacchi nahm seine Hand von dem Mädchen. Von einem Augenblick auf den anderen wurde er ernst: »Junge, du kannst glauben, daß Luitger am heutigen Tag nicht weniger gelitten hat als du.«

»Aber er ist ein Mönch und hat die Abkehr vom weltlichen Leben geschworen! Außerdem klang seine Rede nicht gerade so, als wäre er ein blinder Freund der heiligen Mutter Kirche!«

Da fand Carvacchi wieder zu seinem breiten Lachen zurück und er prustete heraus: »Merk dir eines: Die größten Ketzer und Feinde der Kirche sitzen in Klöstern und Domkapiteln, also in ihren eigenen Reihen. Der Orden der Templer, die sich Armut, Keuschheit und den Kampf gegen Ungläubige auf ihre weißen Mäntel geschrieben hatten, wurden von Papst Clemens verboten und von den Johannitern aufgefressen, die genau die gleichen

Ziele verfolgten. Luther lebte, bevor er die Kirche in zwei verfeindete Parteien spaltete, als Augustinermönch, und Kopernikus, von dem man hört, er habe Zweifel am Alten Testament gehegt und behauptet, die Erde sei ein unbedeutender Stern und drehe sich mit vielen anderen um die Sonne, war Doktor des Kirchenrechts und Domkapitular zu Frauenburg. Die Mauern, mit denen die Pfaffen ihre Pfründe umgeben, dienen nicht dem Schutz vor der Außenwelt, sondern dem Schutz der Menschen vor den Pfaffen!«

Da lachten alle, die es hörten, laut, und einige riefen Friederike zu, sie möge noch eine Strophe singen. Der Lautenspieler gab den Ton an und das schöne Mädchen sang aus dem Stegreif:

»Das Menschenrecht verspotten sie
Wie Nero ganz verkehret,
Und sie verwerfen auch sogar,
Was die Natur uns lehret.
Weil weder Gott noch sein Gebot
Von dieser heilvergess'nen Rott'
Pflichtmäßig wird geehret.«

Leberecht, der jetzt dicht neben dem Mädchen saß, hatte bei ihrem Vortrag alle Regungen ihres schönen Antlitzes beobachtet, ihre bebenden Nasenflügel, die kecken Fältchen am äußeren Augenrand und ihre schwellenden Schläfen, welche pochten wie das Fell eines Tamburins.

Als sie geendet hatte, klatschten die Männer und steckten Friederike kleine Münzen in das Wams. Die bedankte sich artig, und ehe sie sich versahen, hatte das Mädchen den Schankraum geschwind durch die Eingangstür verlassen.

Leberecht, immer noch aufgewühlt durch die Ereignisse des Tages, fühlte sich von der Gestalt angezogen wie von einer überirdischen Erscheinung. War sie ein Engel oder das menschgewordene Abbild einer der Domfiguren? Hatte ihr Körper nicht Ähnlichkeit mit der steinernen Eva an der Adamspforte? Die Nase, der kleine spitze Mund, war das stumme Lächeln nicht das gleiche? Wahrhaftig, dachte Leberecht, wenn es ein Geschöpf des Himmels gab, dann mußte es Friederike sein.

Ohne ein Wort erhob er sich und verließ den »Krug«. Es war kurz vor Mitternacht und so still in den Gassen, daß ein Pferd aus tausend Schritten Entfernung gehört werden konnte. Von dem Mädchen keine Spur. Eine innere Stimme wies ihm den Weg rechter Hand zur Oberen Brücke durch die Färbergasse, wo es vom Fluß herauf stank wie aus dem Schlund eines Drachens, weil hier das Bächlein, das in einer Rinne inmitten der Straße verlief und den anfallenden Unrat samt der Notdurft der Bewohner aufnahm, in die Regnitz mündete.

Ohne das dunkle Bier, von dem er zwei Krüge in seinen Bauch geleert hatte, hätte Leberecht es nie gewagt, sich an die Fersen eines so schönen Mädchens zu heften, eines Mädchens, das er gar nicht kannte und von dem er nicht einmal wußte, ob es nicht von vornehmer Abstammung oder eines jener Edelfräulein war, die ihre letzten Tage, bevor sie in ein Kloster eintreten, den Schleier nehmen und auf Lebenszeit der Sünde abschwören, als Tage – oder besser: Nächte – des Lasters verbringen und sich von wildfremden Männern entjungfern lassen, bevor ihnen jede Möglichkeit genommen ist. Leberecht wußte nicht, was er tat; er spürte nur den seltsamen Drang wie die Anziehung eines Magnetsteins, und er folgte dieser Anziehung, ohne zu wissen, warum.

Was er wußte, sprach freilich nicht gerade für eine vornehme Herkunft des Mädchens. Alle kannten Friederike beim Namen, sie hatten ihr Geldmünzen zugesteckt, und ihre Lieder waren frivol wie die Rufe eines Messerschleifers, der die

Weiber mit anzüglichen Versen aus ihren Küchen lockt. Warum hatte er Carvacchi nicht danach gefragt? Er schüttelte den Gedanken ab.

Am Graben angekommen, wo linker Hand die Fässer und Ballen der Händler vor den Häusern standen und in der stockfinsteren Nacht für den ohne Laterne Heimkehrenden ein nicht unbeträchtliches Hindernis darstellten, vernahm Leberecht ein Geräusch. Einen Steinwurf entfernt erkannte er den Schatten eines Junkers, und die innere Stimme, die ihn bis hierher geführt hatte, sagte ihm, daß es Friederike sei. Er erkannte sie an ihren kurzen heftigen Schritten, mit denen sie von Hauseingang zu Hauseingang sprang, um nicht gesehen zu werden. Denn ein Mädchen, das ohne Begleitung eines Mannes zu dieser nächtlichen Stunde angetroffen wurde, hatte nicht nur seinen Ruf für alle Zeiten verloren. Es war auch in Gefahr.

Nachdem Friederike die Brücke überquert hatte, wandte sie sich nach links in Richtung Kranen. Der Weg schien ihm vertraut; sie verlangsamte ihre Schritte und drehte sich einmal sogar um, als hätte sie bemerkt, daß ihr jemand folgte. Dann verschwand sie hinter der alten niedrigen Markthalle, die sich träge schlafend wie ein Straßenköter in die Nacht duckte.

Leberecht kannte das Labyrinth von Straßen und Sackgassen in dieser Gegend wie seine Westentasche; deshalb bereitete es ihm keine Schwierigkeiten, sich näher an die Fersen des Mädchens zu heften. Wenn Friederike die Tochter eines der zahlreichen Händler am Fluß war, dachte der heimliche Jäger, warum hatte er sie dann noch nie gesehen? Die Stadt war nicht so groß, daß ein so schönes Mädchen solange verborgen blieb.

Seine Frage fand schnell eine Antwort, als der Schatten, den er verfolgte, hurtig vom Ufer des Flusses auf einen der Frachtkähne sprang, die hinter der Markthalle vertäut waren. Es hatte seit drei Monden nicht geregnet, und wegen des niedrigen

Wasserstandes lag ein halbes Dutzend Schiffe seit geraumer Zeit fest. Der Kahn, in dem Friederike verschwand, war älter als alle anderen, er ächzte und gab in unregelmäßigen Abständen schnarrende Laute von sich wie die Frösche im Frühling.

Zuerst faßte Leberecht den Gedanken, auf das Schiff hinüberzuspringen, doch dann erschien ihm das Unternehmen zu gewagt. Wußte er, wer oder was ihn dort erwartete? Die Nacht war ruhig. Nur flußabwärts in der Ferne kläfften zwei Hunde. Die kühle Luft vom Fluß herauf mischte sich mit dem Brandgeruch vom anderen Ufer und rief Leberecht in die Wirklichkeit zurück. Da drehte er sich um und suchte den Weg zurück nach Hause.

Am Morgen des folgenden Tages – Leberecht fühlte sich hundeelend – wurde er von Martha wachgerüttelt. Vom Bier benommen und mit einem Summen im Kopf wie das Tosen eines Bienenschwarms, versuchte der Junge, sich zu orientieren. Er wußte nicht mehr, wie er ins Bett gekommen war, aber er sah die vertraute Kammer um sich herum, und auf einmal drangen ihm Marthas Worte ins Bewußtsein:

»Sophie ist verschwunden! Weißt du, wo Sophie ist?«

Er hatte seine Schwester seit dem Abend vor dem Inquisitionstribunal nicht mehr gesehen. Jetzt machte er sich Vorwürfe. »Verschwunden? Was heißt verschwunden?« stammelte er.

Martha erklärte, Sophie sei gestern am frühen Morgen zum letztenmal gesehen worden; seither sei sie wie vom Erdboden verschluckt. Ihr Bett sei unberührt geblieben, ihre Habseligkeiten im Kasten ebenso.

Leberecht sprang auf. Mein Gott! Warum hatte er am gestrigen Tage nicht ihre Nähe gesucht? Warum hatte er nicht mit ihr geredet? Er wußte doch, daß sie niemanden hatte, mit dem sie reden konnte!

Zum Fluß! war seine erste Reaktion. In glücklicheren Tagen, als Kind, hatte er Sophie oft beobachtet, wenn sie auf der Brücke stand, die vom Rathaus im Fluß zum anderen Ufer führte, und den Wirbeln und Strudeln nachschaute, die sich hier wie von Wassergeistern gerührt bildeten, um sich einen Steinwurf entfernt wieder zu verflüchtigen. Auf seine Fragen hatte Sophie ihm erklärt, sie halte Zwiesprache mit den Nymphen, die hier bisweilen aus dem Fluß tauchten. Leberecht hatte ihre Worte als schwärmerische Verrücktheit eines kleinen Mädchens abgetan, nun kamen sie ihm mit einem Mal in Erinnerung.

Die Fahndung nach Sophie dauerte den ganzen Tag. Mit langen Stangen bewaffnet suchten Männer die Ufer ab, sie stakten mit einem Kahn durch das Wasser – vergeblich. An der Stelle, wo Sophie oft nach den Wassergeistern geschaut hatte, stand Leberecht den ganzen Tag und rührte sich nicht von der Stelle. Er hatte seine Schwester geliebt, aber seit sie das Aussehen einer Riesin angenommen hatte, war er ihr immer mehr aus dem Wege gegangen. Jetzt machte er sich Vorwürfe.

Er bedauerte Sophie, sich selbst bemitleidete Leberecht nicht, obwohl er doch allen Grund gehabt hätte. Er glaubte an die Unvermeidlichkeit des Schicksals, wie sie schon die alten Griechen predigten, ja, selbst die Allmacht der Sterne, die Karls IX. Leibarzt Nostradamus verkündete, schien ihm nicht abwegig. Das tröstete ihn.

In den Anblick der Strömung des Flusses versunken, aus dem das Bild der Schwester auftauchte, als sie noch ein kleines Mädchen war, hörte Leberecht eine Stimme. Er kannte den feinen, knabenhaften Klang. »Es tut mir so leid«, sagte die Stimme.

Leberecht drehte sich um. Vor ihm stand Friederike. Er erkannte sie sofort, obwohl sich ihr Aussehen gegenüber dem Abend zuvor gänzlich verändert hatte. Am augenfälligsten waren ihre vollen dunklen Haare, die sie nun in der Mitte gescheitelt und im Nacken zu einem großen Knoten gewunden trug. Ein derbes langes Gewand mit einem glatten grünen Überwurf ließ nichts mehr von der zierlichen Figur ahnen, die Friederike am Abend zuvor zur Schau gestellt hatte.

»Es tut mir so leid«, wiederholte sie und dabei neigte sie den Kopf zur Seite.

Mit Worten konnte Leberecht seine Empfindungen in diesem Augenblick nicht ausdrücken, aber er war sicher, daß ihre Teilnahme ernst gemeint war.

»Woher weißt du ...?« stammelte er verlegen und zugleich glücklich, daß sie ihn ansprach.

»Alle Leute reden von dem großen Unglück, und als ich dich hier stehen sah, da fiel mir sofort dein Name ein. Carvacchi hat ihn mir gestern genannt. Er erzählte, was deinem Vater widerfahren ist.« Dabei machte sie ein verstohlenes Kreuzzeichen.

Von der Brücke konnte man den Frachtkahn sehen, in dem Friederike in der vergangenen Nacht verschwunden war. Er machte mit dem Kopf eine Bewegung in der Richtung und sagte, um das Thema zu wechseln: »Du lebst auf dem Kahn dort drüben.«

Friederike lächelte: »Carvacchi ist ein Tratschweib. Er kann nichts für sich behalten.«

»Ich weiß es nicht von Carvacchi.«

»Sondern?«

Der Junge überlegte, ob er mit der Wahrheit herausrücken sollte, aber da er sich nun schon einmal verplappert hatte, erwiderte er auf die Frage: »Heute nacht, als du den ›Krug‹ verließt, bin ich dir durch die Stadt gefolgt. Mir fehlte der Mut, dich anzusprechen.«

Da lachte das schöne Mädchen, daß man seine blendendweißen Zähne sehen konnte: »Ich muß lachen. Du bist der erste schüchterne Mann, dem ich begegne.« Dann blickte sie zur Seite, ob niemand sie beobachtete, und nahm seine Hand: »Du gefällst mir, Leberecht. Wenn du willst, können wir Freunde sein.«

Heilige Jungfrau Maria, durchfuhr es den Jungen, da kommt so ein bildschönes Mädchen, lächelt und sagt, wir können Freunde sein! Leberecht wollte nicht ihr Freund sein, sondern ihr Geliebter! Er wollte sie umarmen und küssen, aber, bei allen Heiligen, nicht ihr Freund sein wie Carvacchi oder all die anderen, die ihr im »Krug«, wenn sie sang, zu Füßen lagen.

Leberecht war der Situation nicht gewachsen, zog seine Hand zurück und blickte verlegen zu Boden. »Du ... hast viele Freunde, nicht wahr?«

»Ja, viele Freunde, überall stromabwärts, in Würzburg, Frankfurt, Mainz, Koblenz, Köln, sogar in den Niederlanden, wo immer unser alter Kahn anlegt.«

Die Bedenkenlosigkeit, mit der Friederike redete, machte Leberecht wütend. Ihm schien es, als machte sie sich lustig über ihn. Spürte sie denn nicht, daß seine Gefühle für sie viel mehr waren als freundschaftlich?

Natürlich hätte er ihr in dieser Situation seine Liebe gestehen müssen; aber Leberecht fürchtete sich, eine Abfuhr zu erhalten. Er wollte nicht wie ein dummer Junge vor ihr stehen, wollte nicht ausgelacht oder gar bemitleidet werden. Nein, Schmerz konnte er ertragen, nur kein Mitleid. Das verletzte seinen Stolz, und diesen Stolz, die einzige Zierde der Armut, hatte er von seinem Vater geerbt.

»Und wann geht die Reise weiter?« erkundigte sich Leberecht mit betonter Gleichgültigkeit.

Friederike blickte zum Himmel: »Mein Vater wartet auf Regen. Seit drei Monden ist kein Tropfen vom Himmel gefallen. Der Fluß ist so niedrig, er läßt uns nicht fort. Würde ich selbst nicht zum Leben beitragen, wären wir längst verhungert.«

»Wie viele Leute leben auf dem Schiff?«

»Nur mein Vater und ich. Meine Mutter starb bei meiner Geburt. Da heißt es manchmal ganz schön zupacken.«

Leberecht musterte das zierliche Frauenzimmer; er konnte sich nicht so recht vorstellen, wie das schöne Mädchen spröde Taue festzurrte, das derbe Leinen des Segels ausbesserte oder die Planken des Frachtkahns schrubbte.

Inzwischen fanden sich auf der Brücke immer mehr Gaffer ein, welche die Suche im Fluß mit gierigen Augen verfolgten. Es sei vielleicht besser, wenn man sie nicht zusammen sehe, meinte Friederike und machte sich mit einem flüchtigen Winken davon.

Vom Fluß herauf drangen im selben Augenblick Rufe: »Hierher, hierher!« Zwei Männer in einem Kahn, der mit einem Seil am äußersten Brückenpfeiler vertäut war, stakten mit langen Haken im Wasser und winkten Hilfe herbei. Schließlich kam ihnen ein zweiter Kahn mit drei Mann Besatzung zu Hilfe.

Unter den Anfeuerungsrufen der Gaffer hievten die fünf Männer einen schweren Körper vom Grund des Flusses; doch als sie ihn endlich an der Wasseroberfläche hatten, da verbreitete sich Entsetzen: An den Haken hing der aufgequollene Kadaver einer Kuh, die schon ein ganzes Jahr im Wasser gelegen haben mußte.

Einige Frauen schrien vor Entsetzen auf und preßten die Köpfe ihrer Kinder an sich, damit ihnen der Anblick erspart bliebe, als der Kuhkadaver unter der eigenen und der Last des Wassers, das er aufgesogen hatte, bei dem Versuch, ihn in eines der Boote zu ziehen, in der Mitte auseinanderbrach, daß die Innereien herausquollen und im Fluß versanken.

Leberecht floh vor diesem Anblick, und die nächsten zwei Tage verweigerte er jede Nahrung. Die Tage verbrachte er auf dem Gerüst über der Adamspforte des Domes. Mit Hilfe eines Stemmeisens, eines wuchtigen Holzschlegels und eines langen Brecheisens versuchte er das Zierband der Zahn- und Bogensteine aus dem Mauerwerk zu lösen. Der feuchte Winter des vergangenen Jahres und die späten Fröste hatten den porösen Sandstein an jenen Stellen gesprengt, wo die einzelnen Steine des Simses aneinanderstießen, und die nachfolgende Trockenheit hatte alles nur noch verschlimmert.

»Sandstein«, meinte Carvacchi, als er in luftiger Höhe nach dem Rechten sah, »ist kein Baumaterial für die Ewigkeit, und fränkischer Sandstein schon gar nicht. Ich glaube nicht, daß dieser Dom fünf Jahrhunderte überdauert, es sei denn, man ersetzt jeden Stein durch einen neuen.«

Leberecht ließ sich bei seiner Arbeit nicht unterbrechen und trieb, während der Meister redete, sein Stemmeisen in das Mauerwerk. Die beiden hatten seit einigen Tagen kaum ein Wort gewechselt, was ungewöhnlich war, zumindest was Leberecht betraf; denn er suchte immer das Gespräch mit seinem Lehrmeister. Und natürlich blieb diesem die Schweigsamkeit seines Lehrlings nicht verborgen.

Carvacchi sah seinem Schüler an, wie er litt. Er selbst wußte nur zu gut von der Macht des Schlegels, mit dem man seine Sehnsüchte, aber auch seine Leiden und Ängste in Marmor, Kalk und Sandstein treiben konnte. Also ließ er ihn gewähren. Aber als der bei Einbruch der Dämmerung vom Gerüst stieg, erwartete er ihn am Fuße der Leiter und fragte: »Wie kann ich dir nur helfen, mein Junge? Ich glaube, jedes Wort des Trostes ist ein Wort zuviel. Trost finden mußt du bei dir selbst. Du mußt vergessen. Unser Schicksal wird nicht von unserem Erleben bestimmt, sondern von unserem Empfinden.«

Leberecht sah dem Meister ins Gesicht. Er schätzte die Klugheit dieses Mannes. Auch wenn er manche seiner Eigenarten nicht billigen konnte, Lebenserfahrung konnte er ihm nicht absprechen.

»Du mußt unter Leute, du darfst dich nicht auf deinem

Gerüst da oben verstecken. Du bist jung, das Leben liegt vor dir. Also nimm dein Schicksal in beide Hände!«

»Ihr habt ja recht, Meister!« erwiderte Leberecht nach einer Weile des Überlegens. »Es war nur alles etwas viel.«

Carvacchi nickte zustimmend. »Wer weiß, ob es nicht sogar gut war, daß Sophie ihrem Leben selbst ein Ende gesetzt hat. Wenn sie es getan hat, dann hat sie es aus eigenem Entschluß getan, dann *wollte* sie so nicht mehr leben, einsam, verhöhnt und begafft.«

»Vielleicht ist sie einfach nur fortgelaufen, weil sie das alles nicht mehr ertragen konnte.«

»Daran glaubst du? Eine monströse Unnatur wie Sophie fällt doch als Fremde noch mehr auf als hier in dieser Stadt, wo jeder ihr Schicksal kennt. Das heißt, all die Dinge, mit denen sie hier nicht fertiggeworden ist, wären in der Fremde noch viel schlimmer. Mach dir keine falschen Hoffnungen!«

Das war kein Trost; aber trösten wollte Carvacchi auch gar nicht. Der kramte in seiner Tasche, zog eine Münze hervor, gab sie Leberecht in die Hand und sagte: »Was du jetzt brauchst, ist eine Frau, die dich auf andere Gedanken bringt. Du kennst das Haus am rechten Flußarm, wo der Weg nach St. Gangolf abzweigt? Dort warten viele Hübschlerinnen. Sage, Meister Carvacchi schickt dich und frage nach Amanda. Dort wirst du Augen machen!«

Leberecht betrachtete verlegen das Geldstück in seiner Hand, musterte seinen Meister, ob der sich nicht etwa über ihn lustig machte, und meinte mit beinahe noch größerer Verlegenheit: »Es ist wegen Friederike. Ich habe sie wiedergesehen. Sie ist mir zugetan – glaube ich jedenfalls. Was meint Ihr?«

Da hüstelte Carvacchi, als wüßte er keine Antwort auf die Frage. Er antwortete auch nicht, sondern faßte Leberecht am Arm und zog ihn mit sich fort durch die enge Gasse, die zu beiden Seiten von mannshohen Mauern gesäumt wird und zum Michelsberg führt.

Halbwegs zwischen Dom und Michelsberg bewohnte der Meister ein winziges Haus zur Miete. Das Haus hatte nur ein Stockwerk und schmale Luken als Fenster, aber rechter Hand des Eingangs befand sich ein kleiner Anbau mit einem tief heruntergezogenen Vordach. In diesem Gebäudeteil hatte sich Carvacchi eine Art Werkstatt eingerichtet, in der er, zum Unmut der Nachbarn und Pfaffen, auch an Sonntagen und heiligen Feiertagen einer rätselhaften Tätigkeit nachging, die denselben Lärm verursachte wie die Domhütte, und niemand, nicht einmal seine Gesellen und Lehrlinge, hatte je einen Blick hineingeworfen.

»Du mußt wissen«, sagte Carvacchi, als sie das Haus betraten, dessen niedrige Decke mit den Händen zu greifen war, »Friederike ist kein gewöhnliches Mädchen. Ich meine, sie ist so schön, daß sie nie einem Mann allein gehören kann – wenn du verstehst, was ich meine.«

Leberecht verstand nicht, worauf sein Meister hinauswollte, vor allem wollte er nicht begreifen, warum ihn Carvacchi, nur um ihm das zu eröffnen, hierher gebracht hatte, und er verfolgte interessiert, wie dieser ein Wandkästchen öffnete, in dem Kerzen und Lampenöl aufbewahrt wurden, und eine Laterne und einen Schlüssel hervorkramte.

»Du wirst es gleich verstehen«, brummelte er und bedeutete ihm zu folgen.

Die Werkstatt war mit einem schweren alten Tor gesichert, und das eisenbeschlagene Schloß aus gefächerten Ornamenten legte den Verdacht nahe, daß hier einmal ein Schmied seine Arbeit verrichtet hatte. Carvacchi öffnete das Tor, leuchtete mit der Laterne in das Innere und schob den zögernden Jungen hinein.

Leberechts Staunen war so groß, daß er keinen Ton hervorbrachte: Im Halbdunkel der Werkstätte stand ein halbes Dutzend weißer, nackter Statuen aus Stein, aufgereiht in einem Halbkreis, als erwarteten sie das Urteil des Paris. Ihre Haltung war so frivol, wie er sie noch nie an einer Figur aus Stein gesehen hatte, ja, selbst die »Zukunft«, die ihm lange Zeit als Inbegriff weiblicher Schönheit und Verführung erschienen war, hätte gegenüber diesen Grazien, welche die Arme erhoben, um ihre Brüste zu zeigen und die Beine abwinkelten, damit die Rundungen ihrer Hüften noch besser zur Geltung kamen, zurückstehen müssen.

Jede einzelne Statue trug die ausgeprägte Anatomie einer Frau, jedoch die kindlichen Gesichtszüge eines jungen Mädchens zur Schau wie Eva am Adamsportal oder – Friederike.

»Friederike!« rief Leberecht. Bei der Heiligen Jungfrau, alle Steinstatuen stellten ein und dieselbe Person dar: Friederike. Das war nicht die Arbeit eines Künstlers, der sein Vorbild in Bewunderung ewiger Schönheit zu Stein werden läßt, das war vielmehr die Arbeit eines Besessenen, der von seinem Modell nicht genug bekommen kann. Friederike war nicht sein Modell, sie war seine Geliebte.

Mochte er seinen Lehrmeister in diesem Augenblick verfluchen, mochte er ihn hassen und verwünschen – eines mußte er Carvacchi bescheinigen: Eindringlicher und überzeugender hätte er ihm seine Situation nicht veranschaulichen können. Resigniert sah er Carvacchi an und sagte: »Ich verstehe.«

Carvacchi grinste verlegen: »Wenn es dir ein Trost ist, Leberecht, auch ich bin nicht der einzige. Wie ich dir schon sagte, ein schönes Mädchen gehört nie einem allein.«

Da suchte der Junge in seiner Tasche nach der Münze. Er legte sie heimlich auf den Tisch, rief dem Meister einen Gruß zu und verschwand durch das schwere Tor ins Freie.

In seine Trauer mischte sich nun Enttäuschung und in die Enttäuschung Wut. Das Leben in seiner Heimatstadt erschien ihm abstoßend, widerwärtig, unerträglich. Die stumpfsinnige Beschäftigung auf dem Domgerüst widerte ihn an. Leberecht trachtete danach, mehr zu lernen, mehr zu können, mehr zu wissen, und all dem waren in dieser Stadt Grenzen gesetzt. Hinzu kam, er hatte keinen einzigen Freund, mit dem er reden, den er um Rat angehen konnte. Selbst Carvacchi, dem er sich bisher vorbehaltlos anvertraut hatte, erschien ihm nicht mehr vertrauenswert. Er konnte ihn verstehen, gewiß; jeder Mann wollte ein so schönes Mädchen wie Friederike besitzen. Aber hatte Carvacchi denn noch nie in den Spiegel geschaut, wo ihm das Antlitz eines alternden Mannes entgegenblickte? Friederike hingegen war eher noch ein Kind. Wie konnte er ihm das antun?

An den langen Herbstabenden, die nach Kirchweih endlos wurden, zog er sich in dem lauten Wirtshaus im Sand in seine Kammer neben den Tauben unter dem Dach zurück und studierte in den Büchern, die ihm sein Vater hinterlassen hatte. Er lernte Latein anhand der Schriften Ciceros, Caesars und Ovids, das praktische Rechnen aus einem vierzig Jahre alten Folianten mit dem Titel *Rechnung auf der Linien* aus der Feder des Rechenmeisters Adam Riese aus Staffelstein, und Astronomie nach der Schrift *Commentariolus*, in welcher der Domkapitular Nikolaus Kopernikus wundersame Behauptungen aufstellte wie jene, nach der sich nicht die Sonne, wie täglich am Himmel zu sehen, um die Erde drehe, sondern die Erde um die Sonne und daß sie keineswegs, wie in der Bibel zu lesen, der Mittelpunkt des Universums sei, sondern ein Himmelskörper wie viele andere.

Gedanken wie dieser waren ebenso geeignet, ihm nächtens den Schlaf zu rauben, wie die heimlichen Erkundungen des schamlosen Leibes seiner Ziehmutter Martha, denen er nach wie vor nachging so oft sich die Möglichkeit bot. An Friederike, die mit dem Schiff über Nacht verschwunden war, dachte er kaum noch. So vernarbten allmählich die Wunden, die ihm das Schicksal zugefügt hatte. Bis zu jenem Abend um Lichtmeß des folgenden Jahres, als es im Hause Schlüssel zu einer lautstarken Auseinandersetzung kam, die Leberechts Leben auf unerwartete Weise verändern sollte.

Ludowika, die liederliche Edeldame, bei der auch der Wirt vom Sand Zerstreuung suchte, hatte sich in die Schenke ihres Freiers gewagt und vor allen Leuten mit Schmuck und kostbaren Kleidern geprahlt, welche ihr der Wirt vom Sand für ihre Dienste geschenkt habe. Martha, der das Verhältnis nicht unbekannt und in gewisser Weise gleichgültig war, solange es im verborgenen blieb, wies die Dame aus dem Haus. Ludowika gehorchte nicht; vielmehr rief sie den alten Schlüssel zu Hilfe und bat ihn um ein Machtwort seiner Frau gegenüber. Darüber kam es zu einer lauten Auseinandersetzung, an der jedermann im Hause teilhaben konnte.

Als Leberecht hinzukam, stand Jakob Heinrich Schlüssel inmitten der Schenke zwischen Martha auf der einen und Ludowika auf der anderen Seite des düsteren Raumes.

Martha beschimpfte Ludowika als Hure, die sofort das Haus verlassen müsse. Ludowika ihrerseits bezichtigte Martha der Frömmelei und Bigotterie und als unfähig, ihre ehelichen Pflichten zu erfüllen.

Das brachte Martha so in Rage, daß sie aufsprang und mit gespreizten Fingern auf Ludowika losging, um ihr die Augen auszukratzen. Dabei schrie sie mit zornig funkelndem Blick, wie Leberecht ihn noch nie bei seiner Ziehmutter gesehen hatte, und einem Tonfall in der Stimme, den er an ihr nicht kannte: »Elende Ausgeburt der Hölle, Teufelsdirne, abscheuliche Hexe, ich bringe dich um dein Augenlicht, dann wirst du den dummen Mannsbildern keine schönen Augen mehr machen!«

Der alte Schlüssel trat dazwischen und hielt Martha mit ausgebreiteten Armen vor der Untat zurück. Ludowika nahm das zum Anlaß, hinter dem breiten Rücken ihres Liebhabers unflätige Worte zurückzuschreien: »Was geht's den Teufel an, wem ich mein weiches Fellchen hinhalte, solange die Männer dafür zahlen, und der deine, Wirtin, zahlt am besten!« Dabei hob sie ihre Röcke bis über die bestrumpften Waden und rief: »Alles von deinem Geld, Wirtin, alles Geschenke der Dankbarkeit!«

Und da der alte Schlüssel keine Anstalten machte, die Hure zum Schweigen zu bringen oder aus dem Haus zu weisen, wandte Martha sich nun gegen den eigenen Mann: »Du erbärmlicher Feigling. Hast du nicht den Mut, diese elende Dirne aus dem Haus zu weisen? Ist dir diese Metze wirklich mehr wert als die Mutter deines einzigen Sohnes?«

»Des einzigen Sohnes?« höhnte Ludowika. »Jakob weiß doch nicht einmal mit Sicherheit zu sagen, ob er überhaupt Christophs Vater ist.«

Marthas Stimme wurde mit einem Male leise: »Heinrich, du hast gehört, was diese Hure gesagt hat. Mann, was hast du dazu zu sagen?« Es klang wie ein Ultimatum.

Jakob Heinrich Schlüssel wand sich mit gequältem Gesicht, als setze ihm die Gicht wieder einmal besonders zu, stammelte unverständliche Worte und versuchte, die Streithennen zu beschwichtigen. Der dicke Christoph, der die Auseinandersetzung in der Ecke neben dem Ofen verfolgt hatte, verdrückte sich klammheimlich durch die Hintertür.

Es schien, als hätte sich der Streit gelegt, da begann Ludowika aufs neue: »Du glaubst, Jakob habe dir in seiner Güte fremde Kinder gekauft. Aber das ist ein Irrtum. Er hat die Hamann-Waisen nicht aus frommer Gesinnung aufgenommen, sondern aus purem Profit.«

»Was soll das heißen?« rief Martha erregt und wandte sich an ihren Mann: »Was hat das zu bedeuten?«

Leberecht, dem die Auseinandersetzung schon nahe genug ging, war, als träfe ihn ein Blitzschlag. Durch seinen Kopf schossen tausend Gedanken, aber keiner kam auch nur in die Nähe einer Erklärung. Gewiß, nicht nur ihn, die ganze Stadt, hatte es seltsam angemutet, daß sich ausgerechnet der Wirt vom Sand, dem alles andere als eine fromme Gesinnung nachgesagt wurde, als Ziehvater angeboten und die Vormundschaft übernommen hatte.

Ludowikas Andeutungen wollte Leberecht nicht so im Raume stehenlassen. Er trat vor die Hure hin und sagte mit fester Stimme: »Du hast die Frage der Wirtin nicht beantwortet. Was soll das heißen, der Herr Schlüssel habe die Vormundschaft aus Profit übernommen?«

Da wurde der Wirt vom Sand, der nicht so leicht zu erschüttern war, böse. Der Hure schenkte er einen verächtlichen Blick und wies sie mit einer heftigen Bewegung des Kopfes aus der Schenke. Ludowika gehorchte wie eine getretene Hündin; aber bevor sie die Tür mit einem lauten Schlag ins Schloß fallen ließ, geiferte sie, an Schlüssel gewandt: »Schlappschwanz!«

Auch Leberechts Frage war unbeantwortet geblieben, und Schlüssel sah sich zu einer Erklärung genötigt. So erfuhr der erstaunte Ziehsohn an diesem Abend um Lichtmeß von seinem Vormund, daß er das Haus des Krämers im Sand Nr. 9, unmittelbar neben dem des Wirtes gelegen, vom Großonkel seiner Mutter, Werinher Spielhahn, geerbt habe, nachdem der eigentliche Erbe, seine Mutter Auguste, gestorben sei.

Martha, deren Zorn sich bereits gelegt hatte, brauste erneut auf: »Dann hast du die Mündel nur aus Gewinnsucht aufgenommen? Und ich dachte, du hättest im frommen Glauben gehandelt und dir einen ewigen Ablaß erkauft. Aber ich muß einsehen, ich habe mich getäuscht.«

»Schweig, Weib!« herrschte Schlüssel seine Frau an. Und Leberecht zugewandt erklärte er: »Du kannst mir glauben, mein Sohn, ich hätte dir die ganze Angelegenheit am Tage deiner Mündigkeit eröffnet, lange ist's eh nicht hin.«

Leberecht nickte. In fünf Monaten würde er achtzehn Jahre und sein eigener Herr sein, Besitzer eines respektablen Hauses im Sand, das der alte Schlüssel jedoch inzwischen zur Herberge umgebaut hatte.

»Den Kaufpreis«, meinte Schlüssel, der Leberechts Gedanken zu erraten schien, »erhältst du, sobald du mündig bist.«

Martha lachte bitter: »Und diesen Kaufpreis hast du selbst bestimmt.«

»Ja«, erwiderte Schlüssel. Und dabei schien er nicht einmal ein schlechtes Gewissen zu haben. »Siebenhundert Goldgulden sind ein anständiger Preis!«

»Und wenn Leberecht nicht verkaufen wollte?«

Schlüssel zögerte: »Warum sollte er das Haus nicht verkaufen? Oder hat der Junge vor, eine Krämerei aufzumachen?«

Leberecht, der die ganze Tragweite des Geschehens noch immer nicht begriffen hatte, schüttelte den Kopf.

»Also siehst du, Weib. Leberecht ist ein Künstler, kein Krämer. Er wird eines Tages sein Glück in der Ferne suchen. Wozu braucht er ein großes Haus wie dieses? Er wird sein Geld von mir erhalten und kann hinausziehen in die Welt, und eines Tages wird er zurückkehren als ein großer Mann und mir, seinem Vormund, danken für meine Weitsicht.«

Dem unverhofften Erben erschien Schlüssels Verhalten weit weniger verwerflich als seiner Ehefrau Martha. Die nahm das Vorgefallene zum Anlaß, ihrem ungeliebten Mann von nun an noch mehr aus dem Weg zu gehen. Ihr ohnehin gespanntes Verhältnis beruhte von Stund an nur noch auf dem gemeinsamen Dach über dem Kopf. Im übrigen ging jeder seinen eigenen Belangen nach, Jakob Heinrich seinen einträglichen Geschäften, Martha ihren frommen Werken; jedenfalls hatte es nach außen hin den Anschein.

Am nachhaltigsten wirkte sich das Ereignis jedoch auf Christoph Schlüssel aus. Die Tatsache, daß sein Vater das Bett mit einer Hure teilte und seine Mutter davon wußte, versetzte den frommen Sinn des Jungen in Aufregung. Er schloß sich einen ganzen Tag und eine ganze Nacht in seiner Kammer ein und entwischte am folgenden Tag zu den Jesuiten. Die Eltern ließ er wissen, er wolle sein Leben dem jesuitischen Wahlspruch *Omnia ad maiorem Dei gloriam** weihen und für sie beten. Tags darauf legte er das Gelübde ab. Weder Vater noch Mutter wollte er jemals wiedersehen.

Leberecht befand sich in einem Zwiespalt der Gefühle. Es war ihm natürlich klargeworden, daß der Vormund ihn schamlos betrogen und ausgenutzt hatte. Trotzdem empfand er gegen Schlüssel jetzt weniger Haß als früher, hatte dieser ihm doch ein Ziel gezeigt, welches ihm, Leberecht, erstrebenswert erschien. Darüber hinaus und zur Bestätigung seiner Pläne, versprach Schlüssel seinem Mündel bis zum Erreichen seiner Volljährigkeit allmonatlich einen Goldgulden zur persönlichen Verwendung.

Nun, da Martha ihren Sohn an die Jesuiten verloren hatte, wurde ihr Verhältnis zu Leberecht noch inniger, als es ohnehin gewesen war, und er begann sich nächtens in eine Zukunft hineinzuträumen, in der sein hochmütiger Ziehvater, wenn überhaupt, nur noch eine sehr untergeordnete Rolle spielte. In der Stille seiner Kammer, die sich zu solchen Träumereien vortrefflich eignete, wälzte er sich auf seinem Bett, den strahlendschönen Leib der Ziehmutter vor Augen wie eine goldene Monstranz.

* Alles zur höheren Ehre Gottes

Natürlich war Leberecht sich der Sündhaftigkeit seiner Gedanken bewußt, und zu Beginn seiner nächtlichen Streifzüge vor Marthas Fenster zum Treppenhaus hatte ihn noch das schlechte Gewissen geplagt. Inzwischen freilich waren alle Bedenken verflogen; er war in seinem jungen Leben größeren Sünden begegnet als dieser wider das Fleisch, welche, wie er ernsthaft glaubte, der Erlösung im Himmel gleichkam. Martha ließ auch nicht nach, sich nächtens zu geißeln, doch hatte Leberecht den Eindruck, daß sie ihr Werk seit geraumer Zeit noch raffinierter vollendete, so als wollte sie die Augen des heimlichen Zuschauers in besonderem Maße verwöhnen.

In einer der klaren lauen Mondnächte, die der Frühling schickt, genau einen Tag vor Verkündigung des Herrn, suchte Leberecht wieder einmal den Weg vor Marthas Kammer. Mit lüsternem Blick verfolgte er den Vorgang, wie die schöne Frau sich auszog. Aber dieser Ausdruck war Blasphemie angesichts der sündigen Zeremonie, mit der Martha ihr Werk zelebrierte.

Anders als bisher, trat sie diesmal jedoch so nah an das kleine Fenster heran, daß Leberecht unwillkürlich zurückschreckte. Doch die Nähe ihrer Brüste, von denen er nun jede Einzelheit erkennen konnte, hielt ihn fest. Er hing wie gebannt an der Luke und gaffte.

Wie in Trance bemerkte er, wie Martha die Tür öffnete, ihm nackt und ohne Hemmung entgegentrat, die Hände nach ihm ausstreckte und ihn so in ihre Kammer zog. Das ging so lautlos und selbstverständlich vonstatten, daß der Junge glaubte, er träume. Erst als Martha ihn auf ihr Bett drückte und begann, ihn von seinen Kleidern zu befreien und als sie sagte: »Dummer Junge, glaubst du, ich hätte deine Nachstellungen nicht bemerkt?«, da wurde er sich der Wirklichkeit bewußt.

Aber es ist eine schwere Sünde! Wir dürfen das nicht tun! Laßt uns ein Gebet sprechen wider die Versuchung! All das wollte Leberecht entgegnen. Doch eines erschien ihm so dumm wie das andere, und das andere so unsinnig wie das eine. So brachte er kein einziges Wort hervor und ließ es geschehen.

Sein Kopf glühte vor Erregung, und Leberecht glaubte den Verstand zu verlieren. Gott im Himmel, er hätte nie gedacht, daß es im Vergleich zu seinen Gaffereien am Fenster noch eine Steigerung gab. Während Martha am Bund seiner Beinkleider herumnestelte, fiel ihr langes offenes Haar auf seine nackte Brust, und Leberecht glaubte jedes Haar einzeln zu spüren. Er fühlte tausend Stiche über den Körper verteilt wie ein Nagelbrett, aber er genoß jeden einzelnen.

Als Martha ihm die Hosen herabzog, da schnellte sein Glied in die Luft wie ein Fahnenmast. Leberecht hatte es noch nie in dieser Größe gesehen. Er schämte sich und wollte es mit den Händen verdecken, doch Martha kam ihm zuvor. Triumphierend nahm sie es zwischen beide Hände, und mit einem überlegenen Lächeln sagte sie: »Ich habe dir oft genug zur Verfügung gestanden, heute bist du für mich da!« Und dabei drückte sie ihn. Er hätte schreien können.

War das seine Ziehmutter Martha? Jene Martha, die mit niedergeschlagenen Augen den Bußpredigten des Dompredigers lauschte, die den Armen Gutes tat, sich geißelte zur Vergebung der Sünden und welcher der Ruf vorausging, dem Zustand der Heiligkeit näher zu sein als jede andere Frau der Stadt? Leberecht verstand die Welt nicht mehr. Er wollte sie auch gar nicht verstehen, solange dieses Gefühl der Wollust anhielt.

»Dummer Junge«, wiederholte Martha, während sie seinen Fahnenmast liebkoste und an sich drückte. »Meine Sehnsucht nach dir ist ebenso alt wie die deine nach mir. Ich habe deine begehrlichen Blicke bemerkt, du die meinen offenbar nicht, dummer Junge. Ich begehre dich! Ich will dich mit Haut und Haaren! Und du?«

»Ja, ja, ja«, flüsterte Leberecht, bemüht, nicht zu schreien. »Ich will dich auch.«

Martha machte einen gekonnten Sprung über ihn, daß sie mit gespreizten Beinen wie ein Reiter auf ihm kniete. Gefühlvoll begann sie seine ausgewachsene Männlichkeit an ihrem Schamhaar zu reiben. »Warum tust du nichts? Bin ich dir nicht aufregend genug?«

Da winselte der Junge: »O Martha, Martha, du bist die aufregendste Frau der Welt. Du bist schön wie die Eva am Dom und begehrenswert wie eine griechische Göttin. Es ist die Aufregung, versteh doch.«

»Du bist ein Maulheld«, lachte Martha, und fragend fügte sie hinzu: »Du hast es noch nie mit einer Frau getan?«

Leberecht schüttelte den Kopf. Er schämte sich, weil er achtzehn Jahre und in einem Alter war, in dem er längst von einer älteren Hübschlerin in die Freuden der Liebe hätte eingeweiht werden müssen. Alle trüben Gedanken verschwanden jedoch in dem Augenblick, als Martha seine Hände nahm und gegen ihre breiten Brüste preßte. Wie warm, weich und schmiegsam sie waren, wie sie bebten und unter seinen Händen nachgaben.

Und während er noch in Verzückung schwelgte über die süßeste Last, die seine Hände je getragen hatten, während er, dem jede Art von Gebet schon lange fremd war, ein frommes *Te Deum* oder *Alleluja* hätte anstimmen können vor lauter Jubel, spürte er, wie sein Glied sich ohne eigenes Zutun einen Weg bahnte, heiß und glühend, und wie sein Körper sich verkrampfte und wölbte wie ein Brückenbogen.

Martha ließ einen kleinen Schrei des Glückes vernehmen, sie krallte sich in seinen langen Haaren fest. Ihr Körper begann auf dem seinen zu tanzen. Leberecht sah nicht mehr, was um ihn vorging, er hielt die Augen verschlossen. Die lustvollen Schauder, die seinen Körper verzehrten, raubten ihm die Sinne. Er fühlte ihren Mund auf dem seinen und ihre Zunge unter der seinen, und er ließ sich forttragen von einem gewaltigen Orkan. So mußte die ewige Glückseligkeit sein, welche er nur aus Predigten kannte.

Als er wieder zu sich kam, thronte Martha über ihm, lächelnd wie eine Sphinx. Ihre heftigen Auf- und Abbewegungen waren verebbt wie Wogen am Ufer des Meeres. Leberecht sah, daß Tränen über ihre Wangen liefen. Sie bemerkte seinen fragenden Blick und erklärte: »Du darfst mich nicht mißverstehen. Es ist zu lange her, seit ich einen Mann so wie dich geliebt habe. Es kommt mir beinahe vor, als wäre es das erste Mal.«

In seiner Hilflosigkeit griff Leberecht nach Marthas Hand und überdeckte sie mit Küssen. »Mein Gott«, stammelte er atemlos, »was ist nur geschehen?«

Da mußte Martha lachen: »Was geschehen ist, fragst du? Fragst du das wirklich? Zwei Menschen, die sich lieben, haben sich ihre Liebe gegeben. Begreifst du das? Ich liebe dich!«

Leberecht legte seine Hand auf ihren Mund. »Nicht so laut! Du vergißt dich!« Er hatte noch nie aus dem Mund einer Frau »Ich liebe dich!« gehört. Erst jetzt, in diesem Augenblick, wurde er sich bewußt, was geschehen war. Er wagte nicht daran zu denken, was morgen sein würde, an die Zeit danach noch viel weniger. »Es ist eine unnatürliche Liebe«, murmelte er kleinlaut, »es ist wider die Natur und wird den Inquisitor auf den Plan rufen.«

»Du liebst mich nicht?« Martha wurde heftig.

»Doch!« entgegnete Leberecht. »Ich liebe dich mehr als die Madonna; aber es ist wider die Natur! Gott wird uns nie verzeihen.« Er hatte kaum ausgeredet, da kam ihm die Absurdität der Situation zu Bewußtsein: Martha, die Fromme, schien keinerlei Bedenken zu haben wegen ihrer Sündhaftigkeit, während er, der Freigeist, von Zweifeln geplagt und von seinen Bedenken hin und her geworfen wurde wie ein reuiger Sünder.

Martha ließ ihren Körper auf den Leberechts gleiten. Ihre Augen waren jetzt ganz nah über den seinen. »Kann«, sagte sie schließlich, und dabei blitzten ihre Augen wie Edelsteine, »ein Gott der Liebe die Liebe zweier Menschen verbieten?«

Leberecht schwieg. Er umfing Martha mit beiden Händen, und die fügte hinzu: »Im übrigen hat die Liebe eigene Gesetze. Ich kann nicht sagen, ich liebe dich nicht, obwohl ich dich liebe. Du kannst Vater und Mutter verleugnen und deinen besten Freund, aber es ist unmöglich, die Liebe zu verleugnen. Leugnest du?«

»O nein!« erwiderte Leberecht lachend. Er mußte sich vorsehen, daß die Zuckungen seines Körpers Martha nicht abwarfen. »Wenn Liebe so etwas ist wie Glück und Erfüllung, dann bin ich heute, am Tag vor Erscheinung des Herrn, der Liebe begegnet.«

Sie lachten beide über ihre pathetischen Worte, dann blieben sie, ein jeder im Glücksgefühl der Nähe des anderen, wortlos liegen, bis sie ein lautes Geräusch im Haus aufschrecken ließ.

»Wenn uns der Alte ertappt, schlägt er uns beide tot!« flüsterte Leberecht.

»Hab keine Angst! Es ist fünfzehn Jahre her, seit Heinrich diese Kammer zuletzt betreten hat. Warum sollte er es ausgerechnet heute tun.« Und erklärend fügte sie hinzu: »Ich war mit sechzehn bereits eine Wittfrau, wenn du verstehst, was ich meine.«

Er nickte, obwohl er erst allmählich begriff, was Martha sagen wollte. Dann aber begann er zu rechnen und er fand heraus, daß Martha, vorausgesetzt Christoph befand sich im selben Alter wie er, vierunddreißig Jahre alt sein mußte. Gelobt sei der Name des Herrn, dachte Leberecht, sie ist eine alte Frau, aber ihr Körper ist der einer Jungfrau, und ich liebe sie, ich begehre sie, und für sie würde ich das ewige Leben im Paradies eintauschen. Zwar war er selbst noch nicht einmal achtzehn, aber was machte das für einen Unterschied, wenn sie sich in den Armen lagen?

»Du hast Bedenken wegen meines Alters?«

Leberecht erschrak. Martha schien seine intimsten Gedanken zu erraten. Darum antwortete er hastig: »Ich weiß nicht, wovon du redest; ich meine, das spielt überhaupt keine Rolle. Ebenso könntest du mich als Grünschnabel bezeichnen, der deiner Liebe nicht würdig ist. Außerdem verstehst du es, einen jungen Mann zu fordern, daß ihm Hören und Sehen vergeht und er sich wünschte, die Frau in seinem Bett wäre ein paar Jahre älter und ruhiger.«

»Ich war dir also zu wild?«

»Ach, Martha. Ich wünschte, es bliebe für immer so zwischen uns beiden.«

Noch während er redete, hatte Martha das Öllämpchen, das auf einem Hocker neben dem Bett warmen Lichtschein verbreitete, mit bloßen Fingern gelöscht. »Still!«

Jetzt hörte auch Leberecht Schritte im Treppenhaus. Durch die Fenster fiel genug Mondlicht, daß er auf Zehenspitzen bis zur Tür schlich und lauschte. Er wagte nicht zu atmen. Denn auf der anderen Seite der Tür konnte er deutlich den Atem eines Unbekannten hören. Endlose Minuten vergingen, ohne daß etwas geschah. Dann entfernten sich Schritte über die Treppe zum oberen Stockwerk.

Als Leberecht nach dieser Liebesnacht am frühen Morgen in seine Kammer schlich, gurrten bereits die Tauben, und die Vögel zwitscherten von den Dächern. Die Nacht mit Martha, seiner Ziehmutter, hatte ein Feuer in ihm entzündet. Er ging wie auf Wolken, und in seinem Innern rumorte es. Das Gefühl, eine Frau wie Martha zu besitzen, machte ihn schwindlig, und insofern glich sein Gang eher dem glückseligen Taumeln eines Fauns. Die Vergangenheit schien so weit, die furchtbaren Erlebnisse wie ausgelöscht und aus der Erinnerung getilgt. Leberecht hätte nie geglaubt, daß er die schrecklichen Szenen der Inquisition und der grauenhaften Suche nach Sophie, die ihm tagtäglich lebhaft vor Augen standen und die ihn quälten wie ein furchtbarer Schmerz, daß er all das so schnell vergessen konnte. Diese eine Nacht mit Martha war geeignet, alle Wunden zu heilen, die das Schicksal in seine Seele gerissen hatte.

Im Überschwang der Gefühle blieb Leberecht nicht verborgen, daß der unheimliche Besucher der vergangenen Nacht seine Kammer heimgesucht und seine Bücher durchwühlt hatte. Aber nachdem nichts von seinem kargen Besitztum fehlte und sogar die Münzen in seinem Kasten unberührt geblieben waren, maß Leberecht dem Ereignis keine Bedeutung bei, und er wandte sich schöneren Gedanken zu.

KAPITEL III

Die Bücher und der Tod

Es gibt Menschen, welche über Dezennien ihres Lebens keine Rechenschaft zu geben imstande sind, weil sie nicht mehr wissen von dieser Zeit, als daß sie gegessen, getrunken, ihre Arbeit verrichtet und hinter dem Krug mit Nachbarn und Standesgenossen üble Nachrede gehalten haben. Auf Leberecht Hamann, den Steinmetz vom Dom, trifft dies nicht zu, zum einen, weil er bereits als Jüngling mehr vom Schicksal erfahren hatte, als einem Beichtvater in der Karwoche zu Ohren kommt, zum anderen aber auch, weil er sein Leben mit wachen Augen verfolgte und Begebenheiten von Wichtigkeit einem selbstgehefteten Tagebuch aus gerissenem und vergilbtem Papier anvertraute, das er vom Buchdrucker jenseits des Flusses geschenkt bekam.

Hatte Leberecht bisher nur Ereignisse festgehalten, die ihm der Erinnerung wert erschienen, so schrieb er seit der Nacht, als er in Marthas Armen lag, auch seine Gedanken nieder, seine Pläne und Träume, ja, er baute bisweilen Luftschlösser auf die vom blauen Nebel umhüllten Berge der Zukunft.

Lange Zeit mußte vergehen, bis er, bestrahlt von der Sonne des Glücks, den Mut aufbrachte, die alte Wirkungsstätte seines Vaters Adam auf dem Michelsberg aufzusuchen.

Adam Friedrich Hamanns Grab hatte einem anderen Platz

gemacht, kein Kreuz und keine Tafel erinnerte an sein irdisches Dasein.

Leberecht mußte die Augen vor der Sonne schließen, als er aus dem Schatten der hohen Mauer trat, welche vom Kirchhof in die Höhe strebte und den Garten der Abtei stützte, den zu betreten gewöhnlichen Christenmenschen verwehrt war. Im selben Augenblick vernahm er wie einst Saulus seinen Namen vom Himmel, und als Leberecht mit über die Augen gehaltener Hand in die Höhe spähte, erkannte er, jedenfalls im zweiten Hinsehen, Luitger, den schwarzen Mann aus dem »Krug«, der sich über die steinerne Balustrade beugte und ihm freundlich zuwinkte. Erfreut winkte Leberecht zurück, und der Mönch machte Zeichen, er möge sich zu dem eisernen Tor begeben, von dem schmale, steile Stufen zur oberen Terrasse führten, wo sich der Garten des Klosters befand.

Es war am Tag nach Kreuzauffindung, und der Sommer breitete den ersten heißen Tag über das Land. Die Mauersteine, zwischen denen hier und da eine Eidechse verschwand, flirrten vor Hitze. Dabei herrschte Totenstille. Als Luitger das Tor von innen öffnete, zerriß, ausgelöst von den eingetrockneten Türangeln, ein jaulendes Geräusch wie der Schrei einer getretenen Katze den Frieden des Kirchhofs.

»Ich wußte wirklich nicht, wer Ihr seid«, sagte Leberecht. Luitger trug eine schwarze Ordenstracht. »Ihr wart der Lehrmeister meines Vaters, und ich habe viel von Eurem Wissen gehört.«

Der Mönch lächelte verschmitzt: »Dank sei dem Herrn, daß du mich nicht erkannt hast. Außer Carvacchi weiß keiner im ›Krug‹, wer ich eigentlich bin, und ich erwarte, daß du das Geheimnis für dich bewahrst.«

»Ich verspreche es, bei allen Heiligen!«

Luitger ging auf der steilen Steintreppe voraus bis zu einem Absatz, von dem rechter Hand eine Tür in die Stützmauer führte, während die Stiege zur Linken weiter nach oben zum Garten der Abtei ging.

Kräuter und Blumen in allen Farben verbreiteten einen betäubenden Duft wie Weihrauch beim Inzensieren*. In der Mitte der quadratischen Anlage plätscherte ein Brunnen, und um ihn herum reihte sich sternförmig Beet an Beet mit Pflanzen, die Leberecht noch nie im Leben gesehen hatte. Luitger, der die verwunderten Blicke des Jünglings bemerkte, zeigte mit der Rechten über das blühende Paradies und sagte in einer Mischung aus lateinischen und deutschen Worten: »*Anima Christiana hortus est* – deine Seele soll ein ebenso liebreicher Blumengarten sein, geziert mit christlichen Tugenden und mit holdseligen Blumen ausgeschmückt, ein Garten, in dem der himmlische Bräutigam *pascitur inter lilia*** – du verstehst, was ich sage?«

»Aber gewiß«, bekräftigte Leberecht. »Mein Vater Adam hat beinahe alles, was er von Euch an Bildung erfahren hat, an mich weitergegeben. Noch bevor ich bei Carvacchi in die Lehre ging, lehrte mich mein Vater die *Consecutio temporum****; er kaufte Bücher von seinem kargen Geld, die bis heute mein größter Reichtum sind.«

Da umarmte ihn der schwarze Mönch und rief voll Begeisterung: »Du bist fürwahr der Sohn des kahlen Adam, du sprichst wie er, und ich wünschte, du dächtest auch wie er!«

Leberecht nickte, als wollte er sagen: Ja, ganz bestimmt. Aber er kam nicht dazu, denn Luitger fuhr in seiner Rede fort: »Wenn ich wünschte, du mögest die Gedanken deines Vaters haben, so ist es vor allem dieser: Du kannst Gott lieben, aber die Kirche hassen; denn unsere heilige Mutter Kirche ist heute von der Heiligkeit soweit entfernt wie Rom vom Paradies. Sie verbrennt

* Beweihräuchern des Altars

** unter Lilien weidet

*** Zeitenfolge (der Grammatik)

Menschen im Namen des Herrn, von Büchern ganz zu schweigen. Die Päpste leben wie die Schweine, sie regieren wie orientalische Potentaten und hören nicht auf die Eingebung des Allerhöchsten, sondern sie gehorchen nur noch ihren niederen Trieben. Sie erkennen ihr Seelenheil im Anhäufen von Gold und Geld; Wollust und Triebe sind ihre einzige Erlösung.«

Leberecht machte ein erstauntes Gesicht. »So spricht ein Mönch?«

Luitger musterte den Besucher, so als wäre er unsicher, ob er ihm diese Gedanken anvertrauen könne, doch Leberechts offener Blick beseitigte seine Zweifel, und er erwiderte: »So spricht ein Mönch, dem die Lehre des Heils nähersteht als die Lehre der Kirche!«

Leberecht erkannte in jedem Wort die Stimme seines Vaters wieder, und dabei kam ihm der Gedanke, ob er Frater Luitger nicht bitten sollte, ihn zu unterrichten, so wie er seinen Vater unterrichtet hatte. Sobald der alte Schlüssel seine Erbschaft ausbezahlt hätte, würde er über genug Geld verfügen, um einen Lehrer zu bezahlen. Aber noch ehe er seine Überlegungen zu Ende bringen und sich ein Herz fassen konnte, den Mönch darauf anzusprechen, unterbrach dieser seine Gedanken.

»Sieh nur diese Blumen. Jede einzelne von ihnen ist eine Lobpreisung des Schöpfers. Jede einzelne verbreitet mit ihrem Duft und dem Leuchten ihrer Farbe mehr Gotteslob als das gesamte Domkapitel. Nenne nur drei von ihnen bewundernd beim Namen, dann wird dein Ablaß im Himmel größer sein als der, den sie an den Türen der Gotteshäuser für Geld verkaufen.«

»Ich muß gestehen«, bekannte Leberecht beschämt, »ich kenne nur die allerwenigsten Blumen Eures Gartens beim Namen und werde meinen Ablaß wohl weiter an der Kirchentür kaufen müssen, wenn ich in das Himmelreich eingehen will.«

Da lachte der Mönch, er faßte Leberecht am Arm und schob

ihn durch die engen Wege zwischen den Blumenbeeten und erklärte die bunte Welt zu ihren Füßen: »Das ist das rote Felsennägelein, es verkörpert den felsenbeständigen Glauben. Das Vergißmeinnicht, ein achtloses Blümlein, versinnbildlicht die Hoffnung. Um Barmherzigkeit flehen die roten Rosen, während Schwertlilien die Furcht Gottes wachrufen. Das Talblümlein verweist auf die Verachtung der Welt, Perpetuel und Anemone hingegen stehen für zwei bedeutsame Tugenden: Beständigkeit und aufrechte Treue. Die Bisamblume zeigt den exemplarischen Wandel auf, die Kardinalsblume die Mäßigkeit. Hyazinthen sind Ausdruck menschlicher Fröhlichkeit, Lilien von weißer Farbe künden von Reinheit, Violen von Untertänigkeit, Rittersporn von Beständigkeit zum Guten. Narzissen zeigen ihre Schamhaftigkeit, Tagundnachtblümlein rufen zum täglichen und nächtlichen Gebet, und die tiefwurzelnde Königskrone mahnt zur Beharrlichkeit in der Andacht. Du siehst, es bedarf weder des Weihrauchs noch goldener Gewänder, um den Schöpfer zu preisen.«

Die Erklärungen Luitgers machten Leberecht staunen. Er spürte, daß sich hier hinter den Mauern aus Stein eine andere Welt auftat. Um in den rückwärtigen Teil des Gartens zu gelangen, mußten sie mehrere Bogen eines Spaliers durchschreiten, von denen Kletterpflanzen ihre dünnen Arme hängen ließen.

Bevor sie den letzten Bogen durchschritten, der im Schatten der Abtei lag, hielt Luitger inne. Leberecht verzog die Nase. Der hundertfache Duft, der auf der Vorderseite des Gartens ihre Sinne betört hatte, machte hier von einem Schritt auf den anderen fauligem Gestank Platz. Hinter dem Bogen tat sich ein weiterer Garten auf, von den Ausmaßen nicht geringer als der vordere; doch der Geruch, den jener verströmte, war abweisend. Disteln, Dornen und bedrohlich aussehende Pflanzen wechselten sich ab mit Pflanzen und Blumen von erlesener Schönheit.

Leberecht sah den Mönch fragend an, und mit der Ernsthaftigkeit eines Predigers hob Luitger den Finger und sprach: »Dies ist der Garten des Bösen; denn wo Licht ist, ist auch Schatten, wo Lilien wachsen, gedeien auch Disteln. Unkraut schlägt seine Wurzeln in gepflegten Beeten. Sieh hier die Saublumen der Unlauterkeit, die Brennessel der unreinen Liebe, die Distel der Sünde, den Dornstrauch des Lasters. Nimm den Löwenzahn, der seinen Mantel wechselt wie der Teufel, oder den Himmelsschlüssel, der unter frommem Namen eine giftige Wurzel verbirgt. Wie das Böse selbst, so treten auch die Pflanzen des Bösen in verschiedener Kleidung auf. Disteln und Dornen machen aus ihrer schlechten Gesinnung kein Hehl, Tollkirschen und Herbstzeitlosen, welche kleine Kinder töten und einen erwachsenen Mann lähmen, treten dem Menschen mit den betörenden dunklen Augen einer Frau oder im zarten blaßblauen Gewand eines Mädchens entgegen. Ebenso ist es mit dem Bösen. Nicht immer sieht das Böse böse aus, oft verbirgt es sich unter dem Mantel des Schönen und Guten, und nichts schützt den Teufel besser als eine schwarze Soutane.«

Diese Worte hinterließen bei Leberecht tiefen Eindruck. Und während sie den Weg zurück zur Sonne suchten, sagte Leberecht voll Bewunderung: »Eure Erklärungen, Frater Luitger, sind geeignet, eine Blumenwiese in ein anderes Licht zu rücken. Erzählt mir mehr von den Pflanzen und ihrer Bedeutung!«

Der schwarze Mönch schmunzelte im Gehen vor sich hin und schob die Hände in die Ärmel seiner Ordenstracht. An der Stelle angelangt, wo sich Schatten und Sonne auf den Blumenbeeten begegneten, blieb Luitger stehen und meinte bescheiden: »Auch mir ist vieles verborgen, was das Leben der Pflanzen betrifft. Ich habe die Natur nicht studiert, was ich als Fehler betrachte; denn inzwischen bin ich zu der Erkenntnis gelangt, daß die Lehre von der Natur jene der Geometrie an Bedeutung übertrifft. Die Natur ist

Gottes Schöpfung, die Geometrie ist Menschenwerk und nicht selten sehr verwirrend. Als Gott den Menschen schuf nach seinem Ebenbild, da ließ er die Geometrie zum Glück beiseite ...«

»Gott sei's gedankt«, feixte Leberecht, »wenn ich an die Statuen im Dom denke! Oder hätte ich das nicht sagen dürfen?«

»Ich verehre den Künstler, der sie geschaffen hat; denn sie sind ein Spiegelbild Gottes, und nur Dummköpfe und kranke Geister fordern ihre Zerstörung.« Und während er den Blick über das leuchtende Meer der Blumen schweifen ließ, sagte Luitger zufrieden: »Du mußt blind sein, um zu lieben; aber sehend, um zu glauben.«

Als sie an der Stelle des Gartens angelangt waren, wo die steile Treppe vom Kirchhof nach unten führte, und Leberecht sich anschickte, sich zu verabschieden, da trat ein anderer Mönch von hinten an sie heran. Er hieß Frater Andreas, war klein, aber von enormer Leibesfülle und stand dem Skriptorium und der Bibliothek vor. Was ihn aus allen anderen Mönchen hervorhob, war, daß der Inhaber dieses Amtes jeweils gewählt wurde und als der Klügste des gesamten Konvents galt. Woher er die beträchtliche Leibesfülle hatte, bedeutete allen ein Rätsel wie die Zahl 666 in der Geheimen Offenbarung des Johannes. Denn Andreas aß nicht mehr als alle anderen Mönche, was während der schweigsamen Mahlzeiten im Refektorium leicht beobachtet werden konnte; im Gegenteil, er hatte sogar dem dunklen Bier abgeschworen, das den Mitbrüdern über das vierzigtägige Fasten half, und trank in dieser Zeit Wasser.

Von diesen bemerkenswerten Eigenheiten sollte Leberecht erst später erfahren, doch etwas anderes fiel jedem Fremden unmittelbar ins Auge; denn Andreas trat, sobald einer das Wort ergriff, vor den Sprecher hin und verfolgte die Bewegung seiner Lippen.

»Frater Andreas ist taubstumm«, klärte Luitger seinen Gast

darum alsgleich auf; »deshalb macht er auch immer ein ernstes Gesicht. Nur die Älteren unter uns können sich erinnern, daß er einmal gelacht hat. Aber das war, bevor Gott ihm diese harte Prüfung auferlegte. Man fand ihn eines Morgens bewußtlos in der Bibliothek. Seither fehlen ihm zwei seiner Sinne.«

»Wie gerne würde ich einen Blick in die Bibliothek werfen«, sagte Leberecht, und seine Augen leuchteten. »Oder ist es verboten, daß ein Fremder diesen Raum betritt?«

»Aber nein«, entgegnete Luitger. »Dein Vater Adam hat Tage und Nächte dort verbracht, und niemand nahm daran Anstoß. Bücher sind nicht für Mönche geschrieben, sondern für alle Menschen – so sie sie verstehen. Aber du mußt deine Frage an Frater Andreas richten.«

Da trat Leberecht vor den ernst blickenden Mönch, der beinahe zwei Köpfe kleiner war als er, und wiederholte seine Frage. Frater Andreas las die Frage von seinen Lippen ab, nickte Zustimmung, drehte sich um und ging voraus. Leberecht und Luitger folgten.

Zwischen None und Vesper ist eine Abtei der einsamste Ort der Welt, ein Hort der Stille und Heiligkeit; jedenfalls erscheint es dem Fremdling so, der einen solchen Ort zum erstenmal betritt. Und selbst einem Zweifler wie Leberecht kam in diesem Augenblick der Spruch unseres Herrn in den Sinn: »Kommet alle zu mir, die ihr mühselig und beladen seid!«

Frater Andreas durchquerte den Eingang, von dem Flügeltüren zu beiden Seiten linker Hand zu den Zellen der Mönche führten, während sich auf der rechten Seite das Refektorium zum gemeinsamen Essen und das Dormitorium befanden, ein Saal mit fünf Dutzend lebensgroßen Holzkästen voll Stroh, der den Mönchen als Schlafsaal diente.

Hinter dem Eingang vom Garten her tat sich ein begrünter Innenhof auf, in dem keine einzige Blume blühte, und Leberecht erfuhr, daß dahinter Absicht stecke. Blumen seien geeignet, die frommen Brüder von der inneren Einkehr abzulenken, die ihnen zwischen Prim und Komplet auferlegt sei; zum Ergehen in den dafür vorgesehenen Stunden sei der Blumengarten außerhalb des Gebäudes vorgesehen.

Der hintere Trakt, in dem Bibliothek, Skriptorium, Archiv und Sakristei untergebracht waren, duckte sich in seiner ganzen Breite an die Außenwand der Kirche, deren Türme weit sichtbar in den Himmel ragten. Als Frater Andreas das Tor vom Innenhof öffnete, strömte den Besuchern jener eigentümliche Geruch von Weihrauch, Wachs und schimmeligen Ledereinbänden entgegen, der allen Abteien und Klöstern gemein ist und die Sinne für ungewöhnliche Erwartungen schärft.

Über ein Treppenhaus mit hohem Kreuzrippengewölbe gelangten sie in das Obergeschoß, das sich in Skriptorium zur Linken und Bibliothek zur Rechten teilte. Die hohe Tür öffnete sich wie von Geisterhand, nachdem Frater Andreas eine geschmiedete Klinke in Kopfhöhe niedergedrückt hatte, und gab den Blick frei in einen Feengarten voller Geheimnisse.

Noch nie im Leben hatte Leberecht so viele Bücher gesehen. Es mochten hundertmal tausend sein, vom Boden bis zur Decke aufgestellt in wuchtigen, schwarzen Regalen aus Holz, die nach oben hin in Spitzbögen ausliefen, welche in ihrer Reihenfolge hintereinander den Eindruck eines Kirchenschiffs vermittelten. Zu den oberen Etagen, in denen in der Hauptsache kleinformatige Druckwerke untergebracht waren, gelangte man nur über schmale Leitern aus Holz, die im Abstand von zwanzig Schritten wie Spinnenfäden von der Decke hingen. Die unteren Fächer wurden von Folianten mit glänzenden Beschlägen eingenommen, deren Buchdeckel bisweilen die Dicke einer Hand hatten und ein Gewicht, daß zwei Mönche erforderlich waren, um sie zu einem der Lesepulte zu befördern. Davon nahm ein gutes Dutzend, hintereinander aufgereiht wie Futterkrippen, die Mitte des Raumes ein.

Am letzten Lesepult, das von zwei schmalen, nebeneinanderliegenden Spitzbogenfenstern beleuchtet wurde, saß hinter einem großformatigen Buch ein alter Mönch mit weißem Bart und ließ sich durch die Eintretenden in keiner Weise stören. Er blickte nicht einmal auf und schien entrückt in seinen Gedanken. Leberecht bemerkte, daß der Alte einen Lesestein benützte, ein neumodisches Gerät, von dem er schon gehört hatte, an dessen Wirkung er jedoch zweifelte wie an den Wundern des heiligen Ignatius von Loyola, dem man nachsagte, er könne im Angesicht Gottes fünf Handbreit über dem Boden schweben.

Luitger, der das Staunen in Leberechts Augen erkannte, trat zu Frater Andreas und erklärte ihm, der junge Besucher sei kein anderer als der Sohn des kahlen Adam, welcher der Abtei und insbesondere der Bibliothek in besonderem Maße verbunden gewesen sei. Da hellte sich das Antlitz des kleinen Mönches auf, er zog aus den Brustfalten seiner Kutte den Scherben einer Schiefertafel, kritzelte mit einem Griffel ein paar Worte darauf und hielt sie Leberecht hin. Leberecht las: *»Requiescat in pace!«** Auch Luitger brachte der Schiefertafel Interesse entgegen und er erklärte: »Frater Andreas gebraucht seit seiner Taubheit nur noch die lateinische Sprache; er versteht deutsch, aber alles, was er zu sagen hat, sagt er in Kirchenlatein. Weiß Gott, was in ihm vorgeht.« Bei diesen Worten hatte er sich so zur Seite gedreht, daß Frater Andreas seinen Mund nicht sehen konnte.

»Ihr erwähntet jene Bücher, welche die Welt der Blumen und Kräuter zum Inhalt haben«, sagte Leberecht. »Ich bitte Euch, zeigt sie mir!«

Luitger trat vor das dritte der hohen Regale und machte eine

* Er möge ruhen in Frieden!

Handbewegung nach oben. »Du bist jung, aber dennoch wird dein Leben nicht ausreichen, alle Bücher der Botanik zu lesen.«

Leberecht trat an die Wand aus Leder und Pergament heran, die sich vor ihm erhob wie ein Turm. Er nahm eines der Bücher heraus und stellte es auf das Lesepult. Sein Titel lautete: *Garten der Gesundheit zu Latein Hortus Sanitatis. Daraus die natürlichen Meister gezogen, was dem Menschen zu seiner Gesundheit dienlich ist, alles mit höchstem Fleiß durchlesen, korrigiert und gebessert vom Drucker Hermann Gülferich zu Frankfurt.*

»Eines unser neueren Werke«, bemerkte Luitger.

Ein anderes zeichnete sich durch bunte Abbildungen aus, die von Hand und nach der Natur koloriert und in ihrer Natürlichkeit von den Blumen im Garten kaum zu unterscheiden waren. Es trug den Titel: *De Historia stirpium commentarii insignes**, und darin beschrieb der Autor Leonhard Fuchs, markgräflicher Leibarzt zu Ansbach, späterer Professor in Tübingen und als Gelehrter von Kaiser Karl in den Adelsstand erhoben, die Heilwirkung der Pflanzen so trefflich, daß kein Arzt oder Apotheker ohne das Werk auskam.

Luitger unterdrückte ein Schmunzeln: »Eigentlich dürfte dieses Buch gar nicht hier stehen. Es trägt keine Druckerlaubnis des Heiligen Offiziums, denn der Autor ist Anhänger der Reformation.« Und mit einem Augenzwinkern fügte er hinzu: »Die christliche Botanik, also jene, deren Lehre im Einklang mit der heiligen Mutter Kirche steht, findest du in diesem Werk!« Dabei schob er Leberecht ein Buch zu, dessen Titelseite eine gespaltene Nuß zierte, während bunte Kräuter den Titel säumten: *Herbarum imagines vivae – der Kräuter lebliche Konterfeie.* »Dieses Buch trägt die Druckerlaubnis von Kaiser und Kirche. Du kannst es also ohne Bedenken lesen.«

* Beachtenswerte Kommentare über die Geschichte der Pflanzen

Während sie redeten, war Frater Andreas mit einem Male verschwunden. Es schien, als hätte er sich in Luft aufgelöst. Leberecht erschrak, als er die Abwesenheit des Bibliothekars bemerkte, aber Luitger beruhigte ihn und erklärte, Frater Andreas lebe sein eigenes Leben, das mit dem seiner Umwelt kaum in Beziehung stehe, so daß es schwer sei, sein Verhalten abzuschätzen. Vermutlich habe er sich in das gegenüberliegende Skriptorium begeben.

Leberecht konnte sich gar nicht satt sehen an den kostbaren Büchern über Pflanzen und Blumen. Er fand Bücher über die Alchimie wunderwirkender Kräuter ebenso wie Schriften über das geheime Leben der Pflanzen oder ihre Symbolik im Alten und Neuen Testament, und er begriff, warum sein Vater Adam ganze Nächte hier verbracht hatte.

»Mein Vater erzählte, daß in diesen Regalen viele verbotene Bücher aufbewahrt würden. Mich hat schon immer interessiert, welchen Grund es gibt, Bücher zu verbieten. Oder lästern sie Gott?«

»Schlimmer«, erwiderte Luitger, »sie lästern den Papst und die Kirche. Das endlose Konzil in Trient soll eine Liste von Büchern vorbereiten, die von gläubigen Christen nicht gelesen werden dürfen; mehr noch, auch Druck und Besitz dieser Bücher sollen verboten und mit Exkommunizierung belegt werden.«

»Gibt es viele solcher Bücher?« erkundigte Leberecht sich neugierig.

»Mindestens ebenso viele, wie der Kurie genehm sind.«

»Das heißt, aus dieser Bibliothek würde die Hälfte aller Bücher verschwinden?«

»Nach dem Willen des Papstes, ja.« Der Mönch schmunzelte vielsagend. Dann meinte er: »Ich vertraue dir, und deshalb will ich dir ein Geheimnis anvertrauen.«

Mit großen Augen beobachtete Leberecht, wie Luitger an eines der Regale herantrat, einen verborgenen Riegel beiseite schob und die Bücherwand in ihrer ganzen Höhe um ihre eigene Achse drehte, bis sie mit lautem Ächzen einrastete. Leberecht wußte selbst nicht, was er bei dem Schauspiel erwartet hatte, aber irgendwie war er enttäuscht, weil sich vor ihm dieselbe Bücherwand auftat wie zuvor.

Frater Luitger schüttelte den Kopf: »Das sind nicht dieselben Bücher!«

Da begriff Leberecht, daß der Büchervorrat dieses Klosters doppelt so groß sein mußte, als es den Anschein hatte, und daß sich hinter jeder einzelnen Wand mit Büchern, die den Segen der Kirche hatten, eine Rückwand auftat mit derselben Anzahl Bücher, welche der Zensur verborgen bleiben sollten.

»Wir sind nicht die einzige Abtei, die über ein geheimes Arsenal verfügt«, erklärte Luitger. »In vielen Klöstern gibt es geheime Kammern mit Büchern, die einer Zensur nicht standhalten und die nach dem Willen der Kirche verbrannt würden. Vielleicht kommt einmal die Zeit, in der die Menschen uns noch danken werden wegen unseres Ungehorsams.«

Leberecht griff nach einem der Bücher und las: *»Von der babylonischen Gefangenschaft der Kirche von Martin Luther Wittenberg, begnadet mit kurfürstlicher zu Sachsen Freiheit.«* Er stellte es an seinen Platz zurück und nahm ein weiteres zur Hand: Gerolamo Fracastoro, *Syphilis sive de morbo gallico**. »Was hat es mit diesem Buch für eine Bewandtnis?« erkundigte sich Leberecht.

»Fracastoro ist ein Arzt aus Verona, der sich im Stile Vergils mit der gallischen Krankheit beschäftigt, von der behauptet wird, Christoph Columbus habe sie aus der Neuen Welt eingeschleppt. Er beschreibt in diesem Buch Symptome und Heilung der gefährlichen Seuche.«

* Syphilis oder die Gallische Krankheit

»Was ist verwerflich an diesem Unterfangen? Warum soll dieses Buch verbrannt werden?«

»Der Zorn der Inquisition richtet sich weniger gegen das Buch als gegen seinen Autor. Fracastoro behauptete in anderen Schriften, die meisten Wunder seien auf natürliche Weise zu erklären. Außerdem wetterte er gegen die These, daß alle Versteinerungen, die auf der Erde gefunden werden, Relikte der Sintflut sind, mit anderen Worten, daß die Sintflut bis auf die höchsten Berge Deutschlands und Frankreichs reichte.«

»Unsinn. Wohin sollte sich das viele Wasser verlaufen haben?«

»Gewiß. Aber bis heute ist dies die Lehrmeinung der heiligen Mutter Kirche. Wer ihr widerspricht, läuft Gefahr, auf dem Scheiterhaufen zu enden.«

»Und Fracastoro?«

»Der Tod kam dem Inquisitor zuvor.«

»Und was«, fragte Leberecht, »verbirgt sich in diesem kleinformatigen Buch unter all den großen Folianten?«

Luitger zog es heraus, schlug es auf und legte das Buch vor Leberecht auf das Lesepult. »Die kleinsten Bücher haben meist den brisantesten Inhalt.«

»Ihr scherzt, Frater Luitger!«

»Davon bin ich weit entfernt. Ein großes Buch zu drucken ist ein aufwendiges und teueres Unterfangen und kaum geeignet, heimlich zu geschehen – von der Aufbewahrung ganz zu schweigen. Ein kleines Buch, eines mit Zündpulver zwischen den Deckeln, kann hingegen ohne Aufsehen gedruckt und aufbewahrt werden. Ein freier Geist greift daher nie zu großen Folianten.«

»Und um ein Buch mit Zündpulver handelt es sich hier bei diesem Exemplar?« Leberecht las den Titel: *Christianae religionis Institutio von Johann Calvin A.D. 1536*. »›Unterricht in der christlichen Religion‹? Was ist schändlich an diesem Traktat, und wer ist dieser Calvin?«

»Ein kluger Mann, Rechtsverdreher von Beruf. Er hat Luthers Schriften studiert und es sich nun zur Aufgabe gemacht, einen eigenen Protestantismus zu propagieren. In Frankreich und der Schweiz laufen ihm die Menschen in Scharen hinterher.«

»Aber was versteht so ein Rechtsgelehrter denn von Theologie?«

»Seine theologische Bildung hat er sich im Selbststudium erworben. Man mag zu seiner Lehre stehen, wie man will, er ist gewiß einer der besten Kenner der Heiligen Schrift.«

Leberecht betrachtete das kleine Buch. Der gegen Kirche und Religion zu Felde ziehende Geist, der in all diesen Büchern herrschte, bestätigte nur seine kritische Haltung, und ihm kamen Carvacchis Worte in den Sinn, der meinte, er, Leberecht, müsse hinaus in die Welt, wo es andere Menschen und andere Lehren gebe. Und während er in dem ketzerischen Büchlein blätterte, stellte er Luitger die Frage: »Dieser Calvin, sagt Ihr, wurde im Selbststudium zum Theologen?«

»So ist zu hören.«

Leberecht schwieg lange; dann gab er seinem Herzen einen Stoß und sagte: »Frater Luitger, hier stehen so viele Bücher ungenutzt, die darauf warten, ihre Lehre weiterzugeben. Ich weiß, ich habe keine Schulbildung, wie sie die Jesuiten vermitteln, aber mein Vater hat mich Schreiben und Lesen gelehrt, Geometrie und Latein. Ich lese den ›Gallischen Krieg‹ und Ciceros ›Reden‹ schneller als der Sohn des alten Schlüssel, der das Kolleg besucht hat. Ich bitte Euch, laßt mich hier in der Bibliothek Eurer Abtei die alten Philosophen studieren, Aristoteles und Platon, und Geometrie und Astronomie, und wenn Ihr mir bisweilen mit Antworten auf meine Fragen behilflich wäret, so würde ich Euch fürstlich entlohnen.«

»Junger Freund«, versuchte Luitger Leberechts Begeisterung zu dämpfen, »Wissenschaft ist keine Frage des Geldes, und das hier ist kein Kolleg, sondern die Bibliothek eines Klosters, und sie dient zum Studium und zur Erbauung der Mönche in dieser Abtei!«

»Verzeiht!« warf Leberecht ein. »Ich bin bereit, Eurem Orden beizutreten, wenn das die Voraussetzung sein soll, hier zu studieren.« Er hatte das kaum ausgesprochen, da erschrak er über seine eigenen Worte.

Luitger sah Leberecht streng und schweigsam an, er sah das Funkeln in seinen Augen und die Glut auf seinen Wangen, und er gewann den Eindruck, daß es dem Jüngling ernst war. Und gerade deshalb fiel die Antwort des Fraters anders aus, als Leberecht es erwartet hatte.

»Mein Sohn«, sagte Luitger ohne jedes klerikale Pathos, »du hast den Beruf des Steinmetzen erlernt, und dein Meister lobt allseits dein Können, du bist ein freier Geist mit freien Gedanken; dieses, aber auch jedes andere Kloster wäre der am wenigsten geeignete Ort, den Ansprüchen deines Lebens zu genügen. Es genügt, wenn unsereins tagtäglich von Zweifeln geplagt wird und, den Blick in die Freiheit gewandt, den Schritt bereut. Im Geiste stehe ich dir näher, der du die göttliche Schönheit der Domfiguren preist, als meinem Abt, der den menschlichen Körper als Gefäß der Fäulnis, als Dunggrube und Misthaufen bezeichnet. Vergiß den Gedanken! Du würdest hier nicht glücklich werden.«

»Aber mein Vater Adam, er hat seine Bildung hier erfahren. Warum wollt ihr mir es nicht gestatten?«

Luitger stellte das Buch Calvins zurück an seinen Platz und gab der Bücherwand einen Stoß, daß diese, einen Halbkreis beschreibend, sich um die eigene Achse drehte und mit lautem Krachen einrastete. Luitger schenkte dem faszinierenden Vorgang keine weitere Beachtung; er kannte ihn wie das täglich wiederkehrenden Stundengebet, welches nicht minder eintönig ablief.

»Dein Drang zur Wissenschaft«, sagte er, »ist wirklich unbezähmbar. Ich glaube, es wäre verkehrt, ihm nicht nachzugeben. Deshalb werde ich Frater Andreas bitten, dir diesen Wunsch zu erfüllen. Es ist ein ungewöhnlicher Wunsch, aber ich kann mir nicht vorstellen, daß er ihn ablehnt. Was mich betrifft, so bin ich gerne bereit, dich einmal pro Woche in allen Zweigen der Lehre zu unterrichten. Allerdings müßte das nach Komplet geschehen, wenn sich der Tag der Mönche dem Ende zuneigt. Die übrige Zeit bist du mit den Büchern allein gelassen und kannst dich dem Studium widmen.«

So erfüllte sich Leberechts Traum, wie sein Vater Adam Kenntnisse zu erlangen, die sogar einem Jesuitenschüler verborgen blieben. Nach vier Jahren hatte Leberecht seine Lehrzeit beendet und von Carvacchi einen Gesellenbrief erhalten, der ihm hohe Könnerschaft und beste Aussichten als Steinmetz bescheinigte. Er stand von nun an bei der Dombauhütte im Lohn, aber mindestens ebensoviel Zeit verbrachte der wißbegierige Jüngling in der Bibliothek des Klosters. Ganze Nächte vergingen auf diese Weise, und dieser Eifer erntete bei den Mönchen große Bewunderung.

Das Verhältnis mit seiner Ziehmutter Martha, von dem Leberecht anfangs befürchtet hatte, es könnte von seiten der Geliebten abkühlen, erwies sich als dauerhaft; ja, die Leidenschaft, mit der sie sich beim ersten Mal begegnet waren, nahm an Stärke noch zu. Sein Herz schlug, wie es schien, im Einklang mit dem ihren, und ihre Leiber bereiteten einander ständig neue Lust.

Weil Jakob Heinrich Schlüssel, der Wirt vom Sand, seit der Auseinandersetzung mit der Hure Ludowika nur noch wenige Nächte zu Hause verbrachte und Christoph, der Sohn, sich ganz zu den Jesuiten zurückgezogen hatte, war ihrer Liebe Tür und Tor geöffnet, und niemand – so glaubten sie jedenfalls – bemerkte ihr verbotenes Tun. Leberecht verfügte nach Auszahlung des unverhofften Erbes über ein beträchtliches Vermögen, von dem er jedoch nicht einen einzigen Gulden ausgab; denn als Geselle der Dombauhütte hatte er ein gesundes Auskommen.

So wäre das Glück beinahe vollkommen gewesen, hätte der Teufel nicht zwischen Allerseelen und Leonhardi eine versprengte Schar Flegler – wie sich die Geißler und Kreuzbrüder nun nannten – in die Stadt geschickt, zwei Dutzend vermummte Gestalten mit spitzen Hüten auf dem Kopf und aneinandergekettet wie Schwerverbrecher. Voraus schritten zwei Paukenschläger mit schwarzen Tüchern über dem Kopf und Sehlöchern für die Augen. Ihre dumpfen Schläge hallten über den Marktplatz, wo sie in einer Seitengasse ihr Lager aufgeschlagen hatten, und lockten Gaffer in großer Zahl an, eine willkommene Abwechslung im Einerlei des Alltags.

Offiziell waren die Geißelbrüder seit dem Konzil von Konstanz verboten, und in den protestantischen Gebieten des Landes durften sie sich schon lange nicht mehr sehen lassen. Aber in einer Stadt, welcher der Ruf besonderer Frömmigkeit vorausging, wagten sie sich noch ans Tageslicht, zumal sie nicht wie eine fromme Brüderschaft auftraten, sondern eher wie Gaukler mit dem Vorsatz, die Bewohner der Stadt auf erbauliche Weise zu unterhalten. Die Flegler lebten ohne festen Wohnsitz und vom Betteln oder freiwilligen Gaben aus den Taschen der Reichen, die das schlechte Gewissen plagte, oder reuiger Sünder, die mit ihren Gaben das Heil des Himmels zu erkaufen trachteten.

Die Nacht verbrachten die Flegler, die nach ihren gellenden Schreien, welche sie zur Erbauung des Publikums ausstießen, auch »Bußgeller« genannt wurden, unter zwei morschen Leiterwagen, mit denen sie ohne Zugtiere durch die Lande zogen, auf dem bloßen Pflaster der Straße. Auf diesen Wagen führten sie neben Requisiten für ihre Schauspiele auch vier Frauen, sieben Kinder und eine nicht zu ermittelnde Schar Hunde mit, allesamt in verwahrlostem Zustand und geeignet, einem das Herz zu zerreißen.

Bei Sonnenaufgang zogen die Kinder am nächsten Morgen nur mit einem Lendentuch bekleidet über den Markt. Sie schwangen Peitschen und geißelten unter gellenden Rufen ihre kleinen nackten Rücken und streckten die Händchen nach Eßbarem aus. Zwei kleine Mädchen mit krausen dunklen Haaren bluteten am ganzen Körper, und ihr Erscheinungsbild erntete so viel Mitleid, daß sie mit Brot und Früchten überhäuft wurden.

Unter Glockengeläut zogen anschließend Männer und Kinder, versehen mit Peitschen, Geißeln, Morgensternen und anderen garstigen Folterwerkzeugen hinauf zum Domplatz, während die Frauen mit ledernen Peitschen und Ochsenziemern bewehrt, den Weg zur Oberpfarrkirche suchten, die Unserer Lieben Frau geweiht war.

Ein Vorläufer der Männertruppe, die, wie am Vortag, mit langen Kutten und spitzen Hauben kostümiert war, rief die Bürger auf, den Geißlern zu folgen, und kündigte die Geißelung Christi an, für jedermann sichtbar, der fähig sei, das Schauspiel zu ertragen. Bis zur Oberen Brücke war der Zug bereits auf eine halbe Meile angewachsen. Handwerker legten ihr Werkzeug beiseite, Weiber verließen ihre Häuser, und Kinder tanzten ausgelassen hinterdrein, und als der Zug den Domplatz erreichte, mochten es wohl tausend Menschen sein, die sich mit gierigen Augen im Kreis um die kleine Truppe scharten.

Als das Glockengeläute verstummt war, trat ein langer, hagerer Mann, gekleidet wie ein Mönch, ohne jedoch die Kutte eines bestimmten Ordens zu tragen, in das Rund und kündigte an, einen Brief Christi zu verlesen, den ein Engel vom Himmel heruntergebracht und in Jerusalem abgelegt habe und dessen Echtheit durch Papst Clemens bezeugt und vom Heiligen Offizium zu Rom geprüft sei.

Ehrfürchtiges Murmeln. Viele bekreuzigten sich. Ein paar Frauen fielen auf die Knie und falteten die Hände.

Der hagere Mensch zog ein gefaltetes Pergament aus seiner Kutte und öffnete es mit theatralischen Bewegungen wie ein Marktschreier, der Wunderkräutlein anpreist. Im Zuschauerrund wurde es totenstill. Die Paukenschläger begleiteten den Vorgang des Briefentfaltens mit einem dumpfen Trommelwirbel, dann begann der hagere Mann in der Kutte mit hoher singender Stimme, den Brief zu verlesen.

Aus dem Singsang verstand keiner auch nur ein Wort, denn das Pergament war in einer Art lateinischer Sprache gehalten – oder einer, die man dafür halten konnte, so man des Lateinischen nicht kundig war. Dennoch löste der Vortrag große Verzückung und die Ohnmacht einer Reihe von Frauen aus, die in der ersten Reihe standen und das Handschreiben Jesu Christi vor Augen hatten wie die Leibwäsche ihres Mannes. Und einige Männer riefen erregt, der Flegler möge ihnen das Gotteswort in ihre Sprache übersetzen.

Da begann der hagere Mann mit verstellter Stimme: »O ihr mitleidenswürdigen Menschen! Woher kommt es, daß die Mehrheit der Menschen so sorglos und dumm für die Seele und so wenig des Heils beflissen leben, kalt und faul im göttlichen Dienst die Jahre in allerlei Sünden verschwenden? Wie kommt es, daß sie ihre Sünden beichten, aber wenig Besserung verspürt wird? Wie kommt es, daß christliche Tugend und Heiligkeit so rar und dünn gesät sind, die Laster aber ausgebreitet über die ganze Welt? Glaubt ihr mitleidenswürdigen Menschen etwa nicht, daß nach diesem zeitlichen ein zukünftiges ewiges Leben auf uns wartet? Oder fehlt es euch an Lust und Gefallen an der himmlischen Glückseligkeit?

O Mensch, gedenke der letzten Dinge, so wirst du in Ewigkeit nicht sündigen. Du müßtest dann entweder närrisch und unsinnig oder verzweifelt sein oder gar keinen Glauben haben an die Ewigkeit. Dieser Gedanke hat viele Märtyrer angetrieben, schreckliche Torturen, welche die Tyrannei hat ersinnen können, mit Geduld, Lust und Freuden zu ertragen. Dieser Gedanke ist es, der einem heiligen Hieronymus scharfe Kieselsteine in die Hand gab, um sich die bloße Brust zu zerfleischen, dem heiligen Guilielmo zeitlebens einen eisernen Panzer an den Leib schmiedete und den heiligen Simeon auf einer hohen Säule ausgesetzt hat, die er bei Hitze und Kälte, Regen und Schnee, Tag und Nacht hat ertragen. Dieser Gedanke an die Ewigkeit hat die heiligen Diener Gottes bewogen, lieber Hab und Gut und tausend Leben zu verlieren, als eine Sünde zu begehen. Hört meine Worte und folget ihnen nach. *In aeternum.** Amen.«

»Amen«, wiederholten die Zuschauer wie mit einer Stimme.

Leberecht hatte den Menschenauflauf von seinem Gerüst über dem Ostchor des Domes verfolgt. Menschenansammlungen an sich waren ihm seit dem Inquisitionsprozeß zuwider, insbesondere jedoch auf diesem Platz. Als die Flegler jedoch damit begannen, einen aus ihren Reihen zu entkleiden, zu fesseln und an ein dreibeiniges Holzgestell zu binden, das sie mitgebracht hatten, da legte er Hammer und Meißel beiseite und stieg von seinem Gerüst herab, um das Schauspiel aus nächster Nähe zu verfolgen.

Der Gefesselte inmitten des Menschenrunds vermittelte schon von weitem einen beklagenswerten Eindruck, denn sein ausgemergelter Körper war mit Wunden übersät. Leberecht drängte sich ungeniert in eine der vorderen Reihen, die in der Hauptsache von Frauen eingenommen wurden, und jetzt erkannte er, daß die Wunden des Mannes von Schmutz und Eiter

* In Ewigkeit

starrten. Als zwei der Flegler dieser armen Kreatur eine Dornenkrone auf den Kopf preßten und sofort zwei Rinnsale dunklen Blutes über Augen und Wangen liefen, da stöhnten die Gafferinnen auf, als empfänden sie den Schmerz am eigenen Leib.

Dann traten fünf geißelschwingende Männer heran. Sie hatten sich ihrer Oberkleider entledigt und trugen breite Lederriemen um Bauch und Oberarme. Auch diese Männer hatten Wunden am ganzen Körper, vereiterte Verletzungen mit verdreckten Blutkrusten, von denen ein pestilenzialischer Gestank ausging. Einem der Gaffer wurde es übel, noch bevor sie ihr grausames Werk begonnen hatten.

Zunächst traktierten sich die Folterknechte gegenseitig, indem sie die Peitschen waagerecht schleuderten, daß sich die ledernen Riemen mit lautem Knall um ihre Körper wickelten. Als genug Blut geflossen und der Gestank unerträglich geworden war, wandten sich alle auf einmal gegen den Christusdarsteller in der Mitte und peitschten ihn, bis er gellende Schreie ausstieß. Mit einem Mal sackte er leblos zusammen, und weder Leberecht noch ein anderer Augenzeuge konnte erkennen, ob seine Ohnmacht echt oder gespielt war.

Erst jetzt ließen die Geißler von ihrem Opfer ab. Einer übergoß ihn mit einem Eimer Wasser, worauf der bedauernswerte Mensch die Augen wieder aufschlug und von seinen Fesseln befreit wurde. In der Pose eines Gladiators mit angewinkelten Armen nahm er den Beifall der Zuschauer entgegen, während die Kinder mit Tonkrügen durch die Reihen drängten, Almosen sammelten und als Dank mit dünnen Stimmchen riefen: »*Memento mori* – bedenket, daß ihr sterblich seid!«

Angewidert von der Falschheit des Glaubens und der Sensationsgier seiner Mitbürger zog sich Leberecht zurück. Schauspiele wie dieses, gegen die andernorts sogar die Inquisition einschritt, waren ihm ein Greuel. Es war nicht religiöse Erbauung, welche die Massen anlockte, sondern die Gier nach Blut, und dieses Verhalten machte ihn krank.

Die ganze Stadt wurde in diesen Tagen von einem religiösen Taumel erfaßt. Die Flegler wiederholten ihre Geißelschauspiele auf verschiedenen Plätzen der Stadt, und weil es immer mehr wurden, die der grausamen Vorführung beiwohnten, darf angenommen werden, daß viele sich nicht satt sehen konnten an dem Blut und sich mehrmals einfanden.

Was hingegen in der Kirche zu Unserer Lieben Frau hinter verschlossenen Türen vor sich ging, wußten nur jene Frauen, die daran teilhatten, und das gab Raum zu unsäglichen Gerüchten. Dennoch oder gerade deshalb zogen in den folgenden Tagen dreimal fünfhundert Frauen mit den Frauen der Geißler in die von Nonnen bewachte Kirche, um erst nach drei Stunden bei Dämmerung wieder zu erscheinen. Manche mußten gestützt werden, andere trugen Verletzungen im Gesicht und von dritten war zu hören, sie hätten Verletzungen am Unterleib davongetragen. Allen gemein war jedoch ihr Schweigen und der Hinweis, sie hätten bei der Heiligen Jungfrau gelobt, mit niemandem darüber zu reden. Um der Erlösung willen verweigerten sie sich sogar ihren Männern für die Dauer eines Mondes.

Auch Leberecht machte mit Martha diese Erfahrung, aber weder glühende Worte der Leidenschaft noch die Drohung, sein Glück auf andere Weise zu suchen, änderten ihr sprödes Verhalten. Die Zunft der Flußfischer, ein Häuflein kraftstrotzender Gesellen, das schon mehrfach durch eisernen Zusammenhalt von sich reden machte, faßte daher den Entschluß, das Fleglervolk und seine geldgierige Brut aus der Stadt zu vertreiben, weil sie sonst alle im ganzen Land zum Gespött würden.

Doch am folgenden Tag durchkreuzte das Schicksal den wohlgemeinten Plan mit gnadenloser Härte. Während eines weiteren Geißelschauspiels am Platz vor dem Kranen fiel plötzlich einer der Folterknechte um und blieb regungslos auf dem Pflaster liegen. Die übrigen vier und der gegeißelte Heiland, der sich selbst von seinen Fesseln befreite, konnten dem staunenden Publikum nur mit Mühe vermitteln, daß die Szene nicht zu ihrem Schauspiel gehörte. Denn der Geißler war tot.

Tot? Wie die Flamme auf einem Stoppelfeld breitete sich die Nachricht aus, zaghaft zuerst, dann aber in rasender Eile. Ein Wundarzt von der anderen Seite des Flusses wurde herbeigerufen, und als er eintraf, kniete ein zweiter Geißler neben dem Toten, preßte die Hände vor den Bauch und wand sich vor Schmerzen. Angeekelt von Blut und schmutzigen Wunden, band sich der Wundarzt ein Tuch vor den Mund, um den Toten in Augenschein zu nehmen.

Er hatte gerade damit begonnen, als einer der Gaffer zaghaft und eher fragend ausrief: »Die Pest ...?«

Einen Augenblick schien es, als seien die Umstehenden erstarrt. Einen Augenblick war es still wie in der Krypta des Domes. Die Menschen starrten auf den Arzt, der die schwarzen Beulen des Toten mit spitzen Fingern berührte.

»Der Schwarze Tod! Heiliger Rochus hilf!« rief eine Frau und schlug die Hände über dem Kopf zusammen, und mit einem Mal stoben die Gaffer, die soeben gar nicht genug bekommen konnten von dem grausigen Schauspiel, auseinander und suchten das Weite.

»Der Schwarze Tod!« hallte es durch die verwinkelten Gassen. »Schließt die Tore! Verrammelt die Fenster! Der Schwarze Tod geht um!«

Wie von Furien gejagt, hetzten die Menschen nach Hause, stießen einander um wie wildgewordene Tiere. Vom Dom tönte das dumpfe Geläute der Großen Glocke, die Totenglöcklein der Klöster auf den umliegenden Anhöhen antworteten hektisch und schrill. Hunde jaulten auf den Straßen, weil sie nicht in die Häuser gelassen wurden, aus Angst, die Tiere könnten die Seuche einschleppen.

»Der Schwarze Tod! Heiliger Rochus hilf!« Seit hundert Jahren war die Stadt von der menschenmordenden Pestilenz verschont geblieben. Sogar im Jahre des großen Kometen, als der Feuerschweif am Himmel das Ende der Welt verhieß und Menschen übel rochen wie verendete Tiere, sogar damals war das Land von der Seuche verschont geblieben, dank inbrünstiger vierzigtägiger Gebete und Fasten und Gelöbnisse für Antonius den Einsiedler, die Märtyrer Sebastian und Rochus und alle vierzehn Nothelfer.

Nun aber verfluchten die Menschen die fremden Eindringlinge, welche die Schwarze Pest eingeschleppt hatten, und sie entzündeten Feuer vor den Türen der Häuser, deren beißender Qualm aus Bibernelle, Wacholder und Baldrian den Pestdunst abwehren sollte wie der Weihrauch den Atem des Satans.

Hinter dem Markt, wo die Flegler ihr Lager errichtet hatten, rotteten sich, als die Dämmerung hereinbrach, Männer zusammen. Mit Gabeln, Stöcken und Flegeln bewaffnet, trieben sie die Geißler, denen nicht einmal Zeit blieb, ihre Habe zu retten, unter lautem Geschrei aus der Stadt. Ihre Wagen und Kleider wurden angezündet, und das Haus, in dem sie ihre Notdurft verrichtet hatten, zugemauert.

Als die Dämmerung hereinbrach, lag die Stadt in eine riesige Wolke aus weißem Qualm gehüllt, unter der hundert Pestfeuer brannten wie die Augen einer vielköpfigen Hydra. Weinen und Klagen machte sich breit, wenn Männer ihren Frauen, Eltern ihren Kindern den Zutritt zu ihren Häusern versagten aus Angst, sie könnten die Pest hereintragen.

Am Fluß entlang preschten zwei vierspännige Pferdewagen durch die Nacht nach Westen, schwerbeladen unter plusternden

Planen. Unter den Planen des ersten hielt sich Seine Eminenz, der Fürstbischof, verborgen, der sein Heil nicht im Gebet, sondern in der Flucht nach Würzburg suchte. Auf dem zweiten Wagen führte er neben Mundvorrat für sechs Monate seinen Hermelinmantel, ein goldenes Ciborium und einen Finger aus dem Reliquiar Heinrichs II. mit sich, der schon Fürstbischof Georg vor Unheil bewahrt hatte und von dem die Sterndeuter verkündeten, daß der, welcher ihn bei sich trage, vom Tod verschont bleibe, solange er es nur wünsche.

Leberecht wurde vom Ausbruch der Pest im Kloster der Benediktiner auf dem Michelsberg überrascht, wo er sich in der Bibliothek dem Studium von Ciceros Schrift über die Seherkunst hingab. Just an der Stelle, an der Cicero ein Stück aus dem platonischen *Kriton* anführt, in dem Sokrates dem Kriton von seinem Traum berichtet, eine schöne Frau in weißem Gewande sei ihm erschienen und habe mit blumigen Worten verkündet, er werde in drei Tagen sterben, da stürmte der stumme Frater Andreas in das verschwiegene Reich des Wissens und ließ, wie er es noch nie getan hatte, die Tür ins Schloß fallen, als wollte er auf sich aufmerksam machen.

Als Leberecht aufsah, erblickte er den kleinwüchsigen Mönch, der mit den Armen wilde Bewegungen vollführte und immer wieder zur Tür zeigte, er solle sich entfernen. Leberecht begriff nicht, was er meinte, und bedeutete ihm, er möge auf seiner Schiefertafel niederschreiben, was geschehen sei.

Die Aufregung stand dem Frater ins Gesicht geschrieben, als er die Tafel aus seiner Kutte nestelte und mit fahrigen Bewegungen sechs Buchstaben darauf kritzelte: PESTIS.

Das Läuten der Glocken, der weiße Qualm unten in der Stadt – jetzt begriff Leberecht den Ernst der Lage. Er schickte sich an, zur Pforte des Klosters zu laufen, um den Weg nach Hause einzuschlagen, da trat ihm im Treppenhaus Frater Luitger entgegen. Der blasse Mann wirkte noch blasser, als er ohnehin aussah; die Angst stand ihm ins Gesicht geschrieben.

»Wo willst du hin?« schrie er Leberecht an.

Der versuchte sich eilends an dem Mönch vorbeizudrängen. »Ich muß nach Hause«, erwiderte er, ohne Luitger anzusehen.

»Zu spät, zu spät! Alle Türen sind vernagelt.«

»Aber ich muß hier raus!«

Frater Luitger faßte Leberecht an den Armen. »So begreife doch endlich! Unsere Stadt wird von der Pest heimgesucht. Nicht nur die Tore der Abtei, die Türen *aller* Häuser sind vernagelt. Selbst wenn du von hier fortkämest, du würdest nirgends Eingang finden. Niemand öffnet jemandem von der Straße freiwillig das Tor. Es ist bei Strafe verboten.«

Leberecht starrte fassungslos auf die steinernen Stufen. Er konnte Martha in dieser Situation nicht allein lassen. Er mußte zurück. »Ihr könnt Euch, während die Pestfeuer lodern, doch nicht einfach hinter den Mauern des Klosters verschanzen!« rief Leberecht erregt. »Ist das die christliche Nächstenliebe, die unser Herr Jesus gepredigt hat?«

Frater Luitger ließ den Jüngling los und führte ihn auf der Treppe nach oben. »Das ist keine Frage der christlichen Nächstenliebe, mein Sohn. Jeder einzelne von uns, der sich auf die Straße wagte, würde von den Kreuzbrüdern ergriffen und ins Gutleutehaus vor die Stadt gebracht, wo die Kranken untergebracht sind, denen der Schwarze Tod sein Kainsmal bereits auf den Leib gesetzt hat. Und was das bedeutet, muß ich dir wohl nicht erklären. Im Seuchenspital lebt keiner länger als drei Tage.«

Kreuzbrüder? Leberecht hatte noch nie von dieser Gemeinschaft gehört, und auf seine Frage erfuhr er, daß sich in der Kreuzbruderschaft Männer zusammengeschlossen hatten, die nach einem Gelöbnis – etwa, weil sie eine tödliche Krankheit überstanden, eine wundersame Rettung erlangt oder auch den ersehnten Stammhalter bekommen hatten – versprachen, sollte je eine Seuche wie Pest oder Aussatz die Stadt heimsuchen, so würden sie zum Dank den Seuchendienst übernehmen, Kranke versehen und Tote verbrennen. In Zeiten, wo sie nicht zum Einsatz kam, galt diese Bruderschaft als höchst angesehen, durften ihr von jedem Berufsstand doch nur zwei Mitglieder angehören, also zwei Ärzte, zwei Pfarrer, zwei Totengräber, zwei Apotheker.

Also fügte sich Leberecht in die Unvermeindlichkeit des Schicksals, und so bezog er für die nächsten vier Monate eine Kammer im Zellentrakt der Benediktinermönche. Erschien ihm zunächst allein der Gedanke, sein Leben in Gemeinschaft mit den Mönchen verbringen zu müssen, unerträglich, so wurde ihm bald klar, daß es in der ganzen Stadt keinen Ort gab, an dem er, geschützt auf einem abseits gelegenen Hügel und umgeben von einer hohen Mauer, so sicher war vor dem Schwarzen Tod wie in dieser Abtei.

Seine Kammer mit Tisch, Stuhl und Betschemel entsprach den Zellen der Mönche, doch war sie zusätzlich ausgestattet mit einem Bettkasten, in welchem Leberecht schlief; denn ein schöner Jüngling im Schlafsaal schien den frommen Männern nicht geheuer und Anreiz zu sündhaften Gedanken. Im übrigen aber fügte er sich in das klösterliche Leben und lebte den Tageslauf der Benediktiner, der vor Sonnenaufgang mit Gebet und Kontemplation begann und auf ebensolche Weise endete, wenn die Sonne längst untergegangen war. Dazwischen lag ein Leben fernab jenem außerhalb der Mauern, eine eigene Welt und durchaus geeignet, Geist und Gemüt auf ein Leben nach dem Tod auszurichten – jedenfalls gewann er nach den ersten Tagen in klösterlicher Abgeschiedenheit den Eindruck.

Wäre da nicht die Sehnsucht nach Martha, seiner Ziehmutter, gewesen, die ihn vor allem des Nachts, wenn er in ihren Armen zu liegen gewohnt war, heimsuchte, wären da nicht die quälenden Gedanken an ihren warmen, weichen Leib gewesen und die Sorge um ihre Gesundheit, Leberecht hätte sich zufrieden in sein Schicksal gefügt und der Abtei und ihren Bewohnern Hochachtung und Bewunderung entgegengebracht, ohne je einen kritischen Gedanken zu verschwenden.

So aber wuchs, angefacht vom Feuer sinnlicher Leidenschaft, seine Unzufriedenheit mit den bestehenden Verhältnissen von Woche zu Woche. Er beobachtete, ja verfolgte die Fratres und ihre verschiedenen Tätigkeiten mit wachen Augen und offenen Ohren, ohne sich jedoch als heimlicher Beobachter zu verraten, und machte, kaum waren vier Wochen gemeinsamen Lebens vorüber, eine erstaunliche Entdeckung: Die Welt hinter den Mauern der Abtei, die dem Fremdling den Eindruck vom Reich Gottes auf Erden vermittelte, unterschied sich nicht im geringsten von der Welt außerhalb ihrer Mauern – sah man von der materiellen Sorglosigkeit einmal ab. Im übrigen lebten hier Gut und Böse, Klugheit und Dummheit, Aufopferung und Niedertracht, Frömmigkeit und Hoffart, Askese und Ausschweifung nebeneinander wie im gewöhnlichen Leben. Und was die Frömmigkeit im Glauben betraf, so hatte Leberecht den Eindruck gewonnen, daß sie weniger eine Angelegenheit des Herzens war als pure Gewohnheit. Es gab zwischen den Fratres erbitterte Feindschaften ebenso wie heimliche Liebschaften, und Denuzianten wechselten mit Speichelleckern, Jasager mit Rebellen.

Diese Erkenntnis bedurfte einer gewissen Zeit der Verdauung und bewirkte bei Leberecht ein wahres Fieber nach Wissen und Erkenntnis. Denn wenn er zu einer wichtigen Einsicht gelangt war, dann war es jene, daß nichts auf dieser Welt so war, wie es den Anschein hatte. In der Bibliothek lagerten die Früchte vom Baum der Erkenntnis, mundgerecht und nach Sorten geordnet wie Heilslehre, Philosophie, Jurisprudenz, Geographie, Botanik, Alchimie, Astronomie und Geometrie und warteten darauf, geerntet zu werden.

Leberecht zog es vor, die Stunden, welche die Mönche in der düsteren Kirche zum fünffachen Gebet verbrachten, zum Studium zu nutzen. Dann war er allein in der Bibliothek mit dem Wissen der Menschheit, und die Begegnung mit Abgründen und Offenbarungen der Wissenschaft ließ ihn die Welt um sich und seine Situation vergessen. Was diese seine Situation betraf, so wußte Leberecht nur wenig, was draußen geschah. Die Feuer, welche tagein, tagaus in den Straßen der Stadt loderten und deren Flammen den Himmel nachts in einen schaurigen Schein tauchten, verhießen nichts Gutes.

Die Kapuzenmänner der Kreuzbruderschaft, die einmal am Tag mit Räuchergefäßen, welche beißenden Qualm verbreiteten, am Kloster vorbeizogen und Kalk vor den Türen ausschütteten, damit jede Spur eines Flüchtenden sichtbar wurde, hatten sich zum Schweigen verpflichtet, zum einen, um die Menschen nicht noch mehr zu verängstigen, zum anderen, weil sie fürchteten, der blaue Dunst, hinter dem man den Erreger der Pest vermutete, könnte durch offene Münder Eingang finden. Frater Andreas, der unfreiwillige Meister der Mimik, behauptete jedoch, er habe sich mittels Zeichen vom Fenster mit einem der Kreuzbrüder verständigt und auf diese Weise in Erfahrung gebracht, daß der Schwarze Tod bereits fünfhundert Menschen dahingerafft habe, Gott sei ihren armen Seelen gnädig!

In der Tat hielt die Pest zwischen den sieben Hügeln der Stadt reiche Ernte. Wie viele Opfer zu beklagen waren, konnte niemand sagen, denn wo in den vernagelten Häusern Wasser- und Nahrungsvorräte zur Neige gingen, da gesellten sich zum Schwarzen Tod auch noch der Tod durch Durst und Hunger, und in ihrer Verzweiflung machten viele bei ihrer Nahrungssuche nicht einmal vor Hunden und Katzen halt.

Obwohl es bei Strafe untersagt war, die Häuser zu verlassen, gab es des Nachts einen geheimen Kurierdienst. Kinder, junge Männer und Außenseiter, denen das Leben ohnehin eine Last war, huschten vermummt durch die unbeleuchteten Gassen und verrichteten gegen hohe Entlohnung Botendienste oder tauschten Nachrichten aus und in höchster Not sogar Nahrung, obwohl jeder wußte, daß er sich damit den Schwarzen Tod ins Haus holen konnte. In Ausübung der verbotenen Dienste starben einige schon nach wenigen Tagen, andere errangen während derselben Zeit mehr Reichtum, als sie ohne die Seuche in ihrem ganzen Leben hätten erwerben können. Nach Ablauf von drei Monaten, als viele Überlebende sich bereits an die Pest gewöhnt oder Mittel und Wege gefunden hatten, sie zu bekämpfen, da brach hinter zugemauerten Toren und vernagelten Fenstern eine neue Krankheit aus, die Krankheit der Neugierde, die für viele so unerträglich war wie Hunger und Durst.

Wohlgemerkt, nicht von der Ungewißheit über das Schicksal der nächsten Familienangehörigen, der Väter, Mütter, Eltern und Kinder ist hier die Rede, sondern vom Schicksal jener, die mit dem eigenen in keiner Weise verbunden und nur von Stand oder aus anderen Gründen von Interesse waren.

Selbst bei oberflächlicher Betrachtung hinterließ die Pest eine deutliche Spur, weil jedes Haus, das einen Toten zu beklagen hatte, mit einem Kreuz aus weißem Kalk versehen wurde, ohne den Namen des Opfers zu nennen. Die Türen der Häuser, in denen niemand überlebt hatte, wurden mit einem schrägen Streifen versehen oder jenen geheimnisvollen drei Buchstaben, die auch viele Grabsteine zierten, deren Bedeutung jedoch die wenigsten kannten: R.I.P. – *Requiescant in Pace* – mögen sie in Frieden ruhen!

Natürlich tauschten sich die nächtlichen Boten untereinander aus, und sie erreichten auf diese Weise einen Wissensstand, welcher dem der Inquisition zur Ehre gereicht hätte. Was die Inquisition betraf, so verlor sie bereits am dritten Tag nach Ausbruch der Seuche den obersten Hüter in dieser Stadt, den Dominikaner Bartolomeo. Die wahren Umstände, unter denen er der Pest zum Opfer fiel, werden wohl nie geklärt werden, weil, wie bei Gerüchten üblich, die Einzelheiten sich vervielfachten, je mehr Münder davon berichteten.

Von Frater Bartolomeo wurde nächtens erzählt – natürlich gegen klingende Münze – der Inquisitor habe, als er vom Ausbruch der Seuche erfuhr, gerufen: »Das ist die Strafe des Herrn. Wegen eurer Sünden hat Er euch die Geißel Seines Zornes gesandt!« Er habe frohlockt und vom Fenster seines Hauses hinter der Alten Hofhaltung verkündet, wer die Gesetze Gottes und der Kirche achte, müsse weder Tod noch Teufel fürchten. Zwei Tage später habe man seinen von schwarzen Beulen übersäten Leichnam vor der Tür gefunden. Im Innern des Hauses habe sich Sarah aufgehalten, eine stadtbekannte Hure. Und als man den Leichnam des Inquisitors auf den Karren lud, um ihn zur Brandstätte vor den Toren der Stadt zu transportieren, da seien alle Glieder des Fraters leblos heruntergehangen, nur eines nicht, jenes, welches nur einem Mann zu eigen ist. Jenes ragte in den Himmel wie Moses' Stab, und als die sterblichen Überreste des Inquisitors den Flammen übergeben wurden, da habe das Glied gebrannt und gestunken wie eine Pechfackel. So wurde es von den Botengängern erzählt.

Erzählt wurde auch, daß der Statue der Elisabeth im Dom über Nacht die Nase abgefault sei, als hätte die Pestilenz sie heimgesucht, und daß Hunderte riesiger Ratzen das Gotteshaus heimsuchten und das Grabmal von Kaiser Heinrich und seiner Gemahlin Kunigunde umlagerten, aus dem ein unerklärlicher süßlicher Geruch strömte.

Der Färber Reutinger und seine kränkelnde Frau hätten, so wurde ebenfalls berichtet, an vierzehn aufeinanderfolgenden Tagen täglich eines ihrer vierzehn Kinder verloren, und am fünfzehnten Tage sei der Färber selbst seinen Kindern in den Tod gefolgt. Marga, seine Frau hingegen, der nach jeder Geburt der Tod ins Gesicht geschrieben stand, habe alle überlebt, weil sie sich täglich ein Elexier auf die Brust träufelte, das sie von Afra Nüßlein, der Wunderheilerin, erhalten habe, die nach dem Willen der Inquisition auf dem Scheiterhaufen geendet war. Auch die Ursache der Pestilenz glaubten die nächtlichen Botengänger zu kennen. Die Flegler, so wurde berichtet, seien bewußt in die Stadt eingedrungen, um ihren Bewohnern den Tod zu bringen. Sie seien von den lutherischen Markgrafen von Kulmbach-Bayreuth, den Todfeinden des Fürstbischofs, geschickt, die ihm bereits große Landesteile geraubt und mehr als einmal mit der totalen Vernichtung gedroht hätten. Der Anschlag trug die teuflische Handschrift des Markgrafen Alcibiades, Sohn des Markgrafen Kasimir, der zwar im Jahr zuvor den Tod gefunden habe, dessen Spuren wie die Ruine der fürstbischöflichen Burg vor den Toren der Stadt jedoch noch vielerorts gesehen werden könnten.

Hatte der Winter die weitere Verbreitung der Seuche verhindert und hie und da die Menschen aus ihren Häusern gelockt, so nahm das Sterben an den lauen Frühlingstagen wieder zu. Niemand, auch die Pestärzte nicht, die in lange Mäntel gehüllt und mit Vogelmasken vor dem Gesicht durch die Straßen zogen, vermochte zu sagen, wie lange diese Geißel Gottes noch anhalten würde. Darüber hinaus verbreitete sich das Gerücht, daß Äcker und Bäume ebenso von der Seuche befallen und auf Jahre unbrauchbar seien und die zu erwartende Hungersnot werde alle Not in den Schatten stellen, die das Land seit Menschengedenken heimgesucht habe.

Von derlei trüben Gedanken blieb Leberecht in der Abtei auf dem Michelsberg verschont, denn von den Begierden des Fleisches einmal abgesehen, litt er keine Entbehrungen, und die Mauern des Klosters, die schon vielen weltlichen Feinden getrotzt hatten, erwiesen sich auch diesmal als unüberwindliches Bollwerk. Jedenfalls bis zu jenem verhängnisvollen fünften Sonntag nach Dreikönige.

An dem genannten Tage las Frater Melchior, der für die wirtschaftlichen Belange des Klosters verantwortlich war, zur Morgensuppe – in Milch getauchte Brotbrocken – das Tagesthema Matthäus 13: »*Venit inimicus ejus et superseminavit zizania*«; was soviel bedeutet wie: »Da kam der Feind und säte Unkraut.«

Die Mönche löffelten lautlos an dem hufeisenförmigen Tisch, der das ganze Refektorium ausfüllte. Ein jeder hatte ein weißes Tuch mit einem Zipfel in den Hals seiner Kutte gesteckt und die übrigen drei Ecken vor sich ausgebreitet, damit der Ornat von Flecken verschont blieb. Leberecht, dem die Ehre zuteil wurde, am Leben der Mönche teilzuhaben, saß am linken unteren Ende des Tisches und verfuhr ebenso.

»Wie der allmächtige Schöpfer die Welt durch seine Allmacht geschaffen«, begann Frater Melchior seine *Argumentum* genannte Lesung, »da wollte er, daß sie in lateinischer Sprache *mundus* – ›rein‹ – genannt würde. Doch der fromme Christenmensch dürfte sich wundern, weil dieser Welt doch eher der Name ›unrein‹ zukäme. Warum sollte die Welt rein geheißen werden, wo sie doch voller Unreinheiten steckt? Warum rein, da sie doch voller Mängel? Warum rein, da sie doch voller Unlauterkeiten, Sünden und Laster, daß der heilige Johannes Evangelist selber sagt: *Mundus totus in maligno positus est* – die ganze Welt steckt voller Schalk und Bosheit? Warum rein, da sie doch voller Disteln und Dornen, Nattern und Schlangen, Sturm und Ungewitter, Krieg und Pestilenz?«

»Pestilenz«, wiederholte Melchior und blickte mit angstvollen Augen in Richtung des Abtes, der an der schmalen Stirnseite des Tisches saß. Und noch einmal wiederholte er, wobei er nach Luft rang: »Pestilenz!« Dann sackte er auf seinem Stuhl zusammen. Sein Kopf schlug vornüber in die Schüssel, daß die Morgensuppe auf den Refektoriumstisch spritzte.

Die Mönche waren fassungslos. Keiner wagte dem Konfrater Hilfe zu leisten. Die weiße Lache, die sich inmitten des Tisches gebildet hatte, suchte, der Schwerkraft gehorchend, einen Weg zum gegenüberliegenden Tischrand, wo sich seit sieben Jahren der angestammte Platz von Frater Nikodemus befand. Frater Nikodemus sah das Unheil auf sich zukommen, sprang auf, und mit geraffter Kutte und dem Ruf »Pestilenz!« verließ er überhastet und ohne die übliche Verneigung vor Abt Lucius oder dem Kruzifix, welches über ihm hing – den wahren Empfänger dieser Ehrenbezeugung kannte niemand – das Refektorium.

Die atemlose Stille, ausgelöst von dem unerwarteten Ereignis, wandelte sich bald in eine Art Bienengesumm, wie es in verschlossenen Körben zu vernehmen ist, doch handelte es sich hier um das erregte Flüstern der Mönche, welche untereinander rätselten, ob der plötzliche Tod des Konfraters Melchior tatsächlich der Pestseuche angelastet werden könne oder ob er eine andere Ursache habe. Soweit aus den Annalen des Klosters bekannt, hatte die meisten Mönche der Tod im Bett ereilt, vier während der abendlichen Komplet in der Kirche und je zwei beim ungewohnten heißen Bad, das einmal im Jahr reihum stattfand, sowie beim allzu heftigen Urinieren; aber noch nie hatte ein Benediktiner vom Michelsberg den Tod während der Morgensuppe im Refektorium gefunden.

Frater Friedemann, dem in der Abtei die Rolle des Arztes, Apothekers und Botanikers zukam und der sich mit seinem langen roten Bart deutlich von seinen Mitbrüdern unterschied, erhob sich nach einem unmißverständlichen Wink des Abtes und schickte sich an, den entseelten Konfrater aus seiner mißlichen Lage zu befreien, welche sogar einem gewöhnlichen Christenmenschen im Tode unangemessen war, einem Bruder geistlichen Standes im besonderen.

Doch als Friedemann Melchiors Kopf mit beiden Händen ergriff, um den Entseelten auf seinem Stuhl aufzurichten, da wurde der Hals des Toten sichtbar und damit eine dunkle Beule so groß und so schwarz wie eine Pflaume aus dem Klostergarten, und die Mönche riefen einer nach dem anderen »Pestilenz! Pestilenz!«, und sie verließen das Refektorium, allen voran Abt Lucius.

Auch Leberecht floh vor dem Toten in seine Kammer und verharrte dort in Angst bis zum folgenden Tag. Im Innenhof der Abtei wurde ein Scheiterhaufen entzündet und die Leiche entgegen der Gepflogenheit, sie in der Ordensgruft beizusetzen, verbrannt. Erst nachdem dies geschehen war, wagten sich allmählich alle Fratres aus ihren Zellen, um sich gemeinsam wieder dem Leben nach der Ordensregel zu widmen.

Doch der Teufel hatte Mißtrauen und Zwietracht in die Abtei getragen. Gleichsam über Nacht verwandelte sich der Hort des Friedens und der Beschaulichkeit in eine Stätte der Untugend. Aus Angst vor der Seuche belauerte ein jeder jeden, vermied aber gleichzeitig jede Nähe zum anderen. Frater Friedemann verabreichte zur Vorbeugung gegen die Seuche ein geheimnisvolles Elixier aus gestoßenen Edelsteinen und Quecksilber; doch kamen nur jene Mönche in den Genuß, die dem Mitbruder mehr Zuneigung entgegenbrachten, als es unter Männern schicklich war. Daraus entwickelten sich intime Freundaber auch Feindschaften, die ganz offen zur Schau getragen wurden und dazu beitrugen, die ohnehin gespannte Lage innerhalb des Klosters zu verschärfen.

Der Hang zum eigenen Geschlecht, der in allen Klöstern unterschwellig vorhanden war, nahm im Angesicht der drohenden Seuche, die jeden Tag aufs neue ausbrechen konnte, groteske Formen an. Während der gemeinsamen Ordensgebete zwischen Prima und Komplet warfen sich die Fratres glühende Blicke zu, ja, sie scheuten nicht einmal davor zurück, mit den Worten des Herrn auf den Lippen obszöne Gesten zu vollführen, um den einen oder anderen zu gefallen und ihre *virga** durch Astlöcher ihrer Zellentüren zu stecken und ihren heiligen Samen zu verspritzen (wobei sich bei näherem Hinsehen die meisten Astlöcher als *lignum perforatum*** entpuppten).

Leberecht blieb von derlei Frivolitäten nicht verschont. Es gelang ihm nur unter Androhung körperlicher Gewalt, sich dem Balzen der schwarzen Mönche zu widersetzen. Um der allgemeinen Endzeitstimmung zu entgehen – manche Fratres lebten mit wilder Entschlossenheit in den Tag, als wäre es ihr letzter –, zog Leberecht sich in die Bibliothek zurück, um Früchte vom Baum der Erkenntnis zu ernten, wie er es bisher getan. Dort blieb er ganze Tage allein; doch kam ihm der Umstand sehr entgegen.

In den zahllosen Büchern der Weisheit suchte Leberecht eine Antwort auf die Frage, warum Mönche zu Bestien werden, obwohl sie doch Gott dem Herrn näher sind als andere Menschen. Dazu wühlte er sich durch Stöße von Schriften und Büchern. In den frommen Traktaten über Märtyrer und Heilige wurde er nicht fündig, da sie nur den Weg in die entgegengesetzte Richtung erklärten. In der Heiligen Schrift kam diese Möglichkeit überhaupt nicht vor. Also warf Leberecht sich den alten Philosophen in die Arme, um von ihnen eine Erklärung zu finden.

Aber selbst Aristoteles, der auf alle Fragen diesseits und jenseits unseres Horizonts eine Antwort wußte, hielt sich bedeckt

* Rute, hier: Penis
** Bohrloch

über das Schlechte im Menschen und widmete der Untersuchung des menschlichen Geschmacksorgans mehr Raum als dem Problem des reinen Geistes. Es schien sogar, als wäre er an der Beantwortung dieser Frage verzweifelt, weil er an anderer Stelle behauptet, das ganze irdische Leben sei eine Krankheit, eine Art Von-Sinnen-Sein. Das Beste sei es, überhaupt nicht geboren zu werden. Wenn einen nun aber schon einmal das Mißgeschick ereilt habe, geboren worden zu sein, so solle man den Versuch unternehmen, möglichst schnell zu sterben.

Bücher wie jene des Aristoteles, die der Lehre der heiligen Mutter Kirche entgegenstanden, wurden natürlich in den heimlichen Schränken der Bibliothek aufbewahrt, und gerade diese Bücher erregten nun Leberechts besonderes Interesse.

Unter den verbotenen Büchern der Alchimie stieß Leberecht auf die geheimnisumwitterten Schriften des Benediktiners Basilius Valentinus, der vor über hundert Jahren die Weisheit des Glaubens mit jener der heidnischen Medizin vermengte. Er fand auch jene des Raimundus Lullus, allen voran die Bücher *Ars magna Lulli*, *Testamentum* und *Experimenta*. Lullus verfaßte fünfhundert Schriften, in denen sich Philosophie, Theologie und Alchimie vermengen. Er behauptete, den Stein der Weisen gefunden, sich selbst verjüngt und sein Leben auf diese Weise verlängert zu haben, womit er dem Allerhöchsten ins Handwerk pfuschte und vom Papst in Acht und Bann gelegt wurde. Mit den Mitteln der Logik beanspruchte er, alle Erscheinungsformen in ein umfassendes System zu zwängen. Doch die Antwort auf die Frage, mit welchen Säften das Böse in die Seele der Mönche gelangt sei, vermochte auch der gelehrte Katalane nicht zu geben.

Leberecht forschte weiter und stieß auf *Das Buch Gebers von der Verborgenheit der Alchimie*, Anno Domini 1530 in Straßburg erschienen, und mit einem Einband aus braunem Leder versehen, wie es einem Bibelwerk zukam. Geber, arabischer Abstammung und als Abu Musa Dschafar al-Sofi in Tarsus geboren, in Medina in allen Weisheiten unterrichtet, galt als Begründer der geheimen Wissenschaften, der Alchimie und Astrologie und der Mischung aus beiden.

Das Studium der Schrift dauerte Tage, und auch dann hatte Leberecht nur einen Bruchteil des darin enthaltenen Wissens verarbeitet. So wußte er nun, daß alle Metalle zusammengesetzte oder vielmehr in ihrer Substanz verwandte Stoffe seien, in der Hauptsache aus Quecksilber und Schwefel, und man könne jedem Metall hinzufügen, was ihm fehle, oder fortnehmen, was im Überfluß vorhanden sei, und erhalte auf diese Weise ein anderes. Diese Entdeckung faszinierte Leberecht beinahe so sehr wie die Frage nach dem Bösen im Menschen, das sich wie Schwefel in die guten Seelen der Menschen mischte, und er stellte sich insgeheim die Frage, ob nicht eines der verbotenen Bücher ein *Aurum potabile* aufführe, ein »Trinkgold« wie jenes, dem die Alchimisten den ewigen Jungbrunnen, ja sogar erlösende Kraft zuschrieben.

So reifte Leberecht in kurzer Zeit zum Adepten, dem auch das unheimliche Werk *Physica et mystica* nicht verborgen blieb, von dem Uneingeweihte behaupteten, sein Autor Demokritos – wie er wirklich hieß, wußte niemand zu sagen – habe den Schlüssel des Lebens gefunden und verfüge über göttliche Allmacht. Manche von diesen Schriften verstand er nur zum Teil, aber nicht weil er dumm oder ungebildet gewesen wäre, sondern deshalb, weil viele Urheber ihre eigenen Werke nicht verdaut, aber dennoch gedruckt hatten. Dagegen gab es kein Gesetz.

Seine letzte Hoffnung galt daher der Hermetik, einer vergessenen Wissenschaft, von der es einst zwanzigtausend verschiedene Bücher gegeben haben soll, welche mystische Weisheit aus alter Zeit durch die hermetische Kette überlieferten – darunter die geheime Kraft der Edelsteine, Talismane und Amulette; die

Wirkung der Säfte im Körper; geheime Gesetze der Sternkunde und Geometrie für das Leben der Menschen; sowie den Schlüssel zu verschiedenen vergessenen Schriften und Sprachen, welche weitere Rätsel der Menschheit lösten.

Auch wenn Leberecht nur ein halbes Hundert hermetischer Schriften entdeckte, so war dies allein schon deshalb ein unglaublicher Umstand, weil dergleichen Bücher allerorten von der Inquisition verteufelt und als letztes Bollwerk der Heiden verurteilt wurden. Die Auffindung eines solchen Werkes genügte, Buch und Leser auf dem Scheiterhaufen zu verbrennen und beider Asche in den nächsten Fluß zu streuen.

Was die hermetischen Schriften so verfolgenswert machte für die Inquisition, waren die Dialoge, aus denen sich die meisten Bücher zusammensetzen, Gespräche zwischen Hermes Trismegistos – so der griechische Name des ägyptischen Totengottes – und seinem Sohn oder Schüler Asklepios, heidnischen Göttern also, die, so ihre Reden klug und lehrreich waren, geeignet schienen, Zweifel am frommen Christenglauben zu schüren.

In diesen Schriften begegnete Leberecht zum erstenmal der Sternenkunde, die nach dem Willen der einen *Astronomia*, nach Meinung der anderen aber *Astrologia* genannt wird, was im einen Fall »Lehre von der Gesetzmäßigkeit des Sternenhimmels«, im anderen Fall »Lehre aus dem Lauf der Gestirne« bedeutet und deren Unterschied keiner zu ergründen vermochte.

Diese verbotenen Früchte am Baum der Erkenntnis erschienen ihm schließlich verlockender als seine vergeblichen Versuche, das Böse in einer Mönchsseele zu erforschen, so daß Leberecht mit Feuereifer in die Abgründe der Wissenschaft eintauchte, welche von den Frömmlern als Werk des Teufels, von den Pilgern zwischen Philosophie und Geometrie jedoch als Krönung des menschlichen Geistes bezeichnet wurden. Was bedeutete schon die Wissenschaft von den Kräutern und Salben oder die Lehre vom Körperbau im Vergleich zu jener Lehre, welche die Erschaffung der Erde und ihr Ende am Jüngsten Tag sowie den Lauf der Gestirne, die unser Schicksal beeinflussen, zum Ziel hat?

Zum Lehrmeister Leberechts in seinen Mauern aus Büchern und Pergamenten wurde jener Doktor der Theologie, Philosophie und Jurisprudenz aus Kues an der Mosel, der den Namen Krebs trug, sich später jedoch als Stiftsdekan, Propst, Kardinal und *Legatus Urbis* des Papstes adelte, indem er den Namen »von Kues« annahm. Von diesem hatte Leberecht bereits seinen Vater reden hören, doch eher als Verteidiger des Glaubens, doch nun stellte er fest, daß die klugen Bücher, die jener Nikolaus Cusanus geschrieben hatte, einem Christenmenschen die Haare zu Berge stehen ließen, so er ihren Inhalt verstand. Doch zum Glück begriffen nur wenige seine philosophischen Traktate, und obwohl oder weil sie in lateinischer Sprache geschrieben waren, blieb ihr Inhalt sogar dem Papst, vor allem aber den Mitgliedern des Heiligen Offiziums verborgen, die seine Brisanz nicht erkannten, etwa, was die Behauptung des Cusaners betraf, die Welt verhalte sich zu Gott wie die Reihe der aus 1 entwickelten Zahlen zu dieser. Die Welt, so der gebildete Doktor der Philosophie, sei die in Vielheit entfaltete Einheit Gottes, Gott aber das unvergleichbare Eingefaltetsein und deshalb das allem anderen nicht entgegensetzbare Nicht-Andere, welches das Andersartige zusammenhält.

Darüber ließ sich nächtelang nachdenken, und zum erstenmal zweifelte Leberecht an seinem Verstand, denn er hatte noch jedes Buch aus der Bibliothek nach seinem Inhalt begriffen. Auch andere Schriften aus der Feder des Mannes von der Mosel machten ihn keineswegs irre, nicht einmal jenes Büchlein mit dem vielzitierten Titel *De docta Ignorantia* – was soviel bedeutet wie »Über die belehrte Unwissenheit« –, das sich als etwas gänzlich Unerwartetes erwies. Darin ging Nikolaus nämlich im Rahmen des allgemeinen Problems der Erkenntnis der Astronomie und den Erklärungen des Weltalls nach und warf die erregende Frage auf, ob es nicht so sei, daß die Erde sich um sich selbst drehe und vielleicht auch nicht der Mittelpunkt des Weltalls sei, sondern nur eine Art Randerscheinung. Allmächtiger Vater, so schrieb vor beinahe hundert Jahren ein Generalvikar des Papstes, des Stellvertreters Gottes auf Erden! Der päpstliche Gelehrte zeigte keine Scheu, Astronomen, Physiker und Geographen öffentlich zu ermuntern, die Erschaffung der Welt neu zu erforschen, und zwar nach den Regeln der Mathematik und Physik anstelle der althergebrachten alttestamentarischen Dogmatik!

Siebenundzwanzig Tage und nicht selten sogar auch die Nächte hatte Leberecht mutterseelenallein in der Bibliothek zugebracht, geschützt vor allen Anfechtungen der Welt. Entgegen den Befürchtungen der Mönche hatte der Schwarze Tod seine Hand kein zweites Mal ausgestreckt, was von Abt Lucius als Zeichen des Himmels gedeutet wurde. Frater Melchior sei gewiß vom Zorn des Allerhöchsten ereilt worden, auch wenn niemand seine heimliche Sünde kenne.

In Wahrheit gingen sich die Fratres seit Melchiors Tod aus dem Weg wie Hund und Katz. Zu den über den Tag verteilten Gebeten trafen sich in der düsteren Kirche kaum mehr als vier Mönche, und diese nahmen nicht wie üblich im Chorgestühl Platz, das mit seinen schrankartigen Sitzen die Andacht förderte, sondern ein jeder kniete abseits in einer anderen Ecke und verschwand einzeln nach verrichteter Frömmigkeit.

Gemieden wurde auch das Refektorium, wo Frater Melchior den Tod gefunden hatte, trotz dreier Räuchergänge mit dem Thuriferium durch Frater Friedemann im Abstand von drei Tagen. Statt dessen stellten der Frater Koch und sein jugendlicher Novize die tägliche Nahrung vor den Zellentüren ab. Im Vergleich zu den Privathäusern der Stadt, litten die Mönche des

Klosters keinen Hunger. Die Abtei verfügte in ihren Speichern und Kellern über Vorräte für mehrere Jahre.

Von einem geregelten Klosterleben konnte jetzt keine Rede mehr sein. Wer wo seine Zeit verbrachte, wußte niemand zu sagen. Oft vergingen Tage, bis Leberecht einem Menschen begegnete, und auch dann konnte man kaum von einer Begegnung sprechen, weil die Mönche wie unheimliche Schatten durch die Gänge schwebten und lautlos hinter einer der zahllosen Türen verschwanden.

Irgendwann zwischen Pauli Bekehrung und dem Fest Mariä Reinigung – das exakte Gefühl für den Kalender hatte Leberecht längst verloren –, an einem dieser endlosen Tage, betrat unerwartet ein Mönch die Bibliothek. Es war Frater Emmeram, der weißbärtige Alte mit dem Sehstein, dem er am Tag seiner Ankunft begegnet, mit dem er jedoch noch nie ins Gespräch gekommen war.

Leberecht räusperte sich. Er mußte befürchten, daß der kurzsichtige Alte ihn nicht wahrnahm, und das wollte er vermeiden.

»*Laudetur*«, murmelte Frater Emmeram, als er Leberecht erblickte. Unter den Brüdern war es üblich, den nachfolgenden Teil des Grußes, nämlich »Jesus Christus«, zu verschlucken; man wußte ohnehin, wer gemeint war.

»*In aeternum*«, erwiderte Leberecht ebenso selbstverständlich.

Erst jetzt schien Emmeram den Jüngling zu erkennen, denn er sagte erstaunt: »Ach, du bist es, Fremder!«

Verlegen hob Leberecht die Schultern und lächelte. »Ihr seid seit vier Wochen der erste, der sich hierher verirrt. Ich habe die ganze Zeit hier verbracht und die aufregendsten Bücher studiert.«

Der alte Emmeram faßte seinen weißen Bart mit beiden Händen und streifte ihn über die schwarze Kutte. Dazu lächelte er, als bereite ihm diese Handlung ein körperliches Vergnügen.

»Da hast du zweifellos das bessere Los gezogen, mein Sohn. Du bist ein kluger Kopf. Frater Luitger hat erzählt, daß du die alten Sprachen und die Geometrie ebensogut beherrscht wie dein Vater Adam. Er war sehr beliebt.« Dabei bekreuzigte sich der Alte.

»Wo ist Frater Luitger?« erkundigte sich Leberecht. »Ich habe ihn seit Wochen nicht mehr gesehen.«

»Weiß Gott«, erwiderte Emmeram. »Du bist nicht der erste, der diese Frage stellt.«

»Ist er ...?«

»Das glaube ich nicht«, fiel ihm der Alte ins Wort. »Schon am Tage nach Melchiors Tod blieb seine Essenschüssel unberührt. Aber eines der Fenster nach Norden stand offen, obwohl es erst kurz zuvor vernagelt worden war.«

»Er hat sich selbst den Tod gegeben?«

»Luitger? Ausgerechnet er? Das ist schwer vorstellbar, junger Freund! Frater Luitger ist nicht der Mann, der sich an seinem Leben versündigt. Für ihn hat das irdische Leben eine viel zu große Bedeutung. Nein, Luitger führte schon immer zwei Leben, eines im Kloster, wobei er uns durchaus vorbildhaft begegnete, und eines außerhalb. Aber das muß ich dir ja nicht weiter erklären.«

»Wie? Ihr wißt?«

Da lachte der Alte, das heißt, diesmal gebrauchte Frater Emmeram nicht nur seine Lippen, er lächelte auch mit den Augen, und dabei nahm sein uraltes, faltiges Gesicht mit einem Mal etwas Jungenhaftes an. »Ich bin doppelt so alt wie Luitger und daher auch doppelt so weise. Darin unterscheiden wir uns. Verstehe mich recht, Luitger zählt zu jenen Konfratres, denen ich Zuneigung entgegenbringe. Er ist viel klüger als die meisten anderen, und sein Glaube ist keine Heuchelei. Aber das schließt ja nicht aus, daß es noch Klügere gibt als ihn.«

Das sagte der alte schlohweiße Frater ohne Tadel in der Stimme beinahe nebenbei, und er entfernte sich, um in einer linker Hand gelegenen Buchwand mit Hilfe seines Sehsteins nach einem jener Folianten zu forschen, die unter der Rubrik *Herbarium*, also Kräuterabteilung, archiviert waren. Leberecht folgte dem Alten und fragte, ob er ihm bei der Suche nach einem bestimmten Werk behilflich sein könne, er habe inzwischen eine gewisse Ortskenntnis erlangt.

»Genau wie dein Vater Adam!« lachte Frater Emmeram. »Er hatte mehr Bücher im Kopf als unser stummer Frater Andreas, der seit Jahren hier den Bibliotheksdienst versieht!« Und dabei ging er ganz nahe an die Buchrücken heran und drehte seinen Sehstein nach allen Seiten, als wollte er dem Ding geheimnisvolle Kräfte entlocken. Immerhin verbesserte das rätselhafte Gerät, das er einem fahrenden Scholaren aus Hessen für den Gegenwert seiner Erbschaft mütterlicherseits – ein Häusleranwesen zwanzig Meilen mainabwärts – abgekauft hatte, die Schwäche seines Augenlichtes derart, daß Emmeram wieder lesen und schreiben konnte, was ihm schon völlig abhanden gekommen war. Der alte Frater wurde bald fündig und zog, ohne Leberechts Hilfe in Anspruch genommen zu haben, eine zerfledderte Handschrift aus dem Fach, welche den Titel *Materia medica* trug, eine Abschrift der Mönche aus dem Skriptorium.

Leberecht sah Emmeram fragend an.

Der hob den Finger wie ein Schulmeister und sagte mit ernstem Gesicht: »Wenn es ein Kraut gibt, das dieser furchtbaren Seuche gewachsen ist, dann ist es hier aufgeführt. Es gibt kein besseres Lehrbuch über die heilende Wirkung der Pflanzen als jenes des Dioskurides. Dioskurides lebte vor eineinhalbtausend Jahren, wenige Jahre *post passionem*, in Kilikien, aber seine Arzneimittellehre ist bis heute unübertroffen. Man erzählt sich, er habe mit seinen Mixturen nicht nur Kranke geheilt, sondern sogar Tote erweckt – Scheintote natürlich, denn Dioskurides war kein Scharlatan.«

»Das bringt mich auf die Frage, warum Ihr nicht schon früher nach dem Buch geforscht habt!«

Frater Emmeram machte eine wegwerfende Handbewegung: »In Zeiten der Not und Seuchen glauben die Menschen eher irgendwelchem Brimborium als den Erfahrungen der Wissenschaft. Das ist in einem Kloster nicht anders. Gegen den Aberglauben ist kein Kraut gewachsen.«

»Was habt Ihr vor?«

»Ich habe mir Gedanken gemacht, wie ich meine Konfratres aus ihren Löchern holen könnte. Sie hausen nun schon seit Monaten wie Ratzen in den entlegendsten Winkeln dieser Abtei. Ein jeder meidet den anderen. Die Mitbrüder mit frommen Worten hervorzulocken ist fehlgeschlagen, also, habe ich mir überlegt, werde ich sie überlisten.«

»Mit einem Zaubertrank?«

»Mach dich nicht lustig über die Weisheit eines alten Mannes!«

»Verzeiht, so war es nicht gemeint!«

»Ich werde eine Mixtur brauen, welche Dioskurides gegen die Seuche der Pestilenz erfunden hat, eines jener feurigen, scharfen, die Sinne umnebelnden Mittel, die sofort Wirkung zeigen. Ob es wirklich die Seuche bekämpft, ist dabei gar nicht so wichtig. Wichtiger ist das gute Beispiel und der Glaube an seine Heilkraft. Traut sich erst einmal einer aus seinem Versteck, so werden die anderen von alleine folgen.«

»Ihr seid wirklich recht klug, Frater Emmeram!«

»Das ist nur die Erfahrung eines langen Lebens.« Bei diesen Worten begann er eine Rezeptur auf einen Fetzen Pergament zu kritzeln.

»Ich kann Euch die Arbeit abnehmen!« erbot sich Leberecht.

»Wenn du das für mich tun willst?«

»Ei gewiß.« Leberecht nahm am Lesepult neben dem Mönch Platz und begann die Ingredienzien der Mixtur zu notieren.

Der Alte sah ihm bei der Arbeit zu, und eher beiläufig meinte er: »An der Dombauhütte bist du beschäftigt, hörte ich?«

»Als Steinmetz, ja. Carvacchi war mein Lehrmeister, genaugenommen ist er es noch heute. Sein Ruf ist im ganzen Land bekannt.«

»Als Trinker, Schuldner und Weiberheld!«

Leberecht lachte: »Das auch. Aber er ist ein Genie im Umgang mit Gestein und den großen Italienern ebenbürtig. Er verkauft, wenn Ihr mich fragt, sein Können unter Wert, und ich habe mich schon oft gefragt, warum er sich hier an der Dombauhütte als Flickschuster betätigt, wo er das Zeug hat, mit eigener Hand große Bau- und Kunstwerke zu schaffen.«

Emmeram legte die Hand auf Leberechts Arm: »Mein Sohn, die gleiche Frage könnte ich *dir* stellen. In dir steckt das Zeug zu einem Gelehrten. Du hast dir aus eigenem Antrieb eine Bildung angeeignet, die ungewöhnlich ist für einen Jüngling. Und damit stellt sich auch für dich die Frage, ob du nicht Perlen vor die Säue wirfst, wenn du brüchige Sandsteine durch neue ersetzt, und ob dein Talent nicht zu Größerem berufen ist.«

Leberecht erschrak. Der Mönch sprach da einen Gedanken aus, der ihm noch nie in den Sinn gekommen war.

»Aber ich liebe die Kunst, und mein Bestreben gilt ihrer Erhaltung!«

»Dieses Anliegen will ich dir gar nicht streitig machen. Aber hast du dir schon einmal überlegt, daß wir in einer Zeit großer Veränderungen leben?« Der Frater erhob sich, ging zum Fenster und blickte nach draußen, wo sich milchigweißer Dunst über die Stadt senkte, dann fuhr er fort: »Ich weiß, alles verändert sich ständig, das wußten schon die alten Griechen, aber nun ist die Menschheit zum erstenmal an einem Endpunkt angelangt.«

»An einem Endpunkt? Ich kann Euch nicht folgen, ehrwürdiger Vater!«

»Nun, bis vor hundert Jahren hat sich die Menschheit in ihren Bauwerken mitgeteilt. Es gab keine andere Möglichkeit, sollte das menschliche Denken auf Dauer bewahrt werden. Die Pyramiden der alten Ägypter waren nicht nur Grabmäler für ihre Könige, in erster Linie wollten diese Menschen sich und ihre Kultur mitteilen, ihr Wissen um Philosophie und Religion, Geometrie und Astronomie. Das war, noch bevor sie überhaupt schreiben konnten. Nichts anderes hatten die alten Griechen mit ihren klassischen Tempeln im Sinn und unsere Vorfahren mit ihren himmelstürmenden Kathedralen.«

Leberecht staunte. »Ihr habt recht, Frater Emmeram. So habe ich die Baukunst noch gar nicht betrachtet. Ihr seid ein weiser Mann.«

Der bärtige Mönch drehte sich um und hob abwehrend beide Hände. »Was ich dir jetzt erkläre«, meinte er, »wird dir vielleicht nicht gefallen; ich sage es trotzdem, weil es gerade für dich von großer Bedeutung ist: Bis vor hundert Jahren waren Kirchen und Kathedralen, Burgen, Tempel und andere Baudenkmäler die Bibliotheken der Menschheit. Sie pflanzten in deutlichen Zeichen, bisweilen in geheimen Andeutungen, das Wissen fort; mehr noch, sie gaben den Zeitgeist und den jeweiligen Seelenzustand des Menschen wieder. Betrachte die düsteren Dome des Mittelalters! Sind sie nicht angsteinflößend, undurchschaubar, trotz ihrer einfachen Architektur! Spürt man nicht allenthalben die höhere Macht, die auf den Menschen einwirkt – ob von Seiten des Papstes oder des Kaisers? Oder unterziehe den welschen Stil einer Betrachtung: Von den Römern übernahmen wir die Rundung des Bogens, wir bauten jahrhundertelang Türen, Tore und Portale, Fenster, Nischen und Bögen zum Himmel hin mit einer Rundung wie das Firmament. Aber mit einem Mal veränderte die Alte Welt ihr Gesicht. Die Frömmigkeit wurde von oben reglementiert, wie es seit den alten Ägyptern nicht mehr geschehen war. Das Papsttum gewann einen übermächtigen Einfluß, und diese Macht manifestierte sich in den höchsten Bauwerken, die Menschenhand je geschaffen, höher als die Pyramiden. Die Kirchenschiffe wuchsen so hoch, daß man die Decke nicht mehr erkennen konnte. Der jahrhundertealte Rundbogen mußte dem Spitzbogen weichen, einer geckenhaften Erscheinung wider die Schwerkraft, welche von den Kreuzfahrern aus dem Orient eingeschleppt wurde wie eine abscheuliche Seuche.«

»Und warum glaubt Ihr, Bruder Emmeram, haben die Baudenkmäler ihre Bedeutung verloren?«

»Das fragst du noch? Ausgerechnet du?« Der alte, weißbärtige Mann drehte sich wie ein Gaukler mit erhobenen Händen um die eigene Achse. »Die Kunst des Johannes Gensfleisch, genannt Gutenberg, die Buchdruckerkunst, hat der Baukunst den Rang abgelaufen. Sieh dich um. Was sich hier auf engem Raum bis zur Decke stapelt, ist mehr Wissen, als alle Kathedralen des Landes vermitteln können, hat mehr Macht als alle Heere des Kaisers, ist beliebig oft reproduzierbar und kann an jeden gewünschten Ort transportiert werden.«

Leberecht erschrak bei dem Gedanken. Er versuchte, Emmerams Aussage weiterzudenken. Doch der Alte kam ihm zuvor, indem er sagte: »Und die Folge davon ist, daß die Menschen keine Dome mehr bauen werden, sondern Bibliotheken, und es würde mich nicht wundern, wenn die Menschen eines Tages nicht mehr in die Kirchen gehen würden, um ihre Andacht zu verrichten, sondern in große Bibliotheken, wo ihnen Gottes Wort nicht mehr von der Kanzel vorgetragen wird, sondern wo jeder selbst das liest, wonach er gerade Lust hat. Ob wir dabei glücklicher werden? Ich weiß es nicht.«

Emmerams Worte machten Leberecht nachdenklich. Schnell notierte er die restlichen Zutaten der Wunderdroge und reichte das Pergament dem Mönch. »Ihr meint, der Mensch kann zwischen Wänden aus Büchern kein Glück finden?«

Der alte Mann hielt seinen Sehstein in die Höhe und blinzelte hindurch wie durch ein Schlüsselloch, das geradewegs zum Himmel wies. »*Mir* darfst du diese Frage nicht stellen. *Du* hast die letzten Wochen hier verbracht! Warst du glücklich in dieser Zeit?« Er setzte das Okular ab und sah dem Jüngling ins Gesicht.

Leberecht wagte kaum zu antworten, weil er wußte, daß Emmeram seine Erwiderung nicht gefallen würde. »Auch wenn ich mich Euch zum Feind mache«, entgegnete er schließlich, »aber dieser Raum übt seit geraumer Zeit eine magnetische Anziehungskraft auf mich aus. Der Drang, mich hier aufzuhalten, ist größer als das Verlangen, im Dom oder einer anderen Kirche meine Andacht zu verrichten. Ja, dieser Raum strahlt mehr verborgene Heiligkeit aus als eine Kathedrale. Ich hoffe, Ihr denkt nicht schlecht über mich, weil ich das gesagt habe. Aber diese Bibliothek ist mir in den letzten Monaten zur zweiten Heimat geworden, und ich fürchte den Tag, an dem ich sie verlassen muß.«

Während Leberecht das sagte, musterte ihn der bärtige Mönch mit zusammengekniffenen Augen. Und nach einer langen Pause, während er seinen Sehstein zwischen Daumen und Zeigefinger drehte, erwiderte er mit einem listigen Lächeln: »Du sprichst von Heimat, mein Sohn, dabei kennst du sie doch gar nicht! Heimat ist das, was man besser als alles andere kennt. Aber diese Bibliothek ist niemandes Heimat – deine nicht, nicht die meine, ja nicht einmal die von Frater Andreas, der hier beinahe sein ganzes Leben zugebracht hat. Kein Mensch kann je in seinem Leben alle Bücher lesen, die hier aufgestellt sind. Dazu bräuchtest du vielleicht hundert Leben und ein hundertmal größeres Gehirn. Dann wärst du allwissend.«

»Gott bewahre! Kein Mensch kann je allwissend sein. Das sagte schon Sokrates. Aber es liegt in der Natur des Menschen, daß er sich mit gewissen Dingen mehr, mit anderen weniger beschäftigt. Und so habe ich mein Interesse in erster Linie den alten Philosophen, der Alchimie und der Sternenkunde zugewandt.«

»Lauter heidnischen Wissenschaften ...«

Leberecht hob die Schultern. »Sind sie deshalb von geringerer Bedeutung?«

»Nein, gewiß nicht. Ich bin sogar geneigt zu sagen: im Gegenteil. Die Sternenkunde ist älter als die Pyramiden, also heidnischen Ursprungs. Trotzdem kommt ihr heute allerhöchste Bedeutung zu.« Er nahm seinen Sehstein zu Hilfe und blickte nach oben, wo in luftiger Höhe und nur über Leitern erreichbar, die obersten Buchreihen gestapelt waren. »Es wird vielleicht einmal die Zeit kommen, in der die obersten Bücher zuunterst und die unteren Bücher ganz oben aufbewahrt werden ...«

Dem verständnislosen Blick des Jünglings konnte Emmeram entnehmen, daß er ihm nicht folgen konnte. »Sollte dir am Ende niemand das System erklärt haben, nach dem alle Bücher dieser Bibliothek eingeordnet sind?«

»Mit Verlaub, nach ihrem Inhalt. Ich fand alle Bücher über die Pflanzen an einem Ort und ebenso alle Bücher über die Geometrie und die Geschichte. Der Gedanke, die Schriften des Doktors Luther unter den Büchern der Alchimie zu suchen, wäre mir überhaupt nicht gekommen.«

»Du bist ein Schelm, mein Sohn. Natürlich findest du alle Bücher derselben Lehre am selben Platz. Darüber hinaus aber ist jede Bibliothek eine eigene Welt, und in jeder Welt gibt es ein eigenes System, nach dem diese Welt funktioniert.«

Emmerams Worte versetzten Leberecht in Erstaunen. Er hatte geglaubt, die Bibliothek der Schwarzen Mönche genau zu kennen, zumindest den Standort der Bücher für jedes Wissensgebiet; doch daß diese Ordnung einem bestimmten System unterlag, das war ihm bislang noch nicht aufgefallen.

»Sieh her«, begann Emmeram, »die Grundlage unseres Seins ist die Schöpfung, sie ist gleichsam das Fundament der menschlichen Existenz. Und wo ist von der Schöpfung die Rede? Im Alten Testament! Also findest du alle Ausgaben des Alten Testaments und alle Werke darüber wie das Fundament eines Bauwerks zu allerunterst. Daraufgesetzt sind das Neue Testament und die Werke der Religion und Theologie.« Emmeram drehte sich mit einer ausholenden Armbewegung um die eigene Achse: »Darüber steht die Philosophie mit allen ihren Unterabteilungen. Auf der Philosophie fußt die Geschichte. Auf der Geschichte die Geographie. Auf der Geographie breiten sich Pflanzenkunde, Alchimie und Heilkunde aus. Sie werden von Geometrie, Mathematik und Baukunst abgelöst. Und darüber, dicht unter dem Deckengewölbe, sind die Bücher der Himmelskunde angesiedelt, der Astrologie und Astronomie. Und hinter all dem verbirgt sich eine zweite, verbotene Welt. Aber das ist dir ja bekannt.«

Mit den Augen wanderte Leberecht über die Bücherwände. Er hatte sich oft gewundert, wenn in der Ordnung der Bücher ein Wissensgebiet auf einmal abbrach, um an anderer Stelle weiterzulaufen. Jetzt war ihm die Sache klar: Er dachte, die verschiedenen Zweige der Wissenschaft wären nebeneinander, also senkrecht geordnet, in Wahrheit verliefen sie in waagerechter Ordnung, in Schichten, wie die Steine eines Bauwerks. »Ich verstehe«, sagte er.

Da begann der bärtige Alte zu lachen.

»Warum lacht Ihr, Frater Emmeram?« Es ist ziemlich lange her, seit ich jemanden so lachen hörte.«

»Mag sein, mein Sohn. Aber ist es nicht komisch, daß dein Vater Adam mit demselben Problem zu kämpfen hatte. Er war schlau wie ein Schüler des Aristoteles, aber die Ordnung der Bibliothek wollte er nicht begreifen. Statt dessen begann er im Kopf die einzelnen Arcae zu numerieren, die Bücherregale links am Eingang beginnend, und kam auf die Zahl 52, so viele Wochen wie das Jahr hat.«

Leberecht hielt inne. »Wie nennt Ihr die hohen Kästen, in denen die Bücher aufbewahrt werden?«

»Arcae«, erwiderte der Frater. »*Arca* ist ein seltenes lateinisches Wort und bedeutet ›Kasten, Lade‹, aber auch ›Sarg‹ und ›Gefängnis‹. In Bibliotheken bedeutet es soviel wie ›Bücherregal‹.«

Der alte Mann verstand nicht, warum der Jüngling mit einem Mal so blaß geworden war. In Leberechts Kopf rumorte es. Er hatte noch immer nicht die Inschrift vergessen, die sein Vater unter der Holzbank im Haus am Kranen als Nachricht für ihn hinterlassen hatte: FILIO MEO L. ✳ TERTIA ARCA. Leberecht hatte sie in sein Tagebuch notiert, im Abstand von Jahren nach ihrer Bedeutung geforscht – immer vergeblich. Das größte Problem hatte ihm dabei das Wort *arca* bereitet. Zuerst hatte er es mit »Sarg« übersetzt, naheliegend bei einem Totengräber. Doch wo lag der Sinn? Dann hatte er vermutet, sein Vater Adam könnte ihm in einem Schrank oder einer Schublade Geld oder Gold hinterlassen haben, das ihm bei den Grabarbeiten auf dem Kirchhof in die Hände gefallen sei. Schließlich mußte er eingestehen, daß seine arme Familie weder drei Schränke noch eine Truhe mit drei Laden im Besitz hatte, und er hatte die Suche nach der Bedeutung der zwei Zeilen aufgegeben. Die Tatsache, daß sich sein Vater Adam mit Vorliebe an einem Ort aufhielt, an welchem dem Wort *arca* eine ganz besondere Bedeutung zukam, stellte die rätselhafte Inschrift in ein neues Licht.

Er wußte nicht, was er tun sollte. Sollte er Frater Emmeram einweihen, ihn fragen, was sich hinter der Inschrift verbergen könnte, welche Bücher gerade dieses Regal aufnahm oder ob es in dieser Abtei noch andere Arcae gebe, welche diese Bezeichnung tragen?

Während er noch mit diesem Problem kämpfte, nahm Leberecht aus der Ferne Glockengeläut wahr, nicht jenes jämmerliche, dünne Läuten der Totenglocken, das nach Ausbruch der Seuche von morgens bis abends zu hören gewesen und seit geraumer Zeit ganz eingeschlafen war, sondern das große Geläute des Domes und der umliegenden Kirchen. Es schallte verheißungsvoll und wie ein vielstimmiger Choral von der Stadt herauf. Aber erst, als die Glocken der Abtei in den Choral einstimmten, als lautes Geschrei durch die Gänge des Klosters hallte und Frater Emmeram trotz seinen hohen Alters und der Gicht in allen Knochen auf die Knie fiel und sich bekreuzigte, da begriff auch Leberecht, was geschehen war: Die Pest hatte sich zurückgezogen.

Leberecht half dem alten Mann auf die Beine, und sie umarmten sich übermütig wie Kinder. Frater Emmeram standen Tränen in den Augen, er brachte kein Wort hervor. Auch Leberecht fand keine Worte, die der Situation angemessen gewesen wären. Schließlich drückte er dem Mönch die Hand, drehte sich um und suchte den Weg über die steinerne Treppe nach unten, wo er den Hof durchquerte, an den sich die Abteikirche lehnte, und in das Innere des Wohntraktes stürmte, wo er auf eine Gruppe von Schwarzen Mönchen stieß. Die Fratres machten einen verwahrlosten Eindruck, und sie verbreiteten einen Gestank wie in einem Ziegenstall, und obwohl sie ihn mit freundlichen Rufen willkommen hießen, suchte Leberecht das Weite.

Sein Ziel war der gegenüber der Kirche gelegene Eingang der Abtei; doch der war noch immer mit Querbalken verschlossen. Leberecht wollte nach draußen. Deshalb machte er kehrt und rannte zurück zu der kleinen Pforte, von der ein Weg in den Garten führte. Herr Jesus, sie stand angelweit offen, um der reinen Luft, die den Seuchendunst verloren hatte, Einlaß zu gewähren. Nachdem er den Garten durchquert hatte, stieg er die schmalen steinernen Stufen hinab, die von der großen Terrasse der Abtei in die Stadt führten. Das eiserne Tor war verschlossen, und Leberecht schwang sich auf die Mauer und sprang von dort auf die Straße. Er war frei.

Frei fühlte er sich nach monatelangem Gefangensein innerhalb der Klostermauern, und er begann zu laufen. Marthas Bild vor seinen Augen beschleunigte seine Schritte. Seit Monaten hatte er keine Frau mehr gesehen. Aber wenn er ehrlich war, so hatte er sich zuletzt sogar daran gewöhnt. Die Angst vor der Pest und der Eifer des Studiums hatten alle anderen Gefühle verdrängt.

Ob Martha die Seuche überlebt hatte? Leberecht fühlte, wie das Blut in seinen Schläfen pulsierte. Er spürte die Nähe ihres Körpers. Martha war der einzige Mensch, den er hatte, und er liebte sie, mit aller Zärtlichkeit und Leidenschaft. Martha!

Auf den Straßen bot sich ein erschreckendes Bild. Überall türmte sich Unrat, den die Menschen in ihrer Hilflosigkeit aus den Fenstern geworfen hatten. Fäkalienhaufen unter den Fenstern stanken zum Himmel. Hier und da loderten Feuer, um Kleidung und Gegenstände, mit denen die Opfer der Pest in Berührung gekommen waren, zu verbrennen. Ein Mann mit einem hohen zweirädrigen Wagen sammelte tote Haustiere ein, die zuhauf herumlagen. Vermummte Frauen hasteten mit Eimern und Krügen zu den Wasserstellen oder schrubbten, die langen Röcke in der Taille hochgebunden, den Seuchengestank aus den Häusern.

Es gab kaum ein Gebäude, an dem nicht ein oder zwei Kreuze vom Schwarzen Tod kündeten. Menschen, die sich begegneten, fanden kaum ein Wort füreinander. Zu tief saßen Angst und Mißtrauen in den Seelen der Überlebenden. Vom Domplatz hallte laute Musik. Ein Tamburin schlug den Rhythmus. Buntgekleidete Tänzer in engen roten Hosen und mit gezipfelten schwarz-gelben Kappen auf dem Kopf vollführten zur Musik dummdreiste Sprünge, ungeschickt wie kleine Kinder, um die Leute aus den Häusern zu locken und zum Lachen zu bringen. Doch das Interesse blieb gering. Die Holzgerüste am Dom waren eingestürzt, Stützbalken und Trittbretter entwendet, als Brennmaterial für die Totenfeuer. Wo die Gassen so eng waren, daß sich die Bewohner der oberen Stockwerke beinahe die Hände reichen konnten, wurde Wäsche wie früher über die Straße gespannt.

Obwohl der Himmel schon das milde Licht des Frühlings zeigte, herrschte in den Herzen der Menschen frostig kalter Winter, eine Ansammlung abscheulicher Gefühle, vermengt aus Trauer, Ekel, Mißtrauen und Angst. Ja, die Angst ging um in dieser Stadt wie nie zuvor: Angst, die Seuche könnte wieder auferstehen aus einem versteckten Winkel; Angst, von Ratzen gefressen zu werden, die in Scharen durch die Gassen preschten wie wildernde Hunde; Angst vor der dunklen Zukunft.

Die Gesichter, denen Leberecht auf dem Weg zum Sand begegnete, waren, soweit er sie erkennen konnte, feindselig und fremd. Jeder Gruß blieb unbeantwortet, bis auf die Worte eines Krüppels ohne Beine, der, auf hölzerne Handgriffe gestützt, seine in Stoffetzen gehüllten Oberschenkelstümpfe über das Pflaster schleifte und dem Jüngling zurief: »Der Teufel hat sie geschickt, der Teufel hat sie geholt, zum Teufel mit der Pestilenz!« Dabei lachte er mit einer tiefen gurgelnden Stimme, ohne auf seinem Weg innezuhalten, und sein Gelächter hallte schauerlich durch die Gassen.

Je näher Leberecht seinem Ziel kam, desto verlassener erschienen die Häuser, desto einsamer die Straßen. Hier brannten keine Feuer. Türen standen offen, die Häuser schienen geplündert. Ein herrenloser Ziegenbock irrte laut schreiend durch die Straße – das einzige Lebenszeichen in dieser sonst so lebhaften Gegend.

Jetzt, im Angesicht der verlassenen Häuser, wurde Leberecht erst richtig klar, daß er mit seinem Exil im Kloster der Benediktiner das große Los gezogen hatte. Leid und Not, welche die Pest in diese Stadt getragen hatte, waren ihm weitgehend verborgen geblieben.

»Jesus Christus«, sagte er halblaut, als er vor dem Wirtshaus im Sand angekommen war, ein schlichtes Gebet um Marthas Leben, an das er kaum noch zu glauben wagte.

»Jesus Christus«, wiederholte Leberecht, als er die schwarze eiserne Klinke der Eingangstür herunterdrückte. Das Haus war verschlossen.

Was sollte er davon halten? Er wußte es nicht. Er schlug mit der flachen Hand gegen den Türflügel und rief: »Aufmachen! Kann mich jemand hören? So öffnet mir!«

Tränen nahmen ihm die Sicht. Er hielt den Unterarm seiner Rechten vor die Augen und lehnte sich gegen die Tür, unfähig einen klaren Gedanken zu fassen. Er zuckte zusammen: Im ersten Stockwerk wurde ein Fenster geöffnet. Leberecht trat zwei Schritte zurück und blickte nach oben. Im Fenster stand der alte Schlüssel.

Schlüssel war genauso überrascht wie Leberecht und rief, als er ihn erkannte: »Heilige Jungfrau! Der Leberecht!« Er schlug das Fenster zu und kam, so schnell es seine Gicht erlaubte, die Treppe herab, um die Tür zu öffnen.

»Leberecht!« wiederholte er schweratmend und zog ihn – der Jüngling wußte nicht, wie ihm geschah – in seine Arme. »Ich dachte, du bist ...«

»Tot?« Leberecht feixte: »Unkraut verdirbt nicht. Mich hat die Pestilenz bei den Benediktinern auf dem Michelsberg überrascht. Ich konnte nicht mehr zurück; aber es war keine schlechte Zeit für mich.«

Schlüssel betrachtete seinen Ziehsohn vom Scheitel bis zur Sohle, ob er's denn auch wirklich sei, und dabei schüttelte er den Kopf und lächelte. Es schien wirklich, als freute ihn seine unerwartete Rückkehr. Schließlich meinte er: »Christoph, der dein Ziehbruder ist, ist ...«

»Das tut mir leid«, erwiderte Leberecht knapp und vorlaut und obwohl es gewiß nicht der Wahrheit entsprach.

Aber Schlüssel unterbrach ihn und rief mit seiner lauten mißtönenden Stimme: »Nein, nicht was du denkst! Christoph ist zwei Tage vor Ausbruch der Pestilenz mit zwei Jesuiten nach Rom aufgebrochen.«

»Nach Rom? Was in aller Welt will Euer Sohn in Rom?«

Schlüssel hob die Schultern: »Er ließ mir ausrichten, er wolle studieren. Theologie oder Zahlenlehre oder beides – ich weiß es nicht.«

»Theologie oder Zahlenlehre«, wiederholte Leberecht nachdenklich.

»Ja. Er ist ein schlauer Kopf. Sagen die Jesuiten.«

Leberecht schwieg. Viel mehr als das Schicksal dieses widerwärtigen Kerls interessierte ihn, wie es Martha ergangen war. Warum verlor er kein Wort über seine Frau? War Martha ihm so gleichgültig?

Obwohl es die selbstverständlichste Sache gewesen wäre, wagte Leberecht nicht, sich nach ihrem Schicksal zu erkundigen. Unruhig trat er von einem Fuß auf den anderen. Was Schlüssel sonst noch über seinen Sohn zu berichten wußte, nahm er nur aus der Entfernung wahr. Fast schien es, als quäle ihn der alte Schlüssel absichtlich, indem er sich über Martha ausschwieg.

Leberecht hätte dem Ziehvater an die Gurgel fahren können, weil er zeigte, wie wenig ihm seine Ehefrau bedeutete. Wußte er etwa von ihrem Verhältnis? Wußte er, daß Martha sein Liebstes, sein ein und alles war? Daß er sein linkes Auge für sie gegeben hätte? Daß er ihr unersättlicher Geliebter war?

Während Leberecht versuchte, Aufschluß aus der Mimik des Alten zu gewinnen, drang vom Treppenaufgang ein Geräusch an sein Ohr, ein knarrendes Bodenbrett, das wie eine Peitsche in die ungewohnte Stille des Hauses schlug.

Leberecht war es, als legte sich eine eiserne Klammer um seine Brust. Er blickte nach oben und erkannte auf dem obersten Treppenabsatz Martha.

Wie gerne wäre er ihr entgegengelaufen, hätte sie in seine Arme gerissen, sie geherzt und geküßt; aber Leberecht mußte ein unwürdiges Schauspiel abgeben, einen Fuß zurückgestellt eine tiefe Verbeugung machen, ihr entgegengehen und sagen: »Ich bin erfreut, Euch gesund wiederzusehen!«

Martha spielte ihre Rolle mit derselben Gelassenheit. Sie hatte, soweit er das in dem düsteren Treppenhaus erkennen konnte, nichts von ihrer Schönheit verloren. Und selbst wenn sie sich auf irgendeine Weise verändert hätte, Leberecht hätte es nicht bemerkt. Ihr rotes Haar war länger geworden, und sie trug es offen wie die Madonna am Altar des Veit Stoß. Obwohl sie sich nur einen einfachen derben Kittel übergezogen hatte, der vom Hals bis zu den Zehen geknöpft war wie der Talar eines Prälaten, sah sie verführerisch aus wie die Statue der »Zukunft«, liebens- und begehrenswert.

Was Leberecht auffiel und ihm ein Rätsel aufgab: Martha blickte ernst, und das Lächeln, das er in ihren Augen gewöhnt war, hatte einer unerklärlichen Leere Platz gemacht. Dieser Umstand änderte sich auch nicht, als die Geliebte ihm entgegentrat und ihre Hand ausstreckte.

Die kurze Berührung der beiden unter den Augen des alten Schlüssel verlief gehemmt. Aber als Leberecht Marthas Hand spürte, da riß ihn jener Rausch mit sich fort, den er von ihren heimlichen Zusammenkünften gewohnt war. Er drückte ihre schmale Hand mit aller Kraft, als wollte er, daß sie, unbemerkt von ihrem Mann, einen leisen Schrei ausstieß. Aber Martha blieb besonnen, zog beherrscht ihre Hand zurück und fragte ebenso gelassen: »Wo hast du all die Monate gesteckt? Ich habe mir große Sorgen gemacht.«

Da erzählte Leberecht die merkwürdige Geschichte seines Überlebens, und er erfuhr, daß Martha die ganze Zeit allein in dem großen Haus im Sand zugebracht hatte, weil der alte Schlüssel, nach eigenem Bekunden, auf einer Reise zu den sächsischen Silberminen von der Nachricht überrascht worden und bei einem Schiffseigner in Dresden untergekommen sei. Martha, die, bei Licht besehen, unnatürlich bleich war, daß man die feinen Äderchen unter ihrer weißen Haut pulsieren sah – obwohl das in Leberechts Augen überhaupt kein Makel war –, erzählte, daß sie in der Angst gelebt habe, den Verstand zu verlieren. Aber nicht aus Furcht vor der Pest, sondern aus Grauen vor der Einsamkeit. Die einzigen Gesprächspartner seien über Wochen ihre Katzen gewesen, und als beide im Abstand von vier Tagen nicht mehr wiederkamen, habe sie mit den Ratzen geredet, welche nachts Löcher in Boden und Decke ihrer Kammer nagten. Das Zucken um ihre Mundwinkel verriet, daß Martha noch immer nicht darüber hinweg war.

Wenn es nach Leberecht gegangen wäre, dann hätte er seine Ziehmutter in die Arme genommen und getröstet, aber das durfte er nicht. Die Situation erforderte vielmehr eine gewisse Gleichgültigkeit, wie Schlüssel sie an den Tag legte. Ihn berührte in der Hauptsache der Verlust der Hälfte seines Personals, und er kündigte an, sich gleich morgen um neue Arbeitskräfte zu bemühen.

Not hatte Martha nicht gelitten. Die Vorräte von Küche und Keller hätten auch für die doppelte Zeit gereicht. Es gab noch reichlich Mehl, Hirse, Getreide, Schmalz und gepökeltes Fleisch, ebenso Honig, Öl und Bier; einzig das Brennholz war knapp geworden, aber dieses zu beschaffen, meinte Schlüssel, würde die geringsten Schwierigkeiten bereiten.

Es fiel auf, daß Schlüssel seiner Frau mit ausgesuchter Höflichkeit entgegentrat. Leberecht schien es daher ratsam, sich nach kurzer Zeit auf seine Kammer zurückzuziehen. Er ließ jedoch die Tür einen Spalt offen, damit ihm nichts entging, was unten vor sich ging.

Kurz nach dem Angelus, der zum erstenmal seit vielen Monaten wieder von den Kirchenglocken verkündet wurde und das rechte Zeitgefühl vermittelte, hörte er, wie Martha in ihre Kammer ging und ihre Tür verschloß. Im Halbschlaf dämmerte Leberecht vor sich hin, in der Hoffnung, die Geliebte würde ihm ein geheimes Zeichen geben. Doch es geschah nichts.

Gegen Mitternacht erhob er sich und schlich hinab zu Marthas Kammer. In ihrem Zimmer brannte ein Licht, doch das Fenster zum Treppenhaus, das ihm einst die größten Seligkeiten bereitet hatte, gewährte dieses Mal keinen Einblick.

Zaghaft, beinahe ängstlich, aber doch angetrieben von unbezähmbarer Lust, pochte Leberecht leise an die Tür.

»Martha!« rief er halblaut gegen die Tür. »Ich bin es, Leberecht!«

Die Zeit dehnte sich endlos. Endlich näherten sich leise Schritte. Die Tür wurde geöffnet. Aber nur einen Spalt, und in diesem Spalt erschien Marthas Silhouette.

»Gehe hinauf in deine Kammer«, flüsterte Martha, und sie fügte hinzu: »mein Junge.« Und nach einer weiteren Pause: »Morgen will ich dir alles erklären.«

Martha schickte sich an, die Tür zu schließen. Aber Leberecht verwehrte ihr Ansinnen und stemmte sich gegen die Tür. Da gab Martha nach und ließ ihn ein.

Jetzt erkannte er, daß sie weinte. Marthas Augen waren rot gerändert. Tränen hatten auf ihren Wangen deutliche Spuren hinterlassen.

»Mein Herz, was ist mit dir?« fragte Leberecht leise und trat auf sie zu, um sie in seine Arme zu nehmen.

Martha wich zurück. Sie kreuzte die Arme über ihrem Gewand, als wollte sie ihm den Anblick ihres Körpers verweigern; denn ihre Brüste hoben und senkten sich in höchster Erregung. »Mir ist«, zischte sie, den Blick zu Boden gerichtet, »als hätte ich dem Teufel meine Seele verkauft, als hätte ich mit meinem eigenen Blut den Vertrag unterschrieben. Heilige Mutter Maria, bitte für mich.«

Leberecht sah seine Ziehmutter und Geliebte mit verständnislosen Augen an. Ihm schien es, als fiele er in einen bösen Traum; als stürme ein unbekannter Dämon mit tausend Qualen auf ihn ein; als stürze die Welt, die ihm trotz aller Wirrungen so lebenswert erschien, in sich zusammen wie ein morsches Gebäude. Vergeblich versuchte Leberecht, einen Blick zu erhaschen, ihr in die Augen zu sehen; aber Martha hielt den Kopf zur Seite und errichtete so eine unsichtbare Barriere, eisig und unüberwindlich.

Als Leberecht endlich, nach langem Schweigen auf beiden Seiten, seine Sprache wiedergefunden hatte, stammelte er hilflos: »Es ist, weil du zu lange allein warst. Einsamkeit macht krank. Du wirst wieder zu dir finden. Sei unbesorgt. Dann wird alles wieder sein wie vor der Pest.«

»Schweig!« rief Martha mit zorniger Miene. »Unser Herr Jesus wird es nicht zulassen, daß wir noch einmal gegen sein heiliges Gebot verstoßen und uns dem Laster des Ehebruchs hingeben. Nie mehr!«

»Aber wir lieben uns! Und was mich betrifft, so würde ich mein Leben geben für deine Liebe!« Leberecht machte einen Schritt auf Martha zu.

Die aber hielt ihm abwehrend eine Hand entgegen. »Bleib mir vom Leib! Was du Liebe nennst, ist das abscheulichste und sträflichste Laster vor Gott und der Welt, die Triebhaftigkeit. Sie wird vom Teufel in die Herzen der Menschen gesät und macht vor nichts halt, nicht vor dem Töten und nicht vor dem Ehebruch.«

»Ehebruch!« Leberecht lachte verbittert. »Dein Mann hat lange vorher die Ehe gebrochen und dich wie eine Hausmagd behandelt. Statt dich zu lieben und zu achten, wie es das Sakrament vorschreibt, hat er die Bischofshure mit kostbaren Gewändern behängt. Hast du das vergessen? Nach dem Gesetz müßte Schlüssel zur Strafe und als abschreckendes Beispiel an drei Sonntagen nacheinander vor der Domtür stehen, mit brennender Kerze, entblößten Armen und in Eisen geschlagen. Außerdem sollten ihm alle Ämter und Ehrenkleider auf Lebenszeit versagt bleiben. Und da hast du Gewissensbisse!«

Martha schüttelte wild den Kopf und zeigte mit dem Finger auf Leberecht. »Wir haben gesündigt vor Gott und den Menschen, und du mußt ebenso Buße tun, wie ich zu büßen bereit bin!«

»Ich?« rief Leberecht. »Ich soll Buße tun, weil ich dich liebe? Das kann nicht der Wille des Allerhöchsten sein!«

»So steht es in der Bibel!«

»In der Bibel steht auch, daß die Liebe die größte Gabe des Menschen ist.«

Ohne auf Leberecht zu hören, kniete sich Martha auf den kantigen Bettschemel neben ihrem Bett, in dem sie so viele Nächte leidenschaftlicher Liebe verbracht hatten, und begann ein Gebet zu murmeln. Leberecht faltete die Hände. Er erkannte seine Ohnmacht, spürte, wie sich ein unüberbrückbarer Abgrund zwischen ihnen auftat. Und obwohl er sich noch immer zu ihr hingezogen fühlte, wagte er nicht, sich ihr zu nähern. Ihr unverständliches Gebet klang gleichförmig und inbrünstig, beinahe drohend, und endete laut mit der Floskel »... von dem Übel des Fleisches erlöse uns, o Herr!« Danach vergrub Martha ihr Gesicht in den Händen.

Was, um Himmels willen, war nur geschehen? Hatten Angst und Einsamkeit Marthas Sinne verwirrt? War sie erneut einem Bußprediger begegnet? In der Totenstille, die mit einem Mal in Marthas Kammer herrschte, machte sich peinigende Trauer breit. Leberecht fühlte ein schartiges Messer in seinem Leib. Kaum wagte er zu atmen. Bitten und Tadel schienen in dieser Situation sinnlos. Martha hatte, aus welchen Gründen auch immer, eine Entscheidung getroffen, und ihm blieb nichts anderes, als sich diesem Entschluß zu fügen.

Ihm war, als hätte die Zukunft vor ihm einen dunklen Vorhang heruntergelassen. Er wollte gehen. Als wäre es ein Abschied für immer, sah Leberecht Martha von der Seite an. Ein fremder, harter Schatten lag über ihrem blassen Gesicht. Ihre Augen waren zu Boden gerichtet, der Mund zusammengepreßt und nur noch zum Schweigen gewillt.

Leberecht wandte sich um und schlich davon wie ein reuiger Sünder. Er wagte nicht, irgend etwas zu sagen. In seinem Kopf tönte noch immer der Satz: »... von dem Übel des Fleisches erlöse uns, o Herr! Von dem Übel erlöse uns, o Herr!«

Da weinte er bittere Tränen.

KAPITEL IV

Freunde und Feinde

Binnen der folgenden Tage und Wochen durchlebte Leberecht eine Höllenfahrt der Selbsterkenntnis. Er begriff, daß er dem Leben, aufgrund bequemer Umstände und weil es sich einfach so ergeben hatte, mehr abverlangen wollte, als ihm zukam. Martha war nun einmal eine verheiratete Frau, von reichem Stand und obendrein seine Ziehmutter, und er, Sohn des Totengräbers Hamann mit dem Makel des Hexers behaftet, ein Steinmetzgeselle, gerade halb so alt wie die Angebetete, ein rücksichtsloser Verführer und Einbrecher in eine fremde Ehe, der durch sein ungewöhnliches Betragen den Namen einer ehrbaren frommen Frau geschändet hatte.

Oder war es umgekehrt? Hatte Martha, ein zwischen Lüsten und Begierden, Frömmelei und Selbstkasteiung schwankendes Weib, ihn, den unschuldigen Jüngling, dem in Liebesdingen jede Erfahrung fehlte, verführt und mißbraucht?

Die Antwort auf diese Fragen wechselten beinahe jeden Tag und schwankten zwischen reuiger Bußfertigkeit und der Überzeugung, daß ihn, Leberecht, keine Schuld traf. Es gab Tage, da glaubte er den Irrgang seiner Gefühle überwunden zu haben; doch dann, am folgenden, wenn er – was sich nicht vermeiden ließ – Martha begegnete, fühlte er sich als der liederlichste Mensch römischen Glaubens nördlich der Alpen.

Leberecht war nun volljährig und Sprecher der Gesellenbewegung der Steinmetze, und niemandem, auch nicht seinem Vormund Schlüssel, Rechenschaft schuldig, was sein künftiges Leben betraf. Damit er Martha aus dem Wege ging und um Groll und Bitterkeit aus seiner Seele zu verdrängen, entschloß er sich, das Wirtshaus im Sand zu verlassen und sich um eine eigene Behausung zu kümmern.

Drei Straßen weiter, in der Färbergasse, vermietete die Witwe Auerswald, eine gütige alte Frau, deren Mann, wie es hieß, sich totgesoffen hatte, nachdem alle sieben Töchter, die sie zur Welt gebracht hatte, im Kindbett gestorben waren, ihm ein Zimmer. Für zwei Gulden übernahm die Witwe, der außer dem Haus nichts von ihrem früheren Wohlstand geblieben war, auch die Wäsche und Verköstigung ihres Mieters.

Die Gesellenbewegung der Steinmetze, welche Leberecht zum Vorsteher gewählt hatte, weil er des Lesens und Schreibens kundig und von größerer Bildung war als die meisten Ratsherren der Stadt, genoß höchstes Ansehen, und ihr Einfluß war größer als der aller anderen Zünfte. Der Grund dafür lag in den einheitlichen Interessen ihrer Mitglieder. Anders als die Lederhandwerker, die sich in Loh- und Weißgerber, Schuhmacher, Sattler und Riemenschneider, Beutler, Nestler und Taschenmacher aufteilten, oder gar die Schmiede, bei denen sich Grob-, Klein-, Huf-, Messer- und Nagelschmiede, Schwertfeger, Harnischmacher und Haubenschmiede, Spengler, Keßler, Nadler, Gürtler, Kannen-, Pfannen-, Kupfer-, Silber- und Goldschmiede unterschieden, vertraten die Steinmetze nur eine einzige Handwerkergruppe. Vor allem aber galten Steinmetze überall, Gott weiß warum, als klug und beredt, und ihre Laufbriefe, Schelt- und Brandschreiben, in denen geizige oder ausbeuterische Bauherren angeschwärzt wurden, waren gefürchtet. Wandernde Gesellen trugen diese Briefe von Ort zu Ort, so daß es sich schnell herumsprach, wo es im Lande die schlechtesten, aber auch die besten Arbeitsplätze gab. Es hieß, Steinmetze seien unversöhnliche, harte Köpfe, aber auch Verfechter der Gerechtigkeit, sowohl was ihre eigenen Rechte betraf als auch bei der Durchsetzung der Anliegen kleiner Leute.

Weil der Fürstbischof sich nach seiner Rückkehr aus dem Seuchenexil weigerte, der Dombauhütte neue Gerüste zur Verfügung zu stellen, und weil er forderte, die alten, soweit überhaupt noch vorhanden, zu reparieren, kam es zum Streit unter den Steinmetzgesellen. Zum sichtbaren Ausdruck ihres Protestes weigerten sich die Steinmetze, an der Fronleichnamsprozession, wo sie nach alter Tradition die Reihen der Handwerker anführten, teilzunehmen – eine Provokation von protestantischem Ausmaß!

Am folgenden Tag, einem Montag, wurde Leberecht vom Fürstbischof in die Residenz der Alten Hofhaltung bestellt. Die Witwe Auerswald hatte sein bestes Wams gereinigt und ihn ermahnt, bei der Begrüßung Seiner Eminenz Kniefall und Ringkuß nicht zu vergessen.

Leberecht betrat die Hofhaltung durch einen dem Dom zugewandten Seiteneingang, wo er von einer jungen Nonne in Empfang genommen wurde, deren gefälteltes schwarzes Gewand, vor allem aber das dreispitzige weiße Häubchen, eher der neuesten Mode gleichsah als einer Nonnentracht. Dieses reizende Frauenzimmer blieb indes stumm wie ein Fisch, verhielt sich auch ebenso kalt und geleitete den Besucher mit Gesten über eine steinerne Treppe in das erste Stockwerk. Durch einen langen Korridor mit vielen schmalen Fenstern zur Rechten und einem halben Dutzend Türen zur linken Seite gelangte Leberecht in einen langgestreckten Vorraum mit hochformatigen Darstellungen ehemaliger Fürstbischöfe und einer endlosen Reihe rotbezogener Stühle darunter.

Wie auf geheimen Befehl wurde die zweiflügelige Tür am Ende des Raumes geöffnet, und der Domprediger Athanasius Semler trat ihm entgegen. In dem großen Portal erschien er noch kleiner, als er ohnehin war. Sein Versuch eines Lächelns mißlang, und er hielt Leberecht die Rechte zum Kuß entgegen.

Leberecht ergriff widerwillig die dargereichte Hand und rang sich die Andeutung eines Kusses ab. Wie die Nonne, so verlor auch Semler kein Wort, sondern er komplimentierte den Besucher in den Audienzraum, der, kaum möbliert, allein durch seine Größe geeignet war, einem Fremden Angst einzuflößen. Das aufwendigste Möbelstück war ein acht Ellen breiter Schreibtisch, ähnlich den Refektoriumstischen der Benediktiner. Dahinter thronte auf einem hohen Stuhl mit senkrechter Lehne, die von zwei Löwenköpfen geziert wurde, der Fürstbischof. Er trug eine rote Samtkappe auf dem Kopf und einen Umhang aus demselben Material. Seine Hände steckten in langen purpurfarbenen Handschuhen mit einem goldenen Kreuz auf dem Handrücken.

»*Laudetur Jesus Christus*«, sagte Leberecht verlegen.

»In Ewigkeit, in Ewigkeit«, antwortete der Bischof, während Semler seinen schwarzen Talar lüpfte und abseits auf einem der an der Wand aufgereihen Stühle Platz nahm.

»Du wirst dich vielleicht wundern, warum wir dich kommen ließen«, begann der Bischof bedächtig und gab ihm ein Zeichen, Platz zu nehmen.

Leberecht schüttelte den Kopf: »Eminenz! Die Steinmetze an der Dombauhütte sind aufgebracht und durch nichts zu beschwichtigen. Ihr könnt nicht verlangen, daß sie ihre anstrengende Arbeit unter Lebensgefahr verrichten. Die Gerüste sind alt, morsch und baufällig oder zum großen Teil gestohlen. Sie mußten während der Pest als Brennmaterial für die Totenfeuer herhalten. Wie können wir unser Werk verrichten, wenn wir mehr um unsere Sicherheit besorgt sind als um unsere Arbeit!«

An den Domprediger gewandt, fragte der Bischof: »Stimmt das, Semler? Warum wird den Steinmetzen kein Bauholz für ihre Gerüste zur Verfügung gestellt?«

Semler erhob sich und kam dienernd auf den Bischof zu: »Holz ist teuer wie nie zuvor, Eminenz. Die Pestilenz hat die Holzpreise verdreifacht, und die Steinmetze fordern soviel Holz für ihre Gerüste, daß es genügte, eine neue Kirche zu errichten ...«

»Mit Verlaub, Herr Domprediger«, unterbrach Leberecht den kleinwüchsigen Pfaffen, »das von uns angeforderte Gerüstholz ist nicht mehr, als uns früher zur Verfügung stand!«

»Bewilligt!« rief der Fürstbischof und trat hinter seinem Schreibtisch hervor. »Ich möchte, daß die Steinmetze zufrieden sind.«

Leberecht nickte freundlich und schickte sich an zu gehen, da begann der Fürstbischof von neuem: »Wir wollten uns aber mit dir nicht über Baugerüste unterhalten ...«

Leberecht sah den Bischof verwundert an.

»Nun, dein Vater Adam wurde nach einem ordentlichen Prozeß der heiligen Inquisition auf dem Scheiterhaufen verbrannt ...«

»Vier Monate nach seinem Tod«, rief Leberecht aufgeregt, »weil ein paar alte Weiber und ein Fuhrknecht, die nicht richtig im Kopf sind, Gespenster gesehen haben! Gott sei seiner armen Seele gnädig!«

Der Domprediger, der bereits wieder auf seinem Stuhl Platz genommen hatte, sprang auf und machte ein paar Schritte auf Leberecht zu; aber der Fürstbischof gab ihm ein Zeichen, sich zu entfernen.

»Ich verstehe deine Erregung sehr wohl«, fuhr der Bischof fort, »und es liegt mir fern, deine ketzerischen Worte auf die

Waagschale zu legen, doch sollst du wissen, daß die heilige Mutter Kirche jedes ihrer Schäflein mit Argwohn verfolgt.«

Mit Argwohn? Leberecht stutzte. Hatte unser Herr Jesus, als er auf Erden wandelte und die Kirche gründete, nicht die Liebe gepredigt?

»Ich verstehe Euch nicht«, erwiderte Leberecht, nun eher schüchtern. »Was wollt Ihr damit sagen, Eminenz?«

Die freundliche Miene des Bischofs verwandelte sich mit einem Mal zu einem hämischen Grinsen. »Wie ich schon sagte, verfolgen wir alle Schäflein mit Argwohn, vor allem wenn sie sich mit Ketzern, Umstürzlern und Propheten abgeben.«

»Mein Vater Adam war ein gottesfürchtiger Mann, der die Gesetze Gottes und der Menschen achtete!«

»Aber seine Seele!« rief der Fürstbischof mit einem dämonischen Lächeln im Gesicht. »Aber seine Seele fand keine Ruhe, seine arme Seele!«

Leberecht wollte toben, er wollte schreien, seinen Vater verteidigen, wollte fragen: Wer sagt das? Welchen Beweis könnt Ihr dafür anführen? Aber er behielt sich in der Gewalt, und scheinbar ruhig stellte er die Frage: »Und warum erklärt Ihr *mir* das, Eminenz?«

Der Fürstbischof nahm wieder an seinem Schreibtisch Platz und legte die gefalteten Hände vor sich auf den Tisch. »Wir wollen nicht«, antwortete er, und dabei schlug er einen leiseren Ton an, »daß du denselben Weg gehst wie dein Vater.«

Worauf, in aller Welt, wollte der Fürstbischof hinaus? Einen Augenblick lang argwöhnte Leberecht, man habe ihn in eine Falle gelockt und er werde dieses düstere Gebäude nicht mehr lebend verlassen. Angst überkam ihn. Aber dann sagte er sich, daß der Fürstbischof seine Zeit vergeudete, wenn er einen Todgeweihten in derartige Diskussionen verwickelte. Nein, zwar fiel es schwer, im Umgang mit der heiligen Mutter Kirche die Gesetze der Logik zu beachten, aber wenn er logisch dachte, dann wollte der Fürstbischof etwas von *ihm* ...

Leberecht mußte gar nicht lange warten, und der fromme Mann rückte mit der Sprache heraus: »Dein Vater Adam hat viel Zeit bei den Benediktinern auf dem Michelsberg verbracht und einen Bildungsstand erworben, der, was die modernen Wissenschaften betrifft, seinesgleichen suchte.«

»Das ist wohl wahr. Und er hat mir viel von seinem Wissen vererbt. Ich lernte lesen und schreiben und war schon in einem Alter des Lateinischen mächtig, in welchem andere noch zu jung waren für die Lateinschule der Jesuiten.«

»Und nun tust du es deinem Vater gleich und widmest dich bei den Mönchen den geheimen Wissenschaften?«

»Geheime Wissenschaften? Verzeiht, Eminenz, aber die Wissenschaften, die von den Benediktinern auf dem Michelsberg gepflegt werden, sind nicht geheimer als Caesars ›Gallischer Krieg‹ oder die ›Metamorphosen‹ des Ovid oder die Rechenkünste des Adam Riese aus Staffelstein. Gewiß, es sind keine frommen Schriften, aber welche Wissenschaft ist schon fromm?«

»Eben!« fiel der Bischof dem Jüngling ins Wort. »Welche Wissenschaft ist schon fromm? Alles Wissen kommt vom Teufel, daher wird es von der Kirche verachtet. Die Kirche ist eineinhalb Jahrtausende ohne Wissenschaft ausgekommen, sie ist aus sich heraus gewachsen und hat Märtyrer und Heilige hervorgebracht – ohne Sternenkunde und Geometrie oder die Lehren der griechischen Philosophen.«

Leberecht wollte antworten, daß jede Kirche, deren Chor nach Osten gerichtet ist, der Sternenkunde bedurfte, daß jeder Turm einer Kathedrale ohne die Geometrie längst eingestürzt wäre, ganz zu schweigen von den Lehren der großen Philosophen, deren Weisheit sich sogar der Herr Jesus bediente, als er auf Erden wandelte. Aber Leberecht schwieg.

Der Fürstbischof lehnte sich über den Tisch und kam dabei ganz nahe an Leberecht heran. »Uns ist zu Ohren gekommen, daß du die Zeit der Pestilenz bei den Benediktinern verbracht und diese zum Studium in ihrer Bibliothek genutzt hast.«

»Nicht freiwillig«, lachte Leberecht, »jedenfalls zunächst nicht. Ich wurde von der Seuche überrascht, als ich mich zufällig in der Abtei aufhielt, um Kräuter und Pflanzen zu studieren, die im Garten des Klosters gedeihen.«

»Teufelskraut«, wetterte der Fürstbischof, »alles Hexenkräuter und Teufelskraut. Vielleicht haben sie dich verhext!«

»Bei den Gebeinen des heiligen Benedictus, nein, es sind fromme Mönche, die Gott dem Herrn dienen in Arbeit und Gebet.«

»Ha«, entrüstete sich der Fürstbischof, »Männer, die sich fünfmal am Tag zum gemeinsamen Gebet treffen, sind keine Heiligen. Im Gegenteil, sie reden nur lateinisch, damit kein Außenstehender ihre geheimen Flüche versteht, und lästern Gott. Glaube mir, in den Klöstern hausen Sünde und Verderben.«

Der Domprediger, der die Anklage des Bischofs mit atemloser Spannung verfolgte, nickte stumm und verdrehte die Augen gen Himmel. Leberecht rang nach Luft. Die beklemmende Atmosphäre in dem düsteren Raum schnürte ihm den Hals zu.

»Nur in einem Kloster«, fuhr der Fürstbischof mit seinen Schmähungen fort, »konnte die Saat der Reformation gelegt werden. Was war denn dieser Doktor Martin Luther? Ein Augustiner. Warum sind alle Klöster von hohen Mauern umgeben? Damit niemand sieht, was dahinter vorgeht. Die Benediktiner auf dem Michelsberg genießen Klosterimmunität. Sie haben, wenn überhaupt, ihre eigenen Gesetze, und weder ein weltlicher Richter noch die Inquisition kann ihr schändliches Treiben ahnden, obwohl sie Nonnen vergewaltigen, Kinder verführen oder sich an ihrem eigenen Geschlecht vergehen. *Sodomia ratione sexus*,* du weißt, was ich meine. Sprich, was hast du gesehen?«

Leberecht war die Situation nicht geheuer. Er wußte nicht recht, welche Absicht der Bischof mit seiner Frage verfolgte. Stellte er sich schützend vor die Mönche vom Michelsberg, dann mußte er damit rechnen, als ihr Parteigänger verfolgt zu werden; andererseits konnte er das Kloster aber auch nicht als einen Hort des Bösen verteufeln. Was, um Himmels willen, sollte er tun, um den Fürstbischof nicht vor den Kopf zu stoßen?

»Ich habe nicht mehr vom klösterlichen Leben gesehen, als ein frommer Christ erwartet«, log Leberecht. »Ich war stummer Zeuge ihrer Litaneien und habe mich an ihren Mählern beteiligt. Ich habe in einer winzigen Zelle geschlafen und bin im übrigen meinen Studien nachgegangen, und obwohl die Bibliothek allen Mönchen der Abtei offensteht, bin ich dort in all der Zeit nur dreien begegnet. Auf diese Weise konnte ich in Kürze mehr lesen als ein gelehrter Studiosus im Kolleg.«

»Und welchen Büchern galt dein besonderes Interesse?«

»*Allen* Büchern, Eminenz. Ein Tor, der nur bestimmte Bücher studiert! Doch in der Hauptsache fand ich theologische Werke, welche die Mystik der Heiligen, das Bußsakrament, Askese und Bibelauslegung zum Thema haben.«

Der Fürstbischof verzog sein Gesicht zu einer Grimasse, welche Abscheu ausdrücken sollte. »Mir ist zu Ohren gekommen, daß die Benediktiner auch über Ketzerbücher wie *Wider das Papsttum zu Rom vom Teufel gestiftet* von Martin Luther oder die ›Prophezeiungen‹ des Michel de Notredame verfügen. Was kannst du darüber berichten?«

Verunsichert von den bohrenden Fragen, überlegte Lebe-

* Homosexualität

recht, wie er den Kopf aus der Schlinge ziehen konnte. Was wußte der Fragesteller über die Bibliothek der Benediktiner? Und vor allem: Was wollte er in Erfahrung bringen?

»Ich habe«, erklärte Leberecht, »während meines Studiums keine ketzerischen Schriften gefunden, kenne also weder das eine noch das andere der von Euch genannten Bücher. Damit will ich aber nicht mit Sicherheit behaupten, daß es sie nicht gibt. In der Bibliothek gibt es hundertmal tausend Bücher, und kein Mensch kann in einem ganzen Leben auch nur annähernd alle Schriften studieren, die dort aufgestellt sind.«

Aber auch mit dieser Antwort gab sich der Fürstbischof nicht zufrieden. Er klopfte mit den Fingern auf die Tischplatte und murmelte etwas, das wie ein Fluch klang. »Und die Sternenkunde«, zischte er plötzlich, als gebrauchte er ein sündiges Wort, »hast du die Sternenkunde ebenfalls studiert?«

»Astronomie und Astrologie? Aber gewiß, Eminenz!« Leberecht atmete auf, denn in dieser Frage konnte er nichts Hinterhältiges erblicken. Begeistert begann er zu berichten: Von jenem Griechen Thales, der als allwissend verehrt wurde, weil er die Sonnenfinsternis des Jahres 585 vor Geburt unseres Herrn vorhergesagt habe. In Wahrheit sei Thales keineswegs allwissend, sondern nur ein guter Mathematiker gewesen. Oder von den Pythagoräern, welche als erste der Erde eine Kugelgestalt zuschrieben, deren Beweis erst jetzt Christoph Columbus gelang. Außerdem von jenem Aristarchos von Samos, der schon vor 1800 Jahren Größe und Entfernung von Sonne und Mond berechnet habe, was freilich von niemandem auf seinen Wahrheitsgehalt zu überprüfen sei. Auch die »Alphonsinischen Tafeln« erwähnte er, welche Alphons von Kastilien vor dreihundert Jahren bei jüdischen Gelehrten in Auftrag gegeben hatte, um Sonne und Mond und die fünf Planeten in ihren Bewegungen zueinander zu beschreiben. Und den frommen Nikolaus von Kues, der auf dem

Konzil von Basel nach Studien der neuen Lehre von den Gestirnen die Forderung erhob, den alten Kalender des Römers Julius Caesar neu zu berechnen, ohne daß er die erwünschte Zustimmung fand.

Der Fürstbischof drehte sich zur Seite und richtete an den Domprediger die Frage: »Und alle diese Werke stehen in Einklang mit der Lehre der heiligen Mutter Kirche?«

Semler blickte demutsvoll zum Himmel, als wollte er die Antwort dem Allerhöchsten überlassen; dann erwiderte er dienernd: »Mein Verstand reicht nicht aus, den Lauf der Gestirne zu begreifen, Eminenz. Ich halte mich an das l. Buch Mose, wo geschrieben steht: ›Gott bildete ein festes Gewölbe und schied zwischen den Wassern oberhalb und unterhalb des Gewölbes, und es geschah so. Und Gott nannte das feste Gewölbe Himmel.‹«

»Und du, mein Sohn, wie ist deine Meinung zur Schöpfungsgeschichte des Alten Testaments?«

Der Fürstbischof musterte Leberecht eindringlich. Jetzt nur keine falsche Antwort, dachte Leberecht. *Ein* falsches Wort und dein Schicksal ist besiegelt! Doch in der Aufregung fiel ihm keine treffende Erwiderung ein. Dabei wurde die Pause immer länger. Aber auf einmal – er war nicht in der Lage, einen klaren Gedanken zu fassen – hörte Leberecht, wie er eine Äußerung tat, die er in einem der zahllosen religiösen Erbauungsbücher in der Bibliothek der Abtei gelesen hatte; er sagte: »Eminenz, die Heilige Schrift ist über jeden Zweifel erhaben. Sie steht über allen anderen Lehren und Wissenschaften.«

Der Fürstbischof blickte erstaunt, Semler ebenso. Leberecht nickte lächelnd und schlug die Augen nieder. Nun wußte er, wie man Klerikern begegnete.

Auf der anderen Seite hatte der Fürstbischof den Eindruck gewonnen, daß er dem Steinmetzgesellen von der Dombauhütte nur schwer beikommen konnte. Er vermittelte nicht gerade den

Eindruck eines Ketzers – entweder, weil er wirklich keiner war und den Umtrieben seines Vaters längst abgeschworen hatte; vielleicht war der selbsternannte Studiosus mit den kräftigen Händen aber auch so wortgewandt und raffiniert, daß er seine wahre Einstellung hinter klugen Antworten versteckte.

So wurde Leberecht mit der ernsthaften Mahnung entlassen, die Lehre der Kirche nie mit den fragwürdigen Mitteln der Wissenschaft anzuzweifeln, die Umtriebe der Benediktiner auf dem Michelsberg im Auge zu behalten und jedes verdächtige Buch, das nicht die Imprimatur des Heiligen Offiziums trage, der Kurie der Domstiftskanoniker zu melden.

Leberecht versprach's und entfernte sich – nicht ohne der jugendlichen Nonne, die den Türdienst verrichtete, einen bewundernden Blick zugeworfen zu haben.

Vom Domplatz drangen Flüche und Geschrei, als Leberecht den alten Hof durchquerte, um durch das große Tor ins Freie zu treten. War es sein gepflegtes Wams oder seine gelehrte Erscheinung, was ihm dabei zum Verhängnis wurde? Vor der Residenz des Fürstbischofs hatte sich eine Hundertschaft wilder Gesellen eingefunden, bewaffnet mit Sensen, Dreschflegeln und langen Holzstangen, barfuß und in Lumpen gehüllt. Die, welche keine Waffen trugen, ballten die Fäuste und richteten sie gegen den Eingang der Residenz und riefen: »Blutsauger! Aufgeblasenes Schwein! Halsabschneider!« und noch andere Schimpfwörter. Von hinten flogen Schweinsblasen, die mit Blut gefüllt waren, gegen das Tor.

Leberechts herrschaftliches Aussehen war dazu angetan, ihn für einen Parteigänger, Sekretär oder Lakaien des Fürstbischofs zu halten, und dies hatte zur Folge, daß sich drei der finsteren Gesellen auf den Heraustretenden stürzten und auf ihn losprügelten. Leberecht rief vergebens: »Was wollt Ihr? Was habe ich Euch getan?«

»Frag deinen Bischof!« kam die Antwort. »Du kannst es ihm ja zurückzahlen!«

Von einem Schlag über dem linken Auge herrührend, benetzte ein Blutrinnsal Leberechts Gesicht und befleckte das kostbare Wams, das er von seinem Vater geerbt hatte. Leberecht hielt die Arme schützend vors Gesicht, und er war nahe daran, die Besinnung zu verlieren, als er, wie auf göttliche Eingebung, mit letzter Kraftanstrengung rief: »Hört auf, ich bin Leberecht, der Steinmetz! Ich habe Euch nichts getan!«

Da wurde es plötzlich still, und der Anführer der wilden Männer bahnte sich einen Weg zu dem blutenden Opfer und forderte in barschem Ton: »Zeig deine Hände!«

Leberecht streckte dem Anführer seine breiten, schwieligen Hände entgegen, die wahrhaft nicht zu seiner übrigen Erscheinung paßten.

Der Anführer betrachtete sie mißtrauisch, dann verglich er sie mit den seinen, die jenen nicht unähnlich waren, weil sie ebensoviel harte Arbeit geleistet hatten, und er brüllte, daß seine Stimme über den Domplatz hallte: »Schwachköpfe! Ihr Esel vergreift Euch an einem von uns, nur weil er aus der falschen Tür kommt. Gesindel, gottverdammtes!«

Mit dem Ärmel wischte der Anführer, der seinen Namen, Ludowig, nannte, Leberecht das Blut aus dem Gesicht. »Du mußt ihre Erregung verstehen«, bemerkte er nun mit leiserer Stimme, »aber ihr Haß auf den Fürstbischof ist grenzenlos. Und in deinem vornehmen Gewand siehst du aus wie einer von denen da.« Und dabei machte er mit seinem zottigen Kopf eine Bewegung in Richtung der fürstbischöflichen Hofhaltung.

»Es trifft eben immer die Falschen«, meinte Leberecht mit bitterem Humor. Sein Kopf schmerzte.

»Wasser!« brüllte Ludowig, nun wieder mit der ihm eigenen Lautstärke. »Vielleicht holt einer von euch Lumpenpack Wasser und Lumpen, um den Steinmetz zu verbinden! Ihr hättet ihn beinahe totgeschlagen.«

»Ein Esser weniger!« knurrte einer aus der Menge.

Ludowigs breiter Schädel nahm Zornesröte an. »Wer war das?« rief er wütend.

»Ich!« kam die freche Antwort. »Weil's wahr ist.«

Da trat Ludowig auf den Mann zu und schlug ihm mit der Faust in den Magen, daß der andere in sich zusammensank wie ein halb gefüllter Mehlsack.

Leberecht wollte beschwichtigend eingreifen, erklären, daß es mit seiner Verletzung nicht so schlimm sei; aber Ludowig stieß ihn beiseite. »Wir sind zwar alle Bauern aus der Umgebung von Würgau, unser Leben ist ein harter Kampf, aber deshalb haben wir alle Anstand und Ehre im Leib. Wir sind Bauern, aber kein Lumpenpack, verstehst du?«

»Ehrlich gesagt, nein!« erwiderte Leberecht. Er hatte sich, obwohl schon zwanzig Jahre alt, noch nie weiter als einen Tagesmarsch von seiner Heimatstadt entfernt, und er kannte die Probleme nicht, welche die Bauern des Umlandes bedrückten. Von den wenigen Landleuten, denen er in der Vergangenheit begegnet war, wußte er, daß sie fromm und gottesfürchtig waren und sich auch nicht an den Bauernaufständen vor über dreißig Jahren beteiligt hatten, durch die das Elend nur noch größer geworden war.

Damals hatten die Bauern die »Zwölf Artikel« des Kürschnergesellen Lotzer, das meistgedruckte Pamphlet jener Tage, an allen Bäumen und Toren angenagelt, und mit den Worten des Evangeliums die Revolution des Bauernstandes gefordert, als da wären: Aufhebung der Leibeigenschaft, Lohndienste statt Fron, Zinsleistung entsprechend dem Ertrag und freie Wahl des Pfarrers, dem der Zehnt zustand. Genützt hatte die Revolte der Bauern nichts; denn von der Zerstörung zahlreicher Burgen und Klöster abgesehen, kamen hundertmal tausend Menschen um, ohne daß eine Änderung der Verhältnisse eingetreten wäre. Im Gegenteil, sogar der Reformator Martin Luther, der den Bauern anfangs gewogen schien, trat ihnen nach Verbreitung ihrer »Zwölf Artikel« abweisend gegenüber, weil er das Evangelium nicht für irdische Zwecke mißbraucht sehen wollte; was wiederum zur Folge hatte, daß viele Landleute sich enttäuscht von der neuen Lehre abwandten.

»Ich will dir gerne erklären, warum die Leute so aufgebracht sind«, sagte Ludowig und trat auf Leberecht zu. Jemand hatte ihm den abgerissenen, in Wasser getauchten Ärmel eines Kittels gereicht, und der Anführer machte sich daran, das Blut aus dem Gesicht des unschuldigen Opfers zu wischen. »Es genügt nicht, daß wir den fetten, faulen Säcken, den Landesherren, mit unserem Zehnt, der in guten wie in schlechten Zeiten fällig wird – also auch im vergangenen Jahr, wo uns die Pestilenz an der Aussaat hinderte –, das Leben versüßen. Wo Kirche, Klöster und Stifte die Grundherren sind, verfahren sie nicht besser als die weltlichen. Ihre Schroffheiten machen noch mehr böses Blut, weil sie im Namen des Allerhöchsten die Hand aufhalten und unsereins verachten, als wären wir Ungeziefer. Dabei steht schon in der Schrift, wir, die Armen, seien die Seligen und unser sei das Himmelreich! Vielleicht meinen die Kirchenfürsten deshalb, sie müßten uns aushungern, damit wir so schnell wie möglich in den Genuß des Paradieses kommen.«

Nachdem Ludowig die Wunde versorgt und den blutigen Fetzen um Leberechts Stirn geschlungen hatte, meinte dieser fragend: »Steht nicht schon im 3. Buch Mose geschrieben, daß jeder Obrigkeit der Zehnt vom Saatertrag zusteht?«

»Natürlich«, erwiderte der Anführer. »Keinem Bauern würde es einfallen, der Obrigkeit den Kornzehnten zu verweigern. Bliebe es dabei, hätte jeder Landmann sein Auskommen. So aber zahlen wir außerdem noch den kleinen Zehnten, den Fleisch- oder Blutzehnten und manchmal sogar mehrere Male, wenn eine Gemarkung in mehrere Zehntherren aufgeteilt ist.«

»Kleiner Zehnt, Blutzehnt? Ich habe nie davon gehört!«

»Ihr Städter habt keine Vorstellung, was auf einen Bauersmann zukommt. Der kleine Zehnt entfällt auf jede Frucht und jede Traube, alle Gärten und Wiesen und alles, was im Hafen gekocht wird, jede Linse, Erbse, Rübe und auf jedes Kraut. Hat dir dein Weib etwas Nahrhaftes gekocht, dann sitzt stets ein unsichtbarer Fresser mit am Tisch, beim einen ist's der Fürstbischof, beim anderen ein fetter Pfaff', beim dritten ein gestrenger Mann von Adel.«

»Und warum seid ihr hierhergekommen?«

»Um gegen den Blutzehnt zu protestieren! Bisher konnte nicht der klügste Schriftgelehrte in der Bibel eine Stelle finden, die der Obrigkeit jede zehnte Imme aus einem Bienenstock und jede zehnte Wabe aus dem Rahmen zugesteht.«

»Du willst damit sagen, daß ihr auch die Bienen mit dem Bischof teilen müßt?«

Ludowig nickte stumm. Ohnmächtige Wut stand in seinem Gesicht geschrieben. »Tritt zur Seite!« forderte der Anführer und schob Leberecht vom Eingangstor weg. Dann pfiff er durch die Finger, und aus den Reihen der Bauern traten vier Männer mit einem alten, morschen Faß. Sie stemmten es vor dem Eingang in die Höhe und auf einen Zuruf ließen sie es auf das Pflaster des Domplatzes fallen.

Das Faß zerbrach, und aus seinem Bauch quollen Kuhfladen und Fäkalien, welche die Bauern aus einer Jauchegrube geschaufelt hatten. Es stank bestialisch. Aber damit war der Protest noch nicht zu Ende. Mit einem zweiten Faß verfuhren vier weitere Männer ebenso. Doch in diesem Faß hatten sie gräßliches Ungeziefer gesammelt: Schaben, Engerlinge, Käfer, Bremsen und

Schmeißfliegen, denen die Flügel ausgerissen waren. Das Ungeziefer wimmelte auf den stinkenden Fäkalien herum. Und Ludowig rief, daß es über den Platz hallte: »Der Zehnt für den Fürstbischof! Der Zehnt für den Fürstbischof!« Die Bauern grölten und stoben nach allen Seiten auseinander. Und auch Leberecht zog es vor, in einer Seitengasse hinter dem Dom zu verschwinden.

Zur höheren Ehre Gottes, aber auch weil sie für ihn die Mutterstelle einzunehmen bereit war, pflegte die Witwe Auerswald ihren Mieter und Kostgänger in wenigen Tagen gesund. Leberecht hatte noch nie soviel Fürsorge genossen wie im Haus in der Färbergasse. Mit sich und seinen Gedanken allein, ging ihm das unerwartete Ende der Beziehung zu Martha nicht aus dem Kopf. Er wußte, er würde so schnell nicht darüber hinwegkommen, vielleicht sogar nie. Denn obwohl sie ihn ohne Rücksicht auf seine Gefühle beiseite geschoben und ihre Zuneigung den heuchlerischen Pfaffen und Bußpredigern geopfert hatte, liebte er Martha noch immer, und er war peinlich bemüht, ihr aus dem Wege zu gehen. Denn jede Begegnung hätte die alten Wunden wieder aufgerissen, noch bevor sie vernarbt waren.

In nicht geringerem Maße beschäftigte ihn allerdings die merkwürdige Vorladung beim Fürstbischof, deren Grund Leberecht auch nach langen Überlegungen nicht recht zu deuten wußte. Seine Lage erschien nicht ungefährlich, denn auf geheimnisvolle Weise war er zwischen die Fronten von Welt- und Ordensklerus geraten, die, was jeder wußte, wie Hund und Katz verfeindet waren und sich gegenseitig der Lasterhaftigkeit bezichtigten; doch das war noch die harmloseste Anschuldigung. Da Fürstbischöfe keineswegs geistlichen Standes sein mußten, sah der gemeine Klerus keinen Grund, sich mit Zölibat und Askese zu kasteien. In der geheimen Bibliothek der Benediktiner hatte Leberecht die Abschriften von Visitationsberichten gefunden, in denen die Prüfer den ungebührlichen Lebenswandel der Priester, die Häufigkeit des Konkubinats und ihre habsüchtige Amtsausübung beklagten. Wie diese Abschriften in die Abtei gelangt waren und welchen Zweck die Mönche damit verfolgten, darüber hatte er sich keine Gedanken gemacht. In den Büchern waren nicht nur die Vergehen der Geistlichkeit wie Fastenübertretungen, Unzucht, Freudenhausbesuche, Entjungferung und Blutschande festgehalten, sondern auch die ausgesetzten Strafen. Bordellbesuche eines Pfaffen wurden mit der niedrigsten, das Begräbnis eines Exkommunizierten hingegen mit der höchsten Strafe belegt.

Die weltlichen Kleriker ihrerseits wetterten in aller Grobheit gegen das Mönchtum und schimpften, daß zur wahren Frömmigkeit weder Ordenstracht noch ein Gelübde notwendig seien. Weder Augustinus, über jeden Zweifel der Heiligkeit erhaben, noch der Apostel Paulus oder der liebe Herr Jesus hätten je eine Kutte getragen. Die Ausfälle des Jakob Wimpfeling, Domprediger in Speyer und Poesieprofessor in Heidelberg und trotz aller Kritik an den Mißständen der Kirche einer ihrer Getreuesten, beschäftigten sogar die römische Kurie, ohne daß der Papst tadelnd eingriff.

Darüber hinaus trat die Feindseligkeit zwischen den einzelnen Orden und Klöstern deutlicher zutage, als es Kirche und Klöstern recht sein konnte. Am heftigsten entbrannte der Streit zwischen Dominikanern und Franziskanern über die Lehre der unbefleckten Empfängnis der Gottesmutter, und die Mönche befehdeten sich gegenseitig mit Schmähschriften übelster Art. Unter dem Eindruck ihres Meisters Thomas, der die Befruchtung Marias durch den Heiligen Geist geleugnet hatte, verfolgten die Dominikaner diese These mit allem Nachdruck. Die Franziskaner dagegen wußten die Masse des Volkes hinter sich und deren Abscheu vor dem Ketzergericht der Dominikaner, wenn sie die unbefleckte Empfängnis von allen Kanzeln predigten und jeden, der sie leugnete, eine stinkende Hundsblume im Rosenkranz der Gottesmutter nannten.

Leberecht zermarterte sich also den Kopf, woran dem Fürstbischof gelegen sein könnte. Vor allem schien es einen geheimnisvollen Zusammenhang zwischen der Verurteilung seines Vaters durch die Inquisition und der Bibliothek der Benediktiner zu geben. Auch der verschlüsselten Botschaft seines Vaters, die er eigentlich nur durch Zufall entdeckt hatte und deren Sinn ihm noch immer verborgen blieb, kam in diesem Zusammenhang unerwartete Bedeutung zu. Warum quälte ihn sein Vater noch nach seinem Tode mit derartigen Rätseln? Was wollte er damit bezwecken? Es war das erste Mal, daß Leberecht seinen Vater verfluchte.

Kaum genesen, suchte er zu später Stunde den »Krug« auf, um dunkles Bier zu trinken und für kurze Zeit auf andere Gedanken zu kommen. In der hintersten Ecke drängten sich gut ein Dutzend Gesellen der Dombauhütte um einen viel zu kleinen Tisch. Sie ließen ihren Vorsteher hochleben und feierten ihn als Helden, weil er beim Fürstbischof die Lieferung neuer Holzgerüste durchgesetzt habe, und dabei kreiste ein gefüllter, ellenhoher Krug in der Runde.

Leberecht kam gar nicht dazu, zu erklären, daß es nicht der geringsten Anstrengung bedurft habe, um den Bischof von der Notwendigkeit neuer Gerüste zu überzeugen – vielleicht hätte er sie ohnehin genehmigt –, da legte ihm jemand die Hand auf die Schulter. Als er sich umblickte, erkannte er Frater Luitger, schwarz gekleidet, aber nicht als Mönch, sondern wie stets an diesem Ort als fahrender Scholar.

»Bei allen Heiligen!« rief Leberecht erfreut. »Wo habt Ihr nur so lange gesteckt? Auf dem Michelsberg haben sie geglaubt, Ihr wäret unbemerkt in den Himmel aufgefahren!« Dabei zwinkerte er mit den Augen.

Luitger lachte übermütig. »Einer wie ich geht nie den direkten Weg ins Himmelreich. Auf ihn wartet zuerst das Fegefeuer.«

Während sie auf dem Ende der Bank zusammenrückten, erklärte der Frater, er habe es eines Tages unter den Mönchen nicht mehr ausgehalten, nicht wegen der Einschränkungen, welche die Pest dem ohnehin kargen Klosterleben aufgezwungen habe, sondern weil er nach Monaten tagtäglichen Gleichklangs die Gesichter seiner Konfratres nicht mehr habe ertragen können. Selbst unser Herr Jesus, meinte er mit durchaus ernstem Gesicht, habe sich nach einer gewissen Zeit von seinen Jüngern entfernt. Seinen Unterschlupf während dieser Zeit wollte Luitger nicht nennen.

Während der Krug weiter kreiste und die Gesellen zotige Lieder sangen, die geeignet waren, einem Benediktiner die Schamröte ins Gesicht zu treiben, versuchte Leberecht seinem Lehrer zu erklären, daß der Fürstbischof alle Anstrengungen unternommen habe, um zu erfahren, welche Schriften in der Bibliothek auf dem Michelsberg aufbewahrt würden. Frater Luitger schien nicht einmal verwundert. »Und? Was hast du ihm erzählt?«

»Gewiß nicht mehr, als er ohnehin schon wußte«, erwiderte Leberecht.

»Gut so. Ich habe nichts anderes von dir erwartet.«

»Aber warum habt Ihr mich nicht vor dem Fürstbischof gewarnt, dann wäre ich auf das Gespräch vorbereitet gewesen.«

»Ich hatte keine Ahnung«, beteuerte Luitger, »daß Seine Eminenz von deinem unfreiwilligen Exil auf dem Michelsberg wußte.« Und dabei nickte er heftig, als wollte er sagen: Das mußt du mir glauben.

Dabei ging Leberecht durch den Kopf, daß Luitger der einzige war, der von seiner Anwesenheit in der Abtei gewußt und sie noch während der Seuche verlassen hatte. Aber daß Luitger ein Zuträger des Fürstbischofs sein sollte, das konnte er sich beim besten Willen nicht vorstellen.

»Der Fürstbischof ahnt wohl«, erklärte Leberecht, »daß in der Bibliothek auch verbotene Bücher aufbewahrt werden. Ich hatte sogar den Eindruck, daß es ihm auf ein ganz bestimmtes Buch ankommt.«

»Herr Jesus!« rief Luitger und klatschte in die Hände. »Was soll er bei uns schon suchen? Vielleicht die Lehre des Johannes Duns Scotus oder den *Almagest* des Claudius Ptolemäus? Das sind zwar kostbare und seltene Bücher, und sie stehen gewiß nicht im Einklang mit der christlichen Lehre; aber ist das ein Grund, eine solche Affäre daraus zu machen? Mein Sohn, für deinen klugen Kopf hast du zuviel Phantasie! Du solltest Dichter werden, so einer wie Hans Sachs aus Nürnberg oder Rabelais aus Frankreich oder der Florentiner Dante Alighieri, dem die Größten seiner Zeit zu Füßen lagen, weil er mit Zahlen wie mit Worten gleichermaßen zu spielen verstand.«

Leberecht war nicht zum Scherzen zumute. Er war besessen von der Idee, sein Vater Adam könnte ihm eine geheime Botschaft hinterlassen haben, deren Bedeutung über seinen eigenen Lebensraum weit hinausreichte, so weit, daß sich sogar der Fürstbischof dafür interessierte. Das Mysterium, mit dem Adam diese Überlieferung umgab, entsprach durchaus seiner Eigenheit. Adam stellte Bedingungen an sein Wissen und seine Intelligenz, Leberecht sollte sich seiner würdig erweisen. Ja, genauso mußte es sein.

»Frater«, sagte Leberecht nach längerem Schweigen und einem tiefen Schluck dunklen Bieres aus dem Krug, der noch immer die Runde machte, »in der Abtei wird erzählt, Frater Andreas, der Bibliothekar, habe die Sprache verloren, nachdem er ein bestimmtes Buch gelesen habe. Was wißt Ihr darüber?«

»Nichts, absolut nichts!« erregte sich Luitger und nahm ihm den großen Steinkrug aus der Hand. »Es ist eine der vielen Legenden, die in einer Abtei herumgeistern. Von Frater Humbert wird erzählt, er trage die Last eines krummen Buckels, seit ihm ein Teufel vom Dach der Klosterkirche auf die Schultern gesprungen sei. Und der hinkende Bruder Erasmus hat angeblich sein gesundes Bein dem Teufel verpfändet für eine einzige Nacht mit einer Novizin der Dominikanerinnen. Aber du kannst Frater Andreas ja selbst fragen. Nur wird er dir ebensowenig antworten wie mir!«

»Ihr habt ihn gefragt?«

Luitger nickte verlegen. »Frater Andreas hat uns gegenüber, die wir mit den Gaben der Sprache und des Hörens gesegnet sind, einen unschätzbaren Vorteil. Wenn er nicht will, versteht er unsere Fragen nicht. Deshalb muß er nur antworten, wenn er will. Ein glücklicher Mensch, dieser Frater!«

Die Spottgesänge der Gesellen wurden immer lauter. Im Rhythmus schlugen sie mit den Fäusten auf den Tisch, sie johlten und brüllten, und Leberecht, in dessen Kopf es noch immer rumorte, zog es vor, sich zu verabschieden.

Auf dem Heimweg durch die Straße der Gerber stank es, als hätten tausend Teufel ihre Notdurft verrichtet. Obwohl seit der Pest schon zwei Monate vergangen waren, begegnete man noch allerorten ihren Spuren. Verkohlte Tierkadaver lagen herum, umgeben von Ratzenschwärmen. Vor den Türen Lumpen und Brennholz, in dem herrenlose Hunde wühlten. Die steinernen Rinnen, die zum Fluß führten, um Fäkalien und Abfälle wegzuschwemmen, waren, weil es während der Seuche an Wasser mangelte, zum größten Teil verstopft, so daß sie überquollen. Findige Bürger banden sich daher Holzklötze unter die Sohlen, um das kostbare Schuhwerk vor den Kothaufen zu schützen.

Es war spät, aber die Stadt lebte. Der Sommer hielt Einzug

und alle, welche die Seuche überlebt hatten, sangen und tanzten, aßen und tranken und liebten, mehr als sie es je zuvor getan hatten. Vor Ausbruch der Pest konnte man um diese Zeit kaum einer Menschenseele begegnen, jetzt lärmten Alte und Junge durch die Straßen, und in vielen Häusern wurde getrunken und das wiedergewonnene Leben gefeiert.

Auf der Oberen Brücke, mit der sich für Leberecht zwiespältige Erinnerungen verbanden, trat von hinten ein Mann an ihn heran, der ihm schon geraume Zeit gefolgt war.

»Keine Furcht! Ich bin's, Carvacchi!«

Leberecht dreht sich erstaunt um. Der Meister hatte sich seit einer Woche nicht mehr auf den Gerüsten sehen lassen; er hatte ein altes Leiden vorgetäuscht, aber in Wahrheit, tuschelten die Gesellen untereinander, sei er wieder einmal dem Suff verfallen, eine Eigenheit, die ihn wenige Tage später meist zu besonderen Leistungen am Stein befähigte.

»Ich dachte, Ihr liegt an Eurer Gicht darnieder!« meinte Leberecht erstaunt.

»Gicht?« lachte Carvacchi. »Dieser warme Sommer ist geeignet, einem Kranken das letzte Zipperlein aus den Gliedern zu treiben. Nein, es ist keine Krankheit!«

»Ich verstehe«, erwiderte Leberecht und legte die Hand vor den Mund zum Zeichen, daß er nicht darüber reden wolle.

»Nichts verstehst du!« fuhr ihn Carvacchi an. »Hör zu!« Dabei blickte er sich nach allen Seiten um, ob niemand sie belauschte. Dann hielt er seine Hand seitlich vor den Mund und brummelte: »Ich muß fort, so schnell wie möglich. Ich brauche Geld. Du bist der einzige, dem ich vertraue. Kannst du mir helfen? Es soll dein Schaden nicht sein!«

Leberecht verstand nicht, warum sein Meister so geheimnisvoll tat, ihm bei Nacht auf die Brücke folgte und ihn just hier um Geld anredete. Carvacchi war als Spieler bekannt. Das Tric-Trac-

Spiel und die Würfel waren sein Verhängnis. Das wußte Leberecht seit seinem ersten Lehrjahr, auch wenn sie nie darüber geredet hatten. Und das war wohl auch der Grund, warum der Meister sich noch nie von ihm Geld geborgt hatte.

»Es soll dein Schaden nicht sein!« wiederholte Carvacchi.

»Ach was!« antwortete Leberecht. »Natürlich helfe ich Euch!«

Carvacchi war sichtlich beunruhigt und faßte Leberecht an beiden Armen. »Aber ich benötige eine ziemlich große Summe.«

»Wieviel?«

»Hundert Gulden – wenn das möglich wäre.«

»Hundert Gulden?«

»Fünfzig. Mir hilft jede Summe weiter, hörst du?«

Leberecht musterte Carvacchi, soweit das die Dunkelheit zuließ. Er machte durchaus keinen betrunkenen Eindruck, wie es zunächst den Anschein hatte. Sein Blick schien eher flehentlich, und Leberecht konnte dem Meister diesen Wunsch kaum abschlagen. Carvacchi war immer gut zu ihm gewesen, hatte ihn stets als seinen Lieblingsschüler betrachtet und ihm mehr beigebracht, als es für einen Zunftmeister not tat. Sein Erbe war beim Magistrat der Stadt verwahrt. Warum sollte er dem Mann, dem er so viel verdankte, nicht behilflich sein?

»Ich schwöre bei allen Heiligen und der Heiligen Jungfrau, du erhältst dein Geld mit Zins und Zinseszins zurück. Du sollst es nicht bereuen! Gewiß nicht!« Carvacchi spuckte in weitem Bogen in den dunklen Fluß, wie um seinen Worten Nachdruck zu verleihen.

»Und was wollt Ihr mit dem Geld anfangen?«

»Fort! Ich gehe zurück nach Florenz.«

»Florenz?« rief Leberecht so laut, daß der Meister ihn zum Leisesprechen ermahnte.

»Die Inquisition ist hinter mir her. Sie wollen mir den Prozeß machen, wegen Blasphemie und Gotteslästerung.«

»Euch, der Ihr den Dom des Kaisers in seine alte Schönheit zurückversetzt, zur Ehre Gottes? Daß ich nicht lache.«

»Erkläre das diesen Eiferern von der Inquisition. Seit Frater Kajetan aus Regensburg die Stelle Bartholomeos eingenommen hat, ist die Heuchelei im Namen Gottes noch viel schlimmer geworden. Hol sie der Teufel!« Carvacchi lehnte sich über die Brüstung der Brücke und blickte ins Wasser. Aus der Ferne hörte man das Rauschen des Wehrs, einen Steinwurf oberhalb des Rathauses gelegen. »Ich bin«, begann Carvacchi von neuem, »vor der Seuche nach Weismain geflohen, wo ich den Pfarrer Johann Kuna kannte, einen Mann *bonae famae**, aber ohne Brevier und trinkfest. Als ich nach dem Ende der Pestilenz zurückkehrte, war der Schuppen, der mir als Werkstatt diente, aufgebrochen ...«

»Ich ahne, was passiert ist ...«

»... und die Skulpturen, die für mich die Schönheit des Weiblichen an sich verkörperten, waren von ihren Sockeln gestoßen und in Stücke geschlagen. Mein Gott, wenn es überhaupt einen Gott gibt, wie konnte er das zulassen?« Carvacchis Stimme bebte.

»Und? Wer war es?«

»Wer wohl? Dieselben Männer, die deinen toten Vater auf dem Scheiterhaufen verbrannt haben; dieselben Männer, von denen die Statue im Dom umgestürzt wurde; dieselben Männer, die ihre Frauen und Kinder schlagen und an der Domtür Ablaßbriefe kaufen und ihre Taten ungeschehen machen. Die Köpfe dieser Frömmler sind gefüllt mit niedrigen Instinkten. Sie sehen in jeder Nacktheit etwas Böses; sogar bloßer Stein verwirrt ihre Sinne. Das Leben wäre wahrlich zu schön, wenn es wie dieser muntere Fluß ungebremst zwischen den Ufern von Kunst und Wissenschaft dahinzöge. Aber du weißt nur zu genau, wie weit

* von gutem Ruf

dieser erhabene Wunsch von der Wirklichkeit entfernt ist und was ein Mann erdulden muß, dem der Himmel ein künstlerisches Talent schenkte.«

»Wie recht Ihr habt, Meister. Dies ist wahrhaft nicht die Zeit und der Ort, wo die Musen gedeihen. Blasphemie! Daß ich nicht lache!«

»Einer der Dompfaffen, mit dem ich gut Freund bin, will gehört haben, daß dem neuen Inquisitor die Ähnlichkeit meiner Statuen mit der Eva im Dom ins Auge stach. Das nannte er Blasphemie!«

Blasphemie? Leberecht stutzte. Die Ähnlichkeit war nicht zu leugnen; aber was hatte das mit Verhöhnung von Heiligen zu tun? »Es fällt schwer«, meinte Leberecht, »noch an das zu glauben, was die heilige Mutter Kirche lehrt und tut.«

Carvacchi schwieg. Er war gewiß kein Ungläubiger, aber aus seiner Ablehnung von Klerus und Kirche hatte er nie einen Hehl gemacht. Pfaffen und Mönche fanden bei ihm nur Anerkennung, wenn sie entweder gescheit oder trinkfest waren, am besten beides. Und da die meisten Phidias für einen Heiligen und Bier für eine Fastenspeise hielten, gab es nur wenige, mit denen er auskam. In Wahrheit predigte Carvacchi die freien Künste und die klassische Denkweise, wie er sie im Florenz der Medici gelernt hatte, und das zog zwangsläufig Spannungen nach sich.

»Das bedeutet«, nahm Leberecht seine Rede wieder auf, »daß Frater Kajetan persönlich in Eure Werkstatt eingebrochen ist!«

»So scheint es, mein Junge, so scheint es.« Der Meister starrte in den Fluß, wo der Mond weiße Schlangenlinien auf das Wasser zeichnete. Plötzlich sagte er: »Warum kommst du eigentlich nicht mit?«

»Nach Florenz?« Leberecht erschrak. Mit einem Mal schossen hundert Gedanken durch seinen Kopf: Florenz!

»Du kannst mir vertrauen!« setzte Carvacchi nach.

Leberecht biß sich auf die Lippen.

»Glaube mir«, flüsterte der Meister, »das ist eine andere Welt, sogar eine andere Zeit! Früher oder später *mußt* du nach Florenz. Ein Kerl wie du, mit deinen Fähigkeiten!«

Nachdenklich blickten beide in das dunkle Wasser unter ihnen. Nach einer langen Pause meinte Leberecht: »Nicht jetzt, Meister. Ich brauche noch eine gewisse Zeit, um in dieser Stadt Dinge zu erledigen, die der Klärung bedürfen. Sie sind vielleicht wichtiger für mein Leben, als all meine Bewunderung für Euer Land und seine Künstler.«

»Du machst mich neugierig. Sprich nicht in Rätseln!«

Leberecht lachte leise: »In bösen Zeiten muß der Kluge schweigen, sagt der Prophet. Erspart mir weitere Erklärungen. Und was Euer Ansinnen betrifft, Meister, Ihr sollt das Geld haben, hundert Gulden, zu Treu und Glauben. Mit Treue meine ich die Haltung, die Ihr mir gegenüber stets an den Tag gelegt habt, mit Glauben aber das Vertrauen darauf, eines Tages, wenn es Euch bessergeht, die Summe wieder zurückzuerhalten.«

Carvacchi riß Leberecht in seine Arme und küßte ihn wie einen Sohn. »Du sollst es nicht bereuen, Leberecht!«

»Ich werde beim Magistrat hundert Gulden auf mein Erbe abheben. Morgen um die gleiche Zeit an dieser Stelle?«

»Einverstanden. Lebewohl!« Und damit verschwand Carvacchi in Richtung der Inselstadt, von wo er gekommen war.

Die folgenden Tage verbrachte Leberecht in der Furcht, die Inquisition könnte dem Meister eine Falle gestellt und nur nach einem Vorwand gesucht haben, um Carvacchi auf der Flucht zu ermorden. Carvacchi hatte ihm anvertraut, daß er aus eben diesen Gründen nicht den direkten Weg in Richtung Süden nehmen, sondern sich zunächst im Fichtelgebirge, Frankenwald und Vogtland aufhalten wollte, wo sich Hochburgen böhmischer

Ketzerei befanden und schon vor hundert Jahren das Waldensertum zahlreiche Anhänger gehabt hatte. Dort konnte er sich sicher fühlen, und dort wollte er die Gelegenheit abwarten, um mit einem Handelsgespann über Regensburg und Salzburg nach Venedig zu reisen.

Carvacchis Verschwinden verursachte in der Stadt große Bestürzung und spaltete die Bewohner in zwei Lager. Die Mehrheit, welche den Meister obendrein als genialen Künstler schätzte, bezichtigte, als der Frevel an seinen Statuen bekannt wurde, die Inquisition finsterer Machenschaften, während eine Minderheit einflußreicher Frömmler Carvacchi ein Opfer seiner eigenen ketzerischen Umtriebe nannte und ihm keine Träne nachweinte.

Anders Leberecht. Er hätte nie geglaubt, daß ihn der Verlust des Meisters so stark berühren würde. Carvacchi war es, der ihm nach dem Tod seines Vaters von wunderbaren und geheimnisvollen Dingen erzählt hatte und einer Welt, die von dem engstirnigen Denken und Treiben um den Domberg soweit entfernt lag wie der Zauber des Mondes von der Trübsal der Erde. Er hatte in ihm eine weithin unbekannte, ja verbotene Tugend geweckt, die Neugierde, und diese Neugierde hatte ihn dazu verleitet, Wissen zu erobern und die Beute in seinem Kopf zu bewahren. Was du in deinem Kopf herumträgst, pflegte Carvacchi zu sagen, kann dir niemand nehmen.

Zu den zahlreichen Gerüchten, welche das Verschwinden des Meisters der Dombauhütte umgaben, gehörte jenes, Carvacchi habe, bevor er sich in Luft auflöste, alle Schulden bis zum letzten Kreuzer getilgt. Von Oswald Pirckheimer, dem Safranschauer am Kranen, hieß es gar, Carvacchi habe ihm Schuldgeld in Höhe von hundert Gulden zurückgelassen. Das machte Leberecht stutzig. Hatte ihm der Meister einen Bären aufgebunden? Hatte er die Verfolgung durch die Inquisition nur vorgetäuscht, um an sein

Geld zu kommen? Er kannte Carvacchis Schwächen nur zu genau: Geld, Weiber und Alkohol; er wußte, daß der Meister mit allen dreien nicht umgehen konnte.

Um endlich Gewißheit zu erhalten, suchte Leberecht den Pirckheimer auf. Es war kurz vor Sonnenuntergang an einem schwülen Augusttag, und vor dem Haus nahe dem Kranen, wo Pirckheimer Branntwein, Hopfen, Honig, Tabak und Kanarienvögel, in der Hauptsache aber Gewürze verkaufte, herrschte reger Verkehr. Pirckheimer, dessen Frau Mechthild bei der Geburt des letzten Kindes gestorben war, galt als einer der reichsten Männer der Stadt, und ihm ging der Ruf voraus, er habe einen linken Fuß, aber keinen rechten, denn statt des rechten sei ihm ein Zinsfuß gewachsen. Das einträgliche Amt des Safranschauers, der Reinheit und Güte der auf dem Fluß angelieferten Gewürze prüfte, bekleidete er seit beinahe zwei Jahrzehnten, aber noch länger verlieh er Geld.

Sein Geld hatte Pirckheimer mit ebensoviel Stolz und Standesdünkel ausgestattet, daß er sich über die Stadtordnung, ja sogar über Reichsgesetze hinwegsetzte, welche seit mehr als einem halben Jahrhundert dem gemeinen Mann allzu kostbare Kleidung verwehrten. Um die Jahrhundertwende hatte der Reichstag zu Augsburg stolzen Städtern, so sie nicht von Adel oder Doktores waren, bei drei Gulden Strafe verboten, Gold-, Samt-, Scharlach- und Seidengewänder zu tragen oder ihre Mäntel mit Zobel und Hermelin zu füttern. Pirckheimer machte sich einen Spaß daraus, ein samtenes rotes Wams und darunter einen Kittel aus weißer Seide zu tragen, und nie hatte jemand vernommen, daß er deshalb auch nur einen Gulden Strafe gezahlt hätte.

So verwunderte es nicht, daß der stolze Pirckheimer sich weigerte, Leberecht darüber Auskunft zu geben, wie hoch die Schuld gewesen sei, die Carvacchi auf einen Schlag beglichen habe. Der Safranschauer wies ihn mit barschen Worten aus dem Kontor; er habe, rief er Leberecht hinterher, keine Zeit, um sich mit Spitzeln abzugeben.

Als Leberecht ins Freie trat, schlüpfte ein Mädchen hinter ihm durch die Tür, und als er stehenblieb und sich umwandte, blickte er im Schein der Hauslaternen in die schönsten blauen Augen, die er je gesehen hatte.

Sie heiße Magdalene, sagte das Mädchen, und sei die jüngste Tochter dieses Scheusals. Dabei lachte sie, als nähme sie das alles nicht so ernst, und sie beeilte sich hinzuzufügen, daß Pirckheimer sich nur Fremden gegenüber so abweisend verhalte.

Magdalene ging mit Leberecht im Schutz der Dämmerung ein Stück Wegs in Richtung der Oberen Brücke; sie plauderte munter drauflos und gab ihm zu erkennen, daß sie an ihm Gefallen fand.

Ob er ihren Vater um Geld gebeten habe, wollte sie wissen.

Leberecht verneinte und erzählte von seinen Bedenken, was Carvacchi betraf, und daß es für ihn wichtig sei, die Wahrheit zu kennen.

Da blieb das schöne Mädchen stehen. Sie müsse zurück, sagte Magdalene, aber wenn es ihm recht sei, wolle sie sich erkundigen und ihm morgen um dieselbe Zeit alle Fragen beantworten, in dem Gäßchen hinter der Kranenhalle, das von ihrem Elternhaus nicht einsehbar sei.

Und ob es ihm recht war! Verstohlen drückte Leberecht die Hand Magdalenes, und sie verschwand.

Über den Hügeln der Stadt hingen schwarze Gewitterwolken, als Leberecht am Abend des folgenden Tages dem Gäßchen zustrebte, das keinen Namen trug, aber Drückebergergäßchen genannt wurde, weil es Schuldnern die Möglichkeit bot, sich auf dem Weg ins Rathaus ungesehen an Pirckheimers Haus vorbeizumogeln.

Er mußte nicht lange warten, als ein Stubenmädchen ihm

eine Nachricht überbrachte: Carvacchi habe nicht hundert sondern nur zehn Gulden Schulden gehabt und diese nebst drei Gulden Zins zurückgezahlt. Im übrigen solle er Magdalene möglichst schnell vergessen. Ihr Vater habe sie beobachtet und ihr jeden Umgang mit ihm verboten.

Aus den tiefhängenden schwarzen Wolken klatschten dicke Tropfen wie Frösche auf das Pflaster. Es roch nach trockenem Staub. Und in kurzen Abständen erhellten Blitze, begleitet von krachendem Donner, das Weichbild der Stadt, daß die Domtürme und die der Abtei auf dem Michelsberg wie spitze Dolche in den Himmel stießen.

Leberecht suchte unter dem breiten Vordach der Kranenhalle, das zum Fluß hin zeigte, Schutz vor dem Regen. Drückende Hitze trieb ihm den Schweiß aus allen Poren. Was Frauen betraf, dachte er, war er nicht gerade vom Glück verfolgt. Magdalene, das Mädchen mit den wunderschönen Augen, wäre vielleicht geeignet gewesen, ihn Martha vergessen zu machen.

Wind kam auf und trieb Regenschauer vor sich her. Die Frachtkähne ächzten und zerrten an ihren Tauen. Der Fluß, der sich sonst träge dahinwälzte, klatschte heftig gegen die Ufermauer, und wie auf einen gemeinsamen Befehl öffneten sich alle Wolken gleichzeitig und überschütteten die Stadt mit Wogen von Wasser, das vielerorts keinen Ablauf fand, die Straßen überschwemmte und in die Häuser eindrang.

Für einen Augenblick, in dem ein Blitz die Umgebung in taghelles Licht tauchte, glaubte Leberecht in einer Schiffsluke ein Gesicht zu erkennen. Neugierig starrte er in die Dunkelheit. Ein nachfolgender Blitz schaffte Gewißheit: Hinter der Luke verbarg sich eine Frau, die ihn zu beobachten schien.

Es bedurfte noch einer Reihe von Blitzschlägen und eines freundlichen Winkens, bis Leberecht erkannte: Das war Friederike! Mein Gott, Friederike!

Kaum hatte das Unwetter etwas nachgelassen, da sprang Leberecht hinüber auf den alten Flußkahn und rüttelte an der Tür der kleinen Kajüte, doch die war verschlossen.

»So öffne doch!« rief Leberecht nach vorne zur Luke hin, und als Friederike nicht reagierte, stieg er über aufgerollte Taue, Säcke und Kisten hinweg zum vorderen Teil der Kajüte.

»Warum öffnest du nicht?« fragte Leberecht, inzwischen völlig durchnäßt.

Die winzige Luke gewährte nur so viel Einblick, daß gerade der Kopf des Mädchens zu erkennen war. Zuerst streckte Friederike ihre Hand durch die Luke. Leberecht nahm sie und streichelte sie zärtlich. Als ihr Gesicht zum Vorschein kam, erkannte er, daß Friederike weinte.

»Warum machst du nicht auf?« wiederholte Leberecht seine Frage.

Schluchzend antwortete das Mädchen: »Ich kann nicht, ich bin eingesperrt.«

»Eingesperrt? Wer hat dich eingesperrt?«

Friederike rang nach Luft. »Das ist eine lange Geschichte.«

»Wo ist dein Vater?«

»Tot«, erwiderte Friederike und schlug die Augen nieder.

»Großer Gott, was ist geschehen?« Ohne eine Antwort abzuwarten, kletterte Leberecht zurück zum Eingang der Kajüte, einer niedrigen Tür aus Holzbrettern, durch die der Wind pfiff. Das Schloß war mit rostigen Eisennägeln befestigt und wackelte, daß es keine Schwierigkeit bereitete, es aus seiner Befestigung zu lösen. Leberecht riß die Brettertür auf und schloß Friederike in seine Arme.

»Wer hat dich hier eingesperrt?« keuchte Leberecht und klopfte die Nässe aus seinen Kleidern.

Nachdem Friederike Leberechts lange Haare mit einem Leinentuch trockengerieben hatte, setzte sie sich auf den langen Kasten an der Kajütenwand, der nachts als Schlafstätte diente. Leberecht nahm auf dem einzigen Stuhl Platz. Dann begann sie stockend zu erzählen:

»Als wir hörten, daß, kaum hatten wir diese Anlegestelle verlassen, die Pestilenz ausgebrochen war, dankte ich Gott, dem Herrn, daß er uns in Seiner Güte verschont hatte. Wir hatten flußabwärts gute Fracht, was eher selten ist in dieser Zeit, löschten einen Teil in Köln und fuhren weiter stromabwärts nach Rotterdam, wo Vater einen Kontrakt mit dem Pfefferkontor hielt. Dreihundert Sack Gewürze für den Pirckheimer, vierzig Fässer Branntwein und noch einmal so viele mit Dörrfisch bedeuteten gute Fracht. Doch am Tag vor dem Ablegen in Rotterdam, die Ladung war verstaut, rief ich Vater zum Essen in die Kajüte. Als er nicht kam, ging ich nach draußen. Ich fand ihn im Bug, er saß an den Ankerkasten gelehnt, als ruhte er sich aus von der Arbeit. Er war tot. Das Herz.«

Friederike schluchzte.

Leberecht trat auf sie zu und preßte ihren Kopf gegen seine Brust. Die Trauer des Mädchens ging ihm so nahe, daß er selbst seinen Tränen freien Lauf ließ.

»Du mußt deinen Vater sehr geliebt haben«, sagte er hilflos.

»Ja«, erwiderte Friederike, »er war mir Vater und Mutter zugleich.« Und nach einer Weile des Schweigens: »Er bekam ein Seemannsgrab, wie er es sich immer gewünscht hat.« Und dann setzte sie ihre Erzählung fort: »Da stand ich nun, mutterseelenallein in Rotterdam, das Schiff vollbeladen. Was sollte ich tun? Da kam Endres, ein Binnenschiffer ohne Heuer und erbot sich, den Kahn heil flußaufwärts zu bringen. Wir wurden uns schnell handelseinig und legten ab.« Friederike verbarg ihr Gesicht in den Händen.

»Wir hatten die deutschen Lande noch nicht erreicht, da wurde mir klar, warum Endres ohne Heuer geblieben war. Er soff, vergriff sich an der Ladung und war bisweilen so betrunken, daß er das Ruder nicht mehr halten konnte und ich in höchster Not eingreifen mußte, um nicht ein anderes Schiff zu rammen. In solchen Situationen prügelte er auf mich ein und drohte von Bord zu springen. Ich würde dann schon sehen, wie ich mit dem Schiff zurechtkäme. Schließlich verkündete er, ich sei nun seine Frau, er tat mir Gewalt an und sperrte mich ein, sobald wir anlegten. Er selbst soff sich durch alle Kneipen.«

Friederike öffnete ihre Bluse. Im Schein der Laterne, die von der niederen Decke hing, erkannte Leberecht dunkelrote Flecken an Hals und Brustansatz.

»Warum jagst du den Kerl nicht fort?« fragte Leberecht.

»Ich kann nicht. Er behauptet, er sei mein Mann, wir hätten auf dem Fluß geheiratet. Ich muß froh sein, wenn er *mich* nicht fortjagt! Er behauptet, er sei nun der Eigner des Kahns und ich sei seine Frau. So wolle es das Schifferrecht.«

Leberecht schüttelte den Kopf.

Er hatte sich das Wiedersehen mit dem Mädchen anders vorgestellt. Mit Freude hätte er ihr alle Männerbekanntschaften verziehen, jetzt, nachdem Carvacchi verschwunden war. Wie sollte er ihr helfen? Was für ein übermütiges, fröhliches Mädchen Friederike einst gewesen war! Und nun? Todtraurig, gedemütigt, hilflos.

Er war so in seine Gedanken versunken, daß Leberecht gar nicht wahrnahm, wie Friederike hinter ihn trat, ihre Arme um ihn legte, seine langen Haare beiseite schob und ihn auf den Nacken küßte. Er genoß die Wärme ihrer weichen Lippen.

»Er ist nicht mehr da«, sagte Leberecht unvermittelt. »Carvacchi ist vor der Inquisition nach Italien geflohen.«

Die Nachricht schien das Mädchen nicht zu berühren, denn es fuhr fort mit seinen Liebkosungen. »Hm«, sagte es.

»Sie haben die Statuen in seinem Haus zerschlagen. Der Inquisitor meinte, sie glichen aufs Haar der Eva im Dom, ihre Nacktheit empfand er als Gotteslästerung.« Leberecht drehte sich um und sah Friederike ins Gesicht.

»Er hat nur seine Skulpturen geliebt, nicht mich«, sagte sie traurig. »Er war ein Mann, der die Kunst über alles stellte, sogar über seine Gefühle. Ich glaube, er war gar nicht in der Lage, eine Frau zu lieben. Er konnte nur das lieben, was er selbst geschaffen hatte. Das allerdings betete er an.«

Leberecht dachte nach. Wie recht sie hatte. Das war die andere Seite Carvacchis, seines Lehrmeisters.

Der Regen hatte nachgelassen, aber der Fluß rauschte ungestümer, als Leberecht es je gehört hatte. Der alte Kahn ächzte in allen Fugen, und das Ruder gab quietschende Laute von sich wie eine getretene Katze.

»Er schlägt mich tot, wenn er dich hier entdeckt«, sagte das Mädchen ängstlich.

Leberecht richtete sich auf: »Sieh meine Hände. Ich drehe ihm den Hals um! Wenn ich nur wüßte, wie ich dir helfen kann.«

Friederike brach in Tränen aus: »Aber er ist mein Mann!«

Leberecht blickte durch die Luke. Der Platz um den Kranen war menschenleer. Am anderen Ufer bellten ein paar Hunde. »Du liebst ihn?« fragte Leberecht.

Das Mädchen gab keine Antwort. Es saß schluchzend da, starrte auf die verwaschenen Planken und wagte nicht aufzublicken.

»Ach, so ist das«, meinte Leberecht. Mit einem Mal war ihm selbst zum Heulen zumute. Wenn Friederike diesen Wüstling nicht loswerden wollte, dann war ihr nicht zu helfen. Was sind Frauen doch für merkwürdige Geschöpfe Gottes, dachte er. Männer liegen ihnen reihenweise zu Füßen, sie beten sie an, sind bereit, ihnen die Sterne vom Himmel zu holen – und dann nehmen sie den, der sie verprügelt. Wie sagten die Römer: *Amare et sapere vix deo conceditur.**

Leberecht blickte zur Seite, als er sich verabschiedete; er wollte nicht, daß sie seine Tränen sah.

»Wie lange wirst du noch hier sein?« fragte er, schon in der Tür.

»Ich weiß es nicht. Bisher haben wir noch keine Fracht.« Und dann sagte sie leise: »Komm wieder, bitte!«

* Lieben und vernünftig sein ist nicht einmal einem Gott möglich.

KAPITEL V

Erpressung und Verzweiflung

Nach der Arbeit begab Leberecht sich an einem Sonnabend im August von der Dombauhütte nach Hause, um den Staub von seinem Körper zu spülen. Die Witwe Auerswald, die sich rührend um ihn kümmerte und ihn wie ihren eigenen Sohn behandelte – manchmal war ihm das Bemuttern beinahe zuviel –, hatte ihrem Mieter im Erdgeschoß neben der Küche eine Art Badestube mit einem Holzzuber eingerichtet, und sie ließ es sich nicht nehmen, das Badewasser, kalt natürlich, zweimal in der Woche zu wechseln, obwohl das mit hohem Aufwand verbunden war; denn jeder Holzscheffel Wasser mußte vom Brunnen im Sand, hundert Schritte entfernt, herbeigeschafft werden.

Vom Staub gereinigt und erfrischt, machte Leberecht sich auf den Weg zum Kloster der Benediktiner, nicht ohne die Ermahnung seiner treusorgenden Vermieterin, es abends nicht wieder zu spät werden zu lassen.

Natürlich bedeuteten seine Studien nach der anstrengenden Arbeit des Tages für Leberecht eine große Belastung, und gar manches Mal war er nach der Rückkehr aus der Abtei ermattet auf sein Bett gefallen und, ohne sich seiner Kleider zu entledigen, eingeschlafen; aber in dieser Zeit hätte er eher seinen Beruf als Steinmetz aufgegeben als sein Studium.

Die Aufregungen der letzten Wochen hatten Leberecht mehr, als ihm lieb war, davon abgehalten, in der Bibliothek der Abtei nach dem Vermächtnis seines Vaters zu forschen. Seit er an gewisse Zusammenhänge glaubte – für seinen Vater Adam war das geheimnisvolle Versteckspiel typisch – quälte ihn *imprimis** die Frage, warum er diesen seltsamen Weg zur Übermittlung einer Botschaft gewählt hatte – schließlich barg er das Risiko, daß er den Hinweis ganz übersah –, *secundo*** beschäftigte ihn, was der Inhalt dieser Botschaft sein könnte. Zu den Mönchen am Michelsberg hatte Leberecht inzwischen ein beinahe freundschaftliches Verhältnis entwickelt. Die Fratres betrachteten den klugen Steinmetzgesellen als einen der ihren, ja, insgeheim hoffte Abt Lucius sogar, Leberecht könnte sich doch noch entschließen, der *Ordo Sancti Benedicti**** beizutreten. Luitger unterrichtete Leberecht nach wie vor in den alten Sprachen und den Philosophen der Antike, während er in Frater Emmeram einen exzellenten Lehrmeister der Naturwissenschaften, der Geometrie und Sternenkunde fand.

Aber weder Luitger, mit dem er ganze Nächte im »Krug« durchzechte und über Gott und die Welt diskutierte, noch dem greisen Emmeram, der die Abtei nach eigenem Bekunden seit einem Menschenalter nicht mehr verlassen hatte, wagte Leberecht sich anzuvertrauen. Er hatte während der Zeit der Pest erlebt, wie vermeintliche Heilige, die das Zeichen des Kreuzes trugen, sich mit einem Mal in Teufel verwandelten. Darüber täuschten auch Friede und Frömmigkeit nicht hinweg, die einem jetzt wieder auf allen Gängen, in allen Sälen der Abtei begegneten.

Natürlich hatte Leberecht den Mönchen seine Vorladung beim Fürstbischof und dessen bohrende Fragen verschwiegen.

* an erster Stelle, erstens
** zweitens
*** dem Benediktinerorden

Andererseits betrat er nicht mehr wie früher die Abtei durch die Pforte des Haupteingangs, sondern wählte vom Fluß her die beschwerlichen Stufen zum Kräutergarten, um von dort, für niemanden sichtbar, durch die Hintertür in das Kloster und über den Innenhof zur Bibliothek zu gelangen; denn er fühlte sich beobachtet.

Die Suche nach dem brisanten Buch glich einer abenteuerlichen Reise. Sie führte durch Raum und Zeit, von der Erde bis zum Firmament und von Adam und Eva bis in jene Zeit, die noch bevorstand, die Zukunft. Wo aber sollte er ansetzen? Die *tertia arca*, an der seinem Vater, aus welchen Gründen auch immer, gelegen war, umfaßte vom Boden bis unter das Deckengewölbe etwa 500 Bücher, wobei die Ordnung jener der übrigen Arcae glich, indem die einzelnen Zweige der Wissenschaft und Lehre nicht senkrecht, also nebeneinander, geordnet waren, sondern schichtweise, also übereinander. Und in dieser Ordnung spielte nicht die Zeit des Erscheinens der Bücher oder ihre Wichtigkeit eine Rolle, sondern deren Format, so daß die größeren Werke zuunterst, die kleineren aber darüber gestapelt wurden.

Für Leberecht gab es keine Frage, daß sein Vater Adam nicht nur die offene Vorderseite der Bibliothek kannte, er wußte gewiß auch von der verborgenen Rückseite der Regale. Vor allem die Geheimtuerei, mit der er die Übermittlung seiner Botschaft umgab, ließ darauf schließen, daß seine Nachricht nicht im öffentlichen Teil, sondern auf der Rückseite zu finden sei. Aber auch die Rückseite umfaßte etwa fünfhundert Bücher, eher noch mehr, weil hier die kleinformatigen, platzsparenden Bücher in der Überzahl waren.

Also drehte Leberecht die Rückseite der dritten Arca nach außen und betrachtete zum wiederholten Male das vor ihm aufgetürmte geheime Wissen in Leder und Pergament. Er beschränkte sich zunächst auf die Beobachtung, ob ein gewisses System, eine bestimmte Ordnung, die von dem offiziellen System der Aufbewahrung abwich, zu erkennen war. Dazu drehte er auch die links und rechts gelegenen Regale um ihre eigene Achse, damit er einen Vergleich hatte.

Aber je länger Leberecht sich in die wuchtigen, knorrigen, geschnürten, beschrifteten, manchmal auch unscheinbaren, glatten Buchrücken vertiefte, ein System oder eine Besonderheit konnte er nicht entdecken, außer jener, daß jede Arca ihre eigenen Besonderheiten aufwies. Auch Bücher, die sich auf irgendeine Art, sei es durch Farbe und Form ihres Einbandes oder durch querliegende Stellung oder Rücklage, auszeichneten, erwiesen sich bei näherer Betrachtung als harmlos; jedenfalls waren sie nicht geeignet, eine geheime Botschaft zu vermitteln.

Zunächst war Leberecht bei seinen Überlegungen davon ausgegangen, bestimmte Themen und Wissenschaftszweige von seinen Nachforschungen auszuklammern, erschien es doch naheliegend, daß Pflanzenkunde und Geographie, Geometrie und Philosophie kaum weltbewegende Geheimnisse verbargen. Alle Pflanzen, Gifte und Pharmaka waren in bedeutenden Werken aufgelistet. Seit Christoph Columbus nach Westen und Vasco da Gama nach Osten gesegelt und beide in Indien gelandet waren, gab es keine weißen Flecken mehr auf dem Erdball. Die Gesetze der Geometrie hatten sich seit beinahe zweitausend Jahren nicht mehr verändert, ja, es galt als sicher wie das Amen in der Kirche, daß zwei Parallelen sich in Ewigkeit niemals berühren und auch Raum und Zeit unveränderliche Größen bleiben würden. Und was die Philosophie betraf, so hatte sie ohnehin mit Aristoteles ihren Höhepunkt erreicht. Denn wer wollte eine noch größere Lebensweisheit von sich geben als jene: »Man muß das Unmögliche, das wahrscheinlich ist, dem Möglichen vorziehen, das unglaubhaft ist.«

Allein dieser Satz, den Leberecht mit Bruder Emmeram während der Pestzeit eine ganze Nacht diskutiert und erörtert hatte, bestärkte Leberecht in seinem beinahe aussichtslos erscheinenden Vorhaben. Dabei kam ihm mehr und mehr ins Bewußtsein, daß sein Vater mit der von ihm gewählten Idee nicht irgendeine sinnlose Teufelei verbunden hatte. Das hätte auch nicht seinem Charakter entsprochen. Nein, der raffinierte kahle Adam wollte ihn dazu zwingen, sich durch das gesamte dritte Regal durchzuarbeiten. Tat er es nicht, so fand Adam ihn wohl nicht für würdig, an seinem Vermächtnis Anteil zu haben.

Also begann Leberecht zuunterst in der geheimen Theologie und Heilslehre, wo sich Gottlose und Abtrünnige, Ketzer und Exkommunizierte über das Himmelreich und die verschlungenen Wege dorthin sowie über das Ende alles Irdischen ausließen. Vieles blieb ihm rätselhaft, wie die seltsamen Werke des Franken Pamphilus Gengenbach, der als Anhänger der Reformation nach Basel auswanderte und dort possenhafte Werke über den Weltuntergang herausgab, Bücher, wie jenes mit dem Titel »Der Nollhart«, in dem die heilige Brigitte, die Sibylle von Cumae, Papst und Kaiser, Türken und Franzosen sich über die Ankunft des Antichristen ausließen. Oder das »Traktat über den Methodius«, in dem der Augsburger Pfarrer Wolfgang Autinger sein Wehe über die verkommene Gegenwart aussprach und das nahe Strafgericht ankündigte, ohne ein Datum zu nennen, und die Weltherrschaft durch einen großen Fürsten.

Bücher wie diese gab es viele, aber es schien, als begegnete er diesen in der *tertia arca* besonders häufig. Nach zwei Wochen nächtlichen Studiums hatte Leberecht gerade zwei Werke gelesen, zwei nicht einmal dicke Bücher, von denen es mehr gab als dünne. Deshalb machte er eine einfache Rechnung auf: Widmete er jedem der fünfhundert geheimen Bücher zwei Wochen, dem einen vielleicht mehr, dem anderen weniger, dann forderte dieses

Studium tausend Wochen oder neunzehn Jahre. Leberecht war verzweifelt; er war so entmutigt und mit seinen Gedanken am Ende, daß er an seinem Lesepult, den Kopf auf den Einband eines großen Buches gelegt, einschlief.

Im Traum erschienen ihm all die weisen Männer, deren Namen zwischen den Buchdeckeln gedruckt waren. Sie trugen lange, schwarze Talare und ebensolche Barette und stritten sich um einen Platz auf der Bücherleiter, um nach unten oder nach oben zu klettern, als sei ihnen der Platz, an dem sie aufgestellt waren, zuwider. Dabei riefen sie laut ihre Namen, um ihrer Person und der in ihrem Buch vertretenen Lehre Nachdruck zu verleihen. Außer Luther erkannte Leberecht keinen von Angesicht; aber die meisten schrien so laut, und ihr Aussehen war so verwegen, daß es nicht schwerfiel, sie auseinanderzuhalten.

Er sei Matthias Flacius, rief ein kleiner untersetzter Mann mit dünnem schwarzen Schnurrbart und wallendem grauen Backenhaar. Er schwenkte einen *Catalogus testium veritatis** herum und verkündete, er sei als Schüler Luthers und Kirchenhistoriker bedeutsamer als alle anderen vor ihm.

Wozu brauchen wir Kirchenhistoriker, rief ein anderer, ebenso klein und unbedeutsam aussehend, jedoch mit einem schütteren Haarkranz um den kahlen Kopf. Wichtiger als das, was war, sei die Gesundheit des einzelnen. Er schwenkte einen Folianten mit roten Titelbuchstaben »Über die Medizin« und verkündete, er sei als Theophrast Bombast zu Hohenheim geboren, aber bekannt geworden als Paracelsus und habe neben dieser noch zweihundert weitere Schriften zum Wohle des Lebens verfaßt.

Papperlapapp! ließ sich ein Mann mit hoher Fistelstimme von der obersten Sprosse vernehmen. Papperlapapp! Sein Name sei

* Katalog der Zeugen der Wahrheit

Heinrich Cornelius, besser bekannt als Agrippa von Nettesheim, und sein Werk trage zu Recht den Titel *De incertitudine et vanitate scientiarum**, weil alle Wissenschaften von sich behaupteten, die wichtigste zu sein, während doch nur allen zusammen, in Verbindung der einen mit den anderen, wahre Bedeutung zukomme. Papperlapapp! fuhr Agrippa dazwischen, sobald ein anderer wagte, ihn zu unterbrechen. Zwischen Himmel und Erde gebe es genügend Dinge, die es rechtfertigten, eine alles umfassende Geheimwissenschaft zu betreiben. Kein Mensch vor ihm habe bisher die Lehre verbreitet, daß Gleiches zu Gleichem strebt und daß Eigenschaften, die einem Ding anhaften, auf den Menschen übertragbar sind wie zum Beispiel seine eigene helle Stimme, die er den Nachtigallenzungen verdanke, welche er an einem Band am Halse trage. Auch bedürfe er kaum des Schlafes, weil in seinem Wams eine lebende Fledermaus verborgen sei, die zu Zeiten, wenn andere ruhen, umherschwirre und niemals müde werde. Wer es also drauf anlege, ein hohes Alter zu erreichen, der sollte ein langlebiges Tier bei sich aufnehmen, mit einer Schildkröte oder einem Elefanten unter einem Dache leben, dann sei ihm ein biblisches Alter sicher. Da jede Art von Wirkung geistige Ursachen habe, übten Einbildung, Wille und Glauben eine geheimnisvolle Macht aus. So könne ein Achat in der Tasche durchaus die Beredsamkeit fördern, ein Jaspis die Geburt, während ein Smaragd die Wollust der Gedanken zügle – man müsse nur mit gleicher Inbrunst daran glauben wie an die unbefleckte Empfängnis der Gottesmutter.

Das sei wohl wahr, rief ein schwarzer Benediktiner mit leuchtender Tonsur dazwischen. Er sei Johannes Zeller, genannt Trithemius, und Abt aus dem Rheinischen, später des Schottenklosters zu Würzburg, und in allen Werken der Wissenschaft

* Von der Ungewißheit und Erfolglosigkeit der Wissenschaften

erfahren, zudem der Theologie. Er kenne wahrhaft viele geistvolle Männer, was er – *nota bene** – in seinem Werk *De viris illustribus Germaniae*** bekanntgemacht habe, aber Agrippa von Nettesheim sei gewiß der gebildetste von allen; doch habe er ihm empfohlen, seine Bücher geheimzuhalten und seine Lehre nur wenigen anzuvertrauen, denn einem Ochsen gebe man nur Heu und nicht Zucker wie einem Singvogel. Was den Gehalt seiner eigenen Werke betreffe, so sei er über jeden Zweifel erhaben, hielten doch die Großen seiner Zeit um seinen Rat an. So habe er – trotz mönchischen Schamgefühls – den Markgrafen von Brandenburg über die Umstände aufgeklärt, unter denen honorige Männer von Hexen ihrer Manneskraft beraubt werden, und dem Kaiser habe er ein ganzes Bündel theologischer Fragen beantwortet und, weil er gar so traurig war über den Tod seiner Frau, diese erscheinen lassen wie jenen Engel vor dem leeren Grab des Herrn.

Aber von den Gestirnen, schallte es aus höchster Höhe, wo sich das Ende der Leiter im Gewölbe verlor, von den Gestirnen verstehe er nichts! Sonst wäre es ihm nicht möglich, solchen Blödsinn zu verbreiten, daß der Gang der Jahrtausende abhängig sei von der Herrschaft sich ablösender Planetengottheiten. Lächerlich sei es, die biblische Geschichte in diesem gestirnbeherrschten Ablauf der Menschheitsgeschichte unterzubringen. Er heiße Nikolaus Koppernigk, Kopernikus genannt, sei Doktor des Kirchenrechts und der Medizin dazu und Domherr zu Frauenburg, wenn's recht sei. Er habe zahlreiche Bücher über den Lauf der Gestirne geschrieben, die allesamt davon ausgehen, daß nicht die Erde, wie in der Bibel beschrieben, Mittelpunkt des Weltalls ist, sondern die Sonne. Sein umfangreichstes Werk *De*

* wohlgemerkt

** Berühmte Männer Deutschlands

*revolutionibus orbium coelestium** sei erst im Jahr seines Todes erschienen; den Druck seines bedeutendsten Werkes habe er zu seinem Leidwesen nicht mehr erlebt. Und während er redete, ließ er von seinem Platz aus höchster Höhe eine getrocknete Blume fallen, ein zweistengeliges Maiglöckchen mit fünf Blüten auf jeder Seite, und er rief: »Leberecht!«

»Leberecht!«

Aus weiter Ferne vernahm Leberecht seinen Namen. Als er die Augen aufschlug, stand Frater Emmeram vor ihm und rüttelte ihn an der Schulter. »Du mußt eingeschlafen sein, Leberecht! Die Komplet ist vorüber. Es ist gleich Mitternacht.«

Leberecht wischte sich den Schlaf aus den Augen. Ihm fiel es schwer, sich zu orientieren. Ihn fröstelte. Der weißbärtige Frater bemerkte es und schlurfte zur Stirnseite des Saales, um die geöffneten Fenster zu schließen.

Zurückgekehrt fragte er: »Welches von den Büchern hat dich so erschöpft, daß du darüber eingeschlafen bist?« Leberecht wußte es nicht mehr, in seinen Träumen hatte er zuviel erlebt, als daß er sich an den Titel erinnern konnte. Als er es aufschlug, erschrak er: *»Nicolaus Copernicus«*, stand auf der Titelseite, *»De revolutionibus orbium coelestium.«*

»Sieh da!« sagte Frater Emmeram mit blinzelnden Augen.

»Was meint Ihr?«

»Na hier! Das Maiglöckchen!« Er zeigte auf ein gepreßtes Blümchen zwischen den Seiten. »Das Maiglöckchen war die Lieblingsblume des Kopernikus.«

»Aber das ist doch nicht möglich ...«

»Warum nicht? Es gibt, bei Gott, größere Rätsel auf dieser Erde als jenes getrocknete Blümchen.«

»Ja, gewiß«, entgegnete Leberecht. Er wollte sich dem alten

* Vom Umlauf der Himmelskörper

Frater anvertrauen; aber bevor er es tat, wurde ihm klar, daß er dem Mönch dann die ganze Wahrheit sagen mußte, also ließ er es und meinte entschuldigend: »Es hat mich nur erstaunt, gerade in diesem Buch, das ein so ernstes Thema zum Inhalt hat, ein getrocknetes Blümchen zu finden.« Frater Emmeram strich mit beiden Händen über seinen Bart und lächelte weise. *»Ubi flores, ibi ingenium.«** Während er das schwere Buch zuklappte und an seinen Standort zurücktrug, fragte Leberecht eher gleichgültig: »Wie viele Bücher habt Ihr in Eurem langen Leben schon gelesen, Frater?«

»Wie viele? Das ist eine ungewöhnliche Frage. Schließlich kommt es nicht darauf an, wie viele Bücher jemand gelesen hat, sondern welche Bücher und welchen Inhaltes.«

»Gewiß, da habt Ihr wohl recht«, bekräftigte Leberecht die Antwort des Alten. »Es ging mir nur so durch den Kopf, ob es möglich sei, alle Bücher einer Arca vom Boden bis unter das Gewölbe zu lesen.«

Den Alten belustigte die Frage. »Warum sollte das nicht möglich sein?« Er drehte, kaum hatte Leberecht das Buch an seinen Platz zurückgestellt, das Regal um die eigene Achse, damit kein Unbefugter sah, was er nicht sehen sollte. »Es ist ja nicht notwendig, alle Bücher von der ersten bis zur letzten Seite zu lesen. Du mußt nur ihren Inhalt kennen!«

Leberecht nickte und fuhr fort: »Frater Luitger, mit dem ich über dieses Thema sprach, meinte, ein freier Geist greife selten zu großen Folianten, die kleinen Bücher hätten den brisanteren Inhalt.«

»Das ist nicht gelogen, mein Sohn. Es verhält sich wie mit kostbarem Schmuck, der auch nicht in großen Truhen aufbewahrt wird, die jedem ins Auge stechen, sondern in kleinen Kas-

* Wo Blumen sind, da ist ein scharfer Verstand.

setten. Die kleinen Aldinen hingegen kannst du überall verstecken und unter dem Wams mit dir herumtragen.«

»Aldinen? Welches Geheimnis verbirgt sich hinter dieser Bezeichnung?«

»Kein Geheimnis, ach was! Aldinen werden die kleinsten unter den Büchern genannt, nach dem Venezianer Aldus Manutius, der vor sechzig Jahren die Pergament- und Papierbogen nicht *einmal* faltete wie beim Folianten, nicht *zweimal* wie beim Quartformat, sondern *viermal*. So entstanden das Oktavformat und Bücher so klein, daß du sie getrost in deiner Tasche verschwinden lassen oder unter deinem Strohsack aufbewahren kannst.«

»Und welche Geheimnisse verbreitete Manutius zwischen den Buchdeckeln seiner Aldinen?«

»Nicht eines!« rief Frater Emmeram lachend. Er ging zur fünften Arca und zog mit sicherem Griff ein kleines Büchlein hervor in altgriechischer Sprache: *Galeomyamachia*, der »Katzenmäusekrieg« des byzantinischen Dichters Theodoros Prodromos. »Aldus druckte mit Vorliebe griechische Dichter. Das kleine Format wählte er nur deshalb, um eine größere Verbreitung seiner Bücher zu erreichen. Erst nach seinem Tode entdeckten die Jünger Gutenbergs, daß auf diese Weise Geheimnisse ohne Aufsehen von Ort zu Ort, von einem Land ins andere transportiert werden konnten.«

Der Frater löschte das Licht, und Leberecht nahm sich vor, sich als nächstes den Aldinen der dritten Arca zu widmen.

Am nächsten Tag – es war Sonntag – wurde Leberecht von dem unerklärlichen Drang getrieben, die Messe im Dom zu besuchen. Das entsprach seinem üblichen Verhalten in keiner Weise; um der Wahrheit die Ehre zu geben, Leberecht mied, seit die Inquisition seinen Vater als Hexer gebrandmarkt hatte, den sonntäglichen Kirchgang und alle klerikalen Zeremonien. Allein das Aufbrausen einer Orgel vermochte ihn in Panik zu versetzen wie ein Unwetter, das ihn im Wald überraschte, und der Anblick der Prozession an Fronleichnam, bei der nicht der Glaube sondern die Eitelkeit zu Markte getragen wurde, trieb ihm Schauer über den Rücken.

Nein, im Dom galt sein Interesse nicht der frommen Einkehr, sondern einer einzigen Person, die er hier anzutreffen hoffte: Martha. So sehr er auch versucht hatte, sich das Weib aus dem Kopf zu schlagen, so sehr er sich die Hoffnungslosigkeit ihrer Beziehung vor Augen führte, er konnte Martha nicht vergessen. Von Frater Friedemann aus der Abtei, erfahren in der Welt der Kräuter wie in der des männlichen Triebes, hatte er ein Elixier *contra concupiscentiam*, wider die Begehrlichkeit, erhalten, ohne jedoch das Objekt seiner Begierde beim Namen zu nennen; aber als nach sieben Wochen tröpfelnder Bitternis aus einem bauchigen Glas das Verlangen nicht nachließ, sah Friedemann sich am Ende seiner Kunst. Er hatte ihm ein Bußkleid aus Roßhaar verordnet für die Nacht und für den Tag getrocknete Nesseln um die unehrbaren Körperteile, darüber das Beinkleid gezogen. Das aber wollte Leberecht nicht.

Tatsächlich entdeckte er Martha abseits hinter dem dritten Pfeiler, wo sie, den Kopf in ein langes Tuch gehüllt, sein Kommen nicht bemerkte und demütig den Worten des Dompredigers lauschte, welcher über das Wort des Kirchenvaters Tertullian predigte, daß es das beste sei für den Christenmenschen, kein Weib zu berühren, und er lobte das Kamel als Muster der Enthaltsamkeit, weil es nur einmal im Jahr, und das Elefantenweib, das nur alle drei Jahre dem Drang der Fleischeslust nachgebe.

Doch dieses Mal erntete der Prediger nur Hohn und Spott. Von den Schranken des Georgenchores hallten Pfiffe, und gut zwei Dutzend Kirchenbesucher verließen den Dom unter lauten Zwischenrufen wie »Heuchler!« oder »Schmierendarsteller!«

»Sage er's doch dem Fürstbischof!« rief eine wohlgenährte Matrone direkt unter der Kanzel, die während der Pestilenz ihren Mann und den Glauben an die heilige Mutter Kirche verloren hatte: die Leinweberin Hussmann.

Auch das zuchtvolle Leben Kaiser Heinrichs und seiner tugendhaft sittenreinen Gemahlin Kunigunde, das der Domprediger lobend erwähnte, vermochte die aufgebrachten Zuhörer nicht zu beruhigen, weil der Grund für die Josefehe des letzten sächsischen Kaiserpaares hinreichend bekannt war. Heinrich und Kunigunde, das Traumpaar nach dem Willen der Kirche, schlief nicht aus Gründen bußfertiger Keuschheit in getrennten Betten, sondern allein deshalb, weil sie sich nicht leiden konnten. Daß sie dafür heilig gesprochen wurden, stimmte selbst die frommsten Bürger der Stadt nachdenklich. Nur Semler glaubte noch immer nicht daran, und so verließ einer nach dem anderen den Dom.

Martha stand starr wie eine Statue, und Leberecht trat so nahe hinter sie, daß er die Wärme ihres Körpers spürte. Sie tat, als bemerkte sie nicht, was hinter ihr vorging, dabei wußte sie genau, daß nur *er* es sein konnte, der sich ihr auf diese Weise näherte.

Leberecht hatte erwartet, Martha würde die Kirche überstürzt verlassen, zumindest würde sie sofort einen anderen, besser einzusehenden Platz aufsuchen, aber nichts dergleichen geschah. Martha hielt still, als empfände sie dieselbe Lust wie er. Und während Athanasius Semler die Tage strikter Enthaltsamkeit unter Eheleuten predigte, als da sind die Sonn- und Feiertage, alle Mittwoche und Freitage, die Buß- und Bittage, die Oster- und Pfingstoktav sowie die vierzigtägige Fasten- und die Adventszeit, fühlte Leberecht, wie seine Rute unter der Wärme von Marthas Körper wuchs und wuchs, wie sie sich in ihr langes Gewand hineinbohrte, und er empfand unstillbares Verlangen. Martha atmete schwer. Ihr geschnürter Busen hob und senkte sich mit großer Heftigkeit, aber sie hielt still.

»Martha!« stöhnte Leberecht leise.

»Kein Wort!«

»Du mußt verzeihen, es ist einfach über mich gekommen.«

»Kein Wort!« wiederholte sie.

Leberecht blickte verstohlen um sich, ob sein schandhaftes Begehren beobachtet würde; aber in dem Tumult, der im Dom herrschte, fiel das gottlose Treiben nicht weiter auf. Er mußte an sich halten, daß er Martha nicht von hinten nahm, wie er es viele Male getan hatte in doppelter Sündhaftigkeit, als Ehebrecher und nicht *facies ad faciem**, wie es die Kirche dem koitierenden Gläubigen vorschrieb.

Da plötzlich griff Martha mit der Linken nach ihm, sie schnappte mit der Hand nach seiner rüden Rute und quetschte sie wie eine Kartoffel. Leberecht wollte schreien, so schmerzte ihr Griff, aber um sich nicht zu verraten und weil er Martha den Triumph nicht gönnen wollte, biß er die Zähne zusammen.

Es war keine Frage, daß Martha ihm weh tun, sich an ihm rächen wollte; seine Erregung zu steigern lag gewiß nicht in ihrer Absicht. Sein hilfloser Versuch, sich durch eine Drehung aus der Umklammerung zu befreien, mißlang kläglich, und Leberecht verzog sein Gesicht zu einer Grimasse. Erst als Semler die Predigt mit einem lauten »Amen!« beendete, ließ Martha von ihm ab und wandte sich der Meßfeier zu, als wäre nichts geschehen.

Leberecht hätte ihr den Hals umdrehen können; er haßte sie, wie man nur einen Menschen hassen kann, den man liebt.

Martha bemerkte, daß Leberecht sich anschickte, den Dom zu verlassen und raunte ihm zu: »Warte hinter der Dombauhütte auf mich!«

* von Angesicht zu Angesicht

Als Leberecht durch die Gnadenpforte ins Freie trat, fühlte er sich benommen. Das lag zum einen an der Sommerhitze, die ihm entgegenschlug und die die Ernte auf den Feldern zu vernichten drohte; andererseits hatte ihn Marthas Aufforderung in solche Unruhe versetzt, daß er den Weg um den Georgenchor herum eher taumelnd als aufrecht gehend zurücklegte.

Hatte Martha ihre Meinung geändert? Nichts anderes konnte dies doch bedeuten! Hatte die Leidenschaft über die Frömmelei gesiegt? Die Unzucht über die Treue? Nichts wünschte er sehnlicher in diesem Augenblick. Wie gut, daß er den Abschiedsbrief, der für Martha nicht sehr freundlich ausgefallen war, nicht abgeschickt hatte.

Seit vielen Monaten hatte er keinem Weibe beigewohnt, hatte keine Lust verspürt, noch weniger Mut, weil Martha die erste und einzige Frau war in seinem Leben, seine Meisterin, die ihn, wie einst Diotima den weisen Sokrates, die Liebe gelehrt hatte.

Daß sie ihn nach der Pest fortgeschickt hatte wie einen dummen Jungen, daß sie ihn gedemütigt hatte, war vergessen angesichts der Verlockungen, die vor seinen Augen aufstiegen wie Bilder aus dem Gelobten Land. Er versuchte Ruhe zu bewahren, wie es einem Kirchgänger zur Vormittagsstunde zukam, dabei war ihm danach zumute, bergabwärts drei, vier Steinstufen auf einmal zu nehmen und mit einem Satz über die Mauer zu springen, von der die Dombauhütte umgeben war, und er fragte sich, wie er all die vorangegangenen Tage ohne sie gelebt hatte.

Als Martha sich nach dem Ende der Messe näherte, lief er ihr von weitem entgegen, um sie zu umarmen. Doch die Absicht mißlang, denn Martha empfing ihn mit einer Ohrfeige. Leberecht wußte nicht, wie ihm geschah.

»Für dein Benehmen im Dom!« sagte sie nüchtern und stieß ihn beiseite.

Hinter einem Haufen aufgetürmter Sandsteine, wo sie sich

früher oft zu heimlichen Spaziergängen getroffen hatten, blieb sie stehen.

Leberecht sah sie fragend an.

Martha holte tief Luft, dann begann sie leise: »Gott straft unsere Sündhaftigkeit mit aller Härte. Es gibt einen Zeugen für unsere frevlerische Verbindung. Er droht uns zu verraten.«

»Unmöglich!«

»Glaubst *du!*«

»Wer ist dieses Schwein?«

»Du kennst ihn nur zu gut!«

»Ortlieb, der Fuhrknecht?«

Martha nickte. Sie blickte vor sich auf das Pflaster und schwieg. Sie schwieg minuntenlang, und die Stille nahm allmählich etwas Bedrohliches an.

»Du weißt, was das bedeutet?« meinte sie endlich mit vorwurfsvoll hoher Stimme.

»Du warst deinem Gemahl ebenso untreu wie er dir.«

»Und doch besteht ein großer Unterschied. Du weißt es. Nach der Halsgerichtsordnung kann es für eine wie mich den Tod bedeuten; wenn ich Glück habe, die Verbannung. Nimmt sich aber die Inquisition meiner an, dann ende ich mit Sicherheit auf dem Scheiterhaufen, zusammen mit Kindsmörderinnen und Sodomisten.«

»Man muß ihn zum Schweigen bringen«, erwiderte Leberecht. »Und dieser Kerl wird schweigen, verlaß dich drauf!«

Es gibt Tage, da scheint sich die ganze Welt gegen einen verschworen zu haben. Ein solcher war dieser Sonntag im August, an dem die Sonne gnadenlos vom Himmel brannte und die Menschen in die Kühle ihrer Häuser flohen.

Leberecht befand sich in großer Sorge um Martha; denn wenngleich sie ihm nach wie vor abweisend begegnete, war er sich seiner Sache ziemlich sicher, daß ihre unterdrückte Leidenschaft in absehbarer Zeit wieder ausbrechen würde. Gefühle kann man zurückdrängen, nicht auslöschen.

Wie aber wollte er diesen niederträchtigen Fuhrknecht zum Schweigen bringen? Mit Geld allein, das schien klar, war Ortlieb nicht beizukommen. Denn selbst wenn sie sein Schweigen teuer erkauften, ein schäbiger Erpresser wie er würde immer neue Forderungen stellen.

Von dunklen Gedanken gequält, kehrte Leberecht zurück in das Haus in der Färbergasse, wo ihn die Witwe Auerswald mit der ihr eigenen Geschäftigkeit empfing und zu einer Unterredung in die gute Stube bat, die nur an hohen Feiertagen und zu besonderen Anlässen Gebrauch fand.

Ein achteckiger Tisch aus Nadelholz war umgeben von vier geschwungenen Scherenstühlen. An der Wand neben der Tür stand ein dunkler eintüriger Kasten, gekrönt mit einer Zinne im welschen Stil und gegenüber eine gedeckte Sitzbank mit Kissen aus Utrechter Samt. Die Butzenscheiben der Fenster zur Gasse hin ließen selbst an einem sonnigen Tag wie diesem nur trübes Licht in die Stube.

Auf ihr Geheiß nahm Leberecht zwischen den Samtkissen Platz und wartete gespannt, welche Neuigkeiten ihm die Witwe zu verkünden hatte.

»Das Haus«, begann sie weit ausholend, »ist groß, und seit dem Tode meines seligen Mannes stehen viele Räume ungenutzt ...«

»Ihr wollt nicht etwa Euer Haus verkaufen?«

»O nein. Aber ich habe mich entschlossen, eine zweite Person bei mir aufzunehmen, der es ebenso an Häuslichkeit mangelte wie dir. Es ist meine Base Magdalene.«

Die Witwe Auerswald öffnete die Tür, und herein trat mit einem Lächeln und linkischer Höflichkeit Magdalene, die Tochter des Safranschauers Pirckheimer, der Leberecht auf so seltsame Weise begegnet war. Sie trug ihre langen Haare in einem Netz verborgen und ein teures Sonntagskleid mit Puffärmeln.

»Eure Base?« fragte Leberecht erstaunt.

Magdalene lachte, vor allem aber lachten ihre wunderschönen blauen Augen. »Meines Vaters älterer Bruder war der Vater der Witwe Auerswald.«

»Ganz recht!« beteuerte die Witwe. »Magdalenes Mutter starb bei ihrer Geburt, und das Mädchen hatte keinen leichten Stand bei ihrem Vater, dem reichen Pirckheimer. Er wollte unbedingt, daß seine jüngste Tochter den Schleier nimmt; aber Magdalene ist nicht für ein Leben hinter Klostermauern geboren. Der Pirckheimer kennt nur seine Geschäfte, er hat sich nie um Magdalene gekümmert. Ins Kloster wollte er sie nur deshalb abschieben, damit er seine Ruhe und kein schlechtes Gewissen hat. Er ist ein Mensch von hartem Charakter.«

»Ich habe ihn erlebt«, bekräftigte Leberecht.

»Du kennst ihn?« tat die Witwe verwundert.

»Ihn und seine schöne Tochter. Ich wußte nur nicht, daß Ihr mit dem Pirckheimer verwandt seid.«

Magdalene, die viel gelöster schien als damals, als er ihr am Kranen begegnet war, erwiderte: »In einer kleinen Stadt wie dieser sind alle irgendwie verwandt.« Und im selben Atemzug fuhr sie fort: »Du verzeihst mir die abschlägige Nachricht von neulich? Mein Vater ist ein Tyrann.«

»Ein Ungeheuer!« bekräftigte die Witwe.

»Ja, er kennt keine Gnade, wenn es um die Durchsetzung seines Willens geht. Er wollte mich im Kloster sehen, deshalb überwachte er jeden meiner Schritte. Ich dachte immer wieder, ich könnte seinen Nachstellungen entfliehen, aber es blieb ihm nicht einmal verborgen, wenn ich einem Mann auf der anderen Seite des Flusses zuwinkte. Da begegnete ich der Witwe Auerswald und schüttete ihr mein Herz aus. Ihr gelang es schließlich, meinen Vater zu überzeugen, daß ich nie ein Gelübde ablegen würde und daß ich eher der Häuslichkeit bedürfte als einer strengen Erziehung.«

Leberecht nickte verständnisvoll. Die unverhoffte Nähe des schönen Mädchens verwirrte ihn beinahe ebenso wie das verhängnisvolle Zusammentreffen mit Martha und rief bei ihm ein unbestimmbares Schamgefühl hervor. Wenn er Magdalenes leuchtendblaue Augen betrachtete, dann wurde Leberecht nach kurzer Zeit verlegen, ohne den Grund für seine Verlegenheit zu kennen. Dann wußte er nicht, wohin er seine Augen wenden sollte, und er errötete wie ein junger Studiosus der Jesuiten.

Der Witwe Auerswald blieb das verschämte Verhalten ihres Untermieters nicht verborgen. Deshalb zog sie es vor, sich mit dem Hinweis auf ihre Küchenarbeit zu entfernen. Und so saßen sich Leberecht und Magdalene eine Weile schweigend gegenüber, bis das Mädchen zu reden begann.

»Ich hoffe, du zürnst mir nicht«, sagte sie und schlug die Augen nieder.

»Warum sollte ich dir zürnen?«

»Nun, wie das alles so gekommen ist.«

»Das ist wohl die Unvermeidbarkeit des Schicksals«, erwiderte Leberecht altklug, »die Philosophen der Antike nannten das *Ananke*.«

Magdalene kicherte. »Aha. Aber um der Wahrheit die Ehre zu geben – und wir wollen doch ehrlich sein, nicht wahr –, ich habe dem Schicksal etwas nachgeholfen.«

Leberecht sah das Mädchen erstaunt an.

»Als ich dich zum erstenmal sah, damals, da gefielst du mir ausnehmend gut; aber ich wußte, daß mir mein Vater jeden Umgang mit dir verbieten würde. Da griff ich zu einem Zaubermittel: Ich legte in jeden meiner Schuhe ein Sträußchen Rauchkraut und trat sie, im wahrsten Sinne des Wortes, mit Füßen. Es heißt, Rauchkraut sei gegen die Melancholie und führe einer Frau den rechten Mann zu.«

»Du meinst, es ist gar nicht Zufall, daß wir uns hier begegnen?« Magdalene steckte die gefalteten Hände zwischen ihre Knie und lächelte verlegen. Leberecht trat vor sie hin und meinte streng: »Das ist nicht wahr! Willst du Scherze mit mir treiben?«

»Nein, gewiß nicht!« entgegnete Magdalene, »auch wenn ich bisweilen, wenn mir das Herz schwer ist, scherze, statt zu weinen. Es ist wahr, seit ich dich sah, habe ich zu Gott und allen Heiligen gebetet, sie mögen sich meiner erbarmen, sie mögen mir diesen Mann schenken, dem ich am Kranen begegnet bin. Ich habe dich und dein Leben erkundet und nach einem Vorwand gesucht, dir nahe zu sein. Leberecht, ich liebe dich, ich liebe dich mehr als alles auf der Welt. Ich flehe dich an, weise mich und meine ehrliche Liebe nicht ab!« Dabei glitt sie auf die Knie und umfaßte Leberechts Beine.

Der stand da wie vom Donner gerührt, wußte nicht, wie ihm geschah und verfiel in ein unbeteiligtes Schweigen. Er wagte nicht einmal Magdalenes Haar zu berühren.

»Und du weißt mir nichts darauf zu sagen?« meinte das Mädchen, ohne aufzusehen, enttäuscht und traurig.

Für Leberecht kam das alles zu unerwartet, zu plötzlich; er empfand Magdalenes Liebesschwur eher als Schwärmerei denn als ernsthaftes Geständnis. Dennoch fühlte er sich geschmeichelt. Noch nie hatte sich eine Frau ihm auf diese Weise erklärt.

»Weißt du«, antwortete er, während er sie aufhob, »es gibt Situationen, da ist jedes Wort geeignet, mehr zu zerstören als zu erklären.«

Magdalene ordnete ihr Haarnetz und nahm auf dem Kastensofa Platz. Ihr Gesicht war ernst, und sie versuchte Leberechts Worte zu verstehen.

Wie sie so dasaß, zerbrechlich und enttäuscht, weil sie sich seine Reaktion ganz anders vorgestellt hatte, spontan, wild, auf jeden Fall aber freudig erregt, da tat sie ihm auf einmal leid. Gewiß, Magdalene war ein Mädchen zum Liebhaben, sie hatte die Anmut einer Blume und die Unbekümmertheit eines Kindes, vor allem war ihr Alter dem seinen nahe, und doch fehlte ihr die Leidenschaft, jene Sinnlichkeit, die ihn bei Martha so anzog.

»Wo ist nur der Zauber des Rauchkrauts geblieben?« klagte Magdalene weinerlich.

Leberecht rückte einen Stuhl neben sie und begann: »Du begegnest mir mit soviel Ehrlichkeit, Magdalene, deshalb will auch ich ehrlich zu dir sein. Du bist ein wunderschönes Mädchen, und der Mann, der dich einmal zur Frau bekommt, kann sich überaus glücklich schätzen ...«

»Und du? Könntest du dich ebenfalls glücklich schätzen?«

Leberecht schwieg.

»Ich verstehe«, sagte Magdalene. »Du liebst mich nicht!«

»Nein, du verstehst nichts! Ich will dir alles erklären.«

»Du mußt mir nichts erklären. Du bist ein freier Mann, kannst tun und lassen, was du willst. Nur solltest du die Finger von verheirateten Frauen lassen; denn eine Ehebrecherin hat ihr Leben verspielt. Und geheim bleibt so etwas nie!«

Leberecht blickte irritiert. Er wußte nicht, was in Magdalenes Seele vor sich ging. Mein Gott, wie sie redete, konnte man meinen, sie wisse von seiner innigen Beziehung zu Martha.

»Mach mir doch nichts vor!« Wut funkelte in den schönen Augen des Mädchens. »Du liebst eine Ehebrecherin, die so alt ist, daß sie deine Mutter sein könnte. Offenbar brauchst du das und bist auch nicht bereit, von ihr zu lassen. Dann geh doch zu ihr!«

»Wie kannst du so respektlos von einer ehrbaren Frau reden! Martha könnte zwar meine Mutter sein, aber sie ist nicht alt, sie ist über die Maßen schön und begehrenswert.«

»Du mußt sie wirklich sehr lieben, wenn du ihre Ehre verteidigst. Sie ist eine Ehebrecherin!«

»Sie ist eine Heilige; sie hilft den Armen und lebt in Frömmigkeit.«

»Wird schon seinen Grund haben, warum sie die Werke der Frömmigkeit verrichtet. Sie tut Buße.«

Leberecht sprang auf. »Woher weißt du überhaupt von Martha Schlüssel?«

Magdalene gab keine Antwort. Sie begann zu schluchzen wie ein kleines Kind. Schließlich warf sie sich Leberecht zu Füßen und flehte mit tränenerstickter Stimme: »Du mußt diese Frau vergessen! Beim Leben der Heiligen Jungfrau, du bist dabei, dein eigenes Leben und das dieser Frau zu zerstören. Du mußt fliehen bis an das andere Ende der Welt, wo keiner deinen Namen und dein Schicksal kennt, und wenn du willst, werde ich dich begleiten.«

Leberecht fand keine Worte. Er fühlte sich von dem schönen Mädchen ertappt, ihm in gewisser Weise sogar ausgeliefert wie dem Erpresser Ortlieb, nur daß Magdalene ihn wirklich liebte. Woher aber wußte sie von seinem Verhältnis?

Ihm fehlte der Mut, Magdalene zur Rede zu stellen. Gewiß hätte sie seine Frage auch nicht wahrheitsgemäß beantwortet; soweit ging die Ehrlichkeit wohl nicht. Deshalb befreite er sich aus ihrer Umklammerung und suchte ziellos das Weite.

Mit zwanzig Gulden im Säckel machte Leberecht sich tags darauf auf die Suche nach dem Fuhrknecht Ortlieb. Wie erwartet, fand er ihn in der Teuerstadt, wo der alte Schlüssel Stall und Scheune für seine Pferde und Transportwagen unterhielt. Ortlieb war mit dem Striegeln eines Gauls beschäftigt und trällerte ein ordinäres Kutscherlied, als Leberecht unerwartet an ihn herantrat.

»Oh, der feine Herr Steinmetz von der Dombauhütte«, sagte Ortlieb mit einem hinterhältigen Grinsen in seinem roten Gesicht.

Leberecht reagierte nicht, er packte den stinkenden Fuhrknecht am Ärmel, zog ihn aus dem Verschlag hervor und drückte ihn auf einen herumliegenden Strohballen nieder. »Machen wir keine langen Worte. Du weißt, worum es geht.«

»Ich habe keine Ahnung«, heuchelte Ortlieb mit unverschämtem Lächeln, »wovon der feine Herr Steinmetz redet.«

Leberecht versetzte dem Fuhrknecht einen Stoß vor die Brust, daß dieser provozierend aufschrie und rief: »Willst du, daß wir uns prügeln? Dann nur zu!«

Obwohl klein von Statur, hatte der tägliche Umgang mit Pferden dem Fuhrknecht ungeahnte Kräfte verliehen, und Leberecht zweifelte, ob er seiner Ausdauer und Zähigkeit gewachsen war. »Vielleicht«, meinte er einlenkend, »können wir unser Problem aber auch gütlich regeln.«

»Ei gewiß. Worum geht's?«

»Es geht um die Frau deines Herrn!«

»Ach ja, Martha Schlüssel, welch ein geiles Frauenzimmer!«

»Es steht dir nicht zu, so über deine Herrin zu reden.«

»So, es steht mir nicht zu? Und dir, Steinmetz, steht es dir zu, so über Martha Schlüssel zu reden?« Ortliebs Augen funkelten wild und entschlossen. »Sie ist eine Ehebrecherin!«

»Woher willst du das wissen?«

Ortlieb zeigte mit dem Finger in sein Gesicht: »Ich habe es mit eigenen Augen gesehen – und nicht nur einmal.«

»So wie du meinen toten Vater Adam gesehen haben willst?«

»Ich weiß nicht, wovon du redest, Steinmetz. Aber die Kammer der Frau meines Herrn hat ein Fenster zur Treppe, und einer, dem Gott Augen zum Sehen gegeben hat, der erkennt durch das Fenster gar wundersame Dinge, zum Beispiel eine

Herrin, die mit ihrem Ziehsohn kopuliert wie eine wilde Amazone, oder ...«

»Schweig, elender Spitzel! Wem hast du dein Wissen bisher anvertraut?«

»Niemandem!« tat Ortlieb entrüstet. »Bin ich des Teufels? Was meine Augen gesehen haben, ist mein Kapital! So wie damals, als ich deinen toten Vater sah. Damals habe ich geredet, aber ich kann auch schweigen.«

Der hämische Ton in den Antworten des Fuhrknechts trieb Leberecht beinahe zur Raserei. Er mußte an sich halten, um dem Kerl nicht an die Gurgel zu fahren. Obwohl sich alles in ihm dagegen sträubte, griff Leberecht in die Tasche, zog den Beutel hervor und warf ihn vor dem Fuhrknecht auf das Stroh: »Reicht das, um dein Schweigen zu erkaufen?«

Ortlieb griff nach dem Beutel und zählte zwanzig Goldgulden vor sich auf das Stroh. »Oh, der feine Herr Steinmetz ist großzügig. Du kannst dich auf mich verlassen. Ich kann schweigen wie ein Grab.« Blitzschnell ließ er das Geld in seiner Tasche verschwinden.

Insgeheim bereute Leberecht bereits, daß er dem Fuhrknecht soviel Geld in den Rachen geworfen hatte. Zwanzig Gulden waren sehr viel Geld für einen Fuhrknecht.

»Also kein Wort mehr über das, was du gesehen hast!« rief Leberecht schon im Gehen.

Ortlieb hob die Hand zum Schwur: »Kein Wort. Du kannst dich auf mich verlassen, Steinmetz. Ich würde sagen, bis Lichtmeß! Dann solltest du mit derselben Summe wiederkommen und mich erneut an mein Schweigen erinnern.«

Seit sich das Schicksal für sie so unerwartet gewendet hatte, fand Martha keine Ruhe mehr. Sie begegnete allem und jedem mit Mißtrauen, vor allem das Personal hatte unter ihrer Strenge zu leiden, und Knechte und Mägde des Wirtshauses im Sand, die ihrer Herrin aufgrund ihrer Güte besonders zugetan waren, wunderten sich über ihre Wandlung. Martha befand sich in jenem Zustand innerer Erregtheit, die oft über Nacht den Charakter eines Menschen verändert.

Zeichnete sich die Wirtin bisher durch Großmut und Warmherzigkeit aus, so erschien sie im Umgang mit den Menschen ihrer Umgebung plötzlich kalt, abweisend und nachtragend, und viele fragten sich, ob der Leibhaftige in Martha Schlüssel gefahren sei.

Wie nicht anders zu erwarten, schlug sich diese Veränderung auch in ihrem Äußeren nieder, doch konnte man nicht behaupten, daß dies zu ihrem Nachteil geschehen wäre: Ihre feinen, weichen Gesichtszüge machten einer gewissen Härte Platz, zudem trug sie ihr Haar nunmehr streng gescheitelt, nach hinten gestrafft und in einem breiten Knoten gebunden. All das verlieh ihr eine Herbheit, die sie eher noch schöner machte.

War es die Wandlung Marthas oder einfach der Umstand, daß Ludowika, die Bischofshure, die Stadt von einem Tag auf den anderen verlassen mußte, jedenfalls schien sich Jakob Heinrich Schlüssel, der Wirt vom Sand, mit einem Mal wieder für seine Gemahlin zu interessieren.

Dies geschah so unerwartet und unter so ungewöhnlichen Umständen, nämlich am frühen Morgen bei der Gesichtswäsche über dem Holztrog, daß Martha einen Schrei ausstieß, weil sie annahm, ihr Gemahl trachte ihr nach dem Leben. Martha konnte sich nicht erinnern, wann Schlüssel sich ihr zuletzt in ehelicher Absicht genähert hatte, so daß sie seine linkischen Berührungen eher als Belästigung denn als Zärtlichkeit empfand und schreiend in ihre Kammer lief.

Schlüssel folgte ihr mit schwerem Atem, und es gelang ihm sie zu fassen, noch ehe sie die Tür ihrer Kammer verriegeln konnte.

»Du bist mein Weib!« keuchte Schlüssel in deutlicher Erregung. »Es ist deine Pflicht, deinem Mann zu willen zu sein!«

»Und deine Pflicht, Herr?« rief Martha und versuchte sich aus der Umklammerung zu lösen. »Ist es nicht die Pflicht eines rechtschaffenen Mannes, seine Frau zu ehren und sie nicht durch den Umgang mit einer Hure zu entehren? Wo ist sie denn, deine Bischofshure? Hat sie dich verlassen?«

»Schweig! Das geht dich nichts an! Du bist mein Weib und hast mir zu Willen zu sein. Ich fordere mein Recht, so wahr ich Jakob Heinrich Schlüssel heiße und mit dir vermählt bin!«

»Vermählt?« Martha lachte hämisch. »Unsere Vermählung beschränkte sich auf die Feier beim Dompfaff. Schon am Tag danach gingst du deine eigenen Wege. Seither hast du mehr Zeit im Bett mit Ludowika zugebracht als in deinem eigenen Haus. Denkst du, ich weiß nicht, warum sie verschwunden ist? Die ganze Stadt tuschelt, ihre in Essig getränkten Fischblasen hätten nichts genutzt und sie sei schwanger geworden, vom Bischof, von dir oder von einem anderen Nichtsnutz; jedenfalls sah man sie mit dickem Bauch wie eine Kröte, und eines Tages hatte sie wieder ihre Figur von früher. Jetzt ist die Inquisition hinter ihr her. Es heißt, sie sei bei einer Engelmacherin gewesen.«

Schlüssel ließ von seiner Frau ab und setzte sich auf ihr Bett. Marthas Worte schienen ihn getroffen zu haben. Er vergrub sein Gesicht in den Händen, während Martha fortfuhr, sich anzukleiden.

»Und wenn dem so wäre?« Schlüssel sah seine Frau an, ohne daß sie seinen Blick erwiderte.

»Dann wartet der Scheiterhaufen auf sie«, entgegnete Martha, »und ich fürchte, dann wird ihr auch der Fürstbischof nicht helfen können.«

Martha wunderte sich über sich selbst, über ihren Mut, in ihrer Situation so zu reden. Aber es war wohl der Mut der Verzweiflung, und in ihrer Seele hatte sich soviel Verachtung angesammelt, daß sie gar nicht anders konnte. Und so fuhr sie fort: »Dein Geld, Herr, hat dich verdorben. Du glaubst alles kaufen zu können: Zufriedenheit, Liebe, Glück; in Wahrheit betäubst du nur deine Gefühle und wirst von Tag zu Tag unglücklicher. Reichtum, sagte der Augustiner Luther, als er noch fromm in einer Zelle lebte, ist die allerkleinste Gabe, die Gott einem Menschen geben kann. Darum gibt er den Reichtum gemeinhin den groben Eseln, denen er sonst nichts gönnt.«

Schlüssel schäumte vor Wut und schleuderte seiner Frau die Worte ins Gesicht: »Lebst du nicht geradeso wie eine Hure von meinem Reichtum, und lebst du nicht gut? Ich habe dich nicht vor den Altar des Pfaffen gezwungen! Du kamst aus freien Stücken.«

Da aber wurde Martha laut, und sie schrie Schlüssel ins Gesicht: »Du weißt genau, daß wir, wie's unter rechtschaffenen Bürgern Brauch ist, von unseren Eltern verlobt wurden. Ich war damals zwölf und hatte keine andere Wahl, als mich ihrem Wunsch zu beugen. Hätte mir Gott in frühen Jahren nicht einen Sohn geschenkt, ich wäre schon nach einem Jahr fortgelaufen.«

»Es ist *mein* Sohn, er ist das Ergebnis *meiner* Erziehung!«

»Das ist er in der Tat. Im Jünglingsalter lief er fort von zu Hause und ging ins Kloster ...« Martha hielt inne, erschrocken über ihr eigenen Worte.

»... wo er seinem Vater alle Ehre macht. Die letzte Nachricht aus Italien sagt, er habe irgendwo an der Universität eine hohe Laufbahn eingeschlagen. Das bringt zwar weniger als das Wirtshaus im Sand, aber immerhin genießt sein Vater dadurch hohes Ansehen.«

Wie sie ihren Gemahl so reden hörte, überkam Martha eine hilflose Wut. Bei der Heiligen Jungfrau, sie fürchtete die Beherrschung zu verlieren und in diesem Zustand eine Dummheit zu begehen, die sie später bereute. Martha war verwirrt, sie wußte nur eines: Mit diesem Mann wollte sie nicht mehr unter einem Dach leben.

Die Witwe Auerswald tat aufgeregt, als Leberecht am Nachmittag aus der Vorstadt zurückkehrte. Ein hoher Herr vom Domkapitel mit schwarzem Talar und roter Schärpe habe nach ihm gefragt und die Bitte ausgesprochen, er, Leberecht, möge sich noch vor Sonnenuntergang zu dem kleinen Friedhof begeben, der zum Nebenstift St. Jakob gehört, nicht weit von der alten Hofhaltung entfernt. Mehr habe er nicht gesagt.

Leberecht ahnte nichts Gutes und wollte die seltsame Einladung zunächst ausschlagen, aber dann war seine Neugierde doch größer, und zur gewünschten Zeit nahm er die steilen Treppen hinauf zum Domberg, um sich hinter der Hofhaltung den schmalen Weg hinab nach St. Jakob zu begeben.

Die Kirche, eine romanische Basilika, gehörte zum gleichnamigen Kollegiatsstift, und genoß wie die Abtei Michelsberg Immunität, freilich unter der schützenden Hand des Fürstbischofs. Als Leberecht den kleinen Kirchhof betrat, der den Zugang zur Basilika säumte, fiel ihm schon von weitem ein neuerrichteter Grabstein aus leuchtendem Sandstein ins Auge. Auffallend daran war, daß der Stein im Gegensatz zu den üblichen Grabmalen keinen Namen trug, sondern unter der Inschrift *Requiescat in Pace* nur die eingehauenen Buchstaben A. F. H. Welcher Sünder mochte hier im Frieden mit der Kirche, doch ohne Namen und Stand, seine letzte Heimstatt gefunden haben?

»›Zum Gedenken an den rechtschaffenen Adam Friedrich Hamann, welcher im Jahre des Heils 1554 verschied‹«, sagte da eine Stimme neben ihm, als lese sie die Inschrift von dem Grabstein ab. »Möge seine Asche in Frieden ruhen!«

Leberecht gefror das Blut in den Adern. In ratlose Gedanken versunken, hatte er gar nicht wahrgenommen, daß sich ein vornehm gekleideter Herr in schwarzer Gelehrtentracht von der Seite genähert hatte und neben ihm stehengeblieben war.

»Das entspricht doch deinem Wunsch, nicht wahr?« sagte der Fremde und nahm sein schwarzes Barett vom Kopf.

Leberecht sah auf und rief erstaunt: »Ihr seid es, hochwürdigster Herr Fürstbischof. Ich hätte Euch beinahe nicht erkannt!«

»Muß auch nicht sein, daß unsere Begegnung bekannt wird.« Und mit einem Blick auf den Grabstein fuhr er fort: »Ich wollte dir diesen Gefallen erweisen; denn ich weiß, wieviel dir daran liegt, daß dein Vater Adam ein würdiges Grabmal erhält.«

»Aber Eminenz, Ihr wißt doch, mein Vater wurde von der Inquisition ...«

»Das ist Sache der Inquisition!« unterbrach ihn der andere, »und dies ist Sache des Fürstbischofs.«

»Ihr seid überaus gut zu mir, Eminenz; aber, wenn ich mir die Bemerkung erlauben darf, es geht mir weniger um ein auffälliges Grabmal für meinen Vater als um seine Rehabilitierung. Mein Vater war kein Hexer. Er war ein Sonderling, aber ich lege meine Hand für ihn ins Feuer, daß er nach seinem Tode niemandem als Geist erschienen ist.«

»Ich weiß«, erwiderte der Bischof kühl.

»Was sagt Ihr? Ihr wißt es?«

Der Fürstbischof nickte. »Ich glaube nicht an derlei Erscheinungen, solange ich sie nicht mit eigenen Augen gesehen habe.«

»Beide Zeugen sind fragwürdige, niederträchtige Menschen, glaubt mir!«

»Ich glaube dir ja, mein Sohn.«

»Aber dann könntet Ihr doch für meinen toten Vater Adam Zeugnis geben. Dann könnte mein Vater doch rehabilitiert werden.«

Der Fürstbischof schüttelte lächelnd den Kopf: »Mein Sohn, dein Vater wurde von der heiligen Inquisition als Hexer verurteilt. Das bedeutet nach den Gesetzen der heiligen Mutter Kirche: Dein Vater Adam *war* ein Hexer. Die Inquisition irrt nicht. Sie hat sich noch nie geirrt und wird sich auch niemals irren, denn sie spricht jedes Urteil im Namen Gottes des Allerhöchsten.«

Amen! wollte Leberecht herausschreien, aber er schwieg. Er erstickte fast vor Wut. Er spürte die gelbe Galle in sich hochsteigen, und gleichzeitig wuchs sein Widerwille gegen die heuchlerischen Pfaffen und alles, was sie umgab. Er haßte ihre geröteten, stets frisch gewaschenen Gesichter, diese sorgfältig und mit Hingabe einstudierten Bewegungen, ihren levitierenden Gang, als schwebten sie ständig über dieser Erde, diese in Szene gesetzte Heiligkeit, und Leberecht nahm sich vor, wenn sich ihm jemals die Möglichkeit böte, einem dieser elenden Pfaffen das Handwerk zu legen, dann würde er es tun.

Als könnte er seine Gedanken lesen, sah der Fürstbischof den aufgebrachten Steinmetz an und sagte: »Ich verstehe deinen Zorn, aber er ist sinnlos wie ein Türken-Ablaß. Wie es das Gute gibt, wird es immer das Böse geben, und solange es Gutes und Böses gibt, wird es auch die Gesetze der Kirche geben. Es nützt nichts, sich dagegen aufzulehnen, dir nicht und keinem anderen.«

Leberecht nickte hilflos, und der Fürstbischof versuchte sich einschmeichelnd: »Ich hatte geglaubt, dir damit eine Freude zu bereiten, auch wenn das Grabmal keinen Namen trägt. Ich bin damit ein nicht unerhebliches Risiko eingegangen.«

Das Risiko, dachte Leberecht, hält sich, weiß Gott, in Grenzen. Selbst hierin beweist sich die Heuchelei eines Kirchenoberen, daß er nicht offen zu dem steht, was er glaubt und denkt – anonym wie dieser Grabstein.

»So danke ich Euch denn auch, Eminenz«, entgegnete er gereizt, und mit zynischem Unterton wiederholte er: »Habt vielen Dank vom Sohn des Hexers!«

»Hör zu!« fuhr der Fürstbischof, mühsam nach Worten ringend, fort und schob Leberecht vor sich her in Richtung der Kirche. »Ich habe das alles nicht ganz uneigennützig veranlaßt. Ich habe getan, was in meiner Macht lag; nun wünsche ich, daß du dich mir erkenntlich zeigst, mein Sohn.«

»Ich, Leberecht Hamann, soll mich Seiner Eminenz, dem Fürstbischof, erkenntlich zeigen?« Leberecht lachte laut und verschluckte sich dabei, und der Fürstbischof drängte ihn in eine Nische an der Außenmauer, zum Schutz vor neugierigen Augen und Ohren.

»Über das, was ich dir jetzt sage«, begann der Bischof beschwörend, »wirst du schweigen wie ein Grab. Du wirst es für dich behalten, solange du lebst und dir die Zunge abbeißen, bevor du auch nur eine Andeutung herausläßt.«

Zwischen den Grabsteinen des kleinen Kirchhofes hallte das letzte Vogelgezwitscher des Tages. Leberecht blickte nach allen Seiten; er wollte einfach nicht glauben, wie ihm geschah: daß der Fürstbischof allein gekommen war; daß es keinen Zeugen dieser seltsamen Zusammenkunft geben sollte; und daß der Fürstbischof ausgerechnet ihn bei einer wichtigen, geheimen Sache ins Vertrauen ziehen sollte.

Nichts drückt so schwer wie ein Geheimnis, dachte Leberecht, aber wer verrät, er verwahre ein Geheimnis, der hat sich schon zur Hälfte selbst verraten. Der Gedanke huschte ihm durch den Kopf, ob die Geheimtuerei des Bischofs vielleicht im Zusammenhang mit der Hure Ludowika stünde – doch dann kam alles ganz anders.

»Du kennst Kopernikus?« begann der Fürstbischof unvermittelt, den Blick an Leberecht vorbei in die Dämmerung gerichtet.

»Den Doktor aus dem Ermland?« fragte Leberecht verdutzt. »Es ist, wenn ich nicht irre, zwanzig Jahre her, seit er starb. Erst jüngst hatte ich eines seiner Werke in Händen, doch fand ich bisher nicht die Zeit, darin zu lesen.«

Der Fürstbischof packte Leberecht bei den Armen und schüttelte ihn. »Und erinnerst du dich an den Titel des Werkes?«

»Ja, natürlich«, antwortete Leberecht ruhig. »*De revolutionibus orbium coelestium.* Ich stieß darauf in der Bibliothek der Benediktiner auf dem Michelsberg. Welche Bewandtnis hat es mit diesem Buch?«

»Keine Fragen!« murmelte der Fürstbischof halblaut und drohend. »Gibt es noch andere Bücher des Kopernikus in dieser Bibliothek?«

Verwirrt, weil er das heimliche Spiel nicht durchschaute, stammelte Leberecht, er glaube schon; die Büchersammlung der benediktinischen Abtei verfüge beinahe über jedes Buch, das irgendwo in Europa gedruckt worden sei. Andererseits habe er noch nicht nach weiteren Büchern dieses Autors geforscht, obwohl die von ihm verbreitete Lehre von den Sternen überaus interessant sei, behaupte er doch, nicht die Erde, sondern die Sonne bilde den Mittelpunkt des Weltalls, und damit stehe er im Widerspruch zur Heiligen Schrift.

»Man erzählt sich«, sagte der Bischof, und man konnte erkennen, daß ihm seine Rede nicht leichtfiel, »daß die Mönche auf dem Michelsberg neben den mit Erlaubnis der Kurie verlegten Büchern auch über solche verfügen, welche heimlich und gegen den Willen der Kirche gedruckt und verbreitet wurden, und allein deshalb gewährten sie keinem Außenstehenden Einblick.«

»Verbotene Bücher?« heuchelte Leberecht Erstaunen, und er sagte zu sich: Jetzt nur kein falsches Wort! »Ehrwürdiger Herr! Das Kloster ist ein Hort des Glaubens, und die Mönche sind Diener Gottes.«

Da verlor der Fürstbischof für einen Augenblick die Beherrschung, und er fauchte: »In allen Klöstern wohnt der Teufel. Die meisten Mönche sind nichts anderes als Ketzer in der Kutte frommer Männer. Du darfst keinem trauen, hörst du? Keinem!«

In seiner Hilflosigkeit und um den aufgebrachten Bischof zu beruhigen, nickte Leberecht zustimmend.

Das ermutigte diesen, seine Rede fortzusetzen: »Jener Nikolaus Kopernikus war ein äußerst kluger Kopf, Doktor des Kirchenrechts und der Medizin, und ein frommer Christenmensch, aber der Astronomie galt seine heimliche Liebe. Dennoch war er schlau genug, sein Hauptwerk erst nach seinem Tode zur Veröffentlichung freizugeben; so vermied er jeden Konflikt mit der heiligen Inquisition. Zum Glück ist das von dir erwähnte Werk so neuartig und ungewöhnlich, daß es kaum einer je gelesen hat. Deshalb bereitet es der heiligen Mutter Kirche auch keine Sorgen, und es wird gewiß irgendwann ungelesen vermodern, ohne daß sich jemand daran stört.«

Und was ist mit der Wahrheit, dachte Leberecht. Daran schien keiner in der Kirche wirkliches Interesse zu haben.

»Aber Kopernikus«, fuhr der Fürstbischof fort, »hat eine zweite, weit gefährlichere Schrift verfaßt, mit dem Titel *De astro minante*.«

»›Vom drohenden Gestirn‹?«

»So ist es. Ein kleines Buch mit zweiundzwanzig Kapiteln wie die Geheime Offenbarung des Johannes und von ebenso brisantem Inhalt. Kopernikus wußte um die Bedeutung dieser Schrift und hat sie nur wenigen gezeigt. Einer von ihnen war der Vorsteher der Abtei Bursfelde, der eine Abschrift davon herstellte. Und der gab sie nach dem Tode des Verfassers in einer Auflage von genau einhundertundeins Exemplaren in Druck, *ein* Buch für jede Abtei der Bursfelder Union, einer ketzerischen Reformbewegung der Benediktiner, zu der auch dieses Kloster gehört.«

»Ich verstehe«, entgegnete Leberecht.

»Nichts verstehst du!« fuhr ihn der Fürstbischof an. »Nichts! Inzwischen ist es der Kurie gelungen, hundert Exemplare ausfindig zu machen und zu vernichten – alle bis auf eines.«

Leberecht fiel es wie Schuppen von den Augen. »Und dieses Buch vermutet Ihr in der Abtei auf dem Michelsberg!«

Der Fürstbischof hob abwehrend beide Hände: »Nicht ich, mein Sohn, sondern das Heilige Offizium in Rom ist hinter dem Buch des Kopernikus her. Die Herren Kardinäle wollen es um jeden Preis.«

Leberecht rang nach Luft, er fühlte ein Schwindelgefühl im Kopf, ihm war, als begänne der Boden unter seinen Füßen zu wanken, aber gleichzeitig und zum erstenmal in seinem Leben spürte Leberecht ein Gefühl der Macht. Bei der Heiligen Dreifaltigkeit, die römische Kurie ersuchte ihn, Leberecht Hamann, um Hilfe!

Doch dies war nicht das einzige, das ihm im Schutze der Kirchenmauer durch den Kopf ging. Eine innere Stimme sagte ihm, daß die apokryphe Botschaft seines Vaters Adam jetzt plötzlich einen Sinn erhielt: FILIO MEO L. ✳ TERTIA ARCA. Die Inschrift stand vor seinen Augen, als sähe er sie zum erstenmal. Und es war vor allem ein Zeichen darin, dem er bislang keine Bedeutung zugemessen hatte: Was konnte dieser Stern in der Mitte anders sein als ein Hinweis auf das drohende Gestirn?

So mußte es sein: Sein Vater kannte das Buch. Es schien, als hätte er sich lange damit beschäftigt und nachgedacht, wie er das brisante Wissen weitergeben könnte. Vielleicht erschien er ihm als zu jung oder zu dumm, um ihn mit dem Inhalt vertraut zu machen, oder der kahle Adam wollte ihn nur für den Fall an seinem Wissen teilhaben lassen, daß er sich durch alle Bücher der dritten Arca durchgelesen hatte oder auf andere Weise darauf gestoßen wurde. Hätte er geahnt, daß ausgerechnet der Fürstbischof seinen Sohn auf die richtige Fährte setzen würde, so wäre ihm diese Ironie gewiß nicht entgangen. Auch Leberecht mußte lachen.

»Du lachst?« knurrte der Fürstbischof ungehalten. »Mir scheint, du nimmst die Aufgabe nicht ernst!«

Er stieß Leberecht beiseite und ging, die Hände auf dem Rücken verschränkt, unruhig vor der Mauernische auf und ab.

»Und wenn mein Preis dafür wäre«, sagte Leberecht lauernd, »diesen namenlosen Stein mit einer Inschrift zu versehen, wie Ihr sie vorgetragen habt?«

Der Fürstbischof wandte sich schroff um und baute sich vor Leberecht auf:

»Du darfst nicht glauben, du hättest mich oder die Kurie oder gar die heilige Mutter Kirche in der Hand und könntest das Buch gleichsam meistbietend verhökern. In diesem Fall oder wenn es dir angebracht scheinen sollte, uns hinzuhalten, dann gäbe es eine Reihe Zeugen, die vor der heiligen Inquisition den Ehebruch der schönen Wirtin Martha Schlüssel testierten.«

Leberecht erstarrte. Der Triumph, der ihn eben noch erfüllt hatte, fiel in sich zusammen wie morsches Gebälk; er fühlte nur noch Ohnmacht und dumpfe Wut.

»Hochwürdiger Herr«, sagte Leberecht, »wißt Ihr, wie viele Bücher die Benediktiner in ihrer Bibliothek hüten?« Seine Stimme überschlug sich; er stockte und begann zu zittern. »Es mögen hundertmal tausend Bücher sein, und die Ordnung, in der sie aufgestellt sind, gleicht eher dem Chaos vor der Schöpfung. Ich weiß nicht, wie lange es dauern kann, bevor ich fündig werde. Gebt mir Zeit, und ich werde tun, was in *meiner* Macht steht.«

»Die Zeit sollst du haben«, kam es zurück. Leberecht erkannte den Fürstbischof nur noch als einen dunklen Schattenriß, er glaubte Hohn aus seiner Stimme herauszuhören. Und diese

Stimme sagte leise, aber in bestimmendem Tonfall: »Dreißig Tage und keinen Tag mehr!«

Anstatt zu antworten, lehnte sich Leberecht mit dem Rücken an die Kirchenmauer und blinzelte ratlos in den wolkenlosen Himmel, wo der Abendstern erschien wie ein unheilverkündender Komet. Ihm wurde von einem Augenblick auf den anderen bewußt, daß er, vor allem aber Martha – ob er das Buch des Kopernikus finden würde oder nicht – dem Fürstbischof und den Schergen der Inquisition ausgeliefert sein würde, und daß es nur *einen* Ausweg gab in dieser Situation: die Flucht.

»Nun gut«, sagte Leberecht, »dreißig Tage sollten mir reichen.«

KAPITEL VI

Fluch und Vergessen

Höchst überrascht war Leberecht, als er am nächsten Morgen die Bibliothek der Benediktiner aufsuchte und dort einem Mann begegnete, den er, obwohl er ihm in gewisser Weise ans Herz gewachsen war, lange nicht gesehen hatte: Frater Luitger.

Für Luitger kam die Begegnung ebenso unerwartet. Er wühlte in einem Stoß aufgeschlagener Karten, Bücher und Handschriften, als wäre er einem Problem größeren Ausmaßes auf der Spur, wie der verschollenen Bundeslade, auf deren Verbleib immer wieder in obskuren Werken seltsame Hinweise auftauchten.

»Ihr macht Euch rar in letzter Zeit, Frater Luitger«, meinte Leberecht freundlich. »Habe ich Euch durch irgendein Wort oder mein Verhalten gekränkt oder beleidigt? Laßt es mich wissen, damit ich Abbitte leiste!«

Luitger hob beschwichtigend die Hand, ohne sich bei seiner Arbeit stören zu lassen, und entgegnete: »Ganz und gar nicht, mein Freund. *Ich* muß dich um Entschuldigung bitten, daß ich mich in letzter Zeit so wenig um dich gekümmert habe! Dahinter verbirgt sich keine Absicht. Abt Lucius hat mich mit einer besonderen Aufgabe betraut, die größere Vorbereitung erfordert und mir die Möglichkeit nimmt, mit dir weitere Studien zu betreiben. Aber wie ich hörte, hast du in Frater Emmeram Ersatz gefunden. Er ist ohnehin der Klügste von uns allen.«

»Ihr seid gekränkt, stimmt's?« Leberecht trat an das Kartenpult heran, um zu erkunden, welchem Landflecken Luitgers Interesse galt.

»Bei der Heiligen Jungfrau, nein, warum sollte ich gekränkt sein? Wir sind doch alte Freunde!«

»Aber was ist dann der Grund für Eure Verschwiegenheit und Zurückhaltung?«

Die Karten auf dem Pult zeigten das Gebiet des Fürstbischofs von Salzburg; auf einem breitformatigen, vielfach gefalteten Bogen war die Republik Venedig zu erkennen, und ein hochformatiges Blatt beschrieb, von Ranken umrahmt, das Königreich Neapel.

»Man könnte meinen, Ihr wollt eine weite Reise machen!«

Luitger wandte sich Leberecht zu und erwiderte: »Was ich dir jetzt sage, bleibt unter uns; denn eine weite Reise wird um so gefährlicher, je mehr Mitwisser sie hat. Die Kongregation meines Ordens schickt mich in geheimer Mission nach Montecassino in Kampanien, wo der heilige Benedikt vor tausend Jahren ein Kloster gründete.«

»Darum die vielen Karten! Und der geheime Zweck? Laßt mich raten! Wenn es gar so geheim ist, kann es nur um wertvolle Gütern gehen. Einen Goldtransport?«

»Nicht Gold, aber etwas ebenso Kostbares! Mehr will ich nicht verraten.«

Leberecht schlug sich mit der flachen Hand auf die Stirn. »Wenn ein Mönch wie Ihr von einem Kloster zum anderen reist und sein Gepäck ist kostbar wie Gold und doch ist es keines, so kann es sich nur um eine Reliquie handeln!«

Der Frater staunte: »Woher weißt du?«

»Frater Emmeram hat mir von der Trübsal berichtet, die ihn

befiel, als Frater Melchior, Gott hab' ihn selig, das goldene Döschen öffnete, das in die Altarplatte Eurer Klosterkirche eingelassen war und ein Barthaar des heiligen Benedikt von Nursien enthalten sollte, aber nichts darin fand außer Fliegendreck, obwohl dieses Reliquiar nachweislich aus dem Besitz des heiligen Kaisers Heinrich stammte.«

»Wenn du so gut unterrichtet bist, brauche ich aus meiner Mission kein Geheimnis zu machen. Es ist, wie du vermutest. Ich reise nach Italien, um einen Reliquientausch vorzunehmen ...«

»Ein Tauschhandel?«

»Wenn du willst, könnte man es so nennen. Doch ist es besser, zwei Klöster tauschen untereinander ihre Reliquien, als daß sie auf einen Reliquienhändler angewiesen sind, wie sie zu Hunderten durch Europa ziehen und gewisse Körperteile, vermischt mit Rinderknochen oder den getrockneten Eingeweiden von Schweinen, meistbietend veräußern.«

Leberecht lachte, er schüttelte sich vor Lachen, daß er sich verschluckte, und meinte hustend: »Euer Glaube an die Bedeutung von Reliquien hält sich, wie mir scheint, in Grenzen!«

Luitger legte den Finger auf seine Lippen und mahnte zur Zurückhaltung: »Wenn Relikte von Heiligen bei gewissen Menschen fromme Gefühle wecken, so ist dagegen wenig einzuwenden. Für bedenklich halte ich nur die Sucht, mit der mancherorts der Reliquienkult betrieben wird, so daß geschäftstüchtige Händler noch heute Tropfen vom Schweiß verkaufen, den unser Herr Jesus auf den Ölberg vergossen haben soll, oder Krumen vom letzten Abendmahl und Knochensplitter der Rippe Adams, aus welcher der Schöpfer Eva erschuf.« Er winkte Leberecht näher zu sich heran und fuhr in leisem Tonfall fort: »Unsere Abtei befindet sich in einer mißlichen Lage, denn die Weihe unserer Kirche ist nach den Gesetzen der Kirche ungültig, weil im Altar kein Partikel der sterblichen Hülle des Schutzpatrons eingelassen ist.

Gott sei Dank haben nur der Abt, meine Wenigkeit und Frater Emmeram davon erfahren – und Frater Melchior, aber der ist tot. Und nun weißt du es, mein Freund.«

Die Aufzählung klang seltsam in Leberechts Ohren, doch seine Neugierde war größer. »Und nun sollt Ihr in Italien eine Reliquie des heiligen Benedikt besorgen.«

»Er liegt in der Abtei Montecassino begraben, und uns wurde die linke kleine Zehe zugesichert.«

»Beachtlich.« Leberecht konnte den Spott in seiner Stimme nur mit Mühe verbergen. »Und mit welcher Gegenleistung könnt Ihr aufwarten?«

Luitger wurde verlegen, er wühlte wie wild in den Karten, die vor ihm lagen, als suchte er dort nach einer Antwort. Aber plötzlich hielt er inne und sprach: »Du kennst das Gnadenbild der Madonna mit dem Kind auf dem linken Seitenaltar, das Werk eines unbekannten Meisters aus dem vorvorigen Jahrhundert? Im Sockel dieser Statue ist, von Edelsteinen eingerahmt, eine Reliquie zu sehen.«

»Ein Stückchen Schrumpelhaut. Ich sah es mit Grausen.«

»Bei dieser Reliquie soll es sich um ein Stückchen der Vorhaut unseres Herrn handeln, an der er nach altem Ritus am achten Tag seines Erdenlebens beschnitten wurde ...«

»*O sanctum praeputium!*« entfuhr es Leberecht, und er fügte mit hochrotem Kopf hinzu: »Verzeiht die dumme Bemerkung, aber es fällt mir schwer, dabei ernst zu bleiben. Immerhin gibt es ein gutes Dutzend Kirchen und Klöster, die sich rühmen, die allerheiligste Vorhaut in ihrem Besitz zu haben. Nach Hildesheim, Brügge, Antwerpen und Metz pilgern Tausende schwangerer Frauen, weil sie sich vom Anblick des kupierten göttlichen Zipfelchens eine kräftigende Wirkung versprechen. Nur, wer hat das einzig wahre und echte Zipfelchen des Herrn, wo doch schon die heilige Katharina von Siena, ob ihrer Heiligkeit über jeden Zweifel erhaben, das Praeputium des lieben Jesuleins als unsichtbaren Ring am Finger trug?«

Der schwarze Frater nickte zustimmend. »Ich kann dich nicht einmal tadeln wegen deiner Worte. Denn davon abgesehen, daß das Praeputium unseres Heilands von abnormer Länge hätte sein müssen, wäre auch nur die Hälfte aller gezeigten Reliquien echt, so stellt jedes einzelne Exemplar ein großes theologisches Problem dar, und das ist der Grund, warum Abt Lucius bereit ist, sich von dem Stück zu trennen.«

»Ein theologisches Problem?«

»Nun«, meinte Luitger mit ernstem Gesicht, »nach der Glaubenslehre unserer Kirche ist unser Herr Jesus mit Leib und Seele in den Himmel aufgefahren ...«

»Ich verstehe«, unterbrach Leberecht, »das bringt einen frommen Christen in arge Verlegenheit. Denn glaubt man der Lehre der heiligen Mutter Kirche, dann hätte natürlich auch die Vorhaut unseres Herrn Jesus in den Himmel aufgenommen werden müssen, getrennt oder in mehreren Teilen; jedenfalls dürfte kein einziges Praeputium auf Erden zurückgeblieben sein. Andererseits aber versündigt sich jeder am Glauben, der die Echtheit dieser Zipfelchen in Zweifel zieht.«

Luitger hob mahnend den Finger: »So darfst du denken, aber nicht reden.«

»Verzeiht«, sagte Leberecht. »Ich hatte nicht die Absicht, Euch zu kränken.«

»Von Kränken kann keine Rede sein«, erwiderte der Frater. »Ich will dich nur warnen, daß du dir, so du diese Worte öffentlich gebrauchst, den Vorwurf der Ketzerei einhandelst – und was das bedeutet, brauche ich dir nicht zu sagen.«

»O nein, nein, nein«, rief Leberecht aufgebracht. »Aber Ihr seid ein Freund; mit Euch kann ich doch so reden, wie ich denke.«

Der Frater streckte ihm die Hand entgegen und lächelte.

Während Luitger sich weiter mit seinen Karten beschäftigte und auf einem gerollten, breiten Papierstreifen die Reiseroute und wichtige Anmerkungen festhielt, machte Leberecht sich an der dritten Arca zu schaffen, drehte, wie er es oft in den letzten Wochen getan hatte, das Regal um seine eigene Achse und forschte vor der verbotenen Rückwand nach jenem Buch, das für den Fürstbischof so große Bedeutung hatte.

War es schwierig genug, ein bestimmtes Buch in dieser Bibliothek zu suchen, so glich die Suche im verbotenen Teil der Arcae der Suche nach der Nadel im Heuhaufen, weil keines dieser Bücher auf dem Rücken beschriftet und somit kenntlich war, was Inhalt und Urheber betraf. Die einzigen Anhaltspunkte, die Leberecht hatte, waren das kleine Format des gesuchten Buches und sein astronomischer Inhalt, der es in einer der oberen Reihen unter dem Gewölbe ansiedelte. Also legte Leberecht die Leiter an und kletterte nach oben, vorbei an Geographie und Geometrie bis zu den Büchern, welche die Gestirne zum Inhalt hatten.

Von unten erscholl, gleichsam aus irdischen Gefilden, Luitgers Stimme: »Was suchst du über den Wolken, Freund?«

»Ach, nichts weiter«, tat Leberecht verharmlosend, »ein nachgelassenes Werk des Nikolaus Kopernikus, Doktor des Kirchenrechts und der Medizin und Sterndeuter von eigenen Gnaden.«

»Diesen Kopernikus findest du auf der anderen Seite der Arca«, rief Luitger nach oben. »Sein Werk trägt den vollen Titel *De revolutionibus orbium coelestium libri VI.* Sehr interessant übrigens und obwohl es ein heliozentrisches Weltbild verkündet, das sich gegen die Lehre der Kirche richtet, von dieser *nicht* verboten. Aber das liegt vermutlich daran, daß nur wenige den Erklärungen des Herrn Kopernikus überhaupt zu folgen imstande sind.«

»Dieses Buch meine ich nicht«, rief Leberecht von der Leiter. »Ich suche ein anderes Buch des Meisters. Es heißt *De astro minante* und ist, wie ich hörte, von der Kurie nicht wohl gelitten.«

Leberecht fuhr in seiner Suche fort und lauschte auf eine Antwort von Luitger, aber es blieb still – unheimlich still, so daß Leberecht nach einer Weile nach unten blickte. Er erschrak. Frater Luitger saß starr auf seinem Stuhl, den Blick nach oben gerichtet, als hätte Gott der Herr soeben das Jüngste Gericht angekündigt.

»Was ist mit Euch?« fragte Leberecht ängstlich.

»Wie lautet der Titel des Buches?«

»De astro minante.«

»Woher weißt du von der Existenz dieses Werkes?«

»Mein Vater Adam hat mir eine Botschaft hinterlassen«, antwortete Leberecht, der es für besser hielt, die Zusammenkunft mit dem Fürstbischof nicht zu erwähnen. »Er meinte, es sei ein bedeutungsvolles Buch und ich müßte seinen Inhalt unbedingt kennen.«

Der schwarze Frater, sonst eher ruhig und gelassen und durch nichts aus der Fassung zu bringen, fuchtelte in der Luft herum und rief aufgeregt: »Dieses Buch solltest du schleunigst vergessen. Es bringt nur Unglück.«

»Unglück?« Leberecht lachte keck. »Bücher bringen kein Unglück. Unglück bringen nur die Taten, die den Büchern folgen.«

Da richtete Luitger die Augen zum Himmel, so als hätte sein junger Freund etwas Unsinniges gesagt, und er entgegnete: »Denk an deinen Vater Adam; ihn hat dieses Buch in den Tod getrieben!«

Leberecht, der die bisherige Unterhaltung von der obersten Sprosse der Leiter geführt hatte, glitt, behende wie ein Baumtier die senkrechten Holme umfassend, in die Tiefe. In seinem Gehirn wuchs ein furchtbarer Gedanke, und eine grauenvolle Empfindung bemächtigte sich seines Körpers, ein Gefühl, als trete er in ein modriges, ekelerregendes Kellerloch. Er fröstelte. Und weil Luitger keine Anstalten machte, seine Andeutung zu erklären, fragte Leberecht: »Wovon redet Ihr?«

»Wovon ich rede? Von diesem unheilbringenden Buch, das besser nie geschrieben worden wäre.«

»Was meint Ihr damit, Frater, das Buch habe meinem Vater den Tod gebracht? Daß es tödlich sein kann, ein Buch zu schreiben, ist hinreichend bekannt; aber seit wann werden Leser mit dem Tode bestraft?«

Frater Luitger erhob sich, faßte Leberecht am Ärmel und zog ihn mit sich fort, als fürchtete er, sie könnten belauscht werden. Auf dem Weg zum rückwärtigen Teil der Bibliothek, wo breite Mauernischen zu den Fenstern führten, erklärte er: »Ich kann nicht beweisen, daß der Tod deines Vaters in direktem Zusammenhang mit der Auffindung dieses Buches steht; aber daß du jetzt danach fragst, bestätigt meine Ahnung, daß es nicht anders gewesen sein kann.«

»Und das laßt Ihr mich erst jetzt und eher zufällig wissen?«

»Mein Freund, ich sagte doch, mir fehlt der Beweis; und deshalb wollte ich dich nicht beunruhigen – geschweige denn, dich selbst in diese Sache hineinziehen. Dein Vater Adam, Gott sei seiner armen Seele gnädig, starb kurz nach einem Zusammentreffen mit dem Inquisitor Bartolomeo. Nach meinen Beobachtungen segneten in jüngerer Zeit auffallend viele Christenmenschen das Zeitliche, die ein Gespräch mit dem Inquisitor gehabt hatten. Ich selbst wurde von Frater Bartolomeo einmal als Zeuge geladen – ein Fall übrigens, der nicht zur Zufriedenheit des Inquisitors ausging –, und damals bot er mir während der Unterredung Wein aus einem Zinnkrug an, höchst ungewöhnlich bei einem Verhör.«

»Ihr meint, Frater Bartolomeo habe seinen Opfern Gift verabreicht? Warum hätte er das tun sollen, wo ihm doch die Möglichkeit offenstand, einen Sünder zum Tod auf dem Scheiterhaufen zu verurteilen?«

»Für den Fall, daß die Anklage auf tönernen Füßen stand, erscheint das eine einfache Möglichkeit, sich unliebsamer Kritiker zu entledigen, die der Inquisition gefährlich werden können. Dein Vater Adam, scheint mir, war so ein Fall. Er war klug und belesen und tat seine Meinung kund ohne Rücksicht auf die Lehrmeinung der Kirche.«

Die beiden standen sich lange und schweigend in der Fensternische gegenüber, in der Leberecht schon Stunden zugebracht und über den Inhalt gelesener Bücher nachgedacht hatte. Das Fenster mit den runden Butzenscheiben, die den Blick nach draußen auf groteske Weise verzerrten, erschien ihm wie ein Symbol, als schwer durchschaubare Grenze zwischen Theorie und Wirklichkeit. Die Theorie, die in den Büchern der Bibliothek gelehrt wurde, erschien klar und eindeutig; aber hinter den Scheiben spiegelte sich die verzerrte Wirklichkeit, und diese Wirklichkeit hatte mit dem Inhalt der Bücher oft nichts gemein. Ein Blick aus dem Fenster genügte, um Gutes zum Bösen, Heilige in Teufel und scheinbare Dummköpfe in Philosophen zu verwandeln – und umgekehrt.

Schließlich stellte Leberecht die Frage: »Aber was hat das alles mit dem verbotenen Buch des Kopernikus zu tun?«

»Das Buch ist nicht verboten!« entgegnete Luitger aufgebracht. »Es hat überhaupt nie existiert, verstehst du?«

»Nein. Das müßt Ihr mir erklären, Frater Luitger!«

Der Frater schien sehr aufgeregt, er ging schnellen Schrittes zur dritten Arca, raffte seine schwarze Kutte bis über die Knie und stieg hastig, immer zwei Sprossen auf einmal nehmend, die Leiter empor bis unter das Gewölbe, wo er dem obersten Fach ein kleines Buch entnahm; dann stieg er ebenso hastig herab.

Am Fuße der Leiter erwartete ihn Leberecht. »Ist dies das Buch, das nie existiert hat?« erkundigte sich Leberecht nicht gerade ernsthaft.

Luitger nickte. »Dieses Buch des Kopernikus enthält so viele teuflische Gedanken, daß die Kurie in Rom seine Existenz einfach leugnet. Ein Buch mit dem Titel *De astro minante* aus der Feder des Nikolaus Kopernikus hat es nach ihrer Aussage nie gegeben. Aus diesem Grund wurden alle gedruckten Exemplare des Buches aufgespürt und vernichtet. Bis auf eines.« Luitger sah Leberecht an, als hätte er soeben dem Teufel seine Seele verschrieben. »Das hier.«

Leberecht nahm das Buch in die Hand. Es war ein unscheinbarer Band, doch als er ihn gegen das Licht hielt, sah er in dem Ledereinband einen einzigen geprägten Stern.

Der Stern! Das Zeichen, das ihm sein Vater hinterlassen hatte. Jetzt war er am Ziel.

Leberecht schlug das Buch auf; sein Blick fiel auf den lateinischen Text. *»Aristotelis divini universum nec Iulii Caesaris calendarium protegere nos non possunt ab astro minante ...«** Er war viel zu aufgeregt, als daß er in der Lage gewesen wäre, weiterzulesen. »Aber Kopernikus war ein frommer Mann der Kirche«, stammelte er, »und die Inquisition hat sich nie mit ihm befaßt!«

»Warum sollte sie auch? Wo es dieses Buch überhaupt nicht gibt?«

»Ich verstehe«, antwortete Leberecht, »aber was ist nun das Verwerfliche an seiner These? Daß die Erde keine Scheibe ist, zwischen der Hölle unten und dem Himmel oben, sondern eine Kugel? Das kann man schon bei den Philosophen der alten Griechen nachlesen – so man ihre Sprache versteht. Und daß die Erde

* Das Universum des erhabenen Aristoteles und der Kalender des Julius Caesar können uns nicht schützen vor dem drohenden Stern ...

sich um die Sonne dreht, das mag man glauben oder nicht, aber das hat er bereits in seiner Denkschrift *Commentariolus* behauptet, und keiner hat ihm widersprochen.«

Luitger antwortete: »Kopernikus behauptet in der Tat, daß die Erde sich, entgegen kirchlicher Lehre, um die Sonne dreht, die der Mittelpunkt des Alls sei. Papst Clemens ließ sich selbst darüber unterrichten, weil jene Denkschrift auch Überlegungen zu einer Kalenderreform enthielt.«

»Das klingt nicht nach einem Ketzer.«

»Doktor Kopernikus war ein vorsichtiger Mann. Was ihn dazu gebracht hat, die ungeheuerlichen Erkenntnisse in seiner letzten Schrift – dem Buch, das es nicht gibt – überhaupt niederzulegen, weiß keiner. War es Rache, daß man ihn nicht ernst nehmen wollte? War es der Zwang, der im System liegt, wenn es einmal existiert? Denn, was das Schlimmste ist, er behauptet es nicht nur, er beweist es mit mathematischer Genauigkeit.«

»Was, Frater, was beweist Kopernikus?«

»Daß die Bahnen der Planeten nicht einen vollkommenen Kreis beschreiben, der vollkommenen Schöpfung Gottes entsprechend, sondern anderen Gesetzen gehorchen, die sich aus sich selbst erklären. Und – der Titel des Buches, *De astro minante*, verrät es – daß ein Himmelskörper, größer als die Erde, unaufhaltsam aus den Tiefen des Alls auf die Erde zustürzt. Er bewegt sich mit unvorstellbarer Geschwindigkeit und wird Anno Domini 1582, am 8. Oktober, die Erde aus ihrer Bahn reißen und sie in die Sonne stürzen.

Die Schlußfolgerung, die Kopernikus daraus ableitet – und man kann sie nicht von der Hand weisen –, ist, daß das Jüngste Gericht nicht stattfindet, jedenfalls nicht so, wie es die Heilige Schrift verkündet. Es wird keinen neuen Himmel und keine neue Erde geben. Das Jüngste Gericht ist, nach Kopernikus, eine unvorstellbare Naturkatastrophe, die kein Mensch überleben wird.«

Leberecht schwieg. Das Buch in seinen Händen wurde plötzlich so schwer, daß er es zuschlug und auf dem Lesepult ablegte. Er wußte nicht, was er sagen, was er denken sollte, er hatte Angst. »Und mein Vater Adam kannte den Inhalt ebenso wie Ihr?« fragte Leberecht.

Luitger nickte stumm.

Mit einem Mal war sich Leberecht bewußt, in welch gefährlicher Situation er sich befand und daß sich hinter der Drohung des Fürstbischofs ein viel ernsterer Hintergrund verbarg, als er bisher angenommen hatte. Und er stellte sich die Frage, ob nicht der Vorgänger des Fürstbischofs an seinen Vater mit derselben Forderung herangetreten war, das Buch *De astro minante* ausfindig zu machen und ihm zu überbringen.

»Ich weiß nicht«, begann Frater Luitger aufs neue, »ob du die ganze Tragweite begreifst, die zwischen diese beiden Buchdeckel gepreßt ist. Das Konzil von Trient, das soeben nach achtzehnjähriger Dauer beendet wurde, erwähnt dieses Buch im *Index librorum prohibitorum** mit keinem Wort. Aber hinter verschlossenen Türen hielt es ein Häuflein Bischöfe und Kardinäle jahrelang in Atem. Ein Dutzend, so viele wie die Apostel des Herrn, traf schließlich, mit Zustimmung der anderen Unwissenden, die dogmatische Entscheidung, nach der jede Auslegung der Schrift, die der Auslegung der Kirchenväter, der Psalmen und der Prediger Salomo und Josua zuwiderläuft, verboten ist.«

»Also ist Kopernikus doch ein Ketzer!«

»Mitnichten! Denn es läßt sich beweisen, daß sein allseits bekanntes Werk über die Planetenbahnen fehlerhaft ist, so daß sich daraus kaum genauere Voraussagen gewinnen lassen. Nur jenes andere Buch könnte die Lehre der Kirche erschüttern. Könnte, sage ich, weil doch dieses Buch gar nicht existiert oder

* Verzeichnis verbotener Bücher

weil nur ein paar wenige von seinem Inhalt wissen. Nur sie könnten Kopernikus der Häresie anklagen. Doch werden sie sich hüten, das zu tun. Ich glaube, diesen Verrat würde keiner überleben.«

Leberecht hatte Mühe, seine Gedanken zu ordnen. Es bereitete ihm Schwierigkeiten, dem Frater zu folgen, denn jede seiner Erklärungen warf neue Fragen auf. Zum Beispiel diese, die er umgehend stellte: »Warum habt Ihr das Kopernikus-Buch dem Fürstbischof bisher nicht ausgehändigt? Dann hättet Ihr ein für alle Male Eure Ruhe.«

Luitger schüttelte den Kopf: »Dieses Buch ist für uns ein Faustpfand, daß wir an diesem Ort bleiben können. Den Fürstbischöfen ist die Abtei auf dem Michelsberg schon lange ein Dorn im Auge. Sie wären uns lieber heute als morgen los und finden immer neue Begründungen, uns auszuweisen, obwohl unsere Abtei Klosterimmunität genießt. Solange sich dieses Buch in unserem Besitz befindet, wird kein Fürstbischof es wagen, uns aus seinem Land zu weisen. Er müßte befürchten, daß wir den Fluch des Kopernikus verbreiten.«

Leberecht trat ans Fenster und blickte durch die trüben Scheiben, die alles bis zur Unkenntlichkeit verzerrten. Wie sollte er Luitger klarmachen, daß er dieses Buch brauchte, da sein Leben davon abhing, ob er es dem Fürstbischof überbrachte oder nicht. »Es ist ein Wunder«, wandte er sich an den Frater, »daß dieses Buch bisher nicht entwendet wurde und immer noch an dem Ort steht, der ihm zugedacht ist.«

»Wo ist ein Buch wohl sicherer versteckt als unter anderen Büchern?« lachte der schwarze Mönch, und seine Zahnlücke wurde sichtbar. »Aber natürlich haben wir auch daran gedacht. Deshalb ließ der Abt das Werk schon vor vielen Jahren im Skriptorium kopieren. Zwanzig Brüder schrieben das Werk von hinten nach vorne ab, jeder jeweils eine Seite, so wie das bei geheimen Schriften üblich ist, damit keiner den Inhalt verstehen konnte, und noch heute werden die einzelnen Seiten getrennt voneinander im Skriptorium aufbewahrt und es wäre nicht einfach, sie zu einem Ganzen zusammenzufügen.«

Nach diesen Worten ergriff Luitger das Buch des Kopernikus und schickte sich an, auf die Leiter zu steigen, um das Werk an die Stelle zurückzustellen, von der er es entnommen hatte.

Da sprang Leberecht hinzu, hielt den Frater an seiner schwarzen Kutte fest und rief aufgeregt und mit sich überschlagender Stimme: »Überlaßt mir das Buch, ich bitte Euch um Christi willen. Ich muß es haben!«

Verärgert befreite sich Luitger aus der Umklammerung und während er weiter nach oben stieg, knurrte er: »Laß gut sein, mein Sohn! Am vernünftigsten wäre es, wenn du die ganze Angelegenheit vergäßest.« Der Frater ließ sich nicht beirren und stellte das Buch zurück; dann stieg er die Leiter herab.

In Leberechts Augen blitzte ohnmächtige Wut. Er ballte die Fäuste, als wollte er auf den Bruder losgehen und machte einen verwirrten Eindruck. »Ich sagte Euch doch, ich *muß* das Buch haben. Bitte!«

Auf dieses merkwürdige Verhalten konnte Luitger sich keinen Reim machen. Er musterte seinen Schüler befremdet, schließlich legte er ihm die rechte Hand auf die Schulter und versuchte ihn zu beschwichtigen: »Ich kann mir vorstellen, wie sehr dich das alles belastet, und vielleicht wäre es besser gewesen zu schweigen, aber jetzt ist es gesagt, und du mußt damit leben.«

»Ich *muß* das Buch haben, hört Ihr, ich *muß!*« Leberechts Stimme klang verzweifelt, und er begann, stockend zuerst, dann aber immer schneller, als wollte er hastig eine Beichte loswerden, von seinen Begegnungen mit dem Fürstbischof zu erzählen, von dem Versuch, ihn über die Abtei der Benediktiner auszuforschen, und seiner bedrohlichen Erpressung. Die Drohung des Fürstbischofs und nicht der Inhalt des Kopernikus-Buches sei es, die ihn so verzweifelt erscheinen ließe.

Luitger hörte wie versteinert zu. Obwohl er dem Fürstbischof manche Hinterlist zutraute, überraschte ihn der Weg, den dieser gewählt hatte, um an sein Ziel zu gelangen. Er wandte sich ab, um seine Gedanken zu sammeln; den Blick zu Boden gerichtet, ging er zwischen den Lesepulten auf und ab. Plötzlich hielt er inne und blickte auf.

»Über eines solltest du dir klar sein, mein Sohn: Es würde deinen Tod bedeuten, wolltest du den Willen des Fürstbischofs erfüllen. Sobald er das Buch in seinen Besitz gebracht hätte, würde er dich beseitigen. Denn du wärst ein viel zu gefährlicher Mitwisser, nicht minder gefährlich als dein Vater Adam. Versuchtest du aber, Seiner Eminenz vom Domberg klarzumachen, daß das gesuchte Buch nicht aufzufinden ist, dann wärst du erst recht das Ziel seiner Angriffe, einerseits Mitwisser, andererseits jederzeit in der Lage, *ihn* zu erpressen.«

»Das bedeutet«, erwiderte Leberecht, »ich habe die Wahl zwischen Skylla und Charybdis, Erhängen oder Ertrinken.«

So entstand eine beklemmende Pause, lang wie das Schweigen des Dompredigers vor dem erlösenden »Amen«. Und wie eine Erlösung schien es Leberecht auch, als der Frater zu reden begann: »Für dich gibt es nur einen einzigen Ausweg. Du mußt fort von hier, weit fort, wohin der Arm des Fürstbischofs nicht reicht, und zwar so schnell wie möglich.«

Leberecht sah Luitger an. Er ahnte, daß sie in diesem Augenblick beide das gleiche dachten, und sagte: »Ich könnte Euch auf der Reise nach Montecassino als Begleiter von Nutzen sein. Was meint Ihr, Frater Luitger?«

Der zögerte nicht lange. »Sich dem Tode auszuliefern ist wider die Natur des Menschen. Du *mußt* fliehen, wenn du überleben willst. Es muß nur heimlich geschehen, ohne Wissen der anderen. Abt Lucius hat sicher nichts dagegen, dir eine Novizenkutte zu überlassen, wenn er dafür die Reliquien in Sicherheit weiß.«

Leberecht fiel dem Frater in die Arme. Luitger erschien ihm auf einmal wie ein Engel, den der Herr in höchster Not vom Himmel sandte: »Italien«, schwärmte er, »Italien, das Land der Künste! Wie oft hat mir mein Meister Carvacchi von Italien vorgeschwärmt und behauptet, dort gebe es eine andere Welt, eine andere Zeit! Was hält mich schon in dieser Stadt, deren Namen mir nicht mehr über die Lippen kommt, seit mein Vater Adam in ihren Mauern verbrannt wurde und wo mich früher oder später das gleiche Schicksal erwarten würde?«

Die finstere Miene Frater Luitgers erhellte sich zusehens. Leberecht konnte ihm bei seiner Mission in der Tat von großem Nutzen sein. Vier Augen erkannten mehr Häscher als zwei, und der junge Steinmetz war zudem ein kräftiger Mann, der sich zu wehren wußte, wenn es hart auf hart kam. Jetzt galt es nur noch, Abt Lucius von der Notwendigkeit zu überzeugen. Der kannte Leberecht seit den Zeiten der Pestilenz und schätzte seine Bildung. Daher würde er gewiß keinen Grund sehen, sein Begehren abzulehnen.

»Wir werden Abt Lucius den wahren Grund deiner Flucht verschweigen«, sagte Luitger, »je weniger Mitwisser wir haben, desto besser. Vor allem möchte ich dem Abt keine Gelegenheit geben, sich die Sache lange zu überlegen.«

Dem pflichtete Leberecht bei, und so beschlossen die beiden, sich schon am folgenden Abend um dieselbe Zeit wieder an diesem Ort zu treffen, um die Einzelheiten der Reise zu besprechen.

Auf dem Nachhauseweg durch die dunklen Gassen kam Leberecht die Stadt plötzlich fremd vor, so als wäre sie schon lange nicht mehr seine Heimat. Während er den Domplatz überquerte, schlug die Turmuhr acht. Dort, wo linker Hand die Steinstufen hinab zum Sand führten, hielt er inne. Martha kam ihm in den Sinn. Er hatte bisher bei all seinen Überlegungen *ihr* Schicksal, das aufs innigste mit dem seinen verknüpft war, außer acht gelassen. Jetzt schämte er sich dafür.

Leberecht ließ sich auf der Mauer nieder, die den Domplatz zur Stadt hin einrahmte, und dachte nach. Seit Martha ihn geohrfeigt hatte, hatte seine Leidenschaft zu ihr abgenommen – jedenfalls empfand er das so –, aber die Liebe zu ihr war eher gewachsen. Nein, er konnte, er durfte Martha nicht im Stich lassen. Trug er nicht die Hauptschuld an ihrer mißlichen Lage? Wußte Martha überhaupt, wie es um sie stand? Wußte sie, daß sie dem Fürstbischof als Ehebrecherin bekannt war? Er *mußte* es ihr sagen, er mußte einen letzten Versuch unternehmen, sie dazu zu bewegen, mit ihm zu fliehen.

Auch auf die Gefahr, mit seinem Ziehvater Jakob Heinrich Schlüssel zusammenzustoßen, lenkte Leberecht seine Schritte die Steinstufen abwärts zum Sand. Es war Abend, und Leberecht wußte Martha um diese Zeit in ihrer Kammer. Er wählte nicht den Haupteingang, an dem noch reger Verkehr herrschte, sondern begab sich durch die schmale Feuergasse, die in der Höhe von zwei Schwibbögen überspannt wurde, zum hinteren Eingang. So gelangte er über das Treppenhaus zu Marthas Kammer.

Es brannte Licht, und Leberecht klopfte. Nichts. Er versuchte es ein zweites Mal und rief verhalten: »Ich bin's, Leberecht! Ich muß mit dir reden!«

Da wurde die Tür vorsichtig geöffnet. Als Martha ihn sah, zog sie ihn in die Kammer und fiel ihm um den Hals. Sie schluchzte. Ihr Körper wurde von Weinkrämpfen geschüttelt, und Leberecht mußte an sich halten, daß er nicht selbst losheulte.

»Laß uns fliehen, weit fort von hier«, flehte sie. »Laß uns an einen Ort gehen, wo die Ehrlichkeit regiert, wo die Priester Seelsorger und keine Spione, die Bischöfe Hirten und keine Scharfrichter sind. Ich will mit dir gehen, wohin du willst!« Dabei krallte Martha sich an ihn, als fürchtete sie, ihn zu verlieren.

Leberecht verstand die Welt nicht mehr. Hatte sie ihn nicht gerade erst abgewiesen und ihn wissen lassen, ihr Verhältnis sei eine schwere Verfehlung? Hatte sie nicht ihre eigene Sündhaftigkeit beklagt und ihn zur Buße ermahnt? Welche Ursache gab es für diesen plötzlichen Sinneswandel?

Während beide sich in den Armen lagen, begann Martha von der niederträchtigen Begegnung mit ihrem Gemahl zu berichten, und Leberecht seinerseits erzählte von dem mysteriösen Zusammentreffen und den finsteren Drohungen des Fürstbischofs.

Martha war viel zu aufgeregt, um nach den näheren Gründen zu fragen, statt dessen verfiel sie in ausschweifende Betrachtungen über den Zwiespalt zwischen Glauben und der Lehre der Kirche, der unter den Menschen so viele Verwüstungen anrichte.

Leberecht folgte ihr nur mit halbem Ohr. Er wußte nicht, wie er Martha beibringen sollte, daß er *seine* Flucht bereits in die Wege geleitet hatte. In seinem Innersten hegte er auch Zweifel, ob Martha es ernst meinte. Im Gegensatz zu ihr, die wie er in dieser Stadt geboren wurde, hatte er sich nie wirklich heimisch gefühlt. Martha hingegen war eine angesehene Bürgerin, geachtet und beneidet, obwohl die Spatzen von den Dächern pfiffen, daß die Schlüssels eine Josefsehe führten. Das war nicht ungewöhnlich in dieser Zeit; im Gegenteil, die Kirche nannte das sogar vorbildlich. Materielle Sorgen hatte Martha nie gekannt, und darin unterschied sie sich von den meisten Bürgern dieser Stadt, bei denen sich Wohlleben und Not abwechselten wie die Jahreszeiten. Und dies alles wollte Martha aufgeben?

Wenn er selbst jedoch, ging es Leberecht durch den Kopf, die Flucht ergriff und aus Italien nicht zurückkehrte, dann wäre die

Wut des Fürstbischofs nicht zu bändigen, und gewiß würde dieser keinen Augenblick zögern und Martha der Inquisition ausliefern. Schließlich mußte er befürchten, daß er, Leberecht, Martha von dem geheimnisvollen Auftrag in Kenntnis gesetzt hätte. Nein, er durfte Martha nicht im Stich lassen.

Während Leberecht sich in den kantigen Lehnstuhl fallen ließ, der an der Rückwand der Kammer stand, beobachtete er mit neugierigen Augen, wie Martha die Lampe vom Kastentisch nahm und vor ihm auf den Fußboden stellte. Aus der Kommode zwischen den Fenstern, in welcher so viel feines Leinen gestapelt lag, daß es jedem Händler zur Ehre gereicht hätte, zog sie ein langes, stumpfes Messer hervor, beinahe so groß wie ein Schwert; dann bat sie ihn, ihr behilflich zu sein, die Kommode zur Seite zu rücken. Mit der Klinge hebelte Martha ein Dielenbrett aus dem Boden. Das ging alles so geschwind, als hätte sie es schon viele Male getan. Im Lichtschein der Lampe erkannte Leberecht Gold und Silber. »Heilige Dreifaltigkeit! Gehört das alles dir?«

Martha kniete nieder. Ihre Augen blitzten wie das Silber des Schatzes, und sie begann in den Münzen zu wühlen wie ein Bäcker im Teig. »Ein Wirt, der nur selten zu Hause ist«, sagte sie mit verklärtem Blick, »weiß auch nicht, was ein Wirtshaus abwirft. Ich begann schon im ersten Jahr meiner Ehe damit, etwas auf die Seite zu legen; denn ich befürchtete, eines Tages würde mich der Schlüssel fortjagen. Daß ich einmal aus eigenem Antrieb fliehen würde, konnte ich nicht ahnen.«

Der Anblick des Geldes machte Leberecht sprachlos. Er sah Martha ungläubig an, und ebenso ungläubig schüttelte er den Kopf. Der Schatz stellte ein Vermögen dar, genug für eine Flucht bis ans Ende der Welt. Im übrigen verfügte er selbst über ein beträchtliches Guthaben aus seinem Erbe bei der Magistratskasse. Am Geld würde es ihnen also gewiß nicht mangeln.

»Es ist eine stolze Summe«, sagte Martha, »Dukaten und alte

Taler, niederländische und rheinische Gulden – als es tausend waren, hörte ich auf zu zählen, aber nicht zu horten. Nun soll es uns von Nutzen sein.«

Leberecht kniete neben Martha auf dem Boden und betrachtete das Geld. Ohne den Blick von dem Schatz zu wenden, fragte er vorsichtig: »Hast du dir schon Gedanken gemacht, wohin du fliehen willst?«

»Nein«, erwiderte Martha und streckte Leberecht ihre Hand entgegen. »Du bist so klug, du wirst einen Ort finden, an dem wir sicher sind.«

»Als ob das so einfach wäre. Wir haben keinen Passierschein und kein Dokument, das uns mit einem Auftrag ausweist; wir sind keine Händler, denen Zoll abverlangt werden kann; wir sind für jeden Landesfürsten und seine Regierung nur fahrendes Volk, Gesindel, das man am besten gar nicht ins Land läßt.« Dann berichtete Leberecht, daß er sich mit Frater Luitger verabredet habe, ihn im Auftrag der Abtei nach Italien zu begleiten.

Die Nachricht beeindruckte Martha nicht sonderlich, und noch ehe Leberecht Gelegenheit hatte zu beteuern, er werde den Plan aufgeben und statt dessen mit ihr zusammen die Flucht ergreifen, erwiderte sie wie selbstverständlich: »Dann reisen wir eben zu dritt nach Italien. Von meiner Seite steht dem nichts entgegen.«

»Martha, meine geliebte Martha«, begann Leberecht beschwörend, »ich kann froh sein, wenn der Abt des Klosters *mich* als Begleiter von Frater Luitger akzeptiert. Selbst ich muß mich dazu als Novize verkleiden. Mit einer Frau als Reisebegleitung zweier Benediktiner wäre unser Unternehmen von vornherein zum Scheitern verurteilt und das Frater Luitgers dazu. Kein Mensch würde Luitger glauben, daß er in einer wichtigen Mission seines Ordens unterwegs ist.«

»Mag ja sein«, murmelte Martha und begann das Dielenbrett

wieder einzusetzen. Als sie die Arbeit beendet hatte, erhob sie sich und blickte auf Leberecht, der immer noch auf dem Boden kniete, herab. »Und wenn *drei* Benediktiner sich auf die Reise machten?«

Leberecht blickte zu ihr auf. Er begriff sofort, was Martha vorschwebte und mußte lachen. Kopfschüttelnd stand er vom Boden auf und trat vor Martha hin. »Das würden weder der Abt noch Frater Luitger dulden. Im übrigen glaube ich, es wird schon *mir* schwer genug fallen, einen Benediktinernovizen darzustellen, aber du, Martha? Frauen sind nun mal keine Schauspieler. Als man vor ein paar Jahren in Italien damit begann, die weiblichen Rollen im Theater nicht mehr mit männlichen Darstellern zu besetzen, sondern mit Frauen, da lachten die Zuschauer sogar während der Aufführung großer Tragödien, weil die Schauspielerinnen herumstolzierten wie Störche auf der Weide. Nein, wir sollten eher versuchen, uns einem Handelszug anzuschließen, um so über die Grenzen zu gelangen. Mit der Taxis'schen Post können wir jedenfalls nicht reisen, nicht ohne eine amtliche Reisegenehmigung, die uns mit Namen und Konfession und den Zweck unserer Reise ausweist.«

Während Leberechts Rede war Martha in Gedanken mit ganz anderen Dingen beschäftigt. Sie hatte längst beschlossen, ihren Mann und die Stadt, die von Frömmlern und Denunzianten beherrscht wurde, zu verlassen, und damit dies ohne Aufsehen gelänge, war ihr jedes Mittel recht, auch solche, die ihr der rechte Glaube verbot.

Geliebt hatte sie ihren Ehemann ohnehin nie – oder nur nach dem Gebot der kirchlichen Lehre, daß man seinen Nächsten lieben muß. Das wahre Gefühl der Liebe hatte erst Leberecht in ihr geweckt; und dieses Gefühl sollte sündhaft und verwerflich sein? Warum hatte der Schöpfer dieses Gefühl in die Seele des Menschen gelegt, wenn es Sünde war? Also hatte

Martha den Entschluß gefaßt, ihre Zukunft selbst in die Hand zu nehmen und nach eigenen Moralvorstellungen zu leben. Und wenn sie dabei gegen die Gebote der Kirche verstieß, dann sollte diese Kirche eben zum Teufel gehen! Sie sah Leberecht lange schweigend an.

»Hörst du mir überhaupt zu?« fragte dieser. Er bemerkte sehr wohl die Unruhe in ihren Augen, in denen sich ihre Gedanken widerspiegelten.

Als käme sie von weit her, erwiderte sie: »Ja, natürlich höre ich dir zu.« Und wie zur Bestätigung fügte sie die Frage an: »Aber eine Nonne könnte doch auf Reisen von zwei Benediktinern begleitet werden, oder?«

»Du meinst ...«

»Ja. Sagtest du nicht einmal, ich hätte ein Antlitz wie eine Heilige? Dann wird es doch wohl noch für eine Nonne reichen? Ich bin bereit, mein Haar bis auf Fingerbreite zu opfern. Das ist auf jeden Fall besser, als müßte ich mir eine Tonsur schneiden.«

Leberecht mußte schmunzeln. Er bewunderte die Entschlossenheit, mit der sie ans Werk ging. Leberecht mußte sogar eingestehen, daß Martha mehr Mut zeigte als er. »Ich zweifle«, versuchte er ihren Tatendrang zu dämpfen, »ob Frater Luitger da mitspielt, vom Abt ganz zu schweigen. Außerdem bräuchtest du eine Ordenstracht. Willst du vielleicht eine Klosterfrau überfallen und ihrer Kleidung berauben?«

»Um jeden Einwand von seiten der Benediktiner aus dem Wege zu gehen, könnten wir uns unterwegs treffen, in Nürnberg oder Regensburg, scheinbar zufällig. Du müßtest bis dahin deinen Freund und Lehrmeister in unseren Plan eingeweiht haben.«

»Und wie willst du allein nach Nürnberg oder Regensburg gelangen?«

»Darüber brauchst du dir keine Sorgen zu machen. Mit ausreichend Geld im Sack ist alles möglich!«

Leberecht erkannte Martha nicht wieder, und wenn er noch einen letzten Zweifel an ihrem gemeinsamen Fluchtplan gehabt hätte, so war dieser verflogen. Es gab keine andere Wahl. Sie *mußten* es tun.

Auf dem kurzen Nachhauseweg zur Färbergasse faßte Leberecht einen folgenschweren Entschluß, und er nahm sich zugleich vor, diese Sache für sich zu behalten. Weder Martha noch Luitger sollten davon erfahren; es hätte sie nur unnötig in Unruhe versetzt.

Als er vom Sand um die Ecke bog, beobachtete er ein Paar, das vor dem Haus der Witwe Auerswald ein aufgeregtes Gespräch führte. Die Frauenstimme kam ihm bekannt vor: Es war Magdalene Pirckheimer. Erst später bemerkte er, wer der Mann war: Ortlieb, der Fuhrknecht.

Im Schutz eines Hauseingangs versuchte Leberecht vergeblich, ihr Gespräch zu belauschen; schließlich kehrte Magdalene ins Haus zurück, während sich Ortlieb zur Oberen Brücke entfernte. Leberecht folgte ihm bis zum Flußufer; aber als er erkannte, daß Ortlieb den Weg nach Hause einschlug, kehrte er um.

Friederikes Kahn am anderen Ufer war verschwunden. Der Fluß murmelte träge vor sich hin. Leberecht wurde von schmerzlicher Trauer erfaßt, zum einen, weil er Friederike nicht mehr Lebewohl sagen konnte, zum anderen, weil ihm der Anblick der Brücke wieder das tragische Schicksal seiner Schwester Sophie in Erinnerung rief.

In dieser Nacht fand Leberecht keinen Schlaf. Zu viele Gedanken gingen ihm durch den Kopf, ließen ihn zweifeln, ob sein Vorhaben gelingen, ob Martha wirklich mit ihm nach Italien gehen würde. So starrte er die restlichen Stunden der Nacht an die Decke und lauschte den altbekannten Geräuschen der schlafenden Stadt. Er zweifelte nicht, daß der Abt seine Zustimmung geben würde, Luitger zu begleiten. Und er nahm sich vor, niemanden in seine, schon gar nicht in Marthas, Fluchtpläne einzuweihen – nicht die Steinmetze am Dom, Magdalene nicht, deren Verhalten ihm nun immer merkwürdiger vorkam, und die Witwe Auerswald nicht, der er schon lange nicht mehr traute.

In Gedanken packte er immer wieder den Reisesack mit notdürftiger Kleidung, ein paar Büchern, die ihm wichtig erschienen, und Erinnerungsstücken seiner Jugend, darunter die schmale Hand aus Sandstein von der Statue der »Zukunft«. Mit dem Morgengeläut stand Leberecht auf, und in der Absicht, der Witwe und ihrer Base aus dem Wege zu gehen, verließ er frühzeitig das Haus.

Sein erster Weg führte ihn zur Magistratskasse, wo er Order gab, seine gesamte Barschaft aus dem Erbe, 700 Gulden samt geringem Zinszuwachs, für den Nachmittag desselben Tages in gängigen Münzeinheiten bereitzustellen; er wolle mainabwärts, im Würzburgischen, ein stattliches Anwesen erwerben.

Um die Sext, da er die Mönche beim Chorgebet versammelt wußte, betrat Leberecht die Abtei wie gewöhnlich durch den Hintereingang vom Garten her. Er durchquerte den Innenhof und stieg hinauf zur Bibliothek. Sie war leer. Auf einem Tisch hatte Luitger reichlich Karten und Reisebeschreibungen ausgelegt, aber diese interessierten Leberecht zunächst wenig. Er drehte die dritte Arca nach außen, stieg auf der Leiter empor bis unter das Gewölbe, griff nach dem verbotenen Buch des Kopernikus und ließ es unter seinem Wams verschwinden.

Unten angelangt, drehte er das Regal in seine ursprüngliche Stellung, schob die Leiter beiseite und ging den Weg, den er gekommen war zum Garten, wo er im Schutz eines üppig wuchernden Spaliers einen Stein aus der Klostermauer nahm, den er vorher für diesen Zweck ausgespäht hatte, und das Buch in die Nische legte. Dann kehrte er in die Bibliothek zurück.

Es dauerte nicht lange, und Frater Luitger erschien, wie verabredet, mit der Nachricht, Abt Lucius habe zugestimmt, daß er, Leberecht, ihn auf seiner Reise nach Montecassino begleiten dürfe. Der Bruder Gewandmeister halte eine Novizenkutte bereit, samt Innentaschen für etliche Reisetaler – falls es ihm nach wie vor ernst sei mit seiner Absicht.

Leberecht bekräftigte seinen Entschluß, und noch ehe er Fragen stellen konnte über das *procedere** und den Tag des Aufbruchs, erklärte Frater Luitger, die Abreise erfolge morgen bei Sonnenaufgang mit der Taxis'schen Post in Richtung Nürnberg, der Protestantenhochburg, wo sie im St.-Egidien-Kloster nächtigen wollten, das sich in der Stadt der Händler trotz Reformation gehalten habe, »ein Ort des Glaubens in der Wüste der Ketzer, an dem ein Pilger gottgefällig und furchtlos schlafen kann«. Luitger sagte dies in jenem salbungsvollen Tonfall, für den Abt Lucius bekannt war, aber mit einem Augenzwinkern.

Im übrigen, betonte Luitger, sei die italienische Reise aufs beste vorbereitet. Neueste Karten und Bücher aus der Feder populärer Geographen würden ihnen den Weg weisen; sie nähmen sein gesamtes Reisegepäck in Anspruch, denn auch in Italien brauche ein Mönch vom Orden der Benediktiner nicht mehr als die Kutte, die er am Leibe trage, seine wahre Last führe er im Kopf mit sich.

Während er das sagte, zog er ein gefaltetes Papier hervor und hielt es Leberecht vors Gesicht: »Dies wird uns viele Tore und alle Grenzen öffnen!«

Leberecht entfaltete das dicke Papier und las: »Wir, Lucius OSB, Abt des Klosters auf dem Michelsberg, bezeugen, daß die Zeiger dieses Briefes Frater und Novize der erwähnten Abtei, im Auftrag des benediktinischen Ordens, nach Italien passieren mö-

* die Vorgehensweise

gen, wo Montecassino, Gründung des hl. Benedikt von Nursia und Abtei *nullius** ihr Ziel sei, und die Genannten nichts mit sich führen, welches der Ordnung zuwider ist und sich auch sonst nicht wider das Gesetz verhalten, wofür dies Siegel Richtigkeit hat.«

»Und glaubt Ihr, Frater Luitger, daß dieser Paß genügt?«

Luitger lachte: »Ich bin wie alle Benediktiner im Reisen unerfahren, aber ich habe mir sagen lassen, daß ein Paß mit Siegel jeden Schlagbaum öffnet. Die Leute sind verrückt nach Siegeln, sie beten sie an. Siegel sind die Reliquien der neuen Zeit.«

Leberecht schüttelte den Kopf. Ihn beschäftigte noch immer der Gedanke, ob er Luitger nicht doch in seine Pläne einweihen sollte. Aber dann dachte er an das Risiko, seine und Marthas Flucht im letzten Augenblick zu gefährden, und schwieg.

Die letzte Nacht verbrachte Leberecht in fiebernder Ungeduld. Nun gab es nichts mehr, das ihn hindern konnte, die Stadt zu verlassen. Er hatte Martha für einen Tag Lebewohl gesagt, und hätte er noch gezweifelt, ob sie es ernst meinte, so wurden bei diesem Abschied alle Zweifel zerstreut. Martha war aufgeregt wie ein Kind und sie freute sich auf ihre gemeinsame Zukunft. Sie hatte ihm noch einmal ihre Liebe gestanden und ihm stolz ihre Nonnentracht gezeigt, ohne auch nur anzudeuten, wie sie in ihren Besitz gelangt war. Martha schwieg sich auch darüber aus, wie sie nach Nürnberg gelangen wollte. Für den Transport, beteuerte sie, sei gesorgt; sie werde eher dort sein als er. Ihre einzige Sorge galt ihrem langen Haar, das sie wohl oder übel in dieser Nacht dem Nonnenstand opfern müsse. Doch Leberecht zerstreute ihre Bedenken und beteuerte, sie werde ihm mit kurzem Haar nicht weniger gefallen.

Während er seinen Reisesack packte und die Golddukaten

* zu keinem anderen Kloster gehörig

seiner Barschaft in seine Kleidung einnähte, ging er in Gedanken den Weg zur Poststation durch, die er, um etwaige Verfolger abzuschütteln, auf Umwegen erreichen wollte. Sein Argwohn galt vor allem Magdalene, seit er sie zusammen mit Ortlieb gesehen hatte. Der Mietzins für die Witwe Auerswald lag aufgezählt auf dem Tisch. Um nicht den geringsten Anhaltspunkt für sein Verschwinden zu geben, verzichtete Leberecht auch auf einen Abschiedsbrief.

Noch bevor der Tag graute, zog Leberecht seine Ordenstracht an. Der kleine Silberspiegel neben dem Bett, den er bis zu diesem Tag kein einziges Mal bemüht hatte, zeigte nur Ausschnitte seiner Erscheinung, aber er rang ihm sogar eine gewisse Bewunderung ab. Anders als erwartet, kleidete ihn die Kutte prächtig; sie ließ ihn älter, vor allem aber durchaus fromm erscheinen, so daß seine darstellerischen Fähigkeiten in den nächsten Wochen und Monaten nicht über Gebühr beansprucht würden. Eine breite, dreieckige Kappe, welche die Ohren verhüllte, verlieh ihm obendrein eine gewisse Würde.

Was, dachte er, während er seinen Reisesack schulterte, wenn ich in dieser Verkleidung auf der Treppe der Witwe Auerswald begegne? Es war dies zweifellos die kritischste Situation des ersten Tages. Deshalb lauschte er lange an seiner Tür, ob er im Haus nicht ein verdächtiges Geräusch vernähme. Als er sich sicher wähnte, schlich er in der Dunkelheit die Treppe hinab zum hinteren Ausgang, wo er das Haus in Richtung St. Stephan verließ, genau in entgegengesetzter Richtung.

Die Flucht gelang wie geplant. Als Leberecht die Station der Taxis'schen Post am Markt erreichte, konnte Frater Luitger sein Lachen nur mit Mühe unterdrücken. Mit ihnen bestiegen zwei Händler aus dem Sächsischen, die hier genächtigt hatten, den vierspännigen Planwagen, und noch bevor das Leben auf dem Markt erwachte, gab der Kutscher seinen Pferden die Zügel.

KAPITEL VII

Gestirne und Erscheinungen

Die Sonne stand schon tief über der Stadt, als sie Nürnberg erreichten, und setzte den zahllosen Türmen und Giebeln der Stadt glitzernde Kronen auf. Es hatte geregnet, das Pflaster war naß, und die Pferde hatten Mühe, auf den glitschigen Straßen Halt zu finden. Barfüßige Gassenjungen begleiteten lärmend den Pferdewagen in der Hoffnung, von den Fremden für eine Auskunft oder Gefälligkeit mit kleiner Münze entlohnt zu werden.

Inmitten der alten Stadt, am Herrenmarkt, der seinen Namen von den Handelsherren hatte, die hier ihren Geschäften nachgingen, endete die Postlinie. Doch wie es schien, trat der Handel gegen Ende dieses Tages in den Hintergrund. Die Nürnberger tanzten in festlicher Kleidung zu Flötenmusik und Trommelschlag um den Brunnen, und aus den Fenstern der Fachwerkhäuser, welche dicht an dicht um den Platz standen wie Mönche beim Chorgebet, hingen Hunderte von Zuschauern und beobachteten das Treiben.

Die Pferde der Taxis'schen Post, die eher die Ruhe endloser Straßen als das laute Gedränge einer festlich gestimmten Stadt gewohnt waren, scheuten und drohten durchzugehen, doch dem Kutscher gelang es gerade noch abzuspringen und die aufgeregten Gäule am Zaumzeug zu zügeln.

»Seht da, zwei Mönchlein aus frommen Landen!« spotteten ein paar Weiber in derben Gewändern, welche sie eher als Marktfrauen auswiesen denn als wohlhabende Bürgerinnen. Leberecht nahm den Spott sofort auf und rief: »Ei freilich, damit sich wenigstens zwei Männer finden, die mit euch um den Brunnen tanzen!«

Die Schlagfertigkeit des fremden Mönchs rief bei Jung und Alt großes Gelächter hervor. Die Jungen zeigten mit Fingern auf die Marktweiber und lachten hämisch. So kamen die Ankommenden mit den Nürnbergern ins Gespräch und sie erfuhren den Anlaß des Tanzes am hellichten Tag: Sebastian Ketzel, ältester Sohn des gleichnamigen Patriziergeschlechtes, dem seit Generationen mehr Mädchen als Knaben geboren wurden, hatte Katharina, die Tochter des Schauamtmannes Jorg Beheim am 8. Tag des Monats geehelicht und eine Feier ausgerichtet, die erst heute, am 30. Tag, zum Ende kommen sollte. Die Ketzel, so war zu erfahren, zählten mit den Holzschuher, Tucher, Welser, Pfinzing, Paumgartner und Imhof zu den reichsten Handelsherren der Stadt. Sie seien so reich, daß einer der Vorfahren des Hochzeiters vom Rat der Stadt des Goldmachens beschuldigt und ins Loch gelegt worden war, weil keiner eine Erklärung fand für seinen überschäumenden Reichtum. Heute besäßen die Ketzel eine unbekannte Zahl von Handelsniederlassungen, wobei manche ausschließlich Eisen und Blei aus Bergwerken verkauften, an denen die Ketzel beteiligt seien.

Als wäre das nicht genug, verfügten sie über Lehnsgüter in der näheren Umgebung und eine unüberschaubare Anzahl von Immobilien, darunter ein Gartenhaus vor dem Tiergärtnertor, ein Haus am Heumarkt, ein Zinshaus hinter St. Katharina, ein Haus beim Wörther Türlein, ein Haus am Glockenhaus sowie Grundstücke unterm Pfaffenbühl. In der Ortschaft Stein gehöre ihnen die Hofstatt samt Badestube, Fischwasser und Äckern, was den Propst von St. Lorenz zu der Bemerkung veranlaßt habe, wenn Ketzel auf den Beinen stehe, seien alle gesund und wohlgemut, wenn er aber abwesend sei, dann erscheine der Rat der Stadt wie eine Witwe.

»Und jenes eindrucksvolle Fachwerkhaus dort drüben?« Leberecht zeigte zur gegenüberliegenden Seite des Herrenmarktes.

Ein Junker in engen roten Hosen und ledernen Sandalen lachte und meinte, dies sei das Stammhaus der Ketzel, zwei Stockwerke hoch und drei Giebelstockwerke darüber, ausgestattet mit Gemälden von Albrecht Dürer und Skulpturen aus Sandstein von Adam Kraft. Kraft, der sich selbst und seine beiden Obergesellen in der Lorenzkirche verewigt habe als Trägerfiguren für das Sakramentshaus, dieser Meister Adam habe im Auftrag eines Vorfahren Ketzels eines seiner bedeutendsten Werke geschaffen, und damit habe es folgende Bewandtnis: Vor über achtzig Jahren sei der Urgroßvater unseres Hochzeiters – oder war's der Ururgroßvater? – mit Herzog Albrecht von Sachsen zum Heiligen Grab nach Jerusalem gepilgert. Er habe dort, so wird erzählt, die Schritte der sieben Stationen des Herrn Jesus vom Hause des Pilatus bis hin zur Schädelstätte abgemessen und verzeichnet, um zu Hause im Nürnbergischen einen maßgetreuen Kreuzweg zu errichten. Doch nach seiner Rückkehr habe er bemerkt, daß ihm die Aufzeichnungen abhanden gekommen waren, worauf er im Jahr darauf ein zweites Mal ins Heilige Land gezogen sei, diesmal in Begleitung Herzog Ottos von Bayern und mit mehr Beachtung seiner Aufzeichnungen. Im folgenden Jahre habe Ketzel eben diesen Weg zwischen dem Rieterischen Haus am Tiergärtnertor und dem Johanniskirchhof abmessen lassen und bei Adam Kraft sieben Kreuzwegstationen in Auftrag gegeben, welche noch heute der Stadt zur Zierde gereichten.

»Du bist ein kluger Kopf!« lobte Frater Luitger den Junker, »bist du ein Scholar oder Studiosus?«

»Nichts dergleichen!« winkte dieser ab. »Ein Steinmetz bin ich in Diensten des Meisters Geyer und halt nicht auf den Kopf gefallen. Man sagt, Steinmetze seien die klügsten unter den Handwerkern.« Er lachte.

Luitger sah seinen Novizen an, und dem fiel es schwer, nicht ebenfalls in Gelächter auszubrechen. »Den Verstand«, meinte Leberecht anerkennend, »hat dir die Reformation jedenfalls nicht geraubt!«

»Verzeiht, Bruder, wenn ich da dazwischenfahre; es waren die klügsten Mönche, die sich auf die Seite der Reformation geschlagen haben, nicht die dümmsten. Ich bin, wie die meisten in dieser Stadt Protestant aus Überzeugung.«

»Und dieser Ketzel?« erkundigte sich Luitger.

»Ebenfalls. In früheren Zeiten war es üblich, daß jeder Ketzel einmal im Leben nach Jerusalem pilgerte. Seit der Reformation hat jedoch keiner mehr den weiten Weg gesucht, weil unser Doktor Luther meinte, das Grab, in dem einst der Herr gelegen habe, kümmere Gott genausowenig wie die Kühe in der Schweiz. Ein rechter Christ sollte lieber die Bibel lesen als wallfahrten.«

Dem Benediktiner lag eine Antwort auf der Zunge, aber er hielt sich zurück. Auf protestantischem Gebiet erschien es einem Fremden nicht ratsam, sich mit Protestanten anzulegen. Statt dessen sagte Luitger freundlich: »Nein, Pilger sind wir nicht, obwohl Italien unser Ziel ist. Wir reisen im Auftrag unseres Abtes.«

»Ach was«, antwortete der Junker, »wir Protestanten sind tolerant gegenüber Fremden. Es gibt noch immer sieben Klöster in der Stadt, und noch nie wurde einem Mönch auch nur ein Haar gekrümmt.«

»Dann kennst du sicher auch das Schottenkloster der Benediktiner?«

»St. Egidien? Gewiß doch. Es liegt beim Wirtschaftshof der Burg.«

»Dort wollen wir nächtigen. Kannst du uns den Weg weisen? Es soll dein Schaden nicht sein!«

»Für Geld tue ich alles!« lachte der Steinmetz. »In Nürnberg tut jeder für Geld alles.« Er schulterte Leberechts schweren Reisesack und gab ein Zeichen ihm zu folgen.

Der Weg führte durch enge Straßen mit stolzen Fachwerkhäusern, die sich von denen ihrer Heimatstadt durch vorgesetzte Türmchen, Erker und Altanen und sichtbaren Reichtum unterschieden. Vollbeladene Wagen quälten sich durch die engen Gassen. Kaum ein Haus, in dessen Untergeschoß nicht ein Kaufmann oder Handwerker seinen Geschäften nachging.

Zwischen St. Sebaldus und dem Rathaus, wo der Verkehr noch zunahm, erkundigte sich Leberecht bei dem Junker, so daß Luitger es nicht hören konnte, ob es denn auch ein Frauenkloster gebe in den Mauern der Stadt.

Um Frauenklöster, feixte der Steinmetz, kümmere er sich sehr wenig, eigentlich überhaupt nicht, aber er wisse von einem Klarissenkloster, das früher in der Hauptsache von Patriziertöchtern bevölkert wurde, denen ein Mann und die Ehe versagt blieben. Warum er das wissen wolle?

»Nur so«, log Leberecht. »War nur eine Frage.« In Wahrheit machte er sich schon den ganzen Tag Gedanken, wo er in dieser großen Stadt Martha treffen könnte.

Die Nacht verbrachten Luitger und Leberecht im kleinen Dormitorium, einem einfachen Schlafraum mit Strohsäcken, den jedes Kloster für Ordensbrüder auf der Durchreise bereithielt. Weil die Post in Richtung Regensburg, dem nächsten Ziel ihrer Reise, erst gegen zehn abging, machte Leberecht sich in aller Frühe allein auf den Weg zum Kloster St. Klara. Er hätte nie geglaubt, daß er sich so schnell an das Tragen einer Kutte gewöhnen würde.

Die Klosterpforte war verschlossen, und Leberecht zog an

einer Glocke, die schrille Töne von sich gab wie ein ehernes Geschirr. Hinter einem winzigen vergitterten Fenster tauchte das faltige Gesicht einer uralten Klarissin auf, und Leberecht fragte, ob eine Nonne auf der Durchreise die Nacht hier verbracht habe.

»Nein! Gelobt sei Jesus Christus!« geiferte die Alte und schlug das Fenster zu. Leberecht versuchte vergeblich sich einen Reim auf das seltsame Verhalten zu machen, zumal er als Benediktinernovize doch über jeden Zweifel erhaben sein mußte. Nun setzte er seine ganze Hoffnung darauf, daß Martha dieselbe Post nach Regensburg nähme. Jedenfalls nahm er sich fest vor, die Stadt nur in Marthas Begleitung zu verlassen.

Mit einem Gefühl von Beklommenheit legte Leberecht zusammen mit Luitger den Weg vom Schottenkloster zum Herrenmarkt zurück. Wie sollte er Luitger beibringen, daß er noch einen oder zwei Tage zurückbleiben wollte? Er war nahe daran, dem Frater die Wahrheit zu sagen, als sie auf den großen Platz einbogen.

Wo am gestrigen Tage die Menschen ausgelassen getanzt und gefeiert hatten, bot sich nun ein ganz anderes Bild: Warenballen und Säcke standen aufgereiht zwischen Fuhrwerken, in Holzkisten schimmerte böhmisches Glas und Häfnerware aus Polen, in riesigen Körben wurden duftende Gewürze aus dem Orient offeriert, dazwischen Gemüse aus dem Nürnberger Hinterland. Zwischen den feingekleideten Handelsherren, die ganze Wagenladungen per Handschlag veräußerten, drängten sich zahlreiche Kleinhändler mit ihren zweirädrigen Karren auf der Suche nach günstigen Angeboten.

Am oberen Ende des Herrenmarktes, wo sich die Posthaltestelle befand, ließ die Geschäftigkeit nach, und schon von weitem erkannte Leberecht neben dem wartenden Postwagen eine Nonne. Sein Herz schlug aufgeregt. Sollte Martha es doch noch geschafft haben?

Auch Frater Luitger hatte die wartende Nonne bereits wahrgenommen und witzelte: »Sieh nur, mein Freund, welch angemessene Reisegesellschaft!«

Vor dem Pferdewagen angelangt, in dem schon ein wohlgelauntes Quartett geschwätziger Handelsherren Platz genommen hatte, drehte sich die Nonne um.

Es war Martha. Sie trat dem Benediktiner und seinem Novizen entgegen und grüßte freundlich: »*Laudetur Jesus Christus*, ehrwürdige Fratres!«

»In Ewigkeit«, antwortete Luitger und fügte hinzu: »Ehrwürdige Mutter!«

Leberecht wagte nicht, den Mund aufzumachen, er war bemüht, ein drohendes Lachen im Keim zu unterdrücken und preßte die Lippen zusammen. Jetzt, da er Martha gegenüberstand, fielen Furcht und Beklommenheit von ihm ab wie eine schwere Last, er holte tief Luft und sagte leise: »Gott sei Dank!«

Schwester Martha, wie sie sich nannte, erzählte mit erstaunlicher Selbstsicherheit, sie komme aus dem St.-Klara-Kloster der Stadt und sei auf dem Weg nach Assisi, wo die heilige Klara vor 350 Jahren den Orden der Klarissen, deren Schleier sie trage, gegründet habe.

»Dann kommt auf uns ein gutes Stück gemeinsamen Weges zu. Wir sind Benediktiner von der Abtei auf dem Michelsberg und unterwegs nach Montecassino«, rief Luitger erfreut und fügte die Frage an: »Ihr reist allein, ehrwürdige Mutter?«

Martha lachte, und während sie den langen weiten Rock ihrer Ordenstracht raffte und auf den Postwagen kletterte, erwiderte sie fröhlich: »Gott der Herr hat Euch als schützende Begleiter gesandt!«

Da lachte auch Luitger, und Leberecht warf seinen Reisesack, den er auf der Schulter getragen hatte, auf den Wagen. Die Handelsherren hatten sich auf die hinteren Sitze des Reisewagens zurückgezogen. Das Gespräch der geschwätzigen Herren verstummte, als sie sahen, daß eine Nonne und zwei Mönche den Wagen erklommen, aber Luitger, der die Situation sofort erkannte, kam den zu erwartenden dummen Bemerkungen zuvor, indem er sagte: »Ihr hohen Herren habt doch nichts gegen unsere Anwesenheit, oder?«

»Nein, nein«, brummten die Händler. Nur der älteste von den vieren, ein vornehmer Herr mit schwarzer Samtkappe und einem graubärtigem Gesicht, zog seine Augenbrauen hoch und meinte mit hoher Stimme: »Wir sind ja Protestanten, wir sind tolerant!« Sie lachten.

»Bevor ich mich dazu erkläre«, entgegnete Frater Luitger, während sich der Postwagen in Bewegung setzte, »möchte ich warten, bis uns der Weg durchs Altmühltal führt, wo ich die Mehrzahl *meiner* Glaubensbrüder um mich weiß; denn im protestantischen Regensburg haben wir dann überhaupt nichts mehr zu melden.«

Die forschen Worte des Benediktiners gefielen den Handelsherren, und so herrschte fröhliche Stimmung an diesem Spätsommermorgen, als der Taxis'sche Postwagen über das grobe Pflaster holperte und beim Heilig-Geist-Spital mit seinen dreifach aufeinandergetürmten Dachfenstern die Pegnitz überquerte. Vorbei an St. Lorenz, wo eine neue Stadt mit regelmäßigen Ost-West-Straßen entstanden war, schlug der Kutscher den Weg nach Süden ein.

Die Nonne und die Mönche hatten auf der vorderen Sitzbank Platz genommen, gleich hinter dem Kutscher, Leberecht saß in der Mitte zwischen Luitger und Martha. Der Wagen, über den sich eine hufeisenförmige Plane spannte zum Schutz vor Regen und Sonne, war ziemlich schmal, viel zu schmal für drei Ordensleute in ihren Kutten. Das bot Leberecht die Möglichkeit, sich ohne Aufsehen an Martha zu schmiegen. Er spürte die Bewegungen ihrer Schenkel, und jede Straßenbiegung erzeugte bei ihm wohlige Schauer.

Als der Wagen die Stadtgrenze erreichte, riß der Himmel auf. Auf sandigem Boden führte der Weg schnurgerade durch endlose Kiefernwaldungen, und der Kutscher brachte seine Pferde auf Trab, daß einem angst werden konnte. Auf den hinteren Sitzen kreiste derweil eine Flasche, deren Inhalt geeignet war, die Angst zu vertreiben und den Älteren zu der Frage zu ermutigen: »He, Ihr seid doch nicht etwa Ablaß-Kommissare, die zwischen Rom und den deutschen Landen hin- und herreisen und den Armen mit dem Versprechen ewiger Glückseligkeit das Geld abknöpfen, zum Wohl der gefräßigen römischen Kirche?«

Leberecht sah Luitger erschrocken an. Luitger war wütend, doch wagte er offenbar nicht, den Kaufmann in seine Schranken zu weisen, schließlich befanden sie sich noch immer auf protestantischem Boden. Die Worte des Alten, dachte Leberecht, hätten auch von ihm selbst stammen können; von einem anderen hatte er noch nie so barsche Kritik vernommen, und mit einem Mal wurde ihm klar, was es bedeutete, ein Protestant zu sein.

Der sah sich jetzt erst in seinem Element und rief, nachdem keine Antwort kam, von hinten: »Gehört Ihr nicht dem Orden des unseligen Johannes Tetzel an, dessen Predigten unser Doktor Luther zum Anlaß nahm für seine Thesen?«

Die Stimmung drohte umzuschlagen, und Luitger wandte sich nach hinten und entgegnete dem Fragesteller: »Tetzel war ein Dominikaner und unserem Orden der Benediktiner so fremd wie Euch Protestanten. Im übrigen hat das Konzil den Ablaßhandel, wie er von Tetzel gepredigt wurde, verboten.«

Da lachten die vier im Chor. Der Ältere konnte sich kaum halten vor Lachen, er schüttelte nur immer den Kopf und rief: »Ja, ja, Rom ist eben weit! Aber Ihr werdet doch nicht leugnen wollen, daß St. Peter in Rom von den Groschen der Gläubigen gebaut wird? Auch heute noch! Es gibt noch genug kleine Tetzels in deutschen Landen!«

Der offene Streit der beiden gab Leberecht Gelegenheit, sich für einen Augenblick unbemerkt an Martha zu schmiegen, ihre weichen Brüste zu fühlen und sich lüsternen Gedanken hinzugeben. Martha zeigte nicht die leiseste Regung; sie sah streng nach vorne auf die Rücken der Pferde. Wie lange würden sie die Kraft aufbringen, dieses Versteckspiel zu treiben?

Das Rattern und Schütteln des Postwagens wirkte ermüdend und ließ den Streit mit den protestantischen Handelsherren einschlafen. Leberecht döste wie alle anderen vor sich hin; er wagte nicht Martha ins Gesicht zu sehen, obwohl er es gern getan hätte. Ein Lächeln, ein züchtiger Händedruck hätten ihm in dieser Situation viel bedeutet.

Eine Weile führte der Weg entlang der Altmühl, einem trägen Flüßchen, das sich durch den Wiesengrund schlängelte wie ein glänzendes Reptil. Weiden wechselten mit lichten Wäldern, bis es nach vielen Stunden einen felsigen Aufstieg bergan ging, von wo zum erstenmal in unendlicher Ferne der Süden geschaut werden konnte.

Luitger, der die Route auf einer Karte des Mathematicus Philipp Apian verfolgte, die von den Wappen der bedeutendsten bayerischen Städte eingerahmt war, stritt mit dem Kutscher über die Namen der Dörfer, die sie passierten oder in der Ferne erkannten. Die Namen, die der Kutscher nannte, stimmten nämlich in keiner Weise mit denen in der Karte des Gelehrten aus Ingolstadt überein, so daß Frater Luitger, ein Ausbund an Genauigkeit, was Gedrucktes betraf, ernsthaft zu zweifeln begann, ob sie ihr Ziel, Regensburg, noch am selben Tage erreichen würden. Schließlich beruhigte der Kutscher den Fahrgast, er reise nicht zum erstenmal auf dieser Route und trotz seiner Unkenntnis der meisten Ortsnamen habe er noch jedesmal seine Gäule in den Taxis'schen Poststall gelenkt.

Laber und Nab, zwei Flüßchen, welche diese Bezeichnung zur trockenen Sommerzeit in keiner Weise verdienten, wurden über zwei Furten durchquert, und ehe man sich versah, tauchten am südlichen Horizont die Haustürme der Regensburger Patrizier auf, etwa fünfzig an der Zahl, manche neun Stockwerke hoch, kaum niedriger als die Stümpfe des Domes, dessen Bauarbeiten vor vierzig Jahren eingestellt worden waren. Über die steinerne Brücke, ein Weltwunder der Baukunst, erreichten sie gegen Abend die Stadt.

Regensburg hatte sich der Reformation angeschlossen, aber auch hier konnten Klöster, wie im protestantischen Nürnberg, fortbestehen. Es gab ein Minoritenkloster im Osten, ein von irischen Mönchen gegründetes Kloster St. Jakob und das Dominikanerkloster im Westen sowie, im Süden der Stadt gelegen, das Reichskloster Obermünster und das Benediktinerkloster St. Emmeram. Dieses hatte Frater Luitger zum Nächtigen ausgewählt, während er dem Kutscher auftrug, Schwester Martha am Benediktinerinnenstift Niedermünster, einen Steinwurf vom Dom entfernt, abzusetzen. Zur Weiterfahrt wollten sie sich morgen nach Sonnenaufgang an der Poststation vor dem Rathaus treffen.

War es die anstrengende Fahrt im Postwagen oder der Ärger über die mitreisenden Handelsherren, Leberecht war aufgefallen, daß Luitger und Martha während des ganzen Tages kaum ein Wort gewechselt hatten. Und während sie, ihr Gepäck auf dem Rücken, der Klosterpforte zustrebten, die in Anbetracht der gewaltigen Ausdehnung der Reichsabtei eher einen bescheidenen Eindruck machte, fragte Leberecht zaghaft, nur um überhaupt das Gespräch auf Martha zu bringen: »Ist sie nicht eine mutige Nonne? Reist mutterseelenallein von Nürnberg nach Assisi.«

»Die Klarissin? Hm.«

»Ihr mögt sie nicht besonders?«

»Weder im Alten noch im Neuen Testament steht eine einzige Zeile, daß ein reisender Benediktiner eine mitreisende Nonne mögen muß.«

Leberecht lachte, und Luitger zeigte dem Frater Porter von St. Emmeram das *Testimonium** seines Abtes. Das Dormitorium für durchreisende Mönche war vornehmer eingerichtet als der Schlafsaal der Benediktiner vom Michelsberg. Sieben hölzerne Betten mit einem Balkendach darüber standen in sieben Nischen eines langgezogenen Raumes im Erdgeschoß, der nur vom Kreuzgang her betreten werden konnte. Vor den Zwischenwänden, welche die Nischen voneinander trennten, standen schmale Schrankkästen mit kleinen hölzernen Zinnen. Die Fenster auf der gegenüberliegenden Seite öffneten sich zum Garten hin. Es roch nach Holz und frischem Kalk.

Luitger und Leberecht waren nicht die einzigen Gäste zur Nacht. Ein Frater von jugendlichem Aussehen kam aus Cluny, ein zweiter aus Bursfeld.

»Die Nonne ist mir jedenfalls nicht geheuer«, meinte Frater Luitger, ohne aufzusehen, während er sein Gepäck in dem Kasten verstaute.

»Nicht geheuer? Was meint Ihr?« Leberecht erschrak zu Tode, aber er war bemüht, den Schock zu verbergen. »Ich finde, sie hat ein einnehmendes Wesen.«

»Eben«, stellte Luitger nüchtern fest, »ein viel zu einnehmendes Wesen.« Er trat auf Leberecht zu, dessen Schlafstelle neben der seinen lag, und raunte ihm zu, so daß es die fremden Konfratres nicht verstehen konnten: »Es ist doch ein offenes Geheimnis, daß die weiblichen Orden in der Hauptsache von sitzengebliebenen Jungfrauen frequentiert werden; dafür ist diese Mater

* die Bescheinigung

Martha einfach zu schön! Sie stellt alle Madonnen, die ich bisher gesehen habe, in den Schatten.«

Leberecht schluckte. Er hatte vieles erwartet, aber nicht diese Schwärmerei. In Gedanken ging er noch einmal alle Begegnungen mit Martha durch; er überlegte, ob Luitger Martha jemals gesehen haben konnte und ob er, Leberecht, ihm gegenüber jemals eine Andeutung gemacht hatte, was die Beziehung zu seiner Ziehmutter betraf. Er konnte sich nicht erinnern.

»Aber da ist noch etwas, was mich mißtrauisch macht.« Luitger strich sich mit der Rechten um das Kinn.

»Ja?«

»Nun, es ist Sitte unter Ordensfrauen, daß nie eine allein ihr Kloster verläßt. Ich habe noch nie eine Nonne allein auf der Straße gesehen, geschweige denn auf Reisen ...«

Leberecht widmete sich ebenso intensiv wie umständlich seinem Gepäck, kontrollierte, was seinem Freund nicht verborgen blieb, den Inhalt seines Reisesackes, indem er ein paar Kleidungsstücke herauszog, zusammenlegte und wieder im Beutel verschwinden ließ. »Ihr meint, daß sie vielleicht gar keine richtige Nonne ist« – und leise flüsternd: »so wie ich kein richtiger Benediktiner bin?«

»Man könnte das in der Tat glauben«, antwortete Frater Luitger, »nur sähe ich keinen Sinn in einem solchen Abenteuer. Eine alleinreisende Nonne hat doch nur Schwierigkeiten über Schwierigkeiten. Wozu also das Verkleidungsspiel?«

»Vielleicht irrt Ihr Euch!« Leberecht hob die Schultern und zog die Mundwinkel nach unten.

Von außen wurde die Tür zum Dormitorium geöffnet, und der Bruder Porter, ein alter Mönch mit gekrümmtem Rücken, trat ein. Er schwang in der Hand eine kleine, dumpfklingende Glocke und rief die fremden Besucher zum Nachtmahl ins Refektorium und anschließend zur Komplet in die Kirche.

Leberecht war froh über die Störung, sonst wäre er in höchste Bedrängnis geraten. Wie aber, dachte er, während die vier Gäste in Reih und Glied hinter dem alten Benediktiner zur gegenüberliegenden Seite des Kreuzganges trotteten, wo ein steinernes Treppenhaus zum Refektorium im Obergeschoß führte, wie sollte er Luitger die Verkleidungskomödie beichten? Früher oder später käme er nicht umhin, das zu tun.

»O heiligste Dreifaltigkeit!« schimpfte Frater Luitger mitten auf der Treppe.

Leberecht, der die Hände beim Gehen nach Art der Mönche in den Ärmeln verbarg, fragte erstaunt: »Frater Luitger, ich hörte doch wohl keinen Fluch aus Eurem Munde?«

»Ich sagte ›o heiligste Dreifaltigkeit‹, mein Freund. Das ist kein Fluch, sondern ein Stoßgebet, wie es der heilige Benedikt von seinen Brüdern mehrmals am Tage fordert!«

»So, so«, entgegnete Leberecht. »Aber es klang eher wie ein Fluch, wenn ich mir die Bemerkung erlauben darf.«

Oben angelangt, nahm Luitger seine Rede wieder auf: »Um bei der Wahrheit zu bleiben, es war wohl eher ein Fluch, weil mir das allerheiligste *Präputium* beim Treppensteigen immer gegen das Schienbein schlägt.«

»Wem sagt Ihr das?« grinste Leberecht. »Ich trage meine gesamte Barschaft am Körper. Das zwickt und kneift und drückt und ist in jeder Weise hinderlich. Allmählich fange ich an zu begreifen, was die Reichen meinen, wenn sie sagen, Geld mache nicht glücklich, es sei nur eine Belastung.«

»Dabei hast du es noch gut! Du mußtest dem Abt nicht unter Anrufung des heiligen Benedikt versprechen, dich deiner Kutte bis zu Erledigung deines Auftrages unter keinen Umständen zu entledigen.«

»Ach deshalb schlaft Ihr in vollem Ornat!«

Luitger verdrehte die Augen gen Himmel.

Dann traten sie ins Refektorium ein, wo über achtzig Benediktinermönche auf ihre Milchspeise warteten, einen mit Milch verdünnten gesalzenen Brei aus altem Brot und gekochten Kartoffeln.

Die Weiterfahrt mit der Post am folgenden Morgen verzögerte sich, weil der Postwagen zur genannten Zeit um sieben auf sich warten ließ. Statt dessen erschien eine Stunde später, als sich die Nebelschwaden von der Donau her, die ersten Anzeichen des Herbstes, verzogen hatten, ein Bote der Taxis'schen Post zu Pferde und teilte mit, Wagen und Pferde, die schnellsten ihrer Art, stünden zwar bereit, doch der Kutscher, der mit der Strecke nach Salzburg aufs beste vertraut und bisher ein Ausbund an Zuverlässigkeit gewesen sei, habe sich am gestrigen Abend über alle Maßen betrunken und sei nicht in der Lage, den Postwagen gen Salzburg zu lenken.

Während Luitger, Leberecht und Martha die Nachricht gelassen aufnahmen, begannen die übrigen Fahrgäste laut zu schimpfen. Ein italienischer Gelehrter in schwarzer Professorentracht, der in Begleitung seiner halbwüchsigen Tochter reiste, fluchte in allen Sprachen einschließlich des Lateinischen, von dem jedoch kaum ein Wort zu verstehen war; ein Tuchhändler aus Aachen auf dem Weg nach Wien, der furchtbar eilig schien, lachte hämisch und rief immer wieder: »Und dabei gilt die Taxis'sche Post als die zuverlässigste und schnellste in ganz Europa, ha, ha!«

Eine weitere Stunde später näherte sich endlich der gelbe Postwagen mit einem Ersatzkutscher. Der ungehobelte Grobian, ein Mann mit breitem Schädel und wüst herabhängenden Haaren, gebrauchte die Peitsche über Gebühr und preschte in wilder Fahrt die alte Römermauer entlang in Richtung Süden. Die Fahrgäste klammerten sich an ihre Sitze, und der Tuchhändler aus Aachen, ein vornehmer Herr mit ledernem Gepäck, rief dem Kutscher zu, er möge die Fahrt verlangsamen.

Der drehte sich auf seinem Kutschbock um, ließ die Peitsche knallen, daß die Pferde trabten, als sei der Teufel hinter ihnen her, und rief nach hinten: »Istvan schnäll, särr schnäll!« Der Kutscher sprach offensichtlich kein rechtes Wort deutsch und erweckte den Eindruck, als hätte er den Auftrag, die dreistündige Verspätung bis zum Abend wieder einzuholen.

Schließlich gelang es dem Italiener, sich unter Lebensgefahr von der hinteren Sitzbank zum Kutschbock vorzuarbeiten. Mit Händen und Füßen und unter Anwendung aller möglichen Sprachen schrie er auf den wildgewordenen Kutscher ein, bis dieser endlich den Wagen abbremste. In dem anschließenden Wortgefecht zwischen den beiden, das eher einem Radebrechen gleichkam, erfuhr der Professor, daß der Kutscher ungarischer Herkunft und unsicher war, was die Reiseroute betraf, und daß er eigentlich nur den Zielort kannte: Salzburg.

In Anbetracht der Landtafeln des Philipp Apian, die Luitger im Gepäck mit sich führte, waren jedoch alle guter Hoffnung, ihr Reiseziel zu erreichen, zumal Landschaft und Himmel, die sich alsbald vor ihnen auftaten, so übersichtlich waren, daß der Süden am Horizont stets in Erscheinung trat.

Die Landschaft des Herzogtums Baiern – um dieses südlich der Donau gelegene Land handelte es sich nämlich – war, zumindest was den Norden betraf, ohne Charakter, indem weite Felder und leicht ansteigende Höhen, Nadelwälder und Wiesen ständig wechselten und nie eine Einheit abgaben.

Und da der Charakter der Menschen stets ein Abbild des Charakters der Landschaft ist, in der sie leben, waren auch jene schwer zu beschreiben, welche diesen Landstrich bevölkerten. Am besten, meinte Frater Luitger und schwenkte ein kleinformatiges Buch in der Luft, am besten sei das dem Johannes Aventinus gelungen in seiner Bairischen Chronik, Hofhistoriograph der bairischen Herzöge und welterfahren im Reisen zwischen Paris und Krakau. Mühevoll gegen das Schütteln des Postwagens ankämpfend, begann Luitger zur Freude aller Mitreisenden aus dem Buch zu zitieren: Die Baiern, hieß es dort, seien geistlich schlecht und recht, gingen gern wallfahrten, legten mehr Wert auf den Ackerbau und das Vieh als auf Kriege, welchen sie nicht sonderlich nachliefen, blieben gern zu Hause und reisten nur ungern in fremde Lande, tränken stark und hätten viele Kinder, trieben wenig Hantierung, achteten nicht auf Kaufleute und würden auch von ihnen kaum aufgesucht.

Die letzte Bemerkung riß den Tuchhändler aus Aachen zu lautem Gelächter hin und er rief immer wieder: »Was glaubt Ihr, warum ich nach Wien reise, he?«

So gelangten sie frohgestimmt unter sonnigem Himmel in die fruchtbare Ebene, welche die Isar zurückgelassen hatte, bevor sie sich träge in ein unscheinbares Flußbett zurückzog. Das Getreide auf den Feldern, die sich in strenger Geometrie aneinanderreihten, so weit das Auge reichte, war abgeerntet, doch boten die ungepflügten Äcker noch genug Nahrung für Fasane, Haselhühner, Rebhühner, Drosseln und Wachteln, die in Scharen aufschreckten, wenn der Postwagen vorbeiflog.

Dem Fluß selbst ging der Ruf voraus, unsagbaren Reichtum mit sich zu führen und manch armen Schlucker über Nacht zum Glücksritter gemacht zu haben. Die Isar, ein ursprünglich wilder Gebirgsfluß, führte nämlich Gold auf ihrem Grund mit sich, und viele, die ihr Glück versucht hatten, wußten zu berichten, sie hätten schon mit der ersten Schaufel wenigstens drei Flimmerchen ans Tageslicht geholt. Deshalb hatte sich zwischen Moosburg und Plattling eine Gesellschaft etabliert und dem Herzog – es war Ludwig der Reiche – die alleinigen Schürfrechte abgekauft.

Von Landshut, der alten Regierungshauptstadt der Herzöge von Baiern, kam zuerst ein spitzer Kirchturm zum Vorschein. Leberecht hatte noch nie einen so hohen Turm gesehen. Die

Stadt selbst bildete in der Hauptsache ein von Norden nach Süden verlaufender Straßenmarkt, um den sich dicht an dicht stolze Giebelhäuser drängten. Dort hatte auch die Poststation ihren Platz. In deutschen Landen berühmt geworden war die Stadt vor neunzig Jahren, ja, sie zehrte noch immer von diesem Ruf, als Herzog Georg der Reiche eine polnische Königstochter freite und seine Vermählung zum Anlaß nahm, das größte Fest auszurichten, das je in Deutschland gefeiert wurde.

Weil die Stadt nur über ein Kloster verfügte, dessen Orden Luitger nicht genehm und Leberecht äußerst verhaßt war, zogen sie es vor, wie die übrigen Fahrgäste in der Poststation gegenüber jenem hohen Kirchturm zu nächtigen, der einem Schwindel bereitete, wenn man versuchte, seine Spitze zu erspähen.

Es war schon Abend, als sie ihr Quartier bezogen, und Leberecht flüsterte Martha heimlich zu, sie möge in ihrer Schlafkammer bleiben, weil es sich für eine Nonne nicht zieme, eine Wirtsstube zu betreten. Später werde er ihr etwas zu essen bringen.

Zum Nachtmahl gab es Blut- und Leberwürste und Sauerkraut, für das die Gegend berühmt war – ein wahrer Schmaus nach der Klosterkost der vergangenen Tage. Dazu wurde roter Burgunder gereicht, der an den Hügeln um die Stadt herum in besonderer Weise gedieh.

Der Professore aus Rom sprach den Würsten mit Begeisterung zu; doch als er den Wein von der Isar kostete, rief er aus: »O glückliches Land, wo der Essig, der anderswo mit großer Mühe bereitet werden muß, von selbst wächst!« Und als Francesca, so hieß die Tochter des Italieners, den Wein kostete, verzog sie ihr Gesicht zu einer Grimasse und spuckte aus. Das Grimassenschneiden gehörte im übrigen zur Lieblingsbeschäftigung des Mädchens, das nicht gerade von Schönheit gekrönt, dafür aber mit einem losen Mundwerk gesegnet war wie eine fränkische Marktfrau. Ihr einziger Vorzug, wenn man ihn als solchen bezeichnen wollte, bestand darin, daß Francesca wie ihr Vater sich in allen erdenklichen Sprachen unterhalten konnte.

Leberecht saß am Tisch der Reisegesellschaft wie auf Kohlen, weil er Martha allein in ihrer Kammer im oberen Stockwerk wußte und nichts sehnlichster wünschte, als mit ihr zu reden. Denn zum einen wuchs in seinem Herzen die Freude über die gelungene Flucht, zum anderen aber auch die Sorge, ob es möglich sein würde, mit ihr ohne Reisepapiere über alle Grenzen zu gelangen. Mit einem Teller Kraut und Würsten wollte Leberecht gerade nach oben gehen, als Frater Luitger, der dem roten Wein mit großem Vergnügen zusprach, sich vom Tisch erhob und fragte: »Wo willst du hin mit den Würsten?«

»Ich bringe der Nonne etwas zu essen«, stotterte Leberecht verlegen. »Ich habe es versprochen.«

Da nahm Luitger seinem Novizen den Zinnteller aus der Hand. »Laß mich das machen«, sagte er, und ehe Leberecht etwas erwidern konnte, verschwand der Frater durch die hintere Tür der düsteren Wirtsstube.

Leberecht wollte ihm hinterherlaufen, weil er fürchtete, es könnte zu einer unliebsamen Begegnung kommen. Einen Augenblick wußte er wirklich nicht, was er tun sollte, aber dann blieb er zurück, weil ihm bewußt wurde, daß diese Aufgabe eher dem älteren Benediktiner zukam. Dafür wurde er Zeuge eines Gesprächs zwischen dem Aachener Tuchhändler und dem italienischen Professor, das ihn in helle Aufregung versetzte: Der Professor hieß Lorenzo Albani und lehrte an der Universität Rom Mathematik und Astronomie und war, wie sich im Laufe des Abends erweisen sollte, den Sternen mindestens ebenso zugetan wie dem Landshuter Burgunder, den er eben noch verteufelt hatte.

Der schwere Wein war es wohl, der seine Zunge löste, denn ohne Aufforderung begann der kluge, gewitzte Professor sein Leben und den Grund seiner Reise zu erzählen, unterbrochen nur von unpassenden Bemerkungen seiner redseligen Tochter, auf welche Albani immer wieder mit einem heftigen »*Silentio!*«* reagierte. Während Leberecht sich ausmalte, wie die Begegnung zwischen Luitger und Martha vonstatten gehen mochte, hörte er mit einem Ohr, daß der Professore gerade aus Utrecht zurückkam, wo er das Plappermaul, seine Tochter Francesca, an den Mann hatte bringen wollen. Doch weder der auserwählte Medicus, von italienischer Abstammung und beträchtlichem Vermögen, noch seine redselige Tochter, Halbwaise seit dem frühen Tode seiner Frau, hätten Gefallen aneinander gefunden; ehrlich gesagt, hätten sie sich nur angegiftet wie Hund und Katze, und so sei man unverrichteterdinge abgereist. Francesca schnitt eine prahlerische Grimasse wie Capitano Spaventa.

Währenddessen hatte Frater Luitger an Marthas Kammer geklopft, und Martha hatte ihm, in der Meinung, es sei Leberecht, geöffnet. So sah sich Luitger unerwartet einer Frau in einem langen weißen Hemd gegenüber, die durch ihr kurzgeschorenes Haar in keiner Weise verunstaltet wurde. Einen Augenblick standen beide schweigend da und starrten sich an.

Luitger, der zuerst seine Sprache wiederfand, stammelte eine Entschuldigung und wollte sich gerade mit gesenktem Blick rückwärts entfernen, da meinte Martha: »Frater, wenn es nicht Eure Ordensregel verbietet, in die Kammer einer Nonne zu treten, würde ich Euch bitten, auf ein Wort zu bleiben.«

Sichtlich verwirrt schüttelte Luitger den Kopf und stellte den Teller auf den kleinen quadratischen Tisch in der linken Ecke des Raumes.

Martha zog ihren Reisemantel über, einen vielfaltigen weiten Umhang, setzte sich aufs Bett und begann ohne Umschweife:

* Ruhe! (ital.)

»Ich habe von Anfang an gemerkt, daß Ihr an meinem geistlichen Stand zweifelt, Frater; vielleicht übersteigt es einfach meine schauspielerischen Fähigkeiten. Deshalb will ich Euch nicht weiter an der Nase herumführen und Euch die Wahrheit sagen: Nein, ich bin keine Klarissin, ich habe wie Leberecht diese Verkleidung gewählt, damit meine Flucht unbemerkt bliebe.«

Frater Luitger lehnte sich ans Fenster und sah Martha fragend an: »Ihr kanntet Leberecht schon vorher?«

Martha zog ihren Umhang über der Brust zusammen, als fröstelte sie. »Ich kenne ihn ebensolange wie Ihr, Frater Luitger, ich bin ...«

»Ja?«

»... seine Ziehmutter und ...«

»Und?«

»... seine Geliebte.«

Frater Luitger, ein stämmiger Mann, der den Eindruck vermittelte, als könnte ihn nichts aus der Ruhe bringen, wurde von Unruhe erfaßt. Es schien, als wüßte er im Augenblick nicht, was er mit seinen Händen anfangen sollte, schließlich faltete er sie wie zum Gebet und legte sie ans Kinn. »Dann seid Ihr also Martha Schlüssel, die Frau des Wirtes vom Sand?«

Martha nickte. »Jetzt könnt Ihr den Stab über mich brechen.«

»Unsinn!« antwortete Luitger. »Sogar unser Herr Jesus hat Magdalena, der Sünderin, verziehen. Nur – warum habt Ihr mich nicht in Eure Pläne eingeweiht? Wißt Ihr denn nicht, in welche Gefahr Ihr mich gebracht habt? Was habt Ihr vor?«

Martha beantwortete keine der Fragen des Mönchs. Sie blickte verschämt, die Hände zwischen die Knie gepreßt, zu Boden und begann weit ausholend zu erzählen, daß ihre Liebe kein Strohfeuer sei, sondern schon sieben Jahre währe und daß der Fürstbischof und die Schergen der Inquisition nicht nur sie, sondern auch Leberecht erpreßt und bedroht hätten und die Flucht sei ihr einziger Ausweg, wollte sie nicht auf dem Scheiterhaufen enden. Denn nach den Gesetzen der Kirche werde einem Mann Ehebruch bedingungslos verziehen, während die Ehebrecherin verurteilt werde wie eine Mörderin.

»Ich weiß«, erwiderte der Frater und begann mit kurzen Schritten in der Kammer auf und abzugehen. »Eine Kirche, die den Bordellbesuch eines Priesters mit der niedrigsten aller Strafen, das Begräbnis eines Exkommunizierten aber mit der höchsten Strafe belegt, entspricht auch nicht *meinem* Verständnis von Christentum.«

»Ihr verurteilt mein Verhalten also nicht, Frater?« Martha kniete vor dem Mönch nieder und versuchte seine Hand zu küssen; doch Luitger trat ein paar Schritte zurück, und Martha blieb kniend in der Mitte der Kammer zurück.

»Euer Verhalten verurteile ich wohl«, entgegnete Luitger, »schließlich habt Ihr die Ehe gebrochen. Das ist eine schwere Sünde. Noch schwerer allerdings ist die Tatsache zu werten, daß Ihr dies mit Eurem Ziehsohn getan habt. Doch wer ohne Schuld ist, werfe den ersten Stein, sagt der Herr.«

Martha begann zu schluchzen: »Frater, mein Mann Jakob begegnete mir wie seiner Hündin; das heißt, die hatte es besser, weil sie wenigstens bisweilen ein Streicheln oder ein liebes Wort empfing. Ein Leben ohne Liebe ist kein Leben. Ihr macht Euch keinen Begriff, was es für mich bedeutete, als Leberecht mich nach vielen Jahren der Enthaltsamkeit in seine Arme nahm. Ich habe dagegen angekämpft, nicht, weil es wider die Natur, sondern weil es gegen das Gesetz ist – aber vergebens. Die Seuche, die unsere Stadt heimsuchte, trennte uns beinahe ein halbes Jahr, und sogar danach gingen wir uns noch lange aus dem Wege. Ich versuchte meine Gefühle mit inbrünstigen Gebeten und Geißeln zu unterdrücken, aber, glaubt mir, ich dachte während all dieser Zeit nur an ihn. Ich liebe ihn.«

Luitger schwieg.

»Natürlich«, nahm Martha ihre Rede wieder auf, »werde ich die Nonnentracht nicht mehr tragen. Verzeiht, wenn ich Euer frommes Empfinden beleidigt haben sollte!«

Da lachte der Frater bitter und antwortete: »Seid unbesorgt! In Ordenstracht wie dieser sind größere Verbrechen begangen worden als Euer Fehltritt. Im übrigen ist es nicht das Gewand, das einen Heiligen auszeichnet, sondern seine Seele. Ich glaube auch, daß Ihr das Schauspiel, das Ihr nun einmal begonnen habt, zu Ende führen solltet, zumindest so lange, bis wir italienischen Boden erreicht haben. Es ist für Euch die einzige Gelegenheit, unbehelligt über alle Grenzen zu kommen ...«

In der düsteren Wirtsstube ging es indessen hoch her, weil der Professore aus Rom, beseelt vom schweren Wein, über den Mond und die Planeten und ihre Ausstrahlung auf die Erde schwadronierte, ihre Wirkung auf das Wetter und die Beeinflussung des menschlichen Körpers. Jeder Mensch von Stand und Bildung, meinte Albani, der wie ein Prediger hinter der Theke Platz genommen hatte und jedes seiner Worte mit ausladenden Handbewegungen untermalte, jeder Mensch müsse seine Lebensweise, die Behandlung von Krankheiten und wichtige Geschäfte nach dem Stand der Gestirne ausrichten, ja, es empfehle sich, kurzweilige Dinge des Augenblicks an diesem, Angelegenheiten von Dauer und Nachdruck an jenem Tag zu verrichten.

Die Zuhörer rückten immer näher an den Professore heran, vor allem, als er seine Aderlaßtäfelchen aus der Tasche zog, von deren wundersamer Wirkungsweise die meisten gehört hatten. Reisende Kaufleute benutzten diese Tafeln, auf denen für jeden Menschen an jedem Ort der Stand des Mondes und damit verbundene Ratschläge und Vorschriften verzeichnet waren, mit

Vorliebe. Es galt als schädlich, zur Ader zu lassen, solange der Mond in einem Tierkreiszeichen stand, das dem leidenden Körperteil zugeordnet war. Gefährlich war es, nach Meinung der Sternforscher, Abführmittel bei ungünstiger Stellung des Mondes zu verabreichen. Ein Medicus, meinte Albani mit schwerer Stimme, der bei seinen Verordnungen die Hilfe der Gestirne außer acht lasse, setze das Leben eines Kranken aufs Spiel; schließlich werde mehr als die Hälfte aller Krankheiten vom Firmament regiert.

Als immer mehr Gäste in der Wirtsstube immer unsinnigere Fragen stellten, brach Albani seinen Vortrag ab und kehrte zu den übrigen Reisenden an den Tisch zurück.

Vor allem Leberecht zeigte sich begeistert von den Ausführungen des Professors, und er stellte ihm die Frage, ob er in Rom dem Doktor Kopernikus begegnet sei.

Albani lachte breit, rückte näher an den Fragesteller heran und schlug Leberecht auf die Schulter, daß es schmerzte: »Junger Mönch«, rief er und schüttelte den Kopf, »im Vergleich zu Euch bin ich gewiß ein alter Mann; aber als Kopernikus in Rom weilte und vor erlauchten Männern über die Magie der Zahlen las, da war ich noch nicht geboren, geschweige denn in der Lage, seinen komplizierten Gedanken zu folgen. Aber noch heute rühmen die römischen Gelehrten seine Klugheit, und« – er hielt die flache Hand vor den Mund – »die Kirche würde seinen Namen am liebsten in allen Büchern und Schriften tilgen.«

»Aber warum?« rief Leberecht aufgeregt, ohne den Blick von der Hintertür zu lassen, wo Luitger verschwunden war.

»Wißt Ihr«, erwiderte Albani, nun auf einmal ernst – soweit das sein Zustand zuließ –, »das ist eine lange Geschichte, und sie ist nicht unbedingt für die Ohren eines Benediktiners bestimmt. Laßt uns von etwas anderem reden!«

Leberecht wagte nicht, dem Professore zu widersprechen, obwohl es ihn brennend interessiert hätte, mehr aus der Sicht des Sternforschers über Kopernikus zu erfahren.

Albanis Tochter Francesca, deren Mundwerk nur deshalb zum Schweigen gekommen war, weil sie in der Ecke sitzend der Schlaf übermannt hatte, wachte plötzlich auf und rief über zwei Tische hinweg, ihr Vater möge doch verkünden, was ihnen allen für die nächsten Tage in den Sternen geschrieben sei.

Der Professore ließ die Aderlaßtafeln, die er noch immer in den Händen hielt, in der Brusttasche seines Gewandes verschwinden und zog statt dessen ein Astrolabium hervor, nicht viel größer als sein Handteller und ebenso dick und aus Messing gearbeitet. Das geheimnisvolle Instrument war aus exzentrischen Kreisen und Ringen zusammengesetzt, die, in Skalen und Tierkreise unterteilt, sich mit-, gegen- und ineinander drehten und so den Auf- und Untergang der Gestirne, vor allem aber ihre Beziehung zueinander anzeigten.

Die glänzende Apparatur erregte unter den Gästen höchstes Interesse, und als sie erfuhren, daß mit Hilfe dieser Mechanik Wesen und Schicksal der Menschen gedeutet werden könne, so sie nur Jahr, Tag und Stunde ihrer Geburt sowie die geographische Breite ihres Geburtsortes nennen könnten, wurde der Professore erneut mit Fragen bestürmt. In fast allen Fällen scheiterte die Beantwortung der Fragen am Unwissen der Fragesteller. Kaum einer wußte den Tag seiner Geburt zu nennen, viele kannten nicht einmal das Jahr. Nur Leberecht hatte alle Daten im Kopf, und Albani begann an den Scheiben und Ringen seines Instrumentes zu drehen. Dabei murmelte er geheimnisvolle Zahlen, die Namen Venus und Mars und lateinische Wörter, welche Leberecht, der sich lange genug mit Sternenkunde beschäftigt hatte, als die Bezeichnungen der Tierkreiszeichen erkannte.

Endlich kamen die rotierenden Scheiben zum Stehen, und Albani hielt inne. Mit zusammengekniffenen Augen musterte er abwechselnd sein Instrument und das angespannte Gesicht des Fragestellers. In der Wirtsstube wurde es still.

»Nun sag schon, was die Sterne dem jungen Mönch prophezeien!« rief Francesca in die Stille und klatschte aufgeregt in die Hände.

Albani schien verunsichert. Er begann aufs neue an seinem Instrument zu hantieren, verschob Kreise und Ringe gegen- und übereinander und brummte vor sich hin, derlei Aufgaben sollte man tunlichst *vor* dem zweiten Krug Wein erledigen.

Als er sein Werk zum zweitenmal beendet hatte, preßte er die Lippen aufeinander, als wollte er kein Wort verlieren über das, was das Astrolabium anzeigte.

Aber Leberecht sagte mit fester Stimme: »Ich will es wissen.«

Und die geschwätzige Tochter des Professors hüpfte von einem Bein auf das andere und kreischte: »So rede doch, wenn er es wissen will!«

Albani hob die Schultern, legte den rechten Zeigefinger auf sein geheimnisvolles Instrument und sagte leise: »Gott sei mein Zeuge, daß ich die Wahrheit spreche: Säßet Ihr nicht in einer Kutte neben mir, würde ich Euch für einen gefährlichen Ketzer halten, gefährlicher als jenen Doktor Luther aus Wittenberg.«

Leberecht bekam einen roten Kopf, und die Gäste in der Wirtsstube redeten wild durcheinander. Die meisten entrüsteten sich über die unverschämten Worte des römischen Sterndeuters, der es wagte, einen Benediktinermönch derartig zu verunglimpfen. Nur ein kleines, dünnes Männchen, das bisher stumm in einer Ecke gesessen war, krächzte mit dünner Stimme: »Vielleicht ist er gar nicht Benediktiner? Schließlich kann jeder eine Kutte tragen!«

Da lehnte sich der Wirt über die Theke und rief nach hinten: »Ja, vor allem du!« Und an Leberecht gewandt: »Seht ihm seine dumme Rede nach. Er ist nicht ganz bei Trost.«

Das Scharmützel zwischen den beiden brachte die Gäste zum Lachen, so daß die Worte des Sterndeuters schnell in Vergessenheit gerieten, und man sprach wieder dem Wein zu. Bei Leberecht hatte die Erkenntnis des Professors Neugierde geweckt, und bemüht, nur kein Aufsehen zu erregen, fragte er Albani: »Und was künden die Sterne sonst noch über mich?«

Das Astrolabium lag noch immer vor ihm auf dem Tisch. Albani runzelte die Stirn, er blickte nach beiden Seiten, bedacht, daß diesmal niemand seine Antwort mithörte: »Wie ich schon sagte, säßet Ihr nicht in einer Kutte neben mir, würde ich Euch für einen anderen halten; denn ich sehe eine Begegnung von Venus und Mars, und diese Begegnung wird für beide von großer Bedeutung sein.«

»Heilige Jungfrau Maria!« entfuhr es Leberecht, und er fragte weiter: »Wißt Ihr Näheres über diese Begegnung?«

Albani drehte das Astrolabium nach allen Seiten, er hob die Schultern und erwiderte: »Nichts, nur so viel, daß sie ein trauriges Ende nimmt.«

Leberecht wollte noch weitere Fragen an den Sterndeuter richten, doch er kam nicht mehr dazu. Durch die hintere Tür trat Frater Luitger in die Gaststube. Er kam auf den Tisch zu, wo noch immer sein Weinbecher stand und setzte sich. Leberecht würdigte er keines Blickes.

Der spürte sofort, daß etwas vorgefallen war, und suchte hilflos nach Worten. Verlegen stammelte er: »Habt Ihr der Nonne das Essen gebracht?«

Luitger gab keine Antwort. Statt dessen begann er mit dem Tuchhändler aus Aachen ein belangloses Gespräch. Leberecht hörte eine Weile zu; das heißt, er tat, als hörte er zu, in Wirklichkeit war er mit seinen Gedanken ganz woanders. Hatte Luitger Verdacht geschöpft? Hatte sich Martha in irgendeiner Form verraten? Und wenn dem so war, würde Luitger den Vertrauensbruch zum Anlaß nehmen, sich von ihm und Martha zu trennen?

Nur zu gern hätte Leberecht gewußt, was sich oben zwischen den beiden zugetragen hatte. Aber er hatte nicht den Mut, Luitger zur Rede zu stellen.

Schließlich erhob er sich wortlos und ging hinauf zu Marthas Kammer. Er klopfte, erst leise, dann heftiger. Aber Martha öffnete nicht.

Verzweifelt wie lange nicht mehr legte er sich schlafen.

Am nächsten Morgen – vom Fluß her krochen die ersten weißen Nebel herauf und kündigten den Herbst an – war Leberecht auf alles gefaßt, auch darauf, daß Luitger sich weigern könnte, mit ihm gemeinsam den Postwagen zu besteigen.

Aber noch ehe er mit Martha sprechen konnte, trat der Benediktiner ihm auf der Treppe entgegen und sagte: »Warum hast du mir nicht von Anfang an die Wahrheit gesagt? Glaubst du, ich hätte dich verraten?«

Leberecht schämte sich; aber gleichzeitig war er froh, daß Luitger überhaupt mit ihm redete. Er drückte dankbar seine Hand und entgegnete: »Verzeiht mir, aber ich brachte nicht den Mut auf, Euch in unsere Pläne einzuweihen. Ich hatte Angst, Ihr würdet unser Verhalten verurteilen und unsere Fluchtpläne vereiteln.«

Luitger nickte, als wollte er andeuten, daß er ihm längst verziehen habe, und über sein Gesicht huschte ein Lächeln. Da erschien Martha auf dem oberen Treppenabsatz, und Luitger verschwand nach unten.

»Ich habe Frater Luitger alles erzählt«, sagte sie, während sie ihr Ordenskleid raffte und vorsichtig die Treppe herabstieg. In ihrer Stimme klang Erleichterung. »Ich habe freiwillig angeboten, auf die Ordenstracht zu verzichten; aber der Frater meinte, es sei die beste Möglichkeit unbehelligt durch alle Grenzen zu kommen. Ich solle die Verkleidung noch ein paar Tage beibehalten.«

Im Durchgang zum Hof der Poststation warteten bereits neue Fahrgäste mit Reiseziel Salzburg. Insgesamt zählte der Kutscher zwölf Passagiere, zwei zuviel. »Abärr gutt«, meinte er und mahnte zur Eile, Salzburg sei weit. Der Platz im rückwärtigen Teil des Postwagens, der für das Gepäck vorgesehen war, mußte einer zusätzlichen Sitzbank weichen, zwischen den Reihen stapelten sich Koffer und geschnürte Ballen, und zu allem Überfluß begann es auch noch zu regnen.

Obwohl Leberecht, Martha und Luitger dicht zusammengedrängt saßen, wollte zwischen den dreien kein rechtes Gespräch aufkommen. Diese Schweigsamkeit rührte daher, daß jeder von ihnen sich Gedanken machte, wie es weitergehen sollte. Vor allem Leberecht plagte das schlechte Gewissen, weil er Luitger, seinem Freund, dem er soviel zu verdanken hatte, nicht die volle Wahrheit gesagt hatte. Zwar war jetzt die Katze aus dem Sack, was Martha betraf, doch was das andere Geheimnis, den Inhalt seines Gepäcks, anging, so hatte er sich ihm immer noch nicht offenbart. Er hatte Angst, Luitger einzuweihen, weil er damit rechnen mußte, daß dieser versuchen würde, ihm seinen Plan auszureden. Doch dieser Plan stand unumstößlich fest.

Der aufgeweichte Boden der schmalen Poststraße, die sich bergauf, bergab durch die baierische Hügellandschaft schlängelte, verlangte den Pferden das Letzte ab und nötigte den Kutscher häufig, die Peitsche zu gebrauchen. So überquerten sie Vils und Rott, zwei Rinnsale mit knorrigen Weiden zu beiden Seiten, die sich so umständlich dahinschlängelten, als wären sie in die Landschaft verliebt und wollten möglichst viel von ihr mitbekommen.

Bei Ötting, wo sich zwei dicht beieinander liegende Städte

um denselben Namen stritten, überquerten sie den Inn und nach einer Stunde ein weiteres Flüßchen durch eine Furt. So gelangten sie an eine Wegscheide mit einem Meilenstein, der in der einen Richtung nach Passau, in der anderen nach Salzburg zeigte. Von hier an, meinte Luitger nach einem Blick auf die Apiansche Landtafel, erwarte sie eine bessere Wegstrecke.

Der Benediktinermönch hatte kaum ausgesprochen, da wurde der Postwagen von einem lauten Schlag erschüttert. Wie ein Schiff im Wind neigte sich der rechte hintere Teil des Fahrzeugs zur Seite, und die Reisenden purzelten schreiend übereinander. Endlich brachte der Kutscher die Pferde zum Stehen.

Leberecht, Martha und Luitger waren auf der vorderen Sitzbank mit dem Schrecken davongekommen. Sie sprangen vom Wagen und versuchten die anderen Fahrgäste aus ihrer mißlichen Lage zu befreien. Zum Glück hatte keiner eine Verletzung davongetragen.

»Achsbruch!« stellte Luitger nach einem Blick auf den Schaden fest. »Und das Hinterrad ist auch nicht mehr zu gebrauchen.«

Auf der Straße, die in der Hauptsache von Planwagen befahren wurde, welche Salz geladen hatten, herrschte trotz Regens reger Verkehr. Ein Kutscher, der leer aus dem Böhmischen zurückkam, hielt an.

»Ist was passiert?«

Der Postkutscher fuchtelte mit den Armen in der Luft herum, als kämpfte er gegen einen Bienenschwarm, und überfiel den anderen mit einem unverständlichen Redeschwall. »Nichts von Bedeutung«, klärte Luitger die Situation, »die Achse ist gebrochen. Kannst du uns behilflich sein und uns bis zur nächsten Stadt bringen?« Martha zog eine Münze hervor und drückte sie dem Fuhrknecht in die Hand.

Da erhellte sich die Miene des Fuhrknechts: »Ei freilich«, erwiderte er und versuchte einen Bückling in Richtung der Nonne. »Nach Burghausen sind es gerade noch drei Meilen. Wenn Ihr wollt, bringe ich Euch zur Poststation. Steigt auf! Es wird zwar eng, aber besser schlecht gefahren als gut gegangen.«

Während sie ihr Gepäck umluden, näherten sich von Norden zwei Pferdewagen mit hohen roten Rädern und blau und gelb bemalten Holzaufbauten. Der Kutscher des ersten Fuhrwerks trug einen breiten schwarzen Hut. Er hatte die Zügel der müde vor sich hin trottenden Gäule festgebunden und spielte auf einer Flöte. Ein Mädchen mit langen, durchnäßten roten Haaren, kaum älter als zwölf Jahre, schlug dazu eine winzige Trommel und trällerte, trotz des Regens, fröhlich vor sich hin. Im Vorbeifahren blickte eine Frau mit wilden Haaren und riesigen Brüsten aus dem Fenster des Wagens; zwei Hunde, die neben dem schaukelnden Gefährt herliefen, kläfften; und hinter dem zweiten, ebenso bunt bemalten Wagen tapste an einer Kette ein Bär mit einem ledernen Maulkorb. Unvermittelt wie sie gekommen war, verschwand die Gauklertruppe hinter der nächsten Wegbiegung im Wald.

»Leute«, rief der Salzknecht dem fahrenden Volk hinterher, »nehmt die Wäsche von der Leine, die Gaukler kommen!« Die anderen lachten.

Als das Gepäck endlich verstaut war und die Reisenden auf dem staubigen Fahrzeug Platz genommen hatten, fuhr der Salzknecht los. Es dauerte keine halbe Stunde, und sie erreichten die Stadtgrenze. Dort, wo sich die Straße teilte und geradewegs zum Tor der Burganlage führte, während linker Hand ein gepflasterter Weg steil in die Tiefe führte, blieb der Salzknecht stehen. Es sei wohl besser, meinte er, das letzte Wegstück zu Fuß zurückzulegen, denn der Berg zur Stadt hinab sei steil und gefährlich, und selbst vier Gäule und zwei Bremsschuhe seien nicht in der Lage, einen vollbeladenen Wagen auf dem nassen Pflaster zu halten.

Sie hatten das Tor kaum durchschritten, da tat sich vor ihnen eine Landschaft auf, die, wollte man sie beschreiben, hohe Kunstfertigkeit der Sprache erforderte. Unbemerkt waren sie an das Steilufer eines Flusses gelangt, der in tausendjähriger Beständigkeit eine tiefe Furche in das sandige Erdreich gegraben hatte. Nun rauschte er, ein wildes, schäumendes Bett für flache Salzkähne, tief unter ihnen nordwärts und beschrieb ein beinahe rechtwinkeliges Knie.

Was der grüne, reißende Fluß vom diesseitigen Ufer an Boden übriggelassen hatte, war von kunstsinnigen Bewohnern als Fundament genutzt worden für eine Stadt, so märchenhaft, wie sie nur von Kreuzfahrern und Jerusalempilgern beschrieben wurde, die den Orient bereist hatten. Von den schmalbrüstigen Häusern, die sich wie Holzspielzeug um einen langgestreckten Marktplatz reihten, sah der Ankommende nur das Zickzack ihrer Dächer. Man schien zu fliegen, wenn man sich der Stadt von oben näherte, und das war der Grund, warum jeder Ankommende sich hier so fröhlich wähnte.

Der Regen hatte nachgelassen, als sie vor der Poststation auf dem Marktplatz ankamen und ihr Gepäck in Empfang nahmen. »Sieh nur!« sagte Leberecht zu Martha und deutete auf die vom Fluß abgewandte Häuserzeile des Platzes: Hoch über den Giebeln, die sich in allen erdenklichen Formen aneinanderreihten, erstreckte sich mit Türmen, Zinnen und Brücken die Burganlage, eine Stadt für sich in den Wolken, mehr als eine halbe Meile lang.

Selbst der römische Professore, der viel von der Welt gesehen hatte, staunte, und seine geschwätzige Tochter brachte nicht mehr hervor als: *»Che miracolo!«** Die Schönheit der Stadt nahm alle Reisenden gefangen, daß keiner, nicht einmal der eilige

* Welch ein Wunder! (ital.)

Tuchhändler aus Aachen, den unfreiwilligen Aufenthalt bedauerte. Die Poststation lag in der Mitte des Platzes, wo die farbenfrohen Patrizierhäuser mit ihren Scheingiebeln eine Lücke ließen, die zur Brücke über den Fluß führte. Hier verwehrte ein Torturm, der nachts geschlossen wurde, unliebsamen Besuchern von jenseits des Flusses den Zutritt.

Luitger und Leberecht suchten, nachdem sie ihr Gepäck in dem Wirtshaus verstaut hatten, den Schmied auf, der nur ein paar Häuser weiter, gegenüber der Stelle, wo die steile Straße in den Marktplatz mündete, Pferde beschlug und Räder reparierte. Er hieß Kaspar Brauner, und dieser Name war der Grund, warum sein Haus, dessen Giebel sich gefährlich nach hinten neigte, als einziges in der ganzen Stadt braun gestrichen war. Brauner versprach, den Schaden an dem Postwagen umgehend zu beheben.

Kaum zeigten sich die ersten Spuren des Morgens am Himmel, da erwachte die Stadt zu geschäftigem Treiben. Salzfuhrwerke polterten in allen Richtungen über das Pflaster des Marktplatzes, vollbeladen in nördlicher Richtung, während die nach Süden fahrenden Gespanne meist leer waren. Vom Fluß her hallten die lauten Rufe der Schiffer, die ihre Plätten – so hießen die flachen Kähne ohne Kiel und Tiefgang – be- und entluden. Alles Salz, das von Hallein flußabwärts kam, mußte hier an der Lände gelöscht und auf Pferdewagen verstaut werden. So wollte es ein Gesetz.

In den regen Wagenverkehr mischte sich auch die Gauklertruppe, der sie am Vortag begegnet waren. Sie machte auf dem Platz vor der Kirche halt, die sich am südlichen Ende des Marktes wie ein Schiff richtungslos in die Häuser drängte. Dort errichteten die fahrenden Leute eine Art Bühne, indem sie die Seitenwände ihrer bunten Wagen herausklappten und mit Brettern und Balken ein kleines Theater zimmerten. Gegen Mittag, als der Marktplatz von der Sonne in farbenfrohes Licht getaucht wurde wie eine Theaterkulisse, zogen die Gaukler mit ihrem Bär, der zweibeinig auf den Hinterläufen tapste, weil seine Vorderläufe in dornigen Handschuhen steckten, dem rothaarigen Mädchen auf dem Rücken eines Pferdes, einem Komikus mit schwarzer Maske, die nur den Mund freiließ, und einem Ausrufer, der eine Trommel schlug, durch die Stadt, um für ihre Nachmittagsvorstellung zu werben. Der Ausrufer sparte nicht mit Superlativen über die Gauklertruppe des großen Roberto Aldini aus dem fernen Mailand und kündigte equilibristische Spitzendarbietungen, circensische Sensationen und eine ventriloquistische Vorführung an, wie sie einmalig auf der Welt sei. Am Ende der Vorstellung stehe Signora Lachesis dem erlauchten Publikum gegen zwei Kreuzer zur Präkognition zur Verfügung.

Obwohl kaum jemand verstand, was sich hinter diesen erregenden Versprechungen verbarg, strömten die Menschen zuhauf zum Kirchplatz. Während Martha sich der Vorführung fernhielt, weil sie einer Nonne unwürdig sei, fand Leberecht nichts dabei, der Gauklervorstellung beizuwohnen.

Leberecht klatschte begeistert, als das rothaarige Mädchen mit Hilfe einer langen Stange über ein Seil tanzte, das von einem Wagen zum anderen gespannt war, und ein Bauchredner, der eine hölzerne Puppe zum Sprechen brachte, versetzte ihn in helles Entzücken; dann jedoch geschah etwas Unfaßbares.

Der vornehm in weiß und rot gekleidete Ausrufer annoncierte mit erhobener Stimme »die stärkste Frau der Welt«, welche vor den Augen der Zuschauer einen lebendigen Bären zwei Fuß in die Höhe heben und zehn Fuß entfernt absetzen wollte.

Von der einen Seite trat der angekettete Bär auf die Bühne, von der anderen ein Koloß von Frau in gelben Kniehosen und einem grünen Umhang. Ihre Schenkel hatten das Ausmaß von Säulen, und diese Säulen zierten gelbgrüne Bänder, das Haar war zottelig, und ihr hartes Gesicht ließ einen dunklen Bartansatz erkennen. Trotz dieser Verkleidung gab es für Leberecht keinen Zweifel: Er kannte dieses Monster. Er hatte es schon gekannt, als es noch ein zierliches Mädchen gewesen war.

»Veilchen!« rief er von hinten zur Bühne.

Einen Augenblick hielt die Riesin inne und blickte verwirrt in die Richtung, aus welcher der Zwischenruf gekommen war. Sie wirkte irritiert, als sie mit der Vorführung begann. Breitbeinig und unter Ausstoßen brüllender Laute packte sie den Bären um den Bauch, hob ihn hoch und nach drei oder vier schweren Schritten setzte sie das zottige Tier ab. Die Zuschauer johlten.

Leberecht drängte sich zur Bühne vor und stellte sich der monströsen Frau in den Weg, als diese gerade hinter ihrem Gauklerwagen verschwinden wollte.

»Sophie«, sagte er zärtlich, »ich dachte, du wärst...«

»Was?«

»Na ja, ich dachte, du wärst freiwillig aus dem Leben geschieden.«

»So. Dachtest du«, erwiderte die Frau mit einer Stimme, die geeignet war, das Blut in den Adern gefrieren zu lassen.

»Alle dachten wir so«, meinte Leberecht entschuldigend. »Hätte ich nur geahnt, daß du am Leben bist, ich hätte die Suche nie aufgegeben.«

Sophie vermied es, Leberecht ins Gesicht zu sehen. Sie hatte den Blick zur Seite gesenkt.

»War besser so, glaub' mir«, meinte sie verbittert. »Ich habe mein Auskommen bei den Gauklern. Hier hat jeder sein Ränzlein zu tragen.« Und im gleichen traurigen Tonfall fuhr sie fort: »Und du? Bist du freiwillig ins Kloster gegangen?«

Da faßte Leberecht Sophie am Arm, das heißt, er berührte nur einen wabbelnden Batzen Fleisch und schob die Frau in Richtung der Kirche. Zwischen Turm und Meßnerhaus öffnete sich eine Gasse, welche den Namen Messerzeile trug – warum wußte niemand zu sagen –, rechter Hand lag ein stilles Wirtshaus, der »Bräu an der Kirchen«.

Die Abgeschiedenheit des Gäßchens, in dem alles, die Häuser und Türen, ja sogar das Pflaster nur halb so groß zu sein schien wie auf dem stolzen Marktplatz, nützte Leberecht, um seiner Schwester zu berichten, was sich nach ihrem plötzlichen Verschwinden ereignet hatte. Er erzählte von der unseligen Inquisition, die ihrem toten Vater jene furchtbare Schmach angetan hatte, und von der Verfolgung durch den Fürstbischof, der sich und die Kurie in den Besitz eines brisanten Buches bringen wollte, und daß er um sein Leben fürchten mußte und deshalb beschlossen habe, mit Frater Luitger als Benediktiner verkleidet nach Italien zu reisen. Den wahren Grund für seine Erpressung, sein Verhältnis zur Ziehmutter, erwähnte er nicht – noch nicht; denn er mußte befürchten, daß Sophie ihn deshalb tadeln würde.

Sie gelangten zu der Stelle, wo unversehens ein knorriger Weinstock aus dem Pflaster wuchs und die Front eines schmalbrüstigen Hauses mit geröteten Blättern einhüllte wie mit einem Mantel. Sophie zeigte keine Regung, ja, es schien, als wäre das Schicksal so hart mit ihr umgegangen, daß sie überhaupt nicht mehr fähig war, Gefühle zu zeigen.

Da blieb Leberecht stehen, er blickte der mißgestalten Frau vor sich ins Gesicht und sagte, ohne an die Folgen zu denken: »Sophie, laß die Gaukler ziehen, komm mit uns nach Italien. Laß uns ein neues Leben beginnen.«

Sophie blickte starr geradeaus und sie antwortete, ohne lange nachzudenken, hart und bestimmt: »Nein, Bruder, ich bin froh, daß mich die Gaukler aufgenommen haben. Roberto, der Anführer der Truppe, ist ein guter Mensch. Hier bin ich *eine* Kuriosität unter vielen, weder lächerlich noch abnorm; im Gegenteil, die Gaukler lassen mich ihre Dankbarkeit spüren, weil ich mit meiner Erscheinung zum Lebensunterhalt beitrage. Unter normalen Menschen wäre ich doch nichts weiter als ein Ungeheuer, das von allen angestarrt und bemitleidet wird. Nein, ich gehöre zu ihnen und werde mit ihnen weiterziehen, und du wirst ebenfalls deinen eigenen Weg gehen.«

Ihre Worte klangen unerbittlich, und Leberecht begann zu zweifeln, ob er gegenüber seiner Schwester, die er einst »Veilchen« genannt hatte, jemals wieder den vertraulichen Ton ihrer Jugend finden würde. Sie hatten sich seit sieben Jahren nicht gesehen, und die Gewalt der Verhältnisse hatte einen unsichtbaren Keil zwischen sie getrieben.

»Wie lange bleibt ihr in dieser Stadt?« erkundigte sich Leberecht verzagt.

»Zwei oder drei Tage«, erwiderte Sophie.

»Und wohin geht die Reise?«

Die Monsterfrau hob die Schultern und zog die Mundwinkel nach unten. »Dorthin, wo man uns haben will«, sagte sie. »Ich muß zu meinen Leuten.« Sie drehte sich um und ließ ihn stehen.

Zurück in der Poststation erfuhr Leberecht, daß die Reparatur des Wagens bis zum Abend beendet sei und die Fahrt bei Tagesanbruch weitergehen sollte. Er kämpfte mit sich, ob er Luitger, vor allem aber Martha, von der unerwarteten Begegnung berichten sollte. So stand er am Fenster seiner Kammer, das zum Marktplatz zeigte und blickte über die bunt gefärbten Wipfel der Kastanienbäume, die in der Mitte ein fröhliches Spalier bildeten und sicheren Aufenthalt für Hunderte von Sperlingen. Gegen Abend, wenn der Wagenverkehr zum Erliegen kam, hallte ihr schriller Lärm von dem Häuserrund wider wie von den Rängen eines Theaters. Leberecht wußte nicht, wohin mit seinen Gedanken. Er wollte mit Martha sprechen, aber er zögerte, weil er nicht wußte, was er sagen sollte, und blieb den Abend auf seiner Kammer.

Wie angekündigt stand am Morgen der Postwagen bereit. Von den Passagieren waren nur noch sechs übriggeblieben: Leberecht, Martha und Luitger, ferner der Tuchhändler aus Aachen sowie der Professore und seine Tochter, welche frühmorgens noch nicht zu ihrer Geschwätzigkeit gefunden hatte.

Leberecht stand als erster reisefertig bereit. Er wollte Sophie Lebewohl sagen und lief hinüber zum Kirchplatz. Der Platz war leer. Ein Haufen Mist und Unrat türmte sich neben der Kirche, darunter ein zerschlissenes gelbgrünes Band. Leberecht hob es auf und steckte es in die Tasche.

Der Kutscher mahnte zur Eile. Wollten sie den Postwagen nach Italien erreichen, so mußten sie bis mittag in Salzburg sein.

Die Reise ins Salzburgische verlief ohne viel Reden. Es schien beinahe, als hätte jeder etwas vor dem anderen zu verbergen.

»Was hast du?« raunte Martha Leberecht in einem unbeobachteten Augenblick zu.

»Ach, nichts«, erwiderte dieser. »Es ist nichts.«

KAPITEL VIII

KÜNSTLER UND PROPHETEN

Seit ihrer Abreise waren zwei Wochen vergangen. Sie hatten über den Tauernpaß die Alpen bezwungen und mit Unterstützung ihrer Ordenstracht alle Grenzen überwunden. Nun, da die Republik Venedig vor ihnen lag, konnten der Novize und die Nonne auf ihre klerikale Kleidung verzichten und sich so verhalten, wie es einem liebenden Paar zukam.

Albanis Tochter Francesca mochte die Demaskierung der beiden lange nicht begreifen, und sie schüttelte sich noch nach Tagen vor Lachen, wenn sie Leberecht oder Martha auch nur ansah. Die beiden aber fühlten sich, seit sie den venetischen Schlagbaum hinter sich gelassen hatten, frei wie nie zuvor.

Nicht anders als Deutschland, war Italien eine Ansammlung von Kleinstaaten. Die südliche Hälfte des Landes, die Königreiche Neapel und Sizilien, gehörten gar den Spaniern. Zwischen der Republik Venedig im Norden, die von den Alpen bis vor die Tore von Mailand reichte, und dem Kirchenstaat, welcher sich wie eine Schlange von der Pomündung bis nach Rom und noch weiter wand, drängten sich im Westen zahlreiche kleine und größere Herzogtümer und Republiken.

Leberecht hätte allzu gerne in Venedig Station gemacht, der Stadt der tausend Inseln, über die er soviel gelesen hatte, den

Dogen gesehen, von dem es hieß, er sei der Kleidung und dem Staat nach ein König, der Gewalt nach ein Ratsherr, in der Stadt ein Gefangener und außerhalb Venedigs ein Mann wie du und ich. Aber weil der Sommer vorbei war und keines jener prachtvollen Schauspiele anstand wie die Vermählung des Dogen mit dem adriatischen Meer, bei der dieser auf einem prächtigen Schiff ein Stück ins Meer hinausfuhr und durch eine Öffnung in seinem Sitz einen goldenen Ring in die See fallen ließ, wobei er die Worte sprach: *Desponsamus te mare, in signum veri perpetuique Dominii**, und weil Frater Luitger und Professore Albani zur Eile drängten, ließen sie die Stadt links liegen und strebten Padua zu, acht Wegstunden von Venedig entfernt.

Auf italischem Boden zu reisen bedeutete ein weit größeres Abenteuer als der Verkehr nördlich der Alpen. Die Verbindungen waren schlecht, von Pünktlichkeit konnte keine Rede sein, vor allem aber erwiesen sich die Straßen als nicht ungefährlich: Überfälle durch Wegelagerer gehörten zur Tagesordnung. Der Professore aus Rom, weltgewandt und im Reisen erfahren, riet daher, anstelle der Postwagen, die von Stadt zu Stadt verkehrten und unter ständiger Beobachtung von Räuberbanden standen, den Wagen eines Kaufmanns für die Weiterreise zu wählen. Italienische Kaufleute pflegten bewaffnet und wohlbewacht zu verkehren.

In Padua, wo sich die wichtigsten Handelswege kreuzten, machte Albani einen Gewürzhändler ausfindig, der am folgenden Tag in Begleitung zweier bewaffneter Reiter über Florenz nach Rom reisen wollte und sich bereit erklärte, die Reisegesellschaft gegen einen Fuhrpreis von zwei Scudi pro Person mitzunehmen.

* Wir verloben uns mit dir, o Meer, zum Zeichen wahrer und ewiger Herrschaft.

Während Luitger die Nacht im Benediktinerkloster am Prato della Valle verbrachte, einem großen ungepflasterten Platz, auf welchem an jedem ersten Sonnabend des Monats der Viehmarkt stattfand, nächtigten die übrigen in einer Fremdenherberge, nur einen Steinwurf vom Kloster entfernt, in einer Seitengasse gelegen und in der Hauptsache von Händlern und Reisenden besucht.

Leberecht und Martha nahmen gemeinsam eine Schlafstätte im zweiten Stockwerk, die zwar kaum Aussicht bot – die gegenüberliegende Hauswand war nicht viel mehr als eine Armspanne entfernt –, aber wenigstens die Gewißheit, allein zu sein. Weinend vor Glück fielen sie sich in die Arme, als Leberecht die Tür hinter sich schloß. Die Spannung, das Leid und die Ungewißheit der vergangenen Wochen fielen in diesem Augenblick von ihnen ab wie eine schwere Last.

»Jetzt wird alles gut«, stammelte Leberecht, während er Marthas Gesicht mit Küssen bedeckte, »du brauchst keine Angst mehr zu haben.«

Martha warf den Kopf in den Nacken. Sie schloß die Augen und genoß die Lippen des geliebten Mannes. »Wie sehr habe ich dieses Gefühl vermißt«, flüsterte sie, und über ihr Gesicht huschte ein zaghaftes Lächeln.

Leberecht wußte nicht, wie lange es her war, seit er Martha so hatte lächeln sehen. Wieviel Angst und Unsicherheit lag dazwischen? Während sich ihre Körper zärtlich aneinanderschmiegten, vorsichtig, als müßten sie sich erst wieder aneinandergewöhnen, während jeder behutsam und beinahe ehrfurchtsvoll den Körper des anderen ertastete, kehrte allmählich die wilde Leidenschaft zurück, die ihr Verhältnis von Anfang an geprägt hatte.

Martha keuchte, und Leberecht preßte sein Knie zwischen ihre Schenkel. Ihren Kopf hielt er zwischen beiden Händen, und seine Zunge liebkoste ihren Hals. Die kleinen Laute der Lust, die Martha dabei ausstieß, versetzten Leberecht in Entzücken. Wie sie sich gehen ließ, sich ihm willenlos darbot, all das brachte ihn zur Raserei. Er riß ihr Kleid auf und schälte den weißen Körper der Geliebten aus ihren Gewändern wie eine süße Frucht aus der Schale.

Ungestüm drängten sich ihm ihre Brüste entgegen. Leberecht leckte sie mit der Zunge. Er zerrte an ihrem Unterkleid, bis Martha nackt vor ihm stand. Dann kniete er nieder und verbarg sein Gesicht in ihrem Schoß, als wollte er die Welt um sich vergessen. Langsam, wie ein gefällter Baum, sank Martha zu Boden. Der blanke harte Stein kümmerte sie nicht, und ihre fliegenden Finger nestelten an der Verschnürung seiner Beinkleider.

»Ich will dich sehen!« keuchte sie.

»Das sollst du haben«, gab er ebenso leidenschaftlich zurück und half nach, sich seiner Hosen zu entledigen.

Endlich kniete er nackt über ihr. Er genoß Marthas Blicke auf seinem Körper; sein Glied war aufgerichtet wie ein stämmiger Ast.

»Nimm mich! Komm!« flüsterte Martha, und Leberecht ließ sich nicht lange bitten.

In dieser Nacht hätte Padua von den spanischen Truppen erobert werden können – Martha und Leberecht hätten es nicht bemerkt. Sie liebten sich mit größerer Leidenschaft als je zuvor, weil das heimliche Versteckspiel ein Ende hatte und weil sie ihren Gefühlen freien Lauf lassen konnten.

Es war schon früher Morgen, jedenfalls hörte man in der Ferne den ersten Hahn, als ihr Liebeskampf zu Ende ging. Sie klammerten sich aneinander, als hätte jeder Angst, den anderen zu verlieren. So schliefen sie wie Kinder für zwei kurze Stunden.

Es war Sonntagmorgen, als sie erwachten, und was das bedeutet, vermag nur der zu beurteilen, der je den Klang der

Glocken von 26 Pfarrkirchen, 23 Nonnen- und 22 Mönchsklöstern zur selben Zeit vernommen hat – so viele gab es in Padua. Kaum war das hundertfache Geläute verstummt, da hallten laute Stimmen durch die Gassen und über die Plätze der Stadt. Aus allen Himmelsrichtungen drangen verrückte Rufe herauf: *»Qui va li? Qui va li?«*, was soviel heißt wie: »Ja wer kommt denn da?« Dieser Ruf galt als Erkennungszeichen der Studiosi von Padua, die für ihren Übermut und ihre Wildheit berühmt waren und wegen dieses Schlachtrufes »Quivalisten« genannt wurden.

Luitger hatte schon Matutin und Frühmesse hinter sich, als sie sich zur Abfahrt hinter der Franziskanerkirche trafen, in welcher der Leichnam des heiligen Antonius gezeigt wurde, jedoch ohne Zunge und Kinnlade, welche man, da ihnen eine besondere Wirkung im frommen Gebet zukam, getrennt in der Sakristei verschlossen hielt.

Der Weg nach Florenz führte über das Apenninische Gebirge und stellte an den Wagenlenker beinahe die gleichen Anforderungen wie die Überquerung der Alpen. Aber der Gewürzhändler, ein trotz fortgeschrittenen Alters jugendlich wirkender Mann, kannte die Strecke gut und lenkte sein Gespann sicher durch die engen Kurven der steilen Pässe.

Vor der Weiterreise, meinte der Händler, brauche er in Florenz einen Tag Zeit für wichtige Geschäfte, und da sie gut mit ihm gefahren waren, verabredeten sich die Fahrgäste für den folgenden Tag. Dies kam Leberecht sehr zupaß; denn so hatte er Gelegenheit, mit Martha Florenz zu erkunden, die Stadt, von der ihm sein Meister Carvacchi soviel erzählt hatte. Ja, er trug sich sogar mit der Absicht, in der Stadt zu bleiben, wenngleich er Luitger nichts von diesem Plan erzählte. Und so blieb dem Mönch auch verborgen, daß Leberecht und Martha sich noch am Tage ihrer Ankunft auf die Suche nach Carvacchi machten.

Leberecht wähnte ihn, wie konnte es anders sein, an der Dombauhütte, und so machten sie sich von ihrer Fremdenherberge, die am nördlichen Arnoufer, nahe dem Ponte Vecchio, lag, auf den Weg. Die Florentiner waren stolz und auch an Werktagen schöner gekleidet als alle anderen, was seine Ursache im Tuchhandel haben mochte, bei dem die Stadt in Europa den ersten Platz einnahm, letztendlich aber auch an dem Geschmack, den man ihnen nachsagte.

Den Dom zu finden, der von den Florentinern keineswegs *il Duomo* genannt wurde, sondern *Santa Maria del Fiore*, war nicht schwer, weil es kaum eine Stelle in dieser Stadt gab, von der nicht entweder die Kuppel oder der Glockenturm der Kirche gesehen werden konnte. Die Kuppel allein maß 154 Ellen, ohne den Turmaufsatz, der weitere 36 Ellen in die Höhe ragte, der quadratische Glockenturm dagegen war nicht einmal so hoch wie die Kuppel, gerade 144 Ellen.

Auf den fremden Besucher, der den Domplatz zwischen der Kirche der Misericordia und der Loggia del Bigallo betrat, machte die Ansammlung von einzelnen Gebäudeteilen, aus denen sich der Dom zusammensetzte, einen verwirrenden Eindruck. Hinzu kam die Farbigkeit der Gebäude, die gegenüber der Monochromie von Kirchen nördlich der Alpen geradezu schreiend bunt wirkte: weißer Marmor aus Carrara, roter aus der Maremma und grüner Serpentin aus der Gegend von Prato.

Von einem Kustos des Domes erfuhr Leberecht, daß die Dombauhütte längst aufgelöst sei und einen Steinmetz namens Carvacchi kenne er nicht, es gebe Hunderte Steinkünstler in dieser Stadt. Aber wenn in Florenz ein Steinmetz dieses Namens arbeite, dann sei er bei der Signoria, dem Rat der Stadt, registriert.

Dort, in einem der wuchtigen Gebäude, die mit rechteckigen guelfischen Zinnen bewehrt waren und den Eindruck erweckten, als wollten sie den nächstgelegenen Palazzo an Trutzigkeit überbieten, erfuhr Leberecht von einem jungen Secretarius mit langen Haaren und kurzem Gewand – seine Beine steckten in verschiedenfarbigen Strümpfen –, ein Steinmetzmeister namens Carvacchi habe unter Bartolomeo Ammanati gearbeitet, der mit dem Brunnen auf der Piazza della Signoria beauftragt sei, doch hätten sich die beiden schon nach kurzer Zeit zerstritten und Carvacchi habe Florenz verlassen.

»Zerstritten sagt Ihr?« Leberecht lachte. »Das sieht ihm ähnlich, diesem alten Streithahn!«

Die Baustelle des Brunnens lag an der Ecke des großen Palazzo. Ein halbes Dutzend Steinmetze bearbeitete rohe Marmorquader, daß die Splitter wie Funken flogen. In ihrer Mitte gab ein mürrischer Alter mit kurzem schwarzem Kinnbart einer Neptun-Figur die letzte Form: Ammanati.

Auf Leberechts Fragen zeigte sich der Künstler nicht sehr gesprächig. Erst als Martha an ihn herantrat und erklärte, Carvacchi schulde ihnen Geld und deshalb müßten sie ihn finden, wurde der Meister zugänglicher. Er schob seine runde Kappe zurück, wischte sich mit dem Ärmel über die Stirn, musterte die Fremdlinge mit zusammengekniffenen Augen und sagte mit tiefer Stimme: »Carvacchi war ein guter Steinmetz, ein sehr guter sogar, aber leider ist er ein unmöglicher Mensch. Er weiß alles besser, kann alles besser; ich glaube, von ihm kann noch Michelangelo lernen!« Dabei setzte er ein gequältes Lächeln auf.

»Und Ihr habt keine Ahnung, wohin er sich abgesetzt hat?« fragte Martha vorsichtig.

»Carvacchi? Natürlich weiß ich, wo er sich aufhält. Er hat ja oft genug darüber gesprochen. Alle Steinmetze der Welt drängen nach Rom, um am Bau von St. Peter mitzuwirken.« Er trat nahe an Leberecht heran und sagte, daß keiner seiner Gesellen ihn hören konnte: »Im Vertrauen gesagt, ich würde an seiner Stelle genauso handeln, wenn ich die Wahl hätte, mich zwischen Buonarroti und Ammanati zu entscheiden. Der große Michelangelo soll zwar steinalt sein und sich nur noch am Krückstock fortbewegen, aber seine Leute empfinden jedes seiner Worte, als wär's das Evangelium – außer Carvacchi. Wahrscheinlich liegt er längst mit ihm in Streit.«

Während er redete, näherte sich eine Schar Halbwüchsiger der Baustelle. Die Jungen riefen im Chor: »*Ammanato, Ammanato – che bel marmo hai sciupato!*«*

Da griff der Meister nach einem Steinbrocken und schleuderte ihn in Richtung der Gruppe, die daraufhin schreiend auseinanderstob wie aufgeschreckte Hühner. »Verzogenes Pack«, rief er ihnen hinterher, »haben von Kunst keine Ahnung und glauben, ein Neptun müßte noch immer so aussehen wie zur Zeit der alten Griechen.« Er spuckte auf die Erde.

Jetzt bemerkte auch Leberecht, daß Ammanati in seiner Gestaltung nicht gerade den traditionellen Stil bevorzugte. Er zog die Körper auf seltsame Weise in die Länge, ließ Arme und Beine länger erscheinen, während seine Köpfe kleiner herauskamen, als es dem harmonischen Ganzen entsprach.

Als er Leberechts kritischen Blick bemerkte, meinte Ammanati, indem er mit dem Kopf eine Bemerkung in Richtung des Palastes der Signoria machte, wo neben dem Eingang die monumentale Marmorstatue des David in der Abendsonne leuchtete: »Seht Euch dieses Kunstwerk an! Was soll ein Künstler noch schaffen, wenn er Michelangelos David gesehen hat?«

»O mein Gott«, stammelte Leberecht und faßte Martha bei der Hand, »ich wußte nicht, daß dies ein Werk des großen Michelangelo ist. Man begegnet so vielen Kunstwerken in Eurer Stadt!«

Da grinste Ammanati, und in abschätzigem, ziemlich über-

* Ammanato, welch schönen Marmor hast du verdorben! (ital.)

heblichem Tonfall entgegnete er: »Woher, sagt Ihr, kommt Ihr, junger Freund? Aus deutschen Landen, jenseits der Alpen, wo die Bären hausen?«

Leberecht hob verlegen die Schultern, und Martha, welche die Bemerkung des Florentiners ziemlich ungehörig fand, schmiegte sich tröstend an den Geliebten und streichelte seine Hand.

»Ich bin nach Italien gekommen, um zu lernen!« erwiderte er ehrlich. »Was die Kunst betrifft, ist Deutschland ein armes Land. Bei uns leben die Künstler noch immer von der Kirche. Ich stand zehn Jahre bei einem Fürstbischof im Sold.«

Ammanati zeigte mit dem Finger in Richtung der Statue: »Dies, mußt du wissen, ist nicht irgendein Kunstwerk, so wie dieser Brunnen, der nur einer von vielen sein wird in dieser Stadt, dies ist das Kunstwerk schlechthin, ein Naturereignis, und die Florentiner zählen seither die Jahre nicht mehr nach Christi Geburt, sondern nach Aufstellung des David.«

»Und warum schuf Michelangelo ausgerechnet einen David von solcher Größe? Ich meine, glaubt man der Schrift, dann war David eher ein Winzling.«

»Das ist wohl wahr«, erwiderte Ammanati, »und letztendlich wird es wohl immer Michelangelos Geheimnis bleiben. Tatsache ist, daß Michelangelo der einzige Künstler war, der einen neun Ellen hohen Marmorblock aus Carrara, der beim Dombau keine Verwendung fand und seither ungenutzt herumlag, bearbeiten wollte. Sogar der große Donatello, dem man den langen Klotz andiente, lehnte mit dem Hinweis ab, der Stein sei proportionslos, und nicht einmal der größte Künstler könne ihn in eine harmonische Form bringen. Die Konsuln der Wollenweberzunft gaben Michelangelo schließlich den Auftrag, irgend etwas aus dem Marmor zu machen und versprachen ihm für zwei Jahre sechs Goldgulden pro Monat ...«

»Nicht gerade üppig für einen solchen Künstler!«

»Gewiß nicht, nein, aber Buonarroti war damals erst sechsundzwanzig Jahre alt und erledigte während der zweieinhalb Jahre, die er für den David benötigte, auch andere Aufträge. Im übrigen hat ihm Geld nie etwas bedeutet, auch heute nicht, wo er mehr sein eigen nennt, als er in diesem Leben ausgeben kann. Und damit steht er in krassem Gegensatz zu unserem anderen Genie Leonardo. Während Michelangelo meint, er lebe gerne wie ein armer Mann, umgab Leonardo sich mit großem Luxus und einer Art Hofstaat. *Quid non mortalia pectora cogis auri sacra fames?*«*

»Ihr mochtet Ihn nicht besonders, Messer Ammanati?«

»Keiner mochte Leonardo; am allerwenigsten Michelangelo. Er war arrogant und launenhaft und verlangte, daß alle nach seiner Pfeife tanzten. Und jetzt entschuldigt mich!«

»Noch ein Wort!« bat Leberecht. »Sagt mir, wo findet ein Steinmetz aus deutschen Landen ein besseres Auskommen, in Florenz oder in Rom?«

Ammanati setzte den Meißel ab und musterte den Fremden mit kritischem Blick, dann sagte er: »Junger Freund, die große Zeit dieser Stadt ist abgelaufen wie der Sand im Uhrglas. Alles drängt nach Rom, unzufriedenes Landvolk, Söldner und Adelspack von eigenen Gnaden. Männer, die sich Weise oder Künstler nennen, treten auf den Plan und reißen nieder, was früheren Generationen heilig war. Lange wird es nicht mehr dauern und in Rom werden mehr Menschen leben als in Florenz. Wenn Ihr also mich fragt: Die Zukunft liegt nicht am Arno, sondern am Tiber. Man erzählt, allein an der Bauhütte von St. Peter seien zweieinhalbtausend Arbeitskräfte beschäftigt. Fromme Chri-

* Wozu treibst du das sterbliche Herz, verfluchter Hunger nach Gold? (geflügeltes röm. Wort)

stenmenschen aus aller Welt fördern mit ihren Ablaßgeldern die Machtgelüste der Päpste, von denen sich einer nach dem anderen ein Denkmal für die Ewigkeit setzt, das Größte vom Großen, das Schönste vom Schönen, das Kostbarste vom Kostbaren. Ein junger Mann wie du gehört nach Rom – es sei denn, du bist ein Protestant.«

»Gott bewahre!« rief Leberecht mit gespielter Empörung. Es war Zeit, sich von Ammanati zu verabschieden. Für Leberecht und Martha stand fest: Sie würden nach Rom reisen und versuchen, Carvacchi zu finden.

Nach drei Tagen, es war der siebenunddreißigste seit ihrer Abreise, traf die Reisegesellschaft in Rom ein. Durch die Porta del Popolo, das nördliche der römischen Stadttore, drängte sich eine nicht enden wollende Schlange von Post- und Pferdewagen.

Am letzten Tag hatte sie Regen begleitet, der nicht selten war um diese späte Jahreszeit und von großem Nutzen, wollten die gebräunten, wildüppigen Wiesen zwischen den Bergen und der Aurelianischen Mauer nicht in Unfruchtbarkeit verharren. Mit den Fremden aus dem Norden strömten Hirten mit ihren Büffeln, andere kamen mit ihren Ziegenherden bis aus den Abbruzzen durch das Tor, hinter dem sich ein weiter unbefestigter Platz auftat, mit einem Obelisken in der Mitte. Zur Linken erhob sich der Pincio, einer der sieben Hügel, auf denen Rom erbaut wurde. Wo einst Lukullus mit illustren Gästen tafelte, gab es in diesen Tagen nur Wildwuchs, manchmal unterbrochen von Gemüsegärten und verwachsenen Weinreben, und immer wieder Ruinenreste, zu Steinbrüchen verkommen.

Wer Rom zum erstenmal sah, konnte nicht anders, er mußte enttäuscht sein von soviel Ländlichkeit zwischen sporadischen Häuseransammlungen. Und Professore Albani, dem die Enttäuschung in den Gesichtern der Fremden nicht verborgen blieb, meinte entschuldigend an die Deutschen gewandt: »Zeigt mir eine große Stadt auf der Welt, deren Vorstadt schön ist! Ist es nicht gerade so, daß die Innenstädte um so schöner sind, je häßlicher die Vorstädte aussehen?«

Leberecht nickte ratlos, und auch Luitger stimmte mit einem Lächeln zu. So fuhren sie auf der Strada del Popolo südwärts, die mit den Einnahmen aus der *tassa delle puttane*, einer Hurensteuer, gepflastert worden war.

Vor der Kirche San Salvatore in Lauro, wo sich die römischen Kurtisanen mit Vorliebe sonntags nach dem Hochamt trafen und sich in Nächstenliebe übten, hielt der Gewürzhändler seinen Wagen an, und nach Entlohnung desselben trennten sich ihre Wege: Der Händler strebte zum Campo de' Fiori, Frater Luitger suchte das Benediktinerkloster auf dem Aventin auf, während sich Lorenzo Albani zusammen mit seiner Tochter Francesca, Martha und Leberecht zur nahe gelegenen Via Giulia begab, wo er auf halbem Weg zwischen San Giovanni und dem Palazzo Farnese ein Haus besaß.

Leberecht und Albani hatten sich auf dem letzten Stück ihrer gemeinsamen Reise angefreundet, sei es wegen ihres gemeinsamen Interesses für die Sternenkunde oder aber auch Marthas wegen; jedenfalls war Leberecht nicht entgangen, daß der gelehrte Witwer seiner Geliebten schöne Augen machte – soweit das seine hängenden Lider überhaupt zuließen. Aber Martha hatte Leberechts Bedenken zerstreut und gemeint, ein Mann wie Albani könnte ihnen gewiß noch von Nutzen sein.

Die Villa des Professore hatte einst der Kurtisane Cesarea gehört, die in dieser Straße über drei Villen verfügte. Das Haus hatte zwei Stockwerke, und der Eingang war von Säulen eingerahmt. Hinter dem Haus, auf der zum Tiber hin gelegenen Seite, öffnete sich ein Garten mit Spalieren, beinahe so wie die Anlage der Mönche auf dem Michelsberg, nur viel kleiner. Es gab Personal zuhauf, und Martha und Leberecht fühlten sich wie die Jünger Jesu nach dem Wunder von Kana.

Die beiden bezogen ein Zimmer im zweiten Stock, von dem man über den Tiber bis zum Janiculo blicken konnte. Leberechts größte Sorge galt dem Kopernikus-Buch, über das er bisher Stillschweigen bewahrt hatte. Er wußte nicht, wie Albani reagieren würde, wenn er ihm davon erzählte. Möglich, daß er den Professore sogar in Gefahr brachte. Deshalb zog er es vor, das Buch in einer der hohen Ziervasen zu verstecken, welche links und rechts vor einem Spiegel auf dem Kaminsims standen und nicht den Eindruck vermittelten, als seien sie zur Aufstellung von Blumen geeignet.

Martha, die das Versteckspiel beobachtete, hob fragend die Augenbrauen. Sie ahnte nichts Gutes. Die Geheimtuerei, hatte sie gehofft, sei nun endlich zu Ende. Was verfolgte Leberecht mit diesem Versteckspiel?

Der hatte das Buch mit Absicht vor Marthas Augen versteckt. Er hätte es auch im geheimen tun können, aber er *wollte*, daß sie es bemerkte; er wollte sie von seinem Plan in Kenntnis setzen.

»Weißt du«, begann er, während er aus dem Fenster über den Garten blickte, »ich habe dir von der gemeinen Erpressung durch den Fürstbischof erzählt und von dem Buch, das er unter allen Umständen in seinen Besitz bringen wollte.«

»Ja«, antwortete Martha, der plötzlich ein Licht aufging: »Mein Gott! Du hast doch nicht etwa dieses Buch gestohlen?«

Leberecht nickte.

Da faßte ihn Martha an den Schultern und schüttelte ihn, als wollte sie ihn zu Verstand bringen. »Ja bist du noch bei Trost? Solange sich dieses Buch in deinem Besitz befindet, werden wir nie Ruhe finden!«

Während er sich aus Marthas Armen befreite, meinte Leberecht besänftigend: »Du brauchst keine Angst zu haben. Hier, in der Höhle des Löwen, suchen sie nach dem Buch zuallerletzt. Vorläufig glauben alle, der Fürstbischof und die Mönche auf dem Michelsberg, daß sich das Buch in ihrer Bibliothek befindet, über tausend Meilen von hier.«

»Und Frater Luitger? Weiß er etwas davon?«

»Um Himmels willen, nein! Luitger hatte in letzter Zeit genug mit mir zu erdulden, da wollte ich ihn nicht auch noch in diese Sache hineinziehen. Er hätte nie erlaubt, daß ich das Kopernikus-Buch mit nach Italien nehme.«

Martha erblickte, während er das sagte, ein zorniges Funkeln in seinen Augen, etwas, das ihr an Leberecht völlig fremd war und sie in Angst versetzte. Dennoch konnte sie sich nicht zurückhalten und fragte: »Und welchen Plan verfolgst du mit diesem Buch?«

Leberecht zog Martha in die Nische des Fensters. Er war ihr dankbar für die Frage, denn auf diese Weise mußte er keine langen Worte verlieren.

»Die Inquisition hat meinen toten Vater Adam verbrannt«, stammelte er wie ein zorniger Sünder im Beichtstuhl. Er hatte seinen Blick auf einen imaginären Punkt auf dem Janiculo gerichtet. Sein Gesicht war starr und regungslos. Martha schien es, als wäre der Geliebte in diesem Augenblick nicht mehr der, den sie kannte, sondern ein Fremder, ein Wahnsinniger, zu dessen Gedankenwelt sie niemals Zutritt finden würde.

»Das ist lange her«, wandte sie mutig ein, wohl wissend, daß er diesen Einwand nicht gelten lassen würde. »Die Inquisition ist eine schändliche Einrichtung, die der Kirche mehr Schaden bringt als Nutzen. Du mußt das vergessen!«

»Vergessen?« Leberechts Stimme überschlug sich. »Sie haben meinen toten Vater als Ketzer verbrannt, und ich soll die Angelegenheit vergessen? Ich *will* nicht vergessen, hörst du; ich will nicht, daß dieses himmelschreiende Unrecht an meinem Vater ungesühnt bleibt! Mein Vater war ein rechtschaffener Mann, fromm und gottesfürchtig, auf jeden Fall anständiger als all die Rotröcke und schwarzen Pfaffen, die wie Heilige erscheinen und die das Zeichen des Teufels tragen.«

»Ich weiß, aber trotzdem mußt du vergessen. Die Zeit heilt alle Wunden, und eines Tages wirst du darüber hinwegkommen.«

»Ich will nicht! Ich will nicht!« rief Leberecht und trommelte mit den Fäusten gegen das Fenster. »Ich werde nicht eher ruhen, bis ich die Ehre meines Vaters wiederhergestellt habe. Auf den Knien sollen sie rutschen, die Herren der Inquisition, und den Tag verwünschen, an dem Fra Bartolomeo, dieses dominikanische Dreckschwein, den Stab über Adam Friedrich Hamann gebrochen hat!«

Tränen der Wut und Erregung liefen Leberecht über die Wangen. Martha zog ihn in ihre Arme. Sie wagte keine weiteren Fragen zu stellen; denn sie hatte gemerkt, daß Leberecht ein anderer wurde, wenn sie auf dieses eine Thema zu sprechen kamen. Dabei hätte sie alles darum gegeben, zu wissen, was Leberecht durch den Kopf ging.

Aufgeschreckt durch Leberechts Geschrei kam Albani nach oben und erkundigte sich durch die geschlossene Tür, ob alles in Ordnung sei. Martha gelang es, den Gastgeber mit einer fadenscheinigen Ausrede zu besänftigen, doch in ihrem Innersten fürchtete sie schon den nächsten Konflikt. Leberechts Blick und der Klang seiner Stimme verrieten nichts Gutes. War es nicht Leberecht selbst gewesen, der ihr einmal erklärt hatte, daß Menschen die von einer bestimmten Vorstellung besessen sind, über-, ja, unmenschliche Leistungen vollbringen, Milch gerinnen lassen nach ihrem Gutdünken, Donner herbeirufen, Schränke verrücken, Gläser zum Springen bringen und Jungfrauen zum Schweben? Warum sollte er also nicht einen Inquisitor dazu bringen, vor ihm auf den Knien zu rutschen?

Der Gedanke wäre geradezu amüsant gewesen, hätte sie dabei den Schauder unterdrücken können.

Am folgenden Tag machten Leberecht und Martha sich auf den Weg, die Stadt zu erkunden, die ihnen zur zweiten Heimat werden sollte.

Rom war weit davon entfernt, einen Fremden in Staunen zu versetzen. Es zählte gerade 70000 Einwohner und hatte sich noch immer nicht von dem Schlag erholt, den der *Sacco di Roma*, die Plünderung Roms durch die Söldner Karls V., der Stadt vor fünfunddreißig Jahren versetzt hatte. Der unglückllich paktierende Papst Clemens VII. aus dem Geschlecht der Medici hatte sich nach seiner Wahl allzusehr den Franzosen zugewandt und so den Einmarsch spanischer und deutscher Söldner unter Kaiser Karl provoziert, die acht Monate wie Vandalen hausten und die Bevölkerung auf ganze 30000 dezimierten.

Was die Menschen betraf, denen man zwischen Pincio und Aventin, Vatikan und Esquilin begegnete, so fiel die männliche Überzahl auf. Man sah kaum Frauen, dafür um so mehr Kleriker: Kardinäle, Prälaten, Monsignori und andere Rotröcke scharenweise, schwarze, weiße und braune Mönche in Kutten von aufwendiger Schneiderkunst. Jeder vierte Einwohner Roms lebte im und vom Glauben und hatte irgendeine klerikale Weihe oder Aufgabe. So viele Männer auf einem Haufen wirkten natürlich wie ein Magnet auf die Dienerinnen jenes Gewerbes, das gemeinhin und unwidersprochen als das älteste der Welt gilt, und zweifellos gab es in keiner Stadt der Welt um diese Zeit so viele *puttane* wie in Rom, zehntausend gewiß.

Puttane wurden nur die billigen Liebesdienerinnen genannt, die ihrem Gewerbe an der Piazza del Pozzo Bianco nachgingen oder im Viertel um Santa Maria in Cosmedin oder auf der Piazza del Popolo. Die Kurtisanen, deren zelebrierter Beischlaf als Standessymbol galt, hießen *cortigiane*, und sie residierten am Borgo Santi Apostoli oder an der Via Giulia und galten als die größten Steuerzahler Roms. Ihr Berufsstand war so einträglich, daß ihnen die *Camera Apostolica* unter Papst Paul III. sogar eine Sondersteuer abverlangte, um eine zerstörte Brücke über den Tiber neu zu erbauen, und der vierte Pius hatte denjenigen Cortigiane, welche im neuen Stadtteil Borgo Pio Immobilien erwarben, die Hurensteuer erlassen. Vom Papst bis zum Bettler – die Römer liebten ihre Huren noch mehr als die heilige Jungfrau, der in der Stadt jede dritte Kirche geweiht war.

Von den frommen käuflichen Schönen einmal abgesehen – oder zeugte es nicht von Frömmigkeit, wenn sie den bezahlten Koitus beim Angelusläuten interruptierten, sich an Samstagen, Vigil- und Quatembertagen und in der Karwoche zwar nicht der Sünde, aber doch der Speisen enthielten und sich sonntags in gewissen Kirchen wie San Salvatore in Lauro in einer Aufmachung zur Schau stellten, daß selbst dem heiligen Franziskus, über das eigene wie das andere Geschlecht erhaben, Hören und Sehen vergangen wäre – von ihnen einmal abgesehen, trugen Pilger dem Kirchenstaat das meiste Geld zu, und unter allen Pilgern wiederum die Deutschen. Das Rom der neuen Zeit wurde von Huren und Deutschen errichtet.

Nahezu alle Gasthäuser und Herbergen standen unter deutscher Leitung. Sie trugen meist deutsche Namen wie der »Adler mit den zwei Köpfen« am Campo Santo oder das Gasthaus »Zur Glocke« an der Via Cappellari, was Pius II. zu der Bemerkung veranlaßte: »Wo keine Deutschen, da keine Gasthäuser.« Auf der Suche nach dem antiken Rom, dem Rom der alten Römer, der Stadt des Rhetors Cicero, Caesars, des Weiberhelden, und des kaiserlichen Philosophen Mark Aurel, wurde man kaum fündig, sah man von den Steinbrüchen ab, die allenthalben das ländliche Stadtbild zerstörten und ahnen ließen, daß sich unter Gestein und Dornengestrüpp klassisches Altertum verbarg. Das Forum oder das, was man dafür hätte halten können, war eine Trümmerlandschaft mit Steppengras und Buschwerk, auf der Kühe und Schafe weideten. Vom Triumphbogen des Septimus Severus ragte gerade das flache Dach aus dem Erdreich wie eine Aussichtsterrasse, nicht viel mehr war vom Titusbogen zu erkennen, dazwischen Wüste, Säulenstümpfe und Bruchziegel ohne Zuordnung, Rätselsteine, für Neubauten ungeeignet. Allein das Kolosseum fand Beachtung. Bis ins Mittelalter war es beinahe unversehrt geblieben, hatte Papst Alexander III. Zuflucht vor Barbarossas Anhängern geboten, dann war es als Kirche verbaut und später vor allem wegen seiner Travertin- und Marmorblöcke als Steinbruch zweckentfremdet worden. Darüber hinaus wurde es nicht mehr genutzt.

Am zweiten Tag ihrer Erkundungen – Frater Luitger hatte inzwischen mitsamt seinem heiligen Gepäck die Stadt in Richtung Neapel verlassen und versprochen, auf der Rückreise nach ihnen zu sehen – standen Martha und Leberecht, nachdem sie den Tiber auf der vatikanischen Brücke überquert hatten, unvermittelt vor dem Dom von St. Peter, einer riesigen Baustelle, die alle Vorstellungen sprengte. Auf dem weiten, unbefestigten Platz vor dem Bauwerk lagen Steinquader, Ziegel und Balken herum, als hätte ein einäugiger Riese sie achtlos verstreut. Auf Rollen und Karren wurde Baumaterial scheinbar planlos von einer Seite zur anderen transportiert und mit Hilfe hölzerner Hebemaschinerien auf das Dach des Langhauses gehievt. Maultiergespanne karrten es zu der im Hintergrund in den Himmel wachsenden Kuppel des Michelangelo, von der nur ein Säulenkranz zu erkennen war.

Leberecht zeigte sich verwirrt, und Martha nicht weniger, von der Vielfalt der Menschen, die sich auf dem großen Platz begegneten: Arbeiter zu Hunderten in staubigen Fetzen, festlich gekleidete Pilger mit Fahnen, Berufsbettler in Lumpen und rotgekleidete Würdenträger, Handwerker und stolze Professoren,

Beter und Künstler, ein nicht enden wollendes Kommen und Gehen, untermalt von Baulärm und Rufen in allen Sprachen.

Sie hatten es nicht verabredet, aber Leberecht ergriff auf einmal Marthas Hand und zog sie mit sich fort zu einer linker Hand nahe dem Heiligen Offizium gelegenen Bauhütte, um sich nach Carvacchi zu erkundigen.

Ein Page mit kurzem Haar und einem Bündel Papierrollen unter dem Arm trat aus der Tür, und Leberecht beschrieb den »Schwellkopf«, so gut er konnte und so gut es seine Kenntnisse des Italienischen erlaubten.

»Ihr braucht Carvacchi nicht zu beschreiben«, lachte der Bote, »jeder hier kennt ihn. Er ist des Meisters liebstes Kind. Er nennt ihn scherzhaft ›Protestante‹, angeblich weil er viele Jahre jenseits der Alpen in Deutschland gearbeitet hat. Er spricht zwar die Sprache, aber glauben will ihm das dennoch keiner. Welcher Steinmetz geht schon freiwillig in ein Land, in dem noch heute der französische Stil vorherrscht.«

»Aber es stimmt«, rief Leberecht aufgeregt. »Ich war sein Schüler.«

Der Page zog die Stirn kraus. »Dann seid Ihr Deutscher und huldigt noch immer dem Spitzbogen?«

Leberecht verstand den Seitenhieb auf die deutsche Baukunst und lachte. »Bringt mich zu ihm, ich bitte Euch!«

Der Jüngling gab dem Fremden ein Zeichen, ihm zu folgen, und schlug den Weg zum Campo Santo ein. Leberecht und Martha hatten Mühe, ihm zu folgen, während der Page mehrere Absperrungen durchquerte, einen Toreingang zum Längsschiff der Kirche wählte und über eine Reihe verwirrender Treppen das Flachdach des Domes erreichte. Dort herrschte Verkehr wie auf einem Marktplatz.

Ihre Blicke schweiften hinüber zur Engelsburg und zum Tiber, der sich träge wie ein Reptil durch das Stadtbild schlängelte.

Aus dem Gewirr von Häusern, Palästen, Kirchen und Ruinen ragte das antike Pantheon hervor wie eine Glocke, die unter sich ein Geheimnis begraben hat. Es gab nur wenige Straßen, die geradewegs aufeinander zuführten, sich kreuzten und wieder auseinander gingen. Die meisten zeichneten ein verwirrendes Muster ohne System in die verbaute Landschaft, wie das Netzwerk auf einem alten Gemälde.

Leberecht und Martha sogen den Anblick des Molochs zu ihren Füßen in sich auf und sie schreckten hoch, als hinter ihnen eine tiefe Stimme in ihrer Sprache ertönte: »Ich habe es gewußt, ich habe es immer gewußt. Nein, welche Freude!«

Sie wandten sich um. Vor ihnen stand Carvacchi. Leberecht brachte zunächst kein Wort hervor, so überrascht war er vom Erscheinen seines Meisters. Martha trat einen Schritt zurück. Carvacchi aber kam auf die beiden zu, umarmte Leberecht stumm und begrüßte Martha mit ausnehmender Höflichkeit wie eine alte Freundin.

»Ich habe es immer gewußt«, begann Carvacchi unter Tränen, »eines Tages wird der Junge vor mir stehen. Ich wußte, du würdest kommen, ich wußte es!«

Leberecht, der ebenfalls mit den Tränen kämpfte, löste sich aus der Umarmung und mit einer Kopfbewegung auf Martha sagte er: »Das ist Martha. Sie ist ...«

»Ich weiß!« erwiderte Carvacchi mit einem freundlichen Lachen. »Du brauchst mir nichts zu erklären.«

»Wir lieben uns!« unterbrach Martha das Gespräch der beiden. Sie erwartete von Carvacchi einen Ausruf des Erstaunens, zumindest aber einen überraschenden Blick, als sie erklärte: »Ich bin Martha Schlüssel – wenn Euch der Name etwas sagt.«

»Ich sagte doch, Ihr braucht mir nichts zu erklären.«

»Du hast es gewußt?« fragte Leberecht ungläubig, und er sah Martha verwundert an.

»Aber natürlich, ich habe doch Augen im Kopf. Ich mag ein mittelmäßiger Steinmetz sein, aber von Frauen verstehe ich etwas, glaubt mir!« Carvacchi lachte breit und übermütig, wie Leberecht es von seinem Meister nie gehört hatte, dann fuhr er fort: »Ich habe euch nur einmal zusammen gesehen; es war nach der Sonntagsmesse. Ihr glaubtet euch unbeobachtet, aber Carvacchi saß oben im nordöstlichen Domturm. Wer auf dem Turm sitzt, weiß mehr als andere.«

Da mußten auch Martha und Leberecht lachen, und Leberecht legte seinen Arm um Marthas Schultern. Ihre Vergangenheit, an die sie durch Carvacchi so unvermittelt erinnert wurden, erschien ihnen so weit, obwohl es gerade sechs Wochen waren, seit sie ihre Heimatstadt verlassen hatten. Vor ihnen lag Rom und ihre gemeinsame Zukunft.

Der Page, der die freudige Begrüßung aus nächster Nähe beobachtet hatte, ohne ein Wort zu verstehen, hielt Carvacchi die Papierrollen entgegen und fragte, wohin er sie bringen solle.

Der brummelte etwas wie, es gebe Wichtigeres als Pläne, nahm ihm die Rollen aus der Hand und scheuchte ihn weg. Dann mußten Leberecht und Martha berichten, warum sie aus Deutschland geflohen, auf welchem Weg sie hierher gelangt und wo sie untergekommen seien. Als er von dem Reliquientausch hörte und der frommen Verkleidung, die ihnen die Flucht ermöglicht hatte, da schüttelte Carvacchi sich vor Lachen, daß seine Pläne auf den Boden kullerten. Er konnte sich gar nicht beruhigen und rief: »Das war wohl das erste Mal, daß eine Reliquie einem Sünder geholfen hat, nicht wahr? Ansonsten halte ich es mit dem alten Sprichwort: Hilf dir selbst, dann hilft dir Gott.«

Meister und Gesellen, an denen hier kein Mangel herrschte, grüßten Carvacchi höflich im Vorbeigehen, so als heischten sie um seine Gunst. Leberecht hätte allzu gerne gewußt, welchen Rang sein alter Lehrmeister an diesem Bau bekleidete, aber er sagte sich, früher oder später würde er es ohnehin erfahren, und so erkundigte er sich nach dem Grund, warum Carvacchi Florenz, die Stadt, von der er geschwärmt hatte wie von einer heimlichen Geliebten, verlassen hatte und nach Rom gegangen sei.

»Weißt du«, erwiderte der Meister, »in Florenz hat die Kunst den Zenit überschritten. Es gab eine Zeit, da fandest du die größten Künstler der Welt am Arno-Fluß: Maler, Bildhauer, Dichter, Gelehrte und Philosophen. Die Zeit ist vorbei.« Carvacchi machte eine weitausholende Handbewegung vom Pincio bis zum Caelius. »Heute drängt sich alles, was einen Namen hat, auf diesem Raum. Glaube mir, Rom ist die Stadt der Zukunft« – er sah sich um, ob niemand sie belauschte –, »vorausgesetzt, die Päpste richten sie nicht zugrunde.«

Unter den geschäftigen Handwerkern, Baumeistern und Künstlern die auf dem flachen Dach von St. Peter ihrer Tätigkeit nachgingen, fiel ein alter Mann auf: Klein, auf einen Stock gestützt, mit schütterem Haar und dunklem Bart stand er abseits an die kleine südliche Nebenkuppel gelehnt, die wie ein eigenständiges Bauwerk aus der Oberfläche wuchs; fast konnte man vergessen, daß man sich in luftiger Höhe befand. Von Zeit zu Zeit hielt der Alte eine Hand über die Augen und blinzelte in die Höhe, wo die riesige Rotunde mit ihren Doppelsäulen und den hohen Fenstern dazwischen in den Himmel wuchs, dann änderte er seinen Standort, begab sich auf die gegenüberliegende Seite und setzte seine Beobachtungen fort. Die, welche ihn sahen, machten einen großen Bogen, um ihm nicht zu begegnen. Plötzlich war er verschwunden.

Carvacchi, der Leberechts neugierige Blicke und das Verschwinden des alten Mannes bemerkte, reagierte mit einem nachsichtigen Schmunzeln: »Er ist ein zänkischer Alter. Die Leute gehen ihm aus dem Weg, weil er an allem und jedem etwas herumzumäkeln hat. Vor allem geht ihm alles viel zu langsam.

Jetzt fürchtet er, nicht ohne Grund, er könnte den Tag nicht mehr erleben, an dem sich die Kuppel über dem Grab des Petrus wölbt. Deshalb hat er ein Holzmodell angefertigt nach genauesten Maßen. Vor dem sitzt er stundenlang mit verklärtem Blick in seiner Bauhütte ...«

Leberecht war wie vom Blitz getroffen, mit offenem Mund und dem Staunen eines Kindes blickte er in die Richtung, in der der alte Mann verschwunden war, und stammelte: »Sagt mir, das war doch nicht etwa ...«

»Michelangelo, gewiß. Nur ein Genie wie er kann sich solche Marotten erlauben. Er hat schon hundertmal gedroht, keinen Fuß mehr auf die Baustelle zu setzen, aber hundertmal kam er wieder zurück; denn Michelangelo weiß besser als jeder andere, daß dieses Bauwerk das größte von Menschenhand geschaffene ist und seinem Namen ewigen Ruhm verleihen wird.«

Ehrfurchtsvoll, beinahe andächtig lauschte Leberecht Carvacchis Worten. Dann sagte er an Martha gewandt: »Hast du den Alten gesehen? Das war Michelangelo. Michelangelo Buonarroti! Ich kann es nicht fassen!«

»Du wirst an diesem Bau noch vielen berühmten Männern begegnen«, meinte Carvacchi leidenschaftslos, »vorausgesetzt, du erklärst dich bereit, hier zu arbeiten.«

»Ihr würdet mich als Steinmetz nehmen?«

»Wenn du mit dem kargen Lohn einverstanden bist, den die Päpste zahlen, sofort!«

»Es wäre mir eine Ehre, an diesem Bauwerk zu arbeiten!«

Carvacchi hob abwehrend die Hände: »Um Himmels willen! Nur Dummköpfe, Mönche und Nonnen arbeiten für Gottes Lohn. Du bist ein verdammt guter Handwerker. Leute wie dich kann man überall brauchen.«

Die Freude über das Angebot stand Leberecht ins Gesicht

geschrieben. Er umarmte zuerst Carvacchi, dann Martha, schließlich sagte er: »Ich will mein Bestes geben, glaubt mir!« und tanzte von einem Bein auf das andere.

Carvacchi erbot sich, für Leberecht und seine Geliebte eine feste Bleibe zu suchen; das sei zwar nicht einfach, weil die Stadt nach Jahren des Niedergangs wachse wie ein Giftpilz im Regen, aber er sei mit vielen Leuten bekannt und werde gewiß das Rechte für sie finden. Zuvor aber, meinte Carvacchi, sollten sie ihr Wiedersehen feiern, am besten gleich heute, falls es ihnen genehm sei, und Albani, den Sterngucker, sollten sie gleich mitbringen, damit sie nicht allein umherirrten in der fremden Stadt.

Er schob beide Mittelfinger in den Mund und erzeugte einen hohen schrillen Pfiff, und von irgendwoher tauchte ein Page auf, welche die Baustelle in großer Zahl bevölkerten und Botengänge erledigten. Carvacchi redete auf den Jungen ein, ohne daß Leberecht ein Wort verstand, der Page nickte und entfernte sich.

Carvacchi lebte in einer alten Villa an der Via dei Riari auf dem Janiculo, nicht weit vom Haus des Professore entfernt. Albani, der jeder Art von Zerstreuung zugetan war, zeigte sich begeistert von der Idee, seine Gäste von jenseits der Alpen zum Obersteinmetz der Dombauhütte zu begleiten, von dem man sich wundersame Dinge erzählte.

Wundersame Dinge? Der Professore hielt sich bedeckt und wollte nur soviel erklären, die Römer schrieben Carvacchi magische Kräfte zu, weil er in der Lage sei, einen Stein, so hoch wie ein ausgewachsener Mann, in einer einzigen Nacht in zwei gleichmäßige Hälften zu zerschneiden. Und sogar der große Michelangelo, von dem nur die Päpste, und diese auch nur aus Eigensucht, nicht glaubten, daß er mit dem Teufel im Bunde stehe, habe sich anerkennend über das mehrmals wiederholte Wunder geäußert und Carvacchi als einzigen gerühmt, der seiner Baukunst würdig sei.

Das Gastmahl – denn um ein solches handelte es sich zur Verblüffung von Leberecht und Martha – begann mit einer Überraschung in bezug auf den Gastgeber und einer weiteren, was die Gäste betraf.

An der Tür des Hauses trat ihnen zusammen mit Carvacchi eine schöne junge Frau entgegen, die der Hausherr als seine Gemahlin vorstellte. War die Tatsache an sich schon verwunderns-wert genug, weil der Meister, wie er oft genug erklärt hatte, über viele Talente verfügte, nur nicht über jenes, ein gottesfürchtiger Ehemann zu werden, so brachte das Aussehen der jungen Frau Leberecht in noch größere Bedrängnis. Einen Augenblick zögerte er, ob er sie umarmen und rufen sollte: Friederike, du?

Aber dann unterdrückte er sein Vorhaben, und das war gut so; denn Carvacchis Ehefrau hieß Tullia, stammte aus einer vermögenden Reederfamilie in Ostia und sprach, wie sich bald herausstellen sollte, außer der Sprache Dantes kein Wort in einer fremden Zunge. Dennoch schien sie Friederike, dem unglücklichen Mädchen auf dem Frachtkahn, das Carvacchi in überirdischer Nacktheit Modell gestanden hatte, wie aus dem Gesicht geschnitten.

Nicht minder überrascht zeigte sich Leberecht über die erlesenen Gäste, von denen einer in einer Aufmachung erschien, die ihm gehörigen Schrecken einjagte.

Seit seiner unfreiwilligen Begegnung mit der Inquisition haßte er die Farbe des Purpurs wie die Pest; schon ein roter Talar in der Ferne genügte, um ihn derart in Wut zu versetzen, daß er die Fäuste ballte. So war es vielleicht nicht die beste Idee von Seiten Carvacchis, zum Gastmahl zu Ehren seiner Freunde aus Deutschland Lorenzo Carafa zu laden, einen leibhaftigen Kardinal im Purpurgewand, mit einer roten Kappe auf dem Kopf und Schuhen von roter Seide und einem goldenen Kreuz über dem Spann.

Martha, die Leberechts Abscheu kannte, ahnte nichts Gutes, als Carvacchi den eitlen Purpurträger lachend vorstellte, er trage seine Würde als Kardinal von Kana, Titularerzbischof von Bizerba, Prosekretär der Kongregation für die Bekehrung der Heiden in der Levante und Titular von San Andrea della Valle, habe bisher jedoch weder sein Bistum noch sich in der Lage gesehen, einen der ihm übertragenen Titel mit Leben zu erfüllen, weil ihn die gesellschaftlichen Verpflichtungen voll in Anspruch nähmen, denen ein Mann seines Standes nachzukommen habe.

Wie sich im Laufe des Abends herausstellen sollte, war Lorenzo, wie er von allen gerufen wurde, von Beruf Buchbinder, aber auch Neffe des Papstes Paul, jenes vierten seines Namens, den sie den »Scheiterhaufen« nannten, weil er die Inquisition als sein Lieblingsspielzeug betrachtet hatte. Onkel Paul, den der Neffe ebensowenig ausstehen konnte wie alle anderen, hatte längst das Zeitliche gesegnet, aber Lorenzo waren die – nebenbei gesagt – einträglichen Titel geblieben. Kardinal wurde man auf Lebenszeit oder überhaupt nicht.

Was sein Äußeres betraf, so gerierte sich Carafa als Kardinal vom Scheitel bis zur Sohle. Sein roter Talar glänzte in Seide verschiedener Provenienz – maurisch die Pelerine, französisch die Soutane – und beschäftigte zur Beseitigung schnöder Falten, welche gnadenlos an die Vergänglichkeit alles Irdischen erinnerten, eine eigene Bügelfrau, ein Privileg, das sonst nur Seiner Heiligkeit zukam. Seine Bewegungen waren denen eines Schauspielers würdig und von so viel Würde und Anmut getragen, daß man ihn für einen sicheren Anwärter auf den Stuhl Petri hätte halten können, hätte er nur den Mund gehalten. Denn Carafa haßte nichts mehr als das Schweigen; selbst eine Sünde erschien ihm weit weniger beklagenswert, konnte sie doch – und mochte sie noch so verhängnisvoll und verabscheuungswürdig sein – mit dem Durchschreiten der rechten Tür von St. Peter im Rahmen eines Ablasses auf ewige Zeiten getilgt werden. Nicht so das Schweigen. Ein Schweigen war für jede Rede unwiederbringlich verloren und daher unverzeihlich und verachtenswert. Schweigen, pflegte Carafa zu sagen, macht dumm, darum seien Fische auch das dümmste Vieh.

Diese Erkenntnis gehörte bereits zu den klügeren Äußerungen des Eminentissimus, und deshalb pflegte er sie auch mehrmals täglich zu wiederholen. In der Hauptsache gebrauchte Carafa den Straßenjargon der Huren, Bettler und Taugenichtse, die um die Piazza del Popolo herumlungerten, oder die Fäkalsprache der Steineschlepper am Bau von St. Peter.

Carvacchi hatte eine Schwäche für solch schillernde Gestalten. Zu ihnen zählte auch der Medicus und Anatom Marco Melzi, dem im Laufe eines blutgetränkten Lebens die linke Hand abhanden gekommen war, was ihn an der Ausübung seines Berufes jedoch in keiner Weise hinderte; im Gegenteil, der Dottore vermochte mit seiner Rechten zwei Werkzeuge zur gleichen Zeit zu bedienen, und sein Geschick stand keinem Arzt im Hospital Sancto Spirito nach.

Niemand, nicht einmal Carvacchi, mit dem ihn eine enge Freundschaft verband, seit er eine Wunde des Meisters am rechten Schenkel mit Nadel und Faden verschlossen und in vierzehn Tagen geheilt hatte, kannte den Grund, warum er seine linke Hand verloren hatte, und das gab wilden Gerüchten Nahrung. Melzi machte keinen Hehl aus seiner Verehrung für den großen Leonardo als Anatom. Er war dem Gelehrten aus Vinci in jungen Jahren begegnet und fasziniert von seinen anatomischen Studien gewesen, in denen dieser Menschen in ihre Einzelteile zerlegt und selbige zum Nutzen der Nachwelt aufgezeichnet hatte.

Wie Leonardo wurde Melzi ein Hang zur Knabenliebe nachgesagt, doch sein Adlatus hieß nicht Giacomo wie bei Leonardo, sondern Pietro, und er war auch nicht zehn, sondern dreizehn, was dazu führte, daß Melzi von diesem noch mehr ausgenommen wurde als der große Meister von jenem. Immerhin machte Melzi aus seiner Verehrung für knabenhafte Körper keinen Hehl und pflegte, wenn man auf Sinnenlust zu sprechen kam – kein seltenes Thema im Hause Carvacchi –, sein großes Vorbild Leonardo zu zitieren, welcher meinte, der Vorgang der Zeugung und die Glieder, die dabei zur Anwendung kämen, seien so abstoßend häßlich, daß die Natur der menschlichen Spezies verlustig ginge, wenn die Gesichter und die Affekte der Zeugenden und die gebändigte Sinnenlust nicht etwas Schönes an sich hätten. Geschlechtliche Liebe sei eine Kraft der Natur, die ihn abstoße.

Was den Verlust seiner Hand betraf, so erzählten sich die Römer unwidersprochen, Melzi habe das Glied selbst amputiert, um den Regungen in seinem Inneren nachzugehen, und dabei habe er sogar noch Leonardo übertroffen, welcher auf seine alten Tage im französischen Exil so abgemagert sei, daß er an seinem Körper die Anatomie aller Muskeln, Adern und Knochen studieren konnte.

Als letzter unter den Gästen, denen Leberecht und Martha im Hause Carvacchis begegneten, sei Paolo Soncino erwähnt, Zeichner und Mathematicus beim Bau von St. Peter und als solcher dem Michelangelo verantwortlich für Statik und Rechenprobleme in allen drei Dimensionen. Soncino verfügte – was Zahlen betraf – über das absolute Gedächtnis; das heißt, er löste rechnerische Probleme, die von anderen unter Einsatz von Tafel und Kreide oder Rollen Papier bewältigt wurden, im Kopf, in der Hälfte der Zeit und ohne Fehler. Diese Fähigkeit, verbunden mit seinen alchimistischen Kenntnissen, die er sich beim Studieren in Bologna angeeignet hatte, sowie der Tatsache, daß noch keine der von ihm berechneten Säulen, Rundbogen und Gewölbe eingestürzt war, hatte ihm bei seinen Bewunderern den Ruf der Heiligkeit, bei seinen Feinden aber die Nachrede eingebracht, er stehe mit dem Teufel im Bunde.

Sein Äußeres, das von dunklem welligen Haar über einem platten Gesicht bestimmt wurde, war an Unscheinbarkeit kaum zu übertreffen. Aber wie alle unscheinbaren Männer schmückte sich Soncino mit einer wunderschönen Frau, welche entgegen römischer Gewohnheit ihr langes blondes Haar glatt und im Nacken gebunden zu tragen pflegte wie die Frauenspersonen des Botticelli. Sie hieß Caterina und war von bezaubernder Jugend, kaum halb so alt wie Paolo, der gut und gerne ein halbes Jahrhundert auf dem Buckel hatte.

Lorenzo, der Kardinal, hatte nichts Besseres zu tun, als seine lüsternen Blicke abwechselnd zu Martha und Caterina schweifen zu lassen, welche, durch Leberecht getrennt, ihm an dem großen Tisch im Salon gegenübersaßen. Entgegen seiner Gewohnheit und damit seine Musterung nicht so auffiel, schwieg er. Es gab Wildschwein, erlegt in den Sabiner Bergen, und von Tullia nach ländlichem Rezept aufs köstlichste zubereitet. Carvacchi kam seiner Rolle als Gastgeber so souverän nach, daß man den Eindruck gewinnen konnte, er zelebriere den Aufwand beinahe täglich. Leberecht erkannte seinen Meister kaum wieder.

Als Carvacchi das Staunen in seinen Augen bemerkte, sagte er: »Du wunderst dich, nicht wahr? Du wunderst dich, daß ich seßhaft, anständig und bürgerlich geworden bin!«

»Aber nein, Meister. Ich *be*wundere Euch!« Und an seine Frau gewandt: »Ihr müßt wissen, Signora Tullia, Euer Gemahl war das, was man in deutschen Landen einen Springinsfeld nennt. Das ist kein schlechter Charakter, aber nicht gerade ein Mann, der zum Heiraten taugt. Er ist wie ein Schmetterling, der von Blume zu Blume fliegt, nascht und bereut, daß er sich dazu hergab. Es ist ein Mann, der ein einfaches Dach über dem Kopf dem festen Haus vorzieht und nichts so sehr liebt wie seine Unabhängigkeit. Mit anderen Worten: kein Mann wie dieser.«

Carvacchi, der, während Leberecht redete, die Hand seiner Frau ergriffen hatte, schüttelte sich vor Lachen über die trefflichen Worte seines Lieblingsschülers. Und da alle Blicke auf ihn gerichtet waren, fühlte er sich zu einer Antwort verpflichtet: »Der Junge hat recht«, feixte er, »schließlich kennt er mich am längsten von Euch allen und – ich bin sicher – am besten. Ich glaube, es ist unnötig zu erklären, wie dieser Wandel zustande kam.« Carvacchi warf Tullia einen verliebten Blick zu, legte eine Hand auf ihren Bauch und erklärte feierlich: »Wir sind nämlich guter Hoffnung.«

Carvacchis Mitteilung löste unterschiedliche Reaktionen aus. Während Leberecht und Martha und Soncino und seine Frau Caterina ihrer Freude Ausdruck verliehen über das zu erwartende Ereignis, begannen die übrigen das Schicksal des Kindes, das überhaupt noch nicht geboren war, zu beklagen – ein Vorgang, der nicht ungewöhnlich war und der allgemeinen Stimmungslage der Zeit entsprach.

Melzi erhob seine hohe Stimme am lautesten und meinte, bei der heiligen Jungfrau, das arme Wurm werde in eine Welt hineingeworfen voller Kriege und Feindseligkeiten, welche zwischen den Ländern und Städten, den verschiedenen Religionen, ja sogar zwischen den Orden der einen Mutter Kirche herrschten, wo sich Jesuiten und Dominikaner bekriegten wie erbitterte Feinde.

Dies weckte sogar den eitlen Kardinal Lorenzo aus seinen lüsternen Phantasien, der dem Medicus lauthals beipflichtete, um dann noch wüsteren Gedanken Ausdruck zu geben, indem er den Feinden des Papstes das Wort redete, welche Pius IV. als den Antichrist bezeichneten, eine vom Satan gesandte Persönlichkeit, die alle Macht des Bösen zum Kampf gegen die Kirche zusammenfasse.

Carvacchi, in seiner Seele gewiß kein Anhänger der Kirche und des Papsttums, lachte. »Ich glaube, hier ist der Wunsch der Vater des Gedanken. Es hat bei Gott schlimmere Stellvertreter gegeben als diesen Medici. Ihn nur deshalb als den Antichrist zu bezeichnen, weil er dein Feind ist, scheint mir reichlich übertrieben, teuerer Kardinal Lorenzo.«

»Antichrist, Antichrist!« kreischte Lorenzo, und nur Carvacchis strenger Blick hinderte ihn daran, vor Ekel auf den Boden zu spucken.

Der Hausherr verdrehte die Augen und sagte, an Martha und Leberecht gewandt: »Ich glaube, er ist ein heimlicher Protestant, eine Zecke im Pelz der heiligen Mutter Kirche!«

Die anderen lachten hämisch, während der lange Lorenzo so rot anlief wie sein seidenes Gewand und beleidigt zur Seite blickte.

Professore Albani, der die Diskussion bisher schweigend, aber mit Interesse verfolgt hatte, mischte sich ein und sagte: »Alle reden vom Antichrist, aber kaum jemand kennt dessen wahre Bedeutung.«

»Kennt Ihr sie denn?« fragte Carvacchi herausfordernd.

»Nun, glaubt man der Schrift – was mir auch in diesem Zusammenhang schwer genug fällt – dann deutet die Erscheinung falscher Propheten, Apostel oder Messiasse auf das bevorstehende Jüngste Gericht hin. Es heißt, der Teufel werde in Gestalt einer Schlange in den Leib einer Jungfrau kriechen und sie befruchten. Das bedeutet, der Antichrist müsse durch Parthenogenese, also Jungfrauengeburt, zur Welt kommen. Von 221 Päpsten konnte bisher keiner dieses Wunder für sich in Anspruch nehmen – weder Silvester II., der Schwarze Messen las und von dem es hieß, er habe einen Pakt mit dem Teufel geschlossen; noch Johannes XII., der den Lateran zum Bordell machte; noch Bonifatius VII., der zwei seiner Vorgänger ermordete und dessen verstümmelter Leichnam vom Pöbel durch die Straßen geschleift wurde; auch nicht Benedikt IX., der wie ein türkischer Sultan mit Raub und Mord regierte und aus Geldgier seine Tiara verkaufte; ja nicht einmal Alexander VI., der Borgia, der von mehreren Kurtisanen neun Kinder hatte, darunter die liederliche Lucretia.«

»Alles Unsinn!« ereiferte sich Lorenzo und legte eine abgenagte Rippe beiseite. »Bei den Kirchenvätern könnt Ihr nachlesen, der Antichrist werde in einer großen Stadt geboren, welche Babylon oder Sodom oder Gomorra genannt wird. Nach Meinung der einen wird er die behaarte Fratze eines Werwolfs haben, andere beschreiben ihn wie unseren Herrn Jesus. Er soll Berge versetzen und Steine in Brot verwandeln können ...«

»Auch an diesen Kunststücken hat sich keiner der Päpste versucht, denen der Mantel des Antichrist umgehängt wurde«, unterbrach Albani den Kardinal. »Interessant erscheint mir aber die Tatsache, daß sich in den letzten Jahren die Auftritte von Antichristen vervielfacht haben, so als stünde das Ende der Welt bevor. Was wäre, wenn sich unter einer der zahlreichen falschen Masken auch der wahre Antichrist verbirgt, der Vorbote des Jüngsten Gerichts?«

Mit einem Mal war es still im Raum. Leberecht, der den Worten des Professore mit Argwohn gefolgt war, ergriff unter dem Tisch Marthas Hand. Diese verstand die einfache Geste nicht zu deuten; sie ahnte nichts von dem Felsblock, der auf seiner Seele lag. Und Leberecht, obwohl er Albani schätzte, hatte seit seiner ersten Begegnung mit dem Professore Schwierigkeiten, die Andeutungen und Zweideutigkeiten zu verstehen, in denen dieser mit Vorliebe redete.

Albani war ein typischer Sterndeuter; er hatte die Gewohnheit – vielleicht pflegte er sogar diese Niedertracht mit voller Absicht – Tatsachen und Ereignisse so zu beschreiben, daß sie mehr Fragen aufwarfen als beantworteten, und gewiß wäre er in der Lage gewesen, die mathematische Aufgabe »eins und eins« so zu lösen, daß am Ergebnis »zwei« oder an der Notwendigkeit der Aufgabe erhebliche Zweifel bestanden hätten.

Dennoch wagte Leberecht die Frage: »Messer Albani, Ihr versteht die Bahnen der Sterne zu berechnen, und wenn ich Eure Lehre recht begreife, so seid Ihr in der Lage, das Schicksal im Lauf der Gestirne zu erkennen. Und da das Schicksal der Menschen von der Existenz des Erdballes bestimmt wird, muß es doch auch möglich sein, dessen Ende vorherzusagen.«

»Aber gewiß«, antwortete Albani wie selbstverständlich. Leberecht hatte den Eindruck, als koste er die kurze Zeit, in der er von allen anderen mit erwartungsvollen Augen angestarrt wurde, besonders lange aus. Endlich fuhr dieser fort: »Die meisten Menschen halten die Sternenkunde für einen unnützen Zeitvertreib; sie sind der Ansicht, diese Wissenschaft sei dem Seelenheil des Menschen nicht gerade förderlich. Manche stellen sogar ernsthaft die Frage, welchen Nutzen die Sternenkunde nach dem Tode, also dereinst im ewigen Leben, aufzuweisen habe, wo Zukunft und Gegenwart eins sein und Gott die Sternenbahnen besser kenne als alle Astronomen und Astrologen zusammen. Die Päpste nennen unsere Wissenschaft gar eine Brutstätte des Teufels – jedenfalls offiziell, obwohl sie sich mit Vorliebe unserer Forschungen bedienen.«

»Ihr weicht mir aus, Professore. Ich fragte nach dem Ende aller Dinge, dem Jüngsten Gericht oder wie immer Ihr den *Finis mundi** nennen möget.«

»Und ich antworte Euch, daß es zwar möglich ist, dieses

* das Ende der Welt

Ende zu berechnen, daß sich jedoch bisher kein Astronom damit abgegeben hat.«

»Keiner?«

»Jedenfalls hat es noch keiner zugegeben.«

»Und warum nicht, Messer Albani; was meint Ihr?«

»Stellt Euch vor, die Berechnungen der Sternenbahnen führten zu dem Ergebnis, daß das Ende der Welt kurz bevorstünde, vielleicht schon nächsten Sonntag, am letzten Tag dieses Monats oder in zwei Jahren! Was, glaubt Ihr, würde geschehen?«

»Was würde geschehen?« wiederholte Leberecht.

Albani blickte ernst in die Runde. »Die Menschen würden in einen Angstrausch verfallen. Es würde Chaos herrschen noch vor dem Jüngsten Gericht und alle Gesetze im Himmel und auf Erden umkehren. Allein das Wissen um die Endzeit würde alle Propheten der Schrift *ad absurdum* führen und die Kirche ihrer Wahrheit berauben.«

Der Kardinal nickte zustimmend. »Wie recht er hat, unser Professore!« Beim Weitersprechen hielt er die rechte Hand vor den Mund, so als wollte er verhindern, daß jemand außerhalb des Raumes seine Worte verstand. »In manchen Nächten gehen die Dominikaner um, sie dringen in Häuser und Wohnungen der Sterndeuter ein und am nächsten Morgen sind diese Männer für immer verschwunden.«

»Ich weiß von einigen Fällen«, warf Albani ein.

Lorenzo hob die Schultern, als wollte er sagen: Mag schon sein. Und Carvacchi fügte hinzu: »Eine Schnellinquisition sozusagen.«

Die anderen nickten.

Verständlicherweise berührte die Eröffnung des Kardinals Leberecht am allermeisten. Martha registrierte die unruhigen Bewegungen seiner Hände, doch sie wagte vor den übrigen Gästen nicht, nach der Ursache zu fragen.

An den Kardinal gewandt, erkundigte sich Leberecht: »Sind es die Astronomen, die auf so gefährliche Weise das Mißtrauen der Kurie erregen, oder die Astrologen?«

»Angesichts der Tatsache, daß die Deutung der Gestirne auf heidnischem Wissen beruht ...«

Albani unterbrach ihn: »Astronomie und Astrologie sind eins, was das Wissen betrifft; nur die Schlüsse, die Astronomen und Astrologen aus ihrem Wissen ziehen, sind unterschiedlich. Sternenkunde und Theologie stehen sich nicht von vornherein feindlich gegenüber. Bisweilen sind die Astronomen sogar die Knechte der Theologen. Papst Leo X. spannte Theologen und Astronomen vor *einen* Karren mit dem Ziel, unseren Kalender zu reformieren.«

Leberecht wurde immer unruhiger. »Und mit welchem Ergebnis?«

Kardinal Lorenzo kicherte in sich hinein und nahm Albani die Antwort ab: »Bisher zählen wir die Tage noch immer nach dem Kalender, der aus der Zeit Julius Caesars stammt. Jedenfalls kamen die Sterndeuter und Theologen zu keiner besseren Lösung, und Leo gab das Problem an Hadrian weiter, der an Clemens, jener an Paul, der an Julius, Julius an Marcellus, dieser an meinen Onkel Paul und Onkel Paul an Pius. Pius IV. aber interessiert sich mehr für Pferde und für Literatur, für Epiktet und die Stoiker als für die Lösung mathematischer Probleme. Denn die Kalenderreform ist die größte Rechenaufgabe in der Geschichte der Menschheit.« Und an Paolo Soncino gewandt: »Geben Sie mir recht, verehrter Mathematicus?«

Dieser strich sich über sein welliges Haar und erwiderte: »Aber gewiß, Herr Kardinal. Ich würde lieber ein zweites Mal die Statik von St. Peter berechnen als den christlichen Kalender. Im Laufe der letzten eineinhalb Jahrtausende haben sich das Osterfest und die Feste der Heiligen so verschoben, daß der fromme Christenmensch sich zu fragen beginnt, ob unser Herr Jesus vor oder nach seiner Geburt in den Himmel aufgefahren sei. Zur Zeit haben sich zwei Zahlenköpfe des Problems angenommen, Luigi Lilio und Christoph Clavius, ein junger Jesuit aus Deutschland.«

Leberecht horchte auf. »Wie, sagt Ihr, ist der Name des deutschen Jesuiten?«

»Clavius. Ein Jesuit, kleinwüchsig, aber mit breitem Schädel. Ich begegnete ihm vor ein paar Jahren in Bologna. Heute lehrt er, soweit es seine Zeit erlaubt, am Collegio Romano.«

Inzwischen wurde auch Martha von Unruhe erfaßt. Sie sah Leberecht hilfesuchend an.

Dessen Frage kam unausweichlich wie das Amen nach dem Paternoster: »Kennt Ihr ihn näher, diesen Clavius? Ich meine, ›Clavius‹ ist ein lateinischer Name, wie sich ihn die Gelehrten mit Vorliebe zulegen. Wörtlich übersetzt bedeutet Clavius ...«

»›Schlüssel‹«, sagte Messer Soncino.

»Schlüssel?« Carvacchi sah zuerst Leberecht an, dann richtete er seinen Blick auf Martha.

Martha war ganz bleich geworden und starrte auf ihren leeren Teller. Von einem Augenblick auf den anderen hatte sie die Vergangenheit eingeholt. Sie hatte geglaubt, zusammen mit Leberecht dieser Vergangenheit entfliehen zu können, mit ihm ein neues Leben zu beginnen. Und nun mußte sie erfahren, daß ihr eigener Sohn, der mit ihrem Geliebten bis aufs Blut verfeindet war, in dieser Stadt lebte.

Carvacchi waren diese Zusammenhänge nicht entgangen, er hielt es jedoch für klüger, in dieser mißlichen Lage zu schweigen.

»Trinken wir darauf«, sagte er, »daß das Ende der Welt niemals kommen möge!«

Kapitel IX

Genie und Wahnsinn

Regnerisch und kalt zeigte sich der Herbst in diesem Jahr, aber die Arbeiten an St. Peter gingen ohne Einschränkungen weiter. Weil sich die Dämmerung schon mit dem Angelusläuten über die Stadt senkte, ließ Carvacchi Feuer und Fackeln entzünden, welche zugleich wärmten und leuchteten und die Baustelle des Nachts – es wurde in drei Schichten gearbeitet – in eine gespenstische Theaterszene verwandelten. Ablaßgelder aus Deutschland und Pilger gleicher Herkunft hatten die Kassen des Vatikan so angefüllt, daß Pius IV., anders als seine Vorgänger, sich um die Fertigstellung des Domes nicht zu sorgen brauchte.

Carvacchi hatte Leberecht zu seiner rechten Hand, zum Vorarbeiter der Steinmetze an St. Peter gemacht, ein Vorgang, der besonders unter den Älteren böses Blut erzeugte, von denen sich mehrere Hoffnung auf diesen Posten gemacht hatten. Aber Carvacchi hatte Leberecht jene hundert Gulden nicht vergessen, mit deren Hilfe er hatte aus Deutschland fliehen und in Florenz Fuß fassen können, und er hatte die Summe mit Zins und Zinseszins wenige Tage nach Leberechts Ankunft in Rom zurückgezahlt.

Mit Hilfe des Meisters war es Leberecht gelungen, zwischen Pantheon und Sapienza ein Haus zu mieten, das einst einer Tochter von Papst Julius II. gehört hatte, jenem eisenharten Pontifex, der Michelangelos größter, wenn auch nicht zahlungswilligster Mäzen gewesen war. Nach seinem Tod waren auch die besseren Tage der Papsttochter in diesem Viertel gezählt gewesen, und seither hatte das Haus drei- oder viermal den Besitzer gewechselt, zuletzt unter dem Inquisitionspontifex Paul.

Martha und Leberecht hatten nichts dagegen einzuwenden, daß der Pfarrer von San Luigi darauf bestand, das Haus mit Kampfer und Weihrauch und frommen Worten gegen das Böse von allen Unreinheiten – ein paar Kellerasseln und Kakerlaken ausgenommen – zu befreien. Zum Abschluß seiner segensreichen Tätigkeit schlug der Padre ein Kreuzzeichen über das junge Paar und sprach die lateinischen Worte: *»Deus benedicat hunc mansionem. Libera nos, Domine, de morte aeterna in die illa tremenda, quando coeli movendi sunt et terra.«**

Die Erwähnung jener letzten Dinge brachte bei Leberecht das Kopernikus-Buch in Erinnerung. Zwischen zwei Sparren, unter dem Dach des Hauses, hatte er einen heimlichen Aufbewahrungsort gefunden, doch erschien ihm dieser nicht sicher genug vor den Häschern der Inquisition, und er sann auf ein besseres Versteck.

Leberecht und Martha lebten nun wie Mann und Frau, eher zurückgezogen, und ihr Glück wäre vollkommen gewesen, hätte nicht jeder sein eigenes Schicksal mit sich herumgetragen, das auf ihm lastete.

Was Martha betraf, so quälte sie die Frage, ob sie sich ihrem Sohn Christoph, dem Jesuiten Clavius, an dessen Schicksal sie sich in gewisser Weise schuldig fühlte, offenbaren sollte. Das aber barg eine große Gefahr; denn mehr als andere war dieser Schritt geeignet, sie in die Fänge der Inquisition zu treiben.

* Gott segne dieses Haus. Rette uns Herr vom ewigen Tod an jenem Schreckenstage, wenn Himmel und Erde wanken.

Was Leberecht anging, so nahm ihn seine Aufgabe an der Domhütte von St. Peter voll in Beschlag. Er wachte über ein halbes Tausend Steinmetze, in der Hauptsache Italiener, aber auch viele Deutsche, Spanier aus dem Königreich Neapel, Florentiner und Milanesen und Handwerker aus dem Herzogtum Savoyen, die der harte Winter in den Süden trieb.

Obwohl jung an Jahren, gewann Leberecht bald die Achtung der Bauarbeiter. Dies hatte verschiedene Ursachen: Zum einen verstand er etwas vom Handwerk des Steinmetzen. Darüber hinaus war ihm aber auch seine Sprachbegabung dienlich, die es ihm erlaubte, sich mit den Leuten in allen möglichen Sprachen zu unterhalten. Und zu guter Letzt fiel auch sein respektables Äußeres ins Gewicht; denn der Aufseher überragte die meisten seiner Untergebenen um einen ganzen Kopf.

Leberecht wünschte nichts sehnlicher, als bei seiner Arbeit einmal dem großen Michelangelo zu begegnen; aber seit er seine Stelle angetreten hatte, war der Meister nicht mehr auf der Baustelle erschienen. Carvacchi berichtete, der Künstler sei von einem schleichenden Fieber befallen, das ihn schwäche, so daß er kaum noch in der Lage sei, einen Fuß vor den anderen zu setzen; vor allem aber sei er bisweilen in einem Zustand, der ihn hindere, die rechten Worte zu finden.

Um so mehr Verehrung brachte Leberecht den Plänen und Skizzen aus der Hand des Meisters entgegen, die er täglich auf seinem Tisch in der Bauhütte ausbreitete. Mit kraftvollen Rötelstrichen hatte der Meister Umrisse und Profile und nicht selten Einzelheiten festgehalten, nicht größer als ein Handteller, so als wäre er mit einem Grabstein und nicht mit dem größten Bauwerk der Menschheit beschäftigt.

Die Bauhütte lag nahe dem Eingang zu den Grotten hinter dem päpstlichen Palast mit Blick auf die Südwand der Kapelle des Papstes Sixtus, in der sich Michelangelo als Maler verewigt hatte. Diese Malereien, vor allem die Darstellung des Jüngsten Gerichts, erregten bei Leberecht besonderes Interesse. Carvacchi hatte ihm viel von der Nacktheit der Leiber und den verschlüsselten Szenen erzählt, die sich hinter dem schlichten Altar in die Höhe rankten, ein Kunstwerk, das jedem anderen auf der Welt den Rang streitig machte.

Nun hatte ein gewöhnlicher Christenmensch, selbst ein Vorarbeiter beim Bau von St. Peter, nicht ohne weiteres die Möglichkeit, die Hauskapelle des Papstes zu betreten. Aber weil ihn die Idee magisch anzog, weil er bereit gewesen wäre, seine Seele dafür zu opfern und weil das Schicksal ihm diesen Weg vorgezeichnet hatte, gelang es Leberecht am Tag nach Mariä Erwählung – das Datum blieb ihm ein Leben lang im Gedächtnis – mit Hilfe Kardinal Lorenzo Carafas, der im Vatikan noch immer auf gewisse Freundschaften zurückgreifen konnte, den Fuß in die Sixtinische Kapelle zu setzen.

Der Kardinal und Carvacchi, die ihn begleiteten und denen dieser Anblick nicht neu war, schienen weit weniger aufgeregt als Leberecht, dem das Herz bis zum Hals schlug, als sie in die Düsterkeit des hohen Raumes eintraten. Großer Gott! Wie konnte *ein* Mensch das alles in *einem* Leben schaffen?

Minutenlang stand Leberecht bewegungslos in der Mitte der Kirche. Michelangelo war ihm kein Fremder. Schon während er bei den Benediktinern auf dem Michelsberg seinen Studien nachging, lange bevor er die Aufgabe übernommen hatte, Pläne und Skizzen des Meisters in harten Stein umzusetzen, hatte er Legenden von Michelangelos Klugheit und universeller Bildung gehört und von den tiefsinnigen Gedanken, welche der Künstler in seine Werke einfließen ließ. Leberecht wußte, daß das Wissen des Florentiners größer war als das aller Zeitgenossen, weil er mit den führenden Geistern seiner Epoche Umgang pflegte und weil die bedeutendsten Köpfe sich ihm anvertrauten. Den Blick nach oben gewandt, trat Leberecht zwischen seine Begleiter und sagte: »Warum hat er das getan?«

Carvacchi und der Kardinal sahen sich fragend an. Sie verstanden den Sinn seiner Frage nicht.

»Warum tat er das?« wiederholte Leberecht.

Verunsichert fragte Carvacchi zurück: »Warum tat er was?«

»Ich meine, warum wählte Michelangelo gerade dieses Motiv? Warum wählte er das Jüngste Gericht? Warum malte er keine Kreuzigung, keine Auferstehung oder Himmelfahrt, wie es Generationen von Künstlern vor ihm getan haben?«

Die beiden anderen blickten betroffen. Keiner hatte sich bisher diese Frage gestellt. Der Kardinal, der mit den Taten der Vorgänger seines Onkels Paul aufs beste vertraut war, erwiderte schließlich: »Weder Clemens VII. noch Paul III., unter denen Michelangelo mit seiner Arbeit begann, haben dieses Motiv gewollt. Sie fühlten sich von der hohen weißen Wand gestört und gaben den Auftrag, sie in ein Gemälde zu fassen. Kein Papst hat je eine Skizze zu dem monumentalen Werk gesehen, ganz abgesehen davon, daß der Meister sich ohnehin von niemandem hätte dreinreden lassen, nicht einmal von Seiner Heiligkeit selbst.«

Je mehr sich seine Augen an das fahle Dezemberlicht gewöhnten, desto greller, lichter, drohender schien ihm das Blau des Himmels, aus dem der Weltenrichter kraftvoll wie ein griechischer Herkules mit drohend erhobener Rechten herausstieg. Aber es waren weder die Farben noch die Komposition, die Leberecht in Unruhe versetzten, sein Blick galt den Figuren und Symbolen, ob sich nicht eine Andeutung, ein Hinweis auf jene Erkenntnisse des nahenden Weltendes finden ließe, die ihn bewegten.

Das gigantische Fresko – nach Michelangelo die einzig wahre Maltechnik eines Mannes, nur Frauen malten in Öl – quoll über von Anspielungen, Andeutungen und Insignien, welche Christen und Heiden, Selige und Verdammte, ja sogar Menschen zeigten, die noch unter den Lebenden weilten wie den verhaßten Zeremonienmeister Biagio da Cesina, der es gewagt hatte, sein Werk zu kritisieren.

Auch der Meister selbst zeigte sein Gesicht auf absonderliche Weise, unverkennbar in der Haut, die dem heiligen Bartholomäus bei seinem Martyrium abgezogen wurde und die dieser in Händen hielt. Warum Bartholomäus und warum dieses abschreckende Schauspiel?

Niemand, nicht einmal der inquisitorische Paul IV., der Onkel des Kardinals, hatte je gewagt, Michelangelo nach dem Sinn seiner Darstellungen zu fragen. Er wäre nicht nur ohne Antwort geblieben, er hätte sich den Meister zum Feind gemacht.

So irrte der fromme Betrachter durch Michelangelos Apokalypse wie der Held im Labyrinth des Minotaurus, Heiligen der Kirche begegnend wie Gabriel, der Jungfrau Maria oder Petrus in Reichweite des Herrn. Aber schon Adam und Eva hinter ihm warfen die Frage auf, ob sie nicht Hiob und sein Weib und aus dem Alten Testament seien, weil dahinter die Versöhnung von Esau und Jakob stattfindet. Heilige wie Simon von Kyrene mit dem Kreuz auf den Schultern, Sebastian mit Pfeilen in der Hand, Katharina von Alexandria mit dem Rad, Blasius mit den Eisenkämmen oder Simon Zelotes mit der Säge in der Hand warfen keine Fragen auf. Was aber hatte die nackte Eva mit Vergil zu schaffen? Was suchten Figuren aus Dantes Göttlicher Komödie beim Jüngsten Gericht?

Leberecht mußte seinen Blick losreißen von der kreisenden Bewegung, in welche die Stürzenden zur Rechten und die himmelwärts Strebenden zur Linken die Wand von oben nach unten und umgekehrt versetzten wie ein feuriges Rad. An den Kardinal richtete er schließlich die Frage: »Findet Ihr nicht auch, daß der Weltenrichter eher dem griechischen Apoll ähnlich sieht, der im

Statuenhof des Belvedere aufgestellt ist, als dem Herrn Jesus Christus?«

»Ich weiß nicht, wie unser Herr Jesus Christus aussieht; ich bin Kardinal und kein Maler«, antwortete Lorenzo und strich über die Purpurseide seiner Soutane.

Leberecht ließ nicht locker: »Aber wenn es wirklich ein heidnischer Gott ist, dann hätte diese Symbolik doch eine verheerende Aussage!«

Carvacchi, mit Kunstwerken gewiß mehr vertraut als der Kardinal, sah Leberecht nachdenklich an. »Da hast du wohl recht.«

»Das würde bedeuten, Michelangelo vertritt die Ansicht, daß nicht Gott der Herr den Jüngsten Tag einläutet und das Ende der Welt bestimmt, sondern eine andere, eine fremde Macht ...«

»Der Teufel?« Kardinal Lorenzo kicherte verlegen und wandte seinen Blick dem Weltenrichter zu. Er wußte nicht so recht, was er von den Worten des jungen Steinmetzen halten sollte; aber je mehr er darüber nachdachte, desto größer wurden seine Zweifel.

»Es wäre nicht der erste Schabernack, den Michelangelo mit der Kirche treibt«, bemerkte Carvacchi nüchtern. »Stellt sich nur die Frage, auf welches Wissen der Meister zurückgreift. Du bist doch so ein schlauer Kopf, Leberecht, du müßtest es wissen!«

Leberecht zuckte zusammen. »Ich? Was müßte ich wissen?« stammelte er verlegen. »Das weiß nur Michelangelo selbst!«

»Und er schweigt.«

»Man kann es ihm nicht verdenken. Wer sich mit Pinsel und Farbe so auszudrücken weiß, kann auf Schrift und Sprache verzichten.«

Die Idee, Michelangelo könnte in seinem Fresko ein geheimes Wissen verschlüsselt und Hinweise auf das Ende der Welt verborgen haben, welche nur Eingeweihte erkennen könnten, berauschte den Kardinal wie sein Lieblingswein von Nemisee. Mit ausgestrecktem Zeigefinger begann er die Umrisse der einzelnen Figuren in der Luft nachzuziehen, als wollte er sie auf diese Weise zum Sprechen bringen; aber weder Charon noch Minos, noch der kluge Dichter Vergil, die wie Fremdkörper in der Leiberfülle erschienen, gab eine Antwort.

In der Mitte, dort wo die Engel wie Frösche mit geblähten Backen in die Posaunen stießen, damit die Erde, wie Matthäus verkündet, von ihrem Widerhall dröhne und die Völker aufschreien, an dieser Stelle verfing sich Lorenzos prüfender Blick, und er sprach: »Ich sehe zwei aufgeschlagene Bücher.«

Es klang wie das Wort eines Propheten. Carvacchi und Leberecht wollten ihm zunächst keinen Glauben schenken. Zögernd traten sie näher.

»Tatsächlich«, meinte Leberecht, und Carvacchi bemerkte: »Die sind mir bisher entgangen. Ich glaube, niemand hat sie bisher bemerkt.«

Der Kardinal, ratlos: »Welche Bedeutung mag ihnen wohl zukommen? Ich meine, es stellt sich vor allem die Frage nach dem zweiten Buch; denn daß es sich bei *einem* um die Heilige Schrift handelt, dürfte nicht in Frage stehen. Aber was ist dann das andere Buch?«

Die drei legten abwechselnd die Köpfe zur Seite, ob auf den Büchern ein Schriftzeichen zu erkennen sei, aber je tiefer sich ihre Blicke in das Fresko bohrten, desto mehr verschwommen die Bücher vor ihren Augen.

»Ich sehe«, sagte Leberecht, »einen Stern.«

Hatte er die Worte wirklich ausgesprochen oder nur im Geiste formuliert? Er wußte es nicht. Sein Kopf glühte wie ein Eisen in der Esse des Schmiedes. Seine Gedanken kreisten um ein einziges Thema: das Buch des Kopernikus. Angenommen, Michelangelo wußte um das *Astrum minax*, das drohende Gestirn, mit dem die heidnische Wissenschaft das Ende der Welt ankündigte? Aber wenn er es wußte, welchen Zweck verfolgte er mit seinen apokryphen Andeutungen? Warum schwieg er, wenn er die Wahrheit kannte?

Leberecht war in seine Gedanken verstrickt und bemerkte gar nicht, daß der Kardinal und Carvacchi sich fluchtartig entfernt und die Sixtinische Kapelle durch eine Seitentür verlassen hatten. Es kam ihm vor, als hätte Carvacchi ihm noch etwas zugeraunt, aber er war, zwischen Himmel und Erde schwebend, zu sehr mit sich selbst beschäftigt, als daß er dem Beachtung geschenkt hätte. Ein Dröhnen erfüllte seine Ohren, und ihm schoß durch den Kopf, daß die Posaunen des Michelangelo ein Hinweis auf das Heulen sein mochten, welches das *Astrum minax* auf den letzten tausend Meilen erzeugen würde, bevor es die Erde aus ihrer Bahn riß. Ein furchtbarer Gedanke, der ihm kalten Schweiß in den Nacken trieb.

Nicht einmal zwanzig Jahre würden verbleiben bis zu der großen Katastrophe, die alles Leben auslöschte. Im Jahre des Heils 1582 würde das sein – des Heils? Nein, von Heil konnte keine Rede sein: Die Erlösung durch unseren Herrn Jesus, das Jüngste Gericht, die Scheidung von Guten und Bösen, der Glaube und das Versprechen ewiger Glückseligkeit, all das gab keinen Sinn im Angesicht der drohenden Katastrophe. Der Stern der Vernichtung würde alles in seinen Strudel hineinziehen, der Sonne entgegen, einem toten Ball aus glühender Materie im Zentrum des Universums, wo die Erde selbst verglühen und verpuffen würde wie ein trockener knorriger Stamm, den ein einziger Mann kaum tragen kann, der im Feuer aber rote Glut annimmt und sich mit einer Rauchfahne in nichts auflöst.

War das Wissen um das nahe Ende der Grund für das exzessive Leben der Päpste? Glaubten sie deshalb nicht mehr an ihre eigene Lehre oder die ihrer Kirche? Soffen, fraßen, hurten und sündigten sie deshalb mit so großer Inbrunst, weil sie das Ende, wie Kopernikus es berechnet hatte, kannten? Herr Gott, wie anders war es zu erklären, daß der Papst, dessen Namen diese Kirche trug, eigene Bordelle errichtete, die ihm achtzigtausend Golddukaten einbrachten und daß sich sein Neffe, der Kardinal Pietro Riario, mit vier Bistümern und einem Patriarchat gesegnet, zu Tode hurte? Daß sie Baldassare Cossa zum Papst machten, von dem man wußte, daß er mit der Frau seines Bruders schlief und zweihundert Witwen und Jungfrauen begattete? Daß Seine Heiligkeit Alexander VI., der Papst, von dem Savonarola sagte, er treibe es schlimmer als das Vieh, ein Verhältnis mit seiner Tochter hatte und Orgien veranstaltete, bei denen fünfzig *luparellae* nackt tanzen und wie Hündchen auf dem Boden kriechen mußten, um anschließend vor den Augen des *Pontifex* von den päpstlichen Kammerherren vergewaltigt zu werden? Daß Clemens V. nicht vor Folter zurückschreckte und Paul IV. nicht vor Grausamkeit? Und daß dies keine einmaligen Entgleisungen waren, sondern die Regel, *peccata in coelum clamantia* – himmelschreiende Sünden?

Zwei starke Arme packten Leberecht von hinten und holten ihn in die Gegenwart zurück. Und ehe er sich versah, hatte ihm ein päpstlicher Offiziant in langem roten Gewand, unter dem sich ein kraftstrotzender Körper verbarg, beide Arme auf den Rücken gedreht, und ein zweiter von gleicher Statur herrschte ihn an: »Was suchst du hier, Hundesohn?«

Leberecht stotterte ein paar entschuldigende Worte; er habe das Fresko Michelangelos bewundert und vor dem Kunstwerk wohl über die Zeit verweilt und wolle sich nun hurtig entfernen.

Das aber fand bei den Wachen kein Gehör. Während ihn der eine festhielt, tastete ihn der andere am ganzen Körper ab, ob er eine Waffe bei sich trage. Dann stießen und zerrten sie ihn an den Ärmeln durch einen langen, fensterlosen Gang bis zu einer doppelten Tür, die in einen kahlen Raum führte, der Leberecht auf fatale Weise an den Saal erinnerte, in dem der Inquisitor Frater Bartolomeo seinen toten Vater Adam verurteilt hatte: An der Stirnwand ein langer, breiter Tisch mit zwei Kerzen, dahinter drei kantige, schwarze Stühle, sonst nichts, eine lautlose, abgeschottete, unbekannte Welt.

Die Offizianten verschwanden ohne ein Wort, und Leberechts einzige Zuflucht blieb die Erkenntnis, daß er in seinem Leben schon ausweglosere Situationen gemeistert hatte. So stand er in der Mitte des kahlen Raumes. Zwei Fenster waren in einen langen, schmalen leeren Innenhof gerichtet. An der Tür fehlte die Klinke. Das machte ihm angst.

Nach einer endlosen Zeit des Wartens, in der Leberecht nicht gewagt hatte, auf einem der beiden Stühle Platz zu nehmen, öffnete sich plötzlich die Tür, und herein trat ein beleibter Monsignore, begleitet von einem Schreiber, der, was sein vergeistigtes Äußeres betraf, zumindest auf die niederen Weihen zurückblicken konnte und der bei dem folgenden Verhör jedes gesprochene Wort zu Protokoll nahm.

»Wie heißt Er, Bruder in Christo, auf welche Weise gelangte Er hier herein und in welcher Absicht?« leierte der Monsignore seine Fragen herunter, während er mit ruckartigen Bewegungen bemüht war, seine massive Körperlichkeit auf einem der Stühle unterzubringen. Dabei würdigte er Leberecht keines Blickes.

Leberecht nannte seinen Namen und erzählte, daß er ein Steinmetz aus deutschen Landen sei und Vorarbeiter aller Steinmetze bei St. Peter. Er sei durch Vermittlung von Messer Carvacchi, seinem Lehrmeister, und Kardinal Lorenzo Carafa, dessen Freund, durch einen seitlichen Eingang in den Vatikan gelangt; wo und auf welchem Wege vermöge er nicht zu erklären.

Die Erwähnung Carafas entfachte bei dem fetten Monsignore deutlich erkennbare Unruhe. Er flüsterte dem Schreiber etwas in dessen vergeistigtes Ohr, worauf dieser verschwand.

»Monsignore«, begann Leberecht bittend, »ich habe nichts

Unrechtes getan. Mein Wunsch war es, das Fresko des Michelangelo zu sehen. Nicht mehr.«

Der Mann im rotgesäumten Talar zeigte keine Regung. Er blickte mit ausdruckslosem Gesicht geradeaus, durch Leberecht hindurch, als sei er Luft. Auch als Leberecht seine Worte wiederholte, weil er befürchten mußte, der Monsignore habe ihn nicht verstanden, gab dieser keine Antwort.

Schneller als erwartet wurde jedoch von außen die Tür geöffnet und es erschienen zwei weitere Monsignori, welche aufs vortrefflichste die Launen Gottes am sechsten Tage der Schöpfung verkörperten: War der eine ein Riese, noch größer als Leberecht, dabei schmal und asketisch, so büßte der andere allein durch seine kleine, gedrungene Gestalt schon auf Erden einen Teil jener Qualen, die dem Fegefeuer vorbehalten sein sollten.

Der herrische Klang seiner Stimme ließ jedoch keinen Zweifel, daß der von Gott dem Herrn gedemütigte Monsignore von höherem Rang war als die beiden anderen, welche ihn an dem Tisch einrahmten wie gottgefällige Ministranten beim *Te deum*.

»Ein Parteigänger des Kardinals Carafa ist Er also?« bellte der Zwerg. »Und Er wagt es auch noch, sich dazu zu bekennen!«

In diesem Augenblick wurde Leberecht bewußt, daß er offensichtlich einen Fehler gemacht hatte, als er den Namen des Kardinals erwähnte. Lorenzo galt als erbitterter Gegner des Nachfolgers seines Onkels. Und jetzt auf einmal wurde ihm auch klar, warum der Kardinal und Carvacchi sich so überstürzt entfernt hatten.

»Monsignore«, begann Leberecht umständlich, »ich ...«

»Schweige Er!« fuhr der Zwerg dazwischen. »Er steckt mit jenem Schurken Benedetto Accolti unter einer Decke, der von sich behauptet, Gott habe ihm ein Geheimnis anvertraut. Aber Gott, der Herr redet nur mit seinem Stellvertreter auf Erden und nicht mit einem hergelaufenen Häretiker.«

»Ich kenne keinen Benedetto Accolti!« wehrte sich Leberecht. »Ich komme aus dem Fränkischen, wo mich mein Lehrmeister Messer Carvacchi die Steinmetzkunst gelehrt hat. Vor wenigen Monaten erst kam ich mit meiner Frau nach Rom, und Carvacchi machte mich zum Vorarbeiter aller Steinmetze bei St. Peter.«

»Ha!« ereiferte sich der kleinwüchsige Monsignore. »Er bringt den guten Namen Carvacchis ins Spiel, um Seinen Kopf aus der Schlinge zu ziehen. Aber verlasse Er sich darauf, wir werden die Wahrheit aus Ihm herauspressen, bei allen Heiligen!«

»Es ist die Wahrheit! Fragt meinen Meister Carvacchi!«

»Schon geschehen, Elender. Er wird bald hier sein.«

Es dauerte nicht lange, und Carvacchi erschien aufgeregt in der Tür. Die Monsignori grüßten freundlich, und noch bevor der Zwerg im rotgesäumten Habit seine Stimme erheben konnte, erging sich der Meister in heftigen Vorwürfen gegen die Diener der Kirche, welche den Willen des großen Michelangelo mit Füßen träten, der ihn, Leberecht, einen der fähigsten Künstler am Dombau, höchstselbst zum Anatomiestudium der Figuren des Jüngsten Gerichts in die Sixtina gesandt habe. Ihn gar der Ketzerei als Parteigänger verblendeter Häretiker zu bezeichnen sei infam gegenüber einem glühenden Anhänger des Papstes Pius, der den weiten Weg aus deutschen Landen nach Rom gekommen sei, um seine Kunst dem Dom von St. Peter unentgeltlich zukommen zu lassen.

Die finsteren Mienen der drei Monsignori erhellten sich mit jedem von Carvacchis wohlüberlegten Sätzen. Leberecht wunderte sich: Der Meister stand, wie es schien, bei der Kurie in hohem Ansehen.

So kam es, daß der zwergenhafte Würdenträger, der Leberecht während Carvacchis Rede vom Scheitel bis zur Sohle gemustert hatte, als wollte er sagen: Warte, dich kriegen wir noch!, plötzlich und unvermittelt ein Kreuzzeichen schlug und hastig die Worte stammelte: »*In nomine Domini*, Ihr seid frei. *Laudetur Jesus Christus*.«

Lautlos, wie sie gekommen waren, entschwebten die drei, und die rotgekleideten Offizianten erschienen und geleiteten Leberecht und Carvacchi durch das Labyrinth der vatikanischen Gänge zu jenem seitlichen Eingang, durch den sie gekommen waren. Die Dämmerung senkte sich über St. Peter, die ersten Feuer wurden vor dem Porticus entzündet. Leberecht atmete die kalte Winterluft und sagte zu Carvacchi: »Meister, was habt Ihr getan? Kein einziges Eurer Worte entspricht der Wahrheit!«

Carvacchi lachte höhnisch und zeigte mit dem Finger in die Richtung, aus der sie gekommen waren: »Hinter diesen Mauern ist die Unwahrheit zu Hause. Lüge, Wortbruch, Meineid, Hochstapelei, Zwietracht und Täuschung feiern Triumphe. Eine Kutte macht keinen Mönch, ein *Pallium* keinen Heiligen Vater. Über dem Grab des heiligen Petrus haben sich der Teufel und seine Spießgesellen breitgemacht.« Er spuckte in weitem Bogen in den Sand.

Eigentlich war Leberecht gar nicht verwundert über die freimütige Rede des Meisters, er kannte seine Einstellung zur Genüge. Vielmehr setzte ihn das hohe Ansehen in Erstaunen, das Carvacchi in den Reihen der Kurie zu genießen schien.

»Ansehen?« erwiderte Carvacchi auf Leberechts Frage. »Von Ansehen kann keine Rede sein. Die Pfaffen brauchen mich nötiger als die Messe das Geläute. Seit Pontifex Julius Anno Domini 1506 den Grundstein zu diesem gigantischen Unternehmen legte, haben sich acht Päpste der trügerischen Hoffnung hingegeben, St. Peter zu vollenden und ihrem Namen ein ewiges Denkmal zu setzen; aber allen waren nur ein paar Jahre vergönnt. Pius sieht sich seinem Ziel näher als alle Vorgänger. Er ist, was die Vollendung von St. Peter betrifft, gierig wie ein Hund. Vor allem Michelangelos Kuppel liegt ihm am Herzen. Ich glaube, er würde seine Seele verkaufen, könnte ich ihm den Anblick der vollendeten Kuppel versprechen.«

»Ihr kennt den Pontifex?«

»Nicht persönlich. Aber man kann ihn jeden Abend aus nächster Nähe betrachten.«

Leberecht sah den Meister mit ungläubigen Augen an.

Der bemerkte seinen Argwohn, faßte ihn am Ärmel und sagte: »Komm mit!«

Leberecht wollte sich zuerst losreißen, erklären, er habe vom Vatikan fürs erste die Nase voll; aber als er bemerkte, daß Carvacchi seine Schritte zum großen Platz vor St. Peter lenkte, folgte er ihm bereitwillig.

Auf dem Platz herrschte wie immer laute Betriebsamkeit. Staubwolken, verursacht durch Steinkolosse, die auf Rollen transportiert wurden, brachten die Augen zum Tränen. Kommandorufe hallten über den Platz, dazwischen das Gebell streunender Hunde, die nach Essensabfällen suchten, störrische Maultiere und Esel mit kreischendem Blöken, und Wagen und Karren, die über den löchrigen Boden gelenkt wurden.

»Da!« Carvacchi zeigte zum päpstlichen Palast zur Rechten. Am zweiten Fenster im ersten Stockwerk hob sich ein glatzköpfiger Schädel vom dunklen Hintergrund ab. Starr wie eine Statue blickte der Alte in Richtung der unvollendeten Kuppel.

»So siehst du ihn jeden Abend. Er steht manchmal stundenlang. Was ihm wohl durch den Sinn geht?«

»Er betet.«

»Der Papst?«

Leberecht hob die Schultern.

Während sie gemeinsam den Weg zur Bauhütte zurückgingen, meinte Leberecht, der das unerwartete Erlebnis im Vatikan noch immer nicht verdaut hatte: »Wer waren diese drei unheimlichen Pfaffen?«

»Ich weiß es nicht«, erwiderte Carvacchi. »Bisher bin ich keinem von ihnen begegnet, und das ist auch nicht verwunderlich. Die Kurie hat für jeden und alles einen eigenen Würdenträger. Den Begriff darfst du allerdings nicht allzu wörtlich nehmen, denn es ist keineswegs so, daß diese Männer ihre Würde tragen, sie werden im Gegenteil *von* ihrer Würde getragen.«

»Wie soll ich das verstehen?«

»Nun ja, wer in der Kurie ein Amt anstrebt, hat nur selten Interesse an der Aufgabe, die ihn erwartet, sein Interesse gilt vielmehr den Vorteilen, die mit diesem Amt verbunden sind. Das gilt vom Offizianten bis zum Kardinal – und, wie die letzten Jahre gezeigt haben, bis zum *Pontifex maximus*.«

Bevor sie die Bauhütte betraten, hielt Leberecht den Meister zurück und stellte unvermittelt die Frage: »Übrigens, wer ist eigentlich Benedetto Accolti?«

»Accolti? Wie kommst du auf den?«

»Der zwergenhafte Monsignore meinte bei dem Verhör, ich steckte mit diesem Accolti unter einer Decke ...«

Da erhellte sich Carvacchis Miene, und seine dunklen Brauen beschrieben einen Halbmond. »Jetzt geht mir ein Licht auf! Sie hielten dich für einen Verschwörer aus der Umgebung des Benedetto Accolti!«

»Was wißt Ihr über ihn? Was ist das für ein geheimnisvoller Mann?«

»*War*, mein Sohn, *war*, er *war* ein geheimnisvoller Mann. Die Inquisition hat ihn heute auf dem Scheiterhaufen verbrannt.« Carvacchi verzog sein Gesicht zu einer Grimasse und schnupperte wie ein Hund in der Luft herum. »Am Mittag auf dem Campo de' Fiori, jenseits des Tibers.«

Die Worte des Meisters ließen Leberecht erschauern. Leise

sagte er: »Verfolgt mich die Inquisition denn bis in den letzten Winkel der Erde?«

Carvacchi lachte. »Zum einen ist Rom gewiß nicht der letzte Winkel der Erde, andererseits mußt du die Aufregung innerhalb der Kurie verstehen. Accolti war ein religiöser Schwärmer und Fanatiker. Er ging über glühende Kohlen und nahm das zum Beweis, daß Gott in ihm wohne. Gott, so behauptete er, habe ihm aufgetragen, die katholische Kirche mit den Abtrünnigen wieder zu vereinen. Pius sei für diese Aufgabe nicht geeignet. Deshalb trachtete er ihm nach dem Leben; aber sein engster Vertrauter, Antonio Canossa, verpfiff ihn. Er wurde gefaßt und von der Inquisition zum Tod auf dem Scheiterhaufen verurteilt. Jetzt fürchten die Prälaten und Monsignori im Vatikan jedes unbekannte Gesicht. Das ist verständlich. Es ist lange her, daß ein Papst gemeuchelt wurde.«

Leberecht schwieg. Es fiel ihm schwer, den Worten Carvacchis Glauben zu schenken. Er mißtraute ihm, ob er die Wahrheit sprach, ob er ihn nicht nur beruhigen wollte. War seine Festnahme wirklich nur eine Verwechslung oder zog sich über seinem Kopf neues Unheil zusammen?

Michelangelo jedenfalls und sein titanisches Fresko in der Sixtinischen Kapelle hatten ihn in der Auffassung bestärkt, daß der Stern, der sich unaufhaltsam der Erde näherte, um in absehbarer Zeit alles Leben zu vernichten und der Schrift und ihren Prophezeiungen zuvorzukommen, mehr Mitwisser haben mußte, als er bisher angenommen hatte. Warum aber schwieg Messer Michelangelo? Weshalb bediente er sich jener verschlüsselten Szene, deren Sinn nur wenige verstanden? Vor allem aber beschäftigte Leberecht die Frage: Wie kam der Meister zu seinem Wissen?

Je länger er darüber nachdachte, desto mehr wurde ihm bewußt, daß er einen sicheren Aufbewahrungsort für das Buch des

Kopernikus finden mußte. Das Versteck unter dem Dach seines Hauses bot keine Sicherheit. Zuerst dachte er daran, das Buch im Mauerwerk von St. Peter einzulassen, wo er gewiß sein konnte, daß niemand nach dem Buch suchte. Aber in Anbetracht der An- und Umbauten, die beinahe täglich die Erstellung neuer Detailpläne erforderlich machten, erschien es ratsam, nach einer besseren Lösung zu forschen, und dabei kam ihm der Zufall zu Hilfe.

Diomede Leoni, Schüler des großen Messer Michelangelo, war mit der Aufgabe betraut, jeden Tag zweimal den Weg von der Dombauhütte, vorbei an den Grotten, um die Sixtinische Kapelle herum, entlang dem Stradone ai Giardini zum Vatikanischen Geheimarchiv zu gehen, um die für den Tag benötigten Detailpläne abzuholen und diese abends auf demselben Wege zurückzubringen. Das entsprach dem Wunsch des Meisters, der in ständiger Angst lebte, irgendein Schurke unter den Kunsthandwerkern und Steinmetzen könnte seine Ideen, die er bis in alle Einzelheiten zu skizzieren pflegte und die den Umfang einer Wagenladung hatten, kopieren und an anderer Stelle zur Ausführung bringen. Deshalb brachte Leoni die jeweils benötigten Pläne jeden Abend in die *Riserva** des Archivs zurück.

Es muß der Teufel gewesen sein, welcher Leberecht jenen Satz ins Gedächtnis zurückrief, den einst Frater Luitger in der Bibliothek der Benediktiner auf dem Michelsberg zu ihm gesagt hatte: *»Wo ist ein Buch wohl sicherer als unter anderen Büchern?«* Gewiß gab es keinen Ort auf der Welt, an dem die Häscher der Inquisition das Buch des Kopernikus weniger vermuten würden als im Vatikanischen Geheimarchiv.

Also sann Leberecht darüber nach, wie er das Buch, ohne Aufsehen zu erregen, in die *Sala degli Indici* schmuggeln könnte, wo

* Geschlossene Abteilung (ital.)

das Planwerk des Meisters unter *Summarien*, *Indices* und *Buste** lagerte, und es war wohl derselbe Teufel, der ihm mit dem folgenden Plan zu Rate stand. Unter einem wohlvorbereiteten Vorwand, er benötige für den Fortgang der Steinmetzarbeiten eine bestimmte Skizze noch einmal – eine Skizze, die es im übrigen gar nicht gab – suchte Leberecht zusammen mit Leoni das *Archivio Segreto* auf, um nach dem benötigten Plan zu forschen. Während Diomede Leoni, mit den Plänen des Meisters vertraut wie kein Zweiter, nach der gewünschten Skizze suchte, zog Leberecht das Kopernikus-Buch unter seinem Wams hervor und ließ es unbemerkt in einer *Buste* mit der Aufschrift »*De prebendis vacaturis*«** verschwinden, nicht ohne sich den denkwürdigen Titel und den Hinweis »Hadr. VI., anno 1« einzuprägen, der auf das erste Jahr des Pontifikats Hadrians VI., also das Jahr des Heils 1522, Bezug nahm.

Diomede Leoni reagierte gereizt, als er die gesuchte Zeichnung des Meisters nicht finden konnte, äußerte gar die Befürchtung, der Plan könnte gestohlen worden sein, so daß Leberecht all seine Überzeugungskraft aufbringen und sich entschuldigen mußte, er habe sich wohl geirrt. Danach begegnete Leoni ihm mit gewissem Mißtrauen. Doch von Leberecht war eine große Last genommen und er konnte Kraft sammeln für sein großes Vorhaben.

Martha, die von den Winkelzügen ihres Geliebten nichts mitbekommen hatte, hatte mit Carvacchis junger Frau Tullia Freundschaft geschlossen, was nicht ganz einfach war angesichts der Sprachschwierigkeiten der beiden und bisweilen zu Mißverständnissen führte. Tullia wußte natürlich von den komplizierten Verhältnissen des Paares, und Carvacchi hatte ihr auch erzählt,

* Ordner-Mappen (ital.)
** Über zu gewährende Freiheiten

daß Marthas Sohn Christoph als Jesuit in Rom lebte und daß ihre Beziehung seit vielen Jahren getrübt war.

Es war Marthas innigster Wunsch, ihrem Sohn zu begegnen, und weil Leberecht Bedenken hegte, eine Begegnung der beiden könnte nur alte Wunden aufreißen und zu neuen Komplikationen führen, machten sich Martha und Tullia an einem verhangenen kalten Winternachmittag auf den Weg zur Piazza del Collegio Romano, wo der Jesuit in der Ordensschule als Mathematicus lehrte.

Im Gegensatz zu den anderen Orden lebten die Jesuiten nicht in klösterlichen Gemeinschaften, sondern mitten unter dem Volk. Marthas Sohn hauste in einem schmalbrüstigen Haus in der Viale San Giorgio, einer Seitenstraße der Piazza und einen Steinwurf vom *Collegio* entfernt. Seit der geistliche Herr zu ebener Erde eingezogen war, seien, so erzählten sich die Leute, die Fensterläden stets geschlossen, und sie wußten auch den Grund dafür zu nennen: In der Straße pflegte bisweilen eine gewisse Kurtisane zu flanieren, welche Paul IV. gewogen gewesen sei, ihr Gewerbe nach dessen Tod jedoch mit der Bemerkung an den Nagel gehängt habe, sie habe sich so an die Tiara gewöhnt, daß selbst der Kaiser keine Chancen habe mit seiner einfachen Krone. Und obwohl sie nicht mehr ganz jung an Jahren sei, seien ihr Gang und ihre Aufmachung durchaus geeignet, den frommen Sinn des Jesuiten zu verwirren, und einen verwirrten Eindruck mache dieser ohnehin.

Als sie den dunklen Eingang des Hauses betraten, hätte Martha am liebsten kehrtgemacht, so aufgeregt war sie, doch Tullia schob sie vor sich her und deutete auf eine schwarze Tür an der Seite. Martha klopfte zaghaft und dann, als sich nichts rührte, heftiger; schließlich drückte sie die Klinke nieder und öffnete die Tür.

In der Mitte des düsteren Raumes, in den von der Straße her kaum Licht fiel, saß ein Mann vor einem großen Tisch. Darauf stand ein großes Astrolabium, ein verwirrendes Gestell aus Eisenreifen, Kugeln und Skalen, das von einer Kerze gespenstisch beleuchtet wurde und zitternde Schatten an die Decke warf. Der Mann hatte seinen breiten Schädel in beide Hände gestützt und starrte in die Kerzenflamme, als erwarte er die Erleuchtung. Der Mann war – Martha erkannte ihn sofort – ihr Sohn Christoph.

Es dauerte lange, bis dieser den Blick hob und sich den beiden Frauen zuwandte. Und weil sie den Eindruck hatte, daß Christoph sie nicht erkannte, nahm Martha ihr langes Tuch vom Kopf und sagte leise: »Ich bin es, deine Mutter.«

Der Jesuit schien wie versteinert. Scheinbar regungslos blickte er in Marthas Richtung, aber er sah durch sie hindurch, als berührte ihn die Begegnung in keiner Weise, und er ergriff auch die Hand nicht, die ihm die Mutter fast ein wenig schüchtern entgegenstreckte.

Martha versuchte ein freundliches Lächeln aufzusetzen. »Du bist ein großer und gescheiter Mann geworden, mein Junge. Ich glaube, ich kann stolz auf dich sein ...«

Clavius reagierte nicht. Fast schien es, als hätte er die Worte seiner Mutter überhaupt nicht verstanden.

Deshalb änderte Martha den Tonfall ihrer Stimme, und mit einem Blick auf ihre Begleiterin sagte sie: »Das ist Tullia, Carvacchis Frau. Du kennst ihn vielleicht von früher. Er war Leberechts Lehrmeister, jetzt machte er ihn zum Vorarbeiter aller Steinmetze beim Bau von St. Peter ...«

Kaum hatte Martha den Namen Leberechts erwähnt, da sprang Christoph auf, daß der Stuhl in die hintere Ecke des Zimmers flog, wo ein heruntergekommenes Kastenbett stand, das einzige Mobiliar in dem Raum, wenn man von einem grob gezimmerten Regal mit Büchern und Schriften absah. Er funkelte sie zornig an, während er die Unterlippe nach vorne schob, wie ein Schauspieler, der bemüht ist, eine Gefühlsregung so deutlich wie möglich zu zeigen. Die kleine, gedrungene Gestalt des Gelehrten in seinem schwarzen Talar und seine sprungbereite Haltung wirkten so bedrohlich, daß Tullia Marthas Hand suchte und festhielt.

Diese ließ sich von der Drohgebärde ihres Sohnes nicht einschüchtern. »Ich bin zusammen mit Leberecht geflohen«, erklärte sie. »Wir mußten es tun. Die Inquisition war hinter uns her. Und was meine Gefühle zu Leberecht betrifft, so hat sich daran nichts geändert. Ich liebe ihn, und er liebt mich.«

Da hob Clavius den Arm wie ein Prophet des Alten Testaments, wies zur Tür und rief mit gepreßter Stimme: »Hinaus, teuflische Hure, *persona non grata!*«*

Eingedenk ihrer letzten Auseinandersetzung hatte Martha keine andere Reaktion erwartet. Obwohl sie innerlich bebte, blieb sie scheinbar ruhig. »Und wie würdest du das Verhalten deines Vaters bezeichnen, mein gottgefälliger Sohn?«

»Nennt mich nicht Sohn!« gab Christoph zurück. »Ich habe keine Mutter mehr. Meine Mutter ist tot, tot, tot, erstickt an der Sünde der Fleischeslust. *Nullum est iam dictum, quod non dictum sit prius.*«**

Martha verstand die lateinischen Worte ihres Sohnes nicht, doch sie ahnte, was er ausdrücken wollte, und in ihr stieg hilflose Wut auf: »Du gehst mit deiner eigenen Mutter strenger um als mit den Herren der Kirche, die sich aufführen wie die Schweine. Aber deiner Mutter willst du den Umgang mit dem Mann verbieten, den sie liebt. Gewiß, mein Sohn, das Leben geht seltsame Wege; aber du wirst dein Leben nicht dadurch meistern, daß du die Fensterläden verschließt und mit einer Kerzenflamme Zwiesprache hältst.«

* unerwünschte Person

** Es gibt nichts mehr zu sagen, was nicht früher schon gesagt wäre.

*»Loquax loquacitas!«** rief der Jesuit. Die lateinischen Worte gaben ihm offensichtlich das Gefühl, seiner Mutter überlegen zu sein, ohne ihr antworten zu müssen.

Die aber schleuderte ihm ins Gesicht: »Ist es nicht jämmerlich, wenn du dich in eine verkommene Studierstube flüchtest und alles verurteilst, was deine jesuitischen Bücher verurteilen? Tu, was du willst; aber laß auch mich das tun, was ich für richtig halte. Wenn du glaubst, du müßtest mich als Ehebrecherin auf den Scheiterhaufen bringen, dann zeige mich bei der Inquisition an. Man weiß ja, wie unnachsichtig diese Herren ihrer Aufgabe nachkommen. Leb wohl, mein Sohn!«

Martha hüllte sich in ihr Kopftuch ein. Im Gehen bemerkte sie das Gewirr von Zahlen und mathematischen Zeichen an der Wand, darunter, mehrfach umrandet, die Zahl 1582.

Lange Zeit verschwieg Martha die unerfreuliche Begegnung mit ihrem Sohn. Sie wollte Leberecht nicht noch mehr beunruhigen, denn sie spürte, daß ihn etwas beschäftigte, das ihn nicht losließ. Zu fragen wagte sie nicht, weil sie ahnte, daß Leberecht ihr nicht die volle Wahrheit sagen würde. Also zog sie es vor zu schweigen, bis dieser von sich aus mit der Sprache herausrückte.

Die Unruhe, die Leberecht seit der Begegnung mit Michelangelos Jüngstem Gericht umtrieb, hielt ihn gefangen. Gewiß, er konnte es nicht beweisen, aber daß der in dem Fresko verschlüsselte Hinweis dem Buch des Kopernikus galt, daran gab es für ihn keinen Zweifel mehr. Wie er mit Hilfe Diomede Leonis in Erfahrung gebracht hatte, war der Meister beinahe acht Jahre mit dem Gemälde beschäftigt gewesen. Den letzten Pinselstrich hatte er gegen Ende des Jahres 1541 getan, ein Jahr nach dem Erscheinen von Kopernikus' *De astro minante*. Leberecht wollte, er

* Redseliges Geschwätz!

mußte mit Messer Michelangelo reden, er mußte ihm sagen, daß sich dieses Buch in seinem Besitz befand, und ihn fragen, wie er sich verhalten sollte.

Beinahe täglich erkundigte sich Leberecht bei Leoni nach dem Gesundheitszustand des Meisters. Die Nachrichten verschlechterten sich immer mehr. Zwar sei er, so hieß es, vor drei Jahren schon einmal mitten in der Arbeit ohnmächtig geworden, nun häuften sich jedoch diese Ausfälle, und wenn er das Bewußtsein wiedererlange, rede er wirr und orientierungslos. Bei klarem Verstand beschäftigten ihn nur noch zwei Dinge: die Kuppel von St. Peter und der Tod. Was die Kuppel betraf, so habe er ihm und Volterra, seinem zweiten Lieblingsschüler, den heiligen Eid abgenommen, ihre Fertigstellung zu überwachen und nicht die geringste Änderung seiner Pläne zuzulassen. Im Hinblick auf sein Ableben ließ er wissen, es sei ihm gleich, wo man ihn begraben würde; nach seinem Tod sei sowieso alles aus.

Bereits an Lichtmeß hatte Leberecht einmal den Weg zum Macello dei Corvi genommen, wo sich das Haus Michelangelos befand, ein alter Gebäudekomplex inmitten noch älterer Häuser mit einem wuchtigen Turm in der Mitte und Anbauten zu beiden Seiten sowie einem dichten Garten mit Lorbeerbäumen. Keine vornehme Gegend mit wenig vornehmen Menschen, welche sich, wie der Meister einmal beklagte, mit Vorliebe die Freiheit nähmen, vor seine Haustür zu scheißen. Am Haus angelangt, hatte Leberecht jedoch der Mut verlassen, und er war unverrichteter Dinge nach Hause zurückgekehrt.

Mitte Februar berichtete Diomede Leoni, Messer Michelangelo habe wieder einmal wirres Zeug geredet, seinen Spazierstock gefordert, er müsse auf eine lange Reise gehen, und dann habe er Diomede ganz nahe zu sich herangewinkt und ihm zugeflüstert, er solle, so es irgendwie möglich sei, für kurze Zeit den Lauf der Erde anhalten.

Als Leberecht das hörte, ließ er seine Arbeit liegen und hastete, während er sich die passenden Worte für den Meister zurechtlegte, zum Macello dei Corvi. Er wählte eine Abkürzung, verlief sich und als er beim Abendläuten, von der Via Benedetti kommend, sein Ziel erreichte, hatte sich eine große Menschenmenge versammelt. Zu beiden Seiten des Eingangs brannten Fackeln. Frauen knieten auf den Stufen und weinten, und in kürzester Zeit füllte sich der Platz mit Menschen, daß es kaum ein Durchkommen gab.

Unter großer Anstrengung gelang es Leberecht, sich zum Hauseingang vorzudrängen. Da trat ein großer, bärtiger Mann in einem langen schwarzen Mantel und einem dreieckigen Barett, das ihn als Medicus auswies, heraus, heftete ein handgeschriebenes Papier an die Tür und verschwand. Leberecht las die wohlformulierten Zeilen in der geschwungenen Schrift eines Florentiners:

Heute abend verschied zu einem besseren Leben
der ausgezeichnete, wahrhaftig ein Wunder der Natur,

Messer Michelangelo Buonarroti,

im neunzigsten Jahr seines irdischen Daseins,
und da ich ihn mit anderen Doctores, darunter dem hervorragenden Medicus Federigo Donati, behandelt habe
und seine seltenen Tugenden zu schätzen wußte, tue ich seinen
Letzten Willen kund, ihn in Florenz zu bestatten, wo die
Gebeine des größten Mannes, den die Welt hervorgebracht hat,
auf ewig ruhen sollen.
Rom, den 18. Februar, im Jahre des Heils 1564

Gherardo Fidelissimi aus Pistoja
durch Ew. Exzellenz, des Herzogs von Florenz,
Gnade und Liberalitas Doktor der Medizin.

Die Buchstaben verschwammen vor Leberechts Augen. Einen Augenblick kam es ihm vor, als stünde die Erde wahrhaftig still. Aus den oberen Fenstern des quadratischen Turmes drang matter Lichtschein. Klageweiber, die sich von der Straße näherten, die er gekommen war, stießen jammervolle Schreie aus, und immer mehr Menschen stimmten in den Klagegesang ein. Schließlich wurde das Gedränge vor dem Macello dei Corvi so groß, daß Leberecht es vorzog, das Weite zu suchen.

Seit dem Tod seines Vaters Adam, den er geliebt und verehrt hatte, war ihm kein Tod so nahegegangen. Obwohl Leberecht mit Michelangelo nie ein Wort gewechselt hatte, war der Florentiner für ihn ein Idol gewesen, fast so etwas wie ein geistiger Vater, und er fand die Worte des Doktors Fidelissimi nicht übertrieben, Michelangelo sei der größte Mann gewesen, den die Welt hervorgebracht hat. Jetzt machte er sich Vorwürfe, warum er nicht eher den Versuch unternommen hatte, mit dem Meister ins Gespräch zu kommen.

Voll Trauer kehrte Leberecht nach Hause zurück. Dort fand er die zweite Überraschung dieses ereignisreichen Tages vor, diesmal jedoch eine angenehmere: Frater Luitger, der auf der Rückreise von Montecassino in Rom Station machte.

Obwohl ihm nicht zum Scherzen zumute war, konnte Leberecht sich nicht die Frage verkneifen: »Nun, Frater Luitger, habt Ihr Eure heilige Vorhaut abgeliefert?«

Luitger hob den Finger: »Er möge dem Reliquienwesen der heiligen Mutter Kirche mit mehr Ernst begegnen. Im anderen Fall drohen hohe Kirchenstrafen!«

»Jawohl, Herr Großinquisitor!«

Die beiden umarmten sich, und Leberecht berichtete vom Tod des großen Michelangelo, was den Benediktiner jedoch nicht sonderlich anzurühren schien.

Martha trug Wein auf, und Luitger erzählte von seinen Erlebnissen im Kloster Montecassino, das von so unvorstellbarer Größe sei, daß man Gefahr laufe, sich wie ein Beerensammler im Wald zu verlaufen. In der Tat wisse niemand, nicht einmal der Abt, zu sagen, wie viele Zellen, Zimmer und Säle die Abtei in ihren Mauern berge, denn jeder Zählversuch habe bisher ein unterschiedliches Ergebnis erbracht. Und während der Mönch gewohnt heftig dem Wein zusprach, berichtete er in allen Einzelheiten, wie die linke kleine Zehe des in einem Glasschrein bestatteten heiligen Benedikt exzidiert, in Gold gefaßt und an Stelle der Vorhaut unseres Herrn Jesus in seine Kutte eingenäht worden war.

Martha blickte verschreckt auf den Habit des Benediktiners, während Leberecht mit seinen Gedanken ganz woanders war. Luitger kannte Leberecht viel zu gut, als daß er die Geistesabwesenheit seines Freundes nicht bemerkt hätte.

»Dir geht der Tod des Messer Michelangelo ziemlich nahe?«

Leberecht nickte. »Es ist nicht sein Tod allein, der mich bewegt. Ich möchte nicht darüber sprechen.«

Martha verstand die Bemerkung, und unter einem Vorwand verließ sie den Raum.

Eine Weile saßen sich der Mönch und sein Schüler schweigend gegenüber. Einer musterte den anderen, bis Leberecht endlich begann: »Ihr wißt von der Entdeckung des Nikolaus Kopernikus, die er in dem Buch *De astro minante* verbreitet hat.«

»Gewiß. Und die Zeit rückt immer näher.« Luitger schlug ein Kreuzzeichen. »Manchmal frage ich mich, ob das Erdenleben überhaupt noch einen Sinn hat.«

»Ihr redet genau so, wie man es in der Kurie befürchtet, wenn Kopernikus' Forschungsergebnisse bekannt würden.«

»Ist das ein Wunder? Wenn ich der Kirche, der Kurie und dem Papst nicht mehr glauben kann – nun gut, es sind Menschen. Aber wenn ich der Schrift nicht mehr glauben kann, woran soll sich ein frommer Christ dann überhaupt noch halten? Nur gut, daß kaum jemand davon weiß.«

»Das dachte ich auch bis vor wenigen Tagen, doch dann machte ich eine unheimliche Entdeckung, die mich vermuten läßt, daß das Wissen um das nahe Ende der Welt unter Eingeweihten weit verbreitet ist.«

»Unmöglich. Ein paar Benediktinern, einer Handvoll Astronomen mag das Geheimnis bekannt sein. *Sapienti sat.** Aber berichte!«

Leberecht nahm einen tiefen Schluck, als wolle er sich Mut antrinken. Er beugte sich zu Luitger vor, der ihm neugierig gegenübersaß, und fragte leise: »Sagt mir ehrlich, würdet Ihr für möglich halten, daß Michelangelo Buonarroti, Gott sei seiner Seele gnädig, von der Prophezeiung gewußt hat?«

»Michelangelo? Soweit mir bekannt ist, war er ein Bildhauer, Maler, Baumeister und Dichter. Er hat sich weder als Astronom noch als Theologe betätigt. Wie sollte er von solchen Dingen Ahnung haben?«

Die abfälligen Worte seines Lehrmeisters, aus denen hervorging, daß er Michelangelos Wirken nicht gerade hoch einschätzte, machten Leberecht zornig und er ereiferte sich: »Da unterschätzt Ihr den Meister gewaltig, Frater Luitger. Michelangelo war nicht irgendein Künstler, der irgendwelche Bilder malte, irgendwelche Statuen schuf, irgendwelche Kirchen baute und irgendwelche Gedichte schrieb, er war von allen der Größte. Er malte wie Leonardo, schuf Statuen, die eines Phidias würdig sind, baute Kirchen wie der unsterbliche Brunelleschi, und seine Gedichte sind denen Dantes ebenbürtig. Glaubt Ihr, einer wie er wäre nicht in der Lage, sich der Nachwelt mitzuteilen?«

»Mein Freund, du sprichst in Rätseln.«

* Für den Kundigen [ist] genug [gesagt]. (nach Plautus)

»Dann will ich deutlich werden. Seit geraumer Zeit, seit ich am Dombau von St. Peter tätig bin und einmal aus der Ferne Michelangelo sah, trieben mich wirre Gedanken an einen Ort, der dem einfachen Christenmenschen gewöhnlich verschlossen bleibt. Es ist jene Kapelle, die von Papst Sixtus ihren Namen hat und die der Bezeichnung Kapelle in keiner Weise gerecht wird, weil sie manche Pfarrkirche nördlich der Alpen an Größe weit übertrifft. Um genau zu sein, war es nicht die Kapelle an sich, die mich so magisch anzog wie die Sünde den Teufel, sondern das große Fresko des Messer Michelangelo, das Jüngste Gericht. Ich ruhte nicht eher, bis ich mit Hilfe Carvacchis und eines befreundeten Kardinals, der sich später eher als hinderlich herausstellte, in das geheimnisvolle Reich Einlaß fand.«

»Geheimnisvoll? Was ist geheimnisvoll an dieser Kirche? Ich meine, wenn du willst, birgt jede Kirche ein Geheimnis, und sei es die Reliquie eines Heiligen unter dem Altarstein.«

»Das ist wohl wahr, Frater Luitger; doch das Jüngste Gericht enthält eine Botschaft, unkenntlich für den oberflächlichen Betrachter, verborgen in der Melancholie stumpfer Farben. Ich bin sicher, bisher fand kein *Pontifex maximus* Zugang zu dieser Botschaft, sonst hätten sie den Meister längst gezwungen, den Hinweis zu übermalen.«

»Und in welche Allegorie hat Michelangelo das *Astrum minax* gekleidet?«

»Der Meister stattete die Posaunenengel, die zum Jüngsten Gericht blasen, mit *zwei* Büchern aus. Das eine ist zweifellos die Heilige Schrift, in der von der Erschaffung der Erde die Rede ist, was aber steht in dem zweiten Buch?«

Luitger nickte mit dem Kopf, und richtete den Blick zur Decke, wie er es zu tun pflegte, wenn er nachdachte. Doch Leberecht kam ihm in seiner Erregung zuvor: »In dem zweiten Buch muß das Ende der Welt beschrieben sein, wie es Kopernikus erforscht hat. Hätte er der Heiligen Schrift geglaubt, dann hätte er nur *ein* Buch gemalt; denn die Bibel beschreibt Anfang und Ende dieser Welt in einem einzigen Buch.«

»Aber mit welcher Absicht«, fragte Luitger, »sollte Michelangelo in seinem Fresko dergleichen verewigt haben?«

»Der Meister war nicht gerade ein Freund der Päpste, von denen neun ihn gequält und geknechtet haben.«

*»De mortuis nil nisi bene!«**

»Ich spreche nicht schlecht über Michelangelo!«

»Und ich rede von den Päpsten!«

Leberecht machte eine abfällige Handbewegung, als wollte er sagen: Hör mir auf mit den Päpsten!

Frater Luitger fuhr schließlich fort: »Wie dem auch sei und was immer Michelangelo gewußt haben mag, er hat sein Geheimnis mit ins Grab genommen.«

Leberecht stützte den Kopf in beide Hände, dann antwortete er im Ton völliger Verzweiflung: »Glaubt mir, ich habe mir den Kopf zermartert, ich leide Höllenqualen, seit ich das apokalyptische Wissen des Meisters kenne.«

»Aber du wußtest doch schon vorher von dem *Astrum minax!*«

»Ja, gewiß. Aber ich dachte wie Ihr; ich ging davon aus, ich sei einer der wenigen auf dieser Erde, die davon Kenntnis hatten. Das hätte mir ungeheuere Macht und Möglichkeiten verliehen – wenn Ihr versteht, was ich meine.«

»Tut mir leid, ich kann dir nicht folgen.«

Leberecht erhob sich umständlich, ging um den Tisch herum und nahm auf dem Stuhl neben dem Benediktiner Platz. Dann sah er ihn mit festem Blick an und sagte: »Frater Luitger, ich habe Euch nicht die volle Wahrheit gesagt, als ich meine Absicht bekanntgab, Euch nach Rom zu begleiten. Ich mußte mit Martha

* Über Tote [soll man] nur Gutes [sagen]!

vor den Schergen des Fürstbischofs fliehen, gewiß, aber darüber hinaus verfolgte ich noch ein anderes Ziel ...«

Frater Luitger lauschte Leberechts Rede mit großer Neugierde; er sah das zornige Funkeln in seinen Augen und ahnte nichts Gutes.

»Ich will«, fuhr Leberecht fort, »daß das Heilige Offizium das Ketzerurteil gegen meinen Vater Adam revidiert; daß ihm postum die Ehre zuteil wird, die seinem Andenken gebührt, versteht Ihr?« Seine Stimme klang schrill in der plötzlichen Stille.

Mein Gott, Leberecht, wollte Luitger erwidern, dein Vater ist seit zehn Jahren tot, und beim Heiligen Offizium hat man den Namen Adam Hamann noch nie gehört! Aber der Mönch hielt sich zurück; er sah, daß Leberecht von seiner Idee besessen war und daß er um die Ehre seines Vaters kämpfen würde. Aber er kannte auch die Unnachsichtigkeit der päpstlichen Inquisition, welche noch nie in dreihundert Jahren ein Urteil revidiert hatte, und er antwortete: »Ich verstehe dich ja, mein Sohn. Ich weiß, die Inquisition hat deinem Vater übel mitgespielt; aber glaube mir, eher wird der Papst protestantisch, als daß vom Heiligen Offizium ein Ketzerurteil aufgehoben wird.«

Leberecht war aufgestanden; er wirkte verstört und wütend wie ein Kind, das die Welt nicht versteht, und begann nun, mit verschränkten Armen hinter Luitger auf und ab zu gehen. Der Mönch kannte Leberecht als besonnenen und hochbegabten Menschen, doch wie er Leberecht jetzt reden hörte und wenn er seine Mimik beobachtete, dann mußte er sich fragen, welcher Wandel in seinem Schützling von einst vorgegangen war. Oder sollte er sich von Anfang an in Leberechts Charakter getäuscht haben, ja, verbarg sich hinter dem edlen Geist, für den er ihn bisher gehalten hatte, etwa ein teuflischer Sektierer und Weltverbesserer?

Plötzlich, als habe er einen quälenden Entschluß gefaßt, trat

Leberecht vor Luitger hin. »Ihr haltet mich vielleicht für einen Verblendeten. Das macht mir nichts aus, obwohl mir gerade Eure Zustimmung am Herzen läge. Jedenfalls werde ich die Kurie zwingen, das Inquisitionsverfahren gegen meinen Vater Adam neu aufzurollen.«

»Und wie willst du das anstellen?« Luitger hatte Mühe, die Fassung zu wahren.

»Nun, dem Fürstbischof war das geheime Buch des Kopernikus immerhin so viel wert, daß er über seinen eigenen Schatten sprang und die Asche meines Vaters Adam bestatten und ihm ein – wenn auch anonymes – Grabmal errichten ließ. Er handelte im Auftrag der Kurie – erfolglos, wie sich wohl inzwischen herumgesprochen hat. Denn einmal im Besitz dieses Buches, hätten Fürstbischof und Kurie all ihre Versprechen vergessen, und ich hätte nichts erreicht.«

»Leberecht, was hast du vor?« Frater Luitger wurde unruhig.

»Nun ja, wenn Ihr hört, daß ein harmloser Komet am Himmel, der alle hundert Jahre wiederkehrt, die Kurie ins Wanken bringt, nur weil er einen leuchtenden Sternenschweif hinter sich herzieht, daß er Papst und Kardinäle veranlaßt, in Endzeitstimmung zu leben, zu fressen, zu saufen und zu huren, weil jeder Tag der letzte sein könnte, dann wißt Ihr auch, welche Macht in dem Kopernikus-Buch steckt, in welchem der Meister aufs Haar genau vorrechnet, wann das *Astrum minax* mit der Erde zusammenstößt.«

»Da gebe ich dir durchaus recht, doch die Herren Kurienkardinäle und Inquisitoren werden dich nicht ernst nehmen und dich einsperren. Du hast keine Beweise für den Fluch des Kopernikus. Der einzige Beweis liegt in der Bibliothek auf dem Michelsberg.«

Da entstand eine endlos lange Pause, und Luitger glaubte schon, er habe Leberecht endlich mit seinen Worten überzeugt;

doch als er den jungen Mann ansah, da verwandelte sich dessen wohlgestaltetes Gesicht mit einem Mal, in Sekunden, zu einer grinsenden Fratze, und seine Augen flackerten unruhig und gefährlich wie das höllische Feuer und er rief triumphierend: »Das glaubt Ihr, Frater Luitger, und Euer Abt und der Fürstbischof, der Inquisitor und die Rotröcke der Kurie. In Wahrheit befindet sich die Schrift des Kopernikus hier in Rom. Ich, Leberecht Hamann, Sohn des verewigten Adam Friedrich Hamann, dem die heilige Mutter Kirche die letzte Ehre verweigert und das fromme Andenken geraubt hat, habe sie hierhergebracht!« Dabei tanzte er wie ein wildgewordener Faun von einem Bein auf das andere.

Luitger traf diese Eröffnung wie ein Keulenschlag. »Das ist nicht wahr«, stammelte er, »das glaube ich nicht; denn das würde bedeuten, daß du das Buch während unserer gemeinsamen Reise im Gepäck hattest, und ich habe dir sogar noch geholfen, es über alle Landesgrenzen zu bringen.«

»Dafür danke ich Euch!« krähte Leberecht, und wie der Wind war er aus dem Salon entwischt und im Haus verschwunden.

Luitger glaubte, er würde mit dem geheimnisvollen Buch zurückkehren, aber als Leberecht erschien, trug er den Benediktinerhabit in Händen, der ihm bei seiner Flucht so nützlich gewesen war. »Sagt dem Abt meinen Dank. Als Mönch reist man eben doch sicherer.«

Inzwischen hatte der Benediktiner seine Fassung zurückgewonnen, und er herrschte Leberecht an: »Wo hast du das Buch versteckt?«

Leberecht grinste: »Dort, wo es nicht einmal die allwissenden Herren der Kurie vermuten.«

»Du hast mein Vertrauen mißbraucht«, sagte der Frater leise. »Das hätte ich nicht von dir gedacht. Jetzt wird man mich zuallererst verdächtigen.«

»Niemand wird Euch verdächtigen«, erwiderte Leberecht.

»Dazu gibt es überhaupt keinen Grund. Ich bin sicher, auf dem Michelsberg hat man den Verlust des Buches noch gar nicht bemerkt.«

Frater Luitger wußte, daß es sinnlos sein würde, Leberecht zur Rückgabe des Buches zu bewegen. Was sollte er tun? Er nahm die Ordenstracht und machte Anstalten, sich zu erheben. Er wollte die Nacht im Kloster auf dem Aventin verbringen und morgen nach einer Fahrgelegenheit in die Republik Siena oder das Herzogtum Florenz Ausschau halten.

»Und was hast du jetzt vor?« fragte er, schon im Gehen begriffen.

Leberecht gab keine Antwort.

Martha trat hinzu, um sich zu verabschieden. Sie reichte Luitger beide Hände und drückte ihm dabei einen Beutel mit Geld in die Hand.

Ein letzter Blick zu Leberecht, dann warf Frater Luitger den Beutel auf den Boden und verschwand in der Dunkelheit.

KAPITEL X

Mord und Verführung

Luitgers feindseliger Abschied hinterließ bei Leberecht eine tiefere Wunde, als es zunächst den Anschein hatte. Schließlich verdankte er dem Benediktiner viel, einen großen Teil seiner Bildung und letztendlich die gelungene Flucht zusammen mit Martha. Deshalb suchte Leberecht am nächsten Morgen den Weg zum Kloster der Benediktiner auf dem Aventin. Er wollte sich mit Luitger aussöhnen, auch wenn er nicht bereit war, das Versteck des Kopernikus-Buches zu verraten. Von der Tiberinsel flußabwärts gelangte Leberecht vorbei an Santa Sabina und Santa Maria in Aventino zum Eingang des Klosters, wo ein bärtiger Frater Wache hielt.

Seinem Wunsch, Frater Luitger zu sprechen, so er sich noch in den Mauern des Klosters aufhalte, begegnete der Pförtner schweigend, dann erschien er in der Tür, und mit einer Bewegung des Kopfes forderte er Leberecht auf, ihm zu folgen. Ohne auch nur ein Wort zu wechseln, durchquerten sie den Kreuzgang bis zu einer abseits gelegenen Tür. Leberecht trat ein.

Das Bild, das sich ihm bot, war geeignet, ihm den Verstand zu rauben. Zwei Mönche beteten, eingerahmt von hohen brennenden Kerzen, vor einem Bett. Auf dem Bett lag Luitger mit eingeschlagenem Schädel.

»Mein Gott!« flüsterte Leberecht und preßte beide Hände vor den Mund. »Was ist geschehen?«

Während der eine Benediktiner unbeeindruckt von Leberechts Frage die Lippen im Gebet bewegte, wandte sich der andere dem unerwarteten Besucher zu und fragte: »Wer seid Ihr, und was habt Ihr mit unserem Bruder zu schaffen?«

Leberecht erklärte, daß er mit Luitger zusammen nach Rom gereist sei und daß sie eine jahrelange Freundschaft verbinde, seit der Mönch ihn in den alten Sprachen und der griechischen Philosophie unterrichtet habe. »Was ist geschehen?« wiederholte Leberecht eindringlicher als zuvor.

Der Benediktiner, der sich als Abt Cosmas zu erkennen gab, ging nicht auf die Frage ein. Er trat zu einem Stuhl an der kahlen Seitenwand, auf dem eine blutverschmierte Rechenscheibe aus Messing lag. Das kreisrunde Gebilde war aus mehreren konzentrischen Kreisen zusammengesetzt und mit einem Gewirr aus Ziffern und Sternzeichen wie ein Astrolabium. Der Abt gab ihm die blutige Scheibe in die Hand. »Kennt Ihr die Bedeutung dieser Gerätschaft?«

Leberecht hielt das wissenschaftliche Instrument mit spitzen Fingern. Sternzeichen, Mondphasen und Sonnensymbole ließen keine Zweifel an seiner Verwendung. »Ja, natürlich«, erwiderte Leberecht, »mit Hilfe dieser Scheibe kann man den Lauf der Gestirne berechnen. Aber Ihr habt meine Frage noch nicht beantwortet.«

Abt Cosmas nahm ihm die Scheibe aus der Hand, dann erwiderte er ohne Rührung: »Die sterbliche Hülle unseres Konfraters wurde heute morgen in der Via Sabina nahe dem Eingang zum Kloster gefunden. Frater Luitger fiel einem Verbrechen zum Opfer. Er hielt im Tode diese Scheibe umklammert. Und was uns ein weiteres Rätsel aufgibt: Neben ihm lag eine Benediktinerkutte, viel zu eng und zu lang für seine eigenen Bedürfnisse.«

Was die Kutte betraf, so kannte Leberecht die Herkunft sehr wohl, doch er hielt es für angebracht zu schweigen. Das Astrolabium hingegen war auch für ihn ein Rätsel.

»Wir alle sind Sünder«, bemerkte Abt Cosmas unvermittelt. »Gott sei seiner armen Seele gnädig.«

Mit gefalteten Händen dachte Leberecht nach, was der Abt wohl meinte; doch er war zu verwirrt, um einen klaren Gedanken zu fassen. Das einzige, was ihm in den Sinn kam – und das wirkte, bei allem Ernst der Situation, in gewisser Weise komisch –, war die kleine Zehe des heiligen Benedikt, die Luitger eingenäht unter seiner Albe trug. Das Geschäft mit Reliquien war eines der einträglichsten der Zeit. Deshalb erkundigte er sich, ob in der Ordenstracht des toten Fraters Luitger nach der aus Montecassino stammenden Reliquie des heiligen Benedikt gesucht worden sei.

Das versetzte den Abt, der offenbar von Luitgers Mission keine Ahnung hatte, in sichtliche Unruhe, und er machte sich in ungehöriger Weise an den Beinkleidern des Konfraters zu schaffen, bis er in Kniehöhe fündig wurde und rief: »Hier ist etwas, ich fühle es ganz deutlich.« Unter Zuhilfenahme seiner grauschimmernden Zähne zerriß er eine Naht und zog ein goldenes Döschen hervor, das Leberecht nicht unbekannt war, weil es bereits dem allheiligsten Praeputium als Behältnis gedient hatte.

Weit mehr als das Ableben des Bruders schien den Abt auf einmal die unverhoffte Erscheinung der kleinen Zehe des Ordensgründers zu bewegen, und auch der betende Konfrater unterbrach seine Andacht, machte einen Kniefall vor dem Reliquiar und neigte den Kopf so tief, daß er beinahe den Boden berührte und wisperte immer wieder: *»Sancte Benedicte, ora pro nobis!«**

Währenddessen hielt Leberecht den Blick auf den eingeschla-

* Heiliger Benedikt, bitte für uns!

genen Schädel Luitgers gerichtet. Er fühlte sich elend, und es war ihm ein Bedürfnis zu weinen; er hatte einen Freund verloren, wenn auch ihre Freundschaft eine zweispältige war. Doch Leberecht fand keine Tränen.

Abt Cosmas tat aufgeregt wie der Apostel, dem der Herr erschienen war, und verkündete, zum *Angelus* würde das Reliquiar in der Klosterkirche zur Anbetung ausgesetzt – so drückte er sich aus. Leberechts Frage, ob er das blutverschmierte Astrolabium an sich nehmen dürfe, maß er keine Bedeutung zu, und er bejahte.

Im Laufschritt legte Leberecht den Weg zurück, den er gekommen war. Die Häuser verschwammen vor seinen Augen; denn nun weinte er hemmungslos wie ein Kind. Er machte sich Vorwürfe, daß er sich von Luitger im Streit getrennt, daß er ihn nicht bis zum Morgen zurückgehalten hatte. In der Dunkelheit wimmelte es in Rom von Strauchdieben und Totschlägern, und der Müllabfuhr kam es zu, an jedem Morgen die Leichen einzusammeln, welche die Nacht auf den Straßen zurückgelassen hatte.

Leberechts erster Gedanke war, Albani um Rat zu fragen, doch der Professore hatte sein Haus in der Via Giulia bereits verlassen. Von Francesca erfuhr er, daß er sich zur Sapienza begeben habe. Also folgte ihm Leberecht zur Universität, einem wuchtigen Bauklotz mit endlosen Korridoren, die wie alle Gänge, in denen das Wissen zu Hause ist, einen schneidenden Geruch verströmten.

Wie es einem Astronomen und Sterndeuter zukam, lag Albanis Laboratorium im obersten Stockwerk unter dem Dach. Breite Fenster wiesen nach Norden. Die Ausmaße des Raumes waren nicht gering, doch hunderterlei Gerätschaften, Sternbahnenmodelle, Karten, Tabellen und ein mannshoher Himmelsglobus in der Mitte gaukelten eine Beengtheit vor, die nur noch von der beklemmenden Atmosphäre übertroffen wurde, welche in diesem geheimnisvollen Reich der Sterne herrschte.

Die Gelehrten der Naturwissenschaften, der Rechenkunst und Medizin – von der Theologie ganz zu schweigen – verfolgten Albanis Himmelstheater unter dem Dach mit Argwohn, ja mit Sorge, und nur seine Drohung, den Kalender der nächsten zehn Jahre so zu berechnen, daß Christi und Mariä Himmelfahrt auf denselben Tag fielen, hatte ihn unter Paul IV. vor der Inquisition bewahrt.

Als Leberecht die Tür öffnete, mußten sich seine Augen zuerst an das gelehrte Chaos gewöhnen, das – wie Albani zu sagen pflegte – ein Abbild jener komplexen Ordnung darstellte, die im Weltall herrschte und auf wundersame Weise den Lauf der Gestirne steuerte. Dann erkannte er hinter einem Stehpult den Professore.

»Was kann ich für Euch tun?« fragte dieser verwundert, als er Leberecht wahrnahm.

Leberecht hielt Albani das blutige Astrolabium entgegen. Der erschrak. »Wo habt Ihr das her?«

»Frater Luitger ist tot«, sagte Leberecht, ohne auf die Frage des Professore einzugehen.

»Luitger, unser Reisebegleiter? Ich kann es nicht glauben.«

Da berichtete Leberecht von den Geschehnissen auf dem Aventin und daß Luitger im Tod dieses Astrolabium umklammert gehalten habe.

Albani wischte sich mit der Hand über die Stirn. »Beim gespaltenen Schwanz des Teufels, was hatte Frater Luitger damit zu tun?«

»Womit zu tun? Ich verstehe Euch nicht, Professore.«

Albani faßte Leberecht am Arm und drängte ihn nach hinten, in eine Nische des Laboratoriums. Erst jetzt bemerkte dieser, daß sie in dem Chaos nicht allein waren, sondern daß ein halbes Dutzend emsiger Studiosi an verschiedenen Objekten und Tafeln beschäftigt war.

»Hört zu«, begann Albani, »in den letzten Jahren sind in Rom drei Sterndeuter auf grausame Weise ermordet worden, einer wurde an Händen und Füßen gefesselt von der Engelsburg gestürzt; der zweite trieb mit den Füßen nach oben im Tiber, weil in seinem Kopf ein Eisenspeer steckte; der dritte wurde in der Mitte zweigeteilt auf dem Pincio gefunden. Alle drei hatten zwei Gemeinsamkeiten, sie beschäftigten sich mit Sternenkunde, und bei ihren Leichen fand man ein Astrolabium wie dieses.«

»Ich hatte so eine Ahnung«, erwiderte Leberecht mit einem Blick auf das Instrumentarium. »Aber Luitger war kein Sterndeuter, glaubt mir, Professore. Das Astrolabium in seinen Händen soll eine Warnung sein oder ein Hinweis auf die grausamen Mörder!«

»Keine Frage, es ist, wie Ihr sagt. Nur – was machte den Benediktiner für gewisse Leute so gefährlich, daß sie ihm nach dem Leben trachteten? Ihr kanntet ihn besser, junger Freund. Habt Ihr einen Verdacht?«

Leberecht hielt den Blick auf das große Astrolabium gerichtet, ein hohles Instrumentarium aus zahllosen Kreisen, Bändern, Skalen und Ringen, auf denen geheimnisvolle Fabelwesen angebracht waren, eine Wasserschlange mit Menschenkopf und Armen und der Aufschrift »Aquarius«, ein »Capricornus« betiteltes Wesen mit dem Vorderteil eines Steinbocks und dem Hinterteil eines Fisches sowie ein Schütze, genannt »Sagittarius«, der den Pfeil gerade auf den Betrachter richtete.

»Ich kannte ihn seit zehn Jahren«, erwiderte Leberecht, »das ist eine lange Zeit, könnte man meinen, und doch ist es zuwenig, um mit einem Menschen wirklich vertraut zu sein. Luitger war klug und gescheit und hat mir viel von seinem Wissen vermittelt. Im übrigen führte er eine Art Doppelleben. Er war Benediktiner, fromm und gottesfürchtig, aber er war auch Humanist und schätzte die Werke der alten Philosophen höher als das Neue Testament, von dem er sagte, unser Herr Jesus würde herzlich lachen, wenn er es läse, vorausgesetzt, man übersetzte es ins Aramäische, denn des Lateinischen war er wohl nicht kundig. Er führte ein klösterliches Leben und ein profanes außerhalb der Mauern, doch darüber sprach er nie. Kennengelernt habe ich ihn in einer Kaschemme, wo in der Hauptsache Künstler verkehrten, als Gelehrte verkleidet. Warum hat man ihm das angetan?«

»Des Nachts«, begann Albani vorsichtig, »gehen in Rom die Dominikaner um. Die Herren Inquisitoren wissen längst, daß ihr Nutzen für die Kirche weit geringer ist als der Schaden, den sie mit ihren Schandurteilen anrichten. Deshalb haben sie eine *Secunda potestas** aufgestellt, eine Geheimtruppe, welche unliebsamen Kritikern der Kirche, die sie Ketzer nennen, den Krieg erklärt hat und im Dunkel ihr Unwesen treibt.«

»Aber welches Motiv könnte die *Secunda potestas* gehabt haben, Frater Luitger zu ermorden?«

»Vielleicht trug er etwas bei sich, das der Inquisition ein Dorn im Auge war?«

»Luitger befand sich auf der Rückreise von Montecassino und hatte eine Reliquie in seiner Kutte, die kleine Zehe des Heiligen Benedikt, ein reguläres Tauschgeschäft gegen ein anderes Reliquiar.«

»Das kann es nicht gewesen sein, was die Inquisition zu ihrem Todesurteil veranlaßt hat.« Albani strich sich um das Kinn und dachte nach. »Und Ihr seid sicher, daß der Benediktiner sich nie mit Sternenkunde beschäftigt hat?«

* Zweite Gewalt

»Ganz sicher. Warum fragt Ihr, Professore?«

»Der Tod der drei Astronomen ist natürlich kein Zufall. Ich habe lange darüber nachgedacht, vor allem über die Astrolabien, die bei den Toten gefunden wurden.«

»Wozu dient ein Astrolabium; ich meine, vorausgesetzt man beherrscht seine Anwendung?«

Albani drehte die blutverschmierten Kreise und Winkel des Instrumentariums in seinen Händen. »Mit Hilfe dieses Gerätes ist es möglich, astronomische, aber auch astrologische Aufgaben zu lösen, bestimmte Daten zu errechnen und – so Ihr daran glaubt – die Zukunft vorherzusagen. Ihr glaubt doch an die Astrologie?«

»Gewiß«, erwiderte Leberecht ohne rechte Überzeugung, aber er brauchte Albanis Vertrauen, wenn er in dieser Sache weiterkommen wollte, und er wußte, daß der Professore der Astrologie hohe Bedeutung beimaß.

»Daß ich selbst ein Jünger jener Lehre bin, welche das Schicksal der Menschen aus der Stellung der Gestirne deutet«, murmelte Albani hinter vorgehaltener Hand, »muß ich Euch nicht erklären. Ich tue diese Arbeit heimlich, jedenfalls hänge ich sie nicht an die große Glocke wie jene drei Sterndeuter, die von der Inquisition gemeuchelt wurden.«

Leberecht sah Albani mit großen Augen an. »Vielleicht liegt darin das Motiv für ihre Ermordung verborgen?«

Der Professore wiegte den Kopf hin und her. »Ich habe alle möglichen Dinge in Erwägung gezogen, aber ich bin zu keinem Ergebnis gekommen. Gäbe es wirklich einen Zusammenhang zwischen den mysteriösen Morden und der Astrologie, dann dürfte *ich* schon lange nicht mehr leben; doch wie Ihr seht, stehe ich leibhaftig vor Euch.« Albani lachte, aber sein Lachen klang bitter. Schließlich meinte er resigniert: »Und dieser neueste Fall mit Eurem Freund, dem Benediktiner, der macht alles nur noch verwirrender.«

»Es sei denn ...« Leberecht machte eine Pause, dann begann er von neuem: »Kanntet Ihr den Astronomen und Sterndeuter Nikolaus Kopernikus aus dem Herzogtum Preußen?«

Albani schmunzelte verlegen: »Zu meinem Leidwesen, nein. Aber sein Werk *De revolutionibus orbium coelestium* ist jedem Astronomen ein Begriff.«

»Und die ermordeten Sterndeuter?«

»Ich verstehe nicht!«

»Kannten *sie* Kopernikus?«

»O ja. Alle drei waren, soweit mir bekannt ist, mit Kopernikus befreundet seit ihren gemeinsamen Studien in Padua und Ferrara. Einer von ihnen half ihm sogar bei der Einrichtung eines Observatoriums auf dem Domturm von Frauenburg. Ja, sie kannten ihn alle. Aber was hat das mit ihrer Ermordung zu tun? Kopernikus war ein gottgefälliger Mann, sogar Doktor des Kirchenrechts und Bistumsverwalter; er übte bestimmt keinen schlechten Einfluß auf seine Freunde aus.«

Leberecht empfand Unbehagen bei dem Gespräch, weil er Zusammenhänge erkannte, die Professore Albani verborgen blieben. Am betrüblichsten erschien ihm in dieser Situation jedoch, daß Frater Luitger offensichtlich einem Irrtum der Inquisition zum Opfer gefallen war. Denn in Anbetracht der Umstände war zu vermuten, daß irgendwie – sei es durch Zufall oder auf Betreiben des Fürstbischofs – das Fehlen des Kopernikus-Buches auf dem Michelsberg entdeckt worden war, und wie es schien, hatte man Luitger verdächtigt. Was Leberecht betraf, so mußte er umgehend handeln, wollte er nicht das nächste Opfer der Dominikaner sein.

Michelangelos Tod hatte die Stadt und das ganze Land in tiefe Trauer gestürzt. Erst jetzt, da der Meister nicht mehr lebte, erkannten viele sein überragendes Genie, das der Menschheit die bedeutendsten Kunstwerke seiner Epoche geschenkt hatte.

Dem testamentarischen Wunsch des Florentiners, in seiner Heimatstadt bestattet zu werden, widersetzten sich die Römer mit Entschiedenheit, und die Wachen an den Toren wurden angewiesen, einem Trauerzug mit der Leiche Michelangelos die Ausreise zu verwehren. Die einen waren der Meinung, man solle den Meister im Pantheon zur letzten Ruhe betten, die anderen hielten St. Peter für angemessen; da griff Gherardo Fidelissimi, der aus Florenz entsandte Medicus der letzten Stunde, zu einer List. Während Künstler und Gelehrte, eine Abordnung der Kurie und seine Mitarbeiter und Freunde in der Kirche Santi Apostoli zu einer Trauerfeier zusammenkamen, wurde der tote Michelangelo in seinem Hause mit einem Stoffballen umwickelt, zusammen mit anderen Stoffen auf einen Leiterwagen geladen und so, als Handelsware deklariert, aus Rom nach Florenz geschafft, wo er, drei Wochen nach seinem Tod eintraf und in Santa Croce beigesetzt wurde.

Der Florentiner Medicus tat gut daran sich aus dem Staub zu machen; denn der Zorn der Römer über das Schelmenstück war unbeschreiblich. Als Carvacchi davon hörte, forderte er allen Ernstes, der Papst als Oberhaupt des Kirchenstaates solle dem Herzog von Florenz den Krieg erklären, denn Michelangelo, der die wichtigsten dreißig Jahre seines Lebens in Rom verbracht habe, müsse in Rom bestattet werden; angebliche anders lautende Wünsche des Meisters entsprächen nicht der Wahrheit.

Mit seiner Forderung blieb Carvacchi jedoch allein. Dafür gelangte der Meister als Nachfolger des Florentiners zu allerhöchsten Ehren, nämlich zum Titel des Dombaumeisters von St. Peter, mit dem Pius IV. Carvacchi vor allem deshalb bedachte, weil er fürchtete, kein anderer als er könnte Michelangelos Kuppel in den geplanten Ausmaßen vollenden. Der Papst bedachte ihn persönlich mit seinem allergnädigsten Segen und einem generellen Ablaß aller Sündenstrafen im Jenseits, wie er für gewöhnlich nur Pilgern ins Heilige Land zuteil wurde. Den Meister veranlaßte das gegenüber Leberecht zu der Bemerkung, zwar könne er sich davon nichts kaufen, doch sei dies immerhin ein erster Schritt zur Heiligkeit.

Professore Albanis Eröffnung hatte Leberecht so verwirrt, daß er in den folgenden Tagen Mühe hatte, klare Gedanken zu fassen und zu einem Entschluß zu kommen, was in der gegenwärtigen Situation zu tun sei. Er wußte nur, daß er handeln mußte, bevor er selbst den Nachstellungen der dunklen Dominikaner-Clique erlag.

Martha, der das stumme Verhalten des Geliebten nicht verborgen blieb, versuchte vergeblich zu ergründen, was Leberecht quälte; der aber schwieg – er schwieg bis zu jenem Tag, an dem er von der Dombauhütte nach Hause zurückkehrte und Martha weinend im verwüsteten Haus vorfand. Stockend und unter Tränen berichtete sie, sie habe am Vormittag das Haus verlassen, um zusammen mit Tullia Einkäufe zu besorgen. Bei ihrer Rückkehr fand sie die Tür erbrochen, das Mobiliar umgeworfen, Schränke und Betten durchwühlt, doch das Seltsame sei, es fehle nichts.

»Hat es mit dem geheimnisvollen Buch zu tun?«

Leberecht nickte.

»So gib Ihnen doch das verfluchte Druckwerk, an dem nur Blut klebt. Es ist wie ein Fluch, der uns überall hin verfolgt. Solange du das Buch in deinem Besitz hast, werden wir niemals Ruhe finden.«

Leberecht nahm Martha in die Arme, er drückte sie an sich und sagte: »Nein, Martha, es ist umgekehrt, solange sich das Buch des Kopernikus in unserem Besitz befindet, so lange brauchen wir uns nicht zu fürchten; denn sie werden alles tun, um in den Besitz des Buches zu kommen.«

»Es befand sich also gar nicht mehr hier im Haus?«

»Nein«, erwiderte Leberecht. »Bitte frage mich nicht, wo ich es versteckt habe; es würde dich nur belasten.«

In dieser Nacht erzählte Leberecht Martha über den Inhalt des Buches vom Ende der Welt, welches Kopernikus vorausberechnet hatte und das so ganz anders sein würde wie jenes, welches die Schrift prophezeite, und daß er nur ein Ziel kannte, mit Hilfe dieses Buches die Ehre seines Vaters Adam wieder herzustellen.

Über dem Quirinal graute bereits der Morgen, als Leberecht zum Ende kam.

Erschüttert und übermüdet saß Martha auf einem Kissen zusammengesunken. Sie faltete die Hände, aber nach Beten war ihr nicht zumute, sie wußte überhaupt nicht, wonach ihr zumute war, ihr erschien alles so sinnlos.

»Dann erübrigt es sich doch, bei St. Peter auch nur einen Stein auf den anderen zu setzen«, sagte Martha fragend.

Leberecht hob die Schultern. »Auch Messer Michelangelo wußte, was der Menschheit bevorsteht, und dennoch schuf er die größten Kunstwerke. Warum? Im menschlichen Geist ist der natürliche Widerstand vorhanden, sein Ende zu akzeptieren. Das ist die Chance aller Religionen, allen voran des Christentums.«

»Und dieser Kopernikus ist glaubhaft? Ich meine, er könnte sich doch verrechnet haben ...«

»Das ist der fromme Wunsch und die Hoffnung aller, die davon wissen. Aber seit zwanzig Jahren rechnen die bedeutendsten Mathematiker an dem Problem, und bisher ist es keinem gelungen, Kopernikus zu widerlegen. Wäre es geglückt, hätte die Kurie an dem Buch kein Interesse mehr. Das Unglück für die Menschheit ist unser Glück, verstehst du?«

Martha starrte vor sich hin ins Leere. Was Leberecht ihr soeben erklärt hatte, überstieg ihr Begriffsvermögen. Ein Leben auszulöschen war die einfachste Sache der Welt, das hatte sie die Vergangenheit gelehrt, aber die Welt auszulöschen ... Leberechts Vorstellung, das Heilige Offizium mit Hilfe des Kopernikus-Buches zu erpressen, mochte anfangs ein Traum, eine Wunschvorstellung gewesen sein, die zur Besessenheit geworden war. Aber nachdem er den Ernst seiner Lage auch an diesem Ort, fernab des ursprünglichen Geschehens, erkannt hatte, war es vielleicht wirklich seine einzige Chance, selbst am Leben zu bleiben.

Seit langem schon hatte sich Leberecht mit den Umtrieben der Inquisition beschäftigt, die sich in einem kantigen, abweisenden Gebäude verschanzt hielt, so kantig und abweisend wie die Beschlüsse, die hier gefaßt wurden. Einmal war er sogar, ohne es zu ahnen, dem Großinquisitor, Fra Michele begegnet, einem glatzköpfigen Dominikaner mit dickem Bauch und krausem Backenbart, wie Pius IV. ihn trug. Zu seinem Erstaunen hatte er sich für die Bauarbeiten von St. Peter interessiert – höchst ungewöhnlich für einen Inquisitor. Denn anders als der *Pontifex maximus*, der beinahe täglich zu Fuß oder zu Pferd durch Rom ritt, leutselig mit jedermann über das Wetter oder die Heiligen plauderte, galt Fra Michele als ein Mann eisiger Kälte und Reserviertheit, und für gewöhnlich betrachtete er es als Zumutung, wenn sich ein Fremder ihm überhaupt näherte. So nahm es nicht wunder, daß Pius IV. Fra Michele und die durch ihn verkörperte Inquisition nicht mochte. Der Papst nahm an keiner einzigen Verhandlung teil, wagte andererseits aber auch nicht, an dieser Institution zu rütteln.

Als Feind des Papstes war Kardinal Lorenzo Carafa zwangsläufig Fra Michele zugetan; zumindest verfügte der Kardinal über die Kontakte, die nötig waren, um einen deutschsprachigen Vorarbeiter der Steinmetze bei St. Peter im Heiligen Offizium zu avisieren. Für gewöhnlich wurde die Inquisition von fremden Besuchern gemieden, denn eine Vorladung *in inquisitione haereticae pravitatis** hatte verhängnisvolle Folgen.

Fra Michele, ein Frömmler niedriger Herkunft aus Bosco bei Alessandria, haßte die Deutschen, weil sie den Protestantismus und eine Menge gefährlicher Ketzer hervorgebracht und die Heilige Schrift in ihre eigene Sprache übersetzt hatten, was, folgten andere diesem Beispiel, ein babylonisches Sprachengewirr zur Folge haben würde und das Ende der heiligen Mutter Kirche.

»Was will Er. Er möge sich kurz fassen!«

Leberecht hatte keine freundlichere Begrüßung erwartet. Der Großinquisitor war rot gekleidet, er trug lange rote Handschuhe aus Seide und saß hinter einem einfachen schwarzen Holztisch, der außer drei Stühlen das einzige Mobiliar darstellte.

»Ich bin hier«, begann Leberecht, und besann sich seines besten ciceronischen Lateins, das von dem Kirchenlatein der Pfaffen weit entfernt war, »ich bin hier, um ein himmelschreiendes Unrecht aufzudecken, welches meinem Vater Adam Friedrich Hamann durch das Heilige Offizium in einer deutschen Stadt, deren Namen ich seither nicht mehr in den Mund nehme, widerfahren ist. Mein Vater war in heiliger Erde bestattet, da traten Zeugen gegen ihn auf, die seinen Geist gesehen haben wollten, der in der Stadt umging, unglaubhafte Leute, die gegen jeden und alles Zeugnis ablegen, so man sie nur bezahlt ...«

Fra Michele, der Leberechts Worten mit eisiger Miene gefolgt war, sprang auf, soweit das seine Leibesfülle zuließ, und rief mit dunkeltönender Stimme: »Er will damit sagen, daß die heilige Inquisition Zeugen bestochen hat, um einen Ketzer zu verurteilen?«

»Ja, das will ich. Ob mit Geld oder Versprechungen auf Nachlaß von Höllenqualen, vermag ich nicht zu sagen; fest steht, daß

* zur Aufspürung häretischer Verderbtheit

mein Vater Adam ein frommer, rechtschaffener Mann war und kein Hexer, als der er von der Inquisition verurteilt wurde.«

Der Großinquisitor setzte ein hämisches Grinsen auf, er stützte seine kurzen Arme auf den Tisch und neigte sich zu Leberecht hinüber: »Er spricht ein fabelhaftes Latein; das bedeutet, Er ist ein kluger Kopf. Warum läßt Er sich auf solche Dummheiten ein?

»Dummheiten nennt Ihr das, Fra Michele, wenn ich um die Ehre meines Vaters kämpfe? Eure Helfershelfer haben die Leiche meines Vaters auf dem Scheiterhaufen verbrannt, weil sie ihn postum einer Sache beschuldigten, die fern jeder Realität ist, und Ihr nennt meinen Einspruch Dummheit?«

Fra Michele ließ sich auf seinen Stuhl sinken und antwortete nun mit ernsthafterem Gesicht: »Seine Absicht, Bruder in Christo, ist durchaus löblich, doch ein Mann seines Standes sollte wissen, daß das Heilige Offizium noch nie ein Ketzerurteil revidiert hat. Dies ist, wie jedermann weiß, auch nicht vonnöten, weil die Inquisition, bestrahlt vom Heiligen Geist, nicht irren kann. *Non est possibile, ex officio!*«*

»Auch der Heilige Geist hat mal einen schlechten Tag«, bemerkte Leberecht dreist. Er fühlte sich seiner Sache sicher, und der Inquisitor, gewohnt im Umgang mit beklagenswerten Delinquenten, deren Willen bereits durch die bloße Macht der Institution, die er repräsentierte, gebrochen war, spürte das und reagierte entsprechend:

»Glaubt Er ernsthaft, das Heilige Offizium würde von Rom aus ein in deutschen Landen gefälltes Ketzerurteil untersuchen? Ich glaube, Er überschätzt seine Bedeutung und Möglichkeiten.«

Da trat Leberecht, der der Unterhaltung, wie bei der Inquisition üblich, stehend gefolgt war, an den Tisch heran, beugte sich,

* Es ist von Amts wegen unmöglich!

wie zuvor Fra Michele, nach vorne und sagte ruhig, aber eindringlich und mit rotem Kopf: »Herr Großinquisitor, ich habe von Euch keine andere Antwort erwartet und deshalb bin ich weniger erschüttert, als es der Situation angemessen wäre. Wir schreiben heute den Tag vor Verkündigung des Herrn, und ich gebe der Inquisition 365 Tage eines Jahres Zeit, das schändliche Ketzerurteil gegen meinen Vater Adam zu revidieren. Andernfalls ...«

»Andernfalls?« Fra Michele hob die Brauen.

»Andernfalls würde ich dafür Sorge tragen, daß das Buch des Kopernikus, hinter dem die Kurie seit Jahren her ist wie der Teufel hinter der armen Seele, daß dieses Buch verbreitet wird.«

Der rotgekleidete Dominikaner schüttelte unwillig den Kopf, doch ein Zucken, welches über sein Gesicht huschte, verriet seine innere Erregung. »Ich weiß nicht, von welchem Buch Er redet«, knurrte er. »Ich kenne keinen Kopernikus.«

»Ich auch nicht«, erwiderte Leberecht schlagfertig. »Er starb, als ich noch keine drei Jahre alt war und hinterließ ein Manuskript mit zweiundzwanzig Kapiteln, wie die Geheime Offenbarung des Johannes. Dieses Manuskript trägt den Titel *De astro minante* und wurde von einem Benediktiner der Abtei Bursfelde hundertundeinmal in Druck gegeben, ein Exemplar für jede Bibliothek der Bursfelder Union. Der Inhalt des Buches ist Eingeweihten hinreichend bekannt. Der Erde, welche nach der Schrift von Gott geschaffen, ist nur noch kurze Zeit gegeben, und der Jüngste Tag, von dem die Schrift so eindringlich kündet, findet nicht statt, jedenfalls nicht so wie er in den Evangelien und der Geheimen Offenbarung prophezeit wird. Denn das, was Johannes mit den Worten beschreibt: ›Siehe, er kommt mit den Wolken, und schauen wird ihn jedes Auge und weheklagen werden über ihn alle Geschlechter der Erde‹, das ist nicht etwa Gott der Herr, sondern ein fremder Stern, der unaufhaltsam auf die Erde zurast und bei seinem Absturz alles Leben vernichten wird. Nur wenige wissen davon, nicht einmal alle Päpste; aber die, welche davon wußten, lebten, zum Erstaunen der Welt, viehisch und zügellos wie ungebändigte Tiere im Angesicht der drohenden Vernichtung.«

Der Kopf des wohlbeleibten Großinquisitors schien dem Platzen nahe, als Leberecht so redete. »Woher will Er das alles wissen?« Und mit gefalteten Händen, den Blick auf den Tisch gerichtet, japste er: *»Libera me, Domine, de die illa tremenda, quando coeli et terra sunt motui ...«*

»... sunt movendi«, korrigierte Leberecht, »falls Ihr sagen wollt, der Herr möge Euch vor jenem Tage des Schreckens erretten, an dem Himmel und Erde wanken. Aber um Eure Frage zu beantworten: All das steht in dem Buch des Kopernikus.«

»Es gibt kein solches Buch. Er hat das von irgendwelchen Ketzern vernommen. Die Welt ist voll von Lügengeschichten, Geschichten, die der Antichrist gesät hat.« Er klopfte mit der Faust auf den Tisch. »Ich will ihm erst glauben, wenn er mir dieses Buch hier auf den Tisch legt, nicht eher!«

Leberecht lachte verächtlich: »Fra Michele, Ihr haltet mich für einen Tölpel. Glaubt Ihr ernsthaft, ich würde das Buch, an dessen Existenz Ihr zweifelt, auf diesen Tisch legen? Mein Leben wäre doch keinen Schuß Pulver mehr wert. O nein, das Buch liegt, solange ich lebe, an einem sicheren Ort verwahrt, und sollte ich keines natürlichen Todes sterben, so habe ich Vorsorge getroffen, daß das Buch ohne mein Zutun veröffentlicht wird.«

Erst wackelte der Dominikaner mit dem Kopf hin und her, dann begann er mit den Fäusten auf die Tischplatte zu trommeln, als wollte er ein Ungeziefer vernichten, schließlich rief er: »Ich glaube es nicht, es kann nicht sein! *Absit, absit!*«* Und dann kam ihm eine Idee, wie er Leberecht prüfen konnte. Er blickte ihn li-

* Das sei ferne!

stig von unten an und sagte: »Wenn Er, wie Er behauptet, das dreimal verfluchte Buch auf welchen Wegen auch immer, in Seinen Besitz gebracht hat, dann kennt Er auch die Worte, mit denen das Machwerk beginnt ...«

Leberecht genoß den Augenblick, in dem sich der Inquisitor ihm überlegen fühlte, doch dieses momentane Gefühl der Überlegenheit seines Gegners währte nicht lange, denn leicht und ohne nachzudenken begann Leberecht die Worte zu zitieren, welche ihm im Gedächtnis hafteten, weil sie, wie es einem Medicus und Doktor des Kirchenrechts zukam, in blendender Formulierung gehalten waren: *»Aristotelis divini universum nec Iulii Caesaris calendarium protegere nos non possunt ab astro minante ...«*

»Halt!« rief Fra Michele zornig und enttäuscht zugleich. »Ich glaube Ihm.« Der Dominikaner hing, die Arme weit von sich gestreckt, wie ein erlegtes Wild über dem Tisch. Sein zur Seite gedrehter Kopf lag auf der Tischplatte. Er atmete schwer. In dem großen kahlen Raum herrschte eine besondere Stille. Nur aus der Ferne drang durch die nach Norden gerichteten Fenster der Baulärm von St. Peter.

Leberecht fühlte sich gut wie lange nicht. Das Gefühl der Macht über den fetten Inquisitor verlieh ihm ein nie gekanntes Selbstbewußtsein. Angst und Anspannung der vergangenen Tage waren verflogen. Das Böse im Menschen, das war ihm nun klar, war nur mit Bösem zu bekämpfen.

Niedergeschlagen, ratlos und beinahe unbeteiligt stellte der Inquisitor die Frage: »Und was will Er nun tun?«

»Ich?« Leberecht lachte keck. »Es liegt nicht an mir zu handeln, Herr Inquisitor. Dem Heiligen Offizium kommt die Aufgabe zu, das Ketzerurteil gegen meinen Vater Adam aufzuheben. Ihr habt 365 Tage Zeit, das ist mehr, als Michelangelo für seinen Moses brauchte – und welch ein Kunstwerk ist daraus geworden!«

Nur wenige Tage nach dieser Begebenheit saß Leberecht in seiner Bauhütte über Plänen des Meisters, denen er nun, da Michelangelo tot war, noch mehr Ehrfurcht entgegenbrachte als zuvor.

Zu seinem Leidwesen erfüllte Carvacchi, der die Stelle des Dombaumeisters bekleidete, dem Wunsch des Meisters, keinen Deut von seinen Plänen abzuweichen, eher nachlässig, und nicht selten kam es deshalb zum Streit zwischen beiden. Während Leberecht die Ansicht vertrat, Michelangelo habe alle Pläne bis ins Detail gezeichnet, um sie bis ins Detail nach seinem Wunsch ausführen zu lassen, meinte Carvacchi, es gehe darum, den Gesamteindruck zu erreichen, der dem Meister vorschwebte; auf Details komme es nicht an. In Wahrheit versuchte Carvacchi jedoch, wie Leberecht den Eindruck hatte, mehr und mehr eigene Vorstellungen in den Bau einzubringen.

Leberecht dachte, es sei Carvacchi, als die Tür von außen geöffnet wurde, und er fragte, ohne aufzublicken: »Meister, was kann ich für Euch tun?« Als der die Antwort schuldig blieb, was man von ihm nicht gewohnt war, drehte Leberecht sich um.

In der Tür stand ein Mann von gedrungener Statur, dem Tonsur und kurzgeschorener Kinnbart etwas Mönchisches verliehen, obwohl er keine Kutte, sondern eine einfache, etwas schäbige schwarze Gelehrtenkleidung trug. Er wirkte gealtert wie ein Greis, obwohl seine Augen und das faltenlose Gesicht verrieten, daß er kaum älter sein konnte als Leberecht selbst. Leberecht wußte sofort, wen er vor sich hatte: Christoph Schlüssel, genannt Clavius.

Er hatte diese Begegnung erwartet oder war zumindest darauf vorbereitet, daß er seinem alten Feind von früher irgendwann einmal über den Weg laufen würde. Doch die Plötzlichkeit des Zusammentreffens verschlug ihm die Sprache.

So schwiegen sie sich eine Weile an wie zänkische Ehegatten, bis Leberecht zuerst die Sprache wiederfand und eher zynisch als ernsthaft die Worte sagte: »*Laudetur Jesus Christus*«, und als der andere auf den Gruß nicht reagierte, selbst die Antwort gab: »*In aeternum, in aeternum*. Was willst du?«

Verlegen schob Christoph Schlüssel die Hände in die Ärmel seiner Gewandung, richtete den Blick zur niedrigen Holzdecke und begann umständlich und weit ausholend wie ein Prediger: »Es ist Gottes unergründlicher Wille, daß sich unsere Wege hier am allerheiligsten Ort der Christenheit kreuzen, wenn auch unter Umständen, welche unerfreulicher nicht sein könnten ...«

»Was willst du, Jesuit?« fuhr ihm Leberecht ins Wort. »Du brauchst mir keine Predigt zu halten. Also heraus mit der Sprache.«

»Um es kurz zu sagen: Ich will dich warnen. Dein Name steht auf der Liste der *Secunda potestas* der Dominikaner. Du weißt, was das bedeutet. Du solltest, wenn dir dein Leben lieb ist, aus Rom verschwinden. Die Inquisition verfolgt dein *concubitum sacrilegum*.«*

Leberecht erhob sich langsam und drohend. »Du hast also deine eigene Mutter zur Anzeige gebracht?«

»Wo denkst du hin, ich?«

»Wer anders als du kann es getan haben? Eine wahrhaft christliche Tugend, die eigene Mutter zu verraten!«

»Ich habe sie nicht verraten!«

»Du lügst. Die Falschheit steht dir ins Gesicht geschrieben, dir und all den widerlichen Pfaffen, welche glauben, die Wahrheit gepachtet zu haben; dabei hat von dir und deinesgleichen der Teufel längst Besitz ergriffen. Du gibst dir den Anschein, als hättest du aus Buße über den Lebenswandel deiner Mutter das Gewand der Jesuiten angezogen und dem weltlichen Leben entsagt.

* Todsünde des Konkubinats

Ich sage dir: Wenn du Buße leisten mußt, dann für meine Schwester Sophie, die du zum Krüppel gemacht hast. Ich bin ihr begegnet, sie ist ein beklagenswertes Monster und fristet ihr Dasein mit einer Gauklertruppe. Das verdankt sie dir, dem löblichen Christoph Clavius!«

»Ich habe das nicht gewollt. Ich bin ohne Schuld!«

»Den Pfaffen trifft nie eine Schuld!« schrie Leberecht. »Und wenn, dann hättest du diese Schuld längst durch einen vollkommenen Ablaß abgegolten. Und wenn du deine eigene Mutter auf den Scheiterhaufen brächtest, so fände sich gewiß ein Kirchengebot, das diese Tat rechtfertigte.«

»Ich habe nichts damit zu tun!« ereiferte sich Schlüssel. »Aber es ist mein guter Rat, laß die Finger von der Frau, die mich geboren hat, und verlasse die Stadt. Das ist ein wohlgemeinter Rat, den du nicht verdient hast.«

Leberechts Augen loderten vor Wut, daß der Jesuit unwillkürlich einen Schritt zurücktrat. Er hatte das Ausmaß des Hasses unterschätzt, den der junge Hamann ihm entgegenbrachte. Doch Clavius kam nicht mehr dazu darüber nachzudenken; denn Leberecht rammte ihm mit einer blitzschnellen Bewegung sein rechtes Knie in den Bauch. Der Jesuit, völlig überrascht, stöhnte auf und sackte mit verdrehten Augen nach vorne, seinem Gegner in die Arme. Doch statt ihn aufzufangen, hämmerte der Steinmetz ihm brutal die Faust ins Gesicht, daß aus der Nase ein Blutstrom hervorschoß. Clavius sackte zusammen und blieb regungslos auf dem Steinboden liegen.

Für einen kräftigen Kerl wie Leberecht, gestählt durch die jahrelange Steinmetzarbeit und zudem noch einen Kopf größer als sein Gegner, war es keine Kunst, einen Mann wie Clavius niederzustrecken; dennoch fühlte er Genugtuung. Er packte einen Krug mit Wasser, das ihm während der Arbeit zur Erfrischung diente, und goß dessen Inhalt über den blutigen Kopf des Jesuiten. Der schüttelte sich, wischte mit dem Ärmel das Blut aus seinem Gesicht und versuchte wieder auf die Beine zu kommen. Das jedoch mißlang, und dabei ging der kleine, untersetzte Mann abermals zu Boden. Schließlich trat Leberecht hinzu, faßte ihn mit beiden Händen an dem breiten Kragen seines Gelehrtenmantels und schleifte ihn ins Freie.

Clavius konnte sich nicht wehren, und so mußte er die demütigende Prozedur über sich ergehen lassen. Draußen, vor der Bauhütte, kam er wieder zu sich, aber noch ehe er irgend etwas sagen konnte, hielt Leberecht ihm die drohende Faust entgegen. »Ich rate dir eines, Jesuit, laß mich und deine Mutter in Ruhe. Und jetzt kannst du wie ein Hund mit eingezogenem Schwanz zum Großinquisitor laufen.« Leberecht zeigte nach Süden in Richtung des Heiligen Offiziums.

Nachdem er sich mühsam aufgerappelt und den Schmutz aus seiner Kleidung geklopft hatte, sah Clavius wütend zu Leberecht hoch. Hätte er nur ein wenig mehr Kraft und eine gehörige Portion mehr Mut gehabt, wäre er seinem Todfeind an die Gurgel gefahren. So aber beließ er es bei einem schiefen Grinsen, als wollte er sagen: Was macht mir das schon aus, und er spuckte verächtlich – oder weil ihm Blut in den Mund gelaufen war – auf den Boden und verschwand humpelnd in Richtung Tiber.

»Laudetur Jesus Christus!« rief ihm Leberecht hinterher. Ihm war wohl wie lange nicht.

Gegenüber Martha bewahrte er Stillschweigen über diese Begegnung.

Papst Pius IV. starb unerwartet schnell, vermutlich an Altersschwäche, und sein Tod wäre kaum der Rede wert gewesen, hätte er nicht einen Nachfolger gefunden, mit dem Leberecht gut bekannt war. Er hieß Michele Ghislieri, war mit vierzehn Jahren dem Dominikanerorden beigetreten und hatte es unter seinem

Vorgänger zum Bischof von Nepi, Kardinal und Großinquisitor gebracht: Fra Michele.

Der *Pontifex maximus* gab sich den Namen Pius V. in Erinnerung an seinen altersschwachen Vorgänger, der, wie es hieß, frommer und rechtschaffener regiert hatte als alle seine grausamen, heuchlerischen Vorgänger. Als ehemaliger Großinquisitor war Ghislieri vermeintlichen Tugenden wie Zucht, Ordnung und Askese über alle Maßen zugetan, und er ging in dieser Hinsicht mit gutem Beispiel voran, indem er sich weigerte, die *Sedia gestatoria** zu besteigen, feine Gewänder und Schuhe zu tragen und sich in seinem Palast über Gebühr bedienen zu lassen.

Dies allein wäre geeignet gewesen, dem Papst jene Liebe seiner Untertanen zuteil werden zu lassen, welche seinen Vorgängern versagt blieb, doch legte Pius V., kaum an der Macht, eine Strenge und Bösartigkeit an den Tag, als sei er dem Antichrist begegnet. Er verbot den Ärzten den Krankenbesuch, so die Beklagenswerten nicht vorher gebeichtet hatten, und belegte Sünder gegen das Sonntagsgebot mit Geldstrafen oder – so ihnen die Armut ins Haus stand – mit Geißelung oder Durchbohren der Zunge. Mönchen verbot er die Abnahme der Beichte, Nonnen wurde die absolute Klausur verordnet. Außerdem sollte die Käuflichkeit kirchlicher Ämter der Vergangenheit angehören. Mit besonderer Wut verfolgte der fünfte Pius die ehrlosen Frauen, deren er als Dominikaner sich nie bedienen durfte, und die Rom den zweifelhaften Ruf eingebracht hatten, *cauda mundi*, der Schwanz der Welt, zu sein. Es gab gewiß fünfzehntausend, von der einfachen Straßenhure bis zur *cortigiana*, welche den hohen Herren der Kurie zu Diensten und deshalb in hohem Ansehen standen, und der Beschluß des *Pontifex maximus*, sie aus der Hauptstadt zu verbannen, erntete neben Hohn und Spott wegen

* Tragestuhl

der Unmöglichkeit des Unterfangens auch wirtschaftliche Bedenken. Der Auszug jener schönen käuflichen Damen war geeignet, den Kirchenstaat an den Rand des Bankrotts zu bringen, zählten sie doch zu den einträglichsten Steuerzahlern des Landes.

Ohne Erfolg blieben auch Einwände jener gesalbten Herren der Kurie, die in Furcht um die Kälte des eigenen Bettes und nach Anrufung des Heiligen Geistes beim Papst intervenierten. Der gestrenge Dominikaner Ghislieri drohte, sollten die Huren Rom nicht verlassen, so wolle er selbst die Flucht ergreifen und das Schiff Petri von einer weniger sündigen Brücke steuern.

Da senkte sich der Heilige Geist über Eminentissimi und Reverendissimi, Titularerzbischöfe, Quastenprälaten und Monsignori, wie er es einst bei den zwölf Aposteln getan hatte, und sie gingen gestärkt und erleuchtet aus der Begegnung hervor und verheirateten ihre sündhaften Konkubinen mit Dienern und Fuhrknechten, Schuhmeistern und Ministranten, gegen geringe Gebühr und Abtretung jeglicher Ansprüche und Rechte, und taten so ein gutes Werk für die Ärmsten der Armen. Eine ehrbare, verheiratete Frau *ex officio** auszuweisen war selbst dem Dominikanerpapst nicht möglich.

Daraus abzuleiten, daß in der Ewigen Stadt nun ein sittsamer Lebenswandel Einzug gehalten hätte, wäre verkehrt, zumindest aber nur die halbe Wahrheit gewesen, weil die Tanzfeste, Gelage und klerikalen Orgien zwar weniger häufig als früher, aber dennoch und hinter festverschlossenen Türen stattfanden. In Rom ging das Mißtrauen um, und die Inquisition öffnete mehr als je zuvor Denunzianten und Verleumdern Tür und Tor. Einladungen wurden vom Gastgeber nur noch persönlich ausgesprochen, um keinem Botengänger die Möglichkeit zu bieten, den Herrn oder

* von Amts wegen

die Herrin zu verraten, und nicht selten verschaffte nur ein Kennwort, ein frommes Zitat aus der Schrift Zutritt, wobei sich das Alte Testament mit Sätzen wie: »Deinen Samen will ich so zahlreich machen wie die Sterne des Himmels«* besonderer Beliebtheit erfreute.

Lorenzo Carafa, Buchbinder und Kardinal von Kana, Titularerzbischof von Bizerba, Prosekretär der Kongregation für die Bekehrung der Heiden in der Levante und Titular von San Andrea della Valle, war für seine Feste so berühmt wie der Papst für seine Strenge. Er hatte schon fünf Päpste überlebt, und jeder neue *Pontifex maximus* entlockte ihm die Bemerkung, er werde auch diesen überleben.

Was Ghislieri betraf, so brachte der Kardinal ihm auch jetzt, da er Papst war, nur Verachtung entgegen und die Bemerkung, nur gut, daß unser Herr Jesus vor eineinhalb Jahrtausenden auf Erden wandelte und nicht heute, sonst hätte ihn Ghislieri wegen seines Lebenswandels längst exkommuniziert. Von Kardinal und Titularerzbischof Carafa geladen zu sein war ein besonderes Vergnügen, nicht selten aber auch der Beginn einer großen Karriere, denn es hatte sich längst herumgesprochen, daß die einträglichen Ämter der Kurie nicht hinter den Leoninischen Mauern des Vatikans, sondern in den Palazzi auf dem Pincio oder Quirinal vergeben wurden.

Der Palazzo Carafas, ein Geschenk seines verstorbenen päpstlichen Onkels, war durch eine Kolonnade mit der Kirche di Santo Spirito verbunden, welche in zweifelhaften Ruf geraten war wegen des Andranges, der einmal im Jahr zum Feste des Heiligen Martin herrschte – nicht wegen der Frömmigkeit der Kirchenbesucher, sondern weil der Kardinal an diesem Tage seine ausrangierten Gewänder über einen Balkon in der Kirche unter

* Gen. 26.4.

das Volk zu werfen pflegte. Später kamen gebratene Schweine und Truthähne und saftige Früchte hinzu, die von oben wie Gaben des Himmels in das Kirchenschiff regneten, und zur allgemeinen Belustigung setzte der Kardinal an besagtem Tage des Jahres außerdem das Kirchenschiff unter Wasser.

So nahm es nicht wunder, daß der sittenstrenge Dominikanerpapst das Spektakel in Santo Spirito *ex officio* verbot, und es war auch nicht erstaunlich, daß sich der Hirte mit diesem Erlaß unter seinen Schafen nur Feinde machte. Dessen ungeachtet lud Lorenzo Carafa hinter geschlossenen Türen weiter zu seinen höfischen Festen, von denen die Purpurfeste sich allergrößter Beliebtheit erfreuten, weil sie, wie der Name ahnen läßt, in der Hauptsache von Purpurträgern der Kurie frequentiert und mit großem Pomp ausgestattet wurden.

Die Einladung zu einem dieser Purpurfeste des Kardinals abzulehnen wäre nicht nur eine Sünde, sondern auch äußerst unklug gewesen, und weil Leberecht die Dummheit noch mehr verabscheute als die Sünde, sah er sich außerstande, Lorenzo Carafa, dem er viel zu verdanken hatte, einen Korb zu geben. Nachdrücklich hatte der Kardinal und Titularerzbischof die Anwesenheit Marthas angemahnt, die er bereits bei der ersten Begegnung im Hause Carvacchis beäugt, um nicht zu sagen, mit lüsternen Blicken verschlungen hatte wie ein hungriger Wolf.

War es der Teufel, der Leberecht ritt, oder die Gewißheit, Martha vor den Nachstellungen des stolzen Mannes im Purpur beschützen zu können; jedenfalls brachte Leberecht alle Überredungskünste auf, um Martha zu bewegen, ihn zum Purpurfest zu begleiten. Widerstrebend und um dem Geliebten einen Gefallen zu tun, sagte sie zu.

Aus einem anderen Grunde kam Leberecht die Einladung sehr zupaß. Seit seiner Begegnung mit dem inzwischen zum

Papst avancierten Großinquisitor hatte er von Ghislieri nichts gehört, obwohl das gestellte Ultimatum von 365 Tagen inzwischen zur Hälfte abgelaufen war. Der geschwätzige Kardinal und seine nach Neuigkeiten gierenden Gäste erschienen Leberecht geradezu ideal geeignet, das Gerücht vom drohenden Weltuntergang in die Welt zu setzen, ohne nähere Angaben über Zeitpunkt, Umstände und den Grund für das apokalyptische Ereignis zu machen.

Aufgestachelt durch Leberechts Mahnungen, sich durch die Anwesenheit namhafter Kurtisanen nicht einschüchtern zu lassen, und ermutigt durch sein Geständnis, sie könne es an Schönheit und Sinnlichkeit mit jeder Cortigiana aufnehmen, war Martha in ein langes, weites grünes Kleid aus Samt gewandet, mit einem handbreitem Saum aus glitzerndem Goldbrokat und einem ebensolchen Kragen, der ihre nackten Schultern fächerförmig umgab und in spitzem Zuschnitt tief zwischen den Brüsten endete. Ihr rotes Haar trug sie nach der Mode der Zeit in der Mitte gescheitelt und streng nach hinten gekämmt, wo es auf dem Hinterkopf in kunstvollem Flechtwerk die Form einer exotischen Frucht annahm.

»Du bist schön wie die Madonna des Botticelli«, sagte Leberecht und drückte Marthas Hand, als sie vor dem Palazzo des Kardinals ankamen, wo er das vereinbarte Klopfzeichen zum Einsatz brachte, lang – kurz – kurz – lang, besser zu merken mit dem Rhythmus der horazischen Worte: *cár–pe di ém**, um eingelassen zu werden.

Verriet der Eingang des Hauses mit keinem Hinweis den Beginn eines überschwenglichen Festes, so tat sich hinter dem Tor ein mit Fackeln erleuchtetes Paradies auf, ein von Säulen eingerahmtes Atrium mit einem weißen Marmorbrunnen in der

* Genieße [wörtlich: pflücke] den Tag!

Mitte, ein Garten der Lüste, wie Hieronymus Bosch ihn mit dem Pinsel nicht treffender hätte malen können.

Schweizer Landsknechte, Fackelwerfer und maskierte Gaukler, üppige Mädchen in phantastischen, bunten Kostümen und gertenschlanke Pagen mit puppenhaften Gesichtern und gezähmten Tauben auf den Armen verbreiteten fröhliche Stimmung und geleiteten die ankommenden Gäste in die ihnen zugedachten Räume. Obwohl Martha noch nie so vielen schönen Menschen auf einem Fleck begegnet war, bewirkte ihr Erscheinen, das von einem Herold in schwarzem Samt mit einem silbernen Stab, den er dreimal auf den Boden stieß, angekündigt wurde, ein »Ah« und »Oh« von allen Seiten, vor allem unter den Pröbsten und Prälaten und den geilen Kardinälen, die, so sie nicht dem eigenen Geschlecht zugetan waren, mit jedem ihrer Blicke den Schöpfer zu preisen schienen, welcher die Rippe Adams zu solcher Schönheit formte. Denn während die Kurtisanen und Cortigiane der geistlichen Würdenträger hinreichend bekannt waren, erschien mit Martha ein neues Gesicht und löste Tuscheln und Fragen aus nach der Herkunft und dem Namen und dem Liebhaber an ihrer Seite. Die Auskunft, daß es sich bei Martha um eine anständige Frau, eine samt ihrem Geliebten aus deutschen Landen Zugewanderte handelte, eine, die noch dazu ihren Liebhaber im Alter übertraf, machte sie unter den Gästen nur noch interessanter.

Die schönen Knaben, welche zuerst wie zufällig unter den Gästen weilten, sammelten sich schließlich zu einem Chor und begannen mit seidigen, hohen und fünf verschiedenen Stimmen ein vielstrophiges Madrigal, das am Ende von Trommelschlägern, Pfeifern und Lautenspielern begleitet wurde und soviel Gefallen fand, daß einige der Eminentissimi ihren Tränen freien Lauf ließen und sich bekreuzigten, als sei es das Wunder von Kana. Den himmlischen Knabenstimmen folgte heftigeres Getön von Bläsern und Paukenspielern nach Art der maurischen Schreittänze.

Kardinal Lorenzo war der erste, der mit koketter Bewegung seine Soutane lüpfte, um das rotbestrumpfte Knie im Tanz zu schwingen, ein allerliebster Anblick für alle Anwesenden. Ermutigt durch die Anleitung des Eminentissimus nahmen Paare sich bei der Hand und schritten im laut geschlagenen Takt der Musik einen langen Schritt munter vorwärts und zwei auf der Stelle, wobei der letzte von einem Sprung in die Luft begleitet wurde, dessen Höhe sich nach dem Temperament des Akteurs richtete.

Das walkte, hüpfte und rauschte in den Falten der Kleider und bot Anlaß zu so viel ausgelassenem Lachen, daß die fünf bunt und nach maurischer Art gekleideten Musikanten Mühe hatten, den Klang ihrer Instrumente zu Gehör zu bringen. Martha, die zum erstenmal an einer derartigen Lustbarkeit teilnahm, war froh, als der erste Tanz endete, denn Leberecht, der ebensowenig wie sie in der Tanzkunst bewandert war, zeigte doch deutliche Schwächen, was den Einklang zwischen Musik und Bewegung betraf. Doch kaum hatte sie auf einem Scherenstuhl zwischen zwei Säulen Platz genommen, als Seine Eminenz Lorenzo Kardinal Carafa auf Martha zutrat, den Kopf zur Seite neigte und ihr den abgewinkelten Arm entgegenreckte, was eine Aufforderung zum Tanz bedeutete.

Martha errötete, doch dies geschah vor allem deshalb, weil sie mit einem Mal alle Augen auf sich gerichtet sah und fürchtete, der Kardinal würde sie, wie man es von einem Mann seiner Geschwätzigkeit gewohnt war, mit peinlichen, für alle vernehmbaren Komplimenten überhäufen; doch es unterblieb. Der Eminentissimus, der nur Päpste noch mehr haßte als das Schweigen, sagte kein einziges Wort und führte lächelnd und in der beschriebenen Haltung Martha in die Mitte des Atriums, faßte sie von hinten an beiden Händen und begann sie so im Rhythmus seitlich neben sich her zu schieben, daß die übrigen Tänzer sich selbst vergaßen und dem unerwarteten Schauspiel voll Bewunderung zusahen, als wären Martha und der Kardinal die Hauptdarsteller einer Theatervorstellung. Daß der Tänzer im Purpur sich voll Anmut zur Musik bewegte, schien weniger staunenswert als Marthas Begabung, die sich hingebungsvoll von ihm führen ließ und bei den übrigen Gästen den Eindruck erweckte, als hätten beide die Darbietung lange geprobt.

Doch das schien nur so, bisher hegte Martha nicht einmal große Sympathie für den kultivierten Kardinal. Zu tief saß in ihrer Seele die Vorstellung ihrer Kindheit, daß ein Kardinal unter dem purpurroten Habit eine reine Seele und nicht die geringsten Anzeichen von Männlichkeit trage, also eigentlich gar nicht Mann sei, sondern nur ein heiliges Wesen von männerähnlichem Aussehen. Daß diese Annahme falsch war, bewies Lorenzo Carafa Martha unnachsichtig und gewiß in voller Absicht, wenn er beim Schreittanz hinter sie trat und auf Tuchfühlung ging. Dann spürte Martha durch den Samt ihres Kleides und die Seide seines klerikalen Gewandes einen Stich, wie ihn nur ein stumpfer Gegenstand oder ein Wunder des Heiligen Geistes vollbringen konnte.

Leberecht maß der Annäherung der beiden, die im übrigen niemandem verborgen blieb, nur geringe Bedeutung zu, ja, die Ausgelassenheit, welche Martha und der Kardinal an den Tag legten, schien ihm willkommen, denn seit er der Geliebten vom Inhalt des Kopernikus-Buches erzählt hatte, wirkte diese häufig bedrückt und mutlos, und ihre Verzagtheit hatte einen Schatten über ihre ansonsten so harmonische Beziehung geworfen. Aufgeregt durch die Eleganz, mit der Kardinal Carafa ihr gegenübertrat, und aufgestachelt durch die Wohlgerüche von Moschus, Ambra und zyprischem Pulver, welche sich über das ganze Haus verbreiteten, fiel Martha geradezu in euphorische Stimmung, wie er sie lange Zeit an ihr nicht mehr erlebt hatte.

Zwei Posaunenbläser kündigten das Gastmahl an, das im Purpursalon stattfand, einem langgestreckten Raum mit Seidentapeten in der Farbe der Kardinäle und goldgerahmten Spiegeln auf beiden Seiten, welche das Kerzenlicht vervielfachten und eine Tiefe vorgaukelten wie in den himmlischen Sphären. Wie nicht anders zu erwarten, hatte der lebenslustige Kardinal die Sitzordnung vorbestimmt, und Leberecht wunderte sich nicht, daß er Martha als Tischdame ausersehen und neben sich plaziert hatte. Gleichsam als Gegengeschenk und damit ihm die Zeit nicht lang wurde, trat Panta an seine Seite, die schönste und berühmteste aller römischen Kurtisanen, welche im Hauptberuf mit Kardinal del Monte liiert war, an Sonn- und Vigiltagen, im Advent und der Karwoche jedoch Gasparo Biancho zu Diensten stand, dem Kammermeister des Papstes, von dem man sich kuriose Dinge erzählte. Er solle, hieß es, Panta, ein lebendes Abbild der Sünde, rein platonisch lieben – also so, wie Platon das in seinem »Symposion« beschrieben hat –, ohne seinem Trieb zu erliegen, in stiller Anbetung ihrer Nacktheit.

Pantas Aufmachung, in der Hauptsache ihre Brüste, welche unverhüllt aus dem weiten Kragen ihres Kleides ragten und bei jeder Bewegung tanzten wie ein übermütiges Zwillingspaar, verwirrte Leberecht so sehr, daß er kaum Zeit fand, Marthas Umgang mit dem Kardinal zu beobachten. Hinzu kam, daß Panta ihn mit durchaus geistreicher Unterhaltung in Beschlag nahm, die in einer nicht zu beantwortenden Streitfrage endete, wer der größere Maler gewesen sei, Michelangelo oder Raffael.

Soweit Pantas wogenden Brüste es zuließen, widmeten sich Leberechts Augen dem Auftragen der Speisen, das einer Theaterinszenierung gleichkam. Als überzeugter Anhänger jener These, daß der Essensgeschmack zur Hälfte vom Gaumen, zur anderen Hälfte aber vom Auge bestimmt wird, ließ der Kardinal die Speisen in allegorischen Bildern angerichtet servieren, als

Märchen und Szenen wie »Numa Pompilius auf dem von Kentauren gezogenen Streitwagen« oder »Aphrodite und Ares« oder »Odysseus im Angesicht der Sirenen«. In einer silbernen Schüssel, so groß wie ein Wagenrad, wurde ein zartes Mädchen hereingetragen, belegt mit ebensolchen Hühnerbrüstchen. Bekleidet mit Wildentenkeulen, erschien eine glutäugige Andromeda mit langem schwarzen Haar, an einen Felsen aus Käse geschmiedet, von einem geflügelten Perseus befreit, für den gewiß fünfzig Fasane ihr Leben gelassen hatten.

Ging der erste Teil des Mahles in purpurner Tischwäsche und mit goldenem Geschirr und Geräten vonstatten, so änderte sich das kompositorische Farbenspiel von einem Augenblick auf den anderen, als ein Dutzend menschlicher Zwerge, denen der Schöpfer einen normal gewachsenen Kopf, aber die Gliedmaßen von Kindern zugedacht hatte, das goldene Tafelzubehör und die purpurnen Tücher gegen solche aus Silber und weißem Damast vertauschten, was, dem Wasser gemäß, als passende Unterlage für Fische und Meeresfrüchte gedacht war. Auf einem weißglänzenden Wagen, als hätte Michelangelo ihn aus Marmor geschlagen, wurde ein muskulöser nackter Jüngling hereingerollt, welcher nach Art des Laokoon, dessen Standbild vor sechzig Jahren im verfallenen Hause des Nero gefunden worden war, mit Meerschlangen kämpfte. Doch statt mit Ungeheuern rang der Jüngling mit versilberten Aalen, Krustentieren in silbernen Panzern und Muscheln so groß, daß der Kopf eines Menschen darin Platz gefunden hätte.

Ein zweiter Wagen, gezogen von künstlichen Delphinen, unter denen sich zwei junge Esel verbargen, diente der homerischen Meeresgöttin Amphitrite, der Gattin Poseidons, als Reisegefährt. Glitzernde Perlen zierten die Außenseiten, und in seiner Mitte spielte die mit weißen Schleiern verhüllte Göttin des Meeres inmitten von bläulichem, von unten beleuchtetem Aspik mit allerlei eßbarem Meeresgetier. Im Gegensatz zu den meisten anderen Gästen, den Eminentissimi, Monsignori und Kammerherren, den edlen Damen und Konkubinen, die nicht zum erstenmal solcherlei Luxus erlebten, kam Leberecht aus dem Staunen nicht heraus, und er vergaß völlig den eigentlichen Grund für das Schauspiel, die Aufnahme von Nahrung, so daß er, als der Nachtisch gereicht wurde, so hungrig war wie zuvor.

Von »Dessert« zu reden wäre in diesem Zusammenhang nicht weniger blasphemisch gewesen, als unseren Herrn Jesus durch den Kakao zu ziehen – oder wie immer jenes bittersüße, schäumende Getränk hieß, das die Spanier aus der Neuen Welt herübergebracht hatten. Denn die Nachspeisen erwiesen sich als eßbare Kunstwerke aus Nüssen und Mandeln, Eischaum und Marzipan, welche berühmte Bauwerke nachbildeten wie den Dom von Florenz, den Palazzo der Dogen von Venedig oder Michelangelos Kuppel von St. Peter, von der es bisher nur Zeichnungen gab.

Danach wurde Wein gereicht, nicht jener harzig-herbe aus der Toskana, sondern der süß-süffige von den Castelli um die Stadt Rom, der geeignet war, auch dem verbissensten Prosekretär einer unnützen Ritenkongregation die Zunge zu lösen, so daß nach kurzer Verdauung ein unerwartet heftiges Gespräch darüber aufkam, ob jene rotgefärbten Menschen, welche der Seefahrer Christoforo Colombo auf seiner Suche nach Indien entdeckt hatte, der Erlösung durch unseren Herrn Jesus teilhaftig würden, wo doch weder sie von ihm noch er von ihnen je gehört hätten, sie unter Umständen jedoch der menschlichen Gattung zuzuordnen seien.

Dem wurde von seiten Daniele Rospigliosis, Titular von Santo Spirito und Teufelsforscher am Instituto per le Opere Diaboli, aufs heftigste widersprochen, der auf seine neunzehnjährigen Studien an der genannten Einrichtung verwies und auf die mit knapper Mehrheit ergangene Entscheidung der dafür eingesetzten päpstlichen Kommission, nach der den Rothäuten der menschliche Status abzusprechen sei, weil sie nicht, wie in der Schrift verheißen, nach Seinem, das heißt göttlichem, Ebenbild erschaffen seien, sondern wider die Natur, vermutlich vom Teufel; Gott der Allerhöchste sei schließlich kein Indianer.

»Was dann?« fragte Leberecht, dem Titular von Santo Spirito gegenübersitzend, mit dem gleichen Unterton von Scheinheiligkeit, wie er Rospigliosi eigen war, und er fügte hinzu: »Ich meine, unser lieber Herr Jesus war schließlich auch kein Italiener und ein Deutscher schon gar nicht, so daß sich unser aller Äußeres von ihm deutlich unterscheidet und die Frage aufwirft, ob wir, die wir hier versammelt sind, seinem Ebenbild genügen.«

Die Rede des Steinmetz von St. Peter löste unterschiedliche Reaktionen aus. Kardinal Lorenzo klatschte lachend in die Hände und rief: »Vortrefflich, vortrefflich! Er ist einer von jenen Humanisten, mit denen man sich auf keine Diskussion einlassen darf!«

Rospigliosi hingegen und einige junge Männer, die ihre rotgesäumte Amtstracht als Kurialbeamte auswies, blickten sich eher ratlos an, und der Titular von Santo Spirito wischte die ketzerische Bemerkung, welche andernorts den Großinquisitor auf den Plan gerufen hätte, vom Tisch, indem er sein Glas erhob und ausrief: *»In vino veritas!«**

*»In vino feritas!«*** erwiderte Kardinal Lorenzo und entfachte damit allseitiges Schmunzeln, während Leberecht, der seine Gelegenheit nun gekommen sah, quer über den Tisch ausrief: »Trink, Martha, trink! Wer weiß, wie oft wir noch so ausgelassen feiern können.«

* Im Wein [liegt] Wahrheit!
** Im Wein [liegt] Wildheit!

Er hatte kaum ausgesprochen, da richteten sich alle Augen auf ihn, und von einem Augenblick auf den anderen trat atemlose Stille ein, als schwebte ein Menetekel über dem purpurnen Raum. Kardinal Lorenzo ergriff Marthas Hand und fragte halblaut, aber so, daß es alle hören konnten: »Was meint er mit seiner schalkhaften Bemerkung?«

Martha warf Leberecht einen hilflosen Blick zu, und der übernahm es zu antworten und sprach: »Nun ja, will man dem weisen Kopernikus glauben, der in der Theologie, Medizin und Sternenkunde gleichermaßen bewandert war, so verbleiben uns gerade noch sechseinhalbtausend Tage!«

Rospigliosi, der Leberechts Worten mit offenem Mund gefolgt war, leerte sein Glas in einem Zug, dann fragte er mit unsicherem Lächeln: »Was meint Ihr mit diesem Hinweis? Was soll das heißen, uns blieben gerade noch sechseinhalbtausend Tage?«

Leberecht hob die Schultern: »Nennt es das Jüngste Gericht oder den *Finis mundi* oder das Ende der Menschheit. Kopernikus hat mit Hilfe der Mathematik erkundet, daß sich ein Stern der Erde mit unaufhaltsamer Geschwindigkeit nähert und daß es im Jahre des Heils 1582, am achten Tage des zehnten Monats, zur Kollision kommen wird.«

Die Kurtisane Panta an Leberechts Seite, die ihr Glas zum Zutrunk in der Rechten gehalten hatte, stieß einen hellen Schrei aus, als hätte sie eine Kugel getroffen; dabei glitt ihr das Glas aus der Hand, und der Inhalt ergoß sich über das weiße Tischtuch, daß sich ein rotgefärbter Fleck bildete wie Blut von einem unsichtbaren Dämon.

»Aber in der Schrift ist davon nicht die Rede. Die Schrift verheißt uns das Jüngste Gericht, bei welchem zwischen Gut und Böse geschieden wird. Würde sich bewahrheiten, was Ihr vorbringt, so wäre es unerheblich, ob Ihr zu den Guten oder Bösen zähltet; denn alle träfe das gleiche Schicksal. Es gäbe keine Hölle für die Verdammten, und die Gerechten warteten auf den Himmel vergebens.«

Am Tisch herrschte betroffene Ratlosigkeit, und von den Gästen begann einer nach dem anderen, sein Glas zu leeren, allen voran Rospigliosi. Ihn schien die Eröffnung mehr als alle anderen in Unruhe zu versetzen, und auf die Frage von Lorenzo Carafa, ob er von dem drohenden Unheil gewußt habe, antwortete er ausweichend, der Papst habe Kopernikus' Schriften über die Bewegung der Gestirne auf den Index gesetzt, und es sei einem frommen Christenmenschen bei Strafe der Exkommunikation untersagt, ihren Inhalt zur Kenntnis zu nehmen oder gar zu verbreiten. Luther, der, bei Gott, nicht im Verdacht stehe, ein Parteigänger des Papstes zu sein, habe Kopernikus einen Narren gescholten, welcher die gesamte Kunst der Astronomie umkehren wolle. Und wie in der Schrift nachzulesen sei, habe Josua die Sonne stillzustehen geheißen und nicht die Erde.

Die jungen Männer um Rospigliosi nickten zur Bekräftigung.

Leberecht hingegen bemerkte trocken: »Fragt sich nur, wem man mehr Glauben schenken kann, Josua, dem alten Haudegen von Kanaan, oder Kopernikus, dem in allen Wissenschaften erfahrenen Gelehrten?«

Panta, die Leberecht bisher nur geringe Beachtung entgegengebracht hatte, warf ihm nun bewundernde Blicke zu, weniger wegen seines Wissens und seiner Bildung als aufgrund des Mutes, den der Steinmetz von St. Peter an den Tag legte, und kaum vernehmbar raunte sie ihm zu: »Seid vorsichtig mit Euren Äußerungen. Lorenzo hat die Angewohnheit, nicht nur seine Freunde einzuladen, er tafelt auch mit seinen Feinden, um sie zu demütigen, und diese Leute tragen jedes unrechte Wort hinaus. Es würde mich nicht wundern, wenn morgen ganz Rom von der Prophezeiung des Kopernikus reden würde.«

»Dies«, erwiderte Leberecht flüsternd, »liegt durchaus in meiner Absicht. Im übrigen müßt Ihr Euch um mich nicht sorgen. Die Inquisition ist mehr um mein Leben bedacht als um meinen Tod.«

Panta verstand die Bemerkung nicht, sie schrieb sie wohl eher dem Wein zu, dem die Gäste nun immer heftiger zusprachen, und der aus silbernen Kannen gereicht wurde. Am Tischende begann die schöne Begleiterin eines unscheinbaren Monsignore, die den Würdenträger um einen Kopf überragte, so daß dieser zu ihr aufsah wie zu einer wundertätigen Ikone, in ihr Taschentuch zu schluchzen, was wiederum ihren Begleiter zu Tränen rührte und zu stillem Gebet veranlaßte.

Im Nu bildete sich eine Traube von trunkenen Menschen um Leberecht, die ihn mit Fragen bestürmten nach der Glaubhaftigkeit des Kopernikus, dem genauen Tag des Endes und der Schrift, in der seine Erkenntnis verzeichnet sei. Und nachdem er alle Fragen bis auf jene, wo das Buch des Kopernikus zu finden sei, beantwortet hatte, schien es, als teilten sich die Gäste in unterschiedliche Lager. Die einen begannen zu lamentieren und alle Heiligen anzurufen, während die anderen sich mit dem Ruf *»nunc est bibendum«** dem Trunk hingaben, einer Schwelgerei, Prasserei, Völlerei und Sinneslust, als würden sie den folgenden Tag nicht mehr erleben. Das war ein Rülpsen, Grunzen, Schmatzen und Stöhnen, ein Fluchen, Singen und Jubilieren, und kaum einer achtete auf den anderen.

Als der Eminentissimus Rodrigo Torella, Präfekt des Rates für die Ersetzung des hebräischen Wortes »Amen« durch das lateinische »sic« und Titular von Pietrovalle laut und inbrünstig zu fluchen begann, wobei er ein nicht näher bezeichnetes Sakrament auf übelste Weise beschimpfte, als Monsignore Frederico Pacioli, Berater und Intimfreund des gefürchteten Kardinals del Monte,

* Jetzt muß gesoffen werden!

ein höchst unziemliches Liedchen vortrug, in welchem, soweit man seine weinschwere Zunge überhaupt noch verstehen konnte, der ellenlange Phallus des Gottes Priapos eine bedeutende Rolle spielte, als sittsam gekleidete Kurialbeamte, deren verinnerlichtes Äußeres nur von Pius V. übertroffen wurde, anfingen, den anwesenden Kurtisanen Kußhändchen zuzuwerfen oder diese gar mit obszönen Gesten zu attackieren – ein Anblick, der in seiner Unbeholfenheit zum Lachen herausforderte –, da drohte das vornehme Fest zu einer jener Straßenorgien zu verkommen, wie sie zur Sommerszeit unter den Tiberbrücken stattfanden.

Von den übrigen Gästen unbemerkt hatte sich Kardinal Lorenzo mit Martha, seiner Tischdame, entfernt, um ihr die prachtvoll ausgestatteten Räume des Palazzo zu zeigen. Martha war beeindruckt von all dem Prunk, Kunstwerken aus weißem Marmor, Gemälden von Raffael und Leonardo und dem modischen Mobiliar aus exotischen Hölzern. War es die Schwere des Weins oder die Verzweiflung des Augenblicks, daß Martha sich von den geistreichen Schmeicheleien des Kardinals umgarnen ließ wie eine unerfahrene Jungfrau?

Ihren Einwand, das drohende Ende der Menschheit solle zur Einkehr bewegen, zerstreute Lorenzo mit dem Hinweis, wenn das Ende unabwendbar und ohne Richter sei, dann bedürfe es keiner Reue und Selbstkasteiung; vielmehr solle ein jeder den Augenblick leben und seinen Gefühlen freien Lauf lassen, wie es der Dichter Horaz gepredigt habe, welcher, anders als die großen Philosophen, der einzig Glückliche war, als er starb.

Als Martha sich zierte, das purpurne Schlafzimmer des Kardinals zu betreten, da kniete der Kardinal vor ihr nieder, faßte ihre Hände und bedeckte sie mit Küssen und sprach: »Von dem Augenblick, als ich Euch zum erstenmal begegnete – ich entsinne mich wohl –, habt Ihr mich hundertmal in Gedanken verführt.«

Vergeblich suchte Martha sich aus der Umklammerung des

Kardinals zu befreien. Dabei nahm sie seine Worte weit weniger ernst, als sie gemeint waren, und sie erwiderte: »Hochwürdiger Herr Kardinal, Ihr seid nicht nur galant, Ihr seid auch ein vorzüglicher Schmeichler.«

»Ich ein Schmeichler? Edle Signora, davon bin ich so weit entfernt wie die Neue Welt von der Alten. Wie groß ist die Zahl derer, die Euch gesagt hat, wie schön und begehrlich Ihr seid? Es muß ein Heer von Männern sein. Ist es nicht so?«

Wie der Kardinal mit wohlbedachten Komplimenten um sich warf, wie er sie in gesetzte Wort kleidete, das machte Martha verlegen, und sie errötete.

Lorenzo Carafa bemerkte es sofort, und er verstand es, der Situation mit den rechten Worten zu begegnen, indem er sagte: »Sollte ich Euch, schöne Donna Martha, mit meinen Worten verletzt haben, sollte meine stürmische Freimütigkeit die Grenzen unersättlicher Verehrung überschritten haben, so tadelt mich, fordert meine Buße. Vor Euch kniet ein in jeder Hinsicht Bußfertiger. Sprecht, edle Schöne, aber laßt mich nicht allein zurück in meiner Verehrung!«

Martha, verwirrt von der kultivierten Leidenschaft des Kardinals, atmete heftig: »Ich wäre Euch verpflichtet, wenn Ihr Eure Sprache ändern würdet, wenn Ihr so mit mir redetet, wie es einer Frau meines Standes zukommt.«

»Donna Martha«, erwiderte der Kardinal, »wollte ich diesem Wunsche Folge leisten, so müßte ich in geschliffenem Latein oder in allerliebstem Französisch mit Euch parlieren, wie es einer Königin zukommt. Doch erspart mir diese Torturen, laßt uns so miteinander plaudern, wie es dem Empfinden unserer Herzen entspricht. Ich, Signora, spreche aus meinem Herzen, doch Ihr antwortet nur mit dem Verstand. Warum, meine Schöne, warum?«

Martha hätte nie gedacht, daß die Rede eines Mannes sie so

in Bedrängnis bringen könnte. Sie fürchtete sich vor ihrer eigenen Stimme; um angemessen zu antworten, hätte es größerer Kunstfertigkeit bedurft, als sie aufzubringen imstande war. Deshalb schwieg sie lieber und sah den Kardinal nur mit großen Augen an.

Dieser Blick genügte, um den immer noch vor ihr knienden Mann in allerhöchste Unruhe zu versetzen. »O kennte ich nur Eure Vorlieben«, fuhr er fort, »o wüßte ich um Eure besonderen Leidenschaften, Euren speziellen Geschmack! Wäret Ihr eine von jenen Frauen, welche die Poesie lieben, aus Furcht, ihr Herz könnte von Leidenschaft verdorben werden, wie süß müßte es sein, Euch sagen zu können, ich hieße Dante Alighieri oder Horatius Flaccus. Wäret Ihr den süßen Tönen der Musik verfallen, so träte ich Euch als Palestrina oder Orlando di Lasso gegenüber. Beflügelte die Malerei Eure Gedanken, so würde ich mich, welch ein Glück, Botticelli oder Raffael nennen. Wäret Ihr aber fromm, so würde ich beim nächsten Konklave alle Kardinäle mit meinem gesamten Vermögen bestechen, damit sie mich zum Papst wählten; und hättet Ihr es weniger mit der Frömmigkeit, so wäre ich bereit, dem Teufel meine Seele zu verschreiben.«

Martha lachte befreit, weil der Kardinal es auf wirklich bewundernswerte Weise verstand, sie zu umgarnen, ja, sie fragte sich, ob sich überhaupt jemals eine Frau diesem Kavalier widersetzt hatte. Gewiß hatte Carafa eine Rede wie diese schon oft geführt, dennoch gab er ihr das Gefühl, sie sei die erste und einzige, die er mit seinen Komplimenten verfolgte, und sie sagte: »Erhebt Euch, hochwürdigster Herr Kardinal, es ist unangenehm, auf Euch herabzusehen.«

Carafa erhob sich, glättete seinen purpurnen Habit und meinte: »Ich habe Euch doch nicht beleidigt, schöne Frau. Aber Ihr müßt wissen, so wie die reine Liebe von Ehrfurcht beherrscht wird, so kann diese reine Liebe für einen Augenblick von einem unsinnigen Verlangen erfüllt sein. Dies war ein solcher Augenblick, und ich bitte um Nachsicht für meine ungezähmten Gefühle.«

»Nur ein Augenblick?« fragte Martha kokett. Das Werben des Kardinals, das sie in dieser gewählten Form noch von keinem Mann erfahren hatte, bereitete ihr, trotz aller Bedenken, Vergnügen; jedenfalls waren Carafas Worte geeignet, die trübe Endzeitstimmung, die Ausweglosigkeit des Schicksals vergessen zu lassen.

»O nein«, antwortete der Kardinal, »tausendmal nein, der Augenblick bezog sich nur auf meine Zügellosigkeit, auf die losen Gedanken, die sich meiner bemächtigten. Doch nennt mir den Mann, der Euch betrachtet, Donna Martha, dieses schöne Antlitz umrahmt von roten Haaren, diesen schönen Körper in seiner geschwungenen Anmut, in der ganzen Fülle seiner Vollkommenheit, nennt mir den Mann, welcher in Eurem Anblick nicht die Ehrfurcht vergäße, die einer Heiligen wie Euch zukommt.«

Scharmutzierend und ohne Widerstand von seiten Marthas geleitete Lorenzo Carafa die Angebetete in sein Boudoir, welches von hundert Kerzen in weiches helles Licht getaucht wurde. Das Bett in der Mitte des Raumes trug einen prunkvollen, blaugrünen Baldachin wie ein orientalisches Zelt. Es erhob sich auf einem weißen Marmorsockel und wäre geeignet gewesen, der gesamten Dienerschaft Platz zu bieten. Vor der rechten Wand stand ein Divan aus gelbem Brokat, überhäuft mit bunten Kissen aus Seide, und Martha kam bereitwillig der Einladung des Kardinals nach und ließ sich in den weichen Kissen nieder.

Ein Diener, so vornehm gekleidet und von puppenhaftem Aussehen, daß er dem großen Raffael als Modell hätte gedient haben können, reichte Wein in funkelndem Kristall und entfernte sich durch eine unsichtbare Tür so diskret, als hätte ihn die Wand verschluckt. Carafa hatte indes auf einem Kissen zu Füßen

Marthas Platz genommen – ein possierlicher Anblick in Anbetracht des purpurnen Habits aus glitzernder Seide – und betrachtete sie mit freudigem Entzücken und kopfloser Schwärmerei.

Dieses linkisch, in gewisser Weise sogar verlegen wirkende Verhalten hatte Martha von dem Kardinal, der als Schwerenöter galt, nicht erwartet; jedenfalls stärkte es ihre eigene Selbstsicherheit, ja, sie fühlte sich Carafa überlegen. Wenn sie seine purpurroten Schuhe mit dem Kreuz auf dem Spann und die seidenen Strümpfe betrachtete, welche in der Gegend der Waden kaum eine Rundung zeigten, dann mußte sie sogar schmunzeln über den vornehmen und eitlen Mann, dem sie, seit sie ihn kannte, wenig Bewunderung entgegengebracht hatte und der ihr nun zu Füßen lag wie ein Straßenköter.

Dennoch bedurfte es, erleichtert durch die Wirkung des Weines, nur eines kurzen Anflugs von Wahnsinn, daß Martha sich Lorenzo Carafa hingab, zügellos und mit lauten Schreien der Lust, bis ihr die Sinne schwanden. Als sie wieder zu sich kam, lag sie halb entkleidet auf dem Fußboden, und ihr war, als erwachte sie aus einem törichten Traum voll unsinniger Begebenheiten. Sie begriff nicht, warum sie an diesem Ort lag, und konnte sich auch nicht erinnern, was sich in diesem luxuriösen Boudoir abgespielt hatte.

Erst als sie den Kardinal entdeckte, der, seiner Purpurtracht entledigt, schwer atmend wie ein dampfendes Roß auf dem Divan lag und triumphierte, er habe es mit Gottes Hilfe achtmal gemacht, da kehrte die Erinnerung zurück, und Martha wurde von so heftiger Verzweiflung ergriffen, daß sie sich mit beiden Händen auf die Stirn schlug. Sie erhob sich und ordnete ihre Kleider; taumelnd suchte sie den Weg zurück zu der übrigen Gesellschaft.

Weder Leberecht noch einem anderen Gast war die Abwesenheit Marthas und des Kardinals aufgefallen; denn bei allen hatte sich, ausgelöst durch Leberechts Erklärung, eine Stimmung breitgemacht, welche bei unterschiedlichen Charakteren die verschiedensten Reaktionen auslöste. Die schönen Knaben um Daniele Rospigliosi lamentierten wie Klageweiber und ließen ihren Tränen freien Lauf. Ihre geschmeidigen Leiber waren ineinander verschlungen, und in ihrer Mitte kniete Rospigliosi, bedrängt wie Laokoon von den Schlangen. Monsignore Paciolis Vorrat an zotigen Liedchen und Gedichten schien endlos; er hatte sich, der Heilige Geist mochte wissen warum, seines purpurgesäumten Talars entledigt und in höchst klerikaler Unterwäsche, Beinkleider bis zum Knie und Ärmel bis zur Elle, deren Säume von kunstfertigen Nonnen mit dem Zeichen des Kreuzes und den Symbolen der vier Evangelisten Löwe, Mensch, Stier und Adler rot bestickt waren, auf ein Podium begeben, das dem Sangeschor als Bühne gedient hatte, und brachte mit Inbrunst endlose Strophen zum Vortrag. Und obwohl ihm nach anfänglichem Interesse kaum jemand zuhörte, fuhr er fort, bis seine weinschwere Sprache kaum noch verstanden werden konnte.

Im Schutze des weißen Damasts, mit dem der Tisch im Speisezimmer gedeckt war, gaben sich eine käufliche und eine ehrbare Frau einem leibhaftigen Exorzisten hin, welcher von der einen im Venus-Fieber geritten wurde, während die andere sein gesalbtes Haupt zwischen ihren festen Schenkeln gefangen hielt, daß dem Geistlichen Rat Hören und Sehen vergingen. Der Exorzist jubilierte und verdrehte die Augen zum Himmel, als sei ihm die heilige Jungfrau erschienen, und in seiner Ekstase rief er unter dem Tischtuch hervor die unwiderlegbaren Worte des heiligen Augustinus: »*Aetas deseruit, vita deseruit, non cupiditas!*«*

»Er scheint in einer Nacht nachholen zu wollen, was er in seinem ganzen Leben versäumt hat«, meinte Panta mit einer abfäl-

* Die Zeit vergeht und das Leben, aber nicht die Begehrlichkeit.

ligen Handbewegung, an Leberecht gewandt. Die Kurtisane von Kardinal del Monte und Gasparo Biancho schien als einzige unter den Gästen die Ankündigung des Weltuntergangs wenig zu beeindrucken. »Ich jedenfalls«, meinte sie mit einem verächtlichen Blick auf die angetrunkenen, lamentierenden und herumhurenden Gäste, »ich habe nichts nachzuholen. Ich habe nie nach den bigotten Regeln der Kirche gelebt, war nie fromm, nicht einmal gläubig. Ich habe dem Kaiser gegeben, was des Kaisers ist, und dem Papst, was er verlangte. Ich habe jede Leidenschaft ausgelebt, der Lust gehuldigt wie dem Laster. Mein Gott ist das Geld, mein Himmelreich der Luxus. Von beidem habe ich mehr als genug. Und wenn dieser gottverdammte Stern auf uns herniedergeht, dann soll es sein, wie es ist.«

Leberecht schüttelte den Kopf. »Von allen hätte ich diese Reaktion erwartet, nur nicht von Euch. Seht sie Euch doch an, diese armseligen Kreaturen in ihren nach Weihrauch stinkenden Verkleidungen. Glaubte auch nur einer von ihnen an die Lehre der Kirche, so müßte er sich erheben und verkünden: Es kann nicht sein, was Kopernikus errechnet hat, weil es wider die Schrift ist und wider das Wort Gottes. Aber sie glauben ihre eigenen Predigten nicht, mißtrauen ihrer eigenen Lehre! Gibt es einen besseren Beweis, daß Gott die Welt verlassen hat? Sie verteufeln die alten Römer als Heiden, aber sie handeln nicht anders als diese: Sie töten den Überbringer einer schlechten Nachricht, anstatt sich mit der Nachricht auseinanderzusetzen.«

»Ihr spielt auf den Tod der Astronomen an?«

»Woher wißt Ihr?«

»Ich bin die Kurtisane Panta, junger Freund, ich teile das Bett mit dem einflußreichen Kardinal del Monte!«

»Verzeiht, ich vergaß ...«

»Schon vergeben. Aber wenn ich mir einen Einwand erlauben darf, mich wundert Eure Offenheit; ich meine, nach den Erfahrungen der letzten Zeit müßtet Ihr doch zuallererst um Euer Leben fürchten. Wo nehmt Ihr den Mut her?«

»Dahinter, verehrte Panta, verbirgt sich ein Geheimnis.«

»Ein Geheimnis? Welches? Sprecht!«

»Ich denke, Ihr seid die Kurtisane eines einflußreichen Kardinals?« Leberecht grinste.

»Ich brenne vor Neugierde!«

»Aber ich werde diesen Brand nicht löschen! Es ist besser für Euch, und besser für mich.«

Die Kurtisane war viel zu schlau, im übrigen auch viel zu stolz, um Leberecht zu bedrängen; vor allem verfügte sie über Verbindungen in höchste Kreise, und es würde nur einen Wink erfordern, um sie von den geheimen Vorgängen zu unterrichten. Aber dieser selbstbewußte Steinmetz von St. Peter begann ihr zu gefallen, und sie gab das ihrem Gegenüber mit feurigen Blicken zu erkennen.

»Ich hoffe Euch mit Eurer Geliebten bei einem meiner Gartenfeste zu sehen«, meinte sie unvermittelt, und sie fügte, was Martha betraf, hinzu: »Ihr solltet auf Eure Frau mehr aufpassen, wenn Ihr mir die Bemerkung gestattet. Sie ist eine außergewöhnliche Schönheit, und schöne Frauen gehören nie einem allein – vor allem nicht in Rom!« Dabei lächelte sie vielsagend.

Leberecht nahm die Bemerkung nicht weiter ernst, aber doch zum Anlaß, nach Martha zu suchen. Er fühlte sich angewidert von dem Chaos, in dem das Purpurfest geendet hatte, wenngleich er selbst nicht ganz schuldlos daran war. So stand er von der Tafel auf, um die Räume des Palazzo zu durchforschen.

Im Vestibül stieß er auf Lorenzo Carafa. Der Kardinal, sichtlich angetrunken, hatte den Purpur gewechselt, und als Leberecht eintrat, begann er ihn mit Komplimenten über seine Frau Martha zu bedrängen. Sie sei schön wie eine griechische Göttin, und der Mann, dem sie gehöre, müsse der glücklichste auf Erden sein. Ob er sie ihm nicht verkaufen wolle gegen Ländereien am Pincio und einen Palast in der Stadt, um Gold oder was immer er für das Prachtweib verlange.

Den Kardinal ernst zu nehmen fiel schon in nüchternem Zustand schwer, und dieses unmoralische Angebot mußte man wohl dem übermäßigen Weingenuß zuschreiben. Jedenfalls ging Leberecht nicht näher auf ihn ein, und er erkundigte sich, ob Lorenzo Martha begegnet sei.

»Sie ist hier allgegenwärtig!« schwärmte der Kardinal im Zustand der Trunkenheit. »Wem Signora Martha je begegnet ist, der trägt ihr Bild in seinem Herzen.« Dabei preßte er die gefalteten Hände auf seine Purpurbrust.

Da mit Lorenzo offensichtlich nicht mehr zu reden war, begab sich Leberecht allein auf die Suche. Im Treppenhaus begegnete er Rudolfo, dem deutschsprachigen Kammerdiener des Kardinals. Dieser berichtete, er habe Donna Martha zusammen mit dem Eminentissimus gesehen, zuletzt sei er ihr im Atrium begegnet, das sie mit schnellen Schritten durcheilt habe, als befinde sie sich auf der Flucht vor Verfolgern. Sie habe einen verstörten Eindruck gemacht wie die meisten Gäste.

Einen verstörten Eindruck? Was in aller Welt sollte Martha verwirrt haben? Sie wußte doch um die Prophezeiung des Kopernikus. Darin unterschied sie sich von allen anderen Gästen, die auf seine Ankündigung entsetzt, bestürzt und kopflos reagiert hatten.

Leberecht begann sich jetzt ernsthafte Sorgen zu machen. Als er Martha, nachdem er alle Räume des Palazzo durchsucht hatte, über trunkene, kopulierende und lamentierende Leiber gestiegen war, nicht fand, da kam ihm der Gedanke in den Sinn, ihre Verwirrtheit könne mit ihrem Sohn Christoph in Zusammenhang stehen, der vom Umgang mit Zahlen und den geistlichen Herren der Kurie verblendet, die eigene Mutter bespitzelte.

So endete das Purpurfest auch für Leberecht mit einem Verhängnis. Denn von Martha fehlte jede Spur. Die Hoffnung, sie habe sich allein nach Hause begeben, bewahrheitete sich nicht. Martha blieb verschwunden.

Auch als Leberecht im Morgengrauen zum Palazzo des Kardinals zurückkehrte, um nach dem Verbleib Marthas zu forschen, bekam er keine Auskunft. Auf dem Boden lagen betrunkene, schlafende und bekotzte Würdenträger herum. Rospigliosi lallte mit dem Gesicht in einer Lache Wein ein Gedicht über den Schwanz des Teufels, und auch von Lorenzo Carafa, der sich volltrunken unter großer Anteilnahme und Hilfestellung der Dienerschaft bereits zu Bett begeben hatte, war keine Auskunft zu bekommen.

»Martha!« schluchzte Leberecht, immer wieder: »Martha!«, während er abermals durch die kalten leeren Straßen den Weg heimwärts suchte. Den Gedanken, Clavius aufzusuchen, verwarf er wieder; denn wenn Marthas Verschwinden mit ihrem Sohn in Zusammenhang stand, dann wäre dieser gewiß der letzte, der ihm bei seinen Nachforschungen helfen würde.

In Gedanken versunken, trottete Leberecht in Richtung Pantheon. Er machte sich Vorwürfe, daß er die geliebte Frau unbedacht aus den Augen gelassen hatte, zumal ihn schon seit langem der Verdacht plagte, daß er verfolgt wurde und unter ständiger Beobachtung stand.

Gewiß, die Inquisition ließ Menschen spurlos verschwinden, andere tauchten nach Tagen kopflos im braunen Wasser des Tibers auf. Es gab Gerüchte von geheimen unterirdischen Verliesen zwischen Engelsburg und Vatikan, in denen Hunderte schmachteten; aber keiner, der davon erzählte, hatte je einen Fuß in eines dieser Gefängnisse gesetzt.

Daß Martha ein Opfer der Inquisition geworden sein könnte, daß sie von Schergen des Heiligen Offiziums entführt worden sei, erschien Leberecht eher unwahrscheinlich. Denn mußten die Dominikaner nicht fürchten, daß er in diesem Fall mit dem Buch des Kopernikus an die Öffentlichkeit trat? Oder hatte er beim Purpurfest des Kardinals schon zuviel verraten?

KAPITEL XI

Furcht und Verblendung

Gleich einem Höllenfeuer verbreitete sich die Ankündigung der Endzeit über die Stadt, und noch ehe die matte Wintersonne am folgenden Tag ihren Zenit erreicht hatte, war auf den Plätzen Roms ein Raunen, Flüstern, Brummen und Brodeln zu hören – das Gerücht ging wie eine ansteckende Krankheit von Mund zu Mund. Wildfremde Menschen, die sich begegneten, darunter Herren geistlichen Standes, bekreuzigten sich mit der linken Hand, Zeichen des Teufels und sichtbare Verhöhnung frommer Zeremonien, denen nun keine Bedeutung mehr zukam.

Leberecht ließ seine Arbeit ruhen, um auf der Suche nach Martha die Stadt zu durchstreifen – vergebens. Gegen Mittag, als Kardinal Carafa wieder ansprechbar war, ohne ihm jedoch einen entscheidenden Hinweis zu geben, fand Leberecht eine neue Spur. Ein Page wollte beobachtet haben, daß Martha um die dritte Stunde des Tages, bei Dunkelheit, den Palazzo überstürzt verlassen habe, gefolgt von einem Mann, den er, weil er sein Gesicht gegen die Kälte hinter einem Tuch verbarg, nicht erkannte. Er habe dem Ereignis keine Bedeutung beigemessen und aus diesem Grund könne er auch nicht sagen in welche Richtung die Schöne gegangen und ob sie tatsächlich von dem Mann ohne Gesicht verfolgt worden sei.

Das Gerücht vom Weltuntergang war inzwischen zum Vatikan vorgedrungen. An den Baugerüsten von St. Peter flatterten Zettel mit der Aufschrift: *Der Papst ist ein Ochse, läßt sich ein Denkmal setzen für die Ewigkeit, dabei wird es stürzen, noch ehe es vollendet ist.* Die Steinschneider, die kräftigsten, aber auch rüdesten unter den Dombauarbeitern, weigerten sich weiterzuschuften, da ihre Tätigkeit ohnehin für die Katz sei. Zwei Dutzend von ihnen maskierten sich mit bunten Gauklerkleidern und langen dicken Nasen, welche die Form eines männlichen Gliedes aufwiesen, und zogen mit Eseln und Maultieren über den Petersplatz zum Palastportal und riefen höhnisch: *»Pius, Pius, finis, finis!«**

Der *Pontifex maximus* beobachtete das aufgebrachte Treiben hinter seinen Fenstern und gab in seiner Hilflosigkeit den Befehl aus, alle Glocken der Stadt auf einmal zu läuten – eine verhängnisvolle Weisung, wie sich herausstellen sollte, denn die Römer faßten das hundertfache Geläute als fromme Bestätigung des Gerüchtes auf, und selbst jene, denen die Prophezeiung bisher verborgen geblieben war, wurden auf diese Weise zu Mitwissern des drohenden Ereignisses.

In das Klagegeschrei, das vornehmlich in den Straßen der Reichen, am Pincio und Janiculo, zu vernehmen war, mischten sich die Gaukler, von denen es Unmengen gab in dieser Stadt, mit übermütigen Gesängen, Tänzen und Schauspielen. Vor dem Brunnen auf der Piazza Navona formten neapolitanische Schausteller, die vor der spanischen Inquisition geflüchtet waren, schamlose lebende Bilder, welche sie bisher nie zu zeigen gewagt hatten, weil sie gegen die guten Sitten oder die Lehre der Kirche gerichtet waren. Nun aber ließen sie unter dem Johlen ihrer Zuschauer der Unzucht freien Lauf, setzten sich starr in Positur und stellten das letzte Abendmahl nach, so wie es Leonardo gemalt

* Pius, Pius, [es ist zu] Ende, [zu] Ende!

hatte. Doch während die Apostel ihren Vorbildern aufs Haar glichen, wurde die Rolle des Herrn Jesus von einem unbekleideten Mädchen gespielt, welches alle Augen auf sich zog. In Windeseile und unter den Augen des Publikums zogen sich die Gaukler um und formten ein neues Bild, das dem ersten an Obszönität nicht nachstand. Dabei diente der Tisch, an welchem soeben das Abendmahl stattfand, als Pranger. Auf ihm standen, an einen Schandpfahl gefesselt, ein Mann und eine schöne Frau, beide in Frauenkleidern. Das Kleid des Mannes war hochgeschürzt bis zu seiner Männlichkeit, während jenes der feinen Dame alles sehen ließ, was eine begehrliche Frau ausmacht. Die Szene erinnerte an eine Begebenheit unter Papst Alexander VI., als die Kurtisane Corsetta mit einem Schwarzen verkehrte, welcher sich in Frauenkleidern bewegte und den Namen »Schwarze Barbara« trug. Als der Schwindel aufkam, waren beide in der geschilderten Aufmachung an den Pranger gestellt worden.

Wenige Schritte entfernt tanzten die Jungen wilde Tänze, wilder als der Sacco di Roma und jeder andere Krieg, weil sie ihre lüsternen Leiber aneinanderrieben und Bewegungen ausführten, wie sie nur Mann und Frau zum Zwecke der Fortpflanzung gestattet waren. Anders als bei den Schreit- und Springtänzen, welche seit Jahrhunderten das Volk erfreuten, standen die Tanzenden nicht nebeneinander, sondern Gesicht zu Gesicht, so daß allein dieser Anblick sündhafte Gedanken heraufbeschwor.

Rechtschaffene Bürger, deren Äußeres Geld oder Vermögen verriet, wurden am hellen Tage von Räuberbanden überfallen, geschlagen, gefesselt, ihrer Kleider und ihres Geldes beraubt und mit nach hinten gebundenen Armen an Bäumen oder Hoftoren aufgehängt. Dann entzündete man Feuer unter ihren Füßen und erfreute sich an ihren zappelnden Bewegungen.

In den vornehmen Straßen wie der Via Giulia wurden Dächer von den Häusern gerissen, Fenster und Türen eingetreten und ihre Besitzer, so sie Widerstand leisteten, totgeschlagen. Behörden, Aufseher und Soldaten sahen dem Treiben nicht nur tatenlos zu, sie beteiligten sich sogar an den Beutezügen. Am übelsten spielte der Pöbel den Dominikanern mit, welche die Ämter der Inquisition innehatten. Ihre Klöster wurden gestürmt und die Mönche bis zur Erschöpfung durch die Stadt gejagt; einigen schnitt man die Kehlen durch. Jene, welche durch Inquisitionsurteile namentlich bekannt waren, wurden mit Scharlachstrümpfen erdrosselt und auf Straßen und Plätzen liegengelassen.

Aus Angst vor Räubern und Mördern verrammelten die Römer ihre Häuser. Papst Pius ließ vor seinem Palast doppelte Wachen aufmarschieren, ebenso die Herren Kardinäle und ihre wohlgelittenen Kurtisanen.

Die letzten Zweifler wurden am folgenden Tag eines Besseren belehrt, weil an verschiedenen Orten in der Stadt Schlangen in großer Zahl gesichtet wurden, die Tiere des Teufels. Weiber rannten um ihr Leben, und mutige Männer nahmen mit Fackeln und Schwertern den Kampf auf und zerstückelten und verbrannten die Ungeheuer. Und obwohl Schlangen für gewöhnlich das Feuer meiden, sammelten sich dort, wo die Schlangen verbrannt wurden, immer mehr solcher Tiere, und Wahrsager verkündeten, dies sei das Zeichen, daß der Teufel von der Stadt Rom bereits Besitz ergriffen habe.

Im Kloster der Minerva geschah ein weiteres Wunder. Ein Frater vom dritten Predigerorden, klein und buckelig, starb im gesegneten Alter von annähernd hundert Jahren. Die Prediger legten ihn in einen schlichten Holzsarg und bahrten ihn in der Kirche ihres Klosters auf. Kaum war das geschehen, da begann sich der tote Buckelige zu strecken und zu dehnen und den Sarg zu sprengen, ohne das Leben wiederzuerlangen, und die Predigermönche behaupteten, fern des Verdachts der Lüge, dem entseelten Frater seien auf beiden Seiten der Stirn Hörner gewachsen, als sei's der Leibhaftige. Da hätten sie seine Leiche verbrannt und die Asche in den Tiber gestreut.

Von den Wächtern der Katakomben an der Appischen Straße wurden geheime unterirdische Gänge verkauft, dreihundert Fuß unter der Erde und vielleicht die einzige Möglichkeit, der Endzeitkatastrophe zu entgehen. Und so kam es, daß die Wächter, die zuvor zu den Ärmsten der Armen zählten, nun auf einmal vom Reichtum gesegnet und in der Lage waren, der Völlerei und Faulheit zu frönen, von der sie immer geträumt hatten.

Überhaupt kam dem Fressen und Saufen die größte Bedeutung zu. Als hätten sie Jahre der Entbehrung hinter sich gebracht, gedarbt und gehungert, begannen die Menschen sich prasserischen Tafelfreuden hinzugeben wie noch nie zuvor. Es schien, als wollten sie in kurzer Zeit all das in sich hineinstopfen, wovon sie schon immer geträumt hatten. Fleisch, Meeresgetier und exotische Früchte, welche eher selten auf dem Tisch standen und dann nur bei wohlhabenden Leuten, erfreuten sich nun großer Nachfrage, und die Fischer und Händler aus Ostia und der Campagna konnten gar nicht genug Ware herbeischaffen.

Hinzu kam, daß die Stimmung immer zügelloser wurde, immer widerwärtiger und ausfallender und daß, was Sitte und Anstand betraf, die Kurie jeden Tag mehr an Einfluß verlor. Einfache Pfaffen und Kardinäle mit Leibwächtern und Dienerschaft wurden auf offener Straße überfallen und ihrer Pretiosen beraubt, und so keine vorhanden, zogen die Räuber ihnen ihre Kleider aus und machten sich damit aus dem Staub.

Das gemeine Volk hatte jeden Respekt vor der Obrigkeit verloren, ja, der Haß ging so weit, daß jeder, der einem anderen in irgendeiner Art überlegen war – sei es durch Stand, Reichtum oder Einfluß –, um sein Leben bangen mußte. Das Volk lebte in einem Taumel der Zügellosigkeit, und selbst die, welche aus Gründen der Frömmigkeit oder weil sie jeder Wissenschaft mit

Mißtrauen begegneten, dem Fluch des Kopernikus keinen Glauben schenkten, wurden mitgerissen von der allgemeinen Stimmung.

Wie nicht anders zu erwarten, litt die heilige Mutter Kirche am meisten unter der Prophezeiung. Die Pfaffen wurden zum Gespött der Leute. Aus Angst vor Plünderungen hielten sie ihre Kirchen verschlossen. Mönche und Nonnen entledigten sich ihrer Kutten; sie vergaßen Keuschheit und Armut und ließen ihre Klöster im Stich oder entweihten die heiligen Stätten, indem sie auf Altären Unzucht oder mit Bildern der Heiligen Spott trieben.

In Rom herrschte das Chaos, und dieses Chaos erschwerte Leberechts Suche nach Martha noch mehr. Sie war seit drei Tagen verschwunden, und es schien, als habe die Erde sie verschluckt. Wo immer er fragte, niemand hatte sie gesehen. Mit Hilfe Carvacchis hatte er Kontakt zur Kurie und der Inquisition aufgenommen, aber auch dort nur unbefriedigende Antworten erhalten.

Nicht weit von seinem Haus entfernt, auf halbem Weg zwischen dem Pantheon und der Kirche Santa Maria sopra Minerva, lebte auf dem Dach eines hohen Hauses eine alte weißhaarige Frau, die er oft von der Straße beobachtet hatte. Ihre Behausung war eine Hütte aus Holz auf dem flachen Dach, welche vor vielen, vielen Jahren wie ein bunter Pilz über Nacht aus dem Boden gewachsen war. Und weil Cassandra, so nannte sich die alte Frau, nachgesagt wurde, sie verfüge über das zweite Gesicht, und weil sie in ihrer luftigen Behausung niemandem im Wege stand, ließ sie der Hausbesitzer gewähren.

Cassandra lebte von dem, was ihr die Leute gaben, die zu ihr kamen, um zu erfahren, was die Zukunft brächte. Nun aber, da das Ende der Welt bevorstand, nahm kaum jemand ihre Dienste in Anspruch.

In seiner Verzweiflung und weil er nicht mehr weiter wußte, begab sich Leberecht am vierten Tage zu der Seherin, um sie nach Marthas Schicksal zu befragen. Über das Dach pfiff ein eiskalter Wind, als er an der Tür der heruntergekommenen Hütte klopfte. Cassandra lag im Bett, einer Art Verschlag, ähnlich jenen Holzkäfigen, in denen Geflügel gehalten wurde. In der Hütte gab es keine Möglichkeit zum Heizen, und deshalb hatte die Alte sich mit allen Kleidungsstücken zugedeckt, die sie ihr eigen nannte.

Nachdem Leberecht seinen Wunsch vorgebracht hatte, erklärte Cassandra, sie benötige für ihre Weissagung die Leber eines frisch geschlachteten Schafes. In einer anderen Situation hätte Leberecht die Alte verlacht und das Weite gesucht, so aber ging er zum nahen Schlachthaus, kaufte eine Schafsleber und kehrte mit dem blutigen Organ zu Cassandra zurück. Die Leber, meinte Cassandra, während sie ihre langen, dürren Finger über das glitschige Etwas gleiten ließ, sei ein genaues Abbild des Kosmos, sozusagen das Weltall im Kleinen, so daß auf diesem Organ Gegenwart, Vergangenheit und Zukunft zu erkennen seien, je nach der Beschaffenheit. Der obere Pyramidalfortsatz, *caput iocineris* genannt, verheiße Glück, wenn dieser groß und kräftig sei, wohingegen ein unterentwickelter Fortsatz nichts Gutes erwarten lasse.

Leberecht verfolgte Cassandras Fingerspiel mit Mißtrauen, und weil sie mit einem Mal verstummte, stellte er ihr die Frage: »Was könnt ihr aus dem Fortsatz erkennen, sprecht!«

Die Alte wiegte den Kopf hin und her, schließlich antwortete sie: »Glück ist es nicht, das auf Euch zukommt. Der Spalt in der Leber kündigt große Umwälzungen an ...«

»Was ist mit Martha?« rief Leberecht ungeduldig. »Ist sie ...«

»Tot? – Noch weilt sie unter den Lebenden.« Mit blutigem Zeigefinger deutete Cassandra auf die dunklen und hellen Streifen, die dem Organ ein geheimnisvolles Muster verliehen. »Die Frau, welche Euch nahesteht, lebt im verborgenen, aber ...«

»Wo kann ich sie finden, wo?«

Cassandra klatschte mit der flachen Hand auf die Leber, als wollte sie das Organ zum Leben erwecken. »Diese Frage übersteigt meine Fähigkeiten. Ich vermag nur soviel zu sagen: Das Weib, das Euch nahesteht, ist näher, als Ihr glaubt.« So sprach sie, warf die Leber in eine tönerne Schale und streckte Leberecht die offene Hand entgegen, an der noch Blut klebte.

»Ich habe Hunger«, sagte sie unvermittelt.

Leberecht legte zwei Münzen in die knochige Hand und entfernte sich angewidert.

Zum geheimen Konsistorium, das nach dem Willen des Papstes geheimer als geheim und verschwiegener als verschwiegen sein sollte, und daher in keiner Chronik auftauchte, lud Pius V. am Tage nach Verkündigung des Herrn Kardinäle, Monsignori und Geistliche Räte der Kurie, sowie Auditoren, Referendare, Professoren und Ordensbrüder, auf deren Diskretion er zählen konnte, in die Sixtinische Kapelle, jenen Ort, welcher dem Anlaß und der Ernsthaftigkeit des Themas am würdigsten erschien.

Vor dem Altar, zu Füßen von Michelangelos »Jüngstem Gericht«, thronte Pius V. auf einem erhöhten Konsistorialsitz, rechts daneben ein Kammerstuhl, darum herum im Halbkreis, wie beim Konsistorium üblich, die purpurbezogenen Schemel der Kardinäle, dahinter in zweiter Reihe und mit goldglänzenden Bezügen die Sitzgelegenheiten der niederen Würdenträger und weltlichen Konsistorialen mit Blick auf den *Pontifex maximus*.

Noch bevor das Thema der Sitzung, der *Finis mundi* zur Sprache kam – das Wort »Weltuntergang« wagte in diesen Tagen keiner von den Gesalbten in den Mund zu nehmen – gerieten die Kardinäle und Johannes Custos, der Zeremonienmeister des

Papstes, im Beisein aller so lautstark aneinander, daß Pius V. zur Zurückhaltung mahnte, weil ihr lautes Geschrei geeignet sei, die geheime Zusammenkunft zu verraten.

Der Grund ihrer Auseinandersetzung war der Kammerstuhl zur Rechten des Papstes, welcher dem ranghöchsten Mitglied der Kurie zustand und von Eminentissimus Claudio Gambara, Kardinalstaatssekretär, Präfekt der Kongregation für die Heilslehre, Titularerzbischof von Nola und Geheimer Kammerherr Seiner Heiligkeit, beansprucht wurde. Er hatte gerade die Hand des Papstes geküßt und wurde von diesem durch Anspitzen der Lippen zum Mundkuß ermuntert – seit dem Pontifikat des fünften Pius unterblieb der peinliche Fußkuß –, da machte er Anstalten, auf dem Kammerstuhl Platz zu nehmen. Doch Frederico Kardinal Capoccio, ein ebenso langes wie altes Elend, Titularerzbischof von St. Malo, Prosekretär der Kongregation zur Erforschung des *Finis mundi* und dienstältester Kurialbeamter, der die Absicht Gambaras durchschaute und das Gestühl für sich in Anspruch nahm, protestierte lautstark und, wie es sich in Gegenwart des *Pontifex maximus* gehörte, in lateinischer Sprache und mit hoher Stimme: »*Cede, cede!*«*

So hurtig, wie es sein hohes Alter gerade noch zuließ, ergriff er die Papsthand zum Kusse, den durch Anspitzen der Lippen huldvoll gewährten Mundkuß schlug er aus, so daß Pius eine Weile in vergeblicher Erwartung der Intimität mit geschlossenen Augen verharrte, und ließ sich auf dem Kammerstuhl nieder, noch bevor Gambara ihm den Rang mit seinem Hinterteil streitig machen konnte. »*Cede, cede!*« fauchte nun Gambara seinerseits, baute sich provozierend vor Capoccio auf und schwang seine goldbestickte Stola, als wäre es ein schwergewichtiger Morgenstern. Sofort bildeten sich unter den Geladenen des Gehei-

* Hau ab!

men Konsistoriums zwei Gruppen, welche mit großer Leidenschaft und in Vergessenheit der ernsten Lage mit lautem Rufen für den einen oder anderen Partei ergriffen.

Nicht einmal dem Papst gelang es, seinen Worten zur Mäßigung Gehör zu verschaffen; sein Stoßgebet »*Quod deus bene vertat!*«* verhallte wie die Worte des Rufers in der Wüste. Und während Seine Heiligkeit sich anschickte, den großen Exorzismus herunterzubeten, der ihm auswendig geläufig war, und den streitenden Parteien sein goldenes Brustkreuz beschwörend entgegenhielt, wobei er die Vergeblichkeit seiner Handlung erkennen mußte, reichte ihm Zeremonienmeister Johannes Custos in höchster Verzweiflung ein qualmendes Räuchergefäß, ohne zu wissen, welchen Zweck er damit verfolgte.

In seiner Hilflosigkeit schwang Pius das qualmende Thuriferium gegen die Feinde. Dabei rief er aufgeregt die Worte: »*Ab illo benedicaris cuius honorem cremaveris!*«**

Kraft dieser Worte, vielleicht aber auch nur, weil den Streithähnen der gesegnete Qualm in den Augen brannte, ließen Kardinal Gambara und Kardinal Capoccio voneinander ab. Sie husteten sich die Seele aus dem Leib, und der Zeremonienmeister nutzte die Gelegenheit, den Kammerstuhl vom Podium des Papstes zu tragen und inmitten des Halbkreises aufzustellen.

Als sich der Weihrauch verzogen hatte, erhob sich der Papst, sprach seinen Segen und verkündete einen Ablaß auf hundert Jahre, der von dem immer noch empörten Kardinalstaatssekretär Gambara in Italienisch, von Johannes Custos auf französisch und von Pater Ganzer von den Minoriten auf deutsch wiederholt wurde, worauf der niedere Klerus, unter dem sich Spezialisten für das anstehende Problem befanden, *a capella****

* Was Gott zum Guten wenden möge!

** Mögest du von jenem gesegnet sein, zu dessen Ehren du verbrannt wirst!

*** ohne Begleitung (lat./ital.)

in den Chorgesang *»Ecce sacerdos magnus«** ausbrach und ihn zu Ende brachte.

Sodann erfolgten die Lesungen zum Tage nach Verkündigung des Herrn, welche von Pius höchstpersönlich festgelegt worden waren und von Klerikern in Steigerung ihrer kurialen Ämter vorgetragen wurden: die erste von einem Acolyten, die zweite von einem Auditor, die dritte von einem päpstlichen Subdiakon, die vierte von Monsignore Pacioli als jüngerem Presbyter, die fünfte von Kardinal Capoccio als Schwertträger; die sechste von Gambara – süffisant lächelnd, weil er gegenüber Capoccio den Vortritt hatte –, die siebente vom Kanzler Rovere; die achte hatte sich Seine Heiligkeit selbst vorbehalten. Als Pius geendet hatte, warf er seinem Zeremonienmeister Johannes Custos einen hilfesuchenden Blick zu, als sei ihm während des Zeremoniells der eigentliche Grund der geheimen Versammlung entfallen.

Custos rettete die Situation, indem er Seiner Heiligkeit hinter vorgehaltener Hand, den Blick abgewandt, zuraunte: *»Finis mundi! Finis mundi!«*

Aber noch ehe der Papst das Wort ergriff, erhob sich, vorlaut, wie man es von ihm gewohnt war, Domenico Kardinal Isualgli von Monte Marano, von dem niemand zu sagen wußte, wie ihm dieses Amt zugefallen war, und beklagte die Übermacht des niederen Klerus und der weltlichen Referenten dieses Konsistoriums; jedenfalls seien die dreizehn anwesenden Kardinäle in der Minderheit und einer sogar taubstumm.

Letztere Bemerkung war eigentlich unstatthaft, sogar bösartig, weil jeder im Kardinalskollegium, einschließlich des Papstes, wußte, daß er Francesco Kardinal Varese meinte, welcher nicht taubstumm war, sondern, nachdem Isualgli ihn bei einem Besitzstreit um die Kurtisane Margherita de Lola aus dem Fenster ge-

* Siehe, der hohe Priester ...

worfen hatte, neben selbiger auch seiner Sprache verlustig gegangen war – hören konnte er noch ganz gut.

In Anbetracht des Problems, entgegnete darauf Pius V., müsse die niedere Übermacht geduldet werden, denn es handle sich um Kapazitäten und Zelebritäten auf ihrem Gebiet, von denen er nur einige wenige erwähnen wolle wie den Mathematicus Paolo Soncino, Magister der Künste, Professor der Zahlenkunde und als Statiker von St. Peter mit den größten Problemen der Mathematik vertraut; sodann Lorenzo Albani, Professor und Magister der Sternenkunde an der römischen Sapienza; sodann Luigi Lilio, Doktor der Medizin und Professor der Sternenkunde und in der Epaktenrechnung erfahren; Christoph Clavius vom Orden der Jesuiten, Mathematicus und Professor der Sternenkunde am Collegium Romanum; Philipp von Trapp, Kanonikus von Lüttich und Doktor der Dekrete wider die Endzeit; ferner Stanislaus Ondorek, Magister der Künste und Professor für Eschatologie; außerdem André Villon, Magister der Künste und der Theologie und als Professor für Eschatologie mit den letzten Dingen jenseits der Alpen bestens vertraut.

»Und wo ist dieser gottverdammte Professor Kopernikus?« krächzte Kardinal Capoccio und fuchtelte wild in der Luft herum. »Ich will den Kerl sehen, der uns das alles eingebrockt hat. Wo hat sich der Feigling versteckt?«

Es wurde still, sehr still im Konsistorium. Kardinalstaatssekretär Gambara richtete die Augen zur Decke, als suchte er dort zwischen den Propheten und Sibyllen eine Antwort auf die Frage; dann holte er tief Luft, doch noch bevor er ein Wort sagte, kam ihm Pater Ganzer von den Minoriten zuvor: »Eminentissimus Frederico Capoccio, hochwürdiger Herr Kardinal, der vom Allerhöchsten mit der Fähigkeit die Bahnen der Gestirne vorauszurechnen versehene Doktor Kopernikus aus dem Herzogtum Preußen ist seit über zwanzig Jahren tot!«

»So?« Capoccio räusperte sich. »Na dann ist ja alles gut! Warum müssen wir uns dann in einem Geheimen Konsistorium mit seinen Rechenkünsten beschäftigen?«

Soncino, für gewöhnlich eine Seele von Mensch, duldsam und weit entfernt von jedem Zornesausbruch, bekam einen roten Kopf, so rot wie der Habit der anwesenden Kardinäle, und er entgegnete zurückhaltend, indem er jedes Wort einzeln betonte: »Weil Rechenkünste, so sie diese Bezeichnung verdienen, ein absolutes Ergebnis hervorbringen. Das heißt, ein richtiges Ergebnis stimmt auch noch nach zehntausend Jahren. Mit anderen Worten: Ein mathematisches Problem bleibt für alle Zeiten ein mathematisches Problem, es sei denn ...«

»Es sei denn?« nahm Gambara seine Rede auf, und aller Augen richteten sich auf Soncino, den Rechenkünstler in allen drei Dimensionen, dem das absolute Zahlengedächtnis nachgesagt wurde.

Verlegen, beinahe entschuldigend, weil die Antwort so verblüffend einfach klang, erwiderte Soncino: »Es sei denn, das mathematische Problem wird gelöst. Ein gelöstes Problem verliert die Berechtigung, als solches bezeichnet zu werden.«

»Und ist es damit aus der Welt?«

»Gewiß!« Soncino lachte.

»Zur Sache!« mahnte der *Pontifex maximus*, der Gambaras Gedankengänge nicht verstand. Er verurteilte jeden der Anwesenden namentlich zum ewigen Schweigen und begann: »Jeder von Euch hochgelehrten und von Euch hochwohlgeborenen Herren – dabei verneigte er sich in Richtung der Kardinäle – kennt das Problem, welches uns zum Geheimen Konsistorium zusammenführt. Das Problem, das der Preuße der heiligen Mutter Kirche mit seinen astronomischen Berechnungen beschert hat, ist nicht das nahe Ende an sich, sondern es sind die Umstände, unter denen dieses Ende stattfinden soll. Keiner wußte, wie das Ende aussehen würde, als der große Komet am Himmel erschien, und selbst im Jahre des Herrn 1533, das von den Schriftgelehrten als das Ende gedeutet wurde, machte sich keiner der Weisen ein Bild von den Umständen, so daß jenes Jüngste Gericht, welches der Herr uns verheißen, hätte Wahrheit werden können. Nun aber bemächtigt sich dieser Medicus und Doktor des Kirchenrechts gar der astronomischen Wissenschaft und verkündet, nicht die Posaunen des Jüngsten Gerichts würden das Ende verkünden, sondern ein lauter Knall, der alles vernichte und Gott dem Herrn keine Zeit mehr gebe, über Sünder und Gerechte zu richten.«

Der alte Kardinal Capoccio schlug drei Kreuzzeichen, und Lorenzo Albani rief dazwischen: »Verzeiht, Eure Heiligkeit, aber die letzte Bemerkung ist Eure eigene Interpretation und nicht die Aussage des Doktor Kopernikus. Kopernikus hat nur errechnet, daß ein Stern auf die Erde stürzen wird, von den Folgen hat er nichts gesagt!«

Der Papst streckte die Hand aus und nickte, dann fuhr er fort: »Die Berechnungen des Preußen lassen jedenfalls keinen anderen Schluß zu als jenen, daß das Jüngste Gericht nicht stattfindet, und was das bedeutet, brauche ich in diesem Geheimen Konsistorium nicht zu erläutern. Eminentissimi und Reverendissimi, das bedeutet ... das bedeutet ... ich wage es nicht auszusprechen!« Er rang nach Luft und versuchte vergeblich, den obersten Knopf seines Kragens zu öffnen, bis Gasparo Biancho, der Kammermeister des Papstes, von hinten hinzutrat und das Problem mit spitzen Fingern löste.

»Eure Heiligkeit«, begann der Professor für Eschatologie, Stanislaus Ondorek, »das alles ist doch nicht neu. Ich meine, wir alle, die hier versammelt sind, wissen doch seit vielen Jahren von dem *Astrum minax*, dessen Ankunft Kopernikus angeblich so treffend berechnet hat. Woher kommt also die plötzliche Unruhe und Gereiztheit, die Raserei der Menschen? Woher weiß das Volk überhaupt von dieser Angelegenheit?«

Der Papst hatte sich von seinem Schwächeanfall erholt und erwiderte: »Brüder im Herrn, hochgelehrte Professoren und Magister. Der heiligen Mutter Kirche steht das Wasser bis zum Hals. Deshalb ist es angebracht, allen hier Anwesenden reinen Wein einzuschenken. Ihr wißt von jenem verhängnisvollen Buch, das die Benediktiner nach Kopernikus' Tod in Druck gaben, und gewiß ist Euch auch bekannt, daß es uns gelungen ist, alle Bücher bis auf eines ausfindig zu machen. Gerade dieses eine Buch ist nun unter mysteriösen Umständen aufgetaucht.«

Kaum hatte Pius das verkündet, da brach ein Raunen aus, und in kurzer Zeit redeten die anwesenden Kardinäle und Würdenträger, Theologen und Professoren aufgebracht durcheinander, und der alte Kardinal Capoccio, als Prosekretär der Kongregation zur Erforschung des *Finis mundi* mit dem Thema wohlvertraut, rief erzürnt und mit rotem Kopf: »Warum erfahre ich das erst jetzt? Ich habe ein Recht darauf, es als erster zu erfahren. Sollte Gambara vor mir davon Kenntnis gehabt haben, so lege ich *stante pede** mein Amt nieder!«

Da beteuerte der Kardinalstaatssekretär hoch und heilig und entgegen der Wahrheit – in gewissen Situationen läßt die heilige Mutter Kirche durchaus eine Notlüge zu –, er habe wie alle anderen Teilnehmer des Geheimen Konsistoriums erst in diesem Augenblick von dem Verhängnis erfahren; nun sei es Aufgabe aller, einen Ausweg aus dem Dilemma zu finden.

Der Großinquisitor, der trotz seines roten Habits nur in der zweiten Reihe Platz gefunden hatte, wo er unter den schwarzgekleideten Ordensleuten, Magistern und Professoren besonders auffiel, kämpfte gegen das laute Durcheinander an und verkün-

* stehenden Fußes, auf der Stelle

dete, das Heilige Offizium werde das schändliche Buch oder seinen Besitzer in kürzester Zeit ausfindig machen und die Angelegenheit im Sinne unseres Herrn Jesus zu Ende bringen. Dabei zog er die flache Hand waagrecht an seinem Hals vorbei.

Wie gebannt starrten die Mönche, Magister, Professoren und – zu ihrer Ehre sei's gesagt – auch die Kardinäle auf den Großinquisitor. Der blickte mit finsterem Gesicht in die Runde, und als ihm keiner beipflichten wollte, fügte er drohend hinzu: »Das Heilige Offizium ist schon mit ganz anderen Ketzern fertig geworden!«

»Mäßigung! Mäßigung!« fuhr Pius dazwischen und hob beschwörend beide Hände. »Die Situation ist viel zu verwickelt, als daß der Inquisition unüberlegtes Handeln zukäme. Die vergangenen Tage haben gezeigt, welch teuflische Macht sich in diesem Buch verbirgt. Es scheint, als habe der Antichrist seinen letzten Weg angetreten. Christenmenschen verhöhnen ihren Glauben, Gläubige werden zu Ungläubigen, und es ist nur eine Frage der Zeit, bis sie den Vatikanischen Palast anzünden. *Discede diabole, relinque Romam liberam, plebemque Christi fuge!*«*

»Amen!« Die Kardinäle blickten erschreckt ob soviel Einigkeit in ihren Reihen.

Nur der Großinquisitor zeigte noch immer keine Einsicht, er sprang auf und rief in das Konsistorium: »Ich glaube nicht an die Existenz eines solchen Buches und an die Berechnungen dieses Kopernikus schon gar nicht, bis ich das Machwerk mit eigenen Augen gesehen und die Berechnungen mit meinem Gehirn begriffen habe!« Dabei schlug er sich mit der Hand gegen die Stirn.

Der Papst lächelte gequält: »Er redet wie der Apostel Thomas von der Auferstehung des Herrn, und ich brauche wohl nicht zu erwähnen, welches Ende die Angelegenheit fand. O nein, Herr

* Weiche, Satan, verlasse das freie Rom, und fliehe das Volk Christi!

Großinquisitor, über die Existenz dieses Buches und seinen gefährlichen Inhalt bestehen keine Zweifel. Zweifeln könnte man nur an der Richtigkeit der Vorhersage. Ich meine, dieser Kopernikus war ein preußischer Domherr und kein Mathematicus, er könnte sich doch verrechnet haben? Was meint Ihr, Messer Lilio?«

Luigi Lilio, ein kleiner alter Mann mit schütterem Haar erhob sich mühevoll und antwortete: »Eure Heiligkeit, als mich Marcellus, einer Eurer Vorgänger auf dem Stuhle Petri, beauftragte, mit Hilfe der Mathematik und Astronomie, jenen Wissenschaften, derer Kopernikus sich bediente, nachzuweisen, daß er im Unrecht sei, da rechnete ich zwei Jahre, ohne das Ergebnis zu kennen. Und als ich nach siebenhundert Tagen zu Ende war, kam ich zum selben Ergebnis wie Kopernikus, daß sich die Erde und das *Astrum minax* am achten Tag des zehnten Monats im Jahre des Heils 1582 auf ihrer Bahn begegnen werden.«

»Und könnt Ihr uns erklären, Professore Albani, was das für unseren Planeten bedeutet? Anders gefragt, ist damit zwangsläufig die Vernichtung unseres Planeten verbunden? Ich meine, könnte der fremde Stern nicht auf der anderen Seite unseres Planeten niedergehen, in Indien oder Amerika, wo die Heiden leben?«

Albani hatte Mühe, nicht laut loszulachen, deshalb erwiderte er mit betont ernstem Gesicht: »Ein paar Meteoriten – das sind Sternsplitter, Eure Heiligkeit – haben genügt, ganze Länder der Erde in Wüsten zu verwandeln. Der Stern, welcher auf uns zurast, ist ...«

»So redet doch, Professore!«

»... zehnmal größer als die Erde ...«

Da wurde es still im Konsistorium. Nur Kardinal Francesco Varese, der jedes Wort verstand, obwohl er vom Schicksal mit Sprachlosigkeit gezeichnet war, erhob sich und gab gurgelnde

Laute von sich. Dazu spreizte er fünf Finger seiner Linken und drei seiner Rechten und fuchtelte wild in der Luft herum, bis Zeremonienmeister Johannes Custos an ihn herantrat und ihn mit einem verständnisvollen Kopfnicken auf seinen Stuhl drückte.

»Und ein Irrtum ist ausgeschlossen?« erkundigte sich der Papst, den Blick zur Decke der Kapelle gerichtet, wo Michelangelo auf eigenwillige Weise die Anfänge der Menschheit festgehalten hatte.

»Nach dem derzeitigen Wissensstand, ja«, antwortete Albani und fügte hinzu: »Leider.«

Der Papst faltete die Hände und sprach: »Gott der Herr sei uns gnädig!«

In der hintersten Reihe begann Pater Ganzer von den Minoriten, unterstützt von einem Subdiakon abermals und voll Inbrunst den Gesang *»Ecce sacerdos magnus«*, doch die wohlgemeinte Anteilnahme wurde von Pius mit einem unwilligen »Schschscht« unterbrochen.

Kardinal Domenicus Isualgli von Monte Marano hüstelte künstlich; erst allmählich wurde deutlich, daß sein seltsames Verhalten dazu diente, den Lachkrampf, von dem er auf hinterhältige Weise befallen war, zu verbergen. Doch als sich sein Gelächter nicht mehr verheimlichen ließ, als er japsend nach Luft schnappte, da ließ er seinem Lachen freien Lauf und er rief: »Gott der Herr! Ha, ha! Welcher Gott, welcher Herr? Etwa der, welcher uns das Jüngste Gericht angedroht hat? Mit dem ist es ja wohl nicht soweit her?«

Zuerst erntete Isualgli zornige Blicke, doch dann wurden auch Kardinalstaatssekretär Gambara, der Titular von Santo Spirito Daniele Rospigliosi, Monsignore Pacioli, sogar der strenge Pater Ganzer von den Minoriten von dem Gekicher angesteckt, bis sie sich schüttelten vor Lachen, und Gambara rief: »Ich stelle mir gerade vor, was aus uns werden soll, wenn sich herausstellt, daß dieser Kopernikus recht hat!«

»Nicht auszudenken!« pflichtete Rospigliosi bei, und Isualgli prustete: »Und man stelle sich vor, wenn das gläubige Volk es merkt ...«

So unerwartet, wie es begonnen hatte, erlosch das peinliche Gelächter. Erschrocken und ein wenig verlegen ordneten die Kardinäle ihre Gewänder, Pater Ganzer zog seinen Gürtel enger, und der Zeremonienmeister des Papstes sprach demonstrativ ein stummes Gebet.

Da erhob sich Philipp von Trapp, Kanonikus von Lüttich, einer der Klügsten des Konsistoriums, und begann zu dozieren: »Es kommt mir nicht zu, an den kopernikanischen Berechnungen zu zweifeln, doch hätten sie zur Folge, daß alles Leben mit einem Schlag erlischt, daß es kein Gericht gibt und keinen Richter – daß also das, was uns die Schrift verheißt, ewige Glückseligkeit oder Verdammnis, nicht stattfindet. Daran glaube ich nicht! Warum? Nun, es gibt kein Volk auf dieser Erde – von der ältesten bis zur neueren Zeit – das nicht nach Ablauf dieses Lebens einen Ort der Freuden und einen Ort der Pein erwartet hätte. Chaldäer, Thraker, Babylonier, Assyrer, Perser, Meder, Parther, Inder, Phönizier, Ägypter, Garamanten, Hyperboreer, Skythen und Gothen, sogar Gallier und die Deutschen haben nie an einem zukünftigen Leben gezweifelt. Und ziehen wir die neuentdeckten Völker hinzu, die Chineser, Japoneser, Inder, Moguleser, Geylaner, Siameser, Talaponier, Tartaren, Madagaskaren und Hottentotten, so kommen wir zum gleichen Ergebnis und wir finden die vollkommenste Übereinstimmung unter allen Völkern der Erde.«

Von den hinteren Reihen, wo die niederen Klerikalen Platz gefunden hatten, gab es Beifall. Kardinalstaatssekretär Claudio Gambara hingegen meinte mutlos: »Ich wünschte, Ihr und die genannten Völker hättet recht!«

Der Kanonikus aus Lüttich nickte und fuhr fort: »Die alten Ägypter nahmen den Tod bedeutender Männer zum Anlaß, Freudenfeste zu begehen, weil ihm ein neues Leben bevorstand. Die Thraker weinten bei Geburt eines Menschen, weil sie seine bevorstehende Mühsal erkannten, und sie lachten, wenn er starb, weil ihn Glückseligkeit erwartete. Und bei den Indern sind die Brachmanen bemüht, die Gläubigen zu überzeugen, daß der Tod die Geburt zu wahrem Leben ist. Die Sokotoraner holen sich an den Gräbern ihrer Ältesten Rat in zweifelhaften Geschäften, und die Talaponier verbrennen nur deshalb ihre Leichen, weil sie die Ansicht vertreten, der Rauch trete den direkten Weg zum Paradies an. Von den Chinesern wissen wir, daß sie Speisen auf ihre Gräber stellen, welche den herumirrenden Geistern Nahrung sein sollen. Stirbt in Guinea ein König, so werden mit ihm seine Gemahlinnen und die wichtigsten Untertanen auf dem Scheiterhaufen verbrannt, damit er im weiteren Leben nicht allein sei. Und die Indianer in der Neuen Welt geben ihren Toten Waffen mit, ein lebendes Pferd, einen Sklaven und einen Hund, damit es ihm auf der Reise in die andere Welt nicht an Bequemlichkeit, Bedienung und Schutz fehle.«

»Närrische Einfälle!« rief Gambara. »Grausame Gebräuche!«

»Gewiß«, erwiderte Philipp von Trapp, »aber alle entstehen aus dem Glauben an die Unsterblichkeit. Und dabei ist jede dieser Religionen weit entfernt vom Glauben unserer heiligen Mutter Kirche.«

Wutschnaubend erhob sich da der Großinquisitor, und an den Papst gewandt polterte er los: »Heiden sind das, Ketzer und Verblendete, dumme Völker, die der Erlösung unseres Herrn Jesus nicht teilhaftig sind. Allein die Nennung ihrer Namen in den Leoninischen Mauern ist eine schwere Sünde; sie als Beweis für die Richtigkeit der kirchlichen Lehre heranzuziehen ist Gotteslästerung!« Bei diesen Worten hielt er dem Kanonikus aus Lüttich drohend sein Brustkreuz entgegen und murmelte leise unverständliche Worte.

Das wiederum erregte den polnischen Professor Stanislaus Ondorek so sehr, daß er von der allseits gepflegten lateinischen Sprache abwich und den Großinquisitor auf polnisch mit einem Wortschwall bedachte, den zwar keiner der Anwesenden verstand, an dessen Inhalt aber niemand zweifelte, und auch die Ermahnung des Kardinalstaatssekretärs, sich für alle verständlich auszudrücken, wurde von Ondorek nicht beachtet, und es dauerte eine Weile, bis er zum Schweigen zurückfand und bereit war, den Erklärungen des Lütticher Kanonikus zu lauschen, der als Doktor der Dekrete wider die Endzeit für das Thema prädestiniert war.

»Dabei«, fuhr Philipp von Trapp endlich fort, »sind es keineswegs nur die Heiligen und Priester, welche das ewige Leben predigen, die bedeutendsten Poeten und Philosophen tun es ihnen gleich. Musäus, Orpheus, Hesiod, ja sogar Platon, der von manchen als der Weiseste angesehen wird, sind von der Wirklichkeit zukünftiger Strafe und Belohnung überzeugt. Ebenso Horaz, Ovid, Virgil. Dante brauche ich wohl nicht zu erwähnen. Und was die Weisen und Philosophen betrifft, so ist die Zahl derer, welche das ewige Heil prophezeien, so groß wie das Firmament: Zoroaster bei den Chaldäern, Konfuzius bei den Chinesern, Athas bei den Mauritanern, Orpheus und Zamolis bei den Thrakern, Anacharsis bei den Skythen, Pherecydes bei den Phöniziern, Hermes bei den Ägyptern, ferner die thebäischen, diospolischen und memphitischen Weisen, die Gymnosophisten und Brachmanen der Inder, die Braminen der Malaber, die Druiden der Britannier – sie alle prophezeien ein Leben nach dem Leben. Wie feurig und überzeugt redete der weise Sokrates, bevor er das Gift nahm, von der Unsterblichkeit! Und als Platon darüber einen Dialog verfaßte, da rührte er die Gemüter seiner Zuhörer so sehr, daß einer von ihnen mit Namen Kleombrutus, getrieben von der Sehnsucht nach dem künftigen Leben, sich ins Meer stürzte. Und Cicero sagt: Wenn ich darin irre, daß ich die Seelen der Menschen für unsterblich halte, so irre ich gerne und ich will mir diesen angenehmen Irrtum, solange ich lebe, auch nicht entreißen lassen.«

»Ketzerworte, Ketzerworte!« rief der Großinquisitor, während er sich die Ohren zuhielt, damit er die sündigen Gedanken nicht anhören mußte. »Wie könnt Ihr jene Heiden als Zeugen für das Jüngste Gericht heranziehen, Herr Kanonikus? Wären Eure Worte öffentlich, ich müßte Euch vor das Heilige Offizium zitieren.«

Darüber kam es zwischen den Kardinälen zu einer heftigen Auseinandersetzung, bei der sich zwei Parteien bildeten. Die Mehrheit der Purpurträger scharte sich um den Großinquisitor und verteufelte die alten Philosophen, auch wenn sie der Kirche scheinbar nach dem Mund redeten, während die Minderheit, allen voran Kardinalstaatssekretär Gambara, sie als Zeugen für die Wahrheit der christlichen Lehre heranziehen wollten.

Die Diskussion war geeignet, den eigentlichen Grund für die Zusammenkunft des Geheimen Konsistoriums zu verdrängen, und als diese immer zügelloser geführt wurde und die Eminentissimi sich mit Ausdrücken bedachten, welche einem frommen Christenmenschen nur aus dem Beichtspiegel geläufig sein sollten, da verkündete Pius *ex officio*, die Gedanken der heidnischen Philosophen seien zur Diskussion nicht zugelassen, weil geeignet, die Moral der heiligen Mutter Kirche unter dem Deckmantel der Zustimmung zu ihrer Lehre zu untergraben.

Frederico Kardinal Capoccio, mit Gambara und drei weiteren Kardinälen auf der Verliererseite, begann darauf zu weinen und schlug die Hände vors Gesicht, damit keiner der Anwesenden das Mißgeschick bemerke. Doch sein Vorhaben mißlang, weil der Kardinalstaatssekretär, wohl aus Rache, *coram publico** zu klerikaler Disziplin mahnte: Es stehe einem Kardinal nicht an, aus welchen Gründen auch immer, Tränen zu vergießen. Vom Papst wurde die Mahnung mit einem Nicken des Kopfes bekräftigt.

»Warum soll ich nicht weinen?« schluchzte Capoccio, »wo sich sogar unser Herr Jesus nicht gescheut hat, seinen Tränen freien Lauf zu lassen?«

»Unser Herr Jesus hat nicht geflennt«, entgegnete Gambara barsch, »das Weinen steht keinem Mann wohl. Nur Weiber seien zum Weinen geboren, sagte schon Euripides, und bei den Spartanern haben Männer, welche weinen wollten, Weiberkleider anlegen müssen. *Licet lachrymari plebi*, spricht Hieronymus, *Regi honeste non licet.*** Ist nicht ein Kardinal mehr als ein König?«

»Und doch hat unser Herr Jesus geflennt«, beharrte Capoccio. »Bei der Erweckung des Lazarus vergoß er Tränen. Oder wollt Ihr behaupten, das Neue Testament sage die Unwahrheit?«

»Das sei mir ferne«, wetterte der Kardinalstaatssekretär »aber unser Herr weinte nicht aus Trauer, weil Lazarus gestorben war, sondern weil er ihn vom Tod zum Leben auferwecken sollte, also den Beklagenswerten von dem ruhigen Ort, in dem er sich befand, wieder zurückbringen sollte zu den Müh- und Armseligkeiten des menschlichen Lebens.«

Pater Ganzer von den Minoriten blickte gequält in die Runde der hohen Herren. Man merkte ihm an, daß er mit dem Gesagten nicht einverstanden war, schließlich meinte er schüchtern: »Der heilige Epiphanius sagt: *Lachrymatus est Dominus propter hominum obstinatam duritiam*;*** womit er andeuten will, daß unser Herr Jesus Tränen vergossen hat wegen der gottlosen, ver-

* vor allen Leuten

** Der Pöbel darf weinen, nicht aber der König.

*** Der Herr hat geweint wegen der Hartnäckigkeit der Menschen.

stockten Juden, welche trotz des Wunders der Auferstehung des Lazarus in ihrer Bosheit verharrten und sich nicht bekehrten.«

»Falsch, falsch, falsch!« ereiferte sich Danielle Rospigliosi, Teufelsforscher und Titular von Santo Spirito. »Der Heilige Ambrosius schreibt, der Herr habe, ehe er den Lazarus auferweckte, geweint, um mit seinen Tränen die Sünden des Verstorbenen abzuwaschen. Und der heilige Bernhard behauptet sogar, der Herr habe in diesem Augenblick die Sünden *aller* Menschen beweint.«

Mit schneidender Stimme fuhr der Großinquisitor dazwischen: »So geht das nicht, Ihr Herren Eminentissimi und Reverendissimi. Nicht jeder Heilige darf die Schrift auf seine Weise auslegen.« Und an den Papst gewandt, der ziemlich teilnahmslos in seinem Stuhl hing, als gehe ihn das alles nichts an, sagte der Großinquisitor: »Eure Heiligkeit mag entscheiden, welchem Heiligen mehr Kompetenz in Sachen Tränenfluß zukommt!«

Weil er fürchtete, der Papst könnte die Aufforderung des Dominikaners zum Anlaß nehmen für einen Grundsatzdiskurs über die Rangfolge aller Heiligen, erinnerte Zeremonienmeister Johannes Custos an den Grund der geheimen Zusammenkunft und zischte: »*Finis mundi*, Euer Heiligkeit, *Finis mundi!*«

Darauf richtete sich der Papst in seinem Sessel auf, streckte die Hand aus und zeigte auf den alten Capoccio und gebot: »*Noli flere!*«* Capoccio folgte.

In der nachfolgenden Diskussion brachte Stanislaus Ondorek, Professor für Eschatologie aus Krakau, die Geheime Offenbarung des Johannes ins Gespräch, in welcher sieben Posaunen erschallten. Die dritte Posaune zeige erstaunliche Parallelen mit dem *Astrum minax* des Kopernikus. Johannes prophezeie, wenn der dritte Engel posaune, dann falle ein großer Stern vom Himmel, er brenne wie eine Fackel und bedecke den dritten

* Weine nicht!

Teil aller Wasser auf Erden. Der Name des Sterns sei Wermuth, und viele Menschen stürben an den Wassern, welche bitter geworden.«

»Demnach«, wandte der Zahlenkundler Paolo Soncino ein, »unterscheiden sich Johannes, der Heilige, und Kopernikus, der Sterndeuter, nur durch das Ausmaß der zu erwartenden Katastrophe.«

»Eure Behauptung ist richtig und falsch zugleich!« meldete sich Christoph Clavius zu Wort, der bislang geschwiegen hatte. »Denn bei Johannes ist der Stern oder Komet nur eine Ankündigung des Jüngsten Gerichts, er nimmt der christlichen Lehre nichts von ihrer Glaubhaftigkeit. Bei Kopernikus hingegen bedeutet die Ankunft des Sterns das Ende der ganzen Menschheit, der Guten wie der Bösen, und für das Jüngste Gericht wäre kein Platz.«

Soncino grinste verächtlich: »Es fragt sich nur, verehrter Collega von der Gesellschaft Jesu, wem man mehr Vertrauen schenken soll, einem alten Propheten oder einem modernen Wissenschaftler.«

Die Bemerkung des Mathematicus versetzte Kardinäle und Kleriker in Unruhe. Der Papst rang nach Luft. Der Großinquisitor hob drohend die rotbehandschuhte Hand. Monsignore Pacioli hüstelte. Teufelsforscher Rospigliosi griff nach seinem Riechfläschchen. Kardinal Capoccio war eingeschlafen.

»Ihr wißt, daß Eure heimtückische Frage den Tatbestand der Ketzerei erfüllt!« fauchte der Großinquisitor.

»Und Ihr wißt, daß alles, was bei einem Geheimen Konsistorium geredet wird, als nicht gesagt gilt!« erwiderte Soncino.

Darauf der Großinquisitor: »Ketzer!«

Soncino: »Heuchler!«

Der Großinquisitor: »Fluch über Euch und alle Anhänger der heidnischen Zahlen!«

Soncino: »Fluch über das Dominikaner-Pack! Pfui Teufel!«

Gerade die letzten Worte waren es wohl, welche das aufgebrachte Gemurmel zum Verstummen brachten. Als hielte sich der Leibhaftige mitten unter ihnen versteckt, musterte einer den anderen von Kopf bis zu den Füßen in einer Weise, wie es sonst nur den Huren in Trastevere zuteil wurde.

Jene unflätige Bemerkung gegenüber dem Großinquisitor wäre durchaus geeignet gewesen, Soncino vor die Schranken der Inquisition zu bringen, doch der Mathematicus wußte, daß der Papst seine Hand schützend über ihn hielt. Wollte Pius jemals St. Peter vollenden, dann brauchte er sein Wissen und seine Rechenkünste.

Deshalb reagierte der Papst, als Soncino ihn hilfesuchend ansah, mit einer unwilligen Handbewegung in Richtung des Großinquisitors, und beschwichtigend rief er aus: »*Irascimini, nolite peccare!*«*

Als endlich wieder Ruhe eingekehrt war, meldete sich ein alter Mann mit weißen Haaren zu Wort. Es war Luigi Lilio, ein Weiser auf dem Gebiet der Medizin und ein Genie in der Sternenkunde. Lilio, der in die Zeit verliebt war wie in eine aufregende Frau, obwohl, wie er sagte, nichts weniger geachtet werde als diese, lebte seit vielen Jahren im Turm der Winde im Vatikan und rechnete im Auftrag der Päpste an einer Reform des Kalenders. Über all den Zahlen und kalendarischen Ereignissen von Adam, dem ersten Menschen, bis zu Pius V. war er merkwürdig geworden: Er diskutierte mit Vorliebe mit einem Unsichtbaren, der ihm an Bildung und Können in keiner Weise nachstand, und manche behaupteten deshalb, es sei niemand anders als sein *alter ego*** oder sein Dämon, mit dem er Umgang

* Zürnet, aber sündiget nicht!

** anderes Ich, Doppelgänger

pflegte. Nachdem Lilio bald nach Erscheinen der kopernikanischen Prophezeiung im Auftrag Pauls III. die verhängnisvolle Bahn des *Astrum minax* berechnet und das Rechenergebnis des Kopernikus bestätigt hatte, war er vom Papst unter Androhung der Exkommunikation und aller erdenkbaren Höllenqualen zum Schweigen verurteilt worden. Über diesem Wissen, sagte Lilio, seien seine Haare weiß und sein Herz schwer geworden; nun stelle er sich die Frage, warum ganz Rom und bald schon die ganze Welt dem Ende entgegenfiebere. Ihn, so betonte er, treffe keine Schuld am Bekanntwerden des apokalyptischen Ereignisses.

»Das hat niemand behauptet!« trat der Papst dem Einwand des Astronomen entgegen. »Ihr seid frei von jeder Schuld.«

Kardinalstaatssekretär Claudio Gambara kniff die Augen zusammen, und an den *Pontifex maximus* gewandt stellte er die Frage: »Euer Heiligkeit, wer setzte eigentlich das Gerücht in die Welt?«

»Gerücht, sagt Ihr, Eminentissimus?« Pius lächelte bitter. »Es ist, wie wir alle wissen, kein Gerücht, sondern furchtbare Wahrheit.«

»Nun gut, wer verbreitet also diese Wahrheit? Ist es einer aus diesem Raum? Versteckt sich ein Judas unter uns?«

Der Papst schüttelte den Kopf. »Der Großinquisitor möge antworten!«

Umständlich, als wollte er Zeit gewinnen, erhob sich der Großinquisitor, streifte seine rote Pelerine glatt und sagte: »Ursprünglich glaubte das Heilige Offizium, es sei die Tat eines Einzelgängers mit dem unsinnigen Plan, Uns zu erpressen. Inzwischen hegen wir jedoch die Vermutung, daß sich dahinter ein wohldurchdachtes Komplott verbirgt mit dem alleinigen Ziel, der heiligen Mutter Kirche zu schaden. Wer in Wahrheit dahintersteckt, vermögen wir nicht zu sagen. Vielleicht ist es eine Verschwörung des türkischen Sultans oder der deutschen Protestanten.«

»Und welches Ziel verfolgen die Erpresser?« fragte Ganzer von den Minoriten.

»Ein lächerliches Ziel«, erwiderte der Großinquisitor, »und deshalb halte ich die Sache für vorgeschoben. Der Mann, der behauptet, im Besitz des kopernikanischen Buches zu sein – und alle Anzeichen sprechen dafür – will, daß das Heilige Offizium ein Ketzerurteil revidiert.«

Christoph Clavius blickte besorgt auf. »Der Name des Mannes ist dem Heiligen Offizium bekannt?«

»Gewiß.«

»Wollt Ihr ihn nennen?«

Der Großinquisitor sah den Papst an. Und als dieser mit dem Kopf nickte, sagte jener: »Sein Name ist Leberecht Hamann, Aufseher der Steinmetze von St. Peter.«

Clavius sprang auf, als hätte der Teufel das Höllenfeuer unter seinem Stuhl entfacht.

»Ihr kennt ihn?«

Der Jesuit nickte stumm.

»Er ist wie Ihr ein Deutscher von jenseits der Alpen. Woher ist er Euch bekannt, Pater Clavius?«

Clavius verzog sein Gesicht, als würgte er an einer schweren Speise, endlich antwortete er – und diese Antwort fiel ihm sichtbar schwer: »Hamann verlor in jungen Jahren seine Eltern. Wir lebten in derselben Stadt, und mein Vater Jakob Heinrich Schlüssel nahm ihn an Kindes Statt an. So wurde mir Hamann zum Stiefbruder ...«

Die Erklärung des Jesuiten löste erneut große Unruhe aus. Kardinal Isualgli von Monte Marano rief lauter als alle anderen und fragte, warum der Jesuit noch nicht den Versuch unternommen habe, den Stiefbruder zur Rechenschaft zu ziehen, und Kardinalstaatssekretär Claudio Gambara dankte Gott, daß er dies unerwartete Wunder befohlen habe, nun werde sich alles zum Guten wenden: Clavius werde das kopernikanische Buch in den Besitz der Kurie bringen und Seine Heiligkeit werde eine Bulle erlassen wider das törichte Gerede um das Ende der Welt und jeder, der den Weltuntergang im Munde führe, müsse mit Verfolgung durch die Inquisition rechnen. Bei diesen Worten, und während alle Blicke auf ihn gerichtet waren, lief der breite Schädel des Jesuiten rot an, und als sich die freudige Erregung endlich ein wenig gelegt hatte, da stieß Clavius hervor: »Es ist nicht, wie Ihr denkt. Eure Heiligkeit, meine Herren Eminentissimi, mein Stiefbruder Leberecht und ich sind – ich finde kein anderes Wort – Todfeinde. Der Herr möge mir vergeben.«

»Todfeinde?«

»Todfeinde?«

Einer nach dem anderen wiederholte das furchtbare Wort, und vom Großinquisitor, welcher in seiner Erregung einen roten Handschuh auszog, um damit auf die Knie zu schlagen, kam die Frage: »Was soll das heißen, Ihr seid Todfeinde? Vielleicht wollt Ihr Euch erklären!«

»Ich weiß«, begann Clavius umständlich, »ein frommer Christenmensch lebt im Zustand der Sünde, wenn er einen anderen seinen Todfeind nennt. Aber was nützt es, diese Feindschaft von meiner Seite zu begraben, wenn der andere dazu nicht ebenso bereit ist? Als wir uns nach zehn Jahren zum erstenmal trafen, hat er mich halb totgeschlagen. Ich habe, offen gesagt, Angst, ihm erneut zu begegnen.«

Der Großinquisitor machte ein ernstes Gesicht: »Wie kam es zu dieser erbitterten Feindschaft?«

Clavius schwieg und starrte vor sich auf den Boden.

»Ihr müßt Euch nicht vor allen Anwesenden erklären. Sagt es mir ins Ohr, wenn Euch daran gelegen ist.«

Der Jesuit gehorchte, er trat hinter den Großinquisitor und legte, während das gesamte Konsistorium das Mienenspiel der beiden verfolgte, eine Ohrenbeichte ab, an deren Ende der Dominikaner in höchster Erregtheit seinen roten Handschuh zerriß, an dem er die ganze Zeit gerupft und gezogen hatte wie an der Sehne eines Bogens. Darüber hinaus wirkte er entrüstet, ja verwirrt und durcheinander.

Diese Begebenheit schürte das gegenseitige Mißtrauen der Anwesenden noch mehr. Sie schwiegen. Nur Kardinal Capoccio, der wegen der plötzlichen Stille aus seinem Schlaf erwacht war und sich auf die Szene zwischen dem Großinquisitor und dem Jesuiten keinen Reim machen konnte, fragte aufgeregt und nach beiden Seiten: »Was hat er gesagt, was hat er gesagt?«

Dem alten Kardinal schenkte niemand Beachtung. Dafür meinte der Dominikaner: »Der Allerhöchste wird uns einen Weg weisen, wie diesem Manne beizukommen ist. Glaubt mir, Brüder im Herrn.«

Da griff Pius erneut in die Diskussion ein und rief in Richtung des Großinquisitors: »Sagt, wenn Ihr eine Idee habt, um in den Besitz des Buches zu gelangen, damit wir darüber diskutieren; andernfalls schweigt. Im übrigen halte ich diesen Hamann für äußerst intelligent und gefährlich, und das dürfte auch der Grund sein, warum ihn die Verschwörer zu ihrem Anführer gemacht haben. Was also sollen Wir tun, damit Wir uns nicht weiterhin der Lächerlichkeit preisgeben, damit die Ablaßgelder wieder fließen, damit die Bauarbeiten an St. Peter fortschreiten, damit Kurie und die heilige Mutter Kirche zu ihrer alten Macht zurückfinden? Sprecht, Ihr hochwürdigen Herren!«

Soncino, dem das ergebnislose Gerede seit geraumer Zeit auf die Nerven ging, stach mit seiner Antwort in ein Wespennest, indem er sagte: »Ich verstehe nichts von Theologie, aber ich frage mich, warum kommt die Inquisition nicht dem Wunsche Hamanns nach? Dann wäre das Problem aus der Welt geschafft, Hamann gäbe das Buch heraus und jeder hätte seinen Vorteil?«

»Der Kerl ist viel zu schlau, als daß er nicht längst eine Abschrift des Machwerks in Auftrag gegeben hätte«, erwiderte Pius, und der Großinquisitor fiel seinem Oberhirten ins Wort: »Das Heilige Offizium soll ein Urteil revidieren? Niemals! Eher dreht sich die Erde um die Sonne oder meinetwegen um den Mond! Es war nicht, es ist nicht, und es wird niemals sein.«

»Eure Beharrlichkeit in Ehren«, entgegnete Pius, »doch seht Ihr nicht das Chaos allerorten, den Ungehorsam gegen die Kirche, die Verhöhnung der Lehre? Christen, welche ein Leben lang den Geboten der Kirche folgten, vergehen sich an den heiligen Stätten. Geistliche Würdenträger, die duldsam im Zeichen des Kreuzes lebten, wenden sich nun gegen den eigenen Glauben. Die Frommen sind verzweifelt, die Zweifler finden sich bestätigt, die Feinde werden täglich mehr. Wie lange wird es dauern, bis die ersten Kirchen brennen, die ersten Kleriker erschlagen werden? Was erwartet mich, Euren Papst?«

Betroffenes Schweigen.

Schließlich begann der Kardinalstaatssekretär mit leiser Stimme: »Brüder im Herrn, das Seelenheil der ganzen Menschheit steht auf dem Spiel. Bis zum letzten aller Tage sind es, so der preußische Domherr recht hat, sechstausendfünfhundert Sonnenauf- und -untergänge. Glaubt nicht, ich wäre ängstlich wie ein Weib, doch mir versagt die Stimme, wenn ich an diese Zukunft denke ... Und selbst wenn sich die Prophezeiung des Kopernikus nach Ablauf der Frist als falsch herausstellen und sich die Schrift als wahr erweisen sollte, so wäre unsere heilige Mutter Kirche nicht mehr dieselbe. Sie hätte an Glaubhaftigkeit verloren, an Autorität, und der Gedanke, der uns das alles eingebracht hat, würde weiterleben.«

»Und was folgert Ihr daraus, Herr Kardinalstaatssekretär?« Es war die Stimme des Lütticher Doktors der Dekrete wider die Endzeit Philipp von Trapp, der seiner Frage die Feststellung hinzufügte: »Eigentlich sind wir in der Diskussion keinen Schritt weitergekommen.«

»So schlagt Ihr einen Ausweg vor, Herr Kanonikus!« reagierte Gambara giftig.

Von Trapp schwieg.

Da rief der *Pontifex maximus* jeden einzelnen der dreizehn Kardinäle beim Namen und fragte ihn nach seiner Meinung, wie die Kirche sich aus dem Dilemma befreien könne.

Zwölfmal erntete der Papst Schweigen, Schulterzucken oder die Antwort: *»Nescio.«** Als letzter kam der sprachlose Kardinal Francesco Varese an die Reihe. Varese reichte dem Papst eine Tafel, die sein Sekretär stets mit sich trug. Pius gab das Schiefer weiter an Zeremonienmeister Johannes Custos. Dieser wollte vorlesen, was auf der Tafel geschrieben stand, doch er stockte. Der Wortlaut war der folgende: *VIII X AD MDLXXXII deleatur*.

Gambara nahm Custos die Tafel aus der Hand, aber auch er konnte die Schrift nicht entschlüsseln und gab sie an Kardinal Isualgli weiter. Endlich geriet die Tafel in die Hände von Paolo Soncino. Der las ohne Schwierigkeit: »Der achte Tag des zehnten Monats im Jahre des Herrn 1582 ist zu tilgen.« Soncino schüttelte den Kopf und gab die Tafel zurück.

Der Papst wollte zur Tagesordnung übergehen, da sprang Gambara auf, trat vor Kardinal Varese hin und sprach: »Meint Ihr, Bruder in Christo, man sollte den Tag, welchen Kopernikus zum *Finis mundi* bestimmt hat, aus dem Kalender streichen?«

Varese nickte zufrieden und deutete auf den Papst.

»Ich verstehe«, meinte Gambara. »Seine Heiligkeit sollte verkünden, der achte Tag des zehnten Monats finde in dem ge-

* Ich weiß es nicht.

nannten Jahr nicht statt; folglich entbehre die Ankündigung des Kopernikus jeder Grundlage. Denn ein Papst verkündet stets die absolute Wahrheit, weil er von Gott, dem Herrn, erleuchtet ist.«

Die Eminentissimi und Reverendissimi, Professoren und Magister sahen sich staunend an, als sei der Heilige Geist über sie gekommen. Sogar Pius V. war verblüfft von der einfachen Lösung des theologischen Problems und er freute sich lateinisch: »*Vide ut timidus ille, caritate suscitante, leone quovis animosior evadat.*«*

Nur Christoph Clavius, der jesuitische Gelehrte, gab, unterstützt von Professore Luigi Lilio, zu bedenken, daß das theologische Problem auf diese Weise zu einem mathematischen Problem gemacht werde, daß es also nur von einem Wissenschaftszweig in einen anderen verschoben werde, und daß es leichter sei, einen neuen Lehrsatz der Theologie zu begründen als einen solchen der Mathematik, weil im Schatten der Theologie der Glaube wandle, während sich im Schatten der Mathematik das Wissen aufhalte.

Für diesen Einwand brachte Pius V. kein Verständnis auf. Beinahe wütend wandte er sich an die beiden Kalendarii: »Wie lange seid Ihr schon mit der Reform des heidnischen Kalenders befaßt?«

»Sieben Jahre, vier Monate und dreiundzwanzig Tage«, antwortete Professore Lilio.

Und Clavius: »Zwei Jahre und siebzehn Tage.«

»So sei es denn«, antwortete der Papst, »und wie weit seid Ihr fortgeschritten?«

»Um im Bild der Geheimen Offenbarung zu bleiben«, erwiderte Clavius, »wir sind über die zweite Posaune noch nicht hinausgekommen.«

»Nun gut, so befehle ich Euch denn *ex officio*, bei Euren Be-

* Siehe, wie der Furchtsame in Liebe beherzter angreift als ein Löwe.

rechnungen des neuen christlichen Kalenders jenen verhängnisvollen Tag des Kopernikus aus dem Kalender zu streichen, damit er der Kirche und den frommen Gläubigen nicht zum Verhängnis werde; nein, streicht besser mindestens eine ganze Woche um den Tag herum, damit sämtliche Zweifel ausgeräumt sind.«

Clavius und Lilio warfen sich verstohlene Blicke zu. Die Forderung erschien ihnen beinahe undurchführbar; doch dann entgegneten sie beide gemeinsam: »Wenn es denn Euer Wunsch ist, Euer Heiligkeit.«

Der unerwartete Verlauf der Diskussion versetzte den nüchternen Professor der Zahlenkunde Paolo Soncino in größte Aufregung. Er sprang auf, trat an die Astronomen zu seiner Linken heran und sprach mit erhobenen Händen: »Ihr weisen Herren, wie könnt Ihr so töricht sein, zu glauben, die Ordnung des Weltalls wäre durch einen theologischen Winkelzug zu überlisten. Ihr könnt den verhängnisvollen Tag des Weltenendes hundertmal aus dem Kalender und aus dem Gedächtnis der Menschen streichen, das *Astrum minax* wird dennoch alles Leben vernichten. Euer Plan ist für die Natur ohne Bedeutung, er lebt von der Einbildungskraft ...«

»Schweigt!« fuhr der Papst mit seiner wuchtigen Stimme dazwischen. »Eure Rede will ich nicht gehört haben. Und seid gewiß: In schwierigen Zeiten kann nur die Einbildungskraft das Leben erträglich machen. Manche nennen es Wunschdenken, andere Glaube.«

Die wenigsten der Kardinäle, die im Halbkreis saßen, begriffen die volle Tragweite der päpstlichen Gedanken. Nur Gambara und der sprachlose Francesco Varese, der dem Papst jedes Wort von den Lippen ablas, zuckten, unbemerkt von den anderen, zusammen, als sie Pius so reden hörten, und raschelten unwillig mit den Falten ihrer roten Soutanen. Aber weder der eine noch der andere wagte dem Papst die Frage zu stellen, wie ernst er die Lehre der Kirche eigentlich nahm.

Die Frage erübrigte sich, weil der *Pontifex maximus* erneut seine Stimme erhob und mit dem Tonfall teuflischer Besessenheit fauchte und tobte: »Wir, Pius, von Gottes Gnaden zweihundertzweiundzwanzigster Stellvertreter des Allerhöchsten, werden gepeinigt von dem Gedanken, Unser Name könnte für alle Zeiten mit Hilflosigkeit und Chaos verbunden sein, so wie der Name Alexanders VI. mit Unzucht und Verderbtheit genannt wird. Hebt Eure Augen und betrachtet die Decke, die Wände dieses Raumes. Hier haben sich die bedeutendsten Künstler verewigt, und wenn es auch nicht Unser Geschmack ist und bei Uns eher Mißfallen erregt als Erbauung, so ist das alles untrennbar mit dem Namen Julius' II. verbunden. Auf mir liegt die Last und der Vorwurf, nichts dergleichen vollendet zu haben; und sollte das Ereignis des Kopernikus sich nicht erfüllen, so wären Wir, der fünfte Pius, schneller vergessen als die Kurtisanen gewisser Herren Kardinäle. Als ich Mönch war, dachte ich wie ein Mönch; als Großinquisitor kam mir nur die Inquisition in den Sinn; nun aber als Stellvertreter Gottes überwältigen mich göttliche Gedanken. Ist dieser Vatikanische Palast des Stellvertreters Gottes, des höchsten Kirchenfürsten und Erben des Apostels Petrus, würdig? Leben nicht die meisten von Euch, Ihr Herren Kardinäle, in größerer Pracht als Euer Papst? Oder seid Ihr anderer Meinung, Kardinal del Monte, oder Ihr, Kardinal Capoccio, oder Ihr, Herr Kardinalstaatssekretär?«

Die Angesprochenen begegneten dem Papst mit betroffenem Schweigen. Gambara hob verlegen die Schultern.

»Deshalb«, fuhr Pius V. fort, »ist es mein Wunsch und päpstlicher Befehl, St. Peter in kürzester Zeit größer und prächtiger als jede andere Kirche der Christenheit zu vollenden und jene, die am Fortbestand unserer Erde zweifeln und die Arbeit niederlegen, durch andere zu ersetzen. Verdoppelt die Anzahl der Arbeiter, nehmt Juden und Heiden in die Pflicht. Kein Auge erkennt die Hand eines Heiden an einem fertigen Dom!«

»Euer Heiligkeit«, wandte Gambara ein, »das ist alles nur eine Frage des Geldes. Ihr wart es doch, der den Ämterkauf, die einträgliche Veräußerung von Pfarren, Bistümern, Patriarchaten und Kardinalswürden, ja sogar die Ablaßzettel verboten habt. Eure Redlichkeit treibt die heilige Mutter Kirche in den Ruin!«

»Wie ich schon sagte, dachte ich damals mönchisch«, erwiderte der Papst unwillig, »heute denke ich päpstlich. Ein Mönch kann irren, ein Papst irrt nie. Laßt Uns also die alten Gesetze wieder zur Geltung bringen.«

So endete das Geheime Konsistorium nach fünfstündiger Dauer. Es endete, wie es begonnen hatte, unter Anrufung des Heiligen Geistes, mit abermaliger Gewährung eines vollkommenen Ablasses für alle Teilnehmer sowie dem abermaligen Hinweis, daß alles Gesagte nicht gesagt und alle Beschlüsse nie beschlossen worden seien. Der Doktor der Medizin und Professor für Sternenkunde Luigi Lilio und der Mathematicus und Professor für Sternenkunde Christoph Clavius wurden *specialissimo modo** beauftragt, den neuen Kalender so zu berechnen, daß der achte Tag des zehnten Monats im Jahre des Heils 1582 in keinem Kalendarium erscheine.

Kardinalstaatssekretär Claudio Gambara erhielt die Anweisung, den Irrtum des preußischen Sternenforschers Nikolaus Kopernikus bekanntzumachen, welcher einen Tag als Weltuntergang berechnet habe, den es gar nicht gebe. Der Großinquisitor sollte jeden mit äußerster Härte verfolgen, der die kopernikanische Häresie verbreite.

Lange noch, nachdem sich die Sixtinische Kapelle geleert hatte, saß der alte Kardinal Capoccio auf seinem Stuhl und weinte. Obwohl es um den *Finis mundi* ging, hatte ihn niemand um seine Meinung gefragt. Niemand.

* ganz speziell

KAPITEL XII

A und Ω

Zuerst hatte Leberecht das Gebiet um den Vatikan und die Engelsburg abgesucht, darauf den dazwischen gelegenen Borgo, das einzige Viertel in Rom, in welchem eine alleinstehende Frau hätte wohnen können. Er ertappte sich dabei, daß er bei Marthas Beschreibung immer schwärmerischer wurde, wenn er fremde Menschen nach ihrem Verbleib fragte.

Schließlich – da er das Schlimmste befürchten mußte – hatte er seine Nachforschungen auf die nördliche und südliche Vorstadt ausgedehnt, wo er die alten Ruinen durchkämmte, aber nur zahllose stinkende Tierkadaver fand und Katzen und Hunde, die sich um die Beute zankten.

Seit Marthas Verschwinden waren siebzehn Tage vergangen, siebzehn qualvolle Tage und Nächte, in denen Leberecht jeden Winkel der Stadt ausgeforscht hatte. Auf seinen Irrwegen durch das Labyrinth der Stadt ließ ihn die Frage nicht los, ob Martha vielleicht doch ein Opfer der Inquisition geworden sei. Der abschlägige Bescheid aus dem Heiligen Offizium bedeutete gar nichts. Lug und Trug und, wie die Erfahrung gezeigt hatte, sogar Mord waren bei den Herren in den roten Roben an der Tagesordnung, warum also nicht Erpressung? Doch als nach drei Wochen noch immer keine Forderung eingegangen war, verwarf Leberecht auch diesen Gedanken. Für ihn unerklärlich, begann sich die Stimmung in Rom zu wandeln. Keiner vermochte zu sagen, woher das Gerücht stammte, aber auf den Märkten, in den Straßen und bei den ausschweifenden Festen raunten sich die Menschen zu, das in Aussicht gestellte Ende der Welt finde nicht statt, der Doktor Kopernikus habe sich verrechnet und für das verhängnisvolle Ende einen Tag vorhergesagt, den es gar nicht gebe.

Hinter den Gerüchten steckte der verschlagene Kardinalstaatssekretär Claudio Gambara, der genau wußte, daß ein Gerücht nur durch ein neues aus der Welt geschafft werden konnte und daß der gemeine Christenmensch einem Gerücht mehr Glauben schenkte als jeder Bulle des Papstes. So kam es, daß das Plündern und Morden, die Hoffart und Unmoral von selbst ein Ende fanden. Einfache Pfaffen besannen sich der Macht ihrer Ämter, Mönche ihrer selbstauferlegten Tugenden und einfache Christenmenschen ihrer einstigen Frömmigkeit. Die Steinschneider, welche als erste die Arbeiten an St. Peter niedergelegt hatten, kehrten als erste auf die Baustelle zurück. Und die Schergen der Inquisition, welche in den Wochen der Endzeitstimmung verprügelt und aus der Stadt getrieben worden waren, wandten sich unbehelligt dem Heiligen Offizium zu und walteten ihrer Ämter.

Leberecht kannte die Ursache für das apokalyptische Chaos besser als jeder andere und wunderte sich nun über dessen plötzliches Ende; doch es kümmerte ihn wenig. Sein einziges Interesse galt dem Schicksal Marthas.

Mehr als einmal hatte er das Buch des Kopernikus verflucht, welches – daran glaubte er noch immer – auf unerklärliche Weise schuld war an Marthas Verschwinden. Er hätte es jetzt ohne jede Bedingung dem Großinquisitor übergeben, wenngleich er wußte, daß sein eigenes Leben dann keinen Pfifferling mehr wert sein würde. Aber was bedeutete ihm sein Leben noch – ohne Martha.

Das Haus, in dem sie ihr gemeinsames Glück gelebt hatten, wirkte kalt und angsteinflößend, weil jeder Gegenstand an die geliebte Frau erinnerte. Leberecht fröstelte regelrecht, wenn er nach Hause kam, und bald zog er es vor, in der Bauhütte vor St. Peter zu nächtigen. Leberecht redete kaum noch und aß kaum mehr, er dachte nur nach und suchte nach einer Erklärung.

Wenn er nachts keinen Schlaf fand, stand er auf, zog sich an und machte sich auf den Weg durch die dunklen, verlassenen Straßen. Wie ein Unhold verfolgte er einsame Frauen, welche den Gang oder die Statur Marthas aufwiesen, und stundenlang wachte er in Sichtweite vor seinem Haus nahe dem Pantheon, ohne es zu betreten, in der Hoffnung, Martha könnte heimlich zurückkommen – aber vergeblich. Bei diesen nächtlichen Streifzügen machte er Entdeckungen, von deren Existenz Leberecht keine Ahnung hatte: Er stieß auf einen Konvent entlaufener Mönche und Nonnen; nicht weit entfernt von Santa Maria Maggiore fand er einen heruntergekommenen Palazzo, welchen zu betreten dem männlichen Geschlecht untersagt war, weil, wie man hörte, dort nach dem Vorbild der Dichterin Sappho der gleichgeschlechtlichen Liebe gehuldigt wurde; hinter der Kirche Il Gesu trafen sich honorige Männer, sogar Ordensleute, um mit lüsternen Frauen, welche sich schamlos auf steinernen Altären darboten, Schwarze Messen zu lesen; es gab Garküchen und Gasthäuser, in denen nicht Speisen, sondern vorzugsweise junge Mädchen, halbe Kinder noch, serviert wurden, und Irrenhäuser in großer Zahl, in denen geistig verwirrte Männer und Frauen in Riemen und Ketten vor sich hindämmerten wie gefangene Tiere. Aber in keiner dieser Einrichtungen entdeckte er eine Spur von Martha.

In letzter Verzweiflung faßte Leberecht den Entschluß, seinen Todfeind Christoph Clavius aufzusuchen. Martha war schließlich Christophs Mutter, und ihr Schicksal konnte dem Jesuiten nicht gleichgültig sein. Leberecht war bereit, ihn um Verzeihung zu bitten, aber auch darauf gefaßt, sich mit ihm schlagen zu müssen; jedenfalls betrat er das finstere Haus in der Viale San Giorgio, wo Clavius in einem geheimnisumwitterten Laboratorium hauste, mit gemischten Gefühlen.

Der trug ein Barett auf dem Kopf, das die Wichtigkeit seiner Arbeit unterstrich, und blickte kaum auf hinter Bergen von Pergament und Papier, als Leberecht unerwartet den niedrigen Raum mit den wuchtigen Holzbalken an der Decke betrat, eine Alchimistenküche, die mit ihren Apparaten und Gerätschaften geeignet war, jedem Fremden Furcht einzuflößen. Zweifellos hatte Clavius ihn erkannt, doch er schwieg und ging gleichgültig seiner Arbeit nach.

Grußlos begann Leberecht: »Es ist wegen deiner Mutter!«

»Ich habe keine Mutter«, entgegnete Clavius hart und ohne aufzublicken.

»Martha ist seit mehr als drei Wochen verschwunden ...«

»Er redet von dieser Hure?«

»Nenne sie, wie du willst, aber sage mir, was weißt du über ihr Schicksal?«

»Nichts. Ich weiß nichts, und es ist mir auch gleichgültig. Früher oder später trifft jeden Sünder die Strafe, die ihm zukommt.«

»Hast du deine Mutter an die Inquisition verraten? Ich muß es wissen!«

Clavius legte den Federkiel beiseite und erwiderte teilnahmslos: »Nein; aber ich hätte es tun sollen.«

»Was heißt das, du jesuitisches Scheusal?« Leberecht trat einen Schritt näher und baute sich drohend vor Clavius auf.

Der Mönch wurde unruhig, er fürchtete den Rivalen, der ihn um einen ganzen Kopf überragte. Geduckt, wie zum Sprung bereit, lauerte er hinter seinem Tisch und blinzelte Leberecht von unten an. »Es ist die Pflicht der Kleriker, Verfehlungen eines Christenmenschen der Inquisition zu melden.«

»Auch die eigene Mutter?«

»Sogar diese.«

»Du würdest wohl noch Genugtuung empfinden, wenn deine Mutter auf dem Scheiterhaufen verbrannt würde!«

Clavius schwieg.

Leberechts Augen hatten sich inzwischen an den düsteren Raum gewöhnt, dessen Fensterladen geschlossen waren. Auf dem Tisch funkelte ein geschliffener Smaragd, wie ihn viele Mönche bei sich trugen. Die Weisheitslehre der Alchimisten schrieb dem Stein besondere Kraft zu in bezug auf die Zügelung der Wollust. Leberecht schnaubte verächtlich.

Als Clavius bemerkte, daß sein Widersacher die Bedeutung des Smaragds durchschaute, reagierte er heftig: »Ich wünschte, deine Hure hätte auch so einen Stein bei sich getragen, dann wäre uns allen viel erspart geblieben.«

Leberecht wollte antworten, doch im selben Augenblick fiel sein Blick auf eine Zahl an der Wand, Rötel auf weißem Kalk: 1582. Clavius bemerkte es und grinste: »War wohl ein Schlag ins Wasser, dein Versuch, die Inquisition zu erpressen?« Er deutete auf die Jahreszahl an der Wand: »Der achte Tag des zehnten Monats findet nicht statt. Kopernikus hat sich geirrt. Es ist der Wunsch des Papstes.«

»Der Wunsch des Papstes?«

»Ja. Seine Heiligkeit hat mich beauftragt, einen neuen Kalender zu erstellen, wie er der neuen Zeit angemessen ist. Und sei versichert, den Tag, welchen Kopernikus zum *Finis mundi* bestimmt hat, wird es in diesem Kalender nicht geben.«

»Aber damit ist das Faktum doch nicht aus der Welt geschafft!«

»Das glaubst du und deinesgleichen! Die Mehrheit aller Christenmenschen aber glaubt immer noch das, was die Kirche vorschreibt, weil sie vom Heiligen Geist erleuchtet ist. Nein, dieser Kopernikus war ein falscher Prophet, und dir wird er nicht mehr von Nutzen sein. Du kannst sein Buch verbrennen.«

»Verbrennen? Dieser Frevel kommt nur der Kirche zu, jedenfalls habe ich noch von keiner anderen Institution gehört, daß sie ein Buch verbrannt hätte.«

Clavius wühlte unwillig in seinen Schreibrollen. »Die meisten Bücher sind vom Teufel, sie gehören verbrannt. Was die Klöster in ihren Bibliotheken verbergen, genügt, um tausend Jahre das Höllenfeuer zu schüren. Verflucht sei der Gensfleisch aus Mainz, der das Drucken erfunden hat! Bücher haben nur Unheil über die Menschheit gebracht.«

»Sie haben die Menschheit klüger gemacht, und das ist ein Verhängnis für die Kirche; denn Wissen ist der größte Feind des Glaubens.«

Der Jesuit riß sein Barett vom Kopf, schleuderte es auf den Boden und rief, indem er den Finger nach Leberecht ausstreckte: »Eines Tages wird dich die Inquisition fassen, und ich kann nicht sagen, daß es mir leid täte, deinen Scheiterhaufen brennen zu sehen. Menschen wie dich läßt Gott nicht ungestraft. Du magst groß und kräftig sein, aber dennoch bist du ein Schwächling im Vergleich zum Heiligen Offizium. Hast du ernsthaft geglaubt, die Inquisition erpressen, die Welt aus den Angeln heben zu können? Da sind vor dir schon Größere gescheitert. Dein Vater wurde als Ketzer verbrannt, und dir, Hamann, wird es genauso ergehen ...«

Clavius hatte noch nicht geendet, da machte Leberecht einen Satz über den Tisch, er packte seinen Erzfeind mit beiden Händen am Kragen und schnürte ihm die Luft ab. Die Augen des Jesuiten traten hervor wie die eines Bullen, doch im übrigen zeigte er keine Regung. Erst als ihm die Luft knapp wurde und er zu ersticken drohte, versuchte er sich aus der Umklammerung seines Feindes zu winden. In Todesangst begann Clavius um sich zu schlagen. Dabei traf seine Rechte die Kerze, welche den Tisch beleuchtete. Sie stürzte um, und im Nu standen Papiere und Pergamente in Flammen. Aber Leberecht ließ nicht los.

»Du liebst doch die Flammen!« rief er mit dämonischem Gelächter. »Es muß dir doch eine Lust sein, das anzusehen.«

Mit letzter Kraft gelang es Clavius, sich aus dem Würgegriff seines Widersachers zu befreien. Er warf den Tisch um, der ihm den Weg versperrte, und stürzte zur Tür. Als er sie aufriß, fuhr ein Luftzug in den Raum und setzte mit einem Schlag Boden und Wände in Brand.

Leberecht rettete sich mit einem Sprung durch die Türöffnung ins Freie. Haare und Kleidung waren von den Flammen versengt. Er hustete und spuckte und wischte sich mit dem Ärmel übers Gesicht.

Inzwischen strömten von allen Seiten Menschen herbei, um das Schauspiel des brennenden Hauses zu betrachten. Feuer galt als eine Strafe Gottes, und wen es traf, der fand kein Mitleid. Die Gaffer johlten, alte Weiber tanzten sogar, den Versuch zu löschen unternahm niemand. Obwohl Leberecht mit eigenen Augen gesehen hatte, daß Clavius das Haus vor ihm verlassen hatte, konnte er ihn unter den Gaffern nicht ausmachen. Ihn plagte ein beklemmendes Gefühl, als er den Brandort verließ und in seine Bauhütte zurückkehrte.

In der folgenden Nacht fiel Leberecht zum erstenmal seit langer Zeit in tiefen Schlaf, und vermutlich hätte er an diesem Morgen verschlafen, wäre er nicht kurz nach Sonnenaufgang durch heftiges Klopfen geweckt worden. Carvacchi stand vor der Tür, um ihm mitzuteilen, daß Tullia einen Sohn zur Welt gebracht habe. Der Schwellkopf war übermütig wie ein Kind, hielt beide Hände in die Luft und markierte die Größe des Kindes, welches nach dieser Angabe ein Riese sein mußte. Tullia gehe es gut, so war zu erfahren, sie sei sogar schöner als je zuvor, und es sei ihr gemeinsamer Wunsch, daß er, Leberecht, der Pate des Kindes werde. Leberecht willigte ein.

Leberecht hatte Mühe, Carvacchi von dem Plan abzubringen, die Bauarbeiten an St. Peter an diesem Tag ruhen zu lassen und mit den Maurern, Steinmetzen und Fuhrleuten ein riesiges Fest zu feiern, denn der Papst würde wenig Verständnis für so viel Übermut aufbringen. Schließlich einigten sich die beiden auf einen gemeinsamen Umtrunk nach getaner Arbeit.

Wie gewohnt ging Leberecht an diesem Tag seiner Arbeit nach, doch seine Gedanken kreisten nun nicht nur um Martha, sondern auch um Clavius. Obwohl er keinen Menschen so haßte wie ihn, versetzte ihn die Ungewißheit über sein Schicksal in Unruhe.

Gegen Mittag überraschte ihn ein Bote aus dem Vatikan mit der Nachricht, Kardinalstaatssekretär Gambara wünsche ihn zu sprechen. Leberecht ahnte nichts Gutes. Für ihn stand außer Frage, daß die Vorladung in Zusammenhang mit Clavius stand.

»Wann?« fragte Leberecht kurz.

Der fromm blickende Bote antwortete: »Sofort, wenn es Euch recht ist.«

Leberecht betrachtete seine staubige Kleidung und überlegte, ob sein Äußeres der Vorladung im Vatikan genügte; aber dann sagte er zornig: »Es ist mir recht, laßt uns gehen!«

Durch seinen Kopf gingen tausend Gedanken, als er dem vornehmen Pagen zum päpstlichen Palast folgte. Inmitten der riesigen Baustelle um St. Peter machte das klotzige Bauwerk einen verlorenen Eindruck; es wirkte weder schön noch so ehrfurchtgebietend, wie es dem Wunsch Pius V. entsprach. Doch der Eindruck wurde ins Gegenteil verkehrt, sobald man den Palast durch das Hauptportal betrat. In den endlosen Gängen, Hallen und Korridoren wechselte weißer, roter und grüner Marmor mit Fresken und Gemälden in goldenen Rahmen, und weil keine der zahllosen Türen, deren Klinken über den Köpfen der Besucher angebracht waren, eine Zahl oder einen Hinweis trug, war dieses heilige Labyrinth wie kein zweites geeignet, sich zu verlaufen. Purpurgesäumte Monsignori und Würdenträger in schwarzen Soutanen schwebten in steter Zweisamkeit und vergeistigt wie arme Seelen durch die Gänge, ihre sündhaften Hände in den Ärmeln verbergend und ohne den Fremden eines frommen Blickes zu würdigen.

Auf dem langen Weg, der sich nach mehreren Wendungen um die eigene Achse zu wiederholen schien, kam es Leberecht vor, als schrumpfte seine respektable Körpergröße zum Zwergenwuchs. Endlich machte der schweigsame Page vor einem zweiflügeligen Portal halt. Es führte in ein kahles Vestibül mit rotem Brokat an den Wänden, das sich durch das Fehlen jeglicher Einrichtung auszeichnete. Nachdem die Tür krachend ins Schloß gefallen war, stand Leberecht allein in der Mitte des Raumes. Und obwohl er noch nie eine solche Pracht gesehen hatte, fühlte er sich gefangen.

Marthas Verlust hatte ihn gleichgültig gemacht gegenüber seinem eigenen Schicksal. Er war bereit, auf die Rehabilitierung seines Vaters Adam zu verzichten, wenn er nur Martha zurückbekäme. Nichts anderes konnte diese Vorladung bedeuten.

Da wurde vor ihm eine Tür geöffnet, die er bisher gar nicht wahrgenommen hatte. Ein purpurner Würdenträger machte eine einladende Handbewegung.

Der Saal, welcher sich vor Leberecht auftat, trug den Namen

Stanza della Segnatura. Leberecht erkannte ihn an dem Wandgemälde, einem Meisterwerk Raffaels, das eine heidnische Szene des Gottes Apoll auf dem Parnaß zeigte, umgeben von schmeichelnden Musen, die geeignet waren, selbst einen Kardinal mit noch so großem Smaragd in der Tasche in sündhafte Gedanken zu verstricken.

Zu Füßen der Musen hatte Kardinalstaatssekretär Claudio Gambara Platz genommen. Sein schmuckloser Thronsessel wurde eingerahmt von zwei wohlgenährten Beisitzern in strenger Amtstracht und mit ebensolcher Miene. Was seine Leibesfülle betraf, so stand Gambara den Beisitzern nur wenig nach; immerhin verbreitete sein blasses, aufgequollenes Gesicht eine gewisse Freundlichkeit.

In einer angemessenen Entfernung, welche ihm zugewiesen wurde, blieb Leberecht stehen. Zwischen all dieser Prachtentfaltung ließ ihn seine verdreckte Kleidung ärmlich erscheinen, ein Gefühl, das ihm ebenso zuwider war wie Pomp und Protzerei.

Gambara schien seine abgerissene Erscheinung nicht zu stören, und noch bevor er das Wort ergriff, schickte er seine Beisitzer mit einer unmißverständlichen Kopfbewegung nach draußen.

Der erstaunte Besucher blickte beiden Würdenträgern hinterher, welche in ihrer Unförmigkeit und dem widerwärtigen Gehorsam jenen Bulldoggen ähnelten, die von der Kurtisane Panta bisweilen zur Freude der Römer auf der Via Giulia ausgeführt wurden. Leberecht hegte Zweifel, ob sich hinter dem Abgang der beiden Beisitzer nicht eine List verbarg; denn sein Gefühl sagte ihm, daß die Wände in einem Raum mit unsichtbaren Türen auch über unsichtbare Ohren verfügten.

Kaum hatten die Würdenträger den Saal verlassen, da begann der Kardinal betont freundlich: »Es mag Ihn verwundern, daß ich Ihn kommen ließ.«

Leberecht hob unverbindlich die Schultern.

»Er ist nicht nur ein hervorragender Handwerker«, begann Gambara weit ausholend, »man sagt Ihm auch große Klugheit nach, wenngleich Er der heiligen Mutter Kirche mit kritischer Haltung gegenübersteht. Kein Wunder, Er kommt aus dem Land der Protestanten, Besserwisser und Philosophen.«

Leberecht rümpfte die Nase, aber er hütete sich vor einer aufgebrachten Antwort. Statt dessen entgegnete er: »Wenn Ihr es so seht, Eminentissimus! Aber Ihr habt mich nicht rufenlassen, um mir das zu erklären. Redet mit mir, wie es einem einfachen Mann zukommt, der gewohnt ist, das Erhabene erhaben, das Niederträchtige aber niederträchtig zu nennen.«

»Dann will ich nicht weiter herumreden: Sein Plan, das Heilige Offizium zu veranlassen, ein Ketzerurteil aufzuheben, ist, das muß ich Ihm nicht erklären, kläglich gescheitert, obwohl Er, das sei eingeräumt, die Sache durchaus bedacht eingefädelt hat.«

»Mein Vater Adam war ein rechtschaffener Mann und weit entfernt von jedem Pakt mit dem Teufel. Seinen Sarg auszugraben und den Leichnam auf dem Scheiterhaufen zu verbrennen war ein großes Unrecht und sogar eine Sünde wider die Gesetze der Kirche!«

»Ich weiß«, erwiderte der Kardinal.

Diese Antwort traf Leberecht wie ein Schlag in den Magen. Er hielt sich nur mühsam im Zaum und war drauf und dran, Gambara seine Meinung ins Gesicht zu schleudern; aber der Gedanke, daß er sich damit nur alles zerstören würde, hielt ihn zurück. Ihn beschäftigte nur eine Frage: »Sagt mir, Eminentissimus, wo ist Martha?«

Gambara hielt verdutzt inne. »Seine unrechtmäßige Gefährtin?«

»Herr Kardinal, laßt uns nicht über Rechtmäßigkeit und Unrechtmäßigkeit diskutieren. Wollten wir dies, so müßten wir bei den Konkubinen der Päpste beginnen; wir müßten die Kardinäle del Monte, Carafa und Rovere einer näheren Prüfung unterziehen, von Klerikern und Mönchen diesseits und jenseits der Alpen ganz zu schweigen. Ich will nur eins wissen: Wo ist Martha?«

Den Kardinalstaatssekretär hatte Leberechts Einlassung sichtlich aus dem Konzept gebracht; er nestelte an der Knopfleiste seines Habits und erwiderte hastig: »Ich weiß es nicht, bei Gott und allen Heiligen, Er muß mir das glauben. Weder die Inquisition noch die Kurie hat mit dem Verschwinden dieser Frau etwas zu tun. Welchen Grund sollten wir haben, sie Ihm vorzuenthalten?«

Leberecht verstand die Welt nicht mehr.

»Er weiß, was gestern geschehen ist?« begann Gambara von neuem.

Leberecht nickte. Er ahnte nichts Gutes.

»Das Haus, in dem der Jesuit Clavius seine astronomischen Berechnungen ausführte, ist bis auf die Mauern niedergebrannt – eine Unachtsamkeit des Gelehrten!«

»Wer sagt das?«

»Er selbst hat eingeräumt, fahrlässig mit dem Licht hantiert zu haben.«

»Er kam mit heiler Haut davon?«

»Dem Mann ist nichts geschehen, von ein paar versengten Haaren abgesehen. Aber ...«

»Aber?« Leberecht ging einen Schritt auf Gambara zu.

»Die gesamten Berechnungen und Aufzeichnungen des neuen Kalenders wurden ein Raub der Flammen. Das bedeutet: Die Arbeit vieler Jahre war vergebens. Weiß Er, was das bedeutet?«

Leberecht sah den Kardinal fragend an.

»Das bedeutet«, fuhr dieser fort, »daß es Jahre dauern kann, bis Lilio und Clavius den Kalender neu berechnet und das verhängnisvolle Datum der kopernikanischen Apokalypse getilgt haben. Doch ich glaube, Er ist viel zu klug, als daß Er Sein teuflisches Spiel noch einmal begänne. Und sollte Er sich der Kirche gar erkenntlich zeigen, so würde es Sein Schaden nicht sein. Die Kurie hat viele Ämter auf Lebenszeit zu vergeben: Kuratoren ohne Pfarrei, Pönitentiare ohne Beichtstuhl, Präfekte ohne Präfektur, Prosekretäre ohne Sekretariat, Auditoren ohne Amt, Offizialen ohne Gerichtshof, Priore ohne Klöster, Titularerzbischöfe ohne Bistum ...«

»Und Kurienkardinäle ohne Aufgabe in der Kurie«, ergänzte Leberecht.

»Ich sage Ihm also nichts Neues.«

»Nein, gewiß nicht. Und Ihr meint ...?« Leberecht blickte an seiner staubigen Kleidung herab. Er mußte lachen, verhalten zuerst, dann immer heftiger, bis ihm die Vorstellung, als Titularerzbischof in roter Albe herumzulaufen, die letzten Hemmungen nahm und er in brüllendes Gelächter ausbrach. Keuchend rang er nach Luft und prustete: »Verzeiht, Herr Kardinal, manchmal ist das Leben zu komisch.«

Ein so unverschämtes Gelächter war in der Stanza della Segnatura unerhört, ja unmöglich, und lockte eine Schar Beisitzer, Aufpasser und Monsignori herbei, die mit besorgter Miene in den Saal stürzten und sich zu beiden Seiten des Kardinalstaatssekretärs aufreihten, bereit zur Abwehr des Bösen.

Um seine Autorität besorgt und ziemlich ratlos – in seinen neunundzwanzig Jahren als Purpurträger hatte sich niemand im Vatikan zu einem Lachen hinreißen lassen, von diesem niederträchtigen Gelächter ganz zu schweigen – streckte Gambara den Arm aus und rief laut: »Man bringe Ihn zur Tür.«

Leberecht machte eine kurze Verbeugung und entfernte sich, geleitet von einer Phalanx kurialer Würdenträger.

Er war schon in der Tür, als ihm der Kardinal nachrief: »Er möge in sich gehen und sich zu gegebener Zeit erklären!«

Die Unterredung mit dem Kardinalstaatssekretär hatte Leberecht in der Überzeugung bestärkt, daß weder die Kurie noch die Inquisition ihre Hände im Spiel hatte, als Martha verschwand. Sonst hätte Gambara sich anders verhalten. Als er den Vatikan verließ, war Leberecht erneut der Gedanke gekommen, unter den Gästen des Kardinals Carafa nach Marthas Verbleib zu forschen.

Er war Lorenzo Carafa seit jener verhängnisvollen Nacht, die sein Lebensglück zerstört hatte, nur noch einmal begegnet, am Tage danach, als er gewiß sein konnte, daß der Kardinal wieder Herr seiner Sinne war. Damals hatte dieser sich, entgegen seiner Gewohnheit, verschlossen und zurückhaltend gezeigt, und Leberecht hatte den Eindruck, daß Carafa froh gewesen war, als er wieder verschwand.

Den lebenslustigen Kardinal, der vorgab, Kurie und Päpste zu hassen, hatte Leberecht nie so recht durchschaut; doch war es gerade das Widersprüchliche in seinem Charakter, das ihn an diesem ungewöhnlichen Mann faszinierte. Konnte man Carafa trauen? Schon damals hatte die Einladung zu seinem Fest Leberecht überrascht; schließlich gehörten er und Martha nicht gerade zu den Spitzen der römischen Gesellschaft. Jetzt erinnerte er sich, daß der Kardinal seine Einladung ausdrücklich mit dem Wunsch verbunden hatte, Martha zu begegnen. Deshalb nahm er sich vor, bei nächster Gelegenheit erneut bei Carafa vorstellig zu werden.

Vor seiner Bauhütte, die ihm in letzter Zeit zur zweiten Heimat geworden war, weil er das Haus mied, in dem er mit Martha zusammengelebt hatte, erwartete Leberecht ein Bote mit der Nachricht, Messer Carvacchi erwarte ihn auf der großen Rotunde auf dem Dach von St. Peter.

»Was will er?« fragte Leberecht barsch.

Der Bote hob die Schultern. »Messer Carvacchi ist bester Laune. Seine Frau hat ihm einen Sohn geboren!«

»Ich weiß«, erwiderte Leberecht und blinzelte in die schwindelnde Höhe. Es war einer jener häßlichen Tage, an denen in Rom die Luft feucht ist wie in einer Waschküche und Dächer und Bäume tropfen, als hätte es geregnet. Über allem lag ein gelblichtrüber Dunst.

Das Dach und gar die große Rotunde zu besteigen, welche nun für den Kuppelaufbau eingerüstet war, erforderte nicht geringe Anstrengung, und Leberecht mied es, mehr als zweimal pro Tag über ausgetretene Holztreppen und Leitern den beschwerlichen Weg an der Außenseite hinauf zu nehmen.

Auf dem Dach angelangt, wandte er sich westwärts zum Kuppelbau, von dem man nur ein Gewirr von Balken, Stangen, Brettern, Stricken, Ketten und Leitern sehen konnte.

»Leberecht!« hallte es von der höchsten Plattform. »Komm herauf!«

Leberecht sah keinen Sinn in der Aufforderung seines Lehrmeisters, aber er gehorchte und kletterte den mühevollen Weg über Leitern und Balken nach oben, wo ihn Carvacchi auf einem Brett sitzend erwartete, neben sich eine Reihe von kleinen Tonkrügen, welche die Steinschneider zum Spülen der trockenen Kehlen am Gürtel trugen. Doch während diese Krüge gemeinhin mit Wasser gefüllt waren, hielt Carvacchi sich an Wein schadlos.

»Hier trink, auf das Wohl meines erstgeborenen Sohnes!« Er hielt Leberecht einen Tonkrug hin. Leberecht griff zu, um nicht Carvacchis gute Laune zu verderben.

»Ich bin glücklich«, sagte Carvacchi mit schwerer Zunge, »ich glaube, ich war noch nie so glücklich wie heute.«

Das Glück seines Lehrmeisters traf Leberecht besonders, weil er selbst sich in der umgekehrten Situation befand; er fühlte sich so unglücklich wie noch nie. Er schwieg und schweigend ließ er den Blick über die ewige Stadt schweifen.

Carvacchi, dem Leberechts Verfassung naheging, brummelte:

»Ich weiß ja, wie du dich fühlst, mein Junge, aber das Leben geht weiter. Hier, nimm noch einen Schluck!«

Leberecht schob Carvacchis Arm beiseite. »Sie haben mir ein hohes Amt angeboten«, sagte er, den Blick in die Ferne gerichtet. »Sie wollen mir eine Pfründe anbieten, mich zum Offizialen oder Titularerzbischof machen, damit ich das Maul halte; denn heute nacht ist ihr gesamtes neues Kalenderwerk verbrannt.«

»Du scherzt!«

»Es ist die Wahrheit, auch wenn es wie ein Scherz klingt. Ich komme gerade von Gambara.«

Carvacchi schüttelte den Kopf und lachte. »Ich stelle mir dich gerade in einer roten Soutane vor: Leberecht Kardinal Hamann! Zu komisch. Hast du angenommen?«

»Natürlich nicht!« entrüstete sich Leberecht. »Sie wollen mich korrumpieren und so zum Schweigen bringen. Ich fasse es nicht.« Dabei zitterte seine Stimme.

»Was willst du jetzt tun?« fragte Carvacchi, während er munter dem Wein zusprach.

»Was das Buch des Kopernikus und in Verbindung damit die Rehabilitierung meines Vaters Adam betrifft, so habe ich eingesehen, daß es für einen einzelnen Menschen unmöglich ist, sich gegen die Inquisition aufzulehnen. Ich glaube, die Eminentissimi und Reverendissimi der Kurie würden sogar abstreiten, daß sich die Erde um die Sonne drehte, wenn dies für jedermann sichtbar in Erscheinung träte. Im übrigen gilt mein einziges Interesse der Aufklärung von Marthas Schicksal.«

»Du brauchst Abwechslung. Du mußt auf andere Gedanken kommen. Wem nützt es, wenn du dich seit Wochen in deine Bauhütte zurückziehst? Laß uns nach Trastevere gehen. Dort gibt es den besten Wein und die schönsten Mädchen. Ich habe Grund zum Feiern! Heute ist der glücklichste Tag in meinem ganzen Leben!«

Leberecht erhob sich. »Nehmt es mir nicht übel, wenn ich diesen Übermut nicht mit Euch teilen kann. Ich will Euch nicht die Freude nehmen. Ein andermal vielleicht.« Dann machte er sich auf den beschwerlichen Abstieg.

Die Maurer, Steinschneider und Träger, die auf dem Dach von St. Peter beschäftigt waren, starrten, als Leberecht unten eintraf, wie gebannt nach oben. An jener Stelle, wo die Rotunde in die Kuppel überging, tanzte Carvacchi übermütig wie ein Faun, in jeder Hand einen Tonkrug schwingend, auf dem Gerüst herum.

Er rief den Zuschauern aus der Höhe etwas zu, aber niemand verstand ihn. Da stellte er die Krüge beiseite, legte beide Hände an den Mund, trat einen Schritt nach vorne, um den Ruf zu wiederholen. Dabei glitt er aus, geriet ins Taumeln und stürzte wie ein getroffener Vogel sich mehrmals überschlagend in die Tiefe. Es schien, als wollte er fliegen.

Ein Schrei aus hundert Kehlen tönte über die weite Fläche des Daches, als der Körper Carvacchis auf den Steinplatten aufschlug. Dann war es still.

Wochen waren seit dem Tode Carvacchis vergangen. Leberecht hatte die schwere Aufgabe übernommen, Tullia vom Tod ihres Mannes in Kenntnis zu setzen. Anders als erwartet, hatte Tullia die Nachricht mit Fassung aufgenommen und gesagt, wenn es denn vom Schicksal bestimmt sei, so wolle sie es ertragen.

Diese Reaktion blieb bei Leberecht nicht ohne Wirkung. Seit diesem Tag war seine Trauer eine andere. Nicht daß er vollends aufgehört hätte zu trauern, aber er war nun bereit, sich in *sein* Schicksal zu fügen. Leberecht sorgte sich um Tullia und ihr Kind, und er schien sogar bereit, sein eigenes Leid zu vergessen, als ihn die Vergangenheit unnachsichtig einholte.

Dem langen feuchten Winter folgte urplötzlich, gleichsam

von einem Tag auf den anderen, ein strahlend heiterer Frühling, und an einem dieser Frühlingstage, welche geeignet sind, den letzten Griesgram aus der Höhle seines Hauses zu locken, machte Leberecht sich auf, um sich das Kolosseum anzusehen, das alte Flavische Amphitheater, welches, teilweise eingestürzt, inzwischen zu einem Steinbruch verkommen war, aus dessen Beständen die römische Bevölkerung Häuser und Paläste errichtet hatte.

Leberecht wählte den beschwerlichen, aber kürzeren Weg über den Campo Vaccino, die Kuhweide, eine grasbewachsene Trümmerlandschaft, unter der das Forum Romanum verborgen lag. Einmal pro Woche fand hier der Viehmarkt statt. Dann blökten Rinder und Büffel zwischen Säulenstümpfen, und grunzende Schweine sonnten sich auf Marmorinschriften. Der Triumphbogen des Kaisers Titus trug einen Turm, Reste einer Burg der gefürchteten Familie Frangipani. Davor erhob sich, aus alten Steinen aufgeschichtet, ein ziemlich verkommenes Gasthaus, in dem in der Hauptsache Knechte und Viehhändler verkehrten.

Gegen Mittag, als den Besuchern des Viehmarktes der Sinn nach Zerstreuung stand, fand sich vor dem Gasthaus eine Gauklertruppe mit bunten Kostümen und wilder Musik ein. Unwillkürlich kam Leberecht seine arme Schwester Sophie in den Sinn, die sich einer ebensolchen Gauklertruppe angeschlossen hatte, und dies ließ ihn näher treten.

Er drängte sich durch die Gaffer in die erste Reihe. Doch diese Truppe stellte keine Monströsitäten zur Schau. Ein anmutiges rothaariges Mädchen im langen, grünen Kleid, das über dem Kopf ein Tamburin schlug, zog die Blicke aller auf sich. Es war jung, kaum achtzehn Jahre, aber nicht seine Jugend und Schönheit war es, was Leberecht ins Auge stach, sondern das grüne Kleid, und je länger er dieses betrachtete, desto mehr wurde ihm zur Gewißheit, daß das Kleid Martha gehörte. Es war jenes Kleid, das sie auf dem Fest des Kardinals Carafa getragen hatte.

Eine Weile blieb Leberecht wie angewurzelt stehen, dann, als die Zuschauer Beifall klatschten, sprang er plötzlich vor, packte die Tänzerin bei den Haaren und rief: »Wie kommst du zu diesem Kleid?«

Das Mädchen schrie, versuchte sich loszureißen, und die Gaukler kamen ihm von allen Seiten zu Hilfe. Bevor es in dem wilden Getümmel zu einer Prügelei kam, trat ein hochgewachsener Mann mit langen dunklen Haaren dazwischen und stellte Leberecht zur Rede: »Messer, was wollt Ihr von meiner Tochter? Wir sind zwar nur Gaukler aus der Republik Genua, aber diese Tatsache gibt Euch nicht das Recht, Euch an meiner Tochter zu vergreifen.«

Leberecht musterte die Genueserin mit zusammengekniffenen Augen. »Ich will dem Mädchen nichts«, sagte er, »ich will nur wissen, wie sie in den Besitz dieses Kleides gelangt ist.«

»Sie hat es nicht gestohlen, wenn Ihr das meint!« fuhr der Leiter der Truppe auf. »Wir Gaukler mögen arm sein, aber wir sind ehrliche Leute.«

Leberecht seufzte. »Ich weiß«, sagte er beschwichtigend, und weil es ihm auf einmal wichtig erschien, fügte er hinzu: »Meine eigene Schwester ist Mitglied der Truppe Roberto Aldinis aus Mailand. Er hat sie aufgenommen, als alle Menschen sie verstoßen hatten.«

Der Hüne trat einen Schritt zurück. »Was ist mit diesen Kleid?« fragte er, nun nicht mehr drohend.

»Es ist das Kleid meiner Frau.«

Das rothaarige Mädchen schlug die Hände vors Gesicht, es machte Anstalten fortzulaufen, aber Leberecht hielt es zurück.

»Ich kann alles erklären«, meinte ihr Vater. »Kommt mit.« Er gab den übrigen ein Zeichen, mit Musik und Tanz fortzufahren und nahm Leberecht beiseite.

Und während das schöne rothaarige Mädchen in dem grünen Kleid wieder das Tamburin über dem Kopf schwang und sich mit anmutigen kleinen Schritten bewegte, berichtete der Gaukler, sie hätten das Kleid nahe der Milvischen Brücke vor dem nördlichen Stadttor gefunden, wo der Tiber zu beiden Seiten von weiten Auen gesäumt wird. Es sei wie zum Trocknen ausgelegt gewesen und sie hätten nicht gewagt, sich an dem Kleid zu vergreifen, wäre es nicht nach zwei Tagen, während sie in der Nähe kampierten, noch immer an derselben Stelle gelegen. Weil sie glaubten, das Kleid sei vergessen worden und würde beim nächsten Regen verderben, hätten sie es an sich genommen. Dies sei die Wahrheit.

Und als der Gaukler an Leberechts skeptischen Blick merkte, daß dieser daran zweifelte, ob er dem Fremden glauben könne, da zog ihn der Mann durch die Reihen der Zuschauer zu einem abseits stehenden, bunten Schaustellerkarren. Er kramte in Kleidungsstücken, Kisten und Säcken und zog schließlich ein weißes Etwas hervor, das Leberechts Zweifel mit einem Schlag beseitigte.

»Auf dem Kleid«, sagte der Gaukler, »lag diese Hand aus Stein. Ich weiß nicht, ob das irgendeine Bedeutung hat.«

Leberecht nahm den Stein in beide Hände, und dabei fiel es ihm wie Schuppen von den Augen. Es war die Hand der Statue der »Zukunft«. Er verstand den Wink der Geliebten, wenngleich er nicht begreifen wollte, warum Martha aus dem Leben geschieden war. Es kam ihm vor, als hörte er in dem Lärm am Campo Vaccino ihre Stimme: Leberecht, richte deinen Blick in die Zukunft! Schau nicht zurück!

»O doch«, sagte Leberecht zu dem Gaukler, »diese Hand hat eine große Bedeutung.«

Während er noch dasaß und auf die schlanke weiße Hand starrte, meinte der Gaukler zu ihm: »Messer, Roberto Aldini ist ein entfernter Vetter von mir. Ihr sagtet, Eure Schwester sei in seiner Truppe. Dann muß sie das Schicksal schwer geschlagen haben.«

»Sie ist die Riesin, die mit dem Bären ringt«, hörte Leberecht sich sagen.

»La giganta«, sprach der Gaukler staunend. »Das ist *Eure* Schwester? Ich habe nur Gutes über sie gehört. Die Gaukler lieben und verehren sie. Ich glaube, wenn Ihr Euch um sie noch Sorgen macht, sie hat ihren Frieden gefunden.«

Leberecht sah zu ihm auf und wußte nicht, was er sagen sollte. Stumm stand er auf und wandte sich zum Gehen.

Der Gaukler hielt ihn zurück. »Messer, verzeiht; aber wir konnten nicht ahnen ... Ihr sollt das Kleid zurückerhalten!«

»Schon gut«, nickte Leberecht. »Eure Tochter kann das Kleid behalten. Ich wüßte keine, der es besser stünde.«

Da küßte der Gaukler Leberechts Hände, und Leberecht ging seines Wegs, ohne einen letzten Blick auf das Mädchen zu werfen.

Der Frühling verging und auch der Sommer. Weder das Angebot des Kardinalstaatssekretärs, ein einträgliches Amt in der Kurie zu bekleiden, noch jenes des Papstes, die Nachfolge Carvacchis anzutreten und den Bau der Peterskirche zu vollenden, nahm Leberecht an. Er verließ Rom noch im selben Jahr für immer, in seiner Begleitung Tullia mit ihrem Kind. Zu dritt wollten sie in Deutschland ein neues Leben beginnen.

Als ihr schwer beladener Wagen die Milvische Brücke überquerte, ließ Leberecht anhalten. Er trat an das Brückengeländer, zog etwas aus der Innentasche seines Mantels und ließ es in den Tiber fallen. Einen Moment noch starrte er in die trüben Fluten, die nun die einzigen Zeugen seines verfluchten Wissens waren.

Frater Andreas, der Bibliothekar der Mönche auf dem Michelsberg, hatte ihm vor vielen Jahren einmal erklärt, es nütze nichts, Bücher zu verbrennen, denn die Flammen, welche ein brennendes Buch erzeuge, fräßen sich für ewig in das Gedächtnis der Menschen. Es gebe nur eine einzige Möglichkeit, sich eines unliebsamen Buches zu entledigen: In Wasser lösten sich Bücher in nichts auf. Und so endet diese Geschichte in jenem Fluß, der seit Jahrhunderten den Unrat von Gerechten und Ungerechten ins Meer trägt.

Post scriptum

Es erübrigt sich zu sagen, daß die Welt an dem errechneten Tag nicht untergegangen ist. Ob dies nicht geschah, weil unter dem nachfolgenden Papst Gregor XIII. jener verhängnisvolle Tag aus dem Kalender gestrichen wurde oder weil Kopernikus sich verrechnet hatte, wird wohl ewig ein Geheimnis bleiben. Denn nach dem Verschwinden des letzten Buches gerieten alle Zahlen und Berechnungen in Vergessenheit. Die Ereignisse des Jahres 1582 aber – oder besser, das, was zwischen dem 4. und 15. Oktober nicht geschehen konnte, weil es diese zehn Tage nach dem neuen Kalender nie gab – werden die einen als Wunder bezeichnen und als Beweis ihres Glaubens, welcher besagt, daß ein Papst in wichtigen Dingen nicht irrt, für die anderen aber wird es der immer wiederkehrende Beweis dafür sein, daß Wissenschaft und Fortschritt schon manches Unglück über die Menschheit gebracht haben.

Der mysteriöse Tod seiner Mutter, ein gescheitertes Attentat und andere unerklärliche Vorgänge veranlassen den Fotojournalisten Alexander Brodka, seine eigene Vergangenheit zu erforschen. Dabei gerät er immer mehr in den Sog einer geheimen Organisation. Bestürzt muss er feststellen, dass alle Spuren nach Rom führen, hinter die Mauern des Vatikans, wo dunkle Mächte die Fäden ziehen. Und diese Männer in Purpur kennen nur ein Ziel: ihn zum Schweigen zu bringen. Gemeinsam mit seiner Geliebten stellt sich der Journalist der Heiligen Mafia, die ein beispielloses Verbrechen plant ...

ISBN 3-404-14771-5

BASTEI
LÜBBE